BALTASAR GRACIÁN

EL CRITICÓN

人生の旅人たち

エル・クリティコン

バルタサール・グラシアン

東谷穎人 訳

白水社

人生の旅人たち

エル・クリティコン

El Criticón by Baltasar Gracián,
edición crítica y comentada por Miguel Romera-Navarro,
University of Pennsylvania Press, Philadelphia, 1938-1939-1940 (3 vols.)

MINISTERIO
DE EDUCACIÓN, CULTURA
Y DEPORTE

Esta obra ha sido publicada con una subvención del Ministerio de Educación, Cultura y Deporte de España.

本書の出版に当たってはスペイン教育文化スポーツ省の助成を受けた。

目次

第一部　幼年期の春および青年期の夏

第二部　壮年期の秋における賢明なる処世哲学

第三部　老年期の冬

第一部　幼年期の春および青年期の夏

献呈の辞

キリスト騎士団員[1]・砲兵隊大将・トルトサ総督
パブロ・デ・パラダ閣下[2]に本書を捧ぐ。

もし私の持つペンが、閣下の剣のごとく鋭い切れ味を示すものならば、ここに畏れ多くも閣下のご支援を願うことは、まだ許されてしかるべきかもしれません。しかしながら、私の筆力の凡庸な切れ味を考慮すれば、むしろ閣下の力強いご庇護をお願いするほうが、より自分の力をわきまえたものと考える次第であります。閣下の勇敢なる魂は祖国ポルトガルをその源とし、ブラジルにおける数々の勲功をとおして成長を遂げ、さらにはカタルーニャにおいては、数々の華々しい勝利を手にされ世の耳目を集めたのであります。勇猛なるモット公爵[3]率いるフランス軍による、あのサン・フランシスコ砦を巡ってのタラゴナの町への襲撃に際しては、閣下は力強く敵の攻撃をはね返し、勇気ある軍勢とともに見事に防衛を果たされました。その後、無敵将軍と評判のアルクール侯爵アンリ・ド・ロレーヌ元帥[4]の軍勢を退却させ、レリダの町を包囲した塹壕から追い出し、守備連隊を率いて要塞に攻撃をしかけ、周囲の心配をよそに見事に占拠し、これを守りとおされたのであります。またその他多くの軍事作戦においても、これと同様高い評価を得ておられます。こうした作戦は、まず閣下によって周到な準備を経て立案され、そののち大いなる勇気をもって実行に移されたものであります。また幸運はつねに閣下と共にあり、艦隊司令官としての任務に就かれるや、大いなる繁栄の元となる富を携えたスペイン船団を、母国まで護衛する任務を見事に果たされました。またこれを皮切りとして、すべての分野において卓越した才能を示された閣下は、海戦と陸戦のどちらに優れておられるのだろうかという論議を、政府の上層部に巻き起こすほどでありました。すでに広く認められたこの真実に疑いを挟む余地がないことを証明するために、私は閣下にとっての良き友としての思いとともに、かつての敵軍の将に私の真情を代弁させてみたいと思うのであります。とは申しましても、正直なところを申し上げれば、貴殿の敵となれるような者はだれひとり見つかりません。ただし、たったひとりだけ、受けた恩を否定する形で、あたかも敵であるかの如く振舞おうとした者がいたのではありますが、結局はそれもうまくいかなかったのであります。それというのも、この人物の言によれば、閣下に関しては、できれば悪口のひとつも言ってみたいとは思うものの、驚いたことに言うべき根拠がなかなか見つからないなどと白状しているからでございます。いずれにしろ、私の一番のよろこびとするところは、閣下の誠実なご性格とともに、そのご尊名は今の世において、最高の尊敬を受ける人物の仲間入りを果たされたことであります。どうか神のご加護のもと、その評価が今後も万人の認めるところとなりますよう、祈念いたします。

以上、謹んでご挨拶申し上げる次第であります。

閣下の熱烈なる崇拝者たる、ガルシア・デ・マルロネス[5]より。

本書をお読み下さる皆様へ

今日ここに、思慮に富み篤厚の士たる読者諸賢にお届けしますのは、世俗に生きるための哲学と、皆様の人生の流れに関する省察を含んだ書物であります。この書の表題がたとえ取っつきの悪い印象を与えるものであるにしても、すべての賢明なる読者諸兄におかれましては、なんら気分を害されるべきではなく、また何のこだわりも感じるべきでないことをご理解いただきたく思います[6]。私は哲学の無味乾燥さと物語の楽しさを、さらには風刺の辛味と叙事詩の甘味を、本書の中で融合させるよう努めました。ですから、たとえあのグラシアンが、有益かつ洒落た内容をもつ『知的技巧論』のなかで、そのような姿勢を無駄な努力であるとして厳しく批判しているとしても、なんら気になさることはありません[7]。常に私が好んだ優れた才能をもつ諸作家の卓越した技量を、本書のなかで出来る限り模倣しようと努めました。たとえば、ホメロスの寓意性、イソップの創作力、セネカの論理性、ルキアヌスの思慮深さ、アプレイウスの描写力、プルタルコスの道徳観、ヘリオドロス[8]の読者を引き込む力、アリオストのドキドキ感、トラヤーノ・ボッカリーニ[9]の考察力、バークレイ[10]の辛辣さなどがそれです。さて、筆者である私がこうしたお手本に倣うことができたか否かについては、皆様方の判断にお任せしたく思います。この作品は、美しき大自然について語ることからはじまり、さらには人生における巧みなわざについて述べ、最後には諸美徳の有用性について語ることで終わりとなっています。私は本作品を二部に分けましたが、これは読者の負担を軽減し、読みやすさを追及した結果にほかなりません。(11)こうした形で、刺激に満ちた味わいを最後まで維持しつづけ、決して大味な作品とならぬよう努力するつもりでおります。もしこの第一部が諸賢のお気に召すところとなれば、つづいて第二部をご提供したく思っております。すでにその構想も固まり、肉づけもされており、これ以上大きな修正を加える必要もない状況にあります。さらにはその中で考察されている人生の二つの時代(12)は、より思慮に富む年代に当たることもあって、その内容にはより深みのある考察を含んでいるものと思う次第です。

第一考

クリティーロは漂流の末、アンドレニオに遭遇し、不思議な身の上話を聴かされる

新旧両世界はすでに世界の君主たるカトリック王フェリペ(1)に恭順を誓い、太陽が両半球にわたって広く照らし出すところすべて、すでにこの君主の王冠の威光が及ぶ地域となった。その太陽のもときらきら輝く大海原の波に洗われ、まるで海面に嵌め込まれたような形で小さな島が横たわっている。その姿は海に浮かぶ真珠か、あるいはエメラルドでできた陸地と言ってもいいだろう。この島の名は、威光に満ちたかの皇后に因んでつけられている(2)。それは周辺の島々や大洋にあの皇后のかつての威光が広く行きわたり、すべてを統べる存在となってほしいとの人々の願いによるものであった。このセント・ヘレナ島は、東西両世界をつなぐ架け橋となり、世界に雄飛するヨーロッパ船団の停泊地として利用されることになった。また、東洋にむかうフェリペ王の船団にとっても、広大な入り江に位置するこの港が、つねに自由寄港地として、また神の恵みをもたらしてくれる補給基地としての役割を果たしてくれていたのである。

さてこの海を漂流する者がいた。荒波と戦い、烈風に耐え、この苦難からなんとか逃れようと、必死の思いで板切れにしがみつき、安全な場所にたどり着こうとしていたのである。髪にはすでに白いものが混じり、自然の驚異に責めさいなまれ、逆境に必死で耐え忍ぶさまは、すでに死を覚悟した白鳥の歌ならぬ、最後のあがきにも見えた。こうして彼は生と死の境目をさまよいながら、こんな言葉を腹から絞り出していた。

《こんな命なんて、そもそも与えてもらう必要などなかったのではないか。でもいったん与えられたからには、最後まで全うしなければなるまい。命ほど人が執着するものはないし、またこれほどもろいものは他にない。それにひとたび命を失いでもしたら、いくら取り戻そうとしても、もう遅いのだ。私の命は今日を限りのものなのか。大自然の摂理なんて、人間にとってはまるで意地の悪い姑のようなものだ。だって、生まれるときには人間を右も左もわからぬ無意識の状態にとどめ置きながら、いったん生を終えるとなると、死をしっかり自覚させるべく、生まれるに際して奪ったはずの意識をわざわざ押し付けてくるのだから。分かりやすく言えば、人の誕生に際しては、その恵みに気づかれないように仕向け、こうして死に直面したと

きには、抜かりなく準備した不幸をじっくり人間に味わわせようとするのだ。船なんてどうせ板切れを合わせただけのもの。そんなものに乗り込み、気まぐれな海の天気に自分の命を預けてしまうとは。そんな向う見ずなことを初めて試みた男など、全人類のなかでもまれにみる困り者だ。その男のことを世間では、鋼《はがね》のごとき強靭な意志をもった人物などともてはやす。しかしこの私に言わせれば、誤謬だらけのえせ鉄人にすぎない。そもそも神のご意思は、山や海によって国々を隔てることにより、自然の境界線を引くことにあったはずなのに、そんな神の思いやりを全くの無駄にさせてしまったのだ。というのも、人間どもは悪辣な企みを他国に仕掛けるための手段として、無謀にも船を利用することになったからだ。こうして人間の工夫によって生まれたものがすべて、人間に致命的な害毒を及ぼすことになり、自分自身を傷つけるものとなってしまった。火薬の発明は大勢の人命を奪う殺戮手段となり、人間に恐ろしい危害をもたらし、破滅に導く道具となってしまった。だから、船とは人間の死を早め、棺となるための道具以外の何物でもない。きっと死神は、死の悲劇の舞台とするのに、陸地だけでは物足りないと思ったに違いない。そこで四大元素[3]がそれぞれ支配する場所で、なんとか人を死にひきずり込もうと考えたのだ。そして、まず海の中でその目的を果たす方法を見つけ出したのだろう。船の甲板にいったん足を踏み入れてしまった者にとっては、甲板の板切れなどいわば絞首台への階段にほかならず、船に乗り込むなどという無謀な行為に対する相当の罰として、彼は死に追いやられるのだ。大カトー[4]が、自分の人生の三つの愚行のうちでも、とくに船に乗ったことを最大の愚行として後悔していたことも、なるほどと頷ける[5]。これが人の運、天の声、あるいは天運とかいうものだろう。でも天が私のことをこれほど追い詰めてくるということは、この自分もまだなにか取り柄のある人間ということなのだ。天はいったん事を始めると、とことん最後まで手を緩めない。こんな終わりの見えぬしがらみから解放されるためには、いっそのこと私はまったく取り柄のない人間に成り下がったほうがましなのかもしれない》

こんな泣き言を溜息まじりに漏らしながらも、一方では両腕で必死になって水を掻くことも忘れなかった。さまざまな物思いにふける一方で、同時にわが身を救う努力もつづけていたのだ。すると少しずつ危機から脱していくようであった。偉大な人物と対峙すると、まるで危機自体が彼を相手にひるんでしまうか、あるいは敬意さえ払っているように思われることがある。たしかに、死神でさえ、ときには彼らに対しては、危機的状況をつくりあげることを控え、天運は機会をみつけて、彼らに助けの手を差し伸べたりするものだ。たとえばヘラクレスに対しては、水蛇は危害を加えることができず[6]、また皇帝カエサルには嵐が、アレクサンドロス大王には鉄の刃《やいば》が、カール五世には銃弾が、それぞれ攻撃をためらい危害を加えることはなかったのである。[7] しかし不幸な出来事はいつも連なって起こるものだ。まるでひとつの不幸が次の不幸の序章にすぎないかのように、ひとつの不幸が終わっても、さらにもうひとつ、より大きな不幸が生まれてくるのが普通だ。クリティーロはいったん母なる大地のふところに抱かれたように感じたのだが、それもつかの間、再び荒れ狂う波に引きずられてゆく。下手をすると岩礁に叩きつけられるのではないかと、恐怖に震えた。まさに岩礁と同じような厳しく過酷な彼の運命であった。陸地を目前にしながら、まるでタンタロスの苦しみ[8]を味わっているようだ。両手でしっかりと陸地を摑まえたと思ったとたん、するすると大地が両手からすり抜けていく。《海に居て水に気づかず[9]》とは、不幸者のたとえだが、このクリティーロはさしずめ《陸に居て陸に気づかぬ》不幸者だったのだ。

　こうして過酷な運命の試練に苦しみ、生と死の間をさまよいながら、二つの元素たる海と陸地の間を行き来していたその時、凛々しい若者がひとり、クリティーロを救い上げてくれたのである。見た目には天使と見まがう、そして行動に移ればまさに天使にも勝る働きをする若者だった。鋼の腕というより、むしろなにか不思議な磁力をもつ腕に引き寄せられ、クリティーロは命を救われ、幸運を確かに自分のものとすることができたのである。陸地にしっかり足を踏みしめ、わが身の安全を確認すると、大地に口づけをしたあと、天を仰ぎ見て、感謝の祈りをささげた。そしてすぐさま大きく両腕を広げ、命の恩人に向かって駆け寄っていった。しっかりと相手を掻き抱き、感謝の言葉をかけるつもりだった。ところが、命の恩人である若者からは、一言も返事がないのだ。ただ屈託のない笑顔で大きな喜びを表した後、驚いたような表情を見せているだけ。しかしその表情のなかにクリティーロは、大きな感動の表現を見てとったのである。クリティーロは抱擁と感謝の言葉を繰り返し、なぜこんな場所にいるのかを問いただしてみても、その若者はびっくりしたような表情をみせるだけで、何も答えることはなかった。クリティーロは知る限りの言語を相手に投げかけてみたが、無駄であった。つまり全く何も理解できず、結局は身振りでその意思を伝えようとするだけなのだ。じっとクリティーロからは視線を外すことなく、ただ大きな驚きと喜びの表情を織り交ぜて、相手の姿をしげしげと眺めるのみ。注意深い観察眼を持つ者ならだれでも、この若者はあの島の密林で生まれた未開人と思っても不思議ではなかったはずだ。しかしこの島には住む人間などいないことを考えれば、その推測も成り立たなくなる。おまけに若者の柔らかな金髪、くっきりとした顔の輪郭などの特徴を見れば、すべてがヨーロッパの出であることを裏書きするものであった。その衣服からは何の手がかりも摑めなかったが、それは《無垢の衣装》、つまりまったくの裸の姿だったからだ。クリティーロは慎重に考えをさまざま巡らせてみた。ひょっとしたら、聴く能力と話す能力を持たずに生きているのではないかとも思った。相手の言葉を理解し、そして伝える働きを持つという、あの霊魂のしもべたる二つの能力のことだ。しかし相手の反応から見て、その推察もすぐに崩れ去ってしまう。なぜなら、どんな小さな音であろうとすかさず反応し、野獣のうなり声や鳥の囀りを上手に真似してみせるからだ。まるで、人間よりも野獣に対するほうが、はるかに上手に理解しあえるのではないかと思えるほどだ。習慣と育ちによっては、それくらいの能力ならもつことだって可能かもしれない。しかしそんな動物的な反応のなかにも、この若者の生き生きした精神性を垣間見ることができ、相手との心の交流を望む姿勢が見て取れた。やはりいくら天性ではあっても、鍛えることを怠ってしまうと、すっかり悪癖が身につくことになるらしい。

二人の心のなかには、お互いがたどってきた運命とその生活について知りたいという気持ちが、だんだんと大きく膨らんでいった。しかし、お互いの共通の言語がないことを考えれば、思い通りにこの望みがかなわないことは、賢明なクリティーロには分かっていた。話す能力は理性の大きな働きであり、そもそも考えることをしないような人間は、会話をすることはない。「お話しなさい、もしあなたの人となりを知ってほしいなら」とあの哲学者も言っているではないか(10)。人は気高い魂同士の交流を通じて、自分自身の思考の在り方を相手に伝えていく。これこそが本来の会話という行為なのである。したがって、思考せざる者は、会話の現場に実在することにはならず、逆に書面でお互いの考えを伝え合う者は、その場に実在することになるのだ。もうすでに過去の人となった賢人たちは、実は生きているのであり、永遠の価値をもつ彼らの著作を通して、毎日われわれに語りつづけ、未来の世代の人々をも照らしつづける。話すことは重要であると同時に、心楽しいことでもある。賢明な人間は、大自然から与えられた才能を通じてこの二つの要素を結び合わせるべく、人生のあらゆる活動のなかで常に努力してきたのである。人は会話によって、楽しく、かつ敏速に、貴重な知識を自分のものとすることができる。要するに話をすることは、物事を知るための唯一の近道なのだ。話すことによって賢者たちは新たな賢者たちをはぐくみ、会話によって新しい知識を平易な形で、相手の心のなかに導き入れるのである。そしてこのことから導き出される結論は、会話の必要性からいっても、またその楽しさからいっても、人間はお互い共通の言語なしには過ごせないという事実である。二人の赤子がわざとある離れ島に捨て置かれたところ、お互いの意思を通じあい、理解しあうために、共通の言葉をつくりあげたという話もある(11)。というわけで、品のある会話は、ものを深く考えることによって初めて可能となり、知識の母、魂の安らぎとなり、心のふれあいと友情のきずなを生み、心に喜びの糧を与える。これこそ高貴な人間にふさわしい時の過ごし方なのだ。

このことを熟知していたクリティーロは抜かりなく、まだ文明の恩恵に浴さぬこの若者にさっそく話すことを教えてみた。

すると相手の素直な性格と強い意欲のおかげで、驚いたことにたやすくそれをやり遂げてしまったのである。まず両者の名前を覚えさせることから始め、自分の名前がクリティーロであることを相手に伝えたうえで、若者にはアンドレニオという名前をつけることにした。一方の名前は《思慮深い人》、もう一方は《生地のままの人》をそれぞれ表し、ちょうど二人にふさわしい名前であった。(12)アンドレニオはこれまでの人生のなかで、ずっと我慢して心に封じ込めてきた思いを、ここで思い切り吐き出してみたい気持ちがあった。それに未知の世界を知りたいという好奇心がふつふつと湧き出てきて、彼の柔軟な心を刺激していた。さっそく言葉を口に出すようになり、物を尋ねたり、あるいは質問に答えたり、さらには身振り手振りを交えながら、自分の思いを順序立てて述べることを試してみたりした。時には言葉を使って始めた話を、最後には身振り手振りで終わらせることもあった。こうして彼はクリティーロを相手に、それまでの彼の生きざまを、たどたどしい調子で語り始めることになったのである。それはとても不思議な物語で、クリティーロにとってはにわかに信じがたいほどであった。そんな想像を超えるような話が、クリティーロにすべてきちんと伝わらないのを見て取ると、アンドレニオは何度もいらだちの表情を見せた。しかししばらく経つとアンドレニオはつづけて話すことができるようになり、さらには彼の深い思いを表現するために十分な語彙を身につけていった。こうしてクリティーロの熱心なすすめに元気づけられ、また彼の努力に報いる形で、つぎのような話を語り始め、クリティーロを大いに喜ばせたのである。

「ぼくは」と彼は言った。「自分がいったい誰なのか、誰がこのぼくに命を与えてくれたのか、そして何のために与えてくれたのか、さっぱり想像がつきません。無知なぼくはただそれを知りたい一心で、いったい何度自分自身に尋ねたことでしょうか。しかし、無知だからこそ、質問をするのだとすれば、そんな疑問に無知なぼくが答えられるはずはありません。ときには努力さえすれば、自分の能力を上回れるかもしれないと考えて、さまざまな理屈を並べてみることもありました。まだ一人前の人間に成長していないのに、ひょっとしたら無知な状態から脱することができ、自分の疑問に答えを見つけられるかもしれないと思い、能力以上に背伸びして考えてみることもありました。ところでクリティーロさん、あなたはぼくが何者なのかを尋ねてくれましたが、今度はあなたが一体何者なのかをぼくが尋ねる番です。実は、今日に至るまでぼくが初めて見た人間があなたなのです。あなたの姿のなかに、ぼく自身が映し出されているのが分かります。泉の静かな水面に映し出された自分の姿などより、もっと生き生きとした姿です。今までは、好奇心のおもむくままに、自分の姿を水面に映し出し、その姿を見て無知なぼくは喜んでいたものでした。しかし、もしあなたがぼくの人生のなかで起こった出来事を詳しくお知りになりたければ、それをあなたにお話しするつもりです。とても長い話ですが、驚きがいっぱい詰まった話になると思います。ぼくが初めて自分の存在に気づき、自分のことについて考えるようになったのは、あそこに見える山々のなかで一段と高くそびえるあの山のふところに、閉じ込められていたときのことです。たとえ岩山であっても、高さで他の山を制することは、それだけでもすばらしいことなのです。あの山であなたが猛獣と呼ぶ動物が、ぼくに食べ物を与えてくれ、ぼくはその動物をお母さんと呼んだものでした。自分を生んでくれ、命を与えてくれたのがその動物だと信じきっていたからです。まあ、かいつまんでお話しすれば、ぼくの生まれた場所はそんなところでした」

「それはむしろ、ごく当たり前の反応じゃないかな」とクリティーロは言った。「無知な子供はあらゆる男性をお父さんと呼び、あらゆる女性をお母さんと呼んでしまうものだよ。自分に利益をもたらしてくれた者に母性を感じることで、きみは獣に対してさえそういう思いを抱いたわけだ。この世の人間だって、それと同じように、未熟で無知な幼児の段階にあっては、自分にやさしくしてくれる者を、父と呼び、さらには神としてたてまつるものだからね」

「まさにこのぼくも同じです」とアンドレニオは言葉をつづけた。「猛獣でありながら、ぼくに胸の乳を飲ませてくれた生き物を、母だと信じてしまったのです。こうしてぼくはほかの小さな子供たちと一緒に育てられました。てっきり自分の兄弟たちだと思っていたのです。猛獣たちのなかで自分も猛獣となり、一緒に遊び、ともに寝ました。母親は何度も子を産み、その度にぼくに乳を与えてくれ、子供たちのために取ってきた獲物や果実などを、ぼくに分け与えてくれました。初めのうちは、あの窮屈な穴倉に閉じ込められていても、そんなにつらいとは思わなかったものです。むしろ心の中の暗い思いが、かえってわが身を取り巻く穴倉の暗さを、いくらか帳消しにしてくれていたような気さえします。まさに無知であることが、光の不足をうまい具合にごまかしてくれているようなものでした。もっともあの穴倉のずっと上空で輝く天の光が、ときにはかすかに漏れてきて、それを感じ取ることもあったのは確かです。しかしこうしてある程度まで成長をとげ、生活を共にしていると、突然ぼくのなかに物事を知りたいという大きな意思が芽生え始めました。まるでぼくの注意を促すように、一筋の強い光線を体に感じたのです。そしてその光線がぼくのまわりをぐるぐる旋回するように感じ、自分という人間についてさまざまな瞑想を重ねることで、自分自身の存在を認識し始めました。そこでぼくは自分に問い始めることになりました。はて、これはいったいどういうことなのだろう。ぼくは存在するのか、しないのか？　しかしこうして生き、物を知り、物に気づくからには、ぼくは存在しているはず。で、もしぼくが存在するとしたら、ぼくはいったい何者だろう？　だれがこのぼくに生を与えてくれたのか？　そして何のためにこの命を与えてくれたのか？

でもとにかく、こんな場所に隠れていなければならないとしたら、それは大きな不幸に違いない。ぼくはこの動物たちと同じように獣なのだろうか？　いや、そうじゃない。ぼくと彼らのあいだには、はっきりした違いがあるのは、見ればすぐ判る。彼らは毛皮をまとっているのに、僕は何も身に着けていない。ということは、ぼくに命を与えてくれた者よりも、このぼくは劣っているのだ。さらにはぼくの体は、彼らとはまったく違った構造をしていることが、さまざまな体験から分かりました。ぼくが笑い、泣く場面では、彼らはうなり声を絞り出す。またぼくは顔を高く上げて、背筋を伸ばして歩くのに、彼らは体を左右に振り、地面にむかって首を垂らして歩く。これはみんな誰にだって分かる明白な違いです。ぼくは好奇の目でそんな差を観察し、注意深く自分のなかで検討を加えたものでした。あの場所から逃れたいという気持ちが日ごとに膨らんでいき、もっと他の世界を見て、多くのことを知りたいという夢がぐんぐん増していきました。彼らにとっては、ごく普通で、心地よいものであったことが、このぼくにとってはとても粗暴で、我慢のならないことだったのです。いずれにしろ、このぼくを一番苦しませたのは、仲間である獣たちが不思議なほどの身軽さで、まったく近づくことさえできないような、そそり立つ岩壁をよじ登り、いつも好き勝手に行き来していたことです。あの自由という大きな恵みがこのぼくにだけ拒否されていることが、考えれば考えるほど悔しくてなりませんでした。ぼくは幾度となく爪を立てて、岩をひっかきながら、あの獣たちの後を追おうとしました。しかしぼくの手の指から血が流れ出し、岩にべっとりついてしまう有様でした。そこで歯を使ってみたのです。しかしまったく効き目がなく、傷を負うだけのことでした。間違いなく再び元の位置に転落し、涙で地面を濡らし、血の色で染めるだけのことだったからです。そんな時泣き叫ぶぼくのもとに、獣たちはやってきて、やさしく慰めてくれ、木の実や獲物をたくさん持ってきてくれたものです。このおかげでぼくの気持ちも幾分和らぎ、つらい思いをいくらかは軽くしてくれました。ぼくは心のなかで、何度も独り言を繰り返しました。こうして今あなたに話しているような形で、悩みを人に打ち明けて慰めを得ることなど、まだできなかったからです。外の世界を観察していると、さまざまな難しい問題とか疑問が心に湧いてきて、それとともに好奇心も増していきました。しかし結局は、外の世界の素晴らしさに圧倒され、自分の運命を嘆くという結果に終わってしまうのでした。そして目の前にある海の波音が、ぼくを繰り返し悩ませることになりました。あの荒波は岩に対するときにもまして、ぼくの心に向かって激しく砕け散る感じさえしたものです。それにあの時、分厚く重なった雲の間から聞こえた、空恐ろしい雷鳴を耳にしたときの気持ちをどう表現したらいいのでしょうか。曇り空はやがて雨となって地面に降り注ぎましたが、そんなときぼくの眼は涙でいっぱいになるのを感じたものです。それとあなたの声に似た音を、ごくたまにではありましたが、外の世界に繰り返し感じ取るようになりました。それを聞くと、自分の体がはじけ散ってしまうのではないか、もうこれで死んでしまってもいいのではないか、とさえ思うほどの切ない気持ちになりました。その音は初めのうちは、大きくて騒がしいものでしたが、あとになると少しずつ様々な色合いをもつ音に変わっていきました。そのことがぼくに素直な喜びを感じさせ、心の中にしっかりと音が刻み込まれていったのです。もちろんその音色が、日頃耳にしていた獣の声とはずいぶん違っていることは、ぼくは十分気づいてはいました。ですから、いったい誰がそんな声を出しているのかをこの目で確かめたい、そして知りたいと願ったものです。ところがその願いを果たせないことが、もう少しで死んでしまうのではないかという状態にまでぼくを追い込んだのです。ときどき耳に感じ取っていたのは、ほんのわずかな数の音にすぎませんでしたが、ぼくは長い時間をかけてじっくりその音について瞑想したものです。たとえばそのひとつの例としてはっきり覚えているのは、ときどきその音を手がかりにして、外の世界に存在するはずのものについて、さまざまな形で想像を巡らせていたことです。どんな形をしているのか、どこに存在しているのか、どんな外観をしているのか、さらにはその周囲の状況はどうなっているのか、それぞれどんな違いがあるのか、その量はどれほどのものになるのか、といった具合です。でもぼくの想像はまったくの当て外れでした。今こうして目にするすばらしい世界、そこに見られる偉大な秩序と多様性を、あらかじめ想像することなどおよそ不可能だったからです」

「まだまだそれだけでは終わらないよ」とクリティーロが言った。「たとえ過去と未来の人類のすべての頭脳を集めたうえ、この大宇宙の偉大な仕組みを自由に設計させ、理想の形を作らせてみたところで、彼らが立派に世界をつくりあげることなど、ぜったい出来るはずがないのだ。ましてや、大宇宙をつくりあげるなんてとんでもない話だ。たとえ小さな花一輪だって、蝿一匹だって作ることができないだろう。あの至高の創造主がもつ無限の英知のみが、さまざまな事象のなかにこれほど美しい多様性が永遠につづくことを可能にしてくれ、その形態や、秩序と調和のありかたを見つけ出してくれたのだよ。さあ、話してくれないか。私はもっときみのことを知りたいし、きみの話に耳を傾けたい。どうやって牢獄みたいなその穴倉から抜け出せたのだね？　まるで生きた人間の墓場みたいな穴倉から……。それと、もし上手に表現できる自信があるなら、きみが初めてこの宇宙というすばらしい大劇場を知り、実際に見たとき、心に何を感じたのかをぜひ教えてほしいものだ。きみはきっと、すでにこの世界の楽しさに触れ、さまざまな感動を味わっているはずだからね」

「まあ、そう急がさないでください」とアンドレニオは答えた。「ここで一息入れさせていただけたら、ゆっくりお話しいたします。実に不思議で楽しいお話にきっとなるはずです」

第二考
宇宙大劇場

至高の創造主はこの広大な世界をつくり終えるとすぐに、すべての生き物に世界を分け与え、それぞれの場所に住まわせようとしたそうだ。象から蚊に至るまで全員を呼び集め、それぞれに提供できる場所を示し、彼らが自分の棲み処や生活領域として、どこを選びたいのかを尋ねていったのである。すると象は、密林さえ頂戴できれば満足であると答え、馬は牧場を、鷲は高い空の領域を、鯨はどこかの湾を、白鳥は池を、鯉は川を、そして蛙は水溜りを、それぞれ選ばせてもらえば十分ということだった。最後にやってきたのが一番気位の高い人間で、その好みと希望する場所を尋ねられると、大宇宙全部をもらってもまだ足りないほどで、それ以下ではとてもお話にならない、と答えたのである。周囲の連中はそんなとんでもない言い草に唖然としたそうだ。ところがすぐさまあるおべっか使いが現れて、それは人間の大きな心から出た望みであるとして、その言い分を擁護したという。しかしそんな中でも、抜け目なく真実を突いてくる者がいて、こう意見を述べた。

「おれはそうは思わないね。そんなの人間がちっぽけな肉体をしているからこそ出てくる望みにすぎない。奴らはあの強欲さを少しなりとも満足させようとすると、地球の表面だけではとても足りなく思えてくるのだ。そこで、黄金と銀を求めて地球の奥にまで入り込み、掘り返したりする。さらには建物を高く上に延ばし、空中まで占拠して周囲に迷惑をかけることで、奴らの高慢な心を満足させている。そしてつぎには、真珠や琥珀や珊瑚を求めて大海をめぐり、深い海の中に探りを入れる。それもただ、華美好みの虚栄心を満足させる装飾品を作るためだけのことだ。こうして、自然界の四元素[1]に対して、そのなかに秘めているものをすべて人間に差し出すよう強要する。つまり、空からは鳥を奪い、海からは魚を、陸地からは狩猟によって獲物を取りあげ、火からは料理のための熱を奪い取るというわけだ。それも単に食欲を満たすためだけならまだしも、飽食を楽しむために奪うのだ。それなのに、まだそれだけでは少ないなどと不平を漏らす始末。人間の物欲とはなんとまあ恐ろしいことか！」

至高の神はここで自らの考えを述べるべく、口を開いた。

「いいですか、しっかり私の話を聞き、みんなに理解していただきたい。私がこの手で人間を創造したのは、彼らが私に対しては召使として働き、創造物たちに対しては全員の主人になってくれるようにとの願いからです。だから、人間にはみんなの王としての立場から、他の創造物をその配下に置く努力をしてほしいのです。ところで人間よ、――と、ここで人間に向かって話した――あなたによく分かっておいてほしいのは、そんな私の願いは、精神の働きにかかわることであって、欲望を好き放題満たすだけの主人になれという意味ではありません。つまり獣のように振舞えという話ではなく、立派な人間らしく振舞えという意味なのです。あなたは私の創造物たち全員の主人でなければならないのであって、彼らに隷従する者となってはいけません。つまり、彼らがあなたにつき従うようにするべきであって、あなたが彼らの魅力に引きずられてしまってはいけないのです。あなたは正しい知識に基づき、そして私の力を正しく認識したうえで、すべてのものを自分の配下としなければなりません。言い方を変えれば、すべてのすばらしい創造物のなかに、完璧な創造主としての神の手を確認するとともに、その創造物を手がかりとして、創造主である神の存在を認識する道に至るということです」

さて、偉大な教えを説くこの不思議な物語は、それに何度も親しんできた我々にとってはごくありふれたものではあるが、今のアンドレニオにとってはまさに目から鱗が落ちるような話であった。彼ははじめ茫然とした表情で深い瞑想にふけっていたが、やがて興奮冷めやらぬ様子でこの物語をほめたたえ、次のように言った。

「悩みから逃避するためにぼくがよく使った手は、まさに夢を見ることでした。それが何物にもまして孤独な自分を慰めてくれました。こうして、いつまでも続く苦しみから抜け出すために、よく夢に頼ったものでした。ある夜、といっても一日中夜みたいなものだったのですが、ぼくは夢を見ていました。ほかの日よりも、ずっと安らかな眠りに誘ってくれる感じの夜でした。ところが実はそれは、なにか不幸な出来事が近いことを知らせてくれる、確かな予兆だったのです。案の定、ぼくは大音響によって深い眠りから叩き起こされました。まるであの山の地中の一番深いところから出てきたような音でした。山全体が振動し、強固なあの岩壁が震え、猛烈な風が吹き荒れ、洞穴の口からは、嵐みたいな烈風が外に向かって唸りをあげて吹き出していました。あの頑丈な岩も恐ろしい轟音とともに砕け、さらには耳をつんざくような大音響とともに崩れ始めたのです。まるであの大きな岩の塊全体が、すっかり粉々になってしまうようにさえ思えました」

「当然のことながら、山でさえ姿を変えてゆく運命からは逃れられないのだよ」とクリティーロは言った。「山といえば、ふつうの脆い物体よりはるかに強固なものと思われがちだが、やはり地震の危機にさらされ、稲妻に打たれたりすることもある」

「でもとにかく、あの岩そのものが揺れ動くのを実際に目にしたら、どうすることもできなかったのです」とアンドレニオは言葉をつづけた。「ぼくの体全体がばらばらになっていくようでした。心臓も飛び出さんばかりで、必死になって胸を押さえたものです。だんだんと意識が遠ざかってゆき、何が起こっているのか分からないまま、きっと岩に挟まれ、哀れにも自分は土に埋もれ、すでに自分は死んでいるにちがいないとさえ思いました。魂が消え失せ、まるで命が休止してしまったかのようなあの状態がどれくらい続いたのか、ぼくにはまったく分かりません。ましてや、他の獣たちがどうなったのかも、まったく知る由もありませんでした。ところが、そのうちに少しずつ意識が戻ってきました。あの死にも似た世界から現実に戻っていったのです。でもぼくには、どのようにして、またいつ意識が回復できたのかは、分からないままでした。ふと目を開けると、ちょうど夜が明ける頃で、晴れた朝を迎えるところでした。これこそ素晴らしい日のはじまり、最高に幸せな日、そしてぼくの人生のなかで最良の日を迎えていたのです。そのことにはっきり気づいたのは、崩れた岩の石ころに幸運のしるしを読み取ったからでした。(2) すぐにぼくは、自分が入れられていたあのつらい牢獄のような穴倉も、崩れ落ちてしまっているのに気づきました。そのときのうれしさは口では言い表せません。ぼくは石に埋もれていた体をやっとの思いで起こしました。さあ、これから新しい世界へ生まれ変わるのだ。残骸の間にできたあの窓みたいな隙間に顔を出せば、広々とした楽しい世界が眼下に広がっているのだと思ったのです。はやる気持ちを抑えながら、ぼくはその隙間に顔を近づけていきました。まだこれが現実に起こっているなど半信半疑の状態でしたが、大丈夫だからと自分に言い聞かせ、小さく空いた穴からとうとう首を出すことができました。いわば新しい世界を見るための、そしてそこで生きていくための、小さく開いた見晴らし台のようなものだったのです。こうしてぼくは生まれて初めて、この天と地からなる偉大な劇場をこの目に収めることができました。すると、好奇心とうれしさが交じり合った不思議な力に後押しされる形で、全神経がぼくの両眼だけに集中していきました。心には覇気が充満する一方で、身体の他の器官はまるで活動をすっかり休止してしまったようでした。そこで、ぼくは一日中ほとんど感覚を失い、体だけはまるで死んでしまったかのように不動の姿勢を保ったままでいました。この時ぼくが感じた大地への愛着の念や頭と心の高揚感を、ここであなたに伝えようとしても言うべきことが山とあり、とうてい語り尽くせるものではありません。ただひとつあなたに言えることは、あの時このぼくの心全体を占めていた、驚愕と感動と驚異と陶酔感は、まだぼくのなかで生き続けており、いつまでも続くことになるだろうということです」

「なるほど、その気持ちはよくわかる」とクリティーロは言った。「今まで目にしたこともない情景を目にしたときは、心は今までに感じたこともないような特別な感情に浸るものだ」

「ぼくは空を見上げ、陸を見て、さらに海を見渡しました。そしてつぎに、ときにはこの光景を全部いっしょに、ときにはひとつずつじっくり眺めておりました。こうして一つの部分を眺めているだけでも、そのものにすっかり引き込まれ、釘付けになっていきました。眺め、観察することで、さまざまなことに気づかされ、感動を得て、さらにまた考えにふけり、飽くなき喜びを感じつつ、その思考を楽しんでいたのです」

「なんと羨ましいことだ」クリティーロは感に堪えぬように言葉を漏らした。「きみは考えられないほどの幸福感をそこで味わったわけだ。それこそ人類で最初にその光景を目にした者と、きみだけに許された特権だよ。神の創造物であるこの偉大な世界を初めて目の当たりにして、その偉大さ、美しさ、調和、ゆるぎなさ、多様性を、はっきりと意識することができるとは。われわれ人間には、ふつうその感動が欠けているのだ。なぜかといえば、見るのに慣れきってしまい、ただぼんやりと眺めているだけになってしまうからだ。われわれはみんな心の眼を閉ざしたまま、この世界に入ってくる。だから、新しい知識に向けていくら目を開けようとしても、もうすでに惰性で周囲の物を見ることに慣れきってしまっていて、その対象がいくら素晴らしいものであっても、感動の気持ちなどまったく湧いてこないのだよ。だからこそ、賢者たちは思索を常に武器としてきたのだ。自分がもう一度あらためてこの世界に入る姿を想像し、この世界の素晴らしさに注意を向け、一つ一つの物事の見事な出来栄えをたたえ、その完成された美しさに感動し、深みのある思想を展開していったわけだ。これをたとえてみれば、素晴らしい花園の道を、周囲に何も注意を払わずぼんやりと通り過ぎ、草花の美しさにもその多様性にも無頓着だった者が、それに気づいた後、もう一度同じ道を引き返し、それぞれの草や花の美しさをじっくりと愛でるのに似ている。そしてこの例と同じ無頓着さが我々自身にも起こっているのではないか。生まれてから死ぬまで、この大宇宙の美しさと完璧さに一向に注意を向けないまま、過ごしてはいないだろうか。しかし賢者たちはちゃんと後ろに引き返し、見逃していた喜びを見つけ出し、一つ一つの物事に新しい魅力を感じとる。そして単に目で確認するだけでなく、心の中でも観察してくれているのだよ」

「ぼくの一番の幸運は」とアンドレニオはしみじみと語った。「あのようなつらい窮乏生活を体験したあとで、この最高の美の数々を手にし、愛でることができるようになったことです」

「きみの幸運のもとは、たしかにあの牢獄のような生活の中にあったのだよ」とクリティーロは言った。「つまり、あの生活を体験することで、善なるものを全部まとめて、また望み通りに、手に入れることになったからだ。手に入れたものが素晴らしくて、自分の望み通りであるときには、二倍の喜びを得るものだよ。いくら最高の幸せであっても、もし思うがまま簡単に手に入るなら、その価値は減ってしまう。何事であれ、もし好きなだけ利用できるとなると、いくら抜きんでた価値をもつ逸品であろうと、有難味が失われてしまう。早い話が、あの太陽だって夜になると姿を消すことで、翌朝に出てきてほしいという気持ちを起こしてくれるのも、我々に対する思いやりなんだよ。神のさまざまな思いやりが、一度にまとめてきみに注がれ、それとともにいろんな思いが、きみの心に湧きあがってきたのだ。きみは多くのことに注意を払い、また多くのものに心惹かれ、魂を忙しく働かせなければならなかったのだよ。そうして新しい知識を得るとともに、感動と喜びを有り余るほど体験しながら、よくぞ自分を見失ってしまわなかったことだと思う」

「ぼくが思うに」とアンドレニオが答えた。「それはぼくの心は周囲のものを見つめ、その意味を理解することに忙しく、心が砕け散ってしまうことなどありえなかったからだと思います。夜明けとともに、つぎつぎと新たな物体がぼくの目の前に姿を現わし心に押し寄せるなか、自分としてはその賑わいを楽しむ一方で、その有様をしっかりと心に刻みつけていたのです。そうこうするうちに、あなたが《太陽》と呼ぶあの大君が、厳かに後輪を王冠としていただき、明るい光がまるで護衛のようにその周囲を取り巻いた形で姿を現わしました。するとあたかもその大君の伝令の役を果たすかのように、太い一条の光がぼくの眼を射し、大君への注目と称賛を要求し、崇拝の念を表明するようぼくに迫ってきました。太陽は、その偉大な玉座ともいうべき清澄な波の上に、その雄姿をだんだんと現わし、無言であたりを見渡し、全世界を少しずつその支配のもとに照らし出し、その存在によって神のすべての創造物を、威信に満ちた雰囲気のなかに包み込んでいきました。ここに至るとぼくは茫然と立ちすくみ、すっかり我を忘れた状態になってしまいました。そこに立って、鷲にも張り合えるほどの鋭い目で、ぼくはそんな状況を見守っていたのです」

「それは素晴らしい！」とここで、クリティーロは思わず声を大きくした。「地上に広く輝くあの神々しい太陽、あの不滅の栄えある姿、あの完璧な無限の美しさをそんな形で目に収められるとは、なんという喜び、楽しみ、幸運、幸せ、光栄であることか！」

「太陽を称える気持ちは、ますます膨れ上がっていったのですが」とアンドレニオはつづけた。「そのうちしっかりと太陽に目を向けられなくなっていきました。初めに太陽を遠くに見たときには、もっと近寄ってほしいと思ったのですが、実際に少しずつこちらに近づいてくるにしたがって、怖れを感じはじめたのです。と同時に、この世に素晴らしいものが数ある中で、これほど目を奪われたものが他になかったことに気づきました。こうして、太陽こそ近寄りがたく、たしかに唯一の存在であることを認めざるをえませんでした」

「太陽はね」とクリティーロは考えを披歴した。「創造主の威厳と偉大さをもっともよく表した神の創造物なんだよ。なぜ太陽《ソル》と呼ばれるかといえば、それが姿を見せるところでは、ほかのあらゆる発光体が姿を隠してしまうからだ。つまり、他を圧する唯一の存在だからだ[3]。天体の中心としてその真ん中に位置し、空の輝きの心臓部をなし、地上の光の永遠の源泉となっている[4]。つまりゆるぎない存在として、太陽は太陽でありつづけるのだよ。独自の美しさを保ち、その光であらゆるものを我々が目にすることを可能にしてくれる。しかしその一方で、だれにも自分の姿を直視することを許さないのだ。こうして、自らの品格に厳しく注意を払い、その品位を守る。そして大自然の協力も得ながら、人間を含めあらゆる生物に命を吹き込むなど、大きな影響を与えているのだよ。太陽はその光と喜びの心を、あらゆるものに伝えようとひたすら努め、あらゆる場所を広く照らし、さらには地面の下にまで浸透していく。こうして、すべてのものに光を浴びせ、喜びを伝え、成長を促し、肥沃な地をはぐくみ、さまざまな効果をもたらす。太陽は誰に対しても平等だが、それはすべての人のために生まれてきたからだ。太陽は自分以外のものを誰も必要としないが、一方あらゆる人が太陽を必要とし、そのお蔭をこうむっていることを十分に認識している。つまり太陽とは、神の栄光を誇らしげに示してくれる創造物であり、神の偉大な御業《みわざ》を映し出す、きらびやかな鏡なのだ」

「ぼくは丸一日中、我を忘れて太陽に見とれていました」とアンドレニオは言った。「ときにはあの姿を目に焼き付けようとしたり、あるときには水に映った姿を眺めたりしました」

「今それを聞くと」とクリティーロが答えた。「《太陽を見るために私は生まれてきた》という、例のあの哲学者[5]の言葉にもとくべつ驚くことはないね。しかしあれはうまく言ったものだ。もっとも人々は誤解してしまって、本当の意味を理解できないまま、からかったりしたけれど。あの賢者が言いたかったことは、あの現実の太陽のなかに、彼は神の栄光を見ていたということなんだよ。太陽が作る影のなかでさえ、あれほどくっきりと物が見えることを考えれば、無限の美であるあの創造主の真実の光は、いったいどれほどすばらしいものだろうかと思うね」

「でも悲しいことに」とアンドレニオは言って、顔をしかめた。「そんなぼくの大きな喜びが、次に起こった光景を見るなり、たちまち深い憂いに変わってしまいました。いや、光景を《見る》というより、正しくはあの太陽の姿を《見なくなった》から、と言うほうが正しいのかもしれません。この世に生まれてきた喜びが、死への恐怖に変わってしまい、朝には玉座であったものが、夜になると墓石に変わってしまったようなものでした。つまり、太陽が海の向こうに身を埋めてしまうと、ぼくは自分が流す涙がつくるもう一つの海に沈んでいったのです。これで太陽の姿を二度と見ることはないのだと感じ、自分の命もこれで終わりなのかと思いました。ところがしばらくすると、小さな光の群れが賑やかに夜空を彩るのを見てぼくは喜び、そこにまた別の新しい驚きを発見することで、たちまち元気を取り戻しました。この光景を見たとき、ぼくは太陽を目にしたときより決して劣らないほどの喜びを感じ、さまざまな小さな光の形を見ることで、むしろもっと楽しく感じたほどです」

「それはだね、ほかならぬ偉大な全知の神が、昼に決して劣らない、美しい夜を演出する方法を見つけてくれたからだよ」と、クリティーロが言った。「世間の無知な連中は、夜のことを醜悪であるとか、無粋であるとか言ってけなしたりするが、じつは夜ほど輝きと静寂に満ちた時間はない。夜は人を憂鬱な気分にさせるなどと、悪口を言う者もいるが、実は夜こそ仕事からの休息を与えてくれ、疲労を癒してくれる。それに、夜を賢者になぞらえて、最高のものとして讃えた人もいる。そのわけは、ひとつには夜は人を沈黙に誘い、さらには物事を熟考する時間となるからだとのことだ。かつての賢者の都アテナイでは、梟が知恵の象徴として崇められたのも、それなりの理由があってのことなのさ。夜とは愚者たちが惰眠をむさぼるためにあるのではなく、むしろ賢者たちが思索にふけるためにある時間なんだよ。昼間が行動を起こす時だとすれば、夜は怠りなくその準備をするべき時間なのだ」

「そこにぼくは昼とは違う別の大きな喜びを感じ、言葉など必要としない静かな雰囲気に身を置くことになりました。きらきら瞬く星、煌々と光を放つ星など、ぼくはあの星の迷宮に入り込み、すっかり夜の世界に浸っていったのです。そしてすべての星をひとつずつゆっくり眺めていきました。それぞれの星の大きさ、位置、動き、色合いはまちまちでしたが、いくつかの星が新たに姿を見せる一方で、同時に姿を消していく星もありました」

「ひとりひとりの人間と同じように」とクリティーロが言った。「どの星もすべて例外なく、最後には姿を消すようになっているのだよ」

「でもぼくがとくに気になったのは、なぜ星を上手に配置することを考えなかったのだろうかということです」とアンドレニオが応じた。「至上の創造主である神が、一つ一つの星に、あれほどきれいな花形や星の輝きをかたどった飾りを施して、夜の天空を美しく仕上げておきながら、なぜ全体をきちんと配置しなかったのだろうとぼくは思ったのです。たとえば、きれいな飾り結びでも織り込んで、素晴らしい手芸の技でも披露したら、少なくとも全体の秩序と調和を感じさせられるはずだと考えました。でもそんな感想を言葉でどう表現したらいいのか、ぼくには分かりません」

「きみの言いたいことは、ちゃんと分かる」とクリティーロは助け船を出した。「つまりきみの願いは、手の込んだ刺繍か、見栄えのする庭園か、きれいな宝飾品のような形で、星の群れ全体が整えられていたらよいのに、ということだろう？　要するに全部の星が、お互いがきちんと関連づけられて、巧みに配分されていれば、ということだよね」

「そう、そう、その通りです。もしそうしておいてくれたなら、今よりもずっと星が際立って見えるだろうし、神のすばらしい御業《みわざ》として、目を十分楽しませてくれるものになっていたはずだと思います。もしそうしておいてくださっていたら、世界はひょっとして偶然にできたものではないか、などという愚かな疑問など、創造主である神は完全に退けることができたはずですし、すべてに神の意思が働いていることを証明することができたはずです」

「なるほど、きみはいいところに気がついたね」とクリティーロが言った。「しかしここで知っておくべきことは、神の英知によって作られ、今あのような形で配置されている星たちの間には、もっと重要な意味での調和が存在しているということなんだ。たとえば、星の動きにもお互い調和がとれているし、お互いに連携を保ちながら影響しあう点にもその調和が見られる。つまり、天空の星は、ちょうど地球上の草や木と同じように、それぞれが他の星とは違った特性をもっていることを知っておくべきなんだ。熱気を発する星があれば、冷気を発する星もあり、乾燥する働きがある星もあれば、湿り気を発する星もある、という風に、様々な形でお互い影響を与え合う。こうしたお互いの間にある基本的な調和にもとづき、星同士がお互いに自分の形を修正し、影響し合いながら、調和のとれた形をつくりあげていくわけだ。だから、きみが言っているような、考えすぎた星の配置は、あまりにわざとらしく、画一的な形になってしまうだけのことだ。そんなものは、手の込んだ玩具か子供だましの作り事になるのが関の山だよ。だから星々の間の調和があるからこそ、我々の眼には天空は一晩ごとに新しく見え、いくら眺めても決して飽きることはない。それは、一人一人が好みに応じて、星の群れを自分の頭の中で配列し直すからだ。それに加えて、星々の多様な性質と込み入った配置にだまされて、俗世界の人間たちは、星は無数にあると安直に判断してしまうのだよ。そんなことを考えたりするものだから、はたして神の手が入っているのだろうかと疑問を差挟んだりしてしまうわけだ。もっとも賢者にとっては、星が神の御業《みわざ》であることは明明白白の事実であり、十分に理解されていることだがね」

「ぼくは星のあの賑やかな彩りに感心していたんです」とアンドレニオは言った。「白い色が目立つ星もあれば、燃えるような色、黄金の色、それに銀色などさまざまです。ただ、緑色がないのが残念です。目にとって一番心地よい色なんですが」

「あの色は地上にしかない色だよ」とクリティーロは言った。「緑の色合いは地球のものでしかない。この地上は希望によって生きていく世界、ところが向こうの天上の領域はすでに幸せを手にした世界だ。だから緑は湿り気と腐敗から生まれてくる色であって、天空の光とはまったく反対の色なのだ。きみは広大な天空のなかで、ぽつんと点になって輝くあの小さな星に注目したことがあるかい？ 磁石の針が反応し、方向を知る指針として指し示すあの星のことだ[6]。我々が求める理想の方向を示すコンパスの針は、一方の先端であの星をしっかりと指し示してはくれるものの、もう一方の先端で逆の方向を示し、我々の人生が展開していく有様を、きちんと指し示しているのだよ。ただし、《展開》などというより、通常は《ごろごろ転がっていく》のがふつうだがね」

「実を言いますと」とアンドレニオが答えた。「数ある星の中でも、とくに美しい女王と称されるあの天体は、初めのうちはそれほどぼくの注意を引かなかったのですが、すぐあとになるとぼくの好奇心をすっかり刺激することになりました。太陽に代わって夜を治め、太陽になんら劣ることのないあの星、あなたが《月》と呼ぶあの天体です。あの星は、定期的に形を変えていき、ぼくに大きな喜びはもちろんのこと、それ以上に大きな感動を与えてくれました。少しずつ大きくなっていくかと思えば、時とともに少しずつ形が欠けてゆく。そして形が満ちても長くはつづかない」

「月は時をつかさどる第二の存在だ」とクリティーロが言った。「太陽と力を分かち合って時を治めているのだよ。太陽が昼を治め、月が夜を治める。太陽が《年》を刻む一方で、月は《月》を刻んでくれる。太陽が日中に大地を温めて乾燥させると、月は大地を冷やして湿り気を与える。太陽は田畑を治め、月は海を治める。こうして両者は、時候の均衡を取ってくれているのだ。しかし、もっとも注目に値することは、太陽が神の姿と神からの恵みを、はっきりと映し出す鏡である一方で、月は人間とその不完全さを映し出す鏡となっていることなんだよ。ときには形が大きくなり、またときには小さくなってゆく。また、生まれたと思えば、死んでしまう。形が満ちたと思えば、こんどは姿を消してしまう。だから決してひとつの状態で居続けることはない。自分自身は光を発せず、太陽の光の恩恵にあずかる。地球が前に立ちはだかると、太陽の光が遮られてしまう。もっとも光り輝いているときに、表面の多くのしみが露呈される。その占める位置と本来の性質からいっても、月は数ある天体のなかでも、みじめな存在なんだよ。天空の中より、むしろ地球のなかでその力を発揮するからだ。だから、月とは気まぐれで、欠点だらけで、しみだらけの哀れで悲しい下級の存在なのさ。すべてこんな特徴は、地球に近く位置していることから生じてくるんだよ」

「その夜も前の晩と同じように、寝ることを忘れ、心地よい夜を過ごしました」とアンドレニオは言った。「まるで空にある星の数にも負けないほどの目を持てたような気持ちで、星に目を凝らし、穴の開くほど大空を眺めていました。ところがそのうち、暁を告げる鈴のような小鳥の歌が始まりました。小鳥たちの囀りは、星の姿を消し去り、花を目覚めさせるとともに、再び姿を見せた太陽に挨拶を送り始めました。太陽は新たに生まれ変わり、それを目にした自分も甦る思いがしました。そこでぼくは、前日ほどの熱意には及ばなかったものの、太陽に心からの挨拶を送ったのです」

「太陽でさえ」とクリティーロは言った。「二度出ればあまり人は驚かず、三度目となると感激は薄れてしまうもの」

「たしかに、好奇心も以前よりは薄れたように感じましたが、むしろそんなことよりも、じつは猛烈な空腹感に襲われたのです。そこで太陽へ感謝の挨拶を送った後、朝の光を利用して山を下りて行こうと考えました。ここで気づいたのは、太陽もやはりわれわれと同じ、神の創造物だということでした。そう思ったのは、まるで足元を明りで照らしてくれる召使のように、太陽がその光をぼくのために役立ててくれたからです。とにかく山を下りて体力を回復させれば、萎えた心を元気づける助けになるだろうと考え、それまでの崇高な思索を中断して、空腹という極めて現実的な問題に対処することにしたのです。こうしてぼくは、いわばへりくだるような気持ちで、山をくだっていったのです。ちょうど山崩れでできた危なっかしい斜面をつたって下りていったのですが、それ以外の方法では不可能だったに違いありません。そしてそんな幸運なめぐりあわせの中に、神の意思をよりはっきりと認識したものでした。さて、これからぼくが平地に最初の足跡をしるす話に移ることになりますが、もうすっかりぼくの息が上がってしまい、声もかすれてきました。そこでお願いですが、ぼくのなかにこれまでため込んできた話を、あなたにお助けいただいて、いろいろぼくから聞き出していってほしいのです。こんどは、この地上世界の素晴らしさについて話を移すことにして、ぼくを驚かせた新たな発見の数々を、ぜひあなたにお聞かせしたいと思います」

第三考
大自然の美しさ

神の創造物としての大自然は、さまざまな美しい姿を我々に提示してくれるのだが、まずもって人に好かれたいという姿勢がそこに観察される。つまり、人間に注目され、ほめられたいという性向がそれである。そのために大自然は我々人間の心の中に、その働きをつぶさに調べ上げたいという性癖を植えつけたのだ。最高の賢者とされる人[1]は、そんな人間の作業を最悪の暇つぶしと呼んだのだが、それがもし人間の好奇心を満たすだけの無益な作業に終始するのであれば、たしかにその言葉どおりであろう。だからこそ、その作業が神を賛美する方向に向けられ、同時に神への感謝の気持ちに動機づけられていることが大切なのである。なんでもやみくもに称賛してしまう姿勢は、えてして無知から生ずる場合が多いのだが、しかし一方で、褒められる側に一種の満足感を生み出してくれることもまた確かだ。だが、もし一般にたやすく称賛などしない傾向があるとするならば、それは大衆がその価値に気づいていないからか、あるいは実はむしろ少数の物知りだけが真実を把握しているからだと言った方が正しいのかもしれない。あるものに感嘆しあこがれることは、もしそれがきちんと評価したうえでの判断であるならば、これ以上理想的な称賛の姿勢はないのだが、実際には単なるおべっかに終わってしまうことが多い。なぜなら、いくら褒められた本人がおとなしく沈黙を守っていたとしても、完全無欠な人間であるなどという、あまりに行き過ぎた評判が独り歩きしてしまうことがあるからだ。こうして、たやすく何にでも感嘆してしまう姿勢は、すっかり俗輩たちのものとなってしまい、大して重要でもないことを、ただ目新しいという理由だけで称賛の対象に仕立ててしまうのだ。こうなってしまうと、たとえ素晴らしい感動を与えてくれるものであっても、もう十分に知り尽くしたということで、もはやまったく見向きもしなくなってしまう。そんな具合だから、奇抜さでわれわれの好奇心を満足させようと、子供じみた新奇なものを追い求めていったりするのだ。新奇さとは大きな魅力である。大自然の美しさであれ、芸術的な美であれ、われわれがすべて知り尽くしたと思ってしまうと、新奇な玩具を自慢したくなるのだ。古い時代の価値あるものを、もう十分に精通しているということで、俗輩たちは軽蔑の対象にしてしまうのだ。つまり、きのう人々を驚嘆させたものが、今日になると軽蔑の対象となり下がってしまうのである。それも、その素晴らしさが消え失せてしまったからという理由ではなく、われわれから高い評価が得られなくなったという理由からなのだ。本来の価値に変化があったなどという、ありもしない理由からではなく、われわれの目には、新しいものに見えるからだけのことである。好尚に関するこうした俗物根性から人々を救おうと、賢人たちは古代の美について新たな考察を行い、あくまでも美への素直な感動に基本を置くことで、人々の好尚を刷新しようとしてくれているのだ。しかし、今の時代にダイヤモンドをそのたぐいまれな美しさから、また真珠をその稀有な美しさゆえに、われわれがこれほどの評価を与えていることを考えると、大きく輝く星座や月、さらには太陽そのもの、花で彩られた地表、星座が輝く天空などを、突然思わぬ形で目にしたアンドレニオの感動は、われわれの想像をはるかに越えるものであったはずだ。

さて、ここで再び彼の話に耳を傾けてみよう。彼はつぎのように喜びに満ちた物語をつづけたのである。

「さまざまな美しさに囲まれ、その中心に身を置くなんて、今までまったく想像もできなかったことです。そこに身を置いたぼくは、当然今までとは打って変わって、肉体よりも精神の働きが活発となり、足よりも目をしっかり働かせることになりました。すべてが今まで見たこともなかったことばかりで、それに注目し、その美しさに心から拍手を送りました。要するに今までとの違いは、以前たとえば空を眺めていたときは、単に視覚だけを使っていたにすぎませんが、それがこの時からは、あらゆる感覚を動員して見るようになったことでした。それでも、あれほどの悦びを全部味わおうとすれば、まだまだ感覚の数が足りないくらいでした。できれば百の目と百の手を持って、ぼくの好奇心を満たせたならと思ったほどでしたが、でもそれだけの数を合わせても、その願いはまだまだ叶えられなかったかもしれません。ぼくはうっとりして周囲にある神の創造物を眺め、思いにふけっていました。ひとつひとつの物が、それぞれ違った性格や特徴を持ち、形、色、働き、動きなど、すべてがお互い違っていたのです。一輪のバラを手に取り、その美しさを目の当たりにし、芳しい香りを感じとり、いつまでも見飽きることもなくその花を愛でていました。さらに近くの植物の果実にももう一方の手を伸ばし、心ゆくまでその味を堪能したのです。これこそ果実が花より優れている特徴のひとつと言っていいでしょう。こうしてしばらく時間が経つと、こんどはあまりに沢山のものを目の前にして困ってしまい、手にしたものを捨て、また新しいものを手にして、再びその美しさを愛で、味を楽しんだのです。とくにぼくがすばらしいと思ったことは、数えきれないほどの生き物が、お互いあれほど違った特徴を持ち、変化に富み、不思議な多様性を示していることでした。ですから、たとえば一枚の植物の葉っぱにしても、鳥の一枚の羽にしても、ほかの種の葉っぱや羽と見間違われることはないのです」

「それはだね」とクリティーロは説明を加えた。「賢明なる神は、すべての生き物を人間のために創造されたわけだが、ただ単に人間にとって最低限必要なものだけを造り、それをお与えになったわけではないからだよ。そこには、人間が快適で心楽しく暮らせるようにとの思いが同時に込められているのだ。つまりそんな形で、神は人間に対する限りない配慮をお示しになり、さらに人間に対しても、それと同じほどのおおらかさで神に仕え、崇拝するようにとの気持ちを植えつけてくださったわけだ」

「それにぼくは、ほとんどの果実をこれまで見たことがあるのにすぐに気づきました。それは、ぼくを育ててくれた野獣たちが、洞穴にいるぼくにもってきてくれたことがあったからです。でも今度は、その果実がどんなかたちで枝に芽を出し、育っていくのかを確認でき、とてもうれしく思ったのです。だって、以前にはいくら考えを巡らせても、さっぱり見当がつかないことだったのですから。でも中には、ぼくがまだ知らない木の実もありましたが、実際に手に取って食べてみると、まだ堅かったり酸味が強すぎたりして、すっかり騙された気分になりました」

「まさにその点にこそ、神の摂理の素晴らしさが表われているんだよ」とクリティーロは言った。「つまり、神はすべての果実が同時に一斉に熟れるようにはなさらず、季節の移り変わりに従い、また生き物たちの必要に合わせて、果実が出来上がるようにされたのだ。春の果実は滋養になるというより、むしろ味覚を楽しませてくれるもので、味の濃さよりも、むしろ初物であることを売り物にしている。さらに、夏の暑さを和らげてくれるのが、みずみずしい味をした果実であり、実りの少ない冬のためにあるのが、日持ちのする堅めの果実で、人間の心にぬくもりを伝えてくれる。新鮮な野菜は七月の熱気を和らげてくれ、温かみのある野菜は、十二月の厳しい気候のなかで、人の心に安らぎを与えてくれる。というわけで、ある作物の季節が終わると、別の新しい作物がつぎに登場する。そのお蔭で一年をとおして、人は豊かな食糧とゆとりのある気持ちを手に入れ、楽しく過ごすことができ、またゆっくりと体を休め、健康で快適な暮らしを送ることができるのだ。これこそ恵み深き創造主の思いやりなのだよ。これほどきめ細かなご配慮を神が示してくださっていることを、いったい誰が否定できるというのだね。心の隅に愚鈍な考えを隠し持つ人間でさえ、これは認めざるを得ないのだよ」

「ぼくが新たに身を置いた場所は」とアンドレニオが言葉をつづけた。「さまざまな神の創造物に囲まれた、楽しい迷路の真ん中だったのです。そんな幸せな状況に自分が置かれているのが分かってくるにつれ、ぼくは喜んでその状況に身を任せるようになりました。いったいどちらへ向かったらいいのか判断がつかないまま、いっこうに弱まらない好奇心にまかせて、好きなようにあちこち歩き回ってみたのです。そこで得た楽しい体験は、ぼくにとってはすべてが驚きであり、それぞれが新たな素晴らしい発見でした。あちこちの花を、その香りに誘われ、その美しさに引き寄せられるまま、自分で手折り、じっくりと眺め、その香りを楽しみ、ぼくは飽きることがありませんでした。さらには、花びらを引き伸ばし、その美しさの構造を詳しく調べました。こうして地上で光り輝くすべての美しい創造物を賛美するようになっていったのです。ぼくはこんなことを考えるに至りました。一輪の花が美しいとすると、花壇全体はもっと美しいはずだと。空のひとつの星が、きらきらと美しく輝くとすると、天空全体ならもっと華やかで、より美しいはずだと。なぜなら、さまざまな美が一堂に集まり、ぼくたちの心を慰めてくれるのを見たら、だれだって感嘆と称賛の声を上げるはずだからです」

「きみはなかなかいい好みをもっている」とクリティーロは言った。「毎年花壇に足を運ぶ人は多い。しかしそのほとんどが、単に肉体の感覚を楽しませることだけに注意を向けるだけで、もっとも崇高な問題の観照に心を向けるきっかけとする者はいない。いいかね、きみはそんな人になってはいけないのだ。

創造主がこの世で表現した無限の美に気づき、それを発見できるように、自分の好尚に磨きをかけたまえ。何かが投影する影を見て、その影をつくっている元の形とその実体はどんなものだろう、と考えを巡らせることだ。つまり、生命を失った姿を見てその生きた状態を推し量り、描かれたものを見てその真の姿を推し量るようなものだ。いいかね、たとえば素晴らしい建築家が王の命を受けて宮殿を建てる場合、建物が安定していて強固であることと内部の部屋が快適であることだけに留意するのではない。その美しさや優美で均整のとれた形にも注意をむけ、たとえば視覚のような、人間の五感の働きのうちで一番高貴な感覚を楽しませるように気を遣うものだ。それと同じように宇宙という大きな建物のいわば設計士である神は、単に建物の快適さや強固さに注意を向けたのみならず、均衡のとれた美しさにも大いに気を配ってくれたのだよ。それだからこそ、神は単に木が果実を生み出すだけでは満足されず、花を咲かせることもお忘れにならなかったのだ。おまけにその花だって、ただ美しいだけでなく、美と実益をうまく両立させることこそが大事なのだよ。そのために、蜜蜂にはすべての花をひとつひとつ巡ってもらい、大いに甘い蜜を作り出していただこう。さらに花弁からは、香り高く体にもよい蒸留水を作ってもらい、我々の嗅覚を楽しませ、心に元気を与えていただこう。そうすればわれわれの五感すべてが、花のおかげで喜びを感じ、心が満たされた気持ちになることができる」

「でも残念ながら」とアンドレニオは応じた。「初めのうちは、香りの高さでぼくを惹きつけてくれた花が、そのあと萎れてしまい、とても悲しい気持ちにさせられました」

「それは結局のところ、人間の命のはかなさを象徴する出来事にすぎないね」とクリティーロが考えを述べた。「何事でもそれが始まる時期には、華やかで美しい外観をいかにも楽しげに示してくれるものなのさ。たとえば一年の始まりには、心地よい春の花々に囲まれる。一日は気持ちの良い夜明けの曙光とともに始まる。そして人間は幼年期の朗らかな笑顔と青年期のみずみずしさとともに、人生を歩みはじめる。しかし、いつかはすべて枯れてしまうことの悲しさ、姿を消すことへの恐怖、死ぬことの醜さに、いずれ行きつくことになるのさ。万物流転を常とする運命が、まるでひとりひとりの人間を幻滅させ、ひそかにほくそ笑んでいるような感じさえするね」

「ぼくは美しいものがあれほど多く集まった、不思議な場所に身をおいて、すっかり目を楽しませてもらったのですが」とアンドレニオは言った。「でもそのあと小鳥たちの心地よい鳴き声を聞くと、それに劣らぬほどの楽しさを今度は耳で感じることになりました。心楽しいあの歌声、震え声、囀り、高い音色、啼き交わす声、忍び音、甘い旋律などなど、小鳥たちのさまざまな鳴き声を耳にしながら、ぼくはさらに歩みを進めていきました。小鳥たちはよく響く声でお互い張り合いながら、谷間では賑やかに騒ぎ立て、平野でははしゃぎまわり、岩のうえではじゃれ合い、森の中を彼らの声でいっぱいにしていました。さらには、姿を見せたばかりの太陽に向かって、いつも愛想よく朝の挨拶を送っていました。ここでぼくが気づき少なからず驚かされたことは、大自然は小鳥たちにだけ歌うという特権を与え、それがぼくたちの生活のなかで大きな慰めとなっていることでした。というのも、この地上に棲息する獣を、ぼくは一頭ずつ調べていったのですが、気持ちのいい声をもった獣はひとつとして存在せず、むしろ彼らの声には、優しさのかけらもないばかりか、とても不快でぎすぎすした感じの声でしかありません。おそらく獣の本性によるものだと思います」

「そのわけはだね」とクリティーロが助け船を出した。「小鳥たちは大空を住処としているから、とても軽快な動きをみせてその翼で広大な空を滑走し、さらには嘴を開けて大空に励ましの歌を捧げているからだよ。鳥という生き物はとても優れた能力をもち、自分だけで上手に人間の声をまねて、まるで人間のように喋る。この考えをさらに進めていけば、鳥たちは空を住処とすることから、神への賛美歌を歌うことが彼らにとって一番お似合いの仕事だ、とさえ言っても決して言い過ぎではないと思う。それともうひとつ、きみによく知っておいてもらいたいことがある。それは、鳥たちはほかの大多数の生き物たちと違って、猛毒をもつような仲間は一羽だっていないということだ。とくに、土にまみれ、地面に這いつくばって棲息する生き物たちには、世俗の毒を含んだ邪心が体にまとわりついている。まるで鳥たちはわれわれ人間に対して、天に視線を向けるように、そして地表の汚泥から身を引くようにと教えてくれているようだ」

「ぼくは小鳥の姿がとても好きになりました」とアンドレニオは感想を述べた。「小鳥たちがあれほどりりしく見え、生き生きした色の取り合わせで体を飾り、あれほど派手で見栄えのする羽毛をもっているのは、見るだけでも楽しくなります」

「あらゆる生き物のなかでも」とクリティーロがつけ加えた。「それが鳥であれ、猛獣であれ、雄のほうが雌よりも凜々しくて、見栄えがするのにきみも気づくはずだ。これと同じことが人間の男性についても確かに言える。女性に味方する者がいくら否定しようが、また女性に対する礼儀からその事実を隠そうが、それは変わることのない真実だよ」

「ぼくがとても感銘を受け、うれしく思ったのは」とアンドレニオが言った。「これほど多種多様の生き物同士の間にある調和です。お互い対立しあうことなく活動し、そしてきちんと統率がとれている。いやむしろ、お互い譲り合い、助け合っているといってもいいでしょう」

「まさにそれこそが、創造主の無限の英知がもたらしてくれたもうひとつの素晴らしい成果なんだよ」とクリティーロは考えを述べた。「神はその英知によって、あらゆるものをその重さや大きさ、あるいはそのほかの数値にしたがって分類してくれている。これはすぐに理解できることだが、どんな神の創造物であろうと、存在すべき場所を持ち、生きつづけられる時間も定められ、それぞれの行動と存在の目的もきちんと決められているのだよ。だからあらゆるものが、その出来上がりの度合いにしたがって、お互い上と下の関係におかれることになるのは、きみも見てすぐ分かるはずだ。自然界を構成するもっとも基本となる要素、いわゆる四大元素(3)をもとにして、それらの元素を組み合わせた混合体が出来上がり、そのうちの地位の低いものが、高いものに仕える仕組みになっているのだよ。草木は生命の一番低い水準に属している。つまり植物的な生命しか有していないのだ。決められた時間内に成長をつづけ、一定の成長点にまで到達すると、そこから先に進めなくなり、結局この草木は、生命体の第二階級に属する諸感覚を備えた生き物たちの食べ物となり、利用されてしまうことになる。要するに、動物的生命が植物的生命を自分のものとしてしまうのだ。つまりこれが地上の動物たちであり、海の魚であり、空の鳥なのだ。彼らは草を食み、樹木を棲み処とし、その果実を食べ、枝に巣をつくり、幹の間に入り込んで自分の身を守り、葉っぱを日よけにして身を隠す。でも草木にしても動物たちにしても、ここでまた身を落とし、彼らよりずっと進化した第三段階の上級の生き物に、奉仕することになる。この生き物には、成長能力と諸感覚が備わっているほか、理性の働きと思考し理解する能力も合わせて備わっている。つまりこれが人間なのだ。ここまで来ると、やっと世界の秩序に従う形で、神に視線をむけ、神を知り、愛し、仕えることになるわけだ。このようにして、生き物たちの絶妙な配置と彼らの間の調和とともに、あらゆるものが一つの秩序のもとにきちんと整理され、繁殖と種の保存のために、生き物同士がお互いに助け合う。水はその受け皿となってくれる土地を必要とし、大気は水によって容積を増し(4)、火は風によって煽られ勢いを増す。このようにして、全宇宙の保全のために、四大元素と生き物たちとの調和が図られ、すべてが見事に整えられているのだ。さらにここでとくに注意して考慮すべきこと、また喜ぶべきことがある。それは、神の至高の摂理のおかげで、生き物の繁殖と保存をはかるために、独特の素晴らしい知恵を神から与えられていることだ。その知恵とは、諸感覚を備え、神の創造物のなかでももっとも重要で、完全な生き物である人間に与えられたもので、我々ひとりひとりに対して、善を求め悪を避けるための、生まれながらの本能を与えてくださったのだ。それが証拠に、相手を騙すことにかけては巧みな技を示す者がいる一方で、相手に騙される危険から巧みに逃げる技を備えた者もいることを言っておくべきだろう」

「たしかにぼくにとっては、すべてが新鮮な驚きの連続ではありましたが」とアンドレニオは言った。「ある日、広々とした海を眺め、心を慰めていた時に、再び新たな驚きを感じたのです。ぼくが陸ばかりに感動しているのを見た海が、それを恨みに思っているかのように、波が舌に変身してこのぼくに話しかけ、物わかりの悪いこのぼくを問い詰めているように思ったからです。波は大声でぼくに呼びかけ、陸地に劣らないほどの関心を、広大な素晴らしい海に向けるよう注意を促してきました。ぼくは歩き疲れてはいましたが、思考力は衰えてはいませんでした。険しい断崖の岩に腰をおろし、波が押し寄せるたびに、新たな驚きを胸に繰り返し感じていたのです。ぼくは海を見事なまでに手なずけているあの海岸について、じっと考えを巡らせていました。あれほど恐ろしく荒れ狂う怪物が、海岸ですっかり勢いをなくし、細かな砂がつくった柔らかな堰《せき》に、おとなしく従ってしまうさまを目の当たりにしたのです。ほんとうにこれで大丈夫なのか、とぼくは独り言をつぶやいていました。あの猛々しい敵から身を守るためには、あんな砂地では十分でなく、要塞がなくてもいいのだろうか、と」

「待ちたまえ」とクリティーロは言った。「それは神が抜かりなく気を配り、二つの獰猛な自然の要素[5]をやさしく、しかも強固な形で、閉じ込めるようにしたのだよ。もしなすがままにしておけば、とっくの昔に陸地はそこに棲む生き物とともに、消滅してしまったことだろう。そこで神は、海岸の砂地を境界として、海をそこに閉じ込めてしまい、火は火打ち石の内部の堅い層のなかに閉じ込めたのだよ。だから火はそこに囚われの身になっていて、ちょっと叩いて呼び出せば、すぐさま火は姿を現わし、その用を果たす。そして必要でなくなれば、すぐに消されて、退場させられるわけだ。もしこうなっていなかったとしたら、この世は二日ももたなかっただろうし、すべてが死に絶え、あるいは沈没し、あるいは焼け落ちてしまったはずだ」

「話を水のことに戻しますと」とアンドレニオが言った。「ぼくはすがすがしい透明感をもつ海の水と、その絶え間ない動きから目を離すことができませんでした。ぼくの目は水晶のように透き通った水をいくら見ていても、見飽きることはなかったからです」

「人の話によると、目は二つの体液からできているそうだ」と、クリティーロが考えを述べた。「水様液とガラス体液がそれだ。どうやらそれが原因で、人は水の動きを見るのがとても好きなのだとか。だから一日中まったく飽きることなく、海水が波立ち、崩れ落ち、また流れるのを見ることに心を奪われてしまうのだ」

「なかでも特に」とアンドレニオが言った。「澄み切った水中深く、小鳥や獣に劣らぬほどのたくさんの種類の魚たちが泳いでいるのに気付いたとき、この世をほめたたえる気持ちが、まさに頂点に達したと言ってもけっして誇張ではありません。ぼくはたったひとり、岩のうえに茫然と立ち尽くし、全宇宙が素晴らしい調和の中にあるのを眺めていました。その調和は不思議な対立関係から出来上がっていて、その対立がもし激しくなれば、一日たりとも世界は維持できなくなるように思います。そのことがぼくはとても気になり始めたのです。だって、お互いの対立から出来上がっている、この奇妙な調和の仕方を見たら、だれだって恐ろしくなるはずですからね」

「その通りだ」とクリティーロは答えた。「この世界はすべて、お互いに対立しあう者同士で成り立っていて、不調和のなかに調和を生み出しているのだ。かの哲学者[6]もこの世では複数の要素が互いに対立しあう、との意見を開陳している。世の物事には、それに敵対するものが存在しないことなどありえず、結局はお互い一戦を交え、一か八かの勝負に出なければならない。こうして何をやるにしても、必ず苦労がついてまわる。つまりは、もし行動を起こせば、それに対する抵抗が生じるということだ。まず複数の諸要素が先陣をつとめて、お互いの間で戦いを始める。するとその結果、お互い交じり合ってできた新しい要素同士の間で今度はまた新しい戦いが始まり、交互に破壊し合う。悪が善をつけねらい、不運までが幸運を危機に追いやる。ある時の良いめぐりあわせが、別の機会には逆のめぐりあわせとなり、悪運と良運の星同士が戦い、お互いの力を衰弱させてしまう。ただし、この悪運と良運の星同士が直接傷つけあうことはない。ちょうどこれは君主として上に立つものは、戦いではお互い直接傷つけあうことなどないのと同じであり、結局大きな被害を蒙るのは、君主に仕える従者たちであるのと同じように、この世で運命に翻弄される人間たちなのだ。このような対立関係は、自然界のみならず、人間の精神世界にまでその影響を及ぼす。たとえば、どんな人間にも張り合う相手がいるものだ。そもそも戦わない者は、何の取り柄もない連中なのさ。年齢に関して言えば、老人たちは青年たちと張り合い、また体質について言えば、粘液質の人は怒りっぽい人に、社会階層で言えば、金持ちは貧乏人に、そして国家で言えば、スペイン人はフランス人にそれぞれ対立している。このようにして、人間の他の性質に関しても、すべてお互い相反する条件をもつ人がいるわけだ。ところがだね、こう言ったらきみはきっと驚くだろうが、同じひとりの人間の心の中、つまり外の世界と隔絶した心の扉を開けてみるとだね、その中には外にあるのと同じような対立の火がもっと激しく燃えているのだよ」

「なんですって？　それは同じ一人の人間が自分自身と、心のなかで敵対しているということですか？」

「まさにその通りだ。人間は小さいながらも一個の世界を形成していて、お互い相反するさまざまな要素から成り立っている。そこで四種類の体液がまずその勢力争いを始める。そして、各体液はそれぞれの働きにしたがって活動し、たとえば激しい気性に冷静な性格が抵抗を試みるなどしたりするのだ。こうしてお互い競合しあい、力を消耗し、最後には一人の人間全体が衰弱しきってしまうのだよ。下半身は上半身につねに反抗の姿勢を示し、食欲は理性に大胆な戦いを挑み、ときには理性を打ち負かしてしまう。不死の魂の働きでさえ、この体全体にかかわる諍《いさか》いから逃れることはできない。また、熱い感情同士が心の中で激しくぶつかり合う。たとえば、恐怖心は勇気を、そして悲しみは喜びを、それぞれ打ち負かそうとする。ときには、感情に身をゆだね、そしてまたあるときにはそれを忌み嫌う。

克己の精神が現世的な欲望と戦い、ときには悪徳が勝利を収め、またあるときには美徳が勝利を収める。こうしてすべてが武器を手に取り、大戦争へと発展してしまう。そんなわけで、人間の一生はこの世でのいわば兵役にほかならないのだ[7]。しかし、神こそすべての創造物の優れた調停者であり、こんな形で賢明なる神のすばらしい摂理を示してくれている。すべての生き物たちの間に、さまざまな対立を絶やさないことで、かえってこの世界という大舞台を神は維持し、守ってくれているのだよ」

「そんな神のすばらしい心遣いこそ、ぼくが大いに讃えていたことです」とアンドレニオは言った。「この世にあるものは、変化をとげていくものやそのまま変化せず残っていくものがあるようには見えますが、しかし、いずれはすべてが終わりをつげ、死に絶えていきます。しかしその一方で、世界だけはつねに変わらず、同じ姿のままで残っていくのですね」

「至高の創造主が、世界の設計図をお考えになったとき」とクリティーロが言った。「なにかを終わらせるときには、必ず新しいものをすぐに始めるようにされたのだよ。したがって、初めにあったものの残骸から、次のものが立ち上がるように考えられたわけだ。これを見れば、終わりそのものが物事の始まりであり、ある生き物の消滅が新しい生き物の誕生となることが、きみには分かるだろう。すべてが終わってしまったと思えるときこそ、もう一度始まる時なのだよ。こうして自然界は再生され、世界は若返り、地球は再出発を図る。そして神の統治が称えられ、敬われるのだ」

「そのあとでは、ぼくは時間のさまざまな区切りかたを、それまでと変わらぬ意欲をもって、さらに観察してみました」とアンドレニオは言った。「すると、昼と夜が交互に繰り返されること、冬と夏が繰り返されること、この両極端の天候へ急激に移動しないように、この二つの季節の間に春を挟んでいることなどを知りました」

「まさにその点こそ、神がわれわれに助けの手を差し伸べてくださっている証拠なのだよ」とクリティーロは考えを述べた。「つまり、神の創造物たちに対して、それぞれが占めるべき位置とか存在すべき場所を教えてくれたばかりでなく、時間の流れについても、彼らへの思いやりを示してくださっている。昼は働くためにあり、夜は休息のためなのだ。冬には草木が根を張り、春には花が咲き、夏には実が結び、秋にはそれが熟し収穫を楽しむ。さらにまた、雨は神のすばらしい発想によるものであることも、忘れてはなるまい」

「ぼくはそのことでとても感銘を受けました」とアンドレニオが言った。「水があんなにやさしく土地の上に降り注ぎ、多くの実りを生むのを目の当たりにしたからです」

「それもおあつらえ向きの時節にだ」とクリティーロはつけ加えた。「一年のうちで節目になる二つの時節、つまり十月の種まきと五月の穫り入れには、湿り気をもたらす雨はありがたい。それに天体の月の移り変わりも、豊かな収穫と生き物たちの健康に少なからず貢献してくれる。こうして一年十二か月の移り変わりとともに、寒くなったり、あるいは暑くなったり、風が吹き荒れるかと思えば、湿り気の多い時節もあり、穏やかな天気がつづく時節もある。水は土を清め、肥沃にしてくれる。風は物を清め、力を与えてくれる。こうして大地は、生き物の体を支えるためにしっかりした土台を作ってくれるのだ。大気には何の障害物もなく、生き物たちは自由に動き回り、また澄み切った大気のおかげで、すべての動きをはっきりと捉えることができる。全能の神こそが、そんな素晴らしい世界の仕組みを整えてくださったのであり、すべてが永遠なる神の摂理、そして計り知れない神の思いやりによるものだ。だからこの世の仕組みをどれだけ賛美し、称え、拍手を送っても、まだ足りないくらいにさえ思えるのだよ」

「全くその通りだと思います」とアンドレニオは言葉を引き取った。「ぼくも同じことに気づいていました。もっとも、ごくおぼろげながらではありましたけれど。ぼくのお気に入りの時間の過ごし方は、毎日好きな時間に居場所を移し、岩から岩へと移動して歩き回ることでした。そんな形で、神への賛美の気持ちを新たにし、自分の思いを反芻し、ときには空を、あるいは陸地を、花畑を、あの海を、幾度となく見つめなおし、胸を弾ませながら飽きることなく眺めていました。でもそんな中で、ぼくがやはり一番心を奪われたのは、永遠の英知たる神がこれほど精緻な作品を、造作もなくあれほど巧みにつくりあげてしまったあの技でした」

「神の素晴らしい技が示されているのは、たとえば空と海の間に強固な陸地をつくり、その上に立派な建築物がしっかりと建ち並ぶよう、安定した基礎をつくりあげてくれたことだね。それに川をつくってくれたことも、それに劣らぬ発明だった。とくに川の流れの始まりと終わりの処理の仕方がすばらしい。その源流は尽きることがないし、いくら海に注ぎ込んでもあふれることはない。風にはさまざまな流れがあり、われわれが肌に感じる風は、どこで生まれどこで終わるのか判らない。それにわれわれに様々な利益をもたらしてくれる、山々の美しさはどうだろう。平地を柔軟な筋肉とすれば、山はその強靭な骨格をなし、心憎いほどの地形の多様性をさらに増してくれている。山からは、雪という名の宝物が採取され、貴重な鉱物も掘り出される。さらに山は雲の流れを停止させ、泉を生じさせ、野獣たちに巣穴を作らせる。高く伸びた樹木は、いずれは船や建物に使われることになる。また、川が増水すれば、人々は山で身を守り、敵の襲来には山に砦を築く。こうして、山のおかげで、人々は健康で安全な生活を楽しむことができるのだ。このような数々の恵みを、無限の英知である神以外に、いったい誰が実現できるというのだね。賢者たちが口をそろえて言っているのは、もしすべての人間の知恵を結集し、その考えを練り上げたとしても、すでに完全な形で創造された自然界に、新たに手を加える余地などないとのことだ。たとえそれがごく微細な環境の変更であれ、ごく細かな部分の改造であってもだ(8)。占星術についていくらかの知識があったとのことで、賢者として称賛されている王様がいる(9)。たしかに君主たちが敬われるには、学識に優れていることも大切なのだが、この王様がこんなことを豪語しているのだよ。いわく、もし創造主である神が大宇宙をつくるに際して、この自分が横に居て直接手を貸すことができていたとしたら、たくさんのことを別の形でもっと上手に仕上げていたはずだ、と。これはこの王の学識の深さのなせるわざというより、むしろ国民的性格によるものと言えそうだね。つまり、この思い上がった性格は、ほかならぬ神と対峙しても揺らぐことがなかったわけだ(10)」

「じつはこの話のおわりに、一番肝心なことを聞いていただきたいのです」とアンドレニオは言った。「それはぼくが感銘を受けたことすべてのなかでも、一番気高い意味をもつ事実だと思います。ぼくは正直に告白いたします。この驚くべき大宇宙という創造物のなかで、ぼくは四つの奇跡といっていい事実を認め、称えてきました。それは、これほどお互い異なる多くの生き物が共存していること、美と有用性がこれほど見事に両立していること、敵対するものの間にあれほどの調和が生まれていること、そして永遠の恒久性を保ちながら同時にあれほどの変化が認められること、の四つです。これらはすべて称賛と尊敬に値する驚くべき事実だと思います。ところが、以上のことをすべて考えに入れても、とくにぼくをまごつかせる事実がもうひとつあるのです。それは、創造主が存在することが、生き物たちの中にあれほど明確に示されているのにもかかわらず、肝心の創造主はどこかにすっかり姿を消してしまっていることに、ぼくは気づいたのです。宇宙の巧みな仕組みにみられる神の英知、天地創造で示された全能の力、宇宙を統治する神の摂理、大宇宙の完成された美しさ、広く差し伸べられる神の救いの手、生き物との交流を願う温かな心などはもちろん、さらに他の働きをも含めて、こうした神の行為はすべて明らかな形で示されています。かつて宇宙の創造時に示された力は、今となってもどれひとつ隠されているものはありません。でもそれにも拘わらず、偉大な神はご自分の姿を隠しているのです。ぼくたちは神が存在することには気づいているものの、まだこの目で実際にその姿を見たことがありません。でも、神は隠れているのに、ぼくたちははっきりとその存在が確認できます。こうして、神はとても遠くにありながら、ぼくたちのすぐ近くにいてくれているのです。この事実こそがぼくを惑わせている謎です。でも神を知り、愛することで、ぼくの心はますます神と一体化できるように思います」

「人間にとっては固有の習性といえるだろうが、人間が誕生から死に至るまでの間、神を知り、愛し、神に向かって心を開くのはごく当たり前の行為なのだよ」とクリティーロが答えた。「どんな野蛮な国であろうと、神聖なるものの存在を認めなかったような例はいまだかつてないし、神の実体とその存在を巧みに解き明かした立派な説にも事欠かない。つまり、自然界には余分なものは存在しないし、必ずなんらかの目的をもって創造されたものばかりだけが存在するのだよ。たとえば磁針が北の方向を指し示すことになっているのであれば、針はきっとどこかの点で制止するはずだ。草花は太陽の光を求め、魚は水にあこがれ、岩石は重力の中心に向かって落下し、人間は神を探し求めようとする。すると神という存在は、いわば北の方角を指すように、人が探し求めるものを指し示してくれ、重力の中心となり、さらには太陽となって人間を神にとどまらせ、神の存在の素晴らしさを味わわせてくれることになるのだよ。この偉大なる主は、すべての創造物に生命を与えてくれたのだが、自分自身の命に関しては、それを自分でつくりあげた唯一の存在なのだ。それゆえ、神こそあらゆる形の完成された美を備え、その存在や場所や時間については、ほかの何者からも制限を受けることはない。だから直接われわれの目には見えないけれど、その存在は知覚できるのだよ。そして至上の王として、人間には近寄りがたい神秘性を帯びて姿を隠したうえ、われわれ人間にその創造物をとおして話しかけてくる。そんな理由からある哲学者はこの大宇宙を神の大きな鏡であると定義したのだよ。[11]また、あの無学な賢人はこの世界を《私の教科書》と呼び[12]、この世に存在する創造物をとおして、神の手になるこの世の完成された美を感じ取ったのだ。また、フィロン・エグレオ[13]の言葉によれば、この世は《優れた好尚を有するすべての人が招かれた宴《うたげ》であり、そこでは心が大いなる慰めを受ける》としている。さらにピタゴラスは宇宙を《調律された竪琴》と呼び、そこで奏でられる旋律が我々を楽しませ夢中にさせると述べている。テルトゥリアヌス[14]はこの世を永遠の存在たる《君主の盛大な宴》とし、さらにトリスメスヒト[15]は《神の創造物による心地よい調和》としている」

「以上がぼくのおおよその生活ぶりでした」と、アンドレニオは最後に言った。「なかなかうまく言い表せないのですが、以上が素直に心に感じたことです。感情が入りすぎると、いつも言葉足らずになってしまいます。ところで、ここでぼくのお願いですが、あなたは一体どなたなのか、どこからやって来て、なぜこんな不思議な経過をたどってこの海岸に流れ着くことになったのか、そんなことをすべてお聞かせくださいませんか？　どうかぼくの願いを聞き入れてください。お話には静かに耳を傾けるつもりですから。この島以外の世界が、もっと他にあるのでしょうか？　他にもっと人間はいるのでしょうか？　どうか教えてください。どんなことでもこのぼくに話してほしのです。あなたのお話は、ひとこと漏らさず、注意して聞かせていただくつもりですから」

それでは、クリティーロがアンドレニオに語って聞かせた、彼の人生の大きな悲劇について、このあと次考にて語ることとしよう。

第四考
人生の転落

語られるところによれば、愛の神アモル[1]は幸運の女神を相手に繰り言を並べ、激しい感情の高ぶりをみせたという。今回は自分の弱さに失望していたこともあり、いつものように母に訴えることはしなかったのだ。

「あら、いたずら坊主さん、いったいどうなさったの?」と幸運の女神が言った。

「よくぞ聞いてくださいました。ちょうどあなたに相談したいと思っていたところなんです」と彼が答えた。

「こんどはいったい誰を相手に問題を起こしたの?」

「相手は世界中の者全員です」

「それはあたしだって困るわ。だって敵の数が多すぎるもの。そういうことなら、坊やの側についてくれる者なんて誰も出てこないわよ」

「でも、もしあなたを味方につけられたら、それだけでぼくには十分。お母さんもそう教えてくれているし、毎日同じことを繰り返し言われています」

「で、誰かに復讐でもしたいわけ?」

「ええ、若者たちと年寄たちにです」

「じゃあ、教えてちょうだい、いったいどんな理由でそれほど腹を立てているの?」

「とっても強い正義感からです」

「ひょっとして、あなたがいやしい鍛冶屋の養子にさせられたということからなの? お母さんがあなたをお腹に宿し、産んでおきながら、わざわざ鉄粉にまみれたところであなたを育てたということ[2]?」

「いいえ、まったくそんな話じゃありません。それにそんな真実を知っても、ぼくはちっともつらいなどとは思いません」

「あなたのことを、あのどうしようもないお母さんの息子だなんて呼ばれるのが嫌なの[3]?」

「それはありえません。だってぼくはそのことをむしろ誇りに思っているほどですから。彼女なしにはぼくは存在しえないし、彼女だってぼくなしには存在しえないのです。クピドなしにウェヌスはないし、ウェヌスなしにクピドもありえないということです[4]」

「じゃあ、本当の訳が分かったわ」と幸運の女神が言った。

「なんです?」

「あなたの無節操で欺瞞だらけのおじいさんから、海なんかを遺産として引き継がされるのが気に入らないのね[5]」

「いや、いや、とんでもありません。そんなの子供じみた戯《たわ》けごとですよ」

「そんな理由がみんな冗談ごとなら、本当の理由はいったい何なの？」

「ぼくが腹を立てているのは、根も葉もない噂を立てられているからです」

「ちょっと待ってね、やっと分かったわ。きっと、死神とあなたが弓を取り替えたとかいう、あの噂のことを言ってるんでしょ[6]？ あの一件からというもの、人々はもうあなたのことを、《愛の神クピド》ではなくて、《死神のクピド》だなどと言ってるそうね。《思慕（シボ）》から《死亡（シボー）》へというところかしら[7]。というわけで、愛と死はまったく一緒のことなのよ。あなたは生命を奪い、はらわたまで盗み出し、心臓をかすめ取り、なおその上にその心臓をもっと元気が出せるところじゃなくて、もっと愛に飢えているところに移植するわけでしょ？」

「まさにおっしゃるとおりです」

「あなたの言う通り、もしそれが本当なら、嘘だとかなんとか嘆く必要はないんじゃない？」

「でも世間の人間は、ぼくのことをいじめ抜いて、視力さえ取りあげようとしています[8]。そのことをあなたに分かってほしいんです。ぼくの目はなんでもよく見えて、いつもいい働きをしてくれるというのに……。嘘だと思ったら、ぼくの弓矢に聞いてほしいくらいですよ。ぼくは目が見えないなんて噂が広がったのだけど、そんなでたらめの大嘘なんてほかにありません。そのうえぼくの姿を、すっかり目隠しされた格好で絵に描いたりするんです。まるでアペレス[9]みたいにすばらしい絵を自在に描く画家たちだけではなく、嘘八百をならべるのを仕事にして、勝手に想像を膨らませている詩人たちだってそうですよ。しかも賢者や哲学者までが、そんな低俗な話をしているのがぼくには我慢できないのです。だから幸運の女神様、お願いですから、あなたのご意見を聞かせてください。どんな情熱でも、人を盲目にさせてしまうのではありませんか？ 怒りに震える人は、それが頂点に達すると、怒りで盲目になっていませんか？ 貪欲な人間は、利益を求めて盲目になるでしょう？ 人を信じやすい人間は、やみくもに人についていきませんか？ 怠け者は目をつぶって、眠ってしまうじゃありませんか。高慢ちきな人間は、もぐらの目みたいに、自分の欠点がまったく目に入らないものです。偽善者の目のなかには、丸太が入っているではありませんか[10]。尊大な人、ばくち打ち、大食漢、大酒飲み、そしてとにかくみんな何かに熱を入れすぎることで、盲目になりませんか？ それならなぜこのぼくだけが、視力を奪い取られたあとでも、ほかの者よりも厳重に目隠しをされなければならないのです？ それに、とくにぼくのことだけを、なぜ盲目と呼びたがっているのです？ そんなのぼくの本来の能力とはまったく反対のことなのに、ますます激しくぼくのことを非難します。そもそもぼくは視覚を働かせることで、自分本来の能力が生まれてくるのですよ。だから、ぼくも目を働かせながら成長し、見ることで栄養をとっています。ですから、できればいつも目を働かせていたいし、ちょうど太陽の光の下で、鷲が獲物を求めて鋭い視線を送るように、ぼくも美しい相手を探し求めて、抜かりなく見張りをつづけるのです。以上が、ぼくの正直な気持ちです。あなたはどう思われます?」

「なるほど、あたしの考えもそれといっしょだわ」と幸運の女神が応じた。「実は、このあたしにも同じことが起こっているのよ。だから、お互いに慰め合いたいくらいなの。それに、恋愛の神であるあなたやあなたの仲間たちは、とても特異な性格を持っているのよ。だからその性格にふさわしいからという、一応もっともらしい理由から、あなたたちのことを盲目だなんて人は噂するわけなの。でも逆にあなたたちは、ほかの人たちのことを、別の意味で盲目だと思っているでしょう? 他の人たちは、物も見えず気づきもしないし、何にも知らないとあなたたちは思っているのよ。恋に落ちた者たちは、愛を知らない人たちのことを、みんな目隠しをされているのだと思ってしまうのよ。こんなお互いの見方の相違こそが、間違いなくほかの人があなたのことを盲目だと呼ぶ原因になっているのだと思うわ。要するに、あなたにタリオの刑罰(11)で、報復しようと思っているのよ」

このような考えが、だれかの人生経験によって確認されるのを見てみたいと思う読者諸賢には、クリティーロがとくに若者たちへの戒めとなるようにとの思いから、彼らにささげた味わい深いお話を、次にお聞きいただくことにしよう。

「きみは、この私についての話を聞かせてほしいと言うが」とクリティーロが言った。「それは、私にとっては口に出すのもつらい思い出を、もう一度あらためて語ることにほかならない。きみの話はわたしにとっては、とても楽しかったのだが、私の話はその反対に、とてもつらい物語になるはずだ。獣たちのなかで育てられた君は、本当に幸せ者だ。でもこの私は、とてもつらいことながら、人間によって育てられたのだよ。要するに、個々の人間は、ほかの人間にとってはオオカミのような存在なのだ。たとえ人間であることが、最悪の運命ではないとしてもだ。さっききみは、どうやってこの世に生まれてきたのかを、私に話してくれた。こんどは私が自分の生まれた世界からどうやってこの島にたどり着いたのかを、きみに話す番だ。こんな姿でここにたどり着いたのだが、まだ私自身自分がいったい何者なのかよく分からない。だから、私が何者であるかではなく、何者であったのかを君に話すことにするよ。人の話によると、私は海で生まれたらしい。どうやら自分の運命が目まぐるしく変化することに照らして考えると、私はその話を信じたいと思うほどだがね」

この《海》という言葉を口に出すと、海のほうに視線を向け、そして同時に立ち上がった。しばらくの間じっとそのままの姿勢で、何かを見つめている様子だったが、自分の目に確信がなく迷っているようでもあった。しかし、すぐに大きな声を張り上げ、遠くを指さした。

「アンドレニオ、あれが見えないかね？」と言った。「どうだ、見えるだろう。あっちだ、ずっと遠くのほうだ。ほら、見えるだろう？」

「ぼくに見えているのは」とアンドレニオは言った。「山が空を飛んでいるみたいな情景ですが、もしあれが山でも雲でもないとしたら、まるで海の怪物が四つ、すいすい海を泳いでいくように見えないこともありません」

「あれが船というものだよ」とクリティーロは言った。「雲とはうまいことを君は言ったものだ。なるほど、たしかにあの船団はスペインに金塊の雨を降らせてくれる雲にちがいない(12)」

アンドレニオは我を忘れて、こちらに近づいてくる船団に見入っていた。まさに心躍る光景だ。しかしクリティーロはため息を漏らし、苦しげな表情をみせた。

「どうなさったのです？」とアンドレニオは言った。「あなたのお話では、あれがずっと待ち焦がれていたはずの船団ではないのですか？」

「その通りだ」

「あの船には人間が乗っているのですよね？」

「その通り」

「じゃあ、なぜそんな悲しい顔をなさるのです？」

「人間が乗っているという、まさにその理由からだよ。いいか、アンドレニオ、我々はもうすでに、敵のなかに取り込まれたも同然だ。分かるかい？　今こそ目をしっかりと見開くべき時なんだよ。これからは油断なく警戒して生きていかねばならぬ。物を見たり、聞いたりするときには、十分用心すること、とくに話す時には特別の用心が必要だ。みんなの言うことには耳を傾けろ、しかし信頼を寄せてはならぬ。すべての人と友として付き合え、しかしすべての人間を敵と思って自分の身を守らねばならないのだよ」

アンドレニオはそんな教えを聞かされても、まったく理不尽な話に思えて、ただ驚くほかなかった。そこで、次のような質問をぶつけてみた。

「それはいったいどういう意味です？　ぼくが獣の群れと一緒に暮らしていたことをお話ししたときでさえ、危ないとも何ともおっしゃらなかったのに、この今になって、なぜそんなに大袈裟な調子でぼくに警告なさるのです？　虎の群れのなかにいるほうが、ずっと危険だったはずなのに、あの時ぼくは何の恐怖も感じませんでした。なのに今あなたは人間を前にしただけで、震え出しています」

「それはだね」とクリティーロは大きなため息をついて、言った。「なぜ人間たちが獣と同じじゃないのかといえば、それは人間のほうが獣よりずっと獰猛だからという理由からだ。獣たちは人間の残忍さから、多くのことを学びとったのだよ。そんな人間たちに、私たちは今まさに囲まれようとしているわけで、私たちはこれほどの危機に遭遇したことは今までない。この考えの正しさを証明してくれるのが、あの王様の例だ。信頼する寵臣の身の危険を察知し、彼を他の愚かな廷臣たちの攻撃から守ってやるために、もっと安全な場所として、なんと地下牢のライオンの群れのなかに彼を放り込んだのだよ。これがもし愚民たちから守るためでも、同じ振舞いに及んだはずだ。とにかく、ライオンの穴に王の指輪の印鑑でしっかり封をして、腹を空かせたライオンたちとともに寵臣をこうして隔離して、結局はこの有能な部下の身を守ることができたのだ(13)。いいかね、あの船の連中がどんな人間なのか、きみはよく見てみないといけない。彼らに直接会って、それをよく確認することだ。そのうえで、きみの感想をいつか聞かせてほしいと思う」

「ちょっと待ってください」とアンドレニオは言った。「あの人たちは全員あなたのような人ではないのですか?」

「それはどういう意味です?」

「答えは、《はい》と《いいえ》だ」

「つまりだね、ひとりひとり出自も違えば、気性も違い、それぞれ自分の考えに取りつかれている。だからみんなそれぞれ別の人間に見えるからだ。それぞれの顔つきだってそうだし、好みも人によって違う。精神がまるでピグミーみたいに小さくて、高慢さだけは人並み外れて大きい連中に会うかもしれないし、その反対に体だけは馬鹿でかくて、その精神はちっぽけな連中に会うかもしれない。それに、復讐心の強い連中に出くわすこともあるだろう。恨みを一生持ちつづけ、かなり時間がたってから、まるでサソリの尾の一刺しみたいに、その恨みを晴らしにきたりする奴らだ。お喋り屋にはふつう愚かな連中が多いが、きみはそんな話を聞かされてうんざりし、くたびれ果ててしまうはず。初めのうちはそんな話に付き合うことになろうが、結局は逃げ出してしまうだろう。あの連中がお互いに顔をあわせたり、ひそひそ話をしているのを、きみは見るかもしれない。奴らはお互い悪癖を伝染しあい、悦に入っているのだ。いつもふざけてばかりの連中もいる。すべてを冗談めかすのだが、自分ではそんなことには決して気が付かない。何をやってもへまばかりの無能なうすのろ連中も、きみを困らせることになるはずだ。それと、何事にも冗漫な連中にも困ったものだ。物事は一向にはかどらず、いつも長引かせてばかりいる。きみはナバラ人よりももっと頭の鈍い連中に会うかもしれない。頑強な体格だが、中身に乏しい連中だ(14)。そこで結局は、中身のありそうな人間にはほとんどお目にかからないことになるかもしれん。そう、野獣みたいで、おまけにまだそれ以上に獰猛な連中だ。奴らはこの世に棲む恐ろしい怪物ばかりで、身にまとっているのは生の肉体ばかりで、ほかの要素にはすべて欠けている。人間の影だけみたいな連中は、すべてこんな具合だよ」

「じゃあ、ひとつここで教えてください。大自然は人間には獣たちのような武器は与えなかったはずですが、人間はそれほどの害悪を、いったい何を使って同じ人間に対して加えることができるのでしょう？　人間にはライオンのような鉤爪がありません。虎のような鋭い爪も、象のような鼻も、猛牛のような角も、イノシシのような牙も、犬のような歯も、オオカミのような口もありません。だとすれば、どうやってそれほどの危害を加えることができるのです？」

「まさにそれほど危険だからこそ、恵み深い天然は人間たちから体に備わった武器を取りあげ、ちょうど怪しげな連中にするように、いわば武装解除をさせたのだよ」とクリティーロは答えた。「つまり、悪意に満ちた人間たちには信頼を置かなかったのだ。もしこうした用心を施さなかったとしたら、人間の残忍さには歯止めがかからず、きっとあらゆるものを殲滅《せんめつ》してしまったに違いない。もっとも人間には、獣たちよりもはるかに恐ろしく血なまぐさい武器が、ちゃんと備わっているのだがね。それは何かといえば、人間にはライオンの鋭い爪よりもっと研ぎ澄まされた、舌という武器が備わっていて、それを使ってほかの人間を八つ裂きにし、その名誉をぼろぼろにしてしまうのだ。さらには猛牛の角よりももっとひん曲がった意地悪な心があり、その武器を使って相手かまわず傷を負わせる。またさらには、マムシの毒にも負けないほどの腹黒さがあり、竜の吐く息よりももっと強い毒を含んだ息、バシリスク⑮より、もっと妬み深く邪悪な目、イノシシの牙や犬の歯よりももっと深く食い込む歯、象の鼻をはるかに凌ぐ詮索好きさと自分の恥を上手に隠す嗅覚を、それぞれ備えているのだ。こうして人間一人だけで、獣が備えているあらゆる武器をひとまとめにして持っているわけだ。だからこそ人間は、あらゆる獣よりももっと大きな危害を及ぼすことになるのだよ。だから分かりやすく説明すればだね、要するにライオンや虎を相手にしたら危険はひとつ、つまりいつかはなくなる命をいわば物理的に失うだけの危険にすぎない。しかし人間の社会には、もっとたくさんの恐ろしい危険があるのだよ。たとえば、名誉を失う危険、さらには心の平和、財産、充実感、幸福、良心、さらには魂を失う危険さえある。とても残念なことだが、たとえば欺瞞、策謀、裏切り、盗み、殺人、姦通、妬み、侮辱、誹謗中傷、虚偽などなど、そんなものすべてきみは人間たちの世界で体験することになるだろう。これはすべて獣の世界では存在もしなければ、知られてもいないことばかりだ。いいかね、人間に近づいてくるようなオオカミも虎もバシリスクもいないんだよ。人間の獰猛さは、そんなものよりずっと上だ。次のような話が確かなこととして語られ、私もそれが事実だと確信している。それは、ある国で名の知れた悪人が罰に処せられた話だ。犯した罪にふさわしい懲らしめを受けることになり、その悪人は奥深い洞穴に生き埋めにされたのだ。その穴の中では、蛆虫だの竜だの虎だの、それに蛇やバシリスクだのがうごめいている。悪人をそのまま有無をいわせずおとなしく死なせるために、穴はしっかり塞がれていた。するとある異国人が、たまたまそこを通りかかったそうだ。そんなむごい罰のことなど、もちろん知らない。彼は哀れな罪人の嘆き声を耳にし、同情心に動かされて穴に近づくと、助けを求める声だとわかると心を痛め、穴を塞いでいた敷石をはずしてやったそうだ。とその瞬間、一頭の虎が、いつもの身軽さで外へ飛び出してきた。異国人は恐れをなし、このままでは八つ裂きにされると思ったのだが、なんとその虎は、口づけ以上の優しさで、彼の両手をぺろぺろ舐めはじめたという。虎につづいて、蛇が一匹。彼は両足にまとわりつかれるのではないかと恐ろしくなったが、なんとまあ蛇は彼の両足に向かい丁寧に頭を下げているではないか。ほかの動物たちも、同じようにぞろぞろ出てきて、うやうやしく彼に恭順を誓い、熱く感謝の言葉を述べた。動物たちがあの悪辣な悪人と同じ場所にいるという、好ましくない状況からその異国人が解放してくれたからだ。つまり異国人の良き行いに対しての、感謝の表明だったのだ。さらに動物たちはそんな善行への返礼として、穴の中の悪人の手にかかって死にたくなければ、その男が出てこないうちにすぐさまこの場を離れるようにと、異国人に教えてくれたのだ。そう言うが早いか、動物たちは、ある者は空を飛び、ある者は全速力で走って、その場から逃げ去っていった。異国人の旅人はすっかり肝を冷やし、その場に立ちすくんでいると、穴から例の悪人が最後に出てきたそうだ。この悪党は、命の恩人であるはずの旅人が少しは金を持っているはずだと考え、彼を襲い、命を奪い、持ち金を巻き上げたということだ。なんとこれが受けた恩義に対する、悪党のひどい褒賞だったというわけだね。さあ、人間と獣とどちらが残忍なのか、きみにはしっかり判断してもらわないといけないね」

「そんな話を聞かされると、ただ驚くばかりで、まったく唖然としてしまいます」とアンドレニオが言った。「ぼくがこの世界を初めて目にしたときよりも、もっと大きな驚きです」

「でもまだそれだけでは、君のこの世界についての知識は不十分だ」とクリティーロは諭《さと》した。「まず、これで人間たちがどれほど悪い奴らかが、よく分かっただろう？　ところがどっこい、もうひとつ知っておかねばならないことがある。それは、女のほうがまだまだ男なんかよりずっと悪辣で、恐るべき相手だということだよ。いったいどんな連中なのかを、きみもじっくり観察しておくことだね」

「本当ですか？　まだお話がよく呑み込めません」

「いや、すべてが真実だよ」

「としたら、女の正体はいったい何なのです？」

「そうだな、とりあえず今のところは、女とは悪魔なりと言っておこう。それについては、いずれあとでまた詳しく話すこととしよう。さてここで、特にきみに頼んでおきたいことがある。それは、どんなことがあっても、われわれが何者なのか、きみがどうやってこの世に生まれてきたのか、そしてこの私がどうやってここにやってきたのかを、ぜったいに口外しないことを誓ってもらいたいのだ。もしその秘密を漏らしてしまえば、きみは自分の自由を、そして私はこの命さえ失ってしまうことになりかねない。それと、きみの口の堅さを決して疑うわけじゃないが、私の不幸な運命について、まだきみに語り終えていなくて、かえってよかったと思っている。これまではまだそれほど不幸でもない部分だけをきみに話したところだから、万が一きみにうっかり漏らされても、まだ厄介なことにはならないだろうと思うからだ。話のつづきは次の機会まで、いったんここでお預けにしておこう。どうせ長い航海の間にいくらでも話す機会はあるはずだから」

そうこうするうちに、船乗りたちの声が聞こえ、顔の輪郭も少しずつ遠くに見えてきた。俗物たちの出す声とはいつもかしましいものだ。この手の連中はどこにでも姿を見せ、くつろいだ気分になればなるほど、ますます横柄な態度を見せる。帆をたたみ、錨を下した後、つぎつぎに海岸へ飛び降りてきた。こうして着いた側もそれを迎える側も、お互いの姿を認め驚きあったのである。二人は投げかけられてくる質問を巧みにかわしながら、自分たちの船が出帆したときうっかり眠りこけていて島に取り残されたのだ、と話をでっちあげた。こうして船員たちの同情と、おまけに歓待までも手に入れたのである。

船乗りたちは、こうして数日間この島に滞在し、暇な時間を狩猟や休息にあてて過ごした。そして水と薪の補給が終わると、懐かしいスペインへ向けて意気込みも新たに、急ぎ出帆することになった。クリティーロとアンドレニオは、同じ大型船に仲良く乗船することができ、ひとまず安堵したのである。敵国を震え上がらせるほどの巨大な船だったが、風の抵抗は強く、波の上に縛りつけられるようになることもあった。航海は長くつづき、危険でもあったが、ふたりはときどき周囲の目を盗んで、つらい過去を語り合うことが、格好の気晴らしとなった。クリティーロは次のように話をつづけた。

「じつは私は、これと同じような大海原の真ん中で生まれたんだ。嵐に悩まされ、危険な目に会いながらね。なぜかといえば、私の両親はふたりとも身分の高いスペイン人だったのだが、大任を帯びてインドにむけて船に乗り込んだのだ。全世界を支配し統治する偉大なるフェリペ王の命によるものだった。母はちょうどそのころ、月の物を見なくなっていて、ひょっとしてお腹にこの私を身ごもったのではないかと思いつつ、船に乗り込んだらしい。乗船後すぐに苦しいつわりに悩まされ、とうとう航海の途中、それも恐ろしい嵐の恐怖と混乱の中で、陣痛がやってきた。母にとっては嵐のせいで、生みの苦しみが二倍になったようなものだった。私は、まさに不幸の前触れというべきそんな苦難のなかから、この世に生れ出たのだよ。こんな早い時期から、運命の女神は西洋から東洋へ私を放り出し、私の人生をもてあそび始めたわけだ。そうこうするうちに、われわれ一行は、繁栄を謳歌する有名な都市ゴア[16]へ到着した。東洋におけるカトリック王の帝国の中心となる町であり、威厳に満ちた副王の座がそこに置かれ、富が集積する、世界に冠たるインドの国際商業都市だ。この町で私の父は、巧みな仕事ぶりと高い地位のおかげで、富と名声を瞬く間に獲得していった。しかし、私はそれほどの幸せに恵まれながら、それにふさわしい育てられ方をしたわけではなかったのだよ。金持ちのひとりっ子として気まま勝手に育てられ、また両親には私を立派な人格をもつ人間に育てようなどという意欲もなく、ただの世俗的な人間として育ってくれればいいという姿勢だった。しかし、そんな幼年期の気楽な放任主義のつけが、結局は両親に回ることになってしまったのだよ。私は青年期に入ると、両親に頭痛の種をもたらす存在となってしまった。自分は邪悪な悦楽の刺激に身をまかせたまま、理性の歯止めを失い、いわば緑あふれる心楽しい青春の花園に、前後の見境もなく入り込んでいくことになった。賭け事に夢中になり、父が長い時間をかけて稼いだ金を、たった一日で失うこともあった。父がこつこつ苦労して手に入れたものを、あっさり一度に使い果たしていったのだよ。しかし、自分の関心はそのあとすぐに、こんどはお洒落にかまけることに移っていった。華美な服装を好み、流行を追い求めることしかせず、人間の心を本当に飾ってくれるはずの、美徳と学識などそっちのけで、自分の外面を飾りたてていたわけだ。私が金を浪費し、良心までも売り飛ばすことになったのは、友達とは名ばかりの悪党ども、おべっか使い、空威張り屋、女衒《ぜげん》など、差し出がましい連中の口出しによるものだった。財産を狙うあさましい虫けらみたいな連中や、名誉と良心に蟻のようにたかる連中にも事欠かなかった。父はこのことを苦々しく思い、息子の挫折と一家の没落をすでに覚悟しているようだった。ところがこの私は、父が厳しい態度をみせると、寛大で心優しい母に助けを求めることになった。こうして母が私を守ってくれればくれるほど、自分はますます深みにはまっていくことになったのだよ。しかし父がすべての希望を失い、おまけに命まで失うことになるのは、この私が暗い迷路のような恋愛沙汰に巻き込まれてしまった時だった。じつはその時私は、ある女性に夢中になってしまっていたのだよ。彼女は高貴な家柄の出で、美しく、控えめで、年齢も若いという、女性としての魅力はもってはいたのだが、ただ現世では最大の美点と評価される財産という点では、まったく恵まれてはいなかった。私は彼女の上品な姿に心をすっかり奪われ、また彼女も私の愛にやさしく応じてくれるようになった。彼女の両親は、私を娘婿にと望んでくれたものの、私の両親は彼女を息子の嫁とすることには、絶対反対の立場だった。両親はあの女性への愛は私の身を滅ぼすことになると言い張り、私を彼女から引き離そうと、あらゆる方法と手段に訴えることになったのだ。そして私には別の女性との縁組を受け入れさせようとした。しかしそれは両親にとっては都合のいいものだったが、私の気持ちを汲んだ選択ではなかったのだよ。私は愛する彼女をぜったいに諦めることができず、何を言われても黙り通すことにした。要するに私が思いを寄せ、話題にし、将来のことを夢見ることができたのは、ただただフェリシンダのことだけだったわけだ。その名前こそ私が愛する女性の名前だったのだが。すでにその名前からして、その中に幸せの半分をすでに持ってくれているようにさえ思ったものだ(17)。そんな事情から、あれやこれやたくさんの悩みを抱え込んだ父は、私のせいで命を落とすことになった。息子を甘やかしすぎた父親の、これはまさに当然の報いだったのかもしれない。父は命を失い、息子は庇護を失ったということだが、もっともあの時の私にしてみれば、父の死を息子らしくきちんと悼む気持ちになかなかなれなかったのは確かだ。母は私のことを哀れに思い、泣きつづけ、その悲しみが高じて、そのわずか数日後にはこんどは母が命を落とすことになってしまった。しかし私は、自分がより自由な身になったように感じたせいか、死の悲しみはそれほど大きくはなく、これで妻を得ることができると考えることで、この喪失感を早めに和らげることができたのだ。これであれほど待ち望んでいた結婚が確かなものになったと思ったものの、息子としての父母への敬意から、数日間はその思いをぐっと抑えなければならなかった。そのわずかな日々が、私にとってはまるで数百年にも思えたものだよ。しかし、もうすっかり夫になった気分で過ごしたこの短い時間の間に、様々な事情の変化が生じることになった。私の運命とは、まあなんと変わりやすいことか！　私の望みの実現を容易にしてくれたとみえた両親の死そのものが、かえってそれを困難にし、さらには実現不可能に近い状況をつくりあげてしまうことになったのだよ。なんと運の悪いことに、この短い期間の間に、私の愛する女性の兄が死んでしまったからだ。美丈夫の若者で、たった一人の息子であったため、長子として全財産を相続する立場にあったのだ。その結果として、フェリシンダがすべての相続権を引き継ぐことになった。こうして美貌のうえに、さらに財産の魅力が加わることで、だれもが認める特別な存在となり、たった一日で彼女の評価が大きく上がってしまうことになってしまったのだ。そして、この町の理想の花嫁候補として、ほかの娘たちをはるかに凌ぐ存在となり、その名声はいやが上にも増していった。この思いもよらぬ出来事によって、事態が大きく変化し、この問題の性質も大きく変貌をとげることになったわけだ。しかしフェリシンダだけは、まったく態度を変えることはなく、むしろそれまでにも増して、私への愛を深めていくのだった。しかし彼女の両親と親族たちは、あれだけ私の願いを支えてくれていたはずなのに、もっと割のいい縁談を求めて、私への熱が冷めていくことになった。私への関心が薄らいだ後、彼らは次第にそっけない態度を見せるようになったが、そのことがかえって、私たち二人の愛をさらに深めさせることにもなった。彼女は、愛の密使ならぬ内部通報者の役目を担って、相手方のたくらみをすべて私にこっそり知らせてくれた。

たちまち町の有力者たちの子息が大勢名乗りをあげたが、彼らはみんな彼女の弓から放たれた愛の矢で傷ついた男たちではなく、いわば彼女の財産という矢筒の放つ威光に目がくらんだ連中ばかりだったのだ。とはいえ、私の心は穏やかではなかった。愛とはちょっとしたつまずきにでも、怖れを抱くものだからだ。私を不安にさせたのは、新しい競争相手の出現だった。その男は金持ちの凛々しい若者であるうえに、副王の甥っ子という血筋だった。あの地方で副王といえば、神の親戚ともいうべき威光を放つ地位なのだよ。あの地方では、たとえば副王があれをやりたいと言えば、たちまちそれが市民の義務と化し、この人物の考えは、なんとそれが彼の頭に浮かぶ前に、早々と実行に移されてしまうとさえ言われる土地柄だ。自信にあふれたその男は、権力を笠に着て、私の愛する女性を妻としたいと宣言したのだ。こうして彼は権力を武器に、そしてこの私は愛の力を武器に、お互い真正面からぶつかりあい、火花を散らすことになった。彼や身内の者たちは、すでにずっと以前から彼女に愛を奉げつづける私の強固な意志をくじくためには、さらなる工作が必要と考え、次のような策を弄することになった。それはまるで昔の話を蒸し返すような形で、私に遺恨を抱く者に対して、もうすでに決着ずみの私の財産相続について、訴訟を起こすようにそそのかし、さまざまな便宜や報償をちらつかせたのだよ。この手を使い、私の結婚への堅い意志をくじき、さらにはフェリシンダの両親の動揺を誘う狙いだったわけだ。こうして私はたったひとりで、裁判とフェリシンダへの愛というふたつの厄介な争いごとに、たちまち巻き込まれることになった。もちろん私にとっては、彼女との愛をめぐる争いが、一番気になる問題だった。自分の財産を失う惧れなど、彼女への愛を諦めなければならないことと比べれば、大した問題ではなかったからだ。そしてフェリシンダへの愛は、敵の抵抗が強くなればなるほど、棕櫚の木のように、私の中でますます大きく育っていったのだ。しかし、私の恋敵はとてもかなわぬと見てとると、彼女の両親と親族をまんまと籠絡してしまったのだよ。金と名誉を苦労なく手にできるうまみに目を向けさせることで、相手側を巧みに縁談に乗せてしまい……。でも、どうやってこのあとをつづけたらいいのか、そんな話をここでしていいものかどうか……。話をここで打ち切るべきなのか……」

しかしアンドレニオにぜひつづけるようにと促されると、さらにこう言葉をつづけた。

「こうなると、死ぬこと、人を死なせることなど、大した問題ではなくなってしまうのだ。彼女の家族の者は、私の命である恋人をあの恋敵と無理やり添わせることで、この私に死にも等しい致命的な打撃を与えようとしたのだよ。その夜彼女はいつものようにバルコニーに立ち、私にその事実を知らせてくれた。どうしたらいいものか、何かいい解決策はないものかと、彼女は大粒の涙を流しながら、切々と私に訴えたものだ。それを聞くと、絶望感と怒りで、私は胸が張り裂ける思いだった。

そして私は、自分の名誉や生命を危険にさらすなどといった懸念など一切気にもかけず、一途な情熱に導かれるままに、剣を帯びて相手と直接向かい合うことを心に決めたのだ。それは単なる剣というより、嫉妬心と鋼《はがね》で鍛え上げた愛の矢筒から放たれる、人をも刺しかねない鋭い光線だったといってもいい。私は恋敵の姿を求めて家を出た。争いを直接行動で解決し、私の気持ちを腕の力に変えて、相手に直接示すつもりだった。二人は何憚《はばか》ることなく、お互い剣を抜きあい、相手にむかって突きかかっていった。剣を交えること数合、私は相手の心臓に剣を突き立てた。こうして、相手の命と引き換えに、恋人への愛を救い出すことができたのだよ。しかし相手には勝利したものの、私は捕われの身になった。すぐさま役人たちは、大勢徒党を組んで私をいじめにかかった。それは副王のご機嫌をとりたいためか、あるいは私の財産を狙っていたからだろう。私はそれから間をおかず、牢獄に閉じ込められ、鉄の手かせと足枷をはめられる身分となったが、まさにこれこそ身から出たさびとでもいえようか。このつらい知らせが、彼女の両親のもとに届くと、その衝撃は計り知れず、涙を流し声をあげて悲しんだらしい。親戚縁者たちは、私に対する復讐を声高に要求したが、もっとも寛大な者でさえ、少なくとも法廷での裁きを求めたようだ。副王はそんな家族の嘆きを見ると、死刑を要求し、町中もっぱらこの噂でもちきりとなった。大多数は私を非難し、ごく少数の者が私の擁護に回ってくれたのだが、我々の不幸を招いたこの狂気に、すべての人が胸を痛めていたのだ。町のなかでただ一人喜んでくれたのが、私の恋人だけだった。私の勇気をたたえ、彼女への変わらぬ私の思いを認めてくれたからだ。裁判所の厳しい取り調べが始まった。とはいえ、つねに多くの疑問点が残る裁判のやり方だった。まず初めに、差し押さえという名目で、まるで略奪に近いやり方で、私の自宅からすべての物が持ち去られた。私の財産を奪うことで、復讐心を満足させたわけだが、まるでたけり狂った猛牛が、逃げる男のケープに突きかかるようなものだった[18]。ただし、ある修道院に預けてあった宝石類だけは、見つけられずに済んだ。でも意地悪な私の運命の神は、刑法上私をとことん痛めつけるだけでは満足しなかった。さらに民法上でも、財産に関する訴訟においても、私に不利な判決が下されることになったからだ。こうして私は財産を失い、同時に友人まで失うことになった。もっともこの二つはいつも連動していて、手にしたり失ったりするものだがね。でもこんなことすべて、あとで私を完全に打ちのめすことになる最後の不幸がなかったとしたら、たいしたことではなかったはずだ。フェリシンダの両親は、わずか一年の間に息子と娘婿を失い、私の悲劇と相呼応して彼らを襲った悲惨な運命に打ちひしがれ、ついにインドを去って本国スペインの都へ戻る決心を固めたのだ。それまでの仕事ぶりにふさわしい報償を求め、副王の温情ある口利きを当てにしながら、本国での高位の職に任じられる期待に胸を膨らませての帰国だった。財産はすべて金貨と銀貨に替え、全財産をふところに、スペインへの最初の船の便に乗り込んだのだ。この私から大切な人を連れ去り……」と、ここで嗚咽が漏れ、言葉がいったん途切れた。涙で声がくぐもっている。

「この私からまことの宝をふたつ、いちどに連れ去っていったのだよ。こうして、私の心の痛みは倍増し、死に近い苦しみを味わうことになったのだ。第一の宝物はフェリシンダ、そしてもうひとつの宝物は、彼女のお腹にすでに宿っていた可哀そうな私の子供だった。船が出帆する日がやってくると、私の溜息で海の風がさらに強くなったような気がしたものだ。そして彼らの乗った船が沖に姿を消すと、私はいわば涙の海に体を沈めたまま、地下牢でいつ終わるともしれない拘留生活に捨て置かれ、財産も失い、敵対する人々の怨念は別にしても、ほとんどの人からまったく忘れ去られた存在になってしまった。高い山から転落する者は、まず帽子を飛ばされ、つぎに外套を失い、という形で、次々に身に着けたものをはぎ取られ、さらには視力を失ない、嗅覚を痛めつけられ、ついには体をずたずたにされ谷底で命が尽きることになるのがふつうだ。それと同じことが、この私にも起こったわけだ。あの危なっかしい安逸に過ぎた生活からの転落が始まるや、ひとつの不幸からまた次の不幸へと、つぎつぎに転げ落ちていき、こちらでは財産を、あちらでは名誉、健康、両親、友人、自由を、という形で、それぞれの場所でなにかを奪い取られ、最後にはこうして不幸の谷底みたいな牢獄に埋め込まれてしまったのだ。だがしかしもっと正確に言うならば、富が私にもたらした悪運を、その哀れな状況がひょっとして良運に変えてくれる結果になったのかも知れない。いや、私は確信をもってそう言えると思う。なぜかといえば、それまでまったく知らなかった人間の英知なるものをそこで見つけ、また同時にここで貴重な体験を積みながら、諦観の境地や肉体と精神の健康をも見つけることができたからだ。この世に友人などいなくなってしまった私は、それならばと過去に生きた人々の中に友を求めた。つまり、古典の読書に熱中し、すこしずつ知識を蓄え、ひとかどの人間への仲間入りを始めるようになったのだよ。要するに、それまでは理性に従った生活など経験したことはなく、獣のような生活しか送ったことがなかったのだ。私はすこしずつ心を真実と美徳で満たしていき、学識を手に入れ、さらにそれをもとに良き行いの知恵を身につけていった。それは理解力がいったん鍛えられれば、盲目だったはずの意思力をたやすく真っ直ぐに直してくれるからだよ。こうして豊富な知識を、理解力を駆使して獲得し、また豊かな美徳を手に入れることで、強い意志力を獲得したのだ。皮肉なことに、暗闇の世界に置かれたとき、はじめて私は両目をしっかり開けることができたのだといえる。私は貴重な学術と崇高な科学についても学んだ。とくに好んで熱中したのが、道徳哲学だ。これこそ正しい判断力をはぐくんでくれ、理性と良識に基づく生き方の基本となってくれる。こんな方法で私は上質の友を得るようになり、かつての軽佻浮薄な若い友人たちに代わって、こんどは厳格なカトーがわが友となり、愚かな若者たちに代わって、セネカがわが友となった。あるときには、ソクラテスに耳を傾け、またあるときには、神々しいプラトンの言葉に耳を傾けたのだ。このようにして、私にとっては地下牢が、生きたまま閉じ込められた墓場でもなく、また自由を束縛された迷宮でもなく、心地よい安堵感と生きる喜びさえ与えてくれる場所となったのだよ。幾歳月かが経過し、それとともに副王も交代していった。しかし敵対者たちの厳しい追及は、決して終わることはなかった。彼らが望むほどの刑罰を私に与えることができないことが分かると、審理の引き伸ばしをはかり、牢獄をそのまま私の墓場に変えてしまおうと画策したのだ。長い間悩み苦しんだあと、ついに本国スペインから、この訴訟案件と私の身分を本国に移すべしとの指令が届いた。実はこれは、私の心の妻たるフェリシンダが秘密裏にその筋に願い出てくれたことによる措置だった。新しい副王は、私に対して特に敵意を示す人物でもなく、またその逆に特別な好意を抱いていたわけではなかったが、最初に出る船団に私を乗せ、この指令を実行に移すことにしたのだ。私の身柄は囚人の扱いで、艦隊の艦長に引き渡された。私の保護というより、監視することが彼の主な任務だった。私はこうして、わずかに残された金をふところに、しかし大きな喜びとともに、インドを後にしたのだ。航海中に起こったさまざまな危険など、わたしには娯楽か気晴らしにしか思えなかった。私にはすぐに何人かの友達ができた。学識があればこそ真の友ができるものだ。その中でもとくに親しくなったのが、艦長その人だった。私の監視役を担っているはずの彼が、なんと私の心腹の友となったわけだ。私は彼が示してくれる信頼をとてもありがたく思い、またあの《所を変えれば、運も変わる》という有名な諺はなるほどその通りだと思い、喜んだのだった。しかしここに至って、あきれるほどの人間の偽善性と悪辣な行動には、きみも驚かざるを得なくなるのだよ。ここに再び逆運の攻勢が始まり、私は不幸にもまたまたそちらの方向に引きずられてゆくことになる。艦長なるものは紳士として、あらゆる場で模範となる行動をとることを義務づけられているはず。しかしそれにも拘わらず、この男は汚い欲望に毒され、私の敵であったあの副王との姻戚関係にも引きずられ、まったくあきれ果てた卑劣な行動に出たのだ。私が確信するところでは、私の昔の栄華の名残ともいうべき、押収されたままになっていた現金や宝石類を手に入れるよう、誰かに買収されていたのだと思う。まことに卑しい強欲のなせるわざだ。しかしよく考えてみれば、金への飽くなき欲に動かされないような人間の心なんてありえないのだ。ある夜のこと、我々は二人きりで船尾の甲板に出て、心地よい風に吹かれながら、会話を楽しんでいたその時、すっかり警戒心を解いていた私の不意をつき、艦長がなんとこの私を深い海に突き落としたのだ。彼はすぐにわざとらしく大声をあげ、自分の裏切り行為を隠し、不幸な事故に見せかけようとした。自分が突き落としたのではなく、勝手に落ちてしまったのだと思わせようと、私のために泣き叫ぶふりさえしたのだ。その物音と大声に、友人たちが私を助けようと必死で駆けつけ、太綱や荒縄を投げ込んでくれた。しかしうまくいかなかった。突然その時船は大波にさらわれ、船体が浮き、私はひとり海中に残され、辛く苦しい海での死を予感して、⒆波とたたかわねばならなかった。船からは最後に残された手段として、板切れを投げ入れてくれた。そのうちの一枚が私に聖なる救いの手を差し伸べてくれる結果となる。きっと海の波が私の無垢な心と不幸を哀れに思い、私の手元にその板きれを運んできてくれたに違いない。私は感謝と絶望感が入り混じった気持ちで、その板に必死でしがみつき、口づけをしてこう言ったものだ。《これがなんと私の財産の最後の切れ端なのか。私の命を細々ながら支えてくれているこの板切れ、私の最後の希望の拠りどころ。でも、どうせ死に至るまでのごく短い時間を支えてくれるにすぎないのだ》と。次第に遠ざかってゆく船にむかって泳ぎつづける自信もなく、悪運の神が命ずるままに、私は海の流れに身を任せた。その悪運の神は、暴君よろしく暴れまくり、私をそんな程度の不幸に留めておくのには満足せず、猛々しさの限りを尽くした。私を敵に回して、大自然のすべての元素と共謀し、まるで私にありとあらゆる辛酸を嘗めさせ死に至らせるために、強烈な海の嵐を巻き起こしたのだよ。荒れ狂う波が私に襲いかかり、体を高く放り投げられ、ときどき私は欠けた月の端か、空の星にでも引っ掛けられるのではないかとさえ思ったほどだ。しかし次の瞬間、再び海深く沈められ、溺れ死ぬことよりむしろ焼け死ぬことを恐れたほどだった。⒇しかし何ということだ。私を翻弄した激しい荒波は、じつは私に大きな助けの手を差し伸べることになるのだ。ときどき悪運があまりにも極端に走りすぎたりすると、逆に幸運に化けてしまうことがあるのだよ。それが証拠に、猛々しい海の嵐と海流のおかげで、しばらくすると私の体は、君の祖国たるあの島、私にとっては天国となるあの島が望める位置まで流されていたからだ。もしそんな状況になっていなかったとしたら、島へ漂着などできず、大海原の真ん中で餓死し、海の大魚の餌食になっていたにちがいない。こうして私は悪運のなかにさえ、良運を見つけ出すことができたのだよ。さあ、もう一度、いや何千回でもきみの腕のなかに私を抱きしめてくれ。そうして我々の永遠の友情を確認し合おうじゃないか」

こうしてクリティーロが彼の物語に区切りをつけると、ふたりはしっかりと抱き合い、初めて出会った時のあの感動を新たにし、人には明かせないお互いの友情と喜びを、ひそかに確認しあったのである。

この航海の残りの日々を、ふたりは実り多い勉強にあてた。心地よい会話をとおして、得難い知識をお互い身につけたほか、クリティーロはアンドレニオに世界の情勢を説明したり、学術的な教養を与えることで、彼の精神性をさらに高め、豊かにしてくれた。たとえば、興味深い歴史上の出来事、宇宙論、天文学、書誌学、さらには優れた人間性を涵養する道徳哲学などがそれであった。アンドレニオがとくに興味をもって学んだのは、諸国の言語であった。学識の永遠の宝庫であるラテン語、さらに広大な帝国を抱え世界に通用するスペイン語、諸文献を読み解くためのフランス語、弁論に向いたイタリア語などがそれであった。そしてその目的は、各言語で書かれた多くの知の宝庫に親しむことができるため、そして世界をめぐるに際しては、諸言語を喋り、理解できるようになるためであった。アンドレニオは素直な性格と旺盛な好奇心をもち、世界の各地域、共和国、王国、都市などにつき、また諸君主、政府、国家についても質問し、つねに教えを乞い知識を蓄えていった。そして彼は、新しいことに挑んでゆくことに大きな喜びを感じ、また知識の完成と人格の陶冶を願いつつ、旺盛に知識を吸収し、思索をめぐらせ思考を深めていったのである。

こうして楽しく勉学にいそしむことで、ふたりは苦難に満ちた航海の厳しさなど感じることもなく、我々の住むこの世界に足を踏み入れることになる。ふたりはどこに着いたのか、そこでふたりに何が起こったのか。それについては、次考で語ることにしよう。

第五考
この世への入り口

大自然が人間をこの世に導き入れるに際して、人間が全く何の知識も持たず、何の心構えもないまま入ってくるように仕組んだことに関していえば、決して人間をだまし討ちにしようとしたのではなく、慎重な気配りを見せた結果だというべきであろう。生まれたばかりの人間は、まだ目さえしっかり見えず、暗闇に入れられたも同然の状態にある。おまけに自分が生きていることにも気づかず、生きることとは何かさえ分からないまま、人生を歩み始めるのである。まずは乳飲み子として育てられ、さらに幼児になり泣きわめいたりすると、見え透いた手を使ってうまく黙らされ、玩具をあてがわれて機嫌を直す。まるで幸せの国にでも導き入れられたように思えるが、実はこれは不幸だらけの虜囚の生活でしかない。このあと、心の目を開く時期が来ると、世の欺瞞に気づきはするものの、救いのない世界に閉じ込められたまま、世の泥土のなかに少しずつ足を踏み入れていく。いったんそうなってしまうと、なんとかそこから抜け出そうとして、泥土を踏みつづける以外に生きてゆく道はない。したがって筆者は思うのだが、もし大自然のこの巧みな戦術がなかったとしたら、こんな欺瞞に満ちた世界には、だれひとり入ろうなどとは思わないだろう。そして、前もってそんな事情を知っていたとしたら、ほんのわずかな数の人間しか、この世での生活を受け入れなかったはずである。なぜかといえば、そんなことを知りながら、いったい誰がまるで牢獄に等しい、嘘で固めたこの王国に足を踏み入れ、多くの苦しみを受けてみたいなどと思うだろうか？　一方では、空腹、のどの渇き、暑さ、寒さ、疲労、着の身着のままの状態、痛み、病気などといった肉体的なつらさ、さらには、欺瞞、迫害、妬み、軽蔑、恥、苦悩、悲しみ、怖れ、怒り、絶望などの精神面での苦しみが存在する。そして挙句の果てに、家屋、土地、財産、地位、友人、親族、兄弟、両親、さらには最愛の人まで取りあげられたうえ、悲惨な死の宣告が待ち受けている。大自然はちゃんと自覚したうえで、そんな仕組みを用意したのだが、それを受け入れた人間には大きな誤解があったようだ。この世の生活がどんなものかを知らないような人間は、勝手にそれを称賛するがよい。しかし、人生の幻滅を味わった人間は、この世の生活など選択することはぜず、むしろ揺籠から骨壺へ、あるいは婚礼の床から墓場へ直接移される道を選びとるはずである。[1]産声とは、すべての人間に共通する悲惨な運命の予兆にほかならない。たとえ幸運に恵まれた者が、なんとか人生を切り抜けることができたにしても、厳しい現実と対峙しなければならない点では他の者と変わらない。生まれたばかりの赤ん坊の泣き声は、新しい王の登場に例えてみると、賑やかなラッパの響きのようなもので、その治世が苦難に満ちたものとなるだろうとの知らせに他ならない。なるほどたしかに、新しい命を世に送り出す母親の悲鳴と、その命を貰い受ける赤子の激しい泣き声を耳にすれば、これから始まる人生の恐ろしさはいかばかりかと想像がつく。ただし子供にはまだ何の知識もなく、悪運の前兆を感じ取ることなどできないだろう。しかしたとえそのことに考えが及ばないにしても、少なくともうすうすは感じ取っているに違いない。

「さあ、これで現実の世界に入ったのだ」と、ともに上陸を果たしたとき、すでに世を知る明敏なクリティーロは無垢なアンドレニオに言った。「いままで多くの知識を吸収したきみが、この新しい世界に入ってゆくことになるのが、私にとってはとてもつらい。それは、きみがこの世界に大いに失望することになるのが目に見えているからだ。至高の神が創造されたものは、すべて完全な形で出来上がっており、これ以上良くすることなど不可能なのだ。それなのに人間たちは新たなものを加えようとして、不完全なものばかり作り出しているのだよ。神はせっかくこの世を、きちんと調和のとれた作品として創造してくれたのに、人間がそれをゆがめてしまったのだ。いやもっと正しく言えば、人間はそれをちゃんと理解できたはずだったのだ。ところが、人間の能力ではまだ理解不可能なことまでも、勝手に想像をたくましくすることで、すっかり別のものに変えてしまったのだよ。きみはこれまでに自然界の創造物をその目で見てきたし、それに感動したことはなるほどもっともな反応だった。それが今日からは、人間のわざがつくりあげた作品を見ることになる。きっときみは恐ろしい思いに駆られることになるだろう。神の創造物はすでに見てきているし、人間の作品があることにもこれから気づくだろうが、きみにはきっとその違いが分かるはずだ。このさもしい人間世界は、自然界とはまったく別物であり、人間の手が入った世界と神の手が入った世界とは、まったく異質のものだときっときみには分かるはずだ。この点にかんしては、油断なく目を見開いていくことだね。これからは、見ることに感激ばかりしていては駄目だし、かといって、体験することに悲観ばかりしていても駄目なのだよ」

　ふたりは並んで道を歩いていった。その道はしっかり踏みならされた一本道であった。するとアンドレニオはふとあることに気が付いた。それは残された足跡のうち、反対の方向に向かっているものが、一つも見当たらないことだった。つまりみんな前に向かって進むものばかりということは、一人として戻ってきた者がないしるしだ。さらにすこし進むと、とても晴れやかで微笑ましい情景に出くわした。隊列を乱した歩兵隊ならぬ、賑やかな子供たちの一群[2]で、さまざまな国や階層の子供たちであることが、多種多様な服装から見てとれた。とにかく大混乱の様相を呈し、叫び声が騒がしく乱れ飛んでいた。その子供たちに手を差し伸べ、一群を統率していたのが、一人のひときわ目立つ女性の姿だった。朗らかな表情、生き生きした目、優しげな口元をしていて、言葉はあくまでも柔らかで、愛情にあふれた様子で助けの手を差し伸べている。彼女のすべてが、優しい愛撫、くつろぎ、愛情を体現しているようだ。彼女の周囲には、同じような外観と態度をみせる大勢の召使たちを従えている。子供たちの世話をし、守る役目の女たちだ。この召使たちのなかには、子供を胸に抱きかかえる者、歩行器を引っ張る者、年長の子供の手を引く者などがいて、ひたすら前へ進ませることだけに気を配っている。子供の群れの母親役を担うのが例の女性で、子供たちに示す愛情と心遣いは異常なほどで、気まま勝手な望みをいちいち叶えてやっている。また子供を喜ばせるために、あらゆる種類の玩具を取りそろえている。このほか子供への贈り物をたくさん用意していて、泣きだす子供があればすぐさま駆けつけ、ちやほやご機嫌をとりやさしく接している。そして泣き止むのと引き換えに、欲しがるものは何でも与えたりする。なかでも彼女がとくに気にかけて面倒をみていたのが、立派な服装をした子供たちだった。どうやら重要人物の子弟らしいが、欲しいものがあればなんでもあっさり望みを叶えてやっている。一見優しげなこの女性が子供たちに示す桁外れの愛情と心遣いを見て、親たちが彼女のところにやって来て、つぎつぎ子供を預けてゆく。親である自分たちより、彼女のほうにもっと大きな信頼を置いているかのように思えるほどだ。アンドレニオは、大勢の子供が織りなすこの壮観に見とれ、まだ年端もゆかぬ子供の姿を初めて目にしたことで、感動冷めやらぬ様子だった。そして毛布にくるまった赤子を抱き上げ、こうクリティーロに言った。

「これが人間だなんて！　ぼくにはとても信じられません。だって、これほど無感覚で、のろまで、役立たずの生き物が、なぜときにはカトーやセネカやモンテレイ伯爵[3]のような、聡明で、思慮深く、明敏な人間になることができるのでしょうか？」

「人間とはそんな両極端がある生き物なのだよ」とクリティーロは答えた。「すぐにきみにも分かるだろうが、立派な人間になるためには、それはそれは大変な努力が要るのだ。獣はすぐに獣になれるし、すぐさま走り出し、すぐに飛び跳ねることができる。しかし人間は、まさに高貴な生き物であるがゆえに、立派な人物になるためには、長い時間と大いなる努力が必要なのだよ」

「ぼくがいちばん素晴らしいと思うのは」とアンドレニオが考えを述べた。「この魅力あふれる女性の、言うに言われぬ愛情表現です。あれこそ本当の母親の姿です。あれほど細やかな心遣いは、ほかにありません。ぼくはこんな幸せを知らずに、山の奥深く獣たちのなかで育てられました。その山のなかで、ぼくは堅い地面に這いつくばって、裸のままの格好で、お腹をすかし、身寄りもないまま、こんな慈しみの心も知らずに、ただ大声で泣き叫ぶだけだったのですよ」

「いや、まだうらやましがるのは早いぞ」とクリティーロは言った。「きみの知らないことがまだあるんだよ。どんな結末になるのかきみが見届けないうちは、そんなものを幸福だなんて呼んではだめだ。これと似た光景にきみは世の中で何度も出くわすことになるだろうが、物事を見た目で判断しちゃだめだぞ。本当はまったくその反対のことだってあるのだからね。きみは今やっと生き始めたところだ。これからもっと生きつづけ、いろいろなことを見ていかねばならないのだよ」

さてこの一行は、さまざま面倒なことを起こしながらも、ひと時たりとも歩みを止めず、各所を経由しながらひたすら歩きつづけていく。途中まったく休憩をとることもなく、道は常に下り坂ばかり。子供たちを引率していた女性は、だれにも疲れが出ないよう、だれにも嫌な思いをさせないよう細かに注意を払い、食事はただの一度きり。つまり食間を置かず、のべつ幕なしに食事を与えつづけているという意味だ。

こうしてたどっていった道の果てに、とうとう一行は、高くそびえたつ山々の連なりに囲まれた深い谷底に足を踏み入れた。人の話によると、この場所は街道のなかでも一番の高所にある峠道だそうだ。すでに夜のとばりが降り、あたりは暗く、そんな場所にふさわしく薄気味の悪い雰囲気が漂っている。この恐ろしげな谷底で、例の女性は不思議なことに一行の歩みを止めさせた。そして左右に目を配ると、なにか手慣れた様子で合図を送った。と同時に、山間の荒れ地や洞窟の中から、ライオン、虎、熊、オオカミ、毒蛇、竜など恐ろしい動物の群れが姿を現わした。まさに、想像だにしなかった例の女性による悪行、前代未聞の裏切り行為というべきか。獣の群れは突如として、あのか弱い無防備な子羊の群れに襲いかかり、残忍な仕打ちを加え、血なまぐさい蛮行に及んだのである。引きずり回される子供もあれば、八つ裂きにされる子供もいる。こうして手当り次第子供たちを殺戮し，呑みこみ、むさぼり食うという残忍さだった。なかには、一口で二人の子供を丸呑みする獣もいた。いったん呑み込んでしまうと、さらに爪を伸ばして、別の二人を捕まえる。このほか、牙を使って一人の子供を細かく切り刻み、爪を使ってもう一人の子供を引き裂く獣もいた。まさにやりたい放題の暴虐の極みである。すべての獣が血のまじった涎を垂らし、口も爪も血に染めてこの痛ましい情景のなかを走り回っている。さらになかには、人間の赤子を二、三人ほど捕まえ、巣穴に運び、早くも残忍な性格を秘めた子に与えている獣もいる。すべてが、狼藉者たちが引き起こす混乱の渦に巻き込まれ、まことに痛々しく残酷な様相を呈している。しかし、頑是《がんぜ》無い子供たちの純真さと素朴さには呆れるばかりだ。獣らに捕えられても、まるで愛撫でも受けているような感じなのだ。食いちぎられても楽しく戯れてでもいるような様子を見せ、笑顔で獣たちを進んで呼び込み、自分から抱きついていき、愛撫を要求しているようにさえ見える。

アンドレニオは茫然と立ち尽くし、これほど恐ろしい裏切り行為と思いもよらぬ残忍さを目の当たりにして、身の毛がよだつ思いだった。クリティーロに促され安全な場所に身を移してから、アンドレニオはこう言って嘆いた。

「ああ、なんという女だ！　残酷な裏切り者、純粋な心を冒瀆する恥知らずだ。獣たちよりもっと残忍な生き物だ。あのとき示した優しさが、こんな形で終わるなんて、いったい誰が信じられるというのか。あれほどの心遣いと面倒見の良さは、結局はこれが目的だったのか。それにあの子羊のように純真な子供たち。あんな年端もゆかぬ子供が、不幸にもこうして犠牲になり、こんなに早く残酷な死に方をしなければならないとは！　なんて偽りに満ちた世界だ！　これが世の常なのだろうか？　こんな無残なことが起こるなんて！　ぼくはこの自分の手で、これほどひどい悪行の復讐をしなければなるまい」

怒りが収まらぬアンドレニオは、そう言うが早いか、自分の歯を使ってでもあの残酷な女を切り刻んでやる意気込みで、外に飛び出した。ところが相手の女の姿はどこにも見あたらない。

それもそのはず、すでに女は召使を全員引き連れて、元の道を取って返したあとだった。また再び別の子供の群れを探しだし、この殺戮の場へ誘導し、裏切り行為を重ねようとしているのだ。つまりは、これからもあの女たちは、子供の群れを引き連れてくることをやめず、獣たちは子供を切り裂くことをやめず、アンドレニオは取り返しのつかない悲劇を嘆きつづけることになるという次第だ。この恐ろしい混乱状態と残酷な殺戮がつづくなか、夜が明け始めた。すると谷とは反対側の一番高い山の頂あたりから、夜明けの光とともに、もうひとり別の女性、まさに今までのあの女とはまったく違った女性が、まるでひらひらと舞うがごとき身軽さで、山を下ってくるのが見えた。その姿は夜明けの光に包まれ、周囲を召使たちに守られている。死の淵にあえぐ子供たちを救おうと、山を下ってきたのである。その表情には重厚な威厳と落ち着きが感じられる。縫取りのある衣服につけた多くの宝石のきらめきと、彼女の顔から放たれる輝きが周囲に満ち溢れ、まだ登りきらない太陽の光を補っても余りあるほどだ。彼女は際立って美しく、周りにつき従う麗人揃いの召使たちの美しさをもはるかに凌駕し、女王として女たちの上に君臨するにふさわしい美しさであった。すると不思議なことが起こった。この女性の姿を認めるや否や、あの残忍な獣たちは殺戮を停止し、一目散にその場から逃げ出したのである。そして恐ろしげなうなり声をあげながら、巣穴に身を隠している。女性はその場に着くと、そこに残されたわずかばかりの数の子供を優しく介抱した。しかし幸いそこに残されていたとはいえ、子供たちは獣たちに爪を立てられ、嚙まれ、大怪我を負った状態だった。美しい召使たちはかいがいしく立ち働き、残された子供たちを必死になって探した。こうして暗黒の巣穴から、多くの子供たちを救い出し、なかにはなんと獣たちの歯牙にかかっているところを奪い返すこともあった。こうしてできる限りの数の子供を救い出し、安全な場所に移してやったのだ。このときアンドレニオがひとつ気づいたことがあった。それは、こうして救い出された子供たちの多くは、一番貧しい階級の、あの邪悪な女から何の面倒も見てもらえなかった子供たちだったことだ。ということはつまり、獣たちが最大の危害をくわえたのは、一番目立つ格好をした、身分の高い家柄の子弟たちだったということになる。この女性は救出した子供たちをみんな一個所に集めた後、急いでこの危険な場所を逃れた。谷とは反対側の方角に子供たちを連れ出し、山を登り、そのまま休まず進み、もっと安全な頂上にまで達した。そしてこの場所から、子供たちは全員そろって朝の光に照らされた谷間の様子を窺い、今まで経験したこともないような危ない目に会ってきたことを再確認し、自分たちを救い出してくれた女性の話に聞き入ったのである。こうしてやっとのことで、子供たちが無事保護されると、その女性は子供たちに宝石をひとつずつ配って与えた。その宝石はどんな危険でも避けられる働きに加え、明るく穏やかな光を放ち、夜の暗闇を真昼の明るさに変えることもできた。とくに喜ばれたことは、その効力が決して衰えることがないことだった。女性は何人かの賢人たちに依頼し、子供たちを養子として預かってくれるよう、そしてこれからもつづくはずの登り道の道連れとなり、子供たちを人の住む大きな町にまで導いてやってくれるようにと、手順を整えてくれた。そうこうしているうちに、また子供の泣き叫ぶ声が聞こえてくる。あの獣たちの棲む忌むべき谷間で、危害を加えられ今なお断末魔の叫びをあげる子供たちだ。するとたちまちあの心優しい女性は、女王よろしくお供を全員引き連れ、その場を飛ぶようにして離れ、子供たちの救出に向かったのである。

アンドレニオはこうした事態の流れを目の当たりにして、驚きを禁じえなかった。そして、今までさまざま体験した異常な出来事を比較してみると、人間の暮らしのなかでは、善と悪とが交錯して現れることに気づいたのだ。

「あの二人の女性はまったく逆の性格をもっている」と彼は言った。「だからまったく違った形で事態が展開していくわけだ。クリティーロさん、どうか教えてください。あの憎んでも憎みきれない最初の女はいったい何者なんです？　そして、あの素晴らしい二番目の女性は？」

「どうだね、アンドレニオ、きみのこの世界への第一歩はどんな感じだね？」とクリティーロは応じた。「私が前もって教えた内容とあまり一致していないのじゃないかな？　この世界でふつう行われていることを、しっかり見ておくことだね。これがきみのこの世での体験の始まりだとすると、さらにどんな展開があり、どんな終わりかたをするのか、ぜひきみにも考えてほしいのだよ。それが、きみがしっかり両目を開け、この敵だらけの世の中でいつも油断なく生きていくための知恵となるんだ。ところできみは、あの最初の残忍な女が、いったい何者なのか知りたいわけだね。いったんはきみがあれほど褒めそやしていたあの女のことだ。いいかね、人を褒めるにせよ、けなすにせよ、最後の判断が下せるまでは、それを控えるべきなんだよ。実はあの極悪非道の女は、我々人間の良くない性格、つまりは悪に傾きやすい性格を表しているのだ。この悪い性格はたやすく子供の心を捉えるもので、理性の働きが始まるよりも早い時期に、ぐんぐんその勢力を伸ばしていく。こうして幼年期の子供の心を支配し、くじけさせてしまうのだよ。この傾向が昂じてしまうと、親たちはかわいい子供への強い愛情に負けてしまい、ついつい甘い姿勢をとってしまう。そしてその洟垂れ小僧が泣かないようにと、欲しがるものはなんでも与え、すべて思い通りにさせてやり、自分の望みがかなえられるよう、いつもご機嫌をとってやる。子供はこんな調子で育てられるものだから、しつけが悪く、復讐心が強く、怒りっぽく、食いしん坊、さらには頑固で、嘘つきで、気まま勝手で、泣き虫で、自意識だけが強く、無知な子供が出来上がってしまう。さらにこんな欠点がみんな一緒に作用して、生まれつきの剣呑《けんのん》な性格をますます助長してゆくわけだ。またこれがもとになって、いろいろな熱情が子供を虜にしてしまい、寛容すぎる親のせいで、その熱情がますます力を増してゆく。こうして悪へ落ち込んでゆく傾向がますます顕著になり、子供をかわいい、かわいいと甘やかしているうちに、いたいけな子供をあの野獣たちの棲む谷へ引きずり込んでしまうことになるのだよ。こうして子供は悪に染まり、熱情の奴隷と化してゆく。そんな次第で、光の女王か諦観の母とも呼ぶべき理性が、その盟友である美徳とともに手を携えてやってくるころには、子供たちはすでに堕落してしまい、悪徳に身をまかせ、ほとんどの者はすでに取り返しのつかない状態に陥ってしまっている。いくら理性に訴えて、彼らを悪習のくびきから救い出そうとしても、なかなか骨の折れる仕事になってしまうのだよ。それに彼らにしっかり美徳を身につけさせようと、より高い場所に導こうとしても、大きな困難が立ちはだかることになる。というのは、彼らをそこへ連れて行くには、急な坂を登らねばならないからだ。しかし多くの者がその段階で死に絶え、その悪徳ゆえに末代の恥となってしまう。この例はとくに、裕福な人たちや、名家の子息、それに君主の跡継ぎなどに多く見られる。要するに彼らがちやほやされて育てられることが、悪徳に染まってしまうきっかけとなるのだよ。つましく暮らす家庭で育てられた者、あるいは継母の厳しい仕打ちに耐えながら育った者などは、この危機を見事に回避し、まだ揺り籠のなかにいるうちに、青蛇という名のふしだらな情熱を、ヘラクレスのように絞め殺してしまうのだ[4]」

「このきれいな宝石はなんて呼ばれているのです?」とアンドレニオは尋ねた。「あの女性がとても熱心にすすめてくれて、我々にまでいくつか配ってくれたものですが」

「これはきみが知っておくべきだと思うのだが」とクリティーロは答えた。「多くの人たちが伝説などをとおして、いくつかの石に宿るとしてきた能力は、やはり確かな事実と考えられている。たとえば、こちらの石は本物のざくろ石で、暗闇のなかでも光り輝く。ということは、無知の闇でも、悪徳の闇でも、同じように明るく照らしてくれるということなのさ。こちらは純粋なダイヤで、苦難に叩きのめされそうになっても、また欲望への熱い情熱の火にさらされても、ますます強靭さと輝きを増す。さらにこれは善か悪かを見分ける試金石、そしてこちらは磁石で、美徳の方角を指して教えてくれる。これは、すべての美徳をもつ石だ。賢者たちはこの石のことを、《理性の命ずるところ》と呼ぶ。われわれが最も信頼を寄せる友だ」

こんなことを話しながら進んでいくと、あの有名な分かれ道に出た。そこで道が分岐していて、生き方の違いにしたがって、それぞれの道が伸びている。どちらの道をとるべきか、どちらの方向に進むべきか。その選択には、個人の学識や意志力はあまり役に立たず、心を決めることがとても難しいことで知られた地点だ。実は道はここでふつう二手に分かれるのが、昔からの決まりになっていて、左は平易で楽しげな下り坂がつづく人気の高い道だが、その反対に右に道をとれば、荒れ地の中のつらい登り坂が待っている。ここに至ってクリティーロは大いに迷ってしまった。というのは、なんと道が三つに分かれていることが判ったからだ。これには少なからず驚かされた。これではますます道の選択が厄介になるではないか。

「なんてことだ!」と彼は嘆いた。「これは例のよく知られた分かれ道と同じではないか! ヘラクレスが二本に分かれた道のうち、どちらを取ればいいのかと思案し、途方に暮れたというあの場所だ(5)」

彼は前を見たり、後ろを振りかえったりしながら、こう自分に問いかけた。

「この地点こそ、博学のピタゴラスが人間の知恵なるものを簡略に表現した、あの文字と同じ意味をもつのではないだろうか(6)? ここまで同じ一本道を進んできた後、この分岐点で二筋の道に分かれるというあの文字のことだ。一方は悪徳に至る広い道、もう一方は美徳に至る狭い道だ。それに終着点がそれぞれ違う。一つの道は、最後には罰を受ける運命をたどり、もう一つは勝利の王冠を戴く運命が待ち受けている。それをあの文字は暗示しているのだ。しかしちょっと待てよ。エピクテトスの言うあの二つの標識はどこにあるのだろう(7)? 快楽の道にある《快楽を断ち切れ》(abstine)と美徳の道にある《美徳を守れ》(sustine)の標識のことだ。どうやら、われわれは変革の時代に遭遇したこともあって、国道までがどこかに移動してしまったようだ」

「あそこにうず高く積まれている石の山はなんでしょう?」とアンドレニオが尋ねた。「なんと、道の真ん中にありますよ」

「とにかく近づいてみよう」とクリティーロは言った。「どうやら旅人の守護神の像が、われわれを呼んで導いてくれているようだ。この不思議な石の山はメルクリウスの像の前に積み上げたものだよ(8)。古代の人たちはこの像に、知識こそが人生の旅を導くべきものだという意味を持たせたのだ。われわれは天の神が示してくれる道を歩んでいくべきだということを、あの高く上げた手で広く知らせているわけだ」

「でも何のためにこんな石の山をこしらえたのでしょう?」とアンドレニオが言った。「おかしなことですよね、道の真ん中にこんなものを置いたら、人をつまずかせるだけではありませんか」

「いやこの石はね」とクリティーロが大きく息をついて答えた。「ここを通る人たちが投げ入れていったものなのだよ。こんな形でメルクリウスの教えに感謝の気持ちを表しているんだ。これこそ立派な師のご加護に対するお礼なのだよ。それに真実と美徳を求める人たちにはぜひ分かってほしいのだが、路傍の石でさえ彼らに刃向うことだってあるということだ(9)。その柱に近寄ってみよう。困っている時こそ、なにかの神託を伝えてくれるはずだから」

クリティーロは、最初に目に入った掲示の文字を読み上げた。ホラティウスを引用して、こう書かれてあった。《ものには中庸あり。偏るべからず》と。[10] 中央の柱は、上から下まで精巧な浮彫が施され、作者の抜きんでた芸術性がすぐれた柱の材質と見事な調和を見せている。このほか、何かの教えを含んだたくさんの箴言が書かれていて、それにまつわる説明書きも掲げられていた。アンドレニオは感激の面持ちで、ひとつひとつ見て回り、クリティーロは明快で楽しい解説を加えていった。そこには、きらびやかな二輪馬車を乱暴に操る向う見ずな若者の姿が描かれ、父親が彼にこう言っている図があった。《道の真ん中を行け、そうすれば安全に走れるから》と。

「この若者は」とクリティーロが説明した。「傲岸不遜な態度で政治の手綱を取り、周囲の老練な家臣たちの助言を無視し、中庸を重んじる慎重な姿勢をとらなかった。そのために理性の歯止めがきかなくなり、無謀な戦争のため重税を課し、国全体を破滅に陥れ、王位も命も失ってしまったのだよ[11]」

その横に置かれていたのが、翼をなくして墜落するイカロスの図だった。父の名工ダイダロスが《空の真ん中あたりを飛ぶのだ》と大声で指示してみても、火から水へと、つまり極端から別の極端へと墜落してしまう図だ[12]。

「そう、これも無分別な人物のもう一つの例だ」とクリティーロは説明した。「足ることを知るのはとても大切なことなんだが、この人物は得たものだけでは満足できず、確かな証拠もないまま、いかにも気の利いた話に乗ってしまったのだ。一応は体重を落とす努力はするものの、結局は羽に裏切られてしまい、妄想に破たんをきたし、お決まりの苦い涙とともに海に墜落することになる。まさに、死のツラサは、ツバサから、目と鼻の先の距離にあるのだよ[13]。あちらにいるのは、有名なクレオブロス[14]だ。三通の書簡のなかでつづけさまに《中庸》という言葉だけを書いている様子を表したものだ。君主が三回つづけて彼に書簡をよこし、正しい治世を行うために知っておくべきことは何かと、助言を求めたときの話だ。ほら、見てごらん。あの人物もギリシャの七賢人のひとりだが、《すべてに過多なることを避けよ》との格言を残しただけで、永遠の賢者とされている[15]。多すぎることは、不足していることより、むしろ多大の害をもたらすのが常だからだ」

美徳のすべてが項目別に分類されて、平面の石板や渦巻き装飾の中に、素晴らしい浮彫で表現されている。各項目の絵がきちんと順序よく並べられたうえ、さらに一つ一つの項目の両脇には、その美徳が極端に走った場合の悪癖を表す絵を、それぞれ配置していた。たとえば、柱のいちばん下には、他の美徳の基礎となるようにとの意味からか、勇気の美徳が小さな飾り石のうえに載っかる形で配置され、さらにその両脇には、それぞれ《無謀》と《臆病》を表す像が彫られていた。こんな形で全美徳の項目が並べられ、いちばん上には、《賢明》が、美徳の女王としての席を占め、両手には《黄金の中庸を愛する人のために》の言葉が刻まれた美しい冠を持っていた。さらにこのほかにも、お互いに繋がりのある意味をもつ、たくさんの銘文が並べてあるのが読み取れたが、その内容は、芸術や天賦の才とは何であるかを説明したものであった。この優美な銘板の上部には、物静かな表情をみせる幸福の女神が、著名な賢人たちとともに仲良く並んで描かれ、その両脇にはやはり、幸福の両極にある涙と笑いを象徴するかたちで、涙にくれるヘラクレイトスと、笑うデモクリトスの像がそれぞれ配置されていた。

アンドレニオは、人間の全人生を予告する神託にも似たその銘板を目にし、その意味が理解できたことでとても嬉しそうだった。そうこうしているうちに、たくさんの人々がそこに集まってきた。ここからは、それぞれが少人数の組に分かれて、自分が気に入った道をたどっていくのだ。ほとんどの者が、ただ楽しく過ごすだけの欲望に身を任せ、自分の好みにしたがって気の向くままに、あの極端な生き方にむかって突進していく。ある者はそこにやってくると、だれにも事情を尋ねることもせず、ほかの人たちが予想したのとはかなり違った極端な生き方の道へ、愚かにも向かっていく。その道とは気取り屋のそれであり、たちまちその道のなかに姿を消した。この人物のつぎには、軽佻浮薄な男がやってきた。人に尋ねもせず、いかにも気取った様子で、何を思ったか一番高いところにある道を選んだ。ところがこの男、全く空っぽで中味のない人間らしく、風がだんだん激しくなってくると、その勢いに吹き飛ばされ、あっさり道に倒れ込んでしまった。多くの人が、まるで復讐でも果した気分になって、それを眺めている。それに高い道を進んでいたこともあって、倒れ込む様子がみんなの目に入り、失笑を買うことになったのだ。

これとは別に、アザミの生い茂った道があったが、アンドレニオはだれもそんな道をとるはずはないと思っていたところ、多くの人が激しい情熱をみせて先を競い、小競り合いになるほどであった。このいわゆるけもの道は、ごくありきたりの道ではあったが、ある男に——この男は一応は獣ではなく人間のようには見えたのだが——なぜそんな道を選ぶのかと訊いてみると、一人では行きたくないから、という答が返ってきた。この道と並行して、別にもう一本の道があったが、こちらはとても短い道だった。この道に入る者は、ご馳走を十分用意し、安逸な旅だけを求めてやってくる。しかし大した距離を歩きもしないうちに、ほとんどの者が、空腹ではなく、安楽な生活にうんざりして死んでしまうのだ。なかには空中を飛んで進もうとする人たちもいる。しかし結局は失神してしまい、地面に叩きつけられてしまう。この連中は、通常天にも地にも落ち着く場所が見つからないのだ。さらにこれとは別に、たくさんの人たちが、快適で楽しい散歩道をぐんぐん前へ進んでゆく。花畑から花畑へと、とんだり跳ねたり踊ったりして、面白おかしく時を過ごしつつ通り抜けていく。と思った瞬間、疲労の極に達して、一歩も前に進めなくなり、汗を垂らし、悲鳴をあげると、どっと地面に倒れ込む。かつての美麗な容色はどこへやら、すっかり勢いをなくしてしまうのである。さらにもうひとつ、盗賊がはびこりとても危険だとのことで、みんなの評判が悪い道があった。ところが、かなりの人たちがそれを知りながらも、盗賊ともうまく理解しあえるはずだとか言って、この道を選んだのだ。しかし結局最後にはみんな盗賊になってしまうことになり、お互いに他人の持ち物を盗みあう結果となった。何人かの者が質問したあと、どれが堕落の道なのか教えてほしいと言ってきた。これにはアンドレニオは少なからず驚き、一方クリティーロはうれしく思ったのである。なぜなら、少なくともあたりの様子をしっかり見極め、状況を把握しようとする人たちに、やっと巡り合えたと思ったからだ。そして彼らがそんなことを尋ねにきたのは、きっとその道を選ばないためだろうとふたりは思ったのだが、なんと実際はその逆であった。彼らは道を教えられると、あっさりその挫折の道を選んだのである。

「なんて愚かな連中だ！」とアンドレニオは慨嘆した。

その道を選んだ人々のなかに、とても位の高い人物が何人かいるのを見つけたふたりは、なぜそんな道を選ぶのかと訊いてみた。すると彼らが答えて言うには、いや我々が行きたいと思って選んだのではありません、ついつい誘われるがまま、あとについていくだけのことです、とのこと。(18) そのほか、一日中あたりを歩き回ることだけしかせず、自分だけはへとへとに疲れ、ほかの人たちをうんざりさせ、絶対に前に進むこともなければ、人々の真ん中に立つこともない連中もいて(19)その愚かさがひときわ目立っていた。またこれとは別に、自分が進むべき道が分からない連中もいる。歩き始めようと思っても、すぐに頭が空っぽになり、決して歩き出すに至らないのだ。立ち止まって両手を胸に当てたまま、初めの一歩をなかなか踏み出せないでいる。歩きたい気持ちさえあれば、足を前に出すことくらいなんでもないはずなのに。この人たちは、ひとつのことを決して最後までやり遂げることができないのだ。そのうちのひとりは、まだ誰も踏み入れたことのない道を歩いてみたい気持ちは確かにあったのだが、だれも後押ししてくれなかったと嘆く。そして自分で気まま勝手に選んだ道を進んでみたのだが、たちまち道に迷ってしまったとも言う。

「きみも気づいたと思うが」とクリティーロが言った。「ほとんどの人が、的外れな道を選び、自分が考えていたのとはまったく逆の方向に進み、極端な道に走ってしまうのだよ。愚か者が気取り屋の道を選びとるかと思えば、賢者が無知な人になる道を歩んだりする。臆病者が勇者にあこがれる道を選びとり、剣と拳銃のことばかりにかまけている。ところが、真の勇者ならばそんな武器など軽蔑するだけなんだ。物持ちは何も与えずに済ませようとするから、物持ちになるのであり、物不足をかこつ者は、物を無駄に使うから不足をかこつのだよ。美人は身づくろいには無頓着なふりをしたがり、醜女は美人に見られようと身づくろいに励む。君主は謙虚な物腰をとるものだが、下賤な者は自分こそが神だと思い込む。雄弁家は沈黙を守り、無知な者はなんでもぺらぺら話したがる。名工が制作を控えているのに、下手な工匠が拙い作品を量産したりする。どうだ、分かるだろう？　結局は、みんな人生の道を完全に誤り、極端な方向へ逆に流れてしまうのだよ。だから私たちはいちばん堅実な道を選択しなければいけない。もっともその道は、文句なしに称賛されるような道ではないかもしれないのだが。その道とは、賢明かつ幸せな中庸の道なのだよ。いつも無理なく中正の立場に自分を置けるから、極端な道を選ぶのと比べれば、それほど困難を伴う道ではないはずだ。ただし、そんな生き方を選んだ人は少数にすぎない。でもいったんその道に踏み出してみると、心に大きな喜びを感じ、良心の大きな満足感を手にすることができるのだよ。それにもうひとつ、この人たちが実感することがある。理性の豊かな発露たるあの宝石が、大きな輝きを放ち始めるのだ。すると、ひとつひとつの宝石が、きらきら輝く星のように思えてきて、光の筋となって彼らに称賛の言葉を送る。《これこそがまことの道であり、本物の人生なのだ》と。一方この道とは反対に、気まま勝手に道を選んだ者たちの持つ宝石は、すっかりその光を失ってしまう。だから輝きもせず、その持ち主たちも同じように輝きを失った存在になってしまうのだ。要するに彼らの判断も選んだ道も、大きな誤りだったということになる」

さてアンドレニオは、ふたりがずっと坂道を登りつづけていることに気づくと、こう言った。

「この道はどこかの町につづいているというより、ぼくたちを天にでも導いてくれているような感じですね」

「その通りだ」とクリティーロは答えた。「なぜかといえば、この道こそ永遠の命に至る小道だからだ。私たちは今、この地上に身を置いたまま歩きつづけているわけだが、実は地上よりはるかに高い次元に立ち、ほかの人々を下に見て、星のごく近くにまで登ってきているのだよ。どうか星たちには、われわれを正しく導いてほしいと願うだけだ。それに、私たちは今地上の世界に居ながら、まるでスキュラとカリュブディスの間にあたる場所を航海しているようなものだ[20]」

こんなことを話しながら、ふたりはスペインの大バビロニアと呼ばれる町に入っていった[21]。国中の富が集中する町、学問と武芸の威厳に満ちた舞台、高貴な人士の集うところ、さまざまな人間模様が繰り広げられる巨大都市である。

アンドレニオは、今まで見たこともないこれほど開けた世界を目の当たりにして、すっかり度肝を抜かれてしまった。洞穴から出て下界を初めて目にしたときよりも、はるかに大きい感動だ。しかもその差たるや、大変なものだった。初めて外の世界を知ったあの時は、ただ遠くから眺めるだけのことだったが、ここではずっと近くから新しい世界を見ている。それにあの時はただ目を働かせるだけのことだったが、ここでは直接触れるという新しい経験を積んでいる。あらゆるものは、直接触れてみることで、すっかり違ったものに見えてくるのだ。とくに彼にとって奇異に思えたのは、あれほどの人口を抱えた都会で、それも真昼時に、いくら必死になって探してみても、誰ひとり人間の姿を認めることができないことだった。

「いったいどうしたのだろう?」アンドレニオはつぶやいた。「町の人たちはどこにいるのだろう? これは彼らがあれほど愛する祖国の町ではないのか? この町こそ、彼らの生活の中心であり、熱愛する世界ではないのか? そんな彼らが、なぜこの町を捨て、いったいどこへ行ってしまったのだろう? ここよりもっといい場所を見つけでもしたのだろうか?」

ふたりは人の姿を求めて、必死になってあちこち歩き回った。しかし、ひとっこ一人姿を現わさない。そして、とうとう……。さて、ふたりがどこで、どんな形で人の姿を見つけることができたのかについては、次考で語ることにしよう。

第六考
当今の世相

世界という言葉を聞くとだれしもが頭に思い浮かべるのは、すべての創造物が調和を保ち、完璧なかたちでまとめられた領域のことであろう。確かにその想像は正しいといえる。なぜなら、その美しさゆえに、《世界《ムンド》》という名を頂戴したのであり、その名はもともと《美しく清浄な》という意味をもつ言葉だから[1]だ。ここでひとつ、ある宮殿の姿を頭に描いてみよう。その建物は優れた能力をもつ人物によって設計され、絶対的な権力をもつ者により工事が施行され、神の恩寵により王として君臨する者にふさわしい住まいとして飾りつけがなされている。かくしてその人物は、正しき理性の持ち主として宮殿のなかに居住し、支配者として国を統治し、創造主たる神が最初に世界にもたらした調和を、そのままの形で受け継いでいく。したがって、この世とはまさしく神自身の手によって人間のために整えられた家にほかならず、神の完全さを表現できる手段はこれよりほかにはないのである。もともと世界がそのようなものとしてつくられたことは、先に述べたように世界《ムンド》という呼び名そのものが、それをはっきり示してくれている。また、世界の始まりもその事実を証明し、その終末もそれを確かなものとしてくれなければならないはずである。しかし現実はそれとはまったく逆ではないのだろうか？　そして人間自身が世界をいったいどの方向に導いてきたのだろうか？　建前と現実にはどれほどの齟齬《そご》ができてしまったのか？　そのことについては、アンドレニオを連れてこの世に足を踏み入れたクリティーロとしても、この際十分に考えておく必要があるはずだ。もっともふたりとも、まだ高徳の士には成りきっていないことは確かではある。

ふたりは人間の姿を求めて、歩いて行ったのだが、誰ひとり見つけることができなかった。しかし、しばらく進みつづけ、歩き疲れたころ、半人間に出くわしたのだ。つまり、半分が人間、あとの半分が獣の姿をした生き物だ。クリティーロはとても喜んだが、アンドレニオは度肝を抜かれ、こう尋ねた。

「この奇妙な怪物はいったい何者なんです？」

「そんなに怖がらなくてもいい」とクリティーロが答えた。「これは人間などより、ずっと人間らしい生き物だよ。王たちの師範であり、数ある師範の中の王様だ。これが賢者ケイロン(2)だよ。これはまたおあつらえ向きに、都合よく彼に会えたものだ。この世界に初めて足を踏み入れた私たちを彼が導いてくれ、いかに生きていくべきかを教えてくれるはずだ。我々がこれから事を始めるにあたっては、それがとても大切なことなのだ」

クリティーロが彼に近づき挨拶すると、半人半馬の幻獣は、人間顔負けの丁重さで挨拶を返した。そこでクリティーロは彼に、人間の姿を求めてふたりで歩いているのだが、どれだけ探し回ってもただ一人の人間さえ見つからないのだ、と言った。

「私はべつに驚きはしませんね」と彼は答えた。「だって、今の時代は人間の時代ではありませんからね。いや、つまり私が言いたいのは、過去の時代の有名な人物たちのような人間は、もういないということですよ。あなた方は今の時代に、イタリアで活躍した寛仁大度王アルフォンソやスペインの《大将軍《エル・グラン・カピタン》》、それに剣の柄を白百合の紋章で飾り、その剣の力で王冠を守り抜いたフランスのアンリ四世のような人物を、まさか見つけ出せるなんて思われたのではないでしょうな(3)。今の世にはもうあのような英雄はいないし、あの人たちを思い起こすことさえありませんよ」

「新しい英雄が出てこなくなったのですか？」とアンドレニオが口をはさんだ。

「その気配もありませんね。今の時代にこそ、そんな人物が必要とされるのですがね」

「でもその兆《きざ》しは、何度もあったはずですが、なぜそんな人物が出てこなかったのでしょう？」とクリティーロが尋ねた。

「途中で挫折したからですよ。そのことに関してなら、私としてはいろいろ言いたいことがありますがね」とケイロンが持論を述べた。「何人かは完璧な人間になろうとはするのですが、最後には結局、何の役にも立たぬ人間になってしまいます。いっそのこと、何もしなかったほうが、まだましだったかもしれませんよ。また人の話では、妬み心が鋭いトメラスの鋏[4]よろしく、有能な人物の首を切り落としていくようです。でも私に言わせれば、そんな理由からではないと思います。むしろ悪徳がはびこっている限り、美徳は勝利を手にすることはできないのですよ。美徳なしには、英雄的な偉業を成し遂げることができないからです。いいですか、この状況を例えていえば、さしずめヴィーナスが、あらゆる場所でベローナとミネルウァを隅に追いやっているようなものです。彼女が交わりをもつのは、すべてを黒く汚し、すべてに過ちを犯す下賤な鍛冶屋とだけなのです[5]。でも、愚痴はこれくらいでやめにしましょう。武芸においても学問においても、優れた人物が輩出するような時代ではないからです。ところで、どのあたりで人間の姿をお探しになったのか、教えてくれませんか？」

するとクリティーロが答えた。

「どこって、この地上しかないじゃありませんか。ここが英雄たちの祖国であり、みんなが集う場所ではないのですか？」

「これは驚いた！」と半人半馬が言った。「そんなことをお考えなら、ぜったいに見つかるはずはありませんよ。この全世界を探したって無駄というものです、だって居場所を変えてしまったのですから。人間は決して一個所にじっとしていません。何にも満足しないのですから」

「でも天上世界なんかで、見つけられるはずはありませんからね」とアンドレニオが言った。

「そいつは無理です。もう天上世界にも地上にもいませんから」

「それじゃあ、どこを探せばいいのです？」

「どこをですって？　そりゃあ、空中ですよ」

「空中ですって？」

「そうです、その場所に城を建てたのですよ、空中に。砂上の楼閣とでもいいますかね。そこにでんと腰を落ち着けたまま、その妄想から出たがらないのです」

「もしおっしゃるとおりなら、どの楼閣も大勢の人間で大混乱をきたしているはずです」とクリティーロは言った。「彼らはヤヌス[6]のような用心深さや賢明さに欠けることを揶揄されて、手でコウノトリの嘴《くちばし》の形を作った相手から、後ろ指をさされて、この男はあの有名人の例のぐうたら息子ではないかなどと、陰口をたたかれているはずです[7]。でも後ろでひそひそ話をするだけならまだましで、後になるとこんどは別の人たちが真正面から侮辱の言葉をかけてきたりしますからね」

「でもこの人たちのほかにも、雲の上まで昇ってしまった人も大勢います」とケイロスがつづけた。「あるいは、この埃まみれの俗界に埋もれたまま、空の星に頭で触れようと必死になる連中さえいますよ。また、かなりの数の人たちは、うぬぼれが昂じて、空高く夢の空間に思いを馳せ、まるでそこを歩き回っているかのような錯覚に陥ることだってあります。でもそんな連中のほとんどが、三日月のとんがった部分あたりにひっかかった姿でいるのが見えるはずです。おまけに彼らは、できる限りまだもっと高くへよじ登ろうとさえする有様です」

「なるほど、おっしゃるとおりだ」とアンドレニオは大きな声を出した。「ほら、あそこにそんな姿が見えます。あそこまで昇っても、まださらに上に行こうとして無理な動きをして、つまずく者もいれば倒れる者もいます。それに月だって少しずつ形を変え、彼らにはいろんな表情を見せていきます。それでもなおあの人たちは、たえずお互いに足を引っ掛けあったりして邪魔をするのです。でも結局はみんな倒れ込んで、お仕置き程度ではすまない大怪我を負ってしまいます」

「まったく狂ってる」とクリティーロは繰り返し言った。「地上こそが人間本来の居場所であり、生を享け、それを終える場所であるはずなのに。あの人たちは、あんなに明らかな危険を冒してまで、上に登ろうとしているのですね。そんなことをするより、この地上に居つづけるほうがよっぽどいいのではありませんか？　こんな無謀な行いなど見たことがありません。まったく、どうかしていますよ」

「そのとおり、まったくどうかしているのです」と半人半馬は言った。「それをとても残念に思う人もいれば、冷笑の的にしてしまう人もいます。昨日まで地面にへばりつくようにして生きていた者が、いまでは宮殿で暮らすことさえ物足りなく感じるようになり、昨日まで肩に荷物を背負って暮らしてきた者が、いまでは相手を見下したように肩越しに話をする。かつては草ぶきの貧しい家に生まれた者が、今日はヒマラヤ杉の格天井を要求する。昨日までだれからも無視されていた男が、今日はみんなを無視する。息子は父親からたくさんのがらくたを引き継ぎ、その中につまらぬ自尊心までちゃんと入っていたりする。きのうは食べる物も満足に得られなかった者が、きょうは雉の料理に見向きもしない。大した家柄でもない男が、その血統をわざとらしく自慢する。《あんた》を《貴殿》の代わりに、思わず使ってしまう。こうしてだれもが上に登ろうとして、月の角のとんがった部分につかまろうとするのです。ところが、この角は猛牛のそれよりももっと危険なのです。それは、角から離れてしまえば、当然のことながらまっさかさまに転落することになり、大変な恥辱を受けることになるからですよ」

半人半馬はふたりを中央広場に連れて行った。そこには獣たちが大勢歩き回っている。みんな放し飼いにされていて、不注意な人間にとってはとても危険な場所だ。そこには、ライオン、虎、豹、オオカミ、猛牛、パンサー、狐がいたが、そのほかにも蛇、竜、バシリスクなどの姿もあった。

「これは困った」とアンドレニオは動揺をみせた。「ぼくたちは今どこにいるのでしょう？　これは人間の住む町でしょうか？ それとも獣の棲む密林なのでしょうか？」

「怖がらなくてもいいですよ。ただし、十分注意しておくことが大事です」とケイロンが言った。

「きっとこれはほんの少しだけ残った人間が、この地上で起こっていることを見たくなくなって、山岳地帯へ避難したからですね」とクリティーロが考えを述べた。「だから、獣たちが町へやってきて、すっかり都会の動物になってしまったのでしょう」

「そのとおりです」とケイロンが答えた。「ライオンが権力者の位置を奪ってしまい、お互いの意志の疎通が難しくなりました。それに虎は殺し屋に、オオカミは大富豪に、狐は偽善者に、毒蛇は娼婦にそれぞれなってしまい、あらゆる野獣がこの町を占拠してしまったのです。動物が大通りを闊歩し、広場を埋めつくし、まことの正しき人間たちは怖がって姿を見せません。動物たちとは慎重に距離を保ち、安全な場所に引きこもって生活しているのです」

「あそこの小高い場所に、みんなで座りませんか？」とアンドレニオが誘った。「あそこまで登れば、景色を楽しむとまではいかなくとも、少なくとも安全に上からこの場所を見下ろせるのではないでしょうか」

「それはできません」とケイロンが答えた。「世界はのんびり座って眺めるものではありません」

「それなら、そこに並んでいる柱にでも身を寄せてみませんか？」

「いや、それもだめです。この地上で一見頼りがいがあるように見えるものは、すべて当てになりません。とにかく歩きつづけて、通り抜けるだけです」

地面には凹凸がいくつかできている。それもそのはず、ある金満家の有力者の門前に、なにやらきらきら光るものがいくつか小山をつくって連なっているのだ。

「黄金の山だ」とアンドレニオが言った。

するとケイロンが、

「いや、よく見てください。光る物がすべて金とは限りませんよ」

近づいてみると、ただ金色をしただけのゴミの山だと判った。

これとは反対に、貧しく身寄りのない人たちの家の前には、とても深くて不気味な淵があった。見る人すべてに恐怖心を起こさせたので、みんなははるか遠くに離れ、近づく者はなく遠巻きに眺めるだけだ。さらに面白いことには、大きな体をした獣たちが、一日中休むことなく悪臭芬々たる動物の糞を運んできては、金満家の門前に捨て、ゴミの山をさらに高く積み上げている。

「不思議なことだ」とアンドレニオが言った。「なぜあんな効率の悪いことをするのだろう？ あのゴミをすべて、貧しい人たちの家の前の深い淵《ふち》に捨てればいいのに。そうすれば、地面の障害がなくなり、すっかり平らにできるはずなのに」

「なるほど、そうすれば確かにもっと歩きやすくなることでしょうね」とケイロンが言った。「しかしですね。はたしてこの世の中で、物事がそんなにうまくいくなんてことがあるのでしょうか？　実際この町ではですね、かつて哲学者たちの論争となったあの有名な問題に関して、その結論を事実で示しているのがお分かりになるはずです。[8]　つまりここでは、自然界においては、《空虚》が存在しないのだという点で、意見が一致しているのです。そんなわけで、この人間世界では、とても恐ろしいことが毎日のように繰り返されています。それはつまり、この世の中では、財産を持たぬ人には何も与えられず、一番の金満家にはたくさんの物が与えられる、という事実です。たくさんの貧乏人から金がかすめ取られ、その金が金満家に渡されてしまうのです。つまり付け届けは、金の有り余った家にしか届けられず、行き届かない者には進物は届かないのです。[9]　銀貨一つさえあれば、まるで金でめっきを施したごとく増殖し、こうして富がさらなる富を呼びます。金持ちとは遺産を相続した者であり、貧乏人にはそもそもそんな親族などいないのです。腹を空かす者にはパンが手に入らず、満腹の者には毎日宴会が待っています。そしていったん貧乏になってしまった者は、いつまでも貧乏のまま。という次第ですから、世界がいかに不平等にできているか、あなた方にも分かっていただけると思います」

「ところで、道のどの辺を歩いていけばいいのです？」とアンドレニオが尋ねた。

「真ん中あたりを歩いていきましょう。障害が少なくて、安全でしょうから」

「あそこに見えるのは、どうやら人間のようです」とクリティーロがいった。「少なくとも、彼らはそのつもりでいるようです」

「あの連中を人間と呼ぶには、少々無理があるかもしれません」とケイロンは言った。「さっそく調べてみる必要がありますね」

なるほど確かに、広場の隅っこあたりから、何人かの人間が顔をのぞかせている。なにやらもったいぶった表情で、頭を前に倒し顔を地面に向けている。泥道にはまり込んだらしく、両足はつま先立ちで、まるで優男かしゃれ者めいた雰囲気で足を高く上げるのだが、なかなかその一歩を踏み出さない。いや、踏み出さないというより、踏み出そうとするたびに、体が倒れてしまうのだ。しかし彼らは、これほどひどい目に会いながらも、その珍妙で危なっかしい方法でなんとか泥道を抜け出そうとしているようだ。アンドレニオは妙に感心して見ていたが、クリティーロは笑い出した。

「ここでよく考えてみましょう」とケイロンが言った。[10]「あなた方はいま白昼夢を見ているのと同じなんです。ボッシュの絵は素晴らしいですよね。今となれば、あの画家の奇抜な考えがよく理解できます。あなた方はこれから、信じられないような光景を目撃することになるはずです。たとえば、その学識や賢明な思想からいっても、人の上に立ち指導者となるべき人物が、世間からさげすまれ、忘れられ、打ちひしがれて地面に這いつくばっている光景です。またこれとは反対に、物事も知らず専門知識もなく、下積みの生活に甘んじるほか取り柄のないような者が、無能のまま学問も経験もないままで、人の上に立って命令を下したりしているのです。女の腐ったような連中が上に立つ世界は、うまくいくはずがないのです。男らしい男が待ち望まれているのです。いずれお分かりになるでしょうが、今の世は混乱状態にあるといってもいいでしょう。まったく泥にまみれた世の中ですが、少なくとも塵界《じんかい》と呼んでもらえれば、泥ならぬ塵で済んでいるだけでも、まだ救いがあるというものです」

この泥にまみれた連中が姿を消すと——どうせ誰だっていつかは姿を消すことになるのだが——間をおかず別の集団がやってきた。今までのよりもっと多勢の集団で、いかにも、われらこそ最高の人士なり、と自賛している様子が見てとれた。それになんと、後ろ向きに歩いている。おまけにその動きまでが、ふつうとは全く逆になっているのだ。

「またまた、いい加減な連中のご登場だ！」とアンドレニオが言った。「こんなでたらめばかりやっていると、この世にはまともな人間がいなくなり、精神病院と変わらなくなってしまう」

「恵み深い自然は、われわれ人間に目と足を前向きにつけてくれたはず」とクリティーロが考えを述べた。「それは歩く先がよく見えるため、目で確認しながら安全にしっかり道を踏みしめていけるためなのだ。それなのに、なぜあの連中は、見もしないで道を進み、自分の行く先をしっかり見定めないのだろう？」

「いいですか、よく見てくださいね」とケイロンは言った。「ほとんどの人間はですね、美徳、名誉、学識、分別などすべての点で、前に進むことができず、後戻りしてくるのですよ。万事そんな調子だから、立派な人間になれる者はとても少ないのです。要するに、あのペニャランダ伯爵[11]のような例は非常にまれです。あそこで、必死になってもがいている女がいるでしょう？　あれは人生を後戻りしようとしているのです。二十代以上の歳をとりたくないのです。ほら、あそこの女は三十代を越えたくないのです。こんな調子で、みんな必死で後ずさりしていって、零歳まで戻ると、そこからもう歳をとらないために、年齢の落とし穴のような場所に沈んでしまいます。一人前の女にさえなりたくなくて、いつも少女のままでいるのですよ。おやおや、あそこでは脚の悪い年寄り[12]が、女たちを一生懸命引っ張っています。すごい力ですよね。ほらほら、見えるでしょう？　女たちの髪の毛をつかんで、体を引きずっています。おや、あちらの女の髪の毛が全部あの年寄りの手に残っていますよ。すっかり引っこ抜いてしまったようだ。さあ、こんどは別の女にすごいげんこつをお見舞いしましたよ。歯が全部抜けてしまいましたね。眉毛までちゃんと歳相応になりました。おやおや、女たちはみんな怖い顔をして、時の神を睨みつけていますよ」

「ちょっと待ってくださいよ。女たちですって？」とアンドレニオは言った。「どこに女たちがいるのです？　どれが女なんです？　ぼくには男たちとまったく見分けがつきません。クリティーロさん、あなたはぼくにおっしゃいませんでしたか？　男とは強者で、女は細身で弱いって。男はきつい喋り方をし、女はやさしい調子で話す。男はズボンとケープをまとい、女はスカートを身に着ける。そうおっしゃったでしょう？　でもぼくはすべてがその逆だと判りました。だって、全員もう女になってしまったのか、あるいは男たちが細身の女みたいになったのか。とにかく女たちがとても力をもっています。男たちは喋る勇気がなく、唾をのみ込んでいるだけです。女たちは大声でしゃべり、耳の悪い人でさえちゃんと聞こえるほどです。女たちが世界を支配し、全員が女たちにおとなしく従っています。あなたはぼくに嘘を教えたのです」

「きみの言うことは正しい」とクリティーロはため息をつきながら答えた。「男たちはもう女たちより弱くなったんだ。女の一粒の涙のほうが、勇者が流した血なんかよりずっと威力がある。ひとりの女の心を摑むほうが、学識を百倍ため込むよりもずっと価値があるのだよ。女と協調するなどとてもできないが、さりとて女なしでは生きていけない。今の時代ほど、女たちが高く評価された時代はないのだ。女たちは何でもできるのだが、何でも台無しにしてしまう。大自然は抜け目なく、女性にはあごひげという飾りを与えなかったのだが、どうやらその計略は失敗に終わったようだ。もともと、その計略は、女性の素顔がよく見えるように、そして赤面したときにはそれをしっかり見抜くためだったのだが、そんな企みが十分な効果を出しているとは思えないからだ」

「その考えに従えば」とアンドレニオが言った。「男は世界の王ではなくて、女性のための奴隷ということでしょうか？」

「いや、本当のところはね」とケイロスが答えた。「もともと男が本来の王様だったのだが、女を寵臣にしてしまったのですよ。つまり言い換えれば、女がなんでも好きなようにやれる、ということなのです。しかし、そんな事情がある一方で、あなたに女性のことをよく知ってもらうために言いますとね、女性に決断力と勇気がもっとも必要とされるときに限って、それがすっかり不足してしまうということです。ところが、そんな部類に入らない、例外的な女性がいて、男性以上の働きを見せることだってあります。たとえば、かの偉大なロサノ皇女とか、高貴なるバルドゥエサ侯爵夫人[13]がそうです」

一同がさらに驚かされたのは、一人の男性が狐の背にまたがり、後ろ向きに進んでいる光景だった。真っ直ぐには進めず、曲線を描きつつあちこちふらふらと揺れ動いている。おまけに、かなりの数のおつきの連中もいて、全員同じような動きをしている。さらに一匹の老犬までもが、ご主人の動きに合わせ忠実にあとを追っていく。

「あの男が見えるでしょう?」とケイロンが注意を促した。「あんな動きをしてはいますが、決して愚か者だからというわけではありません」

「私もそう思う」とクリティーロが言った。「どうやらこの世の中、全員が極端な道をとっているようです。あれはいったい誰なのか教えてください。愚か者ではないにしても、どこか怪しげな男に思えて仕方ありません」

「あなた方は、かの有名なカークス[14]の名を耳にしたことはありませんか? じつはあの男は、政治の世界ではカークスのような人物です。つまり、国家的理由という概念を取り違えているのです。今どきの政治家たちは、この男と同じように、他の人たちとは逆の方向に突っ走っています。そしてそんな形で相手の思考を混乱させ、他人の思惑の裏をかくために行動します。下手に自分の足跡を残したりして、目指していることを他人に突きとめられるのを嫌がっているのですよ。ある方向を指さしておきながら、自分は別の方角にひそかに逃げてしまうのです。あるいは、あることを広く知らせておいてから、自分はこっそり別のことを実行に移したりします。じつは、《いいえ》と言いたい気持ちなのをわからせるため、《はい》と返事をするのです。このように、いつも逆の行動をとり、本意とは反対の意思を示すことで、ひそかに自分の希望を実現しようと目論むのです。こんな連中を相手にするときには、ヘラクレスのような助っ人がひとり必要となります。その器用さと腕っ節の強さで、奴らの足跡を調べ上げ、その策略を暴き、鉄槌を下してもらうためです」

ここでアンドレニオが、彼らの中にはっきりと見抜いたことがあった。それはほとんどの者が、相手に真面目に話しかけるというより、むしろ口当たりのいい言葉ばかりを並べているだけなのだ。それに話を聞いている側にしても、そんな異常な形で話しかけられても、とくべつ腹を立てる様子もなく、むしろ喜んでいるようにさえ見える。大きく口をあけたまま、話し手の言葉を、耳ではなく口で受け止め、その甘さに酔いしれ、心地よい味が口の中で消え去るまで、楽しんでいるように見えた。

「こいつはひどい。やり過ぎですよね」とアンドレニオは言った。「ふつう、相手の言葉は耳で聞くもので、食べたり飲んだりするものではないはず。でもこの人たちは、喜んでぐいぐい呑み込んでしまいます。言葉とはふつう、話し手の両唇から生まれ出るものの、そのあとは聞き手の耳で死に絶え、胸に埋め込まれるというのが本来の形ですよね。なのにこの人たちは、言葉を口の中に入れて咀嚼しつづけ、いつまでもその味をなめて楽しんでいるように見えます」

「それこそ大きな証拠になるね」とクリティーロが言った。「ほとんどが嘘っぱちの話だという証拠だよ。だって、ちっとも苦りきった表情なんかしていないからね[15]」

「やれやれ」とケイロンが言った。「これであなた方もよくお分かりになったことでしょう。誰もかれも耳触りならぬ舌触りのよい言葉でしか、お互い話をしないってことが。ほらアンドレニオさん、見てごらんなさい。あの人はちょうど今、誰かさんの砂糖みたいに甘いお追従を、ゆっくり口の中で味わっているところですよ。どちらを向いてもお世辞ばかりで、ほんとにうんざりしてしまいます。きっとあの人の耳には、大事なことは何一つ入っていないと思いますよ。一応聞いているようには見えますが、実際はあんな言葉などすべて、風とともにどこかへ消えてしまうからです。ほら、あそこの王様を見てごらんなさい。嘘ばかり呑み込んでいるんです。つまり、言われることをすべて信じ込んでしまうのですよ。要するに、あの王様は一生をとおして、嘘ばかり聞かされてきたのですが、一度だってそれを疑ったことがありません。ただし、ごくまれに真実を聞かされたこともあったのですが、その話は信じませんでした。あちらのうぬぼれ屋のお馬鹿さんは、なぜ体があんなに風船みたいに膨れ上がっているのか、分かりますか？　いやいや、とんでもない、あれは栄養が詰まっているからではありません。あれは空気と虚栄心が体の中に入っただけのことなんですよ」

「間違いなくその原因になっているのは」とクリティーロが考えを述べた。「真実を一番耳に入れるべき人たちが、ほとんどそんな話を聞かされないということだと思います。だって真実というものは、耳につらく響くものですからね。きっとあの方たちは、そんな話は耳触りのいい言葉でごまかされているのか、あるいはまったく聞かされることがないのか、あるいはそんな話を全く受けつけないかの、どれかでしょうね。もし真実の話がひとつだけ、たまたまあの人たちに通じたとしても、たちまち胃の調子がおかしくなって、そんな話などまったく消化できなくなってしまいますよ」

彼らが一様に腹立ちを抑えられなかったのが、鉄の枷《かせ》を引きずって担がれてゆく数人の奴隷たちの姿を認めた時だった。奴隷といっても、自分でその道を選んだ自業自得のさもしい奴隷たちなのだ[16]。両手を縛っているのは、綱や手錠などといった生易しいものではなく、善行も寛大な行いもできないように鉄枷で固定されている。首には首枷がはめられ、終始苦しげな息を漏らしているものの、もとはといえば自分から進んでつけた首枷なのだ。両足には足枷がはめられ、名声の道などへは一歩だって踏み出せない。こうして鉄の重みに耐えたまま、気力もすっかり衰えている。ところがこの奴隷たちは、周囲の者から大仰な形で大いにあがめられ、ご機嫌をとられ、褒め称えられているのだ。奴隷たちにつき従っていたのが、いかにも男っぽく、そして頭の軽そうな世間では名の知れた人たちで、すべて高貴の出の連中だ。彼らはなんとその奴隷たちに仕え、何事にも服従し、そのいやらしい奴隷たちを肩に担ぎあげ、運ぶことさえやっていたのである。これを見たアンドレニオはついに我慢できず、大きな声を上げた。

「だれか勇敢な人はいないのですか?」と言った。「世間で運よくのし上がったあの連中に、戦いを挑んでくれるような人はいないのでしょうか? あんな輿《こし》なんて、奴らにちっともふさわしくありません。ぼくだってあの輿を叩き壊してやって、その代わりに奴らにふさわしいものに取り換えてやりたい気分ですよ。奴らにはそれほどの値打ちしかありません」

「大きな声を出してはいけません」とケイロンが言った。「われわれの身に危険が及びますよ」

「構いませんよ! どうせすべてを失ってしまった連中じゃないですか!」

「あなたにはこの奴隷たちが、じつは権力者たち、隠然たる力をもつ人たちだってことが、わからないのですか?」

「えっ、この人たちが?」

「そう、彼らこそ自分の欲望の奴隷たち、悦楽の召使たちですよ。たとえば、ティベリウス、ネロ、カリグラ、ヘリオガバルス、サルダナパロス[17]みたいな連中ばかりですが、みんな崇拝されているのですよ。それとは逆に、自らをしっかり律し、あらゆる悪行から解放された人たちが辱めを受けています。その結果が、ほらご覧のとおりです。健全な心をもつ人たちは、ああして地面に横たわり、悪人どもはしっかり両足で立っているのです。何にでも素晴らしい輝きを放つ人たちが、すっかり意気消沈し、それとは逆によこしまな心で輝きをなくしてしまった連中は、盗んで手に入れたもののおかげで、高い地位に登りつめていきます。思いやりのある人は、自立することも身を守ることもできず、残忍な心をもつ者が、世間にのさばるのです。ひどい口臭を放つ者が活力に満ち、足の利かぬ者が手足を動かし、盲者がすべて命令する立場に登りつめる。その結果、すべての善人が底辺に捨て置かれ、悪者たちが称賛されているのですよ」

「世の中の仕組みとは、面白いものだ!」とアンドレニオが言った。

そしてさらに彼の目を引き、笑いをさえ誘うような新しい発見がもうひとつあった。からっきし何も見えない盲者の姿を見つけたときだ。もっとも酒にも目が無い男なのだが……。その腹黒さにふさわしい陰険な表情で、両眼には五月の雨雲にも劣らぬほどの分厚い膜がかかっている。そんな目をしながら、この男はたくさんの健常者を引き連れ、案内役を買って出ているのだ。こうして一行を目が見えぬまま案内しているのに、一同は黙ったままおとなしく彼についてゆく。

「これこそ、勇敢なる盲者というべきか」とアンドレニオは言った。

「あるいは、もっと端的に言えば、《愚かなる》ともいえるね」とクリティーロが言った。「盲人が案内するなんて、まったくおかしいよ。たとえ目が見えていても、全員もろとも悪の深淵に転落してしまうこともあるが、いずれにしろ盲者が健常者の道案内をするなんて、まったく聞いたこともないでたらめな行為だね」

「でも盲人が他の人たちを案内しようとしたって、ぼくはべつに驚きはしないな」とアンドレニオが言った。「だって、自分の目が見えないわけだから、てっきりほかの人たちも目が見えず、彼と同じように手さぐりしながら、出たとこ勝負で行動すると思っているわけですよ。それに付き従う人たちは、みんなに危機が及ぶのに気が付くものの、そんなことなどお構いなしで、とにかく必死であとをついていくのです。こうして一歩ごとにつまずき、転倒し、ついには不幸が充満する沼に転がり落ちてしまうことになります。これこそ全くの愚行だし、恐ろしいほど異常な行為ですよ」

「よく見ておくことですね」とケイロンが言った。「これこそが大いなる過ち、人間に大きな絶望をもたらす過ちです。毎日繰り返される愚かな行為、そして今の時代の愚かさでもあります。分かりやすく言えば、無知な者が他人に教えを垂れようとするのですよ。酒に酔った男たちが、真実を語るべき教授の座を占拠してしまうようなものですかね。ほら私たちもすでにそんな例を見たことがありますよ。美しくもないあのおぞましい女に、愚かにもぞっこん惚れ込んでしまった男が、うしろに多くの国民を引き連れて、永遠の災厄が待ち受ける深い淵に転落してしまったのです[18]。その王こそ、世界の第八番目の不思議ならぬ、まさに八番目の怪物ですよ。無知な者ほど、すぐに物事を知っているかのようなふりをするものです。もし多くの人が自分が無知であることに気づいてくれたなら、今よりずっと多くのことを知るようになるはずですがね」

この時、大勢の大衆がうごめく広場の片隅から、なにか言い争うような声が聞こえてきた。どうやら女の声らしい。騒音の元凶といえば、いつもこれだ。不美人だが、服装にだけは気を遣っている。いっそこのままどこかに引き立てていってもらったほうがいいのかもしれない。全世界から集めてきたような多量の飾りを身に着けてはいるが、身だしなみには何のしまりもない。大声で主張を繰り返していたが、声を大きくするほどますますその根拠が薄らいでいくようだ。口論の相手はもうひとりの女性だった。あらゆる点で対照的な特徴をもつ女性で、そのこともあって敵に回されているらしい。この女性はとても美しい。服装には無関心だが、無作法というほどでもない。ほぼ裸に近い姿だったが、それは貧乏だからと説明する者もあれば、いやいや美しいからだと言う者もいた。何の声にも反論しないし、そんな勇気もなさそうだ。人々の耳には彼女の声は達しなかった。それに大衆のみならず、高位の貴族たち、さらにやんごとなきお方たちなどなど、すべての人たちが彼女を敵視しているようだ。しかしいったん彼女を前にすると、口を閉ざすが得策とばかりに、みんな黙り込んでしまう。そして彼女を周囲から排斥すべく、ひそかに陰謀を巡らす。さて、周囲の人々も初めは冷やかしのつもりだったが、だんだん本気になり、声をあげて彼女を罵ったあと、こんどは腕力にも訴え、彼女を小突きまわしての虐待を始めた。大勢の群衆が集まってきて、彼女は息も絶え絶えの状態だ。しかしこんな状況になっても、勇気を出して彼女を守ろうとする者は出てこなかった。

こうなると、生まれつき深い情があるアンドレニオは、彼女を助けに行く決心を固めた。しかしケイロンが彼を押しとどめ、こう言った。

「あなたは一体誰を相手に戦うことになるのか、だれを守ろうとしているのか、分かっているのですか？　あなたが戦いを挑もうとしているのは、世間の連中が支援する〈大嘘さま〉に対してだということに気づかないのですか？　それはつまり、世界全体に刃向っていることだし、世間の人はみんなあなたのことをきっと狂人だと思うに違いありません。子供たちは本当のことを喋って、〈真実さま〉の仇を打ってやろうと思ったのですが、[19]まだ年端もゆかぬ子供のせいもあり、またあれほどの数の権力者たちに刃向ってみたところで、勝てる見込みなどないのです。ということで、あの絶世の美人ともいうべき〈真実さま〉は、まったく孤立無援の状態となってしまったのです。そして少しずつ腕ずくで押され、世間のみんなから遠い場所に追いやられ、今となっては、いったいどこへ行ってしまったことやら、その居場所さえわかりません」

「つまり簡単に言えば、この国には正義がないということなんだ」とアンドレニオは言った。

「いや、そういうことではありません！」とケイロンは反論した。「実際には、それを司る者がたくさんいることは確かですから、正義は存在するのです。〈大嘘さま〉とはお互いあれほど近くにいるわけですから、そんなに遠くない場所に正義はやはり存在するはずです」

この時、気難しい顔をした男がひとり、分別のありそうな人々に囲まれて、顔を見せた。〈大嘘さま〉はその男の姿を認めるが早いか、すっと近寄ってきて、なにやらくどくど理屈をならべて、あまり信用できそうもない話を彼に伝えた。男は羽ペンさえ手元にあれば、いますぐにでも彼女に有利な判決に署名するのだが、と答えている。するとすかさず彼女は、男の手にペンを持たせた。こうして、男はすぐさま、〈大嘘さま〉である彼女の敵、そして全世界の敵でもある〈真実さま〉の国外追放令に署名したのである。[20]

「あの男はいったい誰なんです？」アンドレニオが尋ねた。

「まっすぐ歩くための支えとして、官杖を手には持っていますが、いかにも融通がききそうにわざとゆがめてありますね」

「あれは裁判官ですよ」とケイロンが答えた。

「その職名そのものが、主キリストを裏切ったユダと似ていて、うっかりすると混同してしまいますよね。[21]いやいや、それにしても驚きですね。《鼻薬を嗅がせておけば、あとは思いのまま》[22]ということですか。ところで体の前に掲げているあの抜身の剣には、どんな意味があるのです？　なんのためにあんな剣をもっているのです？」

「あの剣はですね」とケイロンが言った。「権威の象徴です。そして罰を下す道具そのものです。あの剣で悪徳という名の雑草を切り払うのですよ」

「それなら、いっそのこと根こそぎ引き抜いたほうが、ずっといいのに」とクリティーロが疑問を呈した。「悪などを刈り取ったりすると、かえって良くないことがときどきありますよね。それは刈り取ると、さらに強さを増して生えてきて、完全に死に絶えることがないからですよ」

「本来なら、そうやらなくちゃいけないのですがね」とケイロンは応じた。「しかし悪を退治するべき当の本人たちが、その悪が生き続けることを願っているのですよ。それは奴らがその悪を拠りどころにして生活しているからです」

さてこのあとすぐに、例の裁判官は一匹の蚊に死刑を宣告し、控訴を認めず、さらにこの哀れな虫が法の網にかかったからという理由で、体を八つ裂きにするよう命じた。ところがある象が、人間の法も神の法もすべて蹂躙する形で、鉄砲類、槍、鉄棒、棍棒など、所持を禁止されている武器調達に一役買い、それを背負って歩いていると、この裁判官はうやうやしくお辞儀をして丁重に見送ったという。おまけに象に対しては、勤務中ではありますが、もしよろしければ部下全員打ちそろってお供をし、あなた様のお住まいの洞窟までお送りいたしましょうか、などと言ったという。アンドレニオにとっては、まさに我慢のならない振舞いだ。しかし裁判官の無茶ぶりはこれで終わったわけではなかった。もうひとり別の男が、肩をすぼめ、はっきり返事するのをためらっているのを見ただけで、すぐさま鞭打ちの刑を言い渡したのである。なぜ鞭打ちなどにするのだろうと不思議に思っていると、こんな答えを返してくる人たちがいた。

「なぜかといえば、あの男には強い後ろ盾がないからだよ。それさえあれば、あちらの連中と同じように、威張り散らしているはずなんだけどね。あの連中はたくさんの縁故の後ろ盾のおかげで、重要な地位に取り立てられ、ますます鼻息が荒くなっているのさ」

さてこの裁判官が姿を消すと、人々の間から勇ましそうな風体の男が現れ、周囲の注目を集めた。まるでパブロ・デ・パラダ[23]その人とも張り合えるほどの貫録がある。甲冑をまとっていたが、胸当てはとても大きくて、どの時代にも、また誰にでも、どんな寸法にでも合うような代物だった。短銃を二丁、皮袋に収めてもっていたが、いずれもあまり使われた様子がなく、まるで袋の中で退屈して眠っているようにも見えた。乗った馬は耳を切られていたが、どうやら馬には何の罪もないようだ[24]。金メッキを施した短剣も持っていたが、どうやら剣とは名ばかりで、実際には単なる飾り物にすぎず、それがばれぬよう用心してめったに抜いたこともないのだろう。帽子のてっぺんには羽飾りをつけていたが、軍人魂などには程遠い、まるで派手さだけを売り物にした醜い鳥に見えた。

「この人は」とアンドレニオが尋ねた。「人間ですか、それとも化け物ですか?」

「あなたの疑問はもっともですね」とケイロンが応じた。

「人々がはじめてこの男を見たときは、馬と人間がひとつになった生き物にちがいないと思ったものです。実はこれは軍人なんですよ。できれば兵士の名に負けない精鋭であってほしいものですが、ただ良心にもとるような行いだけは、してほしくないですね」

「このひとたちは世の中で、何の役に立っているのですか?」

「何の役にですって?　敵と戦うことが仕事ですよ」

「だったら、味方の者にひどい迷惑をかけるようなことはしてほしくないですよね」

「いや、この人たちはわれわれを守ってくれているのですよ」

「同じ守られるなら、神様にこの人たちから守っていただきたいほどですよ」

「われわれの軍人たちは、勇敢に戦い、破壊し、殺し、敵を殲滅してくれます」

「それはどういう意味です?　もし敵の兵たちも同じように自分たちを守るためだと言ったとしたら、どうします?」

「ちょっと待ってください。私は軍人たちが仕事としてやるべきことを言ったまでのことです。実際には、世の中はもうすでに堕落してしまいましたから、悪を退治してくれるはずの人たちが、その悪自体を生み出し、さまざまな害を世にもたらしています。戦争を終わらせなければならない人たちが、逆に戦争をいたずらに延ばしているのです。彼らの仕事は戦うことですが、それ以外には収入の道もなければ、恩給だって望めません。いったん戦争が終わってしまえば、仕事もなくなり収入の道も閉ざされてしまいます。だから彼らは敵にはやさしいのです。なぜなら、その敵のおかげで食べていけるからですよ。たとえば、敵の歩哨がペスカラ侯爵[25]のような将軍を殺すはずなどありません。侯爵のおかげで食っていけるわけですからね。一介の鼓手でさえ、そんな有難味は承知しています。だから、我々の祖国の領土をかけた戦争は、いくら延ばそうとしたところで、一年もつづかないはずなのに、なんと十二年も続いたのですよ。もし今日、モルタラ侯爵[26]の勇気のおかげで、今の幸せを手に入れずに終わっていたとしたら、この戦争は永遠に続いていたはずですね。軍人たちに対するこんな感情とよく似た思いを、人々は別の人たちに対しても持っています。それは、馬に乗ってやってきては、すべてを終わりにしてしまうあの人たち[27]です。この人たちは、病者に健康を回復させることを仕事にし、義務とさえ考えているはずですが、実際にはその目的とは違う、まったく逆の行動をとったりします。つまり、健康な人を病気にさせ、すでに病気になった者をさらに悪化させてしまいます。医者なんて生命と死を自分の敵とみて、あたかも宣戦布告をしているようなものです。なぜかといえば、患者たちがつらい死に方もせず、といって元気な生き方もせず、ただ病気で居続けることを願っているからです。これこそ最悪の中庸を求める感覚とでも言ったらいいのでしょうか。こうして、自分が食べていけるために、巧みに患者たちを操って、食べさせないようにするのです。患者が痩せ衰えると、医者は太り、患者が医者の手にかかっている間は、満足に食事を取らせてもらえません。ところが、これは実際にはあまり起こることではありませんが、もし医者の手から逃れることができたとしても、こんどは何を食べていいのか分からなくなってしまいます。といった具合で、ほかの者がつらい思いをしているときに、医者たちはこの世の栄華を謳歌するのです。ということは、とりもなおさず、彼らは死刑執行人よりも悪い奴らだということになりますよね。なぜなら、死刑執行人たちは、技術の粋を尽くして、なるべく相手を苦しめないように、そして清浄な空気を受刑者の最期に当たっては吸わせてやろうと、工夫をしてくれるからです。ところが医者というのは、なるべく患者が苦しむようにに画策するのです。そして患者を少しずつ死に近づけながらも、なるべく命を長らえる形で生かしておくことを考え、そのためにあらゆる研究と努力を惜しみません。そんなわけですから、一番賢明なやり方は、病気の治療を受けるか受けないに拘わらず、一定の奉納金を医者に払い続けることかもしれません。それに医者の数が多いところでは、それだけ病気の数が多くなるということも知っておくべきだと思います。いずれにしろ、以上が医者に恨みを募らせた庶民が、つねにこぼしていることです。でもその仇をとることなど、はなから無理だと諦めてしまっています。私の考えでは、その理由は医者の資質の良否についての判断が、だれにもできないからだと思います。なぜかといえば、医者の世話になる前の段階では、まだ患者としての経験がないことから、医者の良否の判断を下すことなど不可能ですし、世話になったあとでも同じことです。そのときはすでに命を落としてしまっていますからね。ところで私が本当にお話ししたいことは、体の医者のことではなく、道徳観の医者、政治についての医者、日常の行いについての医者のことだということを分かっていただきたいですね。こちらの医者たちは、人の悩みと不平不満を解消することが義務であるはずなのですが、その問題を未解決のまま放置し増幅させたうえで、救済策を提示しつつそれを取引の材料に変えてしまっているのですよ」

「でもいったいどうしてなんでしょうかね」とアンドレニオは言った。「善良な人がここを通るのがいっこうに目に入らないのですが」

「そもそもそんな人たちは、このあたりを通過していかないものだからですよ」とケイロンが応じた。「なぜかといえば、善良な人たちの名声なるものは永遠につづくもので、不滅のまま一個所に残るからです。その数は少ないうえに、ずっと奥のほうに引っ込んでいます。私たちはその名前を、まるでアラビアのユニコーンか、東洋のフェニックスと同じように、珍しい存在として聞かされるだけです。いずれにしても、もしあなた方がそんな何人かの例をご覧になりたければ、たとえば、トレドのサンドバル枢機卿とか、アラゴン王国を治めるレモス伯爵とか、フランドルのレオポルド大公[28]のような人物を探すことですね。そしてもしあなた方が、高潔で公正で誠実な心をもち、あらゆる美点を備えた人物に会いたければ、ルイス・デ・アロ殿[29]のような人物を宮廷の中で探さないといけません」

こうして不思議で奇怪な光景が次から次へと目まぐるしく展開してゆく。彼らにとってはまさに驚きの連続だった。アンドレニオは何かに頭を叩かれたような気がして、空に目を向け、大きな声を出して嘆いた。

「これはいったいどうしたことだろう。どうやらぼくはすっかり分別をなくしてしまったらしい。これほど常軌を逸した人間たちのなかを歩いていると、頭がおかしくなる。何かの病をうつされてしまったみたいだ。あそこの天上の世界だって混乱し、時間さえ逆回りしているように思えてくる。ところで、教えていただきたいのですが、今は昼ですか？　それとも夜？　いや、でもそんな議論を始めるのはやめにしましょう。そんなことしたらますます頭が混乱してきますから」

「お待ちなさい」とケイロンが言った。「悪は天上の世界には存在しません。この地上にだけしかありません。この世では人が占めるべき位置が逆転してしまっただけでなく、実は時間もそうなってしまっています。もう人間たちは昼を夜に変えてしまうことを思いついていますから、夜を昼に変えることだって同じです。ほら、あの男はいま寝に行くべき時間なのに起き出しています。あちらの女は宵の明星とともに家を出て、夜明けの光が笑いかけてくる時間に戻ってきます。面白いことには、こんなさかさまの生活をしている者が、最高の著名人で華麗な生活を送る人たちだと言われていることです。でも彼らは夜には野獣のようにほっつき歩き、昼には野蛮人みたいな暮らしをしているはずだ、と主張する人もいます」

「それでは、今日のところはこれまでにしておきましょう」とクリティーロが言った。「もう寝る時間です。今日はこれで十分、外もすっかり暗くなり、何も見えなくなってきましたから」

「これが《清らかな世界》だなんて！」とアンドレニオは慨嘆した。「呼び方そのものからして嘘ですよ。その反対にすればいいんです。《不浄の世》とでも呼んだ方がまだましです。とにかくこの世界は出鱈目ばかりなんですから」

「でもいつの日か、《清らかな世界》という呼び名にふさわしい場所になるはずですよ」とケイロンが応じた。「そもそも神がお望みになり、調和のとれた形にお作りになった時には、確かにその呼び名のとおりだったはずですからね」

「じゃあ、いったいどこからこの混乱は生じたのでしょう?」とアンドレニオが尋ねた。「いったい誰が、上と下をひっくり返したような、今見る形に変えてしまったのでしょう?」

「その点については、言うべきことがたくさんあります」とケイロンは答えた。「諸賢人もその点を強く非難し、哲学者たちもそれを嘆いています。また一方、運命の女神は目が見えず、そのうえ気が変になっているものだから、一日毎にすべてをひっくり返し、場所も時間も何一つ元の状況に戻しておかない、などと主張する人たちもいます。また、ほかの人たちの意見によると、明けの明星が落下したあの不吉な日に、すごい打撃音が世界に響き渡ったので、すっかり世の中の調子が狂わされ、上を下への大騒ぎになったとのことです[30]。女性のことを悪しざまに言い、すべてひっくり返してしまう《世界の悪魔》などと呼んで、すべての災厄の元凶だとしてしまう人も中にはいます。でも私に言わせれば、男どもがいるところでは、彼ら以外に災厄の元凶を探す必要などないのです。それにたった一人の男だけで、一つといわず千もの世界を狂わせてしまうに十分ですからね。そして自分がそれを果たせないことを嘆いていたのが、ほかならぬあの《はた迷惑騒乱大王》[31]だったのです。 しかしながら、人間がこの宇宙を動かす根源的な力とはなりえないことを、もし神が至高の英知によって警告してくださらなかったとしたら、今頃はすべてが諍《いさか》いに巻き込まれ、天上の世界そのものも今とはまったく違った状態になってしまっていたはずです。たとえばある日突然、太陽が西から出て、東の方向へ移動していくことになるかもしれません。もしそうなったとしたら、スペインは何の問題もなく世界の国々の頭目になるでしょうし、どの国もスペインにはまったく歯が立たなくなってしまうはずです[32]。それからしっかり自覚しておくべきは、人間は理性をもつ生き物でありながら、何事を始めるにしても、まず自分の動物的な欲望に従ってしまいがちになるという事実です。こんな姿勢が原因となって、醜悪な行いがさまざまな形となって現れたあと、その出だしの失敗の結果として、すべてが逆の方向に進んでしまうのです。美徳は迫害を受け、悪徳が称賛されています。真実は沈黙を余儀なくされ、虚偽はさまざまな言葉を自由に操っています。賢者たちが読むべき書物がなくなり、無知な者たちの部屋はつまらぬ本であふれています。書籍には賢者の影も見えず、賢者たちには読むべき書籍が見当たりません。貧しい者の分別ある行為は愚かなものとされ、権力者の愚かな行為は称賛されます。人の生命を守るべき者が、人を死に至らしめたりしています。若者たちはすっかり萎れ返り、老人たちは欲気を出し続けています。そしてまっすぐであるべきものが、ねじ曲がっているのです。このようにして、人間のでたらめさは昂じるばかりで、もはや大切なものを摑むべき右手がどこにあるのかさえ分かっていないのです。左手にはいいものだけを取り込み、人間にとって一番大切なものは背中の後ろにひょいと回して、あっさり忘れてしまっています。美徳のことなどまったく関心がなく、前に進む代わりに後ろ向きに引き下がっていくだけです」

「もし世の中の現実が、今まで見てきたようなものだとしたら」とアンドレニオは言った。「クリティーロさん、いったい何のためにぼくをこの世に連れてきてくれたのです？　まだひとりでいた方がずっと良かったのではないでしょうか。ぼくは殺風景なあの洞穴に戻ることに決めました。こんなに混乱した、我慢のならない場所から一緒に逃げようじゃありませんか。ここは悪の巣窟です。何が清らかな世界ですか！」

「そんなこと、今さらできない相談だよ」とクリティーロは答えた。「誰だって、できることなら後戻りしたいと思っているのだよ。でも、もしそんなことにでもなったら、この世の中にはだれも残る人がいなくなってしまうだろうよ。いいかね、我々は人生の階段を少しずつ上っている、しかし一日一日上ってきて後ろに残してきた階段は、足を上にあげたとたん消えてしまう。だからわれわれが下っていけるような、そんな道なんてないし、前へ進むよりほかに方法がないのだよ」

「じゃあ、こんな世の中でぼくたちどうやって生きていけばいいのです？」とアンドレニオは苦悩の色を浮かべ、しつこく食い下がった。「もしここからぼくが離れられないのだとしたら、どうすればいいのです？　特にぼくみたいな性格の者は。ぼくは中途半端なものでは我慢できません。きっと自分という人間がはじけ散ってしまいます」

「いやいや、どうしてどうして、あなたならものの四日もあれば、こんな世の中に慣れてしまいますよ」とケイロンが言った。「ほかの人たちと同じになれますよ」

「そんなの駄目です。ぼくに狂人か愚か者か低俗な人間の仲間入りをしろ、とでもおっしゃるのですか？」

「こちらに来たまえ」とクリティーロが言った。「多くの賢人たちが通った道を、きみも歩いてみないかね。我慢しながらでも構わないから」

「この世の中はもっと上質の世界であるべきです」

「いやいや、この世の中はいつの時代も、今と変わらなかったのだよ。人間が初めて世界を知ったときも今のような姿だったし、そのままの姿で次の時代に渡してくれたのだ。あの学識に富むカストリーリョ伯爵だって、現に今の時代に生活しているし、自己崩壊も起こしていない。また世事に精通したカレット侯爵[33]も、世の中とうまくつき合いながら生きているじゃないか」

「じゃあ、それほど分別のあるお方たちは、この世の中で生きていくために、どんなことをなさっているのです？」

「どんなことをしているかって？　それは《見ること、聞くこと、そして口を閉じること》だよ」

「もしぼくだったら、そんな風にはならないはずです。きっと《見ること、聞くこと、そして大爆発すること》だと思います」

「ヘラクレイトス[34]だって、そこまでは言わないだろうね」

「ところでお聞きしたいのは、この世を少しなりとも良くしようとする努力は、いままでなされてこなかったのですか？」

「うん、やってはいるね。毎日愚か者だけがその努力をしているよ」

「なぜ愚か者なのです？」

「それはだね、そもそも不可能なことだからだ。カスティーリャ王国内部の調和を図ろうとしたり、アラゴン王国を分裂させようとするのと同じことだね。だって、いったい誰がアラゴンで縁者びいきをなくし、カスティーリャで寵臣政治をなくすなんてことができると思う？　それはフランス人たちから横暴な性格を取り去るのと同じほど、ありえない話さ。体は格好よくても心は醜いイギリス人からそんな特徴を取り去ることも、スペイン人から傲慢さを取り除くことも、ジェノバ人からあのいやらしい性格を取り去るのも、やはり同じように不可能なことだよ」

「もうこれ以上話すことなどありません。ぼくはやっぱりあの洞穴に戻って、獣たちと暮らします。それしか生きる道はありません」

「あなたにはいい生き方を教えて進ぜよう」とケイロンが言った。「単純だけど、まっとうな生き方です。それについては、次考でお聞きいただこう」

第七考
まやかしの泉

あらゆる悪が徒党を組み、共通の敵である人間に宣戦を布告したという。なんと人間の言うことは正しいからという、それだけの理由によるものであった。話によれば、まさに戦闘に突入しようとしたその時、〈不和〉が戦いの場に姿を現わしたらしい。どこからやってきたのかといえば、ある者は地獄からと考え、またある者は野戦の天幕からと思ったのだが、実は偽善家の〈野望〉の自宅からやってきたのであった。やおら戦場に到着すると、すかさずいつものお得意のわざを繰り出して、だれが先陣を切るかという激しい諍《いさか》いを生じさせた。つまり悪の面々にしてみれば、栄えある先陣を果たせば、勇気を誇示し、おまけに報償まで得られる、そんな絶好の機会をほかのだれにも譲りたくなかったからだ。まず名乗りをあげたのが〈貪食〉だったが、これは人間が揺り籠におかれる年代から早くも力を誇示し、人間にとっては第一番目に現れる熱情だ。〈好色〉はもともと先手をとることを勇敢な行為としてとらえており、過去における人間に対する勝利のかずかずを例に挙げ、自分こそ人間にとってもっとも強力な情熱であることを自慢し、多くの人間の支持を得ていることを訴えた。〈強欲〉はすべての悪の根源であることを訴え、〈高慢〉は、もともと天国の出身であることから(1)、自分の高貴な身分を大いに自慢した。さらにほかの悪たちは、自分が獣の所有物である一方で、もっとも人間らしい悪徳でもあることを主張したのである。さらに〈憤怒〉も先制攻撃への参加を強く求めたことで、全員の間で争いが起こり、挙句の果てはまったくの混乱状態に陥ってしまう結果となった。すると今度は、〈狡猾〉が出てきて、自分の意見を披露すべく、重々しい調子で退屈極まる長広舌をふるいはじめたのだ。とくに全員が団結することの大切さを強調し、お互い協力しあっていくことを提案した。さらに作戦上困難と思われる点に関し、次のように言った。

「勇ましく先制攻撃をかける役につきましては、当然のことながら、この私めの長女である〈大嘘〉が最適任でありまして、だれひとりそれを疑う者などおりません。彼女こそ、すべての悪行の生みの親であり、あらゆる悪徳の元凶、罪の母、なんでも堕落させてしまうハルピュイア(2)、どこまでも追いかけるピュトン(3)、たくさんの頭をもつヒュドラ(4)、さまざまに姿を変えるプロテウス(5)、百の手に武器をもつ戦士、あらゆる人をたぶらかすカークス(6)であり、〈まやかし〉の生みの親でもあります。〈まやかし〉とは、騙す者と騙される者、つまり悪意ある者と無知なる者であふれるこの世を統べる、強権の王にほかなりません。そこでわが娘である〈大嘘〉が、その〈まやかし〉の協力を得て、人間がまだ幼いか若いころに、その軽率さと純真さに付け込む形で攻撃をしかけるのであります。そのためには、ありとあらゆる手を用いるのでありますが、たとえば、でっち上げ、策略、方略、陥穽、奸計、術策、詭計、ペテン、甘言、詐術、ごたごた、幻想、深謀、遠謀、瞞着などなど、イタリア人顔負けの行動に出るのであります。このやり方に従って、他の悪をも順次送り込めば、間違いなく青春期であろうと老年期であろうと、人間に対する勝利を遅かれ早かれ手にすることができるのであります」

たしかに彼が言うことは、間違いのない事実であろう。それを確認するには、あの慧眼の士ケイロンと別れて間もなく、クリティーロとアンドレニオに起こったことを知るだけで十分である。あのケイロンは、大勢の人が行き来するあの雑然たる大都会の道からふたりを連れ出し、真っ直ぐな道に二人を導き入れたあと、自分は別の道をたどっていった。こうしてふたりは、さらなる人生の巡礼の旅をつづけることになったのだ。

アンドレニオは、この世で生き続けるための唯一の方法を教えられたことで、大きな慰めを得た様子だった。その方法とは、世の中を見る際に、ふつう世間の人々がとる視点や見方に合わせるのではなく、かの識者オニャテ伯爵(7)の姿勢を見習うことであった。つまりそれは、一般の人々とはまったく異なった物の見方であり、目に映るのとは逆の面、つまり対象の裏側を見抜くことなのである。世人は本音を後ろに隠し、前だけしか見せない。したがって、世間を反対側から捉える者は、彼らの本音をまともに捉えることができる。こうすれば、すべてのことに関して、正面に見せているのとは違う、裏側の真の姿が明らかになってくるというのだ。したがって、自分は賢者なりとうぬぼれる者を見たときには、その人物は本当のところは愚者なのだと思ってよい。富豪を見たら、まことの意味の財産をもたぬ貧乏人だと考え、我々を支配する者を、我々が共有する奴隷だとみなしてよい。図体のでかい男は真の男ではなく、太った人は中身が薄く、相手の話が聞こえぬふりをする者は、聞く気もない話まで聞かされる羽目になる。自分は美しいなどとうぬぼれている優男は、じつは目が見えないか、あるいはいずれそうなってしまう。おせっかい焼きは、いずれは陰口屋となり世間の鼻つまみ者となる。お喋り屋は、中身のあることは言わぬもの。相手が笑いかけてくるのは、じつはあなたに刃向っている証拠。うわさ好きの者は、いつかは罰を受けることになる。食に贅を尽くす者は、いずれは粗食に耐えなければならぬ。他人の落ち度を笑う者は、じつは自分の落ち度を告白しているようなもの。品物を貶す者は、じつはその品が欲しいだけのこと。馬鹿のふりをする者が、じつは一番の智者。何不足ない暮らしをする者は、じつは自分になにかが欠けている。欲深い者は、持っているものには手をつけないから、もっていないのも同じ。あれこれ理屈を並べる者には、理がないのがふつう。一番の識者は理解されにくいものだが、じつは本当のお馬鹿さんかもしれぬ。放埒三昧に明け暮れると、先が短い。何かを愛しているように見せかける者は、じつはそれを忌み嫌っているもの。おべっかを使いにじり寄ってくる者は、いずれあなたの破滅を呼ぶ。だれかがあなたにおどけてみせるのは、じつはあなたを恐れている証拠。愚かさはふつう見映えの良さの中に潜む。真っ直ぐに見える性格ほど、じつはひん曲がっているもの。富を持てば、使いようで悪に資することもある。道を譲る者は、じつは一番早く進む者となる。一口分の損を嫌がると、百口分を失う羽目になる。安物買いは結局は倍の金を払うことになる。あなたを泣かせる人は、じつはあなたのことが大好きな人。要するに以上をまとめてみれば、人が何かのふりをして、そう見てほしいと願うことは、じつは自分にそれが備わっていない証拠になるということだ。

さて、ふたりがそんなことを考えながら歩みを進めていくと、なにやら奇怪なものが姿を現わした。ふたりは思考を中断させられたものの、とくに珍しがる様子は見せなかった。この世に身を置くと、入れ代わり立ち代わり現れる妖怪といちいち顔を合わさねばならなかったからだ。ふたりがいる方向に向かって、山車が一台やってくる。道はまっすぐ延びてはいるものの、こんな起伏の多い場所にしてはとても珍しいことだ。しかし当の山車は、巧みな動きで、器用に障害を乗り越えてやってくる。馬の代わりにそれを引っ張っていたのが二匹の蛇で、体にはたくさんの縞模様があり、まるで継ぎはぎだらけの服に見える。それに御者は狐だ。クリティーロは、ベネチア産の山車かどうか訊いてみたが、[8]御者は聞こえぬふりをして横を向いている。山車の上には幻獣が一頭乗せられている。いや一頭というより、雑多な種類の幻獣が一つにまとまった怪物なのだ。だから白くもなれば、黒くもなる。若くもなれば、年寄りにもなる。さらには、小さいのも大きいのも、男も女も、人間も獣も、みんなとりまぜて一つになっている。あまりの数の多さに、クリティーロは、これはかの有名なプロテウスではないかと言う。[9]すると山車がふたりのいるところまでやってくると、すぐさまその幻獣が、フランスの修練士も顔負けの礼儀正しさを示しながら、[10]——これは人を騙す第一の方法だが——車から降りきて、アラゴン風の惜別の言葉よりもっと馬鹿丁寧な、歓迎の言葉を述べた。そして言葉をつづけて、偉大なご主人様の名代として、ふたりに宮殿を提供したいことを伝え、そこで数日間の休養をとり、難渋続きのつらい旅の疲れをいやしてほしいと申し出たのである。ふたりはさっそくの好意に感謝しつつ、お互い未知の間柄にありながら、それほどの好意を示してくださるそのご主人とは、いったいどんなお方なのかを尋ねた。

「私めのご主人様は、偉大な王様でございます」と答えた。「そのご領地はこの地上全域に広がっておりますが、人生の最初の入り口であり、世界の始まりにあたるこの地に於きまして、大きな都市を持っておられます。偉大な王であらせられ、まさに君主中の君主といえるのでございます。と申しますのは、各国の王をその臣下とされているからであります。貢物を献上しない王は、ほんの数えるほどしかございません。王国は大いに繁栄し、武勲を称えることはもちろん、学術も尊重されております。政治の基本を徹底的に理解したい者、術策と狡猾さを身につけたい者は、この都で勉学を修めるのがよろしゅうございましょう。この都では世界で成功をおさめ、ひとかどの人物になるための近道を教えてもらえるものと思います。さらには人々の人気を得る方法や、友を作るすべも教えていただけます。とくに大切なのは物事を上手にそれらしく見せる技術であり、これこそ数ある技能のなかでも、最高のわざなのでございます」

アンドレニオはすっかりその気にさせられ、後についていきたくてもう足がむずむずしている。政治力がものをいうこの都会に、自分は今いるのだという自覚をもつ余裕もなかった。歓待をありがたく受け入れ、早々と山車に乗り込んでしまったのである。そしてクリティーロに手を差し出して、早く入るよう促した。しかしクリティーロは、慎重な行動を旨とする性分から、もう一度その王はどんな名前で呼ばれているのかを尋ねた。説明されたような偉大な人物であるならば、やはり偉大な名前をもっているはずと考えたからだ。

「お名前はたくさんお持ちでございます」と、大臣とおぼしきその幻獣は答えた。しかし一言喋るごとに顔色が変わっていくようだ。「お名前もご名声も、もちろんお持ちでございます。しかしながら、各地域によって、また実行に移される計画に従って、お名前を変えていらっしゃいます。でも、本当のお名前、もっとも適切なお名前については、ご存じの方はほとんどいらっしゃいません。その御姿を目に収められる方もほとんどありませんし、ましてやその御姿を直接お知りになっている方など、皆無と言っていいのでございます。大きな権能をもつ王であらせられ、そんじょそこらの田舎にいる王などとは違うのでございます。慎重に振舞われますから、大衆の前に顔をお見せになるようなことはございません。なぜかといえば、あの方への尊敬の念は、人前に出ず、姿をお見せにならないことから、生じてくるものだからです。でも長い年月が経過したあとになれば、何人かの人々はそのお姿を目にすることができますが、これこそまさに最高の幸運といえます。でもこのほかの人たちは、たとえ一生かかっても駄目なのでございます」

ふと気がつくと、山車はまっすぐな道からはずれ、くねくね曲がった別の錯綜した道へ入ってしまっていた。クリティーロはそれに気づくと、心に不安がよぎり始めた。しかしここまで来てしまっては、もはや後戻りするのは難しく、抜け出すことはできなかった。それに案内係の幻獣は、これこそ繁栄への近道なのだから、案内に従うようにと念を押してくる。さらに間違いなくふたりを光の世界を連れ出してくれる道であることを強調し、それが証拠にほとんどの人たちがこの道をたどっていくではないか、などと言う。

「だからと言ってこれが一番いい道とは限らないぞ」とクリティーロがつぶやいた。「いずれにしろ、この案内係の胡散臭さがどうも気になる」

そして、すかさず彼はアンドレニオに、周りに気を配り、警戒心を緩めないようにと注意を促した。

彼らは《大いなる渇きの泉》に到着した。歩き疲れた旅人達に、とても喜ばれた評判の水飲み場であった[11]。透き通った水が枯渇しないことでも有名で、フアネロの装置をはるかに凌ぐような精巧な装置によっても、その名が広く知られていた。水飲み場は広い野原の真ん中にあったのだが、のどの渇きと体の疲れをいやすために集まってくる大勢の人々には、その広さではまだまだ十分ではなかった。その時の水飲み場は、のどの渇いた旅人たちでいっぱいとなり、まるで全世界の人間が集合したかのようで、そこにいない人間はほとんどいなかったと言ってもよいだろう。水が七本の管から豊富に湧き出ていたが、その管は黄金製ではなく、鉄製であった。クリティーロは抜かりなくそんな特徴を観察していたのだが、さらには管の飲み口には、グリフィン[12]とライオンの代わりに、蛇と犬がかたどられているのにも気が付いた。余った水を貯めるための池はない。なぜかといえば、ワインならこぼしても平気のくせに、ここの水となると、人々は一滴も残さず飲み干していたからだ。この水を口にした者はだれでも、これまで飲んだなかでも一番美味な水であると言って憚らなかった。疲れた体にこんな美味な水を与えられてはたまらない。おいしい水をいつまでも飲み続け、水ぶくれのような体になってしまっている。限られた数の重要人物たちには、特別に金杯が用意されていた。魅力的な妖精《ニンフ》が、まるでバビロンの居酒屋の女主人みたいに、丁重にそんな人物たちの接待にあたり、ほとんどの客に取り入るような素振りを見せていた。さて、アンドレニオは自分ののどの渇きにせかされ、またそんな歓待ぶりにも心を動かされ、一目散に水飲み場のほうへ向かっていった。ところがわずか数歩行ったところで、クリティーロが大声で彼を引き留めた。

「ちょっと待ちなさい！　あれが本当の水かどうか、よく確かめないといけないぞ！」

「でも、水に決まっているじゃありませんか」と彼は応じた。

「いやいや、毒が入っているかもしれん。ここへきたら、何にでも警戒を怠ってはいけないのだ」

「あれは間違いなく水ですよ。澄み切っていて、とてもすがすがしい感じの水ですよ」

「そのあたりが、どうも胡散臭い感じがするんだよ」とクリティーロが言った。「もうここまできたら、澄み切った水でさえ信用してはいけないのだ。どんなことにでも、表向きはきれいに見せかけておいて、中身のひどさをごまかすという手がある。実際の姿より大きく見せかけたり、ときにはあたかも貴重なものに見せかけて、本当の姿はずっと奥の方に隠しておく。だから、水だって表向きは笑ったり、楽しくお喋りしているように見えるのだが、じつは宮廷の悪玉よりももっとひどいことを、奥で隠れてやっているのだ」

「じゃあ、せめて口をゆすぐくらいは許してくださいよ」とアンドレニオは応じた。「もう死にそうなんです」

「そんなことをしちゃ駄目だ。口をゆすげば必ず飲みたくなるものだ」

「目を洗うだけでもだめですか？　目に入った埃と肌にべとべとくっついた汗を洗い落としたいのです」

「いや、それも駄目だ。私の言うことを信じなさい。常にきみの経験に照らして何事も判断しなければいけないのだ。そこから得た教訓とか、他人が危ない目に会うのを見て自戒したことなどがあるはずだ。ほら、いまこちらに水を飲みにやってくる人たちに、あの水がどんな効果を示すのかよく見てみることだ。まず水を飲む前の様子に注目だ。そしてそのあと飲んでしまってからどう変わるのか観察してみることだ」

　そこへ旅人たちの大群がやってきた。のどの渇きに耐えかね、前後の見境もなく水飲み場にむかって突進していく。まず体を水で冷やしてから、目をそっとこすり始めた。ところがここで、信じられないような奇妙な現象が起きることになる。彼らの目に水が触れるや否や、水がすっかり形を変えてしまったのだ。それまでごく自然で澄んだ色をしていた水が、さまざまな色のガラスになってしまったのである。ある者にはすっかり青に変色し、見る物すべてが空のようになり、まるで天にでも昇った気持ちにさせたのだ。じつはこの男は大馬鹿者で、自分の生活に大満足して生きている男だった。さらに別の男には、ガラスは牛乳に似た純白の色になり、見るものはなんでも、悪意のかけらもない、善意あふれるものばかりに見えはじめた。誰に対しても悪意をもたず、その結果だれからも騙されっぱなしのありさまで、何にでも金を出してやり、とくに友人たちに対してはそうであった。まさにポーランド人より愚直な男になってしまったのだ[13]。さらに別の男にはこれとは反対に、水は濃い蜂蜜のごとき黄色のガラスに姿を変えた。まさしくこれは姑と小姑の目の色だ。この男はあらゆることにペテンを用い、難癖をつけ、何事においても事態を悪化させ、目にするものは何でも悪であり、病的であるとの判断を下し[14]、分別よりも邪心が勝る性格の男になった。さらには、水が緑色のガラスに形を変えてしまった人たちもいた。なんでも馬鹿正直に信じ込み、望むものはすべて手に入るものだと思い込み、野望に満ちた目つきになった。べたべたと仲睦まじい恋人たちは、他人の目やにをつけられて、まったく目が見えなくなってしまった。また多くの連中が血に飢えた性格となり、カラブリア人のようになった[15]。まことに奇妙なことながら、何人かの者は、視力が良くなり、物事がはっきりと見え始めることになったのだが、対象の真の姿をしっかりとらえることができないのだ。きっと妬み心の強い人たちだったのだろう。

　さらにこんな形で目に映る物の質が変わってしまうばかりでなく、その量と形まで変えてしまう例もあった。たとえば、ある人には物が大きく見え、とくに自分の持ち物については、カスティーリャ人に似て、さらに大きく見えたりした[16]。また別の人には、すべてがごく少量しかないように目に映った。いわゆる何をもたせてもなかなか満足しない人たちである。ある者には、あらゆる物が百里もむこうの遠くにあるように見え、これは特に自分にふりかかる危機とか、自分の死についての考えがそうであった。要するに無邪気な人だったのだ。これとは逆に、すべてが近くにあるように見える者もいた。つまり実現不可能なはずのことが、すぐにでも手の届くところにあると錯覚するのである。なんでも簡単に手に入れることができると考えてしまう、呑気者の求愛者みたいなものだ。さらに多くの人たちには、とくに注目すべき視力が与えられた。それは、すべてが彼らに笑いかけてくれるように見え、彼らのために楽しい集いを催し、歓待してくれるように見えるのだ。これなどまったく幼稚な子供の性格と変わらない。ある者はあらゆるものに美を見つけ出し、まるで天使たちを眺めているような満足感を味わっていた。うわさによれば、この人はポルトガル人か、あるいはマシアス[17]の孫ということであった。また何を見ても、そこには自分自身の姿しか見えない人もいた。愚かな反フェロン的な男だ[18]。さらに別の人には、視力のつけ方を間違ってしまい、見えていない物が見えるようにしてしまったのだ。これによって藪にらみの全く見当違いの物の見方をし、捻じ曲がった心をもつ男となった。これらの目のほか、友の目と敵の目があり両極をなしていた。ひとつは母のような目で、黄金虫が真珠に見え、またもう一つは継母のような目で、つねに憎々しげに相手をみつめる目であった。さらには暗緑色のスペイン的な目もあれば、それに対する青いフランス的な目などがあった。

こうしてあの水で体をぬぐった人たちは、毒を含んだ液体がすでに述べたような恐ろしい効果を生み出したのである。このほか、水を口に含み、すすぐだけで終わった者には、もっと恐ろしい不思議な効果を生み出していた。それまでは丈夫な肉片でできていたはずの立派な舌が、別の異常な物質でできた舌に変わってしまったのである。たとえばあるものは火の舌となって、世界中を焼き焦がすことになり、またあるものはまずいワインを水で薄めたような、味もそっけもない舌に化け、また多くは風を吹き出す舌となり、相手の頭にまるで鞴《ふいご》みたいに、嘘と告げ口とおべっかを吹き込んでいたのである。絹のような舌は雑巾のような舌になり、ビロードのような舌は自由奔放な繻子の舌になった。ほかの多くの舌はまったく内容に乏しい冷やかしの舌となり、また無駄話の舌となったのも多く、まともな話になるとどぎまぎしてしまうありさまであった。多くの女は舌をすっかり抜き取られたが、話す能力を取り去ったわけではなかった。むしろ舌がなくなることで、ますます悪口雑言を並べるようになったのである。

一人の男が大声でしゃべり始めた。

「この人は」とアンドレニオが言った。「スペイン人ですね」

「いや、そうじゃないんだ。こいつはただのうぬぼれ屋だ」とクリティーロが答えた。「もっと小声で喋るべきなのに、ついつい大声で喋ってしまう連中だよ」

「そのとおりでございますわね」と、一人の男がいやに女性的な声を出して言った。どうやらフランス人らしいが、要するに気取り屋なのだ。

そこへ別の男が現れた、なにやら分かりにくい話を難しそうな言葉を並べて語っている。そこでみんなはてっきりドイツ人だと思ったのだが、その当の男がこう言った。

「いや、私はただ教養のある話し方をするために、わざと難解な言葉を使って話しているだけのことですよ」

その男は歯をガチガチいわせながら、歯間音を無理にはめこんで喋っている。そこでみんなはてっきりこの男は、アンダルシアの出か、ジプシーかのどちらかに違いないと考えた。このほか自分の言葉にうっとりしている連中もいたが、それは一番話の下手な連中だった。とても騒がしく立ち回る男がひとりいたが、自分では気が付かぬまま周囲の者をいらだたせ、その場の雰囲気を引っ掻き回していた。それが自分の性格だとは言わなかったものの、その男はきっとマヨルカ島の出身だとみんな思ったのである。しかし実際にはそうではなく、単にたけり狂っただけの野蛮人にすぎなかった。ひとり何かしきりに喋っている男がいたが、その男の話を理解できる者はなかった。ビスカヤ人に違いないとみんな思ったが、実際はそうではなく、ただ何かをねだっている男にすぎなかった。またさらに別の男は、喋る能力をすっかり失ったらしく、身振り手振りで自分の意志を伝えようとしている。しかし周囲の者は笑っているだけだ。

「この男はきっとなにか真実を語りたがっているはずだ」とクリティーロが言った。「しかしそれをうまく言い表せないのか、あるいは口に出す勇気がないのだろう」

また別の面々はしわがれ声で、声をひそめてなにやら喋っている。

「この人たちは、国王の顧問会議のお偉方に違いない」と彼はつづけた。「でも彼らは自分の好きなことを言っているだけの顧問官だよ」

何人かの者は、わざと鼻にかかったような声を出している。彼らが喋っていることが、全くの偽りであることを承知している者も少なくなかったが、自分が言うことを否定されたりすると、口ごもってしまったり、はいともいいえともつかぬ返事を繰り返すだけだった。この連中のほとんどが、長く喋りつづけることはなかったし、全く口をつぐんだままでいる者もわずかばかりいた。何人かの者が口を開いたときには、なにかに腹を立てているのか、ゲボゲボとげっぷでも出す感じで言葉を吐き出していた。あるいはむしろ面倒くさそうな感じで、と言ったほうが当たっているかもしれない。さらに誰かを騙す意思があるときには、自信たっぷりな態度を見せる者もあれば、尊大な態度を示す者もあった。というわけで、だれひとりまともに自分本来の声を出せなかったのだ。要するに、自分の考えを一貫性を保ちつつ、素直で平明な形で開陳できる者が、ひとりもいなくなってしまったのである。そしておしまいには、すべての人が悪いうわさを流し、本心を偽り、告げ口をし、嘘をつき、人を騙し、陰口をたたき、人を貶《おとし》め、不敬な言葉を吐き、人の心を傷つけるという事態に陥ってしまったのだ。この水飲み場での出来事に関して、確かなこととされている点がひとつある。それはフランス人たちが、この場所でイタリア人たちに勧められるままに、他の誰にも増して多量の水を飲んでしまったことである。その結果フランス人たちは、書くことと喋ることの内容がかみ合わず、また言うことを実践しないという癖が残ってしまったというのだ。という次第で、彼らが話したり書いたりする内容に関しては、大いに注意を払い、すべてを逆に解釈する必要がある。しかしこの有害な飲み物が最大の害毒を及ぼしたのが、それを飲んだ人々の体内に於いてであった。残念ながらそもそもそれを飲むこと自体、確かに大きな過ちなのだが、呑み込んだ瞬間に体の内部全体が、掻き混ぜられた感じになり、それまで体内にあったはずの本来の性質がすっかり抜き取られ、その代わりに空気ばかりで一杯になり、まるでがらくたが詰め込まれたような体になってしまったのだ。これぞまさに、すべてを嘘と甘言で固めたペテン師の体そのものだ。心臓はコルク状に変わってしまい、人間らしい温かみも人間としての価値も失われてしまった。内臓は岩よりも硬くなってしまい、脳は干からびた綿布みたいになり、それを底で支えていた分別も失われた。血は色も温かみも失い、水のようになってしまった。胸は鉄のごとき強靭さを失い、蠟のように柔らかくなった。神経は麻屑のようになり、活力も失われた。両足は善行に向かっては重い鉛をつけたみたいに動かず、悪行に対しては羽のように軽やかに動く。両手にはまるでタールをつけたみたいに、何でもペタペタくっついた。舌は綿くずのぼろを敷いたようになり、まともに言葉が出ず口ごもるばかりで、何を言いたいのかさっぱり分からない。目はまるで白い紙で遮《さえぎ》られたように、何も見えなくなった。こうしてあらゆる器官が、最悪のまやかしものに姿を変えてしまい、無価値なものとなってしまったのである。

アンドレニオは水をたった一滴しか口に入れず、あとの残りはクリティーロに捨てさせられたのだが、やはり不運にもその弊害が生じ始め、美徳についてさまざまな迷いを示すようになった。

「どうだね、今はどんな気持ちだ？」とクリティーロが尋ねた。

「まやかし事はいつまでもつづくもの、それにこの世は嘘であふれているのがいいのではありませんか？」

「それならいっそのこと、きみもほかの連中みたいにあの水を腹いっぱい飲んだ方が、すっかり満足がいったかもしれないな。ということは、きみは清浄な目や真の舌や、オスーナ侯爵とかコンデー大公[19]のような中身を備えた人物には、あまり価値を見出さないということなのかね？　しかしいいかね、逆にきみはそんな人物になれるよう頑張るべきなんだよ。まさに稀代の逸材と言ってもいい人物なのだから」

「それにしても、なぜあんなことが起こるのでしょうかね」とアンドレニオが言った。「あれほど穏やかに流れ出る水なのに」

「だからこそ、まさに困り者の水なんだよ」

「この泉は何という名前ですか？」とアンドレニオは周囲の者につぎつぎと尋ねてみたが、だれも答えられなかった。

「名前はありません」とプロテウスが出てきて、答えた。「人に知られていないからこそ、そんな効能があるのです」

「それじゃあ、新しい名前をつけることにして」とクリティーロが言った。「《まやかしの泉》ではどうでしょう。そこでひとたび水を飲んでしまえば、あとでなんでも呑み込むことになり、すべてを変質させてしまう力がありますからね」

　クリティーロは元来た道に戻りたかったが、無理だった。そもそもアンドレニオがそれに応じないのだ。早々と泉の水に毒されていたからだ。アンドレニオはプロテウスに先頭に立つよう促し、こう言った。

「みんなそろって馬鹿になるのを選んだ方が、たった一人で思慮深い人間でいるよりもずっといいということですからね」

　するとプロテウスは、彼らを正しい道に導くどころか、わざと横道にそれさせて、楽しげな野原にまで連れて行った。若者たちが楽しい時を過ごしている。さらに一行は、枝葉の生い茂った樹木の下の涼しげな道をたどってゆく。樹木はすべて古木ばかりで、幹の割れ目から内部の赤身がのぞき、もはや実を結ばぬ木となった明らかな証拠となっている[20]。はるか遠くに大きな町が姿を現わした。土煙なのか、あるいはかまどの煙なのか、雲のように広がった煙の中に町の姿が浮かびあがり、そこが大勢の人が住む場所であることが容易に見てとれた。立派な外観をしていて、とくに遠くから眺めるほど、より立派な都会に見えた。人間の溜り場となったその都会に、たえず各地から流れ込んでくる人の数は大変なもので、彼らが巻き起こす厚い埃の煙が視界を遮《さえぎ》っていた。さて彼ら一行がその都会に着いたとき気が付いたのは、遠くから眺めるとはっきりしているものが、中に入るとおぼろげな姿でしか見えないことであった。すっきり直線で伸びた道路はなく、まるでミノタウルス[21]を閉じ込めるために作られたような、お決まりの迷宮がそこにあった。怖いもの知らずのアンドレニオは、その迷宮に足を踏み入れるつもりで近づいていった。そのときクリティーロが彼にむかってこう叫んだ。

「ほら、しっかり目を開けるんだよ、心の目を！　よく見るんだ！　きみはいまどこへ入ろうとしているのか、分かっているのかね！」

　クリティーロはひとりで山車から降り、地面をひっかいて見せた。するといろいろな形の罠がつぎつぎに出てくる。金の糸や人の金髪を使っているのさえある。さらにあたり一面、土の下にはこっそり仕掛けられた罠があるのが判った。

「よく考えてみなさい、どこから、どうやって入り込んだらいいのかをね」と彼はアンドレニオに言った。「そして一歩進めるごとに、つぎはどこに足を置いたらいいのかちゃんと判断したうえで、安全に足を踏みだすようにすることだ。迷子になりたくなければ、一瞬たりとも私から離れてはいけない。他人に言われることは一切信じてはいけない。何かを求められても、絶対に渡してはならない。何を命じられても、絶対に従ってはいけない。この心構えを守ったうえで、この道を進んでいってみよう。黙って観察するだけで、生きる知恵を与えてくれる道なんだから」

その通りには、職人たちの店が並んでいた。農夫たちの姿はどこにも見当たらない。嘘をつくことなど知らない人たちだからだ。各店の主人たちに飼いならされたカラスが、道路のあちこちで嬉しげに動き回るのが見えた。これを見たアンドレニオは奇妙に思い、なにか不吉な予兆ではと考えたが、プロテウスは彼にこう言った。

「驚くことはございません。この不吉な鳥については、あのピタゴラスがとても辛辣な冗談を残してくれています。それによれば、神は悪人が死ぬに際しては、なにかの罰を与えていたということです。つまり悪人の生前の性格を象徴する動物にその魂が乗り移るという、あの良く知られた冗談話がそれにあたります。たとえば、残忍な人間の魂は虎に化け、高慢な者はライオンに、不誠実な者はイノシシにという風に、すべての悪人の魂はなにかの動物に組み込まれているのです[22]。さらにこんなことも言われています。とくに私たちの着るものを作ってくれて、顧客から大金を巻き上げ、裸同然にする連中の魂は、カラスに乗り移ったのだとか。それは彼らがいつもこんな嘘ばかり言っているからです。《お客様、あすには必ず仕上げます。かならずあしたまでに》と。そこで今でも、カラスはその同じセリフを受け継いで、《カァーならず、カァーならず》と、約束など守れもしないくせに、罰として繰り返すのが習性になってしまったのです」

さらに街の中に入っていくと、豪華絢爛たる大宮殿がたくさん並んでいるのが目には入った。

「あそこの第一番目の建物は」と彼らの問いかけを待たずに、人々が説明をしてくれた。「ソロモン王が所有するものです。あの宮殿のなかで、三百人以上もの女性と暮らし、すっかりその虜になり、天国と地獄の間をさまよっていらっしゃるのです[23]。あちらの要塞のように見える邸宅は、じつはとても脆い建物なのですが、あそこにはヘラクレスが住んでいます。オンパレ[24]と一緒に、彼の名声にふさわしい死の衣の糸をつむいでいるのです。あちらでは、サルダナパール[25]が女装をして、自分の弱みをさらけ出したような恰好をしています。ずっとこちら側には、マルクス・アントニウス[26]が暮らしています。あのエジプトの女王がいくら幸せな運命を願っても、やはり不幸な死を迎えることになったのです。あちらの荒れ果てた城には、今はだれも住む人はなく、最後に居住したのが西ゴート王ロデリックです。あの時代からスペインにとって、あの伯爵殿は災厄をもたらす人物となりました[27]。さらにあちらの邸宅は、半分が黄金で、あとの半分が泥と人間の血で練り上げられています。皇帝ネロの黄金の屋敷です。すばらしい慈悲の心で治世を始めながら、異常な残酷さで終えるという、極端な対比を見せた皇帝の邸宅です。あちらの方で大騒ぎをしているのが、数ある残酷王のなかでも真の残酷王、ペドロ一世です。歯ぎしりして怒りを表すだけでなく、体中の骨までぎしぎし音を立てます。あちらに見える宮殿群は、現在突貫工事で建設中です。どなたのためのものかは、今のところまだ明らかにされていません。もっともほとんどの人には、おおよその見当はついていますがね。確かなことは、人のお手本にならないお方のために建てられているということです。つまりこの工事は、善行とは縁遠い人たちのためなんですよ」

「世間のこちら側では、騙された者たちが不平を鳴らし、反対側のあちらには、騙す側の人間たちが陣取っています」と、緑色の服を着た男が彼らに言った。「あちらの者はこちらの者を笑い、こちらの者はあちらの者を笑っていますが、結局一年の終わりには、引き分けに終わってしまいます」

ここでアンドレニオは、いつまでも騙される側ばかりではなく、反対側にも移動してぜひすべての様子を見てみたいと主張し、一同その望みに従うことになった。しかし実際に移動してみると、薄暗い商店が連なるだけの街であった。ある店では大量の綿くずが売られていたが、これは詰め物として足りない部分を補ったり、見映えをよくするためのものだった。これほどの量なら、人間の欠点さえ補ってくれそうだ。また別の店では、芝居の扮装用の厚紙を売っていた。狐の毛皮が所狭しと並べられた店もあり、店の者が力説するところによると、クロテンの毛皮よりもっと珍重されているとのことだ。彼らがその話を信じたのは、その店にテミストクレス[28]が出入りするのを目撃したからだ。希少なライオンの毛皮がなかなか手に入らないことから、大勢の人がその代わりとして狐の毛皮を身にまとっていたが、なんと抜け目のない連中は、これを裏地として用い、アーミンの表地と合わせて使っていた。ある大きな店には、大量の眼鏡が置いてあるのが彼らの目に入った。しかしそれはなんと、物を見ないための眼鏡、あるいは人に姿を見られないための眼鏡だった。大勢の貴族たちが自分の家臣のためにそれを買い求めていたが、こんな方法で家臣たちをおとなしく自分たちに従わせたかったからだ。既婚の女たちもこの眼鏡を買っていたが、それは自分の気ままな心を読み取られないため、あるいは夫にそれをかけさせ、自分の行動を見られないようにするためであった。このほか、物を大きく見せたり、数を倍に見せてくれる眼鏡もあった。したがって当然のことながら、老人用、若者用、男性用、女性用などすべて揃っていて、眼鏡の中でも一番高価なものであった。次に彼らが出くわしたのが、姿を立派に見せるためのコルクのヒールをたくさん並べた店だった。これを靴につけると、ややつま先立ちになるきらいはあったものの、たしかに自分が実際より偉く見えた。ただし、実質的な中身には欠ける姿だ。アンドレニオが大いに気に入ったのは、手袋を売る店だった。

「これはすごい発明だ」と彼は言った。「この手袋はすばらしい。どんな気候にも合う。暑さよけにも寒さよけにも役に立つし、日光や風からも手を守ってくれる。それに一日中なにもしない者には、これを身に着けたり脱いだりすることだけでも、立派な仕事にできるから結構なことですよ」

「中でも特に、少ない出費でいい香りをふりまくことができるからね[29]」とクリティーロが言った。「ほかの方法だと出費がかさむし、ときには法外な値段を請求されることだってある」

「みなさん、なかなかお詳しいようですな」と店主が口を挟んだ。「鋭い爪を隠すのにも役立ちますし、こちらの手の内を見せないためにも役立つということなら、まことにおっしゃるとおりです。おまけに狩りをするために、この手袋をおつけになる方もいらっしゃいます」

「それはありえないでしょう」とクリティーロが言った。「諺では反対のことを言ってますよ[30]」

「お客さま、そんなことを気になさる必要はありません。諺なんてのは、嘘を言っているときもありますし、まったく反対の意味の諺だって別にありますからね。ここで私どもが確信をもってお伝えできることはですね、今の世の中では手袋に金をかけるのは、過去に衣服にかけたよりも、ずっと値打ちがあるということでございますよ」

「それなら、ひとつ片方だけ買うことにしよう」とクリティーロが言った。「これをはめて、だれかに一発食らわせたいからね」

　こんな調子で、《偽善通り》、《策術通り》を巡った後、大広場に着いた。中央には、広場の中心をなして王宮が建っている。ゆったりしたつくりではあったが、まったく均整がとれていない建物で、直角に交わる建物の線もない。どこを見ても傾斜とねじればかりで、何の主張も統一性も見られない。扉はすべて偽物で、開いている扉はひとつとしてない。ただし、あのバビロン[31]の都よりも多い塔が颯爽と立ち並んでいる。窓は緑色、希望のしるしとされる楽しい色、また一番人が騙されやすい色でもある。この宮殿で横臥して暮らしていたのが、あのめったに人前に姿を見せない偉大な君主であった。ちょうどその日には、国民をうまく騙すために仕組まれた祭りの出し物を楽しげに見物していた。この祭りは、重要な問題に国民の関心が向かないように仕組まれたものだ。君主は目の詰んだ格子窓の向こうから、この祭りを見ていたが、これは絶対に守るべき習慣となっていた。この日は手品師の見世物が催されるはずだ。巧妙な技を駆使してのこの出し物は、お祭り騒ぎを好む君主の性格に合う、とてもお気に入りの催しでもあった。

　広場はまるで俗物たちの広大な囲い場のようだった。例えて言えば、蠅の群れがぶんぶん飛び交い、庶民の生活から吐き出される塵にたかり、腐敗し悪臭を放つ俗物たちの心の傷をなめて体を肥やしているような光景だ。下卑た連中の拍手に迎えられ、一段高い舞台に口だけは達者なペテン師らしき男が姿を現わした。広場で大衆の前に立ち、注目を浴びる連中の例にもれず、信頼感に欠け、厚顔無恥と言ってもいい男だ。なにやらいやに長い口上を述べてから、いかにも慣れた感じで怪しげなわざを披露し始めると、広場をいっぱいに埋めた俗物たちは、あっけにとられぽかんと口を開けたまま見世物に見入っていた。こうしてさまざまな芸を巧みに披露したなかに、見物人を舞台に上げての見世物があった。相手に口を開けるように指示を出し、その口の中に砂糖をまぶした甘ったるい菓子を放り込み、それを呑み込ませる。すると次の瞬間、いやらしい汚物がなんとその同じ口から吐き出されてきたのだ。これをやられた方は、すっかり面喰ってしまったのだが、周囲の者はそろって笑い転げたのである。さらにそのお喋り男は、真っ白で薄っぺらな綿を口に入れたかと思うや、すぐさま口を開けて濃い煙を吐きだし、さらには火まで吐いて、見物人たちを驚かせた。このほか、紙を呑み込んだあと、たちまち金色や銀色に輝く絹のテープを、次から次へと口から出していったりした。これらはみんな彼らがよく使うわざで、すべてが騙しの術であった。

アンドレニオは、この見世物がことのほか気に入り、褒めそやした。

「いい加減になさい」とクリティーロが言った。「きみまでが、あんなふざけ屋の肩を持つなんて。きみは本物とまがい物の区別さえつかないのだ。あの怖いもの知らずのペテン師が、本当はだれだと思っているんだね。この男こそ、例のマキアヴェリ[32]という名のいかさま政治家だよ。あの嘘で固めた教えを、無知な連中に呑み込ませようとしているのだ。ほら、見てごらん、あの連中は奴の言うことが真実だと思って、すっかり鵜呑みにして拍手喝采を送っているじゃないか。よく調べてみればあんな見世物など、悪徳と罪悪にまみれた汚物に砂糖をまぶし、口当たりだけ甘くしただけのものにすぎない。奴は《国家原理》だなんてよく言ってるが、とんでもない。あんなの《滅亡原理》だよ。あの言葉には、純真で穢《けが》れのない気持ちが籠っているようにもみえる。しかし、あの口から地獄の火を吹きだし、人々の良き習慣を根絶やしにして、国家そのものまでも焼き尽くしてしまう。あの絹のテープに見えるものは、実は彼の言う巧妙な法律の掟であり、美徳の手を縛り上げ、悪徳を野放しにするものだ。呑み込んだあの紙は、奴が出している本のページだよ。なにやら訳のわからぬことをぼそぼそ言っているが、あんなのすべてが偽りで、見かけだけのもの。そんなものであの大衆、あの大勢の馬鹿者たちを虜にしているのだ。いいかね、ここにあるものすべてが、まやかしものなんだよ。我々はこんなところからは、早く抜け出した方がいい」

ところがアンドレニオは、もう一日だけでもどうしてもこの都で楽しみたいと訴える。そこで結局、全員それも面白い暇つぶしにでもなるかも知れないということで、認めることにした。

翌日の朝が明けると——ただしこの町では日中でさえあまり明るくはないのだが——、広場には再び大勢の人が集まり、足の踏み場もないほどだった。ところが、なるほど広場は人間であふれかえってはいるものの、中身のある人間の数からいえば、広場はほとんど人もいないのに等しいと言う者もいた。出し物は、たくさんの舞台装置と絵幕を使った道化芝居で、大勢が集まる広場を大劇場に見立てて演じられるよく知られた見世物だった。アンドレニオはこの芝居を見て、大いに楽しんだうちのひとりだったが、クリティーロも示唆に満ちた芝居であることを認めたうちのひとりであった。ふつうなら、楽しい食事の始まりを告げるサラダ料理のように、芝居の始まりを告げる楽しげな音楽が聞こえるはずなのだが、まず聞こえてきたのが、いまにも泣きだしそうな切羽詰まった感じの声だった。しかし心地よい楽器の演奏も楽しい歌声もいっこうに聞こえず、次にはただ泣きじゃくる声しか聞こえてこない。そしてやっとその声がやむと――こんな導入部は、ふつうしつこく続きなかなか終わってくれないものだが――、小さな男が登場した。いや、正しく言えば、これから大人になろうかという少年だった。みすぼらしいその身なりから、すぐに異国の人間だと判る。その少年の涙もまだ乾かぬうちに、宮廷の高官が前に進み出て、彼を迎え、親しげな態度を見せて歓迎のあいさつを述べた。この見知らぬ国であなたが必要なものは何でもさしあげます、などといった約束をくどくど繰り返す。しかしながらこの人物は、自国に居ながら実際には約束などいっこうに果たしたこともない男なのだ。一方少年は、相手がこれほどの誠意を示してくれるのならと思い、その約束を信じこんでしまう。宮廷人の男は、少年をまず自宅に連れて行く。家はすぐ近くにあったが、その中は張りぼてみたいな派手ながらくたであふれ、現実味に欠けるものばかりだ。この男はさっそくかずかずの豪華な贈り物を少年に手渡していくのだが、これこそ裸同然の少年にとっては、一番必要としているものばかりだった。しかしこれは何という早業！　一方の手で渡したかと思うと、信じられないほどの素早さで、もう一方の手ですかさずその品を取り戻していく。ダイヤの飾りがついた帽子を少年にかぶせてやると、どこから出てくるのかすぐに釣り針が投げ込まれ、いやに恭しい態度でその針を帽子に引っ掛け、少年から帽子を取りあげてしまう。これと同じことを外套でもやり、少年は瞬く間に元の一文無しの状態に戻された。そのほか少年の前に豪華な宝石を置いてやるのだが、見事な手際ですぐに別の偽物と取り換えてしまう。これでは宝石などではなく、ただの石ころを少年に投げつけたのと変わらない。またたいそう高価な衣装を少年に与えるのだが、たちまちのうちに真っ白の死装束に化けてしまうと、少年も同じように真っ白の状態になり、無一文に逆戻りしてしまった。その場に居合わせた周囲の者たちは、この様子をずっと見続け、大いに笑い楽しんでいた。誰だって他人が騙される場面を見るのは楽しいことなのだ。彼らは自分のことなどすっかり頭になく、少年の身に起こっていることに我を忘れて見入っていたのだが、自分の懐からはこっそり巾着が抜き取られ、同時に外套まではぎ取られていることにはまったく気がつかなかった。という次第で結局最後には、見られていた少年も、この状況を見ていた者たちも同じ運命をたどることになり、こうして赤恥をかかされたうえ、裸同然の姿で外に放り出されてしまう。

　このときもうひとり別の人物が、少年の接待のために姿を現わした。先ほどの人物より少しは人間らしさが感じられるものの、本質はあまり変わらないようだ。どうやら上品な嗜好の持ち主のようで、少年においしい料理を味わってみることを勧めた。そこで〈享楽〉を呼んで、食事の準備を命じる。集まった人たちはごく簡単な料理しか食べないのに、有り余るほどの料理を出してくれ、椅子をあちこちからひっぱり寄せてくる。招待された当の少年がその椅子に座ろうとしたのだが、やはり気を許すべきではなかったのだろうか、何かの拍子に座りそこねてしまう。どすんと床に落ちると、そこに居合わせた人たちの間に大きな笑い声がいっせいに巻き起こった。するとひとりの女がやさしくそばに駆け寄った。若くてとても頑丈そうな体をしている。少年に助けの手を差し伸べ、そのぽってりした腕に寄りかかるようにと誘う。こうして食事は無事続けられることになったのだが、出された料理たるやすべてがまがい物ばかりだった。たとえばパイの中身を調べてみると、まったくの空っぽで、豚の腿肉も同じように中はがらんどうであった。鳥料理はヤマウズラと銘打ってはいたものの、生のままの、中身に乏しい名前だけの料理にすぎなかった。少年が椅子から転げ落ちたとき、塩入れが壊れ、味付けができなくなってしまったのだが、不吉な前兆だけはちゃんと残ったらしい。パンは花の形をしていたが、中には石ころが入っていて、麦カスで作ったパンでさえこれほどひどくはないと思われる味だった。果物はソドム産[33]ということで、果物とはいえ名ばかりの代物で、じつは何の果実でもないのだ。酒を注いではくれるのだが、杯は飲み口がとても狭くなっていて、いくら酒を飲もうとしても、空気だけを吸い込んでいるような代物だった。音楽の演奏などなく、その代わりの役割を担ったのが、少年への冷やかしを含んだ乱痴気騒ぎだった。この宴会の賑わいが最高潮に達したころ、少年の体をなんとか支えてくれていた女も、さすが疲れたのか、あるいは支えるのが嫌になったのか、腕の支えを外してしまった。女性とはこんな形で心の弱さを露呈し、相手を偽ることになってしまうのだろうか。彼は椅子から転げ落ち、さらに階段をごろごろ転がり落ちてゆき、ついには地面に叩きつけられ、泥にまみれてしまった。しかし宴会に出ていた者のうち、だれひとりとして彼を助けに行こうとする者はいなかった。だれか同情して助けの手を差し伸べてくれる人はいないかと、彼が周囲を見回すと、すぐ近くに白髪の老人がいるのが見える。これほどの年齢の人なら、人生経験の豊かな真面目な人物に違いないと彼は考え、手を貸してもらえないかと、老人に助けを乞うたのである。その老人は快く応じてくれ、おまけに肩に担いでいってやるとまで言う。そしてお節介にもそのとおりにしてくれたのだが、少年がすぐに気づいたのは、この老人は空を飛ぶことはできるものの、歩けば片足が効かないことだった。これだとほかの連中同様、まったく頼りにならない。老人はわずかばかりの距離をよたよた進んだところで、自分の松葉杖に足をひっかけ、隠れた罠の近くに倒れ込んでしまった。草花で覆われた罠で、この儀式のためにあちこちに仕掛けられものだ。老人はなんとその罠の中に少年を突き落とし、おまけにそのついでに少年が残した衣服を自分のものとしてしまう。こうして少年はそのまま地下深く埋もれたまま、だれひとり再び彼の声を聞く者もその姿を見る者もなかった。この芝居を見ていた俗物たちの冷やかしの声がそこで巻き起こり、その叫びとともに少年の記憶は永遠に断ち切られることになった。アンドレニオは俗物たちのからかいと少年の馬鹿さ加減に、大喜びで拍手を送っていた。クリティーロの方を振り返ると、他の連中と一緒に笑うどころか、なんとすすり泣いているではないか。

「どうしたんです?」とアンドレニオは言った。「あなたという人はなぜいつも、他の人とは反対のことばかりしなければならないのです? 他の人たちが笑うと、あなたは泣き、みんなが楽しい気分に浸っているときには、あなたはため息を漏らしたりするのですから」

「その通りだよ」と彼は答えた。「私にとっては、これはお祭りの出し物なんかじゃなくて、弔いだったんだ。拷問の苦しみであって、娯楽なんかじゃなかったのだよ。もし君がこの出し物の本当の意味を理解するようになれば、まちがいなく私と一緒に泣いてくれると思う」

「でも、このお話ってどんな意味があるんです?」とアンドレニオが食い下がった。「ただ単に、ひとりの愚か者が、異国人でありながら、だれもかれも信用してしまったということでしょう? だからみんなが彼を騙し、彼が自分のうかつな行動に見合った懲らしめを受けたということではありませんか? その点に関しては、ぼくはヘラクレイトス[34]と一緒になって泣いてやるよりも、デモクリトスと一緒になって笑いたいくらいですよ」

「それじゃ、きみに聞くけど」とクリティーロは応じた。「もしきみ自身が、あの嘲笑されている少年の身になったら、どう思うだろう?」

「このぼくが? そんなことありえないですよ。どうしてあの少年になることができるのです? ぼくは今ここに居て、元気に生きているし、あの少年ほど愚かではありませんからね」

「まさにそこに大きな間違いがあるんだよ」とクリティーロが考えを述べた。「いいかい、あの不幸な異国人は、われわれ一人一人を象徴する人間だし、我々みんな、まさにあの少年その人なんだよ。この世の悲劇の舞台に、彼は泣きながら入ってくる。すると人々がさまざまな嘘を交えて、彼に優しげな言葉をかけ、そして魔法にかけようとする。こうして裸で世の中に現れ、裸のままで退いてゆくのだ。心の卑しいご主人たちに仕えてみたところで、結局はなにも手にするものがないのだよ。彼を最初に迎えてくれたのは、あのペテン師、つまり世間という名のペテン師だ。彼に多くのことを約束するものの、結局は約束など何も果たさない。他の者から奪ったものを、彼に与えはするが、素早く取戻し、一方の手で差し出したものを、もう一方の手で奪い返す。こうしてすべてが無に帰してしまうのだよ。少年を悦楽の道に誘い込もうとするのが、あの〈享楽〉だ。そこから得る喜びは、まったくのまやかしであり、必ず苦しみを背負うことになる。そこで与えられる食事は栄養に欠け、その飲み物は毒でしかない。また時によっては、〈真実〉の支えに欠けることから、まともに地面に転がり落ちてしまうこともある。するとそこへ〈健康〉がやってきて、彼に信頼感を吹き込もうとするのだが、ますます嘘を重ねるだけのこと。彼をせわしなく追い掛け回すのが、〈悪行〉どもだ。〈苦難〉どもは彼をからかい、〈苦痛〉どもは大声でわめき散らす。奴らはすべて運命の女神の手下となったさもしいごろつきばかりだ。そして最後に現れるのが、積年の悪意を溜めこんだ、最低の老人である〈時間〉だ。少年にわざと足をつまずかせて墓穴に落とし、そこで裸のまま一人で捨て置き、世の中にすっかり忘れられたまま、死に至らしめる。だからよく考えてみれば、この世では万事が人間をからかっているようなものだ。世間は人間を騙し、人生は人間に嘘をつき、運命は人間をもてあそび、健康が人間に欠け、年齢をあっという間に重ね、悪は人間を追い立て、善は人間の前からは姿を消す。さらに歳月は逃げ去り、永遠に心の満足は得られず、時は飛び去り、生命は終わりを告げ、死が人間を捕え、墓穴が人間を呑み込み、土がその上に覆いかぶさり、人間の体は腐敗し消滅する。こうして他の人々はその人間のことを忘れ、その存在を消してしまう。きのう人間だった者は、今日は塵になり、あすは無の存在になってしまう。それでは、われわれ人間は貴重な時間を浪費しながら、いったいいつまで道に迷いつづけなければならないのだろう。そろそろ正しい真っ直ぐな道にわれわれは戻ろうじゃないか。どうやら見たところ、ここに居つづけたって偽りのあとにまた新しい偽りが出てくるのを待つだけのことだ」

しかしすでにアンドレニオはすっかり虚栄心に毒され、かの宮殿に大きな魅力を感じとってしまっていたのである。まったく現実味に乏しい王でありながら、彼は勝手に空想を膨らませ、偉大な権力者として崇拝し、宮殿の出入りを繰り返していたのだ。そしてそんな虚偽の世界に入り込めば入り込むほど、ますますその世界に心を奪われてしまっていた。宮殿では、彼が差し出す謝礼と引き換えに、様々な便宜を図ってくれたうえ、記念の品を渡してくれることさえあり、さらには大きな褒賞を約束してくれるまでになった。そこで彼は王の謁見を強く願い出て、その足元にひれ伏し敬意を表したい旨の気持ちを伝えた。もちろん、足元にひれ伏そうにも、王の足さえ存在しなかったのが事実であったのだが。彼の願いに対する回答は、近いうちの午後には、ということだったが、その午後はいつまでたってもやって来ることはなかった。

　一方クリティーロは、アンドレニオに対して、この町から抜け出す必要性をふたたび語り聞かせ、説得を試み、また時には哀願したりした。こうしてついに彼にその説得を受け入れさせることに成功したのである。しかしそれは、彼が必ずしも納得したからではなく、ただあの《いつかの午後にはまちがいなく》という約束が、いつまでたっても果たされないことに、彼が腹を立て始めたことによるものであった。こうしてふたりはやっとのことで、この場所をあとにすることに決め、町の門まで到着した。しかし不運はつづくものだ。そこにいた衛兵たちは、町に入る者はだれであろうと拒まないのに、町から出ることはひとりとして許さないことが判ったのである。こうしてふたりはまた引き下がらざるを得なかった。クリティーロは運のなさを嘆き、アンドレニオは王の謁見を簡単に諦めてしまったことを反省することになった。こうして彼は再び愚行に戻ることになり、宮殿への行き来を繰り返した。しかし毎日宮殿に顔を見せる口実にはこと欠かなかったものの、王の謁見の約束はいつまでたっても果たされず、またはっきりした断りの返事もないままだった。クリティーロはこの事態をどう打開すべきか考えつづけた。後ほど彼が見つけることになる素晴らしい解決策については、ゆっくりあとで述べることとして、とりあえず次考では、かの有名なアルテミアの心引かれる物語をご紹介したいと思う。

第八考
アルテミアのすばらしき魔術

　不確かな運のめぐりあわせには強い心をもって対処し、厳しい法には柔軟な性格をもって従い、大自然の至らぬ点に対しては、人間の良きわざをもってそれを正す。そしてあらゆる問題に対しては、優れた知識力を示さなければならない。人間の良きわざとは大自然の力を補完するものであり、また独立した第二の存在として、大自然をこの上なく美化し、その成果としての作品を大自然を凌駕する存在にまで引き上げようとするものである。また、良きわざを持つ人間は、既存の世界に自分の手が入った新たな部分を加えることを誇りとし、大自然の不出来な点を補完し、あらゆる点で完全なものとすることを目指す。もし人間の良きわざの協力がなかったとしたら、大自然は荒削りで野卑なままで終わってしまうはずだ。神が人間にこの世の支配権をお与えになり、またこの世をより洗練されたものにするための助力を人間に求められたとき、この作業が疑いもなく人間が楽園に於いて担うべき役割となったのだ。つまり、良きわざによって、世の中を美しく整え、磨きをかけてゆくという作業である。というわけで、人間の技巧が大自然に新たな魅力を生み出し、平明なるものに輝きを与えることで、常に奇跡を実現してきたのである。それゆえ、このような形で荒れ地を楽園に造り替えることができるのであれば、人間の良きわざが世の中の練磨をめざすときには、人間の心にも望ましい作用を及ぼすはずである。その証拠に、ローマ帝国の若き成長の時代を思い起こしてみるがよい。あるいはもっと身近な例を挙げるなら、我々の友アンドレニオを見てみるがよい。もっとも今のところ彼は、あの混乱を極めた町で、すっかり理性を失った状況にあることは確かなのだが。幸いクリティーロの身を挺しての努力のおかげで、結局彼はそんな迷いから解放されることになるのだが、その顛末についてはのちほどお話しすることにしたい。

　さて、ここで登場することになるのが、ひとりの女王である。数多くの素晴らしい功績によって、広く名の知られた偉大な人物であり、クリティーロたちが抜け出せないでいる国の王とは、まったく対照的な資質の持ち主であった。おまけにお互い隣国同士の位置にあったため、いつも反目しあい、血なまぐさい戦いを繰り返していた。賢明かつ分別のある女王の名はアルテミア(1)。治績もその名にふさわしいものであったが、不思議な魔術を数多く披露したことによっても、時代をとおして広く名の知られた人物であった。この女王についての評価は実にさまざまであった。たとえば高い知性を備えた人々は、――その中でも第一番に挙げられるのが、あの勇敢さと分別を兼ね備えたインファンタド侯爵(2)だが――彼女の行動はまさしく女王にふさわしいものだとして称えている。しかしその一方、世間一般の噂では、勇ましい魔術師とか並外れた妖術使いということだったが、これは恐れからではなく、むしろ彼女の見事なわざに感嘆しての評価であった。したがってこれは、たとえばキルケ(3)についての評価とはまったく異なるものである。なぜかと言えば、女王はキルケのように人間を獣に変身させることはせず、逆に獣を人間に変えていたからだ。人々に魔法をかけるのではなく、むしろそれとは反対に、人々を魔法から解いてやっていたのである。

　こうして彼女は、獣を理性の備わった人間に変えていたわけだが、ある証言によれば、彼女の邸宅に愚鈍なロバが入るのを目撃したところ、四日後には人間の姿になって出てきたというのだ。モグラを大山猫にするのは、彼女にとってはいとも簡単なことだった。また、カラスをあどけないハトに変えていたが、これはやや手間がかかる作業だった。さらには、野兎をライオンにしてみたり、ハイタカを鷲に、フクロウをヒワに変えていた。彼女に馬を渡すと、その手から離れて出てくるときには、ちゃんと言葉を喋ることができた。どうやら噂では、彼女は実際に獣たちに話すことを教えていたらしい。しかし同じ教えるなら、黙ることを教えてくれた方がずっとありがたかったのだが。というのは獣たちを黙らせるには少なからぬ努力が要るからだ。

　女王はさらに、彫像に生命を与え、絵画に霊魂を吹き込むこともできた。あらゆる種類の人物像や人形を実体のある人間に変えていたのだ。さらに驚いたことには、できそこないで無分別で上っ調子な連中を、落ち着きのある強い意志をもった人間に変え、軽々しい振舞いをする者には威厳のある態度を植えつけた。貧相な男を巨人に変身させ、大人げない行動を示す輩を成熟した人間に変えた。またさらに、冗談口ばかりたたく人間から、大カトー[4]のごとき厳しさを備えた人間を作りあげた。小人を成長させ、数日間でテュポン[5]のごとき巨人に育てた。操り人形のごとき鈍物たちを、中身と深みのある人間に変えたこともあったが、これこそ彼女の分別の最高の証明だった。視力をまったく失ってしまった人たちを、アルゴス[6]に変え、他の人間に勝るとも劣らぬ察知力を与えた。綿くずや麦わらを詰めた見世物の人形を、真の人間に変えた。毒蛇に対しては、すっかり毒を抜き取るだけでなく、その蛇を使って万能薬を作り出した。一方ふつうの人間を相手にして問題の解決にあたるときには、それが困難であればあるほど、彼女の知識と権能をさらに見事な形で示してみせた。能力に欠ける人々に知識を吹き込んでやった結果、この国には愚か者はすっかり影をひそめてしまったのだ。ただし邪心のある者が何人かできてしまったことも、また確かな事実だった。思い上がった者には、すぐれた記憶力の機能を与えただけでなく、不幸せな者にも公正な判断力を与えた。だれもが認める狂人をセネカのごとき賢者に変え、町のごく普通の若者を優れた官僚に変身させた。ひ弱な男を、アルブルケルケ公爵[7]のごとき勇猛な軍司令官に変え、怖い者知らずの若造[8]を、なんとナポリの副王の位にまで押し上げた。ピグミーのように小さな男を、インディアスの大巨人にしたり、恐ろしげな怪物を天使に変えたりもした。これは特に女性たちが評価した術であった。

　さらに何度も目撃されたのが、彼女が荒れ果てた地を、突如美麗な庭園に変えたことであった。彼女が足を踏み入れる場所はどこでも、すぐさま町が形成され、かのフィレンツェにも劣らぬ教養あふれる都市が出現した。まことに彼女にとっては、あの光輝あふれるローマのごとき都市を建設することさえ、決して不可能ではなかったのである。

こんな調子で彼女に関しては、称賛に値する目覚ましい事績が人々の間で語られ、その話は尽きることがなかった。そしてこんな噂が、あの耳聡いクリティーロに伝わらないはずはなかったのだ。それは彼がちょうど、あの国から脱出する目途が立たないまま、もっとも気落ちしていたときのことである。さっそく彼は、アルテミアなる人物が何者なのか、どこでどのような形で統治しているのかについて、詳細な情報を集めることにした。その結果彼は、問題の最良の解決策は彼女に直接訴えることにあると、すぐさま判断したのである。アンドレニオにはどれほど道理をつくして説得を試みても、いっしょに来させることはできなかった。そこで彼は熟慮を重ねたうえ、とうとう一人であの国を抜け出す可能性を探ることにしたのだ。そしてなんと実際の行動に移してみると、想像に反してその計画の実現は、案外難しくないことが判ってきたのである。この種の問題の解決にあたっては、そもそも強い意志を持つ者である限り、不可能なことなどないのだ。まさに伸《の》るか反《そ》るかの思いで、彼は検問所の門を夜の間に跳び越えることにした。もうこうなれば、これしか他に方法がない。もし門衛たちに目を覚まされでもしたら、すぐに見つかってしまうだろう。しかし彼は運を味方につけ、うれしいことにとうとう脱出に成功したのだ。こうして自由の身になると、あこがれの女王アルテミアの都へ通じる道を歩みはじめた。もし女王に会えれば、彼の友アンドレニオの救出につき相談するつもりではいたものの、こうして彼から遠く離れるにつれて、友への思いからますます心が痛むのを感じた。道すがら大勢の人に出会った。みんな同じ町へ向かっている。中には単なる好奇心から町への道を急ぐ者もいたが、もっと思慮深い者たちは自分自身のための何かを求めて、歩みを進めていたのである。みんな口々に不思議な出来事や事物についての話をしていた。女王はライオンたちから凶暴さを抜き取り、少しばかり言葉をかけるだけで、忍耐強い人間に姿を変えさせたのだとか、蛇の魔法を解き、まっすぐ歩けるようにしたとか、バシリスク[9]の目を摑み取り、視線を向けても敵を殺せないようにしたとかの話だった。これらすべて人間にとっては好都合であると同時に、奇異な出来事でもあった。

「でもそんなお話はですね」と一人の男が言った。「あの女王様がセイレン[10]の誘惑に打ち勝つのと比べたら、それほど驚くようなことではないですよ。なにせあのセイレンを貞淑なご婦人に変えてしまったのですからね。これなどまるで危険なオオカミを、心優しい小鳩に変えてしまうのと同じですよ。これこそまさに考えうる限りの最高の魔法じゃありませんか。動物的な欲望をもつヴィーナスを、ウェスタ[11]なみの聖処女に変えるのと同じですよ」

「うん、たしかにそれはすごい」と全員が口をそろえて言った。

美しく飾られた宮殿が、あたりを睥睨するようにして遠くにその姿を現わした。とても高い位置に建てられていて、何本かの川の水を上に汲み上げている。珍しい装置を使い、優れた技術を駆使して水を意のままに扱っているのだ。それはタホ川の清らかな水の流れをせき止めて汲み上げた、あの有名な装置(12)と同じものであった。宮殿の庭園には花が咲き乱れ、かぐわしい香りに満ちている。なんとアザミがとげの間からバラの花を咲かせ、金盞花が一年中咲き誇っている。楡の大樹までが洋ナシを実らせ、サンザシがブドウの実をつけている。干からびたコルクの木からは、樹液や美酒ネクタルまで絞り出すことができる。アラゴン地方では消化が悪いとされるリンゴも、ここではシロップ漬けの形で実をつける。宮殿の池には、四季を通して白鳥の歌が聞こえる。これはクリティーロにとっては、新たな驚きであった。なぜならふつう他国では、白鳥は死の時を迎えても歌うこともなく黙ったままでいるからだ。もっとも世間一般では、白鳥は死に当たっては歌うと言われてはいるが、だれひとりそんな歌など耳にしたことなどない。

「つまり白鳥というのは」周囲の人々が彼に言った。「体は真っ白で、純粋な心をもっているから、歌って人に何かを伝えるとなれば、それは完全な真実の言葉となるはずです。ところが真実の言葉というのは、ふつう相手にしてもらえません。だから、白鳥たちは自分の意志で沈黙を貫き通すことにしたんですよ。ただ死に際しては、良心の呵責に苦しみ、もはや何も失うものがないことから、真実を歌って知らせてくれるのです。だからよく言われるのは、某説教師や某政治家が真実を暴露したとか、某秘書官が機密事項をぶちまけたとか、某顧問官が胸の内を明らかにしたというのは、みんな死ぬ間際になってからの話ですよね」

宮殿の入り口には、女王の手ですでに柔和な羊に姿を変えられていたライオンと、やはり子羊になった虎が見張りにあたっていた。バルコニーにはお喋り好きの小鳥たちが会話を楽しんでいる。とくにオウムたちは大きな声を張り上げ、ツグミたちもそれに負けじと評判通りの美声を響かせていた(13)。宮殿の猫やマスチフ犬は、追い詰められても引っ掻きもせず、怒り狂って嚙みつくこともなく、偉大な女主人に忠誠を誓い、足元にひれ伏していた。一行を門のところで待っていたのが、きれいにおめかしをした大勢の侍女たちだった。みんな階下で下働きをする素朴な乙女たちで、クリティーロを階上に案内してくれたのは、その乙女たちとは別の、深い教養をもつ高貴な身分の女性たちだった。彼はその女性たちに導かれ、女王の執務室に上った。そこでは、思慮深き女王アルテミアが、立派な臣下たちに見守られるなか、数本の丸太を人間に変える作業に没頭しているところだった。臣下のひとりひとりに指示を出し、立ち位置を決めていたのが、ビセンシオ・デ・ラスタノサ殿だった(14)。ラスタノサ氏といえば、高位貴族たちの品定めに関しては、優れた鑑識眼をもつ人物だ。女王はとても整った顔立ちで、透き通るような鋭い目をしている。話し方には堂々とした落ち着きが感じられ、耳にとても快い。とくに両手は特殊な能力を秘め、触れたものにはなんでも、生命を吹き込むことができた。目鼻立ちは端正そのもので、均整がとれた優美な体をしている。ひとことで言えば、彼女自身が優れた匠の手による名作品といってもよかった。

女王はクリティーロを快く迎え入れてくれた。そして彼の顔を見ると、おそらく自分と同じ性格をもつ人物と判断したのだろう、優しい言葉をかけて彼の来訪をことのほか喜んでくれた。さらにつづけて、《顔》のことを《おもて》とも言うのは、なるほどもっともなこと、それは彼の顔を見るだけで、過去と現在のすべての行いがそのまま表に現れているからだ、とも言ったのである。[15] クリティーロはこうして女王のありがたい恩顧に預かり、さらに近寄って挨拶することを許された。まず女王が不思議がったのは、彼ほど思慮に富む人間が一人で宮殿に現れず、大勢の俗輩たちといっしょにやってきたことだった。そしてさらにつづけて、そもそも心地よい会話というものは、とくに思慮分別のある人間同士の間で交わされる場合には、あの三美神の集いのように、三人の間で話を弾ませるのが理想であり、三人より多くても少なくてもいけないものだと言う。[16] これを聞くとクリティーロは胸を締めつけられたような気持になり、涙ながらにこう答えたのである。

「ふつうなら連れがひとりいるのです。でも私はその親しい仲間を置き去りにして、ここへやってきました。いつもはふたりで連れだって旅をするのですが、新しく着いた国では三人目が加わり、我々ふたりを案内してくれることもあれば、今回のようにわれわれを道に迷わせたりすることもあります。そんな事情があって、私はあなた様の元へやってきたのです。我々を不幸な運命から救い出してくださる偉大な女王様、私の分身を救うために、こうしてあなた様のご助力をお願いしたいのです。彼は不幸にも捕らわれの身となっているのですが、だれに捕らえられたのやら、どんな形で捕らわれているのやら、まったく分からないのです」

「といわれても、あなたがお友達をどこに置いてきたのか分からなければ、どうやってその方を捜し出せばいいのでしょう？」

「だからこそ、ここであなた様のすばらしいわざを見せていただきたいのです」と彼は答えた。「彼はいまある都にとどまっています。でもこのままだと、彼はあそこで完全に身を持ち崩すことになるでしょう。あの都では悪名高き王が君臨し、奇妙なことに名前さえ明らかにせず、国中の権力をほしいままにしています」

「なるほど！　それならあなたのおっしゃる意味がよくわかりました」と、クリティーロにとっては本当に救いとなる答が返ってきた。「あなたのお仲間がいる場所は、まちがいなく私の不倶戴天の敵ファリムンドのところです。あれは都などではなく、いわば退廃の町バビロンです。なぜかといえば、あそこでは町全体が滅んでゆき、すべての人が逃げる当てもないまま、終わりを迎えてしまうからです。でもこんな不運に見舞われた時こそ、元気を出さねばなりません。そんなまやかしだらけの敵に対しては、私たちとしても何か必ず対抗策を見つけられるはずです」

そこで女王は腹心の部下であり、重要な相談相手でもある大臣を呼びにやった。ただちにその大臣はきびきびした態度で、そこに姿を現わした。いかにも意志が強そうで、それに心の清廉さと頭脳の明晰さを併せ持つ人物に見える。クリティーロはこれまでの経過を大臣に詳しく説明し、女王アルテミアは、彼にこれから果たすべき任務を伝え、さっそく行動に移すよう命じた。さらにこれに合わせて女王は、ギリシャの七賢人のうちのひとりの作品である、一点の曇りもない鏡を大臣に手渡し、その扱い方と効用について説明した。大臣はさっそく準備を始めるとともに、隣国の習慣にあわせて、ファリムンドの召使たちと同じお仕着せを身に着けた。たくさんの折り返しと襞があり、裏打ち、裾まわし、胸元、ポケット、縫い付け、タック、外套などまったく同じものであった。こうして敏速かつ正確に任務を遂行すべく、大臣はひとりで急ぎ出発したのである。

一方クリティーロは女王アルテミアの宮廷に腰を落ち着け、また好意的なもてなしを受けた。さまざまな楽しみにあふれ、また得るところの多い滞在だった。それに連日、女王の見事な魔術を近くで見ることができた。たとえば、女王が無骨な村人を垢抜けした宮廷人に変えるという、一見不可能に思える魔法をかけるのを見ることができた。またさらには、むさくるしい山男を貴顕紳士に変えたが、これこそまさに女王のわざがもっとも冴えた魔術だった。さらにこれに劣らぬわざの冴えを見せたのが、ビスカヤ人の田舎者を、雄弁な秘書官に変えたときであった。擦り切れたぼろ布でできた外套をビロードに、さらにはフラシ天に変え、貧乏学生の色あせたマントを高僧用の紫色のマントに変え、学生帽を司教用の冠に変えた。ある国の宮廷で仕えていた者を、別の国を統治する者に変え、さらには全世界を統治する者に変えることもあった。また、豚小屋の番人だった若者を、法王の位まで押し上げることもあった。[17] さらには遠く離れた土地でもその威力を見せつけ、ベトレン・ガーボル[18]を馬丁から、あの位にまで押し上げた。このほかにも、一介の従僕を《天下人》にまで出世させる例もあった。[19] もっと遠い昔には、さらに驚くべき魔術を行ったことが語られていて、たとえば、彼女が牛の突き棒をもつ農夫を、笏をもつ王に、また一介の文人をカエサルのような皇帝に変えるのを目撃した人もいたという。さらには、人の顔までもきれいに整形し、一晩で誰であったのか全く判らなくした。悪相をましな人相に変え、すでに一応ましな顔をした者を、さらに美しい顔に仕上げた。軽薄な人間を落ち着きのある人物に変え、痩せぎすの男たちをどっしりした体格の男に作り変えた。このようにして、身体のあらゆる欠点が、彼女の手によって矯正されることになった。背中を作り直したり、またある者には足と手を修正したり、あるいは目と歯や髪を新しく与えてやることもあった。その中でも特に注目すべきは、内臓を使って心臓を補修していたことで、すべてが彼女のわざがなしえた奇跡的な事績ということができた。しかしクリティーロがさらに驚いたのは、彼女が一本の丸太を手に取り、それを少しずつ削っていくのを見たときだった。見ているうちに次第に人間の体が出来上がり、喋りはじめたのだが、その言葉を聞き取ることができたのだ。さらには物を考え、行動することまでできたのである。つまりこれで人間として機能できるに十分な能力を得たということだ。

さて、こうして楽しく時間を過ごすクリティーロはいったんここに置くことにして、アンドレニオを探し求めて、悪名高き王フォリムンドの国に旅立ったあの思慮深い老臣のあとを、少しの間追ってみようと思う。

あの広場の俗物たちの騒ぎは相変わらずつづいていた。バルセロナの祭りなどより、もっと奇抜な仮面をかぶった連中がはしゃぎまわっている。男であれ女であれ、仮面をつけていないような者はひとりもいなかった。みんな自分の姿を隠し、他人に化けている。とにかくありとあらゆる種類の仮面があり、悪ふざけのためだけでなく、聖なるものや美徳を表すものまであった。良識ある人々は、そんな仮面など外すようにと厳しく忠告はしていたものの、やはりお人よしの連中は、そんな仮面にすっかり騙されてしまっていた。とにかく嘆かわしいことではあったが、みんなが自分の真の姿とは違う、ときには正反対といってもいい意味を持つ仮面をかぶっていたのだ。狐は子羊の仮面をかぶり、蛇がハトの仮面を、高利貸は慈悲深き男の、娼婦は信心家の仮面をそれぞれかぶっているのだ。これなど、まるで信心の名を借りて遊興に励むロメリア[20]のようなものだから、じつにたちが悪い。さらに間男は、あたかも夫の親友であるかのような顔をして登場し、売春宿の女将は祈禱師の姿で、オオカミは断食中の信心家の姿をみせるのだ。こんな調子でライオンは子羊になり、泥棒猫はローマ風のあごひげを生やした男になりすまし[21]、ロバは声を出さぬ間はライオンになりすまし、荒くれ男は穏やかな笑顔の女性の仮面をつけ、それぞれ登場してくるのだ。こうして全員がおふざけと騙しに徹するわけである。

さて老臣はアンドレニオの捜索を開始した。町の中ではなく、分岐点になっている、町はずれのあの道あたりからまず始めたのである。アンドレニオの体の特徴をちゃんと書きとめ、覚え書きは持っては来ていたものの、じつは彼はすっかり姿を変えてしまっていて、クリティーロでさえ見まちがえるほどになっていたのだ。たとえば、以前のような大きく見開いて澄んだ目は、すっかり影をひそめ、暗く濁り、ほとんど目が見えないほどになってしまっていた。実はファリムンドの宮廷の高官たちは、彼の視力がなくなるのをひそかに望んでいたのだ。喋るときの声はかつての声ではなく、まったく他人の声にしか聞こえない。耳もよく聞こえなくなり、こうしてすべての機能が衰えていった。そもそも人間とはたった一晩で、すっかり他人に変わってしまう生き物であることを考えれば、あの欺瞞にみちた国での彼の変わりようはさして不思議なことでもなかった。しかしこんな問題にもめげず、老臣は工夫を重ねていった。この国がいま置かれた状況を頭に入れ、アンドレニオについての確かな情報をもとに、彼の居所を少しずつ割り出していった。するとある日、とうとう彼を見つけ出すことになったのである。アンドレニオが群衆にまじって、人々が持ち金を失い、良識まで失う様子を見ている姿を発見したのだ。世間ではお決まりの娯楽になっていた、ペロタ(22)の人気の試合をやっていたのである。一方のチームの選手は白人ばかりで、もう一方は黒人ばかり。一方は背が高く、もう一方は低く、こちらは貧しく、あちらは裕福な人たちだった。選手たちはみんな練達のわざを披露している。四六時中こればかりやっているから、上手なのも無理はない。ボールは人の頭ほどの大きさで、中には空気がつまっている。ボール係の審判が、空気を吹き込んだり抜いたりしながら、目と耳を使い勘を頼りに、ボールの大きさを調整する。そしてそのボールを受け取った選手がコートに登場する。これから真剣勝負を行うとの宣誓をしてから、――じつはすべてがペテンで遊びごとにすぎなかったのだが――素早い動きで勢いよくボールを叩き、高く打ち上げる。すると相手側はそのボールの動きを一瞬たりとも止めずに、逆に打ち返す。こうして選手たちは巧みな技量を駆使してボールを打ち合う。まさにその腕の良さで彼らは報酬を得ているのだ。ときにはボールがとても高く打ち上げられ、見えなくなることもある。またときには地上すれすれに飛び、さらには泥と塵埃にまみれて、ごろごろ地面を転がっていく。足で打ち返すこともあれば、手を使うこともある。しかしふつうは舌の形をした木製のラケットを使い打ち返す。こうしてボールは背の高い選手に回ったかと思うと、こんどは背の低い選手にわたり、大きく上下に揺れ動く。観衆のひとりが、もう十五ポイント手に入れたと叫んでいる。十五といえば、なるほどその通りだ。十五の歳にもなれば、悪徳を手に入れ、美徳を失ってしまうのだ。さらにもう一人の男が三十ポイントを儲けたから、もう賭けはいただきだと叫んでいる。しかしもう三十の歳になってしまえば、人生の賭けに勝利したかどうか分かったものではない。こうしてボールが叩かれ続けているうちに、とうとう破裂して地面に落ちてしまう。するとみんなで寄ってたかってボールを踏みつける。どうせこんな終わり方しか他にないのであろう。ボールにこんなひどい仕打ちをしながら、何人かの者が賭けに勝ち、あとの連中もみんなそろって楽しんでいるのだ。

「あのボールはみんな人間の頭に見えますよね」とアンドレニオは彼を探していた老臣にむかって言った。

「いや、あれは人間の頭そのものだよ」と老人は答えた。「そしてあのうちの一つは君の頭なんだよ。つまり無分別な人間の頭だよ。分別ではなく空気ばかりが詰まっている頭だ。またあちらの分には、糸くずとがらくたと嘘がつまっている。世間はそんな頭に虚栄心ばかり詰め込む。すると背の高い方が、それを受け取る。つまり満足と幸せの世界なんだな。すると今度は、その球を背の低い方へ打ち落とす。つまりこちらはその反対の世界、悲しみと災厄などあらゆる種類の悪の世界となる。こうして真面目な人間は、あるときには上に押し上げられ、またあるときには下に投げ捨てられ、ある時は打ちひしがれ、またあるときは褒めそやされたりするわけだ。そしてみんなで寄ってたかって一撃を加え、どこかへ放り出す。最後には疲労困憊し、墓を掘るシャベルと鍬に導かれ、悪臭と泥にまみれた墓場に身を落ち着けることになるのだよ」

「いったいあなたはどなたです？　そんなにすべてがお見通しだなんて」

「いったい君はだれだね？　そんなに物が見えないなんて」

こうして老臣は少しずつ若者の心に入り込んでいった。まずは理性を取り戻したいという意志を植えつけることには成功したのだ。こうして、アンドレニオはこの老臣を通じて、未来への希望と人間らしい生き方への大いなる可能性を見つけていくことになった。老人はそんな時が熟してくるのを感じながら、彼に言った。

「いいかね、君はこのまま自分の意志を通そうと頑張ってみても、決してその王とやらには会うことはできないし、ましてや話すことなどまったく不可能であることは間違いない。君が唯一頼りにしているのは、その人物が会ってやろうとか言ってくれていることだけなんだよ。でもぜったいに、そうはならない。その人物にとっては、人に直接知られないことこそが、自分の存在理由になっているからさ。君がその王に会えなくするために臣下たちが取っている策は、君の目を見えなくすることなんだよ。だから君は、自分がどれほど物が見えなくなってきているのか、気がつかなきゃいけないのだ。じゃあ、とりあえずはこうすることにしよう。もし私が君に今日の午後その王に会わせてやるとしたら、君はこの私に何をくれるかな？」

「ぼくをからかっているのですか？」とアンドレニオは言った。

「いやいや、私はいつも真面目だよ。ただ私が君に望みたいことは、その王に会わせてやったときに、君が相手をしっかり見てくれることだけだ」

「そのあなたの願いというのは、まさにぼくが望んでいることですよ」

そこでふたりは会う時間を決め、翌日にはその時間通り再び顔を会わせた。アンドレニオは意欲をみなぎらせ、老臣は真摯な面持ちを見せている。アンドレニオは、当然のことながら宮廷に案内され、なにかのとりなしか密約があって、中に招じ入れられるものと思っていたからだ。しかしそんな期待とは裏腹に、どんどん町はずれの方に向かって連れていかれる。そして気がつけば宮殿からはますます遠ざかっていくではないか。彼は道を引き返そうとした。こんな遣り口は今までの経験のなかでも、いちばんひどい騙し方に思えたからだ。すると老臣は落ち着きのある態度で彼を押しとどめ、こう言った。

「面と向かって一対一で対面できない相手には、間接的な方法を探ってみることだよ。ほら、あそこに見える塔に登ってみよう。地上から高い場所に登ると、いろいろ新しい発見があるものだ」

ふたりはその塔に登った。ちょうど正面にファリムンド王の宮殿の窓が見える。ここまで来るとアンドレニオが言った。

「ここからなら、今までよりもっと多くのものが見える気がします」

これを聞くと、老臣はほっと安堵の胸をなでおろした。実際にアンドレニオが自分の目で見て、確認することこそが、彼が完全に救われる道だったからだ。アンドレニオは、なにか目につく物はないかと宮殿に視線を集中した。しかしこれといって見えるものは何もない。それもそのはず、窓には分厚いカーテンがおろされ、さらにはステンドグラスがはめてある窓の部分もある。

「そんな風に、ただ漫然と見ているだけではだめだよ」と老臣は言った。「反対側から見ないといけない。世事すべて正面から見たいのなら、ほらこうやって反対を向いた形で見ないといけないのだ」

そう言ってから、胸のポケットから例の鏡を取り出した。薄い絹の覆いをはずし、鏡を目の前に置いてから、逆の方向にある宮殿の窓がはっきり映しだされるように動かした。

「ほら、よく見てみなさい」と彼に言った。「君の望みがこれだけのことで、十分果たせるのだよ」

するとこれは不思議、今まで見たこともないような光景が、そこに映し出されていたのだ。アンドレニオは驚きと恐怖心から、気を失わんばかりだった。

「どうしたんだね、何が見える?」と老臣は尋ねた。

「なにが見えるかですって? ぼくが絶対に見たくないもの、信じたくないものを見てしまいました。妖怪の姿が見えるんです。ぼくが今までの人生で見たなかでも、特別恐ろしい妖怪です。だって、足も頭もありません。なんて不釣り合いな体でしょう! 各部分がまったくばらばらで、体全体の調和なんてありません! それに動物みたいな手をしています。ときによっていろいろ違った動物の手に見えるのです。あるいは動物や魚の肉に見えたりもします。つまり何にでも似ているように見えてくるんですよ。それに口はオオカミみたいで、口の中は真っ暗闇。あの口からは真心からの言葉など出ようはずがありません。キマイラ[23]なんてこの怪物に比べたら、ほんとにかわいいものです。こんな姿なんぞ、ぼくの目の前から取り去ってください。恐ろしくて命が縮む思いです」

しかし、思慮に富む老臣はこう答えた。

「約束を守りたまえ。あの顔をよく観察するのだ。一見したところ、本当の顔にみえるが、実はあれは人間の顔ではなく、狐の顔なんだな。上半身は蛇で、体はくねくね曲がり、内臓は乱雑に引っ掻き回されたみたいに、ぐじゃぐじゃになっていて、今にも吐き出されてきそうだ。脊柱はラクダのようで、鼻にまで瘤ができている。頭の先端は海の魔女セイレンに似てはいるが、じつはもっと醜いというのが全体から受ける印象だ。それに真っ直ぐは歩けない。ほら、首をあんなに曲げているだろう？　背中が湾曲したままでしか歩けない。あれはわざと前かがみになっているのではないのだよ。両手の指も猛禽の爪みたいに曲がっていて、両足はねじ曲がり、目は藪にらみだ。さらに加えて、話す時は裏声しか出ない。だから何事をするに際しても、きちんとした喋り方ができず、ちゃんとした指示を出すこともできない」

「もうそれくらいにして下さい！」とアンドレニオは言った。「ぼくはもう我慢ができません！」

「君が他の人たちと同じ気持ちになってくれただけで、もう十分だ」と老臣は言った。「一度でもあの王の姿を見たら、みんな辟易してしまう。もう二度と見たくなくなるのだよ。これこそまさに私が君に望んでいたことだ」

「人々の頂点に立つこの妖怪とは、いったい何者です？」とアンドレニオは尋ねた。「この恐ろしい王とはだれのことです？」

「これはね」老臣は答えた。「みんなに名前だけは知られていて、実際に会った人がいないというあの王だ。皮肉なことに、もっとも大切なものをもっていないおかげで、すべての人々の王となった人物だよ。みんなが真似をしたがり、親しくつき合いたいと思う人物だ。ところが、だれも自分の家には入れたくないし、できれば他人の家に行ってほしいと願っている。(24)この王こそ、世界中に網を張り、あらゆる人を捕えてしまう、あの腕利きの狩人だよ。一年の前半を支配するご主人であり、あとの半年も同じ役割を果たす。これこそ愚か者たちの元締めであり、彼らが頼りにする大親分なのだが、結局おしまいには罰をくらってしまう。この人物こそ広く世界中のすべての人間のうえに君臨する王なのだが、人間のみならず鳥や魚や獣たちの王でもある。要するにこの人物こそ、かの有名な王、音に聞こえた王、だれにも知られた身近な王である〈まやかし殿〉なんだよ」

「もうこれ以上ここに居ても無駄です」とアンドレニオは言った。「さあ、ここを出ましょう。この王を近くで知れば知るほど、ますます遠く離れていたくなります」

「しばらくお待ちなさい」と老臣は言った。「ついでに、この王の親族たちも知っておいたほうがいいと思う(25)」

そこで、鏡を少し斜めに傾けると、オークが現れた。オルランドの物語に登場するオークよりもっと猛々しい。さらには、センプロニオを味方につけて詐術を弄するあの老婆[26]に似た姿もあった。

「こちらのメガイラ[27]のような女はいったい何者です？」とアンドレニオが尋ねた。

「これはあの王の母だ。彼を支配し、意のままに操っている。これこそほかならぬ〈大嘘さま〉だ」

「えらく老けていますね」

「生まれたのはかなり昔だからね」

「なんという醜悪さだ！　それに嘘の正体がばれると足を引きずって逃げるようです」

「だから、すぐにみんなに追いつかれて、捕まってしまうのだよ」

「大勢の人が彼女のお供をしています」

「世の中の者全員だね」

「それにみんな立派ななりをしていますよ」

「あれはみんな彼女の取り巻き連中なのさ」

「で、あの二人の小人たちは？」

「あれは、〈はい〉と、〈いいえ〉だ。ふたりとも彼女の小姓だよ」

「聞こえてくるのは、空約束、誘い、弁解、お世辞、そしてお引き立てを願う言葉ばかり。彼女への礼賛の言葉さえ聞こえてきます」


老臣はこんどは鏡を左右に動かしてみせた。すると二人の目には、あまり身持ちのよろしくない、いかにも悪賢そうな連中の姿が映し出された。

「あれは王の祖母にあたる〈無知さま〉だ、もうひとりは正室の〈悪意さま〉。さらには姉の〈愚鈍さま〉、あちらに居るのが息子と娘たちだ。〈悪〉〈不幸〉〈苦悩〉〈恥〉〈労苦〉〈後悔〉〈破滅〉そして〈軽蔑〉などの面々。さらに王の横にいるのが、その兄弟といとこたちだ。〈ぺてんさま〉、〈甘言さま〉、〈紛糾さま〉など、この時代の寵児ばかり。どうだアンドレニオ、これで満足したかね？」と老臣は尋ねた。

「満足なんてしていません。幻滅ならしていますが。さあ、もういい加減にして、ここを離れましょう。ぼくは一分一秒が何年もの長さに思えてきます。一つの同じことで、二回もつづけて拷問を受けているように感じます。一回目は何かを手に入れようと苦しみ、二回目は手に入れた後、それを忌み嫌わねばならないという苦しみです」


ふたりはこうして《光の門》[28]を出て、〈まやかし殿〉の都をあとにすることとなった。アンドレニオはまだうれしさも半分といった様子だ。まだ腹の底からうれしさを感じるまでには至っていないのだ。また新たな悩みでもできたのかと、老臣が尋ねてみると、彼はこう答えた。

「そんなこと言われたって、ぼくはまだ気持ちがすっきりしないのです」

「なにが不満なのだね？」

「まだ半分しか満足してません」

「それは何かね、だれか仲間のことかね？」

「いや、それ以上のものです」

「兄弟のことかね？」

「もっと大切なものです」

「君のお父さんのことかな？」

「それに近い存在です。もう一人の自分と言っていいかもしれません。まことの友がそれに当たります」

「なるほど、そういうことか。君が友を失ったのなら、それは大きな損失に違いない。代わりになる友を探すのは、とても難しいことだからね。ところでその友はどんな人だった？　思慮深い人だったかね？」

「ええ、それはもう立派な人でした」

「それじゃ、自分から姿をくらますはずはなかろう。その後どうしているかは判らないのかね」

「ぼくには、アルテミアという名の、賢明で偉大な女王さまのいらっしゃる都へ行くのだと言っていました」

「君の言うように、その友が本当に思慮深い人だとすると、たしかにその都へ行ったにちがいない。安心していいよ。私たちも同じところへこれから向かっていくのだから。私が君を〈まやかし〉の国から連れ出したのだから、〈学識〉の国よりほかに連れて行くわけがないだろう？　それはつまり、その思慮に富む女王様の都へ行くということなんだよ」

「その高い品位を備えているとされる偉大な女王様については、その名前がどこへ行っても引き合いに出されます。いったいどんなお方なんでしょう？」

老臣は答えた。

「高い品位を備えていると君が言うのも、もっともなことだ。つまり学識なくしては品位は生まれないからね。女王については、きわめて高貴な家の出であるという話から始まって、その偉大さについてさまざまな噂が流れている。たとえば、天から降りてこられたお方で、至上の神の頭脳から生まれ出たのだと言う人もいる。また一方では、〈経験さま〉の妹である〈観察さま〉と〈時間殿〉との間にできた娘であるとする人たちもいる。さらにもっと大胆な見方をする人たちの中には、〈臓物さま〉の孫娘である〈排泄さま〉から生まれたと主張する向きもある。しかし私にはちゃんとわかっていることなのだが、女王は〈分別さま〉から生まれた子供であることには間違いない。彼女の精神は遠い昔にもすでに生きていたのだ。だから例えて言うと、彼女は少女みたいな幼い存在ではなく、すべてにおいて成熟した人間と見られるべき存在なのだよ。彼女の精神は過去の王国では高く評価され、宮廷においてもその考えは受け入れられてきた。たとえば、その精神はまずアッシリアの人々の間で受け入れられることから始まり、そのあとエジプト人とカルデアの人々に多大な影響を与えることになった。さらには次には偉大なギリシャを舞台にして、アテナイ、コリントス、スパルタでも高い評価を受けた。そしてローマ帝国にもその精神は受け継がれ、市民が着用するトガが、勇者たちのもつ武器に勝ると言われたように、人々には彼女の精神を武力に勝るものとして、褒め称えたのだよ[29]。しかし無教養なゴート族の時代になると、彼女の精神は軽んじられることになり、彼らのすべての支配地域から追放されてしまった。さらに時代が下がって、野蛮なモーロ人たちは、彼女の精神性を否定し、根こそぎ排除しようとさえしたのだ。そこでかの有名な分割統治時代のカール大帝のもとに身を寄せざるをえなくなり、その庇護のもと、再び彼女の精神は高い評価を得ることとなった。さらに今の時代に至ると、新旧両世界に広大な領土を有し、世界に冠たる強力な帝国を形成するスペインの名声にいざなわれるようにして、女王は自分の精神を正しく評価してくれる、この威厳にみちた町に居を移すことにしたのだよ」

「しかしなぜ、そのスペインの帝都にお住みにならないのです?」とアンドレニオは尋ねた。「それほど広大な帝国のすべての地域の民から称えられ、教養ある宮廷人たちから敬われているというのに。なぜこんな場所に、我慢のならない下劣な連中と肩を寄せ合うようにして、生きていかなければならないのです?　都会に住む者が幸せであるとするならば、その都会が大きければ大きいほど、もっと幸せになれるはずです」

「それはなぜかといえばだね、彼女はさまざまな可能性を試してみたいからだよ」と老臣は答えた。「つまり、宮廷では彼女の精神はなかなか生かされなかったことが原因だ。宮廷内では多くの敵がいて、悪徳に浸る者の数も多いのだよ。実際に宮廷に住み、そこで宮廷人たちと生活を共にしてみると、さまざまな不幸や悪意に苦しめられ、人々には誠の心が欠け、欺瞞があふれていることを身をもって体験したわけだ。それにあの世界では、思い上がった連中が多く、それだけ人々の愚かさが幅を利かせていることにも気がついたのだ。私は女王から何度もこんな話を聞かされた。あちらの都には文化と教養があふれているとするならば、こちらの町には人々の優しさにあふれているのだと。また、あちらの都にはたくさんの官職が用意されているとするなら、こちらの町には自由な広い空間がある。あちらにはさまざまな働き口があるとするなら、こちらには自由な時間がある。あちらではただ便々と日を送るだけなら、こちらでは実のある暮らしを楽しむことができる。これこそ生きることであり、あちらではすべて死に絶えてしまっているのだ、とね」

「それは確かにその通りなんですが」とアンドレニオが答えた。「ぼくは愚か者を相手にするくらいなら、まだごろつきの方を選びますね。もちろんどちらも感心しない相手であることは確かですが、やはり知性を備えた者にとっては、愚かな連中には我慢なりません。この点では賢明なる女王アルテミア様には、お許しを乞わねばなりません」

さて、目の前にはすでに女王の城郭が、天上の世界とも見まがうように、その光り輝く姿を現わしていた。建物にはぎっしりと文字が刻み込まれ、そのてっぺんには女王の勝利を称える銘板が飾られていた。彼らは賑やかな歓迎を受けた。老臣はその働きを称えられ、アンドレニオは人々の抱擁を受けた。女王はアンドレニオの身の安全を守ることを約束し、惜しみなくさまざまな便宜をはかってくれた。さらに女王アルテミアは二人の客人を称える意味で、素晴らしい秘術をみんなに披露してみせたのである。これはそこに居合わせた者全員のためのものではあったが、なかでもふたりの客人、とくにアンドレニオに対して施した魔術であった。こうしてわずかな時間で、アンドレニオは将来のための多くの知識をすべて教え込まれ、立派な人間としての成長を果たすことになったのだ。もしたったひとつの助言が、人間を一生幸せにするだけの力を持っているとするならば、あれほどの数の重要な助言は、アンドレニオにとって計り知れない効果を生むことになるはずだ。女王は、アンドレニオの生い立ちと、その後の出来事についての話を聞かされると、その物語を大いに楽しむとともに、彼がたどってきた数奇な運命に大きな関心を示した。好奇心を刺激されたのか、さまざまな質問をアンドレニオに投げかけ、とくに彼が初めてこの世界を目にしたときの感動や、宇宙という名の大劇場を知ったときの驚きにつき、何度も繰り返し語らせた。

「ところで、あなたに一つ訊いてみたいことがあるのです」と彼女はアンドレニオに言った。「あなたは、神の素晴らしい創造物を初めて目にし、その見事な出来栄えに感動を受けたわけですが、そのなかでも特にあなたの心に響いたことって何でしょう、それをぜひ知りたいのです」

これに対するアンドレニオの答については、次考で語ることとしたい。

第九考
人間精神の解剖

ビアンテ[1]のかの有名な《汝自身を知れ》という名言を、古代の人々はデルフォイの神殿の壁面に金文字でしるし、その教えを永遠のものとし、賢者たちはさらなる崇敬の念とともに、心のなかにこの名言を刻みこんでいる。神の創造物のうち人間を除けば、その造られた目的から外れて行動しているものはいない。人間だけに与えられた自由意志という尊い財産が、かえって過ちを招き、人間はとんだ間違いを起こしてしまうからだ。自分自身についての知識を持たぬ者は、自分以外についても深く理解することはできない。もし自分自身のことさえ分からなければ、ほかのすべてのことを知ったとしても、それがいったい何の役に立つというのであろうか。人は悪徳に屈するたびごとに、自分の奴隷であるべき者の奴隷になり下がってしまう。自分自身に無知であることは、ちょうどスフィンクス[2]が追剝になって旅人を困らせたように、これほど人生の旅人を困らせるものはないのである。そして多くの人が、自分が何も知らないという事実を知らず、また自分が何にも気づかないことを自覚できないがゆえに、その愚かさに対して罰を受けるのだ。この世間によく見られる愚かさが、少なくともアンドレニオには当てはまらないように思えたのは、彼の身の上に興味を抱いたアルテミアの問いかけに、こう答えたときであった。

「ぼくはこれまでいろいろ素晴らしいものを見てきたし、あの日以来たくさんの喜びを手にすることができました。でもそんななかでも、ぼくの心をいちばん満たしてくれたのは、このぼくという人間自身です。こんなことを言うのは少しおこがましいのですが、でも本心です。自分自身の姿をしっかりと確認すればするほど、ますます深い感動を味わっていくことができたのですから」

「私があなたの口から聞きたかったのは、まさにその言葉です」とアルテミアは称えた。「並み居る賢者のなかでも最大の教父とされている、あの尊いお方[3]も同じ考えでした。人間のためにさまざまなすばらしい事物が創造されたとはいえ、人間そのものこそ最高の創造物であると述べておられます。これと同じ考えを、あの大哲学者[4]は味わい深い言葉を通して、広く一般にすでに知らせてくれていました。《その者のために他者の今の存在があるのならば、その者の存在はだれよりも勝る》というあの教えです。ですから、人間のためにあれほど立派な宝石が産み出され、あれほど美しい花々が咲き、またあれほど輝かしい星が創造されたのだとすれば、これを贈られる人間はさらに優れた存在でなければなりません。人間とは私たちが目にするものの中で、もっとも気高い神の創造物であり、この世界という名の偉大な宮殿のなかの君主であり、地上を統括し、神によって、神のために、神自体から造られた天上の世界に登る望みを与えられた存在なのです」

「初めのうちは大ざっぱな形でしか、自分の姿を想像できませんでした」とアンドレニオが先ほどの話をつづけた。「でも不思議な運命のおかげで、自分の姿をはっきりと捉えられたのは、あの泉の水に映った自分の姿を見たときでした。それまでは他人だと思っていた者が、実は自分自身だということに、そのとき気づいたのです。あの時の感動と喜びは言葉で表すことはできません。自分の姿を何度も何度も見返しながら、そんなことをしてじっと考え込んでいる自分は、それほど愚かな人間ではないのだと思ったのです。まず初めに見て判ったことは、体全体の形でした。真っ直ぐに立ち、どちらの側にも傾いていない体形をしています」

「人間が造られたのは、天の栄光のためです」とアルテミアが言った。「ですから天に向かって成長していきます。そして、そうやって体が真っ直ぐ上に伸びてゆく動きの中に、精神の成長が表されているのですよ。この二つの動きはちゃんと連動していて、もし不幸にも体の成長が欠けてしまった者は、さらに不幸なことに、第二の成長も損なわれてしまう結果になってしまいます」

「仰せのとおりです」とクリティーロが言った。「たとえば背中でも、体のどこかが曲がっていたりすると、その心も曲がっているのではないかと、ついつい疑ってしまいます。体に大きな皺など見つけると、ひょっとして心にも襞ができているのではと、考えたりしてしまいます。どちらかの目が霞んでしまった人をみれば、なにかの情熱で目が見えなくなったのだと、我々は思いがちです。さらにもっと気をつけなければならないのは、斜視の人たちに対してです。これがまったく目が見えない人に対してなら、ふつう私たちはいたわりの気持ちをもつのですが、それとはまた違った気持ちをもってしまいます。足の悪い人は、美徳の道で躓きやすく、ときにはごろごろ転がってしまうことさえあります。意志の力が体の不具合により、弱まってしまうからです。手の自由がきかない人は、仕事を上手に仕上げることがむつかしく、他の人たちに善行を施す作業に支障が出てくることもあります。しかし、賢明な人々に理性さえ備わっていれば、こんな忌まわしい思い込みをすべて覆すことができるのです」

「ひょっとして間違っているかもしれませんが」とアンドレニオが言った。「ぼくとしては、頭のことを霊魂の砦、あるいは精神力の宮殿とでも呼びたいと思っています」

「あなたのおっしゃるとおりですよ」とアルテミアは認めた。「神はあらゆる場所にいらっしゃるのは勿論のことですが、とくに天上をおもな居場所とされ、そこでは偉大な存在として受け入れられています。それと全く同じように、人間の霊魂は、自分の体で一番高い場所にある頭にその位置を占め、天球を象徴する役割を果たしています。霊魂を目で捉えたい者は、相手の両目のなかにそれを探してみるべきです。霊魂の声を聞きたい者は、相手の耳に話しかけることです。こうして頭は、その権威を示し、与えられた役割を果たし、物事の意味を的確に捉えたうえで、さらに命令を下すために一番高い位置を占めているのですよ」

「そのことに関しては、私も気づいたことがあり、とくに注意を払っています」とクリティーロが言った。「それは、大きな集合体をなす体は、たくさんの部分から出来上がっていて、骨だけでも、ゆうに一年の日数に匹敵するほどの数があるということです。しかし、体の部分はたしかに多いのですが、きちんと調和のとれた形で、一定の数を基準にしてまとめられています。たとえば、人間の感覚は五つ、体液は四種類、霊の力は三つ、目は二つという具合です。これらの部分は、すべて一つにまとめられ、人間の頭に置かれています。この頭が担っているのが、大宇宙を統べる神の力にも相当する働きです。つまりこれは、神の力のもとに各種の創造物が一つにまとまり、大宇宙全体が神に従っているのと同じ理屈だと思います」

「人間の知力は魂の中でもっとも清く、崇高な位置を占めています」とアルテミアが言った。「それに人間の肉体活動においてさえも、三つの精神力のなかでも最重要の要素として知力が働き、王あるいは主君のような立場に立ちながら、暮らしのなかの諸活動を律するものとして抜きん出た力を発揮しています。人間の精神を高く飛翔させて対象に近づき、さらにその中まで入り込み、対象を細かく分析し、考えを巡らせ、問題には的確に対処し、本質を理解するのです。知力こそが魂を飾るにふさわしい能力であって、純真無垢な人間のなかにその居場所を見つけ出しました。さらに物事を思考するにあたっては、あらゆる不鮮明さを避けるように仕向けてくれ、人との交友においては、一つ残らず偏見を排除してくれます。こうして柔軟な頭脳をもつ人間として、従順さ、節度、慎重さといった才覚を確実に自分のものとしてゆくのです。魂の三つの力[5]のうちの一つである記憶力は、すでに過ぎ去ったことに対して作用する能力です。ですからその意味において、魂の三つの力のうちの判断力は、前の位置に立って前方を見つめる役割を担うのに対し、記憶力はずっと後ろに位置して、後方を見つめる役を担当することになりました。記憶力は過去に起こったことから目を離すことはありません。私たちは一番大切なものを、よく後ろに置きざりにしてしまったりするからです。ですからそんな不用意な行いに警告を発するために、すべての分別ある人々をヤヌス[6]のような人間にさせたのでした」

「髪の毛は人間にとって必要なものというより、飾りの意味をもつようにぼくには思えます」とアンドレニオは考えを述べた。

「髪の毛は人間を木に例えるなら、根っこの部分に当たります」とアルテミアは言った。「人間を天上に根づかせ、その心を優しく天に導いてくれます。ですから人間はたえず天上の世界に注意を払い、そこから大切な栄養を摂取しなければなりません。体に付属する部分という意味で捉えれば、髪の毛は私たちの年齢を表すものであり、その色の変化とともに私たちの性格も同じように変化してゆきます。額は晴れたり曇ったりする空のようなもので、私たちの心情を表す働きをしています。つまりあらゆる感情が、そこに集約されて出てくるのです。犯した罪がそこにはっきりと記されていたり、欠点が際立って見えたり、激しい感情が白日のもとに曝《さら》されたりします。張りつめた額は怒りを、張りを失った額は悲しみを、青くなった額は恐怖を、赤く染まった額は恥ずかしさを、皺だらけの額は表裏のある心を、滑らかな額は心の純真さを、平べったい額は厚かましさを、広い額は豊かな能力をそれぞれ感じさせます」

「でも人体の部分のうち、とくにぼくが素晴らしいと思ったのは」とアンドレニオが言った。「目なのです」

「その目のことを、かのガレノスはどう呼んだのか知ってるかね？」とクリティーロが言った。「偉大な医者として長寿の秘密を解き、自然の大研究者と呼ばれたあのガレノスだ」

「どう呼んでいますか？」

「《目は神の器官である》、とまことに巧みに表現している。これはよく観察してみると分かるはずだ。目は神の威厳を漂わせ、畏敬の念を与える力をもっている。目はある種の普遍性をもって機能し、全能性さえ感じさせる。つまり、実際に目に感じとったことを、ひとつの像と概念の形で魂のなかに刻みこむのだよ。あたかも無限の広がりを手に入れたごとく、あらゆる場所に入り込み、ほんの一瞬だけではあっても、少なくとも全世界の半分ほどを支配した気持ちにさせてくれる」

「それはそれとして、ぼくにはとても気になることがあります」とアンドレニオは言った。「それはですね、人はすべてのことを自分の目で見るのですが、自分自身を見ることはしません。それに、これは愚かな人たちに特有の行動なのですが、目の中にある大きな丸太さえ見えないのです(8)。他人の家で起こることは、すべて見てしまうのですが、自分の家のことについては、まったく目が見えていません。でも人間が自分自身を見つめることは、決して悪いことではないはずですよね、たとえば自分の行き過ぎた情熱を抑え、節度を保ったり、自分の醜悪な面を正したりできますから」

「それができれば素晴らしいことでしょうね」とアルテミアが言った。「短気な人が自分の眉間に恐ろしい皺を寄せているのを見て、自分の姿に震えあがったり、お上品ぶった柔弱な殿方が、自分の身のこなしをしっかり確かめてみることも大切です。そうすれば、高慢な人たちも、ほかの愚か者たちと同じように自分の姿に恥じ入るはずです。そんなこともあって大自然は、人間が自分の姿を見つめたときに、自分に都合のいいことばかり考えないように、慎重な心配りをしてくれています。ですから、自分の姿を見て慢心するような愚か者にならないように、たとえどんな恐ろしい形相の人であろうと、ただひたすら自分自身だけを見つめることだけに集中し、他のことは何も見ないようにと考えてくれました。他人を見る前に、ちょっと自分の手を見つめてみるだけで十分です。そこで必要なのは、これまで自分がやり遂げたことを、もう一度振り返ってみることと、誇りに思えるようなことを思い起こしてみることです。それと同時に、自分の両足をじっくり見なければなりません。自分の虚栄心をその足で踏みつぶし、いま自分はどこに足を置いているのか、どこに向かおうとしているのかを知り、どれほどの速さで目標に向かって進んでいるのかを確認することが大切です。これこそ本当の意味で、《眼をもつ》ということです」

「その通りだと思います」とアンドレニオは答えた。「でも、それだけたくさんのことを一度に見るためには、目が二つだけでは、少ないように思います。おまけに二つの目は、お互いすぐ横に並んでいるわけですから。この壮麗な宮殿はいたるところ宝石でいっぱいのはずですが、目が二つだけでは、とうてい全部を見渡せません。できることなら、二つの目をお互いもっと離せばいいのです。たとえば一つの目は、前に現れるものを見ることにして、もう一つは後ろに着けて後方を見るのです。こうすれば、人間は何事も見落とさないはずです」

「そんな意見を主張している人は、すでに何人かいるね」とクリティーロがそれに答えた。「大自然に対して、そんな軽率な間違いを犯したと言って責め立て、彼らの考えでは目の数を二倍にしたら、完全な人間が完成するはずだと主張したのだよ。ところがそんな人間は、二つの顔を持つことになるだけのことで、顔が二倍になったというより、二重人格の人間になってしまうだけのことだ。もし目をさらにつけ加えると仮定した場合、この私だったら、むしろ顔の横につけたいね。耳の上部にぱっちりと大きく見開いた目をつけるわけだ。これならだれが横にいるのか分かるし、だれが友人みたいな顔をしてにじり寄ってくるかも、ちゃんと御見通しになる。こうすれば、横合いから飛び出してきた敵に、致命的な傷を負わされることもなければ、命を落とすようなこともない。誰と話しているのかはもちろん分かるうえに、横にいて腕を組んでいる者の正体も見抜ける。それこそ人生を送る上での最大の要点の一つだといえる。よくない仲間と一緒にいるくらいなら、たった一人でいたほうがずっといいわけだからね。しかしきみが知っておくべきは、たとえ目が二つだけしかなくても、うまく使いさえすれば、もうそれだけで何にでも十分役立つはずだということだよ。両目で正面からこちらに向かってくるものを捉え、さらに横目を使って横合いから飛び出してくるものを捉えればいいだけのことだ。注意深い者にとっては、ただ一瞥するだけで、そこにあるもののすべてを十分把握することが可能なのだよ。そのためにこそ、目は球形に造られている。球形は視覚を働かせるためには、もっとも理想的な形だからね。四角形のような角がないので、目に触れるべき大切なことが隠れてしまうこともない。それに目は顔に置かれていることこそ好都合なのだよ。なぜなら、人間はいつも前方と高いところを見ていなければならないからだ。もし脳にも別の両目が付いていたとしたら、一方の両目を天に向けると、もう一方の両目は地面あたりを見ることだって起こりうる。そんなことにでもなったら、信仰の対象が分裂してしまう事態だって生じかねないね」

「目に関しては、もう一つ不思議な発見がありました」とアンドレニオは言った。「それは涙を流せるということです。でもぼくの考えでは、とても愚かな目の機能だと思います。だって、不幸な運命を泣いてみたところで、なんの助けにもならないではありませんか。せいぜい苦しみを増やすのに役立つだけのことです。むしろそれとは反対に、世の中の人を笑い飛ばすこと、世事にはとらわれないという態度こそ、生きるすべを知っている人がやるべきことです」

「でも、大事なのはそこなんです」とアルテミアが言った。「悪を見抜くのは他ならぬ目なんですよ。だから目がその不幸せを涙で洗い流してくれるのです。あなたもすぐに気づくでしょうが、苦しみに敏感でない者は、まったく人間らしい感性を失ってしまった人です。しかし知識を重ねていく者は、同時に苦悩も多く感じていきます(9)。笑うというその俗っぽい行為は、愚か者の口から出るに任せておきましょう。誤りを多く犯すのがその口ですから。両目は真実を取り入れる働きを忠実に果たす、入り口の役割をしています。大自然は人間に細かな配慮を示して、両目をお互いあまり離さないように、同じ一つの場所に並べて配置しただけでなく、その働きにも緊密なつながりを与えてくれました。つまり、それぞれの目が、別々のものを見るのを許さず、二つ揃って同じ一つの真実の証言者とならせたからです。だから、二つの目で、同じ一つのことを一緒に揃って見なければなりません。たとえば一方が白を見て、もう一方が黒を見るなどということは、あってはならないのです。そこで両目はお互い、色や大きさなどすべての点で似せて造られ、どちらの目が見たとも特定されず、また相異なる二つの証言が出てこないよう工夫されているのです」

「結局のところ」とクリティーロが言った。「体の中における目の働きというのは、いわば天空に輝く二つの星のようなもので、霊魂のなかでの知力にあたる役割を果たしているのだね。目はほかの感覚の代理を務めることができるが、逆に目が欠けたときには、残りのすべての感覚がいくら力を合わせても、その欠を補えない。つまり目は単に物を見るだけでなく、聞き、話し、命令し、質問し、答え、争い、人を恐れさせ、親しみを覚えさせ、優しくもてなし、人を拒否し、人を惹きつけ、熟慮するなどなど、要するにあらゆる働きを行うことができる。そしてもっとも注意を引くことは、どれだけ物を見ても、疲れてしまうことがないことだね。これはちょうど、俊英たちの集団のいわば目の役割を果す賢人たちが、どれだけ知識を重ねても、決していやにならないのと同じことだ」

「大自然は人間にはとても温かい心配りをみせてくれています」とアンドレニオが言った。「それは、それぞれの感覚が占めるべき場所として、その重要度に従って、なるべく高い位置を順次指定していっているからです。最も高貴な働きをする感覚には、いちばんいい位置をとらせ、人間生活の崇高な活動が、直ちに他の人たちの目に入るようにしてくれました。その反対に、人に見られると恥ずかしい器官とか品に欠ける器官は、必要であることには変わりがないものの、人目につかないように、もっと奥まった場所に追いやられています」

「そう、そんな形で大自然は、人間が品位や節操をしっかり守れるようにしてくれたのだよ。だから女性の乳房も、ちゃんと品位を保ち子供に栄養を与えられるような位置に置いてくれたわけだ」

「大自然は両目の次に、聴覚には第二番目にいい場所を指定しました」とアンドレニオは言った。「耳があんなに高い位置についている点に関しては、とてもいいことだと思います。でも正直なところ、頭の側面にあるのは、ぼくはあまり好きではありません。だってこの配置だと、嘘が簡単に侵入してくるのを、あっさり認めているように思えるからです。真実はつねに正面から堂々と入ってくるのに、嘘は横合いからこっそり忍び込んできます。耳の位置は目の下あたりの方が、ずっといいのではありませんか？　そうすれば、まず聴覚から入ってくることを両耳できちんと調べて、嘘や偽りが入ってくるのを、そこで阻止できますから」

「なるほど、よく分かっておられるわね」とアルテミアは言った。「たしかにいちばん具合が悪いのは、目が耳と同じように頭の側面に置かれたりすることでしょうね。だってそうなってしまったら、この世には真実がきっと残ってしまわないのではないかと、私は思います。もし私が別の配置ができるとしたら、耳は目からずっと遠くに下げてしまうか、または脳の後ろ側につけるでしょうね。こうすれば、後ろで自分の噂をしているのがちゃんと聞き取れますし、それこそが嘘のない、真実の話でしょうからね。そうなったら裁判なんて、とても簡単に済んでしまうことでしょう。いやらしい性格をこっそり垣間見せる美しいご婦人方、自分の金に執着する大金持ち、願い事ばかりしている貴族たち、何にでも口を挟んでくる役人たち、そのほか後ろでこっそり本音を漏らす人たちなど、そんな人たちの嘘が簡単にばれてしまいますからね。そうなったら裁判なんて、いっそのこと目なんか見えない方がうまくいくことになるかもしれません。でもそれも困りますから、やはり耳は今まで通り頭の側面にあってくれるのが、一番いいようです。顔面にくっつけられたりして、いい加減な情報を慌てて耳にしない方がよいのです。それに後頭部につけるのもいけません。そんなことにでもなったら、遅まきの情報しか入ってこなくなりますからね」

「もうひとつぼくにはどうしても納得がゆかないことがあります」とアンドレニオが言った。「目にはまぶたという、戸板のようなとても大切な役割を果たす部分があります。あれは本当に理想的な場所を与えられていて、だれにも目をのぞき見られたくない時とか、見る価値のないものをあれこれ見せられるのが嫌な時などに、目に蓋をしてくれます。それならなぜ、まぶたと同じような戸板を、耳にも造ってくれなかったのでしょう？　たとえば強固な二重戸にしてぴったり閉じることで、聞こえる話の半分は聞かなくて済むようにすればいいのです。こうしてくれたら、人は馬鹿話に耳を貸さなくて済みますし、つらい思いをすることから解放されます。これこそ我々の生活を守る唯一の砦になります。こうして考えてくると、ぼくは大自然に対しては、手抜き作業をしたということで非難せざるを得ないのです。それにもうひとつ。舌はなるほどきちんとした理由から、二つの防壁に挟まれる形で取りつけてくれました。つまり舌という暴れ者が、歯という名の柵と唇という堅い扉の中に閉じ込められているのです。耳はあれほど好き放題に、偽りの世界に身を曝しているのに、どうして目と口はこれほど不利な条件を与えられねばならないのか、ぜひ教えていただきたく思います」

「聞くときには、どんな場合であれ決して扉を閉ざさない方がいいのです」とアルテミアが答えた。「耳は教えの扉ですから、その扉は常に開けておくべきです。それに大自然はもうひとつ細やかな配慮を示してくれました。それは、あなたの言う戸板を取り外してしまっただけでは満足せず、ほかの動物ならいざ知らず、人間に対してだけは、耳を立てたり寝かせたりして動かすことも拒否しました。こうして人間の耳だけはまったく静止したまま、いつも油断なく緊張を保っています。耳を澄ませて聞かねばならない時に、ほかの動物のように忙しくぴくぴく耳を動かすことなど人間にはふさわしくないと、きっと思ったからでしょう」

「耳は四六時中、謁見を許しているようなものだね。たとえ霊魂が静寂の世界に引き籠っているときであれ、それを許してやっている。だからこそ、耳はその見張り番として夜通しの警備をしてやることが、より必要となってくる。もしその見張りがいなかったら、いったい誰が危険を知らせてくれるのか？　もし霊魂が怠けて、昼寝でもしていたとしたら、いったい誰が目を覚ましてやれるのだろう？　見ることと聞くことの間には、これほどの相違があるのだよ。分かりやすく言えば、目は自分が欲するときに、自分なりのやりかたで、対象物を探すのだが、耳に関しては、逆に対象物が耳を探しにやってくるのだ。見る対象物はそのまま残るわけだから、必ずしも今だけしか見られないのではなく、あとになっても見ることができる。しかし耳にする言葉は足早に通り過ぎていく。まさに一瞬の機会こそが勝負になるのさ。舌が二重にも閉じられていて、耳が二重に開放されているのは、好ましいことなんだよ。それはなぜかといえば、聞くことは、話すことより二倍の量でなければならないからだ。私の経験から自信をもって言えることは、耳に入ってくる話の半分、あるいはそれ以上は、愚にもつかないたわごとであって、ときには人を傷つける場合さえあるということだ。しかし、これにはいい対処法があるのだよ。それは聞こえないふりをすること。これなら簡単に実行できるから、やはりどう考えても最良の方法といえるね。ちょうどこれは、よく賢者が耳に手を宛《あて》がうポーズをとるのに似ていて、素晴らしい効果を発揮するんだ。たとえば理屈の通らない話をくどくど聞かされた時などには、目のまぶたの厚さで防御する程度では、耳の蓋としては何の役にも立たないね。そこで両手を使って耳に蓋をすることが必要となってくる。両手を耳に当てると、相手の話をよく聞こうとする姿勢に見えるのが普通なのだが、ところが両手を巧みに宛がうと、結構耳の蓋の助けにはなるね。私たちも蛇の抜け目なさに学びたいものだよ。蛇使いの魔術から逃れるために、蛇たちは片方の耳をぴったり地面に当て、もう一方の耳を尻尾の先で覆い、何も聞こえないようにするそうだからね」

「じゃあ、こんなやり方はいかがでしょう。女王様にもご賛同いただけるはずです」とアンドレニオが私見を述べた。「両方の耳の中に、耳栓の代わりに小さな弁のようなものを置くという考えはまんざら悪くはないと思います。これがあれば、いくら手ごわい敵でも、そうそう簡単には入ってこられません。毒蛇がピューピュー鳴らす音、船人を惑わすセイレンの歌、お追従、陰口、中傷、不協和音、あるいはこれに類する不快な音が耳に入ってくるのを、すべてそこで締め出してしまいます」

「なるほど、あなたのおっしゃることには一理ありますね」とアルテミアが答えた。「まさにそのために大自然は、耳の形を考えて造り、耳に言葉の漉し器としての役割や、知識を集める漏斗としての働きを与えてくれました。細かに耳の形を観察してみるとよくお分かりになると思うけれど、大自然はすでに前もって、あなたが指摘した問題への対処法をちゃんと考えてくれているのですよ。つまり耳という器官を、数えきれないほどクルクル旋回を繰り返す迷路の形に造ってくれています。ちょうど城塞の側堡《そくほう》か格子門のようなものです。こんな形で耳を造ることで、相手の言葉が濾過され、論拠が簡潔にまとめられるうえ、さらには嘘とまことをきっちり見分けるための、時間の余裕をとることができます。さらに耳の奥に入ると、澄んだ音を出す鈴があります。そこで相手の声が響くと、その声に反応して鳴る鈴の音によって、その言葉が偽りかどうか、不誠実かどうかを判定するのです。それにあなたも気がついたかもしれませんが、さらに大自然は耳の中に苦いリキュールのような液体まで出してくれています。世間の俗説では、それは小さな虫が耳に入ってくるのを防ぐためで、べとべととして苦い液体によって虫が行く手を遮られ、死んでしまうのだとされていますが、あなたはどうお考えですか？　でも実際は、その液体というのはそれ以上のことをめざし、もっと高い目標を掲げていると思います。虫なんかよりもっと有害な邪魔者が入るのを防ぐために、あの防御策が考えられているのですよ。たとえば、キルケ[10]のような甘い言葉を相手からかけられたとすると、その言葉がその苦い液体と一緒になり、わざと不快感を催すように考えられているのです。こうすればおべっか使いの甘い偽りの言葉が、そこで止められてしまうことになります。またこれとは別に、甘すぎる味を適度に落としてくれる、思慮分別の厳しい味にも気づくことにもなります」

「それでもなお多くの人たちが、甘い言葉を嫌になるほど聞かされますから、そのために例の苦い液が解毒剤として用意されているのだと私は思います」と今度はクリティーロが、アルテミアに対して意見を述べた。「要するに、耳が二つあるのは、賢者がのちのち違った見解をも聞けるように、一方の耳だけはまっさらな状態にしておくためですよ。だから、私たちも同じ話は二度に分けて聞くべきですし、もし先に嘘が片方の耳に入り込んでしまったときには、ふつうならばもう一方の耳は後で入ってくることが多い真実のために、まっさらな状態に保っておくようにしなければなりません」

「嗅覚はたしかに楽しい思いをさせてくれることもありますが、あまり役に立っているようには思えません」とアンドレニオが言った。「実利性よりもむしろ、個人の嗜好のためにあるように思えます。もし実利性があるなら、なぜ鼻がもっと大切な他の感覚を後回しにしてしまい、見た目には三番目に重要な位置を占めなければならないのでしょう？」

「いや、それでいいのです」とアルテミアが応じた。「嗅覚こそ抜け目のなさを身上とする感覚なのですから。だからこそ、鼻は一生を通じて成長しつづけます。それに私たちは鼻を使って呼吸をしますから、これほど重要な器官は他にありません。悪臭と芳香を選別し、名声のかぐわしい香りが心に平安を与え、栄養をもたらしてくれていることを感じとります。腐敗した空気は、人に害をもたらし、内臓まで腐らせてしまいます。そこで私たちは鋭い感覚を抜け目なく駆使して、日常生活のなかで漂う芳香なり悪臭なりを、遠く離れたところで嗅ぎ取り、霊魂までが悪臭に汚染されないように気をつけておく必要があります。だからこそ、あれほど高い位置に鼻が配置されているのですよ。嗅覚は盲人の案内人のような役割を果たしてくれて、たとえば腐った食べ物を察知する舌の役割をこなし、食べようとする物の毒見役まで兼ねてくれます。それに花の香りを楽しませてくれ、人々の美徳や勲功や栄誉からにじみ出るふくよかな香りで、私たちの頭脳に活力を与えてくれます。このほか嗅覚は、天下の偉材や貴紳をその香りによって見抜いてくれます。それは竜涎香《りゅうぜんこう》の香りがするからだ、などという俗っぽい性質の話ではなく、優れた性格や目覚ましい業績からにじみ出る香りであり、俗人とはくらべものにならない芳香が、自然にその人の体から放たれるからです」

「その意味では、大自然はたくさんの恵みを、人間に与えてくれたわけですね」とアンドレニオは言った。「それぞれの器官に二つの機能を与えてくれ、一つは重要な働きを、もう一つはそれに付随する二次的な働きを、それぞれ担わせています。そんな形で、機能を掛け持ちさせることで、造る器官の数をあまり多くせずに済ませるようにしたわけですね。そんな事情から頭部からの排泄物を、鼻孔を通して品よく外に出せるように、鼻の配置が考えられたのだと思います」

「とくに子供に関しては、確かにそう言えるね」とクリティーロが答えた。「しかし大人になると、むしろ心の中にため込んだ過度の情熱を排除するのに使うようになる。鼻孔を通して、うぬぼれ心や傲慢さを含んだ空気が、鼻息荒く外に吐き出され、そのときに危険な立ちくらみに見舞われたり、場合によっては理性まで失ってしまうことだってある。それと同じように、心臓も鼻孔を通して気持を晴らすこともある。溜りにたまった情感が、煙となって蒸発していくからだね。またときには、鼻を手で押さえる動作をして顔を隠し、不謹慎な笑いをごまかしたりすることもある。鼻の形は、整った顔立ちをつくるためには大切な要素であり、少しでも勝手に動かれてしまうと顔全体をとても醜くしてしまう。鼻はまるで心の中の時計の針のようなもので、どんな性格をしているのかを知らせてくれもする。たとえば獅子鼻は勇気を示し、鷲鼻は寛容さを、長い鼻は温厚さを、鋭くとんがった鼻は学識を、ずんぐりした鼻は愚かさをそれぞれ表すのだよ」

「見ること、聞くこと、匂いを嗅ぐことについて、こうして話したあとは」とアンドレニオが言った。「当然のことながら、次は控えめなお喋りの仕方ついてのお話に移らないといけないのではないでしょうか。霊魂が宿る家としてのわれわれの肉体で、その正門にあたる場所が口だと思います。ほかの門からは物体が入ってきますが、正門からは霊魂そのものが外に出てゆき、言葉を通して魂の中身が披露されるように思います」

「その通りです」とアルテミアが応じた。「人間の顔とは、いわば精巧に作られた神の作品のファサードで、先ほどまで話していた三つの感覚が均等にそこに配置されています。ところが口は、生身の人間が外の世界に出るための門となっています。だからこそ、歯によってしっかり守られ、殿方のおしゃれとしての口髭によって飾られています。さらに口は、舌という人間の最高かつ最低の器官の助けも受けています。《シタ》という呼び名は、人間の心が命ずるところに、直接《シタ》がっていることから、そう呼ばれているのです」

「ぼくにはなかなか理解できないことがあります」とアンドレニオが言った。「それは賢明であるべき大自然が、どんな意図のもとに食べる行為と喋る行為を、口という同じ場所で一緒にやらせたのか、ということです。それぞれの活動に、いったいどんな関連性があるというのでしょうか？　一つは獣だってやるごく卑しい活動ですが、もう一つの方は人間だけに限られた高貴な営みです。そのうえ、この事実からとても不都合なことが生じてきます。第一に、食べた物の味が、まるで舌になじんでしまったような話し方をしてしまうことです。たとえば、食べた物にしたがって、甘ったるい話し方をするときもあれば、苦い話をするときもあり、酸っぱいときもあれば、ピリッと辛い話し方にもなるという具合です。それに、食べた物のごく具体的な特徴が、話す時の調子にも反映されてしまいます。たとえば、言い淀んだり、どもったり、虚勢を張ってみたり、言葉を濁してみたり、俗なことばを使ったり、ほっとした口調になったりするのです。こんな具合なら、いっそのこと舌の役割を魂の言葉を直接伝えることだけに絞ったほうが、ずっといいのではありませんか？」

「ちょっと待ちなさい」とクリティーロが言った。「たしかにきみの主張は筋が通っているように思えるし、私もうっかり自分の考えを改めてしまいそうだ。しかし、きみの言うことは一応認めるとしても、大自然を統べる神の摂理を考えてみたとき、味覚の働きと言葉を喋る働きが、舌のなかで両立していることが、私にはとても都合のいいことに思えるのだよ。というのは、言葉を発する前に、一つ一つのことばを、あらかじめしっかり吟味できるからだ。言葉をいつもよく咀嚼し、滋養に富むものかどうか、まず少しだけ口に運んで調べてみることだ。そしてもしそのことばが、相手に嫌な思いをさせることに気がついたら、少し甘味を加えるのだよ。《いいえ》の返事がどんな味がするのかを前もって知ることで、相手がどんな受け止め方をするのか、ちゃんと考えてみないといけないのだ。そのうえで、場合によっては、うまくその言葉を和らげたりすることもできる。さらには、舌をただ話すことだけに使わず、食事をとることのほか、他のたくさんの働きにも参加させないといけないのだ。さて、こうして言葉が発せられたとすると、その次には実行が待っている。いったん口に出したことは、両手と両腕、さらには全身を使って、実行に移さねばならない。たった一枚の舌が、喋ることを担当するのなら、少なくとも二本の手がしっかり実行に移す役を担わなければならないのだよ」

「どうして《手》という名がつけられたのですか？」とアンドレニオが尋ねた。「あなたが教えてくださったのは、ラテン語のmaneo[11]から派生した単語で、《静けさ》を意味するとのことでしたよね。でもその意味とはまったく逆に、手というのは決して静かにとどまっていてはいけないのですね」

「そう呼ばれたのはね」とクリティーロが応じた。「両手がじっとしていなければならないという意味からではなく、両手がなした行為がそのまま後世に残り、そのまま《じっとしていなければならない》ということからなのさ。すべての善が手から生まれてこなければならないからだよ。両手は心臓から生え出てくる木の枝のようなもので、その枝には、世間に知られた業績や不死の偉業の果実を、たわわに実らせることになるのだ。こうして両方の手の平からは、勝利の果実が生まれてくることになるのだよ。手とは、英傑たちが流した貴重な汗と、賢者たちが永遠の著作を著わすために使ったインクが、湧き出てくる泉だ。手があれだけ便利で精巧に造られていることを考えると、君も驚かざるを得まい。手はほかの器官を統率すると同時に、その命令に従うためにも造られ、どんな目的にも役立つようになっている。両手は聞き耳を立てるのに役立ち、舌の代役もこなし、言葉を実行に移すときにも、大きな働きをしてくれる。食事を口に運ぶときには大きな助けとなり、花の香りを嗅ぐときには、両手で花を近寄せてくれる。両手で目に日陰をつくり、物がよく見えるようにしてくれる。そのうえ両手は、思考を助けることさえやってのけるし(12)、また手先を使って天分を発揮する人たちもいる(13)。こうして、すべてが手の助けを得て、はじめて機能するのだよ。両手は私たちの身を守り、清掃を行い、衣服を着せてくれ、傷の手当をし、おめかしをしてくれ、人に合図を送り、また時には他人のかゆい所を掻いてやって喜ばせることもある」

「さらには、手のあらゆる働きが正しい理屈に基づいてなされるために、大自然は抜け目なく人間の手の中に、度量衡の数値をはめこんでくれました」とアルテミアが言った。「たとえば十本の指に数の基本が集約されています。どこの国へ行っても、十まで数をかぞえ、それが一つの単位となり、数値がどんどん上がっていくようになっています。長さと容積は、すべて指、掌尺、腕尺(14)、一抱えの量などを基準にしています。重さでさえ、手にとったり、触ったりして見当をつけた数値には、かなりの信頼が寄せられます。こういう形で、正確な数値が得られるという事実は、人間に対して、常に度量衡を考慮に入れ、理性に基づいて慎重に行動するようにと、注意を促しているにほかなりません。さらにこの考えを進めていくことで、十という数字の概念のなかに、いわゆる神の十戒も含まれていることに注目せざるをえません。これは人々が、十戒を十本の指とともに、つねに頭に置くようにとの狙いなのです。手は魂の正しい思考を実行に移すとともに、手の中に各人の運命を左右する力をも秘めています。その運命とは、俗な手相術などで読みとれるものではなく、人間の行動をとおしてのみ実現できる運命のことです。また人は手を使って文章を書きますから、手は人々の教育者としての役割をも果たしています。この書くという作業には、右手の三本の主要な指を使います。その三本の指が集まってきて、それぞれが固有の才を発揮します。親指は書く文字に力強さを与え、人差し指は教えを書きしるし、中指は心臓の役割を担って、勇気と巧緻さと真実が輝きを増すように文章の調整を行うのです。ですから、手は魂の思考に対して、いわば美徳の認印を押す役割も担っています。だからこそ、私たちは相手に対する尊敬の念を表すためには、礼儀にのっとり、他の部分ではなく先ずは相手の手に唇を押し当てるのです。ですから、そんな形で恩情を乞うたり、感謝の意を表すのは、至極当然のことと言わねばなりません。ところで、神秘的な生き物である私たち人間を、頭のてっぺんからつま先まで検証してみるためには、ぜひともその体の動きをまず観察してみなければならないでしょうね。両足は体の安定を保つための基礎であり、その上には二本の脚が伸びています。歩くときには、体を支える部分のごく一部だけを地につけ、つよく地面を踏みしめます。そして踏み出す先をしっかりと見つめ、軽快で自信にみちた様子で足を運んでゆきます」

「これはぼくの目にもはっきりと分かり、感心さえすることなのですが」とアンドレニオが言った。「大自然は人間の体をこの上なく堅固につくりあげようと、とても気を配ってくれていますよね。手を抜いている部分などどこにもありません。前に向かって転倒しないように、足の裏全体を前に向けてつけてくれました。それに両側にも倒れないように、左右の両足で支えるようにしてくれました。でもおふたりもこの点に関しては、ぼくに反論できないはずですが、大自然は人間が後ろ向きに倒れないための、心遣いを怠っていると思います。だって後ろ向きに倒れたら、とても危険です。両手がいつもの心遣いをみせてくれず、我々はその危険にはすばやく対処できないからです。この欠点を直そうと思えば、簡単にできたはずだと思います。たとえば、足首が足の真ん中の位置にくっつくようにして、足の裏が前方にも後方にも、同じだけの余裕があるようにすればよかったのです。こうすれば、もっと安定感は増したはずですよね」

「そんなことを言っては困ります」とアルテミアが応じた。「そんなことをしたら、もし人間が前方に善なるものを見つけたとしても、前に進まなくていい口実を与えるようなものです。おまけに、そんな足になっていない今でさえ、現に多くの人が美徳の生活から身を引いてしまっているではありませんか。なのに、ほかならぬ大自然がそんな人たちの味方をしてしまったら、いったいどうなることでしょう。ところでここまでは、人間を外側から見たときのお話しでした。人間の内面を構成するあの素晴らしい仕組み、人間の魂の三つの力の間に見られる調和、均整の取れた人間の内部の肉体的諸機能、情愛と熱情の融和などなど、こうした問題は哲学的に重要な命題ですが、いまのところは触れないでおきましょう。いずれにしても、つぎに人間の体の主要な部分を占める心臓について、あなたに知ってもらい、その素晴らしい働きについての理解を深めてもらいたいと思います。まさに心臓は、すべての器官の基礎をなすもので、生命の泉と言ってもいいでしょう」

「しんぞう？」とアンドレニオは応じた。「いったいそれはなんですか、体のどこにあるのです？」

「心臓はね」とアルテミアが答えた。「すべての器官の王様なの。だから体の中心にあって、ほかから遮断され大切に隠されているので、目では直接見えないようになっているのです。

心臓《コラソン》ということばは、ラテン語で《心遣い》を意味するcuraということばから出ています[15]。つまり全体を統轄し、命令を下す器官は、つねにすべての器官の中核となっていたからです。また、心臓には二つの役割があります。ひとつには、生命の泉となり、体中に強靭な精神を注入すること。そしてもっとも重要な役割は、人を愛することであり、愛情を司る中枢となることです」

「今となれば、私にもよく分かるのですが」とクリティーロが述懐した。「なるほど《心臓》という名前にはそれなりの、ちゃんとした意味があるのですね。つまり、《他者をいたわる者》という意味があるわけです。だからつねに、不死鳥フェニックス[16]のように、自分の身を赤く焼け焦がしているのですよね」

「心臓はいつも真ん中の位置を占めています」とアルテミアはつづけた。「そのわけは、愛することはいつも中庸を保たなければならないからです。愛するという行為は、すべて理性に裏付けられていなければならず、その極端な形はもはや愛とは言えません。その形状は地面に向かってとんがった形をしています。ただし、先端は地面には直接触れないようにして、地面を指し示すようになっています。こうしてある動かぬ一点だけを指し示してくれれば、それで十分なのです。しかしこれとは反対に、上に向かっては、天からの恵みを受け取れるように、とても幅が広くなっています。まさに天の恵みだけが、心を満たしてくれるからです。心臓には心耳[17]という翼のようなものがありますが、これは涼しい風を送り込むためではなく、心を高く飛翔させるためのものです。心臓は燃えるような赤色をしていますが、これは思いやりの心を象徴する色でもあります。ここから上質の血が生まれ、高貴な精神をもつ人々が、それによってさらに評価を高めていくことができます。心臓はいつも真正直で、決して裏切り者などにはなれませんが、ときには愚かな判断をして、幸せよりもむしろ不幸の方を、先に気にかけてしまうことがあります。でも心臓でもっとも評価すべきことは、体のほかの器官のように排泄物を出さないことです。そのわけは、心臓はもともと、人間の身体はもとより、精神面をも健全に保つという任務を課せられた器官だからです。そんな理由から、心臓はいつももっとも崇高で、完全なものを求めているのです」

こんな調子でアルテミアは、深遠な自説を披露し、あとのふたりはそれに聞き入っていたのである。さて、こうして有益な時を過ごしている彼らのことは、ここでひとまず置くことにして、まんまと彼らに騙されてしまったあの奸人ファリムンドに話を戻し、その後の凶猛な所業の数々につき語ることにしよう。

ファリムンドは憤懣やるかたない思いだった。せっかく自分自身が策略をめぐらせ作りあげた迷宮から、道をはずしたアンドレニオに加え、同じように身を持ち崩したほかの連中までも、取り逃がしてしまったからだ。敵の策略にまんまとはまってしまい、彼の名声は地に墜ち、将来にも禍根を残すことになった。そこで彼は一計を案じ、残忍な手を使っての復讐を狙ったのである。まず彼は、卑劣な行為にはうってつけの、〈妬み心〉なる女を利用することにした。つねに下劣な連中とつきあい、良き人たち、さらには最高の善人までも、たちどころに殺してしまう力をもっているからだ。〈妬み心〉を相手に、自分が受けた被害を大仰に語って聞かせたうえ、その気持ちを伝え、悪党たちの暮らす広い国土にわたって、邪心の種を播《ま》くようにとの指示を与えた。(18) それは彼女にとってはとりたてて難しい作業ではなかったからだ。というのは、話によればすでに大昔から、大衆の間には邪心に満ちた〈俗悪さま〉が住みつき、彼らを支配下におさめていたからだ。そもそもそんな事態を招いたのは、〈お追従さま〉と〈悪意さま〉の二人の姉妹を、その母である〈悪巧みさま〉が貧乏屋敷から連れ出し、世の中にその勢力を伸ばそうとの野心から、自由気ままに世界にはばたかせたことがきっかけであった。話によると、〈お追従さま〉は宮廷へ向かったということらしい。ただし初めからそこへ行ったわけではなく、さまざまな場所を放浪の末、たまたまそこへたどり着いたのである。そのあと宮廷の中にどんどん入り込み、わずか数日ならぬ数時間で、宮廷人全員の寵愛を得ることになり、その存在感を示すことになった。しかし〈悪意さま〉も一緒に中に入りこもうとしたのだが、うまくゆかず、また好意的な目で見られることもなく、その望みを果たすことはできなかった。結局のところ宮廷人に話しかけても彼らを苛立たせるだけで、すっかり人に話しかける勇気をなくし、自由に動き回ることができなかったのである。こうして宮廷は彼女には向いていないことを悟り、自由を求めて新しい場所を探すことにしたのだ。彼女は恥を忍んで宮廷をあとにし、――じつは恥など感じる必要はなかったのだが――自分の意志で隣国に新天地を求める道を選ぶことにした。こんどはそれまでとは正反対の世界を求め、無教養な平民になりすまし、卑しい連中のなかに身を置いた。するとこの作戦が功を奏し、たちまちのうちに愚鈍な仲間たち全員から尊敬される立場に置かれることになった。この連中の前で自由にまくしたて、愚かな考えを披露し、自分が大真面目で信じる馬鹿げた論理を彼らの頭に叩き込むうちに、広く人気を博することになる。そのおかげで、大衆の彼女に対する信頼と愛情は度を超えたものとなり、なんと彼女を自分たちの腹の中に収めてしまう策に出たのである。彼女を他者に奪われたり、殺されたりすることがないようにと考えたからだ。それさえやっておけば、自分の悪意を見抜かれるのを嫌う連中でも、いつでも好きな時にこの〈悪意さま〉をこっそり取り出すことができるのだ。

するとまるでこの状況を見計らったように、〈妬み心さま〉がそこへ到着し、その毒の種を播《ま》き始めた。アルテミアに対する不信感を植えつけ、あたかも投げ槍で人を傷つけ、毒を擦りこむような感じで、さまざまな噂をばらまいていった。たとえば、じつはアルテミアはキルケ以上の悪女なのだが、善人の衣をはおって本性を隠しており、ただそれがばれないだけだ、などと言いふらした。さらには、アルテミアのいかにも気さくに見える性格が仇となり、大自然から本来の強靭さが失われ、さらには破壊されてしまい、彼女の気取った性格が原因となって、大自然の美しさまで奪い去られてしまった、などとも噂したりした。このほかにも、彼女はあの半神の魔女[19]を隅に追いやり、第一の魔女の地位を自分のものとすることで、野望を果たすつもりである、などと、いかにももっともらしい噂を流したりもした。

「さあ、みなさん、よくお聞きなさい。あの怪しげな女王がこの世に入り込んでからというもの、真実は姿を消し、すべてがまがい物で、見せかけばかりのものになってしまいました。なぜかと言えば、あの女王の手法は、一年のうちの半分はずる賢さとだましの手を使い、あとの半分はだましとずる賢さの手を用いるからです。そんなことから人間は、これまでのような人間ではなくなってしまったのです。古き良き時代に合わせて作られてきた、あの人間の型が以前には常に最高の規範とされていました。でも、もうこうなってしまったうえは、純粋な心が失われてしまい、したがって子供もいなくなりました。あの善良な人々、あの心に純白のテューニックをまとった人たち、あの立派な人々は、いったいどうなってしまったのでしょうか？　ゆるぎない考えをもち、真の長老ともいうべき、あの沈着冷静な老人たちは、すでに死に絶えてしまいました。あのころは、《はい》という返事は《はい》であり、《いいえ》の返事は《いいえ》だったのです。ところが今ではすべてが逆になってしまいました。あなた方が出会うのは、小賢しくて、騒々しく、くだらない人間ばかり。そしてすべてが騙しとごまかしばかり。ところが彼らはそれこそが、すぐれた技巧を発揮すべき機会だなどと言うのです。そんな特技を持つ者が高く評価され、どこへ行ってももてはやされる。武の道のみならず、文の道においてさえ栄華をきわめる。こうなってしまえば、もはや子供の心をもつ者はいなくなり、今日では七歳の子供が、かつて七十歳の大人がもっていたのと同じ小賢しさをもつに至ったのです。そして女性たちは、つま先から頭のてっぺんまで、全身これ嘘で塗り固め、カラスに化粧を施したみたいに、すべてが借り物で、自分の姿をごまかすためのものになってしまいました。この見せかけだけの女王は、国を破滅に導き、家庭を破壊し、財政を枯渇させています。その原因は、人々が衣装や屋敷の装飾に、いままでの二倍の金をかけるようになったからです。今の女性が衣装にかける金で、一昔前なら国民すべてに服を着せられました。食べることについても、以前ならごく質素な食事で済ませていたのに、今ではご馳走や口当たりのよい食べ物が、私たちを堕落させてしまったのです。あの女王はわれわれを立派な人間に育てたなどと言っていますが、私に言わせれば、われわれを破滅させてしまいました。こんな偽りばかりの生き方では、本当に生きていることにはなりません。見せかけだけの人間なんて、本当の人間ではありません。彼女の姿はすべて虚像であり、その策術はすべてペテンなのです」

こうして、大衆を扇動し、その心を捉えた結果、とうとうある日全国民が反乱を起こすことになった。自分たちがやっていることの意味も分からず、事態をしっかり把握もできないまま、《魔女は死ね！》と大声を張り上げて宮殿を包囲し、さらには、所構わず放火さえ企てたのである。

ここで賢明なる女王が知ったことは、俗輩こそが最大の敵だということだった。急いで支持者たちを招集してみたものの、そこにはもうすでに有力者たちの姿がないことに気づいた。しかしアルテミアは女王として責務を忠実に果たすべく、強力な敵の勢力に対して、巧みな策略を用い勝利をえる方法を考えつくことになった。邪悪な俗物たちの攻撃をかわし、巧みに遂行された作戦については、次考にてお読みいただくことにしよう。

第十考
盗賊団の虜

目的を手段とし、手段を目的としてしまうのは、世間の人々によく見られる過ちである。通過地点であるはずの場所に座り込み、道の途中で休憩をとってしまったり、終点にするべき地点から始め、出発点で終わりにしてしまったりする。恵み深く賢明な大自然は、人生の活動の助けとなるように、また人生の苦しい仕事の息抜きの道具として、楽しみを取り入れてくれた。これこそ、われわれの日々の生活のつらさを和らげるために、大自然が示してくれた大きな心遣いだ。しかし人間はまさにその与えられた楽しみのなかで、ついつい馬鹿げた行動に走ってしまう。獣以上の野蛮さを示して堕落してしまい、楽しみを目的化し、喜びを手にいれることを人生の目的にしてしまうのだ。生きるために食べるのではなく、食べるために生きてしまう。仕事をするために休養をとるのではなく、眠り呆けていて仕事をしない。種の保存に努めるのではなく、色欲の保存に努める。知識を得るために学ぶのでなく、自分を見失うために学ぶ。必要だから話すのではなく、うわさ好きだから話す、といった調子だ。こうして、生きることが喜びなのではなく、喜びを得るために生きているのである。こんな有様だから、数ある悪徳のうちで逸楽が、すべての楽しみのなかでの親玉に祭り上げられてしまったのだ。逸楽とは、すべての欲望を陰で操る策士であり、人間をわがままな行動に走らせる原動力にもなる。さらには、人間の奔放な情熱のうちで首座を占め、淫靡なよろこびをばらまき、ひとりひとりの人間を引きずっていく曲者なのだ。

だからこそ賢明なる士は、広く行き渡ってしまったこの過ちを正すよう努めなければならない。そこで、他人の身に起こった災難をとおして、なにかを学んでいただくために、あの利口なクリティーロと粗忽者のアンドレニオの身に起こったことを、これからお聞きいただこうと思う。

「あなたたち、無教養でならず者の暴徒たちは、いつまで私の思いやりにつけこむつもりなのですか?」とアルテミアは怒りを露わにして言った。窮地に立たされれば、ますます芯の強さを見せる人だ。「いったいいつまで、あなた方の野蛮な行為によって、私の願いが無視されつづけるのでしょうか? 無知なあなた方の無謀な行動は、いずれ破綻するしかないのに、いったいいつまでつづけていくつもりなのですか? あなた方が私のことを、魔法使いだの魔術師だのと呼ぶのなら、今日の午後には間違いなく、お望み通りあなた方に強力な呪いをかけて進ぜましょう。いいですか、これはあなた方の愚かさへの罰としての呪いなのですよ。太陽に明るい光を隠してもらって、私の仇をとってくれるようにいたしましょう。俗物ゆえに真実も見えないあなた方を、暗闇の世界に閉じ込めておくことは、あなた方に対する最大の罰となるでしょうからね」

こうして女王は、愚かな俗物たちにふさわしい罰を与えることにした。愚民を相手にするときには、温情より厳格さの方が効果をあげることが、これで十分理解される結果となった。暴徒たちは、女王の魔術に怖れをなし、またその力を思い知らされたのである。こうして全員凍りついてしまい、それまでの宮殿に火を放つ企てを放棄してしまったのだ。実際に太陽が少しずつ欠けはじめ、その輝きを落としていくにつれ、彼らはまったく元気を喪失してしまった。さらには、ひょっとしてこんどは、大地が揺れ動くような呪いをかけられるのではないかと、恐れおののき、意気阻喪して逃げ出すことになった。たしかに、ときにはすべての天然現象があたかも言い合わせたように、攻撃相手にむかって、攻めたててくることがよくあるものだ。騒乱などでよく起きる現象だが、いったんは熱情に駆られて立ち上がるものの、いつの間にか恐怖に震え上がり、どこかへ消え失せてしまう。彼らは逃げまどい、互いにぶつかり合い、不幸にして傷つけあう者もいた。そうこうしているうちに、賢明なる女王アルテミアは、同じような教養人ぞろいの家族とともに、余裕をもって無事に宮殿を抜け出すことができたのである。一番うれしかったのは、あの野蛮な暴徒たちの放火の企てから、さまざまな貴重な品を無事救い出すことができたことだった。稀覯本、古記録、素描、板絵、模型、そのほかさまざまな資料のかたちで愛蔵していた稀有の逸品がそれであった。ここで彼女に随伴し、助けの手を差し伸べたのが、我らがふたりの旅人、クリティーロとアンドレニオだった。アンドレニオはてっきり女王の魔術の力は星の世界まで及び、太陽でさえ彼女に従うのだと思い込んでしまっていた。彼はその魔術の並外れた威力には驚嘆し、女王に対してはさらなる尊敬の念を抱き、称賛の気持ちもいやが上にも膨れ上がっていった。しかしここで、クリティーロは、そんな彼の誤解を解いてやることになる。太陽が欠けるあの現象は、宇宙空間にある物体の回転によって自然に引き起こされるものであり、その時にこうした現象が起きるであろうことは、すでにアルテミアが天文学の知識から予見していたのである。そしてその知識をうまく利用し、あのときには自然現象をあたかも魔術のごとく見せかけたのだと、説明してくれたのである。アルテミアは臣下の賢人たちに相談しながら、どこに居を定めるべきかについて、さまざま考えを巡らせた。もうこれ以上、粗野な連中が住むような町に、自分の都を置く気がなかったからだ。これは今に至るまで、王たちにそのまま受け継がれてきている考えでもあった。さて、いろいろな町の名が候補として挙がった。当初彼女の気持ちは《二度良き町》(1)リスボンにほぼ傾いていた。その理由としてまず挙げられたのが、イベリア半島最大の都市であり、ヨーロッパの三大都市のひとつであること、そして他の都市にはさまざまな呼び名が与えられているものの、リスボンは品格ある町、富める町、健やかなる町、物量あふれる町など、あらゆる好ましい呼び名を自分のものとしていることであった。しかしそれにもまして、最大の理由となったのが、あの明敏なユリシーズがこの町の創設者であることが示すように(2)、ポルトガルには愚か者はめったにいないはず、という考えであった。しかし彼女を思いとどまらせたのは、リスボンのうぬぼれの強い気風によることもさることながら、何よりも静かに思索することを好む彼女の生活とは相いれない、あの町の喧騒であった。そのつぎに彼女は、すでに王をいただくマドリードの町に興味を示した。帝国の中心であり、傑出した人物たちと世界中の富が集まる都である。しかし結局女王は、この町の別の芳しくない側面が気に入らず、嫌悪感さえ催すほどであった。それは汚物だらけの町の風景ではなく、住民たちの心のありように対する嫌悪感であった。諸国をうまく束ねきれぬまま、帝国のバビロニアであろうとするマドリードの住民たちは、下劣な田舎者の性癖をいまだに捨てきれないままでいるのだ。

セビリアに関しては、とくに取り上げるまでもなかった。女王が目の敵にするさもしい連中が金儲けだけに精を出し、まるで大量の銀貨を消化不良のまま、たらふく腹に詰め込んだような町だったからだ。住民たちは白人でも黒人でもなく、お喋りだけは達者な怠け者というアンダルシア地方特有の性癖を象徴的に表す町であった。グラナダの町についてもまた、女王は罰点をつけ、コルドバの町に至っては、複数の罰印がつけられた。サラマンカの町については、悪口の限りを尽くした。あの町の大学ではなるほど知識だけは授けてくれるものの、人間教育は隅に追いやられ、金持ちから訴訟で財産を巻き上げる人材を育てるだけの町[3]だからだ。

さて、豊穣の町サラゴサはどうか。アラゴン国の都、多くの有名な王を輩出し、カトリックの聖地として信仰の最大の柱を支え、数々の壮麗な建物を有している。そして住民は、純粋で一本気な性格をもつが、これはアラゴン全土どこへいっても変わらない。初めのうち女王はこの町がとても気に入ったものの、心の広さにやや欠けるように思われた。とくに言いだしたが最後、頑として自説に固執するあの愚かなまでの頑固さには、さすが尻込みしたのだ。

女王はまた、肝心の中身には乏しいものの、陽気で、花咲き乱れ気品にあふれる町、バレンシアにも関心を示した。しかし、たとえ彼女が今日何のこだわりもなく快く迎え入れられたとしても、あすになったら、またおなじように何のこだわりもなくあっさり追い出されてしまうかもしれない。そんな危うさを女王は感じ取ったのである。バルセロナはどうか。運の向きによっては、富むこともあるだろう。イタリアへの中継点であり、金銀財宝の集約地でもある。さまざまな蛮行が繰り広げられるにも拘わらず、賢者たちが統治する町でもある。しかし女王には、安全な町とは思えなかった。身の安全を確認しながら、左右をきょろきょろ見回していないことには、安心して歩けるような町ではないからだ。レオンとブルゴスの町はあまりに山深いし、生活の貧しさもさることながら、人々の強欲さには心がすさむ思いがする。サンティアゴは遠くのガリシア地方にあり、魅力に乏しい。バリャドリードは女王にはとてもよく思え、いったんはそこへ行くことに決めた。あの平野に住む素直で飾り気のない人々の間なら、真の人間としての暮らしがあるはずと判断したからであった。しかし女王アルテミアは、かつてこの町へ都を移したあの王と同じく、ここで考え直したのだ[4]。《まだまだ昔の匂いが残っている町だし、すべてが田舎風だ》と。パンプロナについては、話題にさえ上らなかった。あの町など《みやこ》というより、《みじんこ》みたいな鈍物の集まりだし、そもそもナバラ王国とは、栄辱には敏感で、些細なことにまで面目にこだわる土地柄だ。

結局最後には、古都トレドが選ばれることになった。この決定は、カトリック女王イサベルがかつて漏らした《私はトレドにいるときのみ、愚かな人間になる》という言葉に敬意を払ってのことであった。トレドこそ、完成された人士の集うところであり、慎み深さの模範、きれいな言葉遣いのお手本、殷賑を極めて堂々とした風格をみせる旧都である。とくにマドリードに都が定められて以来、風俗の紊乱はすべて新都に移ってくれ、たとえそれがトレドの町に戻ってきたとしても、そのまま長く居座りつづけることはない。ほかの地方では、手先のわざで才能を発揮する者が多いとすれば、トレドでは口先のわざ、つまり弁舌の巧みさが目立つ。もっともトレドの町は奥行に欠け、深みのある才人が少ないことを批判する向きもある。さまざまな意見が出される中、やはりアルテミアの意志は固く、最後にこう言ったのである。

「この町は、アテナイの哲学者が一冊の書物の中で述べる以上のことを、一人の女性がわずか一言で教えてくれる土地柄です。やはりトレドへ行くことにしましょう。現在はスペインの都ではないものの、相変わらず心のふるさとでありつづけていますから」

こうしてアルテミアは思慮に富む臣下たちを従え、トレドに向かって歩みを進めた。クリティーロとアンドレニオもそのあとに従い、マドリードへ向かう分かれ道に至るまで、多くの教えを吸収していった。ここでふたりは女王にこれまでの好意に感謝を述べ、ここからマドリードへ向かいフェリシンダをぜひ探し出したいことを申し出て、その許しを乞うた。アルテミアはその願いを受け入れ、重要な注意事項としてふたりに次のような忠告を与えた。

「たしかにあなた方はそちらに向かうべきだと思います。ぜひそうなさってください。ただし、道を間違わないよう十分注意することです。同じ方向へ向かう道がたくさんありますからね」

「それなら、ぼくたちは道に迷うこともないだろうと思います」とアンドレニオが答えた。

「いやいや、そうだからこそかえって道に迷うのです。たくさんの人たちが、国道のど真ん中で道に迷ったりするのですよ。そんな事情を踏まえて、あなた方は好奇の目を光らせてきょろきょろするだけの、俗っぽい道を選んではなりません。それは《愚鈍の道》というのです。また《うぬぼれの道》を選んではなりません。とても長くつづく道で、どこまで行っても終わりがないからです。それに《係争の道》はだらだら時間がかかるうえに、とてもお金が高くつきます。《高慢の道》は報われることの少ない道で、だれにも相手にしてもらえず、みんなに奉仕する身にさせられてしまいます。《高利の道》はごく少数の外国人(5)がゆく道です。《貧窮の道》はとても危険で、大勢の官憲が鷹みたいに目を光らせています。《悦楽の道》は汚れ放題で、泥だらけなので体ごとぬかるみにはまり込み、鼻までべっとり濡らしてしまいます。ですからこの道は苦しく、ほとんど前に進むことができません。《安楽の道》はさっさと進めるので、目的地まですぐに着いてしまいます。《宮仕えの道》は死が待っているだけです。《食道楽の道》では、行程をまともな形で終えることはできません。《美徳の道》はどこにも見当たらず、その存在さえ怪しいものです。あとは《逼迫の道》だけが残っていて、これは果てしなくつづいています。注意しておきますが、どの道を通っても、あまりいい人生を体験できませんし、幸せな死を得ることもできません。それに、あなた方がどこからマドリードの町へ入るかを、よく考えておくことです。これはかなり重要な点です。なぜかといえば、ほとんどの人は聖バルバラ通り[6]から町へ入りますが、一番少ないのがトレド通りから入る人たちです。上品な方たちはセゴビア橋から入ります。そのほか素行の良くない男女は太陽門から入り、アントン・マルティン病院[7]にしばらくの期間とどまります。清廉な人たちはごく少数ながら、ラバピエスから入りますが、その他大勢の人は汚れた手をしてウンタマノス[8]から入ります。でも門の数が少なくて閉められていることが多いので、門から入らずこっそり紛れ込むのがふつうです」

　このあと、一行は二手に別れた。賢明なアルテミアは敬意を寄せる町へと向かい、ふたりの主人公たちは徒歩で、都の複雑な迷宮世界へと向かったのである。分別に富むアルテミアの魅力の数々を称えつつ、こうしてふたりは歩みを進めていった。彼らがそれまで目にした驚くべき事績につき何度も話し合い、女王と交流できた幸せと、彼女から得た有用な教えの数々を思い起こし、時のたつのも忘れるほどであった。こうしてすっかり話に夢中になっている間に、ふと気がつくと二人の身にはいつの間にか危険が及び、人生最悪ともいえる場面に直面していたのである。すぐ目の前に大勢の男女が、両手を縛り上げられたまま、身ぐるみはぎ取られ、身動きできずにいるではないか。

「さて、これは大変なことになった」とクリティーロが言った。「どうやら山賊どもの歯牙にかかったらしい。天下の公道であっても、このあたりでは残忍な連中が出没するということだ。今ちょうどここで略奪行為を行っているところだ。もしそれだけで満足してくれたら、不幸中の幸いというべきだろう。しかしこの盗賊どもは血も涙もないごろつきだから、旅人の命を奪っただけでは満足せず、顔の皮まで剝いで、あとで被害者がだれだか見分けがつかないようにしたりするのだ」

　アンドレニオは恐ろしさで顔からさっと血の気が引き、呼吸まで止まってしまったような気がした。体もたちまち凍りつくような思いだったが、やっと声を絞り出した。

「どうしたらいいのです?」と言った。「逃げられないのでしょうか？　姿を見られないように、まずどこかに隠れましょうよ」

「もう手遅れだ。のろまのフリギア人[9]と同じ運命だ」とクリティーロが言った。「ほら、我々はもう見つかってしまったようだ。こちらに向かって何か叫んでいる」

　こうなってはやむなしと、ふたりは前に進み出た。仕方なく盗賊たちのまえに自分たちの身を差出し、縄をかけられることに腹をきめたのだ。両脇に目をやると、いろいろな服装をした大勢の旅人の姿があった。貴族、平民、金持ち、貧乏人などのほか、女性までが同じような過酷な扱いを受けていた。みんな若い人たちで、胴を縛られたうえ数珠つなぎにされている。クリティーロは嘆息し、アンドレニオはうめき声をあげて、この恐ろしい光景を眺めていた。しかし残忍な盗賊たちはいったいどこにいるのだろう、と考えていたのである。どれが盗賊なのか、区別がつかないのだ。ひとりひとりを眺めていったが、みんな数珠つなぎにされている。誰が縛ったのだろう？　ほとんどの者があまり人相の良くない人たちだったが、そんなうちのひとりに目星をつけてみた。

「この男かもしれません」とアンドレニオが言った。「目つきが悪いから、心も同じようなものかもしれません」

「なるほど、怪しげな目つきをしている者が相手だと、何を言われても信用などできないものだ」とクリティーロは応じた。「でも私はあちらの片目の男が怪しいと思う。ああいう連中は、かのカトリック女王イサベルによると、きちんと仕事がこなせないということだが、確かに一理ある考え方だと思う。あちらの分厚い唇をして悪たれ口を叩いている男には気をつけろ。ああいう男はいつもゴロゴロのどを鳴らしている。それにあちらの鼻のひしゃげた男だが、どこか残忍そうで、怒り狂っているようにも見える。マルメロの実と同じ色の肌なら、漕役刑の見張りをやっていた残酷なムラート(10)に違いない」

「あのまぶたに大きな皺のある男に違いありません。死刑執行人を長年やっていたような顔をしていますから」

「あそこにいる、しかめっ面をした暗い目つきの男はどうだ。あれなら盗賊には不足のない顔だ。今にも嵐がくるぞと脅しているような顔だ」

しゅっしゅっと囁き声のような音を出して喋る声(11)が聞こえた。ふたりは口をそろえて言った。

「この男はあの音で周囲の者に、わしには気をつけろと言いたいようだ。でも盗賊はこの男じゃなくて、のどから強い息を吐いて喋っているあちらの男にちがいない。呼吸するとまるで周囲の人を呑み込んでしまうようだ」

一人の男が鼻声で話すのを聞くと、ふたりはあわててそこから逃げ出した。てっきりその声が、バッカスとウェヌスの崇拝者(12)のものと勘違いしたからだ。すると今度は、これよりもっと情けない男と出くわすことになった。大酒飲みに特有の、ひどいしわがれ声をしている。こんなに声が変わってしまった酒飲みが喋るのを聞きながら、ふたりはその男がいったいどこの人間なのか想像を巡らせてみた。カタルーニャ語でも喋っていれば、明らかにどこの男かは判るのだが。こんな調子で、ひとりひとり確認していったのだが、みんなくたびれ果てた連中ばかりで、罪人らしき者は一人としていない。

「これはいったいどうしたことだろう」とふたりは口々に言った。「こんなにたくさんの人たちから物を奪った盗賊はいったいどこにいるのだろう？　ここには、鋏をチョキチョキ鳴らして、金を巻き上げるあの連中はいないし、私たちに革靴を履かせて素っ裸の一文無しにする連中もいないし、羽ペンを使ってわれわれから羽ならぬ金をむしり取る連中もいないし、物の長さをはかりながら無礼な言葉を吐く連中も、しつこく客にまとわりつき物の重さをはかる連中もいない(13)。この世の中ではいったいだれが盗賊なのだろう。だれが金をせびるのか、だれがまんまと金をふところに収めるのか、だれが官紀を破るのか。でもここには誰も真実を隠す者はいないし、人を騙す者もいない。それに悪代官も、書類を偽造する者もいない。いったい誰が盗賊なのだ。自由な人々を苦しめる暴君たちはどこにいるのだろう?」

クリティーロがそんな愚痴をこぼしていると、それに答えてくれたのが、天使かと見まがうような凛々しい感じの女性だった。

「今そちらに参ります。少々お待ちください。さきほど連れてこられたばかりのこの二人をまず縛り上げますから」

先に述べたように、それは凛とした感じの美しい女性だった。野暮ったさとは無縁の、都会風の垢抜けした美人だ。だれにでも愛想をふりまくものの、実際にやることは、なかなか意地が悪い。表情は穏やかというより、奔放な性格を感じさせる。目つきはどちらかといえばやさしく、みんなにそっと目くばせなどしている。鼻のあたりは色が白い。どうやらたまには《鼻白む》こともある証拠だ(14)。頬はバラ色だが、もちろんトゲはない。周囲に笑いかけると、真珠のような歯がこぼれる。とても魅力的で、わざわざ人を縛らなくても、そのまなざしだけで人を虜にできるほどだ。彼女の舌は砂糖でできているに違いない。なぜなら、口から出る言葉は、ネクタル(15)のように甘いからだ。両手は彼女が虜にした連中の懐にきちんと狙いを定めている。そんな器用な手を持っているのだが、だれかに助けの手を差し伸べることはない。とはいえ、邪険に相手の手を払いのけたりすることもない。強い腕力をしているのだが、捕らわれた者たちには力を抜いて優しく扱い、抱擁にみせかけながら、堅く綱で縛り上げている。こんな調子だから、その見目の麗しさからは、とうてい盗賊などとは誰も想像できないのだ。彼女はひとりではなく、馬にまたがった女戦士の一隊が、彼女の強力な護衛となってついていた。この女戦士たちも同じように、魅力にあふれ、人当たりもよく陽気で、隊長の命令に従い、虜となった者を次々に縛りあげていく。

面白いことに、女戦士たちはひとりひとりの虜が望む綱で、彼らを縛り上げていたのだが、なんと多くの者がすでに好みの綱を持参し、それで縛ってもらうよう準備してきているのである。したがって、金の鎖で縛られる者もあったが、これはなかなか解くのが難しい縛りであった。またある者はダイヤモンドの手錠をはめられていたが、これは一番きつい縛りとなった。ほとんどの者は花輪をつかって縛られていたが、なかにはバラの花を要求する者もいた。どうやら手を縛られるのではなく、てっきり頭に冠をかぶせてもらうものと勘違いしてしまったようだ。ふたりが見たのは、金髪の細い毛一本で縛られた男で、はじめのうちは馬鹿にしたように笑っていたが、そのうち太綱よりも強いことが判った。女たちが縛られていたのは、ふつう綱ではなく、真珠の首飾りや珊瑚の腕輪や絹のテープだったが、見かけは立派にみえたものの、実際には何の価値もないものだった。この場には武勇に優れた者が多くいたが、そのなかに英傑ベルナルド・デ・カルピオ[16]もいて、意地を張っていろいろ空威張りをしてみせたものの、結局は取り押さえられ、懸章の飾り帯で縛られるといかにも誇らしげな表情をみせた。彼がいちばん喜んだことは、ほかの仲間たちが羽飾り[17]をつけた紐でつながれた虜の身でありながら、安心しきった様子をみせていたことだ。何人かの偉人たちは、帆立貝や黄金の鍵や金の勲章[18]など、それぞれぶら下げた紐で自分の体を縛ってもらおうと、お互い激しく争っていた。足枷は黄金でできたものがいくつか用意され、そのほか鉄製のものもあったが、全員捕らわれの身ながらやはり満足しきった表情をみせていた。さらに驚いたことには、これだけ大勢の人を縛るのには紐が不足していたので、痩せぎすの女たちの腕を使って、頑健な体をした男たちを繋ぎ止めていたのだった。あのヘラクレスは自分の手で紡いだ細い糸で縛られ、サムソンは切り取られた自分の髪の毛で縛られている[19]。またある男は金の鎖を携えてきていたが、それで縛られようとすると、どうかお願いだから、生のエスパルト[20]の草をロープ代わりに使ってほしいなどと申し出ている。強欲もここまでくると呆れ果てたものだ。この男の仲間のひとりは、巾着袋の口紐で両手を縛られていたが、その紐はまちがいなく鉄製であるなどと言われ安心していた。別の男はコウノトリのような長い首をしていたので、自分の首で両手を縛られ、またもう一人の男はダチョウのような長い胃袋で縛られていた。またなかには、塩味の効いた美味なひと繋がりの腸詰で縛られている者もいた。この捕らわれ方がとても気に入ったようで、みんなそろって舌なめずりをするほどだった。また、月桂樹や蔦で頭を縛られ、とても満足し正気を失ってしまう者もいた。さらには気が狂ったように楽器を奏でている連中も、それに劣らず楽しそうだった。

　こうして美人揃いの女盗賊たちは、公道を通りかかった者を残らず捕え、足や首に綱を掛け、両手を縛り、目隠しをしたうえ、彼らの心臓を引っ張りながら[21]引き立ててゆく。そんな状況のなか、とても意地悪な女戦士が一人いて、彼女に縛り上げられた者はみな、手を噛まれ、肉を齧られ、はては内臓まで食らいつかれている。この連中を苦しめたのは、他の人々が楽しくしている様子を横から見ていることであり、その人たちの栄光が彼らにとっては地獄の苦しみだったのだ。さらに別の女戦士は猛り狂ったように、綱を強く締めつけ、ついには血まで流させた。ところがなんと彼らはそれを嬉しがり、お互いの血を舐めあっている。こんな反応を見れば、女戦士たちはあれほど多くの人々を縛り上げながら、結局は立派な人間は一人としていなかったと述べていたのも、なるほどと頷ける。

女戦士たちはついにクリティーロとアンドレニオのところへやってきた。どうやらふたりに対しても同じことをやるつもりらしい。まず、何を使って縛ってほしいかを尋ねてきた。アンドレニオは、若者らしくきっぱりと覚悟を決め、綱ではなく花で縛ってほしいこと、そしてできるならきれいな花輪の形に仕上げてくれるよう頼んだ。一方クリティーロはこの場を逃れるすべがないことを悟ると、古書籍を束ねる帯で縛ってくれるように言った。これはずいぶん珍しい縛り方に違いないと彼には思えたのだが、じっさいにその通りだった。しかしそのまま願いが叶えられることになった。

するとすかさず、あの優しき女首領は、出発を知らせるラッパの合図を命じた。一見したところは、囚われ人たちの心臓に鎖をしばりつけたまま、無理やりぞろぞろ引き立てられていくようにも見えたのだが、しかし実際には全員自ら進んで前に向かっていて、あえて強く引き立てる必要もなかった。なかには上手に気流に乗って空を飛んでゆく者までいたし、またほとんどの者はおあつらえ向きの追い風に助けられ、滑るように前に進んでいった。さらにはつまずく者も多く、坂道にくるとほぼ全員が下に向かって転げ落ちた。まもなく彼らはある場所に到着した。宮殿でもなければ洞穴でもない。事情に通じた者たちが言うには、どうも旅籠らしい。それが証拠に、ここでは無料のものは何もないし、すべてが旅人向けに考えられている。建物は立派な石造りで、なんとその石は人間の手足や目、舌、そして心臓をまるでそれが鉄でできているかのように、ぐいぐい引き寄せるのだ。ということは、この石は磁石にちがいない。そしてさらに判ったことは、この石は人間の快楽への欲望を惹きつける、特別な磁石だということだった。なにかの要素が絶妙の手際で注入され、それが一体となり強い磁力を発揮する磁石なのだ。この楽しげな宿は快楽の中心であり、真の人間にとってはなんら得るところない不毛の地であることには間違いなかった。要するに想像しうる限りの悦楽がすべて集まる場所だったのだ。これに比べると、皇帝ネロの黄金の館(22)など足元にも及ばない。その黄金でネロは自分の暴虐を極めた愚行を塗り固め、隠ぺいしようとしたのだ。あのヘリオガバルスの宮殿も、この宿と比べればまったく精彩を欠き、比べものにならないほどだ。あのサルダナパール(23)の城郭さえ、汚物だらけの豚小屋のように思われた。玄関の扉に大きな看板が掛かっている。《悦楽のよろこびこそ、有用で誠実なものなり》とある。これを見たクリティーロが言った。

「この看板の文句は、意味が逆になってる」

「逆とはどういうことです?」とアンドレニオが応じた。「ぼくはこのまま読めばいいと思いますが」

「いやいや、これは直して書くべきなのだよ。つまり《誠実なよろこびこそ、有用で楽しきものなり》とね」

「ぼくはそれについては、ここで議論するつもりはありません。ただ言えることは、この宿はいままで見たうちで、一番居心地がいい場所だということです。この旅籠を建てた人はとてもいい好みをしていますよ」

　建物の前面には、大きさは不ぞろいながらも、七本の柱が立っていたが、これは知恵が建てた七本の柱[24]の向こうを張るためのものに他ならなかった。七本の柱はそれぞれ七つの部屋への入り口を示し、さらには賓客のためには個室が用意されていた。ここへ客を招じ入れていたのは、あの美しい女盗賊であった。こうして彼女に捕えられた者はすべて、ここに喜んで送り込まれ、それぞれの望みに応じて各部屋に振り分けられていたのである。大勢の者が金色の部屋に入っていった。そう呼ばれていたのは、床にはすべて金塊と銀の延べ棒が敷かれ、部屋の壁には宝石が張りめぐらされていたからだ。この部屋に上がるのはかなりの苦労を要したが、それさえ果たせば、宝石を手にする喜びと、さまざまな結石を体内に持つ苦しさを共に味わうことになった[25]。七つの部屋のなかでも、一番高い位置にあり、他のどの部屋よりも勝るとされるのが、もっとも大きな危険を伴う部屋であった。だがそれにも拘わらず、重厚な貫禄を備えた人たちにかぎって、そこへ入りたがった[26]。一番低い場所にある部屋は、もっとも食欲をそそられる部屋であった。その証拠に壁がすでに齧られている。話によると、石壁は砂糖でできていて、その上に塗られたモルタルは、上質のワインとよく練られた漆喰を混ぜ合わせたもので、スポンジケーキになっていた。この部屋に入りたい者は大勢いて、食べ物の味のわかる人間であることを自負していた[27]。これとは逆に、もう一つ別の部屋は赤い調度品で埋められている。床には短剣が敷きつめられ、壁は鋼《はがね》でできている。さらに扉には銃口が取りつけられ、窓には銃眼があり、階段の手すりが矢でつくられ、天井には花形装飾が置かれる代わりに、太刀がぶら下げられていた。そんな様子にもかかわらず、血を流すこともいとわず、この部屋で寝泊まりする者も何人かいた[28]。さらにもう一つの部屋は、青色で統一されていた[29]。その青の美しさの拠りどころは、他の色の美しさの輝きを失わせることによって、他人の名声を傷つけることにあった。建物は犬やグリフィンの像のほか、歯型装飾でも飾られていた[30]。原材料は歯だったが、象のものではなく、毒蛇のものだった。建物の外観はすばらしかったが、内部に関して確かなこととして伝えられていたのは、たとえば壁の内側は齧り取られているとのことだった。さらに壁のなかに潜り込もうと、人びとがお互い齧りあっているとも言われていた。最も快適で居心地のいい部屋は、地面の高さにあった。部屋のなかを見渡してもどこにも階段がない。それにもかかわらず、踊り場のような個所がいくつか用意されていて、そこには椅子がたくさん置かれていたが、例外なくすべて安楽椅子ばかりだった[31]。建物が平屋造りである点などまるで中国の家のようだった。安楽椅子は亀の甲羅でできていて、みんなすっかりこの椅子が気に入り、そこに腰掛けてのんびりくつろいでいた。そんなわけで、部屋の中を歩く人はゆっくりと進み、部屋がとても長いこともあって、所構わず立ち止まって休憩し、目的の場所に着くことはめったになかった。いちばん美しかったのは緑の部屋だった[32]。美が競い合う春のような雰囲気の部屋だ。花の部屋とも呼ばれたが、実は《花》とは賭博のいかさまのことで、部屋にはそんな雰囲気が充満していたのである。威張り散らして勇者ぶる者、年齢のさばを読む者など、《いかさま》が横行し、ぐうたら者にも事欠かなかった。菫の花にまじって、たくさんの水仙の花があった。この部屋に入る際には、みんなバラの冠をかぶったが、すぐに花はしおれてしまい棘だけが残った。美しかった花もいまは枯れ果てた草のようになり、棘のなかにその姿をさらしている。しかしこんなことになっても、部屋は相変わらず高い人気を誇り、このなかに入った者はみな、享楽の限りを尽くした。

クリティーロとアンドレニオは、七つの部屋のうちいちばん自分の好みにあう部屋に入るよう指示を受けた。まだ若く、向う見ずで元気盛りのアンドレニオは、《花の部屋》に向かって歩きだし、こうクリティーロに言った。

「どうぞ、あなたのお好きな部屋にお入りください。ひとめぐりしたら、どうせみんな同じ場所に行きつくことになるでしょうから」

一方クリティーロは早く選ぶようにと急かされていたが、こんなことを申し述べていた。

「私はほかの人たちがたどった道はとらないつもりです。その反対の道を選びます。入ることは拒みませんが、だれも入らないところへ入りたいのです」

「そんな門なんてあるはずがないでしょう?」と答えが返ってきた。「現に大勢の者が、引きも切らずすべての門から入ってきているというのに」

他の連中は風変わりな注文を出す彼を見て、笑いあい、こう囁きあっていた。

「この人は、いったいだれだね? みんながやることの逆をしたいなんて言う、このひねくれ者は?」

「どう言われようと関係ありません。私はそうしたいのです」と彼は言った。「私はほかの人たちが出てくる場所から入りたいのです。つまり、出口を入り口にしてしまいたいのです。私は物事の始まりに関心を向けることはめったにありません。物事の終わりが大事ですから」

彼は家の周りを移動して、ぐるりと反対側にまわってみた。するとまったく新しい家の顔が見えたのだ。正面のあの壮麗な姿とは打って変わって、見るも無残な姿に変身してしまっている。こちらに回ると、美しさが醜悪さに、喜びが恐怖に変わってしまっている。正面とは違ってこちら側は腐れきっていて、いまにも家が崩れ落ちそうな感じさえする。ここにまでくると、中に招じ入れられていた人たちに対しては、家の中の宝石などもはや興味をつなぎとめることはできず、そればかりか石が彼らのあとを追いかけ、まとわりつき、地面の石ころまでが彼らに罵声を浴びせる始末だった。裏側のこの道の周辺には庭などどこにも見当たらず、ただ棘だらけの小木と雑草が生い茂る、殺伐とした野原の風景が広がるだけだった。

クリティーロが少し前に目にしたのは、笑顔を見せて家の中に入ってゆく人たちの姿だった。それがこんどは、その人たちがみんな泣きながら、外へ飛び出してくる。これには彼は少なからず驚かされた。さて、どんな様子で彼らが出てきたのか、ここで詳しく述べておく必要があろう。庭が見える部屋の窓から は、何人かの者が放り出され、バラの花の棘につよくぶつけられている。その棘が体中に突き刺さり、鋭い痛みが体中に走り、まるで地獄の苦しみを受けたかのように、天まで届くような悲鳴をあげていた。いちばん高い階まで登った人たちが、落ちたときに受けた衝撃はとくに無残であった。そのうちの一人は、建物の最上階から落とされたのだが(33)、これは自業自得の罰として、他の人たちには大いに喜ばれたのである。実はこの人物、その転落をみんな揃って待ちわびていたのだが、結局はその予想通り不幸な運命をたどることになり、すぐれた品性を備えた人物としての評判を失うことはもちろん、ごく普通の人間としての役割さえ果たすことができなかったのである。

「当然の報いだね」と建物の中にいた者も外にいた者も、口をそろえて言った。「だれにも善をなすことのできない者への、当然の報いだよ」

みんなの大きな同情を呼んだのは、月ならぬツキがなく、悪い星のもとに生まれてきたあの人物だった。この人は建物から落下したとき、のどに短刀が突き刺さり、流れた血で二度と書くことはない王への詫び状を書いたのだ(34)。クリティーロがその時目にしたのは、すでに黄金からただの泥の枠に変わっていた窓から、多くの人が裸のまま放り出されている様子だった。彼らが腰を曲げ、打ちひしがれている姿を見ると、おそらく砂金の袋ででも、背中を痛いほど叩かれたのだろう。ほかの者たちは、酒の皮袋を手にもったまま、台所の窓から突き落とされていた。みんな腹から地面に落ち、ぞんざいに扱われたことを恨んでいた。ところがひとりだけ、裏の戸口から出てくる者がいる。クリティーロはそれを見ると、ただひとり感じ入ったように、その人物に近づいていった。そしてこの場には珍しい、祝福のことばをかけた。こうして挨拶を交わしたとき、すぐさまその人物とは、すでにどこかで会ったことがあるのを思い出した。

「やっぱり間違いない」と独り言を言った。「しかし、いったいどこでこの人を見たのだろう？　たしかに見た記憶はあるのだが、どこだったかが思いだせない」

「クリティーロじゃないかね？」と相手が尋ねてきた。

「そうです。でも、どちら様でしょう？」

「ほら、おぼえているだろう？　あの聖女アルテミア女王の宮殿で一緒だったじゃないか」

「思い出しましたよ！　あなたはあの《私は自分のものはすべて、自分の中にもっている》とおっしゃっていた賢者殿[35]だ」

「その通り。そのおまじないの文句のおかげで、この魔法から私は抜け出せたのだよ」

「でもいったん中に入れられてから、どうやって脱出に成功できたのです？」

「それは簡単だよ」と応じた。「お望みなら、君にかけられた魔法も、あっさり解いてやるよ。人は自分から進んで《はい》の返事をするものだから、その意志力があんな目に見えない縛りをかけてくるのだよ。だから、だれだって《だめ》という強い意志をもつだけで、縛りから解き放たれるのだ。すべてはしっかりと強い意志をもつことにかかっているわけだ」

そこでクリティーロは、はっきりと拒否の意志を固めた。するとそのとたん、たちどころに例の古書を束ねる帯の縛りから、解き放たれたのだ。

「ところで、クリティーロ、君はみんなが囚われの身になっている、この家のなかになぜ入らなかったのだね」

「それはですね、女王アルテミア様のもう一つの教えを守って、出口をちゃんと確認できるまで、入り口に足を踏み入れなかったからです」

「なんて運のいい奴だ。いや《奴》だなんて言って悪かった。君こそまさに智者の名にふさわしい人間だよ。ところで、君のあの仲間はどうしたんだ？　ちょっとせっかちなところがある、あの若者のことだよ」

「いや実は、あなたにお尋ねしたかったのはそのことなんです。ひょっとしてこの家のなかで、彼にお会いになっていませんか？　理性の歯止めも効かないまま、この中に飛び込んでいったから、あるいは他の連中といっしょに放り出されでもしたのではと、心配しているところなんです」

「どの門から入ったのだね？」

「色欲の門からです」

「そいつは最悪の門だね。きっと出てくるのに時間がかかるだろうよ。さまざまな苦い体験を終えなければならないからね」

「救い出すのになにかいい方法はありませんか？」とクリティーロが尋ねた。

「一つだけある。簡単そうに見えて、じつはとても難しいやり方だ」

「ほう、それはどんなやり方です？」

「強い意志をもつことだ。つまり私と同じように行動することだよ。ただ放り出されるのを、漫然と待っていてはだめなんだ。自分から抜け出す意志を固めることが大切だ。そして好機をのがさず外へ出ること。ただし出るといっても、苦しみをくぐり抜けたうえで、出口を通って出てくるという話で、窓から放り投げられて出てくるのとは違う」

「ひとつあなたにお願いがあります。しかしお願いとはいっても、馬鹿げた相談のような気もするので、なかなか口に出しにくいのですが……」

「なんだね？」

「あなたはこの家のなかの要領を摑んでいらっしゃるでしょうから、もう一度入り直していただけませんか？　賢者らしく、あの若者を迷いから目覚めさせ、自由の身にしてやって頂きたいのです」

「でも、その手はあまり効き目がないように思うね。たとえ彼を見つけ出せて、話ができたとしてもだね、まだお互い親しい間柄ではないから、私の話を信用しないだろう。相手が君なら、もっと素直に従うと思う。それに君はどうせ中に入ることになっているし、盗賊たちにはその約束を果たすようにと言われるはずだ。だから君が入って、あの若者を助け出したほうがいいと思うよ」

「私が入るのはちっとも構いません」とクリティーロは答えた。「もっとも正直なところ、あまり気乗りはしませんが。でも私には中に入った経験などないから、ひょっとして彼を見つけられなくて、すべて無駄な努力に終わってしまわないかと心配です。下手をすると彼も私も、自滅してしまう危険だってあります。だからこうしてはどうでしょう。あなたと私とふたりで行くのです。この際、ふたりで一緒に知恵を働かせることが肝心だと思います。あなたは中の事情に明るい者として私を案内してくださり、私はあの若者の友として説得に当たるのです。こうしたら万事うまくいくはずです」

相手もこの作戦に賛同し、実行に移すことになった。ところがこのとき出口に立っていた警備役の女盗賊が、賢者の行動を怪しみ、彼を引き止めたのだ。

「それに、そちらの人もですが」と女はクリティーロを指して言った。「中に入るよう厳重に警告せよ、との指示を受けています」

しかし彼は女に背を向けて、賢者といっしょに身を隠し、何やらひそひそ二人で話を始めた。この建物の入り口と出口あたりの様子、歩いてまわってきた中の様子などにつき、尋ねていたのだ。そして最後に意志を固め、一度は中に入る決心をしたのだが、途中でまたまた引き返してきて、賢者にこう言った。

「ひとついいことを思いつきました。お互いの服を交換してみませんか？　ほら、この私の服を着てみてください。これはアンドレニオがよく知っている服です。これなら彼の信頼を勝ち取ること間違いなしです。これを着て変装してくだされば、夜明けか夕暮れの時刻なら、警備の目をごまかせるはずです。私はあなたの服を着て、このままここに残り、着替えたのがばれないように、いつまでもここでじっとして、待ちつづけることにします」

賢者はこの策も悪くはないと思った。そこでクリティーロの服を身に着け、警備の者に請われるままに、中に入ることに成功したのである。一方そこに残ったクリティーロは、相変わらずひっきりなしにあの快楽の窓から、突き落とされ、落下してくる人々の姿を目で追っていた。またそこには、道楽者が一人、女盗賊たちに捕えられ、バラの庭園に面した窓から下の棘のなかへ放り出されるのが見えた。その若者は裸のままの姿だったので、体じゅう傷だらけとなり、とくに鼻はひどい打撃を受け、形が崩れてしまうほどだった。その後喋り始めたが、すっかり鼻声となり、このままの状態で一生を過ごさなければならないのは明らかであった。この声を耳にした者はみんな、口々にこう言っていた。

「この若い男が鼻声で喋っているのは、とりたてて不思議なことでもない。思慮分別もなく、ふしだらな青年時代を送ったことに対する当然の罰だから」と。

この若者や彼と行動を共にしてきた者は、その時初めて自分たちが犯した過ちを忌まわしく思い、まるで復讐でもするかのように、けがれた快楽を呪いつづけていた。そうすることで、過去の罪の償いをするつもりであったのだろうが、なぜもう少し早くそれをやらなかったのか、今となっては後の祭りであった。一方、あの別の部屋の階段あたりをごろごろ転がり落ちていた者たちは、下まで落ちきるには少し時間がかかっていたが、立ち上がるためにも、さらなる時間を要していた。とにかく怠惰のせいで、相変わらずまともな人生を送れないまま、毎日を無為に過ごし、ただ頭数に入れてもらうためと食料を食いつぶすためだけに役立っているような連中であった。彼らはいつも不機嫌な顔で通す。階段を転げ落ちるに際しても、まるで大気中にのんびり止まっているようで、これなどあのゼノンの運動否定論[36]を裏づけているみたいなものだ。しかしいったん下まで落ちきってしまうと、ずっと地面に這いつくばって動かない。またあの武器をそろえた部屋には、猛々しい叫び声をあげながらうろつき回る連中がいて、まるで精神を侵された者たちの部屋のように思えた。彼らはさんざ痛めつけられ、拳骨でしたたかに殴ったり、殴られたりしていたことから、勇ましい彼らの胸からは血が噴き出し、あらかじめ敵たちから吸い上げていた血を吐き出していた。復讐という行為は粗暴な習性であり、人々の悩みの種となるものだ。ただ妬み心の毒に侵された者たちだけは、われ関せずと高みの見物に徹し、他の者たちが嘆くのを逆に楽しんでいた。そんな中に、相手から片方の腕を奪い、目をくり抜くために、自分の両腕と両目を失っている者さえいた。彼らは他者が嘆き悲しむ対象を嘲り笑い、他者が嘲り笑うものを嘆き悲しんでいたのだが、不思議なことに、入口では彼らに元気を失わせる原因となっていたことが、出口では逆に彼らを丸々と太らせるようになっていたのだ。それは人の不幸を喜び、その不運を大いに喧伝することが大きな栄養素となっていたからである。

クリティーロは全員がこんな情けない運命をたどるのを眺めていた。そしてやっと長い一日が終わるころ、アンドレニオが棘の花の庭に面した窓辺に顔をのぞかせるのが見えた。クリティーロは彼がそこから転落でもしたらと、一瞬ひやりとした。しかし自分の姿をだれにも見られたくなかったので、あえて声をかけることは控えた。そこでアンドレニオに対しては、かつて体験した幻滅の記憶を呼び覚ましてやるべく、しきりに身振りで合図を送ったのである。アンドレニオがどのような方法で、またどの道をたどって下に降り立ったかについては、次考で語ることにしよう。

第十一考
宮廷の魔物

ライオンを一頭見れば、すべてのライオンを見たことになるし、羊を一匹見れば、すべての羊を見たことになる。しかし人間を一人見たところで、たった一人を見たことになるだけのことで、おまけにその一人でさえ十分に知ったことにはならないのである。虎はみんな獰猛だし、鳩はみんな純真だが、人間はそれぞれが異なった性格をもつ。鷲はみんな心が広く、つねに心の広い鷲の子を産む。しかし著名な人物には偉人となるような子供は生まれないものだし、それと同じように親が小柄だといって、いつも体の小さい子供が生まれるとは限らない。各人それぞれ好みが違い、さらには振舞い方も異なり、たった一つの同じ考え方でみんなが生きているわけでもない。大自然は抜かりなく、人間にはそれぞれ異なった風貌を与えた。それは人と人との見分けがつくように、また誰が喋っているのか、だれの行為なのかを判らせるためであり、善人を奸物と間違えないように、また男と女の見分けがつくように、さらには他人の顔を使って自分の悪行を隠すようなことを誰にもさせないためでもある。草花の特性を調べるために研鑽を積む人たちがいる。しかし人間の特性を知る方が、そんなことよりはるかに重要だ。人は人とともに生き、死ぬのだから。また、すべての人が必ずしも見た目通りの人間だとは限らない。恐ろしい怪物もいれば、大都会にはあのアクロケラウニアの断崖[1]に巣食うような魔物さえいる。さらにほかの例を求めれば、言行不一致の賢者、思慮分別に欠ける老人、放任された若者、羞恥心に欠ける女、慈悲の心に欠ける金持ち、謙虚さに欠ける貧者、威厳に欠ける領主、国の強制力が及ばぬ都市、褒賞がもらえぬ功労者、人間性に欠ける人間、中身に欠ける人物、などなどがいる。

マドリードの町も間近に迫ったころ、あの賢者はそんなことに考えをめぐらせていた。例のあの場面で的確な判断を下し、アンドレニオを救い出したあとのことであった。あの時クリティーロが開け放たれた出口の近くに立ち、アンドレニオが出てくるのを待っていると、階上の窓のあたりに彼の姿を認めた。ほかの人々に混じって下に向かって飛び降りようと、もがいているように見える。しかし幸いなことに、彼を無理やり引きずり込もうとしている者はいないようだ。それを見て、クリティーロは安堵の息を漏らした。するとアンドレニオは頭にかぶっていた花冠をはずし、それを少しずつばらしていき、枝と枝とを縛りつけて一本の綱を作った。さらにそれにぶら下がり、なんの怪我もなく無事に地上に降り立ったのだ。と同時にあの賢者も同時に出口のところに顔をのぞかせた。クリティーロの喜びはこうして倍に膨らんだのである。しかし三人はここで立ち止まりもせず、喜びの抱擁も後回しにして、これ幸いとばかり脇目も振らずにその場をあとにした。ただしアンドレニオだけは、階上の窓を振り返りこう言ったのである。

「枝でつくったあの綱はあのまま置いておこう。あの綱こそぼくの自由への架け橋だ。ぼくを真実に目覚めさせてくれた永遠のしるしとなる」

三人はマドリードへ方向を定めたが、賢者が言うには、これはエスシーラ[2]を逃れて、カリブディスへ向かうようなもの、つまり一難去ってまた一難となるだろうとの予想だった。彼はクリティーロとアンドレニオの二人と、楽しく会話を交わしながら、マドリードの入城門まで同行してくれることになった。会話こそ人生の旅を楽しくしてくれる最高の道連れなのだ。

「さっきのあの旅籠はいったい何だったのでしょう？」とクリティーロが言った。「あの家の中であなた方二人に起こったことを、話してほしいものです」

賢者はアンドレニオに促される形で、あの家の中の様子をこう説明した。

「実はあの怪しげな家は、つまるところ俗物たちが集う宿屋のようなものだよ。入口で快楽をちらつかせて人を招き入れ、出口ではさんざ叩きのめして外へ放り出すという手口を使う。あの美人の追いはぎは有名なボールシアだ。あの女のことを私たちは悦楽の女神と呼ぶが、ローマ時代の人々はボルプタス[3]と呼んだらしい。悪徳を陰で操る曲者で、ひとりひとりの人間に淫靡な悦びをばらまき、それを餌にしてわれわれ人間を引きずってゆくのだよ。彼女はその魅力で人間たちを虜にし、ある者は高慢さを表す一番高くにある部屋をあてがわれ——もっともあとであてが外れるのだがね——またある者はものぐさを象徴する一番下の部屋に通される。でも中くらいの高さの部屋に案内される者はだれもいない。人間の悪徳には中庸などないからね。君たちが見たとおり、みんな楽しく歌ったりしながら入るのだが、しかし最後には、みんなぼろぼろ涙を流して出てくることになる。ただし、妬みの罪を背負う者は、これとは逆の反応を示す。最後にあの窓から転げ落ちないための策は、あの賢明なアルテミア様の偉大な教えを、初めからちゃんと思い出しておくことなんだね。私があそこから首尾よく脱出できたのは、あの教えが大いに役立ったからだよ」

「そしてこの私には、あそこの家に入らないためには、あの教えが大いに役立ったということですね」とクリティーロが応じた。「私ならどちらかといえば、笑いが聞こえる集いよりも、悲しみの涙を流す集いのほうに喜んで入ってゆきますね。だって、楽しいお祭りというのは、いつも悲しみの前触れになっていることが分かっているからです。いいかね、アンドレニオ、快楽に誘われて事を始める者は、悲嘆の涙で終わることになるんだよ」

「やっぱりぼくたちのこの旅には、落とし穴がいっぱい隠されているんですね」とアンドレニオが答えた。「入口で巧妙な手口で引っ掛けるのにも、ちゃんとした理由があってのことですよね。あの旅籠こそ気のふれた連中の溜り場です。あんなごまかしに引っ掛かるなんて、本当に頭がどうかしている。それにあの壁の磁石の魔力もあなどれません。初めは人をぐいぐい引きつけ、あとになると高いところから人を突き落したりするのですから」

「君たちも十分に気をつけることだね」と賢者は言った。「出だしが楽しそうに見えるものには、すべて警戒が肝心なのだ。出だしがうまくいったからといって、決していい気になってはいけない。終わりになると難渋し、反対の現象が現れることをつねに頭に入れておかねばならない。私がこんなことを言えるのは、ある夢物語をボールシアのあの旅籠で耳にしたからだ。君たちもそれを聞けば、きっと何かに目覚めるはずだ。その話とは次のようなものだ。幸運の女神には二人の息子がいたのだが、すべての面で正反対だったらしい。兄の方は眉目秀麗な好青年、弟はひどいご面相で、険のある目つき。おまけにこれはよくあることだが、性格や資質まで顔の印象とぴったり合致していたらしい。母はこの息子たちに二枚のチューニックを丹精込めて作ってやった。兄には春の女神が織ってくれたもので、バラとカーネーションの花模様をちりばめた豪華な布を用いたのだが、その花模様の間にGの文字が、花の数とおなじだけ入れてあったそうだ。そのGの文字は、ある者にはgracioso（気品あふれる）という言葉を連想させるしゃれた記号の役割をはたし、またほかの者にはgalán（美男子の）、gustoso（感じのいい）、gallardo（凛々しい）、grato（気持ちのいい）、grande（立派な）などのイメージを連想させたのだ。この文字は純白の糸で織りこまれていたのだが、まさに優雅さ、洗練、凛々しさ、気品などの意味を表すには十分だった。そして正反対の気性の弟には、陰気な黒の亜麻布に棘の模様をたくさん縫い取った布地を使った。ひとつひとつのバラ模様の間には、Fの文字がたくさん縫いこまれていたのだが、それを見た人たちは、あまり連想したくもないイメージを読み取らざるを得なかったのだよ。たとえば、feo（醜い）、fiero（獰猛な）、furioso（凶暴な）、falto（欠陥のある）、falso（まがい物の）などなど、まことに恐ろしく、残酷な言葉ばかりだった。ふたり揃って家を出て町の広場や学校に向かうと、もっぱら兄が主役で、町の人たちは兄の姿を認めるとだれもが声をかけ、心の窓を開いてくれた。みんな兄の後を追いかけ、その姿を見た者は幸せ者とされ、体に触れることができた者は、それ以上の幸せ者となった。一方気の毒な弟の方は、快く迎え入れてくれる家などどこにもなく、こっそり人目を避けるようにして町を歩いたものだ。するとみんな彼を避けて逃げ出す始末。どこかの家に入りたくても、目の前でぴしゃりと戸を閉ざされてしまう。それでもなお必死で入ろうとすると、拳骨の雨を浴びせられる。こんな調子で、どこにも落ち着き場所を見つけられなかったのだ。そしてそんな不幸に耐えられなくなると、生きるも死ぬももう同じように思えてきた。この悲しみから逃れるために、どこかへ身を投げて死ぬことさえ考えはじめることになった。ここで思い切って死んでしまったほうが、ただ自然死を待ってだらだら生き延びるより、立派に命を全うできる道を選ぶことになるのでは、と思ったのだ。しかし、物思いに沈むと、かえって才気はよく働くもの。ここである一つの策を思いつくことになった。策略はいつも人間に、本来の力を上回る威力を与えてきたのではないかと彼は考え、あの〈まやかしどの〉の強大な威力と、あの人物によって毎日のように繰り返される奇跡的なわざに気づいたのだよ。そこでさっそく夜が来るのを待って、その姿を探しに出ることにした。なぜ夜かというと、彼は日の光とは、お互い忌み嫌いあう仲になってしまっていたからだ。彼は〈まやかしどの〉を探しはじめたのだが、なかなか見つからない。ここならいるはずだということで、さまざまな場所を人に教えられたのだが、結局はどこへ行っても出会うことはできなかった。そこで彼は、人を騙すことが得意な人たちの家になら居るはずと考えて、まず初めに〈時間どの〉の家へ向かったのだ。ところが〈時間どの〉が言うには、自分は人を騙したりなんかしないとのこと。そして、以前はみんなの幻想を解いてやるべく頑張ってみたのだが、みんな気づくのが遅かったとこぼしたりする。そこで次に、嘘つきとして名が通っている〈世間どの〉の家を訪れてみた。ところが相手が答えるには、嘘つきなんてとんでもない、人を騙したいのはやまやまだが、実は自分はだれも騙したことがない、とのこと。人間こそが、人間を騙している張本人であり、自分の目を見えなくさせ、自分を偽ってしまうのだと言う。そこで彼はほかならぬ〈嘘さま〉を尋ねていくことにした。彼女はどこにでも姿を見せたので、さっそく摑まえて尋ね人について訊いてみると、こんな答が返ってきた。

《あなたって、ほんとにお馬鹿さんね。このあたしがなんであなたなんかに、本当のことを言わなきゃならないの？》

《そういうわけなら、〈真実さま〉が、ぼくに教えて下さるはずだ》と弟は独り言をつぶやいた。《しかし、どこへ行ったら、あのお方を見つけ出せるのだろう。もっとややこしいことになるかも。だってこれだけ探し歩いても、〈まやかしどの〉を見つけられないのだから、〈真実さま〉はもっと難しいはず》と。
そこで彼は〈偽善さま〉の家へ向かうことにした。あそこにならちゃんと居てくれるはずと思ったわけだ。しかしこの男はいつもの騙しの得意わざで、彼に一杯食わせたのだよ。その捻じ曲がった心と同じように、首をひねり、両肩をすぼめ、両唇をゆがめ、眉を吊り上げ、両目を立派なお屋敷の天井にむけ、いかにも勿体をつけた調子でこう言ったのだ。《そんな人などまったく知らないし、かつては同じ屋根の下で暮らしたことはあったにしても、まったく言葉さえ交わしたこともない》と。そこでこんどは、〈阿諛《あゆ》さま〉の邸宅へ向かったのだが、それがとても立派な御殿だったそうだ。このお方はこう言った。
《あたしは嘘はつくけど、人を騙したりはしないのよ。なぜかっていうとね、あたしの嘘はあまり大ぼらすぎるし、おまけに見え透いた嘘だから、どんなに単純な人だって、すぐ嘘だって見破るのよ。それにあたしは嘘をつくってことをみんな知ってるくせに、そんな嘘を楽しんでいるなんて言ってくださって、おまけにご褒美まで下さるのよ》
《世の中は嘘や偽りでいっぱいなのに、どうして〈まやかしどの〉をみつけられないのだろう》と彼は嘆いた。《これじゃまるで、警察のアラゴン式捜査じゃないか[4]。きっとどこかの夫婦のなかに隠れているかもしれない。そっちの方へ行ってみよう》
そこへ行って、夫に訊き、さらに妻にも訊いてみると、この夫婦が答えるには、お互いそれぞれあまりにも多くの嘘を言い合ったので、騙されたからといって、どちらにも不平を漏らす権利などないとのことだった。次は商人たちの家にいるのではないかと弟は考えた。法外な値段をふっかけてくる連中や貪欲な債権者たちにまじって、〈まやかしどの〉なら居そうではないか。しかし彼らの答えは、いないということだった。要するにこんな場所のように、騙すことなど当たり前と誰もが認めているような世界では、騙すという意識自体そもそも存在しないからだ。さらに近くで軒を並べるさまざまな店舗を訪れてみたが、職人たちの返事は同じだった。なかにはどこに〈まやかしどの〉が居るのかを知っている者もいたのだが、自分もその〈まやかしどの〉を必要としていることから、ここでその居場所を明らかにして恥をかかせるわけにはいかない、と頑張ったということだ。とうとう彼は、これ以上どこへ行ったらいいのか分からず、困り果ててしまった。
《よし、こうなったうえは意地でも探してやる。たとえ悪魔の家の中だろうと》と、彼は言ったものだ。
さっそくそちらに向かった。悪魔の家とは、ジェノバのような町、いや失礼、正しくはジュネーブみたいな騒々しい町なんだね(5)。しかしその家を訪ねると、悪魔は激怒し、恐ろしい声を張り上げ、こう言った。
《俺が騙すだって？　この俺が？　これはこれは、御挨拶だね。俺だったら騙すくらいなら、むしろだれにも隠し立てなどしないで、はっきり話をするよ。俺は天国へ連れていってやるなんてことは約束しない。その代わり、こっちの者には地獄、あっちの者には劫火《ごうか》を約束するのさ。楽園なんてとんでもない。そうはっきり教えてやっても、ほとんどの連中が俺様のあとについてきて、俺の意思通りに動くんだ。分かったかね、これでいったいどこに騙しがあると言うんだね》
この悪魔の返事を聞いた彼の言葉によれば、ここではたと真実に気づき、悪魔の前から立ち去ることにしたとのことだ。そして別の道を探すことにして、騙された人たちが住む家に、目的の〈まやかしどの〉を探しにいくことを決めたのだ。騙された人たちは、みんな善良で、信じやすい性格で、純真で、ほんとうに騙しよい人々だった。しかしみんな口をそろえて言うには、〈まやかしどの〉は絶対にこんな場所にいるはずはなく、もし居るとすれば騙し屋たちの家のはずだとのこと。そして、さらにつづけて言うには、騙し屋たちこそ本当の愚か者で、なぜかといえば、人を騙す者はつねに自分が人に騙され、結局は自分自身を傷つけてしまうから、とのことだった。
《これはどういうことだ》と弟は独り言をつぶやいた。《騙し屋たちは、騙される者たちが〈まやかしどの〉を連れ去ったと僕に話したのに、こんどは騙された者たちは、騙し屋たちが〈まやかしどの〉と一緒にいるなどと答える。僕が思うに、両者が自分の家に〈まやかしどの〉を置いているのに、きっとだれもその事実に気づいていないのだ》
こんなことを考えながら進んでいくと、〈学識さま〉が彼の姿をみつけ、近づいてきた。彼が〈学識さま〉を先に見つけたわけではないのだ。〈学識さま〉はすべてを知り尽くした者らしく、弟にこう言った。
《なにかお困りの様子ですね。でもどうしてあなた以外の人のなかに、〈まやかしどの〉を見つけようとなさるのです？　あの人物をいくら探そうと思っても、決してその姿を見せないものだということが、あなたにはお分かりにならないのですか？　万が一見つけられても、その時点でもうあの人物ではなくなってしまうのですよ。自分自身を偽っている連中のなかのだれかの家に、いまからすぐに行ってごらんなさい。きっとそこに〈まやかしどの〉がいるはずですから》
そこで彼は、自信家、気取り屋、貪欲家、妬み屋の家にそれぞれ入ってみたところ、ついに探す相手を見つけることができたのだ。実はいかにも〈真実さま〉らしい化粧を施して、変装していたのだよ。弟は自分の不幸な身の上を語り、そこから逃れる方法を尋ねてみた。〈まやかしどの〉は表情を曇らせながらも、しっかり彼を見据えて、こう言った。
《君はほかならぬ〈悪童くん〉その者だな。その顔つきの悪さを見れば判る。君は邪心そのもので、見た目よりもさらにもっと醜悪な面を内に秘めている。でもここはひとつ、元気を出すことだ。この俺の智恵と努力をお前に提供しよう。この俺の力を発揮できる機会ができたのはとても嬉しいことだよ。俺と君とで、すばらしい組み合わせができるはず。さあ、元気を出せ。医術の第一歩は、病気の元をつきとめること。それと同じで、この俺は君の苦しみの元を、まるでこの手で触れるくらいの形で、見つけ出してやろう。俺は人間を熟知しているんだ。ただし奴らはこの俺のことをちっとも分かってはいないがね。俺は人間が他人に悪意を抱いたりするときには、何か見落としていることがあるのがちゃんと分かるのさ。いいかね、世間の者が君を嫌うのは、君が悪人だからではないのだ。それは自信をもって言える。嫌われる本当の理由は、君が身に着けているその情けない服のせいで、本当の悪人に見えてしまうからだよ。その棘のトゲが、見る人の気持ちを傷つけてしまうのだ。もし君の衣装が、花模様で飾られていたら、人に好かれるのは間違いない。でもここはまず、この俺にまかせてくれ。君がみんなにあがめられる人間になり、兄貴が嫌われ者になるように、いろいろ手を打ってみることにしよう。その策はもうちゃんと考えてある。たとえ駄目でも、ほかにいろいろ作戦はある》

こうして〈まやかしどの〉はさっそく弟の手を取ると、幸運の女神の家へと彼を引っ張っていったのだ。〈まやかしどの〉はいつものように、もっともらしく儀礼にのっとり女神に丁重に挨拶すると、目が見えない女神は、その見事な振る舞いにすっかり魅了され、思わず気を許してしまったのだよ。そこで〈まやかしどの〉は、女神には手引き小僧が必要なこと、それがどれほど暮らしを便利にしてくれるかを、諄々と説いたうえ、〈悪童くん〉をその役にと差出したのだ。この若者の忠誠心と頭の良さは折り紙つきであることを述べ、この弟子は悪魔よりもはるかに賢い若者であり、そして何よりもまず、女神から幸運の分け前を頂戴できれば、ほかに何の報酬ももらうつもりはないことを強調してみせたわけだ。これは彼としては偽りのない気持ちで、それは野心を満足させる好機を手にすることが、最高の報酬だったからだ。さらに若者の取り柄をいろいろ並べ立てたのだが、所詮作り話にすぎないうえに、正直なところ少なくとも盲人の手引き役には向いていないと思えるものばかりだった。しかしいずれにしろ、幸運の女神は自分の家に〈悪童くん〉を置くことを承諾したのだ。ただし、家といっても、じつは全世界が彼女の住まいなのだがね。若者はたちまちのうちに、家の中にあるものを手当り次第ひっくり返しはじめ、在るべき場所から物を引き摺りだし、時間の流れまでもいじくりまわして、混乱させてしまう有様だった。小僧はいつも女神を反対の方向に案内していった。たとえば、彼女が有徳の人物の家に行きたいと頼めば、悪人の家に連れて行き、さらには極悪人のところまで案内していった。走るべきときには立ち止まらせ、手さぐりでゆっくり進むべきときには、飛ぶような速さで彼女を引きずってゆく。こうして〈悪童くん〉は女神の行動を好きなように操り、彼女が恵みをもたらすべき相手を、勝手に入れ替えてしまったりしたのだ。たとえば、女神が賢人たちに与えるつもりの幸運を、無知な者に渡すように仕組む。勇者に与えるべき恵みを、臆病者に差し向ける。女神の手元を狂わせて、幸せと幸運が、それに値しない者に配られるように細工する。女神をそそのかして、好き勝手に盲人用の杖を振り回させ、善良で徳の高い人たちを容赦なくその杖で痛めつける。人並みすぐれた分別をもつ人に貧乏生活の逆境を味わわせ、ペテン師には助けの手を差し伸べる。だから今日では、彼らがあれほどのさばるようになってしまったのだ。女神の杖で、いったい何人の優れた人物たちを、誤って打ってしまったことか。バルタサール・デ・スニガ卿⑧など、まさにこれからの活躍を期待されたときに、あの一撃を受けてしまったのだよ。さらには、インファンタド公爵やアイトナ侯爵⑨など、すぐれた人材も、まさにもっとも必要とされたときに、あの一撃で一生を終えなければならなかった。ルイス・デ・ゴンゴラやアグスティン・デ・バルボサ⑩などの高名な人物たちには、貧困生活の試練を与えることになった。本来ならば、この人たちに多くの恵みを与えなければならない時に、やはり誤った打撃を加えてしまったのだ。ところが当のいたずら者の〈悪童くん〉はこんな言い訳をしたものだ。

《この人たちは、できるならレオ十世か、フランスのフランソワ一世⑪の時代に生まれてきてほしかったね。今の時代は、彼らのような芸術家にむいた時代ではないのだよ》と。

しかし、トレクソ侯爵⑫のような英雄には、つらくは当たらなかったのは確かだ。そのことを〈悪童くん〉は自慢げにこう話したものだ。

《もし戦争などない世の中だったら、僕たちはまったくのお手上げなのさ。幸運の女神なんてとっくに忘れ去られていることだろうしね》

一方、マルティン・デ・アラゴン卿⑬に弾丸が当たったのは、やはり幸運の女神が倒す相手を間違った結果であり、その失敗はすぐさま世に広く知れ渡ってしまった。女神はまた、アスピルクエタ・ナバロ⑭に枢機卿の帽子を渡すつもりだったので、枢機卿会議にとって大きな名誉となるはずだったが、〈悪童くん〉が女神の手から帽子をはたき落としてしまったのだよ。すると、おつきの助祭があわてて、その帽子を拾いあげようと駆けつけると、あの悪がきが笑いながらこう言ったものだ。

《こんなお偉方とはとても一緒に生きていけないよ。名声さえ残せばいいと思っている人たちだからね。それに引き替え、他の連中はこちらが分け与えるものを、ありがたがって受け取り、大いに感謝してその恩に報いようとしてくれるんだ》

それまで幸運の女神は、名君が支配するスペインに対しては、新世界や多くの王国を与え、勝利をもたらしてくれていたのだが、世界に冠たる帝国になったあとでも、さらに多くの恵みを与えようとしてくれていたのだ。ところがそのとき、女神はこの悪童が密かにたくらんだ計画に乗せられ、二人は遠くフランスまで活動の場所を移すことになり、全世界を驚かせることになった。当の〈悪童くん〉は言い訳がましく、スペインにはもうすでに分別ある人間の血筋が、逆にフランスには無分別な人間の血統が、それぞれ絶えてなくなってしまったことが原因だなどと、説明していたものだ。そしてこんどは、彼の悪行により高まっていた人々の憎しみを和らげるため、オスマン帝国に対抗して同盟国もなく単独で戦うベネチア共和国に肩入れし、いくつかの勝利を恵んでやることで、世界を驚かせる出来事にもなったのだよ。そして〈時間どの〉に対しては、ベネチアに勝たせた理由として、文化力ならまだしも、もはや武力でオスマン帝国に幸運を恵んでやりつづけるのに疲れてきたからなどと、言い訳したのだ[15]。こうして〈悪童くん〉はあらゆることに首を突込み、好きなように細工をほどこしていくうちに、幸運と不運がそれぞれもっともそぐわない者に、配られていくことになってしまったのだ。さてここで、〈まやかしどの〉に、とうとう初めての悪巧みを実行に移す好機がおとずれることになった。夜になって女神が二人の息子の服を脱がせたとき、――実はだれも信用しない彼女は、子供の世話をひとにはまかせていなかったのだよ――それぞれの服をどこにしまい込むのかを、〈まやかしどの〉はこっそり確認したのだ[16]。それは女神はいつも用心して、ふたりの服を混同しないようにそれぞれ違った場所にしまっていたからだ。すると〈まやかしどの〉がここぞとばかりやってきて、こっそり兄弟の衣服を入れ替え、〈善良くん〉の服を〈悪童くん〉の場所に移し、〈悪童くん〉の服を〈善良くん〉の場所に移したのだ。朝になると、目が不自由な幸運の女神は、不用意にも、〈善良くん〉には棘の模様の牛飼い風の服を着せ、反対に花模様の服を〈悪童くん〉に着せたのだ。するとこの弟はずいぶん立派な男ぶりとなり、さらに〈まやかしどの〉の化粧道具も合わせて使うことになった。こうして彼の正体を見抜く者はだれもいなかったのだね。みんな彼のあとを追い、てっきり〈善良くん〉だと勘違いし、自分の家に招き入れたのだ。ただ何人かの者は、人生経験の豊かさから、その正体に気づき、他の者にそれを教えたのだが、信じてくれる人はほとんどいなかった。彼らには、こちらの弟のほうが華やかで感じよく思えたので、そのままだまされつづけることになってしまったのだ。その日から、美徳と悪意が入れ替わったままそれぞれの活動を始め、すべての人がすっかり騙され、あるいは自分を騙しつづけることになった。〈悪童くん〉を見かけの華やかさにつられて、受け入れてしまう者は、あとになってすっかり騙されていたことに気がついても、あとの祭り。後悔とともにこう言ったものだ。

《ここには本当の善は存在しないのだ。こんな状況こそ諸悪のうちで一番の悪なのだ。つまり我々は道を誤ってしまったということだ》と。

この例とは逆に、人生の諦観の境地に達したうえ、真の美徳を我慢して受け入れる者は、初めのうちはそんな生活はとてもつらく、まるでトゲだらけの場所に身を置いたように感じられたのさ。しかし、最後には真の心の安寧を見つけ出し、心のなかに多くの価値あるものを取り入れた喜びに浸ることができる。そんな人にとっては、美しきものはなんて華やかに思えることだろう。しかしあとになれば、数えきれぬほどの悩みを背負い、へこたれてしまう。またある者には青春はなんて瑞々しく思われることだろう。しかしそんなものは、あっという間に盛りを過ぎ、朽ち果ててしまうのだよ。野心家にとっては、高位高官がなんと魅力的にみえることだろう。そんな位に就いているだけで、人々の尊敬の念が自然に湧いて出るものときっと思っているからだろうが、後になれば責任の重さを知ることになり、重責に耐えかねて悲鳴をあげることになるのだね。血の気の多い者は、復讐という行為にあこがれを感じ、仇敵の血を舐め回すことを夢見る。しかしその夢が果たせぬまま終わってしまえば、この人物は侮辱を受けた者として、どうしても晴らすことのできない心のわだかまりを、一生の間抱き続けることになるのだよ。水を飲むなら、盗んだ水が一番おいしいとか言う。人の金をかすめ取って金持ちになった者は、貧しい人たちの血を吸っているのと同じだ。結局最後には、また別の者にきつく搾り取られ、その借りを返さねばならぬ羽目になる。嘘と思うなら、あのトビの母鳥の話[17]を思い出すべきだね。大食漢はおいしい料理をたらふく食べ、芳醇なワインとともにそれを味わう。しかし後になれば、痛風にかかり悲鳴をあげることになるのだよ。淫靡な連中は、獣のような喜びを手にする機会は逃さない。そしていつかはその代償として、弱り切った体全体に走る激痛に悩まされることになる。強欲の輩が富を手にすれば、それと同時に棘を抱えるようなもの。心穏やかならず、夜もおちおち眠れない。こうして富をゆっくり楽しむこともできず、心を棘で傷つけてしまう。こうした連中が華麗な服を身に着けた〈善良くん〉を自分の家に連れていくつもりが、実際に招き入れたのは、変装し真の姿を隠した〈悪童くん〉なのだよ。そんなペテンにかけられては、喜びどころか、ただただ苦しみだけの褒賞しか得られない。またこれとは逆に、姿を変えた美徳を家に迎え入れた者は、初めのうちはさまざまな困難に遭遇し、じつに苦労が絶えないのだ。ところが、そのあとになれば、良心の大きな満足を得ることができるのだよ。禁欲を守ることはなんとつらいことだろう。しかしそれがあってこそ、肉体と魂の健康を手にすることができるのだ。自制の心をもつことは、初めはだれにも耐えがたく思えるものだが、それを備えてこそ、まことの喜び、生命、健康、そして自由を見つけ出すことができるもの。中庸を知る者こそ、立派に生を全う[18]できるのだよ。心優しき者はこの地を自分のものにできる、とか言われているじゃないか。敵を許すなど、初めのうちは不愉快なことに思えるものだ。しかしそのあとは、心の平和へとつながり、最後には素晴らしい名誉を手に入れることができる。苦行という名の、つらい根を育て上げれば、とても甘い果実を稔らせることができるのだ。黙っている人は、一見憂鬱な気分でいるように見える。しかし沈黙を守ったことを後悔した賢者はいないのだよ。そこであの一件以来、悪徳を表す〈悪童くん〉とは反対に、美徳を表す〈善良くん〉は棘の衣装を一番上にはおり、内側には花模様の服を着ていることになったのだ。だから、人の性格はきちんと見分けるようにしたいもの。そして、いつものくだらないペテンにかからないように気をつけて、思い切ってあの〈善良くん〉の美徳の胸に飛び込んで行こうではないかね」

さて、一行三人は、いよいよ都が遠くに望める地点までやってきた。アンドレニオは大きな喜びとともにマドリードの町を眺めていると、賢者は彼にこう尋ねた。

「君の目にはどんな町に見えますかね」

「ぼくの目には、多くの国にとっての母のような存在に映ります」とアンドレニオが言った。「新旧両世界を一つの王冠のもとに治め、さまざまな王国の中心をなし、東西インディアスの富を集積した町、不死鳥フェニックスの住むところ、カトリック世界を明るく照らし出す太陽、偉才たちが輝きを放ち，名門の家が軒を連ねる町です」

「ところがこの私には、混乱しきったバビロニアのように思えますね」とクリティーロが言った。「あるいは不潔極まりないパリ、絶え間なく姿を変えるローマ、火山におびえるパレルモ、異教の霧に覆われたコンスタンチノープル、異臭漂うロンドン、人質をとる海賊が跋扈《ばっこ》するアルジェ、というところです」

「私の考えはこうだ」と賢者が言った。「マドリードは一面から見れば、すべてのよきものの母と言っていいかもしれない。しかし別の面から見れば、実母ではなく継母みたいな存在でもあるといえるのではないか。つまり、この都では、世界中からあらゆるすばらしいものが集まる一方で、それを上回る量の世界の悪徳すべてが集まってくるのだ。それはこの町を訪れる者が、それぞれの国から、良いものならまだしも、悪いものばかりを持ち込んでくるからだよ。私はこの町へは入らない。いくら《ミルウィウスの橋》[19]に背を向けて逃げたなどと、陰口を叩かれようが気にしないね」

こう言い終えると彼はふたりに別れを告げた。クリティーロとアンドレニオはあらかじめ教えられていたように、道幅の広いトレド通りから町へ入った。歩いてゆくとすぐに、《知》を商う店に出くわした。クリティーロはその書店に入り、金の糸玉[20]を売っているかどうか訊いてみた。しかし店主は彼の言うことが分からない。店にいて本の題だけ見ていては、物知りにはなれないのだ。しかし店のなかでひとり座っていた男には、話が分かったらしい。宮廷で長年じっくり勤め上げた人物のようだ。

「おい、おやじさん、この人たちがほしいのはね」とその男が言った。「キルケが棲む湾みたいなこの町を、ぶらぶら歩くための指針だよ」

「指針？　ますます分からなくなりました」と店主が言った。「いいですか、うちの店ではね、金とか銀とかいった金属類は商っていません。売っているのは本だけです。こっちの方が宝石なんかよりよっぽど値打ちがあるんです」

「そう、まさにそれを探しているのです」とクリティーロが言った。「お持ちの本の中で、この迷宮みたいな都で迷子にならないように、道を教えてくれる本を探しているのですよ」

「ということは、おふたりさんは今回初めてこの町へお越しになったということですな。それなら、ほらここにおふたりにはぴったりの本があります、なに、そんなに分厚い本じゃありません。知識の詰まった小さな本です。おふたりさんには、幸せな旅にするための秘訣を教えてくれて、幸せの星に案内してくれるはずですよ」

「それこそまさに、求めているものです」

「ここにすべて書かれています。それにこの本がいろいろ奇跡を起こしているのを、あたしゃ目撃していますよ。この本は立派な人物になるコツを説いてくれていますし、そんな人物とのつきあい方も教えてくれていますからね」

クリティーロはその書物を手に取り、題を確かめてみると、こう書かれてあった。『宮廷礼儀作法書』と。

「おいくらですか」と訊いた。

「実はですな、値段がついていないのですよ」と店主は答えた。「買おうとすると高くつきますからね。このあたりの本は売りには出していません。二レアルで貸しているんです。この本の価値を正しく評価したら、金貨や銀貨ではとても足りませんからね」

それを聞くと、かつての宮廷人は急に素っ頓狂な笑い声をあげた。その高笑いにクリティーロは少なからず驚いたが、店主はむっとした表情を見せ、彼に笑った理由を尋ねた。

「なぜって、あんたたちの話を聞いてたら、笑わざるを得ないからだよ」と答えた。「それにこの本が教えていることは、すべてばかばかしいからね」

「たしかにこの作法書は」と店主が言った。「立派な人間になるための方法を説いてくれているだけで、そのイロハを教えてくれているに過ぎないことは、このあたしにもよく分かっています。しかしですよ、この本の面白さや重要性から言っても、珠玉の作品であることは否定できません。小さいながらも、偉大な人物をつくり、あるいはそうなることを教えてくれていますからな」

「そのことがまさに、この本がやっていないことなんだね」と元宮廷人は応じた。「この本はだね――と言って両手に本をとった――もしここに書いてあることと全く反対のことを教えてくれていたら、少々は価値がある本になれたはずだよ。古き良き時代、人間がまだ人間であったころ、つまり正しき人間であった時代には、この教えはすばらしいものだったはずだ。しかし、われわれが生きている今の時代では、こんな教えなど何の値打ちもないよ。この本で展開している教えはすべて、弓矢で戦争をやっていた時代にふさわしいものばかり。抜け目のない連中がのさばり始めた今の時代には、正直なところ全く役にたたない教えばかりなのだ。いいかね、この最初の教えをよく聞いてみたまえ。きっと君たちもがっかりしてしまうはずだ。内容はこうだ。《思慮分別に富む宮廷人が、だれかと会話を交わしているときには、相手の顔を見つめてはならぬ。そしてさらに重要なことは、あたかも相手の目の中になにかの秘密でも探るかのように、相手の顔を凝視してはならぬ》。分かるかね？　舌が直接心と連動していない今の時代には、これはとんでもない教えだよ。じゃあ、相手のどこに視線を向けるべきか？　胸だろうか？　そんなことをしたら、モモス[21]が望んでいたように、まるで相手の胸に穴が開いているように思われてしまう。今の時代、どんなに注意力に優れた人でも、相手の顔の表情の変化を見たところで、相手の心の動きなどなかなか読み取れるものではない。それなのに、もしも相手の顔を見なくなったとしたら、いったいどうすればいいのやら。だからこそ、今の時代には、相手を見て、さらになんども見直すことが必要なのだよ。できることなら、そうすることで相手の意図を見抜き、魔法の力を感じとるようになれば言うことはない。相手の表情を見て魂の中を読み取り、顔色に変化があるかどうかを察知し、眉をひそめたかどうかを見て取る。こうして相手の心に探りを入れるのだよ。もし分別ある人が、そんな教えなど今の時代のものではないと言うのなら、やはり古き良き時代の作法として置いておくのがいいのだろう。そして、相手の顔を見なくていいとするあの至上の幸福を、もう一度手にできるよう努力するだけのことだ。この別の部分も聞いてくれたまえ。これを読むといつも私はとても嬉しくなるんだよ。いいかね、こう書いてある。《洟をかんだあとでハンカチに残った汚物を、まるで頭から真珠かダイヤでもひねり出したごとく、大事そうに眺めている者がいる》と。そしてこの本の著者はそれが相手に不快感を与える野卑な仕草だと教えている」

「それはですね、お老体」とクリティーロが言った。「とても宮廷人にふさわしい注意事項だと思いますよ。特別くどいお説教だとも思えないし、まさに的確な指摘ですよ。とにかく愚かな行為には、どんどん注意を促せばいいのですよ」

「それはちがう」と元宮廷人は応じた。「あんたがたはちっとも分かっちゃいない。若い者には悪いが、まったく反対のことを教えるべきだよ。つまり洟をかむのは、そのやり方でいいと教えるべきだね。みんなが出した洟がどんなものかをちゃんと見届けないといけない。と同時に自分の身から出たさびから、自分が何者であるかを、直視しておかないとだめなのだ。また自分が一人前の知識人だとうぬぼれている者にも、ひとつ注意しておこう。自分がまだまともな思考もできず、自分の右手の動きに責任がもてぬ洟垂れ小僧に過ぎないことを、十分に自覚することだ。要するに、うぬぼれるなということだな。また、知性と洞察力を備えているなどと、もてはやされている者もそうだ。奴らが考え出すのは警句や洒落なんていうご立派なものではなくて、あれは蒸留器ならぬ自分の鷲鼻から次々に滴り落ちてくる、鼻水の出がらしみたいなものだ。器量よしの女性もちゃんと心得ておくべきことがある。天使のごとき美人などとおだてられても、じつはそれほどでもなく、吐く息に竜涎香みたいな芳香があるわけでなく、ただ単に下水溝のような不潔な体を化粧でごまかしているだけのことだ。アレクサンドロス大王も、ちゃんと現実に目覚めるべし。あの人物はユピテルの息子なんかではなくて、腐敗と堕落の息子、無から生じた孫みたいな男なのだから。自分を神の生まれ変わりなどと信じる者は、人間の弱さを露呈した者にすぎないのだよ。いくら見栄を張り、うぬぼれてみたところで、いずれはすべて消え去り、最後には嫌悪感が残るだけのこと。これは人をびっくりさせるような音をたてて洟をかめばかむほど、それだけ出てくる汚物が多くなるのと同じようなものだ。みんな自分自身を知ろうではないか。そしてわれわれは、汚い排泄物のつまった袋みたいな存在であることを理解しよう。子供のころは鼻水、中年では膿瘍、歳をとると痰が詰まった袋なのだよ。さて、つぎに書かれているこの教えは、まったく無駄と言ってよい。こう言っている。《宮廷人は人前ではぜったいに耳垢をほじくってはならぬ。また指先で麺をつくるみたいにくるくるいじくり回してはならぬ》と。ここであなたがたにお聞きしたい。いったいこんなことができる者が、世間のどこにいるのかね？　今の世で、麺が作れるほどの耳垢がいったい誰の耳の中に残されているというのかね。この男、あの女、みんなに当たってみたところで、耳垢なんてこれっぽっちも残っていないよ。まさに今の世は、耳垢さえない時代だね。[22]この本の著者が書かなきゃいけないのは、耳垢ならぬ我々の財産を、相手に抜き取られないようにせよ、という教えだよ。その相手とは、ゆすりを働く者、胴欲者、がりがり亡者、公証人、それにここではちょっと声に出しては言えない相手だ。さらにもうひとつ、もっと的外れだと思う教えがある。こういうことを言っているのだ。《みんなで集まって話をしている最中に、手箱から爪切りを取り出して、わざわざ爪を切り始めたりするのは、たいそう下品なふるまいなり》と。これは私に言わせれば、とても有害な教えだ。宮廷人たちは自分一人でいるときでも、爪を切らないよう十分留意しているし、ましては公衆の面前で切るなどもってのほかとされている。それを考えれば、あのナポリ総督[23]がやったように、思い切って公衆の面前で爪を切るよう命令を下してやるのがいいと思う。家臣のうちの何人かが、爪を異常に長く伸ばしているのを見て、[24]あの総督はあきれ果ててしまったそうだ。だからそれでいいんだよ。みんな鋏を取り出して、盗人みたいな爪を切ってしまい、長すぎるなら指先ぎりぎりのところで切りそろえてやるのだ。もし適当な鋏がなければ、裁ちばさみでもいい。ただし、羊の毛を刈るやつは駄目だがね。慈悲心から施療院へ行って、気の毒な病人たちの爪を切ってやるのを習慣にしている人たちがいる。これは確かに、偉大な慈しみの心だ。しかし、金持ちの邸宅を訪れて、あの鷹みたいな爪を切ってやるのも、まんざら悪い考えでもないだろう。奴らはあの長い爪を使って、猛禽みたいな小貴族にまで成り上がり、貧しい人たちを裸にし、物乞いにまで身を落とさせ、なかには施療院にまで追いやったのだからな。さらにこの本で、丁重に帽子をとっての挨拶も教えるべきではなかったのだよ。これこそ行き過ぎた礼儀作法というやつだ。それに帽子をとるだけで済めばいいのだが、ケープと上着、さらにはなんとシャツまで脱いでしまいそうな連中までいる有様。それに誠実に生きる人からも皮をはぎ取り、それが礼儀作法にのっとったことだなどと嘯《うそぶ》いたりする。こんな決まり事を守る者の中には、キャップをかぶったままどこへでも金も払わず勝手に入ってゆく輩《やから》もいる。[25] こんな調子でははっきり言って、理性に基づく決まり事など、存在しなくなってしまう。つぎにここに書かれている決まりごとなんて、よき道徳規範からまちがいなく逸脱しているね。なぜこんな決まり事を禁止しなかったのか、私は理解に苦しむ。こう書いてある。《町を歩くときは、道路にできた線を避けようなどと考える必要はない。[26] また足を踏み下ろす位置を道路の真ん中へなどと考える必要もなく、どこでも足が向くところに踏み下ろせばいい》と。これなど、とんでもない教えだ。そんなことより、理性の一線を踏みつけたり、越えたりしないように注意し、神の掟を厳格に守ることだ。この逆だと、わが身を滅ぼしてしまうことになる。自分の身分の枠を越えてはならない。現にこれまで多くの人が、それで身を滅ぼしてしまったではないかね。これを音楽の五線譜に例えれば、線に触れずに線間に身を置くようなものだ。こうしておれば、人生の流れにうまく乗り、自分を適応させることができる。腕も足も限界を越えて伸ばさないようにしよう。以上、すべてが私の忠告のことばだ。どこに足をもってゆくか、どういう形で足を踏み固めるかによく注意すること。どこから入り、どこから出るのかに十分気をつけること。常に道の真ん中を力強く踏みしめ、端のほうに寄ってはならない。すべてにおいて、極端な道をとることは危険なのだ。以上がうまく歩みを進めていくコツだ。この本にはまた、独り言をつぶやきながら歩いてはならぬ、それは愚かな行為である、と書かれている。しかしだね、自分自身と話すことは、他のだれと話すよりも、ずっとすばらしいことではないかと私は思うね。自分ほど誠実な友人はほかにいないではないか。自分自身に話しかけ、自分自身に真実を話すようになさい。ほかの誰にもそれを漏らすことはないだろうから。自分自身に問いかけること。そして、自分の良心が語りかけることに耳を傾けること。そんな形で、自分に正しい助言を与え、自分のなかで意見を戦わせるべきだ。そして十分肝に銘じておくべきは、すべての人間はあなたを騙し、誰ひとりとしてあなたの秘密を守ることができず、ドン・ペドロ王が身に着けた下着さえ、王の秘密を守れないものだ[27]ということだ。さらに、この本に書かれているのは、誰かと話を交わすときには、むやみに相手の体に触れてはならぬ、それは相手の心と体を叩くのと同じだ、とのこと。なるほどたしかに書いてある通りだ。しかし相手がちゃんと話を聞いてくれるなら、という条件つきだ。もし相手が聞こえないふりをしていたらどうだろう。ときには一番大事な話なのに、そんな態度をとられることだってある。それと、もし相手がうたたねしていたらどうする？　そのときは相手を起こしてやらねばなるまい。それにいくら強く言われても、話がちっとも頭に入らず、理屈がさっぱり理解できない者もいる。それならば、話も分かってもらえず、きちんと相手にもなってくれない人には、どう対応すればいいのか。世の中には、理解力の鈍い者もいるのと同じで、相手によっては当然のことながら、口下手でいかにも頭の鈍そうな話し方しかできない者もいる。この本によると、声の調子を厳しくしないように、大声を出さないようにせよ、それは話し手の威厳を失わせるから、とのことだ。しかし、私に言わせれば、これは相手次第だね。無骨ものの耳には、絹でつつんだような柔らかな言葉は向いていないことは知っておくべきだな。ほら、この本にはこんなことも書いてある。《話す時は手を大仰に動かさぬこと、また腕をばたばたさせないこと。そんな動作はまったく意味がない。また人差し指を立てぬこと、まるで釣りでもしているように見えるからである》とね。しかしここでは、手の形がきれいな者と、そうでない者とを区別しておくべきだと思うね。とくに、手の美しさを自慢にしている女性なんかは、わざと怒ったふりをして、両手を天に向かってふりかざしてみるのも、悪くないと思うよ。この本の著者には悪いけれど、私はまったく逆の意見だね。喋るばかりでは駄目、動きかつ喋ること。つまり話の内容を手ぶりで補うわけだ。それが本来あるべき話し方だよ。もしきれいな手をしているのなら、思う存分活躍の場を手に与えることだ。まあ、このような無駄な教えが書かれているほか、ずいぶん温かみに欠ける教えもあるね。たとえばこれだ。《話すときには、相手に近づきすぎないこと。唾を飛ばさぬこと。これに関しては、遺憾ながらあまり注意を払わぬ者が多い。この人たちは口を開ける前に、これから汚物がいきます！　と警告を発するべきである。聞き手が災難を避けられるように、あるいはあらかじめバスローブでも羽織っておくためである。ふつうこの手の人間はしゃべりまくり、唾の雨が止むことがない》と書いてある。ところが諸君、私の意見は違うのだ。口から唾を飛ばすより、火を吹きつける方がはるかに害が多い、と私は考えるからだ。自分の口から、邪悪なたくらみ、根も葉もない噂、不和の種、愚にもつかぬ考え、さらには醜聞までも、火のごとく吹きつけてくる連中の及ぼす害は計り知れない。前もって《火がゆくよ！》とも知らせず、口角泡を飛ばすほうが、どれほど始末に悪いことか。だから、まずは口から毒を吐き出すのを咎めるべきであり、それと比べれば唾を飛ばすなんてかわいいものだ。散弾銃の一斉射撃だって、それほどの害はもたらさないね。侮辱の鉄砲玉、邪心の矢、裏切りの爆弾、あざけりの槍、陰口作戦の砲弾、などなど、そんな《口撃》からは逃れたいものだ。さてこのほかにも、この本にはじつに馬鹿げた教えが書かれている。たとえばこれだ。《だれかと話しているときは、相手の胸に手を添えたりしないように。また、相手の服のボタンを触ったり、ひねくり回したりして、落としてしまってはならぬ》とある。でも、その程度ならいいじゃないか。相手の胸に手を当てて脈をはかり、心臓の動きを手に感じとるくらいは、自由にさせておきましょうよ。心臓が鼓動しているかどうか調べ、ボタンの中に芯が入っているかどうか、触ってみようじゃないか。まだそんな芯すら持っていない人間もいるのだから。命令に従わぬ者には、袖をきつく引っ張ってやりなさいよ。背伸びをしようとする者には、あまり高望みしないように、シャツを引っ張ってやりましょうよ。さらに次に書かれていることだが、これはどこの国へ行っても実行されておらず、ベネチア共和国でさえ実行されていない古い時代の教えだ。曰く、《両頬をふくらませて食べてはならぬ。これはとても醜い仕草である》。この教えは、今を時めく美人たちでさえほとんど守らないし、むしろ頬を膨らませたほうが、ずっと美人に見え、美しさが倍増するとされている[28]。またこうも書いてある。《呵々大笑はできるだけ控え、嬌声を慎むべし》と。しかし今の世には、あまりに多くの破廉恥な行いが観察されるから、隠れてこっそり嘲りの笑いを漏らすだけでは、すべてに対応ができなくなっているのだよ。これとよく似た教えが、《口を閉じたまま食べてはならぬ》だ。しかし私に言わせれば、《断固口を閉じるべし》だね。食べ物を求めて町をうろつく者だらけの今の世で、口を閉じてはならぬとは、なんとまあおめでたい教えであることか。おまけに、口を閉じていてさえ、われわれの口の中の食べ物は安泰とは言えず、あっさり奪われてしまうことだってある。そんな有様だから、口を開けたままなんて、とても考えられないのだよ。他人のツケで飲食する連中は、もうこれ以上居場所はなくなり、いずれはお引き取り願わねばならない世の中なのだ。人が食事をしたり、酒を飲んだりしているときこそ、他のどんな場面にもまして、口には閂をつけて、閉め切っておく必要があるのだよ。かの有名な将軍スピノラ侯爵[29]も、アンリ四世の丁重なもてなしを受け、食事に招かれたとき、同じような考えを披歴している。さらには、あまりに細かで、取るに足らぬ問題のような感じもするが、こんな教えも書かれている。《宮廷人たる者、決して食べ物を嘔吐してはならぬ。いくら申し分のない健康状態にあることを示すとはいえ、これははしたない行為である[30]》と。しかし、私に言わせれば、大いに吐かせないといけないのだよ。そうすれば体の中にある高慢な心が詰まった空気を放出でき、そんな空気が抜けていくほど、中身の詰まった人間になれるのだから。できることなら、一度に思い切って頭の中にある空気をすべて抜き出し、すっきりしてほしいものだ。だからこそ私の理解では、たとえばくしゃみをした人がいると、きっと神様が助けてくださって、空気を抜いてくれたのだと考えて、《おやおや、おめでとう！》などと声をかけるのだと思うよ。空気が本来いるべき場所の肺をいったん出てしまうと、いかに腐敗してしまうかは、他人の口から出る悪臭を嗅ぐことで、身をもって体験できる。この宮廷人の作法書のなかで、私がひとつだけなるほどと感心し、重要な意味をもつように思える教えがある。まさに、あの有名な格言《なんらかの長所をもたぬ本はない》の正しさを証明するような教えだよ。宮廷人にむけてのこの書物の基本となる重要な教えとして、およそ次の趣旨のことを述べている。優れた宮廷人たる者は、まず幸運を呼び寄せ、光輝にみちた生活が送れるよう努めること。さらにその確固たる基礎のうえに、礼節、分別、優雅さ、知性などを身につければ、教養ある立派な人間の資質の模範として、人々はかならずやあなたの像を立ててくれるだろう、と。そしてこれだけは肝に銘じておくこと。もし貧乏に終わるならば、あなたは決して分別ある人にも、礼節の人にも、優雅な人にも、趣ある人にもなれないということを。以上が私のこの『作法書』についての感想だ」

「もしあなたのお気にいらぬ部分があるとしたら」と店主は言った。「それはこの書物が、礼儀作法の表面的な型だけを教えていて、立派な人間になるための外の部分、つまり木で言えば樹皮にあたる部分だけを、説明したにすぎないからだと思います。こちらの別の本には、あの分別あるファン・デ・ベガ[32]が彼の息子を宮廷に送り出すときに与えた教えが書かれています。とても示唆に富む、深い意味をもつ教えばかりです。また後年、ポルトアレグレ伯爵[33]も同じように、息子を宮廷に送り出した際、この優れた著作の存在を息子に教えたとされてはいますが、誇り高いポルトガル人らしく、とくにその内容について語ることはなかったということだけしか、今では判っていません」

「確かに名著だ」と元宮廷人は言った。「しかし名作すぎるのだよ。つまりだね、お偉い方々だけにしか役に立たない本なのさ。私はね、巨人が履く靴を、小人に履かせようとする靴屋を、すぐれた職人とはみなさないね」

「でもお言葉ですが、こちらのお二人にお誂え向きの知識を詰め込んだのは、この本よりほかにないと思いますよ。マドリードで起きていたことを実際に見ながら、執筆したそうですからね」

「あなたがたは私のことを、奇妙なことを言う人だと思っているにちがいないし、偏屈者とさえ思っているかもしれん。しかしだね、ここで大事なことは、真実は何かということなんだよ。私が言いたいのは、あなたたちが探すべきは、ホメロスの有名な『オデュッセイア』であって、初めから終わりまでちゃんと読まなきゃいけない。ちょっと、お待ちなさい。驚くのはまだ早い。まず私の話を最後まで聞いてくれたまえ。あなたがたはホメロスが描写しているあの危険な湾は、シチリア島のあの湾のことだと多分思っているだろう？　そうじゃないかね？顔は女で下半身は魚の格好をしたセイレンたちは、あの遠くにある島にいて、魔女キルケは彼女の島に、誇り高きキュクロプスはあの洞窟に、それぞれ住んでいるとでも思っているかもしれん。だが、いいかね、そんな危険が待ち構えている海とは、実はこの都のことなんだよ。人を騙すスキュレみたいな奴がいて、嘘で固めたカリュブディスみたいな恐ろしい女もいる。ほら、見てごらんなさい。そこを通ってゆく着飾った女たちを。勝手気ままで締りがなく、めかしこんでふしだらな真似をする、どうしようもない女どもだ。いいかね、あの連中こそ正真正銘のセイレンたちなのさ。恐ろしい狙いを秘めて男に近づき、あとに苦い思い出だけを残してゆく、いかさま師まがいの女どもだ。オデュッセウスが用心して、耳に蠟を張り付けてもまだ警戒が足りないほどだ。美徳という名の強靭な帆柱に、自分の体をしばりつけることだよ。そして理性に導かれて、船首を安全な港に向けて進み、あの魔力から逃げなければならぬ。魔女キルケのような女がここにはたくさんいて、捉えた大勢の男を獣に変えてしまうのだよ。もちろんこのほかにも、キュクロプスみたいに、愚かで傲慢な男たちもたくさんいる。目がひとつだけしかなく、自分の好みとうぬぼれにだけしか目を向けないのだ。だからあなたたちには、この本に目を通すことを勧めたい。オデュッセウスが幾多の苦難を乗り越えたように、あなたたちを待ち受けている難局や、脅しにかかるたくさんの怪物たちから あなたたちも逃げないといけない。そんなときこの本は、あなたたちが取るべき道を示してくれるはずだ」

そんな助言を胸に、ふたりは町の中へ入っていった。すると、元宮廷人が彼らに警告したことや、オデュッセウスの物語が教えてくれることを、まさにそのままの形で体験することになる。親戚、朋友、知り合いなど、そこで出会うはずなどなかった。ふたりのこんなに貧しくみすぼらしい姿では、仕方あるまい。彼らがどうしても会いたかったフェリシンダは、見つけることができなかった。こうなっては頼れる人とてなく、事もうまく運ばない。困ったクリティーロは、かつて漂流した際たまたま手元に残った、美しい東洋の宝石類の威力を試してみることを思いついたのだ。なかでもとくに、ダイヤとエメラルドに注目した。上質のダイヤモンドがその強固さが武器になって、この困難な状況を打破してくれないか、美しいエメラルドが、博物学者たちが書き残しているように、人々の気持ちを和ませてくれないか。そんな願いを込めて試してみることにしたのだ。宝石を外に取り出して人に見せたところ、たちまち目覚ましい効果を示し、次々に友人ができていったのである。すべての人たちで親戚同様のおつき合いとなり、そのなかにはスペインでも有数の家系に属する人物さえいた。さらには、たくさんの貴公子、識者、賢人が、彼ら二人の友となることを望んだ。こうしてたった一粒のダイヤモンドが巻き起こした波紋は大きく、何百人という人たちが、競い合ってそれを手に入れようとしたほどで、その噂はマドリード中に広がっていった。彼らの友人や知り合いを名乗る者はもとより、親類縁者を名乗る者までもが、彼らふたりをめがけて攻勢をかけた。また、王のいとこを名乗る者や、法王の甥っ子を名乗る者など、実際に存在するはずの数をはるかに上回るものがあった[34]。

ところで、アンドレニオが中央通りから宮殿に向かおうとしていたとき、微笑ましくも奇妙な事件が持ち上がったのである。どこかの従者とおぼしきお仕着せ姿のりりしい若者がひとり、かしこまった様子で彼に近づくと、一枚の手紙を懐から取り出し彼に手渡したのだ。アンドレニオは不意を突かれ、どうしていいのか一瞬迷ったが、手紙に目をやると、まず「あらあらかしこ、あなた様のいとこより」という結びの文句が署名とともに目に飛び込んできた。さらには、都への歓迎の言葉とともに、近い親戚でありながら、このようによそよそしく振舞わねばならぬことを残念に思う、との言葉があり、ぜひ一度拝顔の栄に浴したく、従者に案内させるのでぜひ拙宅までお越しいただきたい、との内容が書かれていた。アンドレニオは、そのいとこと名乗る女性の願いを知ると、ただただ唖然とするばかりであった。自分には母さえいないと思っていた彼にとっては、当然の驚きであった。歓待される喜びよりむしろ好奇心を刺激され、彼は従者に付き添われていとこを名乗る女の邸宅に向かうことにしたのである。

アンドレニオがそこで目にした奇異な状況と、彼に起こった驚くべき出来事については、次考で語ることにしたい。

第十二考
ファルシレナの魔術

ソロモン王は最高の賢者であると同時に、女性に騙されることにかけては世界一の男性であった。さらには、女性をもっとも愛した男でありながら、女性をもっとも呪った人物でもある。この事実こそ、邪悪な女は男に大きな悪をもたらす元凶であり、最大の敵であることを証明するものだ。女は酒よりも強力に作用し、王以上の権力をもち、自分は嘘の固まりでありながら、真実を向こうに回し堂々と張り合う。悪い男のほうが善人を装う女よりまだまし、①との言葉は、まさに言い得て妙である。これはつまり、女をしつこく追い回す男のほうが、男の後にこっそりまとわりついてくる女と比べたら、相手に与える被害がまだ少ないということでもある。しかしわれわれの敵はたった一人ではなく、複数の敵がいっしょになって、女の中に陣を構えているのだ。まず一つ目の敵は肉体そのものであり、男を腐敗させることを目論んでいる。第二は肉体を覆っている世俗的な虚飾である。これも男を陥れるために、巧みに自分のなかに取り込んでいる。こうして、体を飾り立てたあと、その上さらに第三の敵である悪魔のわざで仕上げを施し、いかにも優しげな愛撫で男を誑《たら》し込む。まさに三つの体をもつゲリュオン②を敵に回したようなもので、三つの敵が堅く結束していて、それを打ち破るのは容易なことではない。間違いなくこの理由から、女性特有の悪はすべて、女神の名前で呼ばれることになった。復讐の女神たちのフリアエ、非情の女神たちのパルカエ、誘惑の女神たちのセイレン、性悪の女神たちのハルピュイアといった具合で、悪女とはこれらすべての集合体である。男は若いときや年老いた頃など年齢に応じて、さまざまな誘惑に心を惑わされる。しかし女の誘惑は、男の年齢など関係なく襲ってくる。若者であろうが、中年であろうが、勇者であろうが、また聖人でさえ、女の誘惑には決して安泰とはいえない。この敵はつねに牙を研ぎ、臨戦態勢をとりながらも、取り留めもないごく日常的な場面に姿を見せたりするものだから、われわれの魂の番人たちも、ついつい相手に助けの手を差し伸べたりしてしまうのだ。その魂の番人たるべきわれわれの目は、相手が美人であればあっさり門を開け放ち、別の番人である耳は、その甘いことばに耳を傾け、手は相手を引き寄せ、唇は相手の名前をささやき、舌は相手を声高らかに称え、両足は相手を探し歩き、胸はため息をつき、心臓は自分の体を焼き焦がす。女は美しければ求められ、醜女ならば自分で男を求めに出る。美しさとは愚かさの極致であることを、もし天が警告してくれなかったとしたら、命を全うできる男は一人としていなくなったはずだ。そんな誘惑を拒絶する心の自由こそが、命を立派に全うさせてくれるのである。

すでに人生の場数を踏んだクリティーロが、まだあどけなさの残るアンドレニオにあれほど警告していたというのに、結局はなんの役にも立たなかった。アンドレニオは、まるで火事で燃えあがっている家に灯りを探しに行くかのように、まったく前後の見境もなく、従者に誘われるままに連れて行かれたのだ。クリティーロにはなんの相談もなかった。それは彼に厳しく注意されるのではないかと、内心恐れていたからだ。というわけで、ただひとり、怪しげな従者に導かれ、——こんな場合、従者というのは、恋の火を燃やすおが屑の役割を果たすことが多いのだが――くねくね曲がった道を進み、角を曲がったりしながらかなりの時間歩きつづけた。

「私がお仕えする奥様は」と若い従者が言った。「慎み深いファルシレナ様でございますが、都市の喧騒とは一線を画し、俗世間からはるかに遠いところにお住まいでございます。それはひとつには、おしとやかなご性格から、殺伐とした都会の生活がお好きでないこと、またそれと並んで、心楽しく庭などをご覧になりながら、田園の暮らしをお楽しみになりたいというお気持ちからでございます」

　とある屋敷についた。しかし外観だけを見ると、あまり住み心地のいい家とも見えず、壮麗な感じとは程遠く、アンドレニオはとても場違いな所に立たされた感じを抱いた。しかし、いったん中に入ってみると、まるで曙の女神アウローラの城に遭遇したような気分になった。美しい入り口の向こうに広々とした中庭が見えたからだ。ここなら、曙の女神の踊りだって披露できる素晴らしい舞台になるはずだ。そして屋敷全体にとても落ち着いた雰囲気があった。中庭の上部には強靭な男性像の代わりに、珍しい材質でつくられ巧みに仕上げられた美しい妖精たちの像が置かれ、その柔らかな肩でずっしりとした天井の重さを支えていた。ところどころ、天空に見立てて熾天使《セラフィム》が描かれてはいたが、あまり幸運を運んできてくれるような気配は感じられなかった。中庭の中央には立派な噴水が設けられていたが、なんと水と火が交互に出てくる泉であった。それは三美神に言い寄られたクピドが、彼女たちから渡された鏃《やじり》を使い、熱した水晶の矢を放っていたのだが、ときには炎となり、またときには水となって飛び出していたからだ。そこから噴き出る水は、雪のように白いアラバスターの水盤からあふれ出し、まるであとから出る水に追いかけられるように滑り落ち、先ほどまでは愛の囁きのように聞こえた水流が、たちまちのうちに相手の変心を嘆くつぶやきに変わってゆく。

　中庭の端のほうには、糸杉が青々と伸び、見る者の目を楽しませてくれる。このほか若い樹木もあったが、あまり成熟しておらず、ただ花を咲かせるばかりで、果実をつけた木はなかった。木々のてっぺんに咲いた花は見た目の美しさもさることながら、芳香を漂わせ、そこに立つ人の嗅覚を楽しませた。小鳥の一群が楽しげに囀り、アンドレニオに歓迎のあいさつを送っている。決して彼のことをからかっているのではなさそうだ。西風の神ゼピュロスとファウォーニウス(3)が競い合うようにして、彼のために心地よい風を送り込んでくれている。アンドレニオはその心遣いに感謝した。この中庭はまさに女王セミラミス(4)の空中庭園を彷彿させ、見る人を文字通り、浮き浮きさせるものだった。アンドレニオがさらに奥へ進むと、とても心楽しい光景が彼を待ち受けていた。そこには春の女神がいて、羊毛の毛玉からジャスミンの花を紡ぎだしている。この屋敷をキプロス島に見立てれば、彼女はさしずめ恋の女神ウェヌス。そしてキプロス島のうまい酒を飲めばウェヌスのおかげで恋も生まれようというわけだ。[5]とそのとき、ファルシレナが姿を見せ、彼を迎えた。わざとらしい作り笑いを見せながら、両腕を大きくひろげ、いかにも安堵したように彼を抱きしめた。そのあと愚痴をまじえながらも、こんなやさしげな言葉を繰り返した。

「アンドレニオさま、あなた様はあたくしのたったひとりのいとこです。あなた様がここにおいで下さり、こうしてお迎えできることをどれほど願っていたことでしょうか。でも何故――と言いながら、たくみに声の調子を変え、その言葉には真珠の玉をひとつひとつ繋げてゆくような優しさがあるかと思えば、心にもない嘘を並べるわざとらしさも垣間見せた――ここにあなた様の家同様の屋敷がありながら、旅籠なんぞにお泊りに行ってしまわれるなんて、なぜそんなお気持ちになられたのでしょうか。こちらの方が、ずっと快適だなどとは決して申しませんが、少なくとも親戚同士の義務からでも、あたくしどもの屋敷においでいただきたかったのです。こうしてあなた様を目の前に見ているなんて、とても信じられません。あなた様は、おきれいだったお母様の生き写しでいらっしゃいます。自信をもって申し上げますが、あなた様は本当にあの美しさを受け継いでいらっしゃいます。こうしていつまでもあなた様のお顔を見ていても、飽きることはありません。でもどうしてそんなに遠慮がちになさっておられるのです？　まだ都にお着きになったばかりだから、ということなのでしょうか？」

「奥様」と彼は答えた。「本当のことを申しますと、じつはぼくがあなた様のいとこだと伺って、とても驚くと同時に、ずいぶん戸惑っています。ぼくは自分の母親を知りません。こうしてぼくを一人ぼっちにさせた人のことなど、まったく何も知らないのです。それに親戚がいるのかどうかも知りません。まさにぼくは無から生じた人間です。よくお調べになってください。あなた様はぼくなんかよりもっと恵まれた方と混同なさっているはずです」

「いいえ、アンドレニオさま、あなた様にぜったい間違いございません」と応じた。「あなた様のことをあたくしはよく存じあげているのです。ですから、あなた様がどんなお方なのか、海の向こうの小島でどうやってお生まれになったのか、ちゃんと存じております。それにあなた様のお母様、つまりあたくしの叔母様についても。とてもお美しい方でした。でも残念ながら幸せには恵まれなかったのです。なんてご立派で、慎み深いお方だったのでしょう。でもあのダナエ[6]だって、あの策略から逃れられなかったではありませんか。ヘレネだってあの誘拐から、ルクレティアだってあの暴力から、そしてエウロペ[7]だってあの略奪婚から逃れられなかったではありませんか。そしてあのフェリシンダさまも……、そうそれがあのお方のお名前だったのですが……」

ここでアンドレニオは、クリティーロの妻の名前としてなんども聞かされたのが、自分の母の名前でもあると知ると、心がやさしく揺さぶられる思いがした。すぐにそれに気がついたフアルシレナは、そのわけを知りたがった。

「実は何度もその名前を聞いたことがあるからです」とアンドレニオは答えた。

　すると彼女は、

「そういうことでしたら、あたくしが申し上げていることが嘘でないことがお分かりいただけると思います。実を申しますと、フェリシンダさまは、ある殿方と内緒で結婚なさっていました。その方はゴアの町で捕らわれの身になっていたのですが、分別のある愛情深いお方でした。胸にはその殿方への愛をしっかりと抱き、お腹の中には彼女の宝物であるあなた様を、すでに身ごもっておいででした。そして遠くの小島で、しかもたったおひとりでという神様の二重のお恵みを得て、とうとう陣痛が始まることになり、御自分の名誉を守ることができたのです。ふつうそんな秘密を守ろうとすれば、最大の障害となるのが自分の侍女たちです。ですからご自分の侍女さえ信用されなかったということです。フェリシンダさまはたったひとり、でも勇気と誇りを忘れず、海岸の柔らかな土の上に、あなた様を産み落してくださいました。そしてご自分が身に着けておられた立派なテンの毛皮の外套を脱ぎ、なんとかあなた様を包み込み、揺籠の代わりの草の上にそのまま置いて、あとのことは慈悲深い天の神様にお任せしたのです。神様はその願いをお聞き入れになり、ある獣に乳母の役目を仰せつけになりました。こんなことは、この世で初めてのことでもなく、これからも決して起こらないとは言えないでしょうが、とにかく獣たちが母親の不在をしっかり補ってくれたのです。フェリシンダさまは、あたくしに何度も何度もそのお話を聞かせてくれました。でも言葉より先にあふれる涙をこらえながら、このあたくしにそのお気持ちを切々と語ってくださったものでした。もしあなた様に会えれば、どんなにお喜びになることでしょうか。ご自分の名誉を守るために、あの小島であなた様を抱いてさしあげられなかった分、今度はしっかりと抱きしめ、やさしく愛撫してくださるはずです」

　アンドレニオはただただ茫然と立ち尽くすだけだった。彼のこうした人生の出来事を、初めて他人の口から聞かされ、いままで自分なりに知り得たことと合わせ、かつて自分が置かれていた状況をあらためて確認したのだ。胸の中から滲み出る感情が、やがて浄化され、液体となって目を潤し、わが身を愛おしむように涙があふれた。

「もう、よしましょう、昔のそんな悲しいお話は」と彼女は言った。「そんなことをお話ししたところで、心が痛み、涙を流すだけのことです。さあ、二階にあがりましょう。粗末ながらも幸せがいっぱいの、あたくしの家をごらんくださいませ。さあ、さあ、お客様のために、お菓子をご用意してちょうだい、うちにはおいしいものが、たくさんあるはずでしょ？」

　ふたりは斑岩の階段を上ってゆく。（しかしあとになって、階段を下りる際には、斑岩どころか反感を抱くことになる。斑岩は瑪瑙《めのう》に化け、四つん這いで下りなければならなくなるからだ）。上の階には輝く太陽と日ごとに形を変えてゆく月が描かれている。ふたりはたくさんの部屋を巡り歩いた。すべて広々としてゆったりした感じの部屋ばかりで、天井は格間で飾られ、天空に似せて星が描かれ、部屋の中にいながら、見る人をして天を見上げた気分にさせるものだった。過去の時代風俗を模した部屋もあったが、それなりの魅力をたたえた部屋ばかりだ。彼女は繰りかえし言った。

「どの部屋もご自由にお使いいただいて構いませんのよ」

お茶の時間がつづく間、そこに姿を見せた三美神が歌を歌い、キルケは魔術を披露してくれた。

「いずれにしろ、あなた様にはここにお泊りいただかなくてはなりません、ひょっとしてお気に召していただけないかもしれませんけれど」と彼女は言った。「のちほど、お荷物を取りにいかせましょう。うちにあるもので十分だとは思いますが、ご自分の持物のほうが、お気楽でございましょうからね。でも、あなた様がわざわざお出かけになる必要はございません。召使にご指示いただければ、お荷物を取りに行かせ、宿賃をお支払いたします」

「いやいや、それには及びません」とアンドレニオは答えた。「ぼくが行かねばなりますまい。ご承知のように、ぼくは一人じゃありませんから、そのご厚意を二人分にしていただけたらと思うのです。《父親》のクリティーロにぼくから説明しなければなりません」

「《お父様》とはどういう意味でございますか？」とファルシレナはびっくりしたように聞き返した。

彼は答えた。

「ぼくが《父親》と呼びましたのは、ぼくに対してまさに父親代わりの役を果たしてくださっているからです。それにあなた様のお話し下さったことから、その人が本当の父親であると確信しました。と言いますのは、その人はフェリシンダの夫、つまりゴアで捕らわれの身となったあの紳士その人だからです」

「そうでしたか」とファルシレナは言った。「では今からすぐお出かけになって、クリティーロさまをお連れになってお戻りください。いずれにしても衣服だけは忘れずもってきてくださいますように。それでは、いとこ殿、またお会いできるまでは、あたくしは何も口にせず、くつろぐこともなく、ひたすらお待ちしておりますゆえ」

アンドレニオはさきほどと同じ従者を伴って、すぐに屋敷を出た。実はこの従者、彼女の間諜の役目を担っていたのだが、アンドレニオにとっては道案内としてどうしても必要だったのである。宿に戻ってみると、やはりクリティーロはとても心配していたのが見て取れた。アンドレニオは彼の前でひざまずき、両手に強く接吻し、何度もこう繰り返した。

「お父様！　ぼくのお父様！　胸のどこかで前から、そんなことを感じとっていました」

「これはいったいどうしたことだ？」とクリティーロが訊いた。

「ぼくにとっては、あなたのことをお父様と考えるのは、とくに今に始まったことではありません。体の中を流れる血が、それをすでにはっきりした声で、ぼくに知らせてくれていました。父上、あなたこそぼくに命をお与えくださったお方、そして一人前の人間に育ててくださったお方です。ぼくの母親は、あなたの妻フェリシンダ様なのです。その事情をすべて、ぼくのいとこと名乗る女性が教えてくれました。その人はぼくの母の姉妹の娘に当たる方です。たった今その人に会ってきたところです」

「《いとこ》だって？　それはどういう意味だ？」とクリティーロは訊いた。「《いとこ》という呼び方には、どうもなにか胡散臭い響きがある」

「いいえ、そんなことはないはずです。現にとても分別のあるお方です。お願いです。ぼくと一緒にその方のお屋敷まで来てください。そこでもう一度、この嬉しいお話を、一緒に聞かせてもらいましょう」

　クリティーロは、そんな自分の私生活にまつわる話を聞かされると、騙しがはびこる都に暮らす人々への不信感から、しばらくはどうしたものかと迷っている様子だった。しかし自分がそうであってほしいと願うことは、案外簡単に信じてしまうものだ。もっと詳しい事情を聴くためという口実で、アンドレニオに同行することに同意したのである。かくしてふたりは連れだって、ファルシレナの屋敷へと向かった。

　さきほどの印象とは違って、屋敷には飾りつけが多くなっていた。今度は威厳を感じさせる荘重な雰囲気を漂わせていて、天上の世界を彷彿させた。

「クリティーロさま、ようこそ当家においで下さいました」と彼女は言った。「今までおいでいただけなかったのは、残念ではございますが、この屋敷をご存じなかったということであれば、致し方ございません。あたくしのいとこ殿からすでにお聞きのこととは思いますが、あたくしたちはお互い姻戚関係でつながっているのでございます。あたくしのいとこ殿のお母様、つまりあなた様のご内室は、あのおきれいなフェリシンダ様であり、そのフェリシンダ様はあたくしがお慕い申し上げる叔母様その人なのです。でも親族などというよりも、親密なお友達と呼ばせていただいた方が、よろしいかと存じます。あたくしはあの方がここにいらっしゃらないことが、とてもとても悲しく、泣きたくなるほどでございます」

　これを聞くとクリティーロは、跳び上るほど驚いた。

「なんておっしゃいました？　亡くなってしまったとでも？」と言った。

「いいえ、そうではございません」と彼女は応じた。「そんなよくないお話ではございません。お顔をみせていただけないというだけのお話でございます。ご両親さまはお亡くなりになりました。その娘である叔母さまには大勢の求婚者があったにも拘わらず、まったく相手にもなされなかったことを、つらく思われてのことだったのかもしれませんが、その後叔母さまは社交界の表舞台からは身を引かれ、ある侯爵家の庇護を受けられることになりました。今はドイツの地でスペイン大使をなさっておられる方のご家族でございます。そこで、ご親戚筋の侯爵夫人にご厄介になる形であちらに赴かれましたが、あたくしの知る限りでは、とてもお幸せに暮らしていらっしゃるとのことでございます。そんな事情でございますから、神様のお力でまたいつかこちらに戻ってきて下さることを、望んでいるのでございます。その間あたくしはこの屋敷に、フェリシンダさまの姉にあたるあたくしの母といっしょに暮らしました。女ふたりだけの暮らしではありましたが、名誉を守り、財産にも恵まれた生活でございました。しかし不幸というものは、とても臆病者、決して一人では襲ってこないとか申します。叔母に会えないことに加え、あたくしの母が亡くなってしまったのでございます。きっと妹に会えない寂しさが、その原因ではなかったかと思います。その後、あたくしは親族の援助を得て暮らしており、計り知れないほどの御恩を、皆様から頂いている次第でございます。美徳をめざすことこそ、あたくしの暮らし。そう考えてこれまで受け継いできた名誉を、守り続けていくつもりをしております。ご先祖さまに多くのものを負うあたくしのような者は、この世にはたくさんいらっしゃるのでございます。この屋敷はあたくしのものですが、今日からは一生涯みなさまのものといたしたく存じます。ぜひともネストル[8]にあやかり、長寿を得られますよう、お祈りいたしております」

　彼女がふたりを案内して進んでゆくと、バラとカーネーションが咲き乱れた心休まる港のような場所に出た。そこで彼女は、力強い筆致で描かれた見事な絵画の数々を、ふたりに見せていった。なんとそこには、彼らの今までの生涯に起こった悲しい出来事がすべて描かれていたのだ。これにはふたりとも大いに驚き、見事な絵の出来栄えにいたく感動を催したのである。ここまでくると、アンドレニオのみならず、さすがにクリティーロまでがこのもてなしをありがたく思い、彼女の話に信頼を寄せることになった。クリティーロは感謝と謝罪のことばを交互に繰り返しながら、彼の所持品を手元に揃え、その中から見事な宝石のいくつかを取り出した。かつての自分の邸宅の廃墟から救い出したものだ。それを惜しげもなく彼女の前で示し、高貴な婦人にふさわしい贈り物となるように、彼女の好みに合った宝石を取るように促したのである。彼女はその美しさを称えたあと、今度は自分の宝石を取り出させ、いかにもおおらかな態度を示し、そのすべてをクリティーロに差し上げたいと申し出た。しかし彼はそれを拒み、すべて元に収めてくれるようにと頼むと、彼女はあっさりその言葉に従ったのである。

クリティーロは、愛するフェリシンダに会いたい気持ちでいっぱいだった。そこである日食事のあと、彼女が住むというドイツの地への旅行を提案してみた。しかしアンドレニオは、すでに《いとこ》のファルシレナにすっかり心を奪われていて、この屋敷を離れることを快く思わず、その話には乗らなかった。一方ファルシレナは、抜け目なく一応はクリティーロの決心を称えたものの、今は状況が思わしくないなど、さまざまな理由をあげて、話を先延ばしにさせた。しかしこんなことがあってすぐ、スペイン王女[9]が神聖ローマ帝国皇帝のもとへ嫁ぐにあたり、その随員の一人として旅に同行する機会がクリティーロにめぐってきたのである。こうなると、アンドレニオには、もうこれ以上屋敷にとどまる口実がなくなってしまった。そこで旅の準備にとりかかったところ、ファルシレナは、この際旅行前にぜひとも行っておくべき場所として、世界に冠たるふたつの名所をふたりに薦めたのである。ひとつは建築芸術の華エル・エスコリアル宮殿、もうひとつは、自然美を堪能させてくれるアランフエス離宮で、ハプスブルク朝の歴代の王たちが、長きにわたって丹精をこめて築き上げてきた名建築であった。しかしアンドレニオは、ファルシレナに対する熱情にすっかりとらわれてしまい、いくら名建築とはいえ、この屋敷以外に目を向ける心の余裕などなかった。ファルシレナは、彼にこの小旅行を強く薦め、クリティーロも説得に努めてみたものの、まったくの無駄に終わった。アンドレニオは聞く耳をもたず、正しい判断力さえ失ってしまっていたのだ。結局クリティーロは、ひとりで旅に出ることにした。そんなに値打ちのある旅なら、日頃の好奇心も満たされるにちがいない。それに人々が褒め称える建築物を見なかったとしたら、あとになって悔やむことになるだろう。せっかくの機会を逃してしまい見ずに終わったりすると、ますます想像が膨らみ、最高のものを逃してしまったとの後悔の念に一生を通してさいなまれるものだ。

　こうして彼はひとりで出発した。一人旅ではあったが、みんなの代表として名所を堪能するつもりだった。まずカトリック世界のソロモン王と称される君主が建てた、偉大な建造物[10]を訪れた。古代ヘブライ人の王ソロモンをさえ驚かせるに足るような威容を誇る建物で、クリティーロの期待を裏切らなかっただけでなく、さらには想像を上回る驚きがあった。王権の誇示、カトリック信仰の勝利、完成された建築美、古代および現代をとおしての空前の華麗さ、最高の芸術的技巧などなど、さまざまな印象を得たのである。まさに規模の大きさ、中身の豊かさ、壮麗さが一堂に会した建築物であった。

　エル・エスコリアル宮殿のつぎに、アランフエス離宮へ行った。そこはまさに、春の女神プリマベラの永遠の住まい、豊穣と春の女神フローラの母なる地であり、また一年を通じて美しい花が咲き誇る庭、花の宝石箱、あらゆる喜びに満ちた楽園であった。彼はこの二つの名所をめぐり、一生分に等しい多くの感動を得た。

　彼はこうして素晴らしい事物にすっかり魅せられ、マドリードへ戻った。ファルシレナの屋敷に泊まろうと行ってみると、門は宝石箱より堅く閉ざされ、声を張り上げてみても、砂漠の中の声のようにだれひとり答える者はいなかった。クリティーロはいらいらして、訪ない鐘を執拗に叩いてみたが、自分の胸にその音がむなしく響きわたるだけ。これを見かねた近くの住民たちが出てきて、こう彼に言った。

「そんなに叩いたって無駄ですよ。近所迷惑じゃないですか。その家にはだれも住んでいませんよ。みんな死んでしまいましたから」

　クリティーロは驚いて、こう尋ねた。

「このお屋敷には、たいそう高貴なご婦人がお住まいではありませんか？　とても感じのいい方で、少し前まではとても元気でしたが」

「その《感じのいい》ってのは」とそのうちの一人が笑いながら言った。「あなたには悪いけど、信じちゃだめですよ」

「それに、とても《ご婦人》と言えませんな」と別の男がつけ加えた。「いつも男を誑《たぶらか》しているあばずれ女ですからな」

「いやいや、《女》でさえないよ」と、また別の男が言った。「あいつは性悪の化身だよ。今の世の最悪の女にだってなれないからね」

　クリティーロは信じたくもない話を聞かされ、にわかに事態が呑み込めなかった。そこでもう一度訊きなおしてみた。

「ここにはファルシレナさんは、住んでいないのですか？」

　一人の男が近寄ってきて、こう言った。

「もういい加減になさいよ。腹を立てたって無駄なんだから。この家の中に何日間かは、魔術をかけるキルケと、歌で人を惑わすセイレンがいたことは確かだよ。あの魔女たちは、嵐や雷雨を引き起こし、そのほかの苦しみの原因となるらしい。というのも、卑怯な根性をしているうえに、人の話ではあのキルケという女は、有名な魔術使いで、男を誘惑する魔女としても名が知れているんだ。なにせ男たちを獣に変えてしまうんだからな。たとえば金でできたロバじゃなくて、愚かさと貧しさでできたロバなんかに変身させるそうだ。この都じゃ、何千という人間がありとあらゆる種類の獣に変えられて、そのあたりをうろついている。それは変身するまえに怪しげな場所で楽しんできたからさ。少なくとも俺に分かっていることはだね、あの女がここに居たわずかな間に、たくさん男が入っていくのを見たよ。ところが、そのうちの一人だって、出ていくのを見てないね。あのセイレンは、体の形が魚と関係があるように、まわりの者からなんでも釣りあげてしまうのさ。金、銀、宝石、衣装はもちろんのこと、自由と名誉まで奪ってしまう。おまけに、姿を突きとめられないように、毎日場所を移動するんだ。あの根性と習性は変えないくせに、場所だけは変えるってわけさ。

町の端から端まで跳んで自由に移動する。だからすぐに見失ってしまい、見つけだすのは不可能だよ。それに羅針盤みたいな能力をもっているから、都会という名の危険がいっぱいの海に、罠を張り巡らせておいて、自分だけは抜け目なく自由に泳ぎ回る。たとえば、金持ちの外国人がこの町にやってきたとすると、すぐさまどんな人物で、どこから、どんな目的でやってきたのか、情報を仕入れるわけだ。さらには個人の秘密にかかわるようなことを知ろうとして、名前を精査して、その親戚関係を調べ上げる。そうやっておいてから、ある者には自分が《いとこ》だと嘘をつき、またある者には《めい》だと言ったり、要するに誰に対してでも、何らかの親戚関係にあると言って、嘘をつくわけだ。それになにか思いつきの名前を使ったかと思うと、すぐに捨てたりする。たとえば、シーラ[11]に因んでセシリアと名乗ったり、セイレンからセレナ、どこにもいないからイネース、照れ屋の男を狙うからテレーサ、騙す相手には飲まさなきゃと思うからトマサ、男にはいつも来て来てばかり行って誘うからキテリア、とそれぞれ名乗ったりするわけだ。こんな手管を使って、相手をたじろがせ、結局あの女が勝ちを収め、男の上に立つという次第だ」

　しかしクリティーロはまだ納得がいかず、屋敷のなかに入ろうと思い、だれか屋敷の鍵をもっている者がいないか尋ねた。

「はい、このわたしが預かってますよ」と一人の男が答えた。「ひょっとして家を見たい人がくるかもしれないからということで、預かっているんですよ」

　その鍵で門を開け、彼らとともに中に入った。クリティーロは言った。

「みなさん、これはあの時の家じゃありませんね。あるいはひょっとして私の目がどうかしてるのかも。だって、私が見た家は、魔法がかけられたせいで、まるで宮殿みたいに見えましたから」

「おっしゃるとおりです。魔法というのは、ほとんどがそんな調子ですからね」

「ここにあったはずの庭がなくなり、腐敗した心の塵溜めみたいになっている。あの泉は汚水だらけの溝、あのサロンは汚物だらけの豚小屋みたいだ」

「あの魔女にはあなたは何か盗まれませんでしたか？　嘘を言っちゃだめですよ」

「そう、いろいろたくさん盗まれましたよ。装身具、真珠、ダイヤモンド……。でも一番悔しいのは、友達をひとり失ったことです」

「ところが、あの魔女にとっては、失ったことにはならないのですよ。あなたの友達本人が自分の姿をなくしてしまったという意味なら、話は別ですがね。きっと、もう何かの動物に変身させられてしまったことでしょうな。だから今頃は、どこかに売り飛ばされて、町の中をうろついているはずですよ」

「アンドレニオ、君はいったいどこにいるんだ！」と彼はため息をついた。「どこは行けば君を見つけ出せるのか、いったいどこへ行ってしまったのだ」

屋敷中をアンドレニオの姿を求めて歩き回ったが、ついてきていた近所の住民たちは、そんな滑稽な姿にただ笑っているだけだった。クリティーロは悲嘆にくれ、涙を流した。彼はそこで一同に別れを告げ、以前いた宿に向かった。町中を歩き回り、相手構わず尋ねてみたが、だれひとりまともな答えを示してくれる者はなかった。その都には、筋の通った話ができる者など、ほとんどいやしないのだ。どうやって彼を捜し出せばいいのか、その策をさまざま考えあぐねていると、気がおかしくなりそうだ。結局最後に思いついたのは、アルテミアに相談してみることであった。

マドリードをあとにした。相変わらず金もなく、人には騙され、後悔だけが心に残り、なかなか気分が晴れなかった。歩き始めて少し行くと、さきほどまで目にしていた都会の人間たちとはかなり異なった風体の男に出会った。なんとこの男、珍しいことに、六つの感覚をもっている。つまりふつうの人間よりも、感覚を一つ余計に備えているのだ。これにはクリティーロは少なからず驚かされた。感覚が五つより少ない人間には、今までたびたびお目にかかったことがあり、その数も多い。しかし五つ以上となると、まったく会ったことなどない。たとえば、物を見る目をもたぬ連中は、しっかりと物事の本質を見抜けず、いつも周囲をまさぐりながら闇雲に進んでゆく。そんな調子だから、めったに立ち止まることはなく、どこへ向かっているのかも自分で分かっていない。耳をもたぬ連中は、相手のことばは単なる風か雑音にしか聞こえず、自分の虚栄心を満たしてくれるお追従や嘘っぽい話にだけは、敏感に反応する。このほか、さっぱり嗅覚が働かぬ連中も多い。とくに我が身に関することには、ほとんど嗅覚が効かなくなり、周囲に悪臭をふりまくだけ。ところが他人のこととなると、遠くにいながら、まったく自分とは関係のないことに鋭く嗅覚を働かせる。この手の連中は他人に関する良い評判の香りは、まったく嗅ぎ取らず、とくに敵対する者には、見ることも香りを感じとることも拒む。他人の名誉にかかわる噂には鋭く反応する嗅覚がありながら、他人の美徳の芳香を感じ取る鼻はもたないのだ。またこれとは別に、ましな好尚などさっぱり持たない連中にも、何度かお目にかかったことがあった。あらゆる良きものへの感覚を失い、実のある中身に挑む気概もない。人付き合いにおいても、まったく味気なく、人をいらだたせ、自分もすぐに腹をたてる。また他の者たちは趣味が悪く、いつも子供じみたものを好み、何を選ぶにも悪趣味なものにしか目がいかない。さらには、自分の好みだけにこだわり、他人の好みをまったく寄せつけない。またクリティーロがとくに気になっていたのは、触覚に欠ける人間たちに会ったことだ。そもそも、この連中は人間という名に値するかどうか、怪しいのだ。とくに彼らは、触覚がいちばん働くはずの、手の感覚に乏しい。そんな理由から、あらかじめ対象を手で触れてみることさえしないで、彼らはあらゆる場面で乱暴に行動を起こす。この傾向は、最重要と思われる問題においても変わらない。彼らはふつう、たちまちのうちに失敗をしでかしてしまう。それはつまり、物事を手の平を使って丁寧に確かめもしないから、その感触を実感として経験していないのだ。

クリティーロが出あったこの男は、まったくその反対だった。五つの感覚が鋭く研ぎ澄まされているうえに、第六の感覚は、あとの五つの感覚よりもはるかに優れていた。五感をより活性化させるとともに、その上さらに五感をじっくり思考に導き、どんなに奥深く姿を隠した対象であろうと見つけ出す。この第六の感覚こそが、人に問題を解くための方策を発見させ、手段を整えさせ、救いの手を差し伸べ、話すことを教え、走らせ、さらに飛ぶことさえ可能にし、来るべきものを予測させる。まさに、必要にかられることこそ、第六番目の感覚となるのだ。つまりは、必要性にかられ、苦境に追い込まれてはじめて、この第六の感覚が目覚めるのである。不思議なことながら、物に不足することが、人間の知恵を増やしてくれるのだ。まさにこの《必要性》こそが第六番目の感覚であり、機智と創造力に富み、抜け目のない、活動的で深い洞察力を備えているのだ。これこそ、感覚中の感覚とでもいえようか。

クリティーロは、この考えに納得し、こう言った。

「これはすばらしい。これからふたりで力を合わせていこうじゃないか。君に会えてとても嬉しいよ。私は何をやっても運がないのだが、今日だけはいい日に当たったようだ」

クリティーロは都で起こった不幸な出来事につき、彼に説明した。

「それは僕にも、よく分かる気がする」とエヘニオが言った。これがこの男の名前だったが、まさにその語源の意味[13]を文字通り体現した男だった。「じつはこれから僕は、《世界なんでも市》に行くところだったんだ。青春時代と壮年時代の境目にある人生の分岐点にあたる町で、そこで市が開催されることが発表になったんだよ。でもそれはもういい。君に協力してやることにして、都へ一緒に行こう。僕の六つの感覚を駆使して、きっとその若者を捜し出してやろうじゃないか。人間か動物の姿になった彼を、見つけ出さないといけない。もっとも動物になっている可能性が高いがね」

ふたりは都に入り、まず人の集まるあの芝居小屋あたりを調べた後、下町の広場、庭園、庶民の溜り場などをめぐり、必死になってアンドレニオの姿を探した。そのあと出くわしたのが、お互いに縛られて、一列になって進んでゆく大きなラバの群れだった。後ろのラバが、前を行くラバが踏んだ跡を外さないように、しっかり足を踏みしめてあとについてゆく。金や銀などを背負わされ、重荷にあえぎながら進んでゆく。ラバの背は金の絹糸で刺繍を施した壁掛けで覆われ、なかには錦織の布をかけられたラバもいる。

頭の先端にはたくさんの羽飾りが(14)、ひらひら揺れている。どうやら動物たちまで、こんな飾り物を誇りに思うらしい。胸懸《むねがい》が動きに合わせて、じゃらじゃら大きな音をたてている。

「ひょっとして、このうちのどれかだろうか」とクリティーロは言った。

「いや、全く違う」とエヘニオが答えた。「このラバたちは、かつては世の中の高位を占めて、重責に耐えた人たちだ。いや正しくは人間だったラバたちだ。こうして格好だけを見ると、いかにも立派だが、あの豪華な飾り物をはぎ取ってみると、悪徳にまみれた醜い傷跡でいっぱいだ。あのきらきらした飾りが、すべてを隠してくれているのだよ」

「ちょっと待ってくれないか。ひょっとすると、あそこでぎしぎし音を立てて荷車を引っ張ってゆくあの動物かもしれん。あの車はあまり品がいいとも言えないがね」

「あれでもないよ。あの動物たちは目が角よりずっと下にきているだろう? 虐げられて、とても苦しんでいる証拠だよ」

「あっちの方から、インコが我々を呼んでいるような気がする。彼はあれじゃないかな」

「そんなはずはないよ。あのインコはどこかのおべっか使いだろう。心に秘めた正直な気持ちなど、ぜったいに言ったためしがない動物だよ。どうせどこかの政治屋かお喋り野郎だったのさ。口先で言うことと心で思っていることがまったく別々で、だれかから聞いた話をそのまま繰り返していた人間にきまってるよ。一応人間の格好はしていたものの、実はそうじゃなかった連中だ。奴らはみんな緑色の服を着て、自分が言った嘘に対する報酬を期待しているのさ(15)。そしてそのご褒美をまんまと手に入れてしまうわけだ」

「あちらにいる、いやにめかしこんだ猫ではないかな? とがった爪を隠して、立派な髭をたくわえているが」

「あの手の連中は多いのだよ」とエヘニオは答えた。「あれは猫かぶりの偽善家だった人間たちだよ。盗人から金を巻き上げるのはもちろん、正直者の貯金までだまし取る奴らだ。だから早合点しちゃいけない。どうせ奴らは公証人かどこかの法律屋に違いないからね」

「あそこで吠えている老いぼれ犬はどうだね?」

「あれはね、気難しい近所のおやじか、どこかの悪口屋、あるいは負け犬、意地悪男、うつ病患者といったところだ。歳は六十以上だろう」

「あっちのバルコニーにいる、もったいぶった顔をしたサルはどうだね? こっちを向いてしかめっ面をしているが、まさかあれじゃないだろうね」

「あいつこそ最大の偽善家だ。自分のことを立派な人間に見てほしいのだが、実際はそうじゃない。派手な動作をみせて、いかにも大人物らしく振舞うのだが、なんの価値もない人間どもだ。作り話の専門家、冗談話ばかりの学士さまといったところかな。いつも人をからかってばかりいるから、真面目な人間にはけっしてなれない連中だ。冗談しか言えない中身に乏しい奴らだよ」

「もし彼が、レティロ公園[16]のライオンと虎のなかにまじってでもいたら、どうなるだろうね？」

「それは、ありえないよ。あれはみんな裁判官か刑の執行人だった連中だ」

「公園の池にいるあの白鳥は？」

「それもありえない。あれは政府の秘書官とか諮問官だった奴らだ。周囲の話に調子を合わせておけば、それで済んだ連中だよ」

「あそこに泥まみれになっている動物がいるね。平気で泥の中をのたうちまわっているけど、悪臭を放つひどいぬかるみだ。お花畑とまちがえているんじゃないのかね」

「彼にどれかの動物が当てはまるとしたら、ひょっとしたらあの生き物がそうかもしれないな」とエヘニオは答えた。「はしたない快楽に溺れたせいで、汚物のなかでのたうちまわっている、好色で愚かな連中だ。あれを見たら、だれだって吐き気がするよ。奴らは泥を天国と思っているのだ。悪臭を周囲に発散させながら、そのことに気づいていない。むしろ悪臭をかぐわしい香りと思い込み、汚物だらけの排水溝を天国と勘違いをしているんだ。ここからはちょっと遠いが、あれが彼なのかどうか、よく見てみることにしよう。待てよ、こうやってよく見てみると、どうやら彼ではなさそうだ。あれはどこかの太っちょの金満家だよ。奴が死んでくれる日が、相続人たちにとってはおめでたい日となり、蛆虫どもにとってもご馳走がいただける嬉しい日になるのだよ」

「こんなことってあるのかね」とクリティーロは慨嘆した。「だって、これほどの数の動物に出くわして、これほどたくさんの動物にあたってみても、彼をどうしても見つけ出せないとは！ 娼婦を乗せた車を引っ張ってもいなければ、大人物を輿《こし》に乗せて運んでいくのでも、重い荷を背中に負わされていくのでもない。また、教養のかけらもないような、お大尽たちを乗せた輿を担がされる動物の中にもいなければ、日常の汚物にまみれたぬかるみの中にも見つからぬ。この都に住むキルケのような魔女たちが、男をこんなに堕落させてしまうとは。息子たちから理性を奪いとり、親たちの気持ちをこれほど乱してしまうなんて。彼らの体を哀れな形に変えてしまうだけでは満足せず、心の美しさまで奪いとり、人間らしい生き方まで否定してしまうのだ。エヘニオよ、教えてくれないか。もし獣の姿に変身した彼に会えたとしても、元の人間の姿に戻してやる方法はあるのだろうか？」

「もし彼に会えたなら、それは大して難しいことじゃない。ちゃんと元の姿に戻った例も多いからね。ただし、なにか好ましくない癖が身についてしまっていて、なかなか直せない例もなかにはある。でも、あのアプレイウス[17]は、最悪の状態に置かれていたが、沈黙のバラのおかげで、元通りの体に戻ったからね。これが愚か者に対する最高の治療法だよ。現世的な悦楽にふけった過去の生活に思いをめぐらせ、自分の卑劣さを反省しつつ、そんな薬草を噛むことで、悪夢からすっかり醒めることができるのだよ。オデュッセウスの部下たちだって、豚に変身させられていたものの、美徳の木の苦い味をした根を口にすると、その甘い果実ともいうべき人間の姿に戻ることができたからね[18]。だからアンドレニオには、たとえばミネルウァの木の葉っぱ[19]を食べさせることだってできる。教養人オルレアンス公爵[20]の庭園には、その名木がある。もしそれがだめなら、用心深いとされる桑の葉っぱ[21]でもよかろう。そうしてやれば、すぐに元の姿に戻り、立派な人間になってくれるに違いない」

ふたりは文字通り足を棒にして、四方八方彼を探し回ったが、なんの成果もなかった。するとエヘニオが言った。

「こうなったら、ひとつ考えがある。彼が姿を消したというその屋敷に、今から行ってみてはどうだろう。その汚物のなかに、君が失くした宝物がきっとまだ潜んでいるにちがいない」

さっそくふたりは、屋敷に向かうと、中に入り彼の姿を探した。

「これは時間の無駄だよ」とクリティーロが言った。「この私がもうすでに、家の中をくまなく探し回ったのだから」

「ちょっと待ってくれ」とエヘニオが言った。「僕の第六の感覚を試させてくれ。これこそ第六のわざわい[22]に対する、唯一の救済法だ」

すると淫靡な汚物が折り重なった大きな山の中から、濃い煙が立つのに気がついた。

「ほら、この下には」と彼が言った。「火があるはず」

そこでさっそく、人間の心から出たその汚物を横にどけてみたところ、恐ろしげな洞穴の扉が現れた。その扉はなんなく開けることができた。中を覗いてみると、地獄の業火のかすかな光の中に、魂の抜け殻となった体が、たくさん床にごろごろ転がっているのが目に入った。小粋な若者たちの体はあったが、髪の毛こそ長く伸ばしているものの、お知恵のほうはかなり足りない様子だった。文学者もいたが、愚鈍な連中ばかりだ。さらには、一応小ざっぱりした風体の年寄りまでいる。目は開いているのだが、なにも見えてはいない。さらには、薄汚れた荒い布で目隠しをされている者もいる。ほとんどの者からは、かすかなうめき声しか聞こえてこなかった。すべての者がもうろうとした意識のまま、眠りこけていた。体を覆うものは何もなく、死の装束として小さな布の切れ端さえ与えられていなかった。その真ん中あたりにアンドレニオが横たわっていた。その変わり果てた姿に、父親のクリティーロさえ一瞬彼とは気づかなかったほどだ。クリティーロは彼の上に倒れ込み、泣きながら大声で呼びかけたが、彼には何も聞こえてはいなかった。その手をきつく握ってみたものの、脈は感じられず、まったく生気を失った状態だった。その一方でエヘニオは、先ほどのほのかな光は松明が発するものではなく、壁から突き出た白い生々しい手から出ていることに気がついた。その手には、多くの人が涙ながらに差し出したはずの真珠の腕輪が掛けられ、指先にはこれも人から騙し取ったはずの、上質のダイヤモンドが光っていた。一本一本の指はまるで蠟燭のように、炎をあげて燃えていた。しかし、彼らのはらわたを焼き尽くす火に比べれば、わずかな量にすぎなかった。

「これはいったい誰の手だ。絞首の刑を受けた者の手だろうか」とクリティーロは言った。

「いいや、これは死刑執行官の手だ」とエヘニオが答えた。「絞首の刑を執行し、殺す側の手だよ」

その手を少しゆすってみると、その動きにつれて、横たわっている人たちがもぞもぞ体を動かした。

「この手に火がともっている間は、この人たちが目を覚ますことはないだろう」

試しに息を吹きかけて消そうとしてみたが、火は消えなかった。これは瀝青の火であって、慈悲の心をこめて息を吹きかけても、また涙の雨を降らせてみても、ますます火が強くなるだけだった。どうやら火を消すには、まず何かの粉を散らしてから、土をかぶせるのが良さそうだ。そうやってみると、一時はあの地獄の火ほど強力に思えた火も消えた。するとたちまち、それまでまるで戦死した兵士のように、床に転がっていた人たちが目を覚ましたのだ。もしこうして彼らを兵士に見たてれば、軍神マルスの息子、つまりクピドの兄弟になってしまうわけで、このような懲らしめを受けるのも当然のことと言えた。[23] 年寄りたちは、きまり悪そうな顔をして、こう言い訳した。

「やっぱり、いまわしい情欲の火というやつは、若者だろうが年寄りだろうが、相手構わず取りついてくるものだからね」

また、賢者たちは自分の愚かさを後ろめたく思い、こう言っていた。

「若いパリスが美しいアフロディテにひかれ、知恵の女神パラス・アテナを無視するのは、まだ若造で無知だということで、それもやむをえまい。しかし物の分かったわれわれ大人までそれをやってしまうなんて、まさに二重の狂気だった」

心に大きな痛手をうけたアンドレニオは、深い傷を負ったウェヌスの息子たち[24]の間から立ち上がると、クリティーロのほうへ近づいていった。

「どうだ、分かったかね」と、クリティーロが声をかけた。「あの邪悪な女が、お前をこんなひどい目にあわせたのだ。お前は結局財産をすっかりなくし、健康をむしばまれ、栄誉も失い、まったく良心のかけらもない人間にされてしまったのだよ。あの女がどれほど曲者だったか、今になってやっと分かったはずだ」

ここに至ると、捕らわれていた者たち全員が、あの女への呪いの言葉を口々に叫び始めた。《象牙で身を飾ったスキュレ》、《エメラルドをつけたカリュブディス》、などと叫ぶ者もいれば、《お化粧した疫病神》、《毒入りの甘露》などと罵る声も聞こえた。

「葦が茂る瀬には水があり」と誰かが言った。「煙立つところには火があり、女が集う場所には悪魔がいる」

「この世に女ほどの悪人はいない」とある老いぼれが泣き言を言った。「もしそれ以上の悪があるとすれば、女が二人になったときだよ」

「女というのは、悪行をなすこと以外、ほかの才覚は持ち合わせていないと言うべきかもしれない」とクリティーロが言った。

しかしアンドレニオは、

「でもみなさん、それは間違っています」と、彼らに言った。「確かにぼくはあの女のせいで、ひどい目に会わされました。でも正直な気持ちを告白しますと、女性たちをどうしても憎む気持ちにはなれません。それに忘れることもできません。ぼくはこれまで世の中で、たくさんの素晴らしいものを見てきました。黄金、銀、真珠、宝石、宮殿、お屋敷、庭園、小鳥たち、星座、月、そして太陽などです。でもぼくがいちばん感動したのは、ほかならぬ女性なんです」

「待った、待った」とエヘニオが言った。「とにかくここを離れようじゃないか。ここはまさに救いなき狂気の場所とでも言うべきだろう。それに悪女の害については、僕にもたくさん話したいことがある。この話はこれからの道中に残しておこうじゃないか」

こうしてそこに居合わせた者全員が、自らの過ちを心から悔い、この屋敷を後にしたのである。他人はいざ知らず、少なくとも自分という人間については、それぞれが十分な自覚を持つことができたのだ。このあとそれぞれ各自の教会に赴き、犯した過ちの赦しを乞い、悪から目覚めさせてくれたことへの感謝を神に捧げた。教会の壁に、過去の苦難の名残や、囚われの身を表す鉄の鎖が吊るされているのは、悪から解き放たれたことへの、こうした感謝のしるしなのである。(25)

第十三考
世界なんでも市《いち》

古代の人々の話によれば、神が人類を創造されたとき、すべての悪を遠い島の奥深い洞窟に閉じ込めたとされている(1)。その島とは、イスラス・フォルトゥナダス(2)(幸せ諸島)の名で呼ばれた群島のひとつで、右のような言い伝えから、その名がつけられたとされている。さて、洞窟に閉じ込められたのは、過失と苦悩、悪徳と罰などのほか、戦争、飢餓、ペスト、恥辱、悲しみ、苦痛、さらには死そのものなどで、すべて同じ鎖で数珠つなぎにされていたとのことだ。神はこれらごろつき同様の恐ろしい諸悪への不信感から、強固なダイヤモンドの扉をとりつけ、それに鋼《はがね》の錠前をつけ、しっかりと閉じ込めたのである。鍵は男に手渡し、自由な管理に任せた。こうしておけば、男が扉を開けない限りは、諸悪は永遠にその洞窟から出られないことを肝に銘じさせるためであった。そうする一方で、あらゆる善、美徳、褒賞、幸福、喜び、平和、名誉、健康、富、そして生命そのものを、この世に自由に解き放ったのである。

こうして男は、たいそう幸せに暮らすことになったのだが、この幸運は長くは続かなかった。女が軽はずみにも生来の好奇心に引きずられ、この洞窟の中に閉じ込められた物を一目見てみたい一心で、居ても立ってもいられなくなったのだ。ある日のこと、これは女にとっても、われわれ人類にとっても、大いに不吉な日になってしまうのだが、この女は男の心を自分のものとしたうえで、さらにくだんの鍵までも奪い取ってしまったのである。女の習性とは、まず行動し、そのあとで考えるものだとか。女は前後の見境もなく、洞窟の扉を開けに行ったのだ。鍵穴に鍵を突っ込んだ時、全世界が震撼したとされている。そして錠前を外したそのとたん、あらゆる悪が一斉に飛び出し、先を競って地球全体に勢力を伸ばしていくことになったのだ。〈高慢さま〉は、すべての悪の首席を占めるにふさわしく、まず先頭をきって飛び出し、ヨーロッパの第一の国というべきスペインに行き当たった。すると自分の性格にまさにぴったりの国だと考え、結局そこに永遠に居座り続けることにした。そして現在に至るまでそこで暮らし、その勢力下に多くの人々を置き、この国を支配している。たとえば、《驕り》、《見くびり》、《威張り散らすこと》、《傲岸不遜》、《気取り》、《家系自慢》、《気障っぽさ》、《目立ちたがり》、《自己陶酔》、《中身なしの多弁と大声》、《いかめしさ》、《見栄っ張り》、《空元気》などなどあらゆる種類の思い上がりがこれに当たり、高貴な身分の者から最下層の平民まで、全く区別なくその勢力に支配されているのである。〈強欲さま〉はすぐそのあとにつづいていたが、フランスにまだ席が空いているのを見て、ガスコーニュ地方からピカルディ地方まで、その全土を自分のものとし、金回りの悪い身内の者を各地に配属した。こうして、《収入不足》《意気消沈》《物不足》などにその影響が目立ちはじめ、あらゆる国に出稼ぎに出て、人の嫌がる仕事を引き受け、わずかな儲けのために身を粉にして働くことになった。さらには、せっかく積み上げてきた仕事の成果を売りに出さねばならなくなり、裸同然の格好で売り物の木靴を腕に抱えて町を歩き、物持ちになっても吝嗇から安物しか使わず、おまけに金のためならどんな卑しいことでもやってのける、などの社会現象が起きることになったのである。しかし人の話では、これを哀れに思った幸運の女神が、この悲しい状況を打開するために、まことにきらびやかな上流社会を、これとは別に導入することになったらしい。こうしてこの国には、中間の階層がなく、両極端の階級が出来上がってしまったということだ。〈まやかし殿〉はイタリア全土を駆け巡り、イタリア人の心に深く根を下ろすことになった。とくにナポリでは、人と喋るとき、ジェノバでは人と商売をするときに、この〈まやかし殿〉とその身内の面々の影響がはっきりと出るのだ。たとえば《嘘八百》《だまし》《企み》《でっち上げ》《陰謀》《策略》がそれに当たり、人の話では、これが政治の世界そのものであり、明晰な頭脳をもつことと同義なのだそうである。〈憤怒さま〉は別の方角をとり、アフリカ大陸と周辺の島々をめぐり、野生人と野獣を友とする暮らしを選んだ。〈貪食さま〉は、その妹の〈酩酊さま〉とともにドイツの南北両地域を呑み込み、あの美貌のマルグリット・ド・ヴァロワ[5]が語るところによれば、夜を日に継いでの宴会また宴会で遊び浮かれている間に、すっかり財産を使い果たし、心まで荒廃させてしまったとのこと。ただし、宴会に出た者のうちの何人かは、たった一度しか酔っ払わなかったというのだが、それは一生の間その酔いが醒めなかったからにほかならない[6]。いったん戦争となれば、地方は荒廃し、戦場は兵士たちによって踏み荒らされる。しかし、それにも拘わらず皇帝カール五世は、ドイツ人たちの軍隊の胃袋を満たしてやらねばならなかったのである。〈無節操さま〉はイギリスへ到着し、〈愚直さま〉はポーランドへ、〈不信心さま〉はギリシャへ、〈蛮行さま〉はトルコへ、〈狡猾さま〉はロシアへ、〈残虐さま〉はスウェーデンに、〈不正さま〉はタタールへ、〈悦楽さま〉はペルシャに、〈臆病さま〉は中国へ、〈大胆不敵さま〉は日本へ、それぞれ舞い降りたのである。〈怠惰さま〉は、こんな時になっても相変わらずのんびりあとからやってきた。近くの国はみんなほかの者によって先に取られているのを見ると、新大陸アメリカへ行かざるをえなくなり、インディオ達と一緒に暮らすことになった。つとに令名高き〈色欲さま〉は、その偉大で強力な魅力のおかげで引っ張り凧の人気となり、全世界に勢力を広げ、地球の隅々まですっかり支配することになった。他の諸悪連中と調整を行ったところ、お互いすっかり意気投合してしまい、結果として地球上どこでもその威力が公認されることになった。こうして、とくにどこの地域が優位を占めるのかを見極めることさえ、簡単ではなくなってしまったのだ。どこでもあっという間に広がり、なんでも堕落させてしまうからだ。しかし女自身に関して言えば、これらの諸悪が洞窟の扉のところで、一番初めに出くわした相手でもあったので、すぐさま囚われの身となった。諸悪は女の体の中に入り込み、こうして女は足の先から頭のてっぺんまで、まるで邪悪のぎっしり詰まった腸詰のような状態になってしまったのである。

エヘニオはふたりにこんな話をしながら、太陽の門を通って都を後にし、《世界なんでも市》へふたりを連れていくことにした。その市は、ある一大商業都市で開催されることになっている。青春時代を象徴するような心地よい野原と、(7)壮年期を表すような険しい山々との間の、ちょうど中間に位置する都会だった。あちらこちらからやってきた人々が合流し、そちらに向かって大勢の人の流れが出来上がっている。物を売りに行く人、買いに行く人、あるいは見て歩くだけを目的にした賢明な人たちなど、いろいろだった。

三人は、《なんでも市》で人だかりがする大広場に近づいた。他人が嫌がるものを褒めそやす人がいたりして、多種多様な好みに合わせてたくさんの店が立ち並んでいる。市へは多くの入り口がある。そのうちの一つから三人が中を覗いたとたん、いかにもお喋り好きらしい二人の男が彼らに話しかけてきた。自分たちは哲学者であると名乗り、一人はある学派に属し、もう一人の男は別の学派で、あらゆる問題で見方がいつも二つに分かれていると言う。初めの男はソクラテスという名前で、つぎのように言った。

「ではみなさん、まずこちら側に来てみてください。立派な人間になるためにやるべきことが、すべてお分かりになるはずです」

すると、シモーニーデス(8)と名乗る反対意見の男がこう言った。

「この世には、部屋がふたつあります。ひとつは名誉の部屋、二つ目は実益の部屋です。一つ目は私が見たところでは、いつも風が吹き荒れて煙がもうもうと上がり、ほかには何も置かれていません。ところがこちらの二つ目の部屋は、黄金と銀がいっぱい詰まっていますから、ここでならあなた方はお金を手に入れることができます。これはあらゆるものを一個所にまとめた部屋なのです。そういうわけですから、みなさんはどちらの意見に味方するべきか、よく考えてみてください」

三人は面喰ってしまい、どう答えていいのか分からない。どちらに与するべきか意見を述べ合ったものの、それぞれ意見の違いがあるのが判り、お互い気まずい雰囲気になった。そのとき一人の男――少なくともそう見えたのだが――がやってきた。

手の中に金塊を握っていたのだが、三人に近寄ると、ひとりひとり順番に相手の手を取ると、自分の手にある金塊をこすりつけ、そのあと相手の手のひらを調べた。

「この人は何をしたいのでしょうね?」とアンドレニオが言った。

「私はですね」とその男は答えた。「人間の純度検査師です。つまり人間の質の鑑定士です」

「じゃあ、試金石はいったいどこにあるんです?」

「これです」と言って、金塊を指した。

「こんなの初めて見ました」とアンドレニオは答えた。「昔には逆に、黄金は触ってもらい、リュディア[9]の石で鑑定される立場にありましたからね」

「おっしゃるとおりです。しかし人間を鑑定できる石は、黄金です。手のひらにべったり金塊がつく人は、真の人間ではなく、エセ人間なのです。というわけで、手のひらが油でべとべとしている裁判官[10]をわれわれが見つけたら、たちどころに泥を吐かせて罰を下します。五万ペソもの大金の報酬を得て、こっそり貯めこんでいる高位聖職者は、いくらお上手な説教をなさったところで、《金口《きんこう》》にはなれず、その代り《金庫》になるのが関の山です。それから、袖口にしゃれた刺繍を施して、軍帽には羽飾りをふんだんにつけた兵団長殿、あれは哀れな兵隊たちから、羽ならぬ金をふんだんにむしり取っている証拠です。いざとなれば兵を見捨てますから、あの勇敢なブルゴーニュのクラウディオ・サン・マウリシオ殿[11]のような働きをしてくれるわけではありません。それから、紳士づらをして貧乏人から高利で金を巻きあげ、まるで彼らの血を使って差押え執行書に署名するような連中、あれは本当の紳士ではありません。うだつの上がらぬ夫を尻目に、華美ないでたちで張り切っている女、あれでは何かあるのでは、と怪しまれます。要するに、私が言いたいことをひとことで言うなら、清廉さを感じ取れない連中は、例外なくみんな立派な人間ではないということです。したがって、金塊が手にくっつき、その跡まで残っている君は、――と、アンドレニオに向かって言った――私が思うに立派な人間とは言えません。だから、君はそちら側の別の道をたどっていきなさい。しかしこちらのお方は、――と、クリティーロを指して言った――手にもくっつかず、指の跡さえ残っていませんから、立派な人間ということになります。したがって、清廉潔白の道をどうか選んで進んでください」

「それよりむしろ」とクリティーロが答えた。「この青年が立派な人間になれるよう、私のあとについてくる方がいいと思いますがね」

こうして彼ら一行三人は連れだって、道の右側に並んだ店を巡っていた。品物がたくさん並べられている。《当店には、最高および最低の品あり》と書かれた看板が見える。中に入ると、なんと舌を売っているのが判った。最上の品は沈黙するための舌、さらには上下の歯を使って歯止めが効く舌、口蓋にくっつく舌もあった。さらにもう少し中へ進んでみると、ひとりの男が彼らに黙るようにと合図を送っている。店の商品を、声に出して宣伝するつもりなどさらさらない様子だ。

「この人は何を売っているんだろう?」とアンドレニオは言った。

するとまた同じ男がすかさず、黙るようにと合図を送った。

「でも、そんな調子だったら、あなたが何を売っているのか、我々には分からないじゃありませんか」

「いや、これはまちがいなく《沈黙》を売っているのだよ」と、それをたしなめてエヘニオが言った。

「うん、なるほど、とても珍しい商品だが、とても大切なものでもあるからね」とクリティーロがいった。「私はこの品は、てっきりこの世ではなくなってしまったと思っていたんだ。この品はきっとベネチアから運んできているにちがいない。とくに、秘密を堅く守る習慣など、このあたりではまったくお目にかかれないからね。[12] ところで、いったい誰がそれを使うのだろう?」

「それはもう判りきっているんじゃありませんか?」とアンドレニオが言った。「隠者、修道僧、それに医者にもこれがいるかもしれません。みんな、沈黙の価値と、それから得る利益をちゃんと知っている人たちばかりですからね」

「いや、ところがだね」とクリティーロが言った。「これを一番よく使うのは、善人じゃなくて、悪人どもではないかと思うね。だって、不正直な奴は黙り、不貞の妻は知らんぷりを決めこみ、殺人犯は口をつぐみ、泥棒はフェルト靴でこっそり忍び込む、という具合に、悪事を働く者はみんな黙りの専門家なんだ」

「そんな連中もいることはいるけれど」とエヘニオが応じた。「この世の中はすっかりおかしくなっているから、本来沈黙を守るべき者が喋りまくり、自分の下劣さを堂々と見せびらかしたりすることがある。ごろつきみたいな行いこそが騎士道なりと考えたり、同じ愚行でも破廉恥な行為じゃなければ面白くない、なんて考える奴もいる。顔の傷痕を見せて自分の勇敢さを自慢する剣士、自分の義務をなおざりにしてかわいい顔の手入れだけは怠らず、人に見てもらいたい一心で着飾る女、勲章を欲しがる食わせ者の盗人野郎、そして称号を欲しがり自分の下賤な家系の先頭に立とうとする者、などなど、このように下劣な人間というのはすべて、いちばんはしゃぎまわる連中だよ」

「じゃあ、いったい誰が買うのです?」

「宝石を盗んでくる奴さ。盗んできても、一切だれにも漏らさず、それで商売している奴だよ。それとハルポクラテス[13]もそうだね。これにはだれも文句を言う者はいない」

「値段を教えてくれませんか」とクリティーロが言った。「できれば大量に買いたいものです。ほかの店に置いているかどうかわかりませんからね」

「沈黙の代金は」と答えが返ってきた。「やはり沈黙で払っていただきます」

「それはいったいどういうことです？　売られている品が沈黙なのに、支払いがなぜ沈黙でなきゃいけないのです？」

「それでいいんです。賢明な沈黙は、別の沈黙で応えてもらえるということですから。[14]つまり、相手がこちらの弱みを黙っていてくれるなら、その代償としてこちらも相手の弱みを黙っておいてやるということです。だから、みんながあなたの弱みは黙っておいてあげましょうと言ってくれれば、それではこちらもみなさんの弱みを黙っておきましょう、ということになるのです」

彼らは次の店に移った。看板にはこう出ている。《当店にて健康の真髄を販売中》と。

「こいつはすばらしい！」とクリティーロが言った。

その実体は何なのかを尋ねてみると、仇敵の唾液だという答えが返ってきた。

「そんなものが健康の秘訣なら、ぼくだったら《毒の真髄》とでも呼びますね」とアンドレニオが言った。「バシリスク[15]の毒より、もっと致命的ですよ。そんなものを買うくらいなら、ヒキガエルに唾をひっかけるほうが、よっぽどましですよ。サソリに刺されたり、毒蛇に嚙まれたりした方が、ぼくはまだいいです。仇敵の唾液ですって？　まったく呆れた話ですね。だれもそんなこと聞いたことありません。もしそれが、裏切ることのない真の友の唾液なら、たしかに万病に効く妙薬になりうるかもしれませんがね」

「ちがうよ、君は分かってないのだ」とエヘニオが言った。「友達のおべっかのほうが、はるかに甚大な被害を及ぼすのだよ。いい友人ほど、われわれの欠点をあたかも立派なものに思わせてくれたり、純粋な気持からこちらの落ち度を隠蔽してくれたりする。だからその結果、こちらが甘やかされてばかりいるから、知らず知らずのうちに、欠点ばかりを背負い込んでしまって、心の病を患い、ついには自滅してしまい、墓場に追いやられることになるんだ。本当の賢者というのは、仇敵から滲み出る苦いリキュールのごときものを、うまく利用していることを知っておくべきだよ。賢者は自分の名誉にしみついた汚れや、経歴についた汚点のしみ抜きにそれを使うのさ。さらには、そんなことを敵に気づかれたりして相手を喜ばせないようにと、気を配ることで、理性の一線を越えず、そこで踏みとどまることができる」

さてこんどは、別の店から声がかかり、品物がなくならない前に、急いできてほしいとのことだった。さっそく行ってみると、その言葉どおりだった。蔵ざらえの大売り出しの最中だ。値段を尋ねると、こんな答えが返ってきた。

「今のところタダだよ。ただし後になると、いくら金を積んでもらっても、何も残っちゃいないと思うよ。とくに極上の品は早くなくなるからね」

ひとりの店員が大声をあげた。

「さあさあ、そこのお客さん、急いで買ったり、買ったり！　買うのが遅れたら、それだけ損になるよ。あとでいくら金を出したって、もう手には入らないよ！」

　この店員はとにかく早く売りさばいてしまいたいのだ。

「当店では」とまた別の店員が言った。「高価な品を無料でさしあげます」

「えっ？　どんな品だね？」

「《懲罰》です」

「そいつはすごい！　ところで、もともといくらの品だね？」

「愚か者たちは自腹で買いますが、賢人たちは他人の金で買います」

「ところで、《経験》はどこで売ってるの？」とクリティーロが尋ねた。「あれも値打ちがあるからね」

　すると店員は、ずっと遠くに見える《歳月》を売る店を指した。

「で、《友情》は？」とアンドレニオが尋ねた。

「そいつはねえ、お客さん、買うものじゃありませんよ。もっとも売ってる連中は多いですがね。金を出して買った友情なんて本当の友情じゃない。まったく値打ちがありませんよ」

　また、ある店には金文字のこんな看板があった。《当店はなんでも売ります。値段はナシ》と。

「私はここに入るよ」とクリティーロが言った。

　店員はいかにも貧相な男で、裸の姿でいる。店はからっぽで、店内にはまったく何も置かれていない。

「これじゃ、看板に偽りありじゃないか」

「いや、看板どおりですよ」と店主が答えた。

「じゃあ、何を売ってるんだ」

「世界中にあるもの、ぜんぶ売っています」

「おまけに値段なしで？」

「そのとおりです。つまり品物を見下して売っているんです。この世のものはなんでも見下してやれば、われわれみんなは、すべての主になれるんです。で、その反対に物に愛着を示す者は、主にはなれず、物がその人の主になってしまいます。これを無料で与える人は、結局は与えた物が自分の手に残ることになり、大きな価値をもつことになります。そしてそれを受け取った人は、それをとてもありがたく思い、恩義に感じることになるのです」

　つまりその品とは《礼儀》そのものであり、万人への《尊敬の念》であることが、三人には分かったのである。

「当店でお売りしていますのは」と、ひとりの男が声を張り上げていた。「自分自身の所有物で、他人の所有物ではございません」

「そんなの別に大したものではないね」

「いいえ、大事なものなんです。やってくれるはずのない《尽力》とか、できるはずのない《好意》を買わされたことはございませんか？　あんなことは、たとえ可能であっても、実際にはやってはくれないものです」

さらに三人が歩いてゆくと、ある店に出くわした。するとその店員たちは、彼らに、十分に気をつけて後ろに下がっているようにと指示し、あとにつづく客にも同じことを言った。「売るの？　売らないの？」とアンドレニオが言った。「こんなことって初めてだよ。店員が店にくる客を追い返すなんて。いったいあなた方、どういうつもりなんです？」

店員たちは、またまたさらに大きな声を張り上げて、店から離れて立つように、遠くの位置から買い物をするようにと指示を出した。

「あなた方はここでいったい何を売っているんです？《欺瞞》？　それとも《毒物》？」

「そのどちらでもありません。その反対で、この世にある物のなかで一番高く評価されている物です。つまり《高評価》そのものなんです。あまり触られすぎると、無くなってしまいます。馴れ馴れしく扱うと、擦り減ってしまいますし、あまり話題にしすぎると、品位を落としてしまいます」

「そういうことであれば」とクリティーロが言った。「名誉などは他人から遠く離してしまっておくのがいいということだな。どんな偉人でも顔を知られた故郷には行かないのが得策、というあの教訓⒃に当てはまるわけだ。もし空の星がわれわれの近くで暮らしていたとしたら、二日も経たぬうちに、その輝きを失ってしまうだろうね。だからこそ、現代人に尊敬されるのは過去の人々で、現代の人間は未来の人々に敬われることになる」

「あそこにあるのは、豪華な宝石店だ」とエヘニオが言った。「あそこへ行ってみよう。宝石をいくつか買ってみようじゃないか。あの宝石の中だけでも、《美徳》と《優美さ》が既に含まれているはずだから」

彼らはその店に入った。そこには、かの思慮深い人として評判が高いビリャエルモサ公爵⒄の姿が見えた。ちょうど宝石商に、上質で評価の高い宝石を見せてくれるよう頼んでいるところだった。店主は、素晴らしいのがいくつかございます、お見せしましょう、などと答えながら応対している。そこに居合わせた者はみんな、きっと東洋産のルビーか、自然のままのダイヤモンドか、エメラルドでも出してくるのだろうと待っている。幸せを約束し、必ず果たしてくれると評判のあのエメラルドだ。ところがなんと、取り出したのは黒玉がひとつだけだった。真っ黒な色をしていて、店主と同様なんとなく悲しそうな風情を漂わせている。店主はこう言った。

「これはですね、公爵様、数ある宝石の中でも、もっとも評判の高い石で、最高の価値をもつものでございます。大自然がこの石の中に力を吹き込み、太陽と星などもろもろの自然界の力が一つになって、この石の美しさをつくりあげているのでございます」

これを横で聞いていた三人は、この大袈裟な話にすっかり驚いてしまったが、思慮深い公爵の手前、黙っているしかなかった。すると公爵は彼らに言った。

「みなさん、これはいったいどういうことだと思われます？　この石はただの一個の黒石にすぎませんよね？　それじゃあ、この宝石屋の主は、いったいどんなつもりなんでしょう？　われわれのことをインディオだとでも思っているのでしょうか？」

「この石にはですね」と宝石商がまた口を開いた。「黄金よりもすばらしく、ルビーよりも値が高く、紅水晶にまさる輝きがございます。これと比べたら、真珠など物の数ではございません。これこそ宝石のなかの宝石でございます」

　ここまでくると、公爵はもう我慢ができず、こう店主に言った。

「ご主人、これは単なる黒石ではないのかね」

「はい、左様でございます」と彼は答えた。

「それじゃなぜ、そんな大げさな褒め方をするのかね？　世の中でこの石がどんな役に立つというのかね？　今までこの石のなかにどんな特質が見つかったというのかね？　ほかの輝きのある石や、透明な石のように目を楽しませてくれるわけでなし、とりたてて健康にいいわけでもない。それにエメラルドみたいに気持ちを高揚させてくれるわけでもなく、ダイヤみたいに心に安らぎを与えてくれるわけでなく、サファイアみたいに心を洗い清めてくれるわけでもない。ベソアールのように毒消しに効くのでもなく、鷲石みたいに陣痛を和らげてくれるのでもない。ただ役に立つことといえば、子供の遊びに使えるくらいのものだ」

「いえいえ、公爵様」と宝石商は言った。「せっかくのお言葉ではございますが、この石は大人のためだけ、それも男のなかの男のためにだけ役に立つのでございます。と申しますのは、これは賢者の石でありまして、最高の知恵を授け、ひとことで言えば、いかに生きるべきかを教えてくれるのでございます。これこそ人間にとって、もっとも大切なことでございます」

「どんな形で教えてくれるのかね？」

「それはまず世間を下に見て、何事にも世俗の雑事に捉われず、食事と睡眠だけは欠かさないようにして、愚者にはならないよう気をつけながら会得してゆくのでございます。これこそ、真の意味の豊かさのなかで暮らすことになるでしょう。しかしこのことを知る人は、いまだ少ないのでございます」

「じゃあ、その石を私にくれないかね」と公爵は言った。「その石を家に持って帰って、ぜひ相続財産にしなきゃいけない」

「みなさん、当店ではですね」と、別の店から大きな声で叫ぶ店員の声が響いた。「この世のなかのすべての悪に対する、たった一つの解決策となるものまでお売りしております」

　大勢の客が押しかけ、店はもう立錐の余地もない。ただし、これ以上の足は入らないにしても、頭だけならもっと入りそうだ。[18] アンドレニオはいらいらして店員に向かい、すぐに商品を渡してくれるようにと急かした。

「はい、承知いたしました」と店主は答えた。「皆様方がこの品を必要とされていることは、十分承知いたしております。もう少しの間我慢いただき、お待ちくださいませ」

さらにしばらく時間がたってから、アンドレニオはまた店主のところに戻ってきて、注文した品を出すようにと頼んだ。

「でもお客さま」と店主は彼に答えた。「もうお渡ししているはずですが」

「渡しているとは、どういうことです?」

「あんたは確かに渡してもらったよ。俺はこの目で見てたんだから」と別の男が口をはさんだ。

アンドレニオは腹をたてて、まだ受け取っていないことを繰り返し言った。

「あなたさまがおっしゃっていることは事実でございます。もっとも、おっしゃっていることが正しいことだとは申しませんが」と店主が応じた。「もうほかの場所で出してもらっておられるのですが、ご本人があの品をお受け取りにならなかったのでございます。もう少しお待ちくださいませ」

客の数はますます膨れ上がってゆく。店主は客に向かってこう言った。

「みなさま、恐れ入りますが、お店の外に出ていただけないでしょうか? 後からいらっしゃるお客さまのために、場所をお空けいただきたいのです。みなさまはもう御用はお済みですから」

「それはないでしょう」アンドレニオは食らいついた。「我々をからかっているんですか? 愛想のなさには、ほんとにあきれますよ、まったく。さあ、頼んだ品を早く出してください。くれたらここを出ていきますから」

「お客さま」と店主は言った。「どうぞお引き取りくださいませ。ご注文の品は、もうとっくにお受けとりになっているはずです。おまけに二度もお受け取りでございますよ」

「えっ、このぼくが?」

「はい、左様でございます」

「でもぼくは、もう少し我慢してほしいとだけしか、言われていませんよ」

「それはそれは、結構なことでございます」と店主は言って、大きな笑い声をあげた。「ということはお客さま、その《我慢》こそが、すばらしい商品なのでございますよ。それこそがわたくしどもがお貸しするもの、それこそがあらゆる悪に対するたった一つの対応策なのでございます。その宝物をお持ちにならない方は、上は王様から下は一兵卒に至るまで、即刻この世からご退場いただかねばなりません。《人間の価値は我慢強い人ほど上がるもの》とか申します」

「この店で売っているものは」とひとりの男が言った。「買おうと思っても、この世の金と銀をもってしても足りません」

「じゃあ、いったいどんな客が買えるのです?」

「あれを失っていない人ですよ」と答えがかえってきた。

「《あれ》とはなんです?」

「自由です。他人の気持ちをあてにしないことは、とても大切なことです。とくに愚か者とか太平楽を並べる者が相手なら、なおさらのことです。他人に頭を押さえつけられるほどの苦しみ[19]は、ほかにありませんからね」

さて今度はある店に、ひとりの客が入ってきて、そこの主に耳を売ってほしいと頼んだ。ほかの客は大笑いしたが、エヘニオだけは例外で、こう言った。

「何よりも先に、まず買わなきゃいけないのはそれだよ。それ以上に大切な商品はほかにないね。わたしたちが今まで買ったのは、喋らないための舌だけど、この店では、耳を貸さないための耳と、運送屋か粉挽屋みたいな強靭な背中[20]をぜひ買いたいものだ」

さらに目についたのは、なんと《売ること》さえ、この店で売られていることだった。というのは、上手に売ることを知っていることには、大きな価値があるからだ。今の世では、品物の本当の中身が評価されるよりも、外観でもてはやされることが多いのだ。ほとんどの者は、他人から借りてきた目と耳を頼りに商品を求め、他人の好みと判断を当てにして生きているのである。

そこで彼らが知ったのは、世界の有名人たちが何の看板もない店に、足しげく通っていることだった。たとえば、人格者の模範アレクサンドロス大王をはじめとして、ユリウス・カエサルやアウグストゥスなどの諸政治家たち、さらに近い時代においては、常勝将軍ファン・デ・アウストリア[21]などで、大いなる好奇心に駆られて、こんな店にもじきじきにおいでになるのだという。しかし、周囲の客になにを商う店なのか尋ねてみても、だれもそれを明かさない。こうして好奇心はますます膨れ上がったが、少なくとも店員たちが聖者や識者たちであることだけは判った。

「この店には、何か大きな秘密が隠されている」とクリティーロが言った。近くにいた人のところへ行き、何を売っているのかをこっそり訊いてみた。答えはこうだった。

「物を売っているわけじゃありません。大きな犠牲を払うと貰えるものなんです」

「それはいったいなんです?」

「人間に不滅の名を与えてくれる、あの素晴らしい仙酒です。今までこの世に名を残した人物はたくさんいますし、これからも出てくることでしょう。でも、この仙酒を口にした人は、その名が不滅のものとなります。しかしほかの人たちは、まるでこの世にそんな人物など存在しなかったかのように、永遠の忘却の中に葬り去られてしまいます」

「それはすばらしい!」と、みんなが声をあげた。「こう考えると、フランス王フランソワ一世やマーチャーシュ一世[22]などの人物は、とても優れた好みをもっていたのですね。ところでお願いですが、たとえひとしずくでもいいですから、私たちに分けていただけないものでしょうか?」

「ええ、大丈夫でしょう。別のひとしずくを私どもにくださるという条件なら」

「えっ? 何のひとしずくを?」

「ご自分の汗のひとしずくです。人は汗をかき働けば働くほど名声を得て、その名を不滅のものとします」

こうしてクリティーロは、目的の品をうまく手に入れることができた。あの仙酒を小さなビンに入れて渡してくれたのだ。彼はそのビンの中身をじっくり眺めてみた。ひょっとして空の星屑をなにかと調合したものか、太陽の光のエキスを吸い取ったものなのか、あるいは空の一部を切り取って蒸留したものかなど、さまざま想像をめぐらせていたが、よく見るとじつは油を少し混ぜただけのインクだということが判った。ビンを投げ捨てようとすると、エヘニオが彼にこう言った。

「だめだめ、捨てちゃいけないよ。いいかね、学者の徹夜仕事の脂汗と、作家たちが使うインク。この二つは武勇の士たちの汗と、ときには傷口の血と一緒になって、名望を不滅のものにする働きがあるのだよ。だからこそ、ホメロスの使ったインクはアキレウスの名を不滅のものとし、ウェルギリウスはオクタビアヌスを、カエサルは自分自身を、ホラティウスはマエケーナスを、ジオヴィオはゴンサロ・フェルナンデス・デ・コルドバを、ピエール・マチュー[23]はフランス王アンリ四世を、それぞれ不滅の人物像に変えたのだよ」

「じゃあ、なぜ皆が皆それと同じような栄誉を手にすることにならないのだろう?」

「それはだね、すべての人がそんな幸運に恵まれたり、学識をもつとは限らないからだよ」

ミレトスのターレス[24]の店を覗くと、言葉ではなく、行動を売っている。そして彼は、行動を男性とすれば言葉は女性であるなどと、客に対して説明している。ホラティウスの店では、とくに無知を嫌い、学識こそが第一であるとの姿勢を標榜している。ピッタコス[25]はギリシャの賢人のひとりだが、彼の店ではどんな商品にも控えめな値段をつけ、物事の均衡をはかり、どんな場面でも《すべてに行きすぎを避けよ》の言葉を実践している。

ある店では、大勢の人が看板の文字を読んでいる。大きな字でこう書いてあるのだ。《当店では善を低価格でご奉仕》。中に入る人は少なかった。

「驚くにはあたらないよ」とエヘニオが言った。「この品は世間ではあまり評価されていないんだ」

「どうぞ賢者の方はお入りください」と店主は言った。「悪運を我慢すれば、あとで幸せが訪れますよ。その気持ちさえあれば、どんなことにだって対処できます」

「きょうは当店では掛け売りはいたしません」と別の店員が言った。「たとえ無二の親友が相手でもだめです。明日になれば敵にまわってしまうかもしれませんからね」

「それに値段の交渉もお断りです」とまた別の店員が言った。

この店に入るバレンシア人はほとんどいなかった。あの沈黙を売る店と同じだ[26]。最後に全店舗の共通の店があった。各店からここへやってきて、すべての商品の値段と評価を教えてもらう店だ。そこで品物を評価する方法はずいぶん変わっていて、まず商品を叩き割り、井戸に放り込み、あるいは燃やし、最後にはどこかへ捨ててしまうのだ。たとえ、最高の価値をもつ品であっても、このやり方が踏襲された。たとえば、健康、財産、名誉など、ひとことで言えば、大きな価値をもつものすべてに対してであった。

「こんなやり方で価値が計れるんですか?」とアンドレニオが言った。

「はい、計れます」と答えが返ってきた。「物は失って初めてその価値が分かるものです」

三人はここで、《世界なんでも市》の反対側の歩道に移った。実はクリティーロはこれに反対したのだが、結局はアンドレニオの希望を受け入れてやることにしたのだ。これは賢人たちが愚者をいらだたせないよう、あえて自分の意見を引っ込めたりするのに似ている。道路のこちら側にも、やはり同じようにたくさんの店が並んではいたが、先ほどまでの店とはかなり様子が異なっていた。どうやら、道の反対側にある店とは、張り合う形になっているらしい。それが証拠に、最初の店にはこんな看板が掲げられていた。《当店では、買い物をされるお客さまが売り物です》。

「さっそく、ばかばかしい看板が掛かっているねえ」とクリティーロが言った。

「変な悪だくみでなければいいのだが」と、エヘニオが応じた。

アンドレニオはもう入りかけている。エヘニオは彼を引き止めてこう言った。

「これこれ、どこへ行くつもりだね。売り飛ばされてしまうぞ」

三人が遠くから眺めていると、無二の親友とおぼしき者たちでさえ、お互いの身を売りあっているのが見えた。

次の店には、《当店では、頂戴したものに見合うものを売っています》という看板が掛かっていた。買収して得た地位のことだと言う者もあれば、当世はやりの賄賂の贈物[27]のことだと言う者もあった。

「きっとこれは、この店からの警告だよ」とアンドレニオが言った。「賄賂を出すのが遅いと、出さなかったも同じになるから、早めに出しておきなさい、という警告だね」

「いや、くれるものならなんでも頂戴しておこう、というだけの意味かもしれん」とクリティーロは応じた。「物をねだる恥ずかしさは、やはり大きいからだよ。それに、いいえ、わたしは賄賂を出すのはお断り、なんて返事される危険を冒すのは、それ以上に勇気がいるからね」

しかしエヘニオは、やはりこれは穢れた世の中にはびこる、賄賂を奨励した商売だと結論づけた。

「なんていやらしいものを商う店だ」と入り口あたりで叫んでいる男がいた。

しかしそんな状況にも拘わらず、人々は先を競って中に入り、その列が途絶えることはなかった。店の外へ出てきた者たちは、みんな口を揃えてこう言っていた。

「財産なんて厄介なものだ。持っていなければ欲しいと思い、持っていたら持っていたで心配になるし、失ってしまうと悲しくなる」

そのとき、他の店が目に入った。液体用の空の小瓶と空箱で店が埋まっている。それに大勢の客で混雑し、騒音がはげしい。この騒ぎを見ると、アンドレニオはすぐにその方に駆け寄った。しかしとくべつ目ぼしいものは何もなさそうだ。そこで、何を売っているのかと訊いてみた。すると、売っているのは風と空気とそれ以下のもの、との答えだった。

「でもそんなものを買う人がいるのですか?」

「ありますとも。全財産をつぎ込んでこれを買うんですよ。あの箱には、おべっかがいっぱい詰まっていて、なかなかいい値段がします。あちらのガラスの小瓶には、人を大いに喜ばせる言葉がいっぱい詰まっています。あの缶には依怙贔屓《えこひいき》がつまっていて、値段もそれなりに高くなります。あの大きな櫃《ひつ》は嘘がいっぱい詰まっていて、真実がつまっている分よりも、はるかによく売れています。なかでも人気なのが、三日間ばれることのない嘘が詰まった分です。イタリア人がよく口にする言葉に、《戦争中は大嘘が乱れ飛ぶ》[28]というのがありますがね」

「まったく呆れたね」とクリティーロが感想を漏らした。「空気を買い、それでちゃんと元を取る人間がいるなんて」

「そんなことくらいで、びっくりなさっているのですか」と周囲から返事が返ってきた。「だってこの世の中にあるのは、空気と風だけでしょう? 早い話が、人間そのものだって、なんとか風を吹かすなんていう人は、その風を取り除いたら何が残るかお分かりでしょう? この店では、そんな風以下のものでも売っていますよ。それでも結構いい値段がします」

ちょうどその店で、若いへなちょこ野郎が、連れの女に沢山の贈物を渡している。醜女だが、そこは惚れてしまった男の弱み、きらびやかな宝飾品と贈物の品々をお決まりのようにたくさん揃えて、女に渡しているのだ。その男に、いったい相手のどこが気に入ったのか訊いてみると、どことなく風情があるからと答える。

「ということは」とクリティーロが言った。「まだ本物の風でなくても、風まがいの風情だけで、それほどの恋の炎を燃やせるわけですね」

また、別の男は敵対する男を殺してもらうために、大金を渡しているところだった。

「いったいその敵が何をしたんです？」

「いや、こちらが何かされたというわけではないのだが、ただそいつに言われた一言が……」

「侮辱的なことばだったとか？」

「いやいや、その言葉をかけてきたときの、なんというか風情みたいなものが、カチンときたわけだよ」

「ということは、あなたにとっても、相手にとっても、これほどの犠牲を払うことになった原因は、まともな《風》ではなかったわけですね？」

といえば、その昔ある偉大な君主が、道化師たちばかりに金を浪費していたそうだが、そのわけは彼らには愛嬌もあり、風趣があるから好きなのだ、と王が言ったということだった。これで分かるように、体面だとか礼儀だとか風情とか風趣とかいうものは、あのころから高く評価されていたようだ。しかし彼らをとくにびっくりさせたのは、たけり狂った女が一人、地獄の怒りをぶちまけるような声をあげて、広場を駆け抜けたあと、魔女ハルピュイア[29]よろしく、自分の店に入ってくる客たちを爪で引っ掻き始めるのを見たときであった。女はこんな叫び声をあげていた。

「さあ、買った、買った！　悲しみや悩みの種はいかが？　不眠症、鶏冠石[30]、まずい昼食と最低の夕食もあるよ！」

そこへ兵隊たちが隊列を組んで、店内へ入ってゆく。点呼をとりながら勇ましく入ってゆくのだが、困ったことに店のなかでの苦難を乗り越えないことには、外へ出られないのだ。生きて出てくる者はごくわずかで、血を流して、ボロ侯爵[31]にも負けぬほどの数の弾丸を体に撃ちこまれて、走って逃げ出してくる者もいる。ところが、そんな様子を目にしながら、なお新手の兵隊たちがやって来て、つぎつぎ中に入ってゆく。クリティーロはこの凄惨な光景を見て、ただただ茫然とするだけだった。彼はエヘニオに言った。

「この世にはびこる悪徳は、人間をうまくひっかけるために、何かの餌をちゃんと用意して誘い込むようにしているのだね。物欲を刺激するためには黄金を餌に使い、色欲を刺激するためには悦楽の餌、高慢さには名誉という餌、大食には美味い食べ物、怠惰には休養という餌を使う。しかし《憤怒》という悪徳に誘い込むためには、殴打するとか、負傷させるとか、殺すくらいしか餌になるものはない。だからこそ、大勢の馬鹿者たちが、こうして手っ取り早く高い金を払って、《憤怒》を買いに来るわけだ」

一人の男が大きな売り声をあげている。

「当店では、結婚の手錠を売ってまぁ～す！」

そこへやってきた何人かの男たちが、それは鉄の鎖のことなのか、あるいは女のことなのかと尋ねた。

「両方合わせて一つのものとなります。とにかく囚われの身になるという意味です」

「値段は？」

「お代は無料です。それよりも少なくても結構です」

「無料より少なくていいとは、どういうこと？」

「はい、つまりですね、お持ち帰りいただくためには、お代はこちらでお支払するということです」

「あやしげな品物だな。つまり花嫁候補の名簿がそこに置いてあるということだな？」としばらく考えて、「その中からは俺は選べないよ。女性はやっぱり秘密のベールに包まれた人がいちばんだ」

「でもあなたのほうが、その女性に振られるかもしれませんよ」

そのとき新しい客が入ってきて、一番の美人を所望した。ひどい頭痛がその代金だったが、すぐに手にいれることができた。さらに仲人役らしい店員がこう付け加えた。

「初日だけはこの花嫁は、あなたにとって素晴らしい女性に思えるはずです。しかしその後二日目からは、ずっと未来永劫そう思ってくれるのは、他の男どもだけになってしまうでしょう」

次の客はさきほどの話を聞いて用心したらしく、いちばん醜い女を注文した。

「それなら、あなたはこれからずっとつづけて、立腹という名の代金を払いつづけなければなりませんよ」

店の者が一人の若者に声をかけ、妻をめとるように勧めたところ、この答えが返ってきた。

「ぼくにはまだ早すぎます」

つぎにある老人客に声をかけてみると、

「わしゃ、もう遅すぎるよ」

もうひとりの男は、分別があることを鼻にかけていたが、聡明な女性を所望した。すると見つけてきてくれたのは、ひどいご面相の女で、全身これ骨と皮ばかり。体を動かすと骨と骨がぶつかりあって、まるで彼に話しかけているような音を出した。

「小生には、すべての点で瓜ふたつのお方を世話していただけないかね、ご主人」と、ある堅物が言った。「たしか人の話では、もともと女は男の半身とかいうことだし、何しろ昔は男と女は同じひとつの身だったのに、神様がふたつに分けておしまいになったとか。それも人間どもが、神様がお命じになったことを、思い出しもしなかったからだということだ。そんな過去のいきさつが、男は自分が失った半分の体を求めて、あれほど強烈に女になびく原因になっているんだよ」

「おっしゃることは、ほぼ正しいと思います」と店員が答えた。「しかし、ひとりひとりがかつて自分の半分だった体を捜し出すのは、とてもむつかしいことです。ふつうその半身は、みんなお互いごちゃごちゃに入り混じっていますからね。だから気が短い女を、気の長い男にめあわせてしまったことがありましたし、陰気な女を陽気な男に、美人を醜男にあてがってしまうこともあります。それに時々間違って、二十歳の娘の半身を七十の老いぼれに渡してしまうこともあり、ほとんどの場合、後の長い人生を後悔しながら生きていかねばならなくなってしまいます」

「でも、たとえそうなってもですね」とクリティーロが言った。「言い訳は効きませんよね。だって二十歳そこそこの女と、七十の男だったら、歳が離れすぎていることくらい、誰だって分かるじゃありませんか」

「ところがそうじゃないのですな。両方ともお互い盲目状態になってしまうものですから、どうしても一緒になりたいと言って、きかないのですよ」

「でも女のほうはまだ若いのに、どうしてそんな話に乗ってくるのでしょうかね?」

「それはお客さん、つまりですね、そんな女たちはまだほんの子供ですから、はやく一人前の女になりたいからですよ。でも実際には男は老いぼれるばかりなのに、女はますます子供っぽくなってしまいます。それに困ったことには、女が一人前になるころには、痰だの咳だのの老人相手では、嫌気がさしてしまうのです。でもこの期《ご》に及んでそんな文句を言われたって、どうしようもありませんよね。さあさあ、お客さん、如何でしょう。お好みでしたら、この女性になさったらいかがです?」

そこで相手のことを念入りに調べてみると、いくつか物足りない点が出てきた。年恰好、資質、財産の三点だった。店主はその女性が、客の好みにあまり合致していないのを見て取ると、こう言った。

「とりあえず、一緒に連れて帰ってくださいよ。ゆっくり時間があれば、そんな欠点なんて、あなたの手でなんとか折り合いをつけられますよ。でももしその調整を怠って、このまま放っておいたら、もっとひどい状況になりますからね。とくに注意していただきたいのは、必要だからといって、むやみに物を与えないことです。もしそんなものを全部もたせたら、こんどは無駄な物まで欲しがることになりますから」

客の中に、店の者をいたく感心させた男がひとりいた。どんな女性をめとりたいかと訊かれて、見た目ではなく自分の耳で相手を選んで結婚したい[32]、と答えたからだ。この男は、こうして女性の名聞という持参金を手にして帰ったのである。

三人はそのあと《味覚亭》に招待されたが、そこでは宴会が用意されていた。

「どうやら食道楽の店のようですね」とアンドレニオが言った。

「うん、そのようだな」とクリティーロが答えた。「でも、お腹を空かして入ってゆく人たちはいいとしても、店から出てくる人たちは、一応満腹はしているのだけど、だれかにたかられでもしたような感じがするね」

三人は不思議な光景を見た。大君殿がそこに座り、その周りを従僕、道化の小人、お節介焼き、おどけ者、ほら吹き屋、おべっか使いなどなど、多様な面々が固めている。まるで虫けらたちが詰まった籠みたいだ。ご主人は食事には満足したのだが、取り巻き連中がすかさず高額の勘定書きを彼にまわした。なんでもご主人は、十万ドゥカドもの高禄を食んでいるからということらしい。ご主人はとくに拒みもせず、気にする様子もなくその勘定書きを受け取っていた。クリティーロはそれを見るとこう言った。

「これはひどい話だね。だってあのご主人は、勘定書きの百分の一さえ食べていないのに」

「たしかにそうだ」とエヘニオが言った。「彼はそんなに食べていないよね。もっぱら食べていたのは取り巻きの連中だよ」

「こんなことなら、あの公爵殿は十万の俸禄をもらっているなんて話は間違いで、実はわずか千ドゥカドしかもらっておらず、あとは九万九千の頭痛の種が残るだけと言った方が当たっているよ」

要するにそこにいたのは、威勢の良さだけが取柄で、中身にまったく欠ける者、それに虚栄心だけをふくらませ、それが自分を大きく見せてくれるのだなどと嘯く連中であった。いずれにしろ、結局最後には、大気中に儚《はかな》く雲散霧消してゆく運命にある者ばかりだった。そのほか、食べ物ならなんでも飲み下してしまう者もいれば、酒ならすべて呑み干してしまう者もいる。さらには、唾を呑み込み、苦い思いを心のうちにしまいこむ者、まるで玉ねぎでも嚙むような気持ちで、苦い心の痛みに堪える者も多かった。そして、今はこうして寄食する連中には、どうせいつかは蛆虫の餌となり食べられてしまう運命が待っているのだ。

こうして結局のところ道路のこちら側の店舗では、三人は役に立ちそうな目ぼしい品をなんら手に入れることはできなかった。ところが、その反対側にあたる、道路の右手にあった店では、素晴らしい宝物や上質の人間の真の姿を、そしてとくに自分自身のあるべき姿を確認することができたのだった。賢者とは、自分自身を確立して神を味方につけるだけで十分なのだ。こうして三人はそれぞれの感想を語り合いながら、《なんでも市》をあとにした。エヘニオは心の豊かな人間への成長を果たし、以前の宿に戻ることにした。そもそも人生には、自分の決まった住処など存在しないのだ。クリティーロとアンドレニオは、壮年の国アラゴンへ向かうこととし、国境を越えるべく峠に向け歩きはじめた。アラゴン国のかの有名な王(33)は、生まれついての選ばれた君主として数々の軍功をたて、多くの国の征服者となったことは広く世に知られている。かの王は、イベリア半島の諸国を人間の年齢にたとえ、このアラゴン国は壮年期の国であるとしているのである。

第二部　壮年期の秋における賢明なる処世哲学

献呈の辞

ファン・ホセ・デ・アウストリア殿下[1]に本書を捧ぐ

恭啓

殿下におかれましては、数々の騒乱を鎮静化され、天体の第四の惑星[2]たるフェリペ王の光輝を広く世界に知らしめ、戦いにおいてはまさに燃え盛る火の如き輝きをお示しになりました。まさに殿下こそ、華やかな凱旋門に等しい存在となり、世の称賛の嵐を浴びるお方であります。こうして、戦いの女神ベローナ[3]の研ぎ澄まされた剣は、あなた様の強靭な手に握られ、つねに威厳に満ち、かつ勝利をもたらしてくれたのでございます。さて本日は、栄光にみちた殿下のご足下に、その剣と張り合う形で、このミネルウァ[4]の刃《やいば》ならぬ本書の頁をお捧げするとともに、あなた様の不滅の名声の輝きのご庇護のもと、本書が永遠の安住の地を約束されることになることを祈念いたすものでございます。かくしてまさに、《鋼鉄の刃》と《紙の刃》[5]が殿下のなかで両立する状況となるわけでありますが、この現象はとくに珍しいことではないと申し上げるべきでございましょう。なぜならば、戦いの女神パラス[6]のように勇猛果敢な働きを展開する一方で、芸術の女神でもある同じパラスの文芸の悦びを、一人の人間があわせもつことはよく起る現象であるからでございます。とくにハプスブルク朝の栄光とスペインの誉れでもあり、現代のカエサルともいうべき殿下におかれましては、ますますその傾向が強く見られるのではないかと拝察いたす次第であります。さて、人生の壮年期につきここで殿下に申し上げたく思うことがございます。それは、この書におきましては、誤謬もあり、十分に構想が練られていない点はあるにしましても、本書はお若いながらも老獪ともいえる殿下の数々のご勲功に大いに想を得たものであることでございます。またその理由によってこそ本書は、カトリック君主国たるスペイン全体に大いなる勝利をもたらした、あなた様のご支援に繋がるものであると思慮する次第であります。つらつら考えまするに、殿下の如く若くして、すでにこれほどの成熟を示された人物であるならば、その成長を完全に果たされたあかつきには、必ずや真の勇気をもつ巨人となられることは明らかであり、また有徳の偉材となられ、不滅の名声を有する人物にお成りになるものと拝察いたす次第でございます。

ロレンソ・グラシアン　拝白

第一考
万人の更生

人間は七年ごとに、それまでの性向を捨てていくものとされている。とすれば、人生の四段階それぞれにも、個人の気質に関して多少の変化がみられて当然であろう。[1] まず幼年期には、諸能力はまだ十分に目覚めておらず、動物的能力においても未発達の状態にある。精神面に関して言えば、まだ無感覚な幼児性に埋没したまま、休眠状態にあると言ってよい。これは獣よりは少しだけましな状態であり、樹木と同じように成長をつづけ、また草花と同じように栄養を摂取してゆくだけのことである。しかし時がくると、精神は埋没状態から抜け出し、知覚能力を十分に働かせることで、甘美な青年期へと向かう。この青年期を形容する「甘美な」という言葉は、まさに感覚的な生の営みから得られる印象なのだが、とても官能的で心地よい響きをもつ形容詞である。彼らはまだ確固たる判断力に欠け、ただ生を楽しむことだけに注意を向ける。天与の才能を発揮することに専念するにはまだ至らず、もっぱら生まれながらの気質を、心楽しく発露することだけに励むのである。こうして、まだきちんとした好みも形成されてもいないのに、好き勝手な自分の嗜好に従ってしまうのだ。しかしこの時期を経たあとは、遅まきながらやっと理性が支配する生活段階に到達する。成熟をとげた人間となり、思索をめぐらせ、様々な問題に心を砕く。こうして、自分が人間であることを自覚したうえで、高潔な人士をめざして努力を重ね、人から高く評価されることを喜びとし、人格の涵養に努める。さらには美徳を受け入れ、友人とのつきあいを楽しみ、新たな知識を自分のものとして教養をはぐくみ、崇高な仕事に全神経を傾ける。ある詩人が、人間の一生を川の流れに例えたことは、まさに正鵠を得た指摘と言える。われわれが人生を終えるときには、川と同じように黙って通り過ぎてゆくだけのことだ。幼年期とは、こんこんと湧き出る泉である。無から有が生じるように、細かな砂地の中から滲みだし、清澄で素朴な水泡を吹き上げる。暗い呟きなどではなく、無邪気な笑い声のように聞こえる。風に触れれば、水面にさざ波をたてる。まるで泣きべそをかきながら、やさしく母親に寝かしつけられる幼児のようだ。そして、周りの植物に守られるようにして、さらさらと流れ出す。青春期に入ると、一気に勢いのある流れへと変わる。突っ走り、跳躍し、落下し、あるいは大きな滝となり、川底の石につまずき、両岸の花々と競い合い、水泡を吹き上げ、水を濁らせ、水面を激しく乱す。壮年期になると、川は落ち着きのある流れに変わる。底深く、そして黙々と流れてゆく。豊富な水をたたえ悠然と流れるさまは、無言ながらもすべてに重厚な中身を感じさせてくれる。広い範囲にわたって、ゆったりと流れを伸ばし、田畑を潤し、町を活気づけ、地方に豊穣をもたらし、万人に益をもたらす。そして最後には、老年期という名の厳しい運命の海に否応なく流れこむことになる。この海には、持病だらけの深淵がわれわれを待ち受け、たとえば痛風に悩まされるのが、フツーになる。川もここに至ればさすがにその勢いを失い、その陽気さもやさしさも影をひそめる。老朽化した舟は傾き、あちこちから水が漏れ始める。激しく襲いかかる嵐にたえず悩まされ、舟は破損し、ついには悲しみとともに海の深淵の墓場に沈んでゆき、その名は世間から永遠に忘れ去られてしまう。

諸国を遊歴する人生の旅人、われらがクリティーロとアンドレニオは、すでにアラゴン国に入っていた。異国の人たちが良きスペインと呼ぶこの王国で、彼らは壮年期という人生最大の坂道を、必死で登ろうとしているところだった。今となっては、あの心地よい野原、さわやかな緑の木々、みずみずしく咲きそろう花々にあふれた青春時代に相当するあの王国[2]は、すでに通り過ぎた後だった。ふたりは壮年期を意味する険しい坂道を登ってゆく。地面の起伏が激しく、灌木も少ない。これから多くの苦難が待ち受けているはずの、厳しい旅の始まりであった。とくにアンドレニオには、この登りがとてもきつく感じられた。美徳の高みを志す者なら誰しも経験する道だが、高いところに登ろうとすれば、坂道は必ず生じてくるものだ。苦しい息を弾ませ、さらには汗を流しながらの行程である。クリティーロは、過去の体験談などを巧みに織り交ぜながら、彼を励ました。山道には一輪の花さえ見つからぬ。その寂しさをこぼすアンドレニオには、クリティーロは木々にたわわに実った果実を指し、彼を慰めた。たしかに果実は葉の数に勝るほど多い。書物の頁を葉に数えてそれに加えたにしても、まだそれに勝る数の実を木々はつけていた。一段と高い地点に出た。そこから下を眺めると、まるで世界全体が見渡せるような気さえして、すべての上に立ったような優越感をふたりに抱かせた。

「この新しい地方は、きみにはどう思えるかね」とクリティーロが言った。「ここでは空気が本当に澄みきっているのが分かるだろう?」

「本当にそうですね」とアンドレニオは答えた。「それにぼくたちは、決められた正しい道をたどっているという感じさえしてきます。とても心地よい場所ですよね。ここに座ってひと休みしませんか?」

「よし、分かった。ここらで小休止を入れてもいい時間だ」

ふたりは今日まで歩いてきた道を思い出しながら、いろいろ感想を語り合った。

「我々が後にした国は、まだ若く未熟な土地だったことにきみは気づいてくれたかな？　それにあれほど過ちを犯した、過去の自分自身の未熟さにも気がついてくれたかな？　ここまで歩いてきた道のりすべてが、いかに卑しく、はしたないことに思えることだろう。この壮年期の国でこれから私たちが挑もうとしている試練に比べたら、あんなことなどすべて子供だましの遊びにすぎない。過ぎ去ったことはすべて、取るに足りないつまらぬことだと認めざるをえないのだよ。今日ここに立って過去を見つめ直してみると、いかに深い淵が過去と現在とを隔てているのかがよく分かる。今さら過去に戻ることを願ってみても、それはその深い淵に身を投げるにひとしい。今日までわれわれが残してきた足跡など、何の役にも立っていないのだ」

　ふたりはこんな話をつづけていたが、そのときこれまでに会った人間とはかなり違う風体の男が、彼らの前にいるのに気がついた。ふたりのほうをじっとのぞきこむようにして、様子を窺っている。ただ見ているだけなんていう、生易しい見方ではない。さらにふたりのほうに近づいてくる。よく見てみると、なんとつま先から頭のてっぺんまで、体全体にたくさんの目が埋め込まれている。しかもそれが全部この男の目で、大きく見開いているのだ。

「この男、人をじろじろ見るのが趣味らしい」とアンドレニオは言った。

「いや、そうじゃない。すごい観察眼をもった男なんだ」とクリティーロが答えた。「人間は人間なんだが、今の時代の人間ではないんだよ。たとえ今の時代の人間だったとしても、だめな夫でもないし、ましてや高位の聖職者でも王様でもない[3]。それが証拠に、司教杖も笏も手にもっていないだろう？　待てよ、あるいはアルゴス[4]かも知れん。いや、やはり違うな。アルゴスなんて大昔の人物だからな。それにあんな熱心な見張り番なんて、今の時代にはあまり流行らないからね」

「いやいや、むしろその反対だよ」とその男が答えた。「今の時代だからこそ、もっとしっかり目を開けておかねばならんのだ。いや、目を開けておくだけでは足りん。目を百もっておかねばならんのだ。いいかね、今の世の中ほど、さまざまな思惑が交錯している時代はないし、表向きに見せる顔どおりに行動する者など、だれひとりいないのだよ。だからこそ、今までに増して、相手を注意深く観察しなければならない。いいかね、君たち、よく承知しておきたまえ。これから先は、よく目を見開いて行動しなければならぬ。今までは君たちは、盲目のままで生きてきたようなものだ。眠ったままと言ってもいいだろう」

「ぜひ教えてほしいんですが、百の目をもち、百人の人のために生きるあなたは、美しい女性の見張りをまだつづけているのですか[5]？」

「これはまた、古めかしいお話の蒸し返しだね」と彼は答えた。「今の世では、あんなできもしない頼みごとを押しつけてくる者なんて、どこにもいないよ。むしろ、この俺様の方から、あんな美人の見張りなどはお断りしたいくらいだね。今はそれより、分別ある人たちのために、見張りをしているのさ」

アンドレニオは終始茫然と立ち尽くしたままだったが、目だけはこの男に釘づけになっていた。相手の鋭いまなざしに対抗するためなのか、あるいはその目つきを真似してみたかっただけなのかもしれない。アルゴスはそれに気がつくと、こう彼に言った。

「君のは、ただ見ているだけの目かね、あるいは何かちゃんと観察している目かね。だれもが目に入るものをきちんと観察しているわけじゃないからな」

「いや、実はですね」とアンドレニオは答えた。「そんなにたくさん目があっても、無駄じゃないかなと思っていたんです。だって、何が起こっているのかを見るために、普通の位置にまず目をつけておられますよね。おまけに過去に何が起こったのかを見るために、後頭部にもあります。しかしですね、その両肩の目にはいったいどんな目的があるんです?」

「うん、君はなかなか物わかりがよさそうな男だな」とアルゴスが言った。「肩の目の方がずっと大切なのだ。ドン・ファドリケ・デ・トレド様[6]がもっとも重要視してくれていた目だよ」

「じゃあ、何の役に立つのです?」

「自分の肩に担ぐ荷を、きちんと見定めるためだよ。もっと分かりやすく言えばだね、何かの役職を引受けてその仕事を始めるにあたって、自分にふさわしい仕事なのか、あるいは重すぎる仕事なのかを、きちんと知るためなのさ。つまり、肩に担ぐ荷を肩の目で確認し、その重さを推し量ってみるのだよ。まずそれを観察し、さらにまた観察し直す。自分の力でその重さを計り、自分の肩でそれを担げるかどうかを十分に確認してみるわけだ。男像柱[7]みたいな強靭な力に欠ける人間が、天空を支える柱のような役割を引受けるなんて、そんな無茶をしてはならないからね。また、ヘラクレスでもない人間に、全世界の重荷をヘラクレスに代わって支えるような場面に、しゃしゃり出てきてもらっては困るのだよ。どうせ、担がされた荷を、地面に放り投げてしまうのが関の山だからね[8]。願わくはすべての者がそんな目をもってくれますように、と俺は思う。そうしてさえくれれば、どうせ後になれば満足に果たせもしない仕事を、あとさきのことを考えず肩に担いで引受けてしまうなんてことは、無くなるはずだと俺は思うね。しかし、そんなものを引受けてしまったが最後、一生のあいだ重荷に耐えかねて、悲鳴をあげ続けるというわけさ。金もないのに結婚して、重い責任に苦しむ者、食うや食わずの暮らしで、ほこりばかり吸っていながら、人間のほこりだけは守ろうとする者もこれと同じだ。つまり前者は、借金生活に転落し、もう一方はつまらぬほこりが、恐ろしい脅迫観念に変わってしまうわけだな。だから、俺は荷物を担ぐ前には、何よりもまず、この肩についた目をしっかり開けることにしている。あとになって目を開けたって遅すぎるからね。何の役にも立たず、失望と涙が結果として残るだけの話だよ」

「そういうことなら、できれば私の肩にも目が二つほしいものだ」とクリティーロが言った。「まずは過重な責任を背負い込まないためだし、自分の暮らしの重荷になったり、良心の負担になるようなことを引受けないためだ」

「なるほど、それは確かに正しいと思います」とアンドレニオは言った。「肩に目があるのはいいことです。人間はみんな何かの荷を背負うために生まれてきたわけですからね。でも、このお方にもう一つ教えてほしいことがあります。その背中についている目には、どんな効用があるのです？　ふつうは衣服で隠されて、守られているわけですよね。だったら何の役に立つのです？」

「まさに守られていることにこそ、意味があるんだよ」とアルゴスは答えた。「つまり、どこが安全な場所なのかを、他の者にしっかり示す役割を果たしているんだよ。君は知ってるかね、この世の中で擁護者と言われる者のほとんどが、じつは食わせ者ばかりだってことを。見せかけだけは立派だけど、中身はひどいものさ。親戚の者でさえ、守ってくれるふりをするだけだし、ほかならぬ兄弟の中にだって危険が潜んでいる。相手がどんな人間であれ、とにかく人を信頼してしまう人間なんてのは困ったものだ。さらに友人や兄弟はもちろんのこと、自分の息子でさえ、信用してはならんのだよ。自分が生きている間に、子供に財産を譲るような父親は愚か者だね。[9] 死んで敵に金を奪われるのはまあ仕方がないとしても、生きていて友に金を借りるなどもってのほか、と言われたりするが、まんざら悪くない教えだね。[10] それに、両親にさえ信頼を置いてはならない場合だってある。時には子供を欺く親だっているのだからね。それに近頃、娘を売り飛ばす母親だって多くいるではないか。偽物の友人なら掃いて捨てるほどできるが、彼らが我々を守ってくれた例などほとんどない。所詮友情なんて、こちらが頼りにされるだけのものだよ。そもそも友人なんてのは、まがいものばかりで、人を泥の中に埋め込んで、そのまま放っておくような奴らだ。たとえば君が何かの犯罪に加担したとして、主犯の友人がいくら君のことを守ってくれたところで、そんなの何の価値もない友人なのだ。たとえば君がその友人のせいで斬首されることになっても、そいつが身代りになって自分の首を差し出すなんてありえないことだからね」

「だからこそ、賢明な生き方とは」とクリティーロが言った。「誰の助けも当てにしないこと、孤独を守ること、そして哲学者みたいに幸せに生きることなんだ」

アルゴスは声を出して笑い、こう言った。

「しかしだね、もしある人が何の助けも当てにしないとなると、他の人はみんな彼を捨ててしまい、生かしてはくれなくなるぞ。今の世で、もっとも忘れ去られた人物とは、だれにも支援を求めない人たちだよ。だから、たとえ業績を積んだ偉人であろうと、片隅に追いやられる羽目になるだろう。なるほど、そんな孤独のなかでも頑張れば、あの親愛なるバルバストロの司教様[11]より、もっと功徳のある人物になれるかもしれないけどね。なるほどあのお方は、インディアスの総大司教よりも誠実な人柄で、ドミンゴ・デ・エギア[12]よりも勇敢で、ルゴ大司教より博学であるかもしれない。しかし大事なことは、だれもあの方のことなど思い出してもくれないだろうということだよ。だからこそ、新しい学説にしたって、その道の権威の強力な支持を得ることが必要だし、教会の庇護がないことには、犯した罪の全贖宥《ぜんしょくゆう》だって手に入れることはできないのだ。こうした後ろ盾を得ることがいかに大切かということを、君たちにも分かってほしいのだ」

「そのための目だったら、ぼくも欲しい」とアンドレニオが言った。「でも、膝の目だったら要らないな。そんなのあったにしても、土埃にまみれて見えなくなり、地面に払い落されてしまうだけのことでしょう?」

「まだまだ君の考えは甘いね」とアルゴスが言った。「膝の目というやつは、今の時代には一番の実用性があるんだよ。なぜかといえば、賢く立ち回る方法を教えてくれるからだ。誰に対して頭を下げるべきか、だれに膝を屈するべきか、相手はどんな神霊をあがめているのか、だれが奇跡を起こす者となるのか、そんなことが相手を見ただけで分かるのなら、これは大変なことだとは思わないかね? 過去に崇拝された古い人物などによくあるように、運命のめぐりあわせで今では騒がれることもなく、ただ捨てられてゆくだけの人間だっている。膝のこの両目は何のためにあるかといえばだね、まず誰が勝利者となるのかをしっかりと見極めるため、そして一人前の人間になるため、さらには、いったい誰が本物の価値をもち、あるいは誰がそんな人間になれるかを見分けるためなんだよ」

「たしかにそこに目があるのは、決して悪いことではないと思うな」とクリティーロが言った。「聞いた話によると、宮廷などではとても重宝されているらしい。ただこの私は、あの宮廷の人たちのような目をもっていないから、いつも失敗ばかりしている。率直で馬鹿正直な自分のせいで、よく身の処し方を誤るのさ」

「でもぜったいに間違っていないのは」とアンドレニオが言った。「向う脛に目がついていたって、そんなの怪我をするだけのことだとぼくは思います。それが足の先なら、ちゃんとした部分についていると確かに言えますよね。だって、ついてる場所をちゃんと上から確認できるし、どこを出入りしたとか、どんな歩調で歩いているとか知らせてくれるじゃありませんか。でも、脛につけるなんて、いったい何のためなんでしょうかね?」

「いやいや、それが大いに役立つのだよ。目上の人や権力者を相手にしたときに、自分の足元を確認して、自分の身のほどを知るために役立つのさ。利口な者なら、いったいだれと対立することになるのかを、前もって察知しなければならないし、だれと一戦を交えるつもりなのかを、よく見極めないといけない。そんなとき、相手の方が優位にあるのが分かれば、馴れ馴れしい態度で接してはならないし、ましてや石を投げ合うなんてもってのほかだ。もしあのアントニオ・ペレス[13]がこの教えを守っていたとしたら、ヘラクレスにも比べられるドン・ファン・デ・アウストリア公の腹心を、手にかけることまではしなかっただろうし[14]、決してドン・ファンといがみ合うなんてことはしなかったはずだ。また、ティタン神族にも比すべきオランダの反乱者たちが、スペイン帝国のユピテルたるフェリペ二世に反旗を翻すなどの、暴挙に出ることもなかったはずだ[15]。こうした執拗で愚かな反抗は、多くの人を不安に陥れたのだからね。君たちに俺が確信をもって言えることは、人が生きていくためには、頭のてっぺんからつま先まで、小さな目ではなく、大きく見開いた目をとりつけておく必要があるということだ。耳につける目は、世間にあふれる偽りや嘘を暴き出すため、手につける目は人に差し出すものをよく見て、さらには受け取るものをそれ以上にしっかり見るため、腕の目は過重な負担を抱え込み、全体への目配りがおろそかにならぬため、舌につける目は、口に出そうとする言葉をあらかじめ何度も確認するため、胸につける目は、自分に向かって攻撃を仕掛けてくる者を油断なく監視するため、目の中にさらに新しくつけた目は、こちらに向かってどんな視線を送っているのかを見るため。とまあ、こういうかたちでどんどん目を増やし、目の上にもさらに目を増やしていき、万事が進歩した今の時代全体を、抜かりなく見渡せる人間になろうとするのだよ」

「では、たとえばですね」とクリティーロが考えを述べた。「たった二つしか目がなくて、おまけに大きく見開いているわけでもない人はどうします？　目やにだらけで、さらに加えて幼児みたいな物の見方しかできない人のことですよ。ひとつどうです、あなたに有り余っている目のうち、二つほどお売りいただけませんか？　いまどき只で物をくださるなんて、あのドン・ファン・デ・アウストリア様[16]くらいしかいらっしゃいませんからね」

「有り余っているとはどういうことだね」とアルゴスは言った。「こと物を見る目に関しては、有り余るなんてことは絶対にありえない。だから、目につける値段などないのだ。ただし、たったひとつだけ値段がつけられることがあるとするならば、まさに《目が飛び出るような》値段となるはずさ」

「もし私がそれを手に入れたら、どんな利点があるのです？」とクリティーロが言った。

「そりゃあ、すごい利点となるね」とアルゴスは答えた。「他人の目で物を見るということは、とても大きな利点がある。特別な思い入れもなく、自分を偽ることもなく物を見る。これこそ本当の意味での《見る》と言う行為なのさ。さあ、一緒に行こう。別れる前に、俺みたいな目を、君たちも手に入れるべきだと思うからね。ちょうど、分別ある人と交わると、分別が我々にくっついてくるのと同じように、他人の目も自然にくっついてくるものなんだ」

「どこへ連れていってくれるんです？」とクリティーロは尋ねた。「それにあなたは、こんな場所でいったい何をなさっているのです？　この世の中なんて、災厄ばかりが充満しているようなものじゃありませんか」

「俺は見張り役だよ」と答えた。「人生の節目となる、この険しいながらも光輝にみちた峠道の番人だよ。ここを通過する者はすべて、初めは青年として足を踏み入れ、最後には立派な大人に姿を変えることになる。もっとも女性ほどは、この変化を感じ取らないのが普通だがね。女性の場合は、初めはそれまで通りの若い娘として入ってくるのだが、そのあと一足飛びに奥方に変身してしまうからね。しかし彼女たちは、あたくしはそんなに偉くはございませんなどと、権威を否定する。そんな歳になってしまっては今さらどうしようもないから、もっぱら否定することに慰めを見つけるわけだ。それほど女の執念とはすさまじいもので、以前の若い時代はすでに遥か向こうに遠のき、歳も取り、老けてきたというのに、今頃になって人生を楽しもうと必死になる。しかしどうやら、このことは黙っておいたほうがよさそうだ。女性の年齢の話をするのは、作法にもとる過ちにされてしまったからね。それに、《若くないなどと言われて幻滅を味わうよりも、歳を若く見られたほうがずっと嬉しゅうございます》、などと女性陣から嫌味を言われてしまうよ」

「そうでしたか」とクリティーロは言った。「あなたは男たちの見張り役だったのですか」

「そう、ここを通る男たち、それも立派な男たちの見張り役だよ。国境を越えて、禁じられた品を密かに持ち込ませないためだ。青春時代から壮年時代に移るときに、持ち込みが禁じられているものがたくさんある。青春時代には許されていても、こちら側の壮年の国では禁じられていて、違反すると重罰に処せられるものがあるのだよ。たとえば、《心の未熟さ》などという品物は、人を堕落させる不良品だし、いわくつきの隠し財産にもなる。だからもし見つかれば、とても高い犠牲を払わせられることになる。とくに若い時代に快楽にふけり、道楽で身を持ち崩した者には、恥辱の罪、またときには命に係わるような罰が待ち受けている。人間たちにこの有害な影響をはっきりと認識させるための見張り役がいて、彼らをしっかりと見守り、このあたりを巡回して、もし道にはずれた者がいるときには、逮捕することになっている。俺はすべての人間を上から見張っている。だから、君たちにここで注意したいのは、立派な人間にふさわしくないものを、何か隠し持っていないか、じっくり考えてみなさいということだ。そしてもしそんな物を持っているなら、すぐに差し出すことだね。さきほどから言っているように、そんな物は人間を破滅に導くうえに、隠しているのがばれたら、君たちは屈辱的な目にあわされることになる。いいか、よく肝に銘じておくことだ、いくら判らぬように隠していても、必ず見つけられものだとね。心に思っていることは、たちまち口からあふれだし、顔の色にも出てしまうものだ」

アンドレニオは一瞬たじろいだ。しかしクリティーロは、その動揺のしるしを隠してやるために、話題を変えてこう言った。

「正直なはなし、登り道は予想していたほど険しくはなかったですね。想定はいつも現実を上回るがふつうですからね。このあたりの果実はみんな立派に熟していますよね」

「その通り」とアルゴスは答えた。「この地では、すべてが円熟期にある。ここでは青春時代のあの甘酸っぱさ、ぶっきらぼうな立ち居振舞い、味気のない会話、あからさまな趣味の悪さなどは、すっかり姿を消している。この地では、すべてがちょうど成熟の時を迎えているのだよ。老年期のように盛りを過ぎたわけでもなく、青年期のように未熟な状態でもなく、ちょうどその中間に当たる好ましい状態にある」

彼らが道を進んでゆくと、葉の生い茂った桑の木があり、その下の木陰には椅子が置かれ、休憩所になっている場所を多く見かけた。アルゴスが言うには、桑の葉は人間の頭脳に大きな徳をもたらしてくれるすがすがしい陰をつくり、多くの人から頭痛を取り除く働きがあるとのこと。さらに桑の木は、苦しい人生の旅の慰めとなるようにと、有名な賢者が植えたものであるとも説明した。しかしもっとも重要なことは、道のところどころに、知識の補給所なるものがあり、価値の高い栄養剤となっていたことだ。話によれば、何人かの卓越した人物たちが、自ら額に汗して　そんな施設を設置したということだった。人々が彼らの学識に接するための機会がもてるように、との願いからだ。ある場所では、セネカの思想の真髄に触れることができ、また別の場所ではプラトンの名言、仙酒ともいうべきエピクロスの思想、神肴のようなデモクリトスの思想に接することができた。その他の場所では、宗教書、非宗教書のいかんを問わず、多くの著作が置かれていた。人々はそこで元気をとり戻し、すぐれた人間としての在り方を、他の人々に先がけて身につけていくのだ。

一行は、そんな賢人たちの知に接する場所を経由し、ついにはこの地区の中核となる荘厳な雰囲気の漂う場所へと到着した。そこでは、様々な細工を施した大きな建物が彼らの目に入った。美しさを追求したというより、使い勝手のよさを強調した建物のようだ。高い実用性は感じられるものの、豪奢な雰囲気には程遠い。礎石の部分が深くとられ、頑丈な控え壁が分厚い壁を支えている。しかしだからといって、高くそびえているわけでもなく、城郭や塔に似た雰囲気も感じられなかった。派手な尖塔もなく、風見も動いていなかった。建物すべてががっしりとしたつくりで、鋭く四角に切った堅固な石を積み上げて建てられていた。窓や明かり取りが多くあり、光を十分に取り入れ、四方に見晴らしがきく建物だ。ところが鉄格子がどこにも見当たらず、バルコニーもなかった。それにはなるほど理由があったのだ。《鉄《テツ》》というやつは、いくら金色で上塗りしてみても、前者の《轍《テツ》》ならぬ同じ過ちばかり繰り返すきっかけとなり、ブロンズのごとき頑強な意志さえ、萎えさせてしまう力があるからである。[17] 周囲にはまったく何もなく、この建物だけが聳え立ち、四方ににらみを利かせ、一日中さんさんと照りつける太陽の光を浴びていた。建物をとくに際立たせていたのは、つねに開け放たれた二つの大門であった。ひとつが入口用の東向きの門で、もうひとつは出口用の西向きの門であった。この西門の扉は、一見まがいもののように見えてはいたが、実は本物で一番重要な扉であった。来訪者はみんな東から入り、そのうち何人かの者だけが、西門から出ることになっていた。

　その西門から出てくる人たちを見てみると、入ったときとはまったく様子が違う。これにはふたりとも不思議に思うと同時に、驚くほかなかった。出てくる者はまったく別人のようにすっかり変身してしまっているからだ。それが証拠に、ひとりの男がある女性から《ほら、あたしはあの時お会いした者ですよ》などと話しかけられると、《私はもうあの時と同じ男ではありません》などと応じている。にこやかな顔つきで入った者は、深く物思いに沈んで出てくる。楽しげな様子だった者は、憂鬱そうな表情で出てくる。笑っている者はだれもなく、どこか貫録が漂う態度を示した。こうして、以前にはとても軽薄な感じだった者が、今は威厳のある態度を示し、騒々しかった男は、落ち着きのある者に変わっていた。さらに、事あるごとに物につまずいていた貧相な体の男たちは、今はそれを自覚し、しっかりと地を踏みしめて歩けるようになっている。もう以前のようにびっこをひくようなことはない。軽率だった連中は、すっかり中身のある人間に変わっている。アンドレニオは、そんな珍しい光景と、思いもしない変身ぶりを見て、ただただ唖然とするばかりだった。

「ちょっと待ってください。あそこから出てくる人は、まるで大カトー[18]みたいな貫録をみせていますが、ほんの少し前までは、ごく風采の上がらぬ男だったのではありませんか？」

「そう、同じ男だよ」

「でも、こんなに鮮やかに変身できるものなんでしょうか？」

「ほら、あそこにいる男は、入るときはフランス人みたいに、飛んだり跳ねたりして踊っていたのに、今じゃすっかりスペイン人らしく、とても威厳のある、難しそうな顔をして出てくるのが見えるだろう？　それから、あのいかにも単純そうに見えた男は、今はすっかり抜け目のない男に変わっていて、すごく用心深くなっているのが分るだろう？」

「この建物にはきっとキルケみたいな魔女が住んでいて、こうやって人間を変身させているに違いありませんよ」とアンドレニオが言った。「あのオウィディウスが書き残して、称えている変身の術なんて、これに比べればどうってこともないですよね。あの男を見てください。皇帝クラディウス[19]もどきの態度で入ってきたのが、出るときはまるでウリッセス[20]ですよ。みんな以前にはせかせか気ぜわしく体を動かしていたのに、今はじっくり考え、判断したうえで行動を起こしている。体の色調まで少々どころか、まったく別の色に変わってしまっています」

まさにその通りだった。たとえば日焼けしたお馬鹿さんが、あとになると黒い髭をたくわえて出てくる。赤ら顔だった連中が青白い顔になり、まるでバラの花がエニシダにでもなったみたいにして出てくる。要するに、すべての人たちが、頭のてっぺんからつま先まで、すっかり姿を変えてしまい、頭を左右にせわしなく動かすようなことをせず、しっかり固定した状態に保っている。まるでひとりひとりの首筋に、重い鉛の塊でも入れたような感じがする。横柄だった目つきも、すっかり控えめな感じになっている。また、腕力にまかせて剣を振り回すような癖はなくなり、両足をしっかり踏みしめ、外套をきちんと肩にかけ、思慮分別のある人間らしく振舞っている。

「どう考えても、この家の中には何かの魔法がしかけられているとしか思えない」とアンドレニオは繰り返し言った。「この建物には何かの秘密が隠されている。もしそうでないとしたら、あれほど考え込むようにして出てくるところを見ると、どうやらあの人たちは、結婚でもしたにちがいない」

「いちばんすばらしい魔法とはね」とアルゴスが言った。「三十の歳を重ねることで成し遂げられる魔法のことだ。つまり年齢を重ねることで、人間は変身していくのさ。どうだ分かるかね？　この建物の入口から出口までの、一見したところとても短い距離のなかに、実際には若者から大人になるのと同じくらいの、長い距離が隠されているということなんだよ。これこそが、青年期から壮年期への通過地点となるわけだ。あの建物の入口では、まず青年期の狂気を捨て、さらには軽薄さ、軽率さ、気楽さ、不安、笑い、無礼さ、無頓着さなどなど、すべてを捨てる。そして出口の門では、壮年期にふさわしい知力を手に入れ、さらには貫録、厳しさ、落ち着き、平静、我慢、配慮、心遣いなどを、自分のものにするのさ。こうして、君たちも見て分かるように、ペラペラ早口でまくし立てていたあの男が、いまではゆっくり落ち着いて喋っている。まるであの男に謁見でも賜っている雰囲気じゃないかね。ほら、あのいかにもおつむが軽そうで、首をふりふり入ってきた男が、建物から出てくるときは、あんなにしゃんとしている。こちらの男も、はじめはいかにも知恵が足りない人間に思えたが、今ではほら、あんなに落ち着いた様子を見せている。あそこの男が見えるかね？　あの控えめな態度、あの慎みのある言葉づかいは、さっき見たあのいい加減な男のものとは、思えないだろう？　つぎはあちらの男に注目だ。軽い足取りで、ひょこひょこ入ってくる男がいるのが見えるだろう？　あの同じ男がしばらくすると、ゆっくり落ち着きのある足取りで出てくるはずだ。こうやって見ていると、入ってゆくバレンシア人は多いが、出てくるのはほとんどがアラゴン人だってことが、よく分かるよね。[21]こうして結局は、みんな自分のあるべき姿を自覚した時、以前の自分とはまったく別の人間に生まれ変わるのさ。悠然とした歩き方、重厚な話しぶり、優しく相手を包み込むような慎み深いまなざし、そして折り目正しい振舞い。このひとつひとつを見ていると、まるでチュマセロ氏[22]かと見まがうばかりだ」

アルゴスは建物の中に入るようふたりを急がせていたが、そのまえに彼らはこう尋ねた。

「入る前に、まずこの奇妙な館が、どんな場所なのか教えてくれませんか?」

「この建物はだね」と答えた。「いわば、人生の新しい段階に入ってゆくための関所だよ。人生を歩む者はみんなここに出頭せねばならぬ。そして持ち込もうとする品物をここで申請する。すると、どこから来てどこへ行こうとしているのかを、調べ上げられる」

一行が建物の中に入ると、アレオパゴス会議[23]にも似た審問委員会の面々が、彼らを待ち受けていた。委員長は〈分別殿〉である。とても器量の大きな人物だ。そして彼を補佐するのが、人格者の〈助言殿〉、世評の高い〈方法殿〉、大きな権能をもつ〈時間殿〉、計数に明るい〈調和殿〉、実行派の〈勇気殿〉など、重要人物揃いだ。彼ら審門官の前には、人生の経過報告書を含む書面が開けて置かれていた。これこそアンドレニオにとって、とくに物珍しく感じられる情景であったが、これから真の人間の域に達しようとする彼と同年配の者なら、彼と同じ印象をもったはずだ。一同がその場に入ったときには、ちょうど他の何人かの旅人に対して、どこからやって来たのかを訊いているところだった。

「もっともな質問だな」とクリティーロが言った。「われわれ人間は、いずれは元の居場所に戻ることになる運命だからね」[24]

「そうですよね」とアンドレニオが言った。「われわれがどこからやって来たかが分かっていれば、これからどこへ向かっていくのかが、よく分かるはずですからね」

ところが、多くの者がその問いには、満足に答えられないでいる。実はそのうちのほとんどの者が、自分についての説明さえ満足にできていないのだ。そのうちのひとりが、どこへ向かって旅をつづけていくのかと訊かれると、時の流れに任せて歩いてゆくだけで、暇をつぶして過ごすことしか考えていないなどと答えている。

「君が時間をつぶしている間に、時間が君をつぶしてしまうぞ」と委員長が言った。

結局この男は、施設送りになった。この世の中でただ時間を浪費して生きているだけの連中を更生させる機関のことだ。そのほか、もはや後戻りができないので、仕方なくここを通りかかっただけのこと、と答える男もいた。そしてほとんどの者は、花盛りの青春の国から追い出され、心に大きな傷を負いながらここへやって来たと申し述べた。そして、もしそうなっていなかったとしたら、一生の間喜んで青春の国に居残り、面白おかしく暮らしていたはずだとも答えた。早速この者たちは、子供じみた連中向けの更生施設へ送られることになった。ある世継ぎ王子は、自分が早くもそんな歳になってしまったことを嘆いている。というのは、前任の王の在位が長く続いたせいで、これまで若い時代には自由気ままに遊び暮らし、自分がまさか一人前の王になるなど、考えもしなかったからだ。しかし、あの楽しい時代が過ぎ去った今、まだ生きるべき年月が有り余るほど残り、楽しみが足りなくなっていることを考えると、憂鬱にならざるをえないとのことだった。この王子は、王位を簒奪《さんだつ》するような冒険を冒すつもりなどなく、結局は、我慢を必要とする者向けの更生施設に送られることになった。何人かの者は、名誉を求めて旅をつづけるつもりであることを述べ、また多くの者は、自分の利益を求めて、またごく少数の者が、高潔な人物になることを目標に、それぞれ歩き続けるつもりであることを述べた。この陳述は聴く者の拍手を得たが、クリティーロにだけは、やや不満が残ったようであった。

このとき大勢の旅人の一団が、守衛たちに引きたてられてきた。誤った道を歩いているところを、見つけられたのだ。命令によってすぐさま〈厳戒さま〉と〈慎み殿〉によって、取り調べを受け、持ち物はすべて検査されることになった。まず先頭の者が、さまざまな書物を隠し持っていることが判った。そのうちの何冊かは、胸もとの奥深くしっかりと仕舞いこんでいたものだった。書物の題が読み上げられたが、すべてが〈分別殿〉によって禁じられている上に、思慮深い〈荘厳殿〉の掟に違反する本であることが確認された。つまり、物語本と戯曲ばかりだったのだ。そこでこの男は、白昼夢を見ている者向けの更生施設に収容されることになった。また、書物に関しては、身分の高い者からはそれを剝奪し、小姓や家政婦たちの楽しみになるように、彼らに譲り渡すべしという裁定が下された。ロ語スペイン語で書かれた詩の作品は、すべてのジャンルにわたって、気障な男たちに配られることになった。その中でもとくに、諧謔詩、恋愛詩、小歌、戯れ歌、幕間詩、春の頌歌などがそれに該当した。みんなをもっとも驚かせたのが、〈荘厳殿〉がじきじきにこんな命令を発したことだった。曰く《三十歳以上の者が、他人の作った俗謡に目を通したり、朗読することを禁ずる。また、自作のもの、あるいは自作と偽り発表するものについては、言わずもがなである。これに違反する者は、お調子者、無礼者、へぼ詩人のそしりを受けることになろう》と。格言詩、英雄詩、道徳詩のほか、格調高い諷刺詩を読むことは、専門家よりは、むしろ優れた好尚をもつ数少ない読者には認められたが、あくまでも寝室など人目につかない場所で、こっそりひとりで楽しみ、この子供っぽい欲望を満たすだけという条件つきの許可であった。この裁定にすっかり当惑したのが、騎士道小説を所持しているところを見つけられた男だった。

「こんながらくたみたいな本は、どこかの床屋が見つけてきたものにちがいない」[25]と〈厳戒さま〉が言った。

男はきつく咎められ、そんな本など従士か薬種屋風情に返しておくように、とのお達しを受けた。さらには、そのような荒唐無稽な読物の作者たちは、折り紙つきの狂人とみなされるだろうとも言われた。これに対して、何人かの者は、そんな馬鹿げた読物を笑い飛ばした作品があるので、退屈を紛らわすためにも、そのうちの何冊かを読む許可をいただけないものか、と食い下がった。ところが、〈良識さま〉の答えは、そんなことなど絶対に許されないとのこと。なぜなら、《ミイラ取りがミイラになる》の言葉どおり、この世の中からあのような愚劣な作品をなくすためと称して、さらにそれ以上の愚劣な作品を作り出すことになったからだと言う。要するに、あのような無益な書物は、店の塵をふやすだけ、そして無学な連中の暇つぶしにしかならないのだ。（どうか、あのような本を世に送り出した印刷屋にも神のお赦しあれ）そこで彼らには、セネカ、プルタルコス、エピクテトスなどの、有用性と面白味をうまく融合させた著作を与えたのである。[26]

するとこんどは、こうしてお咎めを受けた者たちが、彼らと同じくらい怠惰な人間が他にもいて、有害さからいえばもっとひどい連中なのだと非難する。賭博で有り金全部を賭けて、すっかりなくしてしまった連中のことだ。しかしこの男たちは、あの賭博はただの暇つぶしにすぎなかったのだと言ってゆずらない。まるで博打をやることで、時間を無駄なく利用しているかのような口ぶりで、そうやって時間を浪費することが、まるで正しい時間の過ごし方だとでも言っているに等しい。調べてみるとやはり指摘されたように、彼らの仲間の一人がトランプを一組もっているのが見つかった。するとこの遊びが広がるのを避けるため、すぐにトランプを燃やすようにと命じられた。トランプの賭けというのは、諍いを起こす原因となることが分かっているからだし、相手への心遣い、世間の評判、謙虚さ、落ち着き、そしてときには人の魂まで犠牲にして、この遊びにのめり込んでしまうからだ。さらに審問委員会は、トランプを所持していた本人はもちろん、その仲間の賭博師たちについても、四世代前の親族にまで遡り、財産、家屋、名誉をすべて剝奪し、一生にわたって安穏な生活は望めないようにした。

そのとき、この場の緊迫した空気と沈黙を破るかのように、ひとりの男が高らかに口笛を鳴らすのが聞こえた。そこに居合わせた者はみんな、あきれ返ったような表情をみせ、なかでも特にスペイン人たちを憤慨させた。そこでこの無礼な行為に及んだ人物を突き止めてみると、フランス人であることが判った。さっそく審問委員会は、この男に高徳の人物たちとの同席を禁じる罰を下した。すると今度は、ギターをつま弾くような音が聞こえる。これには一同なおさら腹の虫がおさまらない。ギターは〈良識さま〉によって堅く禁じられ、重罰が適用されている楽器なのだ。そこで、委員長の〈分別殿〉は、弦の音色に顔をしかめつつ、こう言ったらしい。
「なんとも呆れ果てた行為だ。我々はまともな人間のなかにいるのかね。それとも床屋連中に囲まれているのかね」[27]
だれが弾いていたのか調べてみると、あるポルトガル人だったことが判明した。一同が、きっとこの男は逆手吊るしの刑[28]にでも処されるのだろうと見ていると、なんと審問委員会の中から、この男になにか新しい曲を奏で、それに歌詞でもつけて歌ってくれないかと頼んでいる声が聞こえる。歌手にはこうやって頼み込むのが普通のやり方なのだ[29]。頼み込んだすえに、やっとこの男は歌うことに同意したのだが、そのあと歌をやめさせる方がもっと大変だった。一同喜んで歌に聴き入り、人間更生のための審問委員会の気難しいお歴々たちさえ、ご満悦の様子だった。しかし委員会からは、若者から大人への成長を果たしてゆく者全員に対する一般的な決まり事として、これからは楽器を弾くことも歌うことも控えるようにと伝えられた。しかし委員会はそうは命じたものの、歌や楽器の演奏に耳を傾けることについては、その方がより楽しく、より上品であるとの理由で許容されることをつけ加えた。

旅行者の検問は厳しく執り行われ、監視員に怪しいと見られた者のなかには、裸にされたうえ取り調べを受ける者もいた。こうして、ある男からは、女性の似顔絵を押収した。真珠貝色の綱につけて首から吊るしている。男はうろたえたが、思慮深い審問官一同ただ呆れかえるばかりだった。似顔絵などわざわざ見るまでもなく、どうせどんな女が描かれているのは、おおよその見当がついているらしい。似顔絵を見た監視官の一人がこう言った。
「この似顔絵だったら、別の男から私が押収したことがあります。ごく最近のことです」

さっそくそれを取り出すように言われ、探してみると同じものが十枚以上も出てきた。
「分かりきったことだがね」と委員長がいった。「頭のおかしい女というのは、大勢いるもの。女の顔をかたどった贋金という名目で保管しておくように」

この男は髭をそるか、気障な振舞いをやめるかの、どちらかを取るように言い渡されたうえ、表通りでたむろしたり、ほっつき歩いたり、窓の娘に言い寄ったり、街角で人待ち顔で突っ立ってみたり、バルコニーによじ登ったりすることは、すべて若い好き者たちに任せておくようにとの注意を受けた。みんなの笑いを誘ったのは、植物の束を携えてやって来た男だった[30]。よく調べてみると、医者でもなく、またバレンシア人でもなく、単なるしゃれ者にすぎなかった。〈厳戒さま〉がすかさずこの男を引き止め、注意を与えた。植物の束などは軽薄な者がもつものであること、そして文字さえ読めぬ痴れ者が集まる居酒屋のしるしと同じであることから[31]、能無しのしるしとなるだけである、との戒めであった。ひとりの男が周囲には目をむけず、ただ自分の帽子だけを睨んでいる。けっして無作法には当たらないのだが、これが審問官たちの目に入った。

「なにか恥ずかしがっているからかも」と〈慧眼さま〉が言った。

しかしいかにもお調子者のように見え、挙動も怪しいということで、取り調べることになった。すると帽子の山に小さな鏡をつけているのが判った。よく調べてみると、間違いなくこれはナルキッソス[32]の後継者とも言うべき、ずいぶん頭のおかしい若者であった。しかし、こんな連中にくらべれば、さらに別の男が巻き起こした驚きのほうが、はるかに大きかった。その男は、威厳ある大カトーの人間像へのあこがれを公言し、民の公僕たる政治家をめざして準備中とのことであった。審問委員会のお歴々は、この男をじろじろ眺めまわしたあと、胴着の緑色のすその部分に目を止めた。緑とは委員会にとっては、まったく許容しがたい色なのだ[33]。

「これはどう見たって、鞭打ちの刑だ」と全委員が口を揃えて非難した。

そこで、俗物たちに悪例を示さないように、この男をこっそりトレドの教皇大使病院[34]へ送り込み、理性をとり戻させるよう計らったのである。また、別の男は、黒い外衣の下に、槍の模様を散らした内ズボンをはいていたが、審問委員会は懲らしめとして、そんな趣味の悪さを一般のさらしものにするため、外衣[35]のすそをベルトでとめ、上にひきあげるようにとの裁決を下した。

また数名の者には、これ以降は帽子のつばを中央の山に向けては折り曲げないようにと、厳しく言い渡した。ただし例外として、馬に乗るときだけは許可するとのことで、そのわけは馬に乗ればだれでも良識を失うから[36]、ということであった。さらに下された裁決としてはこのほか、《帽子は一方に傾けてかぶらぬこと》、それは片方の脳の覆いがなくなってしまうから。《決して自分の服装に目をやりながら、町を練り歩かぬこと》、それは見る人には好印象を与えないから。《自分の足にも目をやってはならぬこと》、それはしゃなりしゃなり気取って歩くなどもってのほかだから。さらに、《羽飾りと色つきリボンは着用を禁じられること、ただし例外的に、出征あるいは帰還する新兵には許されること》。《指輪はすべて医者と司祭に手渡すこと》、それはどうせ最後には、医者が見放した者を司祭が埋葬する運びになっているから、などなどであった。

ここで審問委員会の面々は、〈時間殿〉が取りしきるこの関所から、更生施設へと移動した。いわば青二才の近習《きんじゅ》から、壮年期の貴紳に成長を遂げようとする者が全員送り込まれてくる場所だ。まず初めに、実行に移された措置は、全員から青年期のお仕着せをはぎ取り、金色に輝く髪をそぎ落とし、黒髪で頭を覆うことであった。さらに、ちょうど弔いの時に、もの悲しさを表して丈の長い衣服を身につけるのと同じように、その髪をこめかみから胸まで垂らすようにさせた[37]。また、金髪を櫛で梳《と》かすことは厳しく禁じられ、とくに口と唇あたりまで髪を引っ張ることは、ご法度とされた[38]。それに加えて、今後はこの髪の色は不謹慎であり、人を不快にさせるものとみなされることになった。また髭に関しては、あらゆる形が禁じられ、良識のある人々に嘲笑されないために、カールの効いた長髪も同じように禁じられることになった。心のなかに感じる色は別にしても、見た目に派手な色はすべて禁止され、顔を赤くすることさえ許されなかった。そんな場合には気遣いを表す印として、顔色を青白くせよとのことであった。バラ色の頬に関しては、そんな色をやめて、同じバラのトゲのような剃りたての髭に取り換えさせられた。こんな調子で、頭のてっぺんからつま先まで、まったく新しい造りに変えられたのである。全員が口に錠前をかけられ、左右の手には目が取り付けられ、ヤヌスのようにふたつの顔がつけられ、鶴の脚、去勢牛の足、猫の耳、大山猫の目、ラクダの背、犀の鼻、そして蛇の皮がそれぞれ与えられることになった[39]。食べ物の好みさえ、更生の対象となった。たとえば、今後は甘いものを欲しがる素振りを見せないことが命じられた。もし、その命令に反すれば、子供の扱いを受けることになり、それがいやなら、甘いものの代わりに辛い物を口にするべきことを言い渡された。ある男は、砂糖菓子を所持しているのが見つかったが、それを食べるときには、常によだれ掛けをするようにと厳命された。というわけで、全員サラダのカルドン[40]を干しブドウに替えることさえ遠慮し、もっぱら野菜のみのサラダを食べることにした。また別の男は、サクランボを食べているところを見つけられたが、顔がすっかりサクランボの色に変わってしまっていた。この男はきつく説教されたうえ、サクランボの代わりに、赤唐辛子を食べるよう命じられた。この事実からも分かるように、ここでは胡椒は禁止されておらず、むしろ砂糖よりも重宝されていたほどだ。この品は大きな信頼を得ていて、とくに知的生産の分野でこれを利用する者もいるし、とくにオレンジと一緒に使われることが多い[41]。さらに塩もその価値は高く評価されていて、大量に摂取する者もいる。ただし中身が豊かなものと一緒でないと、いくら体の中に摂り入れても本来の効果を発揮しない。多くの作家が、その著作の中身を腐らせてしまわないように、塩漬けにしているが、やはり辛味や塩味ほど書物に特別の風味を与え、虫食いを防いでくれる香料はほかにないからである[42]。これに対して、甘味の権威は失墜しており、小プリニウスのトラヤヌス帝への『頌詩』[43]など、甘味が利きすぎて、少し読むだけで嫌気がさしてくる。ペトラルカやボスカン[44]のソネットなどにしても、甘味のある人参を齧《かじ》りすぎたみたいな味がするティトゥス・リウィウスのことさえ、人は《ぶ厚い脂身》なんて呼ぶ有様だし、我が国のスリータにしても、読んでも甘すぎて、すぐにうんざりしてしまう人も少なくない[45]。

「さて諸君、もうそろそろ君たちは、自分独自の好みと意見を持とうではないか。いつも他人に頼って生きていてはならぬ。この世の人のほとんどが、他人が好きなものを見て、自分もそれが好きになるだけのことだ。誰かが褒め称えているのを耳にすると、それに口を合わせて自分も褒め称えるだけ。そんな連中に、いったい何が良くてそんなに褒めるのかを訊いてみても、満足な答えは返ってこないだろう。いいかね、それはつまり、彼らが他人に寄りかかって生きていて、他人の知識に誘導されているという証拠なのだ。だからこそ、君たち自身の判断力を持たねばならない。そうすれば対象への批判を通して、自分の意見を持つようになるのだ。高潔な人士とつき合えることを、喜びとしたまえ。しかし、表向きそう見えるからといって、必ずしもみんながそんな人間ではないことが少しずつ分かってくるだろう。喋ることよりも、理性を働かせ考えることに重きを置くべきだ。智者とは語り合うようにしよう。良き教えを引き出すためには、ときには、何かの冗談を織り込んでみるのもよかろう。しかし、節度が大切で、冗談博士とか天然のおふざけ野郎などと思われないよう心掛けることだ。ときには自分だけを友として、だれとも言葉を交わさず、じっくり物事を考えながら散歩するのもよい。図書室の常連となれ。たとえ剣を佩《お》びる人間となっても、書物を選ぶ能力を身につけよ。書物とは、手に取って語り合える友人である。本棚をがらくたみたいな本で、いっぱいにしてはならぬ。また、ごろつきを主人公とした読み物などが、気高く才知ある人の書の横に並んでいてはならぬ[46]。さらに、願わくは才知ある者の書より、むしろ思慮分別に長けた人の書に親しんでほしい。そして、自分の言葉と行動などすべての面において、高潔な人物であることを示すことだ。堂々とした落ち着きのある振る舞いを見せ、話す時には分別を示し、それと同時に気さくな態度も忘れてはならぬ。礼儀正しく、堅い意志をもって行動し、あらゆることに細心の注意を払いながら生きていくのだ。そして、姿などより頭脳の良さを誇りに思うに人間になろう。幾何学の大家エウクレイデス[47]は、幼児には点を提示し、少年には線を、若者には平面を、そして大人には深さと物の中心の位置を教えてくれたのだ」

以上が、〈分別殿〉の指示に従い〈厳戒さま〉がその場に居合わせた者を前にして、落ち着きのあるよく通る声で読み上げた教えの内容であった。言ってみれば、高潔な人士に至る道への関税代わりの教えであり、人から敬われるために払うべき税、人間であるための基本的な約束事となる教えであった。

このあとアルゴスは、鷲と大山猫の目とその大きな心臓と脳から、不可思議な力をもつ蒸留酒をつくりあげ、それをふたりにたっぷりふりかけてくれた。するとこれによってふたりには、大きな力が吹き込まれ、あのローラン[48]が魔法の鎧で守られていたように、良識の強力な鎧によって、ふたりの身が守られることになった。またそれと同時に、彼らふたりの体全体にわたって、たくさんの目がつぎつぎに開けられていった。実はこの新しい目は、幼年期には無知のせいで、そして青年期には熱情の無意識な高揚のせいで、それぞれ盲目の状態に置かれていたものであった。こうしてすべての目が鋭く賢明な洞察力をもち、しっかりと見開き、周囲に起っていることは決して見逃すことがなくなり、あらゆることを感知し、認識することが可能になったのである。

これにより、ふたりは人間としてさらに成長を果たすため、先をめざしてこのまま旅をつづける許可が与えられた。こうして、新しい人間に少しずつ生まれかわってゆくことで、本来あるべき自分の姿をしっかりと自覚させるためであった。ここからの旅では、彼らはもはや医者にかかることも、案内人を求める必要もなかった[49]。こうなるとアルゴスの道案内をこれ以上乞う必要もなかったが、とりあえず、峠道のてっぺんまで行動を共にしたのである。その地点こそ、今までとは違った新しい世界への入口であった。ここに至ると彼らは小休止し、人生の旅のなかでも、おそらく最高とさえいえる眺めを楽しむこととなった。彼らがそこに立って目にしたのは、まさに頌すべき見事な眺めであったが、その数々の素晴らしき事象については、次考で語ることとしたい。

第二考
サラスターノ氏[1]のすばらしき秘蔵品

押しも押されぬ真の宮廷人として、すでに不朽の名声を得ている人物が語るところによれば、見目麗しい女性が三人、いやさらに詳しく言うならば、かの三美神に劣らぬ美貌、慎み、上品さを兼ね備えた麗人たちが、広く名の知れた偉大な君主の宮殿に入ろうとしたという。まず第一番目は、凛々しくもきらびやかな風情の女性。香り高い花の冠を戴き、金髪を三つ編みにし、緑色の衣服にはまるで水滴を並べたように、小粒の真珠を擬した縫取りを施し、満面に笑みをたたえ、すべての人の心を喜びで満たしていた。ところが、その類まれな美しさを無視するかのように、宮殿の扉も窓も早々と閉ざされてしまっている。彼女があらゆる場所から入場を試みたのだが、その努力は無駄に終わった。まるで彼女を邪魔者とみなし、彼女がどんなに狭い隙間を使ったにしても、入場を許さないように思えた。こうして彼女の笑顔が泣きべそに変わり、入場を諦めなければばならなかった。第二番目も、思慮深く美しい女性であったが、第一の女性に近づき、サパタ[2]もどきのひょうきんな調子でこう言ったとか。

「あらあら、あなたってぶきっちょだから、開けるコツもお分かりにならないようね。あたしを見ててくださいな。ちゃんとやり方が分かっていますから、きっと入口を見つけてさしあげましょう」

そして中へ入ろうと、いろいろな方法を試し工夫をこらしてみるのだが、どうもうまくいかない。それもそのはず、彼女の清らかな表情を、中の者たちはかえって疎ましい顔にしか見てくれないのだ。だから扉も窓もすべて閉ざしてしまい、彼女を見つめる目も、その言葉を聞くべき耳も閉ざしてしまっている。

「やっぱりあなたには運がないのかも」と三人目が言った。こちらもやはり美しく感じのいい女性だ。「あたしはどこか秘密の扉から宮殿のなかに入ってみせるわ。だからよくご覧になってね。もうそれ以外には、中に入る方法はないかもしれないわ」

と言うと、彼女は張り切ってあたりを探索しはじめた。するとほどなくどこかの入口を見つけた様子だったが、しかし結局は見た目だけの偽りの扉であることが判り、すっかり落胆して引き下がらなければならなかった。こうして三人の麗人たちは、多くの長所を持ちながら、いつも運に見放されていることを嘆き、すっかり落ち込んでしまったのである。するとそのとき、冒頭で紹介した宮廷人がその様子を目撃したのだ。彼は好奇心を刺激され、なにかの助けになることができればと思い、三人の女性たちに近寄っていった。彼はまず女性たちの美しさを称え、あいさつの言葉を述べたあと、女性たちが誰なのかを尋ねるとともに、彼は宮廷の暮らしに明るく、宮殿の隅々まで熟知している者であることを告げた。

「私は、万人に朝の到来をお知らせする者でございます」と第一番目の女性が答えた。「でもこの宮殿の方々は、それがお気に召さぬご様子で、私のことを無視されておしまいになります。私はすべての人の目を開かせ、目覚めさせて差し上げる者でございます。病者に希望を与え、悪者には恐れられる存在であり、生の喜びである太陽の母親でもあります。私はあのティトノスの世に知られた妻であり、ちょうどいま、海のむこうにある、真珠層で彩られた閨《ねや》をあとにしてきたところです[3]」

「なるほど、そういうことならば」と宮廷人は言った。「あけぼのの女神エオスであるあなたが、宮廷の中には身を寄せていただく場がないのには、なんの不思議もありません。あそこには、空が黄金色に輝く朝の時間がないからです。重苦しく経過してゆく時間だけしか存在しません。あそこには朝がなく、すべてが午後になってしまいます。待たされる身になった人たちの話を聞けば、それは明らかです。万事がそんな調子ですから、今日は何一つ果たされず、すべてが明日に延ばされてしまいます。ですから、あなた方の努力は無駄だと思います。いったん宮廷の中に入ってしまうと、ふだんは明るい光をもたらしてくれるあなたにとってさえ、夜が明けることは決してないのですから」

つぎに、彼は第二の女性の方を振りかえった。すると彼女はこう言った。

「不肖の息子をもつあの良き母親の話を、きっとお聞きになったことがおありになると思います。つまり、私がその母親で、息子が〈憎悪殿〉なんです。私はごく善良な人間なのに、誰もが私のことを嫌います。みんな子供時代には私をよだれで汚し、大人になれば、歯から奥へは私を入れないように、私を唾といっしょに吐き出したりします。でも私は光と同じく清く澄んだ存在です。もしルキアノス[4]の言葉が誤りでなければ、私は〈時間殿〉の娘ではなく、まさに神様その者の娘ということになります」

「そういうことであれば、奥方」と宮廷人は言った。「他ならぬ〈真実さま〉その人であらせられるあなたが、なぜ不可能なことをお求めになるのですか？　あなたが宮廷にお入りになりたいですって？　そんなの滅相もありません！　たしかにあなたは鋭い刃をもつ剣ではありますが、宮廷でいったい何の役に立つと思っていらっしゃるのです？　そんなものは、裏切り行為を防いでくれるわけでもなく、嘘から身を守ってくれるわけでもなく、とにかく何の役にもたちません。中に入るなんてお考えは、今のところは、いや永遠にお忘れになった方がよろしゅうございます」

そのとき、三番目の女性がことばを挟んだ。心の優しさまで想像させる美貌を備え、聴く人の心を思わず虜にしてしまうような人だ。

「もし私がこの世にいなければ、幸せなるものが消え去ってしまうような、私はそんな存在です。私さえいれば、あらゆる不幸を避けることができます。人生で手に入れることができる幸運のうち、私以外がもたらす幸運には、それぞれ異なった利点がありますが、この私がもってくる幸運には、あらゆる利点がすべて集約された形で含まれています。たとえば、名誉、喜び、利益などがそれです。私は善き人々の間にのみ存在でき、悪しき人々の間には、セネカが言うごとくこの私は真の存在ではなくなり、長続きする存在でもなくなってしまいます[5]。私の名は、そもそも愛という言葉から派生しました[6]。ですから、私を探そうとするなら、お腹の中などではなく、思いやりの源である心の中そのものに求めなければなりません」

「そうですか、やっぱりあなたは〈友情さま〉だったのですね！」と宮廷人は声をあげた。「こちらの〈真実さま〉がとても苦い味をお残しになるのだとすると、あなたはとても甘美な感覚を残してくださいます。友情とはたしかに耳に快い言葉ですが、たとえば君主たちは、本当の友情など知らないものです。一応友達とはいっても、すべて君主としての地位を前提とした友だからです。あるいは、アレクサンドロス大王自身も述べていたように、友達など一人だっていないと言ってもいいかもしれません。友情とは、そもそも二人の人間を、一人の人間に変えてしまうものです。ですから、君主との関係を友情という絆で結ぶことなど、そもそも不可能なのです。私の考えでは、みなさまお三方は、それぞれ働きかけるべき相手を、お変えになった方がいいように思いますね。たとえば、曙の女神さまは、勤勉な働き者たちに、そして友情の女神さまは、お互い同等の位にいる者同士たちに、という具合です。ただし真実の女神さまに関しては、だれに働きかけたらいいのか、私には分かりません」

こんな興味深い出来事を、世情に通じたアルゴスは、世界の巡礼者であるふたりの主人公に語っていった。当の宮廷人に直接その話を聞いたと言う。

「ほかならぬこの場所で聞かされたのだ」と言った。「だからこそ思い出したのだよ」

彼らは壮年時代に当たるこの王国の中でも、いちばん高くに位置した峠にすでにさしかかっていた。人生の頂点に相当し、その高い位置からは、全人生を広く見渡すことができる。すばらしく、また示唆に富む光景だ。なぜならば、彼らの目の前にはいまだ旅したこともない国や、まだ目にしたこともない地方が広がっていたからだ。たとえば、勇気と英知が支配する地域、美徳と名誉がそれぞれ広範囲にわたり尊ばれる二つの地方、富と権力を誇る国々、幸運に恵まれ確固たる統治権のもとに治められた広漠たる王国などであった。これらの地域はすべて男性的な長所を強調した地域ばかりであったが、アンドレニオにはそのことがとても奇妙に感じられた。さらに彼らは、多くの人間の姿も目にすることができた。さすがアルゴスの目は、抜きんでた眼力を備えているのだ。もっともこの際、彼の姿は美しいかどうかは別にしての話ではある。しかし不思議なことに、人によって同じものが、白く見えたり黒く見えたりする。それぞれの判断力と好みの違いによって、人は対象物からまちまちな印象を受けてしまうのだ。そして人間は対象への思い入れの程度に従って、その姿を勝手に変えてしまう。それほど強い色眼鏡はほかにはないのである。

「二つの地域に限って、すべてをじっくり観察してみませんか」とクリティーロが言った。「あらゆる面を残らず見てしまうのがいいと思うし、とくに変わった点は注意して見つめる必要がありますから」

という次第で、もっとも遠くに見える物から見てゆくことになった。すでに述べたように、ここに立てばこの壮年世界の領域の、一方の端からもう一方の端まで広く見渡すことができる。おまけに、世界の始まりの時代から、今の時代に至るまで、あらゆるものが見渡せるのだ。

「あのずっと遠くに見える、まるで狂気の沙汰としか思えぬ建造物は、いったい何でしょう。(7)えらく出張っているように見えますが」と、あのマリアナ師の調子を真似て、クリティーロが訊いた。

「あれはだね、世界の七不思議だよ」[8]とアルゴスが答えた。

この男からは、いつも間をおかずに的確な答えが返ってくる。

「え？　あれが七不思議？」とアンドレニオが応じた。「なんであんなものが……。たくさんの建造物の中に見えているあの像が、それほど重要なものなんですか？」

「そうなんだよ。あれは太陽の巨大な像だ」

「たとえあれが太陽そのものであったとしても、あんな像になってしまっては、ちっともすばらしいものには思えません」

「いや、あれは単なる巨像ではない。あれは毎朝日の出とともに顔を見せてくれる太陽神を崇めるため、そして偉大な権力を象徴するものとして建てられたもので、はっきりとした政治的意図をもつ巨像だよ」

「そういうことなら、これからはあの像を崇めることにします。ところであちらの別の建物はお墓のようですが、あれも七不思議に数えられるのですか？」

「そうだ。たしかに奇妙な七不思議だけどね」

「ひとりの人間の墓が、なぜそんなに崇められるのでしょうね？」

「それはだね、大理石と碧玉を使ってあるからだよ」

「でも、それがいくら神殿みたいな、立派な建物だとしても……」

「いいかね、あの建物はある女性が夫のために建てたものだ」[9]

「それはすばらしい。でも女性によっては、夫の体をそのまま埋葬しないで、たとえば、涙ながらに火葬にした者もいたはずですよね。斑岩の飾りはないにしても、組み立てた薪を燃やすときに、ダイヤとか真珠も一緒に火葬するのではないのですか？」

「でもあれは、国王マウソロスのためのもので、王妃はその後も愛する国王のために、可憐なキジバトのように生涯独り身を守ったそうだ。[10]どうだね、まさにすばらしい貞節の鑑とは思わないかね？」

「そのことはよく分かりました」とアンドレニオが言った。

「でも昔の偉業はもうそれくらいで十分として、なにか新しい時代のものはありませんか？　この世ではもう奇跡など生まれてこないのでしょうか？」

「たしかに世間で言われているように、人間はだんだん堕落していって、時代を経るにしたがって、ますます小粒になってきている。そんな具合だから、各百年ごとに、指を一本ずつなくしてゆき、このまま行けばまるで操り人形かお飾りの人形みたいになってしまうはずだ。事実、何人かの者はそれに近い状態にあるがね。それに、心もそれにつれて小さくなっているのではないかと思う。だから、かつては広く世界を征服し、新しい町を築き、その名を町とともに歴史に残していった偉人たちがいてくれたものだが、今の世ではそんな人物が少なくなってきている」

「つまり、ロムルスもアレクサンドロスもコンスタンティヌスも、もういないということですね(11)」

「いや、現代にも光輝く人物はいるのだが」とアルゴスは答えた。「あまり近くから見られているので、かえって姿を見せたがらないのだよ」

「それならむしろ、もっと姿を見せるべきです。近くでみるほど、物は大きく見えるものです」

「いやいや、とんでもない」とアルゴスは言った。「尊敬心を喚起するという点から言えば、ひとりの人物についての真の評価は、対象をただ見ているだけの目とは何の関係もないよ。ところで、あちらの方をよく注意して見てみたまえ。地球の大きな頭の部分を飾っている立派な尖塔が見えるだろう?」

「いや、ちょっと待ってください」とクリティーロが言った。「あそこにくっきりと見えているのが、世界の頭にあたる部分だとおっしゃるのですか? なぜそんなことが言えるのです? ヨーロッパ大陸の両脚の間にあって(12)、地中海にゆっくり脚を伸ばしたイタリアにある、あの町のことをおっしゃっているのでしょう? その足元にはナポリが控えていますよ」

「君には、あの町は大陸の両脚に挟まれているように見えるだろうが、じつは天上の世界の栄えある頭部を形成し、全世界を配下に従える貴婦人のごとき町なのだ。その勇気、知力、壮大さ、統率力、宗教の力、などから、全世界に冠たる聖なる町、つまりあれこそがローマの都だ。あの町には、高潔な人士が一堂に集い、聖務を取り仕切る有能な人材にも事欠かない。やがて彼らは広く世界中に活動の場を求め、世界のあらゆる町がローマの権威につき従うことになる。広場には高く伸びたオベリスクが誇らしげに立ち並んでいる。あの塔こそがまさに現代におけるすばらしい七不思議のひとつと言うことができる。しかしここでひとつ、君たちに気づいてほしいことがある。それはあそこに並んだ塔がいくら立派であるからとはいえ、その主《あるじ》たる法王の精神の偉大さにはとうてい及ばないということだ」

「ところで、ぜひ教えてほしいのですが、過去の諸法王がいったい何の目的で、鋭い針のようなあの尖塔を建てたのでしょう? きっとあの壮麗さと篤い信仰心にふさわしい、何か隠れた思いを表しているように思うのですが」

「そう、そのとおり」とアルゴスは応じた。「その目的はだね、この世界を天上の世界に、いわばあの針で縫いつけるためだったのさ。さすがにこの企ては、カエサルなどの権力者にとっては、不可能な願いにしか思えなかったのだが、法王たちがそれを可能にしたわけだ。ところで君は何を見て、そんなにじっと考えこんでいるのだね?」

「ぼくが見ているのはですね」とアンドレニオが答えた。「もちろん各地方には見るべきものはあるのですが、じつはあの蝙蝠みたいな形をした街なんです。海の中にあるとも言えないし、陸地にあるとも言えない。そんな二面性をもった、まるで両棲類みたいな町です(13)」

「それこそが見事な策略になっているんだ」とアルゴスは言った。「それが彼らの主義に合った町の形であって、国の姿の基本となっているのだよ。かつて勇名を馳せたあのオスーナ公爵[14]は、この小国の存在理由を一風変わった形にあると考え、それを褒め称えている。あそこに見えるのが、有名な運河だ。彼らの国ベネチアに、海そのものを運河の形でうまく取り込んでいるのだ」

「スペインには、七不思議みたいな建物はないのですかね？」とクリティーロは、視線を中央あたりに戻しながら言った。「あれはどこの町だろう？　とんがった形をしていて、まるで天に向かって脅しをかけているような町だ」

「あれはトレドの町のはずだ。思慮分別に富む町にふさわしく、星にまで届くような尖塔がある。もっとも幸運の星には恵まれなかったのだが[15]」

「あの奇妙な建物はなんです？　ほら、タホ川から城壁に向かって伸び、水を汲み上げていますが」

「あれは、かの有名なファネロの装置だ[16]」あれこそ、今の世の七不思議のひとつと言ってよい」

「ぼくにはよくは分かりませんが」とアンドレニオが言った。「見た目にはとてもきれいなものによく起ることですが、大金をつぎ込んだ割には、あまり役に立たなかった、なんてことにはならなかったのでしょうか？」

「あの思慮深いトゥリブルシオ枢機卿猊下[17]が、あれをご覧になったときには、そうは思われなかったようだ」とアルゴスは言った。「それが証拠に、この世にこれほど有用で美しい建造物はないとおっしゃったそうだからね」

「あれほど的確な判断をなさるお方が、どうしてそんな印象が持てたのでしょう？」

「つまりだね、あれを見れば分かるように」とアルゴスは言った。「ちょうど自分の畑に水をうまく引き込むような感じで、タホ川の水を上手に利用する方法を教えてくれているのさ。つまり、川の流れを利用してもう一つ新しい流れをつくり、カトリック王フェリペの宮殿に川の水を引き上げる働きをしているわけだ。いわばこれは、南米の銀とアジアの真珠を同時に手に入れるようなもので、東西両インド海域の巨大な富を、一度にものにするに等しい事業だったからだ」

「あの宮殿はなんでしょう？」とクリティーロが訊いた。「ほら、あそこにフランスの宮殿が沢山見えますが、そのうちで金色の花をてっぺんに戴いている建物ですよ」

「うん、あれはとても大事な場所で、立派な建物でもある」とアルゴスは答えた。「玉座が置かれた、輝きに満ちた建物だ。偉大な都パリにあるフランス王の第一の宮殿で、その名を《ロベロ宮殿[18]》、つまり《オオカミ狩り宮殿》という」

「《ロベロ》ですって？　あまり宮殿には似つかわしくない名前ですね。音の響きにあまり品が感じられません。いくら他を探したって、そんなひどい呼び方をする場所なんてないでしょうし、語感もそれではあまりよくありません。いや、まったく良くないというべきです。その代わりたとえば、《芳香の白百合の庭園》とか、《幸運の追い風の城》とか、いくらでもいい呼び名があるじゃないですか。なのに、《ロベロ宮殿》なんて、あの荘厳さにふさわしい立派な名前だとは、とうてい思えません」

「いや、そうじゃない。君たちは分かっていないのだ」とアルゴスは言った。「実はだね、その呼び名にはただ耳に入ってくる感じ以上の、とても深い意味があると思う。《ロベロ》と呼ばれていることについては、君たちの意地の悪い解釈とは俺の意見は違うのだ。実はあの城塞ではね、羊の皮をかぶった反逆者たちに対抗し、そのオオカミどもを退治するための策が、つねに練られていたのだ。つまり、あのユグノー派という凶悪なオオカミどものことだよ[19]」

「ほら、あちらの王城もすばらしい！」とアンドレニオが言った。「周囲の建物を睥睨して、あたりを照らす輝きの源となっている。すばらしい永遠の輝きを、すべての建物にもたらしてくれているんだ。あれはひょっとしたら、威厳に満ちたあのフェルディナンド三世[20]のものかもしれない。輝かしい業績が、今日広く世界中に知れ渡っている、あの偉大な皇帝だ。またあるいは、毅然として自らの信仰を貫いた君主、ポーランドのヤン二世[21]のものかもしれない。初めは自分に打ち勝ち、その後には恐ろしい反逆者たちから勝利を得た王だ。あの城塞は輝きに満ち、四方にその光を放っている。まるで太陽そのものの光のようだ」

「まさにその通りだ」とアルゴスは応じた。「いいかね、あれこそが、数ある女王のなかの女王、不滅のビルテリア[22]が放つ光なのだ。君たちも正しき道をたどるためには、あの方向に向かって歩いていかねばならないのだよ」

「もちろん私は、あちらに向かっていくつもりです」とクリティーロが言った。

「あそこに着けば分かることだが」とアルゴスは言った。「あれほど荘重で輝かしく見えはするものの、内に秘めた美しさに比べるとまだまだ物足りないくらいの光だ」

こうして彼らが、数々の偉大な建造物について、熱くそして楽しく語りあっていると、こちらに向かって走り寄ってくる者がいる。なにか良い知らせでももってきているような気配が感じられた。どこかの名士に仕える召使のようだ。ところが、世間の召使には珍しく、自分のご主人のことを褒めちぎっている。これにはまず、みな一様に驚かされたのである。召使は近くまで来ると、三人のうちだれが本物のアルゴスなのかを訊いた。我らふたりの主人公が、アルゴスに似た体に変わってしまっていたため、区別がつかなかったのだ。

「何の用だね？」とアルゴス自身が答えた。

「さる貴人があなたさまにある用件をお伝えしたく、このわたくしめをお遣かわしになりました。わたくしの旦那様は広く名の知れたお方で、サラスターノ様と申されます。そのご邸宅は、まさに世にも稀有な逸品の展示場と申してもよろしゅうございます。旦那様がひたすら心を傾けておられますのが、世界の名品とされる文物を収集し、楽しむことでございまして、博物学的にも芸術的にも高い価値を有する物はもちろんのこと、世間に広く知られた物もあり、さらには幸運をもたらしてくれる逸品までもすべて余すところなくお集めになっておられます。このようにして今では、古い時代のものから新しいものまで、最高の逸品をすべて大切に手元に置かれているのでございますが、ただひとつご不満なことは、あなた様がお持ちのたくさんの目のうちの、せめてひとつなりとも手に入れたいという願いが、いまだ叶えられていないことでございます。それがもし可能ならば、人々を驚かせ、多くのことを学ばせることができるのですが」

「それなら、手のひらのこの目をさしあげよう」とアルゴスは答えた。「この水晶の小箱に入れてやるから、ご主人のところに持って行きなさい、そしてこう伝えてほしい。何事であれ、安易に信じ込まず、この手のひらの目で、実際に触って調べてみるようにと」

こうして役目を無事に果たし、満足げな様子で立ち去ろうとした召使に、アンドレニオがこう言った。

「ちょっと待ってください。そのサラスターノ殿のお屋敷をこの目で見て、それほどの名品をぜひ鑑賞してみたいものです。そんな熱い思いが、不思議なことにぼくの胸に湧き上がってきました」

「実はこの私だって、ご主人とはぜひともお知り合いになりたい気持ちだ」とクリティーロがつけ加えた。「友達こそが、われわれに生きがいと幸せをもたらしてくれるものだからね」

「それは結構なことだ。一緒に行きたまえ」とアルゴスが後押しした。「これこそ絶好の機会だ、ぜったいに後悔しないはずだ」

こうして、ふたりは珍奇な所蔵品についての召使の話に耳を傾けながら、思わぬ楽しみにあふれた旅をすることとなった。[23]

「この私が購入を担当した所蔵品だけでも、あのプリニウスを驚かせるに十分なほどございます。それにゲスナーやアルドロバンディ[24]でも同じことだと思います。こうした博物学的にすばらしい価値をもつ品々は、一応横に置くにしましても、そのほか歴史上のあらゆる有名人の実像を忠実に再現した肖像画がございます。それはお屋敷にいらっしゃればご覧いただけます。男性のみならず女性の肖像もちゃんとございます。賢者、英雄、それに諸皇帝と皇妃の肖像です。とは申しましても、世間でよく珍品とされているような、黄金の板に刻んだような、そんなごくありふれたものではございません。なんと宝石に刻んであったり、カメオになっていたりするのです」

「失礼ながら」とクリティーロが言った。「そうやってあなたが一生懸命購入に携わったにしても、そんなの無駄な努力だったと思うね。なぜって、私ならそんな実際の顔が再現されていることより、すぐれた精神が描かれている方を好むからね。偉人の肖像なんて、まあ普通は美的感覚に欠けるものばかりだよ」

「いえいえ、その両面を通じて、偉人の業績の中身を知ることができるようになっております。たとえば、偉人たちの思想を述べた書物を通してはもちろんのこと、その肖像を通じても知ることができるのでございます。旦那様がよくおっしゃることですが、いったんある人の考え方を知ったあとは、その風貌を観察することが楽しみの一部となります。それは風貌から受ける印象というのは、実際になした偉業の中身に一致しているのがふつうだからでございます。今の世でも、有名人を一目見るためなら、長い距離でも苦にせず、わざわざ出かけていくものです。たとえば、知識人たちがアルバ公爵を、(25)また大衆がロペ・デ・ベガを直接目にして、その謦咳に接したいと思うようなものでございます。それが、私どものお屋敷にある古代の偉人たちの場合なら、何百年という時間を隔てながら、直接訪ねていくことが可能となります」

「肖像とか刻印とかメダルという形で、偉人の姿を永久に残すことは、なるほどたしかに間違ったやり方ではないと思う」とクリティーロが応じた。「要するに、そんな形で来るべき世の人々に、過去を振り返るきっかけを提供できるし、また過去の人々に対しての褒賞にもなる。そして、その目的でいつも見事な作品が産み出されてきているわけだ。偉人といいながらも、結局われわれとおなじ人間であって、彼らが示してくれた模範も決して真似のできないものではないのだよ」

「言い換えますれば」と召使が言った。「古代という時代が、私どもの旦那様に、あらゆる偉人を引き渡してくれたようなものでございます。しかし生きたままの姿を永久に保つことはできませんから、肖像の形で保存することで、心をお慰めになっていらっしゃるのです。ところで、多くのお客様がご覧になり感動され、なかには直接手で触れてみたりなさるのが、ヘラクレスの像の鎖の部分でございます。その鎖は口から伸び出て、敵の耳を押さえつけています。あのアントニオ・ペレス様も同じような鎖をもっておいでだとおっしゃる方もいます(26)」

「なかなか好奇心をそそられる話だね」とクリティーロが言った。「世界全体を鉤で引っ掛けて、自分のうしろにずるずる引きずっていくわけだな。まあそんな言葉の魔術に引っ掛かるほうもおかしいけどね」

「で、その鎖は何でできているのでしょう?」とアンドレニオが訊いた。「まさか、鉄ではないでしょうね」

「叩いてみると銀製にも思えるし、あるいは上品さと見栄えの良さから判断すると、真珠かもしれません」

こうして召使はふたりに、数々の珍奇な保蔵物の話をしているうちに、見晴らしのきく高地まで来た。すると目の前に広がる広大な平地の真ん中あたりに、勝利の町と呼ぶにふさわしい市街が姿を現わした[27]。

「あの壮麗な建物が、サラスターノ様のお屋敷でございます」と召使が言った。「豪華な宮殿にも負けないほどのお屋敷で、もうここから庭園が始まっております」

召使は長くつづく心地よい庭園のなかに彼らを案内した。葉が鬱蒼と茂ったポプラの木々が高くそびえている。その葉は日の光の象徴となっていて、あのヘラクレスに名声が永遠につづくことを約束した木でもあった[28]。それにつづいて、芳香を放つ見事な木々の列がはじまり、さらに進むと柑橘系の木をならべた迷路に出くわした。秘密を閉じ込める牢獄のごとき迷宮だが、これに遭遇する者には身の危険を感じさせるが、逆に一旦その秘密を解き明かした者には、すべてが容易な道となる。さらにもう少し先には池が見えていた。空を映し出した水面を、白鳥が啼き声を響かせながら、線を描いて横切ってゆく。池の真ん中あたりには、花でいっぱいの岩山がぽつんと離れて立っている。聖なるピンダスの山[29]を模したのだろう。周囲に視線を移してみると、さまざまな高さのバラが咲きそろい、通り道の両脇を飾り、足元にはアマランサスの花[30]が、まるで絨毯のように並んでいる。これは英雄たちの花とされ、彼らの名を不朽のものにする効力をもっているそうだ。さらに、これも高貴な植物とされる睡蓮にも目を奪われた。苦みを含んだ根から美味な果実が生じることから、つらい修錬を経て誇りある美徳の誉れを手にする者の象徴とされる。ふたりはさまざまな種類の花の美しさを楽しんだ。どの花も珍しく、目を楽しませてくれるものや、香りを楽しませてくれるものなどいろいろだ。またなかには、視覚と嗅覚を同時に楽しませてくれる花もある。こうして彼らは、様々な花の神秘的な変化の形を愛でることができたのである。彼らの目にはすべてが新奇なものに映り、他の庭ならごくありふれた生き物でしかないのに、ここではなにか特別なもののように思えてしまう。たとえば、カメレオンが月桂樹の枝にへばりつき、いかにも得意げに動き回っている。蜻蛉たちがあちこち絶え間なく飛び回っている。遠くボスポラスで採集されたのだが、わずか一日の命なのに四枚の翅を動かして、まるでこれから何世紀でものんびり生き続けることを要求しているかのように見える。これこそ愚かな貪欲さの生きたイメージというべきか。ここでは鳥の囀《さえず》りは聞こえてこない。たとえ聞こえても、うめくような声だ。まるで楽園にいるような、象牙の嘴《くちばし》と色あざやかな羽をした小鳥たちだ。しかし足がない。それは地上に足を置く必要などないからだ。そのとき鈴が鳴るような音が聞こえた。召使は慌ててその場所から逃げ、ふたりの客人たちに大声で危険を知らせている。アフリカ産の毒蛇を目にしたのだ。彼は蛇のようなシュッシュッという音を真似て、周囲の人たちにも不気味な蛇の攻撃から逃げるよう知らせている。

　ふたりは急遽屋敷のなかに避難した。そこはまるでノアの方舟に積みこんだものを、すべてぶちまけたような場所だった。そこには珍奇な動物などが展示されていて、気品に満ちたご主人サラスターノ氏が、折よく何人かの客人を相手に、秘蔵品の品々を紹介し、好奇の目を輝かせた人々に解説を施しているところだった。いつもこんな風に、大勢の訪問客が彼の展示室を訪ねてくるのだ。たとえば、その時居合わせたのは、スペイン陸軍の副連隊長ドン・フアン・デ・バルボア中将と、スペイン海軍の艦長ドン・アロンソ・デ・メルカド司令官であった。両者とも世評の高い軍人であり、戦争の女神ベローナの申し子であると同時に、知恵の女神ミネルウァの良き弟子であり、勇猛であるのみならず思慮に富む人物でもあった。そんな客人のひとりが小さな瓶を手に持ち、いかにも嬉しそうな表情を見せている。例の泣き虫(31)の哲学者の涙とため息を、いっぱい詰め込んであるという。かの哲学者は、すべてを憂い、目を開けるのは物を見るためより、泣くためのほうが多かったのだとか。

　「もしこの哲学者が、今の時代に生きていたとしたら、何と言うだろう」と、ドン・フランシスコ・アラウホが言葉をはさんだ。この人物もまた、海軍の艦長であり、ポルトガル人に負けぬほど礼儀正しく、また物知りだ。「我々がさまざま体験した悲劇的な事件とか、恐ろしい陰謀計画など直接見たとしたら、きっとこんな小瓶など百も涙でいっぱいにするか、すっかり腐らせてしまうに違いない」

　「しかし吾輩ならば」とバルボア氏が言った。「同じ小瓶なら、爆笑がいっぱい詰まった方をずっと評価したいね。泣く哲学者とは対極に位置して、何でも笑い飛ばしたあの皮肉屋の哲学者(32)の笑いのことだよ」

　「その笑いの詰まったほうなら」とサラスターノ氏は応じた。「私は早速使わせていただきましょう。もう一つのほうは一応取っておくことにして」

　「ちょうどいい時に戻ってくることができました」と、新たな珍品となるアルゴスの目を一同の前に差し出しながら、召使が言った。「このクリティーロさまの目を覚まさせてあげて下さいまし。世にも珍しい品がここに存在することを、まだ納得されていないご様子ですから。今日の午後には、さっそくご覧いただけたらと思っております。旦那様、ぜひこの私のお願いを余すところなく、お聞きいただけると嬉しいのですが」

　「いやいや、お二人のそんなご心配はご無用ですよ」とサラスターノ氏は、歓迎のあいさつを述べた後、彼らに答えた。「すでに屋敷の様子をご覧になっているのなら、ここでは何でもありうるということは、皆さんにもお分かりのことですよね？　大自然の創造物にしろ、芸術作品にしろ、幸いなことにすばらしい品がここにはたくさん揃っています。あるはずがないなどと、疑ってかかれるようなものなど何もないと思います」

「正直に申しますと」とクリティーロが言った。「私はずっと前から、あのバシリスク[33]など、巧妙な嘘から出てきた生き物だと考えてきました。私は自分のことを、そんなことを信じるほど愚かだとは思いませんし、見ただけで相手を殺すとかいうあの話は、あきれた誇張に思えるのです。それが嘘である証拠には、実際にその姿を見た証人を探そうにも、みんな殺されてしまっていて存在しないはずですからね」

「なるほど、まだ十分には納得されておられない様子ですな」とサラスターノ氏は答えた。「いいですか、その点に関して言えば、私はとくに不思議な現象だとは思っていません。むしろ日常的な不幸な出来事ぐらいにしか、考えていないのです。できれば、こんな話は本当じゃないほうが嬉しいのですがね。しかしですね、まあ考えてもみてください。医者のなかには、患者を一目見ただけで殺してしまうようなのがいませんか？ 医者が処方箋を書くときに使うインクほど、恐ろしい毒物はほかにありませんよ。医者のエルモクラテスは、患者アンドラゴラスを眠ったまま死に追いやったというお話があるじゃないですか[34]。あれなどまさしく、バシリスクにも劣らぬ罪人であり、うぬぼれ屋ですよ。バシリスクなんて医者に比べると、まったく可愛いものです。だって鏡の前に置いてやれば、自分から死んでくれるのですからね。ところが医者ときたら、病人のところから持ってきた尿瓶をちらっと《見た》だけで、百里も離れた患者を墓場に送り込む力があるのです。たとえば、弁護士が《訴訟は私に任せてください》とか、《遺言状を拝見したいですな、ついでにほかの書類も見ておきましょうか》などと言う。そんな調子で《見る》ことで、気の毒にも訴訟人の財産など金目のものをごっそり巻き上げてしまうのです。そもそも弁護士に会いに行ったらと勧められた時点で、すでに間違った助言に乗ってしまっています。さらに言えば、王様が《それについては、余がいずれ見ておこう》とおっしゃるだけで、嘆願にきた者は、ああ、これでもう駄目ということかと諦め、悲嘆にくれてしまいます。美しいご婦人たちも、バシリスクみたいな殺傷力をもっていると思われませんか？ ほかに目を向けられるのは面白くないし、もしこちらをちらりとでも見られたら、もっと良くない結果を招いたりしませんか？ あの俗な言い回しの《それじゃまあ、見ておきましょう》とか、鬱陶しい《じゃあ、一緒に見てみましょうか》とか、うんざりするような《良く見て、検討しなければ》とか、ばかばかしい《ちゃんと見てはあるんだが》なんて言い回しで、いったい何人の人たちががっかりさせられたことでしょうか。こんな調子で、なんでもいい加減な見方をしていると、人を殺してしまうようなことになりはしませんか？ ですからみなさん、確かに言えることは、この世はバシリスクみたいに、《見て殺す》人間であふれています。さらに言えば、まったく一顧だにしないやり方で、《見ずに殺す》バシリスクにも事欠かないのです。その結果みんなこんな姿になってしまったわけですよ」

と言ってから、彼は剝製のバシリスクを一匹、彼らに示した。

「このぼくは」とアンドレニオは言葉を挟んだ。「あの一角獣のことを、気が利いていて称賛に値する生き物だと、いつも思っていました。それは角の先っぽを水に浸すと、たちまち毒を含んだ水を浄化してしまうとされるからです。なかなか気の利いた発想から生まれた生き物ですが、しかし実際には見た人がいません」

「ええ、それを見つけるのが、ますます難しくなってきたみたいですね」とサラスターノ氏は答えた。「というのは、この世では善行をなすことが、悪行を働くことよりずっと珍しくなっているからですよ。人の命を奪うことのほうが、命を与えることよりも、普通になってきているのです。そんなこともあって、私たちの健康を守るためにすばらしい働きをしてくれた偉人たちには、大いに敬意を払うつもりです。あの方たちの熱意のおかげで、有害な毒物が排除され、村々の水が浄化されたのです。いいですか、みなさん、それと同じように、今の時代にはやはり、あの我々の不滅の英雄たるカトリック王ドン・フェルナンドはモーロ人とユダヤ人を、スペインの地から排除してくださったのではありませんか？　そのおかげで今日では、ローマ教会が認める、もっともカトリック的な王国になれたのではありませんか？　良き心を持ったがゆえに、幸せなる王と呼ばれたあのフェリペ王は、さらにもう一度スペインから、モリスコ[35]たちという毒を取り除いてくれたのではありませんか？　こうした方々は、いわば毒を消してくれた一角獣だったのではありませんか？　他国ではわが国のように、各時代にわたり目覚ましい活躍をした英雄が現れていないことは、間違いのない事実です。もしそんな人物が現れてくれていたなら、無神論がどこかの国ではびこることもなく、異端があの口にも出したくない国で力を得ることもなかったでしょうし、カトリック教会からの分離、異教、背信、男色などなど、ありとあらゆる醜悪な行為もなされていなかったに違いありません」

「その通りです、サラスターノさん」とクリティーロが応じた。「私たちはこれまでいろいろな場所を巡って参りましたが、そんな例をいくつか見てきました。害毒をまき散らす虫けら連中が、いろんな地方ではびこっていて、場所によっては神と王とに敵対するための毒物を調合しているような者さえいます。しかし、そんな所にも、キリスト者としての真の勇気を発揮して、そんな連中の制圧を試みる人たちもいるのです」

「私の正直な気持ちはですね」とサラスターノ氏は答えた。「できることなら、もっと大所高所から、つまり国家的見地からそうした運動を起こしてくれたらいいのにと思います。つまり私が言いたいことは、その連中が神への反逆者だからというよりも、むしろその国自体への反逆者だというふうに考えてほしいのです。ですから、いいですか、みなさん、そんな異端分子を追放する先が、あまり適切な国だとは言えないのですよ。たとえばフェリペ王がモーロ人居住者を追い出したものの、アフリカ諸国をモーロ人農民でいっぱいにしてしまったのです[36]。さらには莫大な額の税収を失ったフェルナンド王の例[37]、ジュネーブを荒廃させた攻防戦[38]とか、近年では信心深いフェルディナンド帝のモラヴィアからの撤退[39]などもその例です」

「まあまあ、そうお嘆き遊ばすな」とバルボア氏が考えを述べた。「その純な信仰心を守るために異教と交じり合うことを望まず、また不信仰の風潮にも毒されなかったおかげで、スペインの王家とハプスブルク家が広く統治する国々では、人々は幸せに暮らせたのだと考えるべきですよ。その幸せはまさに、毒を除去する一角獣にもたとえるべき国王たちのおかげなのです」

「たしかにその具体的な例として」とサラスターノ氏はつづけた。「将軍や副王たちが、それぞれ指揮をとる軍隊や統治する地方において、キリスト者として悪徳の毒を浄化する姿を我々は目にしています。たとえば、ドン・アルバロ・デ・サンデ[40]は、勇敢であると同時に信仰に篤い人物ですが、カトリック教徒の軍隊にふさわしく、神を冒瀆する野卑な言葉を徹底的に排除し、それを恥辱として罰したではありませんか。ゴンサロ・デ・コルドバ殿は軍隊から、侮辱の言葉と卑猥な表現を撲滅したではありませんか。アルブルケルケ公爵[41]はカタルーニャ地方で、オロペサ伯爵はバレンシア地方で、それぞれ厳格な指導者として、山賊たちによる血なまぐさい犯罪を両地方から一掃してくれたではありませんか。また、あの不死のレモス伯爵[42]は、その熱意と模範的行動によって、われらがアラゴン王国から、悪徳の害毒を払いのけてくれました。さて、みなさん、こちらの部屋にお入りください。こちらには害毒から体を守る品々をたくさん保存していますので、お見せしたいと思います。こちらに一角獣の角でできた豪華な杯がありますが、これを使ってスペインのカトリック両王は、清らかな信仰心を称えて乾杯をいたしました。こちらの耳飾りは、これも一角獣の角製ですが、イサベル王妃[43]がお着けになったもので、耳を邪心にみちた噂の毒から守るためだったそうです。この指輪は、皇帝カール五世[44]がお使いになり、あの常勝の皇帝の心に安らぎを与えていたものだとされています。ところで、みなさん、どうぞこちらにおいでください。この小箱にはさまざまな香りが詰め込まれていますが、そこから出る芳香を楽しんでみましょう。スペインの王妃様たちは、誠実でしとやかであるとの良き評判を、いつもこの箱のなかに大切にしまってこられました」

　さらに彼は、多くの逸品を客人たちに見せて歩いた。ひとつひとつ実際に手に取り、その素晴らしい効用につき説明をつづけた。

「あそこの床に置いてある二本の短剣はなんでしょう?」とアラウホ氏が尋ねた。「床に追いやられてはいますが、どうやら何か隠されたわけがありそうですな」

「この短剣は」とサラスターノ氏が答えた。「それぞれが二人のブルトゥスのものでした」

短剣を手で扱うのを嫌い、つま先でつつきながらこう言った。

「これはユニウス・ブルトゥスのもの。そしてこちらがマルクス・ブルトゥスのものです[45]」

「なるほど、だからそんな足元に捨て置かれているわけですな。裏切り行為には、それがふさわしい場所ですね。とくに自分の主人であり、王でもある人への謀反[46]ならなおさらです。いくら相手があの不埒なタルクィニウスであるにしてもね」

「おっしゃることには、たしかに一理ありますが」とサラスターノ氏は答えた。「でもそれが、床に投げ捨ててある本当の理由ではありません」

「じゃあ、なぜです？　きっとそれなりのわけが、おありだとは思いますが」

「それはですね、もう今の時代では人はあまり感動してくれないからです。もはや珍しくもなんともなくなり、人を驚かせる力もありません。いやむしろ、子供の玩具みたいなものでしょう。とくにあのいい加減な裁判の判決が命ずるところに従って、死刑執行人の手によって、あの忌まわしい刀で王様の首さえはねてしまうような時代になってしまいましたからね[47]。私は彼らが死刑を執行したことについては、あえて何も言いません。しかしあの知らせを聞いた者は、みんなぞっとして身の毛がよだつ思いがしましたし、今また聞かされても、あるいは将来に聞かされても、人は同じ思いがするはずです。あれはまさに驚天動地の、あってはならないむごい事件だと思います。ただひとつ言えることは、あのブルトゥスたちも、この事件が起きてみるとさすがに影が薄くなったということです」

「サラスターノさん、このお屋敷にはほかの逸品とは合わないようなものも、いくつか置いていらっしゃいますね」とクリティーロが言った。「とてもちぐはぐな感じがするのですよ。ほら、あそこに置いてある、ゆがんだ形をした巻貝は、いったい何の役に立つのでしょう？　ごく俗っぽい飾り物でありますし、庶民たちは生き物を捕獲したりするために、鳴らしたりします。お願いですから、あれは取り外しておいてくださいよ。全く何の値打ちもありませんから」

それを聞くと、サラスターノ氏は大きくため息をついて、こう言った。

「なんとまあ、時代も変わったものですね。そして習慣も。この巻貝は今でこそ、こんなに馬鹿にされていますが、あの黄金の時代には、トリトン[48]が口に当て、全世界にその音を響かせていたものです。英雄たちの偉業を広く伝え、立派な人物となるようにと呼びかけ、人々にも英雄をめざすよう誘い掛けていました。でも、もしあれが下らない飾り物にしか見えないのであれば、ここであなた方には私がもっと大切にしている名品をお見せしたいと思います。今日ぜひみなさんに見ていただかなくてはならないのは、精悍な鳥の冠毛、つまり他ならぬフェニックスのいろいろな縮れ毛の冠毛の収集です」

それを聞くと、一同笑顔を浮かべて、こう言った。

「さてさて、それはまた気が利きすぎて、とてもありえないような珍品ですね」

しかしサラスターノ氏は落ち着き払ったものだ。

「フェニックスなんて、そんな鳥の存在を否定する人は多いし、存在を疑う人がほとんどだということは、百も承知しています。ですからあなた方も、きっと私の話を信じてくださらないと思います。しかし、少なくとも私は間違いのない事実だと堅く信じていますから、それだけで十分満足です。この私だって、初めのうちはその存在を疑っていましたよ。とくに、今の時代にも存在するなんてことは、私にはもっと信じ難かったのです。しかし好奇心からぜひとも手に入れたく思い、そのためには手間もお金も惜しみませんでした。なるほどお金というものは、ありとあらゆる物を手に入れることを可能にしてくれます。まったく不可能に見えるものさえ、また理屈のうえでしか存在しない物まで、実際に手に入れさせてくれます。そうこうしているうちに、不死鳥なる鳥は、本当に存在するもので、過去にもすでにいくつか存在していたことが判ってきました。もちろん、とても珍しい存在であることは確かで、各世紀にたった一羽しか現れません。いいですか、みなさん、それが証拠にですね、いったい何人のアレクサンドロス大王のような人物が、この世に存在したでしょうか？　いったい何人のカエサルが、またいったい何人のテオドシウス帝が、またトラヤヌス帝[49]がいたでしょうか？　それぞれの家系のなかには、どんなに詳細に調べ上げたところで、たった一羽のフェニックスしか見つけられないはずです。もし嘘だと思われるなら、こう問いかけてみましょう。アルバ公爵ドン・エルナンド・デ・トレドがいったい何人いたでしょうか？　何人のアン・ド・メモランシが、また何人のサンタ・クルス侯爵アルバロ・バサン[50]がいたでしょうか、と。私たちは、たった一人のバリェ侯爵を尊敬し、たった一人の大将軍セッサ侯爵に拍手を送り、たった一人のバスコ・ダ・ガマと、たった一人のアルブルケルケ[51]を称賛するのです。それに同名の有名人はふたりといないのです。たとえば、ポルトガル王マヌエル、カール五世、フランスのフランソワ一世と呼ばれる人物は、それぞれたった一人しかいません。要するに、各家系にはふつう智者はひとり、勇者はひとり、富豪はひとりしかいないのです。さらにこの富に関して言えば、築いた巨財はそうそう簡単に潰え去るものではありません。各世紀には、完璧な弁論家はたった一人しか輩出しないもの、と哲学者であり詩人でもある、かの有名なトゥッリウス[52]がいみじくも教えています。地方にもたった一羽の不死鳥しか輩出しませんでした。たとえば、ブルゴーニュ地方のシャルル、キプロス島のスカンデルベグ、フィレンツェのコジモ・デ・メディチ、ナポリのドン・アルフォンソ[53]などです。しかしながら、実際には今の我々の時代には、あまり卓越した人物には恵まれなかったといえます。とはいえ、ここで何人かの不滅のフェニックスの羽をお見せしたいと思います。この羽はですね――と言って美麗な王冠を戴いた冠毛を取り出した――われらが王妃たる名高いイサベル・デ・ボルボンさま[54]の冠毛です。スペインのイサベルという名の王族の女性は、すべて有名な方ばかりです。たしかにこれはさっきの例には当てはまらない有名人物たち[55]と言えますね。こちらの別の冠毛をつけて、不滅の名声の領域に入ったのは、麗人で、多くの子の母となった王妃マルガリータ[56]です。一方、戦いの兜のうえに、こちらの冠毛をつけていたのは、スピノラ侯爵、ガラソ将軍、ピコロミーニ将軍、フェリペ・デ・シルバ将軍など、そして現在ではモルタラ侯爵などの軍人です。さらにこちらの冠毛をつけて、執筆活動を展開したのが、バロニオ、ベラルミーノ、バルボサ、ルゴそしてディアナなどの神学者です。そして同じくこの冠毛をつけて書物を著わしたのが、ビルヒリオ・マルヴェッチ侯爵[58]でした」

ここで一同は、不死鳥が今でも存在するとの話が、事実であることを認めることになり、それまで半信半疑の気持ちは消え、心からの拍手を送ったのである。

「なるほど、すべてよく分かりました」とクリティーロが言った。「でもまだ一つだけ、私が信じ切れていないことがあります。大勢の人が認めてはいるのですが」

「それはいったいなんでしょう？」とサラスターノ氏が尋ねた。

「いや、そのことについては、ここでお話しするべきではないと思います。私はほかの方のご意見には、譲歩すべきでないと考えますから。とにかく、あれは絶対に不可能です。おっしゃっても無駄です。まともな話とは思えませんから」

「ひょっとして、あの魚のことをおっしゃっている[59]のでは？ 旨味もなく、味もなく、実もない、あの厄介な魚のことではありませんか？ それほど大きくもないのに、何度も大型船の航行を止めたというではありませんか。順風を受けて順調に軍港に向かっていたという海軍のあの旗艦までも止めたのですよ。でもあの魚のことなら、もう燻製にしてこの屋敷に置いてあります」

「いや、実は私が申し上げているのは、あの見事な嘘で固め、ありもしない虚像をつくりあげた、最高の騙し屋の生き物、つまりはペリカンのことなんです[60]。正直に申し上げて、バシリスクがこの世にいること、一角獣も存在することは分かりますし、不死鳥が存在することも喜びたいと思います。一応そこまでは、存在を認めるとしましょう。しかしあのペリカンだけは、どうも認めるわけにはいきません」

「なにが一体気になるのです？ ひょっとして、胸を自分の口で傷つけて、自分の血で雛を育てることが、お嫌なのですか？」

「いや、そんなことではありません。父親であれば子供への愛情から、そんな過激なことでもやってしまうことは、理解できます」

「じゃあ、嫉妬した母鳥が雛たちを絞め殺したあと、父親が自分の血で蘇生させるという話を[61]、ひょっとしてあなたが疑っているということですか?」

「いいえ。熱い血がたぎれば、奇跡を起こすものです」

「じゃあ、いったいペリカンのなにが気になっているのです?」

「はっきり申しましょう。たとえペリカンみたいに立派な心掛けの人間がいたとしてもですね、彼らはお節介焼きではないという保証などないということですよ。お喋りを好まず、嘘はつかず、悪口を慎み、厄介な問題を起こさず、人を騙すことなく生きる者がいるなどと思うのは幻想にすぎません。そんな話を、私はとうてい信じることができませんね」

「でも知っておいて頂きたいのは、その孤独な鳥は、今の時代でもほかの立派な鳥類にまじって、レティロ公園で私たちはちゃんと目にすることができますよ」

「もしそれが確かだとしたら、きっと隠者のような控えめな態度を捨てて、他人にも口出しするお節介焼きになっているに違いありません」

「あちらにあるのは、なにか強力な武器のようですな」と軍人らしくアロンソ・メルカド氏が尋ねた。

「斧ですよ」とサラスターノ氏が答えた。「アマゾネスの女王の物だったのですが、ヘラクレスが勝利の証しとして、女王から黄金の帯といっしょに奪い取ったものです。あの有名な十二の難業のひとつですね[62]」

「信じなきゃいけませんかね?」とアロンソ・メルカド氏が反論した。「アマゾネスが存在したという話を」

「単に過去に存在しただけでなく、今でも確かに存在することは、いろいろな事実から明らかですよ。いいですか、フランスの華麗なる王妃アナ・デ・アウストリア妃殿下[63]は、まさにアマゾネスその人ではありませんか? また同じように、隣国フランスの王家に嫁ぎ、世継ぎとともに繁栄をもたらしたスペイン王家出身のすべての王女さまたちも、つねにアマゾネスその人であったと言えませんか? それにポーランドのあの優れた王妃ルドヴィーカ・マリア・ゴンサーガも、キリスト教徒でありながら戦争の女神ベローナにも匹敵する人物で、勇敢なアマゾネスその人にほかなりません。勇敢な戦士としての王[64]に、戦場ではつねにつき従っていたのです。さらには、カルドナ公爵夫人[65]は、副王夫人として赴任した地で、牢獄に入れられながら、地位にふさわしく凛とした態度で、困難に立ち向かっていったではありませんか。さてこういう人たちのすばらしい生き方に敬意を表しながら、またそれを決して忘れるわけではありませんが、また別の種類の信じられないような人物像を、みなさんに見ていただきたいと思います」

と言うと同時に、彼は客人たちに対して、今の世における模範的な人物像を一人一人、指で示しながら紹介していった[66]。たとえば、手がないのに手の平だけはある聴訴官[67]、さらにすばらしいのは人の話によく耳を傾ける女性、借金のないスペインの大公爵、今の世にあって幸せでいられる君主、貧乏な弁護士、裕福な詩人、毒殺の噂もなく死去した王家の人、威厳と落ち着きのあるフランス人、酒の入っていないドイツ人――バルボア氏は、サバック男爵[68]がこのまれな例だと主張した――陰口とは縁のない寵臣、戦争をしていないキリスト者の君主、褒賞を得た碩学、サラゴサの町の痩せた未亡人[69]、不満を抱える愚者、嘘のない結婚、気前のいい植民地帰りの成金、厄介な騒動を起こさぬ女性、カラタユーの出身で未だリンボ[70]をさまよっている人、愚鈍なポルトガル人、カスティーリャ王国で見つけたレアル銀貨[71]、平和なフランス、異端者のいない北の国、平穏な海、起伏のない土地、汚れのない世界などなど。

　彼らがそんな型破りなものばかりの展示を見て歩いていると、そこへ別の召使が入ってきた。ちょうど遠国から到着したばかりのようだ。サラスターノ氏は喜びの表情を見せ、その男を招き寄せた。

「うん、よくぞ無事で帰ってきてくれた、待っていたぞ。どうだ、存在さえ不確かなあの素晴らしき人物を見つけることができたのか？」

「はい、旦那様、見つかりました」

「たしかにお前はその目で見たのだな？」

「はい、言葉まで交わしました」

「この世になんと素晴らしいものが存在することか！　やはり本当にいたのだ。さて、ここでみなさんに申し上げます。今までみなさんがご覧になったものすべて、このことに比べたら何の価値もありません。バシリスクなどは目を閉じさせ、不死鳥もどこかへしまい込み、ペリカンなど黙らせておきましょう」

　客人たちはびっくりして、主人のこんな過激な言葉に聞き入っていた。そして、それほどの賛辞に値する者とはいったいだれなのか、ぜひとも知りたく思ったのである。

「さあ、お前が見てきたことを、すぐにここで話して聞かせてくれないか」とサラスターノ氏は召使を急かせた。「我々をあまりいらいらさせ、苦しめてはならぬ」

「それでは皆様、お聞きくださいませ」と召使が口を開いた。「皆様が今までご覧になったこともなく、お聞きになったこともないような、すばらしいお話でございます」

　さて、ここで召使が語った話については、幸運の女神とガリアの人々の間に起こった出来事と合わせて、次考で詳しく述べることとしよう。

第三考
黄金の牢獄と銀の地下牢

語られるところによれば——といっても私はそれが間違いのない事実だと確信しているのだが——フランス人たちが例によってお得意の騒乱を巻き起こし、いつもの分別のなさを露呈し、幸運の女神のところに押しかけ、執拗に抗議をくりかえし怒りをぶちまけたという。

「あなたたちはこの私に、いったい何の文句があるのです?」と幸運の女神が言った。「私がスペイン人たちを依怙贔屓しているですって? でもいいですか、みなさん、常識を働かせてくださいな。運命の回転盤(1)の話になると、皆さんはいつも常識がなくなってしまいます。そんなことをしているから、運がいつもスペインの方へ行ってしまうのですよ。運というものは、皆さんの両手の中にじっと止まっていてくれるものではなくて、人々の手から手へぐるぐる回って行くものです。皆さんがそんな気持ちにこだわるのは、きっとスペイン人たちの幸運を、遠くから眺め、やっかむ気持ちが強すぎるからにちがいありません」

「まあ、これはまるで継母みたいな、何とつれないお言葉!」とフランス人たちは応じた。「やっぱりあなたは、スペイン人に対しては実の母親のような気持ちを持っておられるようです。抜け目なく予防線を張っておられるようにしか思えません。いいですか、そもそもフランスという国は、そのはじまりから今日に至るまで、聖王、賢王、勇敢王など、聖者にして賢者また勇者である諸王をその頭として戴き、つねに善政によって栄え、あの白百合の花をその象徴として諸国の上に君臨してきました。またある時代には、ローマ法王庁が置かれたこともあり(2)、さらには四人の王子による国の分割統治の時代(3)を経て、真の偉業の舞台となり、学問の興隆する場所となり、あらゆる特性を備えた高貴な人々が集うところとなりました。こうしたすべての長所を数え上げれば、まず誰よりも先に幸運を享受し、永遠の褒賞を手にするに値する国なのです。それなのに、わたしたちには花だけしか与えられず、その果実はスペイン人たちに与えられるなんてことがあっていいのでしょうか? ですから、あなたがスペイン人に幸運をばらまきすぎていることを考えたら、我々フランス人があなたに対して悪意を抱いたとしても、それは当然だということになりませんか? だってあなたは、彼らには東西の両インド地方(4)をお与えになったのに、我々には《花咲く地《フロリダ》》とは名ばかりの、まったく干からびた土地しか恵んでくださらなかったのですよ。それにあなたが一方を目の敵にし、もう一方に恩恵を与えるときには、とことんその姿勢に徹してしまいます。あなたは彼らに対しては、それまで空想上の存在としか考えられていなかったものを現実に変えてしまい、まさに不可能そのものを可能になさいました。たとえば、銀の出る川、黄金の出る山、真珠が育つ湾、香料の森、竜涎香の島などです。さらには、川の水が蜂蜜、岩山が砂糖、土くれがスポンジケーキでできているような、あの夢みたいな土地を、まったくのたなぼた式で彼らにくれてやり、その支配者にしてしまったのです。(5) あのブラジルというところは、あれほどの美味な菓子類を産し、まさに砂糖漬けの楽園だなどと呼ばれています。そんな物がすべて彼らに与えられるのに、我々には全く何もなし。こんなことはとても我慢できません。だれがこんな仕打ちを我慢できるのでしょうか？」

「ほんとに、あなたたちというのは愚かな上に、まったくの恩知らずばかりです」と女神が応じた。「この私がインディアスを分け与えなかったですって？　そんなことを、あなたたちは自信をもって主張できますか？　私はあなたがたにとても安い値段で、インディアスを分け与えませんでしたか？　まったく無償同然の値で、あなたたちには全く何の負担もなしに差し上げたのですよ。要するに私が言いたいことは、フランスにとっては、スペイン自体がインディアスにとって代わる存在になっているということです。いいですか、よくお聞きなさい。スペイン人たちがインディオたちから手に入れるものを、あなたたちフランス人はスペイン人から、巻き上げていませんか？　スペイン人たちが、鏡や鈴や針や首飾りなどを餌にして、インディオたちから富を吸い上げているのだとしたら、あなたたちフランス人もそれに負けず、同じやり口で櫛だの化粧箱だのパリ製のビヤボン(6)だのを売りつけて、こんどはスペイン人たちから、すべての銀とすべての黄金を吸い上げていませんか？　おまけに、これには船団の派遣費も要らず、弾丸の一発も撃つ必要もなく、一滴の血も流さず、鉱山を開発することも深い海に潜ることもなく、あなたたちの人口を減らすこともなく、おまけに海を渡っていく必要もないのです。さあさあ、こんな明白な事実をきちんと理解した上で、私の恩恵に感謝することです。私の言う通り、確かなことはスペイン人たちがあなたたちにとってはインディオのような存在であり、さらにもっとお人よしのインディオなのです。なぜかと言えば、わざわざ船団を使ってあなたたちの家まで、精錬され鋳造済みの銀貨を運んできてくれるからです。こうして銀貨をどんどんむしり取られるうちに、彼らには結局銅貨しか残らないことになってしまいます」

彼らフランス人たちは、この明らかな事実を否定できなかった。しかしながら、いっこうに満足した様子を見せず、むしろ口の中でぶつぶつ文句をつぶやく有様であった。

「その態度はなんです？」と幸運の女王は言った。「さあ、はっきり物をお言いなさい。言いたいことをちゃんと申し述べるのです」

「できることなら女神さま、そのような恩恵がきちんと与えられることを願うばかりです。あなた様が我々にそのような利益をもたらして下さったのと同じように、我々の名誉心をも守ってくださるよう願いたいものですよ。スペインに出稼ぎに行き、いつも卑しい仕事をあてがわれ、残念ながら奴隷のようにこき使われ、その銀貨を我が国に持ち帰ってくるという不名誉だけは願い下げにしたいものです[7]」

「これはまた、なんてご立派なお考えでしょう！」と女神は声をあげた。「でも、そんなうまい話、聞いたこともありません！　いいですか皆さん、名誉とお金は同じ巾着には入りません。かつて世界の国々にいろいろな宝物が分配された話はご存じでしょう？　スペイン人たちには名誉心が割り当てられ、フランス人たちには実利が、イギリス人たちには高尚な好みが、そしてイタリア人たちには世の統轄権が、それぞれふり分けられたそうではありませんか」


さて、この黄金への飽くなき欲望に関しては、読者諸賢にはいずれこの章の後の部分で、ゆっくりお考えいただくことにしよう。しかしその前に、サラスターノ氏の召使が、ご主人の命を見事に果たした話に、じっくり耳を傾けていただかなくてはなるまい。客人たちが、興味深く聞き入るなか、召使はつぎのような話を披露したのである。


「旦那様、わたくしはあなた様のご教示に従い、《まことの友》という世にも珍しい、そしてすばらしい存在を求めて、旅立ったのでございます。いろいろな人に、その《まことの友》なる者はどこにいるのかを、尋ね回ったのでありますが、返ってくる答はすべて、言葉によるものではなく、笑いという形によるものでございました。何人かの者には、物珍しい質問のように思われ、またある者にはそれまでまったく聞いたこともない質問に思われ、結局すべての人には、まったく不可能な話のように思われてしまったのです。

《人を裏切らぬ、まことの友だって？　そんなもの、この時代に、それにこの国のどこに存在するというのかね？》と、不死鳥を探す時よりももっと不思議な顔をされたものでした。

《食事に招く友、馬車の散策に誘う友、芝居に行く友、お茶に招く友、娯楽や散歩を共にする友、結婚披露宴に呼ぶ友、寵愛されての友、繁栄時の友、そんな友は掃いて捨てるほどある》と、私に答えてくれたのは、ルキアヌスの著作に出てくる、あの哲学者ティモン様[8]でございました。そして《食べるにまかせてやると、奴らは好きなだけほおばるくせに、助けを求めたりすると、たちまち聞こえぬふりをする》などともおっしゃっていました。

また、ある王の寵愛を失った人物がこう述懐されていました。《私の寵臣時代が続いていた間は、友人なるものは確かに有り余るほどいたよ。あまり多すぎて数えられないほどだったが、でも今となっては友人など一人もいない。だから同じように数えることもできないのさ》と。

さらに別の機会には、ある思慮深いお方がこうわたくしに言っておられました。《なんとまあ、無茶な。つまりあなたはもうひとりの自分を探しているということですな。そんな不思議な探し物を見つけられるのは、天国だけですよ》と。

あるご老体はわたくしに次のように答えてくれましたが、古き良き時代を生きてこられた方にふさわしく、その言葉に嘘はないように思われました。《わしはブドウの穫り入れを百回近く見てきたよ。この長い人生をとおして、まことの友を求めてきたのだが、見つかってもせいぜいその半分ほどの水準の人物しかいなかったね。それもかなり甘く見ての話だが》と。

またある老婆がこう言っておりました。《それは昔も昔、大昔のことじゃがのう、いやいやムカシと言ったって、そんなにムツカシイ話じゃありゃせんのだが、なんでもオレステスとピュラデスという人たちについて、そんな友情とか何とか言う話は、たしか耳にしたことがありますわい[9]。しかしなあ、あんた、ここではっきり言えることはじゃな、あたしゃそんな話は、教訓というより作り話としか思えなかったものじゃ》と。

《そんなの無駄な努力だよ》とあるスペイン軍の兵士が、自信にあふれた調子でわたくしに答えてくれました。《この俺様は世界を股にかけ、われらが王の領土の及ぶところその隅々に至るまで転戦し、珍しいものを多く見てきた。だからこそ、そう言えるのだ。たとえばフエゴ島[10]の巨人たち、空飛ぶピュグマイオイ族[11]、川に身をひそめる女戦士アマゾネスたち、それに頭のない連中、これが案外多いんだな。さらには目が一つしかない奴ら、しかもその目を腹につけているんだ。それから鶴みたいにたった一本の足で立って、人の目をごまかす奴ら。それからサテュロス[12]、ファウヌス[13]、バドゥエカスの民[14]、チチメカ族[15]、などなど、みんな広大なスペイン帝国の中に棲息する珍妙な生き物ばかりだ。しかしだな、いま君から聞いたその素晴らしい生き物には、まだお目にかかったことがないね。あのアトランティスの島[16]だけは、まだ前人未踏の地ということで、まだこの目でみたことはない。ひょっとしたら、あの島になら生きているかもしれん。まだ何万ともいう珍しい宝物が見つかっていないということだからな》

《でも、おっしゃるほど遠くにいるとは思いません》とわたくしは言ったのです。《だって、スペインのなかで見つけられるはずだと、以前に人に言われたことがありますから》と。

《そいつは信じがたいご意見だね》と答えたのは、酷評家と評判の別のお方でございました。《なぜかと言えばだね、そもそもこの地方は、たとえ非の打ちどころのない立派な友人の見解であっても、他人の意見だという理由で絶対に譲らず、自説を相手の頭に叩き込んでくるような土地柄だ[17]。そんな地方にまことの友などが居るなんて、ありえない話だよ。さらにもっとその可能性が低いと思われる理由は、ここは四人いたら五つの違った意見が出てくるような土地柄[18]だからだよ。友情とは、行動であらわすものだし、行動とは愛そのものだからね。それに、煩わしい信書によってしか、話し相手になってくれないような地方[19]でも、それはやはり無理だね。あの地方の高貴な方々というのは、たとえ自分自身のことでさえ、なかなか気安くお話し下さるなんてことは、ありえないからな。それと、あの短気な輩の多い地方[20]などでは、すべてが水準に達していないから、そんな友など見つけられるなんて疑わしいね。俺たちの話が人に聞かれないように、お互い小さな声で話そうよ、とかなんとか言っておきながら、話の途中でそいつは自分の名誉にかかわる問題だなんて言って騒ぎ出す。つぎに、見かけばかりは華やかで、何の中身もないあの地方[21]となると、これはまったくのお笑い草だね。あそこへ行くと、小貴族たちの数だけは多いのだが、みんな小粒で勢いがないね。ありゃまるで、小石ばかりのグアダラハラ川と同じだよ》

《それじゃ先生、カタルーニャ地方はどうでしょう?》と尋ねてみました。

《あの地方なら、まだ希望はあるかもしれん。カタルーニャ人というのは、友人をとおして新しい友をつくることを知っているからな》

《でも、敵に回したら、大変だとも言いますが……》

《それは確かにそうかもしれん。しかし友達になる前に彼らはじっくり考えるし、いったんその友情が確立してしまえば、死ぬまでその信頼を裏切ることはない》

《それはちょっと納得できませんな》と異国から来た、ある男が口を挟んだのです。《あの地方では、敵対心は子孫にまでちゃんと継承されて、復讐心など絶えることなくつぎつぎ受け継がれていくじゃありませんか。それにあそこは山賊のはびこる土地柄ですよ》

《それは一応認めるとしてもだよ》と応じました。《敵を持たぬ者は、ふつう友人も持たないものだ》

さて、こうした話を聞いたうえで、わたくしはカタルーニャ地方に思い切って足を踏み入れることにいたしました。そしてこの地方ほぼ全域を巡り歩き、残りもわずかばかりになったとき、とある感じのいいお屋敷に心がぐいぐい引き寄せられていくのを感じました。古いお屋敷ではありましたが、決して時代遅れのものではありません。まるで自分の家にでも戻ったような気持ちで、わたくしはその中に入っていきました。目に入るものすべてを、しっかり観察してみようと思ったのです。それと申しますのも、どのお屋敷でもその装飾を見れば、ご主人さまの性格が浮かびあがってくるものだからです。その家の中では、お子様たちにもご婦人がたにもお会いすることはありませんでした。男性のお姿はあまり多くは見届けられませんでしたが、皆様すべて貫録の備わった方ばかりで、私の願いを殊勝に思われたのか、試しに邸内を案内してくださることになりました。召使たちはほとんど姿を見せませんでしたが、内なる敵は少ない方がいいに決まっております。[22] 壁には亡き人々を偲んで肖像が飾られ、大きな鏡がその間に挟んで並べてありました。ただし破損しやすいガラス製のものは一つもなく、なんと鋼鉄とか、銀でできていたりする鏡でした。みんなすべすべしていて、きれいに磨きあげられ、くっきりと物を映し出しておりました。どこの窓にもカーテンが掛けられていましたが、それは太陽熱を遮断するためというより、外部の口さがない人たちの噂を遮断するためのもののようでございました。そのお屋敷では、外部の腹立たしい人とかお節介な人たちには我慢がならなかったからです。こうしてわたくしはお屋敷の中心となる、一番奥の部屋まで、見せていただくことになりました。するとそこには、なんと三つの体を持つ一人の人間、つまり普通の三倍の体の部分を持った驚くべき生き物がいたのでございます。つまり、三人分の身体で一人の人間の体ができていて、頭が三つ、腕が六本、脚が六本もあるのです。わたくしの姿を認めるなり、すぐに話しかけてきました。

《君はこの俺を探しているのかね、それとも君自身を探しているのかね？　ひょっとして、君もほかの例に漏れず、まことの友を求めてここへきているようだが、じつは君という人間自身を探し求めてここまでやって来たのではないのかね？　あらかじめその事に気づかないと、結局ここまでやって来たのは、自分の利益や名誉や楽しみのためだったということを、あとになって思い知らされる羽目になるのだぞ》

《あなた様はいったいどなたでございましょう？》とわたくしは彼に言いました。《あなた様がわたくしの探しているお方なのかどうか知りたいのです。その珍しいお姿からすると、探しているそのお人かもしれませんが》

《この俺はだね》と答えてくれました。《三人の人間がひとつにまとまったもの。つまり、もう一人の自分であり、友情とは何かを体現した人間だ。それに友人同士はどうあるべきかという規準を示す働きもする。この俺こそ、かの有名なゲリュオン[23]さまだ。われわれは別々の三人でありながら、心はただ一つにまとまっている。まことの友を持つ者は、これほどの知力に恵まれることになるのだ。みんなのために知識を得て、またみんなのために行動する。そして全員の知力の助けを得て、物事を認識し、思考する。これほど多くの目を使って物を見て、これほど多くの耳をとおして物を聴き、これほど多くの手を使って行動を起こし、これほど多くの足を動かして仕事に馳せ参じる。自分たちのためであれば、どんな手間をもいとわず、全員がそれぞれ努力を重ねる。そして全員でやりながらも、心はただ一つにまとまっている。つまり友情とは、たくさんの身体には分かれていても、その心はただ一つなのだ。友がいない者は手も足も持たず、片手で生きて盲目の状態で歩まねばならない。たった一人で生きる者は万が一倒れでもしたら、彼を助け起こしてくれる人はいないのだ》

わたくしはこれを聞くと、思わず口をついてこんな言葉が出てしまいました。

《まことの友とはなんと素晴らしいものでしょうか！　人生の大きな幸せ、壮年期にふさわしい真の喜び、そして大人になれた人にだけに許された数少ない特権といえます。あなた様こそ、わたくしが探していたお方でございます。わたくしの主人は、あなたを敬い、あなたのことをよく知るお方であり、わたくしはその召使です。今日こうしてわたくしの主人に代わって、あなた様とのお付き合いお願いする次第でございます。主人が申しますには、よき気質と才知を兼ね備えた友を得なければ、賢人といえども生きていけず、幸せも手にできないとのこと。もしほかの人々が、それほどの知識をお持ちになるあなた様のことを知らなければ、そのせっかくの知識は何の役にもたちません》

《なるほど》とゲリュオンは答えました。《親愛なるサラスターノ氏にとっても、まことに好ましい考えだと思う。それに親しい友を持ちたいと思う彼の心こそ、まことに高尚な好みを表している。人の財産を羨み、愚かで不幸せな人生を送る連中など、まったくお話にならないのだ。あのノチェーラ公爵殿[24]は、君のご主人たちにとって偉大な友だったし、その名に値する人物だった。あの方はこんな名言を残しておられる。君たちはきょう私が何を食べたいかなど訊くべきではなく、どなたと一緒に食事をしたいのかを尋ねるべきだ、と。まさに食事への招待を受けることは、人生をともにすることに他ならないのだよ》

そのあとつづけて、友情のすばらしさにつきさまざま語った後、最後にこう付け加えました。

《ところで、俺の宝物を見てくれないかね。友人たちにはいつも自由にみてもらうことにしているのだ。だって友人とはこんな宝物より、もっともっと大切だからな》

こうしてまず初めに、ダレイオスのざくろを見せてくれました。賢者にとっての宝物とは、ルビーでもサファイアでもなく、ゾピュロスのような友であることを言いたかったのです[25]。

《この指輪をよく見てみたまえ。友というものは、この指輪と同じように指にぴったり合わないといけないのだよ。あまりきついと指を痛めるし、ゆるすぎるときちんと指にはまらず、失くしてしまう心配だってある。それとダイヤのこの部分に注目したまえ。これは本物のダイヤをいくつかきっちりはめこんであるので、人間同士の友情と同じように、お互いがうまく一致しているときはもちろん、たとえお互いに多少の齟齬があっても、ぴったりと一体化しているのだ。友情もこれと同じで、あるときには相手の気持ちを正確に読み取れるし、あるときは相談相手にもなってやれるものなのだ。こうして、ダイヤの中の輝きが表面に映し出され、深い透明感を放ち、優美さを漂わせる。ダイヤとは友情と同じくとても強固なもので、たとえ鉄床の上に置かれ、いくら運命の打撃に曝されようと、つぶされることはない。また、怒りの炎に焼き尽くされることもなく、おべっかや賄賂の誘惑に融け落ちてしまうこともない。しかし

ただひとつ、疑いの心という毒だけが、この友情という名のダイヤを傷つけてしまうことになる》

こうして彼は、ダイヤの優れた特質を真の友情を象徴するものとして、深い教養を交えながら縷々説明してくれました。そして最後には、香水が入った小瓶を取り出しました。心まで癒されるような芳香を放っていましたが、わたくしは何か選りすぐりの竜涎香に麝香でも混ぜたものかと思ったものです。すると彼はこう言ったのです。

《これはただのワインの古酒だよ。でも古いとはいっても、心を楽しくさせてくれるありがたい働きはそのままだ。これはまことの友へのいい贈り物となる。心を勇気づけ、和らげ、気持ちを明るくさせてくれる。そしてその効果がいっしょに働いて、心の傷をいやしてくれる》

そのお方は別れに際して、ご自分でお描きになったこのきれいな板絵を、まことの友に捧げるとのことで、わたくしに託してくれたのでございます」

サラスターノ邸に合わせた者は全員、大いなる感動をもってこの絵を覗きこんだ。すると、そこに描かれた顔はすべて、彼ら自身の肖像であることに気づいたのである。これは、ゲリュオンの教えに従えば、お互いの友情の表明と確認のしるしにほかならず、壮年期における大きな生きがいをもたらしてくれるものであった。

客の軍人たちは、そろって暇を告げ、それぞれの宿舎へと帰って行った。軍人の暮らしにおいては、自宅を構えることなどとても珍しいことなのだ。世界の巡礼者たるわれらの二人の主人公もまた、この人生の旅のなかでは一か所にとどまることは許されず、一同に別れを告げるとともに、フランスへ向けて旅をつづけることにしたのである。

彼らふたりは、ピレネー山脈の厳しい山越えを果たした。実は、ピレネーとは名ばかりで[26]、まるで人を騙しでもするように、大雪の連続であった。冬はまだ始まったばかりだというのに、山々は白い雪の絨毯を広げ、そのまま消えることはなかった。ふたりはあの巨大な山の塊りを感じ入ったように眺め、スペインとフランスというヨーロッパを代表する国を、大自然がこんな形で二つに分けるという細かな心遣いを示してくれたことに、感嘆するばかりだった。それぞれの国が、厳しい自然の城壁によって防御を固めることで、地理上では隣接しながらも、政治面では遠く隔てられてしまうことになったのである。かつてある宇宙学者が独自の世界地図を考案し、この二国を地球の表と裏の正反対の位置に置き、はっきりと隔ててしまったことがあった。みんなこれを見て大いに笑い、ある者はこれを荒唐無稽な説として無視したのだが、中にはこれに拍手を送る者もあったらしい。しかしこの説をいま思い起こしてみると、いかに正しい根拠に基づいた地図であったのかを、ふたりは初めて思い知らされたのである。ふたりはフランスに一歩足を踏み入れたとたん、あらゆる面で、両国の相違点を確認できたのだ。たとえば、気温、気候、空気、空、土地などはもちろんのこと、とくに両国民の性格、才覚、習慣、好み、気質、言語、服装などは、まったく対照的であることが判ったのだ。

「スペインは、あなたにはどう思えましたか?」とアンドレニオは言った。「ここでしばらく、忌憚のないところを語り合ってみませんか? ここならだれにも聴かれる心配はありませんから」

「いや、たとえ話を聴かれたところで」とクリティーロが言った。「スペイン人というのは、とても思いやりのある人たちだから、われわれの無礼を咎めることなどないと思うよ。フランス人みたいに、疑い深い性格じゃない。もっと寛大な心の持ち主だよ」

「じゃあ、聴かせてください。スペインについて、どんな考えをお持ちになりましたか?」

「悪くないね」

「ということは、良いということ?」

「いや、それでもない」

「ということは、良くもなし悪くもなし、ということですか?」

「いや、私の言いたいのは、そうじゃないんだ」

「じゃあ、どういうことなんです?」

「つまり、甘酸っぱい感じなのさ」

「でも、とても乾燥しているとは、思いませんか? だからそれが原因で、スペイン人のあのそっけない性格とか、どことなく憂いを含んだ重々しい態度が出てくるのじゃありませんか?」

「たしかにそうだ。しかしだね、あの国には豊潤な土地が多く、中身がとても濃い作物ばかりだ。人の話では、あの国では身を守るべき敵が三つあるということだ。とくに外国人にとってはね」

「えっ、たった三つだけでいいんですか? それは何でしょう?」

「まずはスペイン産のワイン。あれは正気を失わせるから。つぎは、強烈な太陽。あれで体を焼け焦がすから。そしておしまいは、気まぐれな女たち。あれで心を狂わせてしまうからだよ」

「でも、山の多い地形だから、肥沃な土地はあまり多くないのではありませんか?」

「それはそのとおりだ。しかし山が多いおかげで、気候が温順で、健康的なんだよ。もし平地ばかりだったら、夏には人が住めなくなるだろうね」

「人口もかなり少ないですね」

「でも、あの国の人間はたった一人でも他国の百人分の価値があるんだ」

「風景の楽しさはあまりないですね」

「いや、とても魅力に富む沃野も少なくないね」

「二つの大きな海に挟まれて、孤立していますよね」

「でも、しっかりと防御が固められていて、立派な港が整えられ、豊かな海の幸にも恵まれている」

「でも、世界の隅っこに位置していて、他国との交易によるつながりも、とても希薄に思えます」

「いやいや、むしろもっともっと希薄にすべきだと思うね。なぜって、すべての国がスペインを追いかけ回し、最高の特産物を吸い上げてしまっているからだよ。その芳醇なワインはイギリスに持って行かれ、柔らかなウール地はオランダに、ガラス製品はベネチアに、サフランはドイツに、絹製品はナポリに、砂糖はジェノバに、駿馬はフランスに、そして八レアル銀貨(27)は全世界に持ち出されている」

「ところで、彼らの国民性については、あなたはどんな評価を下されたのですか?」

「その点については、いろいろ言いたいことがある。彼らが持っているすばらしい美徳を考えると、まるで悪徳など知らないように見える反面、同時に彼らの多くが持っている悪徳のことを考えると、まるで素晴らしい美徳などもっていないかのように見えてくる」

「スペイン人たちが、とても勇敢に戦うということは、あなたとしてもあえて否定はできないでしょう」

「うん、そのとおりだ。しかし、そのことから、彼らの高慢な性格が生まれてくるのだよ。彼らはとても思慮深いのだが、機智にやや欠けるところがある。勇敢だが行動に移すのが遅い。獅子奮迅の活躍を示すのだが、いっときの熱病みたいなもので、長くはもたない。寛大で気前がよくて、ときには損失を被ることさえある。食事は控えめで、飲酒にも節度があるが、衣裳には無駄な金を使うね。外国人はすべて温かく受け入れるが、自国民を尊重しないところがある。体はそう大柄ではないが、大きな夢を内に秘めているね。祖国への愛はやや冷めていて、他国へ身を移した方がすぐれた人間性を発揮したりする。彼らはとても物の道理を大切に考えるが、自分の意見にはこだわりを見せる。あまり信心深くはないけれど、自分たちの宗教は頑固に守り抜くね。ヨーロッパ第一の国家であることには間違いないが、他国の羨望を買うがゆえに、大いに嫌われているところがある」


このとき、もしある旅人が二人の前に姿を見せることがなかったら、そのままいつまでも、取り留めもないこんな長談義をつづけていたはずであった。その男はいかにも旅人らしく、せかせか忙しげに歩き、人生を攻撃的にとらえて歩きつづけているような印象の男だった。そしてふたりのほうに近づいてくる。

「この男は、私たちが初めて出くわすフランス人だ」とクリティーロが言った。「性格や話し方や行動形態を、よく見てみよう。そうすれば、この国の人たちとのつきあい方を学べるはずだから」

「ということは、きちんと一人を観察すれば、全体が分かるということですか？」

「そうだ、それぞれの国民には共通の性格というものがあるし、とくにこの国ではその傾向が強い。その国の人と付き合うための第一の心構えは、たとえばローマにいながら、ハンガリー風に生きようとしたりしないことだ。どこへ行っても、その土地の人々とは反対の生き方をする者が、ときどきいるものだよ」

そのフランス人は、ふたりがスペインからやって来たのを見抜き、挨拶抜きでまず尋ねたことは、船団が到着したかどうかだった。(28) ふたりは、多くの財宝を積んだ船が帰還したことを教えた。てっきりこの返事で、男はがっかりするはずと思ったのだが、全く逆の反応を示し、嬉しさに自分で拍子をとりながら踊りだす有様だった。アンドレニオはこの反応に驚き、こう尋ねた。

「あなたはフランス人のくせに、そのことがそれほど嬉しいのですか？」

すると、その男は、

「そりゃあ、そうでしょう。ずっと遠くの国の人たちだって、祝っているじゃありませんか」

「これによってスペインが財力を蓄積して、勢力を伸ばすことになるわけですが、フランスにとって何かいいことでもあるのですか？」

「そいつは我々にとっても、願ってもないことですよ」とフランス人は言った。「おふたりはご存じないかもしれないが、ある年には何かの事故で、船団が帰ってこなかったことがありました。あのときは、スペインのカトリック王に対しては、どの敵国も戦争をしかけることができなかったのですよ。そして最近になると、ペルーの銀山の採掘量が悪化したことで、ヨーロッパの君主たちはみんなうろたえてしまいました。現にその君主を戴く国々は困り果てているではありませんか。いいですか、黄金や銀を持ち帰る船団を、スペインが全世界の飢えをいやすために提供してくれているようなものですよ。おふたりさんは、どうやらスペインからおいでのようだから、きっと金貨をたくさん持ってきて下さったことでしょうな」

「残念ながら、そうじゃありません」とクリティーロは答えた。「そんなことには、われわれはまったく興味がありません」

「それはまあ、お気の毒なことで！　まったくの無一文でお越しになったということですか！」とフランス人は声をあげた。「おふたりはもうそんなお歳なのに、まだ人生を生きるすべをご存じないということですな。世間には老年期に入ってもまだ、まっとうな人生を歩み始めていない人が多いのですよ。おふたりは、ご承知じゃありませんかね。人間というものは、若い時代には快楽を求めて人生を歩み始め、壮年になると何かの利益を追求し、最後に老いてからは名誉を求めて、生を終えるものなんですよ」

「私たちがここへ来たのはね」とふたりが言った。「ひょっとして幸運に恵まれて、ある女王さまに巡り会えないかと思ったからですよ。確かな話として教えられたことはですね、その女王さまに会えれば、望みうる幸運をすべて手に入れることができるかもしれないということです。なかにはその女王さまといっしょに、すべての幸運がこの国に入ったのだと言う人もいました」

「なんという名前の女王さまです?」

「はい、立派なお名前ですよ。ソフィスベーリヤさま、つまり《知恵の美神》と申されます」

「ああ、だれのことをおっしゃっているのか分かりましたよ。そのお方は昔はすばらしい品格と思慮分別によって、全世界でとても敬われた女王さまです。しかし今はとても貧しくおなりになってしまい、だれにも相手にされず、結婚を望む男などいません。彼女が金銀の財産に事欠いているのを見ると、多くの人が彼女のことを愚か者と考え、すべての人からは不幸せな女性とみなされています。要するに、実質的に金にならないものは、すべておとぎ話みたいなものですよ。いいですか、しっかりお聞きなさい。財産を所有することほど、立派な知恵はほかにありません。財をもつ者こそが賢者であって、人気者、勇者、貴人であり、分別を備えた人間、そして権力者となるのです。それがつまり、君主であり王であり、自分の思い通りの地位を手にすることができるのですよ。あなた方はそれほどの大人でありながら、まったく人間としての価値を備えておられないのをこうして見せつけられると、とてもがっかりさせられますね。さあ、私のあとについておいでなさい。人としての価値を手に入れるために、その近道へあなた方を案内してさしあげましょう。まだ手遅れじゃありませんからね」

「いったいわれわれをどこへ連れていくおつもりなんです?」

「どこって、分かっているじゃないですか。あなた方が若者だった時分に見下していたものを探しだせる場所へ行くのですよ。いったいいつの時代にあなたたちは生きているのか、まったくお分かりになっていないようですな。さあさあ、歩いて、歩いて。少しずつ説明していくことにしましょう」

彼はふたりに尋ねた。

「いったいあなた方は、今どんな時代に生きていると思っているんです? 《黄金の世紀》ですか、それとも《泥の世紀》ですかね?」

「私に言わせればむしろ、《蹉跌》という名の、《てつ》の時代に生きていると思っていますよ」とクリティーロが答えた。

「これほどしくじってばかりで、過ちを犯していると、すべてが私たちが望む方向とは逆の方向に進んで行くように思いますね。もうすでに今の時代は、幸い青銅器時代などではなく、大砲とか射石砲をどんどんつくり、すべてが戦火に焼き尽くされてしまう時代になってきています。やれ包囲作戦だの、奇襲攻撃だの、戦闘だの、斬首だのといった話しか耳に入ってこないですよね。これではまるで、人間は心の中まで冷たい青銅で武装してしまったようなものです」

「人によっては」とアンドレニオが口を挟んだ。「今の時代は、銅銭ばかりを必死でかき集める欲深な連中にちなんで、《銅の世紀》だなんて呼ぶ者もなかにはいるかもしれませんね。しかしぼくに言わせれば、今の世は《泥の世紀》と呼ぶにふさわしいと思います。だって、目に入るものにはすべて、泥が塗られているわけですから。世の風俗には、ありあまるほどの卑猥なものが持ち込まれ、良きことはすべて投げ捨てられ、美徳は地面に放り出され、《ここに眠る》という墓碑銘が刻みこまれています。屑みたいな人間が馬上でふんぞり返り、掃き溜めが黄金で飾られ、結局最後には、すべての人間が泥に姿を変えてしまうのです」

「あなた方が言っていることは、すべて的外れですよ」とフランス人が答えた。「いいですか、はっきりさせておきますが、今の時代はほかならぬ《黄金の世紀》なんです」

「おやおや、そんなこと、いったい誰が信じるのでしょうかね」

「ただ黄金のみが高く評価され、求められ、崇められ、愛されるのです。それ以外のものには目もくれず、全神経をその一点に集中し、富を追求していくことですよ。世間の口さがない連中は、意地の悪い表現ながら、なるほど巧みにこう表現していますよ。《黄金がなけりゃ、だれもが銀に引かれるもの》ってね」

はるか先に、何か光り輝くものが見えた。宮殿らしき大きな建物だ。しかし、絢爛豪華というよりは、むしろ黄金と見まがうばかりのすっきり垢抜けした美しさだ。アンドレニオはすかさずそれを目にすると、こう言った。

「なんて美しい建物なんだろう！　まるで黄金が熾《おき》となって、赤く輝いて燃えているかのようだ」

「あれはまさに黄金そのもの。だからそう見えても不思議はないですよ」とフランス人は、得意そうに体を揺らせながら答えた。もっとも体を揺すりながら踊るように歩くのは、フランス人の癖のようだ。というのも、フランスでは《歩く》と言うのに、スペイン語の《踊る》に似た単語を使い、いつも踊りながら歩いているような感じを与えるからだ[29]。

「あの宮殿全部が、黄金でできているのですか？」とクリティーロは訊いた。

「そう、すべて金ですよ。基礎からてっぺんまで、内部も外側も宮殿にあるものすべて含めて、とにかくみんな黄金と銀です」

「私にはどうも怪しげな建物に思えるね」とクリティーロは言った。「富は悪徳を生む原因になるし、おまけに富と悪とはお互い結託して、悪事を働くとさえ言われたこともある。でもいったいどこから、あれほどの量の黄金と銀をもってくることができたのだろう。とうてい不可能としか思えない」

「どこからですって？　それはつまりですね、もしスペインがフランドルであれほど莫大な財力をつぎ込まず、イタリアであれほど残忍な戦いを繰り広げることもなく、フランスであれほどの浪費をせず、ジェノバにあれほどの金を吸い取られなかったとしたら、[30]きっといまごろスペインのあらゆる町は、道路が黄金で舗装され、銀の城壁で町が囲まれていたはずですよ。その点には、まったく疑う余地などありません。この宮殿はひとりの権力者がその住まいとしています。その人物は、天から与えられたのか、あるいはこの世から奪いとったものか、この私にはわかりませんが、不思議な能力を有しているのです。つまり何でもその手で触るだけで、左手なら銀に変え、右手なら黄金に変えてしまうのだそうです」

「それは、ムシュー」とクリティーロが言った。「昔から伝わっているお話で、ミダスとかいう名の馬鹿な王様[31]のことではありませんか？　強欲ぶりを抑えきれずに、最後には飢えで命を落としたとか、美食の果てに病を得たとかいう、金満家によくあるお話じゃありませんか」

「いやいや、単なるお話ではありません」とフランス人は言った。「あれはまったくの事実で、今でも世界で繰り返されていることですよ。手に触れるものをすべて、黄金に変える人間なんて、今でもちっとも珍しくもなんともありません。たとえば、弁護士がバルトーロの手引書[32]を手でポンと叩くだけで、その音が訴訟者の財布に響き渡り、あっと言う間に百レアルか二百レアルの謝金を巻上げられ、肝心の問題だけはちっとも解決してくれない、なんてことになるのじゃありませんか？　よろしいですか、彼らは伊達や酔狂で手でポンと本を叩いたりしません。バルド・デ・ウバルディの書[33]を参考にして勉強はしますが、そこから得た知識を決して無料で提供するなんてことはないからです。それに医者は医者で、患者の体に手を当てるだけで、自分の体を黄金に変え、他の人たちの体を墓場の土に変えていませんか？　執達吏のもつ杖だって、ちゃんと魔法の杖になりますよ。公証人のもつペンも同じだし、秘書官のペンならもっとすごい魔法をやってのける。人の財産にどれほど魔法がかけられていようと、またどれほど厳重に隠されていようと、魔法の杖を使ってその宝物を、地下からだって掘り出してくるじゃありませんか。愛の女神ウェヌスみたいな虚しい美しさを誇る娘たちだって、化粧をほどこして身を飾り立てると、愚かさや不浄さまでもすっかり黄金に変えてしまうではありませんか。男によっては、自分の親指をちょいと使って、大量の鉄の重さをごまかし、そのまま大量の黄金に変えてしまう奴だっていますよ。[34]兵隊だって、ちゃらちゃらと給金を配る音が聞こえたら、攻撃なんかほったらかして、自分の金をひったくりに駆けつけるじゃありませんか。商人たちは、巧みに手加減をほどこして、絹やオランダ布を黄金に変えてしまっていませんか？

いいですか、この世にはミダス王顔負けの連中が、たくさんいるのです。ああやって目方をごまかす連中のことを、世間ではミダスと呼んでいます。奴らの言うことはなんでも逆の意味に取らないといけません。自分の利益こそが、数ある悪徳のなかの玉座を占め、みんながそれに仕え、服従しています。そんなわけだから、あそこに住んでいる王が、手で触る物をみんな黄金に変えてしまうと私が言ったとしても、あなたたちはとくに驚くには当たりませんね。この私が今あそこへ行く目的の一つは、この体に触ってもらって、私を黄金に変えてもらうことですよ」

「でもね、ムシュー」とアンドレニオが訊いた。「そんなことにでもなったら、どうやって生きていくつもりです？」

「とても快適に生きていけると思いますよ」

「でも食べ物だって、触ったとたんに黄金に変わってしまうのでしょう？」

「そのためには、分厚い手袋を手にはめるのがいい策です。今の時代には、そうやって食事をしたり、人の手を煩わせて食べたりする者もいますからね[35]」

「ええ、でも食べ物を口に入れてから、それを嚙み始めると、すっかり黄金に変わるはずですよね。そしたらどうやって呑み込むのです？」

「それはあなたの考え方が間違ってます」とフランス人は言った。「そんな心優しい思いやりは、昔の話ですよ。今の時代では、もうそんなことで困る人はあまりいません。黄金を飲んだり、食べたりするコツをちゃんとつかんだからです。黄金を素材にして、心を癒し大いに楽しませてくれる飲み物を調合するんですよ。中には金貨でコンソメの作り方を見つけた人さえいます。人の話では、とても中身の濃い飲み物で、死者を蘇らせる力を十分に秘めているとか。だから、命を伸ばす力があるどころの話じゃありませんよ。そのうえ、今の世には食べる意志のない貧乏人が大勢生活しているでしょう？　ろくに食べもせず、飲みもせず、人並みの衣服も身につけない代わりに、人の話ではそれをみんな黄金に変えてしまうそうです[36]。食費を惜しんで金を貯え、自分も家族もいずれは飢え死にしてしまう。こうして命を削りながら生きているわけですよ」

そうこうしているうちに、彼らは宮殿に近づいていった。入口の周辺には衛兵がたくさんいるのが見える。全員が揃いのカスティーリャ風背当てと、ガリシア風胸当ての甲冑で武装している。おまけに無愛想な顔つきで、だれも宮殿に近づくのを許さず、遠く離れたところへ押し戻している。だれかが宮殿への入場を頼み込むと、恐ろしい形相で《駄目だ！》という返事を投げ返してくる。相手がいかに怖いもの知らずの男であろうと、まるで弾丸で心を射抜かれ、黙らされてしまうほどの威力のある返事だ。

「どうやったら入れるのだろう」とアンドレニオが言った。

「衛兵のひとりひとりが、まるで《ノン》の返事の権化みたいで、とても恐ろしい感じがしますよね」

「そんなことは気にする必要はありませんよ」とフランス人は言った。「衛兵たちは若者たちの攻撃から、宮殿を守っているんです。だから若い連中を中に入れないだけのことですよ」

まさにその言葉どおりだった。青年達はだれひとり宮殿のなかに入れてもらえないのだ。ところが、一人前の人間になるまでは扉が閉ざされているものの、いったん三十の歳を越えた者には、自由に扉が開かれている。もちろんこの例外となるのは、博奕打ち、無精者、浪費家、あるいは金遣いの荒いカスティーリャ人など、要するに聖書の放蕩息子[37]と同じ部類の大人たちである。一方、老人やフランス人とカタルーニャ人には、道が開けられ、彼らの資産管理の才能に期待してか、進んで彼らを呼び込んでいるようだ。現に、彼らが一人前の大人であり、フランス的な風習を身につけた者とみると、あっさりと宮殿の前までは自由に近づくことを許している。ところがその次に、別のもっと大きな障害が待ち受けていたのだ。入口には青銅の扉があり、カタルーニャの紋章に描かれたような棒でかんぬきを掛け、ビスカヤ製の錠前がかけてあった。まるで、金持ち、漕刑囚の監視官、継母、そしてジェノバの人間にありがちな、血も涙もない性格の人間たち、あるいは彼ら全員集めたよりももっと冷酷な感じで閉ざされていたのである。何人かの者がその扉に近づいて、中の者を呼んでみるのだが返事はなく、たまに答えが返ってくることはあっても、そっけない返事しか聞こえてこない。

「おい、よく聞け」と、ある男が中に向かって叫んでいた。

「俺はお前の親戚だぜ」

「親戚もへったくれもあるものか。俺が貧乏だったころには、親戚も知り合いもいなかったぜ。とにかく金を持たぬ者には、親戚なんてどこにもいないということだ。ところがだ、俺がこんな身になってしまうと、まるでキノコが顔を出すみたいに、次からつぎへと、親戚だと名乗り出る連中が現れるし、アワビみたいに俺にべたべたくっついてくる」

「俺のこと、覚えているだろう？ 君の友人だよ」と、もう一人の男が叫んだ。

するとこんな返事が聞こえる。

「景気のいい時にはな、こちとらには友人なんてどうでもいいんだよ」

ひとりの紳士が、丁重な言葉で何か願い事を口にしている。

すると中に居る田舎の男がこう答える。

「俺がこうやって物持ちになると、みんな俺にむかって、おやおや今日もご機嫌うるわしゅうございますね、なんて言ってくる」

「この父親に対して、お前はなんてことを言うんだ」と、人のよさそうな老人が叫んでいる。

すると、中の息子はこう答える。

「この屋敷の中じゃね、親も子もないんだよ」

これとは逆に、息子が父親に向かって中に入らせてほしいと、頼み込んでいる。父はこう答える。

「それは駄目だ。俺が生きてる間はな」

ここでは、だれも持っている物を、自分以外には金輪際渡さないのだ。たとえ、兄弟同士でも、また父親から息子に対してでもだ。この調子なら、義母が嫁に対してなら、いったいどうなることやら。この有様を見て、ふたりの主人公たちは、中に入ることにすっかり自信を失くしてしまった。中に入る楽しみを諦め、早々に退散するつもりになったとき、フランス人が彼らにこう言った。

「そんなにあっさり諦めることはないですよ。今、中にいる人たちは、もともとこの入口から中へ入ったわけでしょう？　だったら、我々にも何かうまいやり方があるはずですよ。黄金を何とか手に入れるために、中に入る作戦を考えてみようじゃありませんか」

彼は、金色のカウベルにぶら下がっている、大きな棍棒をふたりに示した。

「あれをよくごらんなさい」と言った。「あの棍棒こそが問題を解決してくれます。あれはだれのものだと思います？」

「あれがもし鉄でできていて、とがった瘤がいくつもついているなら」とクリティーロが言った。「あれはヘラクレスの棍棒かもしれない」

「ヘラクレスだなんてとんでもない」とフランス人は言った。「この棒に比べれば、ヘラクレスのものなど子供だましの玩具みたいなものです。あのヘラの義理の息子[38]が、あの棍棒を使ってなしとげたことなど、すべて幼稚な遊びにすぎません」

「ムシュー、それはちょっと失敬な物の言い方ではありませんか？　あれほど有名で、大いに称えられた棍棒なんですよ」

「いや、私が言いたいことはですね、この棒と比べたら、あのヘラクレスの棍棒の働きなんて微々たるものだし、ヘラクレスは自分がなした行為の意味さえ自覚していない。それに立派な生き方も知らず、戦いのやり方も分かっていなかったということですよ」

「いや、そんなはずはない。ヘラクレスはあの棍棒で、あんなにたくさんの怪物を退治したじゃありませんか」

「ところが、こちらの棍棒を使えば、まったく勝ち目がないと思われる戦いでも、勝利を収めてしまうのですよ。いいですか、この武器の方がずっと強力で、これによって難題を解決した偉業は数限りなくあって、この私でも語りつくせないほどです」

「きっと魔法でもかけてあるんでしょうね」とアンドレニオが言った。「そのほかには考えられませんよ。なにか黒魔術みたいな強大な力をもつ者の仕業にちがいありません」

「いいや、魔法なんかは一切かけられていません」とフランス人が言った。「もっとも、すべての人を魔法にかけてはしまいますがね。さらに言えば、ヘラクレスのあの棍棒は、右手でつかんだ時だけ威力を発揮できたにすぎません。ところがこちらの棍棒ときたらですね、だれの手に握られても大丈夫。たとえ小人であろうと、女性であろうと、子供であろうと、すごい威力を発揮します」

「おやおや、ムシュー」とアンドレニオは言った。「あまりほめ過ぎじゃないですか？　そんなこと出来るはずがないでしょう?」

「いやいや、それができるのですよ。いいですか、よく聞いてくださいね。この棍棒は黄金をぎっしり固めてつくったものなんです。あの強力無双の金属が、あらゆるものを圧倒し、あらゆるものを屈服させる。どうです、まさかあなたたちは、王たちが戦争をするときには、青銅の射石砲と鉄製のマスケット銃と鉛の弾丸を使っているなんて思ってはいないでしょうね。実は、それはまったく間違った考え方です。要するに、使うのは金貨、金貨、さらには金貨ばかりなんですよ。いかにあの有名なエル・シッドのティソナの剣でも、あのローランの魔剣[39]も、この金貨を練り合わせた棍棒の前では、まったく顔色なしです。今その威力を見せてあげますから、少しお待ちいただきましょう」

　すると彼は、棍棒をカウベルから取りはずし、閉ざされた扉をそれで軽く叩いた。するとたちまち扉は大きく開いた。ふたりの主人公は度肝を抜かれたが、ムシューは誇らしげにこう言った。

「たとえ、堅固に守られたダナエ[40]の塔の扉でも、問題なしです。どうです、この棒さえあれば、ノートルダム寺院に入るみたいに、どこへでも簡単に入れます」

　さて、こうして扉が開かれて何の障害物もなくなりはしたものの、クリティーロの心には、まだなにか引っ掛かるものがあった。それは、あとになって宮殿から出られるかどうかが気になり、入ることがためらわれたからだ。分別を備えた人間らしく、彼はさまざまな問題点には気づいていた。しかし、金貨をカチャカチャ数える音を耳にすると、すっかりその魅力に屈してしまうことになったのだ。要するに、金はすべての要求を相手に呑ませ、狙ったものを手に入れ、あらゆる人を納得させる力がある宝物だ。だからこそ金のことを、《お宝》などと呼んだりするのだ。こうしてクリティーロは、黄金と銀の磁力に引き寄せられたのである。人を惹きつけるこれほどの力は、オルフェウスの音楽[41]でさえ遠く及ばない。彼らが中に入ると、それまで開いていた扉が、ダイヤでできた錠前で、再びしっかり閉じられた。しかしこれは何ということだろう。彼らの前にはとうてい信じられないような、奇妙な光景が繰り広げられていた。宮殿のなかではてっきり自由に満ちた暮らしが展開されているものと信じていた彼らの前に、なんと恐ろしい責め具でいっぱいの牢獄がそこにあったからだ。この中に入った者は残らず、言われるがままに相手の足元にひれ伏している。それも皮肉なことには、何かすばらしい恩恵でも施してもらうという理由からではないのだ。ある美しい女性などは、金持ちになれば美しく身を飾ることができるなどと教え込まれ、首の周りには死んでも外せないような奴隷用の鎖をかけられ、さらに豪華な首飾りをまねた首枷をはめられ、美しい腕輪の形をした手錠と足首の鎖をつけられているところだった。頭髪をがんじがらめにしてまとめあげたリボン、ゴルディアスの結び目みたいに、絶対にほどけない七宝細工の結び飾り、息の詰まりそうな短めのネックレスなどを身につけさせられている。これではまるで、がんじがらめの結婚生活みたいな、まことの牢獄に等しい空間であった。ある宮廷人は重い黄金の足枷をはめられ、自由な動きがとれなかったが、なんでも欲しいものなら手に入るからと教えられ、納得しているようだ。クリティーロたちが、てっきり広いサロンだろうと想像していた場所は、地下牢であり、そこは自らの意志で集まってきた囚人たちでいっぱいだった。彼らはみんな、手錠、首枷、黄金の鎖などの縛りを体中にかけられてはいたが、すっかり騙されているらしく、みんな至極満足げな様子だった。クリティーロたちの目に入った者のなかに、猫の毛皮でつくった大きな巾着に囲まれて、なかの金貨が触れ合う音に耳をそばだてている一人の人物の姿があった。

「あんな楽しみほど、悪趣味なものはほかにありませんよね」とアンドレニオが言った。「鳥籠に小鳥を入れて、そのきれいな鳴き声でくびきのつらさを慰めたほうが、よっぽどましなのではありませんか？　それにしても、猫の皮袋に怪しげな金貨を入れて、それをうるさく鳴らして音を聞くことが楽しみだなんて。そんなのほかの人を苦しめるだけの音ですよ」

「邪魔をしちゃ困るね」とその人物は答えた。「君は分かっていないのだよ。この俺にとっては、この音こそ何にもまして一番心が癒される音なのさ。これこそ世界中で、一番甘くて、優しい音なのだ。この猫の皮袋の音と比べたら、斑模様のヒワの囀《さえず》りも、カナリアのきれいなトリルも、ナイチンゲールのやさしい歌声なども問題じゃない。この音を聞くたびに、俺の心は喜びに満たされ、天にも昇る気持ちにさせられる。まさに、オルフェウスとその竪琴も、あの名手コレアスの名演奏も形無しということだ。この俺さまの猫の鳴き声ならぬ、巾着の音と比べりゃ、どんなすばらしい楽器の奏でる旋律だって、全く問題にならないね」

「もしそれが怪しげな金じゃないのなら」とアンドレニオが応じた。「このぼくだって少しは惹きつけられるかもしれない。でもそれはみんな出所の怪しい金ばかりじゃないですか！」

「たしかに怪しい金かもしれん。しかし少し時間さえ経てば、そんなことなど判らなくなってしまうものさ。だから重ねて言うが、どんな音と比べても、この皮袋の鳴る音ほど楽しいものはないんだよ」

「でもあなたにとって、その音のどこにそれほどの魅力があるんです？」

「そんなことが分からないのかね？　ほら、チャラ、チャラっていう音が出るだろう？　困ったことはなんでも、ちゃらにしてくれて、すべて俺のものになるって聞こえるのさ。あの音こそ俺にとっては、何にもまして心優しい声に聞こえる」

　こんな調子で、クリティーロたちはさまざまな珍しいものを目にしていった。二人は何人かの者に引き合わされたが、心臓も内臓も体に欠けていて、他人に対する思いやりも、情け心もないばかりか、自分自身に対してさえそれが欠落しているらしい。しかしそれでもなおかつ、命だけは保っている。

「でも心臓が欠けているなんて、どうして分かるんです？」と、アンドレニオが尋ねた。

「そんなことくらいなら、はっきり分かるよ」と答えが返ってきた。「なんの実も残さないからだよ。[42] それが証拠に何人かの行方を追跡してみたところ、黄金で飾られた墓の中に、大きな巾着を死装束の代わりに着せられて埋葬されていたのだよ」

「実に悲しい運命だね」とクリティーロが慨嘆した。「強欲な人間の一生なんていうのは！　生きていても誰にも喜ばれず、死んでも誰も悲しまない。死ぬと同時に、周りの連中はみんな弔いの鐘の音に合わせて踊り出す。金持ちの未亡人は、片方の目では涙を流しこそすれ、もう一方の目をぎらぎらさせて、新しい男を探す。娘は娘で、目から大粒の涙をこぼすふりをして、あたしはこれだけ大量の涙が流せるわよと言いながら、心の中では笑っている。息子は相続権を主張し、親戚は遺産のおこぼれに預かろうとし、召使は遺言状に書かれた報酬やほかの儲けを抜かりなく計算し、教会の用務係は葬儀の心づけを期待し、商人は葬儀用の布地を売りつけ、仕立屋は加工賃を手に入れ、貧乏人はその布地の払い下げを待つ。哀れな男の運命とは、まさにみじめそのものだ。生きていてもみじめ、死んでしまえばなおみじめなのだ」


　ふたりが広いサロンに入ると、威厳のある人物がひとりそこにいる。こんな場所には珍しく、またそぐわない人物に思え、ただ驚くほかなかった。

「この方はここで何をなさっているのです？」とクリティーロはその召使とおぼしき男に訊いた。

「実はですね、賛美の祈りを捧げておいでになっているのです」

「というと、異教を信じるお方ですか？」

「異教徒なんてとんでもありません。それに貴族でもありません」

「じゃあ、いったい何を崇めておられるのです？」

「黄金の櫃《ひつ》を崇めておられるのです」

「ということは、ひょっとしてユダヤのお方で？[43]」

「ご性格からいえば、それでもおかしくはないのですが、血筋からするとまったく関係ございません。とても高貴なお心をお持ちの方で、スペインを代表する富豪のおひとりです」

「でもそんなお方でありながら、郷士でもないのですか?」

「いやいや、そんな位などとは関係あるはずがないでしょう?[44] だって、お金持ちなんですから」

「じゃあ、崇めていらっしゃるその櫃は何です?」

「ご自分の遺書を収められた箱でございます」

「すべてが黄金でできているのですか?」

「中は黄金製です。でも外側は鉄ですから、前車の轍を踏む心配もございます。[45] たとえば、これからいったい何が起こるか全く予想がつきませんし、いったいこの遺書が何のために、そして誰のために役に立つのか、あるいは誰に宛てたものかさえ、ご本人もお分かりになっていないご様子ですから」[46]

このときふたりは、毒蛇についてよく語られるあの残酷な話が、実際に目の前で繰り広げられるのを目撃することになった。その話とは、メス蛇は腹に子を宿すと、オス蛇の頭を切取る。すると腹の子たちが父親の復讐を果たすべく、母親の腹に穴をあけ、内臓を掻きだし、自分たちは外に出て自由になろうとする、というものだ。ふたりが実際に目にしたのは次のような光景だった。遺書の男の妻は、金をせしめ安楽な生活ができるよう、夫の首を絞めて殺してしまう。すると次の相続人に当たる息子は、母親が安楽に暮らす一方で、自分には金が回ってこないのに気づき、母親を責め立て、悶死に追いやる。するとその息子を、すぐ下の弟が財産を狙って殺してしまう。こうして残忍な毒蛇と同じように、身内同士で傷つけあい、殺し合うことになったのである。そもそも息子とは、父母が長生きなどすれば、自分が家長になれるころにはすっかり老いぼれてしまうと考え、その死を画策するものなのだ。だからふつう父親は息子を恐れるのである。たとえば、周囲のみんなが跡継ぎの誕生を祝うときには、父親なる者は、その息子がいちばん身近な敵になるだろうことを予見して、暗い気持ちになるのだ。しかし、祖父にあたる者はすっかり喜び、こう言う。《よくぞ生まれてきてくれた。お前はわしの敵の敵になってくれるから》と。

一方、こんな気の滅入るような話ばかりではなく、ふたりの笑いを誘うような一件もなかにはあった。それは、欲深な連中のうちの一人に起こった、次のような事件であった。この世には、泥棒から物を盗む別の泥棒、つまり泥棒の泥棒がいるわけだが、その泥棒が欲深男を巧みにそそのかし、自分の財産を自分で盗み出してはどうかと提案し、財産をすべて手放すのを助け、それを実行に移させたのだ。こうして欲深男は自分の家にあった衣服、黄金、銀をすべて背中に担ぎ、家から運び出し、どこかに隠したのである。しかし、どこに隠してしまったのか、結局は二度とそれを目にすることも、使って楽しむこともしなかったという。[47] あとになって彼は、自分自身の泥棒であったこと、つまり盗人であると同時に、盗まれた人であったことに気づき、悔しさを募らせ、嘆き悲しんだというのだ。

た。「我欲とは恐ろしいものだ」とクリティーロが感想を漏らした。「自分自身の財産まで盗み出し、その金を隠すよう丸め込まれたうえ、結局その金は恩知らずの連中とかばくち打ちとか、身を持ち崩した連中のために、大事にとっておくだけの結果になったわけだ。そして自分自身は飲まず食わずの暮らしをして、満足な衣服も身につけず、ゆっくり眠ることも、体を休めることもなく、自分の財産を使いもせず、生活を楽しむこともしない。これこそが、自分自身から財産を盗み取る泥棒だ。こんな連中こそ百の鞭打ち、ただしそれを逆に加算した数の鞭打ちの罰を受けるにふさわしい。あの愚かなタンタロス(48)と同じで、思慮深いホラティウスに言わせれば、冥府に送り込むに値する愚行なのだ(49)」

そのあとふたりは、牢獄ばかりの宮殿の隅から隅までめぐってみたが、宮殿の主たるあの大馬鹿者の姿を見つけることはできなかった。てっきり金の装飾を施したサロンで、豪華な玉座に威厳をたたえて鎮座し、王にもみまがう派手な金襴のガウンを身にまとって登場してくるだろうと想像していたのだ。ところが実際に見ることになる姿は、こんな想像とはまったく逆であった。地下牢のなかでも一番窮屈な独房の、昼間でも光を遮断した場所にひっそり身を置いていたのである。それは他人に姿を見られて、物を与えたり貸したりすることにならないためだった。それでもふたりは、その男の陰険な顔つきにはすぐに気がついた。おそらく友人も少なく、親戚でさえ取り合わないような、無愛想な表情をしている。親族もお断り、負債を請け負うことも同じようにお断り、とでも言いたげであった。もじゃもじゃに伸ばした髭は、人もうらやむ天からの贈物。腹が減ったらそれを食べれば、食事代を節約できるからだ。夜更かししたお大尽のように、大きな隈を目の下につくっている。その風体は怪しげで、衣服もみすぼらしい。上着の半分はすでに無いに等しく、あとの半分は、金のかかる繕い直しはお断り、とでも言っているようだ。だれにも信頼など寄せぬ男が、そこにぽつんと一人だけとり残され、だれもこの男を相手にする者はいなかった。自分の周りには、いかにも金の亡者らしく、金貨をぎっしり詰め込んだ猫の皮袋の巾着を、ずらりと並べている。やはり猫の皮袋らしく、たとえ死んでも爪を立て、自分の方に物を引き寄せる習性だけは忘れていないものと見える。この男のもつ人を寄せつけない雰囲気は、ラダマンテュス(50)に似ていると言えなくもない。

ふたりがそこに姿を現わすと、ふつうならその男はだれにも愛想を振りまくことなどしないはずなのに、すぐに彼らに近づき抱きしめようとした。彼らを黄金の姿に変えてしまうつもりらしい。ふたりは、そんなご立派な姿に変えられてしまう危険を察知すると、あわててその場から退散した。そして、プルトン(51)の宮殿らしきこの黄金の牢獄から、逃れる道を探し求めたのである。強欲者の宮殿とは、悲しみに満ちた地獄であり、愚鈍な人間たちが跳梁跋扈する地獄の辺境リンボ(52)なのだ。ふたりはあらゆる悪徳の夢から醒め、とくに強欲がもつ強大な力に大きな幻滅を感じた。そして、急いでこの場所から脱出する道を求めたのだ。しかし、つきに見放された人の家では、えてして思わぬ落とし穴が待っているもの。彼らは逃げ道を探すうちに、巧妙に仕掛けられた罠にはまってしまったのである。金の鎖を粉にしてふりかけ偽装した穴に、強靭な罠が仕掛けられていたのだ。振りほどこうにも、もがけばもがくほどますます縛りがきつくなる。クリティーロは、自分に思慮が欠けていたことを思い知らされ、アンドレニオは、つまらぬことで身の自由を失ってしまったことを嘆いた。さて、このふたりが、どうやって自由の身になれたかは、次考で語ることにしよう。

第四考
智者たちの図書室

ひとりの教養人が、今なお古都として親しまれ殷賑を極める町[1]を隅々まで歩き、すぐれた人士の溜り場となる屋敷を探していた。期待に胸を膨らませ、いろいろなお屋敷に入ってみるのだが、すっかり気落ちして退出するだけであった。そんなお屋敷は、豪華な宝石類には事欠かないものの、高い徳性にはまったく縁がなかったからだ。ところが幸いなことに、これ以上は望めないようなお屋敷を、とうとう見つけることができたのである。彼はその家に入ると、そこに居合わせた賢人たちにこう言った。

「やっと、徳高き人々のなかに身を置くことができました。このお屋敷には、すぐれた人士がお集まりになる香りが漂っています」

「どうやってその香りを感じ取ることができるのです?」と、そこに居合わせた面々が尋ねた。

すると彼は、

「ほら、あそこに思慮に富む人々のしるしを、皆さんは感じとられませんか?」

と言ってから、近くにあった数冊の書籍を指した。

「こうした本はですね」と彼はつづけ、その考えを披歴した。「いわば、智者たちにとってのすばらしい宝石です。選りすぐりの本を集めた図書室と比べれば、花咲乱れる春の庭園も、五月のアランフエスの庭も問題ではありません。良書にあふれた図書室というものは、いわば智者の味覚にとっての最高のご馳走となります。その中に身を置けば、知識力が鍛えられる喜びを感じ、記憶力は豊かになり、意志の力は増し、心は喜びで弾み、精神は満足を得ることができます。才知のひらめきをもつ人にとっては、毎日新しい本にめぐりあえることほど、心を巧みにとらえ楽しみを与えてくれるものはほかにありません。エジプトのピラミッドは、すでに元の役目を終えました。バビロンの塔は姿を消し、ローマのコロセウムも崩れ去り、皇帝ネロの黄金の宮殿も昔の姿をとどめず、世界のすばらしい建造物はことごとく消えてなくなってしまいました。しかし、昔の賢人たちが残してくれた不滅の書籍だけは、今日までその命を保ち続けています。その昔隆盛を誇り、多くの著名人から称えられた書物がそれです。書を読むこと、これこそ優れた人士にとっての楽しみであり、大きな喜びとなります。たとえそんな人たちが今いないとしても、書に親しむことがそんな人々を復活させてくれるのです。教養がなければ、財産などしょせん意味がありません。そしてこの両者は、ふつうお互いに反発しあっています。ですから、財産を持つ人ほど教養に乏しく、高い教養を持つ人ほどお金に乏しいのです。世間知らずの子羊みたいな人たちは、無知なるがゆえに金羊毛[2]につられ、ぞろぞろその後におとなしくついていったりするものです」

さて、利己心と強欲が災いして、牢獄に囚われの身となったふたりの主人公であったが、その彼らにむかって慰めと戒めの意味をこめて、右に述べた話をひとりの人物が語っていたのである。単に人というより、それ以上の機能を備えた人間であった。それは両腕の代わりに翼をもち、それを軽やかにはばたけば、星にまで届くほどの高さまで昇り、一瞬のうちにどこへでも好きな所へ移動することができた。ふつう人がこの牢に入れられるときは、きつい縛りをかけられ、足枷と鎖をはめられて体の自由を全く奪われ、一歩たりとも思うようには動けなくなるのだが、この人物はここに入れられるとすぐに、それまで足で引きずり、飛ぶ自由を奪われていた重い鎖を外してもらったのだ。びっくりしたアンドレニオは、こう彼に言った。

「人間？　それとも異界のお方でしょうか？　いったいあなたは何者です？」

すると、すかさず彼は応じた。

「昨日の私は無の存在、きょうは少しだけの存在、ところがあしたはまた元通りの無に少しずつ逆戻りしてゆく存在だよ[3]」

「無に逆戻りする存在？」

「そうだよ。ときには存在しなかったほうが、もっと良かったのではと思ったりする」

「どこから来られたのです？」

「無の世界からだよ」

「で、これからどこへ行かれるのです？」

「すべての存在の源へ向かうのさ」

「なぜ、たったひとりで来られたのです?」

「うん、たしかに一人ではあるが、実は自分の半分の部分は要らないのだよ(4)」

「今、気がついたけど、あなたは賢者なんだ」

「いや、賢者ではない。物事を知りたいという志をもつ人間であることだけは確かだがね」

「じゃあ、どんな動機でここへやって来られたのです?」

「天高く飛翔しようと思ったのだよ。私の才能の翼を大きく広げれば、天空の最高の域にまで達することができたはずだが、貧困が邪魔をして重い石となって、私を地上にしばりつけているのだ(5)」

「そういう事情なら、ここにお残りになるつもりはないのですよね?」

「そんなつもりは全くない。たとえ世界中の黄金を全部出されても、自分の自由を譲り渡すつもりなど全くないね。それよりむしろ、最低限必要な金さえ手に入れば、それを持ってすぐにでも飛び立つつもりだ」

「それが可能だと思われますか?」

「やろうという意志さえあれば、大丈夫だよ」

「ところで、我々をここからなんとか救い出していただけないものでしょうか?」

「それはすべて君たちに、その気があるかどうかにかかっているね」

「もちろん、その気持ちはありますよ!」

「本当にそうかな? この世に生きる人間は、すっかり魔法にかけられていて、実際には、心は腐りきっているくせに、それぞれ自分の牢獄のなかで、満足して上機嫌で暮らしているのだからね。ここにある牢獄こそが、魔法を使って人々をすっかり夢中にさせ、完全に囚われの身にしてしまっているのさ」

「でも、おっしゃるその魔法とは、いったい何のことでしょう?」とアンドレニオが言った。「だって、ぼくたちがいま目の前に見ているものは、すべて本物の宝物ですよね?」

「とんでもない。それは空想にすぎないのだよ」

「このきらきら光っているものは、黄金ではないのですか?」

「そんなもの泥と変わらないよ」

「これほどの富が?」

「そんなもの、まったくくだらないものだ」

「ここにあるのは、レアル銀貨の山ではないのですか?」

「そんなものすべて、まったくの見せかけにすぎん」

「こうやって手で触っているのは、ドブロン金貨じゃないのですか?」

「そんなのすべて偽物だよ」

「それに、こんな立派な置物だってたくさんあります」

「そんなものは、そこに置いてあるだけのことで、いずれは消えていくものだ。君たちには目を覚ましてもらって、そんなものはみんな見せかけのものだということに、気がついてほしいものだよ。いいかね、よく聞きなさい。たとえば誰かが臨終の床にあるとしよう。それが大富豪であれ、最高の権力者であれ、《おお神よ》とつぶやいたり、《ああ、これが最期か！》と言ったその瞬間、すべてのものが彼らから消え去り、ただ燃え滓になるか、さらには灰にまで化けてしまうのだ」

その言葉どおりだった。彼らの近くにいたある者が《おさらば》という最後のつぶやきを残して息を引き取ると、それまでの栄華がまるで幻影であったかのように、消え去ってしまったのだ。富豪たちが死から目を覚まし、自分の手に目をやると、手のひらは全くのからっぽ。すべてが闇に葬られ、恐怖の世界に変わってしまっていたのである。それまで君主として崇められていた者たちが、今は嘲《あざけ》りの対象となる光景を見ることは、まことに恐ろしい体験であった。さらには、威風堂々、裾の長い紫のガウンを引きずって歩いていた君主たち、盛装して身を飾り立てていた貴婦人たち、金の刺繡を施した衣装に身を固めていた貴顕紳士たち、彼らはみんな歩むべき道を誤り、一文無しの身に落ちぶれてしまったのだ。すでに今となっては、王たちは象牙の玉座を失い、わびしい墓に身を横たえることになる。また、貴婦人たちが身につけていた飾りも消え失せ、その代わりに墓場と大きな墓穴の虚しい響きだけが残され、絹と金の刺繡は朽ち果て、宝石は冷たい墓石に変わり、真珠の首飾りは涙に、かつて美しくカールしていた髪は、恐ろしげにそそり立ち、心地よい香りは悪臭に、香水は煙に変わってしまったのである。また、夢のようなあの暮らしぶりは、死者への祈りと歌で終わりをつげ、かつての生き生きした命の響きは、死のうつろな響きへと変わってしまった。さらに、この世に残された者には、遺産がほとんど当たらないことが判ったとたん、それまでの彼らの喜びは自分自身への弔いの気持ちへと変化してしまう。こうして、あの砂上の楼閣は、あっという間に無に帰してしまうことになる。

さて、ふたりの主人公たちは窮地を脱することができ、とりあえず生気を取り戻したものの、一方ではこの世の富に幻滅し、すっかり落ち込んでしまったのである。ふたりは救出してくれた翼のある恩人に、ふたりが今いる場所がどこかを尋ねてみた。すると彼が答えるには、ふたりはとても安全な場所、つまり彼ら自身の中にいるのだと言う。翼の男は、一緒にソフィスベーリャ様の宮殿に行かないかと、ふたりを誘った。自分はちょうどそちらに向かうところだし、彼らもそこに行けば、完全な自由を手に入れられるだろうと言う。ふたりにとっては、まさに望むところだったので、解放の恩人にそこまでの案内を乞うことにした。そして彼に、あの賢明な女王のことをよく知っているかどうかを尋ねた。

「うん、知ってるとも。私はこの翼を得てすぐあとにその存在に気がついたのだ」と答えた。「さあ、そちらに向かって歩いて行こう。私はあの女王に仕えることに決めたんだよ。実は、あの女王様を探し求める人は少なく、見つけ出せる人となるともっと少ない。私は有名な大学をすべて回ってみたが、結局彼女を見つけられなかった。なるほど、ラテン語に通じた学者は多いのだが、彼らは世事にうとく、まったくの大馬鹿者なのだ。世俗の者が法律家と呼んでいる人たちの家を、私は何軒か訪れたことがあったが、金がないのを見てとると、みんな私のことを悪しざまに言い、責めたてた。また、賢人とみなされている多くの人とも言葉を交わしたが、あれほど多くの博士の中から、なかなか真の博学を見つけ出すことはできなかった。とうとうおしまいには、目的を達成する見込みなど、まるでないことに気がついたのだよ。おまけに、知識とか心の優しさをもつ人間など、こちらが考えているほどの半分も、いやさらにその半分の数さえ存在しない。さらにそれと同じことが、この世のすべての善についても言えることに気がついて、すっかり幻滅してしまったのだ。でも私はあちこち気ままに飛んでいるうちに、あるとき水晶でできた宮殿を発見した。光を浴びてきらきら光り、さまざまな色を映し出してくれる。もしあの偉大な女王を見つけることができるのだとすれば、この宮殿のなかに違いないとその時思ったものだ。だって、あの博識の者が集うアテナイは終わりをつげ、豊かな教養を誇るコリントスも消滅していたからだよ」

とそのとき、さまざまな声が入り混じったざわめきが聞こえた。さらにそれを見物しているらしい俗物たちの、しまりのない拍手の音も聞こえてくる。彼らは直ちに話を中断しそちらに目を移した。すると、いかにも品のなさそうな幻獣が、うしろに大勢の騒がしい群衆を引き連れ、道いっぱいに広がって進んでくる姿を認めた。上半身が人間で下半身が蛇という、奇妙な姿をしている。つまり上半身は空を見つめ、下半身は地面を這っているのだ。翼の男はすぐに、それが何者であるかに気づき、ふたりに対しては、その怪物には相手にならず、何も尋ねずにそのままやり過ごすようにと指示を出した。しかしアンドレニオはその注意を無視し、大勢の従者のうちのひとりに、その幻獣は何者なのかと訊いた。

「決まってるじゃないか」とその従者が答えた。「蛇より抜け目のないお方だよ。この方こそすべての人のうちの賢者、大衆から生まれた奇跡の人だ。そして知識の泉でもある」

「あんたたちは、大変な勘違いをしている。だからあの幻獣をそんなつもりにさせているのだよ」と翼の男が応じた。「あの人は、いわゆる世間で言う賢い人にすぎない。彼のすべての知識は、神の前ではまことに愚かなものだ。なるほど他人についての知識はあるが、自分自身については何も知らない連中のひとりなんだ。つまり、いつも他人の意見に引きずられている連中だ。ただのお喋りで、何にも知らない。すべてを誤解している愚か者だよ」

「ところで、あの怪物はみんなをどこへ連れて行って、何をしようとしているのです?」とアンドレニオは尋ねた。

「それはだね、運がいいだけの賢者に仕立てあげようとしているのさ」

アンドレニオは聞き馴れない言葉なので、もう一度尋ねた。

「運がいいだけの賢者に仕立てあげるとは、いったいどういう意味です?」

「学問を修めないで、博学の士とみなされること。努力なしに賢者になること。猛勉強しなくても、立派な髭をたくわえた者と同じ権威を手にすること、書物の埃を払って読むこともなしに、大きな砂塵を巻き起こすような影響力をもつこと、徹夜で勉強などしなくても、明晰な頭脳を自分のものにすること、夜遅くまで起きていなくても、また朝早起きしなくても、世間の有名人になること。要するに、あの人は世には十分知られていないのに、世間の俗物に神託を伝える人物となり、口を揃えて賢者だと言ってもらえるようになったのさ。《運さえあれば知識など少しだけで十分》なんて言葉を聞いたことはないかね? あれはまさに、そんな男なのだ。だから我々を自分と同じような人間にするつもりでいるのさ」

勉強せずに学識を得る、努力などしなくても学問が修められる、苦労なしに名をあげられる、苦難なしの近道、中身もないのに高い評価を受けるなどなど、アンドレニオにとっては、すべて大いに魅力ある話だ。称賛を一身に集めたあの賢者に引き寄せられ、ぞろぞろと後についてゆく大勢の従者たち。さらにあとにつづく四輪馬車や輿《こし》も、アンドレニオの心を大いに惹きつけるものがあった。おまけに全員が彼に合図を送って、こちらに来て楽な思いをしてみないかと、彼を誘っている。とうとう彼はクリティーロたちのほうを振り返り、こう言ったのである。

「すみません、ぼくは人生をもう少し楽しむことにして、学ぶ時間はもう少し削ってみることにします」

そして大勢の群衆のなかに、すっと入り込んだ。するとたちまちのうちに、その人の群れは姿を消してしまった。

「分かりきったことだが」と翼の男は、茫然とするクリティーロに言った。「真の学識を持つのは、ごく少数の限られた人だけだ。君もそんなに気落ちしないことだ。たとえ彼が君のところに戻ろうという気にならなくても、いずれ君が彼をどこかで見つけることになるだろう。そのときには、君はすでに立派な人間になり、彼は道を外した人間になっているはずだ」

クリティーロはすぐにでもアンドレニオを探しに行きたい気持ちだったが、すでに目の前には、あの探し求めていた壮大な宮殿がきらびやかな姿を現わしている。彼は我を忘れ、宮殿から目を離すことができないまま、うっとりした表情を浮べて、そちらの方向に向かって近づいていった。宮殿はあたりを睥睨し、堂々たる風格を示してそそり立っている。建物は芸術的な香り高い、建築美の極致ともいうべきもので、周囲からの光をふんだんに取り入れる造りになっていた。外の光を取り入れるために、壁を半透明にしたうえに、他の部分もすべて透明に仕上げてある。採光窓を多く備え、バルコニーには何の覆いもなく、窓は大きく開けられている。こうしてすべてが光にあふれ、あらゆる場所に明るさが充満していた。クリティーロと翼の男は、近くまでやってくると、数人の人品卑しからぬ男たちの姿が目に入った。どうやら宮殿の壁を賛美し、口づけしているようにも見える。しかしよく見てみると、その人たちは壁を舐めているのだ。そうやって舐めることで、皮のようなものを取り出し、それを噛みしめ、口の中で味わっている。

「そんな風にすれば、何かいいことでもあるのかね？」と、クリティーロは訊いてみた。

すると、そのうちのひとりが、こう答えた。

「いや、とにかくとてもいい味がするのさ」

そして、きれいな透明のかたまりを、クリティーロの手の平に乗せてくれた。てっきり水晶の塊だと思ったのだが、それを口にもっていくと、とてもいい味のする塩の塊であることが判った。入口の門は常に開放されてはいたが、入るのは高潔な人士のみで、その数はごく少ない。扉に蔦を絡ませてあり、上部には月桂樹の冠が飾られていた。さらに正面の堂々たる外壁には、心の機微にふれるような銘文が数多く刻まれていた。彼らが中に入ると、広大な中庭の見事な美しさにまず驚かされた。強靭な石柱がしっかりと中庭の周囲の建物を支えている。翼の男は、あの石柱ならまちがいなく世界全体を支えることができるし、そのうちの何本かは天をも支える力があるだろう、と感想を漏らした。まさに一本一本の柱が、今の時代のヘラクレスの柱[6]ともいえるほどだ。しばらくすると、妙なる音楽の響きが彼らの耳に入った。人間の心だけではなく物質のなかにまで滲みるような調べで、岩や獣さえ虜にしてしまうような力がある。ひょっとして、ほかならぬオルフェウス[7]が作曲した音楽ではないかと、彼らは思ったほどだ。二人は好奇心を刺激され、多くの人を収容できる広大なサロンに入っていった。そこには、雪の塊をかたどった象牙と、松かさのかたちをした輝く黄金の塊が、見事に調和し独特の美を造り出していた。彼らは洗練された好みを感じさせるその部屋に、暖かく迎え入れられ、丁重なもてなしを受けた。そして、太陽のごとき輝きをもつ、心やさしいある精霊《ニンフ》の前に通されることになった。まるで天から降り立った女神のようだ。その一方で、穏やかな音楽の調べが心に活気を与えてくれる。そこに居合わせた人々が、彼らに力を込めて説明したところでは、この音楽は生きる人々に不死の活力を与えるばかりでなく、死者にまで生命を吹き込み、心を整え、精神に安らぎを与えるとのことだった。しかしときには、あのホメロスでさえ及ばぬような、戦いへの強い思いをかきたてることができるとも言う。二人はそのニンフの前に進み出て、挨拶をした。その姿を目にする喜びはもとより、彼女が奏でる音楽を聴ける楽しみも、それにもまして大きかった。彼女は、諸国をめぐる客人たちのために、さわやかな音色を存分に響かせてくれた。周囲にはさまざまな楽器が並べられている。楽器はみんな澄んだ響きをもつものばかりだったが、古い時代のものは、とても柔らかな音色を出す。しかし、あえてそれを使わず、今の時代の新しい楽器をもっぱら使用した。最初に彼女が演奏してくれた楽器は、華やかに飾り立てたチターであった。ところがなるほど妙なる調べが奏でられたものの、その精緻な魅力を感じ取れる者はわずかだった。もともと大衆むけの音楽ではないからだ。いずれにしても、そうやって奏でられる曲のなかに、二人はどことなくちぐはぐな感じを抱いたのである。それもそのはず、弦はとても繊細な細い黄金の糸でできてはいたものの、楽器の材質は滑らかな象牙や磨き上げた黒檀であるべきなのに、ブナの木、それもごくありふれた材質のブナでできていたのだ。まろやかな音の響きを好む彼女は、二人がそのあたりの違和感を気にしているのを察知すると、大きくため息をついてこう言った。

「たしかにこの楽器は、華やかな飾りをつけたコルドバ産のチターです。でも、演奏曲は内容的には立派な教えを説いてはいますが、その派手な構成と比べると、やはり調和に欠けるところがあります。また、荘重な味をもつ作品素材が、華やかに飾り立てた曲の形式と一致しているとは言えませんし、題材そのものがきらびやかな言葉による表現や粋を衒《てら》った奇抜な発想とも調和していません。もしそれを可能にしてくれていたなら、この楽器も象牙どころではなく、たとえば極上のダイヤモンドで楽器の胴体を造るほどの値打ちがあったにちがいありません[8]」

つぎに彼女は、イタリア製の小型のラベル[9]を手に取った。弓を弦のうえで走らせ、甘い旋律を奏でると、まるで天上の音楽そのものが、空から舞い降りてくるようにさえ思える。しかしながら、牧人の暮らしを忠実に描いた曲にしては、あまりにも抽象に走りすぎるように思えた。また彼女は手元にラウード[10]を二丁置いていたが、お互いに心地よい音の調和をつくりだし、まるで兄弟とでも言えるような楽器同士だった。

「この二つの楽器はアラゴン製で、とても荘厳な音を奏でます」と彼女は言った。「あの厳格なカトー[11]にもし聴かせても、軽薄な感じはどこにも出てこないはずです。歌詞につけた旋律に関しては、この兄弟のような楽器は、三行詩句なら世界一の音色を出しますが、四行詩やそれ以上の行をもつ歌詞となると、あまり出来はよくありません[12]」

このほか、大きなチターも彼らの目に入った。複雑に入り込んだ構造を持ち、見栄えのするすばらしい楽器だ。このチターは別のチターの下に置かれてはいたものの、芸術的な価値から言えば、決して上のチターに劣るものではなく、発想の豊かさにおいても、上の方が必ずしも勝るわけでもなかった[13]。そして、この楽器に宿る魂も、次のような感想を漏らしていたのだ。

「もしアリオストが、ホメロスのように、道徳的な教えを含んだ寓意詩を書くことにもう少し気を配っていたなら、絶対にホメロスに比肩しうる存在になったはず」と。

麻布を巻き、それを蠟で張り合わせた楽器が、大きな音を響かせ多くの人に迷惑がられていた。その楽器に不揃いな管が並んでいるところは、パイプ・オルガンに似ていたが、妖精シュリンクスが姿を変えたとされる葦を、自然の沃野から切り出し、何本か並べて作ったものだった[14]。大衆受けのする旋律があたりに充満し、大喝采を浴びていたが、ふたりの心を満たすことはできなかった。すると、歌心を解する案内役のニンフはこう言った。

「実は皆さん、この楽器はですね、あの自由奔放な時代にはとても喜ばれ、それなりの魅力があって、スペイン全国の芝居小屋を満員にしたものです」

次に彼女は、そこに掛けてあったビウエラ[15]をはずし、手に取った。胴は美しい象牙製で、雪そのもののようにあくまでも白い。しかし、あまりに冷たく、指が瞬く間に凍りつき、横に置かねばならなかった。彼女はこう言った。

「ペトラルカのこの抒情詩には、ふたつの相反する極端な面が混り合っています。激しい愛の炎を内に秘めてはいるのですが、とても冷たい感じを与えるのです」

そしてまた元の位置に掛け直したが、すぐ隣にはこれと似た楽器が、さらに二丁掛けてあり、彼女はこう言葉をつけ加えた。

「ここにぶら下げてあるのは、どこかへぶらっと家出でもしてくれた方がましな作品です」

そう言ってから、二人に内緒で彼女が打ち明けるには、その二丁の楽器は、ダンテ・アリギエリとスペインの詩人ボスカン[16]のものだとのこと。さらに、こんな重厚な味の詩人たちに混じって、どこか茶目っ気のある音を出す瓦の切れ端が目に入った。二人はこんなものが楽器になるのかと、少し呆れた様子だった[17]。

「そんなに、いぶかしがることはありませんよ」と彼らに言った。「とても面白い音を出します。これを使ってあのマリカが病院で、痛みを抑えていたのですからね[18]」

彼女は、含蓄のあるリラ[19]の伴奏で、ポルトガル舞曲の妙なる調べを歌うと、全員が大きな拍手を送ったが、それも当然だった。

「さすがポルトガルの詩聖と言われる人の作品だけのことはありますからね」と彼女は言った[20]。「こんなに優しく柔らかな調子を耳にすれば、カモンイスの詩に曲をつけたものだとすぐ判ります」

彼らはバグパイプもそこに置かれているのを見て、大いに喜んだ。すると彼女はとても優雅な好みを示した演奏を披露してくれたあと、その美しい表情を心もちゆがめて、こう言った。

「この楽器は、たしかある宮廷詩人のものだったのですが、その音楽に合わせて、守護聖人の聖ジルの日の夜には、その方はよく踊ったということです[21]」

彼らがさすがに吐き気を催したのは、汚物まみれのイタリア製のティオルボ[22]を目にしたときだった。まるでついさっきまで、どこかの泥のなかに埋もれていたみたいだ。慎み深い精霊である彼女は、そんなものに触る勇気もなく、ましてや奏でる気などまったくなかった。彼女はこう言った。

「このマリーニという詩人[23]は、本来なら教養あるお方なのですが、残念ながらみだらな汚物のなかにはまり込んでいらっしゃいます」

かつて王宮で使われていたリュートがそこにあった。一般にはあまり知られていない場所で製造されたものの、芸術性の高い楽器だった。すばらしい輝きを放ち、楽器全体がたくさんの宝石で飾られている。

「この楽器は」と精霊は説明を加えた。「心地よい音色を奏でていたもので、国王夫妻もじきじきに耳を傾けてくださったものです。その存在はあまり世間には知られていませんが、すばらしい存在感をもっています。この楽器のことを《輝く太陽の前触れとなる曙光》と呼んでもいいでしょう[24]」

さらに彼らの目に入ったのが、あの太陽神アポロン自身が使っていた月桂樹の冠をかぶせた、瀟洒な感じの楽器[25]であった。もっともアポロン云々については、信じない者がいたことは事実なのだが。つぎに、とても快いパンフルートの響きが耳に入った。しかしそれを奏でる詩人は、貧相な姿[26]で、ときどき調子を外すことがあった。また耳に賑やかに響く、小ぶりの竪琴の調べも聞こえた。どことなく古代ローマ風の影響を感じさせる。さらに、高い芸術性を感じさせる別の楽器の演奏も、彼らの耳に入った。散文の歌詞が、まるで美しい韻文のような響きをもっているのだが、逆に韻文で書かれている場合は散文と聞き間違えてしまう[28]。部屋の片隅には、たくさんの楽器が積み重ねられているのを見たが、すべて新しい作品ばかりで、まだ誰の手にも触れられず、埃をかぶったままだった[29]。これを見て驚いたクリティーロはこう言った。

「パルナッソス山[30]の偉大な女王ともいうべきあなたが、なぜ早々とこうした作品を捨ててしまわれるのです?」

すると彼女は、

「みんな無韻詩のように、決まり事を気にせず自由に作ったものばかりだからです。簡単でつくりやすいものだから、みんなそちらの方に流れてしまうのです。ホメロスとかウェルギリウスの荘重で堂々とした調子にならって、すぐれた作品を作る者が、ほとんどいなくなっているのです」

「でも私の理解では」とクリティーロが言った。「ホラティウスはそんな自由な調子を自分のものにしようと願いながら、結局はとり逃がしてしまったのだと思いますよ。それはあまりにも厳格な規則で、せっかくの詩の味わいを殺してしまったからです」

「いえ、そうじゃないと思います」と詩人たちの擁護者たる精霊は答えた。「詩人のなかには、あまりにも卑俗で、芸術を理解していない者が何人かいることは確かですが、偉大な作品を書くためには、人並みはずれた才覚が必要です。たとえば、例をあげますと、タッソ[31]がいます。彼はキリスト教時代のウェルギリウスと言ってもいいでしょう。きっとそのせいでしょうか、作品のなかに天使とか奇跡がいつも見事に描かれています」

人目が集まりそうな場所に空間があるのを、クリティーロが見つけこう言った。

「きっとここから、すぐれた作品が盗まれたに違いありません」

「いや、そうじゃなくて、現代の新しい作品用に空けてあるのではないかな？[32]」

「それではひょっとして」とクリティーロは言った。「私の知っている人かもしれません。私は彼のことを高く評価していますでも友達だからというわけではありません。むしろ、すぐれた詩人だからこそ私の友となったのです[33]」

ここで、〈年齢さま〉が彼らを急がせたのでこれ以上は長居できなかった。こうして、詩の世界であるこの第一の部屋を後にしなければならなかった。大いなる教養にあふれ、香りの高さからいえば、まさに楽園に相当する部屋であった。

〈時間殿〉が彼らを、さらに広いサロンに招じ入れてくれた。どこまで続いているのか、部屋のもう一方の端が見えないほどだ。部屋の中へ案内してくれたのは、〈記憶さま〉で、さらに中に進むと、とても変わった風体の精霊がいるのが見えた。顔の半分が皺だらけの老女で、別の半分は生気があり、とても若い。つまり現在と過去の二つの側面を見つめる顔であった。その姿を見るとクリティーロが言った。

「あの人こそ、好感のもてる〈歴史さま〉その人ですね」

翼の男はこう言った。

「あの方は、ほかならぬ人生の教師だよ。名声に囲まれた人生をどうすれば手に入れられるか教え、本当の意味での名声や、過去の出来事の真実の姿を示してくれる教師だ」

その〈歴史さま〉は、大勢の男性や女性に取り囲まれている。立派な身なりをした者もいれば、みすぼらしい格好をした者もいて、お互い同士が著しい対照を見せている。さらには、大人と子供、勇者と臆病者、駆引きに長じた者と無謀な者、賢者と無学な者、大人物と卑劣な男、巨人と小人などなど、あらゆる種類の対照的な取り合わせには事欠かない。〈歴史さま〉は手の中に、羽ペンを数本もっていた。その数は多くはないものの、素晴らしい能力を秘めたペンで、それを誰かに手渡せば、空を飛び、遠く天球のすみずみまで巡ることができた[34]。蒸留された最高のリキュールともいうべきインクを用い、過去の有名な出来事に新しい生命を吹き込み、決して風化させることなく、末永く子孫に伝えてゆく。彼女は十分な注意を払って、その羽ペンを配っていった。相手の望むペンは決して渡さず、ただ〈真実さま〉と〈公明正大さま〉の指示に従っている。そこで二人は、次のような光景を目撃することになった。ある大人物がやってきて、多額の金を渡そうとしたのだ。すると羽ペンはこの人物に渡されることはなく、男はきつく叱責を受けたうえ、歴史本というものが立派な書物になるためには、全く自由な立場で書かれなければならないこと、他人から借りたペンでは永遠の書として受け継がれることはない、と諭《さと》されたのである。さらにほかの何人かの者は、自分にその羽ペンを渡してくれなければ、面目が丸つぶれになるのだと愚痴をこぼした。

「それはいけません」と、永遠の命をもつ〈歴史さま〉は答えた。「そんなことをしたら、とても具合の悪いことが起こります。それは、今のうちなら誤った記述でも笑い話で済まされますが、これから百年も経つうちに、それが事実だったと思われてしまうからです」

これと同じ注意深さを示して、彼女は対象となる人物が死後五十年経過していない限り、どんな歴史家に対しても羽ペンを渡すことはなかった。書かれた人物がすべて死に絶えることで、はじめてペンの力が命を帯びることになるのだ。したがって、歴史作家コルネリウス・タキトゥスの鋭い観察眼は、たとえばローマ皇帝ティベリウスの抜け目ない暮らしぶりや、残忍な皇帝ネロの行動はもとより、それぞれの妻の不貞の事実までも含めて、決して見逃すことはなかったのである。(35)

〈歴史さま〉は、立派な羽ペンを一本取り出した。大作家がある偉大な君主について書くためのものだ。ところが、そのペンに金粉をまぶしてあるのに気がつくと、それを不機嫌そうに投げ捨てた。じつはそのペンは既に使われたことがあるもので、何人かの人物を手放しで称賛しただけの書物だった。彼女はこう言った。

「いいですか、金粉などまぶしてあるペンは、記述の誤りを犯しやすくなります」

また別の人物は、自分のことを好意的に書いてくれるような羽ペンを必死で要求していた。そこで精霊の〈歴史さま〉は、その人物が何らかの勲功がある人物かどうかを調べてみたところ、手柄など何もないことが判明した。その人物はなおも食い下がり、そんな人物になるつもりだから、と言い張った。しかし〈歴史さま〉は、その意志は大いに褒めはしたものの、ペンを渡すことは断り、名高い人物をつくりあげるのは、他人の賛辞ではなく、本人の行為そのものによるものであること、そしてまずは立派な業績があり、その後に優れた記述が生まれてくるものだ、と言い聞かせた。これとは逆に、既に名の知られた別の人物は、以前に手渡されたペンは、あまりにも地味であっさりしすぎていたと申し立て、もっと上質のペンを頂けないものかと頼み込んだ。すると彼女は、偉大な業績はかえって拙い文章で書かれている方が、ほかの文章力のある作家によって巧みに書かれているよりも、はるかに印象に残るものだと言って慰めた。(36)さらに今の世の何人かの著名人たちは、自分たちの不滅の業績については目立った形ではまったく語られることがないのに、それほど優れてもいないほかの人物については、歴史家ジオヴィオ(37)が称賛の言葉を送っていることに、不平を並べたてた。すると、教養人である精霊は、大いに立腹し、いらだちを露わにしてこう言った。

「でも、あなた方が私の意中の歴史家たちを軽蔑したり、責め立てたり、ときには監獄に送り込んだりして全く無視するくせに、彼ら歴史家にあなた方を称賛せよなんて、あまりにも虫のいい話ではありませんか[38]。いいですか、親愛なる諸君主さま方、ペンというものは、値段でその値打ちを計るものではなくて、人々からの評価によってその値打ちが決まるものですからね」

また諸国はスペインに対して、古代ローマ時代のスペインについて満足のゆく記述を行った歴史家がいないことに批判を浴びせた。すると〈歴史さま〉は、それはスペイン人たちがペンよりも剣を扱うことに関心をもったからであり、さらには勲功の自慢話をするより、実際にそれを行うことに心を砕いていたこと、そして自国の功績を騒ぎ立て書き残すことなどは、まるで雌鶏のうるさい鳴き声のようなものだと思ったから、と答えた。しかしこの弁明はあまり説得力がなく、諸国は精霊が政治的感覚に乏しく、無知であると言って責め立て、ローマはすべての面で繁栄し、カエサルは剣でもペンでも完璧に国を治める力をもつ人物であったことを例に挙げた。このやり取りを聞いていたスペイン人たちは、自分たちが世界の主であることを自覚したうえで、羽ペンを要求することに決めた。〈歴史さま〉は、これはもっともな要求だと判断したのだが、さてローマ時代以降これほどの長きにわたって沈黙してきたスペインにもっともふさわしいのは、どんなペンだろうと考えたのだ。ふつう各国にその国出身の歴史家を割り当てると、他国からは信用されないことから、めったにそんなことはしないのだが、この場合はスペインがあらゆる国から大いに嫌われているのを見て、スペイン製のペンを渡してやることに決めたのである。するとたちまち、他の国から不満の声が起こり、露骨に嫌な顔を見せた。すると賢明な精霊は、その不安を解消するべくこう述べた。

「そんな態度をとるのはお止めなさい。たとえばマリアナ師[39]は、生粋のスペイン人ですが、それを疑う人だって何人かいるほどです。でも、この方はとても冷静な物の見方をなさる人ですから、歴史的な事実をとても厳しい目で見つめたうえで叙述してくださいます。ですからスペイン人自身でも、この方の公明正大の姿勢に、やや不満を感じるほどになるのかもしれません」

しかし、フランスに対しては、これと同じようなやり方で仕事を任せることにはならず、あるイタリア人にフランスの歴史上の出来事と諸王について書くよう、ペンを渡したのである。さらに〈歴史さま〉は、これだけではまだ安心ができず、そのイタリア人にフランスから出国し、イタリアに戻ったうえ自由な気持ちで執筆するよう命じた。そんないきさつがあって、エンリコ・カテリーノ[40]は、正確なフランス史を完成させ、あのグイチャルディーニをはるかに凌駕し、タキトゥスまでも顔色なからしめたのである。万事こんな具合で、各自それぞれが予想もせず、好みでもないような羽ペンを受け取ることになった。それに、受け取った当初考えたのとは、まったく別の種類の鳥の羽ペンであることが後になって判明した例さえあった。たとえば、ポルトガルのカスティーリャへの併合について書かれたコネスタジオの歴史書は、よく調べてみると彼の筆によるものではなく、ポルトアレグレ伯爵の作であるらしいことが判明し、これがあの慎重王フェリペ二世の頭を少なからず混乱させたようだ[41]。さらにある者は、不死鳥的な人物について書くために、不死鳥そのものの羽を要求した[42]。彼はその羽を高名な人物以外の叙述には、決して使用しないよう強く念を押されたうえ、羽が渡された。間違いなくこの不死鳥の羽ペンで書かれているのが判る女性がいる。あの絶世の美女と言われた王女、賢明ながらも不幸な人生を歩まねばならなかった王女、計り知れないほどの魅力をたたえたマルグリット・ド・ヴァロワ[43]その人である。まさにカエサルと彼女の二人だけは、自分の一生につき正確な記録を書き残すことが許された人物であったといえよう。次に鎧に身を固めた王子[44]が、もっとも鋭利な羽ペンを要求した。すると、その希望に合わせるべく、まだ先端を切り取っていない羽を彼に与え、彼女はこう言った。

「あなたご自身の剣で、先を切ってみてください。切れ味が鋭ければ、このペンはすばらしい書き味を示すはずです」

もうひとりの偉大な王族、いやじつは君主であったのだが、さらに立派な羽ペンを手に入れるつもりだった[45]。少なくとも最高の賛辞に値するペンが欲しかったのだ。なぜなら、不滅の名声をそのペンによって獲得したかったからである。〈歴史さま〉は、彼がまさにそれに値する人物であることを見て取ると、カラスの翼から抜き取った羽を取り出し、それを彼に与えた。彼はさすがに不満顔を見せ、てっきり太陽まではばたいていけるような鷲の羽でももらえると思っていたのに、そんな冴えない羽を与えられたことを恨めしく思い、不平を漏らした。

「あらあら、君主さま、あなたはやっぱりお分かりになっていらっしゃらないようですね」と精霊は言った。「このカラスの羽は、相手をつつき、隠れた意図を推し量り、心の一番奥にある秘密を暴き出すことができるのですよ。このコミン[46]の使った羽ペンは、ここにあるうちで一番すばらしい働きをいたします」

ある有名な人物が、この羽をこっそり焼却させようとしていたが、そんな暴挙に出ないよう周囲の者に説き伏せられた。この羽は不死鳥のものとよく似た性質をもち、火に入れると不滅の生命を得て、もしそれを怠ると羽が勝手に全世界を飛び回ることになるという。〈歴史さま〉が称賛したのは、ヒマワリの花の一片で、これはアラゴンの人たちに渡された。

「この花びらは、いつも真実の光を見つめることになるはずです」と彼女は言った。

しかしそこに居合わせた人々を驚かせたことは、今の世には大勢の歴史家がいるにもかかわらず、この不滅の精霊は、手にはあまり多くの羽ペンを持たず、またそれをこれ見よがしに示さないことだった。手に持っていたのはわずかに、ピエール・マチュー、サントリオ、バビア、ロカ伯爵、フエンマヨール(47)などに渡すための羽ペンのみなのだ。しかしそれがすべてごく素朴なハトの羽だと判ると、一同はややがっかりさせられたのである。そんな羽ペンなら、タキトゥスの苦みも、クルティウスの機智も、スエトニウスの辛辣さも、ユスティヌスの気配りも、プラティーナ(48)の厳しさも、とうてい望むべくもない。

「すべての国が、歴史の霊感をもっているとは限りません」と、真実の偉大な女王たる〈歴史さま〉が言った。「ある者は軽薄すぎて、そんな霊感を持っているふりをするだけ。またある者はあまりに思考が単純すぎて、だんだん霊感が衰え、力を失っていきます。ですから、今の時代に書かれる歴史書のほとんどは、品格に欠け、妙味に乏しく、傑出した作品はまったく出てきません。ご存じのように、今の世にはさまざまな特徴をもった歴史家がいます。あまりに文体ばかりにこだわり、語彙の豊かさや言葉の配置のみに注意を集中して、歴史そのものの本質をまったく忘れ去ってしまっている者、あるいは疑問ばかり投げかけてくる歴史家もいます。議論を吹っ掛け、細かな問題や年代を調べ上げることにこだわることが、研究のすべてだと思っているからです。このほか、古道具屋、ゴシップ屋、噺家と言ってもいい歴史家もいます。これはみんな機械的に事象ばかりを追っていて、なんの思想の深みもなければ、才能のひらめきも感じられません」

彼女は、不老不死の美酒ネクタルを含んだ、甘い芯のある羽ペンが手元にあるのに気づくと、すぐさまそれを投げ捨て、こう言った。

「こんなペンを使っていては、偉業を永遠に書き残すことなどできません。とんでもない見当はずれの考えを、この甘い味でごまかしているだけのことです」

彼女は極端な色に染まったペンをとくに嫌っていた。つまりそれは、憎むにせよ好意を抱くにせよ、いつも熱狂的な態度で一方にだけ与《くみ》してしまう姿勢のことだ。彼女は羽を一本取り出そうとしてこう言った。

「これと同じ羽ペンは、以前別の機会に取り出してきて、既にだれかに渡してあげたことがあります。そう、もし私の記憶に間違いがなければ、たしかイリェスカスに与えたはず。そしたら、あのサンドバル(49)とかいう人が、それをそっくり真似て別の本を書いてしまっているのです。そもそもあんなものを渡したのが、私の誤りだったのは言うまでもありません」

クリティーロたちふたりは、ここで長い足止めを食らってしまったわけだが、さらにまだしばらくはこの場所に居続けることになる。それほど、〈歴史さま〉の部屋は楽しかったのだ。

そのあとやっと二人は、〈才覚殿〉に守られて、人文研究の部屋に通された。そこで彼らは、多くの香り高い著作の数々を大いに楽しんだのである。これこそが機智の魅力であり、きれいな装いを施された流麗な文体を通して、読む者にその魅力が提示されていたのだ。彼らはラテン語のエラスムスやエル・エボレンセ[50]などの著作をとおして、その機智を読み取った。さらにラテン語以外でも、スペイン語による警句集、イタリア語による滑稽話やグイチャルディーニの《気晴らし》についての連作、ボテロの語録、ルーフォの収集した六百にものぼる名言の数々、パルミレーノの心に滲みる箴言集、ドーニ[51]の諸著作、その他さまざまな言行録、賛辞、余録、事典、雑録、文集、判じ絵集、エンブレム集、奇知集、実記、雑文集などなど、それらの著作をとおしてその魅力を感じとったのである。

さらには、古美術担当の別の精霊にも驚かされた。繊細な感覚より、むしろ旺盛な好奇心が勝るニンフだ。保管用倉庫を自分の部屋として所有し、秘蔵の品々が数多く並べられている。たとえば、立像、宝石、碑銘、印章、貨幣、メダル、徽章、壺、食器、図版などがあり、さらに貴重な骨董品について解説している研究書も、まとめて一緒に展示されている。これら秘蔵品については、アントニオ・アグスティン卿の考古学の有名な著作のなかで、両ゴルジウスの挿絵つきで語られており、高い評価を受けている。さらに最近ではラスタノサ氏[52]の、スペインの古代貨幣にかんする著作によって、これらの品々はさらにその重要性を増している。

隣には、さらに別の部屋がつづき、さまざまな資材らしきものが雑然と並べられている。ちょっと見たところどこかの工場の作業場ではないかと、見間違えるほどだ。しかし彼らがそこで目にしたのは、天球儀、地球儀、天体観測器、羅針盤、測距儀、日時計、コンパス、パントメーターなどであった。どうやらこれは、研究用の資材の置き場で、数学の研究室にもなっていることが判った。それに、数学から機械工学に至るまでの、たくさんの書物が大事そうに並べられている。さらには、絵画や建築の分野の著名な芸術家についての、高尚な学術書も置かれている。

こうして彼らはすべての部屋をめぐり、見学した。そのうち特筆すべきは、〈自然哲学さま[53]〉の部屋であった。彼女は、大自然に関して様々な見解を提示してきた研究者なのだ。四大元素のテーマを基準に本棚が整理され、好奇心をそそる彼女の著作が数々並べられていた。たとえば、それぞれの元素の部門には、各元素の世界に存在するもの、たとえば鳥類、魚類、獣類、樹木、花、宝石類、鉱物などについて書かれた書物が置かれていた[54]。火の部門に関しては、気象や天然現象、さらには砲術について書かれていた。しかしこの砲術に関した書物については、あまりに興ざめな題材であるということで、顰蹙を買い、〈分別殿〉が、それらの書物を抜きだし、自分の部屋に移した。さらに二人は、落ち着いた威厳のある態度の、周りから神のごとく崇められた女性がいることに気がついた。一番奥のきれいに整頓された部屋にいて、ちょうど何かの植物の新鮮な葉を抜き取り、薬を調合し、心の病をいやしてくれるエキスを抽出しているところであった。それを見た二人は、その女性が〈道徳哲学さま〉本人であることがすぐに分かるとともに、運よくその横に滑り込むことができた。すると彼女は、そこに居合わせた人品卑しからぬ人々の間に、彼らも座るようにと招き入れてくれた。彼女はまず初めに、解毒作用があるミントに似た葉を取り出し、それをいかにも大切そうに、そこにいる人々に示した。しかし、何人かの人たちには、やや干からびて冷たくなっているようにも見え、きっとその味より薬効のほうが勝っているからだろうと考えた。するとやはりその予想通り、大きな効力をもつ葉であった。彼女はその葉は、セネカの果樹園から、自分の手で間違いなく採取してきたものだと言う。そして一枚の皿の上に、さらに数枚の葉を載せた。まさにこの皿こそ、セネカの高邁な思想を盛り込んだ容器のようにも見える[55]。彼女はこう言った。

「こちらの葉はさらに味には欠けますが、とても素敵な効き目があります」

二人は、エピクテトス[56]の説く浄化薬のほかにも、過度の体液の活動を抑え、気分を平静に保つための心の浄化薬も置かれているのに気づいた。食欲を増進させ心を安らかな状態に保つために、彼女はルキアヌスの対話を素材にしたサラダを作ってくれた。とても味わい深いサラダで、どんなに食欲がない者にでも食べる気を起させたほか、さらに思慮分別についての偉大な教えの数々を味わってみたい気持ちまで起させた。つぎに彼女は、ごくありふれた木の葉っぱを手に取り、かなり誇張を交えながら、その葉への称賛の言葉を並べ始めた。居合わせた人たちはみんな、さすがに驚いた表情を見せたが、それはその葉っぱは人に食べさせるものより、むしろ家畜のえさにふさわしく思えたからだ。

「あなた方の考えは間違っています」と彼女は言った。「たとえば、みなさんがよく御存じのイソップの寓話では、動物が言葉を喋りますが、あれは人間たちがよく理解できるようにとの配慮からです」

つぎに〈道徳哲学さま〉は、花かざりを一つ作り、それに様々な木の葉っぱを加えたうえ、自分の首にかけた。そのために、なるべく広い範囲から素材を集め、知識の精髄を抽出すべく、たとえばアルチャート[57]のエンブレムをひとつ残らず選んだ。もっとも、アルチャートの著作は、何人かの作家によって模倣され、歪曲され、せっかくの気の利いた道徳の教えが、効果的に生かせられなかったことも事実ではあった。また、プルタルコス[58]の道徳の教えに関しても、彼女はごく一般的な道徳問題の解決にあたっては、その教えをよく利用していたのである。あらゆる種類の警句や格言のたぐいは、大いなる芳香を放っていた。しかしその編纂者については、あまり注意を向けられることはなかった。そこで彼女は彼らに敬意を表し、その働きに見合うだけの褒賞を与えるようにと命じた。何人かの編纂者は、作者を大いに助けて警句や格言に鋭い機智を含ませ、まるで出産の女神ルキナ[59]のように、助けの手を差し伸べ、作品を生みだすための力を与えてくれていたことがその理由であった。彼女は横に異常に広がった大きな葉っぱを見つけたが、あまり実用には向かないものばかりだった。彼女はこう言った。

「このペトラルカやリプシウスなどの葉は、もしこの大きさに見合うほど中身が充実していたら、計り知れないほどの値打ちをもったはずなのですがね[60]」

ところが、彼女はたまたまそのとき、そんな高い価値をもつ葉を何枚か取り出したのだ。たちまちそこに居合わせた人々の好みに合致し、何人かの人はその葉を口に入れて嚙み砕き、またある人はそれを挽いて粉にして、一日中休むことなくその粉を鼻に当てて楽しんだ。

「おやめなさい」と彼女は言った。「このケベドの葉っぱはちょうどタバコの葉に似ています。つまり為になるというより、むしろ悪癖を身につけ、何かに役立てるというより、ただ笑うためだけにあるようなものですから」

『ラ・セレスティーナ』[61]やそれと同類の作品に関しては、作者の優れた才覚を認める一方で、その葉っぱをパセリになぞらえた。それは、この作品は色欲に溺れるさまを描いてはいるものの、その卑猥な感じを極力抑えて、不快感を取り除いてくれているからだ。

「こちらの別の分は、通俗的ではあっても、なかなか辛味が効いています。この種のものに財産を使い果たすお方もいらっしゃいます。こちらの葉っぱは、バークレイ[62]のような作家たちのもので、辛子の葉のようなものです。鼻にはひりひり感じられますが、その辛味のおかげでいい味がします」

これとは反対に、彼女が新たに取り出した葉っぱは、文体においても感情表現においても、とても柔らかな味を出している。もちろん、彼女には男性陣の好みを満足させる気持ちなどさらさらなく、むしろ女性や子供にゆっくり味わってもらうつもりで、その葉を取り出したのだ。彼女はジオヴィオ[63]の著作を、かぐわしい花の香りをもつ作品の一つに挙げ、そのよき香りゆえに頭の働きを蘇らせてくれると評価しているのだ。つぎに彼女は何枚かの葉を、わざと目立つように出して見せた。しかしお世辞にも美しいとはいえず、形も悪く、二人はあまり好きにはなれなかった。しかし賢明なニンフはこう言った。

「このドン・フアン・マヌエル[64]の文体には目をつぶってあげないといけません。見るべきは、その厳しい道徳性と私たちに教えを説く際の、巧みな語りのわざなのですから」

彼女は、ではおしまいにと言ってから、アーティチョークを取り出し、楽しそうに一枚一枚はがしたあと、こう言った。

「ボッカリーニ[65]のこの皮肉は、とてもおいしそうには見えます。でも一枚の葉っぱのうち、食べられるのは、唯一先っぽの部分で、それも塩と酢をつけなければなりません」

彼らはこうして、我を忘れて話に聴き入り、楽しく時を過ごし、まさに高徳の士にふさわしいこの部屋から立ち去ることなど、すっかり忘れてしまっていた。そこで別の妖精である〈都合さま〉だけが、彼らをここからやっと連れ出すことができたのである。このニンフはもうひとつの大きなサロンの入口に立っていた。これまでの部屋とはよく似てはいるものの、より大きな威厳を感じさせるサロンであった。彼女は二人を手招きして、こう言った。

「この部屋こそ、あなた方がもっとも大切な知恵を発見するべき場所であり、どう生きるべきかを教えてくれるところです」

ふたりは、一応彼女の顔を立て、その部屋に入ることにした。すると中には、花飾りを頭につけたもう一人のニンフの姿があった。どちらかといえば見た目より、心の安らぎを追求する女性に見えた。案の定彼女が言うには、見た目の美しさなんて、ただ他人を楽しませるだけのものだとのこと。さらに時にはこんなことを口にするのが、彼らの耳に入った。

「私に太った体をくれるのなら、美貌など差し上げてもいいつもりでいるわ」

ゆっくり観察していると、彼女は全神経を自分の身の安らぎを求めることだけに集中しているのが判った。しかし彼女はその気持ちをこっそり隠して、人に知られないようにしている。しかしクリティーロはそれを見抜き、連れの翼の男にこう言った。

「この精霊は、どこから見ても〈政治さま〉ですよね」

「おやおや、さっそく彼女の正体を見破ったかね！　そう簡単には正体を明かさないのがふつうなのに」

彼女の任務は、知恵の限りを尽くして、王冠、つまり理想の君主のあるべき姿を、自分なりにつくりあげることであった。その王冠には、自分で新調したものもあれば、過去の形に補修を施したものもあり、あくまでも政治の理想の形を追求するものであった[66]。あらゆる種類の素材や形式が試され、銀、黄金、銅、棒切れ、オーク、果実、花など、いろいろなもので試作が行われていた。〈政治さま〉は、これまでさまざまな試作品に入念に検討を加えたうえで、その成果を説得力のある言葉で、広く世の人々に紹介してきたのだ。まず第一番目に、自信をもって王冠のあるべき姿を提示したのが、なんらの欠点も瑕疵もない芸術品ともいうべき著作だった。しかし残念ながら、見た目には立派なものの、じつは実用性に欠ける弱みを抱えていたのだ。そこに居合わせた者はみんな、それがプラトンの『国家』だと分かった。今の世のごとき悪意ばかりがはびこる時代には、まったく向いていない内容の著作なのだ。さらに、見た目にはこれとは全く反対の、二つの王冠を見せられた。見映えの良い黄金で出来たものではあったが、形が崩れていて、造りも稚拙なのだ。〈政治さま〉はそれを床に放り投げ、足で踏みつけながらこう言った。

「このマキアヴェリの『君主論』とボダンの『国家論』[67]は、人に読ませてはいけません。こんな本のことを、国家のために役立つ書などと呼んではなりません。全く国家の概念に反する著作ですから。いいですか、国家の在り方を論じたこの二冊の本は、今の時代がいかに卑劣で、悪意に満ちた時代であるか、世界が手のつけられないほど堕落してしまったかを如実に示すものです」

アリストテレスの『政治学』については、古典の名著とされた。また、〈政治さま〉は、われらがカトリック王フェリペ慎重王のために、真珠と宝石を一面に嵌め込んだ王冠を薦めた。それは、ボテロ[68]の著になる『国家的見地』であったが、王はこの著作を高く評価し、大いに参考としたのだった。

ここでクリティーロたち二人は、とても奇妙な出来事を目撃することになった。

キリスト教的政治の決まりごとを正しく守り、新しく練り上げられた完璧な著作が世に出たのだが、すべての人がこぞってその価値を認め、大いに称賛するなか、ある大人物がやってきて、ぜひとも手に取って自分も読んでみたいと言う[69]。さらにこの人物は、すべての部数を買い占めたいとまで言い、要求されるがままの値段で代金を支払ったのだ。きっとこれは、この著作を高く評価し、その人物が仕える君主へ献呈するためだとだれもが思ったのだが、しかし事実はその想像とはまったく反対だった。この書が王の手元に届くのを恐れ、大きな焚火を用意したうえ、すべての冊子を燃やし尽くし、その灰をまき散らすよう命じたのである。しかし、こうしてすべてを秘密裏に計画し、実行に移したのではあったが、抜け目のないこの精霊には、ちゃんとその知らせが届いていたのだ。さすが〈政治さま〉を名乗るニンフだけあって、世の中のあらゆる手練手管にちゃんと通じている。彼女はすかさず著者自身に、一字一句変えることなく再出版するよう命じたのである。そして広くヨーロッパ全土に隈なく配分した結果、高い評価を受けることになった。ただし、政治家としての資質に欠けるあの人物の手元には、一冊たりとも渡らぬよう工作することを忘れなかった[70]。

〈政治さま〉は、きれいな装飾が施され芳香を放つ小箱を、懐から取り出した。周囲の者は、彼女にそれを開け、中のものを見せてくれるようにとせがんだ。すると彼女はこう言った。

「これはすばらしい宝物です。あまりにも貴重すぎて、公の目に触れることはありません。あのカール五世が自らの経験にもとづき、数々の教えを、あの思慮深い王となる息子フェリペ二世の偉大な才能に信頼を寄せ、書き残したものです」

さらにそこから少し離れたところに、永遠の書となることを目指す別の書物が置かれていた。しかし永遠の書といっても、その内容の質よりも、その量つまり重量によってその座を狙うような代物で、だれひとり手に取ろうとする勇気のある者はいなかった。

「これは間違いなくボバディーリャ[71]のものですよね」とクリティーロが言った。「読む者はみんな疲れ果て、投げ出してしまうような本です」

「こちらの本は、小さいけれど、なかなか素敵なご本です」と抜け目のない精霊が言った。「この『政治家』と題する本には、著者が検閲でよく問題を起こすお方であること以外は、なんら欠点はありません[72]」

あたり一面、たくさんの王冠、つまり政治関係の著作が、折り重なり山となって置かれていた。あまりきれいに保存されていないところを見ると、ほとんど評価されていないことが見てとれる。彼ら二人が、一冊ずつ手に取って確認してみると、中は空っぽで、中身の残骸さえ見つからなかった。

「これはみんな世界中で発行された国家論ですが、各王国についてごく皮相的な説明しかできていません」と精霊《ニンフ》が言った。「問題の奥まで入り込み、本質を明らかにすることができていないのです。つまり、外皮の部分だけで満足しているにすぎません」

彼らは『ガラテオ[73]』と、それに類似した礼儀作法書もそこで見つけた。政治論を扱うこの部屋が、こうした書物にふさわしい場所とは二人には思えなかった。しかし、精霊《ニンフ》だけはこれでいいのだと頑張った。なぜならば、礼儀作法とは人間にとっては、いわば広い意味での政治の領域に属する事項であり、徳高き人になるための特別の要件となる性質をもつから、とのことだった。このほかにも、偉人達が様々な形で、その息子たちに与えた教えをまとめた書物とか、タキトゥスとその信奉者の著作から抜粋した政治的な警句の数々も、彼らは楽しむことができた。またほかには、保管するにも値しないような書も多くあった。精霊《ニンフ》はこう言った。

「こちらの本は、空想を振りかざして一国の政治を担ってきた、無責任な連中のご託宣を収めたもので、みんな中味に乏しいたわごとばかり。結局はこうやって捨てられてしまう運命をたどります」

さて、これまで見てきた永遠の価値を追求する数々の部屋とは別に、それほど広くはないものの、これらすべての部屋を配下に従えるような、聖域ともいえる場所があった。これこそ人間の精神が集う神聖な空間であり、そこでは芸術の枠がすべてを支配し、神の妙計を教示してくれる場所であった。諸聖人が著わした書物、信仰を説いた教義本、精神の修行についての書物などが揃えられ、神の霊感をわれわれに伝えてくれる部屋となっていた。

「この部屋の中をよく見てごらんなさい」と翼の男は言った。「ここは単に本棚に書物を並べただけの場所ではないんだ。全宇宙を支えるアトラス[74]のような存在なのだよ」

これを聞くと、クリティーロは感じ入ったように、こう漏らした。

「この場所こそ、まさに理性を備える喜びを味わい、記憶の宝たる書物に触れ、意志の輝きを学び、魂の充足を得て、生命の楽園に遊ぶことのできる聖域というべきだ。庭園を愛でる者、饗宴を楽しむ者、狩猟に精出す者、賭け事に熱中する者、盛装に身をやつす者、愛欲に身をまかせる者、富を蓄える者、そんな連中にはみんなどうぞご勝手に、あらゆる趣味や暇つぶしにご精進していただこうじゃないか。でも、私にとっては、書に親しむことほど楽しいことはなく、名著が並ぶ図書室ほど、私の心を惹きつけるものはない」

翼の男は、この辺で訪問を切り上げようと、クリティーロに合図で知らせた。ところが彼はこう答えた。

「いや、まだですよ。美しき女王ソフィスベーリヤさまにじきじきに面会が叶うまでは、まだまだ帰れません。天上の世界にも似たこの宮殿の主であれば、まさに太陽そのものに比肩するお方にちがいありません。だから案内人たるあなたに、ここでぜひお願いしたいのです。どうかその神々しいお姿の前へ、この私を連れて行ってほしい。その麗しいお姿は、まさに美の極致。まだ会わずとも私はそれを想像できます。その穏やかなお顔、鋭い洞察力を感じさせる目、しなやかな髪、優しげな口元、かぐわしい息遣い、崇高なまなざし、人間味のある笑い声、的確な思考、分別を感じさせる会話、品格のある姿、品位のある人格、重厚な態度、威光に満ちた存在感など、もうまるでそのお姿を直接目にして、感動している自分の姿を想像できます。さあ、早く！　何をぐずぐずしているのです？　あなたがそうやって手間取っている時間が、私には何百年ものつらい待ち時間に思えてきます」

翼の男がどうやってその願いをかなえてやり、クリティーロがどのようにしてその幸運を手に入れたかについては、のちほどゆっくり語ることとして、読者諸兄には、まずは俗物が集まるあの広場で、アンドレニオに何が起こったかをお話しすることにしたいと思う。

第五考
凡俗たちの広場と有象無象の集まり

語られるところによると、幸運の女神が至高の力を示す天蓋の下にゆったりと身を置き、とくに仕事とてなく側近たちに取り囲まれのんびりと過ごしていた時、幸運をぜひ得たいと望む者が二人、女神の助力を乞うべくそこに姿を現わしたという。第一番目の男が懇願するには、高徳の人間になる幸せをぜひ頂きたく、世の智者と賢人の列に自分も加えてほしいとのこと。そこで側近たちはお互い顔を見合わせ、口を揃えてこう囁きあった。

「この男は出世するにちがいない」と。

しかし女神は、やや悲しげな表情をみせたものの、穏やかにこの申し出を認めてやることにした。

つぎに第二番目の男が進み出て、さきほどの男とは逆に、無知で愚鈍な連中ばかりの中に身を置きながら、自分を幸せにしてくれるよう願い出た。側近たちはこの奇妙な申し出を、気の利いた冗談と受けとめ大いに笑ったが、一方幸運の女神は満足げな表情を浮べ、その申し出を受け入れた。

こうして二人はそれぞれ女神の裁定に納得し、満足感と感謝の気持ちを抱いてそこを退出した。しかし側近たちは、日頃からつねにご主人の顔色を窺い、その気持ちを忖度する習慣から、女神の顔の表情が、あれほど激しく変化したのに気づかぬはずはなかった。彼女もまた側近たちのその反応を見て取ると、諭《さと》すような調子でこう言った。

「ところで、先ほどの二人のうち、どちらが思慮分別のある人間だったとみんなは思ったの？　おそらくあなたたちは、第一番目の人物だと思ったのじゃないかしら。でも言っておきますが、その考えはまったく間違ってるのよ。あの人は愚か者よ。願い出たものの価値さえ、分かっていないのだから。あんな者など、この世ではなんの値打ちもないわ。でも、つぎの二番目の人は、物事の交渉の仕方をちゃんと心得ている。あの人は何をやっても成功するはずよ」

ふつうに考えれば相矛盾するようなこの説明を聞くと、一同が驚いたのも無理はなかった。しかし彼女はこう言って、見事にその理由を納得させたのである。

「いいですか、みなさん。賢者の数はほんとうに限られているの。一つの町に四人もいないでしょうね。いえ、四人なんて言い過ぎね。一国全体でさえ二人といないかもしれないわ。ところが、無知な人は多く、愚か者となるとこれはもう限りなくいるのよ。ということであれば、その人たちを自分の味方につけられる人こそ、まさに全世界の主となることができるということなの」

　この二人の男の例は、それぞれが置かれた状況を考えれば、そのまま今のクリティーロとアンドレニオにあてはまる。とくにアンドレニオがケクロプス[1]の後ろについていって、大勢の仲間とともに愚者に成り下がってしまったことを考えれば、これは十分説明がつくはずだ。何でも知り尽くしたふりをしながら、じつはまったく無知なあの幻獣が、後ろにぞろぞろ従えたお供の数たるや、とうてい信じられぬほどであった。あの大行列は、雑多な人間が集まる大広場にすでに入り込んでいる。桁外れに大きい広場なのだが、すでに群衆であふれかえっている。しかしそこに居合わせたある賢者の話では、これほどの数の人間がいるというのに、この広場のなかには高徳の人間などだれひとり見つけることはできないとのこと。この賢者はかつて、真昼に松明を手に掲げて立派な人物を探してみたことがあるのだが、ひとりとしてまともな人間にめぐり会えなかったらしい[2]。この広場にいる者は、すべてにおいて半分の人間でしかなかったのだ。それが証拠に、人間の顔をした者は蛇の尾をもち、女たちは魚の尾をしていたし、それとは逆に、人間の足をしているのに人間の頭がない者もいた。また、アクタイオン[3]に似た連中も多くいた。視力を奪われたあと、たちまち鹿に姿を変えられてしまった者たちだ。またほかには、ラクダの頭をした者もいたが、これは責任ある立場にあって、心の重荷に苦しめられてきた人たちであった。さらに荷役の牛の頭をした者は、重い荷を引きずり怪我の多い労働をしてきた人たちであり、そしてかなりの数の者は、オオカミの頭をしていて[4]、これはいつも村人のお笑い種になっていた連中だった。しかし何と言っても一番数が多かったのが、愚鈍なロバの頭をして、御人好しながらも、どこか下心のありそうな連中だった。

「変だなあ」とアンドレニオは言った。「蛇や象の頭をした者はだれもいないし、狐の頭さえどこにも見あたらない」

「そりゃあ君、当たり前だよ」と哲学者は言った。「動物になるにしても、彼らにはそんな贅沢は許されないよ」

　このように全員が体を継ぎ足した人間ばかりで、ライオンの爪をした者もいれば、熊の足をした者もいる。またある者は、鵞鳥の口をして人の話を受売りし、同じ話をそのまま繰り返している。一方別の者は豚の鼻をして、鵞鳥の口をした者に向かって何かしきりに呟いている[5]。さらにこちらには山羊の足をした者がいれば、あちらにはミダス王のロバの耳をしている者もいる[6]。何人かの者はフクロウの眼をしているが、しかしほとんどがモグラの眼をした者ばかりだ[7]。さらには、笑っているように見える犬の顔、しかし筆者である私には分かっているのだが、実は歯を見せて威嚇している顔なのだ。

　彼らはいくつかの集団に分かれ、真面目な話などそっちのけで、それぞれお喋りに興じていた。するとそのなかのある集団で、何か争っているような声がする。よく聞いてみると、バルセロナの町を包囲し猛然と攻撃を仕かけ、財力を費やすこともなく、また兵の犠牲もなく、わずか四日間で陥れることができたなどと、声高に喋っている男がいる。[8] なんでも、その後フランスの内乱[9]がつづいている間にペルピニャンに転戦し、スペインの失地を回復し、さらにたった二日足らずの行軍でフランドルへ移り、さらに再びフランスに取って返し、フランスをまるで四元素のようにお互い背反する四つの地域に分割し、最後にはイエルサレムを奪取する結果となったとのこと。

「あの人たちはいったい誰なんです?」とアンドレニオが訊いた。「いやに格好よく戦った人たちみたいですが。ひょっとしてあの勇猛なピコロミーニ[10]もあの集団のなかにいるのでしょうかね? それにあちらの人はフエンサルダーニャ伯[11]で、向こうの人はトゥタビーラ将軍ではありませんか?」

「あの中で兵士だった者は、ひとりもいないね」と賢者である哲学者は答えた。「それに戦争さえ実際に見たこともない。ほら、見たら分かるだろう? みんなどこかの村から来た田舎者だよ。あそこで誰にも負けずに、ひとりで喋り倒している男がいるだろう? あの男だけが手紙の文字が読めて、もっともらしい話をでっちあげることができる。だから村じゃ、司祭どのに次ぐ物知りだ。つまり平たく言えば、あの男は村の床屋なんだ」

アンドレニオは少々いらいらした感じで、こう言った。

「でも、あの人たちは土くれを鍬で掘り返すくらいしかできないというのに、なぜ国を平定したり他国を征服したりとかいう、大それたことをやろうとするのです?」

「おい、おい」とケクロプスが口を挟んだ。「ここにいる者は何でも知っているんだぜ」

「《なんでも知っている》なんて言っちゃだめだよ」と賢者が応じた。「そうじゃなくて、《何でも喋る》だろう?」

さらに別の集団を見ると、何と世界を統治する話題に興じている。ある者は政策を立案し、また別の者は勅諚を公布する仕事をしていて、そうすることで貿易は発展し、支出を抑えられるなどと話している。

「あの人たちは、どこかの国の閣僚かな?」とアンドレニオが言った。「話している内容からすると、きっとそうですよね」

「でもあの連中にいちばん欠けているのは、ちゃんとした助言者だよ」と賢者が言った。「なにせ自分の家を破産させておいて、国の財政を建て直そうとしている連中だからね」

「それはまたどうしようもない人たちですね!」とアンドレニオは驚きの声を挙げた。「いったいどんなつもりで、国を治める仕事など選んだのでしょうかね」

「でも君も見たら分かるはずだが」とケクロプスが答えた。「ここではみんな役職に就くときには、きちんと宣誓のことばを述べている」

「でもそれが仇になって、身の皮をはがれて命を落とすことになるかも知れないがね」と賢者が応じた。

彼はそう言ってから、蹄鉄工の男に近寄っていった。

「いいかね、君の本来の仕事は馬に蹄鉄をつけてやることだよな」と言った。「それなら、釘をきちんと打込むのと同じ要領で、百に一つくらいは施策を間違いなく成功させてもらいたいものだ」

そしてある靴屋の男をぐうの音も出ないほどやり込め、本来の仕事に精を出すよう諭《さと》した。

さらに先へ行くと、家系について議論し、スペインの最高の血筋はどこかなどと、やりあっている者たちがいた。たとえば、偉大な将軍とされるあの軍人は、むしろその勇気よりも、幸運に恵まれたからこそそう呼ばれているのではないか、そしてその幸運とは一人として敵を作らなかったことにあるのではないか、などと議論している。さらには、たとえ一国の指導者として優れた資質を有していても、一個の人間として多くの悪徳を抱える者であるならば、たとえ君主であろうとそれは許されるべきではない、などとやりあってもいる。なるほど、人間性という基準で、すべての人間を平等に評価しようとしているのだ。

「どうだね、アンドレニオ君」とケクロプスは言った。「ギリシャの七賢人にも勝るほどのすばらしい考えだろう？　でも言っておくが、みんな職人連中で、いちばん多いのが裁縫師だ」

「それはよく分かります。だってサイホー師だから、サイコーに多いわけでしょう？」

さらにアンドレニオはつづけて、

「でも誰がいったい彼らにそんな眼識を植えつけてくれたのでしょうね？」

「そうそう、そこが大事なんだよ。要するに彼らの仕事はだね、いわば客の器の大きさを計って、それに合わせて生地を裁断していくようなものだからさ。それにこの世の中じゃ、人間みんなある意味じゃ仕立屋みたいなものだよ。だって、他人の生活をずたずたに引裂いたり、名声という名のすばらしい生地を、小刀で切刻むなんてことまでやってのけるからね」

この広場では騒音やわめき声は、とくに珍しいものではないのだが、そのなかでもひときわ目立つ蛮声を張り上げて、なにやら話している人々の声が彼らの耳に入った。立派な家とは言いかねるが、かといって豚小屋ほどはひどくない近くの店から聞こえてくる。もっとも戸口に木の枝を吊るしているところを見ると、酒を飲ませる場所のようだ(12)。

「あの溜り場はいったい何をする場所なんでしょう？」とアンドレニオは訊いた。

するとケクロプスは、いかにも意味ありげな調子でこう答えた。

「あれはだね、お偉方の集まりだよ。あそこで全世界の国家諮問会議でもやっているつもりなのさ」

「でもあんな治め方をしていたら、世界はきっと大変なことになるでしょうね。あれはどう見たって、居酒屋にしか思えませんからね」

「あれは間違いなく居酒屋だよ」と賢者は答えた。「ああやってみんな頭に血が上っているから、まるで自分が世界の主みたいに錯覚してしまうわけだ」

「でも少なくとも」とケクロプスは答えた。「白ワインの力でも借りれば、きっと何かの妙案が浮かぶはずだ」

「いやいや、できれば好物の赤ワインのほうが私はいいけどね」と、賢者はふざけて応じた。

「いや、これは真面目な話だが」とケクロプスは再び自説を展開した。「あの居酒屋から、広く世に知られた人物たちが輩出し、世の中に大変な騒ぎを巻き起こしたものだよ」

「それはいったい誰のことです?」

「誰のことです、だなんて、君は本当に知らないのかね? たとえば、セゴビアのあの剪毛職人[13]はこんな場所から、世の中へ出て行ったのじゃないのかね? バレンシアの羊毛の毛梳き職人、バルセロナ[14]の穀物の刈入れ人夫、ナポリのあの肉屋にしたって同じだ。彼らは例外なくみんなこんな場所から出て行って、首謀者となり、おしまいにはめでたく首をはねられたわけだ[15]」

しばらくの間耳をそばだてて聴いていると、スペイン語を喋る者もいれば、フランス語の者もいる。それにアイルランド語を話す者も何人かいる。それにもうすっかり全員に酔いがまわってしまっている。彼らが口角泡を飛ばしてやりあっていたのは、崇敬するそれぞれの国王のうち、だれが最強の王なのか、だれがもっとも豊かな財力があり、戦場にはどれほどの兵を動員できるか、だれがいちばん多くの国を支配下に組み入れているのか、といったところだ。そのあとは、お互いの健康を願って、とかなんとか好きなことをわめきながら、乾杯を繰り返して気勢を挙げている。

「きっとあんな連中の中から」とアンドレニオは言った。「低俗な輩が世の中に吐き出されて、なんでも好き勝手なことを言って、世間を渡り歩くことになるんでしょうね。彼らが人前で裸になるに等しい恥さらしなことをするのは、てっきり人類全体が堕落してしまったからだとぼくは常々思っていますが、今こうやって彼らを見ていると、裸の体がまるで酒の皮袋そのものになっているのが、本当の原因だということがなるほどよく分かります」

「まったくそのとおりだ」と賢人は言った。「あそこにいるのは、何の中身もなく、空気だけが詰まった皮袋みたいな連中ばかりさ。ほら、あの男を見てみたまえ。体ばかり膨らんでいて、中は空っぽ。こっちの男は、皮袋に酢を詰め込んでいるから、まるでお役人みたいに、苦虫を噛み潰したような顔をしている。あそこにある小さな皮袋には、酸っぱい柑橘水[16]が入っているのだが、少量口に含むだけでも大仰に反応し、すかさずまた補充する。あちらに大勢いるのは、ワインの皮袋を体の中にしまい込んだ連中だ。だからみんなあんなに酔っ払っている。それにあちらにたくさん積み上げてあるのも、やはり酒を入れる皮袋の山。だからさけて通れない。また皮袋に麦わらをいっぱい詰め込んだ奴らもたくさんいる。家畜が喜んで餌にする麦わらだから、彼らにはぴったりの中身だ。獰猛な連中の使う皮袋は、いつかは絞首台で終わる彼らの運命に合わせてか、ほらあそこにぶら下げてあるだろう。なんとあちらの野蛮人からは、死んだあとで体の皮を剥いで太鼓を作り、敵を怯えさせるつもりのようだ。そうやってずっと遠くまで、連中の獰猛さを太鼓の音で響き渡らせるわけだ」

　こうして広場の真ん中あたりをぎっしり埋めていた下賤な連中のほか、その近くにもほかの集団がいくつか出来上がり、なにやら大きな声でわめき合っている。どの集団もどうやら今の時代の政治をこき下ろしているようだ。これはどこの王国でも、またいつの世でもごく普通に見られる現象で、あの平和な《黄金時代》[17]においてさえ、ごく当たり前のことだったのだ。しかし一兵卒たちが国王諮問会議についてあれこれ取沙汰するのを耳にするのは、どうも違和感があるし、そのほか訴訟手続きを早めるとか、賄賂禁止令を改正するとか、聴訴官の評価をするとか、裁判所に出入りする話など彼らの口から聴かされるのはまったくのお笑い種だ。これとは対照的に、法律家たちがいくさに参加し、武器を手に取り、突撃をしかけ、町を占拠したなどの話を耳にするのは、とても滑稽なことだった。また、農夫がまるで農作物の取引商人みたいに、やれ交渉だの、やれ契約だのと話しているのを見ることも、また学士殿が軍隊について、兵士が勉学について話をしているのを見ることも、平信徒が聖職者の義務について考察したり、聖職者が平信徒のように浮ついた話をするのを耳にすることも、とても場違いな感じだった。こうやってそれぞれの身分がお互い入り乱れ、本来他人の領域であるべき場所に首を突込み、自分の仲間といるべき場所から飛び出し、それぞれみんな、いちばん不得意なことについて喋っているのだ。何人かの老人が今の世を悪しざまに言い、過ぎ去った時代を褒めそやす一方、若者たちの無礼さ、女性たちの風紀の乱れ、放縦ぶり、美風の衰退、あらゆる面での堕落を大袈裟に非難している。

「わしはなあ、この世の中がますます分からんのだ」とそんな老人の一人が言った。「時間が進めば進むほど、ますます分からなくなる」

「俺なんかもうとっくの昔に、今の世なんて分からなくなっているよ」と別の老人が応じた。「俺たちが昔知っていた世の中と比べりゃ、これは丸っきり別の世界になっちまってるよ」

　彼らがこんな話をしているところへ、賢者がやって来た。そして、すこしは昔のことを思い出してみるようにと切り出してから、彼らがそれほど褒めそやす過去の時代には、当時の老人たちはその時代のことを悪しざまに言っていたはずではないかと注意したのだ。そしてさらにその前の時代には、また別の老人たちがいて、と言う調子で、各時代の老人たちが数珠つなぎになって、世間のこんなありふれた習慣が最初に愚痴をこぼした大昔の老人にまでつながっているのではないか、と教えたのである[18]。また、その近くには、とても気位の高そうな男が五、六名、別の集まりをつくっている。本当のところは、実力よりもむしろ威厳だけを頼りにして生きているような面々で、仕事もなく暇を持て余し、金欠病にも悩んでいる。かつて仕えたご主人の屋敷へなんとか戻り、過去の栄光の輝きを復活させられないものかと、さまざま考えをめぐらせているようだ。

「すごいお屋敷だったなあ」とそのうちの一人が言う。「あのインファンタド公爵のお屋敷[19]ときたらすごかったぜ。むかしあのフランス王が囚われの身になった時、宿泊したお屋敷さ。あのフランソワ一世が口を極めて褒めていたものさ」

「きっとそれに負けないほどのお屋敷が」ともう一人の男が言った。「栄光と転落を味わった、あのビリェナ侯爵[20]の豪邸だったはずだよ」

「いやいや、あのカトリック両王時代のカスティーリャの大富豪はファドリケ・エンリケス様[21]だ。あの壮麗なお屋敷に対抗できるような建物はほかにないね」

「あそこで話しているのは誰なんです？」と、アンドレニオが尋ねた。

「あれはだね」とケクロプスが答えた。「貴人のお屋敷で働いて侍者とか従者とか呼ばれていた人たちだよ。まず何よりも体面を重んじる連中さ」

「いや、もっと平たく言えばだね」と賢者は言った。「あの連中は大切な金蔓を失ってしまい、そのあとは無為な時間を過ごしている者ばかりだ。むかし仕えていたお屋敷では、寄生虫みたいな生活をしていたわけだが、いまでは他のお屋敷の評判を上げるためだけの存在になってしまった[22]。君もいつも見ているはずだけど、自分のことが分かっていない人間に限って、他人のことにいろいろ口出ししたがるものだよ」

「想像もしなかったことですが」とアンドレニオは感心したように言った。「これほど愚かで分別に欠ける人たちが、みんな揃ってこんなにたくさん集まっていたのですね。ここにはいろいろな身分や性格の人たちが集まっているうえに、無学な連中までそのなかにいるのがよく分かります」

「まさに君の言うとおりだ」と賢者が言った。「どこへ行っても無知な凡俗はいるものだ。どんなにお高くとまった集団のなかにも、必ず無知な者がいて、何に関してでも喋りたがり、的確な判断力もないくせに、物事の評価にまで口出ししてくる」

しかしアンドレニオが不思議に思ったのは、国中の凡俗をこれほどたくさん集めた掃き溜めのような場所に、立派な風体の男が何人かいることであった。人の話では偉大な人物たちらしい。

「あの人たちは、いったいここで何をしているのでしょう？

たとえばここに、マドリードにいる以上の数の荷物運びの人夫がいたとしてもぼくはとくに驚きません。トレドよりたくさんの水売りがいても、サラマンカよりたくさんの貧乏学生がいても、バレンシアよりたくさんの漁師がいても、バルセロナより多い数の刈入れ人夫がいても、セビリアよりたくさんの人足がいても、サラゴサよりたくさんの穴掘り人夫がいても、ミラノよりも多い数の仲仕がいても、ぼくには何ともありません。でも、あんな立派な外見のお方がここにいらっしゃるとは。きっとどこかの紳士か、あるいはそれなりの称号をお持ちのお方か、あるいはどこかの領主さまなのか、さっぱり想像がつきません」

「君はいったい何を考えているんだね」と賢者が言った。「お輿《こし》に乗ってるからといって、それだけの理由で賢者にしてしまうのかね？　立派な服を着ているからといって、思慮分別のある人にしてしまうのかね？　そんな人たちのなかには、自分の従者に負けないほど俗っぽくて無知な者が、何人かいるものだよ。たとえ君主であっても、物事が何も分かっていないくせに、いろんなことに口を挟んでくるような人物がいる。自分がまったく知りもせず、理解もできない問題に、自分の意見を押しつけるようなことをしたら、それはすなわち俗っぽい下卑た人間であることを、自分から進んで宣言しているようなものだ。つまり凡俗というのは、格好をつけただけの無知な輩の集団にほかならない。物事が理解できなくなればなるほど、ますます多弁になる連中なのさ」

彼らが振り向くと、こんなことをつぶやいている男がいる。

「おれがもし王様だったら……」

それはある軍人のお供の従僕だった。

「ぼくがもし法王だったら……」と貧乏学生が呟いている。

「もしあなたが王様だったら、どうされるのです？」

「ええとですね、まず初めにやらなきゃいかんのが、スペイン風に口髭を伸ばしてから染め上げるんです。そうやっておいてから怒鳴り上げます。《何をやってやがるんだ！》って調子でね」

「いやいや、もうそこまでで結構です。そんな怒鳴り声を出したら、そんな人はみんな酔っ払いだと思われてしまいますよ」

「いや、おれが言いたいのはね、何人かの軍人を絞首刑に処すべきだと思うんだ。とにかく空威張りばかりしている連中が多いのが、おれにはちゃんと分かっているからな。だから、なんであの将軍は勝ちを逃したのか、なんで軍隊を全滅させたのか、なんで敵の手に要塞を渡してしまったのか、そんなことをちゃんと調べなきゃいかんのだ。ほんとに軍人らしい働きもせず、軍功もない者には、おれなら絶対に領地など与えないよ。もともとそんなご褒美は、まことの軍人のために作られた制度だからな。ただ羽飾りをつけて威張ってる連中じゃなくて、たとえばソト司令官とか、モンロイ殿とか、ペドロ・エステレス殿[23]みたいに、数えきれないほどの戦闘とか包囲作戦を体験してきた優れた軍人のためのものだよ。おれに任せてくれたら、副王にだろうが将軍にだろうが、すごい人物を抜擢するよ。それに大臣もだ。みんなオニャテ殿やカラセナ殿[24]みたいな人物だったらなあ。とにかくこのおれに任せてくれたら、大使の職にもすごい人物を任命してやるよ」

「たった一か月でいいから、僕を法王にしてくれたらなあ」と学生は言った。「そうしたら物事は別のいい方向に進むのが、僕にはちゃんと分かっているんだ。教会関係の位とか、聖職禄とかは、競争試験をして成績のいい者だけに授与するようにしなきゃいけないよ。僕が法王なら、縁故なんかに関係なく、だれがちゃんとした学問を身につけているのか、だれが猛勉強してきたのか、きっちり調査するんだけどな」

そのとき、ある修道院の扉が開けられると、大勢の者がスープの恵みに預かろうと中に入っていった。

大衆がたむろする大きな広場を見渡してみると、さまざま変わった種類の職人たちの仕事場が目に入ってくる。パイ職人たちは、大胆にも犬の肉を使ったパイをつくっている。先ほどの居酒屋に常連がたえず集まるのと同じように、この店でも客足が絶えない。釜づくりの職人はいつもの釜の修理に追われ[25]、土鍋職人は、鍋の破損を内心喜び、靴屋はぬかりなく顧客に自分の足形をあてがい、床屋はいつものお喋りで客をうんざりさせている。

「変だなあ」とアンドレニオが言った。「これほどおかしな店ばかり並んでいるのに、嫌な気分を直す薬を売っている薬局がないなんて」

「床屋の店があり余るほどあるから、それは大丈夫だよ」とケクロプスが言った。

「でもあそこへ行くとうんざりさせられるのは」と賢者が答えた。「馬鹿みたいになんでもペラペラ喋りまくることだよ。もっともあの連中が知っていることといえば、だれも知らぬはずがないごく当たり前のことばかりだがね」

「ところがですね」とアンドレニオが言った。「それが世間の床屋に見られる欠点でありながら、きちんとしたその対処法を教えてくれる医者がいないのは困ったものです。少なくともあのくだらない噂話だけはやめさせるべきだと思います」

「そんなこと、そもそも無理だね」と賢者が応じた。

「どうしてですか?」

「なぜかと言えばだね、どんな病気にも治療法はあるというし、たとえ精神異常であっても、サラゴサやトレドなどに治せる施設があるとはいうものの、馬鹿にはつける薬がないからだよ。それが証拠に、いままで馬鹿さ加減を直してもらった人間なんて、めったにいないじゃないか」

「ほら、ちょうどあそこに、医者らしき一団がいますよ」

その人たちはなにやら怒りの声を挙げて、こちらに向かってくる。ほかの人たちが彼らの仕事の邪魔をして、たったひとつの治療法ですべての病を治そうとしているなどと、抗議の声を挙げているのだ。またそれだけならまだしも、あきれたことには医者にまで医術を教えようとする者さえいて、シロップと刺絡だけで自分たち医者に対抗しようとしているなどと怒っている。

「あんな奴らは」と医者たちは叫んでいる。「弁解の余地なし、ただちに抹殺だ!」

一方鍛冶屋たちは、釜職人も顔負けの猛烈な騒音を仕事場から出している。仕立屋たちはそれに腹をたて、どうか静かにしてくれないかと抗議し、自分は人の話をいつも理解できる人間ではないものの、少なくとも人の話が耳に入るようにしてほしいと言う。そしてこの問題が原因となって、両者の間に諍《いさか》いが起こったのだが、この広場に店を構える職人同士の間では、とりたてて珍しいことでもなかった。しかしお互い険悪な雰囲気にはなったものの、仕立屋はさすがに手をあげることだけは我慢した。鍛冶屋は相手のこの態度を一応うわべだけは褒めたのだが、つづいて仕立屋にこう言い放った。

「お前たち、とっとと消えてなくなれ! どうせお前たちは神さえもたぬ連中なんだから!」

「神をもたぬとは、どういう意味だ?」と相手は怒り狂ってやり返した。「良心のかけらもない、くらいなら我慢もするが、神をもたぬとは聞き捨てならぬ」

「いいや、それに間違いないのだ」と鍛冶屋側が同じことを繰り返した。「お前たちには、仕立屋の守護神なんてものがいないじゃないか。おれたちにはちゃんと鍛冶屋の神がいるぜ。だってふつうみんなにはそんな神がついてくれているだろう? 居酒屋にはバッコスがいる。もっとも女神テティス(27)のことは、嫌がっているようだけどな。商人たちには、メルクリウスがついている。パン屋にはケレス、兵隊たちにはマルス、薬屋にはアスクレピオス(28)が、それぞれついてくださっているわけだ。ところがお前たちはどうなってるんだね。お前たちのことを好きになってくださる神なんて、どこにもいないぜ」

「お前たちこそ、ここから出ていけ!」と仕立屋側も負けずに応じた。「お前たちは異教徒野郎だ!」

「いや、お前らこそそうだ! おれたちをいかがわしい連中といっしょにさせるつもりかね?」

するとそこへ賢者が顔をだし、ひとまずその場を収めた。守護神などもたないおかげで、かえって厄介なことに首を突っ込まなくていいのだと、仕立屋たちを慰めたのだ。

「でもとても変ですよね」とアンドレニオが言った。「この人たちは今こそあんなに騒いでいるけど、普段はほとんど喋りませんからね」

「そんなことはないよ」とケクロプスは異を唱えた。「むしろ喋りだしたら止まらないし、まるで口から先に生まれてきたみたいだからな」

「それにしても」アンドレニオが反論した。「ぼくはまだあの人たちがちゃんと喋るのを、この耳で聞いたことがありません」

「そのとおりだよ」と賢者は言った。「すべて噂話ばかりで、いい加減な話ばかりだ」

ちょうどその頃、まったく的外れな噂が飛び交っていた。多くの人がある日突然死ぬことになるだろうという噂がそれで、その日付までちゃんと特定されているのである。そこで、その二日前にショックで死んでしまう人まで出る始末。要するに、地震が襲うことになっていて、すべての家屋が倒壊してぺちゃんこになってしまうというのだ。こんなでたらめ話がだんだんと広がっていくのには驚かされるし、たくさんの人がこんな話を鵜呑みにして、お互い噂し合っている。そんな状況だから、もし分別のある人が注意を促しても、みんな揃って腹をたてたりする。こんな出鱈目話が、どこでどのようにして発生してくるのかは分からない。しかし毎年のように新しく生まれてくることは確かだ。大衆がすでに出鱈目な噂を聞かされ、幻滅を味わったばかりで、まだ湯気がたっているような感じなのにもかかわらずである。しっかり承知しておかねばならないことは、重要な事項はすぐに忘れ去られ、出鱈目話だけは祖母から孫娘へ、叔母から姪へと語りつがれ、永遠につづく伝説となってしまうということだ。

「彼らは言語能力をもっていないだけではなくて」とアンドレニオがつけ加えた。「出す声さえもっていないのですね」

「そんなことはないよ」とケクロプスは反論した。「民衆は声をちゃんともっているし、その声は天の声だとさえ言われている」

「そうだ。ただし酒神バッコスの声だけどね」と賢人は答えた。「嘘だと思ったら、その声を少し聞いてみることだ。そうしたらまったく実現不可能な話がでっちあげられたうえ、それがなんと一般にもてはやされているという事実に気づくはずだ。たとえば、かのスペイン人がエル・シッドについて語る物語を聴いてみたまえ。大きな塔を指先でぴんと弾いただけで崩し落としたとか、息の一吹きで巨人を退治したとか、そんな話ばかり。あるいはあの別のフランス人がローランについて、いかにも真実めいた物語を語るのを注意して聴いてみたまえ。逆手打ちで甲冑をつけた馬と騎士をなで斬りにした、なんていう話ばかり。たしかに同じことが、ポルトガル人にしたって起こる。たとえば、あのパン屋のおかみが、木のスコップを使って武勲を挙げた話にしたって、彼らにはそうそう簡単に否定できるものじゃないだろう(29)」

ある大哲学者が凡俗ばかりのこの広場に入り、高徳の士になるための店を開こうとしたことが一度あった。大切な真実を商う店として適当な警句をいくつか選び、それを商品として店に置いたのだ。しかしまったく受け入れられることはなく、警句のひとつさえ売り捌《さば》けず、人々にこの世への諦観の切れ端さえ教え込むこともできなかった。というわけで店をたたまざるを得なかった、ということだ。これとは対照的に、大嘘つきがひとりやってきて、的外れなことを言いふらし、出鱈目だらけの預言書を売り始めた。たとえば、スペインは再び敗戦の憂き目をみるだろうとか、オスマン・トルコ朝はもうとっくに終末を迎えているとかいった話だ。さらにはモーロ人の予言とか、ノストラダムスの予言を読んで聞かせたりする。するとたちまちのうちに店は客であふれ、大嘘ばかりの預言書も大売れに売れ、大きな信用を獲得し、人々の話題はもっぱらこの話に集中し、まるで動かすことのできない明白な事実として語られることになる。というわけで、この地ではセネカよりも占師が、また賢者よりも大嘘つきが、より大きな意味をもつ存在となってしまったのである。

そのとき、多くの従者を引き連れたひとりの奇怪な女の姿が、彼らの目に入った。従者のなかには過去の人間もいたが、ほとんどが今の時代の人間で、その女につき従い、全員ぽかんと口を開けたまま女の話に耳を傾けている。女は異常に太っていて、ひどく汚い格好をしていた。通り過ぎた場所には、どことなく重い感じの空気が漂い、まるで切り裂きでもできるような空気の重い質感さえ感じられる。賢者は臓腑をかき回されでもした感じがして、たちまち吐き気を催した。

「なんとまあ薄汚い女だ!」とアンドレニオは言った。「あれは誰です?」

「あれはだね」とケクロプスは言った。「この町では一応知恵の女神ミネルウァさまで通っている女だよ」

「この人こそ向かうところ敵なしのお方、おまけにえらくお太りになった女神さまだ」と賢者は言った。「彼女はひょっとしたら本物のミネルウァかもしれないが、しかしどう見てもこりゃあ太りすぎだね。こんな肥満体の人間というのは、どう見たって無知なくせに自己満足している者以外の何者でもない。いったいどこへ向かおうとしているのか見てみようじゃないか」

すると彼女は、そこで店を広げている女たちの横をすり抜けると、どこかの権威者が座りそうな席をみつけると、そこに座り込んだ。

「あの席はだね、愚者たちにとっての英知の座だよ」とケクロプスが言った。あそこで何をやっているかというとだね、みんなを集めてそれぞれの長所を評価して、その人間の値打ちを計っているのさ。つまりあそこで、利口か無知か仕分けされ、さらにはその主張に説得力があるのか、その説教は博識に裏づけられていたのか、よく練られて巧みにまとめられていたか、その演説は完璧だったか、その講義は見事だったかどうかなどといったことを判定されるのだよ」

「で、その判定を下すのはだれなんです?」とアンドレニオが尋ねた。「つまりそんな能力を認定する権限をもった人は誰なんです？」

「そんなの決まってるじゃないか。無知な者とさらにそれに輪をかけた愚か者がやるのさ。生まれて以来勉強などしたこともなければ、本も読んだことのない連中だよ。たとえ読んだにしても、せいぜい『教訓撰集[30]』か、さらに頑張って『万人のために』くらいかな」

「そいつは困ったことだね」とケクロプスが言った。「あそこにいる人たちはみんな、一応世の中ではいちばんの教養人とされている人たちだからね。だってみんな一応は学士さまなんだよ。ほら、あそこにとても真面目そうな男がいるのが見えるだろう？　実はあの男はね、町中を歩き回って冗談を言い、なんでもお喋りの種にしてしまい、相手構わず何にでも噛みつき、風刺文をひねり出し、それを町中に張り出したりする。まさに噂好きのお喋り屋のなかの悪戯小僧という感じの男なんだ。またあちらの別の男は、すでになんでも知り尽くしていて、他人から新しい話を仕入れることもしない。自分で瓦版のようなものを出し、だれとでも手紙のやり取りをする。そして自分のなかだけにすべて収めきれず、出しゃばってどこにでも首を突っ込む。あちらの学士どのは、大学ではすべて新入生におごらせ、へぼ詩などつくり、噂好きの仲間の集まりを立ち上げ、学内選挙では学生票を金で買い、まるで学生全員の代表みたいな顔をして喋り、卒業試験が始まるとあっさり姿をくらます。さらにあちらの兵士は、戦争にはすべて参加したとか言い、フランドルの話をし、やれオステンデ包囲作戦[31]には参戦したとか、やれアルバ公爵には直接会ったとかの話をする。《南国の悪魔》と言われ敵に恐れられたこの将軍の幕屋にも馳せ参じ、親しく会話を交わし、だれよりも先に褒賞を獲得した、などと言っているのだが、いざ戦いの日になるとどこかに雲隠れしてしまうのさ」

「そんな人たちはみんな、ぼくには世界一の役立たずに思えますがね」とアンドレニオは感想を漏らした。「でもみんな勇敢で学もある人と認められ、高い評価を受けてきた人たちなんでしょう？」

「つまり、なぜそうなったかと言えばだね」とケクロプスが答えた。「あの連中がいったん博学の人であるとの評価を受けると、実際に博学であろうとなかろうと、たちまち博学の士とされてしまうからだ。だからそうやって神学者や説教師が作られ、名医や高名な法律家も作られてしまう。また逆に君主だってあっさり評判を落とされてしまうこともある。ペドロ王[32]なんかそのいい例だ。ところが困ったことにだね、たとえば村の床屋のおやじの気に入ってもらえなければ、博識の僧の説教だって何の値打ちも認められず、あのキケロでさえ雄弁家とはみなされなくなる。こんな人たちはね、ある人物について自分からは赤とも白とも断言する勇気がないから、まずは他人が話してくれるのを待っていて、その意見がはっきり分かった段階で、すかさず叫び出すわけだ。《あの人はすごい男だ！　すごい人物だ！》なんてね。そのあとは、自分では何がいいのかさっぱり分からないまま、ひとりの人物を褒め上げる。何の理解力も知識も持ち合わせないまま、自分ではまったく理解不可能な点を称賛し、十分知りもしないことを取りあげて罵倒したりする。だから抜かりのない政治家は、大衆に効き目のある鈴を鳴らして、自分の意図する方向に彼らを誘導していくのがふつうだ」

「しかしですね」とアンドレニオは訊いた。「そんな程度の大衆に褒められたからといって、喜ぶ人がいるのですか？」

「いるもいないもないよ」と賢者は答えた。「現にたくさんいるじゃないか。下種っぽい俗物たちとか大衆の受けを狙う輩どもだ。とくにあとの連中は、我々が《単細胞だまし》とか《俗物脅し》とか呼んでいる奇跡話をネタに使い、大衆の拍手をとりやすい下劣な作品を書いて、人気を獲得しようとするわけだ。だからそんな場所では、《輝きの章》だとか《注目の章》[33]だなんて、気の利いたタイトルで章分けをする本などは流行らないのだよ。そのほかにも、大衆的で気の利いた言葉の言い回しを使い、それによって人気を得ていることを自慢の種にする作家たちもいる。しかしそんなおかしみなどにあまり信頼を寄せてはならない。話し言葉のおかしみを筆に乗せようとしても、思い通りにはいかないからだ。たとえて言うなら、きのうセビリアで騒乱を起し意気軒昂だったはずの大衆が、きょうは罰を食らい一斉に口を閉ざしてしまうのを目にするのと同じ現象だな。あの言葉を使って話していた大衆はその後どんな運命をたどったのか、話し言葉のおかしみを文章に移した作品はその後どうなったのか、よく考えてみることだ。大衆の情熱など、たとえて言えば烈風のようなもので、頂点に達したかと思った瞬間、ぴたりと止んでしまうものだよ」

何人かの者がのんびり眠りこけている姿が目に入った。その中には召使に命じて、心ゆくまで眠らせてくれと言い渡してある者もいる。手も足もぴたりとも動かない。こんなあまりにもだらしない姿を人目にさらしている者がいる一方で、その周囲の連中は、こうして眠りこけている者たちが見ているはずの夢と同じ夢、それもなにかの偉業を成し遂げている夢を、彼らもまた目が覚めたままの状態で見ているのだ。こうして、敵軍と戦い勝利する夢だけが、広場のなか全体に広がっていく。これとは別に、もうひとりぐっすり眠り込んでいる男がいる。周囲の人たちの話によると、きっとこの男は昼夜を分かたず勉学に励み、こうして夢の中でも猛勉強を続けているのだと言う。そして彼らが自慢げに言うには、そこで眠りこけている人たちは、みんな世界に誇る逸材で、偉大な政府を支える人たちだとのこと。

「いったいこれは、どういうことなんです？」とアンドレニオが言った。「なんとまあ、締りのない連中ばかりだ」

「いいかね」と賢者が言った。「ここではだね、いったん誰かが名声を手に入れ、人々が称賛し始めたら、たとえ後になっていくら眠りこけていようが、その人物は偉大でありつづけるということだよ。後になっていくら妄言を繰り返しても、世間ではそれは気の利いた冗談だとかなんとか言って、さすが世界一の才能だと持ち上げてくれる。とにかく褒めてばかりいるわけだよ。ところがそれとは反対に、たとえ、頭が切れて優れた業績を挙げている者が他にいても、あれは眠っているだけで何の評価にも値しないなどと言って切り捨ててしまうのだ。ほかでもないあのアポロンとその竪琴に関して起こった事件を君は知っているだろう？　アポロンの音楽に対抗して、あの粗野な田舎者[34]が牧人の使うパンフルートで挑んだのだが、アポロンにはムーサたちの願いにもかかわらず、初めのうちはそんな挑戦など受けるつもりはまったくなかったのだよ。すると粗野な挑戦者は、アポロンを臆病者呼ばわりし、勝利は自分のものと考え、すっかりうぬぼれてしまう。しかしこのアポロンの最初の反応も仕方のないことだったね。その一番の理由は、どうせ両者に判定を下すのは、世の凡俗の意見であり、自分の名声をそんな判断力のかけらもない審判に託することを良しとしなかったからだよ。王女ピロメラ[35]はそんな先例に従うのを嫌い、愚かな王と張り合ったがために、ナイチンゲールに姿を変えられてしまったわけだ。また、話によると、バラの花でさえ夾竹桃にあやうく負けを喫するところだったらしく、それ以来夾竹桃はそんな身の程知らずの無謀な行動が災いして、同種の花のなかでも珍しく、毒性をもつ花にさせられてしまったとか。それに孔雀はカラスと美しさを競うような愚行を控え、ダイヤモンドは路傍の小石と、また太陽は黄金虫と表立って競うことを控えたのだよ。自分の優位がまったく明らかなのだから、まるで見当はずれな大衆の判断に訴えることなどまったく無意味だと考えたからだ。ある聖人の言葉によれば、《私の言うことがすべての人間に心地よく響くときは、それはよくない兆候である》とのこと。最良のものを手にするのは、ごく少数の人間であり、したがって大衆を喜ばせる者は、その少数の人間、つまり分別を備えた人間をかえって不快にさせるだけのことなんだよ」

このとき、奇妙な人物が広場に姿を見せ、群衆に道を開けさせてこちらに向かってくる。みんな珍しいものに興味をそそられた様子で、その人物を迎え入れている。彼のあとには群衆がつづき、口々にこう言っている。

「この人はちょうどこの時に合わせて、ヨルダン川から着いたのさ。四百歳ははるかに越えているね[36]」

「おかしい、ありえないね」と別の男が言った。「この人は皺を伸ばしてくれるというのに、いっしょに大勢の女性陣のお供の姿が見えないとはね」

「でも、様子が違うようだ」と別の男が言った。「ほら、お忍びで来てるみたいだな。もしそうじゃなかったら、大変な騒ぎになってるはずだよ」

「それじゃあ少なくとも、あの水を甕に一杯くらいはここへ持ってきてもらえないものかね。たったの一滴でもドブロン金貨一枚で売れるのはまちがいないからね」

「あの人は金なんかには不足していないよ。ほら、財布に手を入れるたびに銀貨がチャラチャラいってるみたいだぜ」

「なるほど、そちらの幸せも悪くないね。幸せがふたつもあったら、どっちをとったらいいのか迷ってしまうよ」

「あれは誰です？」とアンドレニオが訊いた。

すると賢者をこう答えた。

「あれはだね、ファン・デ・パラシエンプレ[37]だ。あの男はとてもお人好しのはずだよ」

たしかに、この人物に関しては気の利いた面白い俗説がさまざまな人々によって一般に流布し、それぞれの話が庶民に信じられ、彼の性格とか超能力までも、実際に確認できたとの証言までなされていたのである。そのうち特に支持されていたのは、この男は悪戯好きの小妖精ではないかという説だった。それも魔法使いのような妖精の集団がいて、古い宮殿などには少なくともそんな妖精が二人いるというのだ。そんな妖精たちが緑の服を着ているのを見たという者もいれば、いや赤だったという者もあったが、大勢を占めていたのが黄色だったと言う人たちだった。妖精たちはみんな小柄で、ときには頭巾をかぶった姿で人家を騒がせた。そして決して老女の前には姿を現わさなかったのだが、その理由はすでに妖精みたいになっている老婆たちは、本物の妖精たちとはウマが合わないからだという。それに商人たちが死ぬときには、必ずこの妖精たちの嘲りや物笑いの対象にされたともいう。[38]また一方、老婆と同じほどの数の魔女がいて、みんな邪悪な性格でさまざまな不満を抱えているとされている。大量の財宝が魔法にかけられ隠されているなどという作り話に動かされ、多くの馬鹿者たちが山を穿ってそれを掘り出そうとする。黄金と銀を豊富に含んだ鉱山と信じ込み、インディアスの鉱山とサラマンカとトレドの洞穴[39]の採掘が終わるまでは、温存しておいたりもする。そんなことに疑問でも挟もうものなら、大変な罰当たりにされてしまうのだ。

　さてこのとき一瞬なにが起こったのだろう、広場を埋めた愚か者たちから全員そろってのざわめきが起こった。そもそも凡俗たちが訳もわからないまま揃って騒ぎに加わるのは、ごく普通で当たり前の現象なのだ。とくにバレンシア人のごとく信じやすい性格をもち、バルセロナ人のように野蛮で、バリャドリード人のように愚かで、サラゴサ人のように自由奔放で、トレド人のように夢想家で、リスボン人のように横柄で、セビリア人のようにお喋りで、マドリード人みたいに不潔で、サラマンカ人のようにかしましく、コルドバ人のように大嘘つきで、グラナダ人のように卑劣であるならば、ますますこの傾向が助長されるのである。実はこのとき広場のひとつの入口あたりに、怪物がひとり現れたのだ。この広場には正門などなく、同じ形をした入口がいくつか並んでいるだけだ。奇妙な風体をしていて、また俗悪な感じがする怪物だった。まず頭がなく、舌だけがあり、両腕はないが重荷を担うための肩だけはある。胸は何人分をも集めた数はあるのだが、そこに秘められているはずの肝心の勇気は、どこにも見当たらない。手はどこにも見えないが、指だけはある。どうやら引っ掻くためのものらしい。体はすっかり歪んでいる。両眼がないため何度も大きな音をたてて地面に倒れ込んでいる。初めは息巻いて突き進み、何か始めようとするのだが、たちまち気おくれして動きを止める。たちまちのうちにこの怪物は広場の主人公となり、太陽が皆の目からすっかり姿を消すとともに、すっかり広場全体を恐ろしい暗黒の世界に沈めてしまった。

「この恐ろしい怪物はなんの化け物なんです?」とアンドレニオは尋ねた。「こんなにすっかり太陽を隠してしまうなんて」

「この化け物はだね」と賢者が答えた。「無知という名の生き物の第一番目の息子、嘘という名の子供の父、愚かさという名の生き物の兄弟、悪意という名の相手と結婚した男なのだ。つまりこの化け物は、かの有名な俗物という名の怪物そのものだよ」

賢者がそう言ったとき、ケクロプスの親玉みたいなこの化け物は、牧神ファウヌスから盗み取ってあった曲がりくねった角笛を腰の帯から抜き取り、それに思い切り息を吹き込んだ。するとものすごい音が鳴り響き、暗黒の広場にいた人々は恐怖のどん底に陥れられることになった。こんな取るに足らないことが原因となり、たちまち全員が大恐慌をきたし、群衆は狂ったようにそこから逃げ散った。最近マドリードで起こった大惨事[40]の時のように、窓やバルコニーからやみくもに飛び降りないように群衆の気持ちを落ち着かせようとするのだが、もはや引き止めることはまったく不可能だった。兵士たちも逃げまどい、叫び声を挙げていた。

「道をふさがれたぞ! 逃げ道がない!」

すでに何人かの者は怪我を負い、なかにはすでに命を落としてしまった者もいる。異教徒の乱痴気騒ぎ以上のすさまじさだ。アンドレニオも仕方なくそこから急いで避難するほかなかった。悔悟の念を抱き、幻滅を味わっての退却であった。クリティーロがそこに居てくれないことがとても辛く思えた。とはいえこの後、別の賢人の教えが彼にとって大いに助けとなり、その深い学識の輝きは彼の心を明るく照らし出してくれる光ともなってくれるのである。ではアンドレニオはこのあとどういう運命をたどったのか。それについては次考で語ることにしよう。

第六考
幸運の女神への非難と弁明

男と女が新たな恩恵を神に願い出るべく、天の玉座の前に出頭した。だれだって神や王の前に立てば、何かを嘆願したくなるものだし、さらにはそれを何度も繰り返したりするものだ。男と女は彼らに生命を与えてくれた恩人に対して、その手によってじきじきにさらに完成度の高い人間にしてくれるよう懇願した。まず初めに男が口を開き、人の上に立つ者としての立場にふさわしく、叡智というすばらしい才覚を与えてくれるよう願い出た。この願いはもっともなものと認められ、神に対してなんらかの恩返しをするという条件つきで、すぐさまその恩恵が下賜されることになった。さてつぎに女の番となった。彼女は自分の役割は頭目でもなく、かといって足軽でもなく、その最大の売りはまさに顔にあることを考えたうえ、美貌を与えてくれるよう、創造主である神ににこやかに願い出たのである。

「よし、その願いは聴き容れられた」と天の偉大な父は言った。「お前を美しくしてやろう。しかし心の弱さの重荷も同時に引受けなければならぬぞ」

ふたりは大いに満足して、神の御前から退出した。もっとも神の御前からは、だれもが心を満たされて退出するものだ。こうして男は思慮分別を最大の宝物として手に入れ、女は美貌を手に入れた。つまり男はあたま、女は面立ちなのだ。さてこの話が幸運の女神の耳に入ったのだが、話によると《運》の働きがまったく無視されたことに大いに不満を漏らし、大した根拠もないままにそれを大変な侮辱として捉えたのである。

「信じられません」と大いに心を傷つけられた様子で、彼女はこうこぼした。「あの男性なら《神様の幸運に恵まれますように》という決まり文句くらいどこかで聞いたことがあるはずでしょう？　それにあの女性だって《醜女の幸せは美女のあこがれ》の諺[1]だって知っているはず。もう、あの人たちは放っておきましょう。もしツキに恵まれなかったとしたら、あの男性が学識とやらで、あの女性が美貌とやらで、いったい何がお出来になるのか見てみようじゃありませんか。言っときますがね、今日から先はあの賢い男性と美人の女性には、この私のことを敵と思っていただかなくちゃなりません。ここで私は、学識と美貌に対抗する立場にあることを宣言いたします。あの人たちの取り柄など、何の役にも立たないようにしてさしあげようじゃありませんか。男は運には恵まれず、女は幸せにはなれないようにしてみせますからね」

そこで確かな話として伝えられているのは、この日以来賢者や識者たちはすっかり不幸になり、何事もうまくゆかず、まったくツキに見放されてしまうことになったとか。一方、愚者たちは幸せを掴み、無知な者たちは運に恵まれ、世の称賛を浴びるようになったとか。そしてこれ以来、醜女の幸せ云々の諺が定着してしまったのだ。たとえ男が学識を身につけ、財産や友人をはじめあらゆるものを手に入れたところで、もし幸運に恵まれなければ何の役にも立たないのだ。また、幸運の星に恵まれない女は、いくら美人であれ、そんな取り柄はあまり助けにはならないのである。

実はこの話を、ある小男が憂鬱な表情のクリティーロに語っているところだった。あのソフィスベーリャに直接会ってみたいと言い張る彼に、その夢を諦めさせようとしていたのだ。翼をもつあの男に吹き込まれた願望だったが、その男はすでにどこかへ姿を消してしまっていた。

「いいかね」と小男は言った。「この人生ではすべてが見せかけのもの。あるいは想像上のイメージだけのものなんだよ。あんたが探すその知識の宮殿さえ、やはりすべてが見せかけだけのものだ。まったく呆れたね。あんたは学識そのものを目で確かめ、その手で触るつもりでいたわけだな？　本物の学識はだね、それこそ大昔に女神アストラエア[2]の帰天の際に、ほかの美徳といっしょに天に逃げ帰ってしまったのさ。だから地上には、我々のために永遠に残された財産として、学識に関するさまざまな書籍が残されているだけだ。たしかに賢者たちの深遠な頭脳の中に、その知識が組み込まれ、受け継がれてきたことは事実だ。しかしそんな賢者さえもうこの世には存在しなくなってしまっている。だから学識といえば、不滅の書物の文字のなかに隠された状態でしか存在しないのさ。だから、あんた自身がそれを繙《ひもと》き、自分で学びとらねばならないということだな」

「でもそんな選りすぐりのすばらしい書物を、一か所に集めてくださったようなお方がいるのでしょうかね？」とクリティーロは尋ねた。「もしいるとしたら、きっと高尚な好みをもつ人物に違い。それほど豊かな資料を集めた図書館なんてそう多くはあるものではないですからね」

「そんな方がもしアラゴン王国にいらっしゃるとすればだな」と小男が言った。「俺の見るところでは、ビリャエルモサ公爵フェルナンド公[3]ほどのお方だと思うね。もしパリなら、学殖豊かなオルレアンス公爵、マドリードなら偉大なるフェリペ四世、コンスタンチノープルならガラスの展示棚に古文書を保管した、オスマン帝国の思慮深きスルタンといったところだろう[4]。でもとにかく、先ほどからこの俺が言っているように、まず幸運の女神を探しに行こうじゃないか。なにしろ運がなければ、知識も財産も何の値打ちもなくなり、せっかくの才能だって、すべて無駄になってしまう」

「でもできれば、その前にまず」とクリティーロが答えた。

「さきほどあなたに話したように、愚か者の道へ突き進んでしまった私の仲間を見つけたいのですが」

「あんたの仲間とやらが、もしそちらの道へ入っていったのなら」と小男は考えを述べた。「間違いなく幸運の女神の館にいるはずだ。愚者たちの方が、賢者たちよりも先にその館に着くのがふつうだからね。心配しなくても、きっときちんとしたもてなしを受けていることと思うよ」

「あなたは幸運の女神への道を知っているのですか?」とクリティーロは訊いた。

「それがいちばん厄介な道なんだよ。ところがいったんその道に入れたら、あとは我々を幸せの頂点まで連れて行ってくれる。まあ、いずれにしろ、こちらにある凸凹道がそれだと思うね。そこに生えている蔦がその目印だと教えてもらったのだよ。枝が互いに絡み合って上に伸び、無理に自分の体を割り込ませながら成長しているだろう?」

そこへまだ年端もいかぬ兵士がひとり姿を現わした。どこかせかせかして落ち着きのない態度は、どうやら徴集されたばかりだかららしい。その男が幸運への道はこれでいいのか、と尋ねてきた。

「どちらの幸運を探しているのかね?」と小男は答えた。「偽の方か、本物の方かどちらだね?」

「え、なんだって? 《偽の幸運》なんてあるのかね? そんなの聞いたこともないね」

「ありますか、なんてものじゃないよ。偽善の幸運のことだよ! 今いちばん流行っているのはむしろそっちのほうだよ。たとえばある者は金持ちであることで、自分は幸せだと考えてしまう。しかしふつうはその人は不幸せ者なんだ。また別の者は数えきれないほどの罪を犯しながら、司直の手を逃れられたことを大きな幸せだと考える。でも将来必ず厳罰が下されることになるのだ。《あの方は私にとっては天使のような存在でした》と言う者がいても、結局その《天使》とやらは、その者を破滅させた悪魔にほかならない。さらに別の男は、いまだかつて不運を味わったことがないのを、大きな幸運だと考えている。だがしかし、それは単に天の神がその男のことに信頼を寄せず、勇気ある行動を起こす立派な人間としては見てくれなかった証拠だ。それに不運を味わったことがないのは、そんな神の評価を知らせるための合図に過ぎないのだ。またこのほか、《まるで地獄で神様に会ったみたい》なんて言う奴もいるが、その《神様》たるや本当は悪魔サタンにほかならず、あとで高利をしこたま搾り取られることになる。また別の者は、一生で一度も病気にかかったことがないのを、大きな幸せだと考える。しかし、病気にかかりその苦しみに耐えることが、ひょっとしたら魂を鍛えるための唯一有効な方策となったかもしれないのだ。好色な男は、つねに女性関係では運に恵まれていたことを自慢したりする。しかし、まさにそれこそ男にとっては最大の不運となるのだよ。また別のうぬぼれ女は、自分の粋な魅力を最大の幸運と考えて有難がる。しかしそれこそ、その女の最大の不幸なのだ。このようにして、ほとんどの人間はこんなところでとんだ勘違いをして、不幸を幸福と考えてしまう。ということはつまり、出だしから過ちを犯すことで、結果はすべて見かけ倒しに終わってしまうのだよ」

　そのとき、宮廷で高位を狙う出世願望男がひとり彼らの話に割り込んできた。またまた厄介な男がひとりご登場なさったわけだ。早速その男がなにやらぶつぶつ文句を言い始めた。するとさらに学生がひとりやって来て、それに反論を加える。とにかく自分になにかの知識があると自負する者は、例外なく相手に反論を加える精神を発揮するものだ。つぎにこの二人が一緒になって、小男のことをあれやこれやからかい始めた。

「ところであなただけど」と学生は言った。「何を探しに行くのです?」

「俺はだね、巨人になりにゆくんだよ」と小男が答えた。

「そいつはご立派な心構えだ！　でもそんなにうまくゆくものですかね?」

「運命の女神さまのご意思にまかせておけば、大丈夫だよ。もしあのお方がお恵みをかけてくだされば、小人が巨人になり、もしかけてくださらなければ巨人が小人になってしまう。この俺よりもっとみじめだった連中が、今ではもう大きく成長して、立派に出世を果たしている。人々にはいくら長所があっても、なんの役にも立たないのさ。学識があろうが無知だろうが、勇気があろうが臆病だろうが、美人だろうが醜かろうが、そんなこと関係ない。ただひとつ重要なのは、運に恵まれるか恵まれないかということ、幸運の星の下に生まれたか生まれなかったかということだよ。そのほかのことなど、まったくのお笑い種だ。とにかくあのお方はいろんな策を用いて、俺の体を大きくしてくれるはず。いや大きく見せるようにして下さるだけでも、同じほど結構な話だがね」

「こいつは驚いた！」と兵士は言った。「そのお方は何があってもあんたの希望は叶えてやるべきだね！」

「兵隊さん、そんなに大きな声を出さないでくださいよ」と学生が言った。「もっと静かにしてほしいものです」

「これが俺のまだ小さい方の声だよ。ふつうならこれよりもっと声を張り上げなくちゃいけないんだ。たとえフェルナンド・ルイス・コントレラス様[5]の執務室でもだ。あの幸運の女神の前では弱気になっちゃだめだよ。しっかりと対抗意識をむき出しにすることだ。あの女神は苦しんでいる者にだけ、意地悪してくるんだからね。だから、みんなもすぐ分かるはずだけど、少数のずる賢い奴らや抜け目のない悪党どもが、なんでも自分たちの欲しいものをみんな手に入れ、世の中を嘲り笑っているのさ。あの連中こそが成功者とみなされていて、立派な品性を備えたまともな人間のことなど、だれも思い出しもしない。だから俺はここで断固主張するが、俺たちはがむしゃらに力で押し返すべきなんだよ。あの女神はこの俺に運を向けてくれなきゃならないのだ、たとえくたばってもな」

「でもそのやり方はどうかなあ」と学生は反論した。「幸運の女神なんて、我々にとっては理解不可能な所がありますからね。どんでもない間違いを犯すことだってある。我々よりもっと立派な人の話を聴いたことがあるけど、幸運の女神の判断なんてつくづく当たらないと思う、とおっしゃっていましたからね」

「少なくともこの私は」と宮廷の出世願望男は言った。「得意のお世辞作戦でいくよ。あの女神に対してはつねに恭順の意を表しておくのが得策だからね」

「いやいや、俺のやり方はあくまで徹底銃撃作戦だね」と兵士は言った。「ふん、じゃあ何かい、この俺様にあの女神に媚を売れとでも言うのかね？　もし俺に運をくれるなら、それはそれで良しとしよう。しかしもしくれないのなら、俺が言ってるとおりのやり方を貫くだけだ」

「女神の反応がもうこの目に浮かんでくるようだ」と小男が言った。「この俺は小さな体だから、こちらは見てもくれないだろうし、格好のいい連中しか目に入らないに違いない」

「この僕のことなんか、余計見てくれないだろうな」と学生が言った。「だって僕は貧乏ですからね。地味で派手さに欠ける者には、だれも関心を示してくれないものですよ。たとえ顔だけ赤い色に染まっていても駄目でしょうね」

「しかしだね、女神はどうやってあなたの姿を見ることができるのです？」と宮廷の出世願望男が言った。「だって盲目じゃありませんか」

「え？　おまけにそんな事情まであったのですか？」とクリティーロが言った。「いつから目が見えなくなったんです？」

「この町ではその話題でもちきりですよ」

「それじゃ、どうやってその恵みを人々に配分できるんです？」

「どうやってと言われてもねえ。つまりやみくもにやるだけですよ」

「その通りです」と学生は言った。「女神がそんな姿をして、葉の生い茂った木の上に鎮座しているところを、ある賢者が目にしたんです。その木の枝にぶら下がっているのが、果実じゃなくて、その代りに王冠、教皇冠、ペルシャ王の冠、司教冠、将軍の指揮棒、僧衣、帽子の飾り房など、高位の者を象徴するあらゆる種類の飾り物で、さらにそれに混じって、短剣、絞首用の縄、漕役刑の櫂、足枷、罪人用の帽子などもぶら下がっていたらしい。その木の下には人間と野獣、善人と悪人、聖者と愚者、オオカミと子羊、蛇と鳩など、さまざまな生き物が複雑に入り混じっていたそうです。女神は手に持った杖を気まま勝手に振り回し、何に当たったかは全くお構いなし。こうやって何も考えずただ運にまかせていると、ある者の上に王冠が落ちたり、別の者の首に短剣が落ちたりする。こんな調子でやっているうちに、ほとんどの場合はまったくそぐわないものがそれぞれの者に当たる始末。たとえば漕役刑の櫂がふさわしい男の手に、将軍の指揮棒が落ちてきたり、ある博識の学者に、遠くではサルジニア、近くではハカの司教冠が当たるのに、間抜けには立派な任地が当たったりして、これはもう全くの運次第[6]だったとか」

「つまり、それはまったくの出鱈目とさえ言えます」と学生はつけ加えた。

「でもそれほどまで、ひどくないのでは？」とクリティーロが反論した。

「いやいや、だれもが口を揃えて、気がおかしくなってしまったと言っていますよ。それももっともな話で、何事もきちんと調和がとれた形でやっているとは思えません」

「で、何が原因で気がおかしくなったのでしょうかね？」

「いろいろなことが言われていますね。もっとも根強い意見は〈邪心さま〉が彼女に毒入りの飲み物を与えたからだとのことです。そして彼女に休養をとらせるという口実で、彼女の権限を奪ってしまい、自分がひいきにする者に何でも好きなだけの恩恵を与えてしまうことになったのです。たとえば盗人たちには富を与え、高慢な者には名誉を、野心家たちには高い地位を、意気地なしには幸運を、愚かな女には美貌を、臆病者には勝利を、無知な者には称賛を、そして大嘘つきには何でも欲しいものを与えるようになりました。おまけに、たとえば一番貧相なイノシシに最上のドングリを食べさせるといった具合に、ご褒美が功績に対して与えられるものではなくなり、罰にしてもその罪に応じて与えられることがなくなってしまいました。こうして過ちを犯す者が多くなり、また一方そんな噂を流す者が出ることになってしまったのですよ。だからさっき言ったように、すべてがまったく狂った方向に行ってしまうことになったのです」

「それに邪悪な方向へも行ってるね」と兵士が横からつけ加えた。「そんなことをしているから、あの女神は卑劣だと噂され、若者の味方となっていつも彼らを贔屓目に見て、老年や壮年の男たちを白眼視し、善人には継母のごとくつらく当たり、賢者たちには羨望の念を抱き、逸材たちには居丈高になり、苦しむ者には残酷に振舞い、すべての人に対して無定見な行動を繰り返しているんだよ」

「信じられないね」とクリティーロはしみじみと言った。「あの女神がそんな無節操な性格をしているとは。そんなこととも知らず、我々は生まれたときから女神を探し求め、必死になってやみくもに彼女のあとを追っかけているわけだ」

するとそのとき、宮殿らしき奇妙な建物が彼らの目に入った。ところが一方から見ると一応建物には見えるものの、別の位置から見ると単なる廃墟にすぎない。まさに砂上の楼閣であって、土台もないのに壮大な構造を誇っているように見える。しかし建物だと思われた場所には階段があるだけだった。つまり幸運の女神の大屋敷に入ろうにも、登って行って落ちてくる以外の道がないのだ。階段はガラス製らしく、今にも壊れそうでいかにも頼りない。おまけに滑りやすい個所が多くあった。安全のための手すりもなく、もし転がり落ちでもしたら間違いなく大変な目に会う。まず第一番目の段に足をかけることが、山に登るよりも難しいほどに思えた。しかしいったんその段を登りきってしまえば、それから上の段はとても簡単らしい。しかしこれとは逆のことが、下り用の別の階段では起った。手前の階段からだれかが登り始めるやいなや、ちゃんとその動きに呼応するかのように、すぐに別の階段からほかの者がすごい速さで落ちてくるのだ。

彼らが宮殿の近くまで来ると、ちょうどひとりの男がじっさいに階段を転げ落ちてくるところだった。それになんと大きな拍手が巻き起こっている。そのわけは地面に叩きつけられると同時に、実入りのいい公職や俸禄など、階段のてっぺんで手に入れてきた豊かな獲物を、思わず手から放り出してしまうからだ。たとえば、役職、顕職、財産、領地、称号などで、それがみんな地面に叩きつけられてごろごろ転がってゆく。こちらに落ちた領地が、ポンと飛び跳ねてあちらに移り、男の敵の手に収まってしまっている。また別の男は役職が飛び跳ねたところを、うまくつかみ取っている。こうして全員が奪い合いを繰り広げ、ちゃっかり他人の仕事の成果を頂戴している。でもこれが世の習いなのだ。クリティーロはこれを見て、気の利いたせりふを口にすると、周囲の者全員の笑いを巻き起こした。彼はこう言ったのだ。

「幸運の女神にはいやはや見事に失望させられたね。もしあのアレクサンドロス大王が地面に叩きつけられる場面を我々が見たとしたら、きっと全世界が手から離れ、たくさんの王冠や王国や地方が、まるでクルミが坂を転がり落ちるように、その辺をぴょこぴょこ飛び跳ねる場面に遭遇していたことだろうね。そうしたら、《拾える者は頑張って拾え！》、なんていう事態になって、上を下への大騒ぎになること間違いなしだ」

クリティーロは連れたちと一緒に、階段の第一番目の段に近づいた。もし階段を登って行こうとするなら、そこが一番の難所だった。というのもこの場所に、運命の女神の宰相であり腹心である〈贔屓殿〉がその場所の管理に当たっていたからだ。〈贔屓殿〉は自分が気に入った者に手を差し伸べて、段を登るのを助けていた。その選択にあたっては自分の好みだけを基準にしていたが、その好みたるや悪趣味そのものであることは間違いなかった。というのは、手を貸してしかるべき善人を、めったに助けることがなかったからだ。どうでもいいような人間だけをいつも選んでいる。たとえば無知な者を目にすると、手招きして呼び、他の大勢の賢人たちを捨て置いた。そこに残された者たちはみんな彼に愚痴をこぼすのだが、いっこうに気にする様子もない。きっと彼の無分別さを非難する人の噂など聞き飽きているからだろう。嘘つきの姿は一里先からでもちゃんと見つけてやるくせに、立派な人格を備えた人物の姿は目に入らない。それは自分の異常さを彼らに見抜かれ、奇異な行動が忌み嫌われていることを知っているからだろう。そんなわけで、おべっか使いやほら吹きには、両手だけでなく両腕まで差し出して助ける始末。そして人格者や正直者に対しては、見て見ぬふりをしてやり過ごす。だからめったに優れた人物と面と向き合うこともない。いつも自分と同じ類の者にしか手を貸さないのだ。したがって当然のことながら、自堕落な連中に熱をあげ、自分の持ち物すべてを渡してしまう。要するにそんなだらしない連中がすべてを混乱させていたのだ。階段の下には何千という人たちが、恵みにありつこうと待ちわびていた。しかし〈贔屓殿〉は、分別に長けた優れた人物を目にすると、こう言ったものだ。

「邪魔だ、邪魔だ！　こちとらにはお前さんなんかを助けている暇はないんだ。それにあんたはとてもご立派なお人だから、余計まずいんだよな」

とにかくこんな気まぐれな御仁なのだ。こんな調子で、政治家、軍人、文人、大公爵、貴族など、あらゆる分野の卓越した人物を奈落の底に突き落としてしまう。とにかくこれほどの数の優れた人間の犠牲者を出すことこそ、まさにこの男の望むところだったのだ。だがこれも仕方がないこと。〈贔屓殿〉が激情に我を忘れ、やみくもに行動して世間の壁にぶつかり、世間を切り捨てていることに一行が気づいただけでも良しとせねばなるまい。

すでに述べたように、この階段は出世の道を歩むためのものであった。クリティーロはまったく顔を知られていなかったため、そこに入れてもらえる望みなどなかった。そして宮廷の出世願望男はすでに身元が割れていたため、また学生と兵士は出世とは縁のない者とされたことで、やはりそんな望みはなかった。ただ小男だけは幸運に恵まれた。門番の血縁者と思われたからだ。そこで彼は直ちに上に引き上げてもらったのである。学生は鶏が空を飛ぶのを見るといい気持はしなかったし、兵士は獣たちが自由に走り回っているのを見ると、やはり不本意であった。(7) さてどうしたものかと彼らが困り果てていると、階段の一番高い場所から、なんとアンドレニオが顔をのぞかせた。彼はまだ粗野な人間であったからこそ、そんな高みまで登っていけたのだし、早くも栄進の道をかなりのところまで進んでいたのだ。彼はクリティーロの姿を認めた。ふつうならそんな高いところからでは、たとえ親であれ息子であれ見分けがつかないものだが、これは驚くべきことであった。きっとお互いに血のつながりがあればこそ、クリティーロの存在に気づいたのだろう。(8) アンドレニオはすぐに助けの手を差し伸べ、クリティーロを上に引っ張り上げたのである。さらにふたりで他の連れを助け、階段に引きあげることができた。こうして彼ら一行は、一段一段大した苦労もなく登って行くことになった。第一段目さえ登ってしまえば、あとはさまざまな地位を手に入れ、多くの褒賞をつぎつぎに獲得していけるのだ。こうして階段の中ほどに差しかかったとき、ひとつはっきりと気づいたことがあった。それは彼らより先に立ち、こちらを見下ろしている者が、彼らの目にはみんな大人物や巨人に見えるのだ。彼らは思わずこう声を挙げた。

「あの王はなんと偉大だったことか！　あの将軍も真の軍人だった！　今は亡きあの方は本当の賢者だったのだ！」

これとは反対に、彼らのあとから登ってくる者は、みんなごくちっぽけな人間にしか思えず、まるで小人のように見えるのだ。

「あとからついてゆくことに比べたら」とクリティーロは言った。「こうして人より先に立ち第一番の位置を占めることは、やはりすばらしいことなのだ。過去の人物はわれわれにはすべて偉大に思え、今の時代の人物やあとからやってくる人たちは、まったく無価値にみえる。相手を目上とみるか目下とみるか、上から見下ろすか下から見上げるかによって、人を見る目に大きな違いが生じるわけだ」

彼らはとうとう最後の段にまでやって来た。するとそこには幸運の女神の姿があった。しかしこれは不思議、予想だにしなかった女神の美しい姿がそこにある。一同はすっかり驚き、茫然と立ちつくしてしまった。じつはそのとき彼らが見たのは、それまで想像していた女神の姿とはまったくの別人で、世間の噂とは大きくかけ離れたものであった。まず、盲目であるとの話などまったくの嘘であることはもちろん、鋭い鷲の視線や山猫の刺すような視線にも劣らぬ目が、晴れやかな笑顔のなかで輝いていたのである。その表情には厳粛さは感じられるものの、とても柔和で、性悪な継母のごとき眉間の皺などなく、とても整った面立ちをしていた。彼女は立ったままで、どこへでもすぐにでも飛び出せる構えを見せ、つねに体を動かしている。両足にはコルク靴ではなく、小さな車をつけている。服装に関しては、体の半分は喪服姿、あとの半分は盛装をしている。彼らはこんな装いの女神を見たあと、お互いの顔を見つめ合い、肩をすぼめ、眉を吊り上げ、一様に驚きの表情をみせた。本当にこれがあの女神なのか、まだ信じきれない様子だった。

「この方こそ本物の女神さまです」と〈公正さま〉が言った。手に秤をもち女神の脇を固めている。

幸運の女神自身はすでに彼らをそっと横目で観察し、その驚く様子に気づいていたが、これを耳にすると穏やかな声でこう彼らに言った。

「みなさん、こちらにいらっしゃい。どうしてそんな驚いているのか教えてくださいな。どうか遠慮せず本当のことを言ってくださいね。わたくしははっきりとした性格の方たちが大好きなんです」

しかし彼らはそろって体を堅くしたまま、押し黙っている。ただし兵士だけは、ここで勇気を出して喋ることで、鬱屈した気持ちを晴らそうとしたのだろう。遠くでも聞こえるような大音声を張り上げてこう言った。

「恩恵をお与えくださる偉大なるお方、そして幸運をもたらして下さる強大な女王である女神どの、今日こそ私めはあなたに本当のことをお話しせねばなりません。じつは今の世の中では、身分の高い者から低い者まで、ひとしく声をそろえてあなたのこと、そしてあなたの仕事ぶりについて愚痴っております。ここであなたにははっきり申しましょう。あなたのようなお偉いお方は、世間に起る事件などにはまったく通じてもいらっしゃらないし、世間に流れる噂などとは全く関係のないところにおいでになります」

「世間のみなさんが、わたくしのことを愚痴っていらっしゃることは、よく存じております」と女神は言った。「でも、どんなことをこぼし、またなぜ愚痴っておられるのでしょう。いったいどんなことをお話になっているのです?」

「いや、それどころかあらゆることについての噂が飛び交っています」と兵士は応じた。「ここでひとつ、あなたにお許し願って、この私めがあまり愉快でない話を始めたいと思います。世間の噂の第一番目はあなたの目が見えないということ。第二番目はあなたの気がおかしいということ、第三にはあなたはお馬鹿さん、第四は……」

「ちょっとお待ちなさい。分かりましたから順番に少しずつ話して下さらない?」と女神は言った。「今日こそわたくしは、世間のみなさんには十分納得していただくつもりですから。まず初めにわたくしが抗議し、また主張したいのは、このわたくしは善き人々の娘、つまり神様の娘であり、神のおぼしめしによって生まれた娘であり、したがって神の命ずることには、喜んで従う者であるということです。さらにまた、神の叡智とお導きなしには、樹木の一本なりとも動くことはありませんし、地面に落ちている藁さえ動くことはありません。わたくしには息子と呼べる者はいないことはたしかです。なぜかといえば、幸運も不運も、親から子へと相続されるものではないからです。わたくしに対して人間たちが浴びせる最大の非難は、品性の卑しい人たちをひいきにしていると言われることで、このことはわたくしがいちばん残念に思っていることでもあります。わたくしが盲目であるとかいった根も葉もない噂の真偽については、あなたがたに証人になっていただかなくてはなりません。そしてわたくしに言わせれば、そんな人間たちこそ悪者であり、下賤な振る舞いをする者であって、彼らと同類の人間たちに、自分が所持しているものを与えているのです。たとえば大金持ちの男がその財産を、人殺しや空威張り屋やごろつきどもに与え、百ドゥカドとか二百ドゥカドもの大金を怪しげな女に貢ぐ一方で、天使のごとく可憐な娘や、熾天使《セラフィム》のような徳高き人妻を一文無しにしておくのです。そしてそんな形で自分の膨大な額の財産を使ってしまいます。権力者たちは役職をばらまき、そんな立派な職にもっともそぐわない、まったく役立たずの人間に熱をあげ、無知な者を取り立て、おべっか使いにご褒美を与え、大嘘つきを助け、つねに最低の人間たちをかわいがります。そして、役職にもっともふさわしい人間のことなど思い出しもせず、ましてや取り立ててやる意志などまったくないのです。父親は一番出来の悪い息子に熱をあげ、母親はいちばん頭のおかしい娘を可愛がり、君主はもっとも向う見ずな大臣を、師匠はもっとも才能に欠けた弟子を、羊飼いは汚れた羊を、高僧はタガの緩んだ弟子を、大将はもっとも臆病な兵をそれぞれ可愛がっているのです。しかしこれが今のように、その人格においても徳においても申し分のない人物が、政《まつりごと》に当たった場合を考えてごらんなさい。善き人たちは敬愛され、賢者たちは称えられています(9)。しかし、そのほかの者はあやまって自分の名誉の敵を友人として選び、もっとも品性に欠ける者を腹心の部下として選んでいます。そんな者が金持ちに付添い、財産を勝手に浪費しているのです。いいですか、みなさん、人間そのものの中に悪は潜んでいるのですよ。彼ら人間こそが悪人であり、さらには最悪の人間となっています。彼らは悪徳を称え、美徳を軽蔑します。今の世でこれほど唾棄すべきことは、他にないのです。この人たちこそ優れた人材を取り立てるべきなのです。これこそわたくしの唯一の願いです。ほら、ここに差し出したわたくしの両手を、じっくりご覧になってください。よく見ればじつはわたくしの手ではなく、こちらは高位の聖職者のもの、そしてこちらは平信徒の手なのです。この両手を使ってわたくしは人々に富を分配し、恵みを与え、幸せを分け与えています。そこで皆さんによくご覧いただきたいのは、この両手が誰に差しのべられ、誰を繁栄させ、誰を助け起こしているのかということです。わたくしが幸せを施すのは、いつも人間自身の手を通してです。だって、わたくしには他の手は与えられていませんからね。わたくしの言うことが、どれほど正しいかをこれからお見せしたいと思います。さあ、ただちに〈お金くん〉をここに来るよう呼んできなさい。そして〈栄誉さん〉も〈役職さん〉も〈褒賞さん〉も〈幸福さん〉も一緒に来るように。とにかく、この世で尊ばれ価値があると認められたものはすべて、ここに来るのです。わたくしの財産と呼ばれているものは、すべてここに集まるように」

ただちに全員が集合した。女神はさっそく彼らの分別に訴えながら、お説教を始めた。

「さあみなさん、こちらにいらっしゃい」と言った。「あなたたちはみんな揃って品性のかけらもない碌でなし、下劣で卑しい者ばかりです。そんな恥知らずのあなたたちのおかげで、わたくしの面目が失われています。さあさあ、〈お金くん〉、あなたにまず説明していただきましょう。どうしてあなたは立派な人間たちと喧嘩ばかりしているのです？　なぜ善良で徳の高い人たちの家を訪れないのです？　あなたは噂では、いつもさもしい連中とばかりつき合っているらしいけれど、いったいどういうことなの？　この世の屑みたいな人間たちと友情をはぐくんでいるとかで、人の話ではそんな仲間の家から一歩も出ないというじゃありませんか。そんなことなど、とても許すことはできません」

「女神さま」と〈お金くん〉は答えた。「まず初めにですね、すべての下種な連中とは、与太者、ペテン師、喧嘩好き、娼婦ということですから、とにかく一文も持たない連中ばかりで、権力の座につくことはありません。それに立派な人間たちも同じように高い地位をふつうは手に入れられませんから、この僕のせいではないのです」

「それならいったい誰のせいなのです？」

「彼らご立派な人間たち自身のせいです」

「彼らですって？　それはまたなぜです？」

「この僕を上手に見つける方法を知らないのですよ。あの人たちは盗みなど働かない、いかさまはしない、嘘はつかない、詐欺はしない、賄賂は受けつけない、貧乏人からは金をむしりとらない、他人の血は吸わない、ペテンは使わない、おべっかは使わない、ポン引きはしない、人を騙さない。こんなことでどうやって金持ちになれるんです？　この僕を探そうともしない人たちですよ」

「するとなんですか、あなたを探し出さないことには話にならないと言うの？　あなたはとても足が速いのだから、その人たちの家までこちらから出向いてあげたら如何です？　そしてその人たちにお願いして、お役に立ってあげるのですよ」

「いや女神さま、じつは僕はもうすでに何度も出向いているんです。あの人たちが何かの報酬をもらったとか、相続財産が当たったとかの機会にはね。ところがあの人たちときたら、この僕をきちんと管理する方法を知らないのですよ。すぐに、やれ施し物をするんだとか、やれ金がなくて困っているところへ寄付するとかで、たちまちこの僕を家から追い出すのです。あのダロカの町の首席司祭さま(10)には、お手上げですよ。借りている金はすぐさま返し、そのあと他人には貸すというとても慈悲深いお方で、ぜったいにさもしい行為など、生まれつきおできにならないのです。そこですぐにこの僕を玄関からあっさり外へ放り出すという有様です」

「いやいや、それはあなたをただ放り出すなんてことではなく、ずっと天高く放り投げてくれて、天国まで連れていってくれるということですよ。ところで、〈栄誉さん〉、あなたはどうお思いになって？」

「おんなじ意見です。そもそも善良な人たちというのは、私利私欲に走らず、欲念の虜にもならず、自分のことはめったに褒めたりせず、他人のことにも余計な口出しをしません。そんなことよりむしろ、謙虚にへりくだり、世の喧騒から身を引き、高い身分を手に入れるために、自薦の手紙を書き連ねるなんてこともいたしません。そんな調子ですから、この私めを探し出す方法さえ知りませんし、世の中の人たちもわざわざ彼らを探しに行くこともいたしません」

「ところで〈美貌さん〉、あなたはどうなの？」

「あたしには敵が多いの。みんなであたしのことを追いかけ回すのよ。なかにはあたしの後に、おとなしくついてくる人もいるというのにね。でもこのあたしを好きになってくれるのは、この世の中だけで、天国ではだれひとりあたしのことなんか気にもとめてくれないわ。あたしはいつも頭のおかしい、愚かな女たちを相手にしてるの。自惚れの強い女たちは、いつもあたしを自慢げに見せびらかして、公衆の面前に引っ張り出すわけ。でも良識ある女たちはあたしを部屋に閉じ込め、ちゃんと隠してくれて人目にさらすことなどしないのよ。だからあたしはいつもくだらない連中と、のべつ幕なしに顔を合わせなきゃいけないことになるの」

「じゃあこんどは、〈天運さん〉よ。何か言ってちょうだい」

「女神さま、あたしはいつも若い男たちと一緒よ。だってお年寄りたちには思い切りの良さがないからよ。慎重な人たちというのは、多くの人が思っているように、すぐに物事を大袈裟に難しく考えてしまうものなの。ところが気の変な人たちはとても大胆だし、怖いもの知らずの人たちは、後先のことなどあまり考えたりしないし、絶望している人は何も失うものがないの。あたしが言いたいことは、まあそんなところかな」

「皆さん、お分かりになって?」と幸運の女神は声をあげた。「これが実情ですよ」

クリティーロたち一同は、こうして真実を知りすっかり納得したが、ただ兵士だけはまだなお反論を繰り返し、こう言った。

「でも人間の働きのせいでない要素が、まだたくさんあるじゃないですか。つまりあなたはまったく自分の思うままに、そんなものを人間に与えたり、分配していますよ。そしてその明らかな不平等さに対して、人間たちは文句を言っているわけですよ。でも結局のところこの俺に言わせれば、なぜみんなこれほど不満たらたらで生きていかねばならないのかが、俺にはさっぱり分からない。思慮深い女たちに、なぜあなたがあれほどむさ苦しい顔を与えたのか、美人をなぜあれほど馬鹿に作ってしまったのか、金持ちはなぜ無知なのか、賢人たちはなぜ貧乏なのか、権力者はなぜ不健康なのか、健康な者はなぜ財産がないのか、資産家にはなぜ子供ができないのか、貧乏人はなぜ子沢山なのか、勇者たちはなぜ不幸せなのか、幸せな者はなぜ短命で、不幸せな者はなぜ長命を保つのか、というわけで、結局あなたはだれも満足させられないのです。完全な幸運もなければ、一点の曇りもない満足感はなく、みんなどっちつかずの運命ということです。それに大自然の神でさえ、何をしてもあなたに邪魔されるとこぼし、言い訳にしているありさまです。大自然とあなたはいつもお互いいがみ合っていて、世間の人を呆れさせています。一方がこちら側に動けば、もう一方はあちらに動くという具合。大自然がある人に大きな恵みを与えてくれたとすると、それと同じ理由であなたはその人を責め立てる。たとえば、もし大自然がある人に輝かしい才能を与えたりすると、あなたはその輝きを失わせ、台無しにしてしまう。こうやってせっかくの才能を失ってしまった人たち、運を味方につけられなかった偉大な才能の持ち主たち、まったく世間の喝采を受けずに終わってしまったすばらしき勇者たち、そんな例をたくさん見つけることができます。退役を余儀なくされたグラン・カピタン[11]、捕らわれの身となったフランス王フランソワ一世[12]、刺殺されたアンリ四世[13]、訴訟に追い込まれたバリェ侯爵[14]、敗軍の将ポルトガル王ドン・セバスティアン[15]、盲目となったベリサリウス[16]、牢に繋がれたアルバ公爵[17]、火だるまとなったロペ・デ・オセス[18]、夭折したアウストリア家のフェルナンド王子[19]、スペインの希望の星でありながら惜しまれつつ世を去ったバルタサール皇太子[20]などなど。言わせてもらえば、すべてあなたのせいで世界を混乱に陥れてしまったのですよ」

「もうたくさん」と女神は言った。「人間たちはこのわたくしにもっと感謝するべき点をとりあげて、逆にこのわたくしを非難しているのです。〈公平さま〉お願い、天秤を持ってきて頂戴。ほら、あなた方みんなこの秤が見えるでしょ？　いいですか、みなさん、わたくしが何かを手渡すときにはですね、きっちり釣り合いがとれるように、まず初めにその重さを計ってから、さらに反対の性格をもつものを必ずつけ加えてやるのです。さあ、みんなもっと近くに来てちょうだい。ほんとにあなた方ってお馬鹿さんで、何の分別もない人たちばかりなんだから。もしわたくしが賢者たちに長所をすべて残らず与えたとしたら、いったいあなた方はどうすればいいの？　あなた方は長所などすっかりなくなってしまうことになってもいいのね？　たとえばある女性が、もし愚かで顔が醜くて、おまけに不幸せだったらどうなると思うの？　そんなことにでもなったら、絶望して自殺するしかないでしょう？　ある女性が美しいうえに、もし運に恵まれていて、さらに思慮分別もあるとしたら、いったい誰がこんな女性と気持ちを理解しあえるのかしら。わたくしの話がもし分かりにくければ、ここでひとつ面白いことをやってみせましょう。さあ、ここへわたくしの分配用の秘蔵のお宝たちを、すべて残らず連れてきてちょうだい。さあ、美しい女たちはこっちへいらっしゃい。もし不幸せなのが嫌などと文句を言うのなら、幸せはあげるからその代り醜い女性になっていただきましょう。こんどは分別を備えた男性たち、こっちへ来てちょうだい。もし不満を抱いて生きていることが嫌だなんて文句を言うのなら、愚か者で金持ちの男に姿を変えてやりましょう。いいですか、いいところをすべて独り占めにするなんてできないのですよ」

女神はさらにつづけて、彼女のお宝たちとさまざまな瑕瑾のほか、王冠、杖、教皇の冠、富、黄金、銀、顕職、福運をつぎつぎに天秤に載せていった。しかしたとえば、栄誉に対しては心配の種を与えて釣り合いをとり、楽しみには苦悩を、放蕩には信用の失墜を、喜びには痛みを、顕職には重い責任を、官職には多忙さを、財産には睡眠不足を、健康には重労働を、安楽な生活には厳しい環境を、勇気には危険を、美しさには不名誉を、学問には生活の困窮をそれぞれ与えて、うまく均衡をきかせている。これを見ると各人それぞれこう漏らしたのだ。

「このままの自分で、良しとしておこうか」と。

「この天秤の上での両者の均衡が」と幸運の女神が言葉をつづけた。「大自然とわたくしの働きにそれぞれ当てはまります。つまりわたくしたちは同じ血統の者同士ということなの。大自然がもし一方に傾きすぎれば、わたくしは反対の方向に傾き、もし大自然が賢者に目に掛ければ、わたくしは愚か者に目を掛けるわけね。もし大自然が美人に目を掛ければ、わたくしは醜女に目を掛ける。こうしていつもお互い反対のことをやって、人の長所を割り引いているのですよ」

「おっしゃることはすべて大変結構なことです」と兵士は答えた。「でもなぜあなたは同じ一つの基準に従わないのです？毎日コロコロ基準を変えているじゃないですか。そんなに変えることが、なにかの利益になるわけですかね」

「幸せな者にとっては、もしそうなったらありがたいことでしょうね」と女神は答えた。「彼らにとっては、いつも同じ者が幸せを享受して、不幸な者にはその順番がまったく回ってこないというのは確かに好都合でしょう。でもわたくしはそんなことにならないように、十分気をつけているつもりです。さあ、〈時間殿〉、時の輪を動かしてくださいな。ぐるぐる回して、絶対に止まらないようにしてください。どうか尊大に振舞う者が懲らしめを受け、謙虚な者が称賛されますように。時にはお互い立場を交代しあって、苦しむとはどんなことか、楽しむとはどんなことかを知るべきです。ですからそんなことを知りながら、わたくしのことを変節屋なんて呼ぶ人は、いくら権力者であれ世間で尊敬された人物であれ、そんな事実をただ知らないふりをしているだけのことです。だれもあすのことなど考えもしないで、格下の者を軽蔑し、欠陥をもつ者を踏み倒してゆきます。そんな人たちがもし変化が起こらないことなど知ったら、いったいどんな行動に出ることでしょうね。さあ、〈時間殿〉、しっかり時の輪を動かしてちょうだい。今でさえ金持ちや権力者たちは我慢ならない存在なのに、もしあの人たちの今の幸福に永久保存装置でも施して、永遠に確保できることにでもなったら、いったいどうなりますことやら。それこそ本当に大きな過ちを犯すことになります。さあ、〈時間殿〉、時の輪を回転させてちょうだい。すべての人が、この世では美徳を通して以外には、永遠の命を得る方法がないことに気づき、目覚めるようにしていただきましょう」

兵士はもはや反論する言葉もなかった。ただ後ろを振り返り学生にこう言うだけだった。

「おい、きみたちインテリは幸運の女神を批判する急先鋒だったはず。なんでいま黙ってるんだ。何か言えよ。ややこしい時こそきちんと喋るべきだよ」

しかし学生は、今はそのときではなく、じつはここへやって来たのはただスズメの涙ほどの教会禄を手に入れるためだったと言う。そこで幸運の女神はこう言った。

「わたくしにはちゃんと分かっているつもりよ。学問がおありになる方ほど、わたくしの悪口をおっしゃるし、そうすることで賢者であることを示そうとなさるのよ」

　これを聞くと、一同は呆れ果てたような表情を見せた。

「わたくしは自分の役割をしっかり果たすつもりです。彼ら学者様たちの考えをそんな風に変えさせるためじゃなくて、一般の大衆がそう考えてくれることで、尊大な人たちをおとなしくさせるためなのよ。言ってみればこのわたくしは、権力者たちを怖がらせるお化けみたいなものね。金持ちたちに怖れを抱かせ、幸運に恵まれた連中を震え上がらせ、王の寵愛を受ける者たちに天罰を下し、みんなに自制を促すようにするの。ひとつあなた方に正直なところを言わせていただければ、真の賢者とは思慮分別に富み、高い徳をお持ちの方たちのことで、星占いなんかよりずっと上の存在だということなの。ですから、わたくしはちゃんと気を配って、本当の賢者たちを太らせないように、そして無駄な睡眠などとらせないようにしているのです。これはたとえば、ヒワを籠に入れておくと、楽に餌にありつけるから歌わなくなるのと同じなの。つまり鳥たちも幸せになる方法を自分でちゃんと心得ていることを、あなた方に気づかせるためなのです。さあ、そこのテーブルをこちらに引っ張ってきて」

　それは年代物の円卓だった。真ん中には幸運を象徴するたくさんの品々、たとえば錫杖、教皇冠、王冠、司教冠、将軍の指揮棒、官杖、月桂樹、枢機卿の僧衣、その帽子、金羊毛騎士団の徽章、修道服、玉房、黄金、銀、宝石などなど、すべて豪華な敷物の上に並べて置かれていた。すると女神は幸運の恵みに預かろうとする者たちを呼びにやった。要するに、この世に生きるすべての人間が呼び集められたのだ。そんな恵みを望まぬ者などどこにもいないのだ。彼らは大きなテーブルをぐるりと取り巻いた。すると女神は、人間たちを立たせたままこう言った。

「みなさん、ここにある品はすべてあなた方のために用意したものです。さあさあ、これからご自由に取って頂きましょう。わたくしが自分の手でみなさんに配るようなことはしたくありません。あとで文句を言われたくありませんからね。みなさんそれぞれお好きな物を選んで、取れるものは何でも取ってください」

　女神が一同に品を手に取るよう促した。するとただちにみんなが競って手を伸ばし、自分の望みの品を摑み取ろうとして、さらに体を思いきり伸ばした。しかしだれひとり摑みとることができない。ある男はもう少しで司教冠に手が届きそうになった。しかしサラ博士[21]のような司教総代理の聖職者に比べると、その位を狙うにはまだまだ力不足で、結局この男は一生をかけて必死の努力を続けたものの、その位を手にすることができず、夢が果たされないまま死ぬことになる。別の男は黄金の鍵を求めて、どたばた走り回っていた。自分も疲れはて、他の者にも迷惑がられてはいたが、最後まで執念を燃やしつづけた。何人かの者はつま先立って枢機卿の赤い帽子を手に入れようともがいていたが、結局は何も取ることができずに終わった。もうひとりの男は汗まで流しながら、将軍用の指揮棒を必死で追いかけていたが、まさにそれを手にしようとしたとき、飛んできた弾丸に当たり、ばったり倒れ込んでしまった。また数名の者は、テーブルからかなり離れたところから助走をつけて走り出し、何かを手に入れようと勢いをつけて勇ましく飛び跳ねたり、ときにはテーブルのまわりをぐるぐる回ったり、訳の分からないことをわめいたりしていたが、結局はすべて無駄な努力に終わった。ある人物は、きっといつまでたっても王様候補でいるだけの身分に嫌気がさしたのであろう、こっそり人目につかぬように王冠を手に入れようとしていた[22]。しかしその望みは果たされることはなかった。そこへいかにも勇ましそうな巨人が現れた。その骨格だけで城がひとつできてしまいそうな男だ。ただし言うまでもなく、筋肉もちゃんとその骨組みに付着していたのはもちろんだった。ほかの人間たちには一瞥だに与えず、周囲の連中を嘲り笑っているようにさえ見えた。

「うん、この男ならいける」と一同は口を揃えて言った。「なんでも手に入れるはずだ。おまけに爪が百もあるからな」

巨人は腕を伸ばした。まるで太い丸太の帆げたでも立てたみたいだ。すると幸運の女神の宝物がガタガタ音を立てて揺れだした。それに腕を差し出して思い切り伸ばしてみても、ひとつの王冠に触れはしたものの、しっかりと掴むことはできなかった。完全に面目をつぶされた巨人は、呪いの言葉を吐き、その運のなさを恨み、周囲には罵詈雑言を浴びせた。こうしてあちらでもこちらでも、それぞれが自分の力を試し、挑戦し努力してはみたものの、結局最後には全員が諦めなければならなかった。

「どなたか聖者のお方はいらっしゃいませんか?」と女神は叫んだ。「知力に優れたお方、どうかここへ出てきて、試してみてください」

すぐにひとりの男が進み出た。体のとても小さな男だ。しかし賢者には体の大きな者はほとんどいないとも言われるではないか。その男を見ると周囲の者はみな笑い、こう言っていた。

「こんな小男に何ができるものか。あれほど体の大きな連中が寄ってたかって頑張ってみても、手にできなかったというのに」

しかしこの小男は慌てず騒がず、また必死になって人と争うこともなく、何食わぬ顔でテーブルの上の敷物の端を掴むと、見事な手際で上の宝物ごと自分の方に引っ張っていったのだ。ここで全員から拍手が巻き起こった。すると女神はこう言った。

「これこそが知の勝利ですよ。みなさん、よくお分かりになったでしょう?」

こうして小男は、あっという間にすべての宝物を掌中に収め、その持ち主となった。しかしすべての品を手に取って丁寧に調べ、その評価をしたうえで、自分のものとして手に取ったのは、王冠ではなく、また教皇冠でも枢機卿の帽子でも司教冠でもなく、《中庸》を唯一の幸せと考え、それを選びとったのだ。[23] 兵士はそれを見ると彼に近づき、将軍の指揮棒をくれないかと頼み、また宮廷の高位願望男は官職をひとつ分けてくれるよう頼んだ。それに対して小男が、衣服係の従僕の職ではどうかと訊くと、宮廷人は答えた。

「衣服係ではなく、食卓係の方をお願いしたいのですがね」

しかし探してみてもそんな宝物はなく、じつはその職はすでに廃止されていたのだ。そこで王様の親衛隊の職を提案してみたが、どうせ小突きまわされたりして、騒がしいだけのあまり得るところが少ない仕事だから、乗り気がしないとのことだった。

「じゃあ、この名誉侍従の鍵[24]ではどうです？　楽でおいしい名誉職ですよ」

「でも歯のない私にはいくらおいしくても食べられやしない。宮廷の仕事はわざわざ探していただかなくても結構です。どんな仕事もすべて召使みたいな職ばかり。できればこの私にはインディアスの政庁の仕事を探してくれないかな。できるだけ遠くの任地がいいのだけれど」

学生は望みの俸禄がもらえた。クリティーロとアンドレニオには、《幻滅の鏡》が当たった。しかしそのとき、全員に退出するようにとの命令が出された。〈時間殿〉はその松葉杖で、〈死神さま〉はその鎌で、〈忘却殿〉はそのスコップで、〈変身さま〉は向う見ずな体当たりで、〈不人情殿〉はつま先のひと蹴りで、〈復讐さま〉は顔への殴打をそれぞれ使って、追い出しにかかったのだ。みんなあちこちにごろごろ転がり始めた。下りて行こうにも、階段はたった一つしかなく、おまけにつるつる滑りやすい。いずれにしろまっさかさまに落ちてゆくしかなかった。

人生の巡礼者たる我らがふたりの主人公は、どのようにしてこの危機を脱したのだろうか。《駿馬の走りの良さは、停止のうまさ次第[25]》とか。それと同じように、幸運を掴み取る一番の難しさは、その作業を上手に仕上げることにあるのだ。そんな話から次考を始めるとしよう。

第七考
偽善の女王イポクリンダの隠れ家

人間以外の神の創造物は、人間がより完成された存在となるために必要とする恵みを、様々な形で提供してくれている。とはいえ、ただ貸し与えてくれているだけのことである。こうして人間に対して有り余るほどの恵みを、あたかもお互いが競いあうようにして積み上げてくれているのだが、ただしこれもわずかな期間だけしか持続しない性質のものだ。たとえば天空は人間に魂を与えてくれ、さらに大地は身体を、火は熱を、水は体液を、空気は呼吸を、星は目を、太陽は顔[1]を、幸運は財産を、名声は栄誉を、時間は年齢をそれぞれ貸し与えてくれ、さらに世間は住む家を、友人たちは仲間づきあいを、両親は人間性を、師範たちは知識をそれぞれ恵んでくれるのである。しかし人間はこうした多くの恵みが、すべて借り物であって長続きせず、おまけにごく不安定で一過性の身代であることが分かると、こう訊いたということだ。

「じゃあ、自分のものにできるのは、いったいどれなんです？　みんな借り物だとすると、何がわたしの手元に残るのでしょうか？」

答えとして返ってきたのは、それは美徳だということだった。それこそ人間自身の財産であり、他の何者もその所有権を主張することはできない。美徳が欠ければすべてが無であり、美徳自体が全存在に等しい。それ以外はすべてまやかし物であり、ただ美徳だけが人間固有の真正の財産となる。それこそが人間の魂のなかの魂、生命のなかの生命、すべての美点のなかの最高の美点、すべてを極めた者の王冠、全存在を完成に導くもの、さらには幸せの基本であり、栄誉の玉座、生きる喜び、良心の充足、魂の慰め、精神の働きによりもたらされる贈物、充足感の源、歓喜の泉となるのである。美徳とは手にすることが難しいがゆえに、まれな存在なのだ。美徳はどこに存在しようと、つねに美しく、それゆえ大いに尊重されるのである。誰もがそれを持っているかのごとく振舞うのだが、しかし実際にそれを手に入れた者はほとんどいない。さらには悪徳までもが美徳の外套で身を包み、いつわりの外見で人を騙す。極悪の者でさえ、できれば善人と見てほしいと思っている。そして人間はだれしも、美徳はできることなら他の人間にだけ備えていただき、自分自身はそんなことなど無関係でいたいと思うものなのだ。たとえば相手に対しては、つきあいにおいて忠誠を守るような人であってほしいと思い、こちらの悪い噂など流さず、嘘をつかず、騙さず、つねに真実を語り、こちらの感情を傷つけたり、侮辱などしない人であってほしいと願う。ところが実際には、その相手はそんな願いとは逆の行動に出るのがふつうだ。これではまるで、美徳とは美しく高貴で柔和であるゆえに、全員が結束して美徳に反旗を翻しているようなものだ。というわけで、真の美徳はもうどこにも見つけることができず、すっかり姿を消してしまい、ただ存在するのはまがいものの美徳だけである。我々が美徳はどこかに存在するはずだと考えるときは、単にその影を見ているだけであり、まさに偽善そのものなのだ。したがって、もし善良で、真正で、高徳の士がいるとすれば、まるでフェニックスのごとき輝きを示すだろうし、稀有な存在であるがゆえに目立つ存在となるはずだ。

クリティーロとアンドレニオに対してこんな話をしていたのは、幸運の女王に最も近い側近で、その右腕とされる心優しき女性であった。彼女はクリティーロたちがそろって危機に直面しているのを見ると、同情の念を禁じ得ず、彼らが今にも階段の下に向かって墜落しようとしたそのとき、彼らふたりの前髪をしっかりと摑み、体を引きとめてくれたのだ(2)。そしてさらに〈好機さま〉に声をかけ、吊上げ橋を作動させるよう命じ、その橋を使ってふたりを高い位置から下に降ろし、幸運の女神の手から〈美徳さま〉の手へと身柄を引き渡し、恐ろしい転落の難から逃れさせてくれたのだった。

「これでもうあなたたちは大丈夫」とふたりに言った。「こんな幸運に恵まれる人なんてめったにいません。だって何千何万という人たちが、あなたたちの右や左から墜落していくのをご覧になったでしょう？　では、そこの道をまっすぐ進んでお行きなさい。右や左の道にそれてしまってはいけません。たとえ天使らしき顔をした者に反対の道を勧められ、その者が、幸福の偉大な女王である美しきビルテリアの宮殿に、あなた方を連れて行ってやるなんて言ったとしてもです。その宮殿は山のてっぺんに聳えていますから、あなた方にだってすぐに分かります。ですから他の人たちとも競い合ってその山を登ってください。たとえ力に訴えることがあっても構いません。勝利の王冠は勇敢な人にだけ与えられるのです。たとえ登り道が険しくても、気力を失ってはなりませんよ。あとにご褒美が待っていることを念頭に置いて、すべてをやりきることです」

彼女はふたりをやさしく抱きしめて、別れを告げた。そして再び吊り橋の上に身を移すと、そのまま橋とともにぐんぐん上昇していった。

「あ、そうだ」とクリティーロが言った。「うっかりしていて、あの方がどなたなのか訊かないままだった。あれほどの恩人の名前を、訊かずに済ませるわけにはいくまい」

「まだ間に合いますよ」とアンドレニオは言った。「ほら、まだあそこに姿が見えるし、声も届きます」

ふたりは大声で彼女を呼んでみた。すると彼女はにこやかな顔をこちらに向けてくれた。まるで空に二つめの太陽が輝き、たくさんの恵みの光を投げかけてくれているように思える。

「すみません、ついうっかりしていました。無作法をお教しください」とクリティーロは言った。「あなた様がどなたなのか、ぜひお教えいただきたいのです。あなたには幸運の女神さまが、誰にもまして大きな恵みを与えてくださるよう願うばかりです」

すると彼女はにっこりと笑って、

「そんなことお知りにならないほうがいいですよ」と答えた。「かえっておふたりの気持ちの負担になるでしょうから」

しかしふたりはそれを聞くとますます知りたく思い、彼女の名前をぜひ聞かせてほしいと頑張った。すると彼女はこう答えた。

「わたしは幸運の女神の長女です。だれからも言い寄られ、探され、求められ、頼りにされている者です。このわたしこそ〈僥倖〉その者です」

と言うが早いか、すっと姿を消した。

「やっぱり間違いなかったのだ」とクリティーロはため息まじりに言った。「あの人は正体を知られてしまえば、やはり姿を消さねばならない運命になっているのだ。そうか、われわれはせっかく幸せを手にしながら、運悪く取り逃がしてしまったわけだ。これこそ多くの人の身に毎日起こっていることなんだ。幸運を手中に収めながらそれに気づかず、あとになってからそれを求める者がなんて多いことか！　たとえば五万か十万ドゥカドの大金を失ったあと、わずか一文の金を後生大事に守りつづける男もいる。また幸せな生活をもたらせてくれた分別ある貞女の妻を大切にせず、その妻を亡くして再婚した後にもなってから、前妻の死を悲しみ、いとおしく思う男がいる。また高位の官職も、心の平和も、安らぎも、領地も失ったあと、わずかな施しを請いながら過ごす男もいる」

「なるほどたしかに我々にも、同じようなことが起こっているのですね」とアンドレニオが言った。「情熱家の若者がある女性の心のうちを十分に知らないばかりに、その愛に気づかずせっかくの好機を逃してしまい、あとになってから、正気までも失ってしまうほど夢中になるという状況と同じです」

「そう、そんな具合に多くの者が、時間やら好機やら幸せやら心地よい暮らしやら楽しみを失い、王国さえも破滅に導いてしまったりする。そして後になってから大いに嘆いたりするのだ。同じような感じで、あのナバラ王はピレネーを越えるときには涙を流し、西ゴート王ロデリック[3]はあの嘆きの川で悔し涙を流したのだよ。しかしその中でもとくに、天国を失う者こそ不運であるといえる」

ふたりはそんなことを嘆きながら、旅をつづけていると、一見長老風の人物が、たまたま彼らに出会ったような雰囲気を装いながら現れたのである。いかにも威厳のありそうなあご髭をたくわえてはいるが、顔は皺だらけでどことなくうつろな表情に見え、目はくぼみ、顔には生気がなく、両頰はげっそりこけている。口元はしぼみ、とがった鼻をして、首はまるでしおれた白百合の茎のように曲がり、喜びをわざと噛み殺したような顰めっ面をときどき見せる。身につけた衣服は継ぎはぎだらけで、まるで斑馬のようだ。腰には苦行用の鞭をぶら下げている。どうやらこの鞭は仰々しく見せびらかしてはいるが、実際に自分の背中を痛めつけることなどおそらくなく、むしろ見る人の目を痛めるのが関の山と言った方がよさそうだ。さらに履物は繰り返し修繕されたらしく、形がよじれている。見た目の美しさなどどこにもなく、ただ足に合うように形を整えてあるだけ。しかしどうにか一応は隠者の端くれのようには見える。いかにも神のしもべよろしく、うやうやしくふたりに挨拶した。しかし、どことなくふたりに取り入ろうとする様子が見える。その男は彼らがどこへ向かっているのかを尋ねた。

「われわれふたりは」とクリティーロが答えた。「あの女王のなかの女王、美しきビルテリアさまを探し、尋ね歩いているところです。人から聞いた話では、空の果てに近い山の頂上にお住みになっているとのことです。ところで、お見かけしたところ、あなたはひょっとしてあの女王の屋敷に住む縁者の方ではありませんか？　もしそうなら、どうかお願いです、わたしどもの案内をしていただけないでしょうか」

ここまで聞くと、その男は大きくため息をついたあと、わっとばかりに大粒の涙を流しはじめた。

「これは大変だ。あなた方はすっかり騙されていますよ」と彼はふたりに言った。「あなた方に心から同情いたします。というのも、あなた方が探しておいでのビルテリアはたしかに女王さまではありますが、魔法をかけられています。生きてはおられますが、死んだも同然と言っていいでしょう。山には難所が多く、獣たちが棲みつき、毒蛇や人を呑み込む竜とかがいます。とくに途中の道には、ライオンが一頭待ち受けていて、通行者をことごとく引裂いてしまいます。登りは坂道ですから当然きついのは当たり前としても、さらにそのうえ、木の茂みや滑り落ちそうな場所が多くあって、近づくことなどとてもできません。ほとんどの人が転落し、体をずたずたにされてしまいます。山のてっぺんまで登りつく人は少なくて、成功した例はごく珍しいのです。それにそんな難所だらけの山をたとえ登りきったとしても、その次にはもっとも厳しい難関が待ち構えています。それが魔法にかけられた女王の宮殿です。その門には恐ろしい巨人が警備に当たっていて、その手には鋼鉄の棍棒をもち入口を守っています。とても恐ろしい巨人たちで、その姿を想像するだけでも、身の毛がよだつ思いがします。正直な話、あなた方がそんな不可能に近い企てに挑むなんて、とても愚かなことですし、気の毒にも思います。ですからあなた方には、むしろ別の近道をとることをお勧めしますね。そちらの道はきちんとした判断力を持つ人や、いかに生きるべきかを知っている人たちがみんな揃ってたどる道なんです。なぜかといえば、実はここからもっと近い場所に、もうひとり別の偉大な女王が住んでおられるからです。そこへは平坦な易しい道をたどって行くだけで着きます。その女王はあらゆる点でビルテリアさまにそっくりです。その外見も、その礼儀正しさも、さらにはその歩き方まで、とてもよく似ておられます。つまりビルテリアさまの雰囲気をきちんと身につけていて、まさにビルテリアさまの生き写しといえます。たしかに彼女はビルテリアさまご自身ではありませんが、もっとお優しく、もっとご立派で、ビルテリアさまと同じほどの能力をおもちで、奇跡も行うことができます。つまり私たちが手に入れられる恵みは、ビルテリアさまからのものと同じなんですよ。でも正直な話、あなた方がビルテリアさまを探し当てて、お話をしたいお気持ちはいいとしても、いったいそのことで何を得ようとしておられるのです？要するにあなた方の目的は、女王に温かく迎え入れてもらったうえで、高い評価と信頼をかちえて、その結果として高い地位や世の中を動かす力、さらには人々の尊敬の念、自分の幸せ、満足を手に入れるためではありませんか？　それならばですね、こちらの女王のもとに行けば、大した苦労もせず、また何の犠牲も払わず、楽々と望む物をきっと手に入れることができます。ですから、あちらの山道を選んだときに起るように、汗をかいたり、必死で努力したり、へとへとになるまで体を酷使したりする必要などまったくありません。ですから繰り返し言いますが、こちらこそが物事をよくわきまえた者がとる道なのですよ。智者はすべて、こちらの近道をとります。したがって、まさにこれこそが、今の世の中では高く評価された道であり、ほかの生き方などもう流行らなくなってきています」

「ということは」とアンドレニオはややためらいがちに訊いた。「あなたがおっしゃるその別の女王は、ビルテリアさまと同じほどの強い力をもっているということですか？」

「そのとおり。決して劣るものではありません」と隠者は答えた。「とくに外から見た感じがすばらしく、この点ではビルテリアさまより優れていると思います。ご本人もその点を自慢に思っておられて、できる限りその長所を表に出そうとしておられます」

「なんですって？　そんなに力がおありなんですか？」

「そう、さっきから申し上げているように、奇跡に近いことまでおやりになりますよ。それにもうひとつ素晴らしいものを与えてくださいます。これこそだれもが何にもまして、手に入れたく思うものです。それは通常のかたちの美徳のほかにも、みなさんにはこの世の喜びや楽しみ、さらには安楽、心地よさ、富に至るまで手に入れることを可能にしてくれるからです。一方別のあちらの女王さまは、絶対にそんなことは認めてはくれません。ところがこちらの女王さまときたら、そんなうるさいことなど何もおっしゃらず、世間に悪い噂が流れたりして人に知られない限りは、なんでも許容してくださる広い心をもっておられます。でもすべて秘密裏に行わないといけません。天国とこの世では両立が不可能なことでも、ここではちゃんと共存していることがお分かりなるでしょうし、ここの女王さまはとてもきれいな形で、その二つを結びつけておられるのが分かります」

アンドレニオがすべて納得するには、もうこれ以上の時間を必要としなかった。すぐさま隠者の仲間に加わり、その後に従い、急いで姿を消そうとした。

「待ちなさい！」とクリティーロが呼び止めた。「また迷子になってしまうぞ！」

しかしアンドレニオはこう答えた。

「ぼくは山なんか嫌ですよ！　巨人だのライオンだの見張りだの、もう沢山です！」

彼は後ろを振り返りもせず、一目散に駆けてゆく。クリティーロはその後を追いかけながら、大声で叫んだ。

「きみは騙されているのが分からないのか！」

するとアンドレニオはこう答えた。

「生きることを楽しまなくっちゃ！　美徳の決まりなんてものは、緩めのがいいし、今の時代の感覚に合った善良さの基準がぼくには合ってるんです！」

「さあさあ、お二人ともわたしと一緒にいらっしゃい」といかさまの行者は繰り返し言った。「こちらが生を楽しむ近道。他の道には絶えず死が待っているだけのことです」

こうして、彼はふたりを引連れて、林と谷あいの間に伸びた暗くて陰険な感じの道を進んでいった。迷宮のような道の角を何度も曲がったあと、大きな建物の前に出た。手の込んだ装飾を施した家なのだが、その中に入るまではそれと判らない。まるで静まり返った修道院のようだが、大勢の者がそのあたりに群がっている。みんな黙ったまま、ただひたすら何かに励んではいるのだが、言葉を発することはない。また音を立てぬよう聖堂の鐘さえ鳴らされることもなかった。とにかく音を出してはだめなのだ。その建物の中はとても広々としていて、ゆったりした感じで、この世界の大部分の人間が楽に入れるほどであった。この建物はちょうど山あいに位置していて、太陽の光は直接には入ってこなかった。その周囲には背の高い樹木がぎっしり立ち並び、緑の葉が光を遮断している。

「光がほとんど入らない修道院だ」とアンドレニオが言った。

「この方が都合がいいのですよ」と隠者は答えた。「高い徳を標榜するこんな場所では、光など邪魔になるだけですからね」

家の戸口は開けられたままだ。門番もどっかり座り込んだまま、わざわざ開けに立つこともしない。足には亀の甲羅でできた靴を履いている。身づくろいもせず、服はすっかり汚れていて継ぎはぎだらけだ。

「この門番がもし女なら」とクリティーロが言った。「《ラ・ペレサ》[4]と呼ぶにふさわしいな」

「いいえ、そうじゃありません」と隠者は言った。「この男はだれあろう《エル・ソシエゴ》[5]本人ですよ。服がぼろぼろに破損しているのは、手入れを怠ってきたからではありません。清貧の精神から生まれたものです。それに単に汚らしいのではなくて、世のしがらみを超越しているしるしです」

門番は《神に感謝！》の決まり文句で、彼らに挨拶した。こんな楽な生活をしていれば、神への感謝のことばのひとつも出てきて不思議はない。挨拶のあとは体を動かすこともせず、彼ら一行に対して扉に掛けてある看板を、手に持った鉤で指し示した。その看板には太字で《静粛に》と書かれていた。隠者は彼らに説明を加えた。

「あの意味はですね、いったんここから中へ入ったら、心に感じたことを口に出してはいけないということです。誰一人はっきりとした喋り方をしてはなりません。全員が身振り手振りで意志を通じあうことになります。ここではお互い脛に傷をもつ身ですから、お互い黙っていたほうがいいのです」

つぎに回廊に入った。とても狭くて窮屈な回廊だ。これなら四季をとおしてとても過ごしやすいということか。何人かの者に出会ったが、僧服をまとっているところをみると、どうやら修道僧らしい。ふつうにどこでも使われている僧服なのだが、でもどこかとても奇妙に見える。一番外に見えていたのは羊の毛皮だったが、内側に着ていたのは外からは簡単には見えないものの、実はいわゆる《見習い修練士オオカミ》[6]、つまり強欲な悪戯《いたずら》盛りのオオカミの毛皮だった。クリティーロは、彼らはみんなその上に立派な外套を羽織っているのに気がついた。

「あれが決まりの服装なんです」と隠者は言った。「あれを絶対に脱いではいけないし、何をするにも必ずあの聖なる外套を着ていないとだめなんです」

「なるほどね」とクリティーロが言った。「あたかも他人の不幸に心を痛めるふりをするための外套を着ておきながら、他人の中傷をやめない者がいるし、人の過ちを正してやるふりをする外套を着て、自分の恨みを晴らす者もいる。また人の目をごまかすための外套を着て、放縦に走る者もいれば、いかにも貧困に悩むようなふりをするための外套を着て、安逸な生活に流れ、太った体を持て余す者もいる。残酷な裁判官ほど正義の外套を着ているものだし、妬み深い者は熱心に励むふりをする外套を着て、すべてを悪の道に追いやってしまう。そして男に言い寄られるための外套を着て、自由奔放に動き回る女もいる」

「ちょっと待ってください」とアンドレニオが言った。「あそこを感謝の気持ちを表す外套を着て、通り過ぎていくのはだれです？」

「あれは〈聖職売買どの〉以外の何者でもありません。それとあっちにいるのは、顔を隠した〈高利貸どの〉です。国家と公益に仕える外套を着て、自分の野心を隠しています」

「あそこで外套なのか女性用の肩掛けなのか、なにやら手に取っている人がいますよね。どうやら教会で説教を聞くためか、聖堂を訪問するつもりのようですが、でもどうも〈口説きどの〉のようにも見えますが」

「まさにその人ですよ」

「神を冒瀆する怪しからぬ輩だ！」

「断食と思わせる外套を着て、貪欲に物をため込む者もいれば、いかにも堅物らしい外套を着て、下品な根性を隠そうとする者もいます。ほら、あそこに入ってくる男は、どうやら親友と思わせるための外套をまとっているようです(7)。まさにその通りの人物です。さらにもっと深い関係を表す外套を着ているとなると、不倫関係が生じることになりますからね」

「この人たちは、毎日この修道院が行う奇跡の結果として生まれてきました」と隠者は言った。「こうやって悪徳を立派な美徳に見せかけ、悪者たちが善き者、あるいはもっとすばらしい人に見てもらえるように画策しています。悪魔に等しい連中に美徳の面をかぶせて、かわいい天使に見せようとしているのですよ」

「分かりきったことですが」とクリティーロが言った。「悪者たちがイエズス・キリストの衣服をくじで分け合って以来、あの行為がそのまま受け継がれているのですよね(8)。自分の姿を神やその弟子たちに似せようとして、美徳の衣服をまとって行動しているのです」

「ほら、あなた方はお気づきになりませんか？」と真の詐欺師たる偽の隠者が言った。「まともじゃない者にかぎって、服装だけはきちんとしています」

「そのとおり」とクリティーロが言った。「とくに袖の部分だけはね(9)」

「それがいいのですよ」と答えた。「欲しいものすべてこっそり取り込むためにはね。すべて袖の下を経由して入ってくるわけです。十分に用心して、手だけは絶対に人目に触れないようにするのです」

「できることなら」とクリティーロは応じた。「石を投げてからさっと手を隠すなんてことは、してほしくはないですね」

「ほら、あそこにいかにもお人好しみたいな男がいるでしょう？　周りのことなどお構いなしに、なにか思いつめたような様子で歩いて行くあの男ですよ。自分のことなど考えず、ただ他人のことばかり考えていて、自分の持ち物は何もありません。でも顔を見せてはくれません。あれはちょっと無礼で、あまり感心はしませんがね。相手の顔をまともには見ないで、ただ帽子を取って挨拶するだけです。それと音をたてないように、裸足で歩いています。騒音を出すのを嫌っているからです」

「あれは誰です？」とアンドレニオが訊いた。「誓願修道士でしょうか？」

「そうなんですよ。毎日修道会に入り直すほど熱心で(10)、きっと自分を律する気持ちがとても強いのでしょうね。噂では神様のような性格なので、《聖具泥棒》なんて呼ばれたりします。一風変わった生活を送っていて、一晩中眠らず、めったに休養することはありません。私物はなく自分の家もありませんから、ほかのすべての人たちの屋敷や財産を自分のものにしているのです[11]。どこからどうやって入るのかは判りませんが、すべてのお屋敷に入り込み、なんでもすぐさま自分の物にしてしまいます。慈悲の心がとても強そうで、すべての人たちの服を代わりに持ってやったり、人と出会ったりするとその人の外套を持ってやったりします[12]。その家から出ていくときには、みんな泣き、彼のことは決して忘れません[13]」

「その男は」とアンドレニオが言った。「他人の財産をそんなにもっているのなら、ぼくには修道僧というより泥棒にしか思えませんが……」

「まさにその点にこそ、われらのイポクリンダさまの奇跡が見えてくるはずです。たしかにあなたが言うような人物なのですが、イポクリンダさまはその男を善良な人間に見せてしまいます。だからこそ、すでに高位の官職の候補に挙げられていて、ビルテリアさまの家臣である人物とその座を争っているところです[14]。しかしこの男がその座を射止めるのは間違いないでしょう。万が一駄目でも、あの男はアラゴン国へ行ってのんびり余生を送るつもりをしています[15]」

「あちらにいる人の顔はつやつやしていて、ずいぶん血色がいいですね」

「まさにそれこそ苦行のたまものですよ」と隠者は応じた。「とても元気なのですが、立っていることもできず、一歩たりともまともに歩けません[16]」

「なるほど、よく分かります。まっすぐには歩けないでしょうね」

「それとですね、ぜひお知りおきいただきたいのは、あの方は禁欲の精神が旺盛なことです。あの方が食事を摂るのを見た者はひとりとしていません」

「ええ、それは私も納得がいきます。だってあの人はだれも食事には招かないし、他人と食べ物を分け合ったことも一切ないでしょうからね。ただ人に断食を勧めることだけはなさるようですが。いやひょっとしたら、ご自分もたしかにそれを実行されているかもしれません。だって、鶏の丸焼きを平らげたあと、《おれも少しは節食しないと》なんてしみじみおっしゃっているようですからね」

「あの方に代わってこの私が保証しますが、もう何年もシャコの胸肉を口に入れたことがないはずです」

「私だってそう思いますよ」

「ご自分に課している質素な生活にもかかわらず、とてもおっとりと構えておられますよ」

「それでよく分かりました。昼食におっとり、夕食にもおっとりという調子で鶏《とり》ばかりお食べになるからですよ。でもどうしてあんなにつやつやして血色がいいのでしょう?」

「まさにそこにこそ、あの方がちゃんと自覚していらっしゃる点が表れています。大きな胃袋をしているので、なんでも平気で呑み込み、少々のことではお腹がいっぱいにならないのです。ですから神様からの施し物を胃袋に放り込むことで丸々と太り、みなさんがその健康ぶりを褒めてくださるのです。ではとにかく、あの方の僧房に入ってみましょう。とても結構なお部屋ですよ」

その修道士は彼らをやさしく迎え入れてくれた。客のために食品戸棚を開け、菓子類と豚の腿肉やその他美味な食べ物を出してくれた。そして当たり前のような顔をして、ワインまで振舞ってくれたのである。

「これで断食になるのですかね?」とクリティーロが訊いた。

「でも、まあいずれにしろ、こんな形で気の利いた酒袋まで置いてくれてあるのですよ」と隠者は答えた。「これこそこの修道院の奇跡なんです。この修道士は以前は快楽主義者とみなされていたのですが、とても便利な外套を手に入れてからは、あの聖マカリオス[17]と張り合える人間に変身できました。それが証拠に、近い将来必ずや何らかの官位を手にするにちがいありません」

「軍人の中にも外套を着て、見た目を変える仲間もいるのでしょうか?」とアンドレニオが尋ねた。

「彼らこそ最高の仲間ですよ」と隠者は答えた。「善きキリスト教徒であり、敵に対しても愛想よくしなければと思っています。もっとも本音をいえば、できれば敵になんぞ会いたくはないでしょうがね。ほら、あの軍人が見えますか? あの人たちは聖ヤコブのご加護を願って、《突撃!》というのが習慣ですから、ついつい聖ヤコブの道の巡礼に出たくなるのです。一生の間だれにも危害を加えたことなどないのは、みんな知っています。ですから彼が敵に血を流させるかもなどと、だれも心配することはないのです。あのひらひら動いている軍人の帽子の飾り羽、あれは聖ヤコブのものというより、まちがいなく聖人ドミンゴ・デ・ラ・カルサダ[18]のものです。閲兵式の日には立派な兵になるのですが、いざ戦うとなると隠者みたいになるのです。他の兵たちは槍を扱うのに、彼は巡礼者用の杖のほうがずっとお得意という有様です。彼が使った武器はいつも偽物ばかりでしたが、勇敢な兵士の外套を着るようになってからは、立派に着飾ったエル・シッドのような軍人になりました。でもとても健全な心の持ち主ですから、弾が飛んでこない安全な場所にいつも体を隠しています。功名心などまったくありません。ですからよく言われるように、戦いの栄誉などより金を欲しがる兵なのです。敵と対峙しても退却用の背中の防具しか見せないのに、作戦会議ともなれば堂々と鎧の胸当てをつけて参加します。こんな調子なのに、すぐれた軍人とみなされ大いに称えられているのですよ。伝説的な将軍ベルナルド・デル・カルピオ[19]にも比べられるような他の二人の候補と競い合う形で、軍の将軍職に推挙されているほどです。噂では彼が選ばれ、あとの二人は選考に漏れるだろうと言われていますがね。つまりこの国では人にどう見られているかが、本来の価値よりももっと重要だということです。あそこにいる別のお方は、知識の泉とされている人です。ただし深遠な知識というよりあまりに深すぎて、かえって表には明白な形で出てこない知識をお持ちで、あの方に言わせれば、そこにこそ本当の喜びがあるのだということです。とにかくここでは頭の良さそのものより、いかにうまく他人の話を取り込むかが重要なのです。あの方は必死で勉強に励んではおられますが、その言によればとにかく自分の価値を計る一番の基準となるのは、世間の人が彼についてどう評価しているかだとのことです。そこで、他の人たちの説までうまく取りこんで、上手に自分の意見にしてしまい、それをわれわれに提示してくれます。そのためにたくさんの本を買い集めておられるのです。学問の世界だって、知識なんて今の半分で十分こと足り、あとは運があるかどうかにかかっているのですよ。それに大衆の拍手なんて、空っぽの部屋と同じで、中身が空っぽであればあるほど、騒がしい音をたてますからね。つまり結論として言えるのは、本当の意味での博識家や勇者や善人になるよりも、世間からそう思われることの方が、ずっと簡単で手間がかからないということです」

「あれは何の役にたつのでしょう?」とアンドレニオが尋ねた。「ほら、あそこに置いてあるたくさんの像のことですが」

「ああ、あれのことですか!」と隠者は言った。「あれは架空の偶像、幻影のお化けとでも呼ぶべきものです。実はみんな中はがらんどうですが、中身がしっかりつまっているような感じで作ってあります。たとえば、だれかが賢者の像の中に入って、声の調子を真似て同じことを喋るのです。また別の人が領主さまの像に入って、みんなに命令を下しますと、てっきりお偉いご主人さまがお話になっているものと思って、みんな口答えせず、あっさり従ってくれます。本当は碌でなしの人間が入っていても同じです。こちらの像は蠟で鼻を作ってあります。世間で流れる噂や熱気にしたがって、右へ行ったり左へ行ったり、好きなようにひん曲げられてしまいます。どんな影響でももろに受ける鼻ですよ[20]。ほら、よくご覧ください。あそこにいる裁判官に注目です。いかにも熱心に仕事に取組み、厳正な態度を崩さない人に見えますよね。まるでかの有名な昔のロンキーリョ市長や、今の世のキニョネス氏でさえ、あの方の足元にも及ばない感じです[21]。あの方こそ、何でも自分に取りこみ、他人に渡さず、だれに対しても自分の権威をひけらかす人です。あらゆる人から悪行の芽をつみ、その悪行をすべて自分のものにしてしまいます。つねに卑劣な行為を探し求め、そんな世間の評価が高いことをいいことに、あらゆる下劣な人物の家に自由に入り込み、勇者たちから武器をとりあげて、自分の家を兵器庫にしてしまうのですからね。盗賊たちをすべて国外に追い出し、自分だけがたったひとりの盗賊として残る。いつも人々には大きな声で《正義だ!》と叫んでいるけれど、自分の家だけはその例外としてしまう。つまり、立派な肩書を利用してこんなことすべてを行い、一応正義らしい外見を装っているのです」

さらに別の二人の人物が彼らの目に入った。一応情熱家との評判はあるのだが、じつは呆れるほど傍若無人な者たちだった。あらゆることに救いの手を差し伸べたがるのだが、かえって事を荒立てるだけで、この世が滅亡してしまうなどと喚いたりして、周りの者をいらだたせる。要するに、彼ら自身がだれにもまして滅亡すべき連中なのだ。そんなわけで、クリティーロたちは、あの策略にたけたウリッセスでさえ騙されそうな、見た目でごまかすだけの珍妙な奇跡や、嘘で固めた奇妙な出来事に遭遇していったのである。

「毎日繰り返されていることですが」と隠者は言った。「この隠れ家で人格が形成され、ここの学校で教えを受けた者がひとりずつ世の中に出ていきます。一方あちらの山で教えを受けて、真の美徳をしっかり身につけた者がいますが、そんな人たちと競い合って世間の高い地位を手に入れようとするわけです。するとどうやらこちらの隠れ家の出身者のほうが、何百倍も優れているらしく、多くの恩恵を獲得し、友達もたくさんできるようです。そこであちらの山から出てきた者はすっかり滅入ってしまい、意気をそがれてしまいます。これはなぜかと言えば、この世の中の大多数の者は、それぞれの人物の実像も知らないまま、また調べようともせず、見かけだけで評価してくれるからです。たとえばの話、石ころだって遠くからだと、ダイヤみたいにきらきら光って見えることもありますよね。ほとんどの人がダイヤの細かな特質なんて知らないし、偽物と区別することもできません。あそこにいる男は、吹けば飛ぶような頼りない男なのですが、外から見る限りでは、まるでどこかの長官殿みたいな貫禄があります」

「どうやったらそんなことが出来るのかなあ？」とアンドレニオが言った。「できたらぼくも外見をよく見せる技を習いたいものですよ。どうすればそんなすごい奇跡が行えるのです？」

「じゃあ、ご説明しましょう。この隠れ家にはですね、いろいろな種類の人間の型が用意されていて、どんなに無能な人間であれ、頭のてっぺんからつま先まで、ちゃんとその型に嵌め込むことができます。もしその男がどこかの高位の官職を欲しがっているときには、いかにも強力な後ろ盾を得ているような感じを演出するために、すぐさまその男を背中が丸まった体型に嵌め込むのです。結婚したければ、糸巻の心棒みたいに体をまっすぐにして歩くように教えます。たとえごくつまらない男であっても、いかにも貫禄がありそうに振舞い、ゆっくりと歩き、落ち着いて話し、眉をきりりと伸ばし、まるで大臣みたいにもったいぶった身振りを真似るようにさせます。そして出世したい者にはひそひそ話の仕方を教え、さらに眼鏡をかけさせます。たとえ山猫よりも鋭い目になっても構いません。眼鏡はいかにも権威のありそうな雰囲気を見事に醸し出してくれます。とくに眼鏡をおもむろに眼鏡入れから取り出し、大きな鼻にかけ、相手を上から見下ろせば、たちまち相手を震えあがらせてしまいます。このほかにも私たちは、さまざまな秘策を用意していますから、あっという間にカラスみたいな人を口数の少ない白鳥に変えてしまいます。万が一にも喋るようなことがある場合には、耳触りのよい甘い言葉で語らせるのです。もし毒蛇みたいな肌をしていたら、丁寧に湯あみさせて、毒がある場合にはそれを取り除いてやります。それと決して腹をたてないようにさせます。一生かけて手に入れた人格者としての評判を、一瞬の腹立ちですっかり失ってしまうことにならないためです。さらに言動においても、たとえ少しであれ軽薄な一面を見せることなど、厳に慎まなければなりません」

ひとりの男が唾を吐いて、なにかをとても嫌がっている様子が目に入った。

「いったいどうしたのでしょうね？」とアンドレニオが言った。

「近くに寄ってごらんなさい。女性とその服装についてさんざ貶《けな》している声がきこえるはずですよ」

そういえばたしかに、その男は目をつぶって、女たちをわざと見ないふりをしている。

「この人はなかなか用心深い男なんですよ」と隠者が言った。

「いやいや、これが本当に貞潔な人ならご立派なんでしょうがね」とクリティーロが応じた。「こんな御仁がたくさんいるものだから、この世の中で隠れて情欲の炎を燃やす輩が横行するのですよ。まるでツバメみたいに他人の家の軒下に入り込んで、初めは二羽だけど、出ていくときは六羽になっているような連中なんだ。(22) ところで女性の話が出たついでにお聞きしますが、女性向けの隠遁用の修道院はないのですか？　だって正直な話、ここでなら体面をごまかして修道生活に入ることだって可能でしょうからね」

「たしかにありますよ」と隠者は答えた。「修道院はちゃんとありますが、悪の温床です。それに困ったことにその女たちの数といったら！　ほら、あそこに見えているでしょう？」

女たちの振舞いを少しだけ垣間見ようと、彼らは窓から下を見下ろした。ただし、とくにいやらしい下心があってのことではない。すると一見したところとても信心深そうな女たちの姿が目に入った。ただし、彼女たちにとっては聖リノや聖イラリオに信頼を寄せるふつうの信心はどうやらお好みではないらしく、どちらかと言えば聖アレクシスや巡礼祭に、我を忘れて没入するたぐいの信心を得意とするようであった。(23)

「あそこに姿を見せたのは」と隠者が言った。「慎み深い未亡人です。夕方のアヴェ・マリアの鐘が鳴ると、すぐに家の門を閉めます。ほらほら、あそこの御嬢さん、なかなか威厳のある立派な体格をしています」

「いやいや、あれはきっと妊娠しているからですよ」

「あちらの美しいお方は既婚の女性です。旦那は彼女のことを聖女だと思っています」

「しかしあの女はその旦那の目を盗んで、いろいろ目に余るご乱行に及んでいますよね」

「こちらの女性は宝石類にはまったく不自由しません」

「それは彼女が不身持な女だからです」

「あの女性には旦那がぞっこん惚れ込んでいます」

「なるほど、やっぱり金づるになりますからね[24]」

「しかしあの女性の衣装はそれほど豪華じゃありません。旦那の財産を減らさないためでしょう」

「でも旦那の名誉は擦り減っているのでは?」

「つぎにあちらの女性のことですが、旦那は彼女のためなら火の中にでも手を突っ込むなどと言っています」

「そんなことをするよりも、女の情欲の火を消すために、心のなかに手を突っ込んでみるべきですよね」

ある女性がまだ年端もゆかぬ小間使いたちを叱りとばしている。なにやら家庭内の不都合な事実を女たちが察知したかららしい。女性は眉を吊り上げて、こう怒鳴りつけている。

「この家ではね、そんなこと想像することさえ許しません![25]」

すると小間使いは口の中で、《嘘ばっかり》と密かに繰り返している。

「そこに居る女性の母親は告白できない事実があるものの、日頃の行いを見ればその事実は明々白々です[26]」

もう一人の女性は良き母親らしい。娘についてこう語る。

「まるで天国にいるような幸せな子!」と。

まさにそのとおりだ。いつもちゃんと《天国》に行かせてもらっているのだから。[27]

「あちらの女たちは、なぜあんなに顔色が冴えないのだろう?」とアンドレニオが気づき、言った。

すると隠者は、

「あれは別に不健康だからじゃありません。あれはあれでとても健康なんですよ。あまりに犠牲的精神が強いために、食べ物を土に混ぜて食べているからです[28]」

「そういうことなら、少なくとも泥だけはやめておきたいですよね[29]」

「ほら、あそこの女性たちはなにやら必死で励んでいるようです」

「そんなことより、あっさり姿を隠したほうが身のためじゃありませんかね」

「ところで教祖の女王様にお会いできるという話はどうなりました?」クリティーロが言った。「ほら、あの安直な美徳を身につけさせてくれて、実利に導いていただけるとかいうお優しい教祖さまのことですよ」

「もうすぐ会えます」と隠者は答えた。「私たちはこれから食堂に向かうところですが、教祖様はきっとそこで今お食事を摂っておられるはずです」

彼らが食堂の中に入ってゆくに従って、大きな体をした人たちとつぎつぎにすれ違った。さらに一番奥まで進むと、そこには体がぶよぶよに太り、精神の働きのかけらもなさそうな女がひとりいる。その締りのない表情をみれば、こと道楽に関してだけはしっかりした信念をもち、安逸をむさぼりながら日々を送っていることは明らかだ。そして人の話では、顔色が黄色くなればなるほど、理想の色に近づくのだとか[30]。おまけにロザリオまでが癒《ゆ》そう木《ぼく》でつくってある[31]。まさにこの状況など、呆れたことにまるで死を横に侍らせて、人生を目いっぱい享楽しているようなものだ。この教祖はいつもこうして人を驚かせるようなことをやってのける。立っているのが苦しいため、座ったままで大勢の世間知らずの若者に取り囲まれ、ときおりため息を交えながら自慢話を聞かせている。生きてゆくための知恵を授けているのだ。

「いいですか、みなさん。愚直な人間になってはいけません」と言った。「いくら物事を知っていようと、何も知らないふりをすることを学ぶのが、偉大な学問なのです。その中でもとくにあなた方には、慎みある態度を保つこと、人を呆れさせるような行動をとらないことを守ってほしいと思います」

さらに彼女は、外見を整えることの大切さについて話をつづけた。

「要点はすべて、外見をよく見せることに集約されます。つまりもうこの世の中では、物事の実際の価値が注目されることはありません。どう見えるかということだけに注意が集まるのです。いいですか、みなさん、それはなぜかと言えば、たとえば実体もなければ、結構な外見も見せられないような物があるからです。これなどまったくの愚物にすぎません。だから、たとえきちんとした価値がなくても、あたかもあるように見せることが大切です。ほかの例としては、実体があるうえに、それが外見にも表れる場合があります。これは数からいえばあまり多いとはいえません。さらにほかの例としては、実際に価値をもちながら、それを外に表せない場合があります。これなど、愚物のなかの愚物と言っていいでしょう。逆にいちばん素晴らしい例は、実際の価値がなくても、あたかもあるように見せかけられる場合です。これこそまさに、最大の知恵と言えます。他人の意見を集約し、それを大切に保存しておくようになさい。これは簡単なことです。ほとんどの人間は、他人に信用されることをあてにして生きています。みなさんは、勉学などに励む必要はありません。その代わりに、人が自分のことを褒めてくれるよう抜かりなく工夫をこらすことです。医者だって法律家だって、みんな自分のことを世間に向かってすばらしく見せないといけません。そのためには口先だけのお喋りが、とても大きな働きをしてくれます。インコだってそうでしょう？　あの技が自分に備わっているだけで、宮廷に潜り込むことができ、最高の地位さえ占めてしまうのです。いいですか、よくお聞きなさい。もしあなた方が、巧みな生き方を身につけたら、きっとおいしい仕事を手に入れることができます。なんの苦労もなしに、なんら犠牲を払わず、汗をかくことも、へとへとになることもなく、この私がみなさんを立派な人物に必ず育て上げてみせます。ですから、少なくともみなさんは、立派な人物らしい外見を身につけるようにいたしましょう。そうすれば、まことの徳をもつ人や、最高の人格者と張り合うことができるようになります。もしそれが無理ならば、権力の座にある人や豊富な人生体験をもつ人の例にならいましょう。そうすれば、あの方たちが私の教えをどれほど上手に利用したのかがよくお分かりになるでしょうし、あの方たちが今の世の中で、どれほど大きな影響力をもち最重要の位置を占めているかが分かるはずです」

　アンドレニオはその話にすっかり魅了され、お手軽な幸福と怪しげな美徳を手にする期待に胸を躍らせていた。危険を冒すこともなく、難所だらけの山を登ることもなく、猛獣と闘うこともなく、逆風に向かって走り出すことも、川上に向かって舟をこぎ出すようなこともなく、もうこれ以上汗をしたたらせることもないのだ。こうして彼の気持ちは、自分のお気に入りの外套の僧服を身につけ、偽善者の教団に修道誓願を行う方向に、ほぼ傾いてしまっていたのだ。とそのとき、クリティーロは隠者の方を振り返り、こう尋ねた。

「さて、良い悪いは別にして、とにかく長い人生を歩んでこられたあなたに、ここでお尋ねしたいのですが、こんな偽りの美徳に従えば、私たちはまことの幸せを本当に手に入れることができるのでしょうかね？」

「遺憾ながらこの私にも、その点に関しては言いたいことがたくさんあります」と隠者は答えた。「しかしどうしても言わなければならない時がくるまで、その話はお預けにしておきましょう」

第八考
勇者たちの武具博物館

　語られるところによれば、〈勇気殿〉がすでにその能力を喪失し、腕力も活力も勢いをなくし、まさに息絶えんとしたとき、すべての国家が彼の元に駆けつけ、それぞれが自国に有利な遺言を求め、なんらかの形見を残してくれるよう懇願したという。

「吾輩には、この体しか自分の財産として残っていないのだ」と彼は答えた。「したがって貴公たちに残してやれるものといえば、この哀れな死骸しかない。かつての自分の成れの果て、この骸骨同様の体だけだ。さあ、一人ずつこちらに来たまえ。吾輩の体を小分けにして貴公たちに譲ることにしたい」

まず初めに姿を現わしたのは、一番乗りを果たしたイタリア人たちであった。彼らは頭が望みだと言う。

「よし、貴公たちには吾輩の頭を形見として残そう」と答えた。「貴公たちは統治者となり、好きなように世界に命令を下せることになるだろう」

一方、心穏やかでないフランス人たちは、図々しくも前に割り込んできて、何でも抱えこみたい一心からだろう、両腕をほしいとねだった。

「吾輩が心配なのは」と彼は答えた。「貴公たちに腕を残せば、全世界を引っ掻き回すことにならないかということだ。しかしまあ、貴公たちが腕を持てば、活動的でやる気のある人間になってくれるだろうし、一時たりとも休むことはないだろう。しかし隣人とするには、少しばかり迷惑な連中になってしまうことは確かだが」

ところがジェノバ人たちは、早くもフランス人たちから爪をはぎ取り、何も掴み取ることも、引っ掻くこともできないようにしてしまった[1]。しかし、フランス人たちはそれにもめげず、スペイン人たちをきつくつねり上げ、その有り金を巻上げたうえ、さらにぐっすり眠りこけている時を見計らって、吸血鬼にも劣らぬ力で、血まで吸い取ってしまった。

「つぎにイギリス人たちには顔を与えてつかわそう。そうすれば貴公たちは天使のごとき美貌に恵まれることになるだろう。しかし美人にありがちなことだが、カルヴァンやルターや、さらに他ならぬ悪魔自身にさえ、たやすく色目を使うことになるはずだ。とくに狐に顔を見られないようにすることだ。そうしないと後になって、《顔はきれいだが、脳は空っぽ》などと言われてしまうからな[2]」

ベネチア人たちはとても慇懃な態度で、頬を要求した。全員大いに笑ったが、〈勇気殿〉だけは、

「貴公たちは分かっていないのだ」と、笑った連中に向かって言った。「ベネチアの人たちには、両方の頬を使って、だれとでも好きなように食事をさせてやることだ」

シチリア人たちには、舌を遺産として残してやることにした。ところが、その遺産はシチリア人だけのものなのか、あるいはナポリ人たちも含まれるのかについて、両者の間に疑義があったことから、舌は両地方のものであることを〈勇気殿〉は改めてはっきりと宣言した[4]。アイルランド人たちには肝臓を、ゲルマン人たちには胴を与えることにした。

「貴公たちは優美な体をした人たちになるはずだ。しかしくれぐれも言っておくが、その体を魂より大切にすることなどないように」

脾臓はポーランド人たちへ、肺はモスクワ公国の人たちへ、腹はすべてフランドル人とオランダ人に渡されることになった。

「ただし、そんな物を貴公たちの神としないという条件つきだ[5]」

胸はスウェーデン人たちに、両脚はトルコ人たちに譲られた。

トルコ人はいつもうぬぼれが強く、他国の領域に図々しく攻め込んできては、そこから絶対に引揚げることはない。臓物はペルシア人たちに渡された。彼らはなかなか心根のやさしい人たちだ。アフリカの人たちには骨が与えられた[6]。彼らの性格にふさわしく、その骨を噛まねばなるまい[7]。背中は中国人に、心臓は日本人にそれぞれ割り当てられた。日本人はアジアに於いては、スペイン人のごとき存在だ。次に脊柱は黒人たちに分け与えられた。

スペイン人たちは、遅れて最後にやって来た。なぜかと言えば、遠い国からやってきていた客人たちを、家からつまみ出すのに苦労し、多忙を極めていたからだ[8]。

「我々には何を頂けるのでしょうか」と彼らは訊いた。

すると〈勇気殿〉は、

「来るのが遅すぎるじゃないか。遺産の分配はすべて終了したよ」

「しかしですね」と彼らは負けずにやり返した。「我々は貴殿の長男と言ってもいい国民ですよ。それを考慮に入れたら、長子相続にも当たらないような、ちっぽけな遺産相続の額では済まされないのではありませんか？」

「そうは言われてもね、こうなった以上いったい何を貴公たちに渡せばいいのか……。もし心臓が二つあったなら、まず第一番目の心臓を貴公らに渡せたのだがね。うん、そうだ、じゃあこうしたらどうかね。よその国はみんな揃って貴公たちをさんざ不安に陥れてきたのだから、こんどは貴公たちが彼らをいじめてやることだ。ローマ帝国がやったことを、今度は貴公たちがやってみることだな。吾輩が許可してやるから、すべての国に攻撃をしかけて、なんでも奪えるものはすべて奪ってくることだ」

しかしこの言葉を他の国の連中が聞き逃すわけがない。彼らは巧妙な対策を施し、ほとんどの国が逆にスペインから何かをかすめ取る結果となり、もう少しのところで、〈勇気殿〉の頭のてっぺんからつま先まで、すべて手に入れてしまうほどになったという。

クリティーロとアンドレニオのふたりが、ピカルディの町あたりを経由して、フランスから出ようとしたとき、ふたりを相手にこんな話を熱っぽく語っていたのが、真の人格者ともいうべきある人物であった。というのもこの人物はしっかり物事を観察するために百もの目を持ち、行動するために百の手をもち、さらには耐え忍ぶために百の心臓を備えていて、実質彼の体全体が心臓なのであった。

「フランスについてのご感想は？」と彼は言った。「どうです、好きになってもらえたかな？」

「いや、あまり好意は持てなかったですね」とふたりは答えた。「国民自身が自国に無関心ですから、われわれ外国人にとっても、あまり興味を惹かれる国ではありません」

「でも偉大な国だよ」と百の心臓男が言った。

「たしかにその通りです」とクリティーロが答えた。「ただし、自国のことだけで満足してくれればとの条件つきですが」

「どこへ行っても人であふれているよね」

「しかし徳高き人物はいませんね」

「作物の稔りはとても豊かだよ」

「しかし中身の良さに欠けるところがあります」

「平野が多く、暮らしはとても快適だ」

「しかし強風に曝されていますから、それが原因で国民のあの軽薄さが生まれてきていると思います」

「とても勤勉だね」

「でも下働きの仕事ばかりです」

「仕事には骨身を惜しまないね」

「でも、しがない仕事しかあてがわれませんよね。数ある国のなかでも、いちばん俗臭芬々たる国です」

「国民は戦に強く、とても颯爽としている」

「でも、落ち着きに欠け、ヨーロッパの海や大陸を小悪魔みたいに荒らします」

「事が起きれば、雷鳴のごとき素早さで、張りきって真っ先に駆けつけてくれるね」

「でも事が長引けば、あっさり元気を失くしてしまいますよ」

「国民はみんな従順な性格だよ」

「そのとおりですが、御し易くもあります」

「とてもこまめに働くね」

「でも人の嫌がる仕事しかなく、外国へ行けば奴隷にも等しい仕事ばかりですよ[9]」

「とても進取の気性にあふれているよね」

「しかし成功に至ることは少なく、何の成果も残りません。なんでも企てることだけはしますが、すべて失敗に終わってしまいます」

「創意工夫に大いに富み、生き生きしていて、仕事ぶりもてきぱきしたところがある」

「でも、内容に深みがありません」

「彼らのなかには、馬鹿者はいないね」

「でも、博識家もいません。凡庸さを越える者がいないのです」

「とても礼儀正しい人たちばかりだ」

「しかし、信仰心の薄い人たちですよ。アンリと名乗る王様たちまでもが、裏切りの刃から逃れることができませんでした[10]」

「彼らは骨身を惜しまず仕事をする」

「そのとおりです。と同時に強欲でもあります」

「そうは言ってもだね、この国から偉大な王様たちが輩出したという事実は否めないね」

「でも、ほとんどの王はまったく役立たずの人間でした」

「この国の王たちはみんな世界の支配者となるために、さっそうと登場してくるよ」

「しかし、その退場ぶりの何と哀れなこと！　始まりは華やかでも終わり方はひどいものです」

「もし助けを求める人たちがいれば、フランス人は武器を携え救助に馳せ参じるね」

「しかし救助されるのは、反乱を起した地方のごろつきばかりですよ(11)」

「フランス人はとても実利的といえるね」

「そのとおりです。でもそれが昂じると百ポンドの名誉よりも一オンスの銀貨をありがたがります。一日目は奴隷、二日目は主人、三日目は手のつけられない暴君という風に出世してゆき、人間味のある性格から傲慢な性格へと変貌し、極端から極端へ走り、中庸の精神が欠けています」

「フランス人は数々の偉大な美徳をもっているよ」

「でもそれに加えて、大きな悪徳をあまりにたくさん持っているので、どれが最大の悪徳かを見極めるのがとても難しいほどです。要するに彼らはスペイン人とは対極にある人たちと言えます」

「ところで、あの隠者との一件はどんな結末になったのかね？　鋭い質問を浴びせたクリティーロさんの追及を、あの人はどうやって切り抜けたのだろう？」

「この私に彼が告白したところによると、見せかけの美徳には、確固たる真の褒賞は与えられないものだとのことでした。人間の目はごまかせても、神を欺くことはできないとも言っていました。その答えを聞いて私たちふたりは、してやったりと顔を見合わせたものです。そして好機を逃さず、変装用のろくでもない僧服を脱ぎ捨て、あのくだらない偽善の館の塀を跳び越え、逃れてきました」

「それはよかった！　偽善者の喜びなんて長続きはしないからね。線ではなくまるで点のようなものだ。ところであなた方にここでは、ごく当たり前の事実に目を開いてほしいと思っているんだ。それは人の目というものは、とても利口だということ。一目見たらすぐに、何がその人の長所で、何が短所なのかに気づいてしまうものだからね。ふつうごまかしは巧妙に仕組まれているものだが、用心して細かに見れば、そんなごまかしなど必ず見破られてしまう。見かけはいくら善意の衣をまとっていても、その内側にある悪徳の影を見逃すことはないからだ。完全な形でしっかりと身につけた美徳は、天国であれ現世であれ、はっきりと目に見える形で現れてくるものさ。それこそが、価値があり長続きする美徳なんだね。重要なことは、美しきビルテリアさまを探し出すこと。そして彼女を見つけるまでは、たとえどんな苦難や危険が待ち受けていようとも、決して努力を絶やさぬこと。そうすれば、彼女があなた方をあこがれのフェリシンダのところへ導いてくれるはずだと思うよ。そのフェリシンダを探してあなた方は、一生を通じて巡礼の旅を続けていくことになるはずだ」

こうして彼はふたりに対して、苦難が待ち受けるというあの山に挑んでみるよう勧めたのだ。アンドレニオが怖れを抱いていたあの山である。

「さあ、もういい加減に目をお覚ましなさい！」と彼はアンドレニオを叱った。「臆病な君は、道の途中で待ち受けているライオンの姿を、実際よりももっと獰猛だと勝手に想像しているだけのことだ。いいかね、年端もゆかぬ少年や華奢な乙女たちでさえ、あのライオンをちゃんと退治しているのだからね」

「でもどうやってやっつけたのです？」とアンドレニオは尋ねた。

「まずはしっかり武装して、そのあとは上手に戦うだけ。凛とした決意さえあれば、全く怖いものなしだよ」

「どんな武器を使うのです？　どこで見つけてくるのです？」

「では、私といっしょにおいでなさい。その武器を選べるところへ連れて行ってあげよう。もし好きな武器を選べないときは、なるべく役立ちそうなものを選ぶことだ」

ふたりは彼のあとにつき従ったが、三人でお互いにこんな話を交わしていった。

「勇気そのものが、すでにこの世から消滅してしまったことを考えれば」と彼は言った。「たとえ武器があり余っていたとしても、何の役にも立たない。それはむしろ敵のために武器を用意してやっているみたいなものだからね」

「ということは、〈勇気殿〉はすでに死んでしまったということですかね？」とクリティーロは尋ねた。

「そう、すでに命を終えているね」と彼は答えた。「もうこの世にはヘラクレスのような人物はいなくなってしまった。妖怪どもを抑えつけ、不正をただし、遺恨を晴らし、圧政に終止符を打ってくれるような人物がいなくなったのだよ。だから今の時代の妖怪どもは、毎日何十万回もの暴挙を繰返し、圧政を行い、その姿勢を改めようともしない。かのヘラクレスの時代には、町全体でも掏摸も大嘘つきも泥棒も、たった一人ずつほどしかいなかったものだ。ところが今では、街角には必ず一人はいるし、各家がその巣窟になっている。まるでこの世の塵から生まれたような、アンタイオス[12]に似た者も多くいて、今の時代の申し子みたいなものだ。さらには、食らいついたら離さないハルピュイアのような性悪女たちもいれば、七つの頭と七千ものわがままな望みをもつ、ヒュドラのような害毒が社会にはびこり、おまけに愚鈍なイノシシや高慢なライオンどもまでもいる[13]。こうして今の世は凡庸な妖怪たちであふれかえり、ヘラクレスの柱[14]を通り越す勇気を持つ者はどこにも見当たらず、妄想に終止符を打ってくれる者も、地道な努力であの柱を世界の果てに立てる勇気を持つ者もいない」

「〈勇気殿〉はこの世では、ほんとに短命に終わってしまったのですね！」とアンドレニオが言った。

「そう、本当に短い命だった。勇気ある人間とその仲間たちも決して長く命を保ったわけではない」

「ところでヘラクレスはどうやって死んだのでしょう?」

「猛毒のせいだよ[15]」

「それはまあお気の毒なこと! もしそれが、永遠に語り継がれるあの熾烈を極めたノルドリンゲンの戦い[16]とか、バルセロナ包囲作戦とかであれば、まあ良しとしましょう。そんな死に方なら、全生涯にわたる立派な生き方に花を添えてくれますからね。でも、猛毒のせいとはねえ。哀れな運命ですよね。ところでどうやってその猛毒を仕かけられたのです?」

「あのミラノの猛毒[17]よりひどい、もっと悪性の粉のせいだよ。その上に、さび病の菌[18]とか、告げ口屋、裏切り者、継母、義兄弟、義母などを粉末にした毒よりもっとひどい悪臭がする粉だ」

「でもどうせあなたのそのお話というのは、勇者たちはいつも一大旋風を巻き起こす大活躍をしたあと、血を流してその命を終えることからでっち上げられたのじゃありませんか?」

「いやいや、そんなことはないよ。私の話はすべて事実にもとづいているからね。私に言わせれば、人間の邪心ははるか昔からこうして存在し、あとから来る者にとっては、何ら打つべき手がないようにしてしまっているのだ。その邪心こそが、鋭い効き目をもつ毒を含んだ粉を作り出し、あらゆる偉人たちを破滅に導く疫病となってきたんだよ。こうして出回り始めて以来、そんな粉末は今なお世間を飛び交い、世界からすっかり逸材をなくしてしまったのさ。同じように有名な人物たちもすべて消滅してしまったね。もうこれからは、エル・シッドやローランについて、もはやこれまでのように語る必要もなくなってきた。今の時代では、ヘラクレスはまるで玩具みたいな単に面白いだけの存在になり下がってしまい、サムソンの名が残っているだけでも、奇跡と言わねばならないほどだね。この世界から勇武の精神と果断な行動が締め出されてしまったわけだ」

「ところで、そんな怪しからぬ被害を生みだしている粉とは、何の粉です?」とクリティーロが訊いた。「ひょっとして、バシリスクを粉末にしたものでしょうか。あるいは毒蛇の臓物を蒸留したものなのか、あるいはサソリの尻尾なのか、あるいは羨望ないしは好色な目なのか、屈折した心なのか、邪心なのか、あるいは陰口屋の舌なのか。アジア全体に被害をもたらしたデルフォイの神託[19]が、また再び瓶から出る蒸気とともに告げられることになったのでしょうか?」

「そんなものよりもっと悪質だよ。人の話では強烈な硫黄か、あるいはステュクス川[20]の硝石でできているとか、悪魔のくしゃみで勢いを増す炭火で出来ているとかいうことらしいが、私の意見では人間の心臓でできていると思うね。復讐の女神フリアエたちの人を寄せつけない態度、運命の三女神パルカ[21]の容赦のない仕打ち、残酷な戦争、容赦なく襲う死などの厳しさをはるかに越えているのだ。火薬の粉末の発明ほど神を冒瀆し、忌まわしく、冷酷で、嘆かわしいものは他にない。なぜそれが粉など呼ばれるかと言えば、それは人類を粉々にしてしまうからだよ。火薬はトロイアのヘクトル、ギリシャのアキレウス、スペインのベルナルド・デル・カルピオのような勇猛果敢な武者たちの時代を、終焉に導いてしまった。すでに勇者の心意気は失われ、膂力《りょりょく》は価値を失い、巧みな武芸を生かす機会もなくなってしまった。まるで子供が巨人を倒し、まるでめんどりがライオンに向かうように、臆病者がもっとも勇敢な男に傷を負わせるような時代になってしまったわけだな。こうして誰一人として目立った存在がいなくなり、他より抜きん出た英雄もいなくなってしまったのさ」

「いや、むしろ今の方が」とクリティーロが言った。「以前よりも勇猛さにおいても進化しているという説を私は聞いたことがありますよ。というのは、数えきれぬほどの火を吹く砲門からの攻撃に向かい、ただ一人突進してゆく男の勇気には計り知れないものがあります。砲撃の目標になり、じっと集中砲火を待ち受けるときの蛮勇、これこそが本当の勇気であり、過去の時代の戦《いくさ》なんて、まったく子供のお遊びのようなものです。まさに今の時代にこそ、本物の勇気が発揮され、怖れを知らぬ心にこそ真の勇気が宿っているのです。ところが過去の時代には、勇気とは腕っ節が強いこと、力自慢の農夫にも負けぬ怪力をもつこと、野蛮人のような腕力《かいなぢから》をもつことにすぎませんでした」

「そいつはどなたの説かは存じないが、それはまったくおかしいのではないかな。頓珍漢でまったくの出鱈目な考え方であると言ってもいい。そのお方が称賛しておられるのは、勇気などと言えるものではないし、本当の勇気とは何たるかをご存じないね。おっしゃっている勇気なんて、単に無謀さか狂気にすぎず、本物の勇気とはまったくの別物だよ」

「ぼくなりに考えてみますと」とアンドレニオが意見を述べた。「戦争なんて命知らずの無謀な連中のやることですよね。ですから、スペインで慎重王として知られるあの偉大なお方[22]は、生まれて初めて体験した戦闘で、――実は最後に体験する実戦となるのですが――実弾が飛び交う音を耳にされたとき、《父上がこんなことがお好きだったなんて、ありうるのだろうか？》とおっしゃったとか。そして多くの者がこれをもっともな意見として受けとめ、王の姿勢に理解を示したのです。ぼくがつねに聞かされたことですが、〈勇敢殿〉と〈良識さま〉が諍《いさか》いを始めて以来、一度たりとも仲直りをしなかったということです。〈勇敢殿〉は、いきり立って戦場に飛び出し、〈良識さま〉は〈分別殿〉に自分の気持ちを訴えたとのことです」

「君の言うことは間違っている」と百の心臓男が言った。「もし勇気が良識を失ってしまったら、いったいどうなるのだろう。だからこそ壮年期には、すべてが成熟の時代を迎えるようになっているのだよ。まさに本物の勇気があってこそ、勇壮活発な壮年期とすることができるわけだ。若い時代を象徴するのがまず《大胆さ》であり、老年期になれば物事をなすにあたっては、《懸念》が先に立つことになってしまうものだが、壮年期を象徴するのはまさに《勇気》そのものなんだ。だからこそ壮年期は、前後の両時期の間にあって、絶妙の中庸の精神を表しているわけだ」

彼らは大きな屋敷の前に着いた。がっしりした構えの建物で、多くの人を収容できそうな家だ。合図の言葉のやりとりがあった。ここでは知った者しか入れないのだ。そこは勇気を象徴する数々の名品、つまりすばらしい武具の展示であった。過去から現在に至るまでのあらゆる武具を並べた博物館になっているのである。軍旗のもとで勇敢に戦った戦士たちが用い、屈強の腕で振り回した武具の数々がそこにあった。こうして集められた勇者たちの勲功を表す品々を目にすることは、まさに壮観であり、心に大きな感動を与えてくれる愉しみでもあった。

「もっとずっと近くに寄ってみよう」と百の心臓男は言った。「よく見てまわり、英雄たちの勲功にどうか思いを馳せてほしい」

ところがこのとき、突然クリティーロは心の中に、なにか激しい感情の動きを感じ取った。心臓がぎゅっと締めつけられ、目から涙がこぼれ落ちそうな思いがしたのである。百の心臓男はその様子に気づくと、彼にその悲しみの訳を尋ねた。すると彼は答えた。

「こんなことって、本当にあっていいのでしょうか。ここにある恐ろしい武具はすべて、か弱い相手の命を奪うために作られたなんて。たとえば、もし自分の命を守るためであったなら、それはとてもいいことであって、大いに称賛されてしかるべきでしょう。しかし実際はそうではありません。まるで風が木の葉を吹き飛ばしていくように、人の命を軽んじ、破壊するのがここにある武器ではありませんか？　これほど多くの研ぎ澄まされた刃が、そんな威力をここで誇示しているのですよ。なんと人間がみじめに思えることでしょう。ほかならぬ自分の哀れな心を、こんな形で誇らしげに見せつけているなんて」

「この三日月刀の刃は、長寿のネストルを百人集めた分にも値するような、かの有名なドン・セバスティアン[23]の尊い生命の糸を絶ってしまったものだ。こちらのものは、あの不運なペルシア王子小キュロス[24]を殺したんだ。この矢はかの有名なアラゴン王サンチョの横っ腹を貫き、そしてこちらの矢はカスティーリャ王サンチョを射たものだ[25]」

「こんな武具などもう沢山です。そんないやらしい歴史をたどることなどに何の興味もありません。これ以上この目に触れてほしくありません。さあ先に進みましょう」

「この光り輝く剣は」と百の心臓男が言った。「スカンデルベグ[26]が使った有名な剣だ。こちらの分はペスカラ侯爵[27]のものだった」

「ぼくにじっくり見させていただけますか？」

アンドレニオはゆっくり剣を手に取って調べてから、こうつづけた。

「思っていたほど珍しいものには見えませんね。他のものとほとんど変わりません。ぼくは他のものでもっと強靭で、それほど有名でもないのをたくさん見たことがあります」

「それはだね、君がその剣を操っていた二本の腕のことを考えに入れていないからだよ。その腕にこそ勇猛さが宿っていたのだからね」

彼らは別の二振りの剣を見たが、とてもよく似たもので両方とも先端から柄頭まで血に染まっていた。

「この二振りの剣は、それぞれいずれ劣らぬ数の野戦を勝ち抜いてきている」

「で、だれの剣だったのですか？」

「こちらは征服王ジャウメ[28]のもの、そしてこちらはカスティーリャのエル・シッドのものだ」

「実際に役立ってくれるかどうかを考えたら、ぼくは第一の方を選びますね。しかし第二番目の方にもすばらしい夢を与えてくれるという点で、拍手を送りたいですね。アレクサンドロス大王の剣はどこにありますか？　ぜひ見てみたいものです」

「いや、探しても無駄だよ。ここには置かれていないから」

「なぜないのです？　全世界を征服したというのに」

「なぜかといえばだね、自分自身という小さな世界に打ち克つための勇気が、あの人には不足していたからだよ。全インドを支配下に収めはしたが、自分の怒りを抑えることはできなかったのだ。ここにはカエサルの剣もないね」

「あれっ、そうですか。ぼくはまず第一番目にあるのがそれだとばかり思っていました」

「いやいや、置いてはいけないのだ。なぜかと言えば、あの人は自分の友人に対して、剣を多く使うことなどしたからだ。生きているべき人たちの首を刈り取ってしまうようなことしたからね」

「ここには確かに立派なものではあっても、やや短くて頼りなく見える剣もいくつかありますね」

「フエンテス伯ならそんなことはおっしゃらないだろう。どんな剣であれ短いなどとは思わない、敵にもう一歩近づくだけでいいんだ、とおっしゃっていたくらいだからね。[29]ここにあるのは、フランスの有名なピピン三世、カール大帝、ルイ九世[30]のものだ」

「このほかには、フランスのものはないのですか？」とクリティーロが訊いた。

「私の知る限りでは、これ以外はないはずだ」

「でもフランスには、あれほど偉大な王たちとか、並ぶことなき大貴族たちとか、あれほど勇敢な元帥たちがいたというのにですか？　例えば、ビロン親子[31]、偉大なアンリ四世などの剣は、いったいどこにあるのです？　剣が三振りだけというのはおかしいですよ」

「それはだね、あの三人の剣はイスラム教徒に対して勇敢に戦ったときに使われたからだ。そのほかの剣はキリスト教徒に対して使われたからね」

しかし一振りだけはしっかり鞘に収められたままになっているのを、そのとき彼らは気づいた。他の剣はすべて、光り輝くものもあれば、血を滲ませたままのものなど、すべてむき出しになっていたのだ。鞘に収まったままの剣を見て彼らは大いに笑ったが、百の心臓の男はこう言った。

「まさにこの剣こそ、すぐれた一品で、《偉大なる剣》と呼ばれているものにほかならない」

「なぜ鞘に収めたままになっているのです?」

「それはだね、その剣の偉大な所有者たる《大将軍《グラン・カピタン》》[32]は、人間の最大の勇気は、人と争うことなく、剣を抜かねばならぬ状況に自分を追い込まないことだ、とおっしゃっていたことに因んだものだからだ」

さらにもう一つの剣には、きれいな金を塗った光り輝く鞘尻がついていた。彼はこう言った。

「これはレガネス侯爵[33]が、あの不敗の将軍を破り勝利を収めたときの剣に、ご自分で取り付けたものだ」

アンドレニオは世界一の剣は、だれのものであったか知りたく思った。

「それを調べるのはそう簡単なことではないね」と百の心臓の男は答えた。「しかし私に言わせれば、カトリック王フェルナンドの剣がそれであったと考えたいね」

「でもなぜヘクトルとかアキレウスの剣ではないのです?」とクリティーロが反論した。「その名が人々によく知られ称賛されているうえに、同じように詩人たちも大いに称えているではありませんか」

「その点は確かに私も認める」と答えた。「しかし、こちらの剣はあまり取り沙汰されなかったにも拘わらず、多大な成果を挙げ、どの時代にもなかった帝国をその威力によって手に入れることになった。このカトリック王の剣とあちらのフェリペ三世の甲冑は、武具の置かれているところならどこでも、堂々と飾ることができるね。この剣は見て愉しむため、そしてあちらの甲冑は大切に保存しておくためにあるのさ」

「フェリペ王のその勇壮な甲冑は、どんなつくりになっているのでしょう?」

すると彼は、全面にドブロン金貨とレアル銀貨をつけた甲冑を彼らに見せた。金貨と銀貨がまるで鱗を並べたように、交互にびっしり貼りあわせてあり、その豪華さは見る者の目を愉しませてくれるに十分であった。

「この甲冑は」と百の心臓男は言った。「世界中にあった鎧のなかでも、もっとも効率的で、もっとも防御能力の高いものだ」

「この鎧の持主である偉大なフェリペ王は、どこの戦いでこれを身につけたられたのでしょう? たしか一度も武具など身につける機会もなく、戦いに出ざるをえないようなことは滅多になかったはずですが」

「いやむしろ、この鎧はだね、戦わないためであって、そんなきっかけを作らないためでもあったのだよ。そして天の助けに加えて、この甲冑のお蔭でまったく領土を失うこともなく、幸せにして偉大な王国を持続させることができた。征服することより王国を維持することの方が、大きな意味をもつのだよ。王の重臣のひとりがこんな言葉を残している。《持てる者は争うべからず。利益を手にしたものは喧嘩するべからず》とね」

そこに並べられた多くの光り輝く剣のなかにあって、特別に目立つ一本の棒があった。ごつごつした感じで、いかにも頑丈そうだ。アンドレニオの目にはとても珍しく思われ、こう言った。

「いったいだれがこんな節くれだった棒を、ここへ並べたのです?」

「それは有名な棒だよ」と百の心臓男は言った。「それは君が思っているように、どこかの無骨な男が使っていたようなものではない。これこそ偉大な王と呼ばれたアラゴン王[34]のものだ。フランス軍に痛烈な一撃を加えて、見事に勝利したあの王だ」

さらにふたりが不思議に思ったのは、鈍い暗黒色の剣が二振り[35]、ほかの切れ味の鋭い白い刃の剣に混じって置かれていたことだった。

「ここにある剣は何の役に立つのでしょうか」とクリティーロが言った。「他の剣はすべてすばらしい本物の剣だというのに。たとえ勇敢なカランサや名手ナルバエス[36]のものであっても、この場所にはふさわしくありませんよね」

「その剣はだね、他ならぬ二つの強大な国の王たちのものだ。長年にわたる戦争で、多額の富と多くの兵を失い、頭を悩ませながら、結局は戦争以前とまったく同じ状態に戻り、お互いに新しい領土を全然手に入れられなかったのだ。だから、二人の王の間の争いは、本当の戦争というよりむしろ剣術の試合のようなものだった[37]」

「でも、ここで少し物足りなく思うのは」とアンドレニオが言った。「一兵卒から大出世を遂げた多くの有名な軍人の剣が並べられていないことです」

「なるほど!」と百の心臓男は言った。「しかしここには、少ないながらもそんな剣はあることはあって、珍重されてはいるね。あそこにあるのが、ペドロ・ナバロ伯爵のもので、もう一つのがガルシア・デ・パレデス[38]のものだ。あちらにあるのが、胡桃《ヌエセス》司令官のもの[39]。これは名声よりも名前そのものが大変な音を出して反響を呼んでいたのだ。もしここにあるべき剣が見つからないとすれば、その持ち主がすばらしい剣にふさわしい軍人であったというよりも、むしろ人をひっかける鉤みたいな、悪党に近い人物だったからだろう。なかには剣の力よりもむしろ金の力でのし上がった者が、ほかに何人かいるからね」

「ところで、マルクス・アントニウスの剣はどうなりました? アウグストゥスの宿敵だった有名なローマ人ですが」

「その類の剣は、か弱い女性の手にかかって、ばらばらにされて床に転がっている[40]。ハンニバルの剣はカプアに行けば見つかるはずだ。もともと鋼でできていた剣だが、あの町の魅力のせいで、まるで蠟のように柔らかくなってしまった」

「あの真っ直ぐな形をしたいかにも勇壮な感じの剣は、だれのものですか？　どちらの側にも湾曲していないので、まるで公平の秤をそっくりそのまま形にしたようですが」

「あれはだね、真正面から堂々と勝負し、いつも勝利を収めていたお方のものだ。つまりローマの諸皇帝やカール五世の《更なる前進《プルス・ウルトラ》》の精神を表す剣だね。カール五世はいつもこの剣を理性と正義の名のもとに抜き放ったわけだ。ところが、これと反対に、あの勇敢なスルタンのマホメッド二世や、スレイマン二世やセリム二世などの、あの湾曲した三日月刀は、いつもながらキリスト教の信仰、正義、権利、そして真理に対して刃向い、勝手に他国を侵略した。だから剣はあんなにひん曲がっているのだよ」

「ちょっと待ってください。あの黄金の剣はだれのものでしょう？　柄頭がエメラルドで出来ていて、全体に釉薬をかけ、真珠をちりばめてあります。とてもきれいですよね！　だれのものだったか分かりますか？」

「これはだね」と百の心臓男は声を大きくして答えた。「バリェ侯爵、つまりエルナン・コルテス氏[41]のものだった。この人物は初めのうちは敵も多かったのだが、のちになると人々の称賛を受けるようになった。しかしながら、十分な尊敬を受けたとも、十分な褒賞を受けたとも決して言えないと思うがね」

「ほほう、これがそうですか」とアンドレニオが言った。「見ることができてとても嬉しいです。ところでこれは鋼でできているのでしょうか？」

「当然そうだよ」

「と言いますのは、ぼくは一度耳にしたことがあるのですが、その剣はインディオと戦うためだったので、実は葦の茎だったと言うんです。インディオたちは棒切れを剣にして、葦の茎を矢にして放っていましたからね」

「なんとまあ呆れたことを言うものだ！　世間のあのお方やらこのお方やらが、お好きなことを言ってみたところで、名声を得た優れた人物という者はいつもつまらない陰口に打ち克ってきた。この剣のお蔭で黄金を手に入れ、その黄金でスペインのすべての剣に鋼を提供してくれることになったのだよ。またこの剣のお蔭で、フランドルとイタリアのロンバルディア地方での戦いで、敵に勝利することができたのだ」

つぎに彼らの目に入ったのが、まだ新しい光り輝く剣であった。三つの王冠を貫き通し[42]、他の王冠をも威嚇するような勢いさえ感じられる。

「王冠を堂々と戴いた剣はすばらしい！」とクリティーロは声をあげた。「ところでどなたが、この剣の幸せな持ち主となる勇者なのでしょう？」

「どなたかですって？　現代のヘラクレス、あるいはユピテルのスペインの息子とされている、あのお方にきまっているじゃないか[43]。一年ごとに各王国に恭順を誓わせ、この帝国を建て直してくださっているのだよ」

「あそこの水の中で炎を発している三叉の矛[44]は、いったいなんでしょう?」

「あれは勇者アルブルケルケ公爵[45]のものだ。自らの勇ましい戦歴を重ねることで、彼の父君がカタルーニャ副王として得た名声に、ご自分も並びたいものと思っておられるのだ」

「あそこでは、弓が潰されていて、床に破片が散らばり、銛はみんな先端がつぶれて丸くなっていますが……。小型であるところを見ると、どこかの悪戯《いたずら》坊主[46]の持ち物のようにも思えるし、でも頑丈そうにできているのを見ると、どこかの巨人ものにも思えます」

「あれこそ勇気を証明するもっと輝かしいしるしの一つだよ」

「でも、なぜそれがすばらしいことなんです?」とアンドレニオは問い返した。「子供をやっつけて、武器を取りあげてしまうだけのことでしょう? そんなの偉業なんて呼べませんよ。気取っているにすぎません。おや? これは大変だ! ヘラクレスの棍棒が折れているじゃありませんか! それにユピテルの光が砕け散っているし、パブロ・デ・パラダ将軍の剣が粉々にされています!」

「そう、その通り! あの悪戯小僧はとても気位が高いのだ。衣服を脱ぐほど、まるで武装しているかのような力を持ち、力が弱まるほどますます強靭さが増し、泣けばますます残酷な性格を帯び、目隠しすればますます狙った矢が的中することになる。だから、いいかねおふたりさん、すべての人をたやすく自分の支配下に置くこの小僧を相手にして、われわれが勝利すること自体、それこそ大変なお手柄となるのだ」

「じゃあ教えてください。誰がその悪童に勝てたのですか?」

「誰が勝てたかだって? 千人のうちたった一人だけの割合だね。あの貞潔の士アストゥリアス王アルフォンソ様、フェリペ王、フランスのルイ王[47]などだ。ところでおふたりさん、あそこにグラスが粉々になって床に散らばっているが、あれは何だと思う?」

「あれはいったい何のしるしです?」とアンドレニオが言った。「おまけに今度は立派なガラスの器ときてますね。こいつは楽しい! これはどちらかと言えば召使たちが、よくしでかす失敗ですよね。一日に百回もやってしまいますよ[48]」

「実はだね」と百の心臓男は説明した。「あのグラスを使って戦っていたのは、とても強力な人物で、たくさんの人をくたばらせたんだ。どんな勇ましい相手でも、まったく気にもしなかったからね」

「どうしたのです? 魔法にでもかけられていたのでしょうか?」

「いや、その反対だよ。多くの人を魔法にかけて、正気[49]を失わせていたのだ。あのキルケが人に与えた毒入りの飲物さえ、某老人[50]がこのグラスを使って乾杯を重ねた酒量にはとても及ばないはずだ」

「その人物は、人々をどんなふうに変えていたのです？」

「男性たちをサルに、女性たちをオオカミに変えていたのさ。彼はとても奇妙な毒性を持つ人物で、その毒が人間の肉体に狙いを定めて、魂を傷つけ、さらには腹の中まで滲みこんでは、精神にこびりついたまま、離れなくなってしまう。いやはや、たくさんの賢者までもが、そのせいで道を誤ってしまうことになった。ただこの毒にやられてしまった者は、みんなとてもご機嫌になっただけでも、まだ喜んでいいかもしれないがね」

「それだけの人々を打ちのめした酒のグラスが、今度は自分が打ちのめされて、床に散らばっているのは好ましいことですね。節度のある酒の飲み方を知っている、スペイン人たちを象徴する光景と考えておきましょうか」

「あそこにはもっとほかの武器があります。何でしょう？」とクリティーロが尋ねた。「どうやらその扱われ方で、価値の高さが分かりますよね。だって、みんな黄金の戸棚に収めてありますからね」

「これは最高の武器だよ。みんな護身用のものだ」と百の心臓男は答えた。

「とても立派な盾《エスクード》ですよね」

「でも同じエスクードなら、金貨と銀貨のエスクードの方が立派かもしれないね[51]」

「まずこちらにある盾はガラス製のようです」

「そのとおり。敵と向かい合ったら、たちまち相手の目をくらませ、降参させてしまう。これこそ理性と真実の盾だ。これでもってあの善き皇帝フェルディナンド二世は、誇り高き王グスタフ[52]やほかの敵から、勝利をもぎとったのだ」

「こちらにある半月型の短めの盾はだれのものです？　気がおかしくて、わがままな人のもののように見えますが」

「これは女性用のものだね」

「女性用ですって？」とアンドレニオは問い返した。「この場所でほかの名だたる勇者たちに混じってですか？」

「そのとおり。つまり男のいないアマゾネスの部族は、男以上の力を持っていたからだ。男たちは女性たちのなかに入ると、女性よりも弱い存在になってしまうもの。いまおふたりさんが見ているこの盾は、魔法がかけられていると言われている。いくら叩いてみても、いくら突き刺してみても、壊れることはない。たとえ運命のつまずきが作用しても、やはり壊れることはない。これこそまさに他ならぬ大将軍ゴンサロ・デ・コルドバの忍耐力にも比すべき力をもっているね。さて、あちらのきらきら輝いている盾を見てみよう」

「今の時代のものに見えますね」

「これは鉄壁の守りをしてくれる盾だ。あの明敏な頭脳をもった勇敢なモルタラ侯爵[53]のものだよ。その忍耐強さと勇気によって、カタルーニャを建て直してくれた人だ。この鋼の円形の盾には、多くの勲功や褒賞が刻みこまれているが、初代のリバゴルサ公爵[54]の持ち物だったものだ。賢明かつ勇気ある働きにより名を馳せ、その父や弟に比肩しうる優れた人物として評価されたお方だよ」

ある盾には、《この盾によって、さもなくばこの盾とともに》との文字が記されていたが、ふたりはそれを気に留め、その意味を知りたがった。

「それはだね、あの王を捕えた偉大な勝利者が、盾に刻んでいた気高い銘の文句だよ。その意味は、この盾の助けを得て勝利を手にするのか、あるいはこの盾とともに潔く戦死するかのどちらかだ、ということだ」

さらにもうひとつの盾には、表象として胡椒の一粒が描かれているのを見ると、彼らふたりの心が和んだ。

「こんな粒なんか遠くの敵の目に入るのでしょうかね」とアンドレニオが言った。

「もちろんだよ！　その名も高き将軍フランシスコ・ゴンサレス・ピミエンタ殿[55]は、敵に大きく接近するから、敵にはちゃんと見えるし、その勇猛さでまさに胡椒のごとく、敵に大きな衝撃を与えることができる」

つぎに心臓の形をした盾が、彼らの目に入った。

「これは愛にうつつを抜かしている、どこかの男のものに違いない」とアンドレニオが言った。

「いやいや、これは思いやりに満ちた心をもつあの方のもので、盾までがこんな形をしているのだ。つまりエル・シッドの偉大なる子孫で、あの勇者の後継者であらせられるインファンタド公爵[56]のものだよ」

丸い形の盾もあったが、一風変わったあまり知られていない材質でつくられていた。

「この盾は象の耳で出来ている。カラセナ侯爵[57]が生来のすぐれた分別に加えて、これによって見事に勇気を奮い起こすことができたのだ」

「あの兜の面は光り輝いていますね」とクリティーロが感嘆の声をあげた。

「うん、確かにそのとおり」と百の心臓男が言った。「あの面をかぶって、アラゴン王ペドロ三世[58]は、心のなかの秘密をだれにも明かさず、上手に隠していた。その徹底ぶりは、もし自分の着ている下着がその秘密を察知していたら、すぐさま焼き捨てるだろうと言ったほどだ」

「あちらの大きくて頑丈そうな兜は何でしょう？」

「あれは大きな頭脳をもつ人のためだ。つまり他ならぬアルバ公爵のものだよ。抜きん出た判断力をもち、けっして戦に負けることのなかった人物だ。それも単に敵に負けなかっただけでなく、自分の部下たちにも負けることはなかった。ちょうどポンペイウスが自分の考えとは逆の部下の主張に譲歩してしまい、カエサルに戦いを挑んだというあの過ちを彼は犯さなかったのだ[59]」

「あそこできらきら光っているのは、ひょっとしてマンブリーノの兜[60]ではありませんか？」

「絶対に物を通さないという点からいえば、そうであってもおかしくないほどだが、実はあれはフェリペ・デ・シルバ公[61]のものだった。かの勇猛なるド・ラ・モット元帥[62]が語ったところによれば、シルバ公の痛風でおぼつかない足元には気を許せても、あのすばらしい頭脳にはぜったいに油断がならなかったとか。ほら、あちらにあるスピノラ侯爵[63]の帽子型かぶとのモリオンを見てごらんなさい。すばらしい洞察力をもつあの将軍の鼻の部分が、ちゃんと守られるようになっているね。目から鼻に抜けるようなお方だから、その部分をしっかり防御しているわけだ。あのアンリ四世との対面においても、将軍は堂々と真実を語ることで、あの抜け目のないフランス王をたじろがせたほどだ[64]。ここにある武具はすべて頭を守るためのもの。でもこれはどちらかと言えば、向う見ずな若者の兵士向けというより、むしろ老練な智将むけの武具だよ。その重要さゆえに、この武具を収めた部屋は特別に《勇者の個室》と呼ばれている」

ここまで来ると、トランプのカードがたくさんばらばらに破られて、床に散乱し、馬や王のカードが踏みつけにされているのが彼らの目に入った。

「どうやら、ぼくの想像では」とアンドレニオが言った。「あなたはここで起こった大きな戦いとか、手にした偉大な勝利を、いかにも誇張した形でぼくたちに見せようとされているようですね」

「でも少なくとも否定できないのは」と、百の心臓男が答えた。「ここで小競り合いらしきものが起こり、そんな争いにはいつもトランプと同じように、剣あり、金貨あり、さらには棍棒あり[65]の騒ぎになるという事実だよ。両手にトランプ一組を取りあげて、全部一緒にたった一度でそれを破り捨てた人物がいるが、どうだね、その勇気たるやすごいと思わないかね？」

「でも、それはですね」とアンドレニオが答えた。「たとえばヘロニモ・デ・アヤンソ[66]が腕っ節の強さを示したようなもので、勇気ある英雄のやることではないように思いますが」

「しかし少なくともその人にとっては、本当の意味での最高の稼ぎを手にした日だったかもしれない[67]。だって、これは間違いのない事実だが、争いごとを避ける勇気ほど立派な勇気はほかにないからね。また借金を作らずに商売から手を引くことほど立派な終わり方は他にない。ところで、世界で最高の勇気をここでご覧に入れるとしようか。さあこちらに来て、そこにある宝石を見ていただこう。みんな豪華で見栄えがするものの、堅い床の上で踏みにじられているのだが」

「これは女性向けの装飾品のようですね」とアンドレニオが言った。「でもなぜこれが偉大な勝利になるのでしょう。女性の楽しみを奪いとり、心優しい女性を打ちのめしてしまうようなことをしただけではありませんか。ここには壊れた甲冑もなければ、打ちのめされた兜などどこにも見当たりません」

「それでいいのだ。このやり方こそまさに世俗に打ち克ち、天国に落ち着き場所を見つける方法なのだから。これはかつて王女としてその美貌と人格をたたえられたマルガリータ・デ・ラ・クルス尼がとった道であり、またその後彼女にならったのが、ハプスブルク家の大いなる栄光であるドロテア尼(68)だった。この二人は天使のような生活を捨て、さらに格上の熾天使《セラフィム》の生活、つまりフランシスコ会の修道女としての生活に入ることになった。さらには、偉大な勇気の証しとなるのが、そこに散らばっている孔雀の羽と、かつては驕り高ぶっていたシロサギの冠毛だ。それこそが彼らの昔の尊大さを意味する羽であり、度を越えた虚栄心を捨てたあとの残骸でもあるわけだ」

さらに彼らふたりをとりわけ喜ばせたのは、鋭い刃をもつ鎌がずたずたに壊されているのを見たことであった。

「これこそが本当の勝利だ」とふたりは声をあげた。「トマス・モアや女王メアリー・スチュアートのように、死をも恐れない勇気を持ちたいものだ(69)」

ここでビルテリアの山をめざす征服者よろしく、ふたりは武具で身を固めることにした。そこでつぎつぎに武器を選び取っていく。まず真実の光に満ちた勇者の剣。これが火打金《ひうちがね》の働きをして明るい光を放つ。さらには苦悩を通さぬ盾、分別を備えた兜、無敵の力を秘めた甲冑などであった。そして百の心臓男が抜かりなく彼らふたりの身につけさせたものが、包容力を秘めた強い精神力であった。困ったときにはたしかにこれほど心強い味方はない。アンドレニオはこうしてしっかり武具で身を固めたあと、こう言った。

「もうこれで怖いものなしです」

「ただし、悪と不正義には気をつけることだ」と心臓男は答えた。

クリティーロはあふれる喜びを隠しきれない様子だった。

「あなたが喜ぶのももっともだ」と百の心臓男は言った。「しかし、ひとりの人間のなかに、たとえ学識、高潔さ、人を惹きつける魅力、富、良き友人、知性などすべてが揃っていたとしても、もしそれに勇気が伴わなければ、まったく不毛で期待はずれに終わってしまう。勇気がなければ、すべてのものは価値を失ってしてしまい、しかるべき成果をあげることはできない。もし勇気がその力を発揮できなければ、どんなに立派な助言を得ても、どんなに用意周到に運命を予測しても、ほとんど意味などなくなってしまう。だからこそ、賢明な大自然は人間をつくりあげるに際しては、心臓と頭脳が同時に働き、思考と行動の間の調和がとれるよう、巧みに調節を施してくれたのだよ」

百の心臓男がこんなことをふたりに話していると、突然あたり一面に戦闘開始を知らせるラッパの音がけたたましく鳴り響き、話をそこで中断せざるを得なかった。たちまちばたばたと人々が駆けつけ、武器を手に取ると、それぞれの持場に散っていった。その後の事の成行きと、ふたりに起ったことなどについては、次考で語ることとしよう。

第九考
妖怪たちの劇場

過ぎ行く時が流れる一筋の川があった。その川を挟んで一方の岸には花々が美しく咲き競い、もう一方の岸には果実が実っていた。前者は悦びの野原であり、後者は思慮深い人々の安全な避難場所となっていた。花々が咲く堤では、バラの間には蛇が身をひそめ、カーネーションの間には毒蛇が隠れ、腹を空かした野獣たちが餌食となる人間を求めてうなり声をあげていた。そんな明らかな危険に身を置きながらも、まったくの愚か者としか思えない男がひとり、のんびりとくつろいでいる。川を渡りさえすれば、向こう岸の安全な場所に身を移すこともできるのに、花を摘みバラの冠で頭を飾り、身の危険などまったくお構いなしに、のんびり過ごしていたのである。それにときどき振り返っては川のほうに目をやり、澄んだ水の流れを眺めていた。分別のある者が向こう岸から大きな声で彼を呼び、そこに居ては危ないことを知らせ、早く川を渡るようにとしきりに勧めている。それに今日ならまだしも、明日にでもなればますます渡るのが難しくなるからとも教えている。しかしそれに対してその男は、川の流れが途絶えるのを待って、体を濡らさずに川を渡るつもりだなどと、まったく呆れた返事をしている。さて、こんな大馬鹿者の行いをあなたはきっと笑うことだろう。しかしそんなあなたが、ここでしっかりと自覚しなければならないことがある。つまり、ほかならぬあなたこそが馬鹿者であり、あなたが嘲笑している者とまったく同じ類の人間であること、そしてその愚昧さはその男に負けぬほどの水準にあるということだ。つまり、危険に満ちた悪徳の道を捨て、美徳の道に身を寄せるようにといくら勧められても、悪の流れが途絶えるのを待っているなどと、あなたはうそぶいているのだ。もしあなたが他の者になぜ理性に従った生活ができないのかと尋ねたら、その男はこう答えるはずだ。激しい熱情のほとばしりが過ぎ去るのを待っているからだと。さらに、どうせ明日には悪徳の道に戻ることになるのであれば、まだ今のうちは有徳の道を歩み始めるつもりはない、とも言うだろう。またある女に対して、人間としての義務や、身内の者に引き起す不名誉、口さがない世間の噂話を思い起こさせたところで、答えは決まってこうだ。そんなことなど、百も承知しております、でもこれが世間のやり方だし、もう少し歳をとれば道理をわきまえることになるでしょう、と。また別の者は、勉学に励まない口実として、どうせ学問など何のご褒美も得られず、その功績が称えられるわけでもないのだから、そもそもそんな無駄な努力などするつもりはない、などと屁理屈をこねたりする。そして言葉をつづけて、中身のある人物など居るわけがなく、そんな人間になることなどご免蒙りたいし、今の世ではすべてが価値を失い、美徳などもう流行らず、すべての人間が他人を騙し、おべっかを使い、嘘をつき、盗みを働き、手練手管を弄して生きているとも言う。また裁判官にしてみても、人から正義を貫いていないではないか文句をつけられようと、知らぬ存ぜぬを決めこみ、すべてが救いようもない状態にあるのだから、何から手をつけていいのか分からないなどと言い訳する。そんな調子で、すべての者が悪徳の勢いが鎮まるのをただ待つだけで、自分から進んで有徳の道に乗り換えることなどしない。しかし川の流れを止められないのと同じで、悪を封印することも、醜聞をなくすることも、この世に人が存在する限りまったく不可能な話なのだ。したがって賢明なやり方は川の流れに体を張って挑戦し、確固たる勇気をもって川を渡り切り、安全と幸せが待つ向こう岸へとたどり着くことなのである。

ふたりの主人公はすでに勇敢な兵士となって戦っていた。人生とは悪との戦いに他ならない。彼らは少し前に発せられた戦闘準備の指示に応じたわけだが、この警報が出たわけは、三百もの数の怪物どもが襲来してきたからであった。ふたりは理性のひらめきによって、敵の巧妙な動きを見抜くことができた。さらに、見張り中の物見櫓が狼煙《のろし》をあげて危機を知らせると、これがふたりの勇気に火をつけることになった。意気高くこの危機に挑み、退却する怪物どもに勇ましく追い打ちをかけ、逃がすまいと必死で戦ううちに、とある壮麗な宮殿の門の前に出た。ふたりはこれまでたくさんの美麗な建物を見てきたが、それらすべてに勝るような、まさに世界一ともいえる建物であった。それに最高の美的感覚に裏付けられ、丁寧に仕上げられている。その建物は一見したところ楽園と張り合えるような、心地よい野原の真ん中に立っていた。厳しい目にも耐えうるほどの趣味の良さが窺われる。その素材は土ではあったが、芸術的ともいえる技巧で外見を整え、その見事さは太陽をも凌駕するものがあった。要するにこの宮殿は、すぐれた建築家の手になるもので、間違いなく偉大な君主のために建てられたものなのだ。

「これがひょっとして」とアンドレニオが言った。「評判の高いビルテリアのあの城郭ではありませんか？　彼女の偉大な徳性を表す建物以外の何物でもありません。ちょうど見事に整った周転円を描く星が、まさに完璧な星であることを表すのと同じことです」

「とんでもない！」とクリティーロは言った。「この建物は山のふもとにあり、われわれが目指すビルテリアの宮殿は山の頂上にあるのだ。あの宮殿は天に向かって聳え立つのに、この建物は地獄の深淵にも触れんばかり。あの宮殿は質素な佇まいを見せているはずなのに、こちらはただ悦楽のなかに身を埋めているのと変わらない」

　そんなことを話合っているうちに、ふとふたりの目にはいったのが、壮麗な門のあたりから顔をのぞかせたひとりの小さな男の姿だった。それも初めは何バーラ[1]もあろうかという長い鼻だけが出てきたと思ったら、その横にたった半バーラもない体がくっついたちっぽけな人間なのだ。ふたりがびっくりして、呆然と立ちつくしているのを見ると、その男は言った。

「なぜあんた方がそんなに驚いているのか、おれには不思議でならないね。人間には大きな心をもつ人や、分厚くやさしい胸をしている者がいるのと同じだよ。ただこのおれは鼻が大きいだけのことだ」

「でもこの私にとっては、大きな鼻というのは」とクリティーロが言った。「いつも何かとんでもない罠を意味しているように思えるからですよ」

「しかし、鼻が利くことの証拠であってもおかしくないだろう?」と相手は異論をはさんだ。「いいかね、この鼻であんた方に道を教えてやらなきゃならないのだよ。さあ、おれの後についてくるんだ」

　まず初めに彼らが前庭で目にしたのは、みすぼらしい家畜小屋だった。しかしその中には、華やかな身なりをした堂々たる恰幅の、いかにも重要人物らしき人たちでいっぱいだった。みんな不潔な小屋の悪臭を嫌がる様子もなく、動物たちと仲良く場所を分け合っている。

「これはいったいどういうことです?」とクリティーロが言った。「あんなに立派に見える人たちが、なんでこんな汚い場所にいるんです?」

「自分から好んでそうしているわけだよ」と長鼻の男サテュロス[2]が答えた。

「でもこんな場所が好きだなんて……」

「そうなんだ。ほとんどの人間は、階上にある金の装飾を施した理性のサロンよりも、獣の欲望だらけの悪臭漂う豚小屋で住むほうを選ぶのさ」

　この部屋では、人間が怒鳴り散らす声と野獣たちのうなり声が交錯し、外に聞こえてくるのは、ただ不気味な音の響きのみだった。そのうえ、あたりに漂う悪臭は我慢ならない。

「なんという見かけ倒しの家だ」とアンドレニオは嘆息した。「外から見るとすばらしいものばかり、ところが中に入るとこんな奇怪なものばかりであふれているなんて!」

「よく承知しておくことだね」とサテュロスが言った。「この美しい宮殿はもともと美徳のために建てられたのだが、悪徳が反旗を翻し、好きなように宮殿を支配するようになったのさ。そんなわけで、ふつう外から見ただけでは、この建物の内部がこの上なく美しく、上品に作られているようについつい思ってしまう。もともとはこの建物は美徳のための優美な住まいとして作られ、きれいな外観をしているのだが、実際に中に入ってみると、実は愚かさに満ちあふれ、高貴な身分の者たちが恥辱にまみれ、富を有する者たちはさもしい心をさらけ出しているのだよ」

　こんな様子を目にすると、ふたりは失敗を恐れ、中に入って冒険を冒すことに尻込みし始めたのだが、そのときそばに居た妖怪の一人が彼らにこう言った。

「そんな心配はいりません。ここではいつも何をやっても、ちゃんと逃げ道だけは用意されていますからね。ここで何かやってやろうと頑張る者には、万が一の場合でも必ずその逃げ道を見つけてやるのが、実はこの私なんです。若い娘たちに対しては、信頼に足る友がきっと見つかるはずだと言ってやり、信心深いご婦人方も必ずいてくれるはずだから、不名誉なことをやったとしても大丈夫だと、納得させてやります。人殺しに対しては、いずれ守ってくれる人が出てくるはずだから、好きなように人を殺しなさいと言い、泥棒に対しては安心して盗みを働くように言い、追いはぎに対しては安心して金をむしりとりなさい、と勧めます。どうせ警察に行けば彼のために口をきいてくれる、憐み深い馬鹿正直な人間がどうせ現れますからね。ばくち打ちに対しては、必ず金を貸してくれるような優しい心をもつ《曲者》が現れるはずだから、心ゆくまで賭博に励むようにと言って聞かせてやるのです。だから、たとえどんな悪にふけっていても、そこから逃げ出せる道はいとも簡単に見つかるものだよと、彼らには教えてやることにしています。たとえいくら複雑で込み入った迷宮に入り込んでも、私が魔法の金の糸玉[3]をその男には探し出してやり、どんな困難な問題にも解決策を見つけてやります。だから、おふたりさんも安心してこの中に入ればいいのです。この私を信頼してくれたら、きっとあなたがたを成功に導いてさしあげますから」

　クリティーロが先に立って建物の中に足を踏み入れたとたん、恐ろしい妖怪に出くわした。というのは、弁護士の耳をもち、検事の舌、公証人の手、執達吏の足[4]をしていたからだ。

「逃げろ！」とサテュロスが叫んだ。「争いごとからはとにかく逃げるんだ。たとえ外套をはぎ取られてもだ[5]」

　ふたりは心配になり、そこから元の道に引き返そうとしたそのとき、別の慇懃な物腰の妖怪が、いかにも嬉しそうな様子で彼らに近づいてくる。そしてふたりに向かって、人づきあいの礼儀として、どうか中に入ってもらえないものかと頼み込んだのである。ただし人づきあいの礼儀を厳格に守りすぎて、身を滅ぼした人もいることから、彼らふたりはその轍を踏まぬようにしてほしい、などと言う。

「もし嘘だと思われるなら、あの人に尋ねてみてください。そう、あのいかにも用心深くて分別のありそうな、あのお方です。あの人は財産を失くし、そのうえに名誉も失い、一家の安らぎまでも失ってしまっています」

　するとその男は、彼らに直接こう話しかけてきた。

「実はですね、博打の仲間が足りないから入ってくれないかと頼まれたのですが、私のことをつきあいの悪い奴だとみんなに思われたくない一心で、仲間に入りました。そしたら、最後には自分の家の有り金をすべて吐き出さなければならなくなりました。そんなこんなで私は、その後も賭け事に加わるようになり、深みにはまり込み、大損を背負い込んでしまいました。なんとか元をとろうとはしたのですが、結局は仲間たちに無作法はしたくなかったばっかりに、すべてを失う羽目になってしまったのです」

「あちらの別のお方にも尋ねてみてください。良識家ぶっている人ですが、なぜ健康を害してしまい、とんでもない女のせいで名誉も財産も失ってしまうことになったのか、どうぞ聞いてみてください」

その男の話は次のようなものだった。彼は失礼にならないようにとの心遣いから、ある女性とつきあいを始めたところ、お互いに好意を抱くことになってしまい、とうとう最後には世間のおつきあいを重視するあまり、すっかり道を誤る結果になってしまったのだとか。さらに一方、その女性は人に世間知らずの女と思われるのを恐れて、その男の誘いに応じたうえ、さらには礼金まで受け取ることになったのだ。また、その旦那は世間から野暮な男と見られるのを恐れて、自分の家にその男が出入りするのを見て見ぬふりをしていたらしい。そして裁判官はこの問題に介入してきた有力者の圧力に負けて、理不尽な判決を下したのだ。

「ということはつまり、この世のなかには、世間のおつきあいを重視するあまり、身を持ち崩した者が、数えきれないほどいるということですよ」

こうして、この妖怪はあれやこれやさまざまなお世辞を使って、ふたりを家の中に無理やり押し込むことになった。まずそこには、まるで全世界がすっぽり収まるような、広々とした広間が玄関わきにあった。これこそ妖怪たちの大劇場ともいうべき場所で、体のでかい化け物たちが大勢集うところであった。ふたりがそこへ入ってみると、感嘆するどころか、むしろ吐き気を催すような場所だった。たしかにそれまで見たことのある、気味の悪いものばかりがふたりの目に飛び込んできたのである。まず初めに足を踏み入れたのは、まさに最悪の場所で、そこには恐ろしげな蛇がいた。まさにヒュドラのお化けで、毒を含んだまま年老い、その結果翼が生え、まるで竜のような姿になり、その息で世界中に毒をまき散らしている。

「恐ろしいことだ！」とクリティーロが言った。「この蛇の尾からバシリスクが生まれ、毒蛇の残骸から竜が生まれてくる。[6]いったいこの醜悪さをどう表現すればいいのだろう」

「でもこんなの、世の中では毎日のように目にする現象だよ」とサテュロスが答えた。「たとえばある女が不品行に終止符を打つと、その女がこんどは別の女が不品行を始めるのに手を貸すという具合だ。ただしもう若くないから、そんな愚行に走らないだけのこと。そして次の別の女に翼を与えると、その女は自由に空を飛び始め、上り始めた明るい太陽の光をさえぎってしまう。ばくち打ちは多額の財産をはたいて賭博場をつくり、カードを配り、興奮しきった客たちから金を巻上げる。つまり馬鹿者どもを、すっからかんにしてしまうのだな。ペテン師は歳をとればただのお喋り屋の軽業師になってしまい、下手な剣士は剣術の師範になり、陰口屋も老いてしまえば偽証人になり、怠け者は下男に、告げ口屋は決闘の立会人になり、恥知らずの男は緑の調査簿(7)に載せられ、酒好きの男は、水で薄めたワインを客に売る居酒屋の主《あるじ》になるという調子なのさ」

ふたりがそのあたりを歩いてみると、つぎつぎに身の毛もよだつ光景が目に入った。とくに恐ろしかったのが、一人の女の行動だった。その女は天使のごとき二人の娘たちをそのまま二人の小悪魔、つまり邪悪な小娘の姿に変身させ、さらにその皮を剝ぎ取り、燃え盛る火に入れてあぶり、平然とそれを口に放り込み、うまそうに食べはじめたのだ。

「なんとまあ残酷な!　こんなの人間がやることじゃない!」とアンドレニオは怒った。「太古の穴居人顔負けの残忍さじゃありませんか。教えてください、あの女はいったいだれなんです?」

「実を言うと、その女は娘たちの母親だよ」

「というと、あの娘たちに生命を与えた、まさにその人ということですか?」

「そのとおり、そして今日その命を抹殺したということだ。この女にはさっき目にした美しい二人の娘がいたのだが、自分のいかがわしい情念の火の中に娘たちを放り込み、それを口に入れ、いかにも美味そうに呑み込んでいるわけだね」

そのとき彼らの横合いから、これまた珍しい妖怪が現れた。変わった性格をしていて、感情の起伏も激しい。たとえばオークの棍棒で叩かれ、あばら骨や腕をへし折られても、とくに感情を露わにすることもない。しかし葦の茎でほんの少しでもつつかれると、何の傷も受けていないのに、激高し周囲を巻き込んで当り散らす。そこへ一人の男がやってきて、短剣をぐさりと刺してみても、いっこうに気にする様子もなく、むしろ喜んでいる様子だ。ところが別の男がやってきて、鞘に収まったままの剣で背中を軽く叩かれると、一滴の血も流したわけでもないのに、それをいたく恨みに感じ、親類縁者全員を巻き込んでの復讐を誓ったりする。またさらに、別の男が彼に拳骨で猛烈な一撃を食らわせると、口から血が流れ出し、前歯をへし折られたのだが、彼はまったく動ずる様子もない。ところが、また別の男が、顔に平手打ちを食らわせ、頰が赤く染まると、彼は激高し周囲を揺るがせる大騒ぎを始めるのだ。さらには、帽子を投げつけられるようなことにでもなれば、これは一大事(8)。たとえ煉瓦を投げつけられても、脳を粉々にされても、これほど心を傷つけられることはないというのに。彼にとっては、他人が嘘をつくこと、約束を守らないこと、人を騙すこと、千の虚言を弄することなどは、とくに彼自身に対する侮辱と感じることはない。ところがある男に彼が《貴殿の言葉は大嘘なり》と言われると、怒り心頭に発し、復讐を果たすまでは食事ものどを通らない。

「この妖怪はなんとまあ変わった性格なんだろう！」とクリティーロが言った。「愚かさと狂気が入り混じったようだ」

「まさにその通り」と炯眼の士たるサテュロスが言った。「でもまったく信じられない話だが、今の世の中ではとても高く評価されているね」

「でもそれは、野蛮人の中での評価に違いありません」

「いいや、そうじゃなくて、宮廷人の中、教養があり、かつ狡猾な連中の中での評価だよ」

「そういう事情なら、その人はいったい誰なのか、ぜひ知りたいものですね」

「この人こそ、かの有名な〈決闘殿〉だよ。無作法で罪深い痴れ者だ」

さらにふたりは、反対の方向へ移動してみた。すると人間の愚かさを象徴するような妖怪たちが、次から次へと目に入ってくる。まず彼らが見たのはカメレオンで、金を貯めこみたい一心で、自分はあえて何も口にしないのだ[9]。しかし結局は、豚の妖怪がまるでその相続人みたいな顔をして、あるものすべて呑み込んでしまう。憂鬱症の妖怪がほかの陽気な連中の雰囲気に圧倒されて、ますますふさぎ込んでいる。運に恵まれずお互い必死で争い合っている大勢の妖怪たちもいる。また他人の事ならなんでも知っているくせに、自分のこととなると何も分からない者もいたりする。ふたりは、夫殺しの女と結婚しようとしている妖怪がいるのを見て腰を抜かした。夫が死んだことをいいことに、その妖怪はちゃっかり女を手に入れようとしているのである。断崖絶壁に追い詰められ、死を前にした兵士がいる。でもこれで医者にも教会の下男たちにも無駄金を払わずに済むことを考え、自分をなぐさめている[10]。ある領主は、家臣たちに領地の支配を任せきりにしている[11]。またある男はたかがラディッシュを炙るのに、わざわざシナモンの粉を燃やしたりしている[12]。金持ちなのにわざわざ競争試験に挑む者がいると思えば[13]、女に言い寄っているご老体がいる。ふたりはここで、百もの訴訟を抱える男に出くわした。さらにその男から逃げようとしている高位の聖職者もいる。司教の地位を守るためには、厄介な訴訟などに巻き込まれたくないからだ。さらにまた、ある男が家に帰ってひと休みするように言われたのに、何を間違えたのか墓場へ行こうとしている。ほかにもまた、幸運の女神の底上げ靴の底を張っている男もいる[14]。またその横には、自分に有利なものを摑み取ろうとして[15]、〈好機さま〉のうなじに手を回す者もいる。またウズラを包みもせず手に持っていながら[16]、それを売ろうともしない者もいる。さらにある者は、他人の身代わりになって牢獄に入ったりする[17]。しかし一番の嫌われ者は、背の低い作法を知らぬ男だった。またある者は狡猾な老いた狐に罠を仕かけるような愚行を犯し、また別の者は人に恵みを与える身分から、人に恵みを請う身分に落ちぶれている。[18]また本来自分の物なのに、高い金を払ってそれを買う者もいる。さらに別の者は、食事に招いた客人たちから、うんざりするほどおべっかを聞かされている。他家を訪れて楽しい歌を聴かせる旅芸人たちは、自宅に戻ればぼろぼろ涙を流すだけ。学識は君主たちの持ち物にあらず、と言った者もいる。仕事以外のことなら、すべて見事にやってのける者もいる。貧乏のまま賢者として死ぬ者もいるが、これは俗世間から見れば愚者として生きるにひとしい。自分の領域なら太陽のような存在になれたはずの者が、他の領域に首をつっこんだがために、大した人物にもなれずに終わった例もある。金貨を溶かして鉄砲の弾を作る者もいる。また二種類の人間がいる。ひとつはきれいな賭けをしていつも負ける者、もうひとつはいかさまをしていつも勝つ者だ。思い上がった輩に対しては、《馬鹿》の大きな二文字を与えるだけで十分。さらには、たまたま知り合った無謀な男を信用し、自分の存在すべてを委ねてしまう者もいる。さらにその中には、偽りだらけの生活を送り、本当に地獄へ行ってしまう者もいる。

こうしてさまざまな形の恐ろしい妖怪たちを次々に見て、ふたりはただただ啞然とするばかりだった。するとそのとき、彼らの目をさらに強く引きつけるものがあった。ある妖怪が天使のもとを逃れ、悪魔の魅力に取りつかれ、前後の見境もなくその後についてゆく姿が目に入ったのである。[19]

「これこそまさに、愚の骨頂なのだ！」とふたりは口を揃えて言った。「これに比べたら、これまで見た妖怪など物の数ではない」

「この男には、すでに神が与えてくれた妻がいる」と炯眼の士サテュロスが言った。「慎み深く、気高く、心やさしく、有徳で美貌の妻だ。しかしそんな妻がありながら、悪魔が差し向けた別の女に夢中になっているのだ。その女たるや身分の卑しい、吐き気を催させるあさましい淫売で、醜いうえに我慢のならない気のおかしい女だが、この男は財産の一切合財をその女に貢いでやるという体たらくぶりだ。自分の妻のためにはまともな服をあてがうこともできないくせに、その愛人のためなら、豪華な衣装を高い金を払って与えているのだ。施しのためには一文たりとも出さないくせに、その淫売のためには何百万もの大金を使い、娘は裸同然なのに、愛人には金銀の飾をつけた衣装を与えるといった具合だ。美しい妻を持ちながら、醜女とよしみを通ずるとは、これこそまことに恐るべき妖怪だね。悪徳に走る者の中には、名誉は失うものの財産だけは残す者もあり、あるいは財産を失いはするものの、なんとか体の健康だけは保つ者がいることは、あんた方もよく知っているはず。しかしこんな愚行を犯せば、名誉も財産も健康も命も、すべてを終わらせてしまうことになるね」

さらに新たな二人の妖怪が現れた。見かけはよく似ているものの、実はその中身に大きな違いがあるらしく、お互いの違いを際立たせるためか、そこに並んで立っている。まず第一番目は、藪にらみよりひどい目をしていて、つねに意地の悪い物の見方をする妖怪だった。たとえば、黙っている人を見ると、こいつは愚か者だと言い切り、喋っている人を見ると知ったかぶり屋、へりくだる人を見ると臆病者、節度のある人を見ると尊大な者、苦しむ人を見ると意気地なし、無愛想な人を見ると怒りん坊、重々しい態度の人を見ると傲慢な人、とそれぞれ勝手に判断し、愛想のよい人なら軽薄者、気前のいい人なら浪費家、倹約家ならしみったれ、世間の常識に合わせる人なら偽善家、安楽に暮らす人なら俗物、つつましく暮らす人なら無粋な男、礼儀にこだわる人を薄っぺらな人間と、それぞれ決めつけてしまう。なんとまあ、意地の悪い見方をすることか！　さて、これとは対照的に第二番目の妖怪は、自分が目利きだなどとうぬぼれて、すべてをあまりにも好意的に見すぎたりする。対象への肩入れが極端となり、たとえば女性にたいする厚顔無恥を思いやりと呼び、不品行を趣味の良さと呼ぶ。さらには、嘘は機智そのものであると言い、無謀さは勇気、復讐は面目、お追従は求愛、陰口はしゃれ、悪知恵は聡明さ、術策のことを分別、などと言うのである。

「なんとまあ、愚かな妖怪どもだ！」とアンドレニオが言った。「人間というものは、つねに極端に走りやすく、理性のなかに中庸の精神などこれっぽっちも備えていないくせに、自分のことを《理性を備えた生き物》などと称しているのですね。この二人の妖怪の正体を教えていただけませんか？」

「よし分かった」と炯眼の士サテュロスは言った。「あちらの一番目の方は、〈悪意〉という名前で、いいものなら何でも貶す。こちらの二番目の方は、反対に〈贔屓目〉といって、いつも《あたしの友達はみんな良い人ばかり》と触れ歩いている。つまり両方ともこの世の中にある色眼鏡に他ならず、自分とは違った見方を取りいれることができないのだ。そんな次第だから、褒めてばかりいる人にも貶してばかりいる人にも、同じように注意を怠ってはならないね。また褒められた人、あるいは貶された人に対しても、同様の注意が必要だ」

さらに、いかにも恐ろしげな生き物が顔をすっぽり隠して、そのあたりを歩きまわっていた。

「この妖怪は」とアンドレニオが言った。「ずいぶん恥ずかしがり屋のようですね」

「いやむしろ」と炯眼の士は答えた。「これはふしだらな女の妖怪だよ」

「それじゃそんな恥知らずの女が、なぜ顔を隠しているのです？　人に見てほしいというのが女の本性なのに」

「あの姿こそが、女は恥知らずであればあるほど、顔を隠すものだという証拠になるのさ」

「とんでもない。あれは慎みからの行動のはずですよ」

「いいや、あれは自分の女としての務めは何であるかを、はっきりと知らせるための行為にほかならない。きのうはまったく反対の格好をしていて、襟ぐりを深く取り、さらにできることならもっと胸元を開けて見せたいという風情だったね。いつも両極端の行動に出るんだよ」

さらにそこへ、とても人間味にあふれた妖怪が現れ、下男たちにまでお辞儀をし、厨房の給仕の足にまで接吻をしている。敬称などまったく無用の者に対してまで《何々殿》などと呼びかけ、あらゆる人に向かって一里も遠くからでも、帽子を手に取って挨拶しようと身構えている。相手によっては愛顧を請い願うこともあれば、自分はあなたの従僕であるとか言って、へりくだってみせることもある。

「まあなんと節度を心得た妖怪でしょうね！」とアンドレニオは言った。「人間味がありますよね。ぼくは今日までこんなに腰の低い妖怪を見たことがありません」

「あんたはとんでもない考え違いをしているね」と炯眼の士サテュロスが言った。「これ以上高慢な妖怪は他にいないよ。ほら見たらわかるだろう？　体を低くすればするほど、もっと高くまで昇りつめたいという思いが表れているじゃないか[20]。いずれは主人たちを自分の配下に置くことができるようにとの考えから、まず召使たちにへりくだった態度を見せたりするのさ。要するに、頭を地につけんばかりのお辞儀は、鞠が地面に当たって高く跳ねるのと同じ効果を狙っているのだな。頭を地面に当てれば、自分の体は空高く跳ねあがり、自分の虚栄心を満足させられると思っているからだ」

とうとうおしまいには、――ただし、愚か者たちの数にも《おしまい》があるとすればの話だが――もっとも異様な風体の妖怪が姿を見せた。歳を取っているところを見ると、どうやら妖怪たちの主《ぬし》らしい。すっかり禿げ上がった頭には帽子もかぶらず、むき出しにしている。高邁な精神のかけらも感じられず、深奥な思想を連想させる黒い髪とも、分別を表す白髪とも無縁で、まったく空っぽの中身しか感じられない禿げ頭であった。その頭をだらしなく左右にふらふら揺らせている。かつては鋭い眼光を放ち、ぱっちりと澄んでいたはずの目は、今ではすっかりくぼんでしまい、目やにだらけだ。だから迫り来る敵に備えようとしても、肝心の点を見落としてしまい、遠くからではほとんど何も識別できない有様だ。さらにかつてはどんな音でも聴き分けた鋭い耳も、まるで耳栓で蓋でもされたようにまったく聞こえなくなり、貧しい人々のか細い声は耳に入らず、声高に喋る金持ちや権力者たちの声だけにしか反応しなくなっている。またその口からは何ら言葉を発することはない。かつての力強い叫びは影をひそめ、さらには喋る勇気さえ失ってしまったのだ。たとえ何か話そうとしても、歯の抜けた口で何ごとか、モゴモゴと呟くだけのことである。かつてはその両手を使い偉大な事業を企て、立派に成し遂げたものだが、今ではすべての指が鉤型に醜く曲がり、それを使って周りにあるものは何でもひっかけ、決して離さない。世間に直接触れ、大地を踏みしめるべき足は、痛風を病んで曲がってしまい一歩も前に進めない。というわけでこの老体にはこれといった取り柄もなく、丈夫な体の部位も残されていないのだ。このご老体自身こんな事態に心を痛める一方、他の者はみんな彼のそんな様子に不満を抱いたのである。しかし誰一人同情などしてくれる者はなく、彼のために何らかの策を講じてくれるような者もいなかった。

この老いた妖怪のあとに従って、さらに三人の妖怪が姿を見せた。全世界の人間を従える絶対者としての地位を、この三人で争っているのだ。第一の妖怪は口当たりのいい毒薬を思わせる雰囲気がある。[21] 言い方を変えれば、象牙製の落とし穴、美しい死、自ら望む転落、心地よい欺瞞、猫かぶりの女、気がおかしくて、愚かで、向こう見ずで、残酷で、尊大で、人を騙す、まことのセイレン[22]とでも言えようか。そして、人にうるさくせっつき、命令を下し、自分の力を買いかぶり、虐待し、暴君のようにふるまい、果ては馬鹿馬鹿しい狂気じみた行動に人を追いやる。

「この世にあるものはすべて、この俺様のためにあるのさ」とその妖怪は言った。「結局のところ、万事がこの俺様の好きなような形に収まってしまうのだからね。もし誰かが盗みを働けば、それは俺に仕えるためであり、もし誰かが人殺しをすれば、それもこの俺が原因だよ。もしどこかで人が話をしておれば、この俺様のことを話題にしているのであり、もしだれかが何かを欲しがっているとすれば、ほかならぬこの俺を欲しがっているというわけだ。それに今生きている連中は、みんなこの俺とともに生きているんだ。という次第で、この世に起る空恐ろしい出来事は、すべてこの俺様の手によるものなのさ」

「私としては、そんなことを認めるわけにはいきません」と第二番目の妖怪である〈世俗殿〉が言った。勇ましくはあるが軽薄で、金には恵まれているものの愚かで、気位は高いものの卑しい根性が透けて見える。

「この世のあらゆるもの、そして光り輝くものは、すべてこの私のためのものです。すべてが私の華美な飾りと力の誇示に役立ちます。もし商人が人から巧みに金をくすねるとすれば、それはこの世俗で生きてゆくため。もし騎士が危険に挑めば、それは世俗の義務を果たすためであり、もし女が着飾れば、それは世俗で人に見られたいからです。いくら悪徳といえども、いつかは小休止をとるものです。たとえば、大食漢もいつかは食傷し、不品行な者でもときには義憤を感じることもあり、大酒呑みもいつかは眠り込み、残忍な男もいつかは自分の行動に飽きがくるものです。しかし、この世間の見栄なんて、決して《これで十分》なんて言いません。つねに狂気、さらにまた狂気を繰り返していきます。でもまあ、この私をあまりいらいらさせないでほしいものですよ。どうせそんなものすべてこちらに控える悪魔殿に呉れてやるつもりですからね」

「はいはい、小生はちゃんとここに控えておりますよ」と〈悪魔殿〉が言った。「こうやって一切合財頂戴するとなると、自分の持ち物でないものはなくなってしまいますね。これまでにも、みなさんは小生にはしょっちゅう物をくれていますからね。それが証拠に、夫が腹をたてるとすぐさま《魔王《ベルゼブル》みたいな女め！》と叫ぶし、それに負けじと女房も《悪魔男！》ってやり返すでしょ？　母親は息子のことを《お前なんか、サタンにさらわれてしまえ！》なんて、怒鳴り散らすし、ご主人が《お前なんか千の悪魔に食われてしまえ！》と言えば、召使は《ご主人さまこそ！》と、胸の中でこっそり応じたりする[23]。また、恐ろしい男もいて、《大変だ、悪魔の大群が押し寄せてくる！》などとも言いますよね。という次第で、この世に存在する物のなかで小生に回ってこなかったものは何もないし、なかには繰り返し何度も送り込まれてくるものもあります。ところで、〈世俗殿〉、あなたの存在のすべてが、小生の所有物だということは否定できないでしょうね」

「えっ、この私の存在がだって？　とんでもない！　あなたという人はなんとまあ、恥知らずなんだ！」

「いや、まさにそれだからこそ」と彼は応じた。「恥知らずの者にとっては、全世界が自分のものになってしまうってことですよ」

　こうして三人の妖怪は、その争いの裁定を、王冠をつけた妖怪、つまり地獄の都バビロニアの王たるサタンに委ねることになった[24]。するとサタンはそれぞれの言い分に耳を傾けたあと、こう言った。

「もうよろしい、分かった！　そんな悩み事など忘れてしまうことだ。さあ、この俺と一緒に来て、楽しくやろうじゃないかね。人生を享楽し、その喜びをじっくり噛みしめ、かぐわしい匂いとすばらしい慰めに浸り、その宴や料理、淫靡な悦びをいっしょに満喫しようじゃないか。いいかね、俺たちの華やかな時代は、だんだんと過ぎ去っていくのだ。だから今のうちに、花咲乱れる今の時代を存分に楽しむのだよ。さあ、食べて飲むんだ。俺たちは明日にはどうせ死んでしまう運命なのだから。欲望のままに野原から野原へとめぐり歩き、目いっぱい楽しもうじゃないか。そこで、君たちが毎日のようにお互い角突合せているのをやめさせるために、君たちの管轄区域を定め、それぞれに手勢を振り分けてやろうと思う。〈肉欲くん〉、まず君だけど、すべての意志薄弱の徒、怠け者、贅沢三昧の輩、放埒な連中を家来として君に与えよう。そうすれば君は、美と怠惰と酒を支配し、人間の意志を思いどおりに操れることになろう。つぎは、〈世俗くん〉よ、君だ。君はすべての尊大な連中、野心家、金満家、権力者を引連れていって、仮想の世界を支配することになろう。そして〈悪魔くん〉よ、君はほら吹きたちと物知りぶった連中の支配者となりたまえ。人間の才智にかかわる全領域を、君が治めることになるわけだ。さて、それではつぎに、ここに居るふたりの巡礼者が」と言って、クリティーロとアンドレニオを指した。「どんな欠点をもつ人間なのかを調べ、どの妖怪に仕えるべきかを見てみることにしよう。どんな家畜でも何らかの欠点はあるもの。それと同じでどんな人間でも、何らかの罪を背負っているものだからな」

さてこの調べの結果については、次考で述べることにしよう。

第十考
ビルテリアの魔術世界

この世界は天国とは正反対の位置を占め、円い形をして常に回転を繰り返しているのだが、すでに獣たちの棲み処となり、さらに砂上の楼閣、不正の隠れ家、邪心の巣食う場所に成り下がり、幼くしてすでに滅亡の道をたどる子供のような姿を呈することになった。こうして世界は汚辱にまみれ、凡俗たちは厚顔無恥な乱行の限りを尽くし、その結果お触れによってあらゆる美徳を禁じ、この定めに違反する者には厳罰を用意するという愚挙まで許すことになった。その定めとはたとえば、だれであれ真実を述べてはならぬこと。これに違反すれば狂人として扱われること。また、だれも礼を以て人に接してはならぬこと。これに違反すれば品性に劣る者として処罰されること。さらには、だれも学問を修めてはならず、物事を知ることは許されないこと。これに違反すれば《禁欲主義者》あるいは《哲学者どの》と呼ばれるであろうこと。また、だれにも尊敬されてはならぬこと。もし違反すればお人好しとみなされるであろうこと。と、まあこんな調子でその他すべての美徳も同時に否定されたのである。これとは逆に、悪徳に対しては、一生にわたって自由な活動の場が保証され、任意旅行手形まで与えられたのだ。こんな野蛮ともいえる呆れ果てた掟が、きのう世界の隅々まで公布されたとすると、さっそく今日には喜んで実行され、大きな反響を引き起こすことになった。ところがここで信じがたい奇妙な現象が起こったのだ。この状況を大いに悲しむはずの美徳たちが、激しい抗議の声をあげるだろうと誰もが思った時、なんと事態はまったく逆の方向に流れていくことになったのである。つまり美徳たちはこの知らせを盛大な拍手をもって迎え、お互いに喜び合い、至福の表情をだれ憚ることなく示したのだ。さらにこれとは逆に、悪徳たちはその悲しみを隠しもせず、うなだれ、恥じ入った表情を見せるばかりであった。

　ある思慮に富む人物は、予想だにしなかったこの反応に驚き、彼のご主人たる〈学識さま〉にその疑問をぶつけてみた。するとこんな返事が返ってきたのだ。

「そんなに驚くには当たらないね。正直なところ、我々はこの事態を歓迎しているのだよ。なぜかと言えばだね、俗人たちのこの突飛な考え方は、我々にはなんら害をもたらすものではなく、むしろとても好都合なことと考えられるからだ。つまり、これを無礼ではなくご厚意として受け取っているのであって、我々にとってこれ以上の幸せをもたらしてくれるものは他にはないということだ。悪徳は今回のことですっかり破滅させられることになるだろうし、いっそのことどこかに姿を消してもらうほうが、彼らのためかもしれん。だからこそ悪徳たちが悲しがるのには、ちゃんとしたそれなりの理由があるんだよ。この日こそ、我々はあらゆる所に浸透し、世間の人たちとともに元気よく立ち上がることになるだろう」

「でも何を根拠にそんなことが言えるのです?」と男は不思議に思い、問い返した。

「それじゃあ、そのわけを説明してやろう。要するに人間の性格なるものは、禁じられたものに強く気持ちが惹かれるという、不思議な特徴をもっているからだよ。つまり人間は何かを禁じられると、まさにそれが原因となって、禁じられたものを欲しがり、それを手に入れようと必死になるものだ。だから人間が何かを欲しがるように仕向けるためには、それを禁じてしまうだけで十分なんだよ。このことはすでにちゃんと証明済みで、たとえばすでに手中にある最高の美などよりも、禁じられた最高の醜悪さの方に心が傾いてしまうものだ。たとえば、もし断食を禁じてしまえば、さすがのエピキュロスもヘリオガバルス[1]も、自分から進んでお腹を空かして死ぬ方を選んだにちがいない。慎みという美徳を禁じてしまえば、さすがのウェヌスだってキプロス島を離れ、ウェスタの巫女たちのなかに身を置くことになったはずだ。[2] こうなればみんな健全な心をもち、大嘘つきも、邪悪な仲間との交友も、悪辣な振る舞いも、喧嘩も、裏切りも、すべてなくなるだろうね。公共の芝居小屋と賭博場は閉鎖を余儀なくされ、美徳のみが栄え、良き時代が戻り、男たちは優れた人格の人間となり、女は良人と仲睦まじく結婚生活を送り、娘たちは高貴な心をもつ大人へと成長をとげることになるはずだ。臣下たちは王に従い、王は優れた支配者となる。都では嘘つきは姿を消し、村では陰口を叩く者はいなくなる。また、神の第六戒は男女によって正しく守られることになるはずだ。[3] こうして大きな幸せが我々にもたらされることになり、まさに《黄金の世紀》と呼ばれるのにふさわしい時代となるわけだ」

これがどれほどの真理をふくむ言葉であるかを、クリティーロとアンドレニオはこのあとすぐに、実際に体験することになる。あの三人の妖怪たちが自分の勢力を伸ばそうと争っている間に、ふたりはすでに彼らの元を逃れ、ビルテリアの魔法の宮殿に向かって、すでに山を登りはじめたところだった。ほとんど人も通らぬ山道だと人には教えられたはずだったが、ふたりがそこに見たのは、ビルテリアの姿を求めて先を競って必死で駆けてゆく大勢の人々の姿だった。さまざまな身分、年齢、国籍、階層の人々が男女を問わずそこに集まってきている。なかには貧しい者だけでなく金持ちもいて、さらには大人物と目される人の姿さえ見ることとは、彼らを少なからず驚かせ、不思議な気持ちにさせた。幸いにも彼らがまず出会ったのは、特異な能力をもつ男性であった。その人物は、自分で光を発する能力をもっていたのである。それも、いつでも自分の好きな時に必要なだけ、とくに周囲が漆黒の闇に包まれたりすると光を放つのだ。海の魚とか陸の虫類などの中には、多様な大自然の力のお蔭で、光を発する能力を与えられた不思議な生物たちがいる。光を必要としないときは、体内にこっそりそれを蓄えておき、いざその時がくれば、光に生き生きした輝きを与え、それを体外に放つ。まさにそれと同じように、この不思議な力をもつ人物は、天から授けられた特異な能力として、ある種の光を頭脳の奥深くに隠し持ち、光を必要とするときはいつでも、明るい光の輝きの永遠の泉である目や口からそれを放つ。こうして光をもつこの人物は、知性の光で周囲を照らし出しながら、ふたりを真の道を経由して、完全な幸せの世界に導いてくれることになったのである。登りはじめの難しさに加えて、登り道はとても苦しいものだった。アンドレニオは疲れ果てた様子で、足元もふらついている。するとすかさず、多くの同行者が助けの手を差し伸べてくれたが、彼はこの山登りをあらためて別の機会に延ばしてほしいなどと弱音を吐いた。

「それはなりません」と光の男は言った。「絶対に駄目です。今このとき、つまり君がいちばん理想的な年代にあるときに、思い切って挑戦しなければ、あとになればなるほど、ますます実現が難しくなっていきますよ」

「そんなの嫌です」と別の若者が反論した。「僕たちは今やっと、この世間への参加を果たしたところです。そしてその喜びを味わい始めたばかりです。ですから僕たちの年代の者には、その歳にふさわしいものを与えて貰いたいと思います。美徳の道を歩むには、まだ時間の余裕がありますから」

ところが一人の老人が、これとは逆の考えを述べた。

「もし若者のような活力がわしに残されていたならば、この険しい山道など勇敢に歩みを進め、元気に登っていくことだろうよ。でも、もうこれ以上歩けないし、良きものを求める気魄がわしには不足している。この歳になれば、断食などの苦行を神に捧げるようなこともないだろう。今となれば、これほどの苦しみを背負って生きるだけで十分だからね。小斎の行《ぎょう》なんて、もうこの歳のわしには向いていないんだよ」

ある貴人はこんなことを言っている。

「私はもともと繊細なたちの人間です。安楽な暮らしの中で育てられたからです。この私が断食の行をするのかですって？そんなことをしたら、次の日にはお墓に埋めていただかなければなりません。かなり上質のものとされる布地の衣服でさえ我慢できないこの私が、断食の行に身につける目の粗い衣服など、着られるはずがないじゃありませんか！」

　また一方、ある貧乏人はそれとは逆に、こんなことを言っている。

「日頃から満足に食べていない者は、それだけで立派な断食になるね。このおれなどは、自分のため、そして家族のために日銭を稼ぐことが、十分な行となっている。好きな物を食べて、のんびりとゆとりのある暮らしをしているお大尽こそが、ほんとうに断食をしなきゃいけないのだよ。さらに施し物をしていただいて、善行の模範を示してもらわなければならないのさ」

　こんな調子で、すべての人が美徳の重荷を他人に押しつけ、まるでそんな義務でさえ、自分以外の者にはとても簡単なことだと思ってしまうのだ。ところが、道案内の光を放つ男は、こう言った。

「だれも私の元から逃げ出したりしてはいけません。いいですか、道はたった一つしかありません。それに従えば幸せな日が私たちを待ち受けているんですから！」

　こう言い終わると彼は一条の光を放射して見せたが、この光こそ彼らを大いに勇気づける効果があった。

　そのとき山に棲む恐ろしい獣たちを、戦いに駆り立てるラッパが鳴り響いた。すると猛獣たちが怒り狂い、まるで不平をこぼしでもするように、うなり声をあげるのを彼らは耳にした。それぞれの茂みの向こうには、彼らの襲いかかろうとする獣が待ち伏せているのだ。まさに好事魔多し、良き行いをしようとすれば、多くの敵がついてまわるもの。早い話が、ほかならぬ両親、兄弟、友人、親戚などを含め、すべての人たちが、美徳を実践するための妨げとなってしまうのだ。つまり身内の敵ほど厄介な敵はいないのである。

「おやおや、気でも狂ってしまったの？」と、たとえば友人たちがあなたに言ったりする。「そんなお祈りもミサもロザリオの祈りも、みんなやめておしまいなさいよ。町を気ままに散歩し、お芝居見物にでも一緒に出掛けましょうよ」

　また、ある親戚はこんなことを言う。「これほどの侮辱を受けた君が、復讐もせずに放っておくなら、君をわれわれの親戚だなんて認めるわけにはいかないね。君は自分の家系に恥をかかせることになるのだからね。いいかね、君は自分の義務を果たしていないのだよ」と。

　また、母は娘にこう言うのだ。「断食などしちゃ駄目よ。あなたは顔色がよくないのだし、気を失って倒れるなんてことになってはいけませんからね」

　こんな調子だから、周囲の者はすべて美徳の実践などすれば、公認の敵となってしまうのだ。

　そうこうするうちに、臆病者たちを震え上がらせるという、恐ろしい形相をしたあの噂のライオンが、彼らの前にその姿を現わした[4]。アンドレニオが一瞬ひるんだのを見ると、光の男ルシンドは彼に真実の光を放つ剣を抜くようにと叫んだ。すると百獣の王ライオンは、刃に光が反射するのを感じ取ると、たちまち一目散に逃げ出してしまったのだ。要するに人は恐ろしいライオンと対峙していると信じ込んでいても、実は往々にして蜂蜜の巣を目の前にしているなどということが起こるものだ。[5]

「あっという間に、どこかへ消えてしまったな」とクリティーロが言った。

「この種の獣はですね」と光の男ルシンドが答えた。「人に姿を見られると、臆病になり、さらに素性が明かされると逃げていきます。ある方の話によれば、これこそが生の人間の姿を写し取ったものであり、人間という名で呼ばれはするものの、実は獣以外の何物でもないということだそうです。まさにこの点においてこそ、人間としての価値を手に入れ、成長するための努力がなされるべきなのですが、結局は破滅をたどる以外の道はなくなってしまいます。なぜかと言えば、本来ならば人間の体の隙間をとおって外に出ていくべき虚栄の心が、逆にその隙間から中へ入ってくるからです」

そのとき彼ら一行は、最難関の山道のひとつにさしかかっていた。そろそろ全員がなにやら疎ましい気分に陥ってしまっている。アンドレニオの心にも嫌悪感が生じ、ルシンドにこう提案した。

「だれかぼくの代わりになってくれて、この難所を切り抜けてくれませんかね」

「そんなことを言いだすのは、なにも君が初めてじゃない。悪い連中というのは、心正しき人のところへやってきて、どうか自分たちのために神様にとりなしてほしいと言ったりする。しかしその一方で、自分たちは悪魔に身を売るようなことをやってのける。たとえば、彼ら悪人のために断食をしてくれるように頼むのだが、その一方で自分たちはというと、たらふく食べ、酒が飲み放題の生活を送ったりする。心正しき人に対して、彼ら悪人のためにどうか体に鞭を当てて犠牲を捧げてほしい、そして堅い板の上に寝る犠牲を神に捧げてほしいなどと頼む一方で、自分たちはというと享楽的な生活の泥沼のなかに身を置き、ごろごろのたうちまわっているのだよ。そんな連中のひとりに対して、現代の《アンダルシアの使徒》と呼ばれているあの人物[6]が答えた名文句がある。《いいですか、私はあなたに代わって祈り、あなたのために断食しています。だからあなたに代わってこの私が天国へ行くことになるのですよ》ってね」

アンドレニオの動きがだんだん鈍くなってきた。それを見るとクリティーロは難所を前にして先頭に進み出て、少し助走をつけてそれをうまく跳び越えてみせた。そして後ろを振り返り、アンドレニオを見てこう言った。

「さあ、きみも覚悟を決めることだ。道幅の広い下り坂の悪徳の道なら、ここよりずっと厳しい難所にぶち当たることになるのだから」

「まさにその通りです」とルシンドが横合いから言葉を添えた。「だって考えてもごらんなさい。もし美徳を追求することで、悪徳の道のような耐え難い苦しみや厳しさを要求されるのだとしたら、世俗の連中はいったいなんて言うことでしょうか。きっと大袈裟にそれを言いふらすにちがいありません。吝嗇家が、食べることも、飲むことも、着飾ることも我慢したあと、汗を流して稼いだ財産に手をつけることもできず、全資産を巻上げられてしまうほどつらいことはありません。もし神の掟がそれを求めてくるとしたら、世俗の人間はいったい何と言うことでしょう。だってそうじゃありませんか。たとえば、身持ちの悪い男など、その気にさえなれば自分のベッドにのんびりと身の危険もなしに寝そべっていられるのに、冬の夜に一晩中野外の凍りつく寒さのなかで、いろいろな危険に身をさらしながら、女の馬鹿馬鹿しいお愛想を耳にして、男が言う《色よい返事》を女から引き出すために、立ち続けるわけでしょう？　また、野心家はわずか一時間だって立ち止まったり、休憩したり、気ままにふるまうことも許されません。復讐心の強い男なら、いつも油断なく武器を離さず、恐怖心を抱えていなければならないのです。このことに関しては、世俗の連中はどう考え、どんな感想を述べてくれるのでしょうかね。でもどうせは、自分の気分の命ずるままに、口答えもせずおとなしくそんな苦難に従っているだけですよ」

「さあアンドレニオ、元気を出せ！」とクリティーロが言った。「いいかね、悪徳が栄える季節が真夏にあるのにくらべ、この美徳の道にとっての最悪の時候は春なんだよ[7]」

アンドレニオは周りの者に助けられ、やっと難所を通過することができた。

するとつぎに、さきほどのライオンよりさらに数倍も猛々しい虎が彼らを襲ってきた。堂々たる体つきの、いかにも狂暴な雰囲気を漂わせた虎だ。しかしながら、この敵から逃れる唯一の策は、騒ぎ立てることでも動揺を見せることでもなく、おとなしくこちらに向かってくるのを待ち受けることだった。大いなる怒りに対しては、心に大いなる安らぎをもつことで対処し、すさまじい攻勢に対しては、慌てず騒がずそれを受け止めることが肝要だ。クリティーロは、相手の姿を忠実に映す鏡の働きをする、あのガラスの盾を包みから取り出した。すると敵の虎は、その鏡の中に醜くゆがんだ自分の姿を認めると、その姿に驚いて直ちに逃げ出したのだ。愚かな自分が行き過ぎた行為に出たことに気づき、ばつの悪さにあっさり退却したのである。さらには大勢の蛇の群れ、龍たち、毒蛇たち、それにバシリスクたちの攻撃に対しては、とりあえず退却して衝突をさけることが、すぐれた効果を発揮する防御策となった。獰猛なオオカミたちに対しては、日々の行に使う鞭を利用すれば、たやすく追い払うことができた。たとえ相手が弾丸を発射しようと、腕づくで攻撃を仕掛けてこようと、かの有名な魔法の盾を使えば応戦できるのである。盾は柔らかな素材で練り上げられ、柔らかければ柔らかいほどますます強靭さを発揮する。それに天の助けのおかげでさらに鍛えられていることから、とにかく絶対に何物であれ通さない、つまりそれは紛れもない《忍耐》という名の盾になっていた。

ついに彼らは、あの峻険な山の頂上にまで到着した。周囲の峰々よりも、一段と高い位置にあり、まるで星座とも隣り合わせの、天国そのものの入口にでもいるように思えた。あれほどあこがれていたビルテリアの宮殿が、崇高な山の頂上の中央に聳え立ち、すぐそこに見える。至上の幸せを享受する舞台となるはずの場所だ。彼らはすぐにでもビルテリアに会い、彼女に盛大な拍手を送り、心からの畏敬の念を込めてその存在を寿ぐつもりだった。ところが、次に起こったことは、まったくその逆であった。その時彼らは奇妙な光景を前にして、予期しなかった悲しみに襲われ、一様に黙り込んでしまったのである。きっと彼らが想像していたのは、たとえばルビーとエメラルドをはめこんだ碧玉でつくられ、光線の具合で色を変化させてきらきら光を発し、星形の鋲止め飾りを打ちつけたサファイアの扉を備えた建物だったはずだ。ところが彼らが実際に目にしたのは、くすんだ灰色の石造りの建物なのだ。なんの派手さもなく、むしろ憂鬱な気持ちにさせられるほどだった。

「なんとまあ、これはひどい家だ！」とアンドレニオが嘆いた。「こんなぼろ家を見るために、ぼくたちは汗を垂らし、へとへとになってここまできたのだろうか。ほんとに哀れな外観だ。あの中はいったいどうなっているのだろう。あの妖怪たちの宮殿のほうが、どれほど立派な外観をしていたことか。これでは、騙されたも同然ですよ」

これを聞いた光の男ルシンドはため息をついた。

「いいですか、おふたりさん」と彼は言った。「人間たちが天国のために差し出すのは、この世で一番粗末なものばかりですよ。たとえばですね、人生の三期のうちのくたびれ果てた時期、つまりガタがきて病弱な老年期を、美徳の生活のために差し出したりするのです。不細工な娘は修道院へ送り込み、体に難のある息子は教会に差出し、何の取り柄もないものを施し物として差出し、出来損ないの収穫物を教会税として払うといった調子です。そんなことをしておきながら、最上の神の栄光を懇願したりするのです。それに加えて、あなたたちは果実の中身を、外の皮を見ただけで判断しがちです。この地では、すべてが世の中とはまったく反対のことが起こります。たとえば、もし外から見て醜い形をしていたら、中身はとても美しいのです。外を見て貧しさが感じとられたら、中には豊穣さが満ち、もし遠くから寂しげに見えたら、その中心には歓びが秘められているのですよ。これこそが、主キリストの喜びのなかに入っていくことに他なりません。ここにある石は、ちょっと見たところ何の変哲もない石です。しかし、体験を重ねることで、実はすばらしい石であることが判ってきます。つまり、この石はあらゆる毒を消す魔法の力をもつ石なのです[8]。宮殿全体の壁に、解毒作用がある特殊な幕が張りめぐらされているので、この宮殿のまわりを取り囲んでいる蛇や龍も、内部には害を及ぼすことができません」

宮殿の扉は昼も夜も開け放たれていて、――もっともここではすべてが開け放たれているのがふつうだったのだが――だれでも天上への入口ともいうべきこの場所に、自由に近づくことができた。しかしそれぞれの入口を、二人の異形の巨人が守っていた。両肩にそれぞれ棍棒を担ぎ、いかにも尊大な様子が見て取れる。棍棒には、先のとがった金具をたくさん取り付けるなど、手の込んだ細工が施され、何人たりとも受けつけない迫力が感じられた。巨人たちは、そこから入ろうとする人たちを、例外なく威嚇し、棍棒のたった一撃であっさり死に追いやることもあった。アンドレニオはそんな様子を見ながら、こう言った。

「これと比べたら、いままでぼくたちが潜り抜けてきた危険など、物の数ではありません。ここに来るまでは、ぼくたちは獣のような性質をもった妖怪たちと戦うだけだったといっても過言ではありませんからね。でもこの巨人たちは、とても人間に近い化け物のように思えます」

「そのとおり」とルシンドが言った。「これはまさに人間同士の戦いですよ。いいですか、よく聞いてください。すべてがめでたく終わりに近づいてくると、こんな高慢ちきな化け物が、人間の心のなかに新たに生まれてくるのです。自惚れが昂じて、その人のこれまでの人生のすべての収穫を帳消しにしてしまう化け物です。しかしこれで負けたと早合点して、勝利を諦めるようなことをしてはなりません。この化け物に打勝つための策は、必ずあるはずですから。いいですか、一番大きな巨人を小人が打ち負かすことだってあるのです。それに子供や幼子やもっと小さな者だって、大の大人に勝つことだってありますからね。この戦いに勝つためには、ふつうとは逆の手を考えるべきです。この場合には、居丈高な態度を見せても何の効果もありません。それに空威張りしても同じことです。要するに威張り散らすのではなく、体をすくめ小さくして、謙虚な姿勢をとることが肝心です。あの怪物たちが天をも脅かすような調子で、この上なく傲慢な態度を見せたときこそ好機です。その時を見計らって、われわれは虫けらに姿を変えて、地面に這いつくばって奴らの両脚の間をすり抜け、宮殿の中に入ってしまうのです。まさにこのやり方で、最高の将軍たちもこの中に入ったのですから」

結局彼らは、どんな手を使ったのか、またどこを通ってかも分からないまま、だれにも姿を見られず、また物音にも気づかれず、見事にこの方法を実行に移したのである。まるで天上の世界をまるごと写し取ったような、魔術にかけられた宮殿の中に入り込むことに成功したのだ。こうしてめでたく中に入るやいなや、彼らは喜びに満ちた妙なる音楽の調べに、すべての感覚が奪われてしまうのを感じた。心を癒し、精神を高揚させてくれる音楽だ。そして、まず初めに彼らが体に感じたのは、柔らかで心地よい微風であった。その風が芳醇な香りを運んできてくれる。まるで春の季節の部屋か花の女神フローラの部屋を、開け放ったかのような気分だ。あるいは楽園《パライソ》の壁に大きな穴を開けたような感じともいえる。歌声と楽器の音が入り混じった妙趣にあふれる調べが聞こえ、かの《天界の音楽》[9]さえ、しばらくの間黙らせる魅力が十分にあるほどに思えた。しかし、これはなんと奇妙なことだろう。だれがこの曲を歌い、だれが奏でているのかは判らないのだ。彼らは誰とも顔をあわすこともなく、だれの姿も認めることができなかった。

「この宮殿はすっかり魔術にかけられているようだ」とクリティーロが言った。「きっとここでは、すべてが霊に姿を変えているにちがいない。だから肉体がどこにも現れることがないのだ。この天界の女王はいったいどこにいらっしゃるのだろう？」

「せめて、たくさんの美しい侍女のうちの、ひとりでもいいから会わせてくれたらいいのに」とアンドレニオが言った。

「どこにいるのです、〈正義さま〉は？」と大声で叫んだ。

するとすかさず、こだまが預言者のような調子で、花々の間からこう答えた。

「正義は自分以外の家にあり[10]」

「それじゃあ、真実は？」

「こどもたちと共にあり[11]」

「貞節は？」

「どこかへ消え去ったもの」

「学識は？」

「半分はあるものの、もっと少ないこともあり[12]」

「用心は？」

「事を始める前にあり」

「後悔は？」

「事が終わったあとに出てくるもの」

「礼節は？」

「名望のなかにあり[13]」

「ではその名望は？」

「それを与えてくれる人のなかにあり[14]」

「忠誠は？」

「ある王の胸のなかにあり[15]」

「友情は？」

「いなくなった人たちの間には存在せず[16]」

「助言は？」

「老人たちのなかにあり」

「勇気は？」

「男らしさのなかにあり」

「幸運は？」

「醜女たちのなかにあり[17]」

「沈黙は？」

「われわれがまず黙ることのなかに存在する[18]」

「では、与えるとは？」

「まず何かをもらってからのこと」

「優しさとは？」

「景気のいいときだけのもの」

「懲らしめとは？」

「他人の頭を小突くだけにしてもらいたいもの[19]」

「貧困は？」

「家々の戸口に現れるもの[20]」

「名声は？」

「寝ている人のなかにあり[21]」

「大胆さは？」

「幸運に恵まれた人のなかにあり[22]」

「健康は？」

「節制のなかにあり」

「希望は？」

「生きている限り常にあり[23]」

「断食は？」

「食べ物が不足している人のところにあり[24]」

「思慮分別は？」

「物事の本質を見抜く人のなかにあり」

「悟りは？」

「いちばん後からやってくるもの」

「羞恥心は？」

「もし一度失えば、もう絶対に見つけられぬもの」

「すべての美徳は？」

「中庸の精神にあり」

「ということはですね、われわれはこの宮殿の中心に向かって進んでゆくべきだという意味ですよ」とルシンドは宣言した。「不信心な連中みたいに、あてもなくうろつくようなことをしてはならないのです」


まさにそれが正しい選択であった。あの壮麗な宮殿の中心にある、威厳に満ちたサロンの中で、玉座に身を置いた唯一の崇高なる女王の姿を、幸いにも見つけることができたのである。女王の姿は、彼らがあらかじめ想像していたよりはるかに美しく、好感が持てるものだった。そもそもどこに身を置こうとも、つねに好ましい印象を与える姿なのだ。したがって、このとき彼女がいるべき場所にいて、本来の執務に当たっていたことを考えれば、その魅力たるや想像に難くない。だれに対しても温和な表情を崩さず、最大の敵に対してさえその表情は変わらなかった。あらゆる人を柔和で崇高とさえ言えるような目で見つめ、相手の話に熱心に耳を傾け、その話しぶりにも優しさが滲み出ていた。口元にはたえず笑みをたたえ、決して怒りの表情を見せることはなかった。紅い唇からは、絹のように柔らかな言葉が紡ぎだされ、彼女の口からは決して乱暴な言葉が聞かれることはなかった。寛大な女王の心を示すような美しい手をしている。その手を差し伸べると、すべてのものがいっそう美しさを増した。背中がぴんと伸びた優美な体型をしていて、彼女の全体像は洗練された人間らしさと、親しみやすい神聖さを同時に併せ持つ人であるとの印象を与えた。晴れやかな衣装は、優美な体型をくっきりと浮かび上がらせ、彼女の存在自体があらゆるものを美しく飾り立てる力があった。アーミンを身にまとっていたが、その白さこそまさに、彼女の純白な心を象徴する色であった。頭髪を星形の飾りをつけたリボンでまとめ上げていたが、その星の輝きはオーロラの輝きを彷彿させた。こうして彼女はまさに天上の美しさをすべて一身に集約し、天上世界の父である神の姿を忠実に映しとり、その美しさを再現した似姿となっていた。

　ちょうどそのとき、多くの人々がやっと拝謁を許され、その席を埋めているところだった。その中に、ひとりの父親は自分の息子のために女王の愛を賜りたいなどと言っている。悪徳に染まったこの父親に対し女王は、まず自分の不行跡を正すことが大切で、息子に模範を示すことから始めるべきであると答えた。またある母親もやってきて、自分の娘のためには貞淑さがほしいと言う。すると女王は、蛇の母と娘にまつわるこんな話を教えた。娘がくねくね曲がって進むのを見て、母親は娘を叱りつけ、まっすぐに進むように命じた。《それじゃあお母さん、どうやって歩けばいいのか教えてちょうだい》と娘が言う。《お母さんがどんな歩き方をするのか、見てみたい》と。そこで実際に母親がやってみせると、娘よりもっと曲がって進むのが判った。《お母さん、なるほどわかったわ。あたしの進み方がくねくね曲がりだとしたら、お母さんのはもっとひどいグニャグニャ曲がりってことだわ》と。ある聖職者は勇気の徳を求め、ある副王は神への信仰心を持つことを願い、神へ祈りたい気持ちにさせてほしいと懇願している。すると女王はそれぞれに対して、各自が自分の身分にふさわしい徳を、まず手に入れるよう努力するべきことを教えた[25]。

「裁判官は厳正な人として尊敬を勝ち得るように。聖職者は祈りの人として、君主は為政者として、農夫は働き者として、父親は一家の養い手として、高位の聖職者は貧者に施しを与える心配りのある人として、それぞれの人間は自分に必要とされる徳の道に励むように」

「その考えによればですね」と人妻が言った。「このあたしは結婚生活の貞節さえ守ればそれで十分ということなのですね。他の徳には気を配る必要はないということですね」

「そうではありません」とビルテリアが答えた。「それだけで十分とは言えません。そんなことをしていたら、あなたは高慢でどうにも手のつけられない人になってしまいます。とくに今の時代にはね、貞節を尽くさない人間は、いくら熱心に施しを行う人になったところで、まったく意味がありません[26]。また世の人すべてを軽蔑しているようでは、いくら賢者になっても意味がありません。さらには大法律学者と言われる人でも、賄賂を受け取るようでは駄目ですし、偉大な軍人であっても不信心な人であれば意味がありません。このように、様々な徳はお互い密接に関連しあっていて、それぞれがうまく連携していることが肝心です」

そこへひとりの優雅な物腰の貴婦人が姿を見せた。いかにも上品ぶった、気取り屋の雰囲気がある。彼女も同じように天国に行きたいと言う。しかしどうしても貴婦人用の道をたどって行かないと気が済まないとのこと。周囲の者には、これはずいぶん風変わりな注文に思えたが、ビルテリアはその女に尋ねた。

「それはいったいどんな道です? 私は今日までそんな道の話を耳にしたことがありません」

「でも分かりきってるじゃありませんか」と女は応じた。「あたしのように繊細な神経をもっている女性は、テンの毛皮やビロードに包まれて、断食もなく、悔悛の苦行もせずに、快適な道をたどっていかないとだめなんです」

「なるほど、分かりました!」と高潔な人柄の女王は声をあげた。「それじゃ、あなたのような方には、ちょうど今あそこに入ってくるお偉い方にしてあげるのと同じように、お望みのものをご用意することにいたしましょう」

その男はたしかに権勢を誇る人物であった。いかにも勿体ぶった様子で自分の席につくと、彼の望みはさまざまな美徳を手に入れることであると述べた。ただし、庶民向けのありふれた美徳ではなく、上流人士向けの品のある美徳が欲しいのだと言う。おまけにフアンとかペドロのように、ありふれた聖人名も彼の望みではなく、どこの暦にも出てこないような、珍しい名前がいいのだとも言う。

「ガストンという名もいいじゃないですか!」と彼は言った。「ペラフィンなんて名前も耳触りがいいし、クラキンとかヌニョとかサンチョとかスエロというのも悪くないですね」

彼は突飛な神学論を展開しはじめた。するとビルテリアは彼に、他の人たちが行くのと同じ天国を行きたいかどうか尋ねた。しばらく考えたあとで、もし他に天国がないのなら、それでいいと答えた。

「なるほど、そういうことであればですね、いいですか、その天国へ至るためには、神の十戒という名の階段以外の手がかりは存在しません。ですからその神の十戒の階段を、あなたは登っていかなければなりませんね。私は今までのところ、お金持ち用の道や貧乏人用の道も、貴婦人用の道や召使用の道も見たことがありません。神の掟はただ一つしかありませんし、すべての人々のために神はただおひとりしかいらっしゃいませんからね」

これに対して、ひたすら自分の安楽のみを求める権力者、この現代の快楽主義者《エピキュリアン》はこう反論した。

「贖罪の苦行以外のことなら、あたしゃなんでも受け付けるのですがねえ。お祈りと言われても、何のことやらさっぱり分からないし、断食せよと言われても、体が健康じゃありませんからな。いったいどうしたらいいのか考えてくださらんかね。とにかくあたしゃ天国に入らなきゃならんのですよ」

「この私に言わせればですね」とビルテリアが答えた。「あなたは天国に上等な服を着て、洒落た靴を履いて入ろうとしているのですよ。それはちょっと感心できません」

しかし彼は自分の言い分が正しいのだと頑張った。今の世では風潮が変わったから、徳などとても楽な形で、たやすく実践できるようになってきていて、それこそが神の掟にもっとも合ったやり方とさえ思えると言うのだ。ビルテリアは、どんな考えに基づいてそんなことを言うのかを訊いてみた。すると彼はこう答えた。

「なぜかといえばですね、そうすることであの《天に行われるごとく、地にも行われんことを》という教え[27]を、文字通りそのまま実行に移すことができるからですよ。だって、天国では断食もないし、苦行の鞭打ちも、棘のついた帯もなければ、そもそも苦行などないというじゃありませんか。というわけで、出来れば天国の至福を手に入れた者とおなじような暮らしを、自分もぜひ手に入れたいと思っているわけです」

ビルテリアはこれを聞くと、大いに立腹し、激しい調子でこう彼に言った。

「不心得にもほどがあります！　あなたは全くのお馬鹿さんです！　あなたは天国を二つも手に入れたいの？　そんなことふつうありえないことです。自分のためによく考えてごらんなさい。あなたみたいに二つも天国を手に入れようとする者は、結局みんな地獄を二つも取り込むことになってしまうのですよ」

「私がここへ来たのは」と別の男が言った。「《良き沈黙》とやらを見つけるためです」

それを聞くと、みんなが笑い、こう言った。

「沈黙のなかに、《悪い沈黙》なんてあるはずがないでしょう？[28]」

「ありますとも！」とビルテリアが答えた。「おまけにとても大きな害をもたらします。たとえば、裁判官が黙ると、正義が行われなくなります。父親が黙ってしまえば、横着息子の過ちを正してやることができません。説教師が黙ると、悪を咎めることができません。聴罪司祭が黙ってしまうと、罪の重さをきちんと相手に教えることができません。悪人がだんまりを決め込むと、告解も受けず正しく身を処すことができなくなります。債務者が黙れば、借金のことなど知らぬ存ぜぬで押し通すことができます。証人が黙れば、犯罪の捜査が進まなくなります。共謀者がお互いそれぞれ黙ってしまえば、悪事が隠ぺいされることになります。というわけで、《聖なる沈黙》と呼べるものがある一方で、《悪魔的な沈黙》と呼べるものも存在するのですよ」

「実は私はとても驚いているんです」とクリティーロが言った。「ここには、他人の施しを求めに来ている人など誰もいないのですよね。それなら逆にこの人たちが、気前よく他人への施しをしているかどうかについてはいかがでしょう？」

「それに関して言えば、みなさんはその努めから逃げていると言えます。たとえば職人は、労賃をもらっていないから施しができない、という言い訳で逃げ、農夫は作物の収穫が少ないから、貴紳は借金だらけだから、王様は自分以外の貧乏人はいないから、聖職者は親族たちがみんな貧乏人ばかりだからと、それぞれ口実を設けているのです。なんとまあ見え透いた嘘の言い訳ばかりなんでしょう！」とビルテリアは嘆いた。「みなさんは少なくとも、自分に役立たなくなった物は、残り物でも構いませんから、貧しい人たちに施さないといけません。けち根性が家計のやりくりに入り込んできて、貧しい人たちに施すべき古い帽子を、衣服の笹縁《ささべり》用に保存しておくようにと家族に指示したり、擦り切れたケープを裏地に再生したり、色の褪せたマントを召使に回したりしています。ということで、貧しい人々には何も回してくれません」

そこへ極悪人たちがやってきて、最上の徳をくれるよう求めた。まわりの者はこれをまったく愚かな要求とみなし、とりあえずはやさしい手近な徳から始めるように、そして徳から次の徳へと少しずつ内容を高めていくようにと、彼らをたしなめたのである。ところがビルテリアはこう答えた。

「いえいえ、この人たちが一番高いところに狙いを定めるつもりなら、とりあえず今のところはそのようにさせてやりましょう。いずれは目標をずいぶん下げなくてはいけなくなるはずですからね。(29) さあ、みなさん、よく覚えておいてくださいね。私の最大の敵を熱烈な援護者に仕立て上げるのが、私のいつもの流儀だということを」

そのとき、ひとりの女が美徳を求めてやってきた。髪の毛の本数に負けぬほどの歳を重ね、歯はほとんど抜け落ち、皺の数はその歳の数より多いほどだ。

「遅すぎるよ！」とアンドレニオが声をあげた。「ぼくは絶対に自信をもって言うけど、この類の女たちは天国を求めてというより、むしろ世間からはじき出されたから、ここへやってくるんだと思う」

「いいから、好きにさせておあげなさい」とビルテリアが言った。「少なくとも、疫病をまき散らす元凶となるような、悪の学校を開設しなかっただけでも、評価してあげましょうよ。いくら歳を取っても、ばくち打ちも、野心家も、強欲の者も、大酒呑みも、ここには姿を現わさないことだけは保証します。そんな人たちは、悪徳に身を売ったごろつきばかりで、みんな哀れな人生の道のり半ばで息が絶えてしまうからです」

そんな連中とは対照的に、〈貞潔さま〉を探しに来た男がひとり、ビルテリアの前に姿を現わした。かつては愛の女神ウェヌスの近習をつとめ、その女神の息子クピドの崇拝者でもあり、さんざ放蕩の限りを尽くし、快楽に飽きた男であった。彼は禁欲の生活をめざす仲間に加えてもらうよう求めたが、その願いは聞き入れてはもらえなかった。彼がいくら色欲を忌み嫌い、その汚らわしさに吐き気と嫌悪感を催すことを強調しても無駄であった。そこに居合わせた者たちが、彼の願いを聞き入れてくれるよう懇願してみても、

「そんなことはこの私が許しません」と〈誠実さま〉が言った。「この人たちは信用なりません。お腹いっぱい食べたあとなら、断食なんてたやすいものですからね。正直な話、この愚かな人たちはまるで麝香猫みたいな連中ですよ。下腹部の小袋に元気がみなぎってくれば、すぐにまた好き放題のさばってきます[30]」

そこへ新しく何人かの者が現れた。みんな天を見つめているところをみると、どうやら天国のことをじっくり考えているようだ。

「この人たちこそ本物だ」とアンドレニオが言った。「肉体はこの世にありながら、心は天に向けている人たちだ」

「君はすっかり騙されているようだね」とビルテリアの腹心の臣下である〈慧眼殿〉が彼に言った。「しっかり用心しなくちゃね。天をじっと見つめているそぶりをしていながら、地上のことにすっかり心を奪われている者がいるのだ。そこの先頭にいる人は商人で、売りさばく目的で大量の小麦を抱えこんでいる。だから雨乞いの祈りをするふりをしながら、じつは呪いをかけて商売仇の目に薄膜を張らせ、相手の目をごまかそうとしている。こちらの男はそれとは逆に、雨を待ち望む農夫だが、水に恵まれたことが一度もなく、雲に向かって雨を降らせてくれるよう祈っているだけのことだ。それにもう一人の男は、不敬な言葉を吐くのが癖になっていて、天を口汚く罵るときだけ、しっかり天のことを思い出すような人物だね。あちらの男は復讐を求め、こちらの男は夜になると町をうろつく、暗闇のフクロウみたいな連中だ。自分の卑劣な行為を覆い隠してくれるケープみたいな役割を、夜の暗闇に期待しているわけだ」

また別の男は、美徳をいくつか金で貸与してもらえないものかと、頼み込んでいた。それにものはついでだから、たとえばため息をついたりとか、首を傾けたりとか、眉をひそめたりといった、慎み深さを演出する振付の形も貸してもらえないかなどと言う。ビルテリアは大いに腹をたて、こう言った。

「それはどういうことでしょう？　私の宮殿のことを、商取引をする場とでも思っているのですか？」

すると彼は言い訳をして、すでに多くの男女が食べていくための手段として、美徳を売り物にしているから、などと言う。たとえば、美徳を巧みに演じる女がいるとすると、高貴な奥様方はその女を大邸宅に招き入れ、さらには食事にまで招いたりしたりするではないか。また慰めを求めてそんな女を枕元に呼ぶ病人もいれば、彼女たちの助けにすがる求愛者たちもいるし、そんな女を相談相手にする大臣までいる。こうして、この種の女たちは、家から家へとまわり歩き、食べて飲み、好き放題の暮らしを送っているではないか。だから、すでに美徳が安楽な

生活を送るための手段と化しているのだ、などと理屈をこねる。「あなた方はもうそこから下がっていなさい」とビルテリアが言った。「そんな女たちの美徳など、本物の美徳ではなく、まったく単純な頭をしたお馬鹿さんたちがやることだと、私にはちゃんと分かっています」

「では、あの美徳の体現者とか言われて偉大な人物とされているお方は、本当はいったいどんな人物なのでしょうか？　あの方の姿は、とくにきらびやかな催し物などでは、必ずお見かけします。〈学識さま〉の家へ行けば、必ずそこにいらっしゃるし、〈勇気殿〉の家にもちゃんと姿をお見せになるという具合で、我々はどこへ行ってもあの姿を目にし、ついつい尊敬の念を抱いてしまいます」

「あなた方は、ローマ教皇猊下のことをご存じないのですか?」と、横からルシンドが言った。「どうかあのお方を敬っていただき、すばらしい生き方の模範を示してくださっているあのお方の、ご長寿を祈念していただきたいものです」

そこに居合わせた人々は、この高潔な人柄の女王が何人かの者に冠を下賜し、功績をたたえてくれるのを心待ちにしていた。しかし、結局彼らが知らされたことは、女王自身による祝福以上のすばらしい褒賞は存在せず、女王の両腕に抱かれることこそが、善き人々にとっての最高の冠になるとのことであった。そんなとき、ふたりの巡礼者クリティーロとアンドレニオは、女王の威厳に満ちた美しさに打たれ、体を小さくして控えていた。するとルシンドが、これほどの幸運な機会を逃がさぬようにとふたりを諭し、女王の前に進み出て、抱擁を受けるように促したのだ。ふたりはその言葉に従った。女王は自分の腕をあたかも冠のように、彼らの頭上にかざし、ふたりを永遠の幸福をめざす者として、彼らを人間としての存在から、永遠の仕合わせを目指す天使に等しい存在に変えてくれたのである。多くの者にとって、できればこの宮殿のなかに居場所を見つけたいというのが、その願いであった。しかし女王はふたりに言った。「人はつねに高徳の道を前進していかねばなりません。立ち止まることは後退するに等しいからです」

そこで、すでに女王の祝福を与えられた我らがふたりの巡礼者は、女王に対して、あこがれのフェリシンダを尋ねて、そこを退出することの許可を願い出た。すると女王は最大の信頼を寄せる四人の女性の家臣を呼び、前に立たせた後、第一の家臣を指してこう言った。

「この者は〈正義〉という名の家臣ですが、あなた方に対してどうやってフェリシンダを探したらよいのかを、教えてくれるはずです。そしてこちらの第二の家臣は〈賢慮〉なのですが、あなた方のためにフェリシンダの姿を実際に見つけてくれることになるでしょう。第三番目の者は〈剛毅〉ですが、彼女の助けによってフェリシンダをあなた方の味方に引き入れることになります。そして第四の者は〈節制〉ですが、彼女のお蔭でフエリシンダと意義ある時間を過ごすことが可能となるはずです」

　このとき、一斉に調子のよいラッパの音が響き渡り、それに合わせてさまざまな楽器が妙なる調べを奏で始めた。心を歓びで満たし、気高い精神を高揚させてくれる音楽だ。香り立つ微風が頬を撫で、さらには光り輝く周囲のきらびやかな風景のなかに広がってゆく。そのときふたりは星に向かってなにか強い力が働き、優しく引っ張り上げられるのを感じた。風が力強さを増すとともに、ふたりは星の輝く天頂に向かって、ぐんぐん上昇してゆく。こうしてはるか高くまで到達したかと思うと、ついには姿が見えなくなった。さて、彼らはどこへ昇りつくことになったのだろうか。それをお知りになりたい向きは、次考をお読みいただくことにしよう。

第十一考
ガラス屋根に石を投げるモモス

〈虚栄〉は本来の性格にさらに輪をかけたうぬぼれ屋になってしまい、なんと数ある美徳のなかの上席を占めようとしたらしい。そのために提出した請願書には、自分を形容して、《行動力の根幹》、《偉業の礎《いしずえ》》、《美徳の息吹き》、《精神の糧》であると述べている。そしてさらにつづけて言うには、《呼吸しない者は肉体の命を持続できないのと同じように、何かを追い求めない者は精神の命を維持することはできない。名声ほど心地よい香りを運んでくれる霊気はなく、またすばらしい生気を注入してくれるものは他にない。肉体をも魂をも元気づけてくれ、自尊心をくすぐるその微風こそが、名声の基本をなす要素といってよい。ある程度の虚栄心がなければ完全な作品は生まれず、また大向こうの拍手を期待する気持ちがなくては、なんら立派な行動も生まれてはこない。ということは、最大の偉業でさえこの虚栄の精神の産物であり、英雄的な業績にしても虚栄の心が産み出す尊い結果である。したがって、虚栄の心と自尊心が少量なりとも存在しなければ、何者もその才能を開花させることができず、うぬぼれの心がなければ、何者も光り輝く存在となることはできない》とのことだ。

　この逆説的な見解は、とくに初めてこの説を耳にする者や、その奇抜な発想を面白がる者にとっては、決して間違ったものとは思えなかった。しかしながら、〈理性〉は、そんな不遜な主張に嫌悪感を示し、いつもながらの思慮に富む考察をその長広舌とともに、つぎのように展開したのである。

「いいかね、人間のすべての情念に対しては、ある程度の拡大解釈が許容されている。つまり、強く抑制された本能のための、少しの息抜きとしての意味があるという解釈だ。たとえば、《色欲》に関しては、婚姻という形でそれを許容してやり、《憤怒》については、相手に対する忠告という形で、《大食》については日々の糧の範囲内で、《妬み》に関しては競争心という形で、《物欲》については神慮による贈物として、そして《怠惰》については気分転換ということで、それぞれ認められており、さらにこのほかにも、ある程度の行過ぎが許容される部分がある。しかしながら、《高慢》に関してだけは、その特性から考えれば分かるように、大目に見てもらえることなど決してありえない。そんなものには信用も置けないし、それ自体すべてが憎むべきものだからだ。できればさっさとご退散いただき、遠くへ姿を消してほしいものだ。なるほど名誉を大切にする気持ちは、たしかに称賛すべき心掛けと言えるだろう。なぜなら名声とは、有徳の人物に対する褒賞として、いわば美徳の上にかけてもらうきれいな釉薬《うわぐすり》のようなもので、名声それ自体が価値をもつものではないからだ。たしかに名望は尊敬に値するものではあるが、しかしそれを気取ることは許されない。名声はあらゆる富にもまして貴い。有徳の人が良き評判に支えられていなければ、美徳本来の輝きを放つことはできない。栄えある名声を享受しない人は、否応なしにその恥辱ゆえに地獄の苦しみを受け、世間の軽視という拷問を受けなければならない。またそのことが世間に知れ渡るほどに、ますます耐え難い屈辱となる。名声とは美徳と表裏一体の関係にあって、美徳につき従うものであり、それだけを求めても手に入るものではないのだ。また名声とは、それを求める者からは逃げ、逆にそれから逃げる者を探し求める傾向がある。つまり名声とは善き行いの結果であり、それを気取るためのものではない。例えて言うなら、すばらしき美徳を飾る、品格に満ちた王冠なのだ」

名君とうたわれる女王オノリアが統治する都があり、そこへ通じる道の途中に、広く名を知られると同時に恐れられた橋があった。女王オノリアは人々の名声を司る有能な女王であり、それゆえにすべての人から大いに崇められた存在であった。その橋の上の道には、通行を妨げる厄介な障害が多く設けられ、通行人がつまずき、ほとんどの者が川に転落してしまい、嘲りの対象となった。みんなびしょ濡れになり、なかには泥まみれになる者もいる。さらには大勢の見物人がそこに集まり、通行人たちの情けない姿を見て大笑いするのだ。ほとんどの者は、ずるずると転がり落ちていったのだが、驚いたことに中には自分の力を確信してか、あるいは単なるうぬぼれからか、大胆にも自分から進んで川へ身を投げる者も何人かいた。実はこんな形で、卑しいどん底の身分から逃れ、最大の称賛を得る人物への変身を願った者もいたのだ。このほか最大の不名誉から最大の栄誉へ、穢れた心から清浄な心へ、さらには黄色から赤色へと転換することを願う者も時にはいた[1]。しかしながら、こうした連中は周囲の者を呆れさせ、識者たちの嘲笑を買ったものである。これと同じようなことを狙った連中のなかには、平民から貴族へ身分を変えようとした男や、土曜のあとには日曜がくるはずと言って、穢れた世界から清純な世界へ渡ろうとした男がいた[2]。しかしこの男は、教会の義務などよりも、むしろ社会的義務を果さねばならぬ要注意人物であった。さらには売春宿の下男の身分を捨てて、町の顔役に成りすまそうとした男まで出てくる始末。さらには盲人の手引き小僧から、貴族に成り上がろうとした男、娼婦からお高くとまった貴婦人になろうとするうぬぼれの強い女もいた。またある女は処女で通そうとしたのだが、身を持ち崩した前歴がばれて大笑いされ、さらにこれと似たある男は、できれば世間から知恵袋のような人だと思われたかったのだが、結局はゴミ袋みたいな人間にしかなれなかったという例もあった。

かつて、《しかしながら》の但し書きに引っ掛からない者はいなかったし、だれに対しても必ず《ただし》の表現が使われたものだ。たとえば、《偉大なる君主、ただし単純な性格の人物なり》、《優れた高僧、ただし我々の地方の大司教[3]のように慈悲に富む人物であったなら、という条件つきで》、《偉大な法律学者、ただし意地が悪くなければ、という条件つきで》、といった具合だ。さらには、《なんと勇敢な軍人、ただし大泥棒でもある》、《なんと誠実な人だ、ただし金欠病だ》、《なんという博学の士であることか、ただし高慢でなければという条件つきで》、《あの男は聖人、ただし単純な男なり》、《あちらの男はなんと思慮深い立派な人物なのか、ただし動きが鈍い》、《彼は問題点をよく理解している、ただし具体策に欠ける》などなど。さらに続ければ、《なんとすばらしい知性、ただしなんとまあ変な使われ方をしていることか》、《なんと偉大な女性であることか、ただし振舞いには無頓着》、《なんと美しい女性であることか、ただしお馬鹿さんでなければという条件つきで》、《あの人物の才能のすばらしさ、ただしなんと運に恵まれぬ人であることか》、《名医、ただし疫病神でもある。患者をみんな死なせるから》、《きらめくばかりの機智、ただし理性が伴わず、良識に欠ける》などなど。こんな調子で、あらゆる人物が、《ただし》に躓く。これから逃れられる者はごくまれで、川でびしょ濡れにならずにここを通過できる者は珍しい。ある者は、先祖についての《しかし》に躓き、大昔の問題ながらいまだに現実性を保ち、決して見逃してもらうことができなかった。これとは逆に、ある者は今の時代に生きる者たちとさまざまな問題で衝突する。こうして全員が川へと転落してしまい、俗人たちのあざけりを受けることになる。

「当然の報いさ」と競合相手は嘯く。「関係のないところにしゃしゃり出てくるからだよ」

「残念だね」と別の男は言う。「あれほど善良な人でありながら、出自にキズがあるとはねえ[4]」

また女は女で、小石に躓く代わりに、ダイヤに足を取られる。彼女らにとっては、真珠もおそろしい躓きの原因となる。虚栄の風が少しでも吹けば、彼女たちの足元は揺らぎ、科《しな》を作って優雅に歩こうとしても、強い風が吹けばたちまち転倒し、大騒ぎを引き起こす。起き上がろうとしても、だれも手を貸してくれない。しかしそれも当たり前の反応で、みんな軽蔑的な視線を送るだけだ。たしかに、かつて大人物が毛玉ほどの障害物に躓き、醜態をさらし、混乱を引き起こしたことも実話として伝えられている[5]。この橋には、端から端までこのような厄介な障害物がばらまかれていて、ほとんどの通行者がそれに躓いていた。一つの障害を切り抜けても、次の障害に足をとられ顔を地面に打ちつける。これは遠い昔に置かれた障害物についてさえ、起こることがあった。ある思慮深い人物はこう言って嘆いたものだ。

「みなさん、ある人が個人的な落ち度で、障害に躓くことは仕方がないとしましょう。しかし他人の落ち度が理由で、障害に躓くことになるのは、理屈が立ちません。夫が自分の妻や妹の、髪の毛一本ほどのつまらぬ障害で躓かねばならないなんて、どうにも困った掟です」

そこへある人物がやってきて、貴族としての名誉にかけて言っておきたいことがあるという。こうして彼が高らかに宣言するには、自分は王様と変わらぬ血筋正しい者であるとのこと。するとこの人物に向けてある男が、《r》の文字を放り投げると、《王様》がたちまち《笑われ者》に変身してしまったのだ[6]。さらにルイという名前の人物に、意地の悪い男が《n》の文字を投げてやると、それだけであっさり川へ転落してしまった[7]。また別の者は、祖父母の四つの血筋のうちのどれかで躓き、望みのものを何も手に入れることができなかった[8]。また何人かの者は、酒の誘惑に身をまかせ、頭はくらくらし、千鳥足の酩酊状態にあった。つぎに、優雅な貴婦人がさっそうとそこを通ると、人々は恭しく道を開けた。しかしわずかな不注意が災いして、晴れ着を身につけたまま泥の中に転落し、すべてを台無しにしてしまう。この手の貴婦人たちはほとんどが、宝石に躓き人々の軽蔑の対象となってしまうのだ。そこへ今度は、偉大な君主が通りかかる。おべっか使いたちに囲まれ、甘やかされている王様だ。

「このお方は問題なく通過されるはずだから、なにも心配はありません」とみんなが言った。「むしろ障害のほうが尻尾を巻いて逃げていくでしょう」

ところが何たる悲劇。君主は羽ペンで足を滑らせ、川に転落しずぶ濡れになってしまった。また、ある者は裁縫針に躓き、また別の者は錐に躓いたが、その人物は貴族の称号をもつ者であった[9]。また、ある勇敢な将軍は、めんどりの羽に躓いている[10]。ところで、おぼつかない足取りで、びっこをひきながら、この橋へやってくる者はどうだろう。当然川へ転落するであろうことは想像に難くない。本人もきっと自分も躓いてしまい恥をかくのでは、と油断なく警戒していたのである。またある者は、自分の財産がここでも威力を発揮できると信じている。どんな危険な場所であれ、どこへ行こうが金目のものさえ出せば、その持ち主は難局から救われるはずと考えるからだ。しかし、この場所に一歩踏み込んだとたん、黄金の拍車を見せても銀の靴飾りをちらつかせても、いっこうに効き目がないことを知って大いに落胆する。

「なんとまあ厳しい関所だ！」とみんなが口を揃えて言った。「悪意に満ちた障害が用意され、名声が試されることころだ。名声とはなんと壊れやすいものなのか！　少しの瑕でもたちまち大きな汚点になってしまう」

さて、われらが主人公であるふたりの巡礼者は、まさにこの場所に到着することになったのである。もし首尾よく通り抜ければ、ビルテリアのもとを出発したあと、美徳を象徴する美しき顔《かんばせ》であるオノリア、つまり《栄誉》への道をたどることができる。あのビルテリアが、自らの歓びであり美徳の冠そのものと呼び、隣国ではありながら愛してやまない女王オノリアへの道だ。もちろんふたりは、オノリアの偉大な都へ向かうつもりではあったが、多くの障害物が置かれたこの不吉な橋を恐れていたのは、もっともなことであった。しかし、他に道がないことを考えれば、どうしても通らなければならない関所だ。彼らはたくさんの人が転落していく様を見て、恐怖におののき、いずれはその危険が我が身に及ぶはずと考え、すっかり覚悟を決めていたのである。ちょうどそのとき、ひとりの盲人が、この関所を通過すべく顔をのぞかせた。この男が手さぐりで歩き始めるのを見ると、周囲のみんなが悲鳴をあげた。どうせすぐに転落してしまうだろうと思ったからだ。しかし、周囲の心配をよそに、盲人は真っ直ぐに歩いて行く。まったく何も聞こえない様子で、それが却っていい結果を出しているようだ。現にあちらからもこちらからも、彼に口笛を吹いて知らせたり、指で方向を示したりするのだが、彼自身には見えるはずもなく、何も聞こえない。そんなものにはまったく注意を払わず、ただ自分の行動だけに神経を集中して、すっかり落ち着き払った様子で前に進むことだけを考えている。こうして、なんら障害にぶつかることなく、目指す場所までめでたくたどり着き、周囲を大いに羨ましがらせたのだ。クリティーロはすかさずこう言った。

「この盲人に我々の案内人になってもらわねば。だって、盲人や聾啞者というのは、たった一人でも、この世でちゃんと生きていけるのだ。この教えを我々も学ぼうじゃないか。他の人の不名誉になることには、我々も目をつぶって見ないことにしよう。他人を非難することなどないよう、また自慢などしないよう口を慎もうではないか。そんなことをするから、我々が陰口を言う相手の恨みを買い、復讐の仕返しをされることになる。この上は、他人の噂など無視することにして、我々も耳が聴こえない人になろうじゃないか」

　この教えを守ることで、格別大きな苦労もなしに彼らふたりは、この橋を渡り切ることができた。こうしてふたりは周囲の多くの人を驚かせ、これは誰にでもできることではないなどと羨ましがらせたのである。とうとう彼らは、かの有名な栄誉の中心地へと足を踏み入れることになった。町には壮麗な建造物、きらびやかな宮殿、威容を誇る塔、アーチ、ピラミッド、オベリスクなどが立ち並んでいる。建てるには多大の労力を要するものの、一度完成させれば永遠に続く建物である。彼らがすぐに気がついたのは、家々の屋根や、さらには宮殿の屋根さえガラスでできていることだった。とても簡素なつくりで、いかにも華奢な感じがする。明るい輝きを放ってはいるものの、すぐにでも壊れてしまいそうな屋根で、頑丈に見えるものは少なく、完全な形のまま残されているものは一つもなかった。ふたりにはすぐにその訳が分かった。それはちっぽけな小男の仕業だったのだ。これほど下卑た感じの男はほかではめったに見たこともない。苦虫を嚙み潰したような顔をして、だれに対しても眉を寄せ、顔をしかめ、口をとがらせた。その目は下《しも》の世話ばかりしている宮廷医みたいないやらしい目つきをしている[11]。さらには、まるで篩に残った塵だけしか持てないような細く華奢な腕をしていて、頬はカタルーニャ人みたいに痩せこけている[12]。両頬を膨らませて食べられないのはもちろん、片方の頬さえ膨らませられないだろう。しかしすっかり痩せ衰えた体をしているものの、何にでも嚙みついてくる。顔色は青白く、輝きがすっかり失せている。その話声は蠅の羽音にそっくりだ。そしてまるでその蠅が、貝殻の真珠層や雪の白さをも凌ぐ話し相手の美しい手に、べっとりとへばりつき薄汚れたしみを作っているように見えたりする。鼻はサテュロスに似てはいるが、まだそれに輪をかけた詮索好きだ。背中は醜く曲がり、吐く息は我慢できないほどの悪臭を放つ。すっかり腹の中が腐っている証拠だ。良きものにはすべて憎悪を抱き、邪悪なるものにはすべて喜んで食らいつく。視力の弱さを自慢して、《おれはからっきし何も見えないのさ》などと言いながらも、すべての人を見まわして《おれの目に入るものに呪いあれ》などと言ったりする。

　つまりこの男は、自分自身にはなんら長所がなく、他人が持つものすべてが悪だと考えているのだ。そして他人を不愉快な気持ちに追い込むことに喜びを感じている。ひがな一日——あるいは、しがない一日かもしれないが——、障害物をまき散らし、石を投げて暮らしていたのだが、もちろんガラス屋根にも忘れずに投げつけていたのだ。すると町の住民たちは、てっきり隣家の者が投げつけてくるものと思い、そのまま投げ返していたのである。こうして、こちらの男はあちらの男が投げてくるのだと誤解し、逆にあちらの男はこちらの男が投げてくるものと考え、お互い疑いを抱きつつ、石を投げ合い、全員が投げた手を引っ込めて知らぬふりを通していたのだ。そしてこんな疑心暗鬼の状況の中、彼らは一つくらい命中するだろうと考え、次から次へと石を投げ続けていたのである。こうして住民生活は混乱に陥り、全住民を巻き込んでの礫《つぶて》戦争が始まり、なんの解決策の見つけられないまま、平穏な日々が失われ、心静かに暮らせる者がいなくなってしまった。どこから飛んでくるのか、なぜ飛んでくるのか分からないまま、石が空中を飛び交っていたのだ。こんな調子だから、破壊を免れた屋根はどこにもなくなり、名誉を守り抜くことも、嫌疑を受けずに暮らすことも難しい状況になってしまった。悪口雑言と陰口が町に満ちあふれ、名声さえも嘘ででっち上げられたものとなってしまい、噂話を流す小悪魔たちの働きが止むことはなかった。

「僕はそんな話は信じはしないのだけど」とある男が言う。「でも、あの人についてはそんな噂があるんだ」

「残念だなあ」と別の男が言う。「あの女性についてそんな噂が流れているなんて」

と、まあこんな風に一見同情を装いながらも、一方では礫を投げガラス屋根をすっかり破壊していたわけだ。ところがさらにその意趣返しとして、相手の頭を叩き割るかのような挙に出る者も中にはいた。世に知れた例の小悪魔が、こんな状況のなかで、世間を引っ掻き回していたのである。この小悪魔は、さらにもうひとつ、まったくはた迷惑な悪戯を始めたのだ。それは石ではなく炭を相手の顔に投げつけ、炭だらけの醜い顔に変えてしまうのだ。そこでこれに対抗するために、ほとんどの住民はマスクで顔を覆うことにしたところ、実に滑稽な風景が展開されることになった。それは、小悪魔が炭を投げつける顔の部分に従って、ある者は炭を額に、またある者は頬にそれぞれつけられたまま、自分の顔を鏡で確認さえしないのだ。こうして自分の醜さには気づかないまま、他人の顔の醜さだけを見て、お互いに相手を笑い合っているのだ。こうしてすべての者が、顔に炭をつけたままお互いのことをあざ笑っている光景を目にすることは、まさに見ものであったし、滑稽でさえあった。

「おい、見たかね？」とある者は言う。「あの男は家系のなかにあんなひどい汚点があるのさ。それなのに他人の家系のことなど、よくも喋れたものだよ」

「ところで、別のあの男だけどさ」ともうひとりの者が言う。「世に知られたあれほどの赤っ恥をかいておきながら、よくもまあ他人の恥になる不名誉な話を始めたものだよ。あいつに喋らせたら、名誉が守られる者なんて一人もいなくなってしまうぜ」

「おやおや、いったいどなたがお喋りだね？」とさらに別の者がしゃしゃり出る。「他ならぬあの女性が奥方だというのにね。自分の家のことにもっと気を配って、どこからあの奥方の豪華な衣装の金が出ているのか調べた方が、よっぽど自分のためになると思うがね」

こんなことを言い合っていると、これを聞いた別の男がびっくりして、思わず十字を切る。

「この男はこの際黙っておくべきだよ。自分の事さえ気がつかないのだからね。あんな自堕落な妹がいるってことは、俺たちにちゃんと知れ渡っているというのに」

しかし、さらにこの男について、また別の男がこう言葉をつけ加える。

「この男こそ、自分の祖父がどんな人物だったか思い出すべきだよ。いつものことだが、少し静かにして黙っているべき連中にかぎって、余計なことを喋るものだ」

「あの男が好き勝手に喋ることほど、この世の中で恥ずかしいことはないぜ」

「なんとまあ、破廉恥な女だ。相手の女の話をさえぎってでも、自分からあんな下品な言葉を口に出すなんて！」

こんな調子で、世間の連中はお喋りに打ち興じ、笑い合い、世間の半分の人間が残りの半分の人間を嘲り笑い、お互いに嘲笑し、みんなマスクで顔を隠している。こちらの連中があちらの連中をこっそり嗅ぎまわり、あちらの連中も負けずにこちらの連中をこっそり覗き見しているのだ。こうしてみんなが、嘲笑、無教養、陰口、軽蔑、思い上り、愚かさなどを表す行動へと駆り立てられ、最後には意地汚い陰口屋が勝利を収める。何人かの注意力に長けた人たちは、他の連中が自分の顔を見て笑っているのに気がつくと、広場の中央にある泉に駆けつけ、鏡代わりの泉の水面に映し出された自分の顔を確認する。そして炭で汚れているのを知ると、水に手を浸したあと、汚れた部分を確かめながら、それを拭い取ろうと顔に水を当てる。しかし、なんとか汚れを洗い落とし、元の恥ずかしくない顔をとり戻そうと頑張るのだが、ますます顔が醜くなってゆく。それというのも、他の連中がこの男の気取りと自惚れに腹をたて、こう言っていたからだ。

「この男は以前に怪しげな物の売買をしていた商売人じゃないのかね。そんな男がなぜ今頃になって我々に名誉なんてものを売り歩くようになったのだろう？」

「ちょっと待て、あの男は別のあの男の息子じゃないのかい？　大して財産もなく、小貴族でもないくせに、まだ汚れが抜けきらない顔を引っ提げて、恥ずかしげもなく世間を闊歩しているとはね」

さらに困ったことには、泉の澄んだ水で体を洗うと、とうの昔に忘れられていたはずの瑕がたくさん現れ、白日の下に曝されることもあった。たとえば、ある男は自分が自由な身であることを示そうとしたのだが、体に《S》の文字が現れたのだ。これは《この男は奴隷なり》のしるしであった[13]。

「俺はそのことは確かな情報源から摑んだのだ」とある男が言う。「実はあの人物は立派な家柄のお方だよ」

しかしながら、実際にはそんな情報源などまったく当てにならず、あとになれば何度も汚点がばらされるのがふつうだ。

ある婦人は王国中でもっとも高貴な血筋であることを誇りにしていたのだが、なぜか彼女の陰口を叩く者が絶えないことに心を痛めていた。しかし、一度うっかりつけてしまったしみは、皮膚にできた腫物のように、金襴の美しさを損なうことになりやすいことに、彼女は気づいていなかったのである。また別の婦人は、すでに貫録を備えた年配の女性でありながら、遠い少女時代のつまらぬ失敗をいまだに咎められ、大いに当惑していた。また別の男性はある高位の職を手に入れたいと願っていたのだが、彼の顔に若い時代の何かの悪戯による汚れが出てきたのである。しかしもっとも心を痛めていた人物は、ほかならぬ某君主で、その優れた頭脳を収めた額に、ある歴史家がペンを振ってインクのしみをつけたからであった。こうして過去の出来事を問題視されることが我慢できなかった者も、当然多くいたのだ。

「いま現在の汚点が顔に出ることは、まあ我慢するとしよう。しかし私の高祖父が昔にはこうだったからなどと、いまさら言われたってねえ」

「遥か昔の伝説の時代に起ったことが原因で」と別の男が嘆いた。「この私にそのとばっちりがくるなんて、まったく訳が分からない」

もっとも賢明な対処法は、お互いに傷をあばき合わないことだ。そして大口を叩かないこと。なぜなら自分の力を過信し自惚れることは、相手から屈辱的な言葉を引き出すだけのことだからだ。それに加えて、多くの人が自惚れや思い上がりから、例の泉で顔を洗うようになって以来、顔にはさらに多くの汚れが現れはじめたのだ。そして彼らはお互いに顔を突き合わせ、千年も前の恥辱をさらけ出すことになった。こうして幸いなことに――あるいは、不幸なことにと言うべきか――、ほくろのない顔などどこにもなく、それと同じように、目やにのない目、辛辣な言葉が出ない舌、皺のない額、胼胝《たこ》のない手、魚の目のない足、瘤のない背中、垂れた肉のない首、咳の出ない胸、鼻風邪をひかない鼻、膜の出ない瞳、つむじのない頭、逆毛のない髪などなど、どこにも存在しないことになり、いずれもその瑕を免れることはできなかった。こうしてすべての人間には、必ずどこかの告げ口屋が指し示す何らかの欠点が存在することになった。そして、他人がそれをとやかく言いたてるのだ。こうしてすべての人々が、その告げ口屋から逃げ、大声でこう叫んだものだ。

「あっちへ行ってろ、告げ口屋! 引っ込んでろ、陰口屋! 舌を引っこ抜いてやりたいくらいだ!」

そんな事情から、ふたりはこの告げ口屋が他ならぬモモス(14)であることに気がついていたのである。だから、もしその時モモスがふたりに何を探しているのか尋ねなかったとしたら、きっとふたりはそこからさっさと逃げ出していたことだろう。モモスはふたりの様子から、きっとこの地に不案内のよそ者だと見てとったに違いない。ふたりは善き女王オノリアを尋ねてやってきたのだと答えると、モモスはすかさずこう応じた。

「なんだって？　女である上に、いい人だって？　今の時代にあってかね？　おれにはどうも信じられんよ。少なくともおれに言わせれば、そんなことあるはずがないね。おれは女も男もみんなよく知っているが、いいことなんてお目にかかったことなどないよ。良き時代はすでに過ぎ去り、それと一緒にすべての良きものも去ってしまったのさ。年寄りの口を借りれば、《すべて良きものはすでになく、すべての悪しきもののみ残れり》だよ。とにかくいずれにしろ、おれは今日きみたちのために、羅針盤の役を務めてやろうと思う。そこでまずは、町をぶらつきながら、じっくり考えてみることにしよう。そして運を試してみようじゃないか。その女性を探し出すのは、よっぽどの幸運が必要だと思うね。というのも、ほかのことと一緒で、この世の中はそんな女性であふれていると思われてはいるものの、実はひとりだっていないからね」

彼らは、ある男がもうひとりの男にその敵を許してやるように、そして気持ちを落ち着けるようにと、説得しているところに出くわした。相手の男はこう答えた。

「じゃあ、この俺の面目はどうなるんだ？」

また別の男が仲間に囲まれて、情婦を捨て長年にわたる醜聞にケリをつけるようにと諭されている。するとその男はこう答える。

「今すぐにということならば、俺のメンツが立たん」

つぎには、不敬な罵詈雑言を繰り返す男が、神を冒瀆するような言葉を吐かぬよう厳に戒められている。すると男はこう答えた。

「名誉なんていったい何のことだね？」

さらにある浪費家が、財産も残り少なくなり将来のことをよく考えるようにと諭《さと》されている。すると彼は答える。

「そんなの俺のメンツとは関係ないよ」

さらにある有力者が、やくざ者や人殺しに助けの手を出さないようにと注意されると、

「そんなの俺のメンツとは関係ないことだよ」

「なんとまあ、困った連中ばかりだ」とモモスが言った。「本当の意味での名誉とは何のことなんだね。おれには分からん」

遠くでひとりの男がこんなことを言っているのが聞こえた。

「ほら見てみろよ、あの男が何に自分のメンツをかけているのかを」

すると当の男が答えた。

「そう言っているあの男こそ、何にメンツをかけているのかね？」

「こっちの男を見てみろ、あっちの男を見ろと、いちいちうるさいことだ。みんなを見回してみてから、いったい何にメンツを掛けているのか調べればいいのだ」

と言ったのは、つねに自分の古い家柄を褒められ、それを鼻

にかけている男だった。たしかにその家柄は、古い昔の先祖に由来するものだったが、この男はいわばその偉業を種に生きているようなものだった。

「お前さん、その名声はだね」とモモスが彼に言った。「もう今の時代にはいい香りを発していないのだよ。つまり古臭くなっているということだ。それとは別のもっと実用的な名声を探してみてはどうかね。古い昔の名誉なんて、もし恥辱なんかが新しく加わっているとしたら、そんなの大して重要なことじゃない。たとえば、君たちが先祖の着ていた服を身につけないのは、今の時代に合っていないからだし、君たちのじいさんの股引を穿いて外出したりしないのは、古臭くて笑われてしまうからだよ。だからそれと同じで、先祖の栄誉など復活させようなんてしない方がいいのだ。今の時代に新しい功績をつくって、今の世に実用が効く栄誉を探すようにすることだね」

財力を通して名誉を求めるつもりだと言う者も中にはいた。

「それは無理だね」とモモスは言った。「名誉と金儲けは同じ袋には入らないよ」

このあと彼らは、評判の高い有名人たちの家に向かったが、みんな寝入ってしまったあとだった。その代り、高貴な血筋で今の世でも活躍する人物に出会った。彼らはすかさずこう言った。

「この人こそオノリアのことを知っているはずだ」

彼らが見ると、この人物は大汗をかき疲れ果てている。まるで全世界を肩に背負ったかのようだ。絶えずうなり声を発し、ため息を漏らしている。

「この人はいったいどうしたんだろう？」とアンドレニオが言った。「なぜ汗を流しているのだろう？」

「ほら見えないかね？」とモモスは言った。「背中に担いでいるあの面目とやらが、くっついて離れないだろう？　あのお荷物こそが、彼をあれほど苦しめているのさ」

「あれはすごい！」とアンドレニオが言った。「まるで男像柱《アトランテス》が背中に天空全体を背負っているみたいだ。ヘラクレスが全世界の国々を支えているみたいだ」

「あのつまらぬメンツなるものが、多くの人に汗をかかせ、ときにはくたばらせてしまうのさ」とモモスが言った。「自分からはまり込んでしまったのか、あるいは人にはめこまれてしまったのか、そのつまらぬメンツを守るために、一生のあいだずっと苦しみの声を上げつづけ、力が弱まり、荷物がさらに増え、出費もかさばり、財産も足りなくなってゆく。しかし一方では、つまらぬ自尊心だけは必ずついて回ってくる」

「もしその名誉とやらを、あなた方が見つけなければならないのなら」とある男が彼らに言った。「踵までの長い衣を引きずっている人たちの中に混じらないといけないでしょうな[15]」

「でも、世俗で求める名誉には、泥だってくっついてくるはずですよ。だって高い地位を占める人たちは、そうやって裾を地面すれすれに引きずって歩いていくわけだから」とクリティーロが言った。

「なるほどそうですね。名声というものは、裾を引きずっている人たちがもっていますからね」

「それはちがう」とモモスが言葉を挟んだ。「おれに言わせれば、それとは逆だよ。名誉などを手に入れてしまうと、世間のしがらみを引きずり込むことになるのだよ。いやらしい自尊心なるものが、こんどは大勢の人間を自分の方に引っ張りこんでいくことになるからね。まあ考えてもみたまえ。名声を手にした多くの人間が、女性たちの衣装や宝飾品やら、召使たちのお仕着せを与えることに振り回されて、名声が大きければ大きいほどそんなことに必死にならざるをえないのだよ。それは彼らが当然やるべきことをやっているだけ、と人は言う。でも見方を変えれば、そんな心配をすることで彼らは金に苦しんでいるのだと、おれは言いたいね。なんなら、彼らとつき合いのある商人やら職人やら召使に聞いてみるがいい」

ひとりの男とその仲間たちが、何かの仕事に必死で取り組んでいるのが彼らの目に入った。中にはへとへとになって嘔吐さえしている者もいる。

「これはひどい」とアンドレニオが言った。

「もし栄誉なるものが、誰かのなかに見つけられるものとするならば」とモモスが言った。「他ならぬこの人たちの中でなければならないね」

「それはなぜです?」

「それはだね、精を出して真面目に働き、へとへとになっているからだよ」

「なるほど、自尊心というやつはこの人たちには高くつくわけだ」

「そのうえ厄介なことには、その自尊心を手に入れようとすると、ますます事が厄介になり、ときには命と全財産まで失うことだってある」

「そんな無駄なことがやめた方がいいよ」とある男が言った。「一生探したって見つからないよ。ただし死んだときは別だけどね」

「死んだときは別って?」

「そう、死んだ日には、まずみんなから惜しまれ、つづいて厳かに葬儀を挙げてもらい、少しは名前を知ってもらえるからさ」

「そいつは鋭いご指摘ですね」とアンドレニオが言った。「この世に生きている限りは、名誉なんて手に入らないということですか。死なないと手に入らない名誉なんて、高くつくものですね。死んで土に埋められてこの世から姿を消したら、それまでに手に入れた栄誉はすべてなくなってしまいますからね」

「でもどうも合点がゆかぬ」とクリティーロが言った。「オノリアの都に居ながら、彼女の姿が見つからず、これほど人口の多い町で、栄誉や名誉を体現した人物に会えないとは、どうもおかしい」

「そもそも大都市と栄誉の関係はだね」とモモスが言った。「お互いとても相性が悪いものなのさ。昔なら都会にも名誉はまだあったかもしれないが、今の時代となってはもうどの都会からも追放されてしまっているのだよ。君たちには確信をもって言えることだが、この町ではあの偉大な人物を町から追い出してしまった日から、善きものはすべて消え失せてしまった。あの人物こそ末永くここに残っていただき、お手本にするべきだった。その方は豊富な知識と人を動かす力によって、だれからも尊敬されていたのだ。ところが残念なことに、彼は愚にもつかぬ連中がこの町に入ってくるのに合わせて、あっさりここを出てしまったのだよ。なんとまあ不幸なことだ！」

「その人物とはいったいどなただったのです？」とふたりは口を揃えて尋ねた。「それほどの権威をもつ重要人物というのは」

「その人はこの町の市長を務め、女王オノリアの息子であったとさえ言う人もいる。彼ほどの卓越した立法学者はいなかったし、プラトン的な意味でこの町ほどうまく形が整った国家は、どこにも存在しなかった。彼がこの町を治めていたときには、一時たりとも悪徳は存在せず、醜聞が起きることもなく、犯罪人もならず者もこの町に寄りつくこともなかった。それは、だれもがこの人物をアラゴン王国の総督[16]よりも怖れていたからだ。法律を守ることよりも彼に対する畏敬の念の方が、強く働いたといってよい。そして、絞首台の柱よりも、彼のことをもっと恐れていた。しかし彼が町から姿を消すと、たちまちそんな良好な状況は終わりを迎えることになった」

「それほど有名で優れた為政者の名前を教えてくれないかね？」

「たしかに高い評価を受けた人物なのだが、君たちがまだだれのことだか気づかないのが不思議だね。その人こそ思慮があり注意深い性格をもち、皆から恐れられた〈世評殿〉だよ。どうだい、よく知られた人物だろう？　君主でさえ敬意を払い、さらには恐れたという相手だ。たとえば、こう言っていたわけだ。《王としての私について、人々はどう思っているのだろう？　すべての者に範を示す鏡となるべき私が、その鏡としての働きをしない、恥さらしの人間であることについて、人々はどう言っているのか》なんてね。《世間はどう言うだろう？》とある貴族が言う。《私に課せられた多くの義務をまだ果たせないままでいる。有名な英雄である私の先祖は、私にその栄誉を残してくれたのだが、この私は卑しく品のない行いにばかりに執着している》と。さらに裁判官の男はこう言う。《世間は私のことを、いったいどう噂しているのだろう？　私は正義を守るべき立場にありながら、正義を踏みにじっているだとか、私は裁判官の身から囚われ人の身に変わってしまうだろうだとか、ひょっとして世間の人たちはそう噂しているのではないだろうか》と。さらには、ある人妻が非難の矢面に立たされたとき、世間口のことを思いだし、こう言う。《いったいあたしのことはどう噂されるかしら？　あたしのようなオバサマが、ペネロペからヘレネ[17]へ身分を変えたなんてきっと言っていることでしょうね。あたしの素行の悪さで、模範的な夫を裏切るようなことをしているだなんて言っているのでは？　もし、そんなことにでもなったら大変！　どうか神様、そんな嫌な思いからあたしを解放してくれますように！》と。また、慎み深い乙女が、周囲が閉ざされた庭にひっそりと身を置き、こう言う。《あたしは芳しい香りを放つ花。なのにこんな場所で、あたらこの身を枯れさせてしまうべきなのでしょうか？　あたしはバラの花のような存在でありながら、世間の嘲笑の的になるなんて。あたしは世の中を見ることもなく、この姿を人に見てもらえぬままに朽ち果てるなんて。そしてこのあたしが、世間の人たちの噂の種にされるなんて。そんな状況から、あたしは絶対に自分の身を守ってみせます！》なんてね。また、《世間の人はどう噂するのでしょう》と未亡人が言う。《夫が亡くなったとたん、男が私の家を訪れたとか、あるいは私の涙を撒き水にして、悪しき愉しみの芽が出てくるとか、あるいは早速私が弔歌のレクイエムを歓喜の歌ハレルヤに変えてしまうとか、ほんとにうるさいことだわ》と。また一方、《まさかそんな噂は立たぬはず》と軍人が言う。《私は逃げ足の速い軍靴を履いているとか、フランス人にくらべれば、臆病者だとかいった噂だ》と。さらに賢者は言う。《私のような才能に恵まれた人物について、世間ではどう言っているのだろう？　私が知恵の女神ミネルウァの弟子をやめ、愛の女神ウェヌスの奴隷になり下がったとか噂するにちがいない》と。《若者たちはどう言うだろう？》と老人は言う。一方若者たちは言う、《年寄りたちはどう言うだろう？》と。《隣人たちはどう言うだろう》と善人たちが言う。このようにして、あらゆる人がお互いに意識し合い、慎重に行動することになるわけだ。《私の競争相手たちがどう言うだろう？》と分別ある人物が言う。《彼らにとってはすばらしい一日となり、私にとってはなんとつらい夜となることか！》と。《部下たちは何と言うだろう》、と上司は心配する。一方部下たちは、《上司はどう言うだろう》と気に掛ける。こういう調子で、すべての人が〈世評殿〉を怖れ、畏敬する。こうしてすべてのことが、全員が一致するわけではないものの、きちんと調整され、物事が前に進むのだ。ところが彼がいったんいなくなると、すぐその日のうちに良きものはすべて姿を消してしまう。こうしてすべてが失われ、すべてが終わりを告げるって次第だよ」

「ところで、あの厳格な大カトーだとか、法規を重んじるリュクルゴス[18]は、いったいどうなってしまったのです？」

「どうなったかだって？　二人ともこの状況に我慢ならず、とうとう最後には〈世評殿〉を町から追い出してしまったのだよ。あの無教養な俗人たちによる陶片追放とやらの助けを借りて、その陰謀に加担したのだ。そして今の時代の風習に従って、良きものであるがゆえにそれを追放してしまったわけだ。時の流れというものはあらゆるものを変えてゆくのだが、この町も時とともにだんだん大きくなり、人口も増え、また混乱も増えたまま、バビロン並みの混乱と無秩序が支配する都市になってしまった。こうして、住民はお互いの顔も知らなくなることで、大きな都会にありがちな弊害に陥ったのだ。人々は少しずつ立派な為政者に対する尊敬の念を失い、さらにはその指示をまったく意に介さなくなり、おまけに反抗の姿勢まで示すようになった。こんな状況下ではだれもが悪者になってしまい、お互いに相手の存在にとくに注意を向けなくなり、それとともに口さがない噂話も影をひそめた。それぞれ各人が自分自身を見つめ、何も言葉を発しなくなり、手を懐に突っ込んでは、自分の欠点だけをあばきだし、他人の欠点には腹をたてることも、気にすることもなくなった。こうなってしまうと、《人はどうだろう?》なんて言葉を発しなくなり、その代わりに《あの男はこの俺のことも、ほかの連中のことも何も言わないとは、どういうことなんだ》とでも言いたい状況になってしまったのだ。こうしてみんなが、協力し合い〈世評殿〉を追い出してしまうことになったわけだな。するとたちまち羞恥心が失われ、名誉を重んじる気持ちが欠け、慎みが影をひそめ、自尊心が姿を消した。もはやこうなると、自分の務めなどほったらかしにして、すべてがすっかり荒廃してしまう。さらに次の日には、年増女は浮かれ女となり、乙女たちは女神ウェスタに仕える巫女なんかやめて、気ままな獣になり、商売人は勘定をごまかすため暗がりに客を連れ込むようになり、裁判官はくすねた金を山分けする仲間に加わり、賢者は悪習に走り、範を垂れるべき軍人は堕落し、人の鑑ならぬ悪習の鑑となってしまう。結局こうして人間としての誇りはなくなり、どこにもそのかけらさえない。さて、今はこんな状況に支配されていることを考えたら、他の者たちが白昼に探しても見つからなかったものを(19)、君たちが今頃になって探し回るなんて無駄なことはやめようじゃないかね」

「これほど名の知れた町でも見つからないのだろうか?」とクリティーロが疑問を呈した。

「埃だらけの町に変わってしまったのだよ」とモモスは言った。「煙と煤でいっぱいになり、全体が雑然とした町になってしまったのさ」

「それは考え違いだよ」と、そこに姿を現わした人物が大きな声を出した。太った体の良く目立つ人物で、見た目にも好感を与え、モモスとは大いに雰囲気が異なっている。その風貌、人懐っこさ、性格、服装、言葉や立居振舞いからいうと、むしろモモスとはまったく正反対の人物だと言ってよい。

「こちらはどこの、どなた様です?」とアンドレニオがその人物のお供のひとりに尋ねた。お供の数も多く、ずいぶん人に慕われている様子だ。

するとこんな答えが返ってきた。

「よくぞ訊いてくれました。みんなにおとなしく従ってくれて、みんなの言いなりになってくれるお方ですよ」

「えらく顔色のいい方ですね」

「けっしてイライラしない人の顔色です」

「得な性格の方ですね」

「でもなんとか生きていこうとはされています」

「お人柄も良く、冷静な方のように見えますね。どうしてこんな時代に、これほど太ってしまわれたのです？」

「みなさんから頂戴したパンを食べていらっしゃるからです」

「ごく素朴な性格に見えますね」

「都合でそう見せておられるだけです。なぜかと言うと、もし才人だと人から恐れられ、すぐに嫌われてしまうからです」

「でも、何も分かっていなくて、ミサ聖祭の半分さえ知らないような感じですよね」

「いやいや、実は何だって分かっておいでです。《かくあれかし《アーメン》》くらいは言えますからね」

「ところで、お名前は何ておっしゃるんでしょう？」

「名前はいろいろお持ちです。みんないい名前ばかりです。《善人》と呼ぶ人もいますし、《お人好し》とか《アーメン小坊主》とか、《つき合い上手》とか、《好人物》とか、《腑抜け居士》とも呼ばれています。しかし彼本来の名前は、スペイン語では《シー・シー》、つまり《はい、はい》、イタリア語では《ボーノ・ボーノ》、つまり《わかった、わかった》なのです。ところであのモモスには、初めは《ノー・ノー》、つまり《だめ、だめ》という名前がつけられたのですが、無知のせいかあるいは悪意からか、Nの文字がMに変化してしまい、最終的にはモモスとなったのです。それと同じように、《ボーノ・ボーノ》もNの文字が消されることで、《ボーボ》、つまり《お馬鹿さん》となってしまいました。なぜかというと、なんでも安請け合いをして、なんでも褒めることしかしないからです。たとえばひどい愚行に対してでも、《けっこう、けっこう！》と応じ、常軌を逸した出鱈目に対しては、《これはすばらしい！》と応じ、ひどい虚言に対しては、《そうそう、その通り！》で応じ、とんでもない見当はずれには、《それが正しい！》で応じ、まったくあきれ果てた言動に対しては、《それは素敵！》と応じる。そんなわけで、このお方はだれとも一緒に和やかに暮らし、酒を酌み交わされるのです。こんなことから体が太り、お馬鹿さんたちから結構な収入を頂くことになりました」

「おっしゃるような事情なら、そのお方は《愚かさの増幅器》とでも名前をつけてやりたいほどですね。でもひとつ教えてくださいな。どうして古代の人たちは、この方とかモモスなどを神様として崇めなかったのでしょう？　とくにこのお方など、人には喜ばれるはずだし、ずいぶん人当たりもいいから、崇められても不思議じゃなかったはずですが」

「その点に関しては、説明すべきことがたくさんあります。何人かの人たちが考えるところによると、いくらこのお方がおべっかを使ってみたところで、それを言われた側にしてみれば、それは当たり前のことだとしか思わないので、結果としてはだれもこの方のことをありがたく思ってくれないのですよ。だから、いくら多くの方々のために身を捧げても、その代償を払ってくれる者などなく、この人は結局のところオオカミにでも食われて、死んでしまうことになるでしょう。また、ほかの人たちの意見では、正直なところこの人は現世では何の役にも立たず、むしろ甚大な害をもたらすだけだとのことです。確かに言えることは、悪意のある人間たちがモモスの辛辣な批判を大いに恐れたのに比べ、こちらのお方の愚直さはあまり評価されなかったということですね」

　モモスはこの人物を見るなり大騒ぎを始め、二人の間で激しい口論が繰り広げられた。それぞれを熱烈に支持する者たちが全員馳せ参じ、二組に分かれてにらみ合うことになった。腹黒い連中、妄評家、物知り屋、知ったかぶり屋、精神の腐敗者、気まぐれ者、皮肉屋、扱きおろし屋が、すべてモモスに味方し、これに対しておめでたい連中、お人好し、《良きに計らえ殿》、おべっか使い、馬鹿正直、腑抜け連中は、みんな揃って《お馬鹿さま《ボーボ》》の側についた。クリティーロとアンドレニオはこの様子を見守っていたが、そのときふたりのところに、不思議な人物がやってきてこう言った。

「こんな喧嘩を見ていることほど、馬鹿げたことはありません。もしあなた方は世の栄誉を求めておられるのなら、私のあとについておいでなさい。そうしたら、全世界の栄誉が集まった場所に案内してさしあげましょう」

　さて、ふたりがどこへ連れていかれ、どこで実際にそれを見つけたかについては、次考で語ることにしたい。

第十二考
支配の仕組みとしての玉座

　技芸および学問の諸分野は、知性にとっての太陽となるべく、また文芸の高貴なる統率者の位置を占めるべく、崇高なる女王の称号をお互い競い合っていた。ただし、聖なる学問たる神学については、例外としてこの争いからは除かれることになった。神を知りその無限のわざを解き明かすために全学識を捧げるという意味で、まさに神の学問と言うにふさわしい分野だからであり、ほかの学問と同一視することは慎みに欠けるものと考え、まず頭上に、さらには天の星の上まで祭り上げ、これを除外したのである。こうして人間世界の範疇に限ったうえで、真実を示す光、知性の確かな指針として名前が挙げられるすべての分野の間で、熾烈な戦いが繰り広げられることになった。そこでまず、すぐれた思想家たちは例外なく、二つの哲学分野のどちらかに与することになる。つまり創意に富む才人たちは自然哲学の味方につき、思慮深い賢者たちは道徳哲学の側につき、なかでもプラトンはさまざまな神性の概念を示すことで、またセネカは多くの金言を残すことで、それぞれの分野で際立った存在とみなされたのである。さらに人文学に身を捧げた人々の数もこれに劣らず多く、同じように輝かしい才能を示した。すべてが温和な性質の人々であったが、そんな中にひとり、ある市井の思慮に富む紳士は、人文学擁護のために熱弁をふるい、最後にこう結論づけたのである。

「おお、褒むべきは普遍的学問なり！　あらゆる実用的知識がそこに集約され、人文学という名称自体、いかにも人間にふさわしいものであることを物語っている。識者たちが《良き学問》という別名を与えたのも、むべなるかな。さらには、あらゆる技芸のなかでも、とくにこの分野の知識を複数形で《良き学問たち》と称しているのである」[1]と。

しかしそのときすでに、バルトーロ・デ・サッソフェラートとその弟子バルド・デ・ウバルディ[2]も、法律学のためにすでに声をあげていた。この二人の共同作業により著わされた二百にものぼる書物を通して、両学者は驚くべき記憶力を遺憾なく発揮して、さまざまな法律に注釈を施し、この学問が名誉と実益を両立させうるというあの素晴らしいわざを実証してみせたのだ。こうした形で人間にすばらしい尊厳を付与し、さらには至上の尊厳を誇る存在にまで押し上げたのである。

このことについては、ヒッポクラテスとガレノスは大いに笑い、こう言ったものだ。

「ところでみなさん、この世では生命こそが大切なのです。健康がなければそれらすべてのことに何の価値があるのでしょうか？」

そしてアルカラ・デ・エナーレスのペドロ・ガルシア[3]は、医者としての名声によって、ガルシアというごくありふれた苗字に新たな魅力を加えた人物であるが、神の命により賢者に与えられた使命が、ほかならぬ医者たちを褒め称えることであり[4]、法律学者や文学者を称えることではなかったことを強調したのである。

「名誉と名声を扱うことこそが、われわれの務め」と、ある歴史家は自慢した。「この仕事こそまさに人々に永遠の命を吹き込み、不滅の存在にするものである」

「ちょっと待ってください！　良き好尚にとっては、文学に勝るものは他にありません」と、ある詩人は注文をつけた。

「たしかに法律学は人間の名誉を守るために立ち上がり、医学は人間の安全を守ってくれるものだという点に関しては、私は認めざるを得ません。しかし、楽しきもの、心地よいものについては、美しい歌を奏でる白鳥たちに任せていただきたいと思います」

「いやいや、ちょっとお待ちください」と、ある数学者が言った。「天文学には星のような美しいものが出てこないとでもおっしゃるのですか？　たくさんの星がお互いに美しさを競い、あの太陽とさえ触れ合うほどの高さに位置しているのですよ」[5]

「いや、それはおかしい！　生命を享受し、自分の才能を遺憾なく発揮するためにはだね」と、ある無神論者、いや正しくは国家の指導者が言った。「私は政治学を重要視したいね。これこそが諸君主の学問であり、したがって学問の王であると言える」

こうして、さまざまな意見が矢継ぎ早に出るなか、そのとき人文分野の総元締として、博学の府学士院を統率する総裁は、それぞれの陳述を聴き、各分野のもっともな言い分を十分検討したあと、裁定を下す用意が整ったことを知らせた。それまでざわついていた人たちは、水を打ったように静まり返り、全神経をそちらに集中し、その裁定を今や遅しと待ち構えたのである。それまで難しい理屈をこねていた人たちが、みんな揃って首をコウノトリみたいに伸ばし、鶴のように姿勢をしゃんと正し、フクロウのような鋭い目で様子を窺い、野兎のように耳をぴんと立てている。こうして蚊の羽音まで聞こえるほどの沈黙が支配するなか、総裁は厳粛な面持ちで、懐のなかから小型の書物を一冊取り出した。いや、書物などと呼ぶより、豆本と言った方がよい。わずか十枚ほどしかない本だ。その豆本をいかにも勿体ぶった様子で高くかざし、こう言った。

「これこそが知性の王冠であり、これこそが学問のなかの学問であり、これこそが全知識人の指針となるものであります」

全員があっけにとられた様子で、お互い顔を見合わせ、その豆本がどの学問にあたるものかを知りたがった。しかし、ちょっと見たところでは、その豆本がそれほど価値のあるものには見えず、総裁の言葉にも疑問が残った。彼は大仰な表現で言葉をつづけ、こう言った。

「これこそが実用性のある学問であり、これこそがすべての思慮深い人間の技芸であります。また人間に手と足を与え、さらには身を守ってくれるわざでもあります。これこそがピグミーのごとき小さな人間を、埃まみれの地面から取りあげ、支配者としての玉座に押し上げてくれるわざであります。かの『ローマ法大全』[6]もこの豆本には道を譲らねばなりますまい。また、医学の父の箴言[7]も、この豆本を前にすればおとなしくお引き取り願わねばなりません。いかに箴言とはいえ、人に進言するほどのものでもなく、すべての人を死に追いやることさえやりかねない書物だからであります。それに引きかえ、この豆本の教えこそ、人間の価値を高め、成熟に導く力をもっているのであります。政治学も哲学も、あるいはほかの学問が全部一緒になっても、この豆本のたった一語の価値にさえ追いつくことはできません」

これほど大仰な褒め方を耳にすると、その豆本の名を知りたい気持ちがますます膨らんできて当然であった。とくに彼ほどの思慮に富む人物の発言であるだけに、ますます好奇心が増していったのだ。

「さて話の締めくくりに」と彼は言った。「この黄金の豆本は、かの有名な人文学者ルイス・ビベスがその深奥な思想を吐露した快心の著作であり、その題は《*De conscribendis epistolis*》、つまり『書簡の書き方について』[8]……」

《書き方について……》までの言葉を終えることができなかった。そこに居並ぶ学識豊かな人々の失笑と爆笑の渦のなかに、総裁の声がかき消されてしまったからだ。こうしてかなりの間、途切れてしまった話を再開することができないまま、立ち往生することになった。彼は厳しい表情で豆本を懐にしまい込むと、やっと一座に静けさが戻った。そこで彼は姿勢をきちんと正し、一同にこう言ったものだ。

「こうして本日、諸君のかくも低俗なる反応を目の当たりにするのを、私としてはまことに残念に思うものであります。諸君が自分の過ちに気づいてくれさえすれば、私も安心できるのではありますが……。いいですか、皆さん、全世界には一通の書簡をきちんと書けることほど、立派な才能は他にはないのであります。人の上に立とうとするなら、次の大切な教えを実践することであります。《Qui vult regnare, scribat》、つまり《世を治めんとすれば、書状を認《したた》めるべし》なのです」

この深い意味を含んだ逸話をふたりの主人公に語ってくれたのは、じつは教養人でもなく、市井の俗人でもなく、なんと人間の影そのものであった。目にはいびつな形でしか捉えられない、要するに無の存在なのだ。なぜなら、必要なものを摑み取るための手はどこにもなく、権利を主張するための大きな声もなく、庇護してくれる者もなく、自分を売り込む気概もなく、他人と張り合うわけでもなく、一生の間まったく何の幸運も摑むことのできなかった人間の影であった。アンドレニオはその姿を見てすっかり驚き、こう尋ねた。

「君はこの世に存在しているの？　それとも、いないの？　もし存在しているのなら、何を糧に生きているの？」

「わたしは《影の男》なんです」と言った。「ですから、いつも何かの陰に隠れて生きています。驚いてはいけません。この世のほとんどの人は、たとえて言えば、一枚の絵画の陰の部分になるためにしか生まれてきたにすぎません。だから自分は、光の当たる部分も、目立った部分も占めることができないのです。だって、次男坊なんて、長男の陰に隠れている存在にしかすぎません。人に仕えるために生まれてきた者、人の真似をして生きている者、他人に言われるがままに動く者、《はい》も《いいえ》も言う権利のない者、自分自身の意見を主張できない者、人に頼りきって生きている者など、だれでもすべて、結局は他人の影の存在でしかありえません。いいですか、正直な話ほとんどの人は影ですよ。一部の人たちがその影をつくり、影になった者がその人たちに従っていくのです。幸運というものは、大樹にうまく身を寄せることにあります。サンザシやコルク樫、フユナラみたいな弱い木の影になってもだめなんです。だからわたしは偉大な人物を探し求めて歩いています。その人の影になって、世界を導いていけるようになるためです」

「えっ？　きみが？」とアンドレニオは言った。「世界を導く？」

「はい、その通りです。だって、大した人物になれなかった者、あるいはそれ以下の無に等しかった者が、世界に命令を下すようになっているのですから。そのわたしが、近いうちに玉座についている姿を、きっとみなさんはご覧になれると思います。さあ、とにかくご一緒に都まで行きましょう。今でこそわたしは影にすぎませんが、いつかはきっと、みなさんがびっくりするような地位に就いているだろうと思います。さあ、都へ向かいましょう。あちらへ着けば、赫々たる名声をもち、正義と勇気の皇帝であらせられるフェルディナンド三世[9]のなかに、世界の栄誉を見ることになるはずです。あのお方こそ我々の時代の誇りであり、正しき信仰の強力な柱、いわば《ノン・プルス・ウルトラ》[10]のもう一方の柱となるお方です。正義の玉座、剛毅の礎《いしずえ》そしてあらゆる美徳の中枢でもあります。自信をもって言えますが、美徳に支えられた名声に勝る栄誉など存在しません。また悪徳などに頼っていては、偉大な事業など何も実現できません」

我らがふたりの巡礼者は、その都に近づきつつあるのを知り大いに喜んだ。ふたりが探し求めるあの崇高の女性が住むところ[11]、そして待ち望んだ幸せの終着点でもあったからだ。遥か遠くを仰ぎ見ると、ほかより一段と抜きんでた山の頂上に、堂々たる威容を誇る皇帝の都の姿が目に入った。太陽の光がまるで冠となったように、上から街を明るく照らし出している。彼らが徐々に町に近づいて行くと、驚いたことに数えきれぬほどの群衆が、山のふもとに立ち、太陽の王冠が見えるあたりまで登って行こうと待ち構えている。ふたりの旅人は、まるで喜びを再確認でもするように、上に見えるのが本当に彼らの目指す都なのかどうかを尋ねてみた。

「この有様を見れば簡単にわかるでしょう？」と答えが返ってきた。「これだけの群衆が騒がしく集まってきていますからね。そう、たしかにあれが都です。世界中の都がこの中に集められているようにさえ思えます。これこそが、世界の盟主たる玉座です。みんなそこへ登ろうと必死になり、疲労困憊してたどり着くことになります。ある者は一番になるため、またある者はそれにつづいて二番目に到着するため、しかしそれ以上の遅れを取るつもりの者などだれもいません」

彼らが目にしたのは、何人かの者は自分の業績を抛りどころにして、わざわざ回り道をたどって登って行く姿だったが、実際はその数はごく少なく、いつまでたっても終わらない登り道に、精も根も尽き果ててしまうのがふつうであった。山の上に登りつめるための、もっとも手っ取り早い方法は、学問や勇気や美徳を売りものにすることではなく、むしろお金に物を言わせることであった。しかしながらこの方法の難点は、いかにして上に繋がる梯子を作るかにあった。業績ある優れた者にかぎって、この点に関してうまく立ち回ることはまったく不可能だったと言ってよい。ある者は公正な競争ではなく、むしろ上長の引き立てのお蔭で、高いところから梯子を降ろしてもらっていた。この男はこうしていったん上に引上げてもらうと、後からだれも登ってこないよう、その梯子を片づけてしまうのだ。それとは逆に、別の者は下から黄金の鉤のついた綱を上に向かって投げ、それをうまく上に控える二、三名の者に摑んでもらうと、スルスルとその綱を伝って上までよじ登っていく。この種の連中のなかには、野望に凝り固まった一風変わった曲芸師のような男たちもいて、まるで空を飛ぶようにして、自由自在に黄金の綱を伝って登っていったのである。そのうちのひとりが悪態をつき、神への呪いの言葉を叫んでいる。

「あの人はどうしたのです？」と、アンドレニオは周囲の者に訊いた。

すると、こんな答えが返ってくる。

「あの男に対して失礼な振る舞いがあったと言って、みんなを罵っているんですよ」

とくにふたりが驚いたのは、登り道がとても滑りやすく危険な場所が多いのにもかかわらず、ひとりの男がそこにやって来て、油なんぞを体に塗り始めたことだった。色は石鹸のような白さだったが、きらきら光るとまるで銀のようにも見える。

「なんとまあ馬鹿げたことをしでかすのか！」と、人々は言った。

ところが影の男は、

「いや、みなさんお待ちなさい」と言った。「すぐに、素晴らしい効果が現れますから、見ていてください」

たしかにその通りだった。さきほどの男はこの作業のお蔭で、まったく何の危険を冒すことなく、安全かつ軽快に上に登ることができたのだ。

「これはすごい奥の手だ！」と、クリティーロは思わず声をあげた。「上の連中の手にこってり油を塗って金を握らせ、自分の足が滑らないよう便宜をはかってもらうわけだ(12)！」

何人かの者は、もじゃもじゃの髭をたくわえ、いかにも何かの分野のひとかどの権威であるかのような顔をして気取っている。しかしこうして識者を気取るほど、その無知さ加減をさらけ出すことになるものだ。

「でもなぜこの人たちは、お互いに助け合わないのだろう？」とアンドレニオが訊いた。

「それはですね」と、影の男は答えた。「いいことは自分で独り占めしたいからですよ」

彼らはそこに一人、いかにも愚者のような風体の男がいるのに気がついた。あのお決まりの格言で、《馬鹿に見える者はみんな馬鹿者だし、そうは見えない者の半分も馬鹿者だ》と言われるように、なるほど確かにこの男も愚か者だったのだ。しかしたくさんの物知りたちがこの無能な男に付き添い、山に登るのを手助けし、可能な限りの手段を講じて、その男のために甲斐甲斐しく働いてやっている。そしてその男のことを、勇気にすぐれ、どんな仕事を任せても完璧にやりとげる才能豊かな御仁だと、たえず褒め称えている。これではふたりが下した評価とはまったく逆ではないか。

「あの物知りたちはいったい何を狙っているのだろう?」とクリティーロは疑問を呈した。「このお馬鹿さんに肩入れすることで、本気で王の位ほどにまで押し上げようとしているのだろうか?」

「これは大変ですよ」と、影の男はすっかり呆れ果てた様子で言った。「つまりですね、もしこの男がいったん支配者の立場を占めてしまうと、まわりの物知りたちがこの男を意のままに操ることになるのが、おふたりにもよくお分かり頂けると思います。つまり、あの男をいわゆる《名義人》にしてしまって、物知りたちがすべてを自分たちの手で操れる権利を留保しているのです」

しかし、もしそんな事情があるのなら、たとえばクリティーロたちがその男の助けに乗り出して、慈悲の心にあふれた愛情を少しでもかけてやれば、すべてがうまくゆくのではないか。それに、友人という宝物とか、たとえ義理の兄弟であれ親戚縁者などの協力があれば、大きな支えになるはずだ。早い話が格言にも言うではないか。《親戚縁者の助けこそが命綱》と。

ところがクリティーロは、これからさまざまな難関が多く待ち受けているだろうことを考え、山登りをほぼ諦めかけていたのである。あのぶどう棚に手が届かない狐が、巧みな理屈で自分を慰めた物語に似た状況だ[13]。彼はこう言った。

「なるほど、命令する地位を占めることは男性にとっての生きがいにはなる。しかしながら、決して幸せを運んできてくれるものではないと思う」と考えを述べた。「確かに言えることは、気のおかしい連中を統治するためには、明晰な頭脳が必要だ。そして愚か者たちを支配するためには、奥の深い知識が必要だ。でも私はそんな重荷を背負いたくないから、高い位なんて遠慮したいと思う」

こう言って、肩をすぼめ、あとの二人にくるりと背を向けたのである。すると影の男が引き止めにかかった。そして、生きるか死ぬかを意味する、あの逆説的な過去の名言を引き合いに出したのである。人間とは王として生まれるべきか、さもなくば狂人として生まれるべきかのいずれかであり、その中間はない、というあの格言、つまり《カエサルとなるか、無で終わるかの、どちらかの人生だ[14]》という言葉だ。

「賢者と言われる者は」と、影の男はつづけた。「他人に従属して生きていくことなどできるはずがありません。ましてや愚者に従うことなどできません。しかしもしそうなったら、いっそのこと狂人になったほうがましだときっと思うことでしょうね。それは、愚者の軽蔑の目を感じたくないからというより、むしろ狂った頭で自分は王であることを夢想し、自らが命令を下す世を空想したほうがましだと思うからです。でもこのわたしは、影の存在であることを考えると、実際に権力の座につくことをまだ諦めたわけでは決してありません」

「じゃあ、いったい君は何をそのとっかかりにするつもりなんだ?」と、アンドレニオが言った。とそのとき、はるか頭上からこう叫ぶ声が聞こえた。

「そっちへいくぞ! そこへ落とすぞ!」

一同そろって身構え、いったい何が落ちてくるのかと待ち構えた。すると影の男の足元に、男の背中と強靭な両肩、それに頑丈な肋骨が落ちてくるのが見えた。

そこで再び大きな声が聞こえた。

「ほら、そっちへ落とすぞ!」

すると二本の太い腕と手がそこへ落ちてくる。まるで鉄でできたみたいな頑強な腕だ。

こうしてさらにつづけて、頑強な男性の体の部分が、つぎつぎに落ちてくる。そこに居合わせた人々は、地面が人間の体の部分でいっぱいになるのを茫然と見ていた。ところが影の男は、落ちてきた体のすべての部分を拾い集め、ひとつずつ自分の体に取りつけてゆく。こうして結局は、権力と実力を兼ね備えた立派な人物になってしまったのだ。それまではまったく無に近い存在に見え、なにもできずまったく評価されることのなかった男が、なんと立派な押し出しの万能の巨人に変身することになったのである。するとある者は彼を特別に取り立て、またある者は彼に多くの恩恵を施した。さらに、彼に対して助けの手を差し伸べてくれる者もあれば、多くの援護を提供する者もあった。その結果、自分の外見の良さを鼻にかけ、てっきり一人前の男になったような気分で、威張り散らすようになってしまったのである。またそれに加えて、彼に知能を分け与えてくれる者さえいる。こうして自分が立派な人間になれたことを知ると、さらに一段と高いところをめざして努力し、それをつぎつぎにやり遂げていった。さらには他の仲間たちにも恩恵を与え、彼らがさらなる出世を遂げられるよう、大いに援護したのである。

さて、こうした仲間たちは出世街道の第一段階で、珍しい泉に出くわすことになる。その場所でだれもが野心への激しい渇きを癒していくのだが、飲む人によってまったく逆の反応が生じてしまうのだ。そんな目立った効果のうちの一つは、不思議なことに過去の出来事をすべて忘れてしまうことであった。おまけに、単にそれまでの友人や知り合いを忘れてしまうだけでなく、昔の卑しい出自の証人に会うことが、たとえそれが自分の兄弟であれ、信じられないほどの嫌悪感を彼らに与えることになった。さらには、実の父親とさえ縁を切るような不心得者まで出る始末。こうして自分の記憶から、過去に人から受けた恩義や恩恵などをすべて消し去り、新たな生活様式にすべてを適応させ、人から恩義を受けるくらいなら、むしろ自分から恩を売る方がましとさえ考えるようになった。こうして自分に対しては、いわば現金払いよりも、掛け払いをさせるほうを好んだのである。しかし驚いたことに、彼らのほとんどの者が、なんと自分自身の出自やこれまでの経歴までも、すっかり忘れてしまったのだ。世間の荒波に耐えた苦難の駆けだし時代のことを忘れ、さらには、栄華におごる者に元の卑しい身分を思い起こさせて謙虚さをとり戻させるべき昔の出来事も、すべて忘れてしまったのである。その結果、人に対しては腹立たしいほど横柄になった。まったくの恩知らずの人間である印象を抱かせ、ついにはまったく傲慢で独りよがりの人間となり、自分だけが特別な人間と考えるに至ったのである。こうして自分自身が誰であるのかさえ分からなくなり、周囲の者もこの人物が何者であるのか分からなくなってしまう。このように、高い位につくと、日頃の振舞いまで変化をきたしてしまうのだ。(15)

さて、クリティーロたち一行が山上に到着すると、ちょうどそのとき都も混乱の中にあり、だれもが動揺していたのである。ヨーロッパを代表する大君のひとりである君主が姿を消してしまい、四方八方手を尽くして探してみても、見つからないのだ。何人かの者の推測によれば、君主はひょっとして狩猟の途中で道に迷ってしまったのではないか、――実際、いままでそんな例があったことは確かだが――そしてどこかの民家で夜を明かしたのではないか、ということだった。さらには平民の暮らしの実情に疎いあの君主が、現実に直接触れることで、幻滅を味わったのではないか、という推測もあった。しかし夜が明けても、いっこうに姿を現わさない。国中に大きな悲しみの輪が広がったが、それはこの君主が優れた人格ゆえに誰からも愛された人物であったからだ。高い人気を誇る王などそう多くいるものではない。ユステの修道院、聖ディオニシウスの修道院(16)、離宮、森、庭園など、隈なく探した結果、とうとう全く予期もせず想像だにしなかった場所で、君主を探し当てることができた。それは町の中の市場で、荷物運びの人夫に混じり、彼らとまったく同じ服を着て、たった一文の駄賃で小荷物を籠に入れて運搬したり、肩に担いだりして働いている姿だった。君主のこんな変わり果てた姿を見た家臣たちは唖然としたが、当の本人は一切れのパンを、宮殿の中で食べる雉の料理よりずっとうまそうに食べている。家臣たちは信じがたい光景を前にして、どう言葉をかけていいのか分からず、しばらくの間そのままじっと動かずにいた。このあと、彼らはしかるべき礼儀は尽くしながらも、君主が宮廷を離れたこと、そして卑しい民の仕事に精を出していたことなどについて、愚痴をこぼし諫めた。すると君主はこう答えたという。

「正直なところを申せば、ここの荷物はたとえ鉛のごとき重さであれ、私が宮殿に置いてきた仕事と比べれば、はるかに軽いと感じる。ここの一番量の多い手荷物でさえ、全世界を背負った重さに比べると、まるで麦わらみたいにしか思えないのだ。その軽さに私の肩がどれほど感謝したことであろうか。これは掃除も行き届かぬ床であるが、これほどすばらしい金襴織のごとき寝床はどこにもない。私はこの床で、この四日間寝ることで、一生分以上の安眠を楽しんだ気持ちだ」

家臣たちは、君主に元の玉座に戻るよう懇願したのだが、返事はこうだった。

「いや、どうか私をこのままにしておいてくれ。今こそ私は本当の人生を生き始めたように思う。とても楽しいし、私は自分自身の君主になれたのだ」

「お怖れながら」と、家臣たちはなおも説得をつづけた。「あなた様のように君主であらせられるお方が、こうしてへりくだり、あのような俗世の最下層のしぼり滓と言ってもいい卑しい者と、言葉を交わされることなど、どうしてお出来になれたのでございましょうか?」

「それはだな、この私にとってはとりたてて珍しいことではなかったからだ。この私はすでに、かの寛仁大度王[17]の言葉を借りれば、宮中のなかで、ごろつき、お人好し、小人、おべっか使い、といった見下げ果てた連中に取り囲まれていたではないか」

天子に対して家臣たちは口々に支配者の座に戻るよう、さらに懇願しつづけたが、最後の決意としてこう言った。

「さあ、これ以上話しても無駄だ。この生活を体験したあとでは、過去の生活に戻るなど狂気に等しいのだ」

そこで家臣たちは、別の人物を君主の座に据えることにした。まさにこれこそポーランド方式だ[18]。そして、人間として幼さとは無縁の、まさに円熟期にあるひとりの人物に目をつけた。秀でた能力と勇気に裏付けられた高い知性と実行力をもち、一個人としても君主としても、このほかに多くのすばらしい魅力を兼ね備えた人物であった。家臣たちが王冠を差し出すと、彼はまず両手にそれを取り、手でその重さを計りながら、こう言った。

「これが重いということは、それだけ悩みも大きいということだ。いったいだれが一生涯この頭痛に耐えられるのだろうか。冠よ、お前は私に重くのしかかり、一方私は悩み、考えつづけることになろう」

彼はそこで、自分の頭の上に全重量がかからぬよう、少なくともだれか力自慢の男が両手で冠を支えてくれるよう求めた。しかし議会の老議長は彼に恭しくこう答えた。

「そんなことをなさいましたら、わが君の頭には王冠があるというより、その男が王冠を手にしてしまうことになりましょう」

新しい君主は豪華で見映えのする赤紫色の衣を身につけるこ

とになったが、裏地が柔らかなテンの皮ではなく、肌を刺すような針鼠の皮で出来ている。それを見ると、すこしゆったりした感じで身にまとうことにした。しかし儀典長に、もっと衣を絞りぴったり体に合わせるようにと言われると、彼は羊飼いが着る粗末な上着が無性に恋しくなった。さらに手には笏を渡された。とても重いものだったので、ひょっとして船の櫂ではないかと尋ねたほどだった。こうして君主の位につけば、リオン湾よりももっとひどい嵐にきっと襲われるのではないかと、恐れていたからかもしれない[19]。笏というものはすばらしい造りであればあるほど、ずしりと重くなるものだ。その先端を飾っていたのは、よくある花弁模様ではなく、国家の繁栄のための目配りを象徴する、両眼を象った彫り物であった。たった一つだけでも数多くの目に値するような、鋭い監視の目だ。彼はその目の意味を尋ねると、国璽尚書がこう答えた。

「この目があなた様に合図を送り、こう申しているのでございます。《どうかわが君、神および人間たちへの目配りをお忘れになりませぬように。さらには追従と廉潔をお見分け下さいますように。平和の維持および戦争の終結を目指されんことを。褒賞を与えるべき者と、過ちを咎めるべき者を正しく見分け、遠くにいる者を思いやり、近くにいる者をそれ以上に思いやりくださいますことを。金持ちへの目配りをお願いするとともに、貧しい者には耳をお貸しいただきますように。こうしてすべての者、及びあらゆる場所に目を配り、国の現状をよく観察され、陛下ご自身および家臣についても、よろしくご配慮のほどをお忘れになりませぬように》と。こうしたすべてのこと、さらにはまだ多くのことを、この大きく見開いた目は、知らせてくれるのでございます。そしてぜひお気づきいただきたいことは、この笏にこんな目がついているということは、魂もまた同時にそこに存在するということでございます。笏のもう一方の端を引っ張って下されば、それがお分かりになるはずでございます」

端を引くとその言葉通りに、きらりと光る細身の剣が現れた。為政者の魂を象徴する正義の剣である。側近たちは君主に対して、その位につく者が守るべき掟および責務を読み上げた。《何よりも先ず、わが身を捨ててすべての者に尽くすこと。自分の時間など持たず、すべての時を他の者に捧げること、民の奴隷となること、私的な友をもたぬこと、真実には耳をふさぐこと、――これは彼にとっては残念なことであった――すべての者に喜びを与えるべきこと、神および臣民を満足させること、立ったまま責務を果たし、立ったままの姿勢で死を迎えること》と。

「分かった、もういい」と彼は言った。「それならこの私も聖なる自由意思を行使させていただこう。これをもって私は君主の冠を放棄することとする。王冠から生じる痛みと苦労を考えれば、《棘の冠》と呼ぶべきだろう。それと同時に裏地にとげのついたこの赤紫のガウンも、多くの労苦をもたらすこの笏も、まるで拷問台のごときこの玉座もすべて放棄させていただこう」

　すると、大臣とおぼしき怪物が彼に近づき、責務は放棄するにしても、君主の地位だけは引受けるようにと耳元で囁いた。

「その位をお引受けなさい」と、彼の母が言った。「たとえ私の命を犠牲にしても[20]」

　ここで大地母神キュベレ[21]の神官たちが大喝采を浴びながら音楽を奏でると、その騒々しくも華麗な音楽は彼の心を魅了した。つぎに彼は凛々しく着飾った貴族たちにかしずかれながら、大歓声を浴びて大勢の俗臭芬々たる民衆の前に姿を現わした。そんな群衆のなかに、アンドレニオの姿があった。彼はこの新しい君主の威厳に満ちた姿とその幸せに思いを馳せていると、そのときひとりの人品卑しからざる男性が彼に近づき、こう言ったのである。

「どうです？　あなたがいま目の前に見ている人物は、人を導くに足る君主だと思いますか？」

「このお方がそうでないとしたら、いったい他の誰にそんなことができるのでしょうか？」と、アンドレニオは応じた。

　すると相手は、

「なんてことだ！　あなたは見事に騙されているのですよ！」

と言って、哀れなひとりの奴隷をさし示した。首に鉄輪をはめられ、足首には鎖をつけて、大きな鉄の玉を引きずっている。

「この奴隷こそ」と彼は言った。「世界を支配する人物ですよ」

　アンドレニオはきっと相手は馬鹿なのか、ふざけているのだろうと思い、たしなめようとするのだが、相手は相変わらず大真面目な顔で、自説を主張しつづける。

「なぜかと言えばですね」と、彼は言った。「ほら、その大きな鉄の玉をご覧なさい。あれはまさに地球以外の何物でもないのです。そしてあの奴隷は、好き勝手にごろごろ玉を転がしているのです。ほら、そちらの鎖の輪が見えるでしょう？　つまりあれは、お互いの馴れあいの関係を示しているのですよ。あの第一の第一番目の鉄の輪が王様の位を表している。ただしあの第一番目の鉄の輪は、場合によっては、正しい力関係に直せば三番目か五番目、あるいはひょっとすると十三番目くらいになることもあります[22]。つぎに第二番目の輪は、重用する大臣を意味しています。その大臣を尻に敷く妻が第三番目、さらに彼女には溺愛する息子がいる。そしてその幼い息子が一人の奴隷を気に入っている。すると奴隷はその子供を通じて望みの品をなんでも要求する。すると幼い息子はそれを母親に泣いてねだる。すると母親は夫に対してそれをうるさくせがむ。すると大臣である夫は、君主に取り入る。こうして最後に王はそれを許可するという次第。こんな具合に、気ままな衝動に駆られた奴隷の意のままに、足元に引きずっている鉄の輪から次の輪へと、世の中の出来事が連動していくわけです」

煌びやかな式典は終わった。時間というものはすべての栄華を消し去ってしまうものだ。彼らは先ほどの人品卑しからぬ人物の丁重な案内を受けて、とある広場に出た。そこには四、五人ほどの人たちが、ちょうど球戯をしているところだった。仲間内だけで楽しみ、よそ者は寄せつけない。まるで他人のつけで飲み食いを楽しんでいる連中みたいな感じがする。こちらのひとりが、あちらに向けて球を投げる。次には、あちらの人がまたさらに別の人に球を回す。こうして、めぐり巡って初めの人に再び球が戻ってくる。こうして球はまるで政治家同士の内輪の悪質な秘め事みたいに、いつも同じ顔ぶれ同士の間で循環運動を繰返し、ぐるぐるといつまでも球を回し合い、そこから球が飛び出すことは決してない。周りの見物衆はみんな、その仲間たちが遊び呆けているのを、ただ眺めているだけであった。クリティーロはそれに気づき、こう言った。

「この球は、まるで世の中の実情を映し出しているみたいだ。球の中に詰まった空気と皮の間には、うまい汁がぎっしり含まれていて、奴らはそれをこっそり吸い取っているのだ。それができない者は、無能な人間に成り下がるだけだ」

「この球戯は、支配層の遊びですよ」と品格を備えた案内の人物は言った。「これはつまり、すべての集団や国家を支配する形を象徴する遊びです。いつも同じ顔ぶれが、他人には球を決して触らせないようにして、命令を発する立場にいます。政治においては、失敗とか予期せぬ出来事がつきものです。しかしここは一応私の言うことを信じていただき、こんな虚偽だらけの為政者のことなどもう忘れてしまいましょう。さあ、私の後についてきてください。君主による支配はどういう形をとるべきか、つまりまことの支配の形をこれからお見せすることを約束します」

「私たちは、しばらくこの地に逗留することにします」とクリティーロが言った。「そこでお願いですが、スペイン大使である あの有名な侯爵殿(23)の邸宅まで案内していただけると、大変ありがたいのですが。そのお屋敷を拠点にして、私たちが探し求めている幸せを見つけ出し、苦難に満ちたこの長い巡礼の旅に終止符を打つつもりでおります」

これに対して相手が答えたこと、およびこの町で起こったことについては、次考で語ることにしよう。

第十三考 万人の大獄

人間の体は二十五歳まで、心は五十歳までそれぞれ成長をつづける。しかし人間の魂の成長は止まることはない。この事実こそ魂の不滅性を支える大きな根拠となっている。壮年期は人生の中間に位置し、もっとも充実した人生最高の時期といえる。肉体はすでに成長を果たし、精神は成熟期を迎え、その思考は問題の本質を捉え、非の打ちどころない勇気と理性にもとづく判断力をしっかりと自分のものとするに至る。つまり人生のこの時期は、成熟と分別を意味するのだ。したがってこの時期を起点として、まことの人生を歩み始めなければならないのだが、中にはいっこうに歩み始めない者もいるし、毎日歩み直してばかりいる者もいる。この時期こそ一生のうちでも最も華やかな年代であり、たとえまったく完璧な時代とは言えなくても、少なくとももっとも瑕疵の少ない期間であることは確かであろう。早い話が、たとえば幼年期のように無知ではなく、青年期のように放逸でもなく、老年期のように鬱陶しい思いを抱き、時代の流れに遅れてしまうような年代でもない。太陽にしても同じように、一日の中ほどに当たる正午には、最高の輝きを見せる。大自然はそのしもべたる人間に対してさまざまな年齢に応じて、三種類のそれぞれ違った色のお仕着せを与える。まず幼年期の始まりには、金色および真紅の衣装をまとわせ、輝く青年期には、単色あるいは多色の晴れ着を与える。しかし壮年期に入ると、奥深い思想と良識や分別を表すしるしとして、黒の衣服をまとわせ、髪と髭を上品に整えてやる。そして人生の最後の期間は白で締めくくる。有徳の人にふさわしい落ち着いた雰囲気を醸し出す純白こそが、老年期にふさわしいお仕着せの色となるのである。

アンドレニオが壮年期の頂点に達したときには、クリティーロはもうすでに人生の下り坂にさしかかり、さらにはさまざまな体調の不具合にも気づきはじめる頃となっていた。さて、あの不思議な人物が彼らふたりの案内を買って出てくれたのは、まさに好都合だった。長生きする者は多くの経験を積むものだとか。まさにこの旅では様々な運命を体験し、また不思議な才覚をもつさまざまな人間に遭遇してきたのだが、とくにこの人物との出会いは、ふたりにとってはとても新鮮な印象を残してくれるものとなった。というのも、彼は大きくなったり、小さくなったり、自由自在に体の大きさを変えることができたからだ。必要なときには、体をぐんぐん伸ばして胴まわりを大きくし、首筋をぴんと伸ばし、大声を響かせ、堂々たる恰幅の人物に変身した。こうするとまるで桁違いの巨人に見え、あのプラサ騎兵隊長[1]か、あるいはペポのように思えた。さらにこれとは全く逆に、彼がここぞと思う時には、体を縮めて小さくなり、体格から言えばまるでピグミーのように、そしてその素直な性格からいえば、まるで子供のように変身することができたのである。アンドレニオは、この人物が人間としての魅力をさまざまな形に変化させていくのを目の当たりにして、ただただ驚くばかりだった。

「でも、そんなに驚いてもらっちゃ困りますよ」と彼は言った。「この私はね、人を出し抜いて偉くなろうとする奴だとか、物事を悪い方へ悪い方へと導いていく奴に対しては、ちゃんと対処する方法を知っているというだけのことですからね。でも自分からへりくだる者とか、物事を少しでもいい方向へもっていこうとする者に対しては、私は体を小さくするのです。そして私の性格までまるで蠟でできているみたいに、相手の指示に素直に従うようになります。私はへりくだる人たちを赦し、高慢な連中に対しては、反発することを誇りにしているのですよ」

この大小自在の男は、彼らふたりが探していたスペイン大使カステル・ロドリゴ侯爵は、すでにこの帝都の勤務を離れ、重大な任務に当たるためローマに滞在中であることを明かし、彼らを大いに落胆させた。いったんふたりは大いに不安がり、残念がったものの、このまま人生の旅をつづける決心をして、いったんは遠ざかってしまった幸せを手に入れるため、生き馬の目を抜くがごときイタリアの地へ向かうことにした。すると巨人は雪を戴くアルプスまでは、ふたりのお供をしてくれることを自分から申し出てくれた。その地はすでに老境が支配する領地のうちにあった。

「実は私があなた方に、どうしてもお教えしたいことがあるからです」と彼は言った。「それは、本当の意味で、支配するとはどういうことなのかということです。いいですか、つまり支配することとは、他の人間に命令を下す立場につくことではなくて、自分自身を自分の意志の命ずるところに置くことなのですよ。一個の人間が、自分自身を理性に従わせることができないのなら、全世界を従わせたって何の意味もありません。でもほとんどの場合、強い支配力を有する者は、自分自身を支配する力はそれよりもずっと弱いのがふつうです。そしてときには、最大の支配力をもつ者でさえ、自分で自分の力を抑えることができなくなってしまいます。こうなると帝国を支配することは幸せなどではなく、なんとも厄介な重荷となるのです。また一方で、自分の欲望を抑制できるためには、計り知れないほどの優れた才覚が必要です。私はあなた方に自信をもって言えますが、熱情とはどんな種類のものであれ、これほど恐ろしい暴君はありません。また、何かの欲望の虜になった者は、さしずめもっとも粗暴なアフリカ人の主人[2]に仕える奴隷になったも同然です。恋に狂う愚か者は、ゆっくり睡眠がとれることを願ったりするものです。その情念はこんな言葉でその男に語りかけてきます。《馬鹿者よ、早く身を引くことだ。お前が恋い焦がれるその女は、お前のために生まれてきたのではない。お前を待ち受けるのは、軒先に立ってあこがれの女性の姿を遠くに見ながら、夜通しため息をつく地獄の苦しみだけなのだ》と。しかしこの哀れな男は、激しい心の渇きを癒すすべもなく、ただそれをごまかしにかかるだけなのです。すると、彼の心の中の強欲が彼にこう言いはじめます。《さあさあ、大馬鹿者よ。のどの渇きなどないはずだろう？　いつもあるのは、金への飽くなき渇きだけ！》と。恋への野望を抱くその男は、穏やかな幸せだけを願うのですが、出世欲が彼にこう叫ぶのです。《やあ馬鹿者よ、そうやって一生の間つまらぬことに精を出すがよい！》と。おそらくあのベルベル人[3]だって、これほど粗暴なふるまいはしないはずです。この世には、心の自由に勝る克己の方法はありません。それこそまさに、自分自身の領主となり、大公となり、王となり、君主となることを意味します。この心構えだけが、人間として永遠の完成の域に達するために、唯一これまであなた方に足りなかったことです。あなた方はこれ以外のことは、すべて手にしています。優れた知性、不自由のない暮らし、やさしい友情、大切な勇気、望み通りの幸運、清らかな美徳、立派な栄誉、そして今回はこれで真の克己心まで手に入れたことになります。ところで、意気盛んなこのゲルマンの民については——と、巨人に姿を変えた仲間はここで話題を変えて、ふたりに尋ねた——これまでどんな印象をもちましたか？」

「立派な人たち……」と、クリティーロが言いかけたそのとき、その言葉を遮るようにして、その場に息を切らせてひとりの男が飛び込んできた。何かから逃げてきたようだ。そして大声で何度も声の調子を変えて、繰り返し叫んでいる。

「逃げろ、恐ろしい化け物だ！　逃げろ、嫌な獣がやってくるぞ！」

この声にみんな驚いたが、さらに同じことを次から次へと触れ回っていく声を聞くと、ますます恐ろしさが増してゆき、みんな恐怖心から後ろを振り返った。

「いやはや、これはなんということだ！」と、アンドレニオが言った。「ぼくたちの目の前には、必ずと言っていいほど、化け物だとか獣だとかが現れる。この分じゃ一生警戒ばかりしていなきゃならないことになる」

こうしてみんな安全な場所を求めて逃げ始めたとき、ふと後ろを向くと仲間の巨人の姿が見えない。しかしよく見ると、彼は体を小さくして、だれかの靴の中に隠れてしまっているのが判った。てっきり恐怖心のなせるわざと思い、みんなの驚きはますます大きくなっていった。ところが、当の本人は落ち着いた声でみんなを励まし、こう言った。

「安心なさい。こんなのちっとも恐ろしくありません。これは不運でなく幸運なんですから！」

「幸運なんてことがあるものか！」と、逃げながら誰かが叫んだ。「そこまで恐ろしい獣がやってきていて、どんな立派な人間だって容赦しないなんて息巻いてるんだぞ！」

「なんで私たちをこんな所へ連れてきたんです？」と、クリティーロは恨み言を言った。

　すると彼は、

「なぜかといえば、これが一番すぐれた人たちの道、偉人たちの道だからですよ。あの恐ろしい獣は、私にとっては恐ろしいものではなく、ご褒美のしるしなんです」

　アンドレニオはこれを聞くと、どうにも腹立ちがおさまらず、妙に落ち着いた様子を見せる人物のひとりに尋ねた。

「その化け物が何者なのか、あなたには分かるんですか？実際に見たことでもあるんですか？」

「ただ見ただけじゃなくて、身を以てその恐ろしさを体験したことがありますよ。これこそ私にとっては、《幸せな不幸》なんですよ[4]。あいつは下品な性格の、血も涙もない化け物です。本当に優れた人物だけをエサにして生きています。そして毎日そのエサとして、最高の人物を差し出さねばなりません。たとえば、偉材と呼ばれるような人物、さらには軍人であれ、文人であれ、あるいは政治家であれ、名前が良く知られ評判の高い逸材が標的になります。これがもし女性であれば、最高の麗人で最高の美貌を誇る人なら、たちまちのうちにつぎからつぎへと引裂かれ、呑み込まれてしまいます。これが醜女とか荒々しい気性の女性だと、まったく気にも留めません。ですから、すべての有名な男性は、危機に見舞われることになります。賢者とか識者とかがいれば、たとえ千里離れていても、すぐさま匂いを嗅ぎつけ、大きな害を及ぼし、友人たちにさえ、そして時には兄弟に対してさえ企みをしかけてきます。最初にこの化け物によって破滅させられたのが、兄がそいつを招き入れたため殺された、あの弟だったのです[5]。さらには、見ていてとても残念に思われるのは、偉大な軍人が、勇敢な働きで功績を積むほど、はしたない羨望による攻撃の犠牲になってしまうことです」

「ということは、勇気を誇りとする軍人にさえも、戦いを仕かけてくるということですか？」

「もちろんですよ。他ならぬトレクソ侯爵、かの勇敢なカンテルミ将軍、フェリア公爵[6]や、その他優れた軍人に対しても攻撃を仕かけたのですから。要するに、いいものをすべて台無しにしてしまう、手に負えぬ化け物ですよ。歯と舌を使って相手を食いちぎって害を与え、身振り手振りや態度、その他あらゆる方法を使って困らせます」

「きっと、口当たりがいいからに違いない」と、クリティーロが言った。

「いや、むしろその反対です。いいものはすべてこの化け物にはまずく感じられて、呑み込むことができません。しかし一応いちばんいい部分は噛むことは噛むのですがね。でもまあ、時には呑み込むこともありますが、たとえ呑み込んだとしても、それを思うように消化することができません。なぜかといえば、落ち着いてゆっくり呑み込まないからです。味覚はさっぱり機能しない上に、嗅覚はそれに輪をかけて当てにならず、百里も遠くから高名な人物の匂いを嗅ぎとり、その人物を破滅させようと怒りをたぎらせているだけです。だから私は大声をあげて、警告を発するのです。《美人たちよ、隠れろ！　聖者たちは逃げろ！　勇者たちは我が身を守れ！　君主よ、警戒せよ！　さあ、来るぞ、あのあさましい獣が鼻息荒くやって来るぞ！　用心しろ、用心しろ》ってね」

「ちょっと待ってください！」と、すでに小人に変身していたあの巨人が言った。「そいつが偉大な人にだけ猛威を振るうことを考えたら、少なくともそれだけでもすごい存在じゃありませんか？」

「いや、むしろどうでもいいような存在ですよ。毒を含んだ歯で、優れた人にだけ噛みついていくのです。いずれにしてもあさましい輩で、毎日のように人にひどい打撃を与えます。吐く息が出てくるのは、あのひどい口、悪口しか喋らないあの舌、腐った腸《はらわた》を通してですから、当然のことながら悪臭芬々たるものです。私はその怪物が太陽の輝きまで奪ってしまうことや、星の光を失わせるのをこの目で見たこともあります。おまけにガラスを曇らせ、最高の輝きを放つ銀の光さえ曇らせてしまいます。こんな調子ですから、素晴らしいものやら、珍しいものを目にすると、たちまち反感を抱き、敵愾心を燃やすのですよ」

「その怪物を退治してくれるような勇者はいないのですか？」と、アンドレニオが訊いた。

「でも、いったい誰が殺してくれるとおっしゃるのです？　子供たちにはその化け物は害を加えない上に、子供の代わりになって仇をとってくれたり、慰めてくれたりします。ですから、子供たちが化け物を殺すなんて、そんな大それたことをできるはずはありません。お偉い人たちもだめです。だって、この化け物は、お偉い人たちはすでに全滅させてしまっているからです。というわけですから、いまさらそれに挑んでいける者など誰も残っていませんよ」

「それは本当の化け物なんですか？　それとも人間ですか？」

「男に似たところがいくらかありますね、もっともほんの少しですが。女とは似た点が多いし、獣とはすべての点に於いて似ていると言えます」

そのとき、化け物の姿を描いたような光の筋が彼らの前に現れ、周りのものに激しく噛みつき、毒の泡をまき散らした。

「みんな気をつけなさい！　安全策を取るんだ！」と、先ほど小人に変身した男が、さらに体を小さくして叫んだ。「ぜったいに目立ってはいけない！　光り輝くことも、大きくなることもだめ！　自分を小さく見せなさい！」

彼らはその指示に従った。するとそれまで歯をぎしぎし鳴らし、毒の泡を口から吐いてこちらに向かってきていた化け物が、目立った相手の姿がどこにもなく、てっきり巨人だと思った男がピグミーのような小人であるのを見て取ると、それ以上見直しもせず、ちっぽけな彼らの姿を無視し、くるりと背を向けるとそのままあっさり消え去ったのである。

「いまの年寄りみたいな怪物は、みなさんにはどう見えましたか？」と、再び巨人の姿に戻った男は尋ねた。

するとクリティーロが答えた。

「私がちらっと思ったのは、これはひょっとして現代風の《陶片追放《オストラシズム》》じゃないかということです。つまり、著名な人材はすべて国外に追放して、名が知れた人物だというだけのことで、この国から放り出そうとしているのですよ。たとえば、だれかが博学の士であることを嗅ぎつけると、すぐれた人材であるとの理由で訴訟を起し、だれにもその意見を披歴しないようにとの罰を与えるわけです。著名な人に対しては、その輝きを失わせ、勇者たちには非難を浴びせ、武勲を欠点に変えてしまう。非の打ちどころのない政府の宰相のことを、我慢のならぬ人物として喧伝する。絶世の美人を人目に触れさせないように手をうつ。つまるところ、こうしてすべての著名人を、まるで邪魔者を掃除するみたいにして、外に追いやってしまうのです」

「そんなことを、アテナイの良識ある市民がやっていたということですか？」と、アンドレニオが横合いから不満げに尋ねた。

「そう、それに今日でも、実際そんなことが起こっているんだよ」と、クリティーロは答えた。

「じゃあ、そんな優秀な人材は、いったいどこに腰を落ち着けるのです？」

「どこにだって？　勇者たちはエストレマドゥラとラ・マンチャ地方に、優れた才覚を持つ人はポルトガルに、思慮分別に富む人たちはアラゴンに、誠実な人たちはカスティーリャに、慎み深い女性はトレドに、美しい女たちはグラナダに、口達者な者たちはセビリアに、卓越した人物はコルドバに、誠実でしとやかな女性はカタルーニャに、そして出来の悪い者は都に、みんなそれぞれ落ち着き先を求めるということだよ」

「ぼくの印象ですが」と、アンドレニオが言った。「さっきの化け物のあの陰険な目つきといい、口元のゆがめ方、しかめっ面、癖のある話しぶり、八つ当たりぶりから想像するに、あれは〈妬み心殿〉だったと思います」

「それに違いない」と、巨人が答えた。「もっともあいつはそうじゃないと、言い張るでしょうがね」

こうして彼らは、羨ましがり屋も羨ましがられ屋も後に残し、やっとのことで次の関所に到着した。そこの管理に当たっていたのは、とても分別があり、その仕事にはうってつけの男だった。彼は手元に、人間の知識の適切な水準と、また知識がどうあるべきかを示す器械を持っていた。ひっきりなしに誰かがそこへやって来て、自分の知識を計ってもらうのだが、不思議なことにだれひとりとして、適切な量をきっちり示す者はいなかった。一部の者は、あれやこれやの理由から、大いに知識が不足していて、ほぼ愚か者に近い状態だった。またある者は、特定の問題に関しては、ちゃんと頭が働くのだが、そのほかの問題となると、全くお手上げになってしまう。たとえば、才覚はあるのだが、あまりに無邪気すぎる者だとか、学識はあるのだが粗野な性格の者がいる、といった具合なのだ。要するにここでは、すべての点において満足すべき水準を示す者がほとんどいないのである。しかしこんな例とは逆に、水準をはるかに越える知識を持つように思われる者がいたが、みんな識者ぶった見栄っ張りの衒学者ばかりだった。彼らはほぼ気が狂った連中と言ってよい。なるほどもっともらしい喋り方はするのだが、自分の話にうっとりしている者や、物事をよく知ってはいるものの、それを鼻にかける者など、見ているだけでも腹立たしくなってくる。というわけで、ある者は知識が不足しているため、またある者は知識があり余っているために、さらにある者は要件を満たしすぎているために、またある者はそれがやや不足しているために、結局全員が不合格となっていたのである。分かりやすく言えば、ある者には知識が足らず、またある者にはあり余っていたということだ。ただし、ごくまれな例ではあったが、千人に一人ほどの割合で、水準に達する者はいたのだが、この人物についてもまださらに、さまざまな疑義が提示された。関所の管理に当たっていた分別ある人物は、水準に達しない者、あるいは水準を越え方が好ましくない者を見ると、残らず《万人の大獄》に収容するよう命じた。こんな名前で呼ばれていたのは、大勢の人間でつねに溢れていたからだ。気がふれた者、あるいは愚直な者を、この関所で見逃すことはほぼありえない。ある者は知識の水準に達しない、またある者は水準の越え方が悪いという理由で、愚か者あるいは気がふれた者とそれぞれ判断され、全員が罰を受けるからだ。すでに檻のなかに入っている男が、彼らに向かって大声で叫び出し、こんなことを言っている。

「お前たちもここへ入ってみろよ。いちいち調べてもらう必要はない。俺たちはみんな気が狂っているし、だれだって同じなんだから」

彼らは招きに応じて、獄舎の中に入ってみることにした。愚か者ばかりいる国では、狂人が王様になれるとか言う。こうして囚人の牢名主《ろうなぬし》に案内されて中に入った。見るとほとんどの者があちこち歩きまわっている。しかし物を考えている様子はない。それぞれが自分の得意なたった一つの話題だけを喋り立てている。しかしなかには二つ、あるいは四つほどの話の種をもつ者もいないでもない。そのほかにも、好き勝手な主張を振りかざす者もいて、それぞれが自分の意見をまくし立てている。物知り顔で喋る者、弁舌さわやかな者、格好をつけて喋る者、勇ましい口調で喋る者、家柄を自慢する者、気取った調子で喋る者などいろいろだ。さらには、多くの者が恋の悩みを打ち明け、さらに他にはあらゆるものに不平を並べ立てる者もいる。たとえば、剽軽者が大変な不幸者にされてしまうこと、軽口叩きがとても冷淡な人間にされてしまうこと、強情者は我慢ならぬ者とされてしまうこと、風変わりな男が後ろ指を指されること、勇敢な者が狂暴と受けとめられること、意欲に勝る者は軽々しい性格と取られること、大袈裟に褒めそやす癖のある者は信用を落としてしまうこと、お高くとまっている者は腹立たしく思われていること、低俗な者は人から見くびられていること、悪口を叩く者は煙たがられていること、無作法者は顰蹙を買っていること、諍《いさか》い好きはつまはじきにされていること、狡猾な者は怖れられていること、などなどの不平だ。アンドレニオはこれほどひどい狂気の例を見せつけられると、その原因を知りたく思ったが、返ってきた答えはこうだった。

「じつはね、これが今この世に一番広がっている種子なんだよ。一粒あれば百粒に増え、さらにそれが千粒にもなる。つまりひとりひとりの狂人が百人に増え、そのまたひとりひとりが同じ数だけ増やし、こうしてものの四日も経たないうちに、町中が狂人でいっぱいになるという具合だね。おれは今日、頭のおかしい女が一人、ある村にやってくるのを見たが、さっそく明日にでもなれば、はしたない服装を真似る女たちが百人は出てくると予想するね。考えてみればおかしな話だが、分別ある人間が百人集まっても、たった一人の狂人だけしか分別のある人間にしてやれないのに、ひとりの狂人が百人のまともな人間を狂わせてしまうこともあるのだからね。だから分別ある人間というのは、狂人たちにとってはまったく何の助けにもならないわけだよ。あるいはそれどころか、大きな害を及ぼしているとさえ言える。たとえば、こんなひどい例がある。一人の狂人を大勢のとても分別のある人たちの中に入れて、狂気が治るかどうか調べてみたんだよ。そしたら狂人が何を話しても何をやってみても、すべて反対ばかりされるものだから、とうとう音をあげてしまい、このままだと四日もしないうちに正気を失ってしまうから、そうならないうちに、こんな気のおかしい人たちの間から救い出してほしいと言ったそうだ」

なるほどそう考えてみると、前後の見境もなく、ただ闇雲に突っ走るだけの、一見まともらしい人たちの行動ぶりも考え直してみる必要があろう。彼らはみんな自分を見失い、実際の自分とは違った人間、ときにはまったく反対の人間だと思い込んでしまうのだ。たとえば、無知な者が自分は賢者だと思い込むことで、自分の真の姿を見失ってしまう。さらには、凡人が自分は偉大な人物だと錯覚したり、悪党が自分は立派な紳士だと思い込んだり、あるいは醜女が美人に、老婆が若い娘に、愚か者が賢人にそれぞれ勝手に自分を変身させてしまうのである。

万事こんな調子で、誰ひとりまともな人間はいなくなり、実は自分が狂気の症状を呈し、狂人の仲間入りをしたことに気がつかないのだ。こう考えれば、事あるごとに他人に対して正気かどうかなどと問い詰めること自体、まことに滑稽な話と言わざるを得ない。たとえば、こんな調子だ。

「君は何て奴だ、気でも狂ったのか？」

「正気かね？」と言う者もあれば、

「おい、俺の言うことをちゃんと聞いているのか？」などと言う者もいる。

しかし、いちいちそんな《俺》のことをまともに聞いていたら、困ったことになるのは必定だ。他人はすべて自分などとは比べものにならず、まったく別の道を歩んでいる連中だと決めつけてしまう。そして自分だけは正しい真っ直ぐな道を歩み、他人は頭を垂れて天には後頭部を見せているだけ、自分はしっかり背筋を伸ばして歩いているのに、他人は地面を転がって行く、などと勝手に想像し、自分で納得しているのだ。

「あいつは靴も履かずに、変な道に迷い込んでしまったようなものだ」と誰かが言う。

するとだれかがそれに答えて言う。

「あいつは、せっかくいい靴を履いているのに、水溜りに足を突っ込んで歩いているようなもんだ」

こうして、みんなお互いからかいあう。けちん坊は身持ちの悪い男を、この男はあの男を、スペイン人はフランス人を、フランス人はスペイン人を、それぞれあざ笑うのだ。

「人間だれしも、狂気というものはあるんだ」と、クリティーロは哲学者みたいなことを言った。「なるほどこれを《万人の大獄》とはよく言ったものだ！」

こうして彼らはさまざまなことを考えながら、さらに奥へ進んで行くと、イギリス人たちが、何やら賑やかな檻の中に入れられているのに出くわした。

「この人たちはなんて楽しそうに罰を受けているのだろう！」と、アンドレニオが言った。

すると答えが返ってきて、浅はかな人間だとの理由でそこに入れられているのだと言う。

「体型の美しさを鼻にかけることから、こんな病が始まるのさ[7]」

さらに、別の檻に目をやると、スペイン人たちがひねくれ者とみなされて中に入れられ、イタリア人たちがペテン師、ドイツ人たちが癇癪持ちということで、さらにはフランス人たちが百もの罪で、それぞれ囚われの身になっているほか、ポーランド人たちが、つぎの別の種類の罪人を集めた檻の中に入れられていた。またさらに、四元素に頼り過ぎた下種な連中もいた。たとえば、空気を詰め過ぎた高慢ちきな連中、火を持ち過ぎた怒りっぽい連中、土にへばりつきこの世の利益にこだわる欲深な連中、水から離れられぬナルキッソスみたいに自惚れの強い連中などである。さらに、これにもうひとつ加えて、ごく簡単な第五の元素となったのが《お追従》で、これを駆使したのがおべっか使いたちであった。彼らの説明では、この要素なしには、宮廷のなかでも世の中でも生きていけないのだそうだ。クリティーロたちはさらに、常識はずれの狂気や、風変わりな思いつきにも出くわした。たとえば、ある者は誰に対しても善行を行わないことを決め、それをちゃんと実践している。アンドレニオがその人物に理由を尋ねると、こんな答えが返ってきた。

「それはだね、まだすぐには死にたくないからだよ」

「いや、それはむしろ逆じゃないですか?」と、アンドレニオたちはその男に言った。「すぐに死にたくないのなら、みんなに善行を施したほうが、みんなが長生きを願ってくれるからいいのじゃありませんか?」

「それは大間違いだね」と、男は応じた。「善行を施すとその良くない結果が現れるものだ。嘘だと思ったら君のお金をだれかに貸してみるがいい。そしたら何が起こるかが分かるはずだ。結局一番の恩知らずが一番得をすることになるからだよ」

「でもそんな奴らは、ごく少数です。だからそんな連中がいるからといって、多くの善人がいることを忘れてはなりません。あなたへの恩義を感じ、あなたに感謝するはずでしょう?」

「おやおや、そんな人たちがいらっしゃるのかね?」と、相手の男は言った。「もしいるのなら、大いに褒めてさしあげたいね。いずれにしても、いくら言っても無駄だね。おれは早死にしたくないよ。それに諺に、《あなたに善を施してくれる人は、いずれ遠くに離れていくか、死んでしまうもの》とあるのは、君も知ってるだろ?」

この人物とは別に、とても恰幅のいい、大変な縁起担ぎの男が横にいた。たとえば、町で藪にらみの人に出会うと、すぐに帰宅し二週間は家に籠りきりになる。もし会ったのが片目の人なら、一年中家に引き籠る。そしてどうしようもないほど気が滅入ってしまい、どんなに努力しても、食事がまったくのどを通らなくなる。

「ところで、今度はどうしたんだ?」と、その男にある友人が尋ねた。「いったい何が起こったのだね?」

すると彼は、

「思わぬ不幸に見舞われたんだ」

「いったいどうしたんだね?」

「テーブルの塩をひっくり返してしまったんだ」

友人は大笑いして、こう彼に言った。

「こんどは鍋をひっくり返さないよう気をつけることだ。僕にとっては鍋を空にしてしまうことほど、縁起の悪いことはないからね」

さて、ある檻が有能な賢者とされた人たちでいっぱいになっている。これを見ることは、彼らにとってはとても意外だった。

「いったいこれはどうしたことです? たとえば、愛に狂った恋人たちでも入っているなら、分りますが……。狂人と恋人とは、ほんの一字違いにすぎませんからね[8]。あるいは特別な霊感を働かせる音楽家たちが入っているのなら、まあいいとしましょう。でも識者たちとは驚きますよね！」

「いや、これでいいんだよ」と、セネカが答えた。「賢者というのは、狂気と隣り合わせの霊感が少しはないと困るからね」

あるドイツ人とあるフランス人が言葉を交わしたのだが、あまり理知的な会話にはならず、ついには二人の間で口げんかが始まった。フランス人は相手を酔っ払い呼ばわりし、ドイツ人は相手を狂人だと、それぞれ罵っている。フランス人は大いに侮辱されたと感じ、相手に先制攻撃を仕かけた。ただしこれが侵略者の常套手段で、こうやって領土をかすめ取っていくのだが……。フランス人はおまえの血をすっかり吸い取ってしまうぞ、と相手に啖呵を切り、お前の体からはいっぱい血が出てくるはずだから、とまくし立てる[9]。一方ドイツ人は、フランス人の脳天を叩き割ってやると息巻き、どうせ中身などないはずと言ってやり返す。そこへスペイン人が仲裁に立ち、遠慮のない汚い言葉で両者をなだめにかかるのだが、フランス人の怒りは鎮まらない。

「それは君、間違ってるよ」と、スペイン人がフランス人に言った。「相手が君のこと狂人呼ばわりしたのに対して、君は《酔っ払いめ》とやり返したのだろう？　そんならおあいこじゃないか」

「ノン、ムシュー」と、フランス人は言った。「俺のほうがもっと腹の虫がおさまらないね。狂人の方が酔っ払いより悪いからな」

「悪いのはどちらも同じだよ」と、スペイン人が応じた。「ただし、狂気は何かが欠けていることが原因で起こり、酔いは何かを有り余るほどもっているから起るだけだ」

「その通りだ」と、フランス人は答えた。「しかし、酔えば馬鹿みたいに楽しめるというのは、大きな利点だよ。まあたしかに、はしゃぎ過ぎるのは欠点ではあるけどね」

「ちょっと待った。それは狂人でも同じだ。もし王様とかローマ教皇になれる運命が当たれば、一生結構な暮らしができるからな。だから君がなぜそんなに恨みに思うかが、おれには理解できないね」

「でもこの俺は、やっぱり自分の考えにこだわるね」と、フランス人は言った。「だって、狂人と酔っ払いの間には、大きな差があると思う」

「なるほどね。ということは、一方は酒を浴びるほど飲む馬鹿者で、もう一方は酒の足りない馬鹿者だということだな」

そこにひとり気がふれてはいるものの、見目麗しい女がいた。この手の女のほとんどは、分別のかけらもないのがふつうだ。

「この女だったら間違いなく」と、クリティーロが言った。「百人の男を狂人にしてしまうだろうね」

「いや、それ以上の数かも」と、アンドレニオが言った。

たしかにその通りだった。この女は気がおかしかった上に、母親は彼女のことを気がおかしくなるほど愛し、夫は彼女への嫉妬心で頭がおかしくなり、またこの女自身もその姿を見る男たちをみんな狂わせてしまっていたのだ。

あるお偉方は、大声でこんなことをわめいている。

「この俺様のような泣く子も黙る大物を、こんな檻の中に押し込めるなんて、いったいどういう料簡だ？　これだけは許さんぞ！　もしこちらの落ち度によるのなら、それは俺様なりの訳があったからだろう。だが俺様の行動について、いちいち世間全体に説明することなど必要もないことだ。もし例のあの理由によるのなら、お門違いも甚だしい。そもそも奴らは、俺様みたいな重要人物の業績に関して、何を知っているというのだ。そんなもの奴らの理解力をはるかに越えているはずだ。なのになぜお節介にも、そんな批判を始めるのかね？　やれ歴史家だ、やれなんかの専門家だと言ったって、実際に体験したわけでもないし、熟知しているわけでもない」

こう言って、必死になって自己弁護に回っていた。しかし檻の獄司は、この男を足蹴にして、服まで引っ張って、その場から無理に引き立てていこうとする。そしてこう言った。

「ここでの判断の基準はだね、心の中に分別を備えているかどうかではなく、外目に狂気の兆候がはっきり表れているかどうかなのだよ。さあさあ、曲がったことばかりやってきたお前さんは、今度はまっすぐ歩いて檻の中におとなしく入りたまえ」

そこへクリティーロがやってきて、この男が良く知られた大人物であるのを見て取ると、これほどの重要人物を檻の中に入れるのは、理屈が立たないと獄司たちに言った。

「いやいや、これでいいんだよ」と、彼らは言った。「これほどの大人物というのは、いつもその地位に合った大きな狂気を示してしまうものだ。大人物であればあるほど、狂気もそれだけ大きいということだよ」

「それなら少なくとも、大部屋に入れないで、個室にしてやったらどうです？」と、クリティーロが応じた。「これほどの人物にふさわしく、少し離れた檻がいい」

彼らはこの反応を大いに笑い、こう言った。

「いいかね、君。全世界を失ってしまったようなこのお人にはね、全世界が入るようなでかい檻がお似合いなのさ」

これとは逆に、別の男は狂人たちの檻に入れてもらえるよう、必死になって頼み込んでいる。しかし獄役人たちは、それを聞き入れず、なんと反対の方向にあるお人好したちの檻の方に連れていった。なぜかといえば、その男は支配者になることを狙っていたからだ。支配者になろうとした者は全員、リンボ[10]にごく近い檻に放り込まれていた。記憶力が狂ってしまった者がそこに居たが、霊魂の三つの能力のうち、判断力と意志力が狂う例はごくふつうに見られるものの、こんなことは今まで見たこともない新しい現象であった。これに当てはまるのが、飢えた人たちのことを忘れ、栄華を謳歌する満ち足りた人々、そこに居ない人たちのことを忘れ、顔をつきあわせる人たちだけのことしか頭にない者、過去の人たちのことを忘れ現在にだけ生きる人々、同じ障害物に二度も躓く者、危険な事業を二度も試みてしまった者、結婚を二回もしてしまった者、抜け目のない連中に騙されてしまった者など、さまざまである。ただし、二回も騙された者は、二倍の大きさの檻に入れられる。自分の思い違いによる失敗の言い訳をする者には、家畜の世話が言いつけられた。二人の男が、世界一の狂人は誰だったかを、盛んに論じあっている。第一番目は誰もが認めるあの人物。(11)そのあと二人は過去および現在の多くの威厳に満ちた人物の名前を挙げた。フランス人では何人かの大貴族の名前が挙げられ、スペイン人(12)についても同じだった。二人は最後に若者メドロの詩について話し、この論議は終わりとなった。

アンドレニオは、なぜ陽気な者を陰気な者と一緒の檻に入れ、優しい愛情に守られた者を苛立ち憔悴しきった者と、また満足している者を不満を抱えた者と、それぞれ一緒に閉じ込めているのかと尋ねた。するとある獄司の答えによると、それは心の重荷や悩みをお互いに均等化するためだとのこと。しかし別の獄司の答えによれば、他人の姿を参考に、自分の短所を直すためだとのことで、少なくともこの答えにはまだ救いがあった。

「ところでその方法で、実際に欠点が矯正された人の例などあるのでしょうかね?」

「うん、一人いたね。もっとも無理矢理ではあったがね。というのは、その男は腕利きの名医に治してもらったのだが、あとになって治療代を払わなかったのだな。そこで裁判官の前に引き立てられていったのだが、金を払わぬような恩知らずの行為に出るなんて、ひょっとしてまたまた頭がおかしくなったのではと、疑われたわけだ。その男が答えて言うには、自分はこの治療を受けることに前もって同意したわけではなく、また医者が彼を正気に戻してくれたなんて、嬉しいどころか、最悪の治療を施されてしまったなどとこぼす有様。さらにつづけて、頭がおかしかった頃には、他人からの侮辱を感じることもなく、軽蔑されていると気づいたこともなく、何にもいらいらすることもなく、本当に楽しく暮らしていたと言うのだ。たとえばあるときには、王様になった自分を想像してみたり、またあるときには教皇になったり、金持ちになったり、勇者となったり、勝利者になった気分で過ごしてみたり、また時にはこの世に身を置いたり、あるいは楽園にいたりして、いつも満足して幸せに暮らしていたのにとこぼす。ところが、こうして健常者になって世間の動きを見ていると、何をやってもくたびれ果て、何に対しても苛立ちを感じるのだとさらに不満を並べる。そこで医者は彼に対して、金を払うかあるいは元の狂人に戻るかのどちらかを選ぶよう通告したところ、本人は後者の道を選んだとのことだ」

そのとき、不満を抱く者たちが集められた檻に中から、しきりに彼らを呼ぶ男がひとりいる。すぐに彼らの前で長広舌を始め、その檻のなかに正当な理由もなく閉じ込められているのだと不平を言う。なるほど聞いてみると、一応もっともらしい理由を並べたてるので、彼らはその男の言い分が正しいのではないかとさえ思うほどだった。たとえばこんなことを言うのだ。

「さて、そこの紳士方よ。だれが一体自分の運命に満足して生きていけるというのかね？　もし貧乏なら、数えきれないほどの不幸な出来事に耐えなきゃならんし、もし金持ちならさまざまなことに気を遣い、既婚の男なら腹立ちを、独身の男なら孤独をそれぞれ耐え忍ばねばならん。それに賢者なら苛立ちに、無知の者ならペテンに、誠実な者なら心の痛みに、邪悪な者なら侮辱に、若者なら情熱のほとばしりに、老人なら持病に、独り者なら寄る辺のなさに、それぞれ耐えていかなきゃならんわけだ。おまけに、もし姻戚関係など結んでしまえばさまざまな心痛に耐え、さらに上長になれば悪口に、臣下になれば重責に、引退してしまえば寂しさに、人づきあいが良すぎる者なら軽蔑の目に、それぞれ耐えなければならんのだ。となると、人間はいったいどうすればいいのかね？　とくに品格を備えた人間は？　どこかの馬鹿者ならまだしも、いったいだれが満ち足りた気持ちで生きていくことができるのかね？　どうだね、そこのみなさん、おれの言うことが正しいと思わないかね？　できればこのおれ様もそんな幸運を摑んで、満ち足りた気持ちで暮らしてみたいものだよ。知識だけはもう十分足りていると思うからね」


ここで彼らはこの人物の大きな欠点に気づいたのだ。それは多くの人のもつ欠点、つまり自分の知識の豊かさには満足しながらも、運のなさを嘆くだけの生き方なのだ。

「なんとまあ、この種の人間の多いことか！」と、クリティーロは言った。「狂おしい思いを自分のせいではなく、自分に運が不足しているせいにしてしまう連中だ」

そのとき一人の男が、すっかり安心しきったような表情でそこに現れた。獄舎を見物して、のんびり楽しむつもりでいるらしい。ところがたちまち取り押さえられ、お仕着せに着替えさせられることになった。その男はなぜそんな目に会わされるのかと抗議し、体をよじって必死で抵抗を試みる。自分は吟遊詩人でもないし、恋に悩む男でもなく、自惚れの強い人間でもない。それにクロイソスのような大富豪[13]の保証人になったこともなければ、男たちを頼りにしたことも、女たちを信用したこともなく、ましてやフランス人を信用することなど考えたこともない。それに昔風に見目のよさだけで、結婚相手を選んでもいないし、今風に相手の持参金を数えて選んだわけでもない。軍人になったこともなければ、医者になったこともなく、人さまの結構な暮らしぶりの真似などしようと思ったこともない。それに人が大喜びしているのを羨ましく思ったこともなく、なにか不都合なことを喋って[14]友人を失ったこともなく、また囚われ人と同じ四つの国に属する者でもない。要するに自分は何のしがらみもない人間なのだ、と。しかし何を言ってもまったくの無駄であった。

「こいつを檻に入れろ!」と、看守長が叫んだ。

そこでクリティーロは訊いてみた。

「でも、どうしてなんです?」

「それはだな、こいつは自分だけ勝手に分別のある人間だと考えているからだ。毎日我々の身の回りで起こっていることだが、いくら自分は気が狂っていないのだと言い張ってみても、やはり狂っているとみなされることがある。いいかね、これはみんなちゃんと理解しておくべきことだが、いくら分別のある人間だといっても、もし周囲の者たちがその人のことを、頭がおかしい、狂っている、なんて言いはじめたが最後、いくら腹をたててみたところで、結局はみんなの信用を失ってしまうことになるのさ」

アンドレニオにとっては、檻の中にいる者のほとんどが大人で、幼児や少年がいないのが不思議だった。

「それはだな、まだ恋の悩みを知らないからだ」と誰かが彼に教えてくれた。

しかし、別の男はこう言う。

「まだ身につけてもいないものを[15]、どうやったら失うことなどできるのかね?」

ある医者は、子供はまだ脳が柔らかいからという説を主張した。しかし、哲学者は自分は悩みもなく暮らしているから、子供よりもっと幸せだと言う。そこへ獄司たちがドイツ人をひとり引き立ててきた。その男が言うには、会計帳簿の間違いによるものだとのこと。それは自分の過ちは脳が干からびているからではなく、湿気があまりにも多すぎたから間違いが生じたのだと言う。さらには、酒に酔っているときほど、自分がちゃんと正気を保っているときはないなどと、自信たっぷりに話す。周囲の者は、いったい何を根拠にそんなことが言えるのかと尋ねた。すると男はきっぱりとこう答えたのだ。酩酊状態にあると、目に入るものすべてが、反対の方向に動いているように見え、それにすべてがひっくり返り、上にあるものが下に見えるという。したがって、世界もこの世のすべての物事も、実はこのように常識とは正反対の形で動いているのであり、酩酊して現実を逆に見たときにこそ、きちんと適切な行動をとり、世間の実態を見抜くことができる、とのこと。そしてそのときこそ、自分は物事を正しく見ているのであり、これこそ人が取るべき見方である、などと答えたのだ。とにかく、この男は獄司たちを前に、そんなことを主張してわめき散らしたのである。しかし彼らの判断は、この男は正反対の方向からではあるが一応世間を見ていることは認めるものの、やはりこの男は真っ直ぐな視線で物を見つめておらず、また素直に世間を渡り歩いているわけではないとの理由で、陽気に騒ぐ連中の檻の中にこの男を入れることになった。

こうしてどちらに視線を向けてみても、狂人か愚か者の姿しか見えず、中身のある人間などどこにも見当たらなかった。

「どうせ気がおかしくなった者をみんな集めたところで、この世の中にちょっとした場所さえあれば十分入りきるだろうと、ぼくは思っていた」とアンドレニオが言った。「だから、ああしてトレドの病院[16]に収容されているのだと思っていたんだ。でも今になってよく考えてみると、この広い世界を覆い尽くすほど、たくさんの狂人がいるのが分るよ」

「その点に関しては、こう答えられるのではないかな」と、ある男が言った。「とある栄華を極める町に住む人物が、一人の外国人を案内して町を散策したそうだ。威容を誇る建築物の数々、人であふれる広場、心地よい庭園、壮麗な教会堂などの名所旧跡のほか、見るべき場所をすべて見せてやったのだが、当の外国人が、自分がとても行きたく思っていた場所に、まだ連れていってもらっていないことに気づいた。《それはどこです？　今すぐにでもそこへご案内しますよ》と誘うと、《気が狂ってしまった人たちが入っている施設のことです》と外国人は答える。するとそれに対して《ああ、そのことでしたか、この町にはそのための特別な場所はありません。町全体がその住処となっていますから》と言ったそうだ」

アンドレニオがつくづく感心させられたのは、豊かな知識をもった狂人たちを目にしたことであった。

「この男たちは」と、ある者が彼に言った。「最低の連中だね。なぜかといえば、治しようがないからだよ。この中にひとり、古今東西最高の知力をもつ者がいるのだが、その知力たるや、持ち主にとっては何の役にも立たない代物なんだよ。正直なところを言わせてもらえば、その知力さえ本当にあるのかどうかも、あやしいものだがね」

「なんてこった！」と、クリティーロはため息を漏らした。「気がふれた人間でいっぱいの聖なる家というわけか！」

しかし、こう言ったとたん、あらゆる方向から、またさまざまな国から、怒りを爆発させた集団が、彼らに向かって襲いかかってきた。瞬く間に彼らはこの愚か者たちに取り囲まれ、身を守ることもできず、またこの集団の怒りをなだめることもできなかった。そのとき、あの巨人が腰に手を伸ばし、白いすべすべした象牙の笛を取り出し、口にあてがうと、それを吹き鳴らし始めた。これが暴徒たちにとってはまことに不快な音に聞こえたらしく、全員すぐさまくるりと踵を返して逃げ出し、ほうほうの体で退散していった。こうして彼らは暴徒の怒りを巧みにかわすことができ、安全な逃げ道を確保できたのである。アンドレニオはただ驚くほかなかったが、その笛はひょっとしてあの有名なアストルフォの角笛[17]ではないかと思い、巨人に尋ねてみた。

「あの角笛のいとこみたいなものですよ。もっともこちらの方が、もっと精神的な力が働きはしますがね。実はこの角笛は〈真実さま〉ご自身が私にくださったものです。この角笛のお蔭で、幾度となく恐ろしい場面を切り抜けることができました。

あなた方たちがさっき見たように、敵がこの真実の声を聞くと、たちまちこちらに背を向けて、あたふたと逃げ出し、私などおっぽり出していってくれるのですよ。だれでも真実の声を聞かされると、口を閉じてしまい、あわてて逃げ出していく様子は、あなた方にもよく見えたはずです。思い上がった人間には、そんなに威張り散らすほどのものなど何も持ってはいないことに気づかせてから、先祖のことを思い出しなさいと言ってやると、たちどころに凍りついてしまうのですよ。もし、大人物に、せっかくの立派な名前に何か悪い形容詞がつかないようにとたしなめてやると、たちまち顔をゆがめます。もしある女性に、世間の評判ほどにはいい女性に見えないと言ってやると、どれだけ天使のような可愛い顔をしていても、まるで悪魔みたいな恐ろしい形相でこちらを睨みつける。もし金持ちに施し物の大切さを説き、貧乏人たちがみんな口を揃えて悪口を言っていることを思い出させてやると、すぐに相手を振り切り、マントを翻して逃げ出す。もし兵士に強い責任感を持つようにと言ってやれば、少しは弱気が治るかもしれませんね。弁護士には金で動かぬよう、すべての訴訟にたやすく屈しないようにと言い、夫に妻の素行にはわれ関せずなんて言わないようにせよと注意し、医者には患者を死なすことに精を出すような真似をしては駄目だと言い、裁判官には、こちらに対して裏切り者のユダと同じ扱いをするような、そんなひどい間違いを犯さないようにと忠告し、若い娘には贈物に喜ばなくなったことを咎め、奥方には濫費を控えるようにと諭し、美しい人妻には少しは姿を拝ませろと言ってはやるのですが、結局は、みんなにそっぽを向かれてしまう結果になるだけのことです。とまあ、こんな具合で、真実を告げる憎たらしい角笛が響き出すと、親戚には拒まれ、友人は姿を消し、ご主人にはつらく当たられ、すべての者に無視されてしまい、《逃げろ、逃げろ》と叫んで、角笛の音に耳を塞ぐことになるのですよ」

さてこうして、人生の遍歴への道が再び大きく開かれると、彼らは雪を戴くアルプスの方角へ向かって歩み始めた。いよいよ手強い〈老齢さま〉が支配する領域へと入って行くのだ。その地で彼らに起こる出来事については、第三部《老年期の冬》で、その厳しい現実を交えながら語ることにしよう。

第三部　老年期の冬

献呈の辞

シグエンサ大聖堂主任司祭
ロレンソ・フランセス・デ・ウリティゴイティ猊下に本書を捧ぐ

　人生の流れをたどる物語の第三部となる本書は、他ならぬ老齢期を主題とするものでありますが、これを捧げるにもっともふさわしい相手としては、威厳と学識と思慮を備えた老師である猊下をおいて他にないと考える次第であります。したがってこの献呈の辞を尊台にお捧げすることは、単なる思いつきなどといったものとは程遠く、必ずやご満足いただける贈物となるであろうと自負しております。猊下が人間としての高い成熟度をお示しになったのは、ずいぶん早い時代のことであります。人生の時期は一人の人間のなかでよく交錯したりするものであり、他者の領域に入り込んだりすることもよくございます。たとえば人生の秋に当たるはずの時期が冬に変わってしまうとか、春であるべき時節が夏の時期のある部分を早くからかすめ取ってしまうといったことが起こるものであります。以上の事情から、人によっては老年期が早く訪れ、自分の本来の時節である壮年期の大部分を占めてしまう結果となってしまったり、あるいは、自分は青年期のなかに位置しているにもかかわらず、その中に壮年期が席を占めてしまうことだって起こりうるのであります。

　人生についての省察の結末部分となる本書においては、猊下の暮らしぶりをそのまま写しとる形で、成熟こそすれ衰えることのない老年期について語られております。猊下の充実した老年期は、広く世に知られかつ認められた神の恵みでありますが、また一方では十分に評価されていない側面があることも事実であります。しかしながら、大自然の恵みおよび不断の努力が、お互い競い合うようにして尊台に注ぎ込んだすぐれた才能につき、私のペンのみですべて余すところなく完璧に描写をすることには、私としてはいささか自信を欠くことも、これまた事実であります。そこで私はかの機智にあふれた絵師の工夫を、ここで真似てみることにいたしました。つまり、その絵師はどこから見ても非の打ちどころのない美しさをもつ対象を、完璧な形で描くことに執念を燃やしたのであります。しかしどんなに巧みに絵筆を操ってみても、四つの方向から同時にその美しさを写しとることなどできないのが分かると、その完璧な美を余すところなく表現できる方法が無いものかと思案をめぐらせました。つまり一方向にのみ視点を向けて描くとすると、他の方向からなら窺える美しさが失われてしまうのです。そこで彼はまず正面から見た姿を力強い筆致で描いたあと、対象の人物の背後に清らかな水をたたえた泉をつけ加えることにいたしました。つまりそこに描かれた水面に、対象の人物の趣のある優雅な後姿を写し取るように考えたのです。さらにその人物の脇は、大きな清澄な鏡を置き、まず右の側面が鏡のなかに映るようにしたうえ、さらに反対側には、きれいに磨き上げられた鎧の胸当てを置き、左の側面からの姿を映し出すように工夫したのであります。こうして絵師は、この気の利いた工夫によって、対象のもつ極上の美をすべて余すところなく表現してみせることに成功いたしました。つまり偉大な対象を描く場合には、大胆な想像をめぐらせるよりも、正面から直接写しとるとともに、側面からその対象自体の力を引き出すことで、想像をはるかに上回る効果を引き出すことができるということでございます。

そのような次第で、この私が尊敬の念を禁じ得ない尊台の優れたご人格を見逃すことなく、またそのほかの美点を描ききれないことなどないように、まず尊台のなかで自然の輝きを放ち、なんの気取りも感じさせない徳性、思慮深さ、博識、良識、温厚さ、雅量、栄誉、気高さ、盛名などの美点を直接写しとりたいと思うのであります。ただしそこには尊台の美点のほか、家族の人々のそれを含めることはもちろんでありますが、ご家系とは縁のない人の美点などは一つとして含まれていないことを、ここではっきりと申し上げておきたいと存じます。そしてさらに、私としましてはマルティン・フランセス氏[1]をはじめとする尊台の著名な先祖さま方という、見せかけではない真の泉を鏡として、尊台の姿を浮かび上がらせることによって、まことの全体像を描いてみたいと思うのであります。まさにあのマルティン殿こそ、貴家の誉れであり、さらにはその美徳、高潔さ、分別、才覚によって、かつての帝都サラゴサの誇りとなっておられます。また、すべての面において、あの方は偉大な人物であらせられました。それに加えて、あの傑出した女性[2]もキリスト教的な愛に満ち、高貴な心をもつ母親たちの模範として、同じように貴家の誉れとなっていることも忘れてはなりません。その愛情の深さは、あれほど著名なご子息方を世に送り出した事実によっても、十分にうかがい知ることができます。この女性こそ、かのローマの女性が言ったとされる、《私の装身具、宝石、装飾品は、私の息子たちそのものなのです》[3]という言葉を、堂々と自分も口にすることができるほどの女性であったというべきであります。さてその右横には、私としては一枚だけでなく四枚の鏡を置きたく思うのであります。つまりその鏡とは、スペインのもっとも有名な司教座聖堂に所属し、神に身を捧げる四名の兄弟全員を象徴する鏡であります。まずは、バルバストロの司教ディエゴ・フランセス猊下(4)。聖性に満ちた生活ぶり、たゆまぬ努力、著作にみられる博識により、また多くの施しによって示された慈愛にみちた心などによって、高位聖職者のお手本となっておられます。つぎの二枚目の鏡は、ブルゴスの教会に所属するバルプエスタの司祭長殿(5)であります。教壇であれ、説教台であれ、司祭長の職務に於いてであれ、この方もまた教会禄を食む聖職者の鑑となっておられます。そして一日も休むことなく、つねに持病に悩まされて一時たりとも安息の時間をもつことさえないのにもかかわらず、神へ祭儀には見習うべき几帳面さを示し、それを執り行っておられます。第三枚目の鏡は——あるいは第一枚目であることも可能ではありますが——、サラゴサの司教座聖堂助祭殿(6)です。このお方こそ万人のための偉大なる善行者といえます。たとえば、貴人たちに対してはその助言によって、また貧しき人たちに対しては大施療院院長としての立場からの施しと救済活動によって、さらに聖職者たちに対しては彼らの模範を示すことによって、また賢人たちに対しては印刷所を通して世に送り出した著作によって、それぞれ善を施しておられます。これに加えて自ら建てられた教会堂と、ご自分が装飾を施して設置された礼拝堂などで明らかなように、要するに万人の仕合わせのために生まれてこられたお方であり、大いに尊ぶべき人物なのであります。

　さて、第四番目の鏡は、宗教界にとって第一の誉れである、フランシスコ修道会の輝かしき栄誉を一身に担うトマス・フランセス神父であります。多くの説教に見られるように、その深いキリスト教に関する教養——この点に関しては、真の英才の集うところとされる王立サラゴサ施療院で披歴された二回ほどの四旬節説法がこれを証明しております——、さらには長年にわたり教壇から神学的知識を講じたこと、また上梓済みの著作にみられる深い学識、そしてご自身が歴任された地位や職務の中で示した思慮分別などによって、周囲を輝かしい光で照らしてこられたのであります。さらには、かの修道会のふたりの総裁に仕えた秘書官でもあり、このことこそこの人物の真価を十二分に証明するに足るものといえるのであります。

　さらにその反対側には、他の三名の在俗の兄弟であるマルティン、マルシアル、パブロの胴よろいを置きたいと思います。いずれも高貴な心をもつ貴紳ばかりであり、さらにはその令名に加えて、真のキリスト者の精神をもあわせもつことができた人物たちであります。つぎにその背景をなす人物像として、司教座聖堂役員であるいとこ諸氏と、在俗の貴紳たちの姿を確認できることも大いに効果のあることでございましょう。とにかく私が常に称えているところではありますが、これら尊台の親族全員は、祖国にとっても今の時代にとっても、キリスト教的精神および貴紳にふさわしい高貴な振舞いによって、最大の称賛に値する逸材ぞろいなのであります。

　このようにして、猊下の人物像は以上のごとき家門の誉れである偉材たちによってまわりを取り囲まれる形で描かれ、猊下がこれら全員の主人公となり、その中心に収まることになるでありましょう。どうか猊下およびご一家が、神のご加護によってますます繁栄されますよう心から願うものであります。

猊下の親愛なる友、かつ崇拝者たる
ロレンソ・グラシアンより

本書をお読み下さる皆様へ

どんな物であれお偉方にご満足いただくためには、とにかく多量に差し上げる以外の方法はないのだとか申します。もしそうであるならば、私はここでそんなお偉方の読者にはお引き取り願ったうえ、ただひたすら心やさしく、読書好きの読者をお誘いするにとどめたいと思います。そしてそんな読者のために、老年期に関する本著作を格別の喜びをもって、ここにご提供する次第であります。企てとは、人前で実行に移されない限り、それが批判の対象になることはほとんどありません。なぜこのことやあのことが、実行に移されなかったのかなどと言う人は、その場合にはほとんどいないからです。しかしながら、いったん人目につく形で実行に移されたことが知れわたり、もし期待通りの成果を挙げていないことが判ってしまうと、間違いなく批判の対象となり、なぜこんな下手なやり方をしたのかという攻撃を多くの人が始めたりするものです。ですから私も正直なところを申せば、この作品の創作にいっそのこと手を染めなかったほうが、はるかに正しかったのではなかろうか、などと思ったりするのです。しかしながら、物語の筋をここまで展開させてしまったからには、もしこの作品を終わりきらなければ、もっと大きな過ちを犯してしまうことになるなどと批判され、皮肉を浴びせられるのは明らかでしょう。そんな事情もあって私としては、この第三部をもってこれまで発表した作品の締めくくりの部分といたしたく思うのです。

もしみなさんに本気であら捜しでもされたならば、多くの誤りが見つかるはずです。しかしそんな誤りにはどうかあまりこだわらないでいただきたいのです。しかしどうしてもお気になさる場合を想定して、そんなあなたのために、あえてきれいな余白を各頁の両脇に残しておくことにいたしました。[7] 私が日頃から言っておりますことは、もともと書籍にそんな余白が取り入れられているわけは、賢明なる読者は筆者が言い忘れたことを、あるいは知らなかったことをそこに書きしるしていただくためであること、そして筆者の誤りを訂正してくださるためだということです。しかしただひとつだけ、筆者である私が皆様のお褒めに与かりたいことがあります。それはこの作品において私はかのホラティウスの偉大な教則を守ろうと努力したことです。それは彼の不滅の著作『詩論』のなかに書かれた「要するに何を書くにしろ、単純であり、統一のあるものでなくてはなりません」[8] との教えです。叙事詩であれ喜劇であれ、あるいは弁論であれ、どんな形式による論考ないしは創作作品であれ、とにかく単一でまとまりがあり、各部分がばらばらの印象を与えることなく、しっかりと連携を保ちながら、全体の大きなまとまりがあるものにしなければなりません。

そのほかこの第三部においては、多くの作家がよく陥る過ちを避けるべく努力しました。つまり第一部はなかなか見事な出だしを見せるものの、第二部になると活力を失い、第三部ではまったくの腰砕けに終わってしまうという過ちです。そこで私はその順が逆になるように努めたつもりですが、どこまでそれが達成できたかは私には分かりません。つまり第二部は第一部より少しはましな作品に仕上がり、この第三部が第二部よりさらにましな作品となることを願ったのです。

ある名著について、ひとりの賢明な読者がたったひとつだけその作品に欠点を見つけたと言ったそうです。つまりその唯一の欠点とは、あまり長くてすべての中身が覚えきれないことか、あるいはいつまでも続いてほしいと願う読者の気持ちを、満足させてくれるほどの長さがないことだと言うのです。優れた作品でもない私のこの作品が、もしそんな受けとめられ方でもされてしまえば、おそらく冗漫で退屈な作品となってしまうはずです。もしそうであるならば、できれば私としてももっと短い作品の方をみなさんにはお読みいただければと思うのですが、いかんせんこの私には、かの学究型の高名な法律家であるティラケオ[9] が矢継ぎ早に出版し、彼の愛好者を熱狂させていたほどの膨大な数の作品は、とうてい書けるはずもないことは明らかです。しかし、たとえば小品を年に一作という程度なら、私としても感謝の気持ちをもって、その仕事に当たることができるかもしれませんが……。

それでは読者の皆様、どうかお手柔らかにお願いいたします。

第一考

〈老境さま〉の栄誉と恐怖

過ちには必ず陰からそれを煽り立てる者があり、愚行にはそれを熱心に勧める指南役が必ずいるものだとか[1]。さらに言えば、最大の愚行を最も熱心に擁護するのは、それを吹き込んだお偉方なのである。人間の数だけ気まぐれな思いつきがあり、それは見解などと呼べる代物ではない。穿った見方をする人たちは、まるで人類全体の代理人にでもなった気分で、人類に対して思いやりのあるはずの大自然が、人生を幼年期から始める形に設定したことに不平を漏らしたりする。

「幼年期なんてもっとも無意味な時期だね」と、彼らは言う。「人生の四期のうちで、いちばん役立たずの時代だよ。なるほどこの形なら、気分よく、大きな問題もなく人生を歩み始められるのは確かだが、それこそまさに、愚か者の生き方だ。無知というものはどんな種類のものであれ危険であるうえに、とくに物事の始まりにおける無知ほど、危険きわまりないものはない。なるほど、この世に初めて足を踏み入れるときに、幼年期を体験させることはとても品の良いやり方かもしれない。しかし、迷路のように入り組み、邪心や虚偽で固められたこの世で生きて行くためには、どれほど用心しても足りないほどだ。いずれにしろ、この配置の仕方は良くないね。これでは、わざわざ騙されに行くようなもので、各々が勝手に自分の身を守れと言われているのと同じだよ」

人間たちのこの不満が、さっそく神が主宰する審議会にまで届いた。さすが人の上に立つお方というのは民の声をよく聞く耳をお持ちなのだ。人間たちは、彼らが尊敬してやまない神が主宰するこの審議会に出頭を命じられた。語られるところによると、神は彼らの言い分に優しく耳を傾けられたあと、人生を始めるための一番都合のいい時代を、人間たち自身で選ぶようにとの許可を与えてくださったそうだ。ただしその場合、人生の終わりとなるのは、それとは対照的な時期にするようにとの条件付きであった。ということは、たとえば始まりを陽気な春に相当する幼年期に設定すれば、人生の終わりは悲しい冬に当たる老年期でなければならないということだ。また秋に相当する壮年期で人生を締めくくりたければ、その反対の時期をもって人生を始めなければならない。また、もしそのすがすがしい秋に相当する壮年期で始めるとすると、猛暑の夏に相当する青年期で人生を終わらなければならないことになる。いずれにしろこの問題については、人間同士で考え、協議するための時間の猶予が与えられることになったのである。そして意見の調整がついたうえで、その結論をもって再び審議会に戻ってくれば、そのまま計画が実行に移されるであろうとのことであった。さて、人間たちはその裁定を持ち帰り意見の調整をはかったところ、様々な意見が複雑に飛び交い、まさに議論百出の状態となった。さらにはそれぞれの案について、数限りない不都合な点が各方面から指摘されたのである。たとえばある者は、青年期から人生を始めることを提案した。それは無知な幼年期よりも、たとえ精神に少々の狂いはあるものの青年期で始めたほうが、この二つの異常さを並べて比べた場合には、こちらの方がまだましだと考えたからだ。

「その考えはまったく馬鹿げている！」と、別の連中が反論した。「そんなことをしたら、人生を始めるどころか、崖からまっさかさまに墜落するようなものだ。有徳の扉から入るのではなくて、悪徳の扉から入ることになるわけだから、人生を始めるのではなくて、破滅から始めるにひとしい。そんな形でいったん若い連中に、いわば魂の本丸を奪われてしまったら、いったい誰があとから奴らを追い出すことができるって言うのだね？　いいかね、考えても見たまえ。幼児というのは柔らかな植物の茎のようなもので、左の方向に邪悪な手によって曲げられたにしても、たやすく右の方向にまっすぐ伸びるよう方向を直してやることができる。しかし放埒で血気盛んな若者というのは、助言などには耳を貸さず、決まり事さえ受けつけない。すべてを踏みにじり、すべてに過ちを犯してしまう。だからその二つの行過ぎた行為を比べてみたら、狂気の方が無知よりもっと危険だということが分かるはずだ」

持病持ちが多い老年期については、あまり大きな議論の対象とはならなかった。ただし、それを提案する者がだれもいなかったわけではない。彼らの狙いは、まず人生の初めに、全力を尽くしてすべての問題に決着をつけ、そしてすべてに一新を図るということであった。

「いや、そうじゃないよ！」と、一応常識をわきまえた連中が言った。「老年というのは、年齢の問題じゃなくて、自然がもたらす災難みたいなものだ。だから老年期というのは、人生を始めるためよりも、それを終えるための方がよりその性格に合っているんだよ。あれやこれや持病がたくさん重なって、死への道を整えてくれ、死を受け入れやすくしてくれるからだ。情熱はすでに眠りこけてしまい、幻滅感だけがますます強くなり、あとは熟れた実や薹《とう》のたった果実が、自然に落ちるのを待てばいいだけのことだ」

結局のところ、いちばん多くの支持を集めたのは、壮年期を推す意見だった。

「そうそう、それがいい！」と、物知りぶった連中は自分の考えを披歴した。「それこそ素晴らしい人生の始まりとなるね。理性の輝きがその頂点に達し、分別が遺憾なく発揮されるのがその時期だ。複雑極まりない人生の迷路を、真昼の太陽のように明るく照らし出してくれる。まさにこれこそ、他の時期にはない利点と言えるね。これこそ人生の中で首座を占める時期であり、最高の生を約束してくれる時期だよ。人類最初の人間[2]もこの時期に人生を開始し、創造主である神もその形でこの世に彼を招き入れてくれているじゃないか。そのときはすでに完全な形につくりあげられた一人前の人間だったのだよ。さあ、これで決まりだね！　これで議論は打ち切りにして、神なる創造主にはこのすばらしい考えを提案してもらいたいものだ」

「ちょっと待ってください」と、ある思慮深い男が言った。

「いったいどこで、一番困難な時代から始めるなんて例を見たことがあるのでしょうか？　そんなことを学問は教えていないし、大自然だってそんなことを実行した例はありません。むしろ、科学も大自然も、新しい生命をつくり出すときには、お互い同じような方法で、容易なものから難しいものへ、少量から大量へと段階を追って成長させ、ついには完璧な域に到達してゆくのです。いったい誰が、わざわざ一番苦しい部分を最初から選んで、坂道を登り始めたりするでしょうか？　人生を歩み始めたばかりの人間が、さっそく心配事に悩まされ、身動きができないほどの仕事を抱え込み、それが終わらない前に憔悴しきってしまい、さらに加えて人生でもっとも難しい課題とされる、高潔な人間になるための努力を必死でしなければならなくなるのです。人生を始めるにあたって、持病を抱えた老年期が好ましくないとしたら、こうして苦労を抱えた時代の方がもっと好ましくないと言えるのではないでしょうか。もし人生がどんなものであるかを、前もって知ってしまえば、いったい誰がそんな人生を生きてみたいなどと思うでしょうか？　もし世の中がどんなものかを知ってしまえば、いったい誰がこの世に足を踏み入れるつもりになるでしょうか？　いいですか、だからこそ人間はしばらくの間は、自由に過ごすようにしてやらねばならないのですよ。要するに、幼年期とそれにつづく青年期の前半は、人間にとってまったく自由な時間であるし、一生の中でもいちばん楽しく、そして早く時間が過ぎていく時期なのです」

　こんな調子でこの問題について盛んに論議はされたものの、今でもなおその論戦はつづいており、まださらにつづけられていくことだろう。こうして、意見の一致に至ることなどまったく不可能となり、創造主たる神への回答を携え審議会に臨むことはできなかったのである。したがって神は相変わらず同じ方法を貫き、人間も相変わらず無知な幼年期でその一生を開始し、物知りの老年期でそれを終えることになっているのだ。

　さて、広く世界をめぐり、人生の歩みをつづける我らがふたりの主人公は、雪を戴いたアルプス山系のふもとまで来ていた。アンドレニオの頭にはようやく白いものが混じり始めるとともに、人間としての成熟も見え始め、一方クリティーロの白鳥のごとき白髪は、彼の人生の終わりが決して遠くないことを表していた。気候は厳しさを増し、どことなくあたりに寂しさが漂う。ふたりがこの地方に身を置くと、まるで血が凍りつくような気持ちになった。

「これではまるで」と、アンドレニオが言った。「人生の安らぎの場所というより、死への入口のような感じさえしますね」

よくよく考えてみれば、かつてピレネー山脈を心地よい汗を流しながら踏破した主人公たちが、今度はアルプス山脈を咳き込みながら越えていくのだ。青年期に汗をかいた分だけ、老年期になれば咳き込まねばならないということなのだろうか。彼らは雪を戴き白くなった山々の頂や、さらにはすっかり禿げ上がった山、さらには切り立った崖が、所々歯が抜け落ちたような感じで周囲に立ち並び、さまざまな岩山の形をつくり上げているのが目に入った。ふつうであれば、賑やかに音をたてて流れるはずの小川も、すっかりその流れを止めていた。厳冬の大気が、小川の楽しげな囁きやざわめきをすっかり凍りつかせていたからだ。こうして、周囲のものすべてが凍りつき、ほとんど死に絶えてしまったような感じさえした。植物は当初の活力や緑の色合いをすっかり失い、賑やかに生い茂っていたはずの葉は、ほとんど落ちてしまっている。たとえ僅かながらも緑の葉が残っていたにしても、強い毒性をもち、もし散り落ちてしまえば、かなりの数の人間を殺傷してしまうほどの威力があった。[3] もっとも緑の葉といえば、死期が迫った老婆がこんな強がりを言った例もある。「あたしゃ、うちのオレンジの葉っぱに命を守ってもらっているからね」[4]と。ともあれ人々は、もう以前のように、水の流れが楽しげに笑いさざめく姿を目にすることはなかった。ただ目に映るのは、水がわずかな涙をこぼす姿か、ぎしぎし音をたてるつららの姿のみであった。ナイチンゲールが恋の歌を披露することは最早なくなり、夢を失い嘆き悲しむ声が聞こえるばかりだった。

「なんとまあ、陰気な地へ来てしまったものだ！」と、アンドレニオが嘆いた。

「おまけに見るからに不健康な感じがする」と、クリティーロがつけ加えた。「熱くたぎっていたはずの血潮が失せてしまい、恐ろしいほどの寂寥感があたりを支配している。朗らかな笑い声が、嘆き悲しむ声に変わってしまったのだ。すべては冷たく悲しげに見える」

こんなことを考えながら、重い気分で山道を進んでいった。するとそのとき、こんな雪山に足を踏み入れる者などほとんどいないはずなのに、妙なそぶりを見せる人物の姿を見つけたのである。ふたりが同時に不思議に思ったのが、果たしてその人物がこちらに向かってくるのか、あるいは遠ざかっていくのかが分からないことだった。この疑問を感じたのはむしろ当然のことで、顔の向きがその進行方向と一致しないのだ。実は顔は彼らの方を向いているのだが、逆の方向に歩いているのである。しかしアンドレニオはてっきりこちらに向かって来るものと判断し、逆にクリティーロは向こうに進んでいるものと思ったのだ。ふたりとも同じ位置からまったく同じものを見ているのに、どうしても意見が分かれてしまう。好奇心を刺激されたふたりは足を早め、すぐにその人物に追いついた。すると、なんとこの人物には二つの顔があることが判った。実はこれが怪しげな素振りをしているように見えた原因であり、こちらに向かってくるように見えて、実はあちらに向かっているのであり、近くに来ているはずだと思うと、意外にも遠くに行ってしまっているということが起こっていたのだ。

「驚くことはないよ」と、その人物は戸惑うふたりの気持ちを察知して言った。「こうして人生の終わりに近くなるとね、我々はみんなこうやって物事を両面から見て、さまざまな考えをめぐらせ、ある思惑を秘めて行動するのだよ。生きていくためには、こうやって二つの顔を使い分けなきゃならないのさ。一方の顔では笑顔をつくり、別の顔ではふくれっ面をし、一方の口では《はい》と答え、別の口では《いいえ》と言い、こんな調子で我々は世渡りしていくのだよ。だから、もし誰かに約束を果たせと責められた場合でも、もしその約束を守ったとしたら我々に不利が生じるようなときには、こう言ってやるのさ。言葉と実行の間には大きな隔たりがあること、簡単に約束はしたけれど実行は難しいこと、約束した舌と実行する手の間には、二里《レグア》ほどの隔たりがあり、おまけにそれもカタルーニャ寸法の二里[5]なのだ、などと屁理屈を並べて開き直るんだよ。だから結局はスペイン流の大風呂敷を広げて、フランス風にそれをあっさり反故にする。ちょうどフランス王アンリがある和平条約に署名したあと、そのインクも乾かぬうちに、その条約を修正もせず、内容の矛盾する別の条約に署名してしまった[6]のと同じことさ。まあ言ってみれば、我々は同時に二か国語を使い分けているようなものだね。こちらの言うことが分からないと言い張る者には、いやいや私たちはちゃんと理解しあっているんだと言ってやる。表情には第一と第二があり、第一の表情はお愛想用、第二の表情は本音用だ。第一の方でみんなを喜ばせ、第二の方ではだれも喜ばせない。我々は泣いている者に調子を合わせて、いっしょに泣いてやることが多いが、それと同時に裏ではその愚かさを笑っているのだよ。だれもが知っているあの大人物[7]は、話そうと近づく者を丁重にもてなす裏で、そんな客を招き入れてしまった近習を心のなかで呪っていたはずだ。だからこそ、他人の優しいもてなしを信頼してはならないし、そんな快感に酔ってしまって得意になってはいけないのだ。一歩前に進み出て、しっかり第二の顔を確認してみることだな。それこそ真実の顔であり、本音の顔なんだよ。つまり後で見るその顔は、約束を反故にする顔ということになる。よく観察してみれば、一方の顔はとても穏やかな表情をしているが、もう一つの顔は荒々しい形相をしているのが分かるはずだ。あちらの顔が相手を称賛しているのに、こちらの顔は口汚く罵っているのだよ。もし一方の目が青く澄み切った大空の色をしているとすると、裏側にある目はとても暗く、地獄のような陰鬱さが漂う。

あちらが静かな落ち着きのある目だとすると、こちらは目くばせでもしている目といえるだろう。一方の表情がとても人間臭いものとすると、もう一方はとても深刻な顔つきだということが分かるはずだし、あちらがとても朗らかな表情だとするとこちらはむっつり顔ということになる。要するに一言でいえば、老年期に入ると我々はみんなヤヌス[8]になってしまうわけだ。それはつまり、我々が若い時代には、素直でお人好しで、騙されやすかったということさ[9]。さてそれでは、ここまでを小生の第一回目の講義とでもしておこう。この地で一番の役を担っているのが、かの有名な暴君の女帝さまで、この教えを一番の得意としているのだよ」

「いったいどんな暴君なんです?」と、アンドレニオはびっくりして尋ねた。

すると《両面男》ヤヌスは、

「おや、初耳かね? もうかなりの年配でね、広く知られた有名な人物なんだが、一般には彼女は憎まれっ子みたいな存在だよ。生まれてきた者はみんな彼女の残酷さに恐れをなし、この老いぼれた国から逃げ出そうとして人生に無駄な抵抗を試み、老年の白髪のように純白な心に、わざわざ汚れたシミを残していくような行動をとるのだ。もしこのあたりに誰かが来たとすると、それは自分から進んでやって来たのではなく、時の流れに引きずられて、仕方なくやって来たということなんだな。ほらあの女を見てみろよ。いかにも不機嫌そうな顔をしているだろう? あれは時がたてば経つほど、ますます意地が悪くなり、歳を食うとますます手の施しようがなくなる。この場所で、醜い〈老境さま〉に仕える情け知らずの手下どもが、旅人を一人残らず捕えてしまうのさ。金持ちだろうが、有力者や紳士や強者であろうが、まったく関係なしに、例外なく引き立てられていくんだ。その中には今まで好き勝手に暮らしてきた者ももちろん含まれる。全員髪の毛を引っ張られるようにして連行され、ときにはまるで幸運の神が前髪を引っ張られるような恰好[10]で引き立てられ、さんざんな目に会わされてしまう。きっと君たちは、その連中が嘆息をつき、ときには泣いたり咳き込んだりしながら、連れて行かれる姿を見ることになるはずだ。いや、驚くのはまだ早い。彼らが受ける乱暴狼藉はひどいもので、さらに彼らに課せられる罰も残忍そのものだ。まるで獄囚のような扱いを受け、その上にはあの女暴君である〈老境さま〉が君臨するというわけだ。あの女にしろ、その取り巻きの女たちにしろ、魔女ではないかとの噂もたてられているが、少なくとも人を惹きつける魅力などないことだけは確かだ。彼女は血を吸い取り、頬の肉をこけさせ、食物もろくにあたえず、ただひたすら棒打ちを食らわせる。そしてそのことが、いじめを受ける者たちにとっては、糧になっているなどと嘯《うそぶ》いている。取り巻きの女たちの話では、あの暴君は死神とはとても親密な関係の親戚にあたり、お互い二親等の間柄にあるらしい。とはいえ、じっさいには直接血のつながりがあるわけでも、近い親戚でもなく、むしろ骸骨とのつながりがお互い近いというだけのことだ。だから親戚同士というより、親しい友達同士の関係にあり、お互い壁を隔てて住んでいるものの、その門はつねに開け放たれているんだよ。そんなわけで、話によると老人は早々と墓場に居場所をみつけて入りこみ、スープなどを啜っているらしい。若者でさえ死ぬ者も多く、それがもう老人となると一人だって死神から逃れられなくなるとのことだ。でももうこれ以上〈老境さま〉についての話はよそう。幸いなことに君たちもすぐに出会うことになるはずだからね」

見目麗しい女がこう叫んでいる。[11]

「出来ることなら、彼女を見たらすぐにでも死んでしまいたいわ！」

《両面男》ヤヌスは、こんなことをアンドレニオに語っていたのだが、なんとアンドレニオがよく見てみると、この男はもう一つの口を使って、〈老境さま〉のことを褒めちぎり、クリティーロにはまったく反対のことを教えている。彼女のことを、賢明で、温和で、思慮深く、その臣下たちを大切に扱ってくれる人物であるとして称えているのだ。臣下たちを最大の敬意を以て取り立て、最高の栄誉を与え、素晴らしい特典を認めることで、世界最高の名誉を授与し、顕彰しているのだとも説明しているではないか。さらには彼女によって、臣下たちがすばらしいもてなしを受け厚遇されていることを、口を極めて称賛しつづけている。これを見ていると、イソップの物語に登場するあのサテュロスが、この種の人間をあれほど嫌っていた理由がなるほどと頷ける。[12]同じ口から温かい空気と冷たい空気を吐いていたように、このヤヌスは同じものを、一方の口では褒めそやし、もう一方では扱き下ろしているのだ。

するとヤヌスは、

「口を二つ持つこととは、まさにこのことだ。それぞれの口が真実を語っていることに気づかないといけないのだよ。私の経験がそれを教えてくれる」

そのとき、〈老境さま〉に仕える血も涙もない死刑執行官たち[13]が、最高の栄誉を手にする好機が訪れたのを感じ取ったようであった。相手を裏切り、こっそり目的を遂げるのが彼らの仕事だ。いったんこれと決めた相手を騙すことになるのだが、しかし後になればやはり仕方のないことと諦めてもらえるのである。彼らはいわば死神の間諜だ。もう走ることなどままならぬ老人たちをラバの背に乗せ、墓場へ大急ぎで直接運んでいく。彼らは六十歳から七十歳までの一団を率いていくのだが、ときには八十歳の集団を連れていくこともあった。さらにこれ以上の年齢となると、すべてが苦労と苦痛の連続であった。老人を摑まえると、不安定な姿勢のままラバの背に乗せ、急いで連れ去り、苦しみを与え、最後には土に戻してしまう。ほとんどの者が逃げ出そうとするのだが、執行人たちは厳しい姿勢をみせて彼らを追いかけ、石をなげつける。その命中度は高く、わき腹や腎臓にまで突き刺さる。前歯やさらには奥歯まで叩きつぶされる者も多い[14]。周囲の静まり返った空気なかに、悲鳴がつぎつぎに響き渡る。ヤヌスはふたりの気休めに、こんなことを言ってくれた。

「この場所では、悲鳴は老人の持病の数より多いものだ。老人には毎日新しい持病が生じてくるものだよ」

そのときはちょうど、七十人ほどの死刑執行官が姿を見せたところだった。サパタ[15]の言葉を借りれば、あの連中はたちが悪く、悪魔祓いの呪文を唱えるだけでは、とても退治できないのだとか。さて死刑執行官たちの集団はそのとき、ひとりの老婆とやりあっているところだった。何の前調べもせず、ただ年寄りに違いないということで捕えた女だ。世俗の悦楽や肉欲の快楽というものは、ふつう悪魔のマントに守られることになるのだが、この老女は一応黒絹のマントでおとなしく顔を隠してはいた。しかしながら、顔を隠したことでごまかしが利くとでも思ったのか、年不相応に屈託のない調子で振舞おうとしている様子が見て取れる。まだ卵の殻を破って出てきたばかりの、雛鳥にでもなったつもりでいるのだろう。死刑執行官たちは大笑いしながら、こう言った。

「おやおや、どうやったらそんなに素早く変装して、顔を隠せるのかね?」

するとその女は無理にしなをつくって、若い娘の生きのいい発音を真似るのだが、すぐにたまらず強く咳き込んでしまい、化けの皮がはがされてしまう。とうとうマントを剝ぎ取られた。するとそれまで持病などないはずだった女が、三つも四つもの持病持ちであることがばれてしまった。頭髪もほとんど抜けてしまっていて、かつては人も羨む美しさを誇った女もこれではまるでお化け同然だ。あれだけ多くの男を引きつけたセイレンも、いまでは男が裸足で逃げ出すような化け物に変わり果ててしまっている。

そのとき、ひとりの男がそこを通りかかった。昂然と周囲に睨みをきかせている。いかにも自惚れの強そうな男だ。しかしなんと両脚がない。すると見張り番のひとりが、目やにだらけの目をそちらに向け、召使を連れていないことに気がつくと、からかい半分にこう言った。

「この男は例のあの召使のご主人さまだぜ」

「でも、召使なんて連れていないじゃないか」と、別の仲間が口をはさんだ。

「だからこそそうだと判るのさ。いいか、よく聞きな。その召使がこの主人に仕えることになった最初の晩のことだ。衣服を脱ぐのを手伝っていると、その主人は大変な勢いで服を脱ぎ捨て、なんと手足まで放り出す始末。おまけに、ほらこの髪も受取れ、とか言って、骸骨だけの頭になってしまったのさ。そのあと上下の二列の歯を抜き取ると、口の中はすっかり空になってしまったんだ。しかしまだこれだけでは、身づくろいは終わらない。次にはなんと二本の指を片方の目につっ込み、目玉をえぐり出し、それを召使に渡したあと、それをテーブルの上に置けという。もうすでにテーブルの上には、ご主人の体の半分が置かれている。召使はさっぱりわけが分からず、あなたはご主人さまですか、それとも亡霊ですか、と問いかける。主人はそれには構わず、腰を下ろして長靴を脱ぎにかかる。そこで皮ひもを緩めてから、こうのたまう。《さあ、思い切り引っ張れ！》と。言われたとおりにやってみると、こんどは長靴といっしょに脚も抜けてしまい、ご主人がすっかりばらばらの体になってしまう。それを見た召使はただおろおろするばかり。ところがこの主人、よっぽど遊び心がある人物だったに違いない。召使がすっかりうろたえているのを見てこう言ったものだ。《そんなことぐらいで腰を抜かしていちゃだめだ。その脚は横に置いといて、こんどは頭を摑むんだ！》と。そして言うが早いか、まるでねじでも回すみたいに、両手で自分の頭をひねり、投げてよこそうとしたわけさ。召使の若者はもうこれ以上気力が持たず、恐ろしくなってそこを逃げ出したんだ。まるでご主人の頭がごろごろ転がって後から追いかけてきているような気持ちになって、あとを振り返りもせずお屋敷の中を駆け抜け、外の道路もかなり行ったところまで止まらなかったそうな。まあその主人としては、自分が老人とみなされるのが気に入らないから、こんな無茶なことまでやってのける。だれでも長生きしたいと思うくせに、実際にその歳になってしまうと、年寄りには見られたくなくなるわけだな。老人たちはそんなことはないとか言って否定はするのだが、やはり、さまざまな騙しの手を使って、無理に若く見せる努力をするものさ」

咳き込む声、痰を吐く不快な大音響を耳にしながら、ふたりが視線を遠くに向けてみると、一軒の古色蒼然たる建物が目に入った。建物の半分はすでに崩れ落ち、残りの半分も荒れ放題で、今にもすべてが倒壊しそうな状態にある。まるで蔦のように、この建物にへばりついて生きてきた諸大臣をはじめ寵臣や他の臣下たちは、不安にさいなまれ胸をどきどきさせていたのである。建物は白く冷たい感じのする大理石を基調としていたが、巨神アトラスの柱像の代わりに、細い杖みたいなスキピオの像で一応支えられているだけで、いかにも頼りない感じがする。堀は無防備で監視櫓は閉鎖され、まったく城塞の役割を果たしていない。建物は隙間だらけで、すでに雨漏りが始まっていることを考えれば、ほぼ崩壊したも同然と思われても致し方ないだろう。

「これこそが〈老境さま〉の古い宮殿だよ」と、ヤヌスが言った。

「なるほど、納得できるね」と、ふたりは答えた。「あの寂しげな佇まいと荒廃ぶりを見ればね」

「こんな場所では、笑い声なんてめったに聞けないだろうね」とアンドレニオが言った。

「そう、この数日間はみんな喧嘩別れしていて、お互い顔を合わせることもしないし、話を交わすこともない」

「なるほど、それじゃ老年の悲しさに加えて、二重の悪を背負い込んでいるわけだ。同じ仲間同士でも中傷や悪だくみが必ずあるだろうからね」

「その通りだ。あの老人たちの間にしっかり根を下ろした形で、そんなものが存在しているのだよ。昼はひなたぼっこをしながら、夜は暖炉の火にあたりながら、一日中噂話に明け暮れ、人の批判をして噛みつく材料には事欠かない。そして言葉がうまく口から出なくなると、その言葉を他人に突き刺すようなことまでやる。こうして口がうまく働かなくなると、こんどは足が少しずつ利かなくなってくるんだ」


建物の正面の壁は壊れかけてはいるものの、まだ重厚さと威厳を残し、昔日の威容を保っている。壁には二つの古い門が開けられていて、老犬が無愛想な女主人にならって、いつも唸り声をあげて威嚇し、その番にあたっていた。これら二つの門は、お互い近い位置に設けられていたが、それぞれかなり違った性格をもつものであった。一方の門には門番がいて、誰も入れないようにしているのだが、もう一方の門は、門番はいるものの誰でも自由に入ることができた。いったんそこへ入ると、たとえエル・シッド自身であろうと武具を取りあげられ、体をばらばらにされるのだ。かの有名なアルバ公爵[16]でさえ、この規則は厳格に適用され、名剣を取りあげられたうえ絹の懸章に変えられてしまったのだ。こんな有様だから、かつての軍人たちのうち、ある者は戦闘意欲を喪失し、またある者は怒り狂い自制心を失っていった。カルロス一世王[17]は、タフタの繃帯を体に巻いて、そんな不満を何度も抑え込まなければならなかった。さらに、マスケット銃の発明者アントニオ・デ・レイバ[18]に対しては、体をばらばらにしたうえ、二人の黒人奴隷が運ぶ格子籠に無理やり押し込んだ。彼はその昔、熱い戦闘のさなかに、激怒してこう叫んだ軍人だった。

「さあ、手下ども、この俺を早く籠で運ぶのだ！　ぐずぐずするな！　早くあっちへ連れていけ！」

そのときちょうど、かつて世界を震撼させた将軍の手から指揮棒が取りあげられ、その代わりに老人用の杖を持たされているところであった。将軍は体を震わせて杖に対する嫌悪感を露わにし、まだ自分は人さまの役にたてる軍人だと主張している。

「どうか杖をお取りください！」と、兵士たちが言った。

こうして、言葉を尽くして将軍を説得し、これからは善き行いを積み重ねていくように、ただし人を殺すという功績を積むのではなく、死に備えていくための善行であると言いきかせた。

さらには、王権を象徴する笏と司教の杖を手にして到着した人たちに対しては、それを手にもたせたままにし、しっかりと使い古されているほど、国民の幸せを支える強い杖であることが告げられた。そのほかの人々には、老人用の杖が配られていたが、門番たちの話では、実は老人を早く死に追いやるための杖であった。なるほど多くの者が杖の先を地面につけず、腕に抱えたまま、音も立てずに大急ぎで移動してゆく姿が見える。ある意地の悪い男などは、それはきっと騒音を立てないためと、間違ってあの世への扉を叩いてしまわないように、との用心からだろうと考えたのである。

しかし、人々が物を見る目はいかに多様であり、世間にはさまざまな気まぐれがあることが分かったのは、〈老境さま〉に仕える年老いた家来たちに引き立てられるのを待たず、自分から進んで〈老境さま〉に身を預けにやって来る者が少なからずいるのを目にしたときだった。彼らは自分から進んで心の痛みを求めてここへやってくるのだ。そして執拗に杖をくれるよう訴える。しかしそんなものは絶対に与えられるはずはなかった。とくにその恐ろしい城の中では、認めるわけにはいかない要求だったのだ。それにあれほどみんなに恐れられていた城は、どうやらこの人たちにとっては、どうしても入ってみたい場所だったようだ。その周囲に居合わせた人たちは、いずれ劣らぬ双方のかたくなな態度に驚き、彼らにこう尋ねた。

「あなた方は何が狙いで、それほど熱心に入りたがっているのです?」

すると彼らは、

「いや、我々のことは放っておいていただきたい。自分たちがやっていることの意味はちゃんとが分かってるからね」

そして口ぐちにこう言いながら、門番たちに向かって中に通してくれるよう頼んでいる。

「あんたたちの代わりになってもいいから、入れてくれよ」

「あんたたちの仕事は、実入りのいい楽な商売だぜ」

「まさにその通り！」と、門番たちは応じた。「中に入ってしまった奴らから見れば、たしかに楽な仕事で、おまけに実入りのいい商売かもしれん。しかし魂の癒しなどない、つまらない仕事なのさ。お前たちは中へ入ってしまった連中のことが分かっちゃいないんだよ。奴らは杖が必要だから求めるのではなくて、楽をしようと思うから欲しがるのさ。つまり死の入口の扉を叩くためではなくて、もっと生き続けるため、より高い権威や地位や評価を願い、それに安楽を求めて杖を欲しがっているわけだ」

そうこうしているうちに、後頭部だけにまだ髪の毛を残した男がやって来た。どうやら自分を持病もちに見せて、老人として認定されるのを狙っているようだ。そのために、咳き込んだり、ぶつぶつ小言を言ったりする小技まで交えている。門番たちはこの男を十里ほど向こうに、いや正しくは十年ほど以前に押し戻し、こう言った。

「この連中は働きたくないから、きっと早くから老人になりすまそうとしているのさ。年齢と持病の数をもっと増やしてから、ここにやってくるべきだよ」

まさにその言葉通りだった。ひとりの男がうっかりこう漏らしたからだ。

「健康で長生きしたければ、早いうちに年寄りになるべし[19]、だよ。つまり、イタリア風の気楽な生き方をしろってことさ」

「ということは、この世の中には、いろんな人がいるってことだ。老人のくせに若く見てもらいたい者もいれば、若いくせに老人に見てもらいたい奴もいるからね」

その通りだった。ひとりの男はすでに八十を過ぎていたが、――あるいは、それほどの歳でもなかったかもしれない――自分は年寄りでもないし、自分を年寄りだなんて思っていないと言い張っている。仔細を聞いてみると、世の中の指導的な地位を占めている人物であることが判った。それを聞いた別の男が言った。

「この人たちっていうのは、いつでもまだ人生半ばだと思っているんだよ。でも彼らがポストを空けてくれるのを待っている者が別にいて、その人物たちにしてみても、すでに長い人生を生きてきたはずと思っているんだけどね」

さらに別の男は、若いころには年寄りを気取り、年寄りになったら若者を気取っていたことを咎められている。よく調べてみると、若いころには高位の職を手に入れようとしていたこと、そして歳を取ってからは、その職にいつまでもしがみつこうとしていたことが判明した。さらに別のよぼよぼの老人は、自分が年寄りでないことをはっきりと証明してみせると頑張っている。そしてこう言った。

「ふつう人間が年寄りになって困ることは、視力が落ちる、歩くのが苦手、人に命令を出せなくなることだな。その点、わしゃまったくその逆で、目はますますよく見える。たとえば、以前までは何かの前に立つと、たった一つの形しか見えなかったものだが、今では物が二つに見え、一人の人間が四人に見え、一匹の蚊が象ほどに大きく見えるね。それに歩くことに関しては、わしゃいつも体を前に曲げて歩くのだが、それは何かを手にしようと思うと、こんな姿勢で百歩ほども探し歩かねばならんからだ。以前は一歩進むだけで何でも手に入ったものさ。それとだな、命令を出すことに関しては、わしゃ一つの命令を三、四回も繰り返せる。ただし、何も実現はしないがね。かつてはひとこと言っただけで、わしの命令に人はおとなしく従っていたものだよ。それに体力が二倍に増えたのを実感しているね。だって、昔は馬から下りるときにゃ、自分ひとりで下りられたものだが、いまじゃ踏み台を置かないと、体を支えきれないからな。それに歩くときには、まるで世界中を足で力強く引きずっているような感じがする上に、咳と杖で大きな音をたてることだってできるよ」

「そんなことは、すべて老人の特徴じゃないですか」と全員が言った。「でも、あんたにとっては、なにかの慰めにはなるからいいよね」

さて、彼らは古い荒れ果てた宮殿にさらに近づいていった。すると両方の門の上に、大きな看板が掛かっているのが見えた。一つ目の門には、《これは栄誉の門なり》と書かれており、二つ目の門には、《こちらは恐怖の門なり》とある。たしかに見た目にもそんな感じがする。こちらの二番目の門は、どことなく色あせた感じがあり、一番目の門は堂々とした構えをしていたからだ。その第一の門の番人たちは、そこへやって来た人たちを一人残らず厳密に調査していた。たとえば誰かが淫靡な悦びにふける緑の野原からやって来たのを見つけると、すかさず恐怖の門に向かわせて苦痛の世界に導き入れ、軽佻浮薄な青年時代を送った者は、疲れ切った体で老年期に向かうよう厳しく言い渡された。

「軽薄なる者どもは」と、門番たちは言った。「悲しみが待つ門から入ること。威厳がある方の門からではないぞ」

と言われると、彼らは口答えもせず、おとなしく指示に従っていた。これらの軽薄な連中はまったく気力に欠ける人間であることは、こんな行動からも見て取れた。これとは反対に、有徳の人、智者、勇者など、厳しくも気高い世界からやって来た人たちは、一人残らず恩恵を受けるべき門を大きく開けられ、迎え入れてもらっている。こうして同じ老年期とはいっても、ある者には褒賞の意味をもつ一方で、他の者には懲らしめでしかなく、またある者には権威づけとなり、他の者には苦しみとなった。見張りの門番たちは、クリティーロの姿を認めると、栄誉の門を大きく開けてくれた。しかしアンドレニオには苦難が待つ門から入るよう命じた。彼は早速その入口で躓いてしまうと、門番たちはこう言った。

「足元には気をつけろ！　ここに来たら食べ過ぎと転倒は禁物なんだ！」[20]

こうしてふたりはそれぞれ違った方向に歩みを進めることになった。アンドレニオは門をくぐるや否や、悲惨な情況や凄まじい光景などを、目の前で無理やり見聞きさせられることになった。そのうちでももっとも恐ろしかったのは、鬼神か化け物か、あるいは怪物の親玉と呼ぶべきか、それとも幽霊のできそこないか、妖怪の生き写しなのか、要するにそんな印象をすべて一緒にしたような老婆がそこにいたのだ。青白く汚れた背のある椅子に座っている。この椅子もかつては象牙のように白かったはずだ。[21]その椅子は、エクレオ、ポトロ、カタスタなど様々な拷問道具の上に置かれ、彼女はこの拷問の場を取り仕切る役割を担っているようだ。とにかくここでは毎日が不吉な火曜日[22]に当たったような場所なのだ。彼女の周りを無数の死刑執行官たちが取り囲んでいる。彼らは生命の天敵であり、また死神の手下でもあり、暇を持て余す者など一人としていない。彼らはあの暴君の女王の家来であり、全員年老いた犯罪者たちの取り調べを、拷問具を使って行い、自白を強要する仕事に携わる。彼らはその権威を笠に着て、老人たちをいじめ抜き、咳き込ませ、しどろもどろの状態に追い込む。しかし拷問具の硬さや不快極まりないこの場の雰囲気にも拘わらず、老人たちは意外に平静を保っている。ただし痰の出だけは相変わらずだ。

執行官たちは一人の男を摑まえ、拷問台にかけていじめ抜き、過ぎ去った若い時代の過ちを吐かせていた。今となっては重く心にのしかかる過ちだ。これが死に至るまで長くつづく拷問になるのである。男はどうしても素直になれず、頭を左右に振って、どんな問いかけにも否定の返事しかしない。否定するのは老人特有の習性で、ちょうど子供が、何にでも頷くのと同じだ。かくして老人の口からは、いつでも「いいえ」の返事しか聞くことができず、子供の口からは「うん」がいつも聞けるのだ。執行官たちはこの男にどこからやって来たのか尋ねていたが、人の二倍は耳の聞こえないこの男は、――いつも聞こえないふりをしていたが、実際にもその通りだった――すべて反対に解釈し、こう答えていた。

「え？　なに？　わしがとても歳を取ってるって？　それは断じて否定するね」

　と言って、頭を左右に揺らす。執行官たちは拷問具の綱をさらにきつく締め上げて、もう一度尋ねる。

「これからどこへ行くつもりだ？」

　するとこう答える。

「え？　なに？　このわしが死ぬって？　そんなことはありえない」

　と言って、こんどは両方の耳をぴくぴく動かす。自分の息子たちにいろいろ尋ねられるとこう答えていた。

「なに？　お前たちに財産を渡せだと？　まだ早すぎるわい」

　と言って、頭を激しく動かす。

「わしが権力を譲るのは、この世を後にするときのことだ」

　さらに別の男は、まだ若者の気分でいると言って、頑張っている。胃袋はフランス人並み、頭はスペイン人並み、足はイタリア人並み[23]というのがその自信の根拠らしい。執行官たちはたくさんの証拠を出してきて、事実はまったくその逆であることを納得させようとするのだが、この男はそんな証拠など目にしたくもないなどと言って反論する。すると執行官たちはこう答えた。

「いいかね、お年寄。ここになくて目に見えないものこそ、決定的な証拠となるんだよ。お前さんに足りない視力、抜け落ちた歯、飛んで消えてしまった髪の毛、衰えてしまった体力、失った気力などがそれだよ」

　とうとう最後に〈老境さま〉は、ほぼ死刑に等しい判決をこの男に下した。するとこの古臭い腐れかかった男は、自分に欠点があるのではなく、すべて他人のせいだと言い訳を始める。

「あのね、みなさん、どういうわけか最近特に、人は小さな声で話すようになったのじゃありませんかね？　これじゃ、まるで裏切りの相談みたいだよ。だからこのわしも人の話はまったく聞こえなくなり、話の内容もさっぱり分からなくなりましたよ。わしらの若い時分にはね、みんな本当のことを喋っていたから、大きな声で話していたものだがね。それがなんと鏡までが、嘘を映すようになってしまった。だって以前なら、さすがすがしく陽気で色艶のいい顔を映してくれていたものだよ。だから鏡で自分の顔を映してみるのがとても楽しかったものさ。ところが世の習いというやつは日ごとに悪くなっていき、今じゃ靴も足にぴったりの形に変わり、短くなり、服だって幅が狭くなり、体型に合わせ過ぎて男性も威厳がなくなってしまった。土地も質が落ちてしまい、以前のようにおいしくて栄養のある作物が栽培されなくなってきたね。それに以前のように味のいい食べ物も少なくなった。それに気候までも悪い方に変わってしまったね。だって、この地方の気候も以前はとても健康的で、空気は澄み渡り、空は明るく晴れていたものだよ。ところが今は、すべてが逆になってしまった。陰気で不健康な気候になってしまい、流行するのは、喉風邪、鼻風邪、炎症、眼病、頭痛などや、そのほかたくさんの持病ばかり。それとわしがとくに心を痛めているのは、奉公人がすっかり堕落してしまい、きちんとした仕事ができなくなってしまったことだね。たとえば召使たちは言いつけを守らず、嘘つきで、満足に伝言を相手に伝えることさえできない。女中たちは怠け者で、服装もだらしなく、物知り顔で、きちんと仕事をこなせる者がいなくなった。料理の味はまずく、寝台は堅くて一方に傾いたまま。食卓の配置も下手くそ、家の掃除も行き届かず、すべてが汚れっぱなしで、とにかくお話にならない。そんな次第だから、主人はすっかり世事に疎くなり、美味くもない食事を我慢して食べ、きちんとした服も着られず、熟睡もままならず、一人前の暮らしさえできない有様。それで文句のひとつも言おうものなら、ご主人様はもうご老体で、口うるさくて、ぼけていらっしゃるなどと反応が返ってくるのだからね」

　かつては美丈夫とも貴公子とも言われ、やれナルシスだ、やれアドニスだともてはやされ男たち[24]もここへやって来る。しかし、その彼らの風体を見ると、嘲笑とも憐みともつかない気分にさせられ、空恐ろしい感じさえする。また、かつては、フローラ[25]やトロイアのヘレネにさえ比べられ、ウェヌスにも劣らぬ美しさを誇った女たちが、今は髪がばさばさに乱れ、歯も抜けてしまった姿を曝すことになる。これではまるで、時間という名の無骨な木こりの手が、容赦なく斧をふるい、豊かに茂った樹木を少しずつ切り落としてゆくようなものだ。一年で最高の歓びをもたらしてくれる春という季節。その春に華やかに野原を飾り、きらびやかな装いを施してくれる樹木から、生気にあふれる枝を切り落とし、まだ青い若木までも手折ってしまい、芽生えたばかりの新芽を絶ってしまう。こうしてすべてが朽ち果ててしまい、まるで花を失った亡霊か野原で朽ち果てる骸骨のように、木の幹だけが寂しく全く役立たずの残骸を曝すことになる。この変化をもたらすのは、ほかならぬ時間という魔物であり、すべてを棒で痛めつけてしまう。まさに暴君とはよく言ったものだ。こうして抜きんでた容色を衰えさせ、最後にはそれを奪い取る。ほんのり赤く染まった頬、色鮮やかなカーネーションを思わせる唇、ジャスミンの香りを放つ額を消し去ってしまうのだ。こうして若き日の嬉し涙の粒にも比すべき、きれいに並んだ真珠の歯は順次欠けてゆき、豊かな頭髪は抜け、生気は失われ、優雅な佇まいは消え、きりりとした美しさは衰え、優美な振舞いは影をひそめ、こうして時間の経過とともにすべてが終わってしまう。

ある一人の人物について、本当に老人なのかどうかが疑われた。見た目はたしかに老けているのだが、それにふさわしい頭の中身が伴っていないのだ。この人物については、まだ若いということで全員の見解が一致したのだが、〈老境さま〉は、

「この人たちは、狂った変種のイチジクに属していて、実が熟すことがめったにないのです」と言った。「思慮分別についてはまったく軽蔑的な態度をとります」

さらには、まだ若いながらも頭が禿げ上がった男と、もう一人白髪の男がいて、盛んに何かを訴えている。

「それは生き急いできた結果です」と、彼らには返答があった。「あまりに早くから若さを使い果たしてしまうと、老年期が早くやって来るのです。あなた方がもし若さを温存しておいたならば、今こんなに老けて見えることはなかったはずです」

「宮廷からここへやって来る人たちには、ほとんど白髪はいないじゃないですか！」と、アンドレニオが驚いて叫んだ。

すると、マルティアリス[26]が、詩の一節を引用して彼にこう簡潔に答えた。

「夜に奴らを見ていると、昼はカラスであったはずなのに、いま白鳥になっているとはこれいかに？」[27]と。

ある者はびっこを引きながらやって来たが、誓って言うには、嫌な痛風のせいではなく、少しつまずいたからとのこと。すると別の男が笑ってこう彼に言った。

「あんた、つまずきには十分気をつけなさいよ。なぜかというとね、もしつまずくたびに倒れたりしていると、墓場に向かってますます早く近づくことになるのだからね」

もうひとり別の男性は好感をもって迎えられ、責められることはなかった。たしかに老年なのだが、白髪ではないのだ。その要領を聞き出してみると、危険な目に会うのを極力避けることで、白髪になるのをうまく防げたと言う。この男には老年の特権に加えて、若者向きの義務免除の特典を適用する許可が与えられた。〈老境さま〉はこう言った。

「生き方を知る者には長寿あれ」

これとは逆に、まだ年端もゆかぬ白髪だらけの男がそこにやって来た。よく見てみると、白髪というより黄色がかった緑色をしている。

「これは自然に生えてきたのではありません」と、ある男が言った。「無理矢理に生えさせられたのです[28]。ねえ、そうでしょう？　あなたは間違いなくどこかの教団から来られたのです。きっとあまり居心地のいい場所じゃなかったはずですよね。いろんな出自の会員たちが、寄ってたかって、まだ雛鳥みたいな同僚にそんな白髪を生えさせるのです」

ある女は《おばあちゃん》と呼ばれると、腹を立ててこう言った。

「あたしゃまだ孫、まだ小さな孫みたいなもんだよ!」

するとたまたまそこに居合わせたマルティアリスは、いつもの皮肉を交えてこう言った。

「もしこの女性が、自分の歳は髪の毛の数よりも少ないとおっしゃるなら、たったの四歳ほどにしかならないのは確かでしょうな」

また別の女は金色の髪も雪のように白い歯も、みんな自分のものだと言って頑張っている。するとまたそこへマルティアリスが戻ってきて、彼特有の丁重さでこう言った。

「そうそう、その通りです。みんなあなたの物に間違いございません。それだけのお金を払っておられますからな(29)」

耐え難い拷問にかけられている人たちの、悲痛な叫び声が聞こえてくる。大食漢や大酒呑みたちの中には痛風病みも多いことから、ここから先へは一歩たりとも進めないのだ。彼らには薄布を通して水を飲ませたり、シーツを噛ませる拷問(30)が行われている。もっとも、安逸な生活をむさぼってきた連中の中で、彼らのようにこんな老年になるまで生き延びられた者は、本当に数が少ないのは明らかに見て分かる。ここではほとんどの者が、同じ悲しみを胸に抱き、悲鳴は絶えることなく、彼らはただ涙にくれるばかりだ。〈老境さま〉による容赦のない扱いによって、彼らの体はぼろぼろにされ、すっかり憔悴しきったまま、不自由な足を引き摺り、歯もすっかり抜け落ち、目もほとんど見えない状態に置かれている。こうして彼らはまるで虫けらのように扱われ、これまでの苦しみに加えて、さらに新しい苦しみを課されていく。


さて、残忍な執行官たちは、まだ円熟期にはほど遠いはずのアンドレニオを見つけ、すでに捕捉していた。しかしここで彼と執行官との間に起こったこと、及びこのあと彼が導かれる運命については後で語ることにして、その前にクリティーロの方に目を向けてみよう。彼は栄誉の門をくぐった後、人々から最大の評価を受ける人間へと成長を遂げていったのだ。まず〈良識さま〉と〈権威さま〉の案内を受け、とある大広間に入った。そこは年配のいかにも有能な人士たちが大勢集う、威厳に満ちた部屋だった。そしてその首座を堂々と占めていたのが、周囲の高士や偉材ぞろいの中でもひときわ威光を放ち、貫録を備えた婦人であった。その表情は穏やかで、冷酷さなどみじんも感じ取ることができない。厳しさよりむしろ身についた威厳を感じさせる雰囲気がある。人生の中で老年期が占める高い位置を表してか、頭には女王に相当する銀の冠を戴いている。そして女王として廷臣たちに大きな恩恵を施し、特別の褒賞を与えていたのである。ちょうどそのとき、ある偉大な人物の顕彰式を執り行っているところだった。背中は曲がり、分別ある人の雰囲気を一身に漂わせ、全員ひとしくこの人物に対して尊敬の念を表している。そこでクリティーロは、横にいていつも助けの手を差し伸べてくれるヤヌスに、あれほど慕われている人物は誰なのかを尋ねた。

「あの方はだね」と、彼は答えた。「政界の大立者だよ。なぜあんなに苦しげな表情をされているのか分かるかね？　全世界を背中で支えておられるからだ」

「なぜそんなことが可能なんだ」と、応じた。「だってあの人は自分の体さえ支え切れていないじゃないか」

「よく注意して見なきゃいけないのはね、この人たちというのは歳を取ればとるほど足元がしっかりしてきて、若者に比べたってずっと重いものを力強く支えることができるということだよ。若者なんてその地位とか重責とかに耐えきれず、すぐにおっぽり出してしまうからね」

もうひとり別の人物がそこへやってくるのが見えた。自分の杖を難問の山に突っ込んだあと、なんと梃子を応用して軽々とそれを持ち上げたのだ。筋骨たくましい若者たちでさえほとんど動かすことができなかった難問の山を、である。

「よくごらんなさい、切れ者の老人が繰り出す巧みなわざを」と、ヤヌスがクリティーロに言った。「あちらのお年寄りも見えるだろう？　あそこの今にも崩れ落ちそうな王冠の山のところへやってきて、虫に食われた古びた杖を出して、しっかりと王冠を支えているじゃないか。(31)ほら、お年寄りだから手も震えているのが判るだろう？　でもあの方の姿を見て、武装した敵軍の兵士だって震え上がっているのだよ。同じような話として残っているのが、フランス軍の喇叭手《らっぱしゅ》がドン・フェリペ・デ・シルバ(32)に言ったとされる言葉だよ。《わがフランス軍のラ・モット将軍(33)は痛風で痛むあなた様の足など怖れるに足らず、恐るべきはあなた様の明晰な頭脳だとおっしゃっております》とね。

「あそこの《老王》と呼ばれているお方(34)の指は、えらく曲がっているじゃないか！」

「でも、いいかね、あの両手の指に、新旧両世界の運命が委ねられているのだよ」

「あの盲目のアラゴン王(35)はすごい戦いぶりだ！　反乱者たちの剣も槍も粉々にされているじゃないか！」

そのときちょうど、六人の白髪の人たちがそこに現れた。山は高ければ高いほど、その頂はますます雪に覆われるもの。両面男ヤヌスはクリティーロに、この人たちは〈老境さま〉の指示で、王の最高法院へ派遣されてゆくところだと説明した。さらに四人の人たちが、まだ若くして国を治め始めたばかりの某国の王(36)を補佐するために、派遣されるという。まだ髭も生えそろわぬ若い王の周りを白髪の老人たちが囲み、守ってやるという目論みだ。

彼ら二人がそこで顔を合わせたのは、明るい知識の光で暗闇を照らし、秘密を厳守し、思慮深く頭脳明晰な老人たちばかりであった。

「ほら、見てみろよ」と、ヤヌスが言った。「あそこによく目が見えていない老人がいるだろう？　あの人はね、いい目をしていると自慢する若者よりもはるかに多くのことを、対象をちょっと見るだけで見つけられるのだ。この人たちはね、五感の働きが少しずつ衰えていくにつれて、ますます知識を増やしていく。それに心は激しい情熱に毒されることもなく、頭脳も無知の病に侵されることもない。あそこに座り込んでいる人がいるだろう？　ほかの姿勢が取れないから、ああしているわけだが、なんとあっという間に世界を半周し、人の話によると自分の足でその世界をここまで運んできて、あの杖で自分の意思惑通りに動かすことさえ出来るらしい。だからほかの老人たちが下手に世を導こうとするのを見ると、あの人はそんな老人たちをとても気の毒がるのだ。あちらに居る喘息もちの老人は、なにやらぶつぶつ言っているだけにしか見えないが、実はたったの一語で、他の者が百もの言葉を使う以上の内容を表現できるんだよ。あちらの持病だらけの老人も見落としてはいけない。体じゅうを調べてみると悪いところだらけなのだが、脳だけはまったく正常で、判断力も健全そのもの。あそこの足の悪い老人たちは、びっこを引きながらも自信に満ちた歩き方をしている。ああやって他のたくさんの人たちに、分別ある行動を取るように教えてくれているのだよ。あそこにいる年配の元老院の議員たちが、苦しい胸から絞り出しているのは、痰なんかじゃない。あれは今まで黙って密かに胸に秘めてきた、腐りきった秘密という名の汚物なのだ」

「私がとても驚いていることが一つある」と、クリティーロが言った。「ここでは俗物の声も聞こえないし、姿も見えないことだ」

「まさにその通り！」と、ヤヌスが答えた。「いいかね、老人のなかにはそんな俗物などいないからだよ。老人とは無知とはまったく無縁の存在だからね。彼らは多くのことを知っている。多くのことを見たし、書物で学んだからだ」

「あの人はいやにゆっくり歩いているね」

「あれはだな、若い時分に無駄に使ってしまったものを、歳をとってから急いで取り戻そうとしているからだよ」

「あそこの老大家の席を占める人たちの会話は、本当にすばらしい。一人一人がまるで神託でも告げてくれているように思える」

「あの方たちの話を聞くと、とても楽しい時間を過ごせるし、若者たちにはとても勉強になるのさ」

「なんて安らぎに満ちた幸せな時間だろう！」と、クリティーロは言った。

「それはだね、ここにすべてが揃っているからだよ」と、ヤヌスが言った。「安らぎ、落ち着き、円熟味、熟練のほか、分別と威厳、それに不屈の精神まで感じ取ることができる。ここでは無愛想な言葉はめったに聞かれず、捨て台詞や悪たれ口などども、もちろん聞いたことがない。それに楽器や戦場のラッパの音が響き渡ることもない。〈良識さま〉と〈平静殿〉の二人がそれを禁じているからだ」

抜け目のないヤヌスは機転を利かせ、敬うべき〈老境さま〉その人の前に、すっかり成長を遂げたクリティーロを連れていくことにした。彼は喜んでそれに応じ、〈老境さま〉もまた快く彼を迎え入れてくれた。ところが驚いたことに、彼が彼女の足元に跪き、敬意を表したとき、とつぜん玉座の両側の帳《とばり》が開いたのだ。するとなんと、向こう側には恐怖の門から入ったアンドレニオが、そしてこちら側には栄誉の門から入ったクリティーロが位置しており、お互い同時に相手の姿を確認したのである。つまり〈老境さま〉は二つの体で、それぞれ同時にふたりに対面していたのである。彼女はヤヌスのように二つの顔を持っているため、ふたりの接見を同時に執り行い、一方では褒賞を、また一方では懲罰を同時に与えることができたのだ。そして直ちに命令が下され、こちら側に控える者には、その規律ある生活ぶりに鑑み、新たな特権が与えられるであろうこと、一方逆に向こう側に控える者には、重い懲罰が科せられるであろうとの裁可が、大音声ではっきりと読み上げられたのである。それぞれの側へのこうした褒賞と懲罰の布告の仕方は、この内容を広く人々に聞かせ、知らしめるだけの意味があったからだ。その詳しい内容をしっかり味わってみようと思われる読者諸兄には、次考をお楽しみにしていただきたいと思う。

第二考
悪徳の万屋《よろずや》

かの崇高な哲学者が、様々な要素からなる人体を、響きのよい活気に満ちた楽器の音にたとえたのは、まさに的を得た指摘であろう[1]。しかし、楽器が正しく調律されているときは、すばらしい調和を奏でるものの、そうでないときはすべてが混乱と不協和音となってしまう。人体は多くの種々雑多な部分からなり、その調整は困難を極めるが、たとえ調整がとれたにしても、すぐにあっさりと調子が狂ってしまったりするのだ。何人かの学者は、最も調律の難しい部分として舌をあげている。またそれに対して、欲深い手こそがそれであるとする人たちもいる。さらには、目だとする者もあり、それは虚栄を体験しても決して見飽きることがないからだと言う。またさらには、耳がそれであるとする者もいる。自分に対するおべっかと他人が喋る噂は、いくら聞いても決して聞き飽きることがないからだ。さらには、深い奥行をもつ心臓をあげる者もなかにはいるし、困らせ者は内臓だと感じる者もいないわけではない。

しかし、僭越ながらこの私としては、これら諸賢のお赦しを願いつつ、それは腹であると申し上げたい。これこそあらゆる世代の人について言えることであり、たとえば幼年期なら甘いお菓子、青年期なら淫蕩、壮年期なら大食、そして老年期なら酒好きによって、それぞれの時期の調和が乱されるからである。まさに腹こそは、人間にとっては低俗で卑しい部分であるとさえ言うことができる。しかしながら、ある種の人々にとっては、腹以外の神は存在しない。賢明な人たちをいつも背信に追いやったのも腹である。この際私は、その背信の数を云々するつもりはない。ただ少なくとも言えることは、情けないことに賢者たちがほとんどの場合、酒のせいで理性を大きく混乱させてしまうことだ。酩酊することはすべての悪の根源であり、すべての悪徳が仕掛ける罠となり、あらゆる非道で嫌悪すべき行為の原因となる。老年期に入り、他のすべての悪徳が力を失い消滅するとき、酩酊による失調だけはその活動を始め、異例の行動をとるのだ。こうして、すでに鳴りをひそめていたはずの、他の悪徳を呼び覚ますのである。したがって、単に一つだけ悪徳が残るのではなく、あらゆる悪徳が結集した形で残り、存在しつづけていることが分かる。そしてさらには、背信行為の発生を助長する産婆の役割を果たすことにもなる。北斗七星に訊いてみるがよい。北斗七星と呼ばれるのは、単に七つの星がきらきら輝いているからではなく、七つの大罪がそれぞれの星の輝きを失わせ、全体の不調和を助長するからだ。つねに騒乱が絶えず、残忍さの仲間ともいうべきドイツの南北両地方は、この不調和の例をはっきりと示してくれる。また、王や女王が断頭台の露と消えたイギリス(2)は、凶暴さの友人国としての運命を悲しみ、また遠隔の地から全欧州を不安に陥れるスウェーデンは、色欲の無二の親友ともなって、同じ不調和の例を広く世界に提示しているのである。そして我々人間も、だれもが同じような不調和を自分のなかに抱えていることを告白しなければならない。結局その不調和こそが、最後には悪行への仲介者の役割を果たし、あらゆる悪徳を裏から仕組む原因となり、さらには老年期に至っても致命的な躓きを招く暗礁となるのである。人生の旅を終え平穏な港に入るべき人間という名の船が、虫に浸食されたまま暗礁に乗り上げ難破し、ついには沈没してしまうことになるのだ。さて、この厳然たる真理についての更なる解説はとりあえず後まわしにして、あの〈老齢さま〉がすべての老年期の者に向けて公表を命じた厳しい掟について、まずこれから述べることにしたいと思う。その掟たるや、ある者には恩恵となり、またある者には厳格な命令となったのである。

会場の一段と高い位置に立って、秘書官は次のような厳命を申し渡した。

「親愛なる老輩諸氏及び心正しき人々及び人生の功労者及び死を恐れぬ人々に、以下のごとく指示を発し、厳命を下し、それが厳守されんことを申しつける。

まず第一に、《真実を語ることが許されるのみならず、そのほか愚言なるや否やを問わず、それを語るべき義務を負うこと》。たしかに、真実を語ることが多くの敵をつくることになるのは明らかではあるが、老輩諸氏においては、すでに多くの年齢を重ね、たとえ失うにしても惜しくはない僅かばかりの命が残るのみであることを知るべきである。これとは逆に、能動的および受動的なおもねりは、老輩諸氏には厳しく禁じられる。すなわち、おもねりの言葉を口に出すことも、また耳にすることも出来ないという意味である。なぜならば人を騙すためのかくの如き卑劣な手管と、それで騙されてしまうような通俗的な馬鹿正直さは、彼らの廉潔なる人間性には全くそぐわぬものだからである。

また同様に老輩諸氏は、《思慮分別の師、および豊かな経験の師範として、助言を与えることをその務めとすること》。これについては、これを求められるのを待っていてはならないし、愚かな自惚れからそれを行ってはならない。しかしながら、実行を伴わぬ言葉は不毛であることに鑑み、つねに模範が忠告に先立つよう行動すべきことに注意を促すものである。《あらゆることにつき、たとえ求められなくても、自分の意見を述べること》。なぜならば、きまぐれな百人の若造の意見より、たった一人の思慮ある老人の意見がはるかに高い価値を有するからである。《良くないと思えることに関しては、はっきりと批判をするべきこと》。そうしたからといって、決して悪口を言うには当たらず、これこそ正しい裁きを行うに等しい。それに老輩諸氏の慎みのある沈黙は、若者たちから見れば、はっきりと是認する行為として誤解されてしまうからである。《つねに過去を称賛すべきこと》。良きものは過去のものとなり、悪しきものが現在にはびこっている。善は途絶え、悪は継続するからである。したがって、ときには老輩が気難しい態度を取ることも許されるであろう。彼らは良き過去を知っているうえに、過去のすばらしき成果も彼らのお蔭であるからだ。《面白くない会話であれば、老輩は途中でのうたたねやいびきは容認されるべきこと》。それはたいていの場合、他人の話というのは、老人にとってはなんの面白みもなくなってしまっているからである。《たえず若造たちを正してやること》。これは状況に応じてなどというものではなく、常に老輩の義務として実践されなければならない。しっかりと若造たちの手綱を曳き、悪徳の奈落に落ち込まぬよう、あるいは無知の状態にとどまらぬように気を配らねばならない。《老輩には大声で言い争う権利を確保してやるべきこと》。なぜなら、うるさく叱責する老人もおらず、煩わしい不平を並べる義母もいないような家庭は、崩壊寸前にあることはすでに実証済みだからである。

また同様に、《老輩には物事を忘れることが許されること》。この世の出来事のほとんどは、結局は忘れ去られるためにあるようなものだからである。《老輩たちは自由に他人の家に入り、暖炉の火にあたり、酒をねだり、料理に手を伸ばすことができること》。要するに、まっとうに生きる老人たちに対しては、どこの家の扉も決して閉ざしてはならないのである。《ときには健康を害しない程度に、また節度を心得たうえで、腹を立てることが許されること》。それは、まったく腹を立てないなど、獣のやることだからである。

また同様に、《老輩の話には内容があるゆえに、話が長くなることが許されるべきこと》。だれよりも中身の濃い話をするのであるから、多くの人に混じってもだれよりも多く喋ることができるのである。《老輩が同じ言葉や話を繰り返しても、聞き手は我慢するべきこと》。それは、聞く人を何度も喜ばせ、また何度も教訓となり、独自の哲学で強い印象を残すからである。《老輩はあまり散財しないよう注意すること》。それは、財産が枯渇しないよう、そして余裕ある余生が送れることを願うからである。《腰を折っての挨拶は、老人には免除されるべきこと》。老いた体には体力的に難しいのみならず、年長者は視力が衰え、そのことに健常者は気がつかぬという理由からである。《老齢者は話しかけられた内容を、相手に二、三度は繰り返させてもよいこと》。それは、すべての者に、その話し方と話の内容に注意を向けさせるためである。《老齢者は多くの欺瞞と嘘に懲りた者にふさわしく、人の話には信じがたいという態度をとるべきこと》。《老輩は、自分がなす行為については誰にも話す必要はなく、また助言を求める必要もなく、承認を求めるだけでよいこと》。《自分の家では、老人以外の者が強い支配権をもつことを黙認してはならぬこと》。それこそ頭が存在する場所にありながら、足が命令を下したがるようなものだからである。《老輩は当世風の服装をまとう義務はなく、ゆとりのある靴を選ぶなど、楽な服装を選ぶべきこと》。それは足にぴったりの靴を履いている者は、大した実力を持つに至らないことが実証されているからである。

また同様に老輩は、《一日に何度にも分けて、少量ずつ、そして良質のものを食べ、かつ飲むことができること》。こうすれば、大食に陥ることなく、快適な暮らしを守り、百人の若造たちが束になって向かってきても、さらにそれより質の高い生活を守っていくことができるからである。だからこそ、だれかの言葉のように、こう言えるのだ。《私が長居するのは教会と食卓。しかしまったく辛くはない》と。《老輩はあらゆる場所と集りで、たとえ後からやってきても、第一番目の席を占めるべきこと》。なぜならば、老輩とは最初にこの世にやってきた者であるから、たとえ他の者がその席を勧めることをうっかり怠ったときでも、その席を占領することができるからである。それにもし白髪のお蔭で、共同体に箔がつくのであれば、みんなから敬われて当然である。《あらゆる問題の対処に当っては、ゆっくり好機を待って、事に当たるべきこと》。こうして老輩は沈着冷静な人間になることができる。疲れ切った状態ではなく、落ち着きのある慎重な姿勢で行動しなければならないからだ。慎重に物事に対処することが求められる者にとっては、剣を佩びる必要などなく、その代り杖をもつことになろう。それは、体を休めるためだけではなく、たとえ若造たちには有難迷惑な心遣いと思われようとも、すばやく他人の過ちを正してやるためである。老輩はたとえ世間から騒がしい人だと迷惑がられようと、咳きこみ、足を引き摺りながらも、杖を振り回して人をきつく懲らしめてやればよいのである。ただし家人たちは、老輩から少しずつ距離を保つようになり、こっそり隠し立てをするようになることを、十分自覚しておくべきであろう。またこれと同じ理由から、《老輩は物を知ろうとする姿勢を絶やさず、質問好きの人間になるべきこと》。もし世の中の出来事を知ることを怠れば、来世へは多くのことを知らぬまま行くことになることを、しっかり自覚しなければならない。だからこそ、世の中で今何が起こっているのか、何が話題となっているのか、何が行われているのかを知っておくべきである。まさに、この世で何が起こっているかを知ろうとすることは、高潔な人士にまことにふさわしい姿勢である。《老輩の無愛想な性格は許容されるべきこと》。それは一見ぶっきらぼうな対応から生ずる印象にすぎず、その質実な生き方によって、若造たちの乱痴気騒ぎや愚かな笑いを抑制する役割を果たしてくれるのである。《自分の年齢に関して、鯖を読むことは許されること》。それは老輩がこれから人に教える年齢に関してでも、また若い時分に勝手に自称した年齢に関しても同様である。(3)《召使が怠け者で働きが悪いときには、我慢せず、正々堂々と不満を述べるべきこと》。これは、自分が主人であり老人でもあることから、当然許されるであろうし、こんな召使こそ二重の敵となるからである。世の中というものは、だれもが沈みゆく太陽には背を向け、登り始める太陽には顔を向けるものである。なかんずく、恥知らずの娘婿や年取った息子の嫁には、そんな形で老人は嫌われてしまうものである。《次のように宣言し、尊敬を集め、人を従わせるべきこと。若者どもよ、この老輩の話に耳を傾けるがよい、若き時代には年寄りたちでさえその言葉に耳を傾けたものである、と》。そして最後に、老輩たちはふざけと決別し、自分の精神の成熟と清廉潔白さをめざし、真面目で厳しい姿勢を保つことが望まれる」

これらの掟は、一部は一般に広く知られるべきもの、また一部は秘密裏に最大の注意をもって扱われるべきものなど、さまざまな内容を含んでいたが、このような形で一同に通告されたのである。老人たちはこれを義務として受け入れたが、中にはこれを特別の恩恵と考える者もいた。

さてここまで通達を読み上げてきた秘書官は、手に持った書面を裏返し、反対側に控えた人々の方に顔を向け、語気を強めて次なる通達を読み上げた。

「つぎに、やむなく老齢に達した者、腐敗したまま成熟をなしえなかった者、老いさらばえた者、長年にわたって充実した生を味わってこなかった者、そのような者たちに対して、つぎのように通達を申し渡す。

まず初めに、君たちは以下のことをよく理解し、肝に銘じておくように。君たちはたしかに老いてはいる。ただし成熟には至らず、老いさらばえているだけのことであり、学識を得たのではなく、無礼な行いに長じただけのこと。美点を手に入れたのではなく、持病を手にいれただけのことである、と。

これと同様に、《青年には結婚のための年齢制限が課せられているごとく、老人にも一定の年齢以上の結婚は禁じられるべきこと》。これはもし若い娘が相手であれば、命の代償を払うことになるやもしれず、美しい女であれば、財産と名誉を犠牲にすることになるであろう。恋心など抱くべきでなく、ましてやそれを人に気づかれるなどもってのほかである。また色男であるとの評判を流してはならないが、それは世間の笑いものとなるだけだからである。しかしながら、墓地を散策することは許される(4)。ただし死神と結託して男を死に追いやる、見目麗しい女性が相手となる場合に限られる。

これと同様に、《年齢を偽り、実際より老けた歳であると言うことは禁じられること》。羞恥心がなくなるような歳になり、九十歳とか百歳であるとか宣言するのが、この例に当てはまる。なぜ禁じられるかといえば、まず素朴な連中を騙すことになるうえに、多くの不良の徒が、邪悪な暮らしを改め、改心するまでには、まだまだ時間の余裕があるなどと、安心してしまう機会を与えることになるからである。すでに死装束の匂いを漂わせている者は、洒落者のごとく着飾ってはならない。若者が着ると上品に見える衣服は、老人にとっては、まるで道化師の色とりどりの衣装になってしまうことをよく理解しておくべきである。かといって、流行おくれのつばが狭くとんがった帽子や、レタスの葉のような襞襟や、脚部を膨らませた半ズボンなどを着込んだ怪しげな風体で、町をうろつくことは感心したことではない。またかつては無軌道な暮らしを送っていた者が、老人になったとたん急に他人にうるさく注意するような態度をとってはならない。それではまるで、たらふく食べた後、断食のお説教を始めるオオカミのようなものだからである。さらに、年寄りはしみったれにも欲深にもならぬよう気をつけるべきことを、ここで強調しておきたい。つましい暮らしを自分に強いた吝嗇家が、結局は大金を抱えたまま墓場へ入るようなことになってはならないのである。いくら自分を厳しく律してみたところで、死んでしまえば恩知らずの相続人どもが、安逸な暮らしを享受する結果となるだけのことだ。これほど愚かで、残酷な話はないことを、十分に肝に銘じておかねばならない。それは、自分は古着を身につけていながら、相続人のために新品の衣服を長持にしまっておいてやるに等しい愚行である。

さらに同様に、《老人がすでにもつ持病に加えて、連日新たな持病を与えて懲らしめとすること》。この老人たちの苦しみは、過去の歓びの反動である。過去の若い時代の歓びがまことにはかない一過性のものであるとすると、老年になっての嘆きは永遠に続くものなのだ。悦楽とはつかの間の、はかない幸せに過ぎず、悲しみは執拗につづく心の重荷となるはずである。こうしてまるで自分の歳を否定でもするかのように、たえず苦しげに首を振り、恐ろしい顔をした死神を前にして表情をゆがめ、たえず体を震わせ、過去の自分の軽率な行動の償いを、しぶしぶ引受けていくことになるのだ。そこで君たちが自覚すべきは、こうして生きて償いを果たす目的は、安らかに墓場の住人になれるためであるということである。過去において気ままに笑って暮らしていた者は、いまはいやいやながらも、泣きの涙で日々を過ごすことになるのだ。つまり、青年期にデモクリトスであった者は、老年期にはヘラクレイトス⑤とならねばならないのである。

そして同様に、《青年たちには、老いぼれ、変物、耄碌おやじと呼ばれ、疎まれ嘲笑されようとも、忍耐強くそれに耐えるべきこと》。若者たちのそんな態度は、大人たちから学んだことであり、過去の人である老人たちがその報いを受けているのである。まったく人間としての成長を果たしきれぬまま老年を迎えた者は、まるで子供のように扱われたとしても驚くにはあたらない。また、家の名を上げることさえできなかった親のことを、息子たちが相手にもしてくれないことに不平を漏らしてはならないのである。すでに片足を墓場に突っ込んでいる者は、もう一方の足を緑の牧場のごとき悦楽の世界に置いてはならないし、痩せこけた老体を持つ者が、淫靡な欲望に身をまかせるべきでもない。いずれにしろ、盛りを過ぎた枯葉のごとき老人が、若い洒落男に見られぬよう用心するに越したことはない。さて君たち老人への最後の注意としては、歳相応の疲れ切った姿で前かがみの姿勢をとり、自分が命を終えるべき大地と向き合い、背中を丸め、しかし酒には溺れず、また咳きこむことで自分の老齢の義務を果たしていくことである」

さて、こうした義務、およびさらに多くのほかの義務がこの種の老人たちには課せられることになり、さらに加えて、家族や親族たちは口ぐちに恨み言を言い、それを倍にしたほどの数の繰り言を、息子の嫁たちがこぼしていた。

こうして厳かな儀式が終わると、皺だらけの女王はクリティーロとアンドレニオに、古びた玉座の正反対の位置をそれぞれに示し、そこへ近づくよう命じた。そしてクリティーロには手を差し伸べる一方、アンドレニオには平手打ちを食わせた。クリティーロには杖が手渡されたが、まるで笏のように見えた。アンドレニオには別の杖が与えられたが、これは何の変哲もないただの棒切れにすぎなかった。さらにクリティーロには白髪の冠が与えられ、アンドレニオは白髪でできた死装束が着せられた。クリティーロには《先覚《セニョール》》の称号を授与し、アンドレニオには《老輩》の名を与え、さらには将来用に《老いぼれ》の名も同時に与えた。こうして、さらに悲喜こもごもの人生の最終段階へ歩みを進めるよう、ふたりを送り出した。クリティーロは道案内人として、アンドレニオはそれに従う者としてである。〈老齢さま〉は、腹心の大臣である〈時間〉の方を振り返り、全員を退席させるよう合図を送った。他の者たちにとっては、この宮殿はつらい牢獄のような場所ではあったが、うっかり先へ進めば屠殺場へ行きついてしまうことになりかねない。そこでこの宮殿を楽園と考え、離れずにいたからだ。

さてふたりが、ゆっくり歩みを進めていくと、すぐにひとりの男に出会った。大衆に混じってどこの街角にでもいるような、虫けらみたいで、いかにも胡散臭い風体の男だ。アンドレニオが一応愛想よく相手になっている間に、クリティーロがその人物をよく観察してみると、よくあるいわゆる饒舌型の人間で、言葉は口からあふれ出るものの、話にはまったく論理が欠落している男であることが判った。世の中には片方の耳から入ったことが、そのまますぐに、もう一方の耳から出てゆくという困り者がいて、この種の連中というのはあまりにも口が軽すぎるため、いくら重要なことであれ、堅く秘密にしておくべきことであれ、胸の奥底に秘めた思いであれ、とにかくすっかり吐き出してしまい腹の中には何も残らない。自分の悪にせよ、他人の悪にせよ、黙っておくことができないのだ。特にその傾向が激しくなるのは、なんらかの怒りや喜びが爆発し、口先が熱を帯びるときである。このときには、相手にしてみれば、無知を装ってわざわざ相槌を打ってやる必要もなく、巧みに話の矛盾点をついて非難したりする必要もない。なぜかと言えば、この男は何事も自分の胸にしまっておくことができず、腹の中にはこれ以上入らないこと、および自分の舌にそれをとどめておけない質《たち》であることを、自分から進んで告白しているからだ。こうして、半日たりとも心の中に秘密をしまっておくことができない結果となる。そんな事情から、世間では一般に《舌に穴が開いた何とか殿》と、呼ばれたりする。何かの情報を摑みたい者と、情報をすばやく世間に広めたい者はみんな残らず、遠慮なく騒音をまき散らすラッパみたいなこの男のもとへ馳せ参じるのだ。したがってこの男に秘密でも打ち明けようものなら大変なことになる。すぐさまその秘密を世間に明かしたくてうずうずしているのだから。したがって、不注意からうっかり相手を見誤り、こんな男に秘密を漏らしてしまう者こそ、いい面の皮だ。たちまちのうちに町の広場の曝し者となり、ずたずたに引裂かれた自分の姿を見つけることになる。これとは反対に、すでにこの男の性格を見抜いている者は、この男を巧みに利用して、自分が表に立つのは都合が悪いときなど、あたかもこの男が事を動かしているかのごとく見せかけ、彼を身代りに立てて、主人公に仕立ててしまうのだ。つまり一言でいえば、この男は《出しゃばり》、《おせっかい焼き》、《贅言屋》、あるいは

《お喋り代行屋》であり、《粋な能弁家《ペロ・デチトーレ》》ではなく、《醜き無駄口叩き》なのである。

さてこの男は、饒舌なアンダルシア男か軽口屋のバレンシア人か、あるいはお喋り屋のシチリア人であったかもしれない。とにかく愚にもつかぬことを、休みなしにふたりを相手に早口でまくし立てている。一生の間に触れて回ったつまらぬ話は、数えきれないほどあったにちがいない。一度だって話の途中で唾を吐いて息を入れることもなかったが、それは話の順番を相手に奪われないためであった。また相手に問いかけることもしなかったが、それは相手が返答することで、自分が喋る時間が奪われてしまうからだ。あるいはひょっとしたら、唾を吐けなかった本当のわけは、世間でよく言われるように、つまらないことばかり喋っていると、口の中の唾がすべて言葉に変わってしまうことによるのかもしれない。

「僕についてきてください」と、その男は言った。「今日はみなさんを世界中で一番大きな宮殿にお連れしないといけません。たくさんの人が耳にし、幸せな人たちが目にし、だれもが一度は入ってみたいと思い、ごく少数の人たちしか見つけられなかった場所です。ええと、あれは何の宮殿だったかな？」と、自分に問いかけている。そしてなにやら意味ありげな様子で考えをめぐらせたあと、まるでふたりに秘密でも打ち明けるようにこっそりとこう言った。「そうそう、《歓楽の宮殿》[6]です」

ふたりは《歓楽》という言葉に、素早く反応しこう言った。

「まさか《笑い》の宮殿なんかじゃないだろうね。歓楽と言ったって、どんなものか中身がよく分からないし、第一そんな名の宮殿なんか誰も見たことがない。今日にいたるまで、そんな宮殿があるなんて誰にも教えてもらったことさえないね。もっとも他の宮殿といっても、わたしたちが見たのはほとんどが魔術にかけられた所ばかりで、夢みたいな宝物であふれていたけどね」

「そんなのこの宮殿に比べたら物の数ではないですよ」と相手は答えた。「だって、いったんここへ入った者は、すっかりその魅力にはまって出てくるからですよ。そんな喜びを捨てて、こちら側の悩みの多い世界へ戻っていくなんて、まったく馬鹿げていますからね」

「だったら、君はここで何をしているんだね？」と、ふたりが尋ねた。

「この僕は例外です。興奮が過ぎて体が破裂してしまわないように、こうやって宮殿の外に出てきてるんです。幸運な旅人たちに宮殿のことを話して、あちらに連れてゆくようにしているのですよ。さあさあ、宮殿へ行って中へ入りましょう。そしたらみなさんは《歓楽》なるものを体現したお方に直接会うことが出来ます。太陽のように丸い顔をして、まさに喜びそのものですよ。丸顔の女性たちは、顎のとがった細面の顔やうりざね顔の女性よりも、十年以上は美しさが保てると言われています。明け方の太陽が赤く輝き、楽しげにまず顔を見せるのが、あの宮殿からなんです。あそこに住む者はみな、酒を飲んで楽しく暮らしていて、赤い顔で表情を輝かせ、にこやかにしています。みんな上機嫌で、好みも良く、酒好きの者ばかりです」

「それはちょっと不謹慎ではあるけどね」と、クリティーロがつけ加えた。「ところで、毎日なにか新しい喜びだとか、いい知らせは届くのかね？」

「そりゃあ、もちろんですよ！　たとえその中には悪い知らせがあったとしても、見向きもされないし、広く知れ渡ることもありません。またたとえ聞いたって、何の興味もわきません。じつはそんな知らせを持ち込むこと自体、禁止されています。その注意を怠った小姓は可哀そうなものですよ。すぐさま暇を出されてしまいますからね。つねに楽しい時間がつづき、新しい芝居も上演され、毎日何か一つ喜びがあります。いや、二つと言ってもよろしいです。すべてが、イタリア語で言うなら、ピアチェーレ(7)で始まり、ピアチェーレとつづき、さらにピアチェーレで終わります」

「ということは、運命の浮き沈みはなく、時間の流れによる変化もないということかね？　宮殿の中ではつねに月は満ちているということ？　楽しいことと辛いことが、お互い交互に混じりあうこともないわけ？　たとえば、トランプのカードみたいに、聖杯《コパ》と剣《エスパダ》が、棍棒《バスト》と金貨《オロ》が交じり合うなんてことは、この世ではよくあることだけどね(8)」

「それは絶対にありえませんね。どうしてかと言えば、あの中では気短な者はいないし、強情者、偏執者、無愛想な者、不満を抱く者、絶望している者、邪心のある者、意地悪な者、嫉妬に狂う者、無礼者などなど、どこにもいません。そんな者すべてに勝るのが、隣人の存在です。ここでは悲しみの心などなく、異論を唱える者、苦悩する者、疲れきった者、死に瀕する者などもいません。たとえ世界が亡びようと、おいしい昼食が出されないようなことは決してありません。また貧しい夕食が出されることもありません。若鶏の肉やらウズラの肉も必ず料理に登場し、とくに酒好きのどら息子たちにはとても喜ばれています。風味に欠ける飲み物はなく、喉をひりひり刺激するきつい飲み物もありません。つまり一言でいえば、すべてがおいしい酒ばかりということです。まさにこの世の中に、こんな楽園はどこにもなく、思いもよらぬ幸せを手に入れ、決して不愉快な気持ちにさせられることのない場所は、ここの宮殿をおいて他にはありません」

「そんなことってあるのだろうか」と、クリティーロが言った。「悦楽がいろいろな幸せの源となり、美食に飽満することがすべてを支える力になるなんてことが」

「まさにその通りです、と僕は答えたいですね。なぜかといえば、楽しみこそがいろいろなものを生み出す源泉ですからね。豊かな灌漑の水で潤わされた土地から生まれる喜び、つまり芳醇な酒から生まれる歓びは、涸れることはありません。よろしいですか、おふたりはすぐにその目でご覧になり、確認されることでしょうが、宮殿の中の心地よい広大な中庭の真ん中に、清水がこんこんと湧き出ています。そしてまるでみんなに向けてひとしく祝杯を捧げるように、美しい水盤のなかにその清水を溜めています。いちばん高い位置には黄金の水盤、中ほどの高さには銀の水盤、そして一番低い位置には、上の二つの水盤に負けぬほどの雅やかな水晶の透明の水盤が並び、それぞれが気品に満ちた美を競っています。さらにその水盤を伝って、心地よい音を奏でながら、美味なリキュールが滑り落ちてくるのですよ。その音は音楽家フロリアン[9]の名演奏でさえ、影がうすくなるほどです。このお酒は得も言われぬ気分にさせてくれることから、エリュシオン[10]の野から直接、秘密の導管を通ってそこまで来ているのだと断言する人もいます。また、あの神の楽園の霊酒ネクタルを蒸留したものだと言う人もいますが、僕もそうだと思いますね。なぜかと言えば、その霊酒を飲んだ人はみな、たちまちのうちに人間社会で至福の人になってしまうからです。もっとも、ヘリコン山[11]の霊泉の水であると主張する人もないわけではありません。これは十分に根拠のある説で、たとえばホラティウス、マルティアリス、アリオスト、ケベドなどは、この泉から詩的霊感を得て、すばらしい作品を書き残していますからね。心に何も隠さずすべて正直に言ってしまえばですね、それはまことの霊水であって、すばらしい効果をもたらす薬を含んでいます。そのことはかなりの数の人が納得し、密かに触れ回っています。まあ、事の真偽はどうであれ、僕が知っている限りでは、とてもすばらしい効果を引きだし、すべての人の慰めとなってくれるということですよ。というのも、ある日僕は、噂によればどこかの大国の方伯か宮中伯と言われたお姫様が、ここに連れて来られるのを見たからです。そのお方は、憂鬱症ですっかり元気をなくされ、ご自分でもさっぱりその原因が分からなかったそうです。もしこんな病さえなければ、愚かな行いを見せることなどなかったはずですが……。とにかくそこで実にさまざまな治療法が試されたわけです。たとえば、宴を催したり、贈物を捧げてみたり、夜会を開いたり、散策に誘ったり、芝居をお見せしたりなどのほか、銀の盆にあの《流動金》[12]ではない本物の金貨を詰めて贈ったり、宝石類の入った籠や真珠でつくった城の模型を贈るなど、最も効果があると言われた方法まで試されたのです。しかし、お姫様はいつもと変わらず、悲しげな顔をされて、愚かな振る舞いを相変わらずつづけておられました。こうして、些細なことで腹を立て、周囲の者を苛立たせ、自分もまともな生活が送れず、また他の者にも味気ない日々を送らせることになってしまっていたのです。というわけで、こちらにご到着になったときは、まったく手のつけられないほど我儘なお嬢様でした。ところが、なんと驚くなかれ、あのすばらしい効力を秘めた霊酒をお飲みになるが早いか、堅苦しい王族のしきたりや権威を脱ぎ去り、天にも昇る気持だと仰せになって、踊ったり笑ったり歌ったりし始めたのです。あんな貴賓用の椅子とか天蓋とかの調度なんて、みんな糞食らえだと僕は言ったものです。一番頼りになるのは、酒の入った楽しい甕だ、とね。でもまあ、そんなの驚くほどのことでもありませんよ。だってこの僕は、あの糞まじめな大カトーや、もっとも陰気な男とされたあのスペインのお方[13]が、この霊水を飲んで、笑い転げるさまを見たことがありますからね。酒とはそんな霊水だからこそ、イタリア人たちは酒のことを、《心の活性剤《ラレグラ・クオーレ》》[14]などと呼んだのですよ」

彼らは酒袋と同じ素材のケープをまとったたくさんの旅人に出会った。みんな宮殿の方向に向かって歩みを進めている。ほとんどの者が、かつて歩兵連隊に属した老兵たちであった。道は凸凹が多く乾燥しており、彼らは喉がカラカラに渇き、疲れ切っていた。一列に連なって前進して、喉の渇きに耐え、命だけは辛うじてつなぎとめながら、ここまでやって来たのだ。

「この場所はね」と軽口の案内人は言った。「老人たちにとってのヨルダン川みたいなもの。ここで若返りを果たし、喜びをとり戻すのです。新たな血を注入し、かつての生き生きした顔色を蘇らせるのですよ」

すると遠くから何やら賑やかに騒ぐ声が響いてくる。彼らが視線をそちらの方に向けてみると、重厚さには欠けるものの、すっくと高く伸びた一軒の屋敷が目に入った。これこそ楽しさにあふれた休息場所であり、《歓楽の宮殿》であった。建物のてっぺんには、ジャスミンと月桂樹の冠の代わりに、ブドウの葉が生い茂り、すべての壁は蔦できれいにぎっしり覆われていた。家を狭い場所に集めすぎると、風情がなくなるものだとよく言われたりするが、筆者である私に言わせれば、たった一株のブドウが及ぼす害のほうがはるかに大きく、すべての家を破滅させてしまうだけの力をもつものだ[15]。

「ほら、よく見てください」と、彼は言った。「ああやって植物を使った自然の壁掛けは、大いに目を愉しませてくれますよね。あのすばらしさに比べたら、有名なメディーナ・デ・ラス・トーレス公爵[16]のお屋敷のきれいに織られた最上級の壁掛であれ、たとえルーベンスの元絵を手本にしたフランドル製の精緻なタペストリーであれ、とてもかなうものではありません。はっきり申し上げて、人間の創造物とは、すべて自然を写しとった物に過ぎず、その模倣でしかないのですからね」

「たしかに心を和ませ、楽しませてくれる風景だ」とアンドレニオは言った。「ぼくはもうここまでやってきたことを後悔なんかしていない。ところで、もう一つ教えてくれないか。あの植物はいつまでも続くのだね？　枯れることはないのかね？」

「あれは間違いなく、永遠に続きます。なぜかというと灌漑の水が絶えることがないからですよ。たとえキプロス島の土地が涸れあがり、バビロンの空中庭園に水が行き渡らなくなろうと、ここには関係ありません。ですからここでは、バビロンが亡びたようなことは起こりえないのです」

彼らはその屋敷の大門へと近づいていった。門はいつも大きく開け放たれ、屋敷のなかは人で溢れかえっていた。するとこの大門には、眠そうな目をしたオオカミとふざけ好きの女狐[17]が控えていることに、彼らはすぐに気がついた。これはたとえば、恐怖の門なら鎖に繫がれた虎が、勇気の門にはライオンが、知識の門には鷲が、分別の門には象がそれぞれ繫がれているのと同じようなものだ。大勢の旅芸人たちが楽器を奏で、快い音を響かせている。どうやら異国からやって来た芸人らしい。あまりお淑《しと》やかとは言えない妖精たちが周囲にうごめいていたが、みんな赤い顔をして、フランドル風の厚かましさも備えていた。霊酒をこぼしてべたべたになった手で、目も覚めるようなきれいなガラスの杯を、おぼつかない手際で振りかざし、喉を渇かした旅人たちに向かって、相手構わず競って乾杯していた。分かりやすく言えば、この屋敷は人生の途中に設けられた、旅人のための休息場なのだ。彼ら人生の旅人たちは、みんな干からびた状態でここへやってくる。リューマチに悩まされ、喉の渇きに耐えきれず、目の前でちらつかされる甕に目がゆき、その酒を呷《あお》ることになる。そして大酒をくらい、すっかり羽目をはずしてしまうのだ。こうしてますます理性を失っていくなかで、乾杯のお返しをすることこそが、相手の信頼を勝ち取る決め手となると考え頑張る姿は、まさに滑稽そのものであった。もしだれかが自制心を利かせて酒を断ったりすると、周りの者がすり寄って来て、気取り屋だとか、見栄っ張りだとか言って、その人のことをからかう。そしてこのお方の自制心に乾杯などと言って、きらきら輝くリキュールを何度も呷っている。どうやら彼らはその酒の魅力にすっかり取りつかれているようだ。そしてこんな言葉で相手をそそのかす。

「なんてことだよ。もうあんた方の歳になったら、節制なんてしなくていいんだよ。体のつくりが干からびてくるのだから、ちょうど酒を飲むいい口実になるんだよ。まさにこれこそ年寄りにとっての母乳みたいなものさ」

そんなのはとんでもない嘘で、実は毒でしかないのだ。

「さあ、もう一杯いこうぜ。どうだね、見ただけでも旨そうな酒じゃないかね。酒というものは、見ただけでも呑みたい気持ちにさせてくれるものさ。すべての魅力が揃っているからね。まずは見た目に美しい色をしていること、舌触りも申し分なく、嗅覚を刺激するかぐわしい香りもある。こうして五感を気持ちよく楽しませてくれる。水は味覚を刺激せず、色も香りも味もないことから、重宝がる向きもあるけれど、そんな味もそっけもない無粋な水など、あっさり捨ててしまうことだね。ところが酒ってやつは、そんな水とは全く反対の性質をもっているから、大いに喜ばれるのさ。さらに加えて、健康にもいいし、酒が唯一の療法になることだってある。たとえば、あのメスエ[18]がはっきりと述べていることだが、ワインほど心臓の不調に素早く対処できて、効果を発揮する薬はなく、ヒヤシンスや真珠で調剤した飲み薬でも、はるかに及ばないらしい」

こうして彼らは、さまざまな色合いのリキュールをとりまぜて飲み、味覚に刺激を与えてゆく。燃えるような赤のリキュールは血と混じりあい、金色のリキュールは《流動金》の代わりになって、体じゅうをめぐり、太陽の色のリキュールはまるでその光線を受けたように燃えたぎる活力をもたらす。さらには上品な臙脂色のリキュールや華やかなルビーの色をしたものさえあり、これが人に愛され親しまれる要因ともなっている。なかには分別のある者がいて、たった一杯の酒で喉の渇きを癒すだけで満足し、それ以上口にすることはまったく愚かなことだと言っている。それだけの量さえあれば血液に活力を戻し、心臓に安らぎを与えられると考え、これからもまっとうな道を進んでゆけるよう、心を奮い立たせていたのである。しかしながら、ほとんどの者は、たった一杯や二杯の酒では気分を満たすことができず、まるで獣の群れのように奥の部屋まで入り込み、ついには酒を満たした大きな盆をみつけると、うつ伏せになってそこに倒れこんでしまうのだ。そんなうちのひとりがアンドレニオであった。クリティーロが制止するのも聞かず、その助言も模範も役に立たなかったのだ。こうしてたちまちのうちに大勢の者が、獣のようにだらしなく床に寝そべっている。まるですべての悪徳が地面にへばりつき、美徳のすべてが空中に消滅してしまったような情景だった。

こうしてアンドレニオが人間の三つの生命[19]のうちでも、最も大切な生命を欠いた状態のまま眠りこける一方で、クリティーロはこの酒が支配する宮殿を探索してやろうという気になったのである。というのも、ここで彼が見たのは愚かな醜態しかなく、なにかの懲らしめが必要だと考えたからだ。ます第一に気がついたのは、この酒神の屋敷には、黄金の部屋があるわけではなく、煤だらけの薄汚れた部屋ばかりで構成され、格式のある広間ではなく、雑然とした大部屋が連なっているにすぎなかった。次に見たのは、入ってしまうとだれもが踊り始める部屋だった。たしかにそんな不思議な力が働く部屋らしく、ある女主人が召使たちをそこから連れ出そうとして、棒切れを手にして入ってきたまではよかったが、すぐに自分も踊りだしたのだ。するとたちまち腹立ちも忘れ、棒切れも捨て去り、カスタネットを手にはめてカタカタ鳴らし始めた。もっと腹を立てた彼女の夫も、棍棒を持って入ってきたのだが、結局は同じ運命をたどることになった。まるで俗っぽい居酒屋のような、この心地よい大部屋に足を踏み入れた者はみんな、すぐさますべてのことを忘れ、踊りに熱中するのだ。何人かの人たちが言うところによれば、かつてその部屋で一夜を明かした愉快な旅人がいるのだが、その人が残していったふざけた魔法のせいだということだった。しかしクリティーロは、単に酔っているからにすぎないと考え、さらにその先の部屋をめざした。

こうして次の部屋に入った。そこに入ってくる者はみんな、たちまち猛烈に怒り狂い、ある者は短刀を取り出し、またある者は剣を抜く。そしてまるで無頼の徒のように理性を失い、お互いに激しく傷つけあい、殺し合いを始めるのだ。この部屋では、クリティーロは上質の紫のケープを羽織った、立派な押し出しの人物を見た。するといかさま案内人の軽口男はこう言った。

「そんなに有難がることはないですよ。この種の人物についてはこんなことが言われていますよ。《立派なケープの下には、酒浸りの男が隠れている》とね」

「これはいったい誰なのかね？」

「かつては世界の主であったお方、しかし酒がこの人の主でもあったお方[20]ですよ」

「こんなところから退散しよう！」と、クリティーロは言った。「血がついた短刀を手に握っているじゃないか！」

「あの短刀で、食事のあと最大の友人を殺したのですよ[21]」

「で、そんなことがありながら、大王として認められたのかね？」

「そうですよ。軍人としての功績によるもので、王としての資質によるものではありません」

また確かな事実とされているのは、これよりさらに新しい時代の人物が、口から酒を垂らしながら現れてこう言ったとのことだ。《俺は一生の中でたった一度しか酔ったことがない》と。実はそれは一生涯その酔いがつづいたからということなのだが、この人物[22]は酒と異端を結び合わせるというとんでもないことをやってのけたのである。

この部屋では、彼らは他ならぬ英国のヘンリー八世がその不幸な死に際して、手にとったという盃を見せられた。善良なカトリック教徒であれば、聖なる十字架を手にして死ぬのがふつうであるが、彼は盃を胸に抱いてこう言ったとされる。《俺はすべてをいっぺんに失ってしまった。王国も天国も、そしてこの世の命も》と。

「ところで、そんな人物たちがみんな王様だったということかね？」と、クリティーロは訊いた。

「そう、みんなそうなんです。もっともスペインでは、めったに酔っ払いが《殿》と呼ばれたことはありません。フランスでは《公》、フランドルでは《卿》、ドイツでは《閣下》、スウェーデンでは《殿下》で呼ばれることはありますが、なんとイギリスでは《陛下》の扱いを受けるのです」

一人の男が、視力を失いたくないのなら酒を控えるようにと言われている。しかし度し難いこの男は、こう答える。

「いいかね、あんた。この俺の目は、いずれは蛆虫に食われてしまう運命じゃないのかね？」

「うん、たしかにそうだが」

「それなら、酒を呑んで、自分で始末した方がずっといいよ」

また、別の男はこう答える。

「俺はねえ、この目で見なきゃいけないものは、全部見終えてしまったんだよ。でも、俺が呑むべき酒は、まだ終わっていないのさ。だからたとえお互い目が見えなくなっても、呑もうじゃないか。それと酒の種類の違いをよく見ることだ。悲しい顔をしてうとうと眠っているこの連中は、赤ワインをたらふく呑んだ奴らだ。あっちで楽しく朗らかにやってるのは、白ワインを呑んだ連中だよ」

この屋敷には、内輪の隠し事もなければ、奥まった秘密の部屋があるわけでもない。彼らが次に入った部屋は《笑いの大広間》、つまり《歓楽の穴倉》であった。するとそこに彼らが見たのは、酒樽の箍《たが》を重ねた背の高い玉座に坐り、だぶだぶの服を着た女王の姿であった。真面目な顔つきで接見しているのだが、威光らしきものは感じられない。着ぶくれしたせいか太って見えるものの、実は自分で言うことには、骨と皮だけの体でしかなく、あまりに貧しくて寄る辺もなく、まるで裸同然の状態だとのこと。しかし、樽の上にもう一つ樽を重ねたような体型に見え、顔は生き生きとして楽しげな表情をしていた。もっとも、庭園というよりむしろぶどう畑を連想させる顔ではあったのだが。[23] 春向けではなく秋の装いをして、ルビーをふんだんに飾りつけた冠を頭に置いていた。[24] 目はぎらぎらと輝き、まるで花火が液体になって目から流れ出るようだ。唇は甘美な霊酒ネクタルを常に要求し、飽きることはなかった。片方の手には、棕櫚の葉[25]の代わりに生きのいいブドウの葉飾りをつけた笏を持ち、さらにもう一方の手には大型の盃をもち、そこにやって来るすべての人に祝杯を挙げ、さらにつづいてみんながお返しの乾杯をきちんと果たすのを、きっちりと見届ける。彼らがよく見ていると、女王は一口飲むたびに表情を変えていくのが判った。まずは陽気な顔から始まって、つぎには淫らな顔、さらには猛り狂った顔へと変わっていく。つまりこれは世のならいに従っただけのものだが、まず初めは体に必要な刺激を得ることから始まって、二番目には逸楽、三番目には悪徳、さらにそこから先は狂暴性へと発展してゆくのだ。女王はクリティーロの姿を認めると礼儀をかなぐり捨て、無礼講の許可を与えてから、クリティーロにとってはあまり気の進まない酒を、執拗に勧め始めた。しかしクリティーロはそのしつこい誘いを何度も断り続けた。

「だめだめ、このお酒は断れませんよ」と、軽口のえせ案内人が横から口を出した。「宮廷の決まりごとですからね」

クリティーロはどうしても逃げることができず、その酒を口にすると、こう言った。

「これこそ理性を失わせる毒物、分別を失くさせる毒、それがワインだよ。なんとまあ、あの良き時代も変わってしまったものだ、そしてあの良き習慣も！　かつてのあの《黄金の時代》とは、まことの時代、真珠の時代、有徳の時代でもあったのだ。語られるところによれば、あの時代にはワインは薬局で東洋の薬草と並んで、薬として売られていたそうだ。医者は貴重な飲み薬として、病人に処方していたのだよ。たとえば、「処方箋――一オンスのワインを用意し、一ポンドの水で混ぜ合わせるべし」といった具合にね。そんな形で使われて、素晴らしい効果をあげていたのだ。また、別の人たちが述べているところでは、町でもっとも目立たぬ場所、たとえば雑踏から遠く離れた町はずれでしか、販売できなかったらしい。それは一般の人たちを悪習に染まらせないための措置だった。だからそんな場所に出入りするのを見られることは、不名誉なこととみなされていたのだよ。しかし、こんな良き習わしは踏みにじられ、今では街頭で公然と売られるようになり、町は居酒屋であふれ、もう医者にワインを飲む許可を求めるなんてことはなくなってしまった。こうして昔は特効薬だったものが、いまではただの毒物に姿を変えてしまったのだよ」

「いやそうじゃないね」と、酒の魅力に取りつかれたある男が反論した。「今では万人向けの薬になったということだよ。その証拠にだね、ワインのすばらしい効用を称えた格言がたくさんこの世に出回っているよ」

「格言なんて、そんなのおばあちゃん連中に任せておくことだ」

「でも、だからといって間違っているとは限らないよ。ワインは、果物が体にもたらす害を和らげる薬になるんだぞ。《洋梨のあとには、葡萄酒を飲むべし》、《熟したメロンには混じりけのない葡萄酒が合う》、《無花果《いちじく》は葡萄酒で流し込み、わだかまりは水に流せ》、《米と魚と塩漬け豚は水の中で生まれ、葡萄酒とともに死ぬ》なんてね。つぎに牛乳がワインに対して述べたとされる言葉は有名だね。《おおわが友よ、君なら大歓迎だ》と。《蜂蜜のあとのワインは味が悪い、しかし体には良い》というのもある。《ワインが不足して水があり余る村は、不健康な地なり》とも言う。どの時代でもワインは薬であって、こんな文句さえ残っている。《夏には暑さ対策に、冬には寒さ対策に、ワインは本当に健康的》。またこう言う人もいる、《きのうのパンと年代物のワインが丈夫な体をつくってくれる》と。ワインは体調を整えてくれるだけでなく、心にとっても一番の慰めとなり、苦痛を癒してくれる。だから《ワインで消せぬものは、涙とため息で吹っ飛ばせ》とも言う。ワインはまた貧しい人たちの服の裏地の代わりをしてくれるから、《ワインは裸の人の外套となる》とか言う。また王様の飲物ともなるから、《水は牛にふさわしく、ワインは王侯にふさわしい》とね。ワインはまた老人にとっての牛乳となる、《老人がワインを呑めなくなれば、墓場をつくってやるとよい》なんてね。そして人生の半分は、ワインで出来ているから、《人生の半分は夜、残りの半分はワイン》だよ。というわけでワインはあらゆる病気の薬となるんだ。なぜなら、《瀉血してもらいなさい》と言われたら、すかさず《おいしいワインの方が、そんな治療よりずっとよく効くのさ》と答えられるからだ。そう答えるのはもっともで、ワインにはたいそう体に良い七つの効果があるからだよ。腹の中を掃除してくれること、歯をきれいにしてくれること、飢えを癒してくれること、喉の渇きを癒してくれること、顔色をよくしてくれること、心を楽しくさせてくれること、寝つきを良くしてくれることの七つだよ」

「そんな格言すべてに、私はこう答えてやりたいね」と、クリティーロは言った。「《ワインの友となる者は、自分自身の敵となる》ってね。それに知っておくべきは、いくらあなたが酒を擁護してみたところで、別の格言でひとつひとつの格言に反論できるということだよ。それをよく肝に銘じておくことだね。しかし今のところは、この格言ひとつだけで十分だと思う。それは《ワインを水で割ると、体も心も健やかになる》だよ」

「そんな馬鹿な！」と、酒に情熱を燃やす男が応じた。「もしワインに水なんか入れたら、ワインが駄目になるってことくらい、君にはわからないのかね？　特に白ワインの場合はそうだよ」

「そりゃあ、そうかもしれん。しかしもし水で割らなければ、あなた自身の破滅を招くだけだ」

「じゃあ、どうすればいいのかね？」

「飲まないことだよ」

クリティーロは酒に乱れる連中を嘆き、多くの真実を語った。しかしそこに居合わせた人たちはそれを真面目に受け取るどころか、かえって彼を嘲り笑うほどだった。ここでクリティーロが気づいたのは、この酒の女王の取り巻きには、スペイン人はほとんどいないことだった。スペイン人が一人いるとすれば、それに対してフランス人は少なくとも百人、ドイツ人なら四百人は間違いなくいる。

「ああそうだ！」と、例の軽口のえせ案内人が言った。「この葡萄酒という《素敵な発明《ベラ・インヴェンツィオーネ》》の時代に起こった事件についてご存じですかね？」

「いったい何があったんだね？」

「ある荷車屋がですね、大儲けを狙ってこの新しい商品を馬車に積み、ドイツの地に乗り込んだのです。すると当然のことながら、すっかり熟成したこの飲物を、ドイツ人は大いに気に入りました。つまり彼らは強い感銘を受け、すっかりこの飲物にすっかり参ってしまったわけですよ。さてつづいて、荷車屋はフランスへ移動することにしたのですが、酒の量がかなり減ってしまっていたので、スヘルデ河の水を足して酒樽をいっぱいにしました。というわけで、ワインの強度がかなり落ちてしまいました。とはいえ、フランス人たちを楽しい気分にさせるだけの効力はありました。踊ったり、口笛を吹いたり、時には跳んだり跳ねたりはしましたが、ただ彼らフランス人が冷静沈着なスペイン人の間に入ったときは、尻尾を巻いてすごすご逃げていくだけでした[26]。ちょうどこれはバルセロナの戦いで見受けられたのと同じような光景だったはずです。こうしていよいよワインがスペインへ入国したときには、ほんの僅かの量しか残っていませんでした。そこで、再び水を加えて薄めたのですが、そうなると最早ワインなどと呼べる結構なものではなくなり、まるで酒袋をゆすいだあとの水みたいな味になってしまったのですよ。そういうわけで、スペイン人には、なんの効果も示すことができず、むしろ彼らの気持ちを落ち着かせるだけのことになり、普段と同じ真面目な態度をなんら変えさせることができなかったのです。そんな経過があったので、彼らスペイン人たちは、他の国の人たちをみんな酔っ払いと呼ぶようになりました。というわけで、ワインはあらゆる国で飲み続けられることになりました。ドイツ人たちは純粋のワインを呑み、スウェーデン人と英国人もその習慣に従いました。フランス人は飲む前にはグラスを水でゆすぐようになりましたが、スペイン人は、相変わらず水っぽい酒を飲みつづけています。でも他国の人たちは、それはスペイン人に悪意があってのことだと言い、そんなワインを飲むのは、ワインのせいで自分の心のなかの秘密を、さらけ出さないためだと考えています」

「それこそが間違いなく、スペインでは他国のように異端が根づかなかった理由なんだよ」と、クリティーロは考えを述べた。「つまりスペインへは、酒に酔うなどという困った習性が入ってこなかったからだ。酒と他国との関係とは、別れられない仲間同士みたいなもので、お互いに持ちつ持たれつの関係なんだよ」

しかしこれは何ということだろう。特に珍しい光景でもないのだが、たしかに空恐ろしい光景がここで展開されることになるのである。あの酔いがまわった女王は、恐ろしい闇の世界を漂っているようであったが、酒樽のように熱く膨らんだ腹部から、強いげっぷの嵐を巻き起こし、酒宴となった部屋全体を怪物ばかりで埋めつくしてしまったのだ。というのも、よく見てみると彼女のげっぷは、嫌らしい悪徳を象徴するたくさんの怪物を呼び出す合図になってしまっていたのである。女王は猛々しい顔をあちこちに向け、げっぷをひとつ吐くごとに、すぐさまあの騒がしい酒の池から、分別ある人ならだれでも震え上がってしまうような、恐ろしい怪物や気味の悪い妖怪が飛び出してきたのだ。第一番目のげっぷによって、まず〈異端〉が現れた。これは〈酩酊〉の長男に当たる化け物で、諸国の都市、共和国と君主国を混乱に陥れ、彼らのまことの支配者への反抗を引き起こした張本人である。しかしそれも致し方あるまい。なぜなら、それより先に、彼らが神のお蔭で得た信仰を拒否し、聖なるものと俗なるものを混ぜ返し、この世にあるものすべての上下関係をひっくり返してしまったのだから。さらにつづけてげっぷをすると、〈魔女ハルピュイア〉[27]たち、いや正しくは〈陰口〉たちが顔をのぞかせ、その汚らわしい息で、周囲の人々の栄誉と名声を汚していった。さらに頭をのぞかせたのが、冷酷な〈物欲〉で、貧しい人たちの血を啜り、従者たちの皮を剝いだ。そうこうしているうちに、災厄をもたらす〈妬み〉も姿を現わし毒を吐き散らし、他の人たちの美点に毒を含ませ、すぐれた偉業の価値を減少させた。つづいて大きなあくびとともに、呼び出されるようにしてそこに姿を現わしたのが、大嘘つきのミノタウロス[28]と物知り顔のスピンクスだった。こちらは頭の良さを鼻にかけてはいたが、実は何も知らない大馬鹿者であった。さらにはもうひとつのすさまじいげっぷに導き出されて、恐ろしい復讐の三女神フリアイ[29]の姿もやはりそこにあった。他ならぬ地獄のなかで、戦争、もめごと、残虐行為が引き起こしたげっぷで、楽園さえもたちまち地獄に変えてしまうに十分な威力があった。人を惑わすセイレンもいて、人の命を狙い、死へと誘っている。愚か者たちが、一つの難所から逃れ、もう一つの難所で難破するという、あの二つの厄介な難所に潜む、暗礁《スキュラ》と渦《カリュブディス》[30]という名の怪物もいた。そこにはまた、サテュロスとファウヌス[31]もいた。人間の姿はしているものの、実は獣なのだ。

こうしてさまざまな怪物が、つぎつぎ姿を現わすうちに、瞬く間に悪徳の展示会のごとき様相を呈することになった。こんな怪物はすべて歯止めのきかぬ〈酒浸り〉を母として生まれてきた息子どもなのだ。そして驚くべきは、そこに現れた怪物たちの醜悪さにもかかわらず、酔っ払った酒好きの連中の目には、残念なことにすべてこの上なく美しいものに見えていたことであった。たとえば、淫蕩なセイレンたちのことを天使と呼んでみたり、激怒し怒りに狂うキュクロプス[32]を勇敢なる者、ハルピユイアを分別ある女性、フリアイたちを清楚な娘たち、ミノタウルスを才智に長けた者、スピンクスを物知り、ファウヌスたちを風姿に秀でた男たち、サテュロスたちを優雅な紳士、すべての怪物を霊妙な力を持つ者、などと考えていたのである。

するとクリティーロの方に向かって、いかにも剣呑そうな怪物が近づいてくる。彼は恐ろしくなってすかさず逃げ出そうとすると、案内の軽口男は彼を引き止めこう言った。

「ちょっとお待ちください。ちっとも恐れることはありません。あの怪物は何の危害も加えるつもりはなく、きっと何かいいことをしてくれますよ」

「あれはいったい何者だね？」

すると彼は、

「この者こそ世界にその名を知られ、もてはやされている者です。とくに宮廷ではあの怪物なしには誰ひとり生きていけません。あるいは少なくともこの偉大な宮廷人は、暇人たちの時間つぶしのためや、智者たちへ仕事の素材を提供してやっているという点に於いて、少なからず人のお役に立っていると言えると思います」

「で、あの怪物のことを、人はなんと呼んでいるのだね？」

この問いに対する答えと、これがどんな怪物であったかについては、次考で語ることにしよう。

第三考
〈真実女王〉の出産

ある男が持病を悪化させ、重い病を背負い込むことになった。色欲を煽りたてる悪性の熱病に見舞われ、それが日ごとに激しさを増して彼の前に立ちはだかったのである。するとその男は、そんな自分に対する情けなさと悔悟の念から、鋭い痛みを感じるようになった。あらゆる善きものへの願望はすっかり衰え、美徳への情熱も途絶えがちになってゆく。心の中では悪しき情熱の火が燃え盛り、あらゆる善行への努力はすっかり影をひそめてしまった。そして歯止めのきかない欲望に苦しめられ、さらには世間の中傷により、心に大きな痛手を負うことにもなった。真実を語るべき舌は活力を失い、すべてが死への前兆となってしまったのである。語られるところによれば、そんな窮地に陥った男を見て、天は彼のところへ医師団を派遣したという。さらにこの世からはそれに対抗すべく、自前の医師たちを送り込んだらしい。ところが、それぞれの側の医師たちは、お互い大いに異なった特徴をもち、その治療法も対照的だったのだ。というのは、天から来た医師たちは、病人の好みには決して耳を貸すことはしなかったのだが、この世の医師たちは、すべての点において病人を喜ばせ、ご機嫌をとっていたからだ。そんなわけで、後者は高い人気を博し、一方前者はすっかり嫌われ者になってしまった。天上の医師たちは、病人に適切な指示を与え、それに従うよう命じたのに対し、下界の医師たちは何ら指示を与えることもなく、こう言っていたのである。

「いいかね、薬を出さないことを決断するためにはだね、どんな薬を出すかを決める時と同じくらいの十分な医学の知識が必要なんだよ」

天の医師たちは権威ある医学書を引用するのだが、下界の医師たちは何の医学書も見ずに、ただこう言うだけだった。

「医学書の勉強より、頭の良さが決め手だよ」

「食べ物には気をつけて」と、一方は言う。

「何でも好きなだけ食べて、飲むようにしなさい」と、もう一方は言う。

「享楽癖を吐き出すための薬を服用しなさい。とても体にいいから」

「そんなことをしては駄目です。内臓の調子を狂わせ、味覚を衰えさせてしまいますからね」

「色欲を減らすための下剤を病人に与えるように」

「そんなことをしてはなりません。血液を活性化させるために、患者の好物をふんだんに与えることです」

「食餌療法だよ、とにかく食餌療法！」と、前者は繰り返した。

「とにかく、のんびり気楽にやること！」と、後者は応じた。患者にとってこれはとても性に合った療法であった。

「下剤をかけなさい」と、天上の医師団は処方を出した。「それは悪の根源に狙いを定め、強い勢力をもつ有害な体液を除去するためです」

「それはいけません」と、下界の医師団が口を出す。「柔らかなものを口にすることです。何か気を紛らわせてくれて、楽しい気分にさせてくれるようなものをね」

そんなまちまちの見解を耳にしながら、患者はこう言う。

「私はあの金言に従うことにいたします。《ここに医者が四人いて、三人が下剤をかけろと言い、一人が下剤をかけるなと言えば、下剤をかけるのをやめるべし[1]》というやつです」

すると天上の医者たちが反論する。

「だがこんな金言もある。《ここに医者が四人いて、三人が瀉血しないように言い、一人だけがそうしろと言ったら、瀉血せよ》と。したがってあなたは血を抜き取るべきですよ。つまり、あなたが他人から巻上げた金は、金庫から抜き取り、他人のものはちゃんと返却しなければなりませんからね」

「それはいけません」と、もう一方がまたまた口を出す。「そんなことをしたら、精力を患者から抜き取ってしまうことになり、場合によっては、体の機能を損なってしまうことだってあります」

すると患者は、その意見に賛同し、こうつけ加えた。

「あの方たちには私の血に対する敬意が足りません。無学な者たちの財産から血を抜くことしか知らないのですから」

「病気を抱えたまま、呑気に構えていてはなりません」と、天上の医者たちは指示を出す。

「病気を抱えたまま、休養をとり、のんびりすごしなさい」と、地上の医者は言う。

そこで天上の医師団は、彼らが指示した治療法に患者が従わず、墓場へ一直線で向かっているのを見ると、彼の前に立ちはだかり、死期が近いことをはっきりと宣告した。しかしそれにも拘わらず、患者はまったく耳を貸さない。おまけに召使を呼びつけこう言ったのだ。

「ところでお前たち、あの医師団には診察料を払ったのかね？」

「いいえ、旦那様」

「そうか、だから早々とこの私を見放したわけだ。だったら金だけ払って首にしなさい」

こうして天上の医師団は解雇された。したがって、美徳はどこかに消え去り、悪徳だけが残ってしまったのである。そして患者はその悪徳にすっかり染まり、悪徳を終わらせるどころか、間もなく悪徳につぶされ命を落とすことになったのだ。こうしてこの男はすべての悪徳とともに死んでしまい、地中深く埋葬されることになった。

　こんな日常的な出来事をクリティーロに語っていたのは、何十万年もの昔の世からやって来た人物であった。

「なるほど、そのとおりですよ！」と、クリティーロは言った。「悪徳は何も治癒できず、ただ人を死に追いやるだけです。でも美徳は人を癒す力を持っています。物欲は富を積み上げることによっては治らず、大食は豪華な料理によっても、また好色は官能の快楽によっても、喉の渇きは飲物によっても、野心は地位や顕職によっても、いずれも癒されることはありません。かえってますますその気持ちが掻き立てられ、日ごとに激しくなっていくものです。初めのうちは持病みたいなつまらぬ問題から始まるのですが、それがたとえば愚かな酒浸りの癖へと発展し、ついには悪徳を山と並べた店ができるほどになってしまいます。悪徳とはなんと醜く、なんと嫌らしいものなんでしょうか！　しかしそんなさまざまな悪徳を体現した怪物の中で、この私に近づき、取りつこうとしたのがいました。私は必死になってあの怪物をはねのけたのですが、さてあれは何の怪物だったのでしょう？(2)」

「それは諸悪徳の権化そのものの怪物ですよ。下品ではしたなく、しかしある意味宮廷的でもあり、奇妙であると同時に普段よく目にする悪徳です」

「あの怪物の名前はなんというのです？」

「名前は広く知られていて、一部では称えられてさえいます。どこにでも入り込み、場所によっては快く受け入れられているのですよ。すべてを引っ掻き回し、すべてを混乱に導き、宮殿には我が物顔で出入りし、都のなかにもその巣をつくっています」

「そう言われると、ますますあなたのおっしゃる意味が分からなくなりました。それが何者なのか見当がつきません。同じような格好をした怪物はたくさんいますし、都にはそんな連中がうごめいています」

「まず知っておくべきことは、その怪物はあらゆる怪物の親玉だったということです。つまりあの恐るべきキマイラ(3)ですよ。まさに悪徳を絵に描いたような型通りの怪物、大きな災厄をもたらし、今を盛りと愚かな生を享受する怪物です」と、この新しい道連れとなった男は嘆いてみせた。

「だから私は」と、クリティーロが言葉を足した。「あの怪物が私の近くまで来ているのを見ると、すぐに呪いをかけてこう言いました。《宮廷に巣食う怪物め、この私に何の用があるのだ。さあ、お前の好きなバビロンの町へでも消えてしまえ。あの町ではたくさんの愚か者どもが、お前を頼りにして一緒に住んでいるではないか。すべてがいかさま、嘘、欺瞞、虚構、作り事、妄想の町だ。それに、自分がまるで偉大な人物であるかのような、夢想ばかり抱いている連中だ。さあ、そんな者どもがいるところへお前も行ってしまえ。あんな連中など全く中身のない、亡霊みたいなものだ。無礼極まりなく、全く何の学問もなく、空想ばかりで頭をいっぱいにし、すべてが思い上がり、狂気、奢侈、気取り、そして妄想でしかない奴らだ。さあ、あの当てにならないおべっか使いどものところへ行ってしまえ。奴らはみんな恥知らずで、媚を売り、なんでも褒めそやし、平気でうそをつく。さらにはそんな奴らの言うことを真に受ける、自惚れの強い単純な連中もそこにいる。すべてが虚偽、欺瞞、愚かさ、そして妄想なのだ。騙されて王位を継げなかった者たち、騙し巧者の有力者たち、そんな奴らがいるところへ行ってしまえ。彼らはすべてを手中に収めようと画策するのだが、有力者たちは何の約束も果たさず、すべてを先延ばしにして、口実ばかりで虚しい期待を抱かせるだけ。すべてがお世辞と妄想のみ。さあ、社会改革を夢見る愚か者たちのところへ行ってしまえ。彼らは我々みんなをクロイソスのような金持ちにしてくれる策を練り、幸せを築いてくれるはずだった。でも実際には彼らはイロス[4]のような強欲の持ち主だったのだ。奴らは他の人たちが食べられるように、さまざま策を練ってはくれるのだが、自分自身が食いはぐれる有様。すべてがまやかしで、暇つぶし、気晴らし、そしてお遊びで、愚行であり妄想なのだ。さあ、あの気まぐれな政治家たちのところへ行ってしまうがよい。危険をはらんだ新奇な事業に肩入れし、確証に欠ける奇抜な発想ばかりしている連中だ。新しいものを取り入れないばかりか、古いものを守ることもせず、すべてをすっかり様変わりさせてしまう[5]。手にした物すべてを失い、既に完成した一つの世界を、いや二つの世界さえも投げ捨ててしまい、すべてが破滅へと向かい、残るのは妄想だけ。さあ、お前はここから消え失せろ。今の世の似非文化人とその気取った著作がつくりあげた、あのバベルの塔へ行ってしまうことだ。彼らの作品はからくりだらけ。その内容には訴えかけるものに欠け、葉っぱだけで実を結ばぬ木と同じ。中身に欠ける著作など、魂のない身体と変わりがない。すべてが混乱であり、残るは妄想のみ。さあ、お前は裁判所へ行ってしまうのもいい。そこで耳に入るのは虚言ばかり。学校では詭弁ばかりを教えられ、商取引所ではいかさまが横行し、宮廷を妄想だけが支配する。あるいはお前は、偽りの約束ばかりする者たちの所へ行くのもいい。人の話を信じ易い新物好きたち、厚かましいお節介焼きたち、家柄を鼻にかける自惚れ屋ども、嘘つきの結婚仲介屋、愚かな訴訟人たち、見た目だけの賢者たち、などなど、すべてが嘘で妄想だ。さあさあ、お前は今風の人間たちのいるところへ行ってしまうのもいいぞ。彼らはみんな嘘で固めた輩ばかりで、女どももみんな甘い言葉で人を騙す。子供たちも嘘つきで、老人たちは人をペテンにかけ、親戚連中は約束をたがえ、友人たちは嘘の事実をでっちあげる。お前は我々が後に残してきたあの汚れた世に行ってしまうのもいい。策略と虚偽と妄想が支配する迷宮のごとき世の中に》と。私はそんなことを叫びながら、キマイラから逃げようとしたのです。つまりそれは世の中のものすべてから、逃げることを意味していました。そしてこの真実の道をたどることにしたのですが、幸いにして、うまくあなたに巡り合うことができたという次第です」

「それは何よりです」と《卜者《ぼくしゃ》》は言った。——この人物がそんな名で呼ばれているのを彼は耳にしたのである——「あなたが何も失うことなく、こうして無事脱出できたなんてすばらしい」

「いや、何も失わなかったというわけではありません」と、クリティーロは応じた。「私の分身ともいうべき者を、あちらに残してきてしまいました。アンドレニオという名前の私の息子ですが、むしろ最大の友とさえ言える人間です。すっかり酔いつぶれてしまい、意識もおぼろげで、まるで他人のようになってしまったのです」

しかしここまでくると、彼はそれ以上言葉が出なくなり、大きく体を揺すってその悲しみを表現するだけであった。

「でもそんなに悩むことはありませんよ」と卜者は言った。「どうせあなた以外の人間がやったことではありませんか。でもとにかく、その場所に戻って、まずあなたを安心させてから、なんらかの解決策を考えてみましょう。酒酔いを醒ますのにとても効果のある薬を持っていますから、そこへ行ったら試してみることにします。酒酔いなるものはですね、——と言いながら、二人は歩みを進めていく——悪徳が人間に仕掛ける最後の攻撃なのですよ。つまり悪徳が人間の理性に対して仕掛ける最大の努力です。話によると、人間が生まれるとすぐに、万物の敵となる怪物どもがお互い結束し、人間を混乱させるために、入れ代わり立ち代わり攻撃を加えてくるそうです。たとえば、子供時代には貪食、青年時代には放縦、壮年時代には貪欲、老年期には虚栄が、それぞれ攻撃を仕かけてきます。ところが人間がこうした人生の各時期を過ちなく通過し、あらゆる悪徳に勝利を収めて、最後に老年期に入るのを見ると、悪徳どもはこの人が何事もなく彼らの手から逃れ、自分たちをあざ笑うのが耐えきれなくなるのです。だから酩酊を最後の手段として繰り出して、それまでの仇をとろうとするのですよ。そしてその狙いはまんまと成功します。やれお酒は老年にとっての牛乳であるだの、外套であるだの、慰めだのと言わせ、いかにも大切なものであるかのごとき印象をつくりだし、酩酊という悪習を使って、人間に少しずつ攻撃を加えていくのです。そして一献傾けるたびに人間の体に入り込み、勢力を伸ばし、最後にはすっかり降参させてしまう。つまり酩酊が人間の理性への目を閉じさせ、あらゆる悪徳の扉を開けさせるのですよ。というわけで、嘆かわしいことですが、それまで一生を通して有徳の清廉潔白な生活を守ってきた者が、老年期に入ると突然大食漢となり、好色で、短気な性格に変じ、中傷を止めず、多弁を弄し、虚栄と貪欲にふけり、滑稽で軽率な行動を見せることになります。これらすべて飲酒に起因しています」

そうこうするうちに、二人は例の池のある部屋に着いた。しかしもはやこれは池などではなく、悪徳のぬかるみのようなものになってしまっている。二人は部屋の中に入ると、アンドレニオの姿を見つけた。まだ地面にうずくまったまま、夢と酒に埋もれた状態にある。二人は口々に彼の名前を呼ぶと、彼はいらいらした様子でこう答えた。

「ほっといて下さい！　ぼくはすごくいい夢を見ているところなんだから！」

「そんなことはありえない」と、卜者は言った。「すばらしい夢など見られるのは、偉大な人物だけだよ」

「ほっといて下さい！　ほんとにすばらしいものを見ているところなんだから！」

「恐ろしいものじゃないことを祈るね。君は目もろくに見えないくせに、いったい何が見えるというんだね？」

「世界がすっかり丸くなくなってしまい、すべてがゆっくり動いているのが見えます」と答えた。「地面が不安定で、すべてがころころ転がっていく。誰にだってぬかるみが天空に見えてしまいます。高い徳性を持つ者がほとんどいないからですよ。この世はすべてが虚栄であふれ、一陣の風がなんでもすっかり持ち去ってしまう。水はすっかり流れて消え去り、ワインは増えつづけ、太陽が唯一の存在ではなくなり、月もたったひとつではありません。優れた人材は運に恵まれず、北極星は人を導いてはくれません。光は人の目を眩ませ、いらだちを招くだけ。暁の光は輝きに溢れすぎ、花といえば心を錯乱させるアイリスの花。アイリスの花は人を傷つける。法律は曲げられ、不正義が罷り通る。耳をポリポリ掻いているだけの音なのに、壁がそれに聞き耳を立てる[6]。それにデザートが食事の初めに出てきたりする。多くの目標はあるものの、実行手段が欠けている。金貨はちっとも重いとは感じられず、羽ペンほど重くずしりとくるものはない[7]。年長者が僅かのものしか入手できず、痩せぎすの者が《太い》態度で人に接し、背の低い者が《高い》声でがなり立てる。泥棒たちは法の網を潜り抜け、したがってだれひとり自分の財産をもたない。ご主人たちが下男になり、若い女中たちが指示を出す者となる。背中が胸より力を持つ[8]。過誤を犯す者は、何をやっても籠で水を飲むが如し[9]。重ねた業績は勘定されず、高位の者が褒賞をさらう[10]。羞恥心は邪魔者でしかなく、善良な者は世間の感涙ならぬ笑いを誘うのみ。そんなの嘘だと反論すれば人目を引き、嘘八百を見逃せばそのまま結婚へとなだれ込む。知識があっても賢者にはなれず、明晰な話には耳を貸してもらえない。分が犬の糞みたいに重なって一時間になり、そんな一時間が重なって嫌な一日となる。時計の針は人の命を奪いながら前に進む。良き一日を！　と毎日繰り返すうちに、悪い一年が過ぎてしまうのは困りもの。遣り手ばばの仲介で、きれいなお方がその後についてゆく。そんな嘆かわしい行いが神のおぼしめしとでも思っているのかも。女の髪飾りはパリ製がお薦めだが、若者のフランス病[11]には困ったもの」

「いい加減にお黙りなさい！」と卜者が言った。「ペラペラしゃべる奴は悪魔みたいだとはよく言ったものだ」

「いや、それよりもっと困り者は、まちがったことを声高に言い張る奴ですよ。このぼくが言いたいのは、すべて物事が逆になってしまい、上にある物と下にある物が、すっかり入れ替わってしまったということです。善き人はほとんど評価されず、本当の善人たちはまったく見向きもされなくなりました。何の取り柄もない者が、栄誉を賜る。獣みたいな連中が人間の仮面をかぶり、ふつうの人間が獣みたいに扱われてしまう。金のある者が尊ばれ、金のない者は捨て置かれる。こつこつ金を貯めこんだ者が賢者となり、知識を蓄積した者は、そうとはみなされない。いたいけな女の子たちが泣き、老婆たちが笑う。ライオンがメエメエと羊みたいな優しい声を出し、鹿たちが狩りをする。雌鶏みたいな臆病者が、くわっくわっと大声を出し、雄鶏みたいに威張り散らすはずの親玉は眠ったまま。王の寵臣となる者にとっては、世界がだんだん小さく見えてくる。世間から力を認められながら、多くの者が何の地位も与えてもらえない。大勢の者が近視眼的な見方しかできず、気まま勝手な望みを抱き、物の本質を見抜けない。それに世間の慣習にも従わず、きちんとした成果を挙げられない。もはや純朴な子供は生まれてこず、きちんと育てられた若者もいない。大した取り柄もないくせに、《すばらしき玉》などとおだてられる者もいれば、しくじってばかりいるくせに《巧みな槍使い》などとおだてられる者もいる。生まれる前から不幸せな奴は、ぼくには判るし、死んでしまえば幸せになるはずの者も判る。暗闇で喋る者たちは何かを画策しているものだし、仕上げを急いだりすると、時機を見誤る結果となる」


ここでもし卜者が巧妙な手を使って止めなければ、このアンドレニオの訳の分からぬ長話は果てしなく続いていたはずだ。その手とは、ワインの器を手にとってから、その中にウナギを入れるなどという俗説に従ったやり方ではなく、知恵に優れた蛇をワインの中に入れる[12]というものだった。するとたちまちアンドレニオに正気が戻り、酒に拒否反応を示したのである。まさに酒こそ、分別を狂わせ、理性を死に至らしめる毒物なのだ。こうして卜者は彼らをあの《悪徳の展示場》、つまり《怪物の溜り場》から連れ出し、《偉材たちの溜り場》へと導いたのである。この卜者と呼ばれた人物は、人々が人生の起伏に富んだ旅で出会う珍しい人物のひとりで、出会う人すべてに人生の終わりを占い、どんな締めくくり方をするのかを予測する不思議なわざをもっていた。我々の主人公たちは、その占いがことごとく的中するのを知って、啞然とするほかなかった。まず初めに出会った人々の中に、とても気難しい顔をした男がいた。すると彼はすぐにこう言った。

「この男にはあまりいい運命は期待できません」と。

まさにその言葉に誤りはなかった。片目の者については、物事をきちんと見定められないだろうと予言し、その言葉どおりになった。さらに背中に瘤のある男には性格の悪さを予測し、左利きの者には巧妙な策略家になるだろうこと、禿げ頭の者には金には縁がなくなるだろうこと、舌足らずの発音をする者には悪口屋になることを、それぞれ占ったのだ。こうして彼は身体の不自由をかこつ者を指し示し、あの人たちには十分注意するようにとふたりに言ったのである。[13] さらに彼らは賭博で大金を湯水のごとく使う若者に出会った。その男はそれまで稼いだ金をあっという間に失っていく。すると彼はこう言った。

「きっとあの若者は自分の力で財産を築いてはいませんよ。自分の力で築いていない者は、その財産を使わずにしまっておくようなことはしませんからね」

しかしこれだけではまだ驚くには当たらない。まるで自分の目で見ているような感じで、事実を見抜いていくのだ。すると次に一台の馬車に出くわした。持ち主である旦那はすっかり衰弱した様子だが、その妻はふんぞり返って馬車に揺られてゆく。すると彼はこう言った。

「ほら、あの馬車を見てごらんなさい。もう何年も経たぬうちに荷馬車になっているはずです」

そして実際にこの言葉通りになったのだ。そのときちょうど監獄が建設中で、たくさんの金色の鉄棒が設置されていた。まるで宮殿の代わりになれるほどの豪勢さで、虚勢を張った建物だ。それを見ると彼はこう言った。

「この様子では、これから病院になるはずと言っても、だれも信じないでしょうね」

なるほど、たしかにその通りだった。それは結局のところこの建物の中には、貧しく寄る辺のない不幸な人たちが収容されることになったからだ。[14] このほか、多くの良き友人に恵まれ満面笑顔の人物を見て、あの連中など本当の良き友人などではないはずと言ったのだが、それも当たり前のことだった。なぜならだれもがその人物には褒め言葉しか並べていなかったからだ。[15] これとは逆に無愛想な顔をした別の人物については、こう言った。

「この男は偉業など何もできないでしょうし、何を試みてもうまくいかないはずです」

さらに次の話はもっと面白い。ある男が彼の所にやって来て、いくつまで生きられるだろうかと尋ねた。すると彼はその男の顔を見つめてから、百年は生きるだろうと答えた。でも、もしこの男が馬鹿さ加減をもっと見せていたとしたら、きっと二百歳までと言ってやったに違いない。このほか、何の役にも立たぬ男に対しては、かのメトシェラ[16]をさえ上回る年齢には間違いなくなるだろうと言った。さらにもっと面白いのは、人の顔を一瞥するだけで、どこの国の者かを当てていたことだ。たとえば、ある大嘘つきを見るとこう言った。

「この男はゆっくり見極める必要もありません。間違いなくイタリア人ですね」

お高くとまっているのは英国人、だらしない身なりはドイツ人、愚直なのはビスカヤ人、尊大なのはカスティーリャ人、悲嘆にくれるのはガリシア人、乱暴者ならカタルーニャ人、吹けば飛ぶようなのはバレンシア人、うるさく騒ぎ立てるのはマヨルカ人、不幸なのはサルディニア人、強情を張るならアラゴン人、信じやすい性格ならフランス人、うっとりして心ここにあらずの風情ならデンマーク人、とまあこんな具合だ。それに国だけではなく、身分や仕事まで当てていた。一人とても礼儀正しく、いつも手に帽子をもっている人物を見るとこう言った。

「この人が魔術師とは、まさか誰にもわかるまい」

なるほどたしかに言う通りだった。この男にはすべての人を魅了してしまう魔力がある。そのほか、うっとりした表情なら占星術師、尊大な男なら御者、無作法な人なら王の接見控室の宮廷吏、ぼろを着て盗人まがいの風体なら兵士、色好みなら男やもめ、立派な髭をたくわえていれば地方小貴族、となる。さてこのほかにも、将来を嘱望され、だれに対しても愛想のよい言葉を並べていた役所の高官については、こう言った。

「この人物はたくさんの愚か者たちを満足させることになる」と。

どんな頼みでも愛想よく引受けてくれる者については、どうせ何もやってくれないだろうとの占いを出した。そして耳触りのいい言葉を吐く者を見ると、財布の紐がとても堅いと予測した。ある男が一軒の屋敷の前で行ったり来たりしているのを見ると、彼はこう言った。

「この男は金の取り立てに来ていますね」と。

またある男が、真実ばかりをずけずけ言うのを見ると、多くの悩みを抱えることになるだろうと占い、さらにお喋り男には、激しい頭痛に悩まされることになるだろうと予測した。こうしてそれぞれの人間に対して、まるで直接見ているかのように、その行く末を正確に推し量るのだ。金遣いの荒い者は慈善病院へ、利にさとい者は地獄へ、ならず者は牢獄へ、それぞれ行くことになるだろうと予測した。また逆徒はさらし首にされ、誹謗中傷する者は棒叩きの刑を受け、厚顔無恥の連中は瓶で叩かれ、ペテン師は鞭打ち刑に処され、盗賊たちは絞首台に送られ、身持ちの悪い女どもは癒そう木《グアヤク》[17]に厄介になり、有名人は賑やかなラッパとともに登場し、時代の寵児はお供とともににぎにぎしく行進し、堕落した連中は公開での見せしめの厳罰を受け、お節介やきは軽蔑され、地上で俗世の利益をむさぼる者は船で漕役刑に処せられ、ごろつきたちは絞首台に吊り下げられ、鷹のごとき凶賊は足枷をはめられ、トカゲのごとき狡猾な連中は毒蛇に食われ、思慮分別に富む者は幸せを手に入れ、聖者たちは名誉を手にし、善き心の持ち主たちには幸運と報償が与えられるだろうとのこと。

「なんとすごいわざだ!」と、アンドレニオが言った。「ぼくもそんなわざを身につけたいものです。あなたのその占星術をぼくにも教えてくれませんか?」

「私の考えではね」と、クリティーロが言った。「このわざを身につけるためだけなら、たくさんの天体観測儀など要らないし、たくさんの星を観測する必要もないと思う」

「私もそう思います」と、卜者が言った。「でもとりあえず話を前に進めましょうよ。さあ、アンドレニオ君、さらなる経験を重ねることで、私のような卜者になるわざを君に伝授してあげようじゃないか」

「これからどこへ連れて行ってくれるのです？」

「みんなが逃げてくるところへ向かって行くのだよ」

「みんなが逃げてくるところへ、なんでぼくたちが行かなきゃならないのです？」

「まさにそんな状況だからこそ、出かけるのだよ。つまりそんな連中を避けるためなんだ。でもその前にまず君たちに、音に聞こえたイタリアの地、つまりヨーロッパでもっとも名が知られた国の案内をしたいと思う」

「噂では、高徳の人たちが集う国だということですね」

「いや、その一方でずる賢い連中の地だとも言えるね」

「ドイツの旅は、とても不思議な形で終わりました」と、アンドレニオが言った。

するとクリティーロは、

「しかし、まさに私の予想通りだったよ」

「おそらくヨーロッパ一の大きさを誇る、広大な国ですが、全体的な印象はどうでしたか？　正直なところを聞かせてほしいですね」

「ぼくはですね」とアンドレニオが答えた。「これまでの中で一番気に入った国ですね」

するとクリティーロは、

「私に言わせれば、一番気に入らなかった国ですよ」

「なるほど、たった一つの好みだけがこの世を支配するなんてことはありえませんからね」

「じゃああの国できみが一番気に入ったのはなんだね？」

「上から下まで全部の人たちです」

「きみが言いたいのは、北から南への全域にわたってということだな」

「その通りです」

「ゲルマニアという名前自体、たしかに優れた資質を表しています。ゲルマニアとはまさにあらゆるものを作り出し、生みだしてくれる土地です[18]。そこに住む人たちにとっては、豊かな食糧や人間生活に必要なものをすべて与えてくれる、母なる豊穣な土地ですよ」

「そう」とクリティーロは応じた。「広いのはたしかに広いのだが、何の目標もない国だね。でかいばかりで中身が薄いのだよ」

「でもちょっと待って。ゲルマニアと言ったって、たった一つにまとまった国じゃないですよね」と、アンドレニオは再び話をつづけた。「たくさんの地域が集まって一つにまとまっていますよね。だから実際に見ればよく分かることだけど、各地方の領主は一国の王とほぼ同じ力を持ち、各町が大きな都となり、各屋敷が宮殿となり、各城郭が一つの城塞を形成しています。そしてあの地方を全体的に見渡せば、たくさんの人口を抱えた町、格式のある都、豪華な寺院、美麗な建造物、堅固な要塞などがたくさん集まった集合体ということができます」

「それは私も同じように認めよう」と、クリティーロは言った。「しかしそのことが、国全体の最大の破滅と完全な堕落を引き起こしていると思うね。なぜなら強大な力を持つ者の数が多いほど、それだけ上に立つ者の数が多くなり、そんな頭目が多いほど、気まぐれな思考が増殖し、さらに気まぐれが増えるほど、ますます反目が激しくなる。ホラティウスの言葉にあるように、《王の頭が狂えば、家臣たちはため息をもらさねばならない》[19]のだよ」

「でも、その物質の豊かさや繁栄ぶりは、あなただって否定できないはずです」とアンドレニオは言った。「だって何でも十分に供給されているではありませんか。《富めるスペイン、高貴なイタリア、そして満ち足りたドイツ》と、人は言うじゃありませんか。穀物も、畜産物も、海産物も、狩猟品も、農産物も、果物も豊富に出回っています。豊富な鉱産物、ゆたかに繁茂した樹木、色とりどりに飾られた森林、美しい牧場、満々と水をたたえてゆったり流れる川、それもなんとすべて船が航行可能なんですからね！　だからドイツで流れている大河の数は、他の国の小川の数より多いほどです。湖の数は他国の泉の数より多いし、宮殿の数は他国の民家の数より多く、都市の数は他国の町の数より多いのです」

「その通りだ」とクリティーロが言った。「そいつは私も認めよう。しかしその事実の中にこそ、私はあの国の破滅を感じとるね。豊かさそのものが、国を破綻に導くのだよ。たとえば、その豊かさゆえに、大勢の兵を養うことができ、かえって絶え間ない戦争に資源を浪費し、紛争の火に油を注ぐ結果となっているのだ。そんな贅沢は、とくにスペインなど王権が制限を受ける国ではそもそも許されるはずはなく、とうてい不可能なことだよ[20]」

「ところで、あの国の見目麗しい住民たちのことに話を移そうではありませんか。あなた方はどんな感想を持ちましたか？」

「とてもよかったですよ」とアンドレニオが言った。「それに好感がもてました。みんなぼくと同じ性格に思えましたね。ドイツの人たちを《動物ども》なんて呼んだりする他国の人たちは、まったく間違っていると思います。ぼくに言わせれば、ヨーロッパ一の国民だと評価してもいいのではないでしょうか」

「なるほど」とクリティーロは言った。「でもヨーロッパ一とは言っても、その資質がヨーロッパで一番ということではないと思うね」

「ドイツの人は、スペイン人の二倍ほどの大きさの体をしています」

「なるほど。しかし心はスペイン人の半分さえもっていないね」

「頑強な体をしていますよね！」

「でも魂が欠けているね」

「はつらつとした感じがあります」

「それを通り越して、冷徹な感じさえするね」

「すごく勇敢な人たちです」

「獰猛な感じもするね」

「美しい姿をしていますよね！」

「でも勇敢さが足りないね」

「背がとても高いです！」

「でも品位が高いわけじゃない」

「きれいな金髪をしていますよね！」

「でも頭は空っぽだよ」

「すごい腕力じゃありませんか！」

「しかし、活力が足りないね。体だけはなるほど巨漢だが、その魂は芥子粒ほどの大きさもないね」

「節度のある服装をしていますよ」

「しかし食事に関しては、そんな節度はないね」

「寝台の快適さとか、家の調度品に関しては、とても控えめです」

「しかし飲酒に関しては底なしだよ」

「いやいや、ちょっと待ってください。それは彼らにとっては悪い習慣ではなくて、生きてゆくうえで不可欠なものですよ。ドイツ人の巨体に、もしワインがなければいったいどうなるのでしょう？」

「魂の抜けた体になってしまうね。つまりワインが彼らに魂と生命を吹き込んでくれているのだからね」

「彼らは世界中で一番古い言葉を喋ります」

「いちばん野蛮な言葉とも言えるね」

「世界を知りたいという好奇心が人一倍強いです」

「その気持ちがなければ、あんなしたたかな生き方はできないはずだよ」

「偉大な芸術家には事欠きません」

「しかし偉大な学者はいないね」

「指先にさえ、とても繊細な感覚を備えています」

「その感覚が頭脳にもあったら、なおいいと思うがね」

「あんな強力な軍隊も、彼らがいるからこそです」

「人間の体と同じで、腹がないことには成り立たないのと同じだよ」

「彼らの気品の高さには光り輝くものがありますね」

「光り輝くのが、彼らの信仰心ならもっとよかったのだがね。ヨーロッパの他の国からは、有名な聖職者や諸修道会の創始者が輩出し、その母国であることをとても誇りにしているのだよ。それに対して、不幸なことにそれとはまったく逆の、異端の生まれた土地となってしまったのだ[21]」

するとそこへ、大勢の人たちが入り乱れて、同じ道を正面からこちらに向かって走ってくる。彼ら三人は道を塞がれてしまい、足止めを食らうことになった。群衆は道の左右に広がって、なかには道からはみ出てしまう者もいる。お互いに体をぶつけ合い、全員の息がすっかり上がってしまっている。ところが彼ら三人が見て驚いたのは、そうやってどこかから逃げてくる群衆の先頭にいたのが、年寄り連中なのだ。その中でもとくに立派に見える人たちが先頭に立っている。体の大きな者たちが長い脚で必死になって駆け、足の悪い者さえ遅れを取らずにやって来ている。それまでゆっくり歩みを進めてきた三人は、この光景にすっかり驚き、いったい何からそんなに必死になって逃れてきたのかを、つぎつぎに尋ねてみた。ところが誰ひとり答えてはくれない。一生懸命先を急ぎ、だれもわざわざ立ち止まってはくれないのだ。

「これはいったい何の騒ぎだ？　なぜ必死で逃げてくるのだろう」と三人が口々に呟いた。

ところが群衆の中に、三人があっけにとられて見ているのを見て、さらに驚いた者が一人いたのだ。その男はこう言った。

「きみたちはすごい賢者様たちかね？　それとも大馬鹿者ばかりなのかね？　人の流れに逆らってのんびり歩いていくなんて」

「賢者なんかじゃないよ」と三人は答えた。「でもそうなりたいとは思っているがね」

「じゃあ良く注意することだ。そんな望みをもったまま死んでしまわないようにね」

と言うと、あっという間に遠ざかって行く。

「逃げろ、逃げろ！」と別の男が大声で叫びながら、近づいてきた。「どうやらとうとう生まれるみたいだぜ」

と言うが早いか、これまた突風のように通り過ぎた。

「いったいどこの女性なんです？　こんな出産騒ぎを起こしているのは」と、アンドレニオは尋ねてみた。

ト者はそれに答えて言った。

「おおよその事情は呑み込めたつもりだ。いったい何が起こったのかはだいたい推測できるからね」

「何が起こったのです？」

「つまりこういうことだと思う。この人たちは間違いなく《真実の王国》から逃げてきているんだよ。つまり私たちがいま行こうとしている場所だ」

「あんなの王国なんて呼ばないでくれよ！」と逃げてきた男が言った。「あれは災厄だよ。人に害を及ぼすことから言うと、まさにその名がぴったりなんだ。とくに今日は世間を混乱させ、みんなの反感を買っているところなんだよ」

「ところでその原因は何です？」と彼らは尋ねた。「何か変わったことでも起こったのですか？」

「そいつが大変なんだよ。君たちはまだ知らないのかね？君らのところへ情報が届くのが遅すぎるよ。〈真実さま〉に今にも子供が生まれそうなのを知らないのかね？」

「子供が生まれるって？」

「そう、産気づいて、今にも腹が破裂しそうなんだ」

「でも、出産したからどうだって言うのです？」とクリティーロが訊いた。「そんなどうでもいいようなことで、世間が大騒ぎするわけですかね？　無事に子供を産んで、神の祝福を得れば済むだけの話じゃないですか」

「どうでもいいことだとは怪しからん」と、宮廷から逃げてきたその男は声をあげた。「君たちの落着きぶりにはまったく呆れたね！　まるでドイツの男みたいに落ち着いていらっしゃる。今でさえたった一つ〈真実〉があるだけでも、だれもゆっくり生きていけないし、それに耐えられる人間もいないのだよ。それがもしさらにもっと〈真実〉を産み落し、さらに最後には全員が〈真実〉を産み落すことにでもなったら、いったいどうなるのかね？　きっとこの世界は〈真実〉ばかりで埋もれてしまうことになり、そこに住んでくれる人を探さねばならなくなるだろうよ。要するにはっきりと言えば、この世界に住む人がいなくなるということだよ」

「それはまたどうしてなんです？」

「つまりだね、生き延びられる人がいなくなるからだよ。騎士も職人も、商人も主人も召使も、みんないなくなるんだぜ。まあ、はっきり言えば、だれも生きられないということさ。いいかね、全世界の四大陸(22)のうち、半分も残らないだろうよ。たった一つの真実だけを伝えられるだけで、ふつう人間というのは一生分の真実を得ることになる。だからあまりに沢山の真実を手にしたら、いったいどうなると思うのかね？　宮殿など全部閉鎖してしまうだろうし、城塞なんか誰かに賃貸しだってするようになるよ。それに宮廷も農場も残らないだろう。そんな数の真実を与えられたら、食傷してしまう人間もいるし、それをうまく消化できなくなるよ。真実ばかり飽きるほど与えられても、いったい何ができるというのだね。毎日自分の真実だけを取り込むための、大きな胃袋が必要になってくるだろう。そんなことにでもなったら、真実のせいで苦い思いばかりしなくてはならなくなる」

「だがちょっと待ってくださいよ」とクリティーロが言った。「真実を怖れぬ人だってたくさんいるはずでしょう？　それを生まれつき自分の中にもっている人だっているはずじゃないですか」

「おやおや、そんな人がいますかね？　教えてくれたら銅像でも建てさせてもらいますよ。一つの真実だけでも眉間にまともに受け止めれば、いくら自分自身に信頼を置いている者だって、頭がくらくらしてしまうね。それが、顔面にたくさん真実を投げつけられでもしたら、それこそたまったものじゃない。間違いなく鋭い痛みがズキズキ走って、それが何日間もつづくことだろうよ。できればそんな真実による鞭打ちの刑みたいなひどい懲らしめを、君たちには味わってもらいたくないね。本当にズキズキして焼けるような痛みだよ。それにもし痛まないという人がいるなら、ぜひお目にかかりたいものだね。たとえばペドロ・デ・トレド様[23]がある女性にこんなことをおっしゃったという話があるが、この話をだれかほかの女性で試してみたらどうかね？　実はこうおっしゃったそうだ。《いいですか、あなたはあの類の女よりもっとたちが悪いと思いますがね》と。そしたらその女は、《え？　どんな女のことです？》と訊き返してきたらしい。そこで侯爵殿は困ってしまい答えて曰く、《いや、その、つまりだな、老婆よりひどいということですよ[24]》と。あるいはだね、ある悪党についての真実を、ひとつ書き込んで告発状にして町に貼り出してみるといい。その男の立腹たるや恐ろしいものになるはずだよ。あるいは、思い上がった人物に、一番触れてほしくないことを話題にしてみるのもいいだろうし、派手な格好をした洒落男に、ちょっとした服のシミを指摘してみるのもいい。また錐の先で虚栄心のつよい人物を、チクリと突き刺してみるのもいいだろう[25]。また別の金持ちの男には、ちょっと過去を振り返ってみろと言ってやるのもいい。だって財産はその祖父が自分のつるはしで地道に稼いだものだし、そのお蔭で孫の男が、我が世の春を謳歌しているのだからね。今では美味な雉の料理にさえ飽きてしまった者には、昔の貧しい練り物料理を思い出させてやるのもいい。ライオンみたいな強靭な男には、昔の四日熱のことを思い出させ、不死鳥には虫けらの過去を思い出させやることだ[26]。我々がこうやって、真実から目をそむけるからといって、とんだ厄介者で、そんなに驚いてはいけないよ。真実なんてのはね、とんだ厄介者で、我々の心を突き刺す力をもっているのさ。ほら、あそこにむくんだ体をした巨人がひとり、横たわっているのが見えるだろう？　あれはどこかの子供に針で刺されて殺されたのさ。ある人の話では、巨人の祖父があの針を子供に売ったのだそうだ[27]。しかし、すべては巨人に責任がある。祖父の言うことにまったく耳を貸さなかったからね[28]。だからこうして、みんなが慌てふためいて、逃げて行くのを見ても、とくに驚くには当たらない」

「あの兵隊たちは何から逃げてくるのです？」とアンドレニオが尋ねた。

「逃げているのだと人に言われたくないからさ。つまり彼らは戦場を放棄した連中で、そんな真実をばらされたくないのだよ」

一人の男が叫びながらこちらにやってくる。

「大変だ！　〈真実〉だ、〈真実〉がやってくるぞ！　でも俺の口からはそんなこと絶対漏らすものか！　もちろんそんなことに、耳を貸したりなんぞもしないぞ！」

「こういう連中には、君たちはまだたくさん会うはずだ。彼らが真実を明かしてくれるのをみんな待ち望んでいるのだが、彼らはそんな真実など、できれば口に出したくないのだよ」

「でもまあ、これでいいのじゃありませんか」とアンドレニオが言った。「こんな小物たちにはさっさと逃げてもらいましょうよ。ここから姿を消して悪魔の首領のベルゼブルの所へでも行ってもらって、ここへは二度と戻ってこないようにしてもらいましょう。ところで、もっと身分の高い人たちはどうなんです?」

「その人たちも一緒に逃げてきているよ。自分の瑕をあばかれたくないからね」

つづいて逃げてくる男の声が、大きくなってだんだん近づいてくる。

「とうとう出産がはじまるぞ！　さあ、逃げるんだ！　生まれてくるぞ！　君主たちもさあ逃げるんだ！　お偉方もしっかり走るんだ！」

この叫び声に反応して、駅馬に乗り込む男もいる。戦場にあってさえ、こんなに素早く乗馬の合図に反応する騎兵はいないだろう。あるお偉方などは、高級四輪馬車を曳く六頭の馬をすっかりくたばらせてしまった。しかしここで念のために知っておかなければならないことは、これはイタリアで起こった事件だということだ。この地では、たけり狂ったオスマン帝国の兵から放たれる弾丸よりも、一つの真実の方がはるかに怖れられているのだ。しかし警戒されている分だけ、実際に飛び交う〈真実〉の弾丸はまだ少なく、それを目にする機会もそう多くはない。

「ところで、その〈真実さま〉は、いつごろから身ごもっておられるのです?」と、アンドレニオが尋ねた。「ぼくはあの方はとっくの昔に老いぼれてしまったか、あるいはもう亡びてしまったのかと思っていたほどです。なのに今頃になって出産騒ぎが始まるわけですか?」

「数日前からだよ。いや数年前からと言ってもいいかもしれない。噂では〈時間どの〉と一緒になることで、こうなったということだがね[29]」

「そういう事情なら、これでかなりのことが明らかになるはずですよね」

「そう、少なくとも、とても珍しいことが明るみに出てくるだろうよ」

「そのすべてが真実だということですか?」

「そう、すべてがそうだ」

「それなら、あの《いまひとつ物足りず[30]》とかいう表現がぴったり当てはまるじゃありませんか。なぜ一年ごとに出産しないのです?　なぜ新しい真実をどっと明かさないのです?」

「そう、本当なら全部吐き出してしまえばいいのだけどね。ところが、身ごもるのに一世紀、さらに出産するのに一世紀要るのだよ」

「ということは、黴が生えたような古い真実ばかりが明るみに出てくるわけですか」

「いやいや、決してそんなことはない。すべて永遠の真実ばかりだよ。真実とは、セルバ[31]という木の実と同じ系列に属するということを、君は知らないのかね?　腐ったような実が、本当はいちばん柔らかで熟していて、鮮やかな赤のうちはまだ熟していないのだ。特に赤い実ならぬ、顔を赤らめさせるような真実は、どうも困り者だね。そんなのを受け付けられるのはビスカヤ人だけだよ[32]」

「あの《黄金の世紀》と呼ばれた時代には、きっと〈真実さま〉は毎日出産していたはずですよね」

「いや、もっと少なかったはずだね。なぜかといえば、とくに身ごもることなどなく、すべての真実が明かされていたからだよ。しかし今の世では、真実を口に出すことができないから、我慢できなくなってしまうのだ。ちょうど針鼠の出産のように、遅くなればなるほど、赤子たちの棘が痛く突き刺さり、思い切って体の外に出すのが怖くなり、なかなか出産の踏ん切りがつかないのと同じだよ。〈真実さま〉はきっと、さまざまなことに気づいたり、知らされたりして、心の奥にはとても珍しいことをたくさん隠しているはずだ。だからこそ、ある思慮分別のある人の言葉だが、《内々の事情は外に漏らさず》と言えるわけだ。だからそんなことを、もし遠慮なく吐き出されでもしたら、迷惑この上ないからね。一応面白いことがいっぱい出てくるだろうけどね」

「そんなことよりむしろ気になるのは」と、クリティーロが言った。「すべてが恐ろしい悪事であったり、信じられないような間違いであったり、とんでもない見当はずれなことだったりするのではないかということですね。つまり、みんな支離滅裂な話ではないのかということですよ。もしその指摘がすべて正しいとしたら、称賛の嵐が巻き起こるはずですから」

「しかしまあ、いずれにしろ、〈真実さま〉の子供たちは外へ出て来なければならないのですよ」と、卜者が言った。「だから〈真実さま〉が身ごもらないのが一番いいのです。いったん身ごもってしまうと、暴発するか吐き出すかの、どちらかしかありませんからね。要するにあの最高の賢者[33]がおっしゃったように、真実の言葉は抑えられないのです」

「教えてほしいのですが」とアンドレニオが言った。「その〈真実さま〉が産み落すはずのものについて秘密が漏れたり、予測されたりすることは滅多になかったのですか？　男の子でしょうか、女の子でしょうか？　産婆たちはどんな嘘をついているのか？　医者たちはどんなお追従を言っているのか？　あれほど堅い秘密の中から、なにかとんでもない話が漏れ出てはいないのでしょうか？」

「その点についてなら、言うべきことはたくさんあるし、また黙っておくべきことはそれ以上あるね。今回の懐妊が確かであることが判るとすぐに、身に覚えのある者たちがすっかりおびえ、自分もひょっとしたら影響を受けるのではないかと思った者たちは、警戒の姿勢を取るようになったのだよ。ほとんどの者はこれに含まれたわけだ。そこですぐさまこの件につき、神託に伺いを立てることにしたところ、まず初めの神託の答えは、獰猛な怪物を産み落すであろうという内容だった。おぞましい醜悪な姿をした化け物ということだ。こうなると、人々が受けた衝撃がいかに大変なものであったかは、想像に難くない。そこで気休めのつもりで、別の神託にお伺いを立てると、これがまさに安心をもたらしてくれることになったのだね。なぜかというと、その答えが初めの神託とはまったく逆の内容だったからだよ。つまり、美しい面立ちで気立ての優しい、まれに見る美男子を生むであろうという予言だったわけだ。そんな事情で、人々はこれを信じる者と、信じない者とに分かれ、すっかり混乱してしまい、〈真実さま〉の首を絞めようとまでしたらしい。しかしそれは失敗に終わった。やはり、不死身であるという噂は本当だったということだね。これは世間のすべての人に知ってほしいのだが、噂では〈真実さま〉とは、グアディアナ川(34)のようなもので、ここで土に埋もれたかと思うと、あちらのほうで再び顔を見せるものらしい。今日は一言も口をきかず、まるで地下にでも埋まっているように見えるが、明日になるとまた姿を見せ、ある日には人の輪の中にいて、さらには広場に進出してきたりする。出産の日もやがて来るだろうから、そのときには、この秘密も解き明かされ、我々もこの疑問から解放されることになる」

「ところで卜者さん、あなたはなんでも予測するのがお得意ですが、この状況をどう思われます？　なにか嗅ぎつけられる秘密はないのでしょうか？　それぞれの神託によれば、この世に生まれてくるという化け物と、きりりとした美男子が、それぞれ何者なのか予測がつくものでしょうか？」

「うん、分かるね」と、彼は答えた。「少なくとも、第一の神託の者が愚か者たちにとってどんな意味をもつのか、第二の神託の者が分別ある者にとってどんな存在となるのかという点についてはね。私に言わせれば、第一の方は……」

しかしその時奇妙な男がひとり、そこへ顔をのぞかせた。こちらへ向かってくるのだが、逃げてくるというよりむしろ、人を無理やり逃げ惑わせているような感じだ。人を追い払い道路を独占するだけでなく、広場まで占領している。びっくりするような大声をあげて、こう言っている。

「このおれさまが気がおかしいだと？　これほど分別ある行動をとっているというのに。このおれさまが見当はずれな人間だって？　いつもちゃんとした行動がとれるように教えてやっているじゃないか。このおれさまが常識のない人間だと？　たくさんの人間に知識を恵んでやっているというのに」

「あの人は誰ですかね？」とクリティーロが訊いた。

すると、卜者はこう答えた。

「あれは稀代のお喋りですが、文法でいえば独立奪格みたいに、他者を支配することも他者に支配されることもない、自由な身の男ですよ。じつはこの男は、かの有名な王に仕えている気のふれた男です」

「でもなぜそんなことが可能なんです？」と訊き返した。「万人から等しく慎重王と呼ばれ親しまれている、あの王様のような分別のあるお方が[35]、そんな狂人をそばに置くなんて、とても信じられない。またついでに言わせてもらえば《スペインのセネカ》などと呼んではならないのです。そんなのまるでほかのセネカが、エチオピアかどこかにも居るみたいに聞こえるじゃないですか[36]」

「でも、まさに慎重で分別のあるお方だからこそ、そんなお供を引連れているんですよ」

「でもその狙いはいったい何でしょう?」

「時には王様に、真実の声に耳を傾けてほしいからですよ。狂人以外のだれもそんな真実など王様には話さないし、王も狂人以外の誰の口からもそんな話を耳にすることはないからです[37]。もし王様たちが狂人たちと無邪気な子供たちに囲まれているのを見ても、あなた方は何も驚くにはあたりません。なんらかの秘めた意図があるからこそ、そんなことをなさるわけです。王たちを楽しませるためではなく、王に真実を教えるためなのです。つまり真実はそんな素朴な教師の口を通して、王の耳に入っていきます。さあ、歩きつづけましょう。都もそんなに遠くありませんから」

「その都へ行くとかいう計画は、やめておいた方がいいよ」と、先ほどの都から逃げてきた男が横合いから口を挟んだ。

「なぜだめなんです?」

「それはだね、都なんていう所では、めったに真実の言葉など聞けないと言われていることを考えたら、そんな〈真実さま〉の都などあろうはずがないからだよ。嘘もなく、騙されることもなく、小うるさい噂話もなく、毎日百もの大きな嘘が飛び交わないような、そんな場所をなぜ都などと呼ぶことができるんだね?」

「ということはですね」とアンドレニオが尋ねた。「〈真実さま〉の都では嘘はつけないのですか?」

「嘘などつけるわけはないだろう? だって〈真実さま〉の都なんだからね」

「ちょっとした嘘でも?」

「その半分の嘘でもだめだね」

「その嘘が何かの大きな助けになるような場合でも?」

「やっぱりだめだよ」

「三日間嘘を貫き通すという、フランス人がよくやるあの嘘も方便みたいなやり方でも、なかなか効果がありますがね[38]」

「たとえ一日かぎりでもだめだよ」

「じゃあ、十五分ほどということでは?」

「一分たりともだめだね」

「知らずにうっかりやってしまいましたって、誤魔化すのもだめ?」

「それもだめ」

「真実を隠すのもだめですか? それなら嘘をつくことにはならないでしょう? それと一部はいいにしても、すべては明かさないで済ますのもいけませんか?」

「それでさえ駄目だね」

「なんとまあ、真実とは厄介な代物ですね。それにあなたも厳格すぎますよ。こうなったらぼくも、だんだん逃げ出したくなってきました。するとなんですかね、金をせびりにきた者に、口実をつくって断ることもできなくなるし、王様のご機嫌をとることもできなくなるし、宮廷の方々にはお世辞のひとつも言えなくなるってことですよね？」

「その通りだ。だからそんなのみんな駄目なんだよ。すべてを平明に、すべてを極めて正直に言わねばならんからね」

「ぼくはもう決めました。そちらの方へは行かないことにします。そんな規則だらけの窮屈な場所になど、恐ろしくて入れやしない。このぼくが危機から逃げ出すための口実も使えないようなところで生きていくなんて、そんなこと不可能ですよ。これを限りにそんな都とは縁を切ります。きっとそう考えるのは、このぼくだけじゃないと思います。嘘が存在しないですって？　そんなのぼくから見れば都じゃない。ペテン師もいなければ、おべっかもなく、へつらったり、おもねったりする連中もいないなんて、それならだれひとり宮廷人はいなくなってしまいますよ。約束を守らないような紳士がいない、実行が伴わない大貴族もいないなんて、そんなの都じゃありませんよ。税金逃れのための平屋住宅[39]もなく、苦労の絶えない町もないなんて。もう一度言うけど、そんなの都であるはずがありません。みなさん、そんなパリかストックホルムのような町に、いっただれが住んでいるのです？　だれがそんなクラクフ[40]みたいな町に住んでいるのです？　だれがその女王のご機嫌をとっているのですか？　きっと不死鳥みたいに、ひとりでわび住まいをしているにちがいありません」

「女王に仕え、女王のご機嫌を取る者はちゃんといるよ」と、卜者は言った。「というのはねアンドレニオ、君も良く知っていると思うが、ルキアノスのある友人[41]が語るところによると、俗人たちがこの世からいったん〈真実さま〉を追い出し、その代りに〈嘘〉を玉座に据えたのだが、他ならぬ人間たち自身、つまり俗人たちは、結局のところ〈真実さま〉なしには生きていけないことを悟ったのだよ。そこで最高会議はその俗人たちの要請に応じて、〈真実さま〉を再びこの世に招き入れようとしたらしい。人々は嘘、悪だくみ、混乱だけが支配するなかで、召使や職人たちとも、さらには妻とさえもお互い理解しあえなくなってしまっていたからだ。全世界はちょうどバベルの塔を建てたときのように、お互い言葉が通じなくなってしまったのさ。人々が《はい》と言う時には、じつは《いいえ》を意味していたし、《白》と言う時は、《黒》の意味だった。そんなわけで、正しく確かなことはなくなってしまうことになった。一人残らずすっかり絶望してしまい、真実よ、帰ってきてくれ、と叫んでいたのだよ。しかしこの望みの実現は一筋縄ではいかず、その願いが果たされるのは、とても困難だと思われていたのだ。なぜかといえば、勇気をもってそれを言い出せる者がいなかったからだ。つまり問題は、いったい誰が最初に真実を吐露できるかということだ。こうして最初に真実を表明できる者のためには、多額の賞金が提供されたのだが、だれも申し出る者はなかった。つまり、まず口火を切る意志をもつ者がだれひとりいなかったわけだ。さまざまな対策が講じられ、たくさんの方策が練られたのだが、どれも実を結ぶことができなかった。そこで、〈真実さま〉のほうから人間の胸に入り込んでもらい、人間の心の中に戻り、しっかりと根を下ろしてもらわないといけない、と考えたのだよ。そこでその方法を検討してみようではないか、ということになった。ところが政治家たちは、それが不可能であると考え、こう言ったのだ。《それでは、まずどこの国から始めるべきか？　イタリアから始めても、それはどうせ笑い飛ばされるだけ。フランスではありえない話とされ、イギリスでは話題にさえ取りあげてもらえないだろうし、スペインではまだ少しは脈があるものの、難しいことには変わりあるまい》と。結局なんども会議を重ねたあと一致をみたのは、〈真実さま〉にたくさん砂糖を加えてその苦みを紛らせ、さらにたくさんの竜涎香をふりかけて、〈真実さま〉が発散する力を弱めるということだった。とまあ、そんな経緯で、〈真実さま〉を琥珀で包んで砂糖をまぶし、黄金のカップに入れたのさ。しかしガラスのカップではぜったいに駄目。それは透き通って見えるからね。その次に考えたのは、これは遠く中国か、あるいはもっと遠くから取り寄せた珍しい飲物だった。これこそもっともすばらしい味を出すよう調合された飲物だとのことで、さっそくすべての人間に配っていった。チョコレートはもとより、茶やシャーベットよりも貴重な飲み物だなどと言って、虚栄心をくすぐり、その飲み物を口にさせようとしたのだね。さて、こうしてさまざまな階層の人たちに、この飲物が順番に送られていくことになった。まず初めに王様たちのもとに届けられたのだが、それは家臣たちも王にならって飲んでくれるよう、全世界に広まるようにとの願いからだった。しかし彼らは一口飲むなり、〈真実さま〉の苦さを舌に感じとり、吐き気を催し始めたのだ。じつは、王たちというのは、とても鋭い感覚をお持ちになっており、なんでも聴きとれるのと同じように、どんな匂いでも感じ取ってしまうものなんだよ。なかには、たった一滴嘗めただけで、すぐに吐きだし、いまでもなお吐き続ける王さえいる。試し飲みした者はみんな一様に、《なんと苦い飲み物だ》と言い、他の者はそれに対して、《まさにその通り、これこそ〈真実さま〉だ》と答えていたのだ。さらには、この飲物は賢者たちの元にも届けられた。彼らはこう考えたからだね。《まさにこれこそ、あの人たちが全生涯をかけて研究をつづけている問題なのだ》と。ところが賢者たちは、それを一口飲むやいなや、残りを横に押しやり、理屈の上ではそれについては十分検討はするものの、実生活の中ではそんなものは要らないと言ったのだよ。つまり、思索の材料とはなるものの、実用には向かないものだということだね。そこで、《じゃあ今度は、年配の男性と若者に当たってみようじゃないか。いつも真実を追い求めている人たちだから》、ということになった。ところがすっかりこの期待は裏切られてしまう。なぜかと言えば、彼らはそれを口元に感じると、唇を閉じ、歯を食いしばり、こう言ったからだ。《私の口から入れるのは駄目です。他の人の口や隣の人の口に入れてやってください》と。次に職人たちに声をかけてみた。ところが、結果はもっと悪いものだった。そんなものを口にしたら、ものの四日も経たぬうちに餓死してしまうだろう、なんて言うのだ。とくに仕立屋たちがそうだった[42]。商人たちは飲物の〈真実さま〉など、見ようともしない有様だった。なるほど、だから奴らは店を暗くして、金庫を明るい場所に置くのを嫌がるわけだ[43]。さらに宮廷の人たちは、この話を聞こうともしない。女性たちのなかには、その飲み物の味見をしてみようと思う者はいなかった。ある女はこんなことを言っている。《あっちへ行ってちょうだい！　企みごとのない女なんて、空の財布と同じなんだから！》と。こんな具合で、あらゆる階級や職業の人たちのところを、彼らは回ってみたのだが、結局のところ真実に立ち向かう勇気のある者は、だれひとり見つからなかったらしい。これを見て、彼ら最高会議の議員たちは、子供たちを相手に試してみることに決めたのだ。まだ幼い頃からミルクといっしょにこの真実という飲物を飲ませ、慣れさせようとの狙いだった。するとごく幼い子供を探すことが必要となったのだよ。というのは、少し大きめの子供たちはすでにその飲み物のことは知っており、両親の真似をしてそれを忌み嫌っていたからだ。そこで彼らは、狂人たちや愚直で単純素朴な人たちの所へ行って試してみると、全員が飲んでくれたのだ。子供たちは初めの口当たりの良さに騙され、素朴な人たちは、まったく何の飲物かさえ気がつかぬまま、コップをすっかり飲み干し、胃袋を真実でいっぱいに膨らませたのだね。するとたちまち、その真実をげっぷで外に吐きだし始めた。その真実が苦くても苦くなくても、彼らはそれを平気で口に出して喋るのだ。そして相手がちくちく刺され痛がるのも構わず、彼らは真実を相手に遠慮なくぶつける。ある者はそんな形で真実を人にぶつけ、ある者は真実を大声で言いふらすのだった。ということは、彼らには真実を教えない方が安全だったわけだ。もし真実を知れば、必ずそれを口に出してしまうのだからね。というわけで、子供たちと狂人たちは、現在この〈真実女王〉に仕える宮廷人となり、女王を助け、身のまわりの世話をしているのだよ」

彼ら三人は、すべて開け放たれた町の入口にまですでに進んできていた。真っ直ぐに伸びた幅広い街路には人影はない。道路には曲がり角も、ねじれた道も、十字路もなく、すべての道はまっすぐに伸び、そのまま町の出口につながっていた。家々はガラスでできていて、戸も窓も大きく開けられている。外の様子を窺う覗き窓もなく、家の中を隠す屋根もなかった。空はすっかり晴れ渡り、天気は穏やかで、悪天候の兆しはどこにも感じられなかった。あたり一帯澄み切った空気に包まれている。

「これはすばらしい町だ！」とクリティーロは言った。「世界の他の地方とはまったく違う！」

「でも都にしては小さいなあ！」とアンドレニオが言った。

すると卜者は、

「そんな感想をもつから、今までの最大の都市は、バビロンだったなどと主張する者がいるのだよ。六百万の人口を抱え繁栄を謳歌したローマも、この都と比べたら物の数ではない。中国の北京だって、町の高い場所に立って見下ろしてみても、とくに目立った建物もなく、広大な土地に平べったく広がる家並みしか、目に入らないというからね」

彼らが町に入ろうとしたとき、多くの人に混じって、お偉方と思われる人たちが、町に足を踏み入れる前になにか気になる動きをしているのに気がついた。耳に綿を詰めこみ、しっかり栓をしているのだ。さらにそれだけでは満足せず、両手をきつく耳にあてがっている。

「あれはどういう意味だろうね？」と、クリティーロが尋ねた。「きっとあの人たちは、〈真実さま〉のことをあまり好きではないからだとは思うが」

「というより、あれより他にやりようがないのですよ」と、卜者が答えた。

「じゃあ、なぜ必死になって耳を塞いでいるのです？」

「いや、実はこれには大きな秘密があるんですよ」と、彼の言葉を耳にしたそのお偉方の一人が言った。

「それに大きな悪賢さもね」とさらに別の男がつけ加えた。

「つまり用心しているのですよ」

「用心なんかじゃないよ！」

こうして彼ら二人の間で激しい口喧嘩が始まった。

「自分の意見をごり押しするのは、愚か者のやることだよ」と初めの男が言った。

「議論するのは、分別のある人たちのやり方だよ」と二番目の男がやり返した。

「私が主張したいのは、真実とは存在するものすべての中で、もっとも甘美なものであるということだよ」

「この俺が言いたいのは、もっとも苦いものだということだ」

「子供たちは甘いものに目がない。そして真実を正直に口に出す。したがって子供たちも甘く優しいのだ」

「王たちは苦い味がするものの敵であり、真実なんか吐き出してしまう。したがって王自身も苦い存在なのだよ。真実を口に出す者なんて狂人だよ」

「いや、真実の声を聞く者は賢者だよ」

「真実とは、政治の世界には向かないし、人をたぶらかす力があって、まことに鬱陶しい代物だよ」

「しかし一方では、黄金のごとくかけがえのないものだ」

「いや、真実は見た目の良さを台無しにしてしまう」

「いやいや、玉には瑕があるものだよ」

「真実なんて誰にも邪険に扱われるものさ」

「いや、すべての人に善をなしてくれるものだ」

こんな調子で、この二人はそれぞれ真っ向から対立する意見を述べ合い、折り合いはつきそうもない。するとそれを見たト者は二人の間に割って入り、こう言った。

「さあさあ、お二人さん、そんなに大きな声を出さないで、もっと理性的に話しましょうよ。お互いの意見の違いをはっきりと認識しあってこそ、初めて合意が成立するものです。いいですか、真実は口に含めばとても甘い味がするものだけど、それを耳にするととても苦い思いに襲われます。そう、真実を口に出して言うことほど、気持ちがいいことはありません。しかしそれを耳にすることほど味気ないことはないのですよ。大切なことは真実を口にすることではなく、それに耳を貸すことにあります。ですから、きっともうお分かりのはずですが、真実をばらすことが老人たちの楽しみの一つになってしまっていますよね。彼らはこんなことに昼夜の区別なく一生懸命になり、真実を言うことを趣味にしているのです。しかし彼ら自身は、真実をばらされることは好きではありません。つまり、結論として言えることは、能動的に真実と向き合うことは、とても楽しいことなのですが、受動的に真実とかかわりあいになることは、誰だって嫌だということです。つまり噂話で他人の真実を明かすのは楽しいのですが、自分のそれを聞かされて幻滅するのは面白くないのですよ」

彼ら三人は通りを歩き始めたのだが、アンドレニオはなかなか歩みを前に進めることができなかった。すでに怖れを抱きはじめていたからだ。小さな子供を見ると、体が震え、狂人を見つけると気を失いそうになった。それまで人から教えられたことも、噂で聞かされたこともないような話が、彼らの耳に入ってきたし、それまで決して見たことのないような人間にも出くわした。ここではみんなが、「はい」という返事をすれば、必ず「はい」の気持ちをもち、「いいえ」の返事をすれば、必ず「いいえ」の気持ちをもつ人たちばかりなのだ。こんな老年期になるまで、めったにそんな人に出会ったことがなかったのである。ここには自分の言葉を必ず守る人がいる。彼らは今までそんな人に会ったことなどなかったと言ってよい。彼らは実際にそこに、誠の心をもち堅い信念をもつ人がいるのを見ても、ほとんど信じることができなかった。ここにいる者こそ、自分の真情を率直に吐露し、自覚と理性に基づき行動する人たちだ。たとえ敵対する者であれ、正しいことは正しいとして受け入れることができる。とにかく、すばらしい品格を備えた人物ばかりだった。

「なるほど、これまで他の場所では、こんな人たちに会えなかったのは当然だったわけだ」とクリティーロが言った。「だってこうして、全員揃ってここにいるのだから」

ここでは男たちは素直な心で話し、女たちは小細工を弄することもない。みんな策略などとは縁のない人たちなのだ。

「この人たちはいったい誰なんです?」とクリティーロは言った。「どこから出てきたのです? 向こうへ走って逃げてゆく連中とは、まったく対照的な人たちじゃありませんか。こんな人たちなら、その姿を見ても、知り合いになっておつきあいをしても、ちっとも嫌な気持ちにはならないでしょう。これこそ本当の意味で、生きるということですよね。ここはまさに天上の国です。俗世界などではありません。今なら私はまったく何のこだわりもなく、この人たちの言うことをすべて受け入れます。これまでの私は、人の話を信じるにしても、できるだけ判断を先延ばしにして、とりあえず一年間はじっくり考えるようにしてきたものです。こんな善き人たちのなかで暮らせるほど、幸せなことはほかにありません。これこそ誠の人間、良識と意志の堅さを備えた人たちです。世間の俗な連中のところにまた戻るなど、できればご免蒙りたいものです」

しかしこの喜びは長くはつづかなかった。中央広場には威光に満ちた〈真実さま〉の住む透明の城塞が堂々と聳えていたのだが、そちらに向かって歩いてゆくと、広場に着く前に、まるで巨人の喉から絞り出したような大音声が聞こえたのである。こんなことを叫んでいる。

「その怪物を閉じ込めろ、その化け物から逃げるんだ! みんな逃げろ! ついに〈真実さま〉が子供を産み落したぞ! 醜くて、忌まわしくて、おぞましい子供だ! さあこっちへ向かってくるぞ! 急いでやってくるぞ! ほら、もうそこまで来ている!」

この恐ろしい声を聞くと、みんないっせいに逃げ出した。我先に駆け出し、だれも待ってはくれない。こうして愚鈍な者が最後に取り残されてしまうのだ。そして、なんと信じがたいことながら、クリティーロまでもが、このあまり上品とも言えない馬鹿騒ぎにつられて、あたふたと逃げていったのだ。卜者が彼に言葉を尽くして、その場に残るようにと諭しても無駄であった。

「どこへ行くんです?」と、クリティーロに向かって叫んだ。「みんなが逃げる方についていくことにするよ!」

「そんなことしたら、天上の国から逃げ出すことになりますよ!」

「この際天国から離れても仕方あるまい」

さて、あの美しい母から生まれた醜悪な息子が、どんなに恐ろしい怪物であったのか、また腰を抜かしたふたりの旅人たちが、どこへ落ち着くことになるのか、そしてどんな運命をたどることになるのか。それについては、次考をお読みいただくことにしたいと思う。

第四考
世事の謎解き

ヨーロッパはこの世に住む人たちのさまざまな顔立ちを、分かりやすく例示して見せてくれる。スペイン人の威厳のある顔、イギリス人の端正な顔、フランス人のりりしい表情、イタリア人の落ち着きのある顔、ドイツ人の血色のよい顔、スウェーデン人の彫りの深い顔立ち、ポーランド人の温和な表情、ギリシャ人の優美な顔のつくり、モスクワ人の眉をしかめた表情などがそれだ。

さて、ここまで逃げ延びてきた主人公のふたりの旅人と、そんなことを語りあっていたのは、これまた別の一風変わった男だった。あの卜者にはぐれてしまったとき、ふたりが出会った男である。

「あんた方はなかなか立派な心掛けをしていらっしゃる」と、ふたりに言った。「世界を巡り歩くなんて、すばらしい思いつきだよ。とくに君主が居住なさっている町をいくつか見て歩くってのはね。優雅さのお手本ともいうべき落ち着きのある場所だからね。つまりあんた方も、立派な人物と触れ合うことで、同じように立派な人間になれるかもしれないし、それこそまさに世界を見て歩くことだと思うね。それに、ただ表面的に物を見るのと、しっかり観察することの間には、大きな差があることを知っておかねばならん。ふつう物事を理解していない者は、しっかり対象に目を置くことはしないものだよ。いくら両目を使って対象をじっと見つめてみたところで、もし何も考えないで見ているだけなら、まったく何の役にも立たない。この世で最高の書物は世界そのものであると述べた人がいるが、なるほどすばらしい考えだと思うね。しかしその本がせっかく開かれているのに、ますますかたくなにその本に背を向ける者がいる。賢者のなかの賢者は、大空を神の栄光を語る書物であると呼んでいるが、装飾文字で飾り立てる代わりに、大空の光がその羊皮紙の頁に華やかさを与え、大空の星が文字の代わりをする書物になっているんだ[1]。そのうえ、その光り輝く文字を読み解くことは、とても簡単なことだよ。もっとも、それを解明困難な謎と呼ぶ人も中にはいるけどね。ただし、ひとつだけ難しいと思うのは、むしろ屋根の下に住む人間を読み解き、理解することの方だね。なぜかといえば、そんな所ではすべてが暗号によって隠蔽され、人間の心も堅く閉ざされ、それを推し量ることができないからだ。だから、その書物の最高の読者でさえ、まちがいなく迷ってしまう結果になる。それにもう一つ重要なことは、あんた方があらゆる暗号を解読するための鍵についてよく学び、十分にその知識を身につけておくことだよ。さもないと、あんた方はすっかり道に迷うことになり、言葉を読み取ることもできず、文字や字体や符号さえ判読できなくなってしまうからね」

「それは困ったことですね」と、アンドレニオが言った。「世界全体に暗号が掛けられているわけですか？」

「え？　今頃になってそんなことに気がついたのかね？　広く世界を巡ったあとの今頃になって、そんな重要な真実に初めて出会ったとでも言うのかね？　そんなことを言ってるようでは、あんたたちが世間の物事をどれほど理解しているのか怪しいものだ」

「ということは、世間の物事もすべて暗号が掛けられているということですか？」

「まさにその通り。例外はまったくないね。そのことをあんたによく分かってもらうために言うとだね、あの〈真実さま〉の初子《ういご》は誰だったと思っているのかね？　みんなが必死になって逃げ出し、あんた方も先を競って逃れてきた、あの息子のことだよ」

「それは言うまでもなく」と、アンドレニオが答えた。「あの恐ろしい怪物、あの憎むべき悪魔だったわけですよね？　あれを目にしたときの恐ろしさは、今でも心から消えません」

「もっと正確に言えばだね、あれは〈真実さま〉の長子である〈憎悪〉だったのさ。人々が何かに対して憎しみの気持ちを抱くときに、彼女はそれを自分のものとして引受け、他人に産みの苦しみを負わせたうえで、自分の子供として出産するわけだ」

「ちょっと待ってくださいよ」と、クリティーロが言った。「〈真実さま〉のもう一人の子供で、とても美しいと評判の人がおられるようですね。残念ながら私たちは、今回お会いすることもお近づきになることもできませんでしたが、あれはどんな方なのです？」

「あの人はいつも遅れてやって来る方で、あとになってから姿をみせるんだ。だから、あんた方を今から連れていって、あの人に直接会ってもらおうと思う。あの方との気持ちの良いお付き合いを通じて、分別のある尊敬すべき人柄を知ってほしいからね」

「それにしても〈真実さま〉に直接会う機会に恵まれなかったのは、残念です」と、アンドレニオが嘆いた。「噂ではとてもお美しいとのことですが、とくに今回のようにあんなに近くにいながら、またとくにご自分の本来の領分におられたのに、こうして会えずに終わったのは、返すがえすも残念でなりません」

「会ってない筈はないだろう？」と、《解読屋》は応じた。──彼は自分のことをそう名乗ったのだ──「それこそ多くの人が陥る間違いなんだよ。つまり人は自分自身についての真実はまったく知らないくせに、ただ他人の真実だけを知っている。あんたもすぐに気がつくだろうが、ほとんどの人は、たとえば隣人や友人の悪い点とか、あるいは彼らがなすべきことを見つけ出して、それを本人に直接伝えたり、噂の種にしたりするものだ。ところが、自分自身のこととなると、的外れなことばかり言っている。したがって、他人のことについてなら大山猫のような眼力が働くくせに、自分のこととなるとまるでモグラみたいになってしまうのだ。他人の娘がどんな暮らしをしているかはちゃんと知っているし、隣の家の奥様がどんな人かも承知している。ところが自分の妻については、まったく関心を払わない、という具合にね。ところで、あのあたりには見目麗しい女性たちがたくさん歩いていたはずだが、気がつかなかったかね？」

「ええ、たくさん見ました。とても素敵な女性たちばかりでした」

「あの人たちはみんな、〈真実さま〉に似た女性だよ。彼女たちは歳を重ねるほど美しくなる。時の流れというものは、ふつうあらゆるものの輝きを失わせてしまうものだが、〈真実さま〉その人に対してだけは、さらに美しさを増してくれる働きをしてくれるのだよ」

「じゃあきっと、ポプラの木の葉の冠をかぶっていたあの人じゃないかな」とクリティーロが言った。「昼間の白い葉と夜の黒い葉をつけて、全時代を通しての女王としてあそこにいた人が、間違いなく〈真実さま〉その人だったと思う」

「そう、まさにあの人だよ」

「ぼくはあの方の白い手に接吻をしました」と、アンドレニオが言った。「片方の手だけだったのですが、とても苦い味がして、今でもそのまずい味が口に残っています」

「私があのときさみと同時に接吻したのは」と、クリティーロが言った。「彼女のもう一方の手だったが、砂糖のような味がしたんだ。彼女はとても美しく、輝くような表情をしていた。彼女の魅力は数えきれないほどあり、私はそれをひとつずつ数え上げてみたものだ。彼女の肌の白さは、とくに三つの部分で際立っていたね。それに生き生きした顔色にしても、たおやかな動きにしても、やはりそれぞれ別の三つの部分で際立っていた。さらにほかの魅力についても同じことが言えると思う。しかしこうした長所のなかでも、とくに小さくて優しげな口元の美しさは、とび抜けていたよ。まるで麝香の香りがあふれ出る泉のようだった」

「でもぼくは、すべてがその逆に思えました」と、アンドレニオがそれに応じた。「ぼくは決して、物事をすぐに嫌ってしまう方ではないのですが、あの人についてはあまり好きにはなれませんでした」

「どうやら見たところ、おふたりはずいぶん違った性格をお持ちのようだね」と、解読屋が言った。「一方が気に入れば、もう一方がそれには満足しないわけだ」

「私が十分満足できるものなんて、ほとんどありませんよ」と、クリティーロが答えた。

「ところがぼくは、ふつうどんなものにでも満足してしまいます」とアンドレニオが言った。「だってぼくは、すべてのことに長所をたくさん認めますし、他にもっと良いものが見つからないうちは、そのままの形で楽しんでやろうと努力するからです。それがぼくの生き方です。世間の習慣に合わせていくやり方です」

「そんなの愚か者たちの生き方と言ってもいいね」とクリティーロは応じた。

そこへ解読屋が口を挟んだ。

「あんた方にはすでに言ったことだが、この世に存在する人間にはすべて、暗号が仕掛けられているのさ。善良な人、悪人、無知な者、賢者など、それぞれに暗号がある。まずはあんた方の友人にも、暗号が掛けられているのが分かるはずだ。親戚にも、兄弟にも、さらには両親や子供にまで、そうなっているのが分かる。また妻や夫にもそれがあるのは確実だし、義父母や義兄弟になると、もっとややこしい暗号が掛けられている。《男が結婚すれば義母はすぐにくっついてくるが、約束の持参金はいったい何時のことやら》なんて、世間では言うじゃないか。ほとんどの事は、表面で読み取れる内容とは違ってくるものなのさ。つまりパンはただのパンであるなんて思ってはだめで、土に等しいとでも思っておかないといけないのだ。またワインをただのワインではなく、水だと考えないといけない。四大元素でさえ、天然現象のなかにうまく暗号化され、隠されているのだ。それを考えれば、人間も複雑に暗号化されていても不思議ではないよね。あんた方がここに本質が存在すると考えても、ただ実際にあるのはそれを取り巻く環境のみ。もっとも強固に見えるものは、実は中は空っぽ。こうして、すべてがただ見せかけだけの、空虚で内容のないものだよ。ただ女性たちだけが、どうやら実際の中身をそのまま見た目で表しているようだがね。つまり見かけどおりの姿が、まさに実体となっているわけだ」

「どうしてそんなことが言えるのです?」と、アンドレニオが応じた。「女とは頭のてっぺんからつま先まで、嘘つきのおべっか使い以外の何者でもありませんよ」

「いや、もっとはっきり言わせてもらおう。ほとんどの女性は悪女に見えるうえに、実際にもその通りなのさ。だから、なんでも逆に解釈してしまわないように、我々は優れた観察者であることが必要なのだ。いつも手元に解読の鍵を用意しておいて、もしあんたにとても慇懃に振舞う者がいた場合、それがあんたを騙すためなのかどうかを見極める。あんたの手に接吻をする者が、実は手を嚙みたく思っているのかどうか、素晴らしい賛辞を送ってくれる者が、裏に回ればあんたを貶しているのかどうか、何でも安請け合いしてくれる者が、本当にそれを実現してくれるものなのか、あんたに助けの手を差し伸べてくれる者が、あとになって自分のもくろみを達成するために、助けの手を引っ込めてしまうのではないか。そういったことを、きちんと見極めないといけないのさ。残念なことには、なかにはこの解読がまったく不得手な者がいて、頓珍漢な解釈をして、たとえばCのことをBと考えてしまったり、DのことをCと勘違いしてしまったりする。[2] 奴らは数字には慣れていないし、きちんと理解もしていないのだよ。また人間の隠れた意図に関しても、まったく勉強していないものだ。これこそ数ある問題のなかでも、最大の難問といえるね。小生も正直に告白すれば、長年にわたってあんた方と同じように、右も左も分からず手さぐりで生きてきたのさ。ところがあるとき、幸いなことに解読のための新しいわざに巡り合えたのだな。このわざは《智者たちの思考のわざ》と呼ばれているよ」

「じゃあ、ひとつ教えてくださいよ」と、アンドレニオが言った。「ぼくたちがこうやって世界中を歩いて、巡り会うのはみんな人間ですよね？　そして別のところにいるのが、獣たちですよね？」

「あんたは何も分かっちゃいないね！」と、彼はげらげら笑いながら、短い言葉で彼の問いに答えた。「あんたは物事をきちんと読み取れていないのだよ。いいかね、ほとんどの者は、一応人間には見えるものの、実は人間ではないのだ。あれは《二重母音》なのだよ」

「《二重母音》とは、いったい何のことです？」

「二つの要素が奇妙な混じり方をしていることさ。たとえば、女の声をした男性だとか、男みたいな喋り方をする女が、この《二重母音》に当たる。また甘ったれの夫も、夫を尻に敷く妻もこれに入るし、さらには六十歳の子供も、着る物も満足にないくせに、絹ずれの音をさらさらさせている者も《二重母音》だよ。また、スペイン語の世界にはめ込まれたフランス人も《二重母音》で、これ以上相性の悪い組み合わせはない。また主人と召使の間にも《二重母音》が存在するね」

「へえ、そんなことまで起こってしまうのですか！」

「そう、これはとても困ったことだが、ご主人がなんとその召使に仕える形になってしまうのだ。天使と悪魔の間にさえ、この関係は存在するね。表向きの顔は熾天使《してんし》だが、心のなかには悪魔がいるからだよ。太陽と月の間にも、形の変化や美しさのなかに、《二重母音》を見つけることができるし、尼僧や未亡人の黒い服と、それに隠された淫靡な心も《二重母音》となる。[3] とにかく、この世は《二重母音》だらけなのさ。猛獣と人間が合わさった者もいるし、人間と家畜が一緒になった者もいる。政治家とキツネ、オオカミと欲深な男が一緒になったのもいる。ほとんどの勇者たちは、人間と臆病な雌鶏の《二重母音》だよ。多くの遣り手ばばなどは、たとえて言うならヒッポグリフ[4]だし、淫売たちは雌の狼みたいな生き物、ちびっこたちは猿と人間が組み合わさったもの、大男たちはへら鹿の生まれ変わりと言える。中身はまったく空っぽで、ただ無礼さだけが詰まっているようなそんな連中に、いずれあんた方は会うことになるだろうがね。愚者と会話をすることは、日がな一日まったく無意味な作業をすることに他ならない。無学な者が恰好だけつけても、蜂蜜抜きの揚げ菓子みたいだし、堕落した連中というのは、味も素っ気もないガレー船の漕役刑囚用の堅パンみたいなもの。さらにもっとしゃちほこばっていて煩わしいのは、人間と銅像をあわせた《二重母音》だが、この種の連中にもあんた方も数多く顔を合わせることになるだろうね。たとえば、棍棒を手にしたヘラクレスのように見える人物が、実は手に持っているのが、糸巻棒だったりする。こんな女っぽい男の《二重母音》も多い。もっとも始末が悪いのは、美徳と悪徳の組み合わせであって、これは世界を荒廃させているね。だって、真実にとっては、真実を装う者以上の敵はないからだよ。また善意を装った悪だくみも同じことだ。卓越した人物のなかに、ごく凡庸な人が組み込まれている例を、これからあんた方は見つけることになるだろうし、貴族の中に、手仕事の得意な職人が紛れ込んでいることだってある。たとえ、金羊毛を身につけた人たちを見たとしても、奴らは単に無知な世間知らずに過ぎないことを知っておくべきだね。タキトゥスは、あの皇帝たちの妻の背信を暗に認めている。また才能豊かに見える人でも、アプレイウスの著作の題名ではないが、黄金をまとっただけのロバみたいな愚物に過ぎない(5)。しかし、驚いたことには、果物にさえ《二重母音》があり、洋梨を買ったつもりがリンゴを食べることになる場合もあり、実はリンゴを買っているのに、それは洋梨だなどと言われたりする。また、無駄な挿入句を括弧に入れたりして、文章の構造を乱してしまい、文章の意味をさっぱり分からなくしてしまうこともあるね。また、何の脈絡もない話を口走る人たちも、言うまでもなくこの部類に属している。こんな人たちは、世の中を混乱させる以外、何の役にも立っていないのだ。人によっては、高貴な家柄に生まれ、やれ第四代目の伯爵だとか、やれ第五代目の公爵だとかを名乗る人もいるが、それなど数をつけ加えただけの話で、新たな価値をつけ足しているわけではないからね。要するにこの例など、価値のある伝統の流れに小休止の括弧をつけたみたいなもので、過去の名声を脇道に追いやってしまうだけのことだ。こんな調子で、一般の人々の気持ちにも、時代の流れにも合致せずに終わってしまう連中が、とてもたくさんいるのだよ」

「正直なところ、私はその暗号解きのわざがなかなか気に入ったね」と、クリティーロが言った。「もっと言えば、そのわざなしにはこれ以上一歩も進めない気さえする」

「この世の中には、どれほどの数の暗号が隠されているのでしょう?」と、アンドレニオが尋ねた。

「無数にあるよ。また、それを知るのはとても難しい。しかしあんた方には小生が、いくつか明かしてあげることにしよう。もっとも、ごくありふれたわざではあるがね。要するに、すべてのわざを教えることなど不可能なんだよ。でもそのなかでもっとも一般的で、広く世界に通用するのは《例のあれ》(6)かな。

「それを使うという話は、何度か耳にしたことがあります」と、アンドレニオが言った。「でも、今日までとくに気にしたことはないし、その内容についてもよく理解していなかったように思います」

「まさに深い意味をもつ言葉ではあるが、その本当の意味については、ほとんど説明がなされたことはないと言えるね。さきほど二人の男が話しているところを、もうひとり別の男が通り過ぎて行ったのを見ただろう？　《あれは誰だい？》、《誰って？　あれは何々さんだよ》、《わからないなあ》、《困ったねえ――と相手の男が言い――ほら、例のあれだよ》、《ああそうか、分かった。分かった》と答えていただろう？　つまり、《例のあれ》というのが、暗号になっているのだよ。《あちらの女性だけど、あれはどなただね？》、《え？　君は彼女のこと知らないの？　あの女は例のあれだよ》、《なるほど、なるほど、やっと分かったよ》、《あの男の妹は例のあれなんだよ》、《それ以上言わなくてもいいよ、すっかり事情は呑み込めたから》とね。つまりそれが、《例のあれ》にあたるわけだ。たとえば、ある男が別の男に腹を立て、こう言ったとしよう。《そこから消えろよ！　お前は例のあれなんだよ。だから例のあれのところへ行ってしまえ！》こうして《例のあれ》を使って、あらゆることを理解し合い、万事がうまくゆくわけだ。ところで、あそこで天使といっしょに、夫婦みたいに仲良くしている怪物に注目してほしいね。あの怪物が夫だとあんた方は思うかね？」

「そうに決まってるじゃないですか」

「そうならきっと素敵なんだろうがね。いいかね、実はそうじゃないんだよ」

「じゃあ何です？」

「はっきり言うのが憚られるけど、あの怪物は《例のあれ》なんだよ」

「なかなか厄介な暗号ですねえ。そんな暗号なぞ誰も解明できませんよ」

「その叔母を名乗っている人があちらに居るけど、あれは実際には叔母なんかじゃないのだよ」

「じゃあ何者なんです？」

「《例のあれ》だよ。また、うぶな生娘として世間では通っている女とか、あの女性とはいとこ同士だと言い張る男とか、あの男性は自分の夫の友人だと言い張る女などもいる。でもそんなのとんでもない嘘だよ。みんな絶対そんな者じゃない。じつはみんな、《例のあれ》に他ならないのさ。たとえば、《この子は、この子の叔父から見たらその甥っ子にあたる》などと、回りくどいことを言うが、実はこの子はそんな者ではなくて《例のあれ》なんだ。つまり分かりやすく言えば、自分の兄弟から見ると甥っ子にあたる、他ならぬ自分の子供のことなのさ。[7]これに似た話題で、はっきりとは説明しようのないことが、数えきれないほどある。だから、我々が洗いざらい事情を説明することなくこちらの話を理解してほしい時には、この《例のあれ》という表現を使う。間違いなく言えることは、この方がかえって、ふつう表現できる以上の多くのことを、いつも相手に伝えることができるからね。いつも《例のあれ》を使って喋り、手紙でもこれを濫用する人もいる。しかし、この言い回しが少ない手紙の場合には、ごく単純な内容になってしまい、あとは愚かなことをくどくど述べているだけだ。だから、《例のあれ学士どの》とか、《冗談学専門の学士どの》とか渾名をつけられてしまった人を小生は知っている。とにかく、よく注意をして観察することだよ。ほとんどの人は《例のあれ》であることには間違いないからね」

「それは暗号を解く大切な鍵となりますね」と、アンドレニオが言った。「あらゆる悪と欠点を凝縮して表現した言葉ですね。できればそんなものには関わりたくないし、ぼくたちにはそんな災厄が当たらないように願いたいものです。まさに仄めかしや当て擦りを、ふんだんに織り込んだ言い回しですよね。たくさんの秘密の事実を含んでいますし、聞けばびっくりするような話ばかりです。あとでぼくも、じっくりその意味を検討してみたいと思います」

「それじゃあ、先を急ごう」と解読屋が言った。「もうひとつ別の、もっと難しい暗号をあんた方に披露してあげよう。あまり広くは知られず一般的ではないが、とても重要なものだ」

「で、その暗号はどう呼ばれているものですか?」

「《張りぼて》だよ。この暗号を理解するためには、とても明敏な感性が必要だ。というのも、とても腹立たしく無礼な振舞いが、この言葉の意味として多く含まれているからだ。それに、この暗号によって愚かな気取りが暴かれることになる。あちらで、自分の声をわざと大きく反響させて、喋っている男の声が聞こえるだろう? 支離滅裂な自分自身の話にうっとり耳を傾けているのだよ」

「ええ、聞こえます。それにとても分別のある人間に見えますよ」

「ところが、そうではないんだね。あれは気取り屋で自惚れの強い男だ。一言でいえば、彼は《張りぼて》なんだよ。あちらの別の男を見てみなさい。控えめに振舞って、いかにも重々しく節度のある人間に見せようとしている。また、あちらの男は、思わせぶりな態度をとって、意味ありげな喋り方をしている。また、あの男は秘密話を売り歩いている」

「とてもお偉い方々には見えますがね」

「ところがそうじゃないんだな。ただ単にそういう風に見られたがっているだけのことだよ。つまり、《張りぼて》の暗号を含んだ、見せかけの姿に過ぎないのさ。ほら、あのめかし込んだ男に注目だ。胸のあたりを手で撫でつけながら、こう言っているね。《この胸の内で偉人が育まれているのが分かります。末は高位の聖職者とか政府の長官かもね》。あちらの男は、決して生まれてきたことを悔やんでいるわけではないのだが、あれもまた《張りぼて》だね。着飾った男、偉ぶった男、甲高い裏声で甘く媚びるような声を出す男、儀式ばったふるまいをする男、お高くとまった男、しゃちほこばって厳めしく構えた男、さらにはこうした腹立たしい部類のたくさんの連中などなど、奴らはみんな《張りぼて》で、暗号化されている」

「あの男は、自分の博識を見せびらかせたいのですね」と、アンドレニオが言った。「自分の知識をなかなか巧みに売り込んでいますよ」

「あれこそ、人から買い込んだ知識である証拠だよ。自分で考え出したものではないのさ。それによく注意して見てみることだ。あの男は学問のある人ではない。身につけているのは学問などではなくて、《張りぼて》の暗号がほとんどを占めているね。こうして外面だけを飾った連中は、立派な人間として見てもらいたい一心で、わざと気取ってしまうのだ。でも結局のところはまったく中身のない人間に過ぎないね。もしあんた方がこの連中の本性をうまくつきとめられたら、奴らは実は《張りぼて》の暗号のかかった人間でしかないことが判るはずだよ」

「ちょっと待ってください。あそこにいる人たちですが」とアンドレニオが言った。「たいそう背が高くて、立派な風采をしていますよね。まるで自然の神様があの人たちを竹馬の上にでも乗せてやったみたいで、他の人たちよりもすばらしい幸運の星の下に生まれてきたようにも見えます。それが証拠に、他の人たちをやや見下したように、こう言っていますよ。《下にいる哀れな連中め、そこでうごめいているのは誰だ?》って。この人たちは間違いなく、ご立派な方々でしょう。だって一人一人が他の連中の、三、四倍の高さはありますからね」

「そんな下手な読み取り方をしていては駄目だよ」と解読屋は彼に言った。「よく注意して観察しなきゃいけないね。奴らにいちばん欠けているのは、人間らしい資質だよ。背が抜きん出て高い者が、必ずしも立派な人間でないことは、あんたにも分かるはずだ。たしかに体だけは大きくなったけど、徳の高い人間にはなれなかったのだよ。確かなことは、奴らは取り柄のあるような人間ではないのだ。それに奴らから学ぶべきことは、何もない。それはあの格言が言っている通りなのだ。《体の大きな人が智者であることは稀なり》[8]ってね」

「じゃあ、あの人たちはこの世で、何の役に立っているのです?」

「何の役にだって? ただ単に人を困らせるためだけだよ。連中は《長脛彦《ながすねひこ》》と呼ばれ、それがある種の暗号になっているんだ。つまり、その意味するところは、人の価値は脚の長さによって計るべきではなく、その頭の中身によって計るべきだということだ。ああして自然の神が彼らの脚に与えたのと同じ分量の恵みを、頭脳から取り去ってしまったのさ。つまり、体に有り余っているものが、彼らの魂に欠けているのだよ。並外れて強靭な四肢が肉体を支えてはいるのだが、精神を支えるまでには至っていない。首の下で止まり、それより上へは行っていないのさ。そんなわけで、あんた方もすぐに分かるだろうけど、その恵みが彼の口にまで届くことは滅多にない。だから喋る言葉に何の中身もないことで、あいつだと判ってしまう。ほら、あそこを大股で歩いてゆく《長脛彦》を見てみろよ。通りも広場もすべて上から視界に収めているよね。こんな調子で、しょっちゅう歩き回ってはいるのだが、ほとんど物を考えることはしないのさ」

「あの別の人も、地面だけは広く見渡せる視野を持っているようですね」とアンドレニオが言った。

「その通り。しかし空に向かってはほんの少しの視野しか広がっていない。なるほど背はとても高いのだが、頭の先を星にいくら近づけたところで、離れすぎていて触れることはできない。こんな《長脛彦》には、あんた方もこの世でたくさん出会うはずだ。でも謎解きの暗号さえ知っておれば、彼らの本来の姿を見極めることができる。また一方で、あんた方もいずれ気づくだろうけど、凡俗はこんな連中をとても羨ましがっているんだ。おまけに頑強な体つきをしているのを見たら、ますますその気持ちが強くなるものらしい。太った体をしていることが、中身が豊かである証拠だと凡俗は勘違いして、容積でもって値打ちを計ろうとする。そして世間の連中は、押し出しがとても立派な人間を見ると、たちまち高い評価を下してしまうのだよ。たしかに恰幅の良さは人をぐっと引きつける力がある。いくら心に訴える力が少なくても、その人の価値が二倍にも増幅されて見えてしまうのだな。とくに高い地位にある人物の場合には、ますますこの効果が強く働く。でもさっきから言っているように、ふつう奴らをきちんと謎解きにかけてみると、単なる《長脛彦》に過ぎないことが判明するのだよ」

「その見方に従えばですね」と、アンドレニオが言った。「あそこの小柄な人たちは、彼らとはまったく正反対の人間になりますね。ふつう、小柄な人たちといえば、さもしい連中とか呼ばれて、その評価からなかなか逃れられないものです。それに大した人物でもないのに、立派な人間らしく見せようとしますが、とてもそんな者には見えません。まるで人形芝居の人形みたいに、みんな忙しく動き回り、立ち止まることもなく、他人にも立ち止まることを許しません。まるで水銀のなかに入れ込まれたみたいに、落ち着きがなくて、蝶番みたいにたえず同じ場所を行ったり来たりしています。それに癇癪持ちで、ぴりっと刺激をあたえる穀粒みたいな存在です。あの男は小さな体に魂が入りきれないから、一生懸命体を伸ばそうとしていますよね。また、こちらの別の男は、もったいぶって立派な人物のふりをしているけれど、どうにも小人物の枠から抜け切れないでいます。何か少し実になるものを体に取り入れたら、すぐにいっぱいになってしまうからですよ。これじゃまるで、狭くて高さのない寸詰まりの煙突みたいで、煙ならぬ自惚ればかりが詰まっているようなものです。でもあなたがおっしゃるのは、こんな連中がみんな立派な人物になるということですか？」

「とんでもない。あの連中はそんな人間じゃないよ」

「じゃあ何でしょう?」

「奴らは付属品みたいなものだよ。文字に例えたらｉの文字の上についている点か、ñの文字の上についた波型みたいなものだ。だからこそ奴らは、少なくとも外見だけは整える必要があるのだな。だからいつもどうでもいいような、つまらない体面にこだわるのだよ。要するに小者たちや、それと同類の《小》で始まる連中をあまり信用してはいけないし、当てにするべきでもない。奴らはみんな小さくて、ちっぽけで、極小で、カタルーニャ人に言わせれば《大事業には向かぬ小者》[9]だそうだ。小生はさる有名な大臣とお近づきになったことがあったのだが、そのお方は体が小さすぎる男との会話を嫌っていたし、その話に耳を傾けることもなかったね。彼らの霊魂は空中をさまよっているような状態だよ。なぜかといえば、歩いているときはつま先立って進むものだから、地面にしっかり足をつけないし、もし座っても頭が天上界に触れるわけでもなく、足が地面に着いているわけでもない。奴らは邪心を凝縮した形で抱えているから、たちの悪い人間になってしまうのだ。それに小さな虫けらの部類に属する連中だから、そんな奴に噛まれでもしたら、我々は死んでしまうね。つまるところ、奴らは人間を小ぶりにしたもので、小人物であることを暗に意味しているのさ。ところで、もうひとつ別の暗号のことを忘れていたよ。ぜひ知っておくべき大切な暗号なのだが、頻繁に使われているくせに、ほとんど知られていない。この暗号を使えば、とても多くのことが理解できるんだ。それも見た目とはまったく逆の隠された真実を解き明かしてくれる。それだからこそ、すべて逆に解釈しないといけないのだよ。あそこに恭しく首を前に傾けた男がいるだろう? あんた方にはあの男が、心の真っ直ぐな人間だと思えるかね?」

「それは明らかですよ」と、アンドレニオが答えた。

「信心深い人だと思うかね?」

「そりゃあ、もちろんですよ」

「いいかね、ところが実際はそうではないのだな」

「じゃあ、何者なんです?」

「あれは《反転人間》だよ」

「《反転人間》とは何のことです?」

「それは全世界を要約した形のすごい暗号だ。すべてのものが、実は見た目とはすっかり逆であることを教えてくれる。ほら、あそこの長い髪をした生き物だが、あれはあんた方にはライオンに見えるだろう?」

「ぼくにはそう見えます」

「たしかに、両足を前にあげた姿勢からは、そう見えるかもしれんね。しかし小生が注目するのは、風になびくたてがみよりも、ひらひら揺れる雌鶏のような羽だよ。あそこの威厳のあるもじゃもじゃ髭をたくわえた人物は、あの髭にふさわしい優れた頭脳をしているとあんたには思えるかね?」

「ぼくはあの人は現代風のバルトロだと思います[10]」

「いや、あれはただの《反転人間》だよ。つまり何の取り柄もない、山羊の姿をした人間にすぎん。ある鍛冶屋がこの人物に対して、こんなことを言ったそうだ。《どうか学士さま、教えてください。あなたはよく間違いを犯すとかいう法律家じゃありませんか？　もしそうなら、私はすぐにでも鍛冶屋の店をたたんで、自分の住む町から出ていくことにします[11]》と。おやおや、あそこにいらっしゃる大臣どのは、なんとまあ上手にうわべを取り繕っているのだろう。とても熱心に王様に仕えるふりをするのは、まあいいとして、こっそり銀の食器類を自分のものにしてしまってるよ。あの人物などまさに《反転人間》以外の何者でもないね。サラマンカで貧乏な学生生活を送った時の仇でも取るように、あの当時空きっ腹を抱えて食べられなかったご馳走を、今はたらふく食べ、二万ドゥカドもの報酬をせしめているのだからね。大勢の兵士たちが食うや食わずの状態で頑張っているというのにだよ。それにかつての有名貴族の長子たちも困窮しているというのにね。この世はまちがいなく、こんな《反転人間》で溢れているのさ。実体は目に見える姿とは全く逆で、つねに芝居を演じているのだよ。ある者にとってはその芝居は喜劇であったり、またある者には悲劇であったりするのだがね。賢者のように見える奴、また勇者、智者、情熱家、信心家にそれぞれ見える奴、不品行を巧みに隠す奴など、みんな《反転人間》の暗号を隠れ蓑にしているのだ。そんな連中はしっかり監視しておかねばならん。そんな連中にはしょっちゅう出くわすわけだから、注意を怠ってはならないのだな。そんな仮面を剝ぎ取るこつをしっかり勉強しておくことだ。そうすれば、粗末な衣服をまとった人を、すべて修道僧と早合点はしなくなるだろうし、絹をまとっているから猿ではないなどと、勘違いしなくて済む。野蛮な輩に、黄金の装飾を施した部屋で面会することもあるだろうし、黄金の衣を着ていながら、ローマから勉学も果たさず帰ってきた無知蒙昧な連中に出会うこともあるだろう。それに騎士の仮面をかぶった職人を見ることもあるし、騎士の称号をもつだけの輩や、大公爵の称号をもつ者、王様の仮面をかぶった大公爵なんかに出くわすこともあるだろう。きのうまで前掛け姿でいた者が、今日は赤い剣のしるし[13]を胸につけていたりするものだ。祖父は黄色の囚人服を着ていたはずが、孫は緑のしるしを胸につけているのだからね[14]。そしてその子孫は、騎士の名誉にかけて忠誠を誓い、あわよくば廷臣への道を狙っているのだよ。だれかがあんた方を前にして、何かすばらしい約束をしてくれたとしたら、その男はまず《反転人間》であると考えていい。どうせ何も恵んでくれることにはならないからね。誰かがあんた方の願い事に対して、《はい》の返事を二回繰り返して、《はい、はい》と言ったとしたら、その人物は《反転人間》だと思ってよろしい。二回も《はい》の返事を繰り返すのは、否定することであり、同じように二回《いいえ》の返事を繰り返すのは、肯定を意味するからだ。したがって、《はい、はい》と繰り返す返事よりも、《いいえ、いいえ》と繰り返す返事の方にずっと多くの期待を寄せることができるわけだよ。医者に謝礼金を払おうとすると、医者が《いいえ、いいえ、それはいけません》と言うのは、暗号で話しているからであって、実際には抜かりなく金を懐に収めるのだよ。誰かがあんた方に、《じゃあ、ご一緒に検討してみましょう》と言ったとしたら、それは《おれの邪魔をしてくれるな》、という意味だね。これと同様、《あなたのお宅に私がお伺いいたします》と言えば、《お前の家など金輪際行ってやるものか》、という意味だ。《これが私の家です》と言えば、《お前さんに対しては家にきっちり鍵をかけてある》、という意味だね。そして、だれかが《何かご必要のものでも？》と言えば、それを上手に解読すると、《じゃあ、ご自分で勝手に探しに行ってらっしゃい》と同じ意味になる。さらに《何かあなたに差し上げることの出来るものがあれば、ぜひおっしゃってくださ い》と言いながら、すかさず財布の紐を堅く閉めているのだ。すべてがこんな調子だから、儀礼的な決まり文句もちゃんと解読しないといけない。《これはすべて、あなたの物》と言われたら、すべてがその人物のものであると理解しないといけない。《あなたにお会いできて、とても嬉しい！》と言われたら、これから二十年は会いたくないという意味だと考えることだね。《ご指示をお待ちしております》と、言われたら、《遺書には忘れず俺の名前を書いてくれ》、と解釈しなければならない。愚か者は、相手のそんな言葉をすっかり信じこんでしまうから、相手の言ったことが本当かどうか試す機会があったりすると、すっかり当てが外れてしまう結果になるのさ。これよりほかにも、まだまだ高等技術と呼ばれる解読法があるのだが、とても難しいものなので、その話はいずれまたの機会に譲ることにしよう」

「その高等技術の方を、先に知りたかったなあ」と、それまで沈黙を通してきたクリティーロが言った。「だってここまで説明してくれたことは、子供が文字練習帳で習う程度のことだからね」

「そのことからも分かるのだが」と、解読屋は言った。「そんなに幼い時分から習い始めながら、それを理解するに至るまでには、年齢を重ねるまでなかなか時間がかかるものだよ。子供たちにそれを教えて自立させるのに、いったん大人になってしまうとすっかりそれを忘れてしまう。だから、今のところはあんた方としては、それを学び取り、暗号解読の鍵を試してみるべきだね。さらに別の上級の技術については、いずれその思考の技法について説明するときを利用して、相手の本質を正しく把握するわざといっしょに、しっかり教えて進ぜよう」

こうして会話を楽しんでいるうちに、いつの間にか大きな広場の真ん中あたりまで来ていた。ここに並べられているものは、すべて見た目の華やかさを競うものばかりで、それぞれが大勢の人を相手に、自分の得意技を披露し、誇示する場所であった。奇術師の妙技や最近外国からもたらされたばかりの人気の曲芸を見るために、人々がよく足を運ぶ場所ともなっている。さらに広場の周囲には、職人たちの仕事場が並んでいるのが、彼らの目に入った。ふつうはどこにでもある見飽きた店だと思われがちだが、決してそんなありふれたものではなく、とくに賢人や識者にとっては目を引くものばかりだ。ある店では、さまざまな商品に金箔を施している。こぐつまらない鉄の製品に巧みに塗りを施すと、すっかり名品として通用するほどになってしまう。こうして、荷鞍、彫像、土くれ、小石、丸太はもちろんのこと、はては塵溜めや排水溝に至るまで、すべてを金で塗り固めている。するとたちまち名品に変身をはたすのだが、時を経るに従って金が剝げ落ち、泥にまみれてしまうのだ。

「わざわざ格言を思い出すほどでもないけれど」とクリティーロが言った。「《光り輝くものがすべて金とは限らぬ》ということだね」

「そのとおり」と解読屋は答えた。「ここではよく頭を働かせると同時に、秘密を解き明かさないといけない。いいかね、欠点をいくら金メッキで隠そうとしてみたところで、所詮欠点は欠点であって、あとになれば必ずばれてしまうものだ。たとえば、国王たる者が、根拠もない僅かな疑いによって、自分の手で高貴な心をもつ義兄を殺害し、王国を悲しみに陥れたあの恐ろしい出来事。[15]あれを正義への熱意がなせるわざとして正当化を試みる人がいる。[16]そんなことを書く人物にこそ、間違いを隠すために金のめっきを施しているのではないかと、注意してやる必要があるんだ。また別のあの王については、残酷王[17]などと呼ぶべきではなく、《正義王》であると主張して擁護する者もいる。そんなことを書く者には、いくらみんなの口を塞ごうとしても、君の手は小さすぎるのだと教えてやってほしいのさ。さらには自分の息子を迫害し、戦を仕かけ、牢獄に閉じ込め、命を奪ったことが[18]、王の義務から出た行為であり、激情にかられたからではなかったと主張する者もいる。そんな者には、どうかこう答えてやってほしいものだ。いくら正義の美名のもとに金箔で飾り立てようとも、間違いはつねに間違いでありつづけるだろう、とね。また別のあの王に関して、多くの高位の貴族や領主の死を招いたのは、国王本人の残忍な性格よりも、むしろ国王の放任主義的な態度と寛大な施策によるものであって、その姿勢はむしろ善意と慈悲の心から生まれたものであるなどと、喧伝する者もいる。[19]そんなことを書く者には、それは誤りを金箔で隠す行為に等しいのだと言ってやってほしいのだ。でも心配することはないだろう。時間の経過とともに、金のめっきは輝きを失い、地金が現れ、真実が勝利を収めることになるはずだからね」

別の店では、果物を扱っている。渋いもの、酸っぱいものなど、風味に欠ける分をさまざまとりまぜて砂糖漬けにし、苦みなど口に合わない味を上手に取り去る工夫をしている。こうして出来上がった菓子を、大きな盆に入れて、彼らに勧めてくれたが、まずいどころか、彼らの味覚を十分に楽しませてくれるものであった。アンドレニオがすっかりその菓子に夢中になり、その味を大いに楽しんでいたが、解読屋はその菓子をひとつ手に取って、こう言った。

「どうだね、なかなかおいしいお菓子だろう？　この中身が何かを知れば、もっとびっくりするよ」

「中身が何かはちゃんと分かっています」とアンドレニオが言った。「カンディア産の砂糖[20]が入っているのでしょう？」

「いやいや、実はだね、これはもともと風味のないかぼちゃの切れ端だよ。心にピリッとくるような辛さもなければ、風刺にも似た苦みもない、無味なものだった。こちらの別の菓子は、噛むとカリカリ音をたてるが、これはもともとレタスの芯だった。これこそ工夫のなせるわざ、本当にびっくりさせられるね。まったく何の取り柄もない、何の知識もない人間が、実像を隠して変装し、偉大な人間として称賛を浴びているのも、これと同じようなものだ。奴らは本来の気難しい性格や無愛想な態度を、柔らかな衣で包み込むのさ。また、他の人たちは、拒否の返事やつっけんどんな対応をなるべく和らげようと努め、たとえ何か頼み事をもってきた相手の意に添えられなくても、相手の気分を害さないことだけは心がけるものだ。これは宮廷に植えてあったオレンジの実だ。皮は苦くて、中身もそれに負けず酸味がきついのだが、上手に手を加え、とても甘い味にして売っている。ほんとに信じられないよね。こちらはもともとひどく酸っぱいチェリーだったのだが、うまく調合がなされて、とてもおいしく仕上がっている。こちらのものは、もともと柑橘類の花だったが、上手に甘味が加えられ、おいしいお菓子に仕上がっている。つらい思いさえ吹き飛ばしてくれるような甘さだ。だから、ミトリダテス王が毒物に夢中になった[21]のと同じで、このお菓子に熱中する大人も多い。あちらのお菓子はとてもおいしそうだが、もともとキュウリ[22]が原材料だね。気をつけないと体に悪影響を及ぼすかもしれない。あちらの分は、まだ熟していないアーモンドでできている。堅い皮をつけた実を好む人たちがいるからだ。こうして新しい調理法を密かに編み出す人がいるとすると、そのわざを解き明かす客がいて、それをみんなに教えてくれたりする」

　こうした店と並んで、染物師たちの店もあり、さまざまな歴史上の出来事を、一風変わった色で染めあげている。さまざまな色を用いて、世の中の出来事をそれに合う色に染めているのだ。嘆かわしい出来事なのにとてもいい色に染め上げ、世間の評判の悪い事件を表現するのに明るい色を使ったり、黒を使うべきところを白で表したり、悪いことを良い事として色づけしたりしている。これこそ、《絵筆》を使う歴史家のやる手口だ。つまり何にでも自分の好みに従って、気まま勝手に色をつけてゆく歴史家のことで、真面目にペンを走らせる歴史家などではない。匂い消しが専門の職人たちも仕事に励み、泥土にまで芳香を与え、麝香と竜涎香を使って、社会風俗の腐敗と口臭をごまかしてくれる。

解読屋は、綱職人だけはほかの者とは反対の方向に歩くという理由から、大いに褒め称えた。(23)

さて、ここまでやって来ると、彼らは耳を何かで引っ張られてでもいるような感じがした。全神経が無理矢理一定の方向に引きずられていくようだ。あたりをキョロキョロ見渡してみると、粗末な板張りの舞台の上で、お喋りの元気者が一人、大勢の者に取り囲まれているのが目に入った。周りの者はみんなぐったりしている様子だ。まるで鎖でつながれた囚人たちを周りに従えたような雰囲気がある。それもヘラクレスの金の鎖のような立派なものではなく、まるで鉄索でつながれたような感じなのだ。さて、その男は威勢のいい話ぶりで、素晴らしい夢を振りまいていたのだが、それもそのはず、聞く者を上手に騙すためには、言葉に勢いをつけて、巧みに綾をつけて話すことが大事だからだ。

「さてここで今、みなさまにお見せしたいのは」とその男は言った。「奇跡の鳥、つまり驚くべき理解力のお手本となる野禽であります。私はたとえば智者など、高い徳性をもつ人たちとのお付き合いを、無上の歓びにしている者であります。しかしその一方で確かに言えることは、優れた理解力を持たない者は、崇高な問題に関してきめ細かな思索ができるはずもありませんから、そんな者とはすぐにでも袂を分かつべきだということであります。さあそれでは、我が親愛なる智者のみなさん、よく注意してご覧ください！ ゼウスの聖獣である鷲が、今ここに姿を現わします。そして私たちに語りかけ、そんな鳥にふさわしい考えを披露し、ゾイロの権威をあざ笑い、アリスタルコスのような辛辣な批判を展開してくれるのであります。(24)その口から出る言葉には、必ず謎が隠され、あらゆる問題についての重大な思想が含まれています。したがって、その発言はすべて、深遠な思想であり、警句ということができます」

「きっとこの男は、どこかの金持ちか有力者にちがいないね」とクリティーロが言った。「もし本人が貧乏人なら、喋っている内容にはまったく意味がないからね。たとえて言うなら、銀で出来た喉があれば上手に歌えるし、黄金の嘴があれば上手な説教ができるようなものだよ」

「おいおい、そこの人！」と、お喋り男は言った。「鷲のような鋭い理解力を持たぬ人たちには、ご退散願いましょう。私の話を聞いていただく必要はございませんからね。さあさあ、みなさん、いったいどうなさったのです？ どなたも微動だにせず、退散もされないとは！」

じつは聴衆はみんな、自分のことを言われているとは考えず、そんな指示には反応しなかったのだ。つまり彼らは自分のことを、すべてを理解する能力を備えた者と考えていたということだ。みんな一様に自分の能力に自信をもち、自己を高く評価していたのである。ここで件のお喋り男が太い手綱を引っ張ると、名前を口に出すのも憚られるような、もっとも愚鈍な動物が姿を見せることになった。

「さて、今ここに現れ出ましたるは」とそのペテン師が大きな声を張り上げた。「その思想においても思考においても、どこから見ても正真正銘の鷲であります。そうでないなどとおっしゃることだけは、お止めいただきましょう。そんなことをなさったら、思慮分別のかけらもない者であると、ご自分を認めてしまうことになりますからね」

「なるほど、それに間違いない！」と一人の男が言った。「ちゃんと俺には翼が見える、堂々たる翼だ！　羽の一本一本数えられる。なんとまあ上品な羽なんだ！　ほら、あんたにはそう見えないかね？」と隣の男に言った。

「いや、わしには分からん」と、その男は正直に答えた。

しかし、正直者で常識を持ち合わせた横の男は、こう言った。

「良識に従って誓って言えますが、その生き物はどうみても鷲ではありません。それに羽があるようにも見えません。その代り四本の湾曲した脚とご立派な尻尾しか見えません」

「おやおや、そんなことを言っちゃあだめですな」と近くにいた男が応じた。「あとでひどい目に会うことになりますよ。あんたのことを、とんでもない《例のあれ》だなんて思われてしまいますよ。他の人たちが言っていることや、していることに気がついていないのですか？　要するに、流れには従うべきだということですよ」

「でも、私は誓って言えますよ！」と、また別の意志の堅そうな男性が言った。「それは鷲ではなく、そのまったく反対の生き物です。はっきり言わせてもらえば、正真正銘の《例のあれ》ですよ」

「お黙りなさい！」と別の仲間が、その人物の脇腹をつついた。「あんたは、みんなの笑い者になりたいのかね？　あれは鷲だとさえ言っておけばいいんだよ。たとえまったく反対のことを考えていたとしてもだ。俺たちみんなそうやってるんだから」

「あなた方には分からないのですかね、そこのお方の奥深い言葉の意味が？」とお喋り男は叫んだ。「それに気づかず、注意も払わぬ者には、まったく知恵が欠けていますね」

すると突然物知り顔の男が、そこへ割り込んできて、こう言った。

「いいですねえ、それこそ素晴らしい物の考え方！　この世の第一番目の心得です！　ほんとにいいお言葉だ！　ぜひ私も書き留めておきましょう。聞き逃してしまうのがもったいないほどです」

するとそのとき、その馬鹿でかい家畜が、例の不快そうなうなり声を、一発高らかに響かせたのだ。するとたちまち、それまでの愚かな議論に混乱をきたし、一同すっかり慌てふためき、唖然としてお互いに顔を見合わせることになった。

「さあさあ、私の理解者の皆様方！」と、例の滑稽な嘘つき男が声をあげ、すぐにその家畜のもとにすり寄った。「これ、まさにこれですよ！　みなさん、これに注目です！　これこそまさに誠の言葉！　アポロンでさえ、これほど見事に語ることはできないでしょう(25)。この簡潔な思想とあざやかな弁舌を、皆さんはどう思われましたか？　この世に、これ以上の思慮分別が存在するでしょうか？」

そこに居合わせた人たちは、お互い顔を見合わせていたが、誰ひとりとして口を開く勇気もなく、自分で感じていることも、実際に目の前にしていることも、正直に口に出すことはなかった。愚か者と見られてしまうのが怖かったからだ。そこでなんと全員が口を揃えて、その生き物を褒め称え、拍手を送りはじめたのである。

「あたしゃね」と、ある滑稽な物知り顔の女が言った。「あの喋りがたまらなく好きだよ。一日中聞いていていても飽きないね」

「これはまた、おどろきましたね」と、ある分別のある男が小さな声で言った。「実はあの生き物は、どこへいってもロバに変わりはないのですが、でも用心してそれは他人には漏らさないことにしておきましょう」

「おやおや、なんてこった！」と別の男が言った。「あれは意味のある言葉を喋っているのではなくて、ただロバが鳴き声をあげているだけじゃありませんか！　なんとまあ、ひどい出鱈目を言う人がいるものだ。今の時代にはこれが流行りなんですよね。モグラが山猫として罷り通り、蛙がカナリアになり、めんどりがライオン、コオロギが鶸《ひわ》、ロバが鷲にされてしまうのです。でも、私にしてみたら、そんなこと間違いであろうがなかろうが、どちらでもいいことですよ。自分の考えは胸のうちに秘め、ほかの人たちとは話を合わせてやるだけのことです。そうすればお互い仲良く共存できるようになり、それこそ一番大切なことですからね」

クリティーロは、一方ではこれほど低俗な連中を目にし、また一方では抜け目なく生きるわざを知る人たちを見ると、すっかり困惑してしまった。

「これほどまで愚かな行動に走ってしまうとは」と、考え込んでしまったのだ。

そして、例の狡猾なペテン師は、馬鹿でかい鼻の影に自分の身を隠し、すべての人間をあざ笑い、まるで喜劇の寸劇でも見るように、ひとりでこっそり楽しんでいたのである(26)。

「ふふ、俺様もなかなか上手にこの連中を騙してるじゃないか！　遣り手ばばだって、娘っ子相手にしてこんなにうまくは騙せまい。この俺様はありとあらゆる出鱈目を奴らに信じこませているんだからな」

そして大きな声を張り上げ、こう言うのだ。

「そうじゃないなどと誰も言ってはなりません！　そんなことをしたら、たちまち愚か者のレッテルを張られてしまうことになりますからね」

こうしてますます凡俗の拍手の音が大きくなってゆく。そして、アンドレニオもそんな連中にならい、拍手を送っている。しかしクリティーロはこれには耐えられず、激しい憤りを抑えることができなかった。そこでそれまで沈黙を守ってきた解読屋を振り返り、こう言った。

「我々の我慢強さをいいことに、あの男はいったい何時まで好き放題やるのですかね。それにあなたは、いつまで黙り通すつもりです？　それにしても、なんとまあ恥さらしの俗物の集団なんだろう」

「いや、もう少し待ってみようよ」と彼は答えた。「もう少し時間がたてば、何か新しいことが分かるかもしれない。時間というのは、いつもそうだが、本当のことを後になってから教えてくれるものだからな。あのペテン師がここから居なくなるのを待ってみよう。そうしたら、今まであの男を崇めていた連中が、あの男を忌み嫌う言葉をきっと口に出し始めるはずだから」

お喋り男のペテン師は、あの鷲と家畜の《二重母音》――鷲などとは真っ赤な嘘で、まさに家畜そのものでしかなかったわけだが――とともにそこから姿を消した。と同時に、そこに残された人たちは、いっせいにお互い正直な感想を述べ始めた。

「はっきり言わせてもらえば」とある男が言った。「あんなの才人どころか、ただの家畜だよ」

「我々の馬鹿さ加減も相当なものだよ」と別の男が言った。

それを聞くと、みんな少しずつ元気をとり戻し、口々にこう言った。

「あんなひどいペテン師ってあるのかね？」

「はっきり言って、これといって重要なことを聞かされてもいないのに、我々は拍手を送っていたのだよ。つまるところあの男はロバで、我々はそれに人を乗っけるための鞍の役割をしていたわけだ」

しかし、そんなことを話し合っているうちに、再びお喋り男が現れ、さらにもうひとつ、びっくりするような新しい話を持ち出した。

「さあさあ、ここで皆様方にお見せしたいものがございます」と言った。「なんとその名を大いに称えられた、ほかならぬかの有名な巨人であります。エンケラドス[27]もテュポンも彼に比べれば、まったく顔色なし。そして念のために申し上げれば、彼を巨人として崇める者には幸運が訪れ、大いなる栄誉が与えられるとともに、何千万ドゥカドという莫大な資産、顕職、地位、仕事などが、まるで降ってわいたように、次々に生じてくるのであります。しかし、彼を巨人として認めない者は、哀れな目に会うこと必定なのです。つまり何の恩恵も与えられないばかりか、雷に打たれ、ひどい懲罰を加えられることになるでありましょう。さあ、みなさん、注目していただきましょう！　その堂々たる姿で、いま登場してまいります！　おや、まあ、もうそこに首をのぞかせていますよ！」

彼がカーテンを開けると、ひとりの小男が現れた。たとえ鶴の背中に乗せられても、遠くからは姿が見えないほど小さい。ちょうど肘から手までほどの身の丈のちっぽけな人間で、その本性や振る舞いにおいても、まさに小者そのものであった。

「みなさん、どうなさったのです？　なぜ大きな声でこの方を褒め称えてくださらないのです？　さあ、雄弁家たちよ、大きな声をあげよ！　さあ歌え、詩人たちよ！　ペンをとれ、文才ある者よ！　さあ、みなさん、声を合わせて叫ぼうではありませんか、著名なる人、並外れた才能の持ち主、偉大なる人物、と」

みんな唖然としてお互いの目を見つめ合い、こう問いかけていた。《おい、みんな、この男が巨人だなんてどういうことだ？　どこがいったい傑物なんだ？》と。しかし大勢のおべっか使いたちが声を限りにこう叫び始めた。

「そうだ、そうだ、巨人だ、巨人なんだよ。世界一の人物なんだ！　あの偉大な王もそうだ！　あの勇敢な将軍もそうだ！　あの偉大ななんとか大臣もそうなんだ！」

直ちにこの人たちの頭の上に、金貨がじゃらじゃら音をたてて降ってきた。こうなると、著述家たちは歴史書などより、この人物たちを称える作品を書き、ピエール・マチュー(28)に至るまでその例に従うことになった。詩人たちは苦労して韻を工夫して探し、詩作に励み糊口を凌ぐことになった。勇気を出してその反対の意見を述べる者はだれもいなかった。それどころか、みんな第一番の権力者に向かって、こう叫んでいた。

「これこそ最高かつ最大の巨人だ！」と。

それぞれが仕事なり恩恵なりの見返りを期待してのことだったが、実は腹の中では、こっそりこんな言葉を漏らしていたのだ。《俺は見事な嘘つきだね。ほんとはあの男はちゃんと成長した人間じゃなくて、小人なんだから。でも俺は嘘をつくほかないだろう？　もしそうじゃないと言うなら、君らだって思っていることをそのまま口に出してみるがいい。きっと大変なことになるはず。こうやってさえいれば、俺はいい服を着せてもらえるし、めしも食えるし、酒も飲める。そうやって俺も出世できるし、偉い人物になれるわけだ。あの小人なんて、俺達とはまったく関係のないことだから、何でも好きな者になってくれればいいのさ。だから世間でなんと言われようが、あの男は巨人であるべきなんだよ》と。

アンドレニオはそんな言葉に流されて、こう叫びはじめた。

「巨人だ、巨人だよ、大巨人だ！」

するとたちまち彼の上に、贈物やら金貨やらが音をたてて降り始めたのだ。すると彼はこう言った。

「まさにこれこそ抜け目なく生きるコツ！」

クリティーロは苛立たしい思いで、こう言った。

「もう黙ってなんかいられない、気が狂ってしまう」

「もう少しの我慢だよ」と、解読屋が言った。「ここで短気をおこしたら、あんたの負けだ。あの巨人とやらがいなくなるのを待ってみよう。そしたら何かが起こるはずだから」

その言葉どおりだった。小人が巨人の役を演じるのを終え、今度は死装束を身につけるために舞台裏に姿を消す[29]と、すぐにみんな一斉に喋りはじめたのだ。

「おれたち、なんて馬鹿だったのか！　なんと、あれは巨人じゃなくて、ただの小人だったんだ。まったくの無に等しい、なんの価値もない人間だった」

こうしてお互いに失望の言葉を繰り返すことになった。

「こんなに変わってしまうものなのか！」とクリティーロは言った。「生きてる間と亡くなってからでは、噂にされるにしてもこんなに違いがあるわけだ。とくに姿を消すと、評価の言葉がこんなに変わってしまうとは！　我々の頭上に君臨するときと、土の下に埋められたあとでは、こんなにひどい差が出てくるのだ」

今風のシノンみたいな騙しの手[30]は、これだけでは終わらなかった。さきほどとは逆の手を使って、大人物や正真正銘の巨人を引っ張り出し、それを小人に見せかけ、何の価値もない無の存在、いや無以下の存在として紹介しはじめたのだ。すると全員がそれを認め、言われた通りの形でそれを受け入れなければならず、分別と批判精神を備えた人たちさえ、それに異を唱える勇気はなかった。彼は不死鳥を取り出し、それが黄金虫だなどと言う。するとみんなが確かに黄金虫であることに同調し、彼に調子を合わせなければならなかった。しかしクリティーロが呆れ果ててしまったのは、その男が大きな鏡を取り出し、恥ずかしげもなく、あっけらかんとした態度でこう言った時だった。

「さあ、みなさん、ご覧のこれが《びっくり鏡》[31]であります。ところでこの鏡は、かの有名なファロス島の反射鏡とは、どういう関係にあるのでしょうか？　まったく同じものでないにしても、それに近いものだという言い伝えはあります。かの有名なファン・デ・エスピーナ[32]がそれを証明してくれています。彼はこの品を一万ドゥカドで購入し、ウルカヌスの鉄床《かなとこ》と並べて陳列したのです。さて、その鏡をあなた方の目の前に置いてみることにいたしましょう。でもそれはあなた方の欠点を映し出すためではなく、不思議なものを見て楽しんでいただくためです。しかしながら、ここで注意していただきたいことがひとつございます。それは性悪者、生まれが卑しい者、悪人の血筋を引く者、言動の卑しい者、不品行な母を持つ者、血統に何らかの瑕がある者、美人の妻に不義を働かれた者などは、――美人であるほどどんな過ちを犯しやすいものでありますが――、わざわざ覗きにくる必要はございません。あるいはたとえ本人が気づかずとも世間の者に、妻に浮気された男と見られているだけでも駄目なのであります。その理由は、お人好しも愚か者も含め、そんな人たちの目にはどうせこの鏡にはなにも映らないからであります。では、お静かに！　鏡を出しますよ！　まずこの私が鏡を見てみます。さてさて、次はどなたがご覧になるでしょう？　どなたがお試しになりますか？」

そこで、何人かの者が鏡を見始めた。しかし何度見直してみても、何も見えないのだ。ところが、騙しの威力とは凄いもの。手管を弄すればすべて意のままに運べるのだ。居並ぶ連中は、自分の信用を落とさないために、また性悪者とか、生まれが卑しい者とか、《例のあれ》の子供であるとか、愚者とか間抜けとか思われないために、とんでもない出鱈目をつぎつぎに口走りはじめた。

「見える、見える、俺にはちゃんと見えるよ」とある男が言う。

「何が見えるのです?」

「他ならぬ不死鳥だよ。黄金の羽と真珠のくちばしをしているんだ」

「俺の目には」ともう一人の男が言った。「十二月の夜に紅水晶が光っているのが見えるよ」

「僕にはですね」と別の男が言った。「白鳥が歌うのが聞こえますよ」

「わしの耳には」と、ある哲学者が言った。「天球が動くときの天上の妙なる音楽が聞こえる」

そんな言葉を何人かの単純な連中は信じてしまうのだ。またそんな中には、《観念的存在》そのものを見たと言う者もいた。そこにあることがはっきりと判り、両手で摑むことさえできたなどと言うのだ。

「私には地球上の距離を測るための、本初子午線が見える」

「私は比例配分が見える」

「私には《空間の不可分な要素》が見えました」と、ゼノン[33]の信奉者が言った。

「この俺は《円の正方形化》を目撃したよ」

「俺なんか、もっとすごいものを見てるぜ!」と別の男が叫んだ。

「何を見たんだね?」

「何をだって? 手の平の中に入った人間の魂だよ。手相を見ればその中味を探るなんて簡単なものさ」

「そんなもの、どれもどうってことないね。この俺は今の時代には珍しい、篤実な人間を見てるんだからね。真実を語り、良心を持ち、毅然たる態度で行動し、自分個人の幸せよりも公共の幸せを考えてくれているような人物だよ」

こんな調子で、彼らはまったく見えるはずのないものを、あれやこれや目にしたと言い張る。しかしみんな自分たちが何も分かっていないことは、百も承知していたのである。だれも見ていないし、誰も本当のことを言ってもいないと堅く信じていたのだ。しかし自分が先頭を切って、その重苦しい雰囲気を打ち破る勇気などまったくなく、正直な気持ちを打ち明ける気概をもつ者は、だれひとりいなかった。こうしてみんなが、それぞれ真実を歪曲し、嘘の勝利に手を貸していたのである。

「さあここで、あなたの得意わざを出すべきでしょう。もしそうしないのなら、いったい何時のために、あのわざを温存しておくつもりですかと言いたくなりますよ」とクリティーロが解読屋に言った。「さあさあ、もういい加減にこの見飽きたペテンを解き明かしてくれませんかね。お願いですから、このお偉いペテン師は誰なのか教えてくださいよ」

「この人はだね……」と、彼は答え始めた。

ところが解読屋がこの短い返事を口にしたとき、それと時を同じくして、かの稀代の奇術師は彼の口元が動くのを見て取ると、すかさず自分の口から、濃い煙を出し始めたのである。じつは先ほどからずっと解読屋から目を離さず、自分のペテンが解読されてすべては失敗に終わってしまわないかと、警戒を怠らなかったのだ。あらかじめ粗い麻屑を呑み込んでおいたうえで、それをどっと吐き出すと、たちまちあたり一帯を混乱に陥れてしまうことになった。これはあのしたたかな生き物であるイカが、捕まえられる危険を察知すると、こんな時のために体内に蓄えておいた大量の墨を吐き出すのに似ている。この方法で水を濁らせ相手の視界を暗くして、危機から脱出するのだ。それを真似てこのペテン師も、想像たくましい作家や大っぴらに嘘を語る歴史家たちが放つのと同じ、墨ならぬインクをまき散らすのである。この最悪の例として、フランスのある作家の名前が挙げられる。この作家はフランス王フランソワ一世がパヴィアで捕虜になった事実を否定したのだが、そんな出鱈目を書いて恥ずかしくないのかと聞かれて、こう答えたそうだ。

「おっしゃるとおりです。しかしですね、この私だってこれから二百年もたてば、他の方々と同じように、捕虜になった話を確かな事実として受け入れるでしょうよ。でもこうやって嘘を書くことで、少なくとも人々が疑ってみるきっかけを作れるし、史実の真偽についての論争をでっち上げることだってできます。そうすれば、問題を混乱させられますからね」

さらにペテン師は嘘とでたらめが混じった墨を吐きつづけ、濃い煙幕を張って混乱を生じさせた。こうして珍奇な意見や見解で人々をすっかり惑わせ、分別を失わせてしまう。その結果、各人それぞれが誰の意見に従うべきか、また一体誰が真実を語っているのかが分からなくなってしまった。信頼し頼れる人が見つからないまま、こうして各人それぞれ好き勝手な主張をする道を選択してしまったのである。こんな経過をたどった世界が、屁理屈ばかりの詭弁と奇想で煮えたぎり、溢れかえってしまう状態に陥ることになる。さて、このお喋りペテン師が、じつは某政治家であったことをお知りになりたい向きは、引き続き次考をお読みいただきたいと思う。

第五考
扉のない宮殿

危険に満ちた人生の旅をつづけていく中で、人々は一日ごとに大きな矛盾を様々な形で発見してゆく。そんな矛盾の中で最も理不尽といえるのが、人生の入口に〈まやかし殿〉がいて、出口には〈悟り殿〉が待っていることだ。まさにこの配置の仕方こそ、人間に大きな被害をもたらす元凶であり、下手をすれば人生を丸ごと台無しにしてしまうほどの力をもっている。というのは、人生の過ちというものは、時の経過とともに常に増殖し続け、大きく膨らんでゆき、結局最後には途方もない大きさに成長し、ついには人生を破滅に至らせるからだ。つまり、人生の入口で過ちを犯すことは、険しい断崖を日ごとに滑り落ちてゆくようなもので、ついには何ら手の施しようがないまま、破滅と絶望の淵に呑み込まれてしまう運命をたどる。いったい誰が人生にそんな意味をもたせ、そういう形に配置したのだろうか？　また誰がそう命じたのであろうか？　筆者が今確信をもって言えるのは、この世のだれもがこれとは逆の配置を取り入れたいと思い、そしてこの世に存在するすべてのものも、同じようにその新たな配置に従いたいと思っているということだ。つまり、物事がうまく進むためなら、〈悟り殿〉をこの世の入口、つまり人生の始まりに位置させるべきなのだ。こうすれば、人間がこの世に足を踏み入れると同時に、そのすぐ横に付添い、導き、人間に仕掛けられた罠や危険を避けてやれるからだ。できることなら〈悟り殿〉が忠実な召使となり、主人である人間から一瞬たりとも目を離すことなく、いつも支えてやることが望ましい。また人生の旅人の守り神となって、美徳の小道を経由して、目指す幸せの懐の中に彼を導いてやるのがよい。しかし実際にはこれとは逆で、〈まやかし殿〉とすぐさま出会うのが人生の現実である。こうして、〈まやかし殿〉が誰よりも先に人間にすべてを逆に教え込み、人間に的外れな考えを吹き込み、邪悪な道に導き、破滅に至らせるのである。

クリティーロは解読屋の姿を求めて、左右をきょろきょろ見渡しながら、そんなことを考え、嘆いていたのだ。あの解読屋はといえば、愚者たちを交えたさきほどの煙幕騒ぎの混乱にまぎれ、あっさり姿を消してしまっていた。しかし幸いなことに、我らのふたりの主人公の話を耳にし、そのつらい心の内を感じ取ったある人物が、彼らに近づきこう言ったのである。

「あなた方が混乱したこの世のことを嘆かれるのは、もっともなことだと思うね。しかし誰がそんな調整を施したのかではなく、誰がその秩序を乱してしまったのかを、尋ねるべきだと思うよ。つまり誰がそう配置したのかではなく、誰がそれを乱してしまったのかということだ。なぜかといえば、至高の創造主は、今の形とはまったく違った形でこの世界の設計図を書いてくださった、という事実を知っておくべきだからね。つまり、創造主はもともと〈悟り殿〉を他ならぬこの世の入口に置き、〈まやかし殿〉をはるか遠くに移し、人間には姿も見えず、声も聞こえない、決して見つかることのない場所に置いてくださったという事情があるからだ」

「それでは、誰が今のような形に変えてしまったのです？　順番を変えるなんて、そんな大それたことをしでかしたヤフエト[1]の子孫はいったい誰なんです？」

「誰がだって？　他ならぬ人間たちだよ。何一つ元の場所にそのままそっと残しておかなかったからだ。すべてのものを乱雑に引っ掻き回し、いま私たちが見ているような混乱状態を引き起こしてしまった。そして今それを我々が見て、嘆いているという次第だよ。だから、話を元に戻せば、心優しい〈悟り殿〉はもともと人生の第一段階で我々をちゃんと待ち受けていてくれたわけだ。この地球という人間共通の家の玄関に立ち、警戒を怠らず、もし誰かが入ってくるとすかさずそばに寄ってきては、はっきりとした言葉でこう話し、人生の真実を悟らせていいてくれたのだよ。《いいですか、あなたはこの世のために生まれてきたのではありません。天上の世界のために生まれてきたのですよ。悪徳の悦びは命を奪い、厳しい有徳の道こそが命を与えてくれます。若い時代に信頼を寄せてはならない。それはガラスのように脆いものだからです》、と。さらに自惚れの強い人たちにはこう言ったのだ。《あなたの今の状況を鼻にかけてはなりません。あなたの本来の姿を見失わないように、あなたの過去を振り返り、しっかりと見つめ直すことです》。さらにばくち打ちにはこう言ったのだよ。《あなたは三つの大切なものを失っていることに気づかねばなりません。それは、貴重な時間、財産、それに良心です》さらに同じように、利口ぶった女にはその醜さを教え、器量自慢の女にはその馬鹿さ加減を自覚させた。また、名士たちには幸運は長続きしないことを、幸運に恵まれた者には実力が欠けていることを、物知りには世間の評判の悪さを、権力者にはその無能ぶりを、それぞれ知らせたのだよ。さらに孔雀には足の醜悪さを思い起こさせ、太陽に対しては日食で欠けたことがあることを思い出させた。さらにある者にはその元の姿を、また他の者には行き着いた先を、それぞれ思い出させたわけだ。わが世の春を謳歌する者には、転落の恐れを、転落してしまった者には、それに値する理由を思い起こさせた。こうしてつぎつぎに相手を変えて、真実をぶつけていったのだよ。年寄りに対しては、節度もなく五感すべてを甘やかせていること、若者に対しては、まともな感覚が欠如していることを伝え、スペイン人にはあまり怠惰に流れぬように、フランス人には軽挙妄動を控えるようにと言い、さらに庶民には邪心を捨てるように言い、宮廷人には阿諛迎合をやめるようにと注意したのだ。こうして、誰に対しても遠慮なくずけずけと物を言ったわけだな。たとえば、相手が身分の高い人物であった時も、その人物が誰に対しても《貴公》で呼びかける癖(2)があるのは好ましくない旨を遠慮なく伝え、注意を促すこともあった。そんな癖をつけてしまうと、王様と対面したときなど、うっかりその呼び方を王様にしてしまうことだってときには起こりうるし、たとえ王様でなくても自分より身分が上の相手に対してでも同じことなのだ。また、いつも冗談ばかり言っている者には、下手をすれば《道化猿》の渾名をつけられるぞと注意をしたのさ。手元にはいつも、人間の本性を映し出す明澄な鏡を用意し、人と会う時はいつも相手の前にその鏡を置いた。人相の悪い者にとっては、これはあまり愉快なことではなかったのだが、真の顔を隠した者にとってはなおさらのことだったし、片目の人や口のゆがんだ人、白髪の人、頭の禿げた人にとっても同じことだった。ある者にはその身のこなし方が、のろまな印象を与えることや、またある者にはその風体のみすぼらしさを指摘することもあった。醜女たちは彼に対しては不機嫌な顔を見せ、老女たちは眉間に皺を寄せていたものだ。こうして〈悟り殿〉はものの四日も経たぬうちに、だれからも嫌われるようになった。少しでも正直に本音を明かしてしまうと、みんなに嫌がられ、恨みに思われてしまうのだ。こうしてだれも彼を相手にしなくなり、さらに馬鹿にさえしはじめた。彼はあからさまな真実を伝えることで、相手に痛烈な打撃を与えていたわけだが、腹を立てた相手からひどい体当たりをかまされることになったのさ。こうして別の誰かのところへ弾き飛ばされ、さらにはその人物がもっと遠くに彼を押しやり、とうとう最後には、人々が老境に入り人生もついに終わりに近づいた頃になって、やっと彼の存在を認めることができるようになった。だから、もしもさらに遠くまで彼を追いやることができていたとしたら、そんな場所にさえ残しておいてもらえなかったはずだ。これとは対照的に、あの魅惑的な魔術師である〈まやかし殿〉にすっかり自尊心をくすぐられた者たちは、みんなそれぞれ自分の方に、彼を引きずり込もうとした。こうしてまず人生の中ほどまで引っぱり込んだあとは、そこから少しずつ人生の初めの地点へと移動させていった。つまり、彼とともに人生を開始し、彼とともに人生を歩みつづけてゆくことにしたわけだ。彼はすべての者に目隠しをして、彼らとともに《目隠し鬼ごっこ》をして遊ぶ。今の時代にこれほど流行した遊びは、他にはないのではないかと思うね。すべての人が常軌を逸した人生を送り、悪徳から悪徳へとつぎつぎに陥って行く。ある者は男女の愛に、またある者は強欲の心に身をまかせ、さらには復讐心に燃える者、野望を抱く者など、それぞれ気まぐれな望みに夢中になり、ついにはそのまま老年に到達し、そこで初めて〈悟り殿〉に出くわすことになった。すると〈悟り殿〉はそんな人間たちを見つけると、目隠しを外してやり、目を開かせてやるのだが、その時はもうとくに何も見るべきものがなくなってしまっている。それは、彼らはもうあらゆるものを使い果たしてしまっているからだ。たとえば、財産、名誉、健康、生命力などがそれにあたる。そしてさらに哀れなことには、良心までも失ってしまっているのだ。まさにこのことこそが、今の時代に〈まやかし殿〉がこの世の入口に立ち、〈悟り殿〉が出口に立つことになった経緯だ。つまり、嘘が人生の初めに存在し、真実がその終わりに追いやられているということだね。これは、こちら側には無知がいて、ずっと向こうにはもうすでに役に立つこともない経験がいるということにほかならない。しかし、ここでよく自覚しなければならないことは、残念なことに、たとえ〈悟り殿〉が姿を現わすのが遅いとはいえ、誰にもその存在が知られず、誰にも評価してもらえないということだ。それがまさに今回あなた方に起こったことだね。つまり、彼と会い、言葉を交わし、お互いの気持ちを伝えあったにもかかわらず、あなた方は彼の存在に気づかなかったのだからね」

「それはどういうことです？　我々が〈悟り殿〉に会い、話をし、意見を交換したとおっしゃるんですか？　いったい何時、どこで？」

「それでは教えてさしあげよう。みなさんは覚えていらっしゃらないかなあ？　何でも解読しながら、自分自身についてだけは、秘密を明かさなかったあの人のことだよ。あなた方にあらゆることを解き明かしてくれたわけだから、あの人に会っていない筈はない」

「もちろん会いましたよ。今でもまたお会いしたい気持ちでいっぱいです」と、クリティーロが言った。

「そう、まさにあの人が他ならぬ〈悟り殿〉だったのだよ。美しく、そして光輝く存在であることから、〈真実さま〉の愛する息子とされている人だ。あの方こそ、その存在が明らかにされたあと、さまざまな苦しみを人々に生じさせる人なんだよ」

ここまで聞くと、クリティーロは無念やるかたない思いだった。人間とはもっとも大切なものが自分の手にあるときには、まったくそれに気がつかず、それを手にする喜びをまったく理解していないのではないか。そしてそのあと、そんな幸運が過ぎ去ってしまってから、それに恋い焦がれ、是非とも手にしたいと願ったりするものだ。彼はそんなことを考え、斬鬼に堪えなかった。そんな幸運とは、たとえば真実、美徳、幸福、思慮分別、心の平安などだ。そして今は、超然とした悟りの境地がそれに当たるのではないだろうか？　しかし一方でアンドレニオは、これとは逆に残念がる様子など少しも見せず、嬉しそうにこう言った。

「ちょっと待ってください。あの人には、ぼくたちは本当に腹立たしい思いをさせられましたよ。本当の事をあれほどあからさまに言われたら、いい加減うんざりしてしまいます。何かにつけて嫌味たっぷりに他人に干渉してくる人で、まるでうるさい蝿とおなじです。あんな蝿を周りからうまく追い払えた人たちというのは、なかなかすばらしい感覚をもっていると思いますね。あの人はいくら〈真実さま〉の息子とはいえ、このぼくにしてみたら、まるで人生のなかの意地悪な継父みたいにしか思えません。休みなしに腹の立つことばかり言われるし、毎日のように人生を悟ったような話を聞かされるわ、この世の虚しさをあからさまに叩き込まれたりするわで、まあほんとに鬱陶しい人でした。真実を伝えるという口実のもと、馬鹿げた話ばかり触れ回っているのです。ある人に対してはいきなり《あなたは見当はずれなことをやっています》なんて言い出したり、また別の人にはまったくの思いつきで《あなたは単純な人です》なんて言ったりするのですからね。また女の人たちを相手に《あなたは愚かな女、そしてあなたは醜い女です》などと言います。いったい誰があんな人を、わざわざ待ってやるなんてことをするのです？　だって真実をばらされるほど嫌なことはありませんからね。あの人の口癖はこうでしたよ。《まずい出来ですね》とか、《あなたには考えが足りません》とか、《あなたのとった措置は最低です》とかいったせりふです。今さらあんな人ことなど、思い出させないでくださいよ。もう二度と顔を見たくありません」

「私が一番残念だったことは、あの人をもっとも必要としているときに、姿を見失ってしまったことですよ」と、こんどはクリティーロが私見を述べた。「あのときはちょうど、見た目に華やかなあの大広場の真ん中で、虚偽に満ちた世の中についての教えを講じてくれていました。あの時こそ解読屋としての本当の姿を、私たちに解き明かしてくれていたときだったのです」

「ところで世の中には、いかにも気取った調子で、ある特定の人物を持ち上げてみたり、あの事実は信頼に足るものであるとか言って、滔々と自説を展開する人たちがいるよね。またその一方で、俗物根性丸出しで、そんな話を信じ込み、愚かにもそれに肩入れしてしまう連中もいる。あなた方はそんな人たちのことをどう思っておられるのかな？　根拠もないのに、名声を勝手にでっちあげ、その称賛を一手に自分のものにしてしまう連中のことですよ。ほんの四、五人のおべっか使いたちが、まことしやかな大嘘をついて世間の信頼を自分たちのものとし、ほかの連中は何も分かっていないだとか、反対の意見を述べる者は愚か者であるとか言って、もっともらしく反論し、巧みな戦術を使って真実への道を閉ざしてしまう。その結果、無知な者たちはそれを信じ込み、阿諛迎合する者はそれに拍手を送り、賢人たちもあえて口を挟むことを控えてしまう。こうしてアラクネはミネルウァに勝利し、マルシュアスはアポロンに挑み、愚かさが明敏さとして罷り通り、無知が博識として通用したのだからね。[3]そんなことに異を唱える人もいないまま、今の世でこうした一般の俗論に強力に支えられた著述家が、なんと多いことだろう。多くの本やその他作品など、大いにもてはやされてはいるものの、じっくり検討してみれば、いま下されている評価にはまったく値しないものが多くある。しかし私は、才能に恵まれた人には、批判を控えるよう十分気をつけているつもりだがね。まったく何の取り柄もなく、学問のない人物たちがまるで卓越した才能をもっているかのように、世間ではちやほやされる。正々堂々と自説を展開する勇気のある者はなく、その代わりボッカリーニ[4]のような、必死の覚悟で自説を主張する者が、ごくたまに出てくる程度だ。もし凡俗が声を揃えて、ある女性が美しいなどと言いだしたら、たとえその女性が醜女であろうと、美人にしてしまわなければならないのだからね。もし彼らが誰かのことを賢者であるとしつこく喧伝すると、たとえ馬鹿者であっても、賢者として祭り上げられることになってしまう。そして彼らが偉大な絵画作品であると言ってしまうと、たとえ殴り描きの素描であっても、傑作にされてしまうのだよ。そんな駄作にはあなた方はしょっちゅう出くわすはずだろうけどね。まさにこんな形で、偽りの名声がでっち上げられ、暴君みたいな大きな力をもつことになるのさ。つまり物事の実際の姿とはまったく逆の心象を力づくで植え付けようとするのだね。というわけで、今の時代にはあらゆることが、勝手な意見や物の見方に左右されてしまっている」

「ところで、あの人の解読のわざというのは、すばらしい才能ですよね」と、クリティーロが考えを述べた。「あのわざを身につけるためなら、私は何を差し出しても構わないとさえ思っています。あのわざは私には人間が生きて行くための、一番重要なわざに当たるものだと思いますから」

　これを聞くと、この新しい道連れはにっこりと笑い、こう付け加えた。

「あなた方には、もうひとつ別のわざを私ができればお教えしたいね。さらにもっと巧妙なわざで、さらなる熟練を要するわざだよ」

「え？　本当ですか？」と、クリティーロが言った。「この世の中に、もっと優れたわざがほかに存在するとでもおっしゃるのですか？」

「その通り」と、彼は答えた。「物事は日毎に進歩を遂げ、少しずつ洗練した形に仕上げられていくもの。たとえば、今の時代の人々は、過去の人たちよりもはるかに立派な品性を備えているし、未来の人たちとなると、さらにもっと立派な人間になれるはずだね」

「どうしてそんなことが言えるのです？　だって、みんな口を揃えて、すべてがもう進化の頂点に達していて、最高の勢いを示しているなどと言っていますよ。自然界にしても、人間のわざにしても、すべてのものがすばらしい進化を遂げて、もうこれ以上良くなることなどありえないのではありませんか？」

「そんなことを言う人は、まるっきり間違っているね。それが証拠に古代の人たちが思考したことは、今の時代の思想に比べれば、すべて幼稚な理屈にすぎない。さらに未来にはもっと強くその印象をもつことになるだろうね。すでに結論が出ているからそれで問題はすべて終わり、などと言えるものは何もないのだよ。(5)まだまだ、さらに語られるべき問題が残されているからだね。はっきり言わせてもらえば、これまで技術と科学について書かれたすべてのことは、知識という大海から一滴ずつ水を汲み上げる作業にすぎなかったわけだ。天才たちが人間に可能なわざや発明や学識を、もうすでにすべて明かしてくれているなどと言えるほど、この世はそれほど単純なものではないね。物事がまだその完成の域に達していないばかりでなく、まだこれから上昇可能な水準の半分にさえ至っていないのだよ」

「あなたのような知恵者には、ぜひとも老雄ネストルのように長寿に恵まれていただきたいものです。(6)ところで、ここでひとつぜひ教えていただきたいことがあります。あなたのそのすばらしいわざや才能を、いったいどうやって身につけられたのでしょう？　まるで百の眼で観察し、百の耳で聴き、百の手を使って行動し、顔の両面を使い分けて問題に対処しているようです。そうやって注意力を倍増して、世界がどうあるべきかを推測し、全世界の本質を読み解かれるのですよね」

「そうやってあなたが褒めてくれていることは、私に取ってはほんの子供だましのわざにすぎないね。つまりそれは、ほんのうわべだけを読み取るわざでしかないからね。要するにそれは外面を読み取るだけのことだ。そうではなくて、人間の胸中に分け入って、隅々まで調べ上げ、心の襞まで読み取り、相手の最大の能力をつきとめなければならないのだよ。また、それと同時に、相手がどんなに有能な人物とされていようと、正確にその脳の働きを測定し、人間の最深部にまで探りを入れる、それこそが何らかの意味をもつわざであって、またそれこそが巧妙な裏ワザとなりうるのだよ。そして他ならぬその能力こそが、高く評価され羨望の的となるわけだ」

ふたりの旅人は、そんな巧みな思考のわざについて聞かされ、ただ茫然とするばかりだった。アンドレニオは突如沈黙を破り、こう言った。

「いったいあなたは何者なんです？　ただの人間ですか、それとも奇才と呼ばれるようなお方ですか？　何でも抜かりなく見抜いてしまう人たちといえば、下心や邪心を秘めた人か、隣近所の連中ぐらいしかいませんが」

「私はそんな人たちとはまったく関係ないね」

「じゃあ、あなたは何者です？　もしそんな人たちと関係がないのなら、どこかの政治屋か、あるいはベネチアあたりの為政者と関係がある可能性しか残りませんが」

「私はだね、天眼通なんだよ」

「どういう意味です？　ますます分からなくなってきました」

「おふたりさんは今まで、《心眼》なんて言葉を聞いたことはないかな？」

「ちょっと待ってください。それは確か、世間でよく聞くあの出鱈目なお話、良く知られたあの愚にもつかぬ作り話ではありませんか？」

「愚にもつかぬ、なんてことはないよ」と、彼はふたりに答えた。「心眼を持つ人は、確かなことを言ってくれる。それにとても鋭い洞察力をもっている。さらにつけ加えれば、この私もそのうちの一人だよ。私は人の心がどれほど固く閉ざされていようと、相手が誰であれ、まるで心が透明なガラスで出来ているように、はっきり見ることができる。そして、まるでこの手で人の心を触っているかのように、心の中で起こっていることを把握できてしまう。私にしてみれば、すべての人が魂を手の平のなかにもってくれているようなものだね。はっきり申し上げれば、この才能をもっていないあなた方は、物事の半分さえ見えないし、その世の中で見ておくべきものの百分の一さえ、見えていないのだよ。あなた方は表面だけしか見ず、それ以上深い部分をその目で見ようとはしない。そんな調子だから、一日のうちに何度も何度も誤った物の見方をしてしまう。つまりは、あなた方は薄っぺらな人間だということだ。でも私のように、相手の心のいちばん奥まったところで起こっていることを、すべて把握できる者にとっては、読み間違うことなどありえない。私たちは相手の心を読み解くばくち打ちみたいなものだ。相手の思考のもっとも奥まったところを、相手が醸し出す雰囲気を手掛かりにして、読み取ってしまうのだからね。相手のちょっとした仕草だけでも、我々には十分な手がかりを与えてくれる」

「あなたは私たちが見ているもののほかには」とアンドレニオが言った。「さらにどんなものを見ることができるのです？」

「そりゃあ、たくさんのものが見えるよ。私は一瞥しただけで、物事の本質そのものを見ることができてしまう。あなた方のように、二義的なものとか外観だけを見ているわけではないからね。そうすることで、私はある人物のなかに実質的な要素が存在するのかどうかを、即座に知ることができる。私はそれがどれほどの深みをもつかを測定し、その力のほどを調べ、どこまで力を及ぼしているのか、その活動の範囲はどこまで広がっているのか、その知力と理解力はどの程度なのか、その思慮分別はどれほどの厚みをもっているのか、といったことを察知してしまうのさ。さらには、心の優しさを備えているかどうかを見ることもできるね。そして胆力が据わった人物なら、心の落ち着きでその勇気を包み込むことができるかどうかを見るのだよ。さらに頭脳については、まるでガラスの器に収められているように、私の目ではっきりとそれを捉えることができる。それに、はたしてその脳が、本来あるべき場所についているのかどうかを調べるのだが、それは何人かの人は、脳が横にずれていることがあるからだよ。さらには、もう成熟を遂げているのか、あるいは未発達のままなのかを見定める。こうしてひとりひとりの人物を観察することで、私はその人の価値やその人が考えていることを知ることができる。もう一つ付け加えておくとね、心と舌がきちんと連動していなかったり、目が頭脳とつながっておらず、まったく離れ離れの状態になっている人たちをいままでたくさん見てきたよ。それに悪意のない穏やかな性格の人たちにも会ったことがある」

「そんな人たちは、とても美しい人生を送っているわけですよね」と、クリティーロが言った。

「そうだよ。彼らはとくに感情を刺激されることもなく、何の悩みに苛まれることもなく、心が落ち込むこともないからね。しかし、もっと驚かされるのは、何人かの者は、心臓をもっていないことだ」

「じゃあ、どうやって生きていけるのです？」

「むしろ、何の悩みもなく、楽しく生を謳歌しているよ。だって、心臓は心配事や悩み事の元だと言われているからね。こんな人たちは何も心を痛めるようなものはないし、あの有名なフェリア公爵[7]のように、多くの悩みに苛まれることもない。あの公爵殿の亡骸に防腐処置を施したところ、大きな心臓をしているものの、皺だらけですっかり衰えていたのが判ったそうだ。私はだね、その人の心臓が健全なのかどうか、どんな色合いをしているのかを見ることもできる。たとえば、妬み心で黄色くなっていないか、よこしまな考えで黒くなっていないかを見る。私はその動きも感じ取れるし、どちらの方向に傾いているのかも観察できる。内臓にしても、たとえもっとも奥まった場所にあっても、私の目にはその中がはっきりと見えるし、はたして衰弱しているのか、健全な状態にあるのかも、きちんと見て取ることができる。また、その血管の血の流れを見ると、清らかで、高貴で、気高い血をしている者は、すぐに判る。さらに胃についても同じことが言えるね。それを見れば人がどんな気持ちを腹に収め、我慢しているのか、私にはすぐ判るのだ。私は医者なんていい加減なものだと、しょっちゅう思ったりする。病気が内臓から来ているのに、足のかかとに治療を施してみたり、病気が頭から来ているのに、足に貼る膏薬を処方などするのだからね。私には、各人それぞれの性格も読み取れるし、はっきりとその見分けがつくのだよ。話を切り出すのに、一番都合のいい時機をとらえるために、相手の機嫌がいいのか悪いのかをじっくり見極め、憂鬱な気分でいるのかどうか、癇癪を起こしているのか、冷静な状態にあるのかを見て、場合によってはもっと良い時機にその話を先送りしたりする」

「これは驚いた。何でも見抜いてしまうわけですか！」と、アンドレニオは感心した。「すごい洞察力だ！」

「でも、びっくりするにはまだ早いね。そんなことどうってことはないからね。私のような心眼師は相手が魂を持っているかどうかも見えるし、中の様子だって分かる」

「でも魂をもたない人なんているのですか？」

「もちろん、たくさんいるよ。それもいろいろな形でね」

「じゃあ、どうやって生きていけるのです？」

「生と死の間のどっちつかずの中途半端な状態、つまりいわゆる《二重母音》的な状態で生きているのだよ。魂の抜け殻みたいな患者になり、思いやりのかけらもない詮索好きの人間になってしまっている連中のことだよ。だから、分かりやすく言えば、私は一人の人間について、頭のてっぺんからつま先まで理解しているし、内側から見ても外側から見ても、その人物が誰であるかを特定できる。それにこんな特徴をもつ人間だと定義づけることもできる。もっとも、私がこんな形で定義づけさえできない人間も、かなりいることも確かだがね。私のこの能力について、あなた方はどう思うかな？」

「それは素晴らしい事ですよ」

「しかし、ひとつお聞きしたいことがあります」と、クリティーロが言った。「その能力は覚えて身につくものなのか、あるいは生まれついてのものなのでしょうか？」

「もちろん私なりの工夫がないことには、身につかない。こうしたわざはすべて上質のもので、もともと備わっているわざに磨きをかけていって、初めて身につくものだということを知ってほしいね」

「ぼくにはそんなわざなど、もちろん初めから諦めていま す」と、アンドレニオが言った。「ぼくは心眼など、手に入れるつもりはありませんから」

「それはまたどうしてだね？」

「それはですね、あなたがそのわざの悪い面については、話してくれていないからです」

「どんな悪い面を見つけたと言うのかね？」

「たとえば、墓場に埋葬された死体まで透視できるなんて、あまり気持ちのいい話ではありませんよね。いくら大理石の墓石の間とか、地中深く埋葬されているとしてもです。あの恐ろしい死人の形相とか、蛆虫の巣だとか、要するに腐りきったものを目にするだけのことではありませんか？　ぼくにしてみたら、そんなものはご免蒙りたいですよ。あんな恐ろしい見世物など、見たくもありません。たとえ王様の死体でも嫌です。そんなものを見せられたら、一か月は食事も喉を通らず、夜も眠れなくなります」

「なかなかよくお話が分かっておられるようだね。でもそんなものは、私たちの目には見えないのだよ。つまり地下には何の見るべきものもないからだ。だって、すべてが地上に残ったまま、塵や無に帰してしまったのだからね。私にとっては、生きている人間ほど、怖いものはない。それに死んだ人たちのことを、可哀そうだと思ったこともない。真の意味での死者とは、自分の足で歩いている人たちのことだ。つまり私たちが日常目にしていて、逃げ出したい思いに駆られる人たちのことだよ」

「死んでいるのに、なぜ歩いたりするのです？」

「どこでも見かけることができるよ。我々のすぐ横にいて、その腐りきった名声や乱れた生活から生ずる、鼻をつくような悪臭をまき散らしている連中だ。もうすでに腐乱しかけた人間もかなりいて、その口臭のひどさといったらないね。また、そのほかに、内臓を盥り取られた連中、つまり良心のかけらもない男たちや、魂を失った恥知らずの女たちもいる。このほか、立派な人間のように見えながら、実は何の中身もない連中もたくさんいる。こんな奴らを見ていると、とても恐ろしくなり、ときには身の毛がよだつ思いをさせられることがある」

「そういうことなら」と、クリティーロは応じた。「あなたはそれぞれの家で、どんな企みが練られているのかも、きっとお見透しなんでしょうね」

「そのとおりだね。それも、はっきり言えるのは、ほとんどが怪しからぬ企みごとばかりだね。密室で悪事が行われるのを目にするし、こっそり部屋の隅に隠してあった醜悪な物が、窓から外に勝手に飛び出してゆき、あちこちで悪い噂をふりまいて、当事者たちに恥ずかしい思いをさせるのを、私は目撃したりする。とくに、なかでも私が得意なのは、一人の人間が本当に金を持っているかどうかを、見抜くことができることだよ。大抵の場合苦笑させられるのは、何人かの人を世間では、大金と多大な権力を備えたお大尽などと早合点してしまうことだね。でも私にはちゃんとわかっているのだが、持っているのは実はあぶく銭にすぎないのだ。たとえてみれば、その人のカバンなんて、まるでグラン・カピタンの空金庫[8]みたいなもので、膨大な借金を抱えているかもしれないからね。このほか、深い学識を持つ人とみなされている人たちがいるだろう？　でも私がそっと近づいて観察してみると、実はまったく何の知識もない人たちだと判ったりする。人間の心の優しさだって、見た目の半分もないことが見て取れるのだよ。というわけで、私の目にはどんな誤魔化しも効かないし、隠れていることも出来ない。どんな書付にしても、手紙にしても、いくら厳重に封が施されていようと私には読める。誰宛てのものか、誰が出したものかを見れば、内容を読み取ることができるからだ」

「そんな話を聞かされると、《壁に耳あり》と言われても、私はもうとくに驚くことはありません」と、クリティーロが言った。「とくに、宮廷の壁なんてのは、耳ばかりで塗り固められているようなものですよ。結局はすべてがばれてしまったり、その匂いから推測されてしまったりしますからね」

「ぼくの中には何か見えますか？」と、アンドレニオが尋ねた。「中身がつまっていますかね？」

「それを私の口から言うのは控えよう」と、心眼師は答えた。「なぜかといえば、私にはなんでも見えるが、絶対にその秘密を口外しないことになっているからだよ。物事をよく知っている人は、ふつう口数が少ないものだ」

ふたりは、この人物が不思議なわざの数々を披露するのを目にするうちに、すっかりその虜になり、楽しく散策をつづけた。するとそのとき、道の傍らに不思議な建物が現れた。その神秘的な佇まいや壮大さからすると、どうやら宮殿のようだが、中の喧騒からすると商取引場かもしれない。あるいはしっかり隔離されているところからすると、牢獄かもしれない。どこから見ても窓も扉も見当たらないのだ。

「このどっちつかずの《二重母音》みたいな建物は、いったい何ですか?」と、ふたりは尋ねた。

　すると心眼師は、

「これはまた厄介なことになったものだ」

　と言ったとたん、その建物から、人間と馬を合わせたような怪物が、飛び出してきた。彼らふたりには、その怪物がどこを通って中から出てきたのか、まったく分からなかった。古代の人たちがケンタウルスと呼んでいた、あの怪物だ。この怪物はピョンピョン飛び跳ねて、三人のところへ近づくと、体を左右に揺らしながら、アンドレニオに近づき、彼の髪の毛一本を摑んだ。好機を摑むためには、幸運の女神みたいに髪の毛一本をとっかかりにすれば十分とか言うけれど、これが愛情表現となると少々やり過ぎかもしれない。とにかくその髪の毛一本を頼りに、あの翼の生えた馬の尻にアンドレニオを乗せたのだ。そして体の向きをくるりと変えたかと思うと、あっという間に、宮殿で繰り広げられている混乱と迷宮の中へ、彼を連れ去ってしまったのである。どうやらすべての悪には翼が備わっていて、どこへでも飛んでゆけるものらしい。後に残された二人は、大声をあげて、周囲に異常を知らせてはみたものの、全く何の助けにもならなかった。後にはただ一陣の風が巻き起こっただけで、怪物が出てきたときと同じように、どんなやり方なのか、またどこからとも判らぬまま、その建物のなかに彼をひきずり込み、新たな怪奇の世界の中に、彼をすっかり巻き込んでしまったのである。

「なんとまあ、乱暴な!」と、クリティーロは嘆いた。「このあばら家はいったい何の建物なんだろう?」

　すると心眼師は、ため息をつきながらこう答えた。

「これは建物というよりむしろ、多くの通行人に道を誤らせる場所だ。怪しからぬ企みを秘めて建てられた屋敷で、老年期の難関、欺瞞の学校と言えるものだね。つまり分かりやすくいえば、これは盗賊カークス[9]とその手下どもの宮殿だよ。彼らはもう今となっては、洞穴などには住んではいないからね」

　二人はその建物の周囲をあちこち動き回ってみたものの、いったいどちらが正面で、どちらが裏手なのか見分けがつかなかった。ぐるぐる回ってみてもどこにも入口らしきものが見当たらないのだ。しかし中にいる人たちの物音は聞こえるし、大音響さえ聞こえるときもある。するとクリティーロは、アンドレニオの声をたしかに聞いたように感じた。しかし何を言っているのかは分からず、いったいどこから中に入れたのか、その場所を特定することもできなかった。クリティーロにはその中に入ることなど、とても出来るはずがないと考え、絶望的な気持ちになった。

「そんなに焦らないで、まず気を落ち着けることだ」と、心眼師は言った。「案外早くあっさりと中に入れるかもしれない」

「それはどう考えたって無理ですよ。だって我々にはどこが入口でどこが出口なのか、さっぱり見当がつかないし、入り込める隙間もなければ穴もないのですから」

「その点にこそ、宮廷人たちの抜け目のないわざが発揮されると思うのだがね。あなたには理解できないかもしれないが、宮殿に入り込むためにはうまい方法があるらしい。それが証拠にたくさんの連中が、いったいどこを通ってなのかはわからないが、とにかく入り込んでいくのだよ。ひょっとしてあなたはそんな様子を目にしたことがないかな？　おまけに、宮殿をすべて手中に収め、最高の権力者にまでのし上がってしまう者さえいるからね。イギリスでは肉屋の息子がそこに入り込み、王族たちを血祭りに上げてしまったなんて話[10]を、きっと聞いたことがあるはずだ。またフランスでは、どこかの成り上がり者が、なんと宮殿の大貴族たちを手玉に取ったというじゃないか[11]。ほら、世間知らずの人たちが、こんなことを尋ねたりするのを、よく耳にしたことがあるだろう？《あの方はどうやって宮殿に入り込めたのです？　どんなやり方であの地位や仕事を手に入れたのです？　どんな手柄やどんな功績のお蔭があったのです？》するとみんな肩をすくめるだけなのだが、一方あの人たちは何の遠慮もなく、宮廷で自由気ままに威張り散らしているわけだ。さて、とにかくこの私としては、あなたをこの中に入れてやらなければならないのだが……」

「でもどうやったら入れるのです？　この私は奥ゆかしい心の持ち主でもないし[12]、幸運にめぐまれた男でもありません」

「あなたはウエスカの町に入ったペドロに倣って、巧妙な手を使って侵入をやり遂げるべきだね[13]」

「いったいどのペドロ王のことですか？」

「ウエスカをとり戻したあの有名な王様のことだよ」

「でもそうはおっしゃっても、どこにも扉もなければ、窓も見つからないじゃありませんか」

「どこかにある筈だよ。正面から入れない者は裏口から入ってゆくはずだからね」

「そんな場所さえ、私には見つかりませんが……」

「お待ちなさい。恥知らずの連中が入るところから、入ればいいのだよ。ほとんどの人がそうやって入ったのだからね」

まさにその言葉どおりだった。彼ら二人は恥も外聞も捨て去ることで、いとも簡単にそんな連中用の場所から中に入り込めたのである。なかに身を置くとすぐに、欺瞞が渦巻く宮殿のなかを巡り始めた。世間ではごく見慣れた情景ながら、ひとつ奇妙なことに気がついた。それは、たくさんの人の声は耳に達するのだが、その姿がだれひとり目に入ってこないのだ。いったい誰と話を交わしているのかも、二人には判らない。

「不思議な魔法の世界だ」と、その様子を見たクリティーロが言った。

「あなたが承知しておかねばならないことはだね」と心眼師

が彼に言った。「この中に入ったら、ほとんどの人の姿が見えなくなってしまうことだ。他人に姿を見られたくなければ、彼らは姿を隠して行動できるからだよ。そして毎日のように、他人に危害を加えた手を、何食わぬ顔でこっそり隠したり、どこから飛んでくるのか判らないように石つぶてを投げつけたり、都合の悪い噂を流したりする。企みごとを上手に隠して行動し、他人の悪口を詩や戯れ歌にして世間に流し、決してそれを表向きには口に出さない。でもこの私の両眼には、子供みたいな世間知らずのまなざしではなく、ちゃんと老獪な眼力が備わっているから、悪だくみはすべて見抜いてしまうのだよ。まさにそこにこそ、《心眼》たる私の本領が発揮されるわけだがね。私の後についておいでなさい。きっと巧妙なペテンや一風変わった生き方を目にするはずだから。そしてアンドレニオを見つけ出すことも忘れないようにね」

彼はまずクリティーロを近くの広間に案内した。とてもゆったりした広さがある。どこかの公爵様が自分の宮殿を、やや大げさに説明したときの言葉を借りれば、横幅はざっと《四百歩の幅》はあるだろう。あの公爵様の説明を聞いた人々は苦笑していたということだが、こう尋ねたらしい。「では縦はどのくらいでしょう?」と。すると公爵はちょっと言い過ぎたと思ったのか、取り繕うつもりでこう答えたそうだ。「広いのなら百五十歩の歩幅の間もありますよ」と。(14) さて、広間全体には、フランス製のテーブルが並べられ、その上にはドイツ製のテーブルクロスが掛けられ、豪勢なスペイン料理が所狭しと置かれていた。しかし、その食べ物がどこから、どのようにして持ち込まれたのかはさっぱりわからず、ただときおり白い美しい手が、しなやかに動くのが目に入るだけだった。その指にはダイヤのような飾りをふんだんに施した指輪がはめられてはいたが、実はきれいなダイヤに見えはしたものの、ほとんどがまがい物であった。しかしテーブルには、豪華な料理とともに、優雅な雰囲気が漂っている。食事にあずかる招待客たちはテーブルにつき、さすがナプキンだけは広げるものの、口は広げず黙ったままだ。黙々と口を動かし、鶏や鶉、七面鳥、雉などの肉をつぎつぎに口に押し込んでいる。まるで不死鳥の肉まで食べてしまいそうな勢いだ。食事代はまったく請求されることはなく、たとえ請求されることがあったとしても、小銭だけで済む。客たちはそのご馳走がどこから出てくるのか知らず、そもそも誰が出してくれるのかなど、まったく気にする様子もない。

「この人たちはいったい誰なんです?」と、クリティーロが訊いた。「食べっぷりはまるで狼みたいですが、おとなしく黙り込んでいるところなど、まるで子羊と同じですよね」

「この連中はね」と、何でも見抜いてしまう心眼師が答えた。「なんら恥じることがないはずなのに、とても悩みの深い人たちなんだよ」

「いやはや、人間の自尊心とやらは厄介なものですね。これほど恵まれているのに、悩まなければならないのですか？」

「そう、いくら恵まれていても、やっぱり悩むのだよ」

「どこからこんなに食べ物がふんだんに出てくるのですかね？」

「アマルティアの豊穣の角[15]からだよ。でもこの人たちは、このまま放っておくことにしよう。すべてが地中海のセイレンたちがかけた魔法なのだから」

二人は別のテーブルに移動した。そこでも別の人たちが、ご馳走を口に入れているのが見えた。この町の食糧倉庫に入ってくる最高の食材ばかりで、射止めたばかりの動物の肉、新鮮で美味な魚などだ。ここにいるのは、目ぼしい財産もなく、扶持《フチ》も持たない人たちだが、愚痴《グチ》をこぼすことだけは忘れない。

「これこそまさに不思議な魔法ですよね」と、クリティーロは言った。「だって、こんな不幸な連中がまるで王様のような食事をしているわけですからね。それに加えて、何の資産も財産もないくせに、仕事もせず努力もせず何の天罰もうけず、遊んでばかりで毎日のほほんと暮らしている。いったいどうしてこんなことが許されるのです、心眼師さん？　あなたなら何でも御見透しのはずですが……」

「ちょっとお待ちなさい」と彼は答えた。「すぐにその疑問が解けるから」

するとそのとき、猛禽の鉤爪がそこに現れた。さきほど二人が目にした雪のように白いしなやかな手などではなく、鋭くとがった猛禽の爪で、ハヤブサの爪そのものであった。空を飛び、小鳩と子兎を運んできている。クリティーロは驚いてこう言った。

「これこそまさに、獲物を奪いとる行為そのものです。爪を使って自分の力を誇示しているのですよ。すべて魔法のお蔭で、ふんだんに食糧にありつけるわけですね」

「でも、話には聞いたことがあるだろう？」と、心眼師は言った。「人によってはカラスや犬が食べ物を運んできてくれる場合もあるがね」

「ええ、でもあれは聖人たちに起こった例にすぎません。こちらは恐ろしい悪魔みたいな連中の話ですよ。聖人たちのお話は、あれは奇跡によるものですからね」

「じゃあ、こちらの場合は、神秘的な力によるものといえるだろうね。でもこれなんか、まだまだずっと高い所にいる連中が搾取しているものに比べたら、かわいいものだよ。もっと近くに寄ってみよう。そしたらこの魔法のすばらしさがよく分かるはずだから。もっと上の方には、一万や二万マラベディの俸禄を食む者がいる。でも初めてここに現れて、テーブルに座っておいしい食事にありつけた時には、なんとよれよれの外套しか身につけていなかったのだよ」

「それはすごい魔法だ！」

「つまりあれは、王様の食べ残したパンくずみたいなものだ。ほら、あちらの人たちを見てみなさい」と、ひときわ目立つ集団を指し示した。「あの人たちは、まさに何百万もの金をすっかり自分のものにして、呑み込んでしまうのだからね」

「すごい胃袋ですね！　まるで貪欲なダチョウが、お金まで呑み込んでしまうようじゃありませんか」

二人はこの部屋を後にして、次の広間に入った。どことなく更衣室に似た雰囲気がある。ここでは皮張りの机の上に、豪華で見映えのする飾りをつけたインド渡来の籠や、ミラノ製の金銀の織物、ナポリ製の布地、さらには製作者や出所がはっきりしないものの、錦織と刺繍などがあるのが目に入った。そんな織物はすべて、もともとは貞淑なペネロペのためのものだという触れ込みではあったが、あとになると結局はタイスとフローラのためのものになってしまうことになる[16]。こうして本来は貞淑な妻のための織物が、身持ちの悪い女たちの手に触れたりすると、まったく何も目には見えなくなり、夜の漆黒の闇が支配し、すっかり魔法にかけられた状況になってしまうのである。近くには大きな泉がいくつかあり、そこから真珠の首飾りが連なって噴き出てきている。ただしそれは特別な女たち用のもので、一方で、正妻や身持ちの正しい娘は、真珠のごとき涙をはらはらと流すだけであった。身持ちの悪い女とは、だれかにペチャクチャうるさくおねだりさえすれば、ダイヤだってメチャクチャせしめることができるものなのだ。こうしてこの類の女たちは、夫や兄弟には何の負担をかけることもない。たとえていえばギニアの貧乏女が変身して、ルビーやエメラルドを身につけた豊かなインドの女性になってしまうようなものだ[17]。

「いったいどこからそんな富を得られるのです？」

すると心眼師はこう答えた。

「どこからだって？　そりゃあもちろん、あそこから湧き出ている泉からだよ。これこそ、本当の《泉》だね。まさに金の砂地の間から、真珠の玉がまるで愚か者をあざ笑うかのように、ほとばしり出てくるのだから」

そこへ夫たちが姿を見せた。みんなまるで王様みたいな立派な身なりをしている。海狸《ビーバー》の毛皮製の帽子をかぶっているが、これで自分の頭に生えた角[18]を隠しているようなものだ。一方女たちは、いかにも誇らしげにレースの飾りをひらひらさせて、虚栄心を満足させている。ここで二人は不思議な紳士に出くわすことになった。しかしそれはたった一人ではない。それなりの身なりをして、食べ、歩き回り、自分が置かれた状況をとくに意識することもなく、のんびり生活を楽しんでいる者がたくさんいたのだ。

「これはどういうことです？」とクリティーロは言った。「たとえば、人も羨む財産、莫大な収入、俸禄、領地などに恵まれた者には、日々の暮らしや人生のなかで不愉快なことばかり起こるものです。でもこちらの人たちは大した財産もなく、つましく暮らしているというのに、光彩を放ち、目立つ存在となり、人生に勝利していますよね」

「ほら、ちょっと見て分からないかな?」と、心眼師は答えた。「この人たちの葡萄畑には、めったに雹《ひょう》が降ったりすることはないし、耕作地に霧がかかったりすることもない。また、洪水で水車が流されてしまうこともなければ、家畜を死なせてしまうこともない。不幸なことはめったに起こらないから、いつも機嫌よく、楽しく暮らしているのだよ」

さらに一見の価値があったのは、賄賂の広間と呼ばれる部屋だった。賄賂などと言っても、けっして過去の遺物ではないのだ。この部屋で彼らが目撃したのは、巧妙な賄賂の渡し方と、買収を行うためのさまざまな贈り物だった。たとえば、信仰心を高めるための美しい版画、趣味のよい贅沢な小物、謝礼のしるしとしての黄金の食器、真珠の玉をつめた進物用の小籠、瀉血で弱った体の病人を慰めるための一包みの金貨のお見舞金——これなど血は吸い取られても、財布はふくれることになる——高級ハムの鼻薬、鶏肉の進物、気の利いた菓子類の詰め合わせなどである。

「心眼師さん」と、クリティーロは言った。「これはいったいどういうことなんです? 以前は贈物などまったく流行りませんでしたが、今ではこんなに頻繁に行われているということですかね?」

「そのとおり!」と彼は答えた。「だって進物なんていうものは、地位が高くなると、それに従って多くなるものだからね」

さらに注目すべきは、進物はすべて空中を漂って、誰からとも判らないまま、そこに集まってきているのだ。

「一風変わった宮殿ですね」と、アンドレニオは嫌味を言った。[19]「だって、ここにいる人たちは、足も動かさず、手も耳もさっぱり動かさないまま、飽きもせず悠長にただひたすら食べ、飲み、結構な衣装を身につけ、飾り立てているのですからね。これはすごい魔法ですよ! 魔法にかけられた宮殿などあるはずがないと主張する人たちがいて、彼らはそんな宮殿の様子を説明するのを耳にすると、馬鹿にして笑い飛ばします。でも逆にそんな人たちのことをぼくは笑いたくなりますね。できたらそんな人たちに、この場を直接見せてやりたいものですよ」

「私がいちばん感心していることはですね」とクリティーロが言った。「この人たちは本当に巧妙な手を使って、自分の姿を他人には見られなくしてしまうことですよ。小柄な者や痩せている者にとっては、まあ案外簡単なことかもしれませんが、体を隠すのが難しいはずの体の大きな者も、なんとその姿が見えなくなってしまいます。すべて搾り取られ痩せ細っている者だけでなく、太っている者とか血筋の正しさを誇る者までも、他人にはその姿を見られず話しかけられもせず、自分から進んで姿を現わすこともしませんからね」

「たとえばあなたが、何か重要な用件で人に会う必要が生じても、その人にはどうやっても会えず、摑まえる方法もない。自宅には絶対に居ないことになっているからだよ。だから《この人物は食事をとらないし、眠ることもしないようですな。いつ行っても摑まりませんからね》なんて言う人もいたりする。おまけに金の支払いや借金の依頼をしようとしても、一年中その相手の姿を見つけることなどできないのだ」

　人によっては、だれかが話に来るような気配を感じたら、さっそく予防線を張り、「私は不在だと言っておきなさい」などと平気で指示を出している。

　一方、女たちも負けてはいない。黒い薄衣のマントをはおり、よこしまな心を包み隠し、人前からすっかり姿を消し、表通りを徘徊していても、夫や兄弟でさえ他人に見違えてしまう。こうして他人のあらぬ噂をふり撒き、多くの人に恥をかかせてしまうのだが、世間の人たちはいったい誰がそんな噂をまき散らすのか、どこからそんな噂が生じてきたのか、さっぱり突き止められないのである。だからみんなこう言うわけだ。

「これはただ聞いた噂よ。あたしが言い始めた張本人だなんて、ぜったい思わないで頂戴ね」と。

　こんな調子で、書物や中傷文書が刊行されるのだが、原典がどこにあるのか判らないままに、人の手から手へと渡ってゆくことになる。著者によっては、没してから何年も経ってから、本を著す者だっている有様だ[20]。人々の記憶からまったく消え去ってしまってから、才気みなぎる作品を出すのである。さてつぎに二人は、寝室や納戸のある一番奥まった部屋に入った。そこでは、夜の幻覚世界の小妖精や小悪魔のさまざまな影に出くわすことになった。彼らいたずら者たちは、人間にはとくに害をもたらさないとは言われているものの、名声を奪ったり、名誉をずたずたにするなど、決して小さな害とは言い切れないのだ。小悪魔たちは、太陽にも見まがう輝やかしい人材を、なんと夜の暗がりの中に連れ込む一方、小妖精たちは天使たちの後を追いかけたりする。もっともある人の話によれば、美人なるものは女性の顔をした小悪魔で、醜女とは悪魔の顔をした女性だということらしい。ところが、小悪魔たちの中にはひどい連中もいて、残忍にも礫《つぶて》をばらまき、人を見ると意固地になって投げつけ、人の名誉を真っ二つに切り裂いてしまう。さらに注意すべきは、彼らのもっとも異常ともいえる行動が、目立たぬ形で密かに実行に移されていることだった。彼らの本当の狙いは、表向きの行動だけでは、なかなか読み取れない。ある人物の行動がどんな動機によるものかを、世間でいくら推測してみたところで、その行為の裏付けとなる本当の理由とはまったく関係がないことが多いのだ。またこれとは別に、たくさんの黒い木玉がばらばらと撒かれ、多くの人たちをすっかり黒く塗りつぶしてしまうこともある。しかし誰がそれをばらまいたのかは、まったく見当がつかない。ときにはもっとも信頼を置く人の手から出ることだってある。というわけで、あの賢人は消化にとても悪い有害な食べ物として、それを口に入れないようにと注意を与えていたのである

「あなたにもすぐに分かるだろうけど」と、心眼師は小悪魔

たちが暗闇で跳梁する混乱状態を目の前にして言った。「知ったかぶりをする連中は、ある哲学者をからかって物笑いの種にしたりするが、その哲学者が言ったことが正しかったのかどうか、すぐに分かるはずだよ」

「で、哲学者は何と言ったのです？」

「物体とは、本来色を持たないものだ、と言ったのだよ。つまり緑色の物体は実は緑ではなく、赤いものは赤くないのであって、すべてその物体の表面にあるさまざまな起伏や、それに当たる光によって色が変わるだけだと主張している」

「それはまた変な理屈ですよね」とクリティーロが言った。

するとと心眼師は、

「しかし、まさにそれこそが真実だと知るべきだね。毎日の体験からそれが分かるはずだ。つまり、同じ一つの物体を見ても、ある人は白と言い、またある人は黒と言う。それぞれの人の考え方や知覚の仕方によって、その物体に対して、実態ではなく自分の思い入れに従って、好きな色をその物体に与えてしまうからだよ。つまり物事とは、どう捉えられているかというだけの存在にすぎないね。たとえば、ギリシャではおふざけの対象でしかなかったものが、ローマ人を感嘆させたりする。この世の人間は、ほとんどが染物屋と同じで、自分の商売や職務や事業や日々の雑務を、都合のよい色に染め上げてしまう。それは各人それぞれが自分独自の印象をもつと同時に、自分の好みに応じて、その印象も変わっていくからだよ。たとえば、それぞれの商売人にとっては、商いの良し悪しで、縁日の印象が左右されてしまうのと同じだね。つまり、自分の好みに合わせて、自分の絵を描きあげてしまうということだよ。だから、褒めたり、貶されたりしている事柄に関しては、誰が褒め、誰が貶しているかをしっかり見極めると同時に、十分に検証することが必要なんだ。まさにこれが、物事が一時間ごとにその質を変化させ、すっかり色が変わってしまったりする原因だよ。とするならば、世間で取り沙汰されていることや、世評、風評などをきちんと見極め、正しい結論を出すためには、何が必要なのだろう？　まさに、ここにこそ最大の魔術を使う必要があるんだな。つまり、いくら調べたところで、確かな結論を得ることができないのであれば、思考のわざを用いたうえに、さらには推測するわざを使わないといけないのだね。でもこれはなにも、自国の言語以外の言葉で話せと言っているのではないよ。そんなことをしたって、結局はチンプンカンプンな話に終わってしまうだけだからね。要は巧みに自分の意見を世間に広め、人々の間に浸透させていくことで、それが可能になるんだ」

これとは逆に、ときどき自分の姿を消してしまう人たちもいた。たとえば、仕事の場でいちばん必要とされている日とか、病気になったとき、牢獄に入れられたとき、あるいは保証金を払わなければならないときなどに、自分の姿をくらましてしまうのだ。そして百里も遠くから悪事の匂いを嗅ぎ分け、そこから素早くさらに百里も離れたところに逃亡してしまう。しかし、いったんその嵐がおさまると、まるでセント・エルモの光[22]みたいに、頼りになる助っ人を気取って、ふたたび姿を現わすのである。そして食事時になると、その姿をはっきりと現わす。とくにあのカスペの協約[23]が締結された時の饗宴で供されたみたいな、若鶏料理の匂いでも嗅ごうものなら、野外の宴会であろうと、贅沢な軽食のときであろうと、どこにでも進んでその姿を見せるのだ。そんな時などには、人はこの連中から逃れる方法はなく、どこへ行ってもたちまち自分の隣につきまとわれることになる。

「これはまちがいなく昼間に跳梁する悪魔たちですよ」とクリティーロが言った。「だって一日中黒い影になって歩き回り、食事どきになると我々の身代をすっかり食べつくしてしまいます。もっとも必要とされるときになると、姿を隠してしまい、まったく必要もないときには姿を現わすのですよ」

二人はアンドレニオが何かぶつぶつ喋る声を耳にした。しかし彼の姿は見えない。この宮殿に入るときに、すっかり魔法にはめられ、お決まりの甘い言葉にすっかり自分を見失い、姿が消され見えなくなってしまっていたのだ。クリティーロは彼の姿が見えないことを悔やみ、また彼が何色に変わってしまったのか、どんな状況にあるのかを教えてくれる者がいないことを悔しがった。それは、すべての者が他人のことなど関知しないふりをしていたからだ。彼らは正々堂々と行動しないことこそ、巧妙な策略であるとの姿勢を表向きはとっていたのである。こうして、息子でさえ父親を監視し、妻は夫を疑い、人々は最大の親友にさえ、安心してすべてを任せることもなかった。どんな場合でも、だれひとり素直な気持ちで行動する者はなく、もっとも信頼を置くべき者に対してさえ、同じだった。明るい光は大いに嫌われたが、それはある者には偽善的であるとの理由から、またある者には政治的で、邪悪で、悪質であるとの理由からだった。クリティーロは、いくら探しても見つからないアンドレニオのことが気がかりでならなかった。アンドレニオはまたまた勝手な策を弄して、独りよがりの新しい生き方を見つけたりしているのではないだろうか。

「あなたみたいに、一生の間、心眼でありつづけることが、いったい何の役に立つのです？」とクリティーロは、強い洞察力をもつはずの相手に愚痴をこぼした。「だって、こんな機会にちっとも我々の役に立ってくれていないじゃありませんか。ここであなたが中まで見透せないのなら、いったい何のためのわざかと言いたいですよ」

しかし心眼師は、なるべく早くアンドレニオを見つけ出し、あの虚偽に満ちた魔術の世界をなんとか切り崩して見せようと答え、苛立つ相手を慰めるだけだった。さて、どのような方法を使えば、この宮殿と人々を魔法から解き放つことができるのであろうか。それを実際に検証し、その手口を学びたいと思う人も多いはずだ。たしかにそれは実生活にも欠かせない知識となり、大いなる助けになることだろう。されば、読者諸賢にはもう少しのご辛抱を願い、次考までお待ちいただこう。

第六考
〈知〉が支配するところ

どんな匠であれ人に教えられることが必ずあり、またどんなに美しいものであれ、必ずそれを上回るものが出てくるものだ。あの太陽でさえ、黄金虫には強い生命力を認めざるを得ないのである。たとえば、人間に比べれば大山猫は、目端の利く点においてはるかに人間を凌駕するし、聴覚に関しては鹿が、敏捷さに関してはへら鹿が、嗅覚に関しては犬が、味覚に関しては猿が、長寿に関しては不死鳥が、それぞれ人間をはるかに上回っている。しかしこうしたさまざまな才能のなかで、人間がもっとも欲しがったのは、いくつかの動物に備わったあの羨ましくも真似のできぬ能力、つまり反芻する能力である。人間は言う。「一回目はいい加減に咀嚼して呑み込んだ食物を、この能力があればもう一度嚙み直せる。急いで呑み込んだものを、こうしてあとでゆっくり嚙み砕けるなんて、なんと素晴らしいことか！」と。そしてこの能力を、味覚にとっても、消化吸収にとっても、都合のいいものと考えたのである。たしかにこれは正しい考えだったといえよう。これを妙案と考えた人間は、天上の創造主に嘆願書を提出したという。創造主が人間をあらゆる創造物のなかでも、その掉尾を飾る完璧な作品としてお造りになったはずなのに、自分たちにこの反芻能力が欠けていることは遺憾であることを述べたうえ、人間にもそれを備えていただくことを要望し、もし叶えられれば大いにありがたく思うであろうという内容であった。さて、この人間たちの要請が、天上の枢密会議で検討されることになった。その結果、回答が出されたのだが、要求された能力は、もうすでに人類の誕生以来すでに与えられているはずである、という内容であった。人間はそのような回答に困惑し、それはありえないと反論した。なるほどたしかに、そんなことは人間にはまったく身に覚えもなければ、実際に体験したことなどもちろんなかったからだ。ところが、つづいて返事が来て、動物などよりもっと有意義な形で、その運動を実践していることに気づくべし、との注意がなされていたのである。つまり、体に栄養を与えてくれる物質的な糧についての話ではなく、人間の魂に栄養を与えてくれる精神の糧を反芻しているではないか、というのだ。そしてさらに、人間の思考能力をより一層重視し、知見を広めることが人間にとっての食事となり、とくに至高の知性こそが心の糧となることを理解すべきであり、さらには記憶の宝庫の中から様々な事実を取り出し、それを人間の理解力の篩《ふるい》に順次送り込んでゆくべきこと、またそうすることで、それまできちんと調べもせず、考えもなしに呑み込んでしまっていた知識を、しっかりと反芻すべきことなど、さまざまな指摘がなされていたのである。さらに注意はつづき、軽率に受け入れてしまった考えを、もう一度ゆっくり時間をかけて再考してみること、思考し熟慮をめぐらせ、問題点を深く掘り下げ、細かく調べあげたうえ慎重に検討を加えること、そしてさらにもう一度物事を考え直し、再検討を加えてみること、口に出すべき言葉をじっくり省察し、さらには行動に移すべき事項にはさらなる省察を加えること、などが述べられていた。こうして人間の反芻能力とは再考することであり、こうして理性が伴った思考を十分に働かせ、物事をじっくり再考しながら生きて行くべしと諭したという。

クリティーロは、姿を消したアンドレニオを探しつづけ、ほぼ絶望しかかっていたとき、かの心眼師はそんな話を彼に語り聞かせていたのである。

「心配は要らないよ」と、心眼師は言った。「この魔法の宮殿の入口が見つかったのも、じっくり考えをめぐらせたおかげだ。それと同じで、もう一度よく考えてみれば、きっとここからの出口を見つけられるはずだ」

するとすぐに彼が思いついたのは、かすかな真実の輝きとも言うべき小さな隙間を開けてみる案だった。するとその瞬間、なんと不思議なことに、明るい光が差し込み、あの混乱の世界がすっかり影をひそめてしまった。悪計とはすべて、その姿が明るみに出たとたんに、跡形もなく消えてしまうもの。魔法はすっかり解け、宮殿を閉ざしていたあの壁が崩壊し、化けの皮がはがされ、すべてが明るみに出ることになったのである。まわりに居た人たちは、お互いに顔を見合わせたが、手だけはしっかり後ろに隠していた。その手こそ、それぞれの人間のそれまでの振舞いを明示していたからだ。こうして彼らにとっては、諦観の境地を意味する朝の光が差し始めると、あらゆる仕掛けがその夜を迎えることになった。つまり、嘘で固めた世界を捨てきれずにいた者や、とくにそれを生業としている者などがいかに多かったかという事実が、白日の下にさらされることになったのである。その証拠にあの混沌としたバベルの塔のごとき世界から引きずり降ろされたとたんに、彼らの偽りだらけの生活はすっかり破綻をきたすことになったからだ。彼らはあの宴には、一応手だけは洗い、あまり清浄でない名誉とともに参加していたのではあるが、ご馳走が並べられたあのテーブルに再び戻ってくることはなかった。そして、それまで金も出さずに楽しんできた、豪勢な暮らしやご馳走、さらには上品に仕立てた衣装などを懐かしく思いはじめ、さらにつづいて、彼らの策略をばらし、これほどの不幸を招くことになった心眼師に怒りをぶつけ、彼らの共通の敵とみなし襲撃をかけてきたのである。しかし彼はそんな逼迫した状況に直面すると、その場をするりと抜け安全な場所に避難した。いやむしろ、翼を使って飛んで逃げたと言った方が、当っているかもしれない。初めはそこで黙ったまま、事態の推移を見守っていたのだが、突然大声で、クリティーロとアンドレニオのふたりに、声をかけたのだ。じつは、このふたり、すでにお互いの姿を認め、しっかりと再会の抱擁をすでに交わしていたのである。彼らふたりも同じようにこの場を逃れ、心眼師の指示に従い、最高の知性が集う都に向けて、人生の旅をつづけることにした。その都こそ、彼自身が大いに奨める町であり、すべての賢者から称えられた都であった。

「イタリアへのこの入口は、なんて厄介な場所だ！」とクリティーロは思った。「これと似たような苦難の道が、これからも我々を待ち受けていることだろう。思慮深い人なら、どこかの国の入口に立ったときには、しっかり用心してかかるはずだ。だから我々もそれと同じように、これからは何事にも警戒を怠らぬことが大切だ。たとえば、スペインへ入るときには、悪賢さに十分警戒し、フランスなら卑劣さに対して、イギリスなら背信に、ドイツなら無作法さに、イタリアならペテンに対して、それぞれ十分注意してかからねばならないだろう」

この用心はふたりにとって、けっして無駄とはならなかった。事実、ふたりが少し先に道を進むと、奇妙な分かれ道にぶつかったのだ。いかにも怪しげな分岐になっていて、そこで道が二股に分かれている。日常よく起こり得ることだが、いとも簡単に道に迷ってしまう危険を感じさせる分岐だ。ふたりは正反対にみえる二本の道のうち、どちらを取るべきかで意見が分かれた。初めのうちは単に考え方の違いからの議論だったものが、だんだんとお互いの好みの違いでやりあうことになってしまった。するとその時、空には無垢な鳩の群れが、そして地面には蛇の一団がいることに、ふたりは気づいた。ゆっくり穏やかに後ろから空を飛んできた鳩の一団は、まるでふたりの間の諍《いさか》いを鎮めるためにやって来たようで、ふたりが取るべき道を示してくれる吉兆となるようにさえ思えた。ふたりは鳩たちが、これからどちらの道に沿って飛んでゆくのかを見極めることにした。すると鳩の群れは右手の道はとらず、左の道に沿って飛んでゆく。

「これで決まりですよ」とアンドレニオは言った。「もう疑う余地はありません」

「なるほど！」とクリティーロが答えた。「しかし、蛇たちがどちらの方向に進んでいくのかも見てみようじゃないか。鳩はどちらかと言えば、素直すぎて、思慮に欠ける行動を取ることがあることを、考えに入れておくべきだよ(1)」

「それは違います」と、アンドレニオは反論した。「むしろ鳩ほどずる賢くて、政治に長けた鳥はいないというのが、ぼくの持論です」

「その根拠は何だね？」

「それはですね、鳩ほど生きる術を心得ている者はほかにいないからです。つまり性質が素直だということで、どこにだって入り込めるのです。みんなから親しみを込めた目で見られ、優しく受け入れてもらい、安楽な暮らしができます。猛禽類みたいに怖がられたりしないだけでなく、蛇のように嫌われもせず、みんなから可愛がられ、人々の愛情を自分のものにしてしまいます。さらにもうひとつの特徴は、飛んで行く先が、白い新築の建物とか、きらびやかな塔に限られていることです。さらに雌の鳩ときたら、その政治力にかけては誰にも負けません。彼女だって、雄鳩をちょっと撫でて、仲良くしてやるだけで、彼女の代わりに一生懸命卵を抱き、子供を育てるように仕向けてしまいます。それに、そんな雄鳩たちは、じゃじゃ馬みたいに気の荒い雌鳩たちに対しては、その性格を和らげ、夫と仲良くする術を教えてくれさえします。しかし、彼女が最高のわざの冴えを見せるのは、雛鳥に対するときです。たとえ、雛を盗まれようと、たとえ目の前で雛が殺されようと、そのために自分の身を犠牲にすることはありません。また雛を守るために相手と戦うなんてこともしないのです。たとえ、雛が殺されようと、とくにつらがる様子を見せることもなく、かえって雛を犠牲にして自分だけが食べて、生き延びていきます。また、ぼくがびっくりさせられるのは、まるできらびやかな銀の刺繡でも見せるように、自分の羽の輝きをさまざまに変えてゆくときの、あの得も言われぬ美しさです。というわけで、素直さと温和さは鳩にとっては、都合のよい武器でしかないのです。だから鳩こそぼくは最高の政治屋ではないかと思います」

しかしそのとき彼らは、蛇たちの一団が鳩とは反対の右側の道を、列を作って進んでゆくのを目にすると、困惑の度合いがますます大きくなっていった。

「たしかにこの連中こそ、抜け目のなさにかけては、だれよりも勝っている」と、クリティーロは言った。「とするならば、我々に思慮分別の道を示してくれているのは、蛇たちのほうなんだ。さあ、奴らの後について行くことにしょう。きっと我々を知が支配する場所へ連れていってくれるはずだよ」

「ぼくはそちらの方向には行きたくありません」と、アンドレニオは言った。「だって、いくら蛇たちの知性に頼ってみたところで、ほかの人たちの足の下を這いつくばって、一生を終えてしまうことが判りきっているからです」

最後にはとうとう、各人が自分の好きな道を選ぶこととし、蛇たちの抜け目なさの道と、鳩たちの素直さの道とを、それぞれがたどることで話がついた。ただし最初に知の都を見つけた者が、それを相手に知らせ、その素晴らしい町の様子を伝えるという条件つきであった。こうして、お互い遠ざかり、姿が見えなくなったのだが、決してお互いの愛情が失われてしまったわけではなかった。この後すぐにそれぞれが目にした光景は、お互い大いに異なったもので、まったく対照的な人々が、まったく逆の生き方をしていたのである。クリティーロが出くわしたのは、世間では、《奸知に長ける人》と呼ばれるような部類の人たちだった。つねに警戒心を怠らぬ、いわゆる腹に一物といった連中で、用心深く、下心があり、一筋縄ではゆかぬ、複雑極まりない交友の仕方を旨とする人たちだ。間もなく、大きな鼻をした、いかにも抜け目のなさそうな男が、彼に近寄ってきた[2]。どうやら、案内を買って出るためではなく、相手の素性を確かめるためのようだ。早速彼に探りを入れ始め、まことに巧妙なわざを使って、どれほどの器量の人間かを計るつもりらしい。要するに、表向きはこまごまと世話は焼いてくれるものの、なにか下心がある男なのだ。このほかにも、《似非親切人》と呼ばれる者とも知り合いになった。厚くもてなしてくれるふりをして、とても面倒見のよさそうな態度を見せてくれる。したがってクリティーロは、相手を警戒して見つめ、常に我が身を守る気持ちを忘れずに行動した。まず初めに彼が気づいたことは、とても立派な人格者と思える人に多く出会うのだが、彼らはクリティーロにはあまり注意を払わず、また彼に丁重に挨拶をしてくれることもないことであった。彼はその原因は彼らの粗野な性格によるものか、あるいは傲慢さによるものではないかと考えた。

「原因はそのどちらでもないよ」と、新しく道連れとなった大鼻男が答えた。

「じゃあ、なぜです?」

「それはだね、実はこういう事情があるのさ。その人たちはみんなそれぞれの商売に携わっている人たちで、商売以外のことには、まったく注意を払わない。彼らが金儲けの出来る者しか相手にしないからだよ。頼りにしている者にしか気を遣わず、他の者には礼儀をすっかり省いてしまっていて、そんな相手にだけは愛想良くする。あちら側にいる人たちは、まさに今の時代に生きる人たちだ。だからこそ、なおさら世事にどっぷりつかり、まるでこの世に永遠に残るつもりで、そんな生活にすっかり順応しきっているのさ」

しばらくすると、二人は一風変わった様子の人物に出会った。二人の方をちらっと見るだけでは満足せず、何度も繰り返し見直している。このあたりでは、みんなとても用心深そうに見えるのだが、この男だけはどこかあけっぴろげな性格に見えた。

「この人は誰です?」とクリティーロが尋ねた。

「あんたに分かるような形で、この人の性格を説明できるかどうか、おれには自信がないね。実は何年も前から、この人とは付き合いがあるのだが、正直なところ、いまだにその性格を完全には把握していないし、果たしてどんな人間かを見抜けられるかどうか、おれにはまったく自信がない。だから、今のところは、この人はとりあえず、猫かぶりだと理解しておくことで十分としよう」

「なるほど、すっかり事情が呑み込めました」とクリティーロが言った。

「すっかり、だって？ まだちっともお分かりになっちゃいないね。たとえば、他の人の性格を知るために、塩を食べないといけないとか言うが、この人には二倍の量が要る[3]。なぜならこの人は心が捻じ曲がっているからね[4]」

通りがかりの男のこんな声が聞こえた。

「手練手管とごまかしで半年暮らし、あとの半年はごまかしと手練手管で暮らすもの[5]」

「あの考えは正しくないですよ」と、クリティーロが声をかけた。「だって、その文句は、とくに抜け目のない人たちの間で、非難されるのを耳にしたことがありますからね。つまり彼らの間では、真実そのもので騙されてしまいますから。それは、だれも本当のことなど言うはずがないと、みんな思っているからですよ。この男はその姿と振舞いを見ただけで、陰謀家だとすぐ判ります」

「まさにその者だよ。あの双子の弟と何やら意味ありげにひそひそ話をしながら、ここへやって来たのだ」

「双子の弟って、だれのことです？」

「その人物のことを世間では《抜け作》と呼んでいるね。きっと二人で何か怪しからぬ策略をこっそり練っているのだろうよ。でもあの二人は、お互いに深く理解しあっているのは確かだ。あの二人のことをちょっと知るだけで、そんな関係にあることが十分わかる。だからこそ、あちらの仲間がいつもこう言っている。《そう、その通り、間抜け者は悪巧みがお得意だ[6]》ってね。こんな調子だから、だれも奴らには絶対に企みを成功させないんだよ」

そのとき、同じような風体の男が姿を見せた。

「こちらの男は、どんな役回りです？」

「これがかの有名な《木偶の坊》で、みんなから恐れられている人物だ」

「で、あちらの男は？」

「あれは《食わせ者》その人だ。同類の男だよ」

「私が見ても、驚きもせず平気でいられるような相手は、どこにもいないじゃないですか！ 私はあの人たちに対する強い猜疑心が生まれてきたような気がしますよ」

「いや、そんな感想を聞かされても、おれはとくに驚きはしないね」と、大鼻男が言った。「だれだってもし彼らに話しかけられたら、同じ感想を抱くはずだからね。だからみんな彼らのことを恐れ、用心しているのさ。母親キツネのこんなお話が残っている。ある日子供たちがとても怯えて、巣穴に帰って来たそうだ。彼らが言うには、途方もない大きさの牙をした恐ろしい獣を見たというのだな。すると母親は、《大丈夫よ、そんなのちっとも怖がることはありませんよ》と答えたらしい。《それは象というとても大きな獣なのよ。でもなにも心配は要りません》とね。すると次の日には、子供たちがまた逃げて帰ってきて、額に二本の鋭い突起をもつ別の獣を見たと言う。すると母キツネは、《そう、それも大丈夫！　あなたたちってほんとにお馬鹿さんなんだから》と答えたそうだ。そしてつぎは、《今度はナイフみたいな爪をした別の獣に出会ったよ。とっても怖そうな長い髪を揺らせていた》と話すと、《それはね、ライオンなの。でも何も気にする必要はないのよ。あなたたちが思っているほど、獰猛じゃないのだから》との答。そして、とうとうおしまいには、ある日子供たちはまた別の生き物に出会い、とても嬉しそうにして帰ってきたのだ。子供たちが言うには、それは家畜でも野獣でもなく、ほかの動物とはまったく違っていて、武器も持たず、温和でおとなしく、にこやかにしていたとのこと。《さあ、今度は気をつけてね》と母キツネは言ったそうだ。《それはそれは、怖い相手ですからね。みんな、近づいちゃだめよ。百里ほど離れたところに逃げておきなさい》《でもどうして？　だって恐ろしい爪も角も牙もついてないんだよ？》《悪知恵をもっているだけでも、とても恐ろしいのよ。それが人間という生き物なの。いいわね、もう一度言うけど、性悪な生き物からは離れて、しっかり身を守ることですよ》と、答えたというお話だ。さて、あんたはその辺をうろついているあの男からは、離れておくことだね。あの男のことをみんな後ろから指さして、おどけた身振りで笑っている。あれはちょっと変わった人物だね。人の噂では、あれは悪魔ではないか、あるいはもっとそれ以下の存在じゃないかとのことだがね。また、その横にいる別の男は、あんたを一日に七回も裏切ることになるだろうよ。[7] ほら、あそこの別の男は、こちらにめくばせしながら通っていくだろう？　だからこそ、あの男は《キツネ男》と呼ばれているのさ。まさに、その名前ぴったりの性格だし、その行いも同じだ。[8] 獲物には大胆に攻撃をしかけてくる。とにかくこの連中はみんな策士ばかりだよ」

「ところで教えてほしいのですが、あの行動の理由はなんでしょう？」と、クリティーロが尋ねた。「一人一人が勝手に歩き回り、めったに連れ添っては歩かないし、仲間をつくることもしない。ちょうど私はある広場で見ていたのですが、多くの人が行き交っているのに、みんな一人ぼっちで、まるでお互いを怖がっているみたいで、いっこうに近寄ろうとはしないのですよ」

「その通り！」と大鼻男は答えた。「そんな連中のせいで、《オオカミはひとりでうろつくもの》なんて言われるようになったのだよ」

このほか、欲深男といかさま師との出会いは、特筆すべきものであった。いかさま師たちが、一度に千もの数の策略を仕掛けていると、欲深男たちはそれが罠とは知りながら、すべてを平気で受け入れ、欲深の性分を満足させていたのだ。するとそれぞれが、相手についてこんな感想を残したのはまことに滑稽だった。「この男は、なんとまあ単純なこと！　おれの騙しがこんなにうまく行くなんて！」と。

「ほらあそこにいる、さもしい感じの、ちっぽけな男の姿が見えるだろう？　あの男は邪心そのものなんだ。あんたが何を言おうが、どんなことを考えようが、あの男はすべて無視してしまう。あちらの別の男も同じようにちっぽけな体だが、人には絶対に騙されることはない」

「ところでひとつ教えてほしいのですが、あそこにいるいかにもおつむが軽そうな男がいますが、いったい誰があそこへ連れてきたのです？　あなたもよくご存じのように、《馬鹿に見える者は全部馬鹿で、そう見えない者の半分もやはり馬鹿》[9]、なんて言いますよね」

「いや実は、あの男は馬鹿じゃないんだ。ただ馬鹿になったふりができるのだよ。ちょうどあそこにいる別の男も、馬鹿者のふりをしているだけなんだ。人の話を理解する気のない奴ほど、厄介な相手はいないからね」

　クリティーロはそのとき、自分はひょっとしてベネチアの商業取引所か、コルドバの市役所かカラタユーの広場にでもいるのではないかと思い、それを口に出して大鼻男に尋ねさえした[10]。実際、たとえばカラタユーの町については、とくにその利発さの評判が高いのだ。たとえば、一人のよそ者が町の人間と話をしていて、すっかり感心させられたことを告白してから、こう言ったものだ。「いやはや、だからこそカラタユー一番の愚者でさえ、私の故郷の一番の賢人よりもずっと物知りだなんてことが言われているのですよね。そうじゃありませんか？」すると「いいえ、それは間違っています」と答えが返ってきて、さらに「だってそうでしょう？　カラタユーにはひとりだって愚か者はいませんし、あなたの町にはひとりだって賢明な人はいませんからね」と。

「でもこれからあの場所へ行かなければ、何も見ていないのと同じだね」と、連れの大鼻男が言った。「ほら、ずる賢い連中だけが集まる部屋のことだよ」

　彼はクリティーロをその場所に案内した。そして部屋に入る前にこう言った。

「ここでは、よく目を見開くこと。百の目があったらなお良いが、ただし遠く離れて広く見渡すように」

　彼らは老いた男と、さらにもう一人同じ年恰好の男に出くわした。ここでは全員がすばらしい腕前を発揮して、大胆な策略を巧みに練り上げていくことに驚かされた。要するに全員が大鼻で、抜け目がなく、ずる賢く、勘が鋭く、駆け引き上手の連中なのだ。

　さて、こうしてクリティーロはすっかりこの集団に取り込まれ、その雰囲気に身をまかせてしまうのだが、彼についてはしばらくこのままにして、反対側の道に迷い込んでしまったアンドレニオの後を追ってみるのも一興であろう。ほとんどの人間は、極端な生き方を選んでしまいがちだが、理想の人生を送る術は、中庸の道を見つけ出すことにあるのだ。さて、アンドレニオは、善良な人々の国に身を置いたはずであった。なんとまあ、いままで会った人たちとは、なんて違っていたことか！　まるで、異種の人間のようで、すべての人が、温厚で、世の中の仕組みを転覆させることもなければ、人々の暮らしを騒ぎに巻き込むこともなかった。ます最初に出会ったのが、《お人好しフアン》[11]であった。よそよそしいお愛想の言葉など、お互いすっかり忘れていたことから、口をモゴモゴいわせて舌足らずの挨拶を交わしただけだったが、それでもお互いすっかり打ち解け、堅い友情で結ばれることになった。そこへ別の男が近づいてきて、名前を訊けば彼もまたフアンだと言う。つまりこの土地では、ほとんどが、《お人好しのフアン》なのだ。他の土地に行けば、ほとんどの者が《お騒がせペドロ》と呼ばれているようなものだ[12]。

「あそこを大声で笑いながら歩いて行くのは誰です？」

「あの人はあまり善良過ぎて、道を間違えてしまったと評判の方です。つまり人生の落伍者ですよ。また別のあちらの人は、《分かった、分かったさん》で、やはり人が良すぎて、何の役にも立ちません。つまりお愛想が良すぎる人たちなんですよ」

「この人たちは、あまり他人行儀な態度はとらないようですね」と、アンドレニオは印象を述べた。「それに決まりきった挨拶言葉などは、省いているようです」

「それはつまり、嘘を言うことを知らないからですよ」

そうこうしているうちに、《善きおつきあい氏》がやって来て、彼らに挨拶した。彼と一緒に《あなたの幸福にあやかりたい氏》と《私の魂はあなたと共にあり氏》を連れてきている。彼らの間には、「はい」の返事も、「いいえ」の返事も聞かれず、口を閉ざしたまま、なんら異を唱えることはなかった。たとえどちらかが不条理なことを言ったとしても、言い争いになることもなかった。両者の間のこれほどの平静さと落着きを見ると、アンドレニオは彼らが血の通った生の人間同士であるかどうか、疑わしく思ったほどであった。

「その疑いは至極ごもっともです」と《二言なき男》が彼に答えた。彼はこの人物に会ったとき、この世には珍しい人物だと思い、ほっとした気持ちになったのだが、やはりフランス人ではなかったのだ[13]。「彼らのうちのほとんどが、あまりにも他人に甘すぎる人間ばかりなんです。その証拠に、体をばらばらに引きちぎられたあの《マジパンなにがし殿》に注目してみてください。みんなが残らず、あの人物をつねったりした結果です。またあちらの人物は、司教座の役僧の《甘ちょろ殿》です。何に対しても甘い顔ばかりしている人物です」

そのとき彼らは、体中すっかり蝿にたかられた男を見た。

「あの人は《美味な蜂蜜どの》です」

「この人たちはみんな上司にとっては、とても扱いやすい人たちばかりです。まさにこんな人たちを彼らは求めているんですよ。蠟人形の頭を作るみたいに、どちらでも彼らの好きな方向に自由にあちこち向けさせられるし、鼻の形だってどちら向きにでも自由に曲げてしまえるのですからね」

するとここで彼らは、《温情どの》に出会った。この男は誰のことも悪く思わず、また他人を悪人だなどと考えたこともない人物だ。

「この方はこのあたりでは、善人で通ってはいるのですが、かなり時代遅れの人です。他の人間をすべて自分と同じように思ってしまうのですよ。でも、もしみんながそうであってくれたら、この世が少しはましになるはずなんですがね」

この人物は《孤立どの》を連れていた。みんなからすっかり捨て置かれてしまった人だった。

「あちらの人は、とても優美で、がっちりした体格をしているじゃないですか！」

「あれは有名な《悠長どの》ですよ。どんなことがあっても、眠りを煩わされることもなければ、どんなに困った問題を抱えていても、眠気を奪われることもありません。ですから、ある晩にこんなことが起こったそうです。召使たちが眠っている彼を揺り起こし、世界を揺るがす奇怪な事件が起こっていることを知らせたそうですが、その時の彼の召使に対する答えがふるっています。《ええい、下がっておれ！　どうせ朝になれば、お前たちはそれを私に知らせにくるんだろ？　明日という日が来ないとでも思ってるのか！》ってね」

アンドレニオは、とくに彼の衣装をうっとり眺めていた。まったく実用的とはいえず、襞も裏地もタックもつけていないのだ。そこへ《みなさまのお友達どの》が、たくさんの仲間を引連れてやって来る姿が、アンドレニオの目に入った。

「あそこの右手にいるのは、《一番乗り男[14]》、そして左手にいるのは《後から来て全部いただき男》です。さらに向こうにいるのが、《ペテンに感謝どの[15]》さらに向こうにいるのが、《友にせず殿[16]》です。あそこにやってくるのは、まったく何も断れない人、つまり自分のものは何も持たず、自分の意志に基づく行為もできず、独自の意見ももっていない人です。あちらの人は、なんでも受け入れてしまう、《ハイの返事どの》です。この人は《それはならぬ猊下》とは正反対のお人で、だれからも愛され長生きなさるお方です」

それを聞いたアンドレニオは、これは不死身の人間の集まりなのかと尋ねてみた。

「なぜそんなことをおっしゃるのです？」と、彼らのうちの一人が聞き返した。

「だって、ぼくの見る限り、だれひとり殺される人もいなければ、衰弱してしまう人もいないじゃないですか。いったい何が原因で死ぬのか、ぼくにはわかりません」

「死にはしませんよ。なぜかというと、もう死んでいるみたいなものですからね」

「いや、それはないでしょう。ぼくに言わせれば、この人たちこそ、どう生きるべきかをちゃんと知っていて、立派に体力を維持している人たちですよ。健全な体を持ち、胆力もあり、胃も丈夫な人たちです。だから、普通の人なら、腹に力をこめて心の勇気を奮い起こすものですが、この人たちはそれとは反対に、心の強さがそのままお腹に出てきて、太鼓腹がますますせり出してきています」

彼らの付き合い方は、このようにごく素直で平明だった。奥歯にものが挟まったような言い方をする者はだれ一人なく、なんのごまかしもない率直な喋り方で、まるで心を手の平に乗せて、おまけに両手を上に差出してあけっぴろげに示してくれているようなのだ。したがって、ここにはペテン師も、宮廷人も、コルドバの人間もいなかったのである[17]。したがって、イタリアに足を踏み入れたはずなのに、イタリア人らしき者には、だれひとり会うこともなく、たとえ会ったとしてもベルガモの洋ナシみたいに甘くて優しいイタリア人にわずかに触れたのみであった[18]。知り合った相手をスペイン人に例えれば、さしずめカスティーリャ出身のご老体、フランス人ならオーヴェルニュ地方の出身者、そして多くのポーランド人みたいな人ばかりだったのだ[19]。彼らは相手をまったく差別することなく、すべての人に信頼を置いているのだが、そんなことをしていると誰にでも騙されてしまう。これではまるで、愚か者を相手にしたお決まりの騙しではなく、お人好しを相手にしての騙しといってよい。そんな善人こそもっともだまし易い相手なのだ。

「これはなんと美しい心を持った土地柄なんだろう！」とアンドレニオは感嘆した。「おまけに、それ以上に美しいこの空！」

「もう少し昔にきてくれたら良かったのに」と、過去の良き時代を知る老人が彼に言った。「あのころは、みんなお互いに相手のことを《きみ》で呼んでいたものだよ。ちょうどあの英雄エル・シッドみたいに、みんながそう相手を呼んでいたものさ[20]。あのころには、この国にもたくさん人は住んでいたものだよ。でも邪心が渦巻く地方はまだ存在していなかったし、そんなひどい場所があるなんてことは、誰も知らなかった。そんな所など灼熱地獄と同じようなもので、とうてい人間が住めるはずがないと信じられていたわけだ。そんな地方など見つけてきた者には神のお赦しがありますようにと、願ってやりたいね。そこでなんとまあ、見つけてきたのが、インディアスだったわけだ[21]。それまでは、信用ならない人間など、どこへ行ってもほとんどお目にかかることはなかったのだよ。たとえいたとしても、誰もがその人間を知っていて、遠く離れたところからでもその男を指で指し示す。するとまるで虎からでも逃げるように、みんなその男から逃げたものだ。ところが、今となっては、すべてが堕落し、気候に至るまですっかり変わってしまった。この調子でいけば、もう数年もすればドイツはイタリアみたいに変わってしまい、バリャドリードの町はコルドバのようになってしまうにちがいない[22]」

もちろんアンドレニオにしてみれば、善意と誠、純真さと素朴さが支配するこの場所に、無理やり連れ込まれたのではない。むしろ自らの意志で喜んで入り込んできたのだ。しかしそんな事情にもかかわらず、過度のあどけなさが残る世界に思えてきて、そこから離れたい気持ちが高まってきた。ところが驚いたことには、クリティーロとアンドレニオはそれぞれ遠く離れた場所にいるはずなのに、お互い同時に相手の声を耳にしたのだ。そこでふたりはそれぞれがいる場所から、抜け出ることで相談がまとまったのである。狡猾さと素朴さがそれぞれ極端なまでに誇張された場所から、ふたりは逃げ出すことにしたのだ。こうして彼らはそれぞれの視点を中庸の精神に定め、思慮に富む知の都への道をしっかり見定めたうえ、それを目指してそれぞれが歩みを進めることになった。双方の道が再び交じり合い、一本の道となる地点にまでお互いが到達すると、ついにふたりは再会を果たすことができたのである。この場所でひとり奇妙な人物がふたりの到着を待ち受けていた。人生の流れのなかで、重要な影響力をもつ人物であった。人によっては、たとえば体全体がまるで舌にでもなったみたいに、滔々と賛辞を送る者がいたり、あるいは全身これ目にでもなったように、穴があくほど相手を見つめる者がいる。それと同じように、新たに現れたこの人物は、なんと脳になりきっていて、体全体がまるで脳で出来ているように思えたのである。したがって、この人物の思慮分別は人の百倍はあり、根気や注意力も百倍、さらには知力もやはり百倍あったのだ。分かりやすく言えば、彼は実質を伴った人間である点においては、カスティーリャ人に等しく、思慮分別においてはアラゴン人、良識においてはポルトガル人に等しい。そして、中身が大いに詰まった人間である点において、すべてのスペイン人にひとしい。アンドレニオはこの人物の顔をしげしげと眺め、さらにクリティーロと何事かひそひそと言葉を交わしたあと、こう言った。

「ところでですね、人の頭のなかにたくさんの脳味噌がつまっているのは、なるほど大変結構なことです。頭こそ人間の魂が鎮座する場所ですからね。しかし舌が、脳味噌ばかりでできているなんて、いったいどういう目的があるのです？　舌というのは、いくら強固な筋肉の塊であるとはいえ、すべての人間にとって、うっかり滑らせてしまい舌禍を招く危険をともなっています。いくら十回足を滑らせたって、舌をうっかり一度だけ滑らせてしまうのと比べたら、大したことじゃありません。それは、足を滑らせ倒れたって体を痛めるだけのことですが、もしそれが舌だったら、魂全体が壊れてしまうことになるからです。それが脳味噌みたいにぬるぬるしていて、滑りやすいものだったら、いったいどうなることでしょうか。いったい誰がそんな舌を上手に操ることができるのでしょう？」

「それはひどい誤解ですよ」と、《分別男》は答えた。それがその人物の名前だった。「十分に注意して行動するためには、むしろその場所にもっと脳味噌をつぎ込まないといけないのです。口の中に含んだ言葉ほど御し易いものはありませんからね」

「脳味噌をくっつけた鼻なんて、いったい誰が、何のために考えついたのです？」と、アンドレニオはさらに異論を唱えつづけた。「目にくっつけるだけなら、まあ良しとしましょう。あちこち無分別にきょろきょろ見回したりしないのには役立つでしょうからね。でも鼻にくっつけるなんて、いったいそんな脳は何の役に立つのです？」

「そりゃ、もちろんのこと大いに役に立ちますよ！」

「じゃあ、何の役に立つのです？」

「人を鼻であしらったり、自分の長所を鼻にかけたりするのを避けるのに役立ちます。そんな不遜な態度では、すべて煤で真っ黒に汚してしまうようなものだし、世間の人を焼き尽くしてしまうようなことになります。さらには、足にまで脳味噌を、しかも大量にくっつけておかねばなりません。とくに、危険な道を歩いたりするときはなおさらですよ。だからこそ、ある思慮深い方がこう言っているのです。《ここではすべての脳を、かかとに注ぎ込まなければならない》[23]とね。さらには、もし馬に乗る者が、脳を両足につけていると、そうそう簡単には鐙《あぶみ》をはずしたりして、暴走することもないでしょう。こうすれば、高い地位に座っても、しっかり足元を見つめられる分別のある人物が生まれます。そういうわけですから、すべての人がきちんと前へ進んでいくためには、体全体が脳でできていなければなりません。耳にも脳。これはたくさんの虚言に耳を貸さないためと、おべっかをたくさん耳に入れないためです。たいていのお馬鹿さんは、これでころりと参ってしまったりします。さらには両手にも脳。物の扱いを誤らないため、そして手がけた仕事をきちんと目標をはずさず仕上げるためです。それは、自分の好みに引きずられたり、さらにはその罠に引っ掛けられたりしないためですよ。思慮に富み、分別を備え、中身のある人間になるためには、まずは脳、そしてさらには多くの脳、そしてさらにもっと多くの脳が必要になります」

「そんな人間には、あまりお目にかかったことはないですね」と、クリティーロが言った。

「以前にある人から、こんな話を聞いたことがあります」と、今度はアンドレニオが口を開いた。「この世の中全体に、脳がたった一オンスの量しかなくて、その半分をある人物が所有していたそうです。ただし、その人が憎まれたりするといけませんから、名前は伏せたままにしておきます。そして残りの半分は他の人たち全員に配られたそうです。だから一人の人間に入る分量など、たかが知れたものですよ」

「そんなことを言った人は、間違っていることにあとで気づいたはずです。そもそもこれだけの脳が現にこの世の中に存在しているなんてことは、未だかつてなかったことですからね。確かに急いでこの世の中からそれを無くしてしまおうとした人たちもいましたが、そんな試みは失敗に終っていますよ」

「じゃあ教えてください」と、アンドレニオが尋ねた。「あな

た の脳はまだこうして長く働いてくれているようですが、そんな量の脳をいったいどこで手に入れたのです？」

「どこで手に入れたかですって？　これを作っている工房と販売店で買ったのですよ」

「え？　本当ですか？　思慮分別を売る店なんてあるんですか？　いままでぼくたちは世界を巡り歩いてきましたが、そんな店など見たこともありません」

「いやはや、あなたってお人は。服や食料品ならどこで売っているかくらいは、ご存じでしょう？　そんなあなたが、どこで立派な人間になる妙薬を買えるのかをご存じないなんて、恥ずかしくありませんか？　知力と分別こそがその妙薬で、それを商っている店があるのですよ。でも実際のところ、そんな妙薬を手に入れるためには、すでにその妙薬そのものを持っている必要がありますがね」

「それで、値段はいかほどです？」

「買い手が付けた値段で売ってくれます」

「どんな手順で売るのです？」

「まず、実際に手にとって見せてくれます」

「すると、見た目だけで判断するということですか？」

「いいえ、重さと長さを計って判断します。でも、とにかくそこへ行ってみませんか？　今日はあなた方を実際にその工房へお連れしなければなりません。その場所こそ、よき分別だとか優れた知力だとかを、じっさいに鍛え上げ、作り上げている場所です。まさに高潔の士をつくる学校になっていますよ」

「ところで教えてほしいのですが、あなたがお話しになっているその工房とやらでは、毎日のようにたくさんの量の脳を精製しているのですか？」

「いやいや、それは数十年単位の仕事です。だからたった一オンスを練りあげるために、一生を掛けないといけません」

彼らは大きな美しい広場に案内された。周囲にはさまざまな建物が立ち並んでいる。まるで王城のような壮大な建物もあれば、まるで哲学者の家みたいな、とてもみすぼらしいのもある。さらには、学校の中庭の隅には、軍人用の天幕がいくつか並んでいる。

我らが主人公であるふたりの旅人は、そんなさまざまな建物を目にすると、すっかり感心してしまった。そして周囲の道路脇に並ぶ建物を確認したあとで、分別を製作している工房や知力を売る店が、どこにあるのかを尋ねた。

「あなた方が現にいま見ている建物がそれですよ。ほらあちら側もこちら側も、よく見てください」

「そんなことはありえないでしょう？　だってあれなんか、宮殿ですから分別なんて作れるはずはなく、むしろ一番早く失ってしまう場所じゃありませんか。それにあちらの軍人の天幕なんて、良識の府というより、ふつうは向こう見ずさを教える施設じゃありませんか。それにあちらの中庭は学生たちでいっぱいですが、あそこなどもっとも無関係な場所ですよ。若い者に分別なんてあるはずがないし、あんな幼稚な頭に成熟を求めることなどできません」

「しかしいいですか、あれが有為の人材が育てられる工房なのです。あそこで偉大な人物たちが育てられ、その工房のなかで丸太を削り、人間のおおよその形をつくりあげ、そして、最高の人材に練り上げるのです。ほら、あそこの一番手前に見える、豪奢で威厳のある宮殿を見てください。あそこでローマ帝政時代の偉大な人物たちが育てられました。思慮深い元老院議員たち、賢明な顧問官たち、有名な作家たちなどがそれです(24)。よく重厚な石柱の間に物言わぬ過去の人物の影像を置いて、壮麗な建物の正面を飾ったりしますが、それと同じようにこちらの建物では、今でも生き続ける巨人たち、つまり過去の偉大な人物たちの像を目にすることができます」

「なるほど、その通りです」と、クリティーロは言った。「右側のあの像は多くの格言を残してくれたホラティウス、左側には雄弁家でもあり多作の作家として知られるオウィディウス、そしてさらにその上を占めるのが、最高の詩人ウェルギリウスですね」

「そういうことであれば」と、アンドレニオは言った。「あの宮殿は数あるローマ皇帝のなかでも、もっとも威厳のある皇帝の宮殿ということになりますね」

「いや、そうではなくて、あの当時の偉大な人物たちを生んだ優れた工房というべきです。偉大な皇帝は、彼ら文人たちを擁護することによって知力を育ませ、また文人たちはその著作をとおして諸皇帝に不滅の命を与えたのです。次はあちらの建物を見てください。あれは何の生命もない大理石でできているだけだなんて思ってはいけません。一国を支えてくれる生きた石柱を並べてつくられているからです。最高の知性を育てる学校としての宮廷であり、あの時代には多くの優れた人物がそこから生まれました」

「あの建物の主はきっと偉大な人だったのでしょうね」

「偉大であるばかりでなく、さらに大度の人であったといえるでしょう。その人こそ不滅の名声を誇るアルフォンソ王(25)です。この王のお蔭で、アラゴンは名君の原石を育む国だと言われました」

さらにもうひとつ別の建物が彼らの目に入った。その石の銘板に書かれた言葉が、まるで生の人間が語りかけてくるような感じなのだ。他の城郭などにあるような、すべすべした大理石の板はどこにも見られず、すべての石板に格言やら名文句が刻み込まれている。

「うん、こいつは素晴らしい」と、クリティーロが言った。「立派な人間の住んでいる宮殿にやっと巡り会えたようだ」

「その建物の主こそ、まさに偉大な高徳の士、そのものでした。つまり、その方は、かの偉大なポルトガル王ジョアン二世(26)です。そしてこの王こそ、フワンという凡庸な印象しか与えない名前[27]の名誉回復をしてくださったお方といえましょう。また、それに劣らぬ称賛を受けるべきは、文武両道を見事に貫いた、フランス王フランソワ一世[28]で、あそこにその建物が見えます。あの王は両手を賢者たちと勇猛な軍人たちにそれぞれ差出し、似非知識人や空威張り屋の軍人などは相手になさらなかったのです。ところであそこに、棕櫚と月桂樹を上部に戴き、国や時代を越えて、全人類の頂点に位置するような建物が見えませんか？　あの建物の主こそ、不滅の聖座を占めるローマ教皇レオ十世[29]です。あの方の庇護のもと、聖獣である鷲のごとき鋭敏な才能をもつ多くの人材が育てられました。おそらく、あの全能の神ユピテルにも劣らぬ、強力な庇護者であったはずです。あの建物そのものが、諸国王が賢者たちをいかに大切に守ってやるべきかの模範を示し、その活躍ぶりを実際に人々の目にふれさせるための機会を提供していると考えることもできましょう。あちらに見える別の建物は、スペイン大帝国の王、思慮深いフェリペ二世陛下の宮殿です。あの建物こそ、思慮に富む政治の最高の教えの場となり、偉大な大臣や著名な総督や将軍や副王が、その教えのもとに育っていきました」

「ところで、あのいくつかの壮麗な宮殿の間に挟まれて、なぜ軍人用の天幕があそこに陣取っているのでしょう？　どんな意図で、軍人的なものと宮廷的なものを混ぜ合わせているのですか？」

「そこが大切なのですよ！」と分別男は答えた。「いいですか、軍人の天幕も偉大な人間をつくる工房であることを、あなたは知っておかなければなりません。勇敢であると同時に、豊かな知力も必要なのですよ。グラナ・イ・カレット侯爵[30]の例を挙げるまでもありますまいが。あの天幕の中では、実にたくさんのことが学べます。なぜかといえば、あの天幕のなかでは、気ままな時を過ごしているのではなく、さまざまな経験を積み、知識を増やしているからです。あちらの天幕は、グラン・カピタン[31]のものです。かの二人の王が食事中、フランス王の方が、こう言ったとされる人物です。《他国の王たちに勝利する人物であるならば、王たちと同じ食事のテーブルについて当然ではないか[32]》と。かの将軍は、勇敢な軍人であると同時に、宮廷人としての優れた資質をもち、膂力と才覚を併せ持ち、その言葉においても行動においても、称賛すべき人物だったのです。あちらの天幕は、アルバ公爵[33]のものです。思慮分別を備え、そのさまざまな体験から、多くを学び取れる学校と言ってもいいような人物です。また平和時には、彼の邸宅が偉大な人物たちが寄り集う場所となりました。だからこそ、フアン・デ・ベガ[34]が息子を都へ送り出すとき、是非ともその謦咳に接するよう勧めたのですよ」

「あちらの建物は、それほど豪華とはいえませんが、品位を感じさせますね。きっと立派な学者たちがいる建物の一例なのでしょうね」

「おっしゃる通りです」と彼は答えた。「あれは戦いの神マルスの宿舎になるような建物ではありません。知恵の女神ミネルヴァが泊まる所です。そこにあるのはヨーロッパでもっとも有名な大学に付属した学寮です。あちらの四つの建物はサラマンカ大学のもので、こちらの建物はアルカラ大学のものです[35]。そしてさらに向こうにあるのが、トレドの聖ベルナルディーノ寮、ウエスカのサンティアゴ寮、パリ大学の聖バルブ寮、ボローニャ大学にあるアルボルノス枢機卿とその家族によって建てられた寮、さらにはバリャドリード大学の聖十字架寮です。これはみんな、のちのち国を支える柱となる、各時代の偉人を育てた工房です。現に王の顧問会議と最高法院には、ここで育った人材が多くいます」

「あのすっかり痛めつけられた廃墟はなんでしょう？　ばらばらに散らかった石がまるで崩落を嘆き、涙を流しているように見えますが」

「今ああして涙を流している石は、かつては金色に輝き、芳香を放つ香油をしたたらせていたものです。そしてなお素晴らしいことには、努力の結晶の汗とインクを滲ませていました[36]。あれはそれぞれ、有徳の士だったウルビーノ公爵とフェラーラ公爵[37]の宮殿であり、優れた頭脳を保護し、文芸興隆の場とし、抜きんでた才人たちが集まる場所としての役割を果たしました。

「じゃあ何が原因なんでしょうね？」と、クリティーロが尋ねた。「なぜ昔のように、貴人の庇護のもとに活躍できる俊英たちが、今ではいなくなってしまったのでしょうか？」

「いや、それは優れた人材がいないからではないのですよ。ウェルギリウスを庇護したアウグストゥス帝のような人物がおらず、ホラティウスを助けたマエケナス[38]のようなパトロンがおらず、マルティアリスにとってのネルウァ帝[39]もおらず、小プリニウス[40]にとってのトラヤヌス帝のごとき保護者がいないから、というのが本当の理由です。改めて言いますが、天下の国士無双はすべて、逸材に目をかけるものです」

「でも、ぼくにはもっと気になることがあります」と、アンドレニオが言った。「それはですね、なぜ君主たちは、不世出の詩人や稀世の作家をさしおいて、優秀な画家や有名な彫刻家を尊重し、多大な報酬を与えるのか、そして多くの栄誉を与えて顕彰するのかということです。ぼくたちがふつう感じるのは、絵筆は単に外の世界を描写するだけなのに対して、ペンは内なる世界を描くという事実です。このことはつまり、肉体が精神に勝るのと同じ関係にあるのだと思います。絵筆はいくら頑張ってみたところで、形、優雅さ、気高さを写しとるだけのことだし、まあときには猛々しさを表現することくらいしかできません。ところがペンの方は、知性、勇気、徳、能力、不滅の偉業などを描写してくれます。絵筆は板とかキャンバスとか、あるいはたとえブロンズであっても、それが形を保っている間のほんの僅かな時間しか、対象に命を与えられません。しかし、ペンの方はといえば、ずっとこれから何世紀にもわたって、その命を保つことができます。これこそ、対象に永遠の命を与え、不滅のものとすることだと思います。絵筆は、たとえば肖像画を目にするほんの少数の人々に、描かれた人物についての情報を与えるだけ、いやもっと言えば、対象を実際に目で見させてくれるだけにすぎません。しかしペンの方は、その著作を読む大勢の人たちを相手にします。国から国へと広がり、さまざまな言語に翻訳され、さらには何世紀にもわたって読まれ続けていきます」

「なるほど、なるほど」と、良識の士は応じた。「それに絵画と彫刻は、それを目で見て、手で触ることができる。つまり物質主義的な作品だということになると思いませんか？　私の言いたいことを、十分お分かり下さったかどうかは自信がありませんが[41]……」

　彼らは、過去の模範となる人物たちを参考にして、一人の偉人をつくりあげる過程も見た。アペレス[42]が描いたとされる、七人の最高の美女の肖像よりも、もっとすばらしい出来栄えで、七人の英雄の姿を真似て、一人の人物をつくりあげていたものだった。

「これはだれですか？」とアンドレニオは尋ねた。

すると、分別男は、

「これは現代の英雄ですよ。名前は……」

「ちょっと待ってください！」とクリティーロが言葉を遮った。「名前を出してはいけません！」

「なぜいけないのです？」と、アンドレニオが口をとがらせた。

「そんなこと、どうでもいいことだからだよ」

「それはおかしいでしょう？　ここまでは、有名な人物や逸材たちの名前を出してきたじゃありませんか」

「そのことについては、私は後悔しているんだ」

「でも、なぜです？」

「なぜかと言えばだね、褒めてもらうのを当たり前のように思っている人たちがいるからだよ。だから、その人たちは、他人が気遣ってくれることなどまったく気にもしないのだ。それがとてもありがたい思いやり以外の何物でもないのに、当然のことと考えてしまう。したがって、自分の著作の第二版で、初版の献呈の辞を書き改めたあの著者は、目立たぬような形で、知恵を働かせたことになるのだよ[43]」

　これとは反対に、別の工房では、一つの原型から百人の人間を作製している様子を眺めた。つまり、カトリック王フェルナンド一人を原型として、百人の王をつくりあげていたのだ。しかもまだほかに、たくさんの作品のための材料が残っていた。なるほど、他ならぬこの場所で、豊かな資質をもつ人間が育まれ、偉大な頭脳や分別ある人物たち、さらには重厚な人物像がつくり出されていたのだ。そこでアンドレニオが気づいたのは、鼻をきちんとつける作業こそがいちばん難しい仕事だということであった。

「私はその点については、何度も気づいていたよ」と、クリティーロが言った。「大自然というものは、顔の他の部分はきちんと手落ちなく仕上げてくれるのがふつうだ。実際、なかなか技術の要ることだが、立派な目をちゃんと作ってくれる。それに、広く落着きを感じさせる額の部分、口の位置もうまく収めてくれる。ところが、さて鼻となると、手元が狂うのか、ふつうは変な形の鼻に仕上げてしまったりする」

「その部分はまさに思慮分別を表す部分なのですよ」と思慮深い分別男が、考えを述べた。「鼻とは、いわば魂に宿るものを映しだす看板であり、抜け目のなさと用心深さの証拠にもなりますからね」

この時、下手くそなトランペットと小太鼓の大きな音が響きわたった。

「何が起こったのです?」と、彼らは右や左の人々に尋ね回った。

「お触れだよ、お触れ!」という答えが返ってきた。「領主の〈知性どの〉が、良識が君臨する全領地に出す布告ですよ」

「誰かが国外追放にでもなったのですか? ひょっとしたら、〈後悔どの〉ですか? あの方など良識が支配するところに居場所なんかありませんからね。あるいは領主さまの不俱戴天の敵の〈自己満足どの〉でしょうかね?」

「あるいは、妬み深い〈幸運さま〉に対する宣戦布告ですかね?」

「そんなのまったく関係ありません」と、答えが返ってきた。「ありきたりの格言を批判しての改革運動ですよ」

「でも、そんなことってありえないでしょう?」と、アンドレニオが応じた。「格言なら今ではすっかり世に受け入れられて、小型の福音書なんて呼ばれたりしているではありませんか」

「受け入れられているかどうかは、関係ないのです。とにかく近くにいって、お触れを聞いてごらんなさい。ほら大きな声で触れ回っているでしょう?」

何事かと注目していると、いくつかの格言の使用を禁止する旨伝えたあと、次のようにつづける声が耳に入った。

「ひとぉーつ、思慮分別ある者は、これ以降《敵ある者は眠るべからず》などと言わぬことを命じます。むしろその逆に、早めに帰宅しすぐに寝室に入り、眠ってしまうこと。そして朝は寝坊をして、太陽が出るまでは家から出ないことを命じます。

ひとぉーつ。今後は決して、《祖父のことを知らぬ者は、善きことを知らず》[44]などと言わぬよう命じます。それを言うくらいなら、《悪しきことを知らず》と言うべきであります。なぜかというに、つまらぬ帽子屋か、肉屋か、剪毛職人か、あるいはもっと実入りの悪い仕事に従事していたかもしれないからであります。[45]また、《結婚と喧嘩は急いで済ませるべし》などと言わぬように命じます。なぜならば、人を殺しに行くとか、結婚式をあげることほど、ゆっくり落ち着いて考えるべきことは、他にないからであります。しっかりと肝に銘ずるべきは、既婚者が万が一再婚するつもりにでもなった時であります。そんな時には、ゆっくり考えなおしてみることを勧めるものであります。つまり誰かの言葉通り、百年考えさせてくれ、ということであります。さらにまた、《自分の家にいる馬鹿者は、他人の家にいる賢者より、ずっと物知り》などと言うことを禁じます。要するに、賢者はどこに居ようが、物知りであり、愚者はどこにいようと無知だからであります。そしてとくに、今の世に住む者は、《俺が要るのは助言でなく、お金なり》などと不埒なことを言ってはなりません。なぜならば、良き助言こそ大金に勝り、宝物ほどの値打ちがあり、良き判断力が身につかぬ者には、インディアスの財宝をもってしても、またその二倍の財宝をもってしても、足りないのであります。《手早く済ませるのが仕事上手》などという、いかにもスペイン人向けの格言は、弟子に恵まれた親方よりも、怠け者の徒弟に都合のよい言葉であることを、すべての民は思い知るべきであります[46]。したがって、フランス人とイタリア人の願いを尊重し、この格言を反対の意味に置き換え、真面目な仕事を好む親方たちが喜ぶ形に訂正することを命じます。つまり《手際よく仕事をすれば、手早く済んでしまうもの》となります。どんな事件に遭遇しようが、決して《民の声は神の声》などと言うことを禁じます。あれは《無知の声》であり、通常は凡俗たちの口を借りて、あらゆる悪魔たちが喋る言葉であります。

ひとぉーつ。かの《名誉と儲けは同じ巾着には入らぬ》との格言の使用も禁止いたします。財産をもたぬ者は人から尊敬されないという、今の世の嘆かわしい風潮に合致しないからであります。さらに《息子よ、神の幸運あれ、無知でもそれで十分》の格言も、神への冒瀆として、口にすることを禁じるものであります。なぜならば、知識に関していえば、それで十分などということは決して許されないからであります。物事を知り、高徳の士となること以上の幸運が、果たしてほかにありましょうか？ さて、使用がまったく禁止される格言もあれば、部分的な修正が利く分もあります。その例として、《賢明に沈黙を守る者をサンチョと呼ぶ[47]》ではなく、サンチョの代わりに《聖者》と言い換え、さらに沈黙を守る者が女性である場合には、《奇跡》と言いかえることを認めます。また、黙るのがサンチョ王でなければ、たとえば、《無言の国王顧問会議》と置き換えて理解することも許されます。いったい誰が《ロバの群れはオオカミに食われてしまうもの[48]》なんて言えるのでありましょうか？ それよりむしろ、ロバがオオカミを食べ、オオカミに劣らぬ食欲でみんなの食糧を食べ尽くしてしまい、彼らはこう言うのであります。《私は上手な策を使い、みんなのパンを食べ尽くす[49]》と。というのは、この世で高潔な人士であることは厄介者となることに他ならず、愚か者であることが最高の知恵となるからであります。つぎに、《下男と雄鶏は一年だけ手元に置け》は、大いに間違った格言であります。なぜならもし出来が悪ければ、一日たりとも持つ筈がないし、働き者なら一生にわたって手元に置くことになるからであります。

ひとぉーつ。《千年の刑務所入りなら、千五百年も同じこと》とか、《最良の友には最大の打撃を》などの格言を口にする者は、不遜の罪により罰せられるのであります[50]。例の《俺は厚着で温かい、笑わば笑え[51]》という格言は、恥知らずで冷淡な心を表すものであります。ただし、胸元を開けて歩く女たちにだけは、こう言うことが許されるのであります。《あたしは寒くてもなんのその、たとえみんなに笑われようが[52]》と。このほか、《身内に似る者は幸いなり》のごとく、穏健な振舞いを奨励する格言もあります。しかしこれは、警吏、公証人、収税吏、ペテン師、居酒屋の主人、あるいはこれに類するならず者などの場合は、彼らの息子や孫たちにこの格言を拡大解釈して、当てはめてはなりません。このほかにも、《どこへ行こうと、君の身内はいるもの》のごとく、それと同じように解釈される格言もあります。しかしながら、静かに安らかな気持ちで満足して生きることを望む者は、身内からは逃げるべきであります。また名誉と尊敬を得たく思う者は、自分の同郷人からは逃げるべきであります。

ひとぉーつ。《名声を手に入れたら、すかさず眠りにつくべし》などと言う者は、怠け者のかどで国外追放となるでありましょう。それは名声を手に入れる前に、みんなあっさり寝てしまうからであります。《昔の巣には、もう今の鳥はいない[53]》などと言う者は、少し言葉を慎まなければなりません。どうか、愛人や情夫が、まるで南京虫のように、寝台のなかにひそんでいませんように。そして、いかさま師たちも賭博場から姿を消しますように。そしてまちがった助言を与え、訴訟人の金を手に入れることだけを狙う公証人が、目につかぬように張り巡らした、蜘蛛の巣みたいな仕掛けがすっかり燃え尽きてしまいますように。《神よ、私が誰かと争うことになるなら、私を理解してくれる人と争わせてくれますように》とかいう格言は、きっとどこかの単純な男の言葉にちがいありません。政治屋ならばそうは言わず、《私を理解せぬ者、私の狙いが摑めぬ者、一里離れていて私の計略を見抜けぬ者と争うべし》とでも言うはずであります。《ゆっくり寝て考えるべし》とかいうのは、怠け者のとても愚かな行為であります。ここはひとつ《寝ないで考えよ》と言い替えるべきでありましょう。

ひとぉーつ。《多くの人の不幸はみんなの慰め》などは、悪趣味の格言として、これを禁止するものであります。もともと原典には、《愚者たちの慰めとなる》としかなかったものが、ゆがめられてしまったのであります。セネカや道徳哲学者たちの威光に従えば、《善行に励め、しかも相手を選ばずに》という格言は、とんでもない出鱈目と考えられてしかるべきであります[54]。そんなことより、むしろ相手をよく見極めなければなりません。相手が恩知らずではないか、一人勝ちして逃げてゆくような人物なのかどうか、手にした儲けで、あなたに恩を仇で返すような人ではないのか、思い上がったさもしい根性の男かどうか、馴れ馴れしく振舞う下賤な男ではないのか、蟻のごときちっぽけな存在でありながら、翼など欲しがる男なのか、遠慮なく大人の体に寄りかかってくる子供みたいな相手なのかどうか、あなたの懐でぬくぬくと育ち、あとであなたに毒牙で噛みつく蛇みたいな相手なのかどうか、それをよく見極めることであります。《かかとまでの服を引きずるのは、名誉のしるし[55]》などと言ってはなりません。事実はまさにその逆であり、うっかり名望など手にすると、世間のしがらみを断ち切れず、まるで荷車でも引くように、後ろにぞろぞろついてくる大勢の人間を連れていかねばならないのであります。

ひとぉーつ。農園主たちの要請に基づき、あなたの番犬についての悪口を言わないことを命じます[56]。ただし、あなたのロバについては、悪口を大いに言うべきであります。それはキャベツを食い荒らし、他のだれにでも自由に食べさせるからであります。さらには、《あなたの目上の人とは、梨を分けあうことなかれ[57]》という別の格言も、少々訂正の必要ありとみなすものであります。実は分け合うのは梨ではなく、正しくは石ころに過ぎないからであります。あるいはもっと正しく言うならば、分け合うことなどせず、すべて自分の物にしてしまえということなのであります。さらにまた、《何でも欲しがる者は、すべてを失うもの》という格言も、そう言ってみたところで何の役にも立たないのであります。なぜならば、何かを狙い通りに手に入れようと思えば、ただ欲しがるだけでなく、そのための万全の、あるいはそれ以上の手をきちんと打つ必要があるからであります。したがって、正しくは私の知る人物が言うごとく、《主よ、もしわたくしに万能の力をお認めになるなら、その時初めて、すべての物を欲しいと思いたい》と言うべきなのであります。さらにまた、《腹がいっぱいだと、マルタは歌が上手になる[58]》という格言も、嘘っぱちであります。それどころか、むしろ上手も下手もないのであります。そもそも腹がいっぱいだと、マルタは歌など歌わず、マルスは戦いなどやらず、二人とものんびり休んでしまうのが当たり前なのであります。《物好きの話題は、いつも同じひとつだけ》なんていうのは、まだ少ない方。とりあえずは、二つ話題があり、これから一年後には、百にもなるのであります。《今の世のしきたりを看過せず》などと言うのは、馬鹿げたこと。そんなものこそ、まさに看過すべきことであります。今の世では、もはや善きことも美徳も真実も羞恥心も、さらには《恥》で始まるこれに似た言葉も、今の世のしきたりではなくなってしまったのであります[59]。《君が相手に一度だけそれを口に出してみよ、悪魔が同じことを十度相手に繰り返すだろう》という格言もあります。もし悪い事なら、なぜあなたはそんなことを、わざわざ他人に言わねばならないのでしょうか。もし良い事なら、悪魔は絶対にそれを他人に漏らすはずはないのであります。《最後に知る者こそ、他ならぬ犠牲者なり[60]》などと言う者は間違っているのであります。むしろ今では、みんなすべての事に一番であろうとし、人の前に立とうとするからであります。さらに、《金庫に蓄えた金よりも、町の友の方が価値がある》という格言も、愚見であることから、これを口にすることを禁じるものであります。その理由は、ひとつには、誠実で人を裏切らぬ友などどこにもいるはずがないからであり、もうひとつには、金庫に財産を蓄えた男には、どこへ行こうが友人が絶えることなどないからであります。また、《孝行息子のためには稼いでやるべからず、道楽息子には金を与えるべからず[61]》という格言の発生源は、間違いなくどこかのどら息子に違いないのであります。しかし、むしろ良き息子には金を残してやるべきであり、どら息子には、良き息子になるために自分で稼がせるべきであります。《幸運を運んでこない悪運なし[62]》とは言うものの、悪は着実に勢力を増やしてゆくのであります。したがって、一つの悪事に扉を開けることは、百の悪事に扉を開けるに等しい。悪事とは仲間が多く集まるところへ、行きたがるものだからであります。

ひとぉーつ。《どこへ行こうと、そこで見た通りに振舞え[63]》については、《本来とるべき行動をとれ》と改めることを命ずるものであります。《聖職者の住まぬ家には繁栄なし[64]》の格言も、まるごと抹消すべきであります。それは、聖職者が住まぬ家のほうがむしろ栄え、住んでいる家が落ち目になるからであります。なぜならば、教会の財政を支えるためにすべての財産を失ない、最高の繁栄を見せていた家まで破滅させてしまうからであります。《早起きしたからとて、夜明けが早まるわけでなし[65]》などというのは、寝坊助たちが口にするせりふであります。良く理解すべきは、働くことこそ正しい一日の過ごし方だということであります。したがって、早起きする者は、一日とさらにその半分を有意義に過ごせることになる一方、寝坊する者は一日中急いで駆けずり回らねばならぬ羽目になるのであります。《どちらかにその気さえなければ、二人の間に喧嘩は起こらず》とか。しかしバレンシアではこんなことは起こらない。なぜならば、あの地方ではいくら喧嘩する気など起こらずとも、周囲に強要され、たとえ分別豊かな人物でも一戦交えざるをえなくなるからであります。《与えることは受け取ることに応じてなされるべし[66]》の格言も、もはや口にしてはなりません。なぜならば、この教えはほとんど守られてはいないからであります。せいぜい言えるのは、やや謎を掛けるがごとく、相手にこう尋ねてみることであります。差し上げたのと頂いたのとは、どちらが先だったですかね、と。《人に物を乞うことを知らぬ者は、生き方を知らぬ者》。これはまったくの嘘。むしろ、誠実な人間にとっては、人に物を乞うことは死ぬに等しいもの。せいぜい言えるのは、耐え忍ぶことを知らぬ者は……、と訂正することでありましょう。さらにもっとひどい格言は、《金を持つ者はあらゆる幸せをもつ》であります。それに代わって、すべての悪をもつ、と言うべきであります。《好きに生きてこそ人生なり[67]》と言うのも同じ誤りであり、それは死でしかないからであります。

ひとぉーつ。《聖ヨハネの日の喧嘩は、一年の平和をもたらす》[68]などという格言は、まったく馬鹿げているゆえに、口に出すことを禁じるものであります。つまりは、聖ヨハネの祝日であろうと、聖アントンの日であろうと、一年の平和とは何の関係もない話なのであります。聖ヨハネの日の不愉快な思い出が残る者に、クリスマスにはどれほどご立派な贈り物が期待できるというのでありましょうか？ 《ペドロは山羊飼いには歳をとりすぎている》[69]とも言います。しかし、もし若くても軟弱な性格なら、もっと向いていないはずなのであります。《臨機応変に動く者を神は助けてくれる》とか言いますが、本当の意味は、トランプ遊びで運が向かないときには、手持ちのカードをごっそり替えてしまうのが、巧みな遊び手のとる作戦だというにすぎないことを知るべきであります。《悩める者は手厚い看護を受ける》とか。しかし実はそうではなく、ひどい仕打ちを受け、悩みがますますひどくなるだけのことであります。《教皇になりたいと？ されば、その目標をしっかり頭に叩き込むべし》とか言います。こうして多くの者が、頭にその考えを叩き込むのはいいのでありますが、結局は教会の用務員以上には出世できないままで終わるだけのことなのであります。それならいっそのこと、自分の手を使い。善行の実践をした方がよっぽどましということであります。《弁が立つ者はローマへ向かう》[70]とか言います。しかしこの格言は、お喋りの罪をあがなうためにローマへ行くことだと、解釈できるのであります。どんなことがあろうと、《心地よい緑に遊ぶ》[71]などと言ってはなりません。そんなことをしていると、心地よい緑どころか、黒い運命が待ち受け、最後には一文無しのすってんてんとなり、さらには恥ずかしさに顔を赤くし、皮膚は黄色、唇は紫色となり、あらゆる色が緑に復讐するのであります。《いったん悪習に染まれば、なかなか直しが利かぬもの》[72]と言うのも正しくはありません。なかなか直しが利かぬ、ではなく、直ちに逃れられる、が正しいからであります。なぜかと言えば、悪習は本人を滅ぼし、その命を奪い、たとえ死に至らなくても、財産も名誉も台無しにしてしまうからであります。また、《女は結婚させればおとなしくなる》[73]と言った者も間違っているのであります。むしろその逆で、そんな女たちが結婚できるためには、まずもって従順になる必要ありと言うべきであります。それに男たちは結婚すればますます猛々しくなってしまうもの。したがって、なぜおまえのご主人はガミガミ言わないのか、と訊かれた召使が、それはまだ結婚しておられぬからと答えることがあったりするのであります。《狂人は真実を語るもの》[74]という格言は、逆の意味に解釈するよう命じるものであります。すなわち、《真実を語る者は、狂人と取られてしまうもの》と。だからその誤解が原因となり、本来ならば多くの人の目を覚まさせるはずの真実が、幾度となく闇に葬り去られてしまうのであります。《わが友よ、トレドでは結婚するべからず》[75]などと言う者に対しては、こう訊きなおすがよろしい。ではどこの土地ならそんな心配がないと言うのかと。《トレド》の真ん中の《レ》の音をはずして、語中から消してしまえば、《トド》、つまり《全部》の意味になり、トレドだけでなく世界中全部、どこでも同じだということになるのであります。《うぶな若者を宮廷に入れたのは、悪魔のしわざなり》と。いまどきそんな例などなく、それとは全く逆のペテン師とおべっか使いが跳梁するだけ。《医者と弁護士には嘘は禁物[76]》とか。でもむしろ、嘘を言うべきであります。というのは、彼らはふつう逆の思考回路をもつもの。だから嘘を言えば正しい答えを見つけてくれるはずだからであります[77]。

《下着を濡らさず鱒はとれぬ[78]》とか。しかし小生に言わせれば、下着を濡らさないでもとれるのであります。それは抜け目のない釣り人は、料理のテーブルに上がった鱒を取って食べるからであります。《聞く気のない者ほどの、始末に負えぬ聾者はなし》と。しかし、さらにお手上げなのは、《耳から耳へ抜けてしまう》相手であります。《法律は王たちの気の向くままに変わるもの》とか。しかし、王たちの代わりに、悪い大臣たち、と直すべきであります。《難路に遭遇したならば、人の尻にくっついて通り過ぎるべし[79]》しかし、そんなところを絶対に通ってはだめなのであります。先頭であれ一番後ろであれ同じこと。要は遠巻きに見てやり過ごすのがよいのであります。《君の隣人が髭を剃られているのを見たら、君の髭を水で湿して自分への警告とせよ[80]》しかし、そんなことをすれば、髭を剃られることにわざわざ協力してやっているようなもので、ひょっとしたら髪の毛まですっかり刈り取られてしまうかもしれないのであります。《吝嗇家のほうが、裸一貫の者よりは取り柄あり[81]》とか。ことごとく財産を失い、着る物まではぎ取られた者に比べれば、強欲な者ならまだ人に与えられる物があり、彼はこう繰り返し言うのです。《金持ちになりたいなら、きちんと保管すべし[82]》と。

ひとぉーつ。《召使とは避けて通れぬ敵なり[83]》などという格言は口にせぬよう命じるものであります。その代り、避けてばかりの敵、と言うようにしなければならないのであります。ひとつ失敗をやれば、百もの言い訳を用意して、主人の追及を避けてばかりいるというのが、その理由であります。息子たちも同じように呼ばれるようにすればいいのです。いわば《甘美な敵》とかいうやつで、幼少時には笑いを振りまいてくれるものの、成人すると親につらい涙を流させることになるからであります。《足と耳が大きいのは、獰猛な獣である証拠なり[84]》とか。しかし実際はそうではありません。取るに足らぬ人物こそ足が小さく、なんの落ち着きもなければ、寄って立つべき信念も持たないのであります。そして大きな耳は、何にでも耳を傾けてくれる君主がもつ宝物であります。

ひとぉーつ。《たとえ降誕祭が過ぎた後でも、心優しい人からの贈物は嬉しいもの[85]》なんていう格言にだれも納得してはなりません。あまりに鷹揚すぎるのは考えものだし、とくに復活祭あたりにはそうであります[86]。さらにまた、《沈黙は承認を表す》などと言ってはなりません。むしろ政治屋にとっては、沈黙は拒否の姿勢を表す近道であるし、人が自分の利益にかなったことを承認するときは、たった一回の《はい》の返事では満足せず、少なくとも五、六回は繰り返すからであります。《アラゴンでは、人に尽くしても報われること少なし》などと世間で言われたりするもの。ただしアラゴンの人たちは、いずれにしろこれを仕方がないことと受けとめているのであります[87]。また、《人材不足で、うちの亭主が村長に[88]》なんて言われたりすることも。しかし喜ぶのはまだ早い。実は前任者は札付きの愚昧な人物だったとすれば、その後任は前任者以下の人材ということでしかないからであります。《欠陥のないラバを欲しがる者は、ラバなしで済ませろ》。これはまったく馬鹿げた格言であります。その欠陥を失くしてやる方がもっと簡単ではありませんか。《早く与える者は二度与えるに等しい[89]》この格言は正しく理解されてはいないのであります。実は二度だけではなく、三度も四度も感謝されることになるからであります。なぜならば、すぐに再びねだられることになり、それでまた与えるという具合で、ケチな者が一回与えている間に、気前のいい者が四回も与えることになるからであります」

　こんな調子で、お触れ役人はこのほかにも、たくさんの格言を禁じる布令をつづけていったのだが、主人公のふたりの旅人たちも、その冗漫さにいいかげん辟易し、あとはこの問題に明るい人たちに検討を委ねることにした。さらにまた、知が支配する都の中心に一刻も早く到着できるよう、分別男がふたりを急がせていたからでもあった。さてその都では、ふたりは脳に活力を吹き込み、良識を鍛えることになる。どこで、またどのような形でそれが行われたかについては、次考に任せることにしたい。

第七考
無から生まれた娘と大広間の世界

世の賢者たちの意見では、人間は神の創造物のなかでももっとも優美で完成された形を有するとはいえ、真の完璧さを手に入れるためには、まだ多くの要素が欠けているとのことだ。たとえばある賢者は、人間の胸に小窓がないことを残念がり[1]、また別の賢者は人間の両手に目がないこと[2]、あるいは口に錠前がないこと、意志の力を繋ぎ止める綱がないことなどを悔やんでいる。しかし筆者に言わせれば、人間の頭のてっぺんに煙突が一本、いや人によっては二本ほど足りないのではないかと思う。なぜかといえば、慢心によってたえず脳から湧き上がってくる大量の湯気を、その煙突を通して排出できるのではないかと思うからだ。とくにこの現象は、老年期にもっとも頻繁に観察される。つらつら思うに、人生の各年代には何らかの欠点があり、なかには二つの欠点を抱える年代もあれば、老年期などのように百もの欠点を数えるものもある。幼年期は無知に支配され、青年期には人の意見に耳を貸さず、壮年期は仕事に明け暮れ、老年期には自惚れ屋となる。こうしてどの年代にあっても、思い上がりと自慢話で周囲を辟易させ、世間の評価を餌に虚栄心を太らせ、称賛を要求する。そこで、こうした不快な湯気を排出しようにも、口から吐き出すしかなく、それを耳にする者には大いに腹立たしい思いを与え、分別ある聞き手には大いなる笑いを催させることになる。

アンドレニオとクリティーロのふたりは、思慮分別の大切さをしっかり胸に叩き込まれ、いわば良識と気配りについての教えの洗礼を浴びたばかりであったが、そんなふたりが、美徳と廉潔の道を踏み外すことになろうとは、誰ひとり想像しなかっただろうし、とくにクリティーロに関しては信じ難いことであった。しかしながら、植物の中に青虫が入り込み、その実をむしばんだり、杉の木の幹に入り込んだ虫けらが、その木を食い尽くしてしまったりすることがある。まさにそれと同じように、高い教養をもつことがかえって、思い上がりの気持ちを生じさせ、知識の本来の輝きを失わせることになり、さらには良識の最も奥の部分に自惚れが生じ、名声を傷つけてしまうことが起こるのだ。

さて、ふたりの旅人は分別男に付き添われ、ローマへと向かい、あこがれのフェリシンダのもとへ近づいてゆくところであった。あの最高の知の宮殿で、彼らが気づかされた思慮分別のすばらしさを、ただ口を極めて褒め称えるばかりだった。体のすべての部位が、脳で出来上がったあの偉大な人物たち。そしてそれぞれの偉人からは、十人の人間にも行き渡るような生命力と、二十人の人間にも分け与えられるような滋養を引き出せることさえできるのではないか。彼らこそ、勇気と知力を備えて秩序の紊乱を抑え、諸王国の基礎を築くことになった真の意味の巨人たちであり、博識を自分のものとするための百の耳を持ち、実行のための百の手をもつ偉人達なのだ。さらには、五十年、六十年にわたる知識と経験を糧にして、偉大な人物をじっくり育てるという、あのあざやかな独特の手法。ふたりはあの場所で、一人の偉大な王が育まれる様子を学び、どのような経過をたどって皇帝カール五世の両腕、フェリペ二世の頭脳、フェリペ三世の心、さらにはフェリペ四世のカトリックへの熱烈な帰依が形成されていくのかを観察できた。こうして分別男は、道々ふたりに対して、思慮分別についての最後の教えを講じていたのである。

「いいですか、人間というものはですね」と彼は言った。「次の四つの方法のうちのどれかを実行することで、豊富な知識を得るようになります。一つ目は長生きすることによって、二つ目は多くの国を巡り歩くことによって、三つ目は多くの書物を繙《ひもと》くことによって。ただし、良書を選ぶことが大切です。これは案外やさしい方法ではありますがね。そして最後に、賢明で思慮分別ある友との会話によって。これこそ一番楽しいやり方です」

そして、思慮深い人間になるための最後の要件として、スペイン人特有の忍耐強さと、イタリア人特有の抜け目のなさを身につけるようにふたりに勧めた。そしてその中でも特に、人生においてとくに重要と思われる行動を取る際には、誤りを犯さないように十分注意するべきことをつけ加えた。その事こそ、人間の存在理由とその価値についての謎を解く鍵になるのだという。

「なぜかと言えばですね」と、彼はふたりに言った。「たとえば、ある人が歯とか爪を失くしたとしましょう。あるいはたとえ指一本であったにしても、あまり重要なことではありません。たやすく代役を立てることもできるし、うまく隠すことだってできるからです。しかし、たとえば腕一本失うとか、目が一つになるとか、脚に怪我を負うとなると、それはその人の全体像に悪影響を及ぼすことになります。要するに私が言いたいのは、一人の人間が小さな行動で過ちを犯すことは、そんなに大きな問題ではないし、たやすく隠すことだってできるということです。しかし人生のなかでも重要な意味をもつ行為とか、自分の全存在をかけた乾坤一擲の大勝負など、肝心な部分で過ちを犯すとなると、これはまさに大事《おおごと》になってしまいます。それこそ、名誉を汚し、名声を落とし、さらには人生をすっかり台無しにしてしまうことになりますからね」

彼らがこんな話をしながら歩みを進めていくと、街道の真ん中で、二人の勇猛な戦士が一戦を交えているのが目に入った。激しい言葉のやりとりだけでは済まず、お互いに体をぶつけ合い、相手に容赦ない攻撃を加えている。すると案内役の分別男はここで立ち止まった。そしてクリティーロたちに向かい、自分はこんな騒ぎに巻き込まれるつもりなどなく、難を避けるため静かな落ち着いた場所に引き返したいと言う。彼によればその場所こそ、思慮分別のある者が避難すべき隠れ家であるとのこと。しかしふたりは、分別男の体をしっかりと摑んで引き留め、喧嘩をしている二人の戦士をこのまま放置しないようにと懇願した。そして、こんな場合こそ、むしろ三人揃ってあの二人の戦士たちに急いで近づき、仲裁に入り、争いをやめさせるべきではないかとつけ加えた。

「そんなことはするべきではありません」と、彼はふたりに答えた。「仲裁なんかに入ると、いつもいちばん損をするのはこちらになりますからね」

しかしふたりは、そんな言葉には耳を貸さず、彼の体を摑み、争いの場に向かって引っ張って行った。きっと戦士たちはまともに相手の打撃を受け、致命的な怪我を負っているにちがいない。そう思ってふたりが近寄ってみると、両者の体からは一滴の血も流れておらず、髪の毛一本失っていないことが判った。

「この戦士たちは魔法をかけられているに違いありません」と、アンドレニオが言った。「きっとオッリロ[3]のような荒くれ者たちですよ。ちょうどあの才人アリオストが考えたのと同じように、この人たちは魔法の髪の毛を切り取られるか、――これは好機を捉えるために摑む、例のあの髪の毛と同じであるのがふつうですが――あるいは、生活の支えとなる足の裏を剣で貫かれない限り殺されることはありません。しかし、イタリアの優れた研究者たちには悪いのですが、この作家に関しては、今日に至るまでまだ十分に解明されていない点が多くあります」

「いやいや、この戦士たちはオッリロのような暴れ者でもなければ、魔法にかけられているわけでもありません」と、分別男が答えた。「どんな人物たちなのか、私にはだんだんと判ってきましたよ。お教えしますとね、こちらの人物は無感覚の人と呼ばれている者のうちの一人です。どんなことがあろうと、無傷で通し、どんな障害も平気の平左。大きな運命の逆境に陥っても、また自分自身の性格のせいでどれほど人を傷つけても、また悪意を持つ者にどれほど痛めつけられても、まったく意に介しません。たとえ世間全体が彼らを敵に回して陰謀をたくらんでも、彼らのそんな姿勢をやめさせることはできません。そんなことが原因で食欲を失くしたり、眠れなくなってしまうなんてこともありません。彼らが言うには、もともと痛みを感じない体質であって、さらには度量の大きさを表す証拠だとのことです」

「で、こちらの人は?」と、アンドレニオが尋ねた。「とても品があって、恰幅もいいのですが、やや太り気味で、体がむくんでいるような感じがしないでもありません」

「その人はですね」と彼は答えた。「別の部類の人間で、空想人間とか硬直人間などと呼ばれている人たちです。体に空気が詰まっているんですよ。ですから本当の意味で、がっちりした体に出来上がっていなくて、ただ中身もないくせに膨れ上がっているだけのことです。それが判るのは、外から傷をつけてやると、血が出る代わりに空気が出てくるからです[4]。つまり肉体が傷つけられることよりも、評判を失う方をもっと気にしているような人たちですよ」

しかしさらに驚いたことには、こうして通りがかった三人が二人の戦士に近づいていったのだが、そうかといって彼ら二人は愚かな争いをやめるわけではなく、さらに意固地になって喧嘩をつづけていったことだ。そこで我らがふたりの旅人は、分別男を横に置いたまま、争いをやめさせようと二人の戦士の間に割って入ったのである。すると、分別男はまさにその名にふさわしく、今こそ逃げ出す好機到来とばかりに、他人の争いごとを避け、好きなように戦わせたまま、自分だけは安全な場所に身を移したのだ。いつものことながら、思慮分別の人とか、最高の知恵者とされる者は、最も必要とされるときに限って、どこかに姿を消してしまうものである。クリティーロとアンドレニオは、やっとの思いで戦士たちの矛を収めさせることができた。そこで、いったい何が原因でそんな諍《いさか》いになったのかを問いただしたところ、なんとクリティーロとアンドレニオがそもそもの発端となっているとの答えだった。ふたりは大いに驚いたが、これではますます捨て置くわけにはいかない。

「我々のせいだなんて、いったいどういうことです？　あなた方は我々のことを知らないはずだし、我々だってあなた方のことなんか知りませんよ」

要するに、馬鹿者二人が喧嘩を始めるには、取るに足らぬ理由さえあれば充分ということなのだ。

「我々ふたりが戦っているのは、あなた方をそれぞれ自分の味方に引き込むためで、お互い正反対の目的地に連れて行きたいと思っているからですよ」

「そんな理由なら、どうか武器を鞘に収めていただいて、まずあなた方がどんな人たちで、どこへ我々を連れて行こうとなさっているのか、ぜひお教えいただきましょう。もちろん、どの道を選ぶかは私たちの選択に任せていただくということですが」

「小生はですね」と、第一番目の男は言った。「どうやら何でも一番になりたがっているような男だ。「命に限りある旅人達に不死の命を与えたく思い、この世の至高の場所へ案内しようとしている者です。名声を獲得し、光輝く存在となれる領域に連れてさしあげますよ」

「なるほど、それはすばらしい」と、クリティーロは言った。「私にはその道が合っていると思う」

「で、あなたは何をしてくれるのです？」と、アンドレニオはもう一人の男に尋ねた。

「僕はですね、人生のこの段階にあって、疲れ果てた旅人たちを、静寂と休息が支配する安らぎの地へと案内する者です」

アンドレニオは、休息とか足を伸ばしてのんびり過ごすとかいう言葉を耳にすると、すっかり喜んでしまい、すぐさまそちらの道をたどる方に心が傾いた。すると、ふたりの旅人の間に大きな溝が生じ、先ほどまでの戦士たちの争いが、こんどはこちらのふたりの間に飛び火することになり、さらには四人の間の激しい争いにまで発展することになった。

「ぼくはね、何の義務もない安楽な暮らしに自分の身を委ねたいと思います」とアンドレニオが言った。「もうそろそろ休養してもいい歳ですからね。今この世に登場してきたばかりの若者たちには、我々が必死で汗をかいて働いたのと同じように、やはり汗を流してもらいましょう。自らの努力と幸運の恵みによって、身を粉にして働き、財を成すという大きな夢を実現していただきたいものです。そして年寄りには、残り少ない人生を好きなことをして暮らし、のんびり休息し、安楽に身をまかせることを許していただこうじゃありませんか」

「それはとんでもないことだよ」と、クリティーロが応じた。「人は歳を重ねるほど、人間としてより完成していくものだ。だからその完成度が高まるほどに、人は名誉と名声をますます追い求めて行くべきだ。この地上の糧などを栄養にして生きていてはだめであって、天上からの糧で生きるべきだよ。ここまでくればもう若造や動物みたいな物質的で享楽的な生き方を捨て、老年にふさわしい天上の精神に裏付けられたより高い精神生活を営むべきだ。これまで、あれほどの苦労をして手に入れた輝かしい成果を、ゆっくり楽しむべきだし、さらに老年期に与えられる数々の栄誉を、これまでの人生で嘗めてきた苦難に対するご褒美とするのだよ」

こうしてふたりは、日がな一日こんな愚かな言い争いに没頭することになった。おまけに、それぞれに応援する者がつき、クリティーロには先ほどの《名声願望男》が、アンドレニオには《なまくら男》が助っ人として入ったものの、ふたりの意見の調整はつかなかった。いやむしろ、それぞれが自分の意見に固執するあまり、ほぼ決裂しかかっていたと言えるだろう。しかしアンドレニオは、いつもクリティーロには逆らってばかりいて、自分の意見を通そうとしているなどと言われるのが嫌だった。そこで、今回は折り合う姿勢を示し、自分の意見が正しいとは思うものの、あえてクリティーロの意見に従うことに同意したのである。さて夢想男が、こうして一同を案内することになり、なまくら男も後につづいた。[5] もちろん歩き始めた道は、この男にとって満足のゆくものではなかったが、ぜったいの確信をもつ自分の領域に、あとで案内できるかもしれないという期待をこめての同行であった。しばらく前へ進むと、彼らの前に切り立った山が堂々と聳え立つ姿が現れた。名声願望の自惚れ男は、その素晴らしさを表す言葉をつぎつぎと投げかけ、その偉大な姿を称えるのであった。

「ほら、みなさん、御覧なさい！」と言った。「なんと厳かで高貴で、尊いお姿だろう！」

「神々しい姿、とでも言いたいのじゃありませんか？」と、なまくら男は皮肉った。

山の正面には、異様な感じの建物が聳え立っている。それは建物全体が煙突ばかりでできていたからで、たった七本どころか、七百本もあり、[6] どの煙突からも、濃い煙がもくもく出ていて、高くそびえた煙突の先から空中に吐き出されたあと、風にあおられすべてがかき消されていく。

「ああやって長く漂って、世界に広がっていくわけだ」と、クリティーロは言った。

「なんとまあ、鬱陶しい建物なんだ」とアンドレニオは言った。「いったい誰があんな家に住めるのだろう。このぼくだったら、ものの十五分も辛抱できませんよ」

「あなたは何もお分かりになっていないようですな」と名声願望の威張り屋が言った。「あれはですね、高潔な人士たち、つまりみんなから尊敬され、称えられている人たちが住むところですよ」

さまざまな形をした煙突があり、たとえば幅が狭く、ほとんど目立たないフランス風のものがあると思えば、ただ空虚な空間ばかりが目立つ、大仰な感じのスペイン風のものもあった。こんな細部にいたるまで、両国民の生まれついての敵愾心が表れている。つまり、服装にしても、食事にしても歩き方や話し方、さらには気性や才覚にしても、とにかくすべてにおいて対照的なのだ。

「ここで、皆さんがご覧になっているのは、地球上でもっとも有名な城郭ですよ」と名声願望男が言った。

「この建物のいったいどこがです?」と、アンドレニオが応じた。

するとなまくら男が、横合いから口を挟む。

「そう、いちばん煤けている建物といったほうが、よっぽど正しいですよね。とにかく大量の煙が、芯まで滲み通ったような家ですからね」

「しかし、煙というものほど、中身のなさをうまく隠し、自分を大きく膨らませ、立派に見せるものは他にはないよ。だから、この世の中では、煙は何にもまして評価され、もっとも人に求められているんだよ[7]」

しかし、なまくら男はなおも食い下がる。

「何を言ってるんですか。煙なんてものは顔に煤をつけたり、目から涙をこぼさせたり、あの格言みたいに良識のある人を家から追い出したり[8]、ひどい時にはこの世から人を追い出してしまう。そのほかに煙の何が役に立っていると言うのです?」

「そんなのおかしな考え方だね。人は煙から逃げないばかりか、その後を追いかけていくね。なかには、わずかな煙の代価として、ティベル川の黄金は無理にしても、ジュネーブにある黄金をすべて提供する人だっているからね[9]。小生はかつて、たった一オンスの煙に銀一万ポンド以上の対価を払った人を見たことがある。話によれば、今日では何人かの君主の最高の宝物となっていて、インディアス全体ほどの値打ちがあるということだが、その煙を高級役人の俸給の支払いに役立て、さらには野心家の後継者たちをも十二分に満足させているとのことだ」

「なんですって? 煙で俸給を支払うだと? そんなことありえないでしょう?」と、なまくら男。

「ところが大ありだね。お役人たちはそれで給料をもらっているからね。君は聞いたことがないかね? スペイン人のはったりで、ローマがにぎわっているという話を。一人の紳士が、称号という煙ならぬ自惚れの種を手に入れ、その妻が伯爵夫人なり侯爵夫人なりの称号を与えられ、《閣下》なんて呼ばれることが、その人物にとってどんな意味をもつかお分かりですかね？　元帥になったとか、フランスの大貴族になったとか、スペインの大公爵やドイツの宮中伯になったとか、ポーランドの皇子であるとかいったことが、どれほどの自惚れを助長することになるのかお分かりですかね？　そんなお飾りを頭上にはためかせて虚栄心を満たすことを、彼らが有難がらないなどと思っているのですかね？　この自尊心という名の煙で、兵士は栄養を摂り、学問に秀でた人たちも同じくそれを糧とし、こうして誰もがその後を追いかけて行くのだよ。自分たちへの褒賞のためであれ、野望を満たすためであれ、とにかく自分は他の人間とは違うことを示したがるわけだ。そんな人にとって、自分が作り上げた地位を表すしるしが、どんな意味をもつものか、君は考えたことがあるのかね？　たとえば、樫の枝や芝草ででできたローマ時代の市民冠や壁冠[10]とか、ペルシア王の王冠とか、アフリカの国々のターバンとか、スペインの騎士修道会の修道服であるとか、イギリスのガーター騎士団の徽章であるとか、フランス軍の将校たちの白い懸章などがそのいい例だよ。とにかく赤色であろうと緑色であろうと、またさまざまな形で身を飾り、こうしてどこへ行っても、称賛を受けることで、虚栄心を少しは満足させるのさ」

一同が少しずつ山の高みに登って行くと、なにやら自分たちが人より偉くなり、大きな活力まで与えられたような気分にだんだんとなっていった。とそのとき、煙が満ちた建物の中から、大きな音が聞こえた。

「おまけに、今度はこれですか！」とアンドレニオが言った。「煙のお次は騒音ということですよね。まるで鍛冶屋にいるような具合じゃありませんか[11]。とすると、これであの三つの条件のうちの二つまで揃ったことになりますね。思慮分別のある者でも、たった一つだけで神経を逆なでされた気持ちになるというあの条件ですよ」

「実はこの騒音も」と、なまくら男が口を挟んだ。「世界中で頼りにされ、求められているもののひとつなんですよ」

「まさか騒音が喜ばれているということではないですよね？」と、アンドレニオが応じた。

「いや、喜ばれていますよ。というのは、ここではみんな騒々しい人ばかりで、世の中で騒音をたてて、活躍の中心にいることを自慢していますからね。そのため自分の存在を人々に知らせるために、大きな声で喋るのです。たとえば、世間で尊敬されている男性たち、評判の女性たち、そのほか音に聞こえた著名人などがそれです。こんな方法でないと、世間ではその人に何の関心も払ってくれません。馬だってもし鈴のように音のするものを付けていなければ、誰も振り返ってはくれませんよ。牛でさえ、そんな馬は無視します。いくら大人物であっても、もし鐘を叩かなければ、全く何の価値も認めてもらえません。いくら学問があっても、いくら勇敢な人であっても、音を出さなければ人にその存在を知ってもらうこともできず、称賛を受けることもなく、全く無価値な人間で終わってしまいます」

そのうち、人の叫び声がだんだんと勢いを増し、まるでバビロン[12]の都の劇場が底でも抜けたような騒ぎとなった。

「どうしたのでしょうかね?」と、クリティーロが尋ねた。「なにか大変な事件が起こったようですが」

「あれはどこかの大人物に歓呼の声をあげているところですよ」と、夢想男が言った。

「その方は、どなたでしょうかね。ひょっとしたら、有名な大学教授か、あるいは大勝利を収めた将軍かもしれませんよね」と、アンドレニオが言った。

「そんな大げさなものじゃありませんよ!」と、なまくら男が言って、大笑いした。「最近の世の中では、あまり大したことでもないのに、よく歓呼の声をあげるようになりました。あの騒ぎはおそらくどこかのお喋り屋が、つまらぬお決まりの冗談でも言ったのでしょうよ。あるいは何かの芝居のせりふを調子よく朗誦したからだと思います。あの程度のことで、世間じゃ有名になるんですからね」

「なんとまあ、ばかばかしい!」とふたりは声をそろえて言った。「なるほど、最近の歓呼の声なんてのは、そんな程度のものなんですね」

「要するに今の世の中では、偉業よりも冗談話の方がもっと褒めてもらえるのですよ。あちこちさまざまな地方からやって来る人たちが、持ってきてくれるものといったら、小話とか洒落とか冗談話ばかりで、それをここで語ってくれるだけのことです。碌でもない連中は、そんなことをして時間をつぶし、すっかり騙されてしまいます。じっくり考え抜かれた巧妙な軍事作戦よりも、陰険な仕かけの方がもっと世に知られ、もてはやされるのです。昔は真面目な教えを含んだ格言とか、君主や大貴族の名言が有難がられたものです。しかし今ではおどけ者の人間味に欠けるおふざけとか、宮廷の女官たちの冗談話がもてはやされるようになってしまいました」

そのとき、周囲の張りつめた空気の中で、戦いをつげるラッパの音が響きわたった。このラッパの音には、心を歓びで満たし、精神を高揚させる力がある。

「何が起こったのでしょう?」とアンドレニオが尋ねた。「あの澄んだ楽器の音は、いったい何を知らせてくれているのです? 周囲の空気を震わせ、功名心を掻き立てるような感じさえします。ひょっとして何か重要な戦争への召集を知らせているのか、あるいはどこかでかちとった戦いの勝利を祝っているのかもしれません」

「そうじゃないでしょう」となまくら男は答えた。「僕の経験からすると、何のためのラッパか分るような気がします。そこに大勢寝そべっている人たちのうちの、軍の隊長かどこかの指揮官が、酒でも所望したのだと思いますよ」

「何てことをおっしゃるんです」と、クリティーロはいらいらした気持ちをぶつけた。「おっしゃるのなら、たとえば何か不滅の戦功を挙げたとか、華々しい勝利を手にしたとか、敵を血祭りにあげるための召集ラッパであるとか、いろいろ言い方があるでしょう？　だれかが酒盛りで乾杯するためのラッパだなんてことを、おっしゃってはなりません。本来すばらしい戦功をあげるために使うべき神聖なラッパを、そんな下品な望みを満たすために利用するなんて、まったくはしたない不名誉な行為ですよ」

彼らが揃って建物のなかに入ろうとしたとき、いかにも人を圧倒するようなその建物の華やかなつくりに、アンドレニオの視線がふと吸い寄せられた。

「何を見ているんです？」と、夢想男が言った。

「いや、実は見ているというより、ちょっと考え事をしているんです」とアンドレニオは答えた。「たしかにこの建物は荘厳なつくりで、どんな有名な建築物にも匹敵するものです。堂々とした塔がたくさんあり、おまけに大空に高くそびえたっています。あの帝都サラゴサの塔など、まったく比較にならないほどです。ところがですね、それにしてはきちんとした土台を欠いているように見えます。いかにも頼りなさそうな基礎で、形だけを模したものに思えてきますよ」

これを聞くと、無為徒食男は、大きな声をたてて笑った。彼はあいかわらず一行のあとからついてきて、さまざま嫌味を並べている。そんな彼に親しみと信頼を抱いていたアンドレニオは、後ろを振り向いて尋ねた。城塞のようなその建物が誰のものであり、誰がその中に居住しているのか彼は知っているのだろうかと。

「ええ、知ってますよ。じつは知りすぎているほど、知っているんです」

「じゃあ、教えてください。あなたは自分には構わないで、のんびり放っておいてほしい人でしょうから、わざわざお尋ねするのもちょっと気が引けるのですが、いったい誰がこの建物に住んでいるのです？　人がたくさんいる様子も窺えませんが」

「これはですね、あの有名な女王である《両親を持たぬ娘》が所有している何もない空間です」

この返事には、全員すっかり驚いてしまった。

「娘であって両親がいないですって？　そいつは不可能でしょう？　まったく矛盾した話ですね。もし娘だとしたら、当然父と母がいるはずですよね。まさか空気から生まれてきたわけではないでしょう」

「いや、ところがそうなんですよ。はっきり申し上げますとね、父もいなければ母もいないんです」

「じゃあ誰の娘なんです？」

「誰の娘かですって？　無から生まれた娘ですよ。彼女は自分のことをすべての存在に相当するものと考え、そのすべてさえ彼女にとっては物足りなくて、すべてのものが自分のお蔭を蒙っているなんて思っているのです」

「この世の中に、そんな女がいるんですか？　できればそんなお方には、あまりお近づきにはなりたくないですね」

「そんなことで驚いてはいけません。彼女自身だって自分のことがよく分かっていないのですから。それに彼女によく接する人たちも、彼女のことがますます理解できなくなっています。おまけに彼らだって、自分が何者か分からないまま生きているくせに、みんなに彼らのことを知ってほしいと願っているのです。嘘だと思ったら、別の男に何をそんなに自惚れているのか尋ねてみるといいですよ。でも塵の中から這い上がってきたりとか、貧しい家に生まれてきたような男ではなくて、一番の自惚れ屋で、お上品な家の生まれだなどと言っている男に尋ねてみることです。とにかく、そのあたりにいる人みんなに尋ねることですね。どうせみんな、泥土から生まれた息子で、無の孫であり、虫けらどもの兄弟で、腐敗と縁組している連中です。彼らはたとえ今日は花であっても、明日には糞となり、昨日は光輝くものであったのが、今日は影となり、ここで姿を見せたかと思うと、あちらの方へ姿を消してゆくのですから」

「ということであれば」とアンドレニオは言った。「その虚栄心の強い女王は、思い上がりの激しい、〈尊大さま〉その人であるか、あるいはそうなりたいと思っている人ですね」

「まさにその通り、彼女自身は無から生じた娘でありながら、いっぱしの重要人物であると思い込み、まるで重みのある存在か、すべてを包含するような存在であるかのような、気取りまで見せます。ほら、ご覧になって分かりませんか？　この建物へ入ってくる者はみんな、まったく中身が空っぽで、体を硬直させた状態で入ってくるのが分るでしょう？　とくにこれといった動機もなく、なぜだか分からないままで入ってくるのですよ。いやむしろ、頭にいろいろ混乱をきたす原因を抱えたままやってくるというべきでしょう。だからもし、彼らが他人の言葉にゆっくり耳を傾けたなら、きっと恥じ入って地面の奥深く姿を隠してしまうにちがいありません。僕は日頃からよく考えてみるのですが、ほとんどの場合、《何とか風を吹かす》なんて言うあの自惚れの風は、本来出て行くべき隙間から入ってきてしまうのです。そして本来恥ずかしく思うべきことを、多くの者が自惚れたりするのですよ。しかしとりあえず、まずは笑いを我慢しながら進んでいくことにしましょう。もっと笑うにふさわしい場所に出くわすことになるはずですから」

彼らは建物の中に入り、周囲全体を見渡してみたが、とくに見るべきものは何もなかった。広大な空間のなかには、どこを見ても建物の上部を支えるべき強靭な支柱もなく、ふつう他の宮殿ならあるはずの、王のサロンも豪華に空間を飾るべき金箔の広間もなかった。その代り、そこにあったのは、屋根裏部屋のようなだだっ広い大部屋ばかりで、部屋の中はまったくのがらんどうで、ただ天井が高いことだけが取り柄だった。そんな部屋からはまったくなんの意味も感じ取れず、ただ横柄さだけが詰め込まれたような空間だった。名声願望男は、一同を引連れて、第一番目の部屋へ案内した。部屋といっても大きな穴のようなだだっ広いだけの空間に過ぎない。するとすぐに、とある人物が彼らに近づいてきて、こう言った。

「さあ、みなさん、わたくしの父方の高祖父であるクラロス侯爵殿[13]が結婚し……」

「すみませんが、ちょっとお待ちください」と、クリティーロが言った。「光明《クラロス》侯爵ならぬ、暗闇《オスクロ》侯爵にならないよう、ご注意くださいね。家系の始まりほど不明瞭《オスクロ》なものはありませんからね。そのことについては、アルチャートがプロテウスを描いたエンブレムの中で、各家柄の起源なんてまったく闇につつまれたままだということを述べています[14]」

「私の場合だと、ドン・ペラヨ[15]の直系の子孫だと証明できるはずです」

「なるほど、それは本当かもしれませんね」とアンドレニオは言った。「高貴なお生まれの方というのは、髪の薄い《ペラド》方だと、だいたいペラヨの家系ですし、禿げ頭《カルボ》だと、ライン・カルボの流れで、ちゃんと髭を剃っている方なら、ヌーニョ・ラスーラの家系だと判りますからね[16]」

そこにはもう一人ふざけた男がいて、この六百年の間自分の家系には、《男子》が絶えたことがないなどと、わざわざ《オス》などという下品な言葉を避けて、気取って言う。アンドレニオはこれには呵々大笑して、こう言った。

「あなたねえ、どこの悪党だってちゃんと男の親がいますよ。もしそうじゃないとおっしゃるなら、どうです、ひょっとして荷物の運び屋は、男性の子孫ではなくて、妖精か何かの子孫ということにでもなるのですかね？　アダムの時代から、今まで我々はみんな男性から男性へとつないできたわけで、亡霊から亡霊へつないできたわけではありませんよ」

「あたくしはですね」と、ひとりの見栄っ張りの女が言った。「これは広く世間に知っていただきたいことですが、あたくしは自分がお仕えしたトーダ王女様の子孫であることに間違いございませんの[17]」

「南瓜《カラバサ》奥様、そんなことおっしゃっても、ちっともあなたのためになりませんよ。とくにあなたが仕えた方が《無《ナーダ》》とかいう王女様ということでしたらね[18]」

多くの者が、自分の家系を自慢していたが、どうせ《カケー》なんて、つましい家庭の家計のやりくりの話だろうと思って、だれひとりあえてそれに異を唱える者はいなかった。このほか、一風変わった思い込みをしている男もいて、自分はヘラクレス・ピナリオを起源とする家系であると主張し、それに比べればエル・シッドとかベルナルド・デ・カルピオ[19]なんてつい昨日の人物たちにすぎないなどと言う。ところが、その申し立てに腹を立て、好奇心を刺激された人たちが詳しく調査をしたところ、その男はカクスとその妻の《何とか様》の子孫であるにすぎないことが判明した[20]。

「あたしのご先祖さまは、そんじょそこらの田舎貴族なんかじゃございませんの」と、いかにも生意気そうな女が言った。「ゴート族に近い、もっと立派な家系でございます[21]」

するとこんな答えが返ってきた。

「それにひょっとしたら、思い上がった家系かもね」

「これはまた、やけに広い部屋ですね！」とクリティーロは言った。「どんな名前で呼ばれているのです？」

答えが返ってきて、《空気の部屋》とのことだった。

「なるほどね。この世の空間に漂っているものは、空気のほかにはありませんからね」

「これこそ王国で最高の品質の空気ですよ」

「品質ということなら、葡萄酒にたとえれば、白でも赤でもなく、マスカット酒だということですね[22]」

彼らはそこで、次に一人の重要人物に出会った。ちょうど系統樹の大きな木を自分で勝手に創作しているところだった。こうなると、葡萄の品種改良など子供だましの話になってしまう。なぜって、あちらこちらの枝を勝手気儘に取ってきては接ぎ木にしているからだ。しかしそのあと枝を張らせてみても、こんどは枯葉ばかりになってしまい、なんの果実も残らなかった。

「もう諦めた方がいいね」と、名声願望の自惚れ男が言った。「どう頑張ってみたところで、世界中でエンリケス家より立派な家柄はないからね[23]」

「たしかに立派な家柄だがね」と、無為徒食男が応じた。「でも、僕はマンリケ家の方を推すね[24]」

「なるほど、はるかに財産が多いからね」

とくに彼らを驚かせたのは、家々の戸口には一応大きな紋章を掲げているのにもかかわらず、実は家のなかには一文の金もないことだった。そんなことから、ある人物の言葉を借りれば、王家以外の由緒正しい血統など存在せず、結局彼らが当てにするのは、ただお金のみになってしまうのだ。さて、紋章はといえば、人を滑稽な想像に誘うものがいくつかあり、たとえば樹木をあしらったものを見ると、独活《うど》の大木みたいな役立たずを思い起こし、猛獣を描いたものを見ると、のろまな家畜を連想し、さらには例のよくある空中の楼閣が描かれた紋章を見ると、混乱しきったバビロンの都を思ってしまうのだ。きっとそんな家では、鋳鉄製の一文銭が宝物ほどの価値をもっているのだ。それにビスカヤ人の家系だと名乗っているそうだが、さもありなんと思われる[25]。もっともガリシア颪《おろし》みたいに冷たく[26]、陰険で、口の悪い性格であることには、間違いない。

「あなた方は気になりませんかね？」と、なまくら男が言った。「ほら、みんな競って自分の名字のあとに、尻尾みたいに別の名前をつけ加えるじゃありませんか。《ゴンサレス・デ・なになに》、《ロドリゲス・デ・なんとか》、《ペレス・デ・どこどこ》、《フェルナンデス・デ・どこどこ》というあれですよ。

みんなが居るこの場所の名前をだれも後ろにつけたがらないとは変な話ですよね」[27]

だれもが世に広く知られた名家の血筋に割込もうとして、ある者は手練手管の限りを尽くし、またある者は金で攻勢をかけるのだ。なかには自分が金持ちの貴族の家系の流れを汲むなどと、自慢したりする者もいるが、確かにその通りで、実はまずはそれより以前に、バルコニーや窓を伝って、その家に上がり込んだ実績があるからだ。[28]

「私の血はどうやってみても、赤くはならないのだがね」[29]とある貴紳が言う。

それに答えて、ある男が言うには、

「なるほど、若い女性の肌の色にさえなれませんよね」[30]

「つまり、王家みたいに財をなした家系が一番だということですね」と、アンドレニオは結論づけた。「それにスペイン銀貨で貯めこんであるのなら、なお素晴らしいじゃないですか」[31]

「この最初の大部屋を見ただけで、私はもう疲れ果てましたよ」とクリティーロが言った。

「いやいや、まだほかの部屋をたくさん見て回らないといけません。たとえば次のこの部屋みたいに、もっと厄介な部屋ばかりではありますがね」

さて次に入ったのは、儀式用の椅子、天蓋、玉座、安楽椅子、それに小窓までつけて、これ見よがしに飾り立てた大部屋であった。

「皆さんがこの部屋に入るときにはですね」と、名声願望の自惚れ男はここまで来ると妙に取り澄ました態度で彼らに言った。「丁重に振舞い、きちんとお辞儀をしなければなりません。何歩か前へ進んだら頭を下げ、さらにまた数歩前へ行ったらまたお辞儀をひとつという具合です。ということで、たえず礼儀を守り、誰かと言葉を交わせば、おべっかの一つも言わねばなりません。たとえば、几帳面で威厳のある振舞いで儀礼王《セレモニオソ》と呼ばれた、あのアラゴン王ペドロ四世に拝謁するときのように行動するのです。この大部屋では、ごく普通の人がまるで神さまみたいに真面目な顔をしているところや、全く無感覚な立像みたいな人間が、みんなから崇められている場面に出くわすことになりますからね」

彼らがある家の客間を覗くと、一人の女が何の権利も根拠もないまま、召使たちを跪《ひざまず》かせて、横柄な感じで身の周りの世話をさせているのが目に入った。ところが、事がなかなかうまくはかどらない。それは従者が必死になって手足を動かして、さらには体全体を使って女主人の世話をしようとするのだが、気が動転しているのか何をやってもうまくいかないのだ。体をひねり、膝を折ったまま、こんな中途半端な動き方をしていては、行き届いた世話などできるはずがない。どうせ陶器やガラスの食器をすべて破損させてしまうことになるだけではないか。この様子を見てクリティーロが言った。

「こうして客間で跪かされていたら、ひょっとしたら台所でも同じことをさせられているのかも。他人事ながら心配になりますよね」

まさに事実はその通りとなった。自分が人から崇められているとの妄想は、最後には他人に屈辱を強いる結果となり、自分の身分の高さへの自惚れが、かえって貧困な精神性を露呈させることになる。さらに彼ら一行にとって、興味深く、また滑稽にさえ思えたのは、家庭内の争いごとが絶えない三家族の様子を見たときだった。それは、それぞれの家でたった一つの貴族の称号を巡って、全員が《尊台》に相当する呼び名を自分のものにしようとしての紛争だった。女たちの中には、自分は貴族の称号保有者の叔母であることを主張する者もあれば、義理の姉妹であることを訴える者もあり、息子たちは、称号の相続人であることを理由に、また娘たちはすでに一人前の大人であることを理由に、その呼び名を自分のものとすることを訴えていたのである。そんなわけで、やれ親だ息子だ、やれ伯父だ伯母だ、やれ義理の兄弟たちだと口ぐちに主張することで、称号を志願する者が百人以上にも膨れ上がっていく。すると、こんな事情に十分通じていたある女性は、あの《尊台》の呼び名のまわりに、まるでムカデみたいに百の足がまとわりついているようだと、嫌味たっぷりに皮肉った。この人たちの空虚で思い上がった議論を耳にするのは、まさに噴飯ものであった。そしていやに気取った様子で、彼らはこんな話まで始める始末。それは、ある大領主さまが医者たちを集めて、うなじで喋る方法はないかと研究させたというのだ。口で喋るなんてことはごくありふれた俗っぽいことだから、うなじで喋ることができれば、どうやら凡俗との格の違いを見せつけられるということらしい。

さて、この大部屋のなかでは、全員がまるで計ったような正確さで儀礼を実践していた。その姿勢がもっとほかの面でも示されていたら、きっと素晴らしかったことだろうに。部屋から出入りするときは、前もってきちんと歩数を頭に入れている。悪徳にふける者たちも、これと同じようにきちんと規則に合わせて自分を律していてくれたのならいいのだが。彼らは儀礼にきちんと従うことだけに全神経を集中させている。その姿勢が日常の生活にも見られたら、どんなにすばらしいことだろう。彼らの学問のすべては、もっぱらこの点に関してのみ形而上的思考をめぐらせることにあるのだ。つまり、誰に席を勧めるべきか、そして誰に勧めなければならないのか、勧めるとしたら、どの場所でどちら側にある席がよいのか、と思考をめぐらせるのである。もし、こんなことをしなくても済むなら、きっと多くの者はどちらが右手でどちらが左手なのかさえ分からないはずだ。ひとりの男が、一日中突っ立ったままでいて、疲れ果てているはずなのに、片意地を張ってそのままの姿勢を崩さない。そんないかにも腹立たしい情景を見ると、アンドレニオは吹きだしたくなった。

「なぜこの人は座らないのです?」と尋ねた。「いつも楽にしていたい人のはずですが」

するとこんな答えが返ってきた。

「それはですね、他人にその席を取らせないためですよ」

「そんな身勝手なことってありますか? つまり自分の目の前の空いた席には、誰にも座ってほしくないから、他の人の前に立ちはだかって座らせず、自分も立ったままでいるというわけですか?」

「でもそれは周りの者には、かえって好都合ですよ。実は抜け目のない連中がお互いに取り決めをして、彼に一泡吹かせることにしているのですから。つまり、その作戦とは、彼の前に交代で入れ替わり立ち替わり姿をみせて、自分たちが半時間以上は立ちん坊にならないようにしながら、当の男を一日中立ったままの状態にしておくのです」

「ところで、あちらの人は、なぜ帽子を被らないのです? 身も凍るほどの寒さなのに」

「それはですね、あの人の前で、他の人に帽子を被らせないためです[32]」

「そんなのまったく馬鹿げてますよ。なぜって、あの人は体がとても弱いはずですから、一日中帽子も被らずにいたら風邪でも引きかねません。そうやって自分を偉く見せようとしていると、きっと洟垂れ小僧みたいになってしまいますよ」

また人によっては、いかにも座りたい素振りをみせる者がいると、それを見かねて、たまには席を勧めてくれることもある。しかし、もしそんな気持ちを他人に見破られたくない者がいて、こっそり椅子に座ろうと近づいたりすると、小姓が後ろからやって来て、そんな椅子に近づいてはなりませぬとでも言いたげに、その人物を引きとどめる。しかし多くの場合、これこそまさに小姓の的を得た行動なのだ。それはどうせ座ったところで、ご婦人がたの過剰な化粧の匂いだとか、なにかの持病特有の悪臭をその人物に嗅がせることになるだけのことだからだ[33]。また、他者への尊称に関していえば、人を逸らさぬつきあいを大切にするあまり、毎朝腹立たしい思いで朝食をとらねばならない羽目に陥ってしまう者もいる。というのは、お調子者がいて、一日中お屋敷からお屋敷へと巡り歩き、客間まで上がり込んで、尊台やら閣下などの尊称を省略して主人をすっかり驚かせてしまうからだ。そんな事情もあって、ある高貴な身分のお方がいみじくもおっしゃるには、尊台や閣下の呼び名を濫用すべからずとのお達しが、かえって成り上がり者の無作法さを助長させる結果となっているとのこと[34]。そんな例とは反対に、ある男など必要があって高貴な人物に会見するときには、屑綿入れの大きな袋をいつも携えていくらしい。なぜそんなものを用意するのかと訊かれると、こう答えたという。

「この袋の中にはですね、お世辞だのおべっかだの、他人行儀な言葉が、いっぱいぼろ切れか麦わらみたいに詰め込んであって、相手のお望みに従って、好きなだけ取り出せるようにしてあります。そんな言葉を引き出すことなど、私には何の手間もかかりません。でも、すごい効き目がありますよ。とくに役に立ってくれるのが、私が何かの商売で頼み事があったり、何かを手に入れたいときです。この袋の中から馬鹿丁寧な言葉を引っ張り出してきて、最後には空っぽにしてしまい、その代わりに頂戴した利益で袋をいっぱいにいたします」

　しかし、これに加えてクリティーロが、いかにも気取り屋の見目麗しい女性を目にしたときには、もはや笑いを通り越して、苛立たしい思いが募ってくるばかりで、彼は思わず、《おお、デモクリトスよ、あなたはどこにいるのです？》と叫んでしまったのである。[35] それは、この場所にいる男たちが、虚栄心の強い連中ばかりだったとすると、女たちはそれに輪をかけた自惚れ屋ばかりで、いつも極端な振舞いに及んでいたからだ。《どんな悪であれ、女性の悪の深さに比べれば、とるに足りない[36]》と、かの賢者は述べている。しかし《悪の深さ》だけでなく、《思い上がり》も付け加えることができよう。たった一人の女が男の十倍もの自惚れ心をもっているからだ。ここの男たちは、虚栄の空気をたっぷり吸いこんだカメレオンであることは間違いのない事実だが、女たちもそれに負けず劣らず、自惚れの煙をたっぷり吸いこんだピラウスタなのだ。[37] こんな女性たちは、空気をいっぱい吸いこんだ座布団を綿くずの玉座に敷き、その上に座ってふんぞり返っている。空っぽで何の中身もないままに、ふいごみたいにぱたぱたと扇子を動かせ、風ならぬ自惚れ心を自分に送り込む。そして空気を胸いっぱい吸い込み虚栄心を膨らませる。それなしでは生きてゆけないからだ。歩くときには、コルク製の靴[38]をはき、寝床では、空気や羽でふくらませた敷布団の上で寝る。食事を摂るときには、空気がいっぱい詰まったスポンジケーキを食べ、衣裳を身につけるときは、レース飾りを風にひらひらさせ、煙みたいにふわふわしたショールを肩にかけ、こうしてすべてが空っぽで、中身に欠け、自惚れだけが心に残る。こんな女たちは地位が上がるほど、ますます慎みに欠ける服装を身につける。そして男たちに言い寄られ、ちやほやされる。彼らは自惚れ女たちへの献身ぶりから、愛に仕える者とか呼ばれるが、実はりりしさのかけらもない男ばかりだ。この種の女がつきあうのは、ただ自分と同じ水準の女に限られるのである。

「あたしのいとこの公爵夫人ったらね、それにあたしの姪の侯爵夫人がね……」

「王女様でもないあなたに、こんな話をしてあげたって無駄ね」

「公爵様ご愛用のカップを持ってきてちょうだい。提督様用のアニス酒もね」

「王室や大貴族さまの侍医に往診に来させてちょうだい」（これはいくら藪医者でも構わない）

「王様が飲んでおられるのと同じシロップ剤をあたしにも処方してちょうだい」（効き目があろうとなかろうと、王様のと

同じならそれで十分）

「王女様つきの仕立屋をあたしのところへ呼んでちょうだい」といった調子だ。

彼ら一行はここではもう我慢の限界に達したということで、次の学術の大部屋に移った。まさにこの分野こそ、人を自惚れに導く強い力をもつ[39]。そして数ある狂気のなかで、知識を得ることがもたらす狂気ほど悲惨なものはない。また知識から生じる愚かさほどひどい愚かさはほかにない。彼らはこの部屋までくると、自惚れの強い、虫けら同様の奇怪な連中にいろいろ出会うことになった。つまり世間では、分別があると思われている者たち、たとえば胃のことだけはやけに詳しい男、在野の似非学者たち、奇想主義者たち、物知りぶった女たち、似非法学者たち、衒学者などなど、いっぱしの学者を装う人たちであった。しかし、自惚れ屋である点において、こうした人たちをはるかに凌ぐのが、純文法学者たちであった。この人たちは呆れるほどの自信家ぞろいで、そのうちの一人が言うには、自分が独自の文体を駆使し、Mの字を使うだけで、人々の名を不滅のものとすることができる[40]、とのことだった。そして、自分は名声を高らかに世に知らせるラッパの役割を担う人間であるとも言っていたが、実は他の者はみんな、この男のことを《世界一のかしまし男》などと呼んでいたのである。

「まあ、こうした似非知識人ときたら」と、クリティーロは考えを述べた。「できそこないの本を出したりしたときなど、恥も外聞もなく人が集まる所へわざわざやって来て、大満足でその本について喋ったりするものだ。こうなったら、アリストテレスの形而上学も、セネカの深遠な思想もお気の毒なものだね。それに大胆不敵なへっぽこ詩人たちにも困ったものだ。ウェルギリウスには信頼をおかず、不朽の名作『アエネイス』[41]にまで焚書を命じたりするんだからね。あの才気煥発のボッカリーニ[42]は、そんな懸念を彼の著作の前書きで述べている。それに、占星術師がたった六頁のなかに六千もの出鱈目を書き連ね、まるでトスタド師[43]の最高の著作であるかのごとく、とくとくと解説を施している怪しげな予言なども、まことに読むに堪えない代物だね」

ここで彼らは、なんとか風を吹かす人、つまり風を使うナルキッソスみたいな自己陶酔者を見つけたのだが、これはとても新鮮な驚きだった。なぜなら、池の水を鏡に使うナルキッソスなら、あまり見栄えのするものではなかったし、すでに見飽きるほど見てきたからだ。この連中は自分の意見になんとまあ、まことしやかな注釈をほどこすことだろうか。そしてほとんどの場合、出鱈目話に過ぎないのだ。

「私の話は何か大事な点を押さえているのかもね」と、眉のあたりにわざとらしく皺を寄せて言う。「どうだね、なかなかいいことを言っているとは、君たち思わないかね？」

自分の言葉に酔うこんなタイプの男が、王様に対する嘆願書を作製するときには、まだ秘書にもなっていない筆耕人に書き取らせて、こう言ったりする。

「まず、こう書きたまえ。わが君へ、と」

そして相手がこの一言だけ書き終えるのを待って、こう言う。

「さあ、読んでみたまえ」

そこで筆耕人が《わが君へ》と読むと、男はよだれを流してこう叫ぶ。

「《わが君へ》か、なかなかいける文章じゃないか！　すごい、ほんとにすごいよ、これは！」

この類の連中は世の中に多くいて、まるで口から宝石でも吐き出してでもいるつもりなのだが、これなど鼻からハンカチに出した汚物を眺めている例の輩どもよりもっとたちが悪い(45)。こうして一言なにか言うたびに、一息ついて拍手を求める。そしてもし聞き手が煩がったり、冷たくあしらって、拍手をしてくれなければ、彼ら自身が聞き手の不注意を指摘するのだ。

「どう思われましたか？　言い方が良くなかったのでしょうかね？」

しかし、もっと手の施しようのないのが、一部の説教師たちで、人より一段高い場所を占めたうえで、こうぶち上げる。

「まさにこれこそ思考する作業そのものなのであります！　ここです、ここです、まさにこの部分です。ここで賢明なる聴衆のみなさんには、さあ立って、立って聴いていただきましょう！」しかし話があまり真面目に受け取られなくなると同時に、その主張の根拠もますます怪しくなってゆく。

さらには、こんなことを言う説教師まで出てくる始末。

「セネカはかく語ってはおります。しかし、小生はもっと重要な点を指摘したいのであります」

「こりゃひどいお馬鹿さんだね」とアンドレニオが嘆いた。

「こんな出鱈目しか喋れないなんて！」

「そんな奴は好きにさせておくことだよ。そいつはアンダルシア人なんだからね」と、別の男が言った。「お喋りの許可証はちゃんと手に入れてるんだよ(46)」

「賢者たちがこの問題をかえって分かりづらくしているのでありますと、説教師はつづけた。「このわたくしがその解決策を提示してさしあげましょう。さあ、これからどんどんその答えを出して参りますよ」

「思慮分別の名にかけても、これは捨て置けませんね」とクリティーロが言った。「この人たちはみんな自分が分別を備えた人間だと勘違いしています。かの偉大な君主は、こんな演説を聞いてこうおっしゃったそうですよ。《もっと良識のある説教師を、ここへ連れてくるべし》ってね」

クリティーロは別の説教師の同じような話を聞くと、《空気の詰まった揚げ菓子》という渾名を付けることにした。

「残念ながら」と、彼は言った。「説教師を抜け目なく観察し、その感想をすぐに伝えてくれるような人がそばに居てくれないのだよ。口を歪めたり、目くばせしたり、唇を突きだしたりして、弁士がサラマンカの学士さまみたいな男であることを[47]、身振り手振りでこっそり教えてくれるようなそんな人が必要なんです。ところが、あの頼りになるモモス[48]はどこかへすっかり姿を隠してしまい、その代りに〈称賛どの〉が、あの単純な〈おべっかさま〉と一緒になって、愚か者のように頭をふりふり歩き回り、目を引く存在として登場してきています。また美人の〈おべっかさま〉にとっては、あのアプレイウス[49]の作品と同じ家畜を手なずけることなど、造作もないことです」

「みなさん」とアンドレニオが言った。「偉人たちが、自分がこの世に生まれたことを自慢してみたり、博学の士が世に名を知られたいと思ってみたりしても、それはまあ我慢できるとしましょう。しかし、役立たずの能無し男が、自分がいっぱしの人間か、あるいはそれ以上の逸材であるかのごとく振舞ったり、凡才が自分のことを何でもできる人間だと勘違いしてみたり、粗野な人が節度を越えて幅を利かせてみたり、さもしい根性をした者がのさばってみたり、身を隠しているべき者が人前にしゃしゃり出てきたり、口を閉ざしているべき者が不敬な言葉を吐いたりする、そんな様子を見せつけられたら、どうしておとなしく我慢などしておられましょうか」

「ということなら、ぐっと我慢していただき、他人にもその忍耐力を貸してお上げになるよりほかに仕方ありませんな」と、名声願望の自惚れ男が言った。「ここには自惚れ心をもっていない男はいないし、帽子に羽飾りをつけていない女もいませんよ。それに馬上槍試合で兜につけるような十二尺もある羽をつけた男も多くいます。それに、駝鳥みたいに高慢ちきな奴らは、一番大きな羽をばたつかせて、それは生まれつき身についているものだなんて言いますからね。それに注目すべきは、その立っていた羽がだんだん横に落ちてくると、それをうしろに垂らして、頭頂にあったはずの羽をまるで尻尾みたいにして飾るのですよ[50]。ほら、見てごらんなさい。背丈のない連中はみんな揃って、つま先立って歩いているでしょう？　あれは人に見てもらいたいからです。つまり高い踵をつけた靴をはいて、わざと大きな音を立てたり、あるいは自分の姿が人の目に止まりやすいようにしているのです。あの連中はいっぱしの男になったつもりで、首を伸ばして横柄な態度を示し、人から認められたいと思っています。また別の連中は、いかにも勿体ぶった態度を見せて、他人のおべっかで胸を膨らませ、すっかり自惚れが昂じて、いい気になっているのです。こちらの人たちはとても目立って見えて、立派な押し出しをしていることで得意になっています。なぜかといえば、一般に憔悴しきった人は、何の取り柄もなく、中身のない人間だなんて言われたりしているからです」

「立派な体をしていることは、本当に大切なんですよ！」と彼らのうちの一人が言った。「そのほうが威厳を感じさせますからね。単に民衆に対してだけでなく、政治家に対してもそうですよ。でもほとんどの人はごく薄っぺらな感じしかしません。

だから立派な体が精神面での多くの欠点を補ってくれるのです。太った体をしている人は、威厳のある人間に見せることにほぼ成功しているといえるし、体が大きいことや、いかにも立派な名前をもつことは、それだけで中身がたいそう立派な人間であるような印象を与えます。見映えが仰々しいものは、大きな反響を呼び起こし、よそ目に大きく見えるものは、いかにも立派に思えるものですからね」

「おれ様が居なかったら、世間は困るだろうな」と、背嚢を担いだ兵士が通りがかりに言ったが、スペイン人ではなかった。しかし、しはらくするとスペイン人が通りかかり、こう言った。

「おれ達は命令を下すために生まれてきた人間なんだ」ひとりの素行の悪い貧乏学生も通りかかったが、手を胸に当ててこう言った。

「立派なトレドの大司教様も、このおれが通う大学で育てられたわけだ。まさに国の父と言ってもいいお方だよ」

「わたしは立派な医者になるつもりです」と別の男が言った。

「わたしはよい体型をしていますし、誰にも負けぬほどの話上手ですから」

イタリアでは、スペインの兵士たちが彼の地へ渡った後、ドン・ディエゴとかドン・アロンソと名乗る者が少なからずいた。[51]そこで、イタリア人は言った。

「シニョーリ、スペインではだれが羊の番をするのです?[52]」

「それは心配ありません!」とある男が答えた。「スペインでは他の国みたいに家畜はいないし、身分の低い人もいませんからね」

そのとき、ある人物に祝意を伝えるために人々が集まって来ていた。ところが、その人物はまったく貧相な男で、取るに足らない恩賞を与えられたことへのお祝いであった。彼は胸をぽんぽん叩きながら、こう答えた。

「この意気さえあれば、なんでも可能なんだよ」

次には、大きな妄想にでもかられているような、別の男が現れて、頬を膨らませて、相手に息を吹きかけるようにして喋っている。[53]

「きっとこの男は」とアンドレニオが言った。「自惚れでのぼせ上った空気を頭の中に収めきれないから、口から息を漏らしているんですよね」

このとき、また別の男が手に大きな薪の燃えさしを持って、通り過ぎた。その男からも薪からも、両方から煙が出ている。[54]

「これは誰です?」と彼らは尋ねた。

するとこんな答えが返ってきた。

「これはあの有名なアルテミスの神殿[55]に放火した男です。その唯一の動機が、世界中で自分のことが話題になるためだったことは明らかです」

「まったくの愚か者だ!」とクリティーロが言った。「みんながその後で寄ってたかって女神アルテミスの像を破壊することになることも、自分が忌まわしい評価を受けることになることにも、思い及ばなかったわけだ」

「もちろんそんなことなど、考えもしなかったのです。ただ彼が願ったことは、世間で自分のことが話題になることだけでした。それがいいことだろうが悪いことだろうが、どちらでもよかったのですよ。考えてみればいったいどれだけの人が同じようなことをやったことでしょうか。自分たちのことを話題にしてもらいたい一心で、自分の名誉を汚し、汚辱にまみれることなど一切構わず、町や国全体を焼き尽したのです。いったいどれほどの数の人間が、見栄という誤った理想のために、自分の命を犠牲にしたことでしょうか。彼らはカリブの蛮族よりひどいですよ。敵と衝突したり、襲撃したりして、自分の身を危険にさらすのですが、ただ瓦版を賑わせたり、赤新聞に話題を提供したいだけにすぎません」

「なんとまあ、迷惑千万な騒ぎを起こすのでしょうかね」とクリティーロが言った。「そんなもの、私にいわせれば大馬鹿者の仕業でしかありません」

彼ら一行は、こうした異常な空想が支配する大部屋をつぎつぎに巡り歩き、架空の空間をすべて見まわってみても、とくにこれ以上驚くことはなかった。こうして全世界を隅々まで巡り歩くことになった。初めに見た国はイギリスであった。ここでは身体の優美さと心の醜さがお互い好対照をみせ、自惚れのみならず極悪非道の行いまでが、他国をはるかに凌駕する国であった。[56] もうここまでくれば、もはや家系の古さを鼻に掛ける馬鹿な連中にも、高い位を占め驕り高ぶった権力者にも、思い上がった賢者たちにも、我慢のならない女たちにもとくに驚かされることはなかった。さらに彼らに目新しく思えたのは、年寄りの大部屋と呼ばれた場所で、そこは歳を食ったねずみで溢れていて、白髪と禿げ頭のお蔭によるものだろうか、大きな権威をもっているのであった。

「いまさら言うまでもないことですが」とアンドレニオが言った。「白髪になるのは、有り余った脳がそこに滲み出てくるからだと、ずっとぼくは思っていたんです。でも今気がついたのは、ほとんどの老人の場合、思慮分別が枯れて白くなってしまっているに過ぎないということです」

彼らがその年寄りたちの会話を聞いてみると、すべては自惚れと自賛の言葉でしかないのが判った。

「わしが若いころにはだな」とある者が言った。「このわしも立派な男だったし、大胆で思い切ったことをいろいろやったもんだ。あのころには、すごい人物がほんとにたくさんいたものだよ。ところが今は、どいつもこいつもお人形さんみたいな奴ばかりだ」

「わしは知合いだったし、つきあいもあったんだが」と別の老人が言った。「お前たちは覚えていないかね？　ほら、あの有名な説教師だった偉大な学者先生のことだよ。それとあのすごい軍人のことは知らんかね？　あらゆる分野にすごい人物がたくさんいたもんだよ。それに女性もすばらしいお方ばかりだった。あのころの女性は、今どきの男よりずっと優れた人間だったよ」

「老人たちはこんな調子で、日がな一日、今の時代の文句ばかり言いながら、過ごすわけだよ」とクリティーロが言った。「なぜ他の者がそれを我慢できるのか理解できないね。彼らにとっては、自分たち以外はだれ一人、物事を知っている者がいないように思えてくるのだろうかね。他人のことなど、みんな小僧みたいな若者くらいにしか思っていないんだ。いくら他の者が四十の歳になろうとも、老人たちが生きている間は、ぜったいにいっぱしの人間になれやしないし、何の権威も、人を動かす地位も手にすることができない。老人がすぐにしゃしゃり出てきて、お前たちはつい昨日この世の中に現れたばかりで、まだ唇には母乳がこびりついているし、嘴だってまだ青いなどと言う。それに《お前たちが生まれてこの世にやって来る前から、もうこのわしは嫌になるほど人生を生きてきていたのさ》などとのたまう始末。なるほどその言葉に偽りなしだ。だって、年寄りねずみたちが、初めから疲れ果てているのは、間違いないことだからね。でもまあとにかく、こうして大部屋のうちでもいちばん高い位置にある部屋を占領して、自惚れて、見栄を張っているのだ」

とうとう最後に、彼ら一行は過度の空想が支配する領域に達した。これまで通過してきた世界をはるかに凌駕する地域であった。入口のところに巨大な柱が二本立っている。まるで自惚れの極致《ノン・プルス・ウルトラ》[57]みたいだ。実は当初彼ら一行はその領域へ入ることを断られたのだが、後で考えてみれば、その方が彼らにとっては良かったのかもしれない。それというのも、入れてほしいと懇願したところ、それほどの意欲があるのならと、その仰々しい扉を彼ら一行のために開けてくれたのであった。しかし、それは、扉などと呼べる結構なものではなく、虚栄の嵐が吹き荒れ、強風が渦巻く獄門のような場所であった。大量の煙がまるで空想の世界の洪水のように、彼らを襲ってきたのである。ひょっとして、ベスビオ山[58]のどこかに噴火が起こったのではないかと、思わせるに十分であった。そしてこの鬱陶しい煙の攻撃に、彼らは耐えきれず、正面に向かって進むこともできず、その流れに背を向けなんとかやり過ごさなければならない事態となる。さて、この新しい領域がどんな場所であったかについて、詳しくは次考で語ることをお約束しよう。

第八考
無の洞窟

今の世から見れば、明らかに誤った考え方なのだが、その昔この世界を現状よりずっと組織だったものに改造するためには、今とまったく同じ構成物をただ並び替えるだけで十分だとの意見を述べた人たちがいた。彼らはその方法について訊かれると、我々が住む世界を今ある場所とは正反対の位置に置き換えることで、それが可能になるということだった。つまり、太陽を今の位置よりずっと下に移動させて、大宇宙の中心を占めるようにすると同時に、我々が住む世界をずっと上に移動させ、いま天体が位置する場所に、適当な距離を置いて配置すべきであるとの主張である。こういう形にすることで、今日さまざまな不便な問題に直面する人々が、一転して便利さを享受することになるはずだからというのが、その主張の根拠となっていたらしい。こうすれば、人間世界はいつも明るい昼間ばかりとなり、四六時中お互いの顔を見られることによって、何事もまさに真昼の太陽の下に居る時とおなじように、円滑に進めることができるようになるはずだというのである。[1] こうすれば心悩める人々にとっては、いつ明けるとも知れない眠れぬ夜がなくなり、病める者にとっての長い夜もなくなり、悪党たちにとって悪事を隠してくれる夜の帳もなくなるはず、というのだ。我々は不順な天気にも、過酷な気候にも悪天候にも悩まされることもなくなるであろう。どんよりした雲に覆われた悲しい冬もなくなり、雪と霧に悩まされることもなくなるだろう。洟をかむ音も聞こえず、風邪で咳き込むこともなくなるだろう。冬のしもやけも夏の汗もなくなる。朝をだらだら過ごすこともなくなり、一日中暖炉にへばりついて煙を吸い込み、身体の片側だけを温め、後ろ側は寒さに凍えるなんてこともなくなるだろう。夏には汗をかいたり、吐き気を催したり、寝床で一晩中寝返りを打ったりすることなどまったくなくなるはず。腹立たしい害虫などの、小うるさい敵の群れの襲来から逃れ、蚊に血を吸取られたり、しつこい蠅などに悩まされることもなくなるはずだ。いつも楽しく喜びにあふれた春がつづき、バラも今までのようにたった二週間しか続かないなどということもなく、ほかの花もたった二か月だけということもない。ナイチンゲールは一年中たえず歌い、さくらんぼの収穫も一年を通してつづくことだろう。そうなれば、厳しい十二月の気候も、軽装で過ごす淫靡な七月も、我々は体験せずともいいことになる。すべての季節が楽園に倣って、緑にあふれた四月と花が咲き乱れる五月になり、こうした快適な環境のおかげで、我々はブロンズのごとき強健な体をもち、黄金のごとき幸せへと導かれることになろう。さらに特筆すべきは、この大地が百倍の大きさに広がることである。なぜかといえば、いま天空が占めている空間が、多くの国に割り当てられ、今よりさらに領土を拡大し、さらには教養と高い文化を誇る国々の民がそこに住み、全体が均整のとれた形でまとめられることになろう。なぜなら、そのころには黒人もチチメカ族[2]も、ピグミー族も未開人もなくなっているだろうからだ。おまけにスペインは今ほど乾燥した土地ではなくなり、フランスの空っ風も、イタリアの湿気も、ドイツの寒さも、イギリスの霧も、スウェーデンの悪天候も、マウリタニアの熱気もずっと和らぐはずだ。かくして、世界のあらゆる地域が楽園となり、全世界は天国となることだろう、と。

　と、まあこんな風に、愚かな連中は考え、おまけに賢者として讃えられさえしたのだ。しかし詳細に検討を加えてみると、この出鱈目な思考は珍奇で気まぐれな思いつきとしては通用するものの、一つの真面目な主張として認められるものではない。まさにこの姿勢など、四角いものを丸いと言い張り、すべてを根こそぎひっくり返してしまおうという悪趣味に他ならず、かのヴェノーサの人[3]の名言にひっかけた笑いの種を提供するだけのことである[4]。この愚者たちは、不利な論点を避けるために、かえって多くの大きな誤りに陥ってしまった。そして我々が住む世界の多様性を否定し、それとともに美しさと喜びをも奪ってしまったのである。こうして、季節や年、日、時間の調和を完全に破壊し、さらには植物の命の営為、果実の稔りの時節、夜の静寂、生きとし生けるものの休息をなくそうとしたのだ。このようにすべての点において、頓珍漢な反応を示し、無駄だと考えるものはすべて排除し、それらに何の役割も居場所も与えなかったのである。しかしこんな誤謬にみちた見解に加えて、彼らはあの太陽が生まれついての性質と本来の義務に背いて、宇宙の中心に位置したままじっと動かず腰を落ち着けてしまったりしたら、いったいどんな役割が果たせると考えているのだろうか。太陽こそ自らが、照らし出し支配する領域の盟主として、回転をくりかえし、たえず動き回り、監視することを願っているのではないのか[5]？　こうした点を考慮すれば、まさに彼らの見解は認めがたいと言わざるをえないのである。やはり太陽には自分で体を動かしてもらい、歩いていただくことにしようではないか。そしてあるところでは朝を告げ、またあるところでは姿を隠していただこうではないか。あらゆるものを至近の場所から見ていただき、放射する光で直接相手に触れていただこうではないか。人間の営みを効果的に後押ししていただこう。しっかりと温めてくれたり、また適度に温度を下げたり姿を隠すことで、季節の替り目とその影響の変化を示していただこう。こちらでは湯気を生じさせてもらい、あちらでは風を巻き起こしていただこう。今日雨を降らせてもらい、あすは雪を降らせてもらおう。時には雲の向こうに姿を隠していただき、またときには静かなたたずまいを我々に見せていただこう。世界を歩き回り、親しく我々と交わり、生気を与え、移動していってほしい。こうしてインドから西インド諸島へと場所を移したり、フランドルで姿を見せたら、つぎはロンバルディアで姿を現わしたりしながら、天体の王としての義務を果たしていただこう。無為に時を過ごすことは、どこへ行こうと責められるべき悪であるとするならば、動きのない怠惰な生活を送ることは、天体の王にとって耐えられぬ屈辱となるはずだ。

　名声至上男と無為徒食男は、こんなことをお互い熱っぽく話しながら、進んで行ったのであったが、今度は後者が一行の案内役となり、前者はそのあとについていくことになった。

「さあさあ、そんなつまらない議論は置いときましょうよ」とアンドレニオが言った。「それより、さっき最後に入口だけ見たあの異様な雰囲気の大部屋は、いったい何だったのか教えていただきたいものです」

「あれはですね」と夢想男が答えた。「この世界の最高位を占める住民たちの大部屋ですよ。ヨーロッパのいちばん先の部分に住み、今でもなおそのてっぺんに居る人たちです[6]。だからあれほど横柄なんですよ。たしかに勇敢な人たちなんだが、それを鼻にかけているんですよ。物事をよく知ってはいるのだが、人の言うことには耳を貸さない。たしかに行動力はあるのだが、うぬぼれているのです[7]」

「でも私には、とても能力のある人に思えましたよ」とクリティーロが言った。

「ええ、たしかにその通りでしょう。でも中身がまったく空っぽですよ。それは、ほかの人たちの付け足しみたいな人たちだからです。あの名都リスボンの入口にあなた方がいたときのことを、よく思い出してくださるといい」

「そう、もちろんですよ！」と全員が声をあげた。「あれはポルトガルの小貴族たちの大部屋でした。もしあんなに自惚れ屋じゃなかったら、きっと名の知れた人間になっていたでしょうにね。でもあの人たちは、《火が燃えているところでは、必ず煙がつきもの[8]》なんて訳の分からぬことを言っていましたよ。ポルトガル男は、俗に《べたべた男》などと呼ばれてはいます[9]が、なかなかどうして、歴史に残る戦い[10]ではとても残忍な性格を見せています。リスボンの町を創設したとされるウリッセスの性格の影響を大きく受け[11]、したがって愚かで臆病なポルトガル人にはめったに出会うことはないとされています」

「あなた方があそこに入らなかったのが、僕には残念ですね」となまくら男が言った。「あそこなら空想の限りを尽くした珍しいものを、いろいろご覧になれたはずですからね。他の国なら、勇気にかけては《極　致《ノン・プルス・ウルトラ》》などと呼ばれている人がいるのですが、あそこでなら《最高の自惚れ屋》と呼ばれている人たちに会えたはずです。あの中なら、あなた方は、神と同じほど古いと自称する小貴族たちや、アダムより前の名門を自称する人たちにも会えたはずですよ[12]。そのほかにも、愛に狂った恋人たちとか、雷鳴轟くがごとき騒々しい作品を書くへっぽこ詩人とか、天使より歌がうまいと嘯く楽士たちや、分別のかけらもないのに天才とされる人たちもいるのです。分かりやすく言うなら、スペインの各地方の人たちと比べれば、たとえそれが誇り高いカスティーリャ人であっても、自国のことを褒めるときには、どんなにすばらしいものであっても、少しは遠慮がちになって言葉を選んだりするものです。《ええ、これは少しは価値がありますよね。まあまあ可もなく不可もなく、一応良いと言えるのではないでしょうか》といった具合です。ところがポルトガル人ときたら、自国のこととなると、とにかく誇張の限りを尽くして褒め倒し、いい気になっています。《こんなに有名で偉大なものはありません。世界一のものですよ！全世界を探してもこれと同じようなものは見つかりません。だからカスティーリャなんてちっぽけなものです！》といった調子です」

「ちょっと待ってください」とクリティーロが言った。「あなたはあちらへ行ったり、こちらに行ったり、いったいどこへ私たちを連れていくつもりなんです？　どうやら今はどんどん山を下っていて、ずいぶんあたりの様子が変わってきているようですが」

「ご心配には及びません」と、一行の新しい案内人は妙に落ち着いた様子で答えた。「みなさんにお約束しますけれど、これからすぐに、世界中でいちばんのんびりしていて、余裕に満ちた国へご案内いたします。ゆったりした気持ちで、上手に人の話を聞く方法を知っている人たちが住んでいる国です。その国と比べれば、人々が口を極めて褒め称えるあのエリュシオンの至福の地[13]なんて、まったく比較になりませんし、はるかにつまらない場所でしかありません。その国に入って出会うのは、高尚な好みをもち、心から人生を楽しむ人たちばかりです」

　さて一行が切り立った山を下りきると、そこには心地よい野原が彼らを待ち受けていた。彼らは大喜びで、そこに足を踏み入れることになった。これこそ、まさに喜びの中心地にちがいない。年中好天に恵まれ、春には花が咲き乱れ、秋には果実がたわわに実ってくれるはずだ。たしかに地面は四月の新芽の絨毯で覆われ、さまざまな花がその上にちりばめられ、まるで曙の美しき女神たちが流した涙のような露がきらめいている。ところがどうしたことか、どこにも果実らしいものは見当たらないのである[14]。彼らが花咲乱れる野原全体を見渡してみると、ところどころに菜園、公園、森、庭園などが入り混じり、さらに間隔をおいて休養施設らしき華やかな外観の建物が並んでいる。というのも、そこにはポルトガルのタパダ庭園[15]、トレドの別荘群、バレンシアの農園、グラナダのコマレス地区の屋敷群、フランスのフォンテーヌブローの城[16]、スペインのアランフエスの離宮、ナポリのパウシリポの別荘地、ローマのベルベデーレ宮[17]

などが、堂々たる姿を見せていたからだ。彼らはゆったりとした幅の心地よい大通りに沿って、どんどん歩みを進めていった。しかし風変わりな道で、会う人はみんな外見に構わず、好き勝手な格好をした人ばかりだ。お洒落というよりむしろロバのような泥臭さが目立つ。怪しげな風体の者も多くいたが、そのなかにはだれ一人顔を知る者はいなかった。みんなとても呑気に構え、ゆっくり歩みを進めている。

「ピアン・ピアニーノ[18]」とイタリア人たちは言っている。

「生き急いじゃだめだよ」とスペイン人たちが繰りかえしている。

「なぜあんなことを言っているかというとですね、いいですか」と、ぐうたら男が解説をほどこした。「人間が人生を終えるときには、どうせみんな同じ場所にたどり着くからですよ。抜け目のない者は到着を遅らせますが、愚か者は早くからそこに到着します。ある者はへとへとになって到着し、またある者はのんびり余裕をもって到着する。賢人たちは静かに死んでゆきますが、馬鹿者たちは体を破裂させて死ぬ。つまり体が粉々になるのですが、賢人はきれいに無傷のままで死ぬのです。つまり正直な話、何年かあとになれば必ず死に到着できるのに、二十年も早く、あるいは一時間だって早くやって来るなんて、愚の骨頂だと思いますよ」

「得る知識を少し減らして、その分だけ少し長生きするってことだよ」と言いながら歩いて行く人もいる。

「それに楽しい時を過ごしたのに、それを悔やんでいるようでは駄目だね」と別の男が彼らに念を押すように言った。「安楽な暮らしをわざわざ避けたりすることがないようにしないとね」

「楽しめ《ピアチェーリ》、楽しめ《ピアチェーリ》、さらにもっと楽しめ《ピアチェーリ》ってことだね」とあるイタリア人が言った。

「お祭りだ、お祭りだ！」と今度はあるスペイン人。

一歩進むごとに遊興施設があり、みんなそこに入って心ゆくまで楽しみ、ただ遊ぶことに没頭するだけ。もしいい思いを二回も出来る機会があるなら、それを一回で満足してしまうような者は、なるほど確かにそこにはいない。そこでは、フランス人の踊りも見たが、男性《ムシュー》たちが踊り、口笛を吹き、夢中になって楽しんでいたし、そのほかスペインの闘牛や模擬騎馬槍試合、フランドル地方の宴会、イタリアのお芝居《コメディア》、ポルトガルの音楽、イギリスの闘鶏、北欧諸国の酒宴なども行われていた。

「なんとまあ、楽しい国だ！」とアンドレニオが言った。「ぼくもすっかり気に入ってしまった。これこそまさに生きる歓び、そして命を長らえる歓びだ」

「でもよく注意して見てくださいよ」と夢想男が言った。「中ではこんな騒ぎにもかかわらず、外の世界ではほとんど騒音が聞こえないでしょう？」

「それに、こんなにふざけまわっている人のなかに、だれひとり名の知れた人物がいませんよね」

「でも、騒々しい人たちではありません」とずぼら男が答えた。「世間に騒音を流すのが好きじゃないのです」

「それと、私の顔見知りの人を誰も見ません。それに王族や貴族などをいっぱい乗せた馬車がしょっちゅう通るのですが、名の知れた人たちのようには見えません」

「それは人目をごまかしているからです。その努力は大変なものですよ」

彼らは大勢の凡俗が人垣の輪をつくっているところに出くわした。高徳の御仁などとは縁のない連中だ。醜く太った男をとり囲んでいるのだが、その男は大きな腹を首から垂らした帯で支えていて、目は肉に隠れてしまって見えないほどだ。

「いかにも重そうで、小うるさそうな感じの男ですね」とアンドレニオが言った。

「ところが、ふつうは痩せた人のほうが、もっと小うるさいものですよ。たとえば、くたびれ果てた者、覇気のない者、やつれ果てた者、強欲の者、極貧の者などです。むしろ太った体をしている者の方が、もっとつき合いやすいというか、まだ我慢できますね」

その太った男は、まるで安楽を求める人に神託を告げる神官にでもなったような顔をして、安逸をむさぼって生きていくための規則を、人々に講じているところだった。

「これは一体なんでしょう？」とクリティーロが尋ねた。

「これはですね」と答えが返ってきた。「生き方を教えてくれる学校です。あなた方にもきっとお役にたちますから、ぜひ参加してみてください。命を大切にして長生きする方法をきっと学べますから」

入れ代わり立ち代わり、人々が太った男のところにやって来て、若さを保つ秘訣を教えてくれるようせがんでいる。すると彼はそれぞれに回答を与え、また自分で実践してみせたりした。ちょうどこんなことを話しているところだった。

「E yo volo videre quanto tempo potra acampare un bel poltrone.（わたしはしっかりと怠け癖を通せる人が、いったい何年間生きられるのかを見てみたいと思っています）[19]」と言うが早いか、彼は安楽椅子にどっかりと身を沈めた。

「たしかにこれは間違いなくエピクロス[20]の学校ですね」とアンドレニオが言った。

「いや、そうじゃないと思うよ」とクリティーロは答えた。「だってあの哲学者はイタリア語は喋らなかったからね」

「そんなこと関係ないですよ。だってエピクロスも同じ考えを実践し、今のイタリア人と同じ生き方をしていたわけですからね。いずれにしろ、この男はあの哲学者にだって成れるかもしれません」

そこへ、いかにものろまそうな人物がやってきて、その男にこう尋ねた。

「先生、日々の生活を楽しみ、歳を重ねて行くためには、何に気をつければいいのでしょうか？」

すると太った先生は、まるで巨人ゴリアテみたいな大きな口を開き、挨拶代わりに高らかな笑い声をあげてから、こう答えた。

「まあまあそこに腰かけて、とりあえず落ち着きたまえ。いったん座ったら、立つ必要は絶対にないからね。わたしは君に、数ある規則のなかでも最高の規則を教えてあげようと思う。これこそまさに生きて行くためのもっとも大切な規則だ。でもその前にカタルーニャ貨幣で代金を払ってもらわねばならんのだ[21]」

「それは無理です」

「なぜ無理なんだね？」

「それはですね、あのフランス人たちが貨幣をひとつ残らずもっていってしまったからです[22]」

「それでは、アルブルケルケ公爵時代の貨幣[23]で払ってくれるのがいいと思うよ。もしそれなら、貨幣二枚でこちらとしては満足だね。さあ、それではいいかね、規則の第一、それは《ニエンテ》に於いては、煩わしいことには係わらぬこと」

「つまり、《何事においても》という意味ですか、先生？」

「そう、《ディ・ニエンテ》（何事においても）ということだ」

「たとえ、私の娘とか姉妹が死んだとしてもですか？」

「そう、《ニエンテ》に於いて、だ」

「わたしの家内が死んでもですか？」

「その場合は、なおさら気にすることはないね」

「では、遺産を相続させてくれる伯母だったら？」

「まさにそこが大事なところだよ！　いいかね、たとえ継母だろうと、義理の姉妹だろうと、義母だろうと、とにかく君の家系全員が亡くなったにしても、まったく動じないふりをすることだよ。そしてそれが君の広い度量を示すものだと言ってやることだ」

「先生」と別の男が尋ねた。「おいしい昼食をとり、最高の夕食がとれるためには、私はどうすればいいのでしょう？」

「いやな話には耳を貸さず、それで蓄えた心の余裕を、おいしい料理を食べるのに回すようにすることだね」

「じゃあ、嫌な話を聞かないためには、どうすればいいのですか？」

「そんな話の相手にはならぬことだ。例のあの抜け目のない主人を真似ることだね。召使がうっかり口を滑らせ、主人の秘密を他人に漏らしてしまったのだが、たとえ千里離れていたとしても、主人を困らせ、気分を害させるようなことだったので、その男を直ちに仕事から外し、解雇したのだよ」

「おお、親愛なる先生」と言って、安楽な暮らしを実践する別の男がそこに割込んできた。「そんなことなどみんな、私がやりたく思っていることと比べたら、子供騙しのたわごとです。とにかくどうしたらいいのか教えてください。実は、ずっと生きつづけたいと思っているんです、何年も、何年も……。必要とあらば、たとえ、昼寝をやめて、半時間ほど睡眠を削る犠牲を払ってでも構いません」

「何年も、何年もって、百年ほどかね？」

「いや、もっとです」

「百二十年くらい？」

「それでは少なすぎます」

「じゃあ、どれほど生きたいというのかね？」

「ほら、ちゃんともうそんな例があるじゃないですか。古代の人が生きたくらいの長さです[24]」

「というと、九百年ほど？」

「そうです、そうです」

「一応望みとしては悪くないがね」

「たとえ八百年くらいでもいいですから、その歳まで生き延びるためにはどうしたらいいのでしょう？」

「生き延びると言うのかね？　でもその歳まで実際に生き延びたとしても、いったい千年生きることが、百年生きることより、どれだけいいことだと言うのだね？」

「いや、そんなに長生きしなくても、せめて五百年くらいは……」

「それはどう考えたって無理だよ」と答えた。

「なぜ無理なんです？」

「なぜって、この世ではありえないことだからだよ」

「でも、ほかの習わしだって、みんな復活してくるのだから、なぜこの古い習わしだけは、たとえば千年後に、あるいは四千年後でもいいのですが、復活してこないのですか？」

「よい習慣というのは、もう戻ってこないものだということに、君は気がつかないのかね？　良きことというのは、再び順番が回ってこないのだよ」

「じゃあ、先生、古代のあの初期の人類はあれほど長生きするために、いったい何をしていたのです？」

「何をしていたかって？　それはだね、何の不平も漏らさず、良き人間でありつづけたからだよ。そもそも人間は堕落することなどなかったのだ。なぜかといえば、あの時代には、嘘などなかったし、夫婦の間にさえそんなものはなかったからだ。支払から逃げるために口実を作ることもなければ、約束を先延ばしにすることもなかった。うるさく質問攻めをする人間も、うんざりさせられるようなお喋り屋も、執拗に口論を吹きかけてくる者も、殴りかかってくる手の施しようのない愚か者もいなかったからだ。邪魔立てするような者も、口うるさい女房も、不満たらたらの召使もいなかった。職人たちは正直者ばかりで、仕立屋さえ嘘をつかなかったし、弁護士もいなければ、警吏もいなかったのだよ[25]。さらにもっとすばらしかったことは、医者がいなかったことだ[26]。ユバルは音楽を、トゥバル・カインは鉄をそれぞれつくり出したように、さまざまなものが、この世にもたらされたのは確かだ[27]。しかしまともな薬師《くすし》になろうと努力した人間はいなかった。したがってそんな人材など、まったくどこにも存在しなかったわけだ。まあ、考えてもみたまえ、もし我々が有徳の立派な人間として八百年も九百年も生きなければならないとしたら、どうなるのか。この私ならたくさんの煩わしい悩みなど御免蒙りたいね。でも君たちがそうしたいのなら、すぐにでも千年も二千年も生きる権利を差し上げたいと思うがね。たとえば、たったひとつの煩わしい悩みでも、人間の百年の命を縮めるに十分だし、ものの四日もあれば人間を腐敗させ、消耗させ、死に追いやるには十分だろう。だからこそ、命を長らえるだけでも奇跡と言わざるをえないし、そのお人好しの愚か者で通せば、そのお蔭でなかには長生きする者もいる。してこの世界は、そんな連中のためにあるということなんだよ。そもうひとつ君たちに自信をもって言えることは、日ごとに自然の恵みが質を落とし、良きものが底をついてしまい、悪しきことが増え、悪習が幅を利かせていく現状では、人間の命はだんだん短くなっているという事実だ。私はそれを心配している。したがって、人間は剣を佩《お》びる年齢にも達しないうちに、さらには人前で礼儀さえわきまえることもできぬまま、命を落としてしまうのではないかと心配になってくるのだ」

「先生」と相手は応じた。「とくに今の時代では、訴訟とか、不正義とか、欺瞞とか、暴政とか、盗みとかをなくすことなど不可能です。それに、あちらの国では無神論、こちらの国では異端が勢いを増している有様です。おまけに、破壊をもたらす戦争もなくならず、飢えが人間を消耗させ、ペストが人の命を奪い、様々な恐怖が人々を震え上がらせています」

さてこの男が、すっかり落胆した様子でその場を後にしようとしたとき、ぐうたら男が彼を引き止め、こう言った。

「すみません、少しお話させてください。実はこんなに底抜けに明るい性格の僕がここにいるというのに、そんな悲しそうなお顔で立ち去られるのは、見るに忍びません。僕はあなたに元気に生きるための処方箋を差し上げたいと思います。この処方箋はいまではイタリア中でいちばん効果が認められているもので、世界中でもごく普通に使われています。その内容は、《夕食は少なめにとり、活力を生かせ。頭には帽子を被り、脳の中での思考を少なめにせよ。おお、なんとすばらしきこと！》というものです」

「つまり、あなた様がおっしゃりたいのは、悩み事をもたぬようにということですか?」

「そうそう、なるべく持たないことです」

「するとその教えに従えば、わたしは仲介業にも商売にも向いていないということですね?」

「まったくその通りです」

「王様の顧問官なら?」

「もっと向いていません」

「何かの計画の立案をすることも、会計を担当することも、請負の仕事をすることも、執事になることもみんな駄目ということですか?」

「ぜったいに駄目です」

「勉学に励むことも、訴訟を起すことも、女に言い寄ることもだめですか？」

「とにかくすべていっさい駄目です。神経をすり減らすようなことをしてはなりません。一言でいえば、《何事にも気を煩わすべからず》ということです」

　これを見ると、今度はぐうたら男に健康を保つ方法につき教示を受けるべく、つぎつぎに人が集まってくる。彼はそれぞれに適切な答えを与えていった。こちらの人にはバカ騒ぎを勧め、あちらの人には安楽な暮らしを勧め、そして全員には《陽気にいこうぜ》という具合だった。そして生真面目な顔をしたある人物には、月に六十杯の鍋の煮込み料理を食べることを勧めたりした[28]。

「私が受けた感じでは」とクリティーロが言った。「人生は楽しむべしというこの教えは、結局のところは何事も考えるな、何もせず、無価値な人間になれ、ということに落ち着くようですね。でもこの私はひとかどの人間になろうと努力している身ですから、こんなぐうたらな生活は私にはとても受け入れられません」

　彼はこう言うと、急ぎ足でそこを離れるよう一行を促し、アンドレニオもすっかり心を痛めつつも、しぶしぶそのあとに従った。実はアンドレニオはさきほど耳にした生き方の教えにすっかり心酔してしまい、その合言葉の《何事にも煩うなかれ》に、《ただ腹具合のみを気にすべし》の文句を勝手に継ぎ足して、頭のなかで繰り返していたのである。一行がさらに進んでいくと、いかにも楽しげな小屋がさまざま軒を連ねている。食べ物屋とか遊技場まである。そんな中で彼らは宮殿を模したような大きな屋敷にぶつかった。高い塔がそびえ、威厳のある建物となっている。その堂々とした正面《ファサード》の中央部には、アーキトレーブ[29]にこんな文句が書かれている。《ここに某王眠る》と。

「眠る、とはいったいどういうことです？」とアンドレニオは腹立たしげに言った。「ぼくはこの人物を数時間前に見たばかりですよ。だからちゃんと生きているはずだし、そんなに早く死ぬなどと本人さえ思っていませんよ」

「でも小生に言わせれば、その人物は本当に眠っているのだと思いますね」と名声願望男が答えた。「でも確かにこの場所で、その人物の先祖である多くの英雄たちがかつて生きたことがあるのは確かです。しかしここに眠っている人は生きているのではなくて、みんな死んでいますね。あまりにひどい悪臭がするので、その腐りきった習慣の悪臭を感じたときには、みんな鼻をふさいだりします。それに、横たわっているのはその人物だけではありません。生きたまま埋葬されてしまった、ほかのたくさんの人たちもいます[30]。綿を死装束代わりに入れられて、香油まで施されて嬉しがっているのですよ」

「その人たちが死んでいるというのは、なぜあんたには判るんです？」と無為徒食男が言った。

「じゃあ逆に、君はその人たちが生きているということが、どうして判るんだね？」と名声願望男がやり返した。

「食事をとっている姿が、僕の目に見えるからですよ」

「それじゃあ、なにかい、食べていることが生きている証拠だとでも言うのかね？」

「あんたには、彼らがいびきをかいているのが、聞こえませんか？」

「それはだね、彼らは生まれて以来ずっと死んだ状態にあって、死者の名簿に入っているからにほかならないのさ。つまり、まともな人間であることの終点に既に到着してしまったということだよ。生命の定義が動くことであるとすると、この人たちはもう自分の力で行動することはないし、おまけに意味のある行為をなすわけでもない。これ以上確かな死人がどこにいると言うのかね？」

クリティーロはまるで人間を生きたまま埋葬してしまうような残酷な例を目にすると、悲しみの涙を禁じ得なかった。すると名声願望男は、その涙を見ると、笑いながらこう言った。

「いいですか、あなたにしっかり見ておいていただきたいのはですね、あの人たちは必死で努力することを嫌がって、命がありながら自分の姿を消すために、自分で足を運んで、いわば怠惰の墓場に自分の体を埋めにやってくることです。こうして無気力にも骨壺のなかに身を置き、永遠の忘却をもたらす埃をかぶっているわけですよ」

「あそこで、淫乱な人にありがちな悪臭を放って、横たわっているのはどなたでしょう？」

「今まで引きずってきた性格を、いまだに持ち続けている人以外の何者でもありませんね。ところで、あちらの人はというと、生きているというより、てっきり死んだものと思われていました。つまり、あの人たちにとっては、生まれてくることが、すなわち死の世界へ入ってゆくことだったのですよ。あちらの王をよく見てください。この世に登場したときの最初の産声以降、いままで他に何の音も出していません」

「私は気がついたのですが」とクリティーロが言った。「他の国ならたくさんいますが、フランスの紳士には、生きたまま埋葬されたような人は誰もいないと思います」

「まさにそれが、フランスという国家の際立った特徴なのです」と名声願望男が言った。「いいことはやはり褒めておくべきですからね。戦争に明け暮れるあの国では、娘たちが結婚相手を選ぶときには、なんらかの戦役に参加しなかったような男は、初めから除外してしまうとのことです。つまり、怠惰の墓場にいるような男をわざわざ引きずり出してきて、新婚の床に招き入れるようなことはしません。宮廷のアドニスたちなどを鼻にもかけず、戦場のマルスたちに好意をもつのです(31)」

「なるほど、フランスのご婦人方はとてもいい好みをお持ちのようだ。それと同じ好みを、カトリック女王イサベルが宮殿に出入りするご婦人方の間に取り入れたのですよ。これは残念ながら長くはつづきませんでしたが、イサベル女王はまた、大貴族の娘たちを侍女として登用した最初の女王でもありました」

あたりはあの怠け者の墓でいっぱいだった。今の世に名を残す死者たちではなく、命があるのにもかかわらず、死者同様となってしまった連中のものだった。これらの墓は、単に名家の名を継ぐ長子のものばかりではなく、その予備軍たる次男坊たち、さらには三男、四男に至るまで、だれひとり戦場に於いても、大学に於いても成長を果たせず、また功績を挙げることもできなかった者たちの墓でもあったのだ。彼らはすべて、賭け事のテーブルに寄りかかり、愚鈍さという名の泥沼に身を横たえ、悪徳の唯一の連合いである怠け心という名の女神の膝を枕に、太平楽を並べている。さらにもっと嘆かわしいことには、甘すぎる父親や母親は、子息らの名誉も良心も台無しになっていることなど気にもとめず、子息の爪が痛むことだけを気にかけ、まったく間違った愛情を彼らに注いでしまうのだ。


一行はこうして怠惰な世界をゆっくり歩き回り、心地よい牧場や悪徳が自由に闊歩する野原を通り過ぎると、彼らの前に真っ暗な洞窟が見えた。気味の悪い口を大きく開けた恐ろしげな穴で、あの壮大な山のふもとの一番低い場所に位置している。さきほどの誇り高く聳え立つ城とは、天と地ほど離れた位置にあり、まったくの好対照を示している。というのも、この洞窟はまるで忘却の深淵のなかに埋没しようと、もがいているように見えたからだ。あちらでは、すべてが天に向かってぐんぐん伸びていたのが、こちらではすべてがだらしなく地面をごろごろ転がっているようだ。どんなことにでも好みの違いはあるとはいえ、どちらかといえば、この洞窟などは悪趣味の見本と言える。あの城郭とこの洞窟の間には、尊大さの極致と失意と卑しさの極致の差にも似た大きな隔たりがある。洞窟の入口は暗く、陰鬱な雰囲気が漂っていたが、それがかえって洞窟に特別な存在感を与え、その地味さゆえにかえって、洞窟を周囲から際立った存在にさせている。穴の中にはとても大きな空間が広がっていたが、壮麗さとは程遠く、何のしまりもなく、ただ粗野で荒々しい感じがするだけの空間だった。入口はこのように見栄えのしない、恐ろしげな場所であったが、実にさまざまな物がその中に入ってゆくことができた。たとえば、ゆったりした広さのある三頭立ての馬車、まるでつぎはぎだらけみたいな斑模様の馬に引かせた、豪華な六頭立ての四輪馬車、手で運ぶ輿《こし》、肩に担ぐ輿、そして橇《そり》などだ。しかし大きな凱旋車はとても入ることができなかった。この様子をアンドレニオはあっけにとられて見ているだけだったが、クリティーロは生来の好奇心をさらに刺激され、これはどういう洞窟なのかと矢継ぎ早に質問を繰り出した。ここで名声願望男は、大きく嘆息をまじえ、心の奥底から声を絞り出すようにして、こう言った。

「人間たちの悩みとはなんて深いのだろう！　無の存在に成り下がってしまう者がなんと大勢いることか！　クリティーロ

さん、あなたもきっとご存じだと思うが、これがあの有名な、しかしあまり喜ばれてはいない洞窟です。ここが多くの人間を生きたまま引きずり込む墓場です。世界中の多くの人たちが閉じ込められてしまう所なのですよ。いいですか、驚いてはいけません。これこそがあの《無の洞窟》なのです」

「《無》とはどういうことです?」とアンドレニオは訊き返した。「だってぼくが見る限りでは、あの洞窟の中に入ってゆくのは、この世界に暮らす大勢の人の流れではないのですか? 多くの人が住む町や偉大な君主が治める都から始まって、王国全体に至るまでの人の群れです」

「でも、よく見てごらんなさい。あそこに入ったあとあなたがおっしゃったものはすべて、すっかり空っぽの状態になってしまっていますよ」

「それはないでしょう。ほら、今でも大勢の人があそこへ入っていくじゃありませんか」

「でも、中に入って見てごらんなさい。もう誰一人その姿を見つけることができませんよ」

「じゃあ、あの人たちはいったいどうなったのです?」

「自分の運命をたどっただけのことです」

「で、最後にはどこに落ち着くことになるのです?」

「過去の行いに従って身を処すだけですよ。つまり、ひとかどの人物にもなれず、何の業績も残さず、結局は《無》にたどりついたということです」

このとき、ある人物が中に入ろうとやってきたが、彼らと言葉を交わし、こう言った。

「みなさん、私はあらゆることを試してみましたが、結局はなんの仕事も地位も得ることができませんでした。ですから、何もしないこと以外やるべきことがありません」

と、言い残すと中に入っていった。するとまた別の威厳のある人物が、大勢の従僕と家臣の一団を引連れて、洞窟に向かって近づいてくる。どうやら忠臣たちの願いや友人たちの助言にも耳を貸さず、自分の意志を通して大急ぎでこちらに向かってきたらしい。名声至上男が前に立ちはだかり、こう彼に言った。

「閣下、いや猊下、いや陛下。とにかくあなたがどんな呼ばれ方をするお方であれ、なぜこんなことをなさるのです? もし歴史に残る偉業を達成して、あなたの家系に多大の栄光をもたらすことができれば、君主としての名声を確立し、誉となり、時代の称賛を受ける人物となれるのではありませんか? なぜ、命がありながら、ご自分を葬り去るようなことをなさろうとするのです?」

「そこをどいていただきたい」と相手は答えた。「私は何も欲しくはないし、すべてのものが私の手に入るわけでもない。ただ私は自分の好きなように振舞い、安楽な生活を楽しみたいだけだ。なに? 私が疲れ果てたからですと? 私が打ちのめされたからですと? 何てことをおっしゃるのですか! 絶対にそんなことはありません!」

こう言い終わると、何事もなかったかのようにそのまま穴の中に姿を消した。これ以降、再びこの人物の名を聞くことはなかった。そのあとには、めかし込んだ若者がやってきた。どうやらおつむの方もすこしおかしいようだ。ややふてくされた様子で、意を決したように、洞窟の入り口に向かっていく。名声至上男がその男にこう叫んだ。

「もしもし、《なんとか》さぁーん！（これは先祖の過去の功績によって家族が得た称号なのだ）あなたの偉大なお父様は数々の偉業によって、全世界の称賛をかちえられ、この世に大輪の花を咲かせたお方でした。その息子であるあなたは、なぜこんな形でその花を枯れさせ、怠惰と悪徳の中にご自分を葬り去ろうとなさるのです?」

すると彼は、破れかぶれの調子でこう答えた。

「いちいちうるさく言わないでくれ。助言などお断りだ。おれの先祖はすごいことをやったから、このおれには何もなすべきことを残しておいてくれなかった。だからひとかどの人間になろうなんて、なかなかそんな気持ちにはなれないのだ」

こう言い終えると、さっと中に飛び込んでゆき、再び姿を見ることも、声を聞くこともなかった。こんな調子で、運に見放された人たちが、つぎつぎと中に入り込んでゆく。しかしこうして世に住む人の数は確かに減りはするものの、この忌まわしい洞窟は、過去の栄誉や遺産であふれるようなことには決してならなかった。紳士、貴族、領主、さらには君主までもその中に入っていく。クリティーロたちは、多大な権力を誇るある人物がそこに居るのを目にして、驚いてこう尋ねた。

「あなたのような方でも、ここに入るために、ご自分でいらっしゃったのですか?」

「いいえ」と彼は答えた。「実は、連れて来られたのですよ」

「どう考えても、それはお上手な嘘にしか聞こえませんが……」

俊才たちが中に入ると、何の取り柄もないただの人になってしまい、華やかな偉才たちは才能を枯れさせ、才人はすぐれた仕事を成し遂げられなくなってしまう。怠惰にすごし、遊興にふける生活によって、結局は人からまったく尊敬されない人間へと変わってしまい、緑の牧場から《無の洞窟》へと移され、永遠の忘却へと葬り去られるのである。貫禄を感じさせるある人物が、洞窟の入口に片足を置いたそのとき、さらに別の人物が、そこへ姿を現わした。まるで性格を表したようなごわごわした髭をたくわえているが、どうやら政府の役人らしい。先の人物のケープを摑んで引き止め、偉大な主君からの伝言を伝えた。ほかの多くの閣僚が狙っていた第一級の大使職を、彼に賜るというのだ。しかし彼はまるで馬鹿にしたように、その申し出を断わりこう言った。

「私は重責を伴う職は、すべて遠慮させていただいております」

それならばと、こんどは将軍の位に就くようにと懇願した。

すると彼は、

「そんなものにはまったく興味がございません。私には欲しいものなど何もありません。ただ自分自身を、余すところなくすべて自分のものとしたいだけです」

「たとえ副王職でもお断りになるのですか？」

「だめ、だめです。どうか私には、自由で気儘勝手な暮らしをさせていただきとうございます」

こうして彼は、自分の《無》の生活にすっかりのめり込んだまま、そこから抜け出すことはなかった。

「《無の洞窟》とは、なんて恐ろしいところなんだ！」とクリティーロは言った。「あんなものをみんな吸い取り、呑み込んでしまうのだから！」

洞窟の入口あたりには、そばに近づくことさえ気遅れがするような、品性に劣る男が二人いて、多くの重要人物やその他有象無象に足蹴りを食わせて、洞窟の中に蹴り込んでいる。何の権限もないくせに、そんな狼藉に及んでいるのだ。

「ほら、いくぞ！」と叫んでいる。「さあ、貴族どのも、麗人たちも、凛々しい若者たち、花も恥じらう娘たち、偉丈夫たちもみんな蹴っ飛ばしてしまえ！　お祭りや、酒宴、散策、舞踏会などのお楽しみも、みんな残らず《無の洞窟》行きだ！」

「あれはほんとにひどい」とクリティーロは嘆いた。「ところで、あの卑劣なごろつきたちは何者です？」

「あちらが〈無為〉で、こちらの男が〈悪徳〉、お互い離れられない仲間たちです」

ある若者が養育係から教えを受けているのが、彼らの耳に入った。その若者は王国を代表する名家のひとつに数えられる家系の次男坊だ[32]。

「よろしいですか、坊ちゃま。あなた様もお偉い人になることができるのですよ」

「でも、どうやって？」

「偉くなりたいという気持ちさえあればいいのです」

「でも僕は生まれてくるのが遅かったんだよ！」

「努力と工夫で優れた業績を残し、前進していくことです。運が不足した分を勇気で補うのです。これこそが、幸運な長男を追い越したグラン・カピタンを初め、ほかの偉人たちがとった成功への何よりの近道です[33]。戦場に出れば、獅子奮迅の活躍がお出来になるのに、愚者のぬかるみに足をとられた子羊のような存在におなりになりたいのですか？　さあ、戦いのラッパがあなた様を呼んでいるのが聞こえませんか？　名声へのホルンを、あなたが吹き鳴らす機会を用意してくれているのです。芝居小屋の美しい女優たちの歌声には耳を塞ぎましょう。あなたを何の価値もない人間に陥れようとしているのですから」

ところが、当の本人は功績などといった話を笑い飛ばし、こう答える。

「この僕が鉄砲の弾を撃つ？　襲撃をする？　僕が戦場へ出るだって？　そんなところをほっつき歩くくらいなら、散歩道から遊技場へ、芝居小屋から舞踏会へと歩いて行く方がよっぽどましだ。だから、僕が戦場へ行くなんてことは断じてありえないよ」

「いいですか、そんなことをしていたら、何の価値もない人間になってしまいますよ」

「そんなことは、僕にはどうでもいいことだよ」

そして、その言葉通りになったのだ。何事にも興味を示さず、結局は何の功績も挙げられなかったのである。一方、助言者としての努力が報われたのは、名声至上男の場合であった。ある思慮深く子供思いの父親が、将来への期待をこめて息子をサラマンカ大学へと送り出し、どうか学問の道を経由して、立派な職を得て出世を果たしてほしいと願ったのである。——これはたしかに近道であったことは確かで、たとえば軍人の道などは出世への近道というより、回り道に近かったのだ——ところが、この息子は勉学に励む代わりに、遊びの道に熱中し、よくある無価値な人間への結末に向かって歩み始めることになってしまった。この様子を見た名声至上男は、才能ある若者が、自ら進んで破滅への道を歩んでいることに同情し、彼のところへ近づき、こう言った。

「法学生どの、どうやらとんでもない心得違いをなさっておいでのようだね。君には勉学の機会が与えられ、輝かしい成果を挙げることが期待されている。いずれは立派な学寮に入学を許可されるだろうし、そこから高等法院なり、国王諮問会議なりの役所で職を得ることも可能だ。要するに立派な学寮で勉学に励むことは、将来の安定した道を確保することにつながるのだよ。君はそんなことをすっかり忘れ、貴重な時間を無駄にして、財産を食いつぶし、ご両親の期待に背いてしまうつもりなのかね？　とにかく君がやっていることは、大間違いなんだよ！」

この忠言が見事に功を奏し、彼をすっかり目覚めさせることになった。真実を受け入れるためには、よき理解力を備えていることが大切なのだ。確かな話として聞くところでは、こうして息子はその後努力を重ね、実力を蓄え、少しずつ出世の階段を登ってゆき、ついにはどこかの総裁の地位にまで登り詰め、自分の家系と国家の誉れとなったということだ。しかしこの人物は、多くの有象無象のアヒルみたいな人間たちの中から、たまたま出てきたフェニックスのような人物なのだ。つまり、ふつうなら書物を捨て、トランプカードを手に取り、真面目な学者の集まりには参加せず、場末の芝居小屋に入りびたりになり、学生鞄をギターに持ち替えてしまう。こうして、法律の勉強はおろそかになり、さらにはまったくの暗闇に迷い込んでしまうのだ。ローマ法の解説本の内容もさっぱり呑み込めず、最後にはまったく無価値な人間に成り下がり、《無の洞窟》に行きつくことになる。

「ところでみなさん」とクリティーロが私見を述べた。「どこにでもいるようなごく普通の人間が、このくだらない洞窟に入ろうとするのは、まだいいとしましょう。それはとくに驚くようなことではありません。彼らにとっては、ひとかどの人物になるのがとても難しいのは確かだし、世間で評価され名を上げるなんてことは、とても望めるものではありません。しかし、優れた素質を持った人や、血筋の正しい名家の出の者などは、ほんの少し後押しをしてやるだけで、立派な人間に成長することができるはずです。周囲の者みんなが助けの手を出してやれば、あらゆることにすばらしい才能を身につけることができるのです。だから、そんな人たちが悪徳の道に迷い込み、気力を失い、《無の洞窟》の中に生きたまま埋没されてしまうのは、たしかに嘆かわしく、不幸なことと言わざるをえません。例えば、普通の兵士が鉛の弾丸を使って戦うのだとしたら、貴族出の軍人はさしずめ黄金の弾丸を使って戦うのだと言えましょう。学問は平民にとっては、銀に等しい価値がありますが、貴族にとっては黄金に値するものとなり、領主たちにとっては宝石に値するものとなります。(34)たった六科目ほどの教科に精を出さなかったばかりに、一生にわたって恥ずかしい思いをして過ごさねばならなかった者が、なんとまあ大勢いたことか。わずかな時間の努力を惜しんだがために、何世紀にもわたっての先祖の名声を失ってしまったのです」

ところで、あの悪徳の墓場に人々を送り込む多くの曲者のなかに、ひとりの美女がこまめに立ち働く姿が彼らの目に入った。ジャスミンの芳香を放つ手で、触る物すべてを思わぬ不幸に陥れているのだ。雪のような白い手をしていて、これで触られたが最後、誰もが気がふれてしまうのである。たとえば、最高の品格を持ち、至高の思慮分別を備え、最高の知性をもつ男性さえ、いったんこの手に触られてしまえば、斑岩か冷たい大理石の立像に姿を変えられてしまうのだ。その女は一瞬たりとも休むことなく、人間たちを見下したような態度で、人々をあの不幸な穴倉へと投げ入れている。人を引き立ててくるためには、なにも荒縄や太綱などを使う必要はなく、この美女の髪の毛一本だけで十分であった。要するに、堕落の坂を転がり落ちていく人間たちを、引っ張ってくるだけのことなのだ。そして抜きんでた美しさをもつ女であるだけに、彼女が引き起こす被害たるやますます大きくなるばかりだった。

「この女性は何者です?」とアンドレニオは尋ねた。「どうやらこの勢いでは、世界を人っ子一人いない地にしてしまいますよ」

「あなたが彼女のことを知らないなんて信じられませんね」と、彼女の最大の敵対者である名声至上男が答えた。「今どきになってそんなことを聞くのですか? この女性は、小生にとっての不倶戴天の敵であるキプロスの女神その者です。(35)ただし、人間としてではなく、セイレンの姿で、(36)そして精神ではなく肉体を表す者として、我々の前に姿を現わします。あの女からはお逃げなさい。他に方法はありません。彼女が雪のように白い手とハヤブサのような爪で、あの王様をしっかり摑まえて離さなかったのです。もし王様が逃げていたならば、あんなにあっさりと英雄の位置から転落することはなかったでしょうに。あのころはもうすでに名声への道を歩み始め、ほぼその目標に達したと思われていたほどだったのですがね」

「なんとまあ、心が痛むお話だ」とクリティーロは嘆いた。「まっすぐにそそり立つ杉、青々と生い茂った枝、周囲のあらゆる樹木を下に従え、抜きん出た高さを誇る木、そんな木にこの無益な蔦が体を寄せていたわけですね。その蔦は若く生気があるほど、ますます周囲への害を大きくしてしまうものです。そして木に絡みついたと見えたときには、もうすでにきつく縛りをかけています。さらに蔦が木を自分の新芽で飾り立てるように見えるときには、じつは木から生気を奪いとっているのです。さらに青々と育った自分の葉で、木をすっかり覆い尽くすころには、すでに木の果実を奪いとってしまっています。そしてついには木をすっかり裸にしてしまい、枯れさせ、養分を吸い取り、さらには命を奪い、絶滅させてしまうことになります。まさにこれがすべての真実を言い表していますね。あの女は、実に多くの男たちを怠惰な人間に変え、山猫のような鋭い目をもつ人たちから視力を奪いとり、鷲のごとき傑物を打ちのめしてしまいました。また、思い上がった孔雀のような洒落男たちがたくさん骨抜きにされ、彼らがこれ見よがしに示す、きらびやかな羽を台無しにされてしまったのです。また、大きな希望を抱き、力強く歩み始めた若者の胸にも、こうして軟弱な風潮を滲みこませてしまいます。要するにあの女は賢人や聖者や勇者にとっても、身の破滅に追いやられる共通の敵ということです」

洞窟の入口の一方の端には、人間の姿をした奇妙な怪物の姿があった。何に対してもいかにも不機嫌そうな表情を見せている。不思議な力をもっていて、わずか二本の指で壮麗な建物をつまみ、うんざりしたような表情で、《無の洞窟》のなかに放り込んでいる。

「そらいくぞ！」と叫ぶ。「皇帝ネロの黄金の宮殿[37]と、ドミティアヌス帝の浴場[38]と、ヘリオガバルス帝[39]の庭園だぞ！　こんなもの何の役にも立たなかったからだ！」

しかし、勇敢な君主たちが王国の要衝として、また敵の攻撃を防ぐ要害として築いた強固な城や、鉄壁の城塞都市は例外であった。さらには、信心深い君主たちが築かせ、永遠の命を与えた著名な聖堂とか、アラゴン王ジャウメ[40]が聖母マリアに捧げた二千の教会もこんな扱いを受けることはなかった。

「そらいくぞ！　ムラト王[41]のハーレムと、伝説のアッシリア王サルダナパールの城だ！」

しかし、彼らの目にとくに珍しく映ったのは、才智豊かな作家の作品がつまみ出されたうえ、明らかに侮辱的な態度で投げ捨てられる光景であった。クリティーロは金色に輝く書物がつまみ出され、未来永劫の忘却のなかに埋められそうになったのを見たとき、何ともつらい思いに襲われたのである。そこでくだんの怪物にそれだけは控えてくれるよう頼んでみた。ところが相手はそんな言葉を笑い飛ばし、こう言ったのだ。

「だめだ、この本もあちらに行ってもらうことにする。お追従ばかりを書き連ねただけで、何の真実も含まれず、まったく中身のない本だからだ」

「この書物の主人公であり、献呈の辞を捧げられているあのお方の名前の威力さえあれば、永遠に読みつづけられる値打ちは十分にあると思いますが……」とクリティーロは答えた。

「そりゃ無理だろうよ」と相手は応じた。「何の根拠もないまま、嘘八百を並べたお追従ほど、あっという間に効き目を失ってしまうものはないよ。それに消え去る前だって、腹立たしい思いをさせられるだけだ」

こうして、その書物を遠くに放り投げ、さらにその後にもたくさんの書物を捨てつづけ、こう大声で叫んだ。

「こんなのは、病的な才人の夢を綴っただけの、血の通っていない小説だよ。それにこちらは、真実性がまったく欠けた、観客から抗議の口笛を鳴らされた戯曲だよ。みんな洞窟に投げ込むしかないね」

しかしそのうちの数冊は脇に置き、こう言った。

「ただしこちらの戯曲だけは捨ててはいけない。中身が濃くて、上品な魅力にあふれていて、永遠に保存しておくべき作品ばかりだ」

クリティーロは、おそらくテレンティウス(42)の作品ではないかと思い、表題を見てみると『モレト戯曲集その一(43)』との文字が読めた。

「この作家はスペインのテレンティウスだよ」と怪物はクリティーロに言った。「そっちのイタリアの作家たちは穴倉の方に行ってもらおう！」

クリティーロはそれに気がつくと、怪物に言った。

「何をなさるんです？　世間の人はきっと呆れてしまいますよ。だってイタリアの作家たちといえば、今じゃスペインの軍人と同じように、とても高く評価されている人たちじゃありませんか」

「ちょっと待った！」と怪物は言った。「そのイタリア人のほとんどは、表題だけは賑やかなんだが、何の真実味もなければ、中身もない作品ばかりだよ。そのうちのほとんどが、書く文章に締りがなく、たとえば『世界の広場』の作者(44)なんかは、せっかくのいい表題を無駄にしているだけだね。初めは大きな期待を抱かせるのだが、結局は読者は幻滅させられて終わってしまう。とくにその現象はスペイン人だともっと顕著だよ」

今度は別の本棚に手を伸ばし、軽蔑しきった様子で書物を放り投げ始めた。クリティーロはそれらの本を見てみると、スペイン人の著作ばかりだと判った。これには少なからず驚かされたが、それが歴史家の著作であることが判ると、さらに驚いたのである。クリティーロは我慢しきれず、怪物に言った。

「どうしてその作品を馬鹿にするのです？　不滅の偉業についていっぱい書かれている本じゃありませんか」

「その事こそが、我々にとって不幸なんだよ」と彼は答えた。「この作者たちが書く内容が、あの英雄たちの偉業にふさわしい水準に達していないのだよ。これは確信をもって言えることだが、スペイン人たちが行った行為ほど英雄的といえるものは他にない。しかしそんな偉業についてスペイン人自身が書いた作品ほど、稚拙なものは他に見当たらないね。そんな歴史書のほとんどは、脂身の多いベーコンみたいなもので、二口目にはもうしつこく感じられてしまうのだ。イタリアの歴史家に特有の思想の深さとか、洒落た論旨の展開が彼らの各作品には見られないのさ。たとえば、イタリアのフランチェスコ・グイチャルディーニ(45)、グイド・ベンティヴォーリオ(46)、カテリーノ・ダビラ(47)、ヴィトリオ・シーリ(48)、さらにヨーロッパ通史『メルクリオ』の作者ジョヴァンニ・ビラーゴ(49)などなど、みんなタキトゥス(50)の熱心な信奉者ばかりだ。このおれ様に言わせれば、スペインでは歴史学に関しては、才能ある学者は出てこなかったね。それはちょうどフランスでは詩の分野での才人が現れなかったのと同じだ」

　とは言ったものの、何冊かの書物からは、数頁を切り取って保存していたことは確かだ。しかし他の書物に関しては、頁を開くことも、裏返して表紙を見ることさえせず、《無の洞窟》のなかに放り込むのだった。そしてこう言った。

「だめ！　まったく何の価値もなし！」

　ところが、ここでクリティーロが気づいたのは、ポルトガル人の作家については、意外にも一冊たりとも怪物の手で捨てられていないことだった。

「この作家たちはね」と怪物は答えた。「すばらしい才覚を持った人たちだった。みんな精神と肉体をきちんと兼ね備えた人たちだ」

　クリティーロの顔色が変わったのは、怪物が何人かの神学者の著作に手を伸ばすのを見たときであった。スコラ神学はもちろんのこと、道徳の実践と神の啓示にそれぞれ基礎を置く神学に関する書もある。怪物はクリティーロの反応を見てこう言った。

「いいかね、この種の本のほとんどは、すでに言われていたことをここに移してきて、もう一度繰り返して述べているにすぎないのだよ。とにかく本を出したいという意気込みだけは人一倍あるのだが、彼らが新たに付け加えた内容はほとんどないし、新しい発見など皆無といってよい」

　聖トマス・アクィナス(51)の第一部についての注釈本だけでも、怪物が六冊ほど投げ捨てるのをクリティーロは見た。

「あっちへ行ってしまえ！」

「何てことをおっしゃるんですか！」

「聞いての通りだよ。要するに、誰かがとうの昔に言ったことを繰り返すだけの書物なんか、出版しちゃだめだってことだ。

この注釈本のなかで述べられていることはだね、大昔に出された本の内容をさまざま掻き集めてきて、まるで干からびたパピルスの草で織りあわせたみたいに、ただ単にまとめただけのものさ」

法律家たちの著作に関しては、怪物はすべて投げ捨てていたが、もし好きにさせてもらえるなら、数点を除いては残りの図書をみんな焚書にしてしまいたいほどだ、ともつけ加えた。医学者の著作については、とにかく手当り次第、すべて投げ捨てた。医者たちは、きちんとした文章の書き方さえ分かっていないから、というのが彼の言い分だった。

「いいかね、どれほど分かっていないかというとだね」と彼は言った。「そもそも目次のきちんとした作り方さえ知らないのだ。ガレノスみたいな立派なお師匠さんがいるというのに、これでは困ったものだよ」

クリティーロがこんな会話を怪物と交わしている一方で、アンドレニオは洞窟へと近づいていき、つるつる滑りやすい入口あたりに足を踏み入れた。名声至上男が直ちに彼を見咎め、こう言った。

「これこれ、どこへ行くつもりです？　まさかあなたも《無》の存在に魅力を感じてしまったわけではないでしょうね」

「ぼくのことは放っておいてください」と彼は答えた。「別に中に入りたいわけじゃありません。ただここから中では何が起こっているのかを、この目で確かめてみたいだけですよ」

名声至上男は大声で笑い、こう彼に言った。

「いったい何が見えると言うのです？　中に入ったものは、すべて無の存在になってしまうというのに」

「じゃあ、声を聞くだけでも……」

「もっと無理ですよ、だって一旦なかへ入ってしまった者は、それ以降一切その姿は見えなくなるし、出す音も聞こえなくなりますからね」

「じゃあ、誰かの名前を呼んでみたらどうです？」

「どうやって呼ぶのです？　だって名前を持っている人なんて一人もいないのですよ。考えてもごらんなさい。過去何百年の間に、それこそ数えきれないほどの人々がここを通り過ぎていったのに、彼らはいったい何を残していったと思います？　彼らがこの世にいた思い出さえ残さなかったばかりか、そんな人が存在したかどうかさえ分かりません。名前を思い出してもらえるのは、軍人、文人、政治家、聖者として卓越した業績を挙げた人たちだけです。それは我々がそんな人たちのことを、とても身近に感じるからにほかなりません。ところで今の時代には、世界は多くの地方や王国に分かれ、膨大な数の人間がそれぞれの国を埋めつくしています。さてそのなかで、いったい誰の名前が将来思い出してもらえることになるのでしょうか？　どうせ十名にも満たない傑人、さらにはその数にも達しない賢者たちの名前くらいでしょう。人々の話題に取り上げられる王様はほんの二、三名、女王なら二名ほど、教皇ならばレオとかグレゴリウスといった偉大な名前を思い起させるような者は、今の時代なら一名ほどしか出てこないでしょう。その他の者は、すべて数としてしか現れない有象無象に過ぎません。ただ食料を消費するためだけにしか役に立たず、人間の質ではなく量を増やすだけの役割を果たしているにすぎません。ところで、あなたは何をそんなに一生懸命見つめているのです？　何も見えないはずなのに」

「ぼくが見て気づいたのは、この世には無よりもまだなお低い存在があるという事実です」と答えた。「あそこの無の世界にあっても、なおかつ隅に追いやられている人たちがいます。どうか教えてください。あの人たちはいったい何者なんでしょう？」

「なるほど」と彼は応じた。「その無の世界については、まだ多くの説明が必要ですね。実はあの人たちはですね……」

それではここで読者諸賢のお許しをいただき、その人たちは何者であったのかについては、次考にてお話しすることとしたい。

第九考
フェリシンダの本当の居どころ

話によれば、ある好奇心の強い男が――もっとも私に言わせれば、むしろ愚かな男と言った方がよいのだが――なんと他ならぬ〈満足殿〉を探して、世界中を歩き回り、さらには地球とともにぐるぐる回転してみるなどという、極めて突飛な考えを抱いたそうだ。そこで、ある国にやってくると、まず初めに金持ちたちを摑まえて、くだんの〈満足殿〉がいるかどうかを尋ねたそうだ。財産があれば何でも手に入り、金さえあればなんでも買えるはずだと考え、きっと金持ちならば〈満足殿〉をかこっているはずだと想像したからである。しかし、その当てはまったく外れた。金持ちたちはいつも悩み事ばかりを抱え、夜もゆっくり寝られず、さらに権力者たちに関しても事情はこれとまったく変わらなかった。彼らも苦しみばかりの味気ない生活を送っていたのである。そこで賢者たちのところへ行ってみると、憂鬱そうな顔を見せて、自分たちの運のなさをこぼしている。若者たちは落ち着きがなく、老人たちは健康に恵まれない。こんな調子で、全員みんなが声を揃えて、そんな者など手元に置いたこともなければ、見たこともないとの返事だった。しかしつづけて言うには、先祖からの言い伝えとして、もう少し先にある別の国に住んでいるという噂は、耳にしたことがあるとのこと。そこで早速その国へ行き、世間の事情に通じた人たちに話を聞いてみた。しかし答えは同じだった。その国では見かけたことはないものの、さらに次の国にいるとの噂があるという。こんな調子で国から国へとめぐり歩いたのだが、どこへ行っても、「この国にはいない。もっと先の国にいるはず」との答えが返ってくるばかり。こうしてアイスランドまで北上し、さらにそこからグリーンランドまで足を延ばし、さらにははるばる最果ての地トゥーレ(1)にまで達したのだが、やはり同じ答しか返ってこなかった。そこでこの男は、はたと現実に目覚め、自分のみならずすべての人間がひとしく抱いている、つまらぬ幻想に気づいたのである。人間はこの世に生を享けるとすぐに、〈満足殿〉を探し始めるのだが、巡り会う機会などまったく訪れず、それを手にしたいという願いだけを抱いたまま、ついつい日常の雑事に追われ、歳だけをいたずらに重ねていく。自分の周囲では見つからないそんな恵まれた状態にある者が、よその地には必ずいるものと信じ、その人たちを幸せ者と呼び、さらにその人たちは、また別の人たちを同じように幸せ者と呼んでいるのだ。こうしてすべての人々が共通の幻想を抱き、愚者たちが存在する限り、その幻想が生き続けることになる。

これと同じようなことが、世界を巡り歩き人生を旅する我らが主人公たちにも起こっているのだ。ふたりは空虚な自惚れの世界の中にも、無為の生活の中にも、安住の場所をみつけることができなかった。だからこそふたりは、かの《虚栄の宮殿》にも、《無の洞窟》にも居つづけようとは思わなかったのである。その洞窟の入り口に突っ立ったままアンドレニオは、《無》の存在のなかにどっぷり浸かった人々がいったい誰なのかを教えてほしいと、執拗に問い続けた。

「あの人たちはですね」と夢想男が彼に答えた。「無の存在よりもまだ劣る連中です」

「どうしてそんなことが起こるのです? 無より劣るものなんてあるのですか?」

「大ありですよ」

「じゃあ、何なんです、あの人たちは?」

「何かですって? 《ぽんつく》ですよ。無の存在になるだけでは物足りないのです。小物とか、雑魚《ざこ》とか、碌でなしとか、ぽんつくなどと呼ばれたりしています。ほらあそこに、出来損ないのくせに、いかにも自惚れの強そうな男がいるのが見えるでしょう? それにもうひとり大した人間でもないくせに、大人物らしく振舞っている男の姿も見えます」

「まったくの碌でなしの雑魚ですね、あそこの男は。それとほら、あっちの男も」

「たしかにあれは根性の悪い男です。ミイラの体をした人たちの姿までも、見えるかもしれません。本当ならば世の中の第一人者になっているべき人物たちが、ミイラの姿になっているのですよ。ほら見れば分かるでしょ？　肉体がなくて影だけになってしまった人たちもいれば、落ちぶれて今や見る影もない小物たちもいます。まったく実体のない称号だけが頼りの男もいますし、それに称号だけしか自慢できない者も多くいます。ほら、見れば分かるでしょ？　何の人間らしさも感じ取れない人たち、言い替えれば全く生命を感じさせない彫像みたいな人間たちですよ。このほかにも、お大尽たちが習慣にしたがって、黄金の食器でもてなしを受けてはいるのですが、なんと泥とか糞尿まで盛られる様子が見えるかもしれません。生まれはしたけれど、まだ生きることを知らない大勢の人たち、それに生きることを知らぬまま死んでいった人たちもいます。あちらにいるのは、かつてライオンのように勇猛な人たちだったのですが、病気でベッドに寝かされたとたんに、たちまち野兎みたいに臆病な連中になってしまいました。こちらにいるのは、いったいどこから、どうやって来たのか分かりませんが、キノコのように急速にはびこって、勢いを増してきた連中です。ほら、見てごらんなさい。快楽主義者のくせに、いっぱしの禁欲主義者みたいな顔をしているのが大勢いるし、何もしないでじっと考えるふりをすることで、一人前の哲学者として罷り通っている連中もいます。彼らにとって盛名などはるか遠くに退き、間近にただ生命を長らえるだけの飢えの生活(2)が残っているだけですよ。名家に生まれた人物たちやそれなりの家柄の子弟が、結局は大した人物になれなかったりして、世間をがっかりさせる例をよく見たりするものです。また、多くの麗人たちが早々とこの世から姿を消したり、絶世の美女たちもその美しさが仇となり、身を持ち崩すさまをあなたは見ることになるかもしれません。大食を繰り返す者は華やかな名声を手に入れることはなく、また食事に大枚をはたいて身代をつぶす者がいずれは飢死することになるのも、そこから見えるはずです。目ぼしい業績もなく、何の褒賞にもありつけなかった者たちが、物乞いをして施しに与かる姿も、そこから見えるはずです。富豪とされる者の多くが、与えられた称号にふさわしい人物にまだなっていないことが、そこから見ていたらあなたには分かるかもしれません。何事をやるにしても、それに反対する者は必ずいるものだし、どんな物でも何らかの欠点を抱えているものだということも、あなたは分かってくれるはずです。人の意見に耳を貸さなかったがゆえに、屋敷や宮殿まで失ったり、多大の資産を適切に管理しないがゆえに、すっかり財産を失ってしまう例も見ることができます。軍の指揮者たちのなかには、相手がどんな人間であれ完膚なきまでやっつける人は多いのですが、ただ敵軍だけは手に負えず、将軍のなかには威勢だけは恐ろしく立派なものの、ただ敵軍に対しては腰抜けになってしまう者もいます。それゆえ、敵に我が物顔でのさばられ、戦争がいつまでたっても終わらなくなったりするのです。怠けて暮らすだけでは、何の成果も生まれないし、淫靡な生活に溺れる者も同じように、なんの実も結ぶこともありません。ほとんどの葡萄の実が成熟前に摘み取られ、干からびて皺だらけになっているさま[3]もそこから見えるはずです。いい味に出来上がった干し葡萄は本当に少ないのですよ。すばらしい教えでありながら、不幸にもまったく世間に受け入れられず、その魅力もまったく評価されずに終わってしまう例なども、そこから見ることがあるかもしれません。天賦の才に欠けるのに、大文学者とされる人たちもいれば、何の中身もない本だけでいっぱいになった書棚もあります。気が触れた連中が叫び声をあげ、聞きたくもない弦を騒がしく掻き鳴らす音を、あなたは我慢して聞くことになるかもしれません。本来なら、偉大な皇帝になるはずの人物が、無の存在に落ちぶれてしまうことだってあるのです。だから壮大な屋敷には、たった一つの部屋らしい部屋もなく、有り金もすっかり使い果たしてしまう例だってあります[4]。こうやって見ていると、外国に対して横柄にふるまう者にかぎって、本当は臆病者ばかりなのが、あなたにはよく分かるはずです。まったく価値のないものなのに、得意顔でそれを見せびらかす連中がたくさんいるのも、こうやって見ているとよく分かりますよね。だからここでは、いくら立派な人間を探してみても、結局は生意気な洟垂れ小僧にしか出くわさないのです。あなたが、ビロードで出来ていると思っていた人物が、じつは雑巾で出来ていたりするのですよ。こうやってご覧になっているとよく分かるでしょうが、真実を語る者たちがまったく評価されず、真面目な話をしている者が、まったく相手にされません。相手が祝儀とか贈物を受け取ってくれたからといって、そんなの何の保証もない空約束ですから、願いを聴き入れてもらったなんて安心してはいけません。そんなことは、相手がつまらぬ冗談話に耳を傾けてくれた、くらいに思っておくのがいいのです。まあいずれにしろ、《無》の存在がこの世にいかに多くはびこっていて、その存在が他のすべてを圧倒する力を持っているということを、あなたに見ていただければいいのです」

　《無》の存在については、彼はまだ言うべきことが多くあり、できればもっと語りたかったのだが、無為徒食男が、ちょうどそこへ話の途中で飛び込んできた。そしてアンドレニオに近づくと、なんと体当たりを食らわせたのだが、その狙いは、《無の洞窟》の中に彼を突き落とし、その底に彼を埋めこんでしまおうというものだった。夢想男はこれを見ると、クリティーロの体を摑まえ、彼の顔にむけて自惚れ心をいっぱい吹き込みながら、虚栄の宮殿の方向に引っ張り始めた。《無》にしても《虚栄》にしても、いずれも老年期の落とし穴となるもので、お互い極端な対極をなす。一方では怠慢が昂じた《無》が原因となって、老年期が危機的な年代となり、さらに一方では自惚れが昂じた《虚栄》が原因となって、同じように老年期が危機的な年代となるのだ。さて、ふたりの主人公たちがこの危機的状況から脱するためには、ここで両者が手をつなぎ合うよりほかに道はない。こうしてふたりがお互い自分を抑制しあうことで、この老年期の危険な両極端の姿勢のあいだに、良き中庸をつくり出すことができたのである。幸いなことにこの場合は、〈好機さま〉には白髪ながらも、髪の毛がまだ少し残っていてくれたことで、なんとかその機会をとらえることができたのだろう。[5] こうして理性と分別の力だけを頼りに、ふたりは堕落への明らかな危険から脱出することに成功したのだ。

　こうしてふたりは誘惑に打ち克つことができ、人生の勝利者となるべく、永遠の帝都ローマに向かって歩み出すことになった。ローマとは、かつて不滅の偉業が繰広げられた華やかな舞台であり、世界に冠たる都市、まさにすべての都市の中の女王であり、異能の天才たちの活躍の場だ。あらゆる時代を通じて、またとくに隆盛を誇った時代には、世界の俊英たちはこの都に馳せ参じ、自分の才能にさらに磨きをかける必要があった。たとえばスペイン人なら、ほかならぬルカヌス、[6] クインティリアヌス、[7] コルドバの両セネカ、[8] カラタユー出身のリチアヌス、[9] およびマルティアリス[10]などがその例である。最高の脚光を浴びる玉座としての都市ローマ、それはローマで輝くことは全世界を支配下に収めるに等しいからだ。あらゆる時代を生き抜く不死鳥フェニックスの町ローマ、それは他の都市が死に絶えようと、この町だけは生き返り、永遠の命を享けるからである。あらゆる良きことが集まる町ローマ、全世界の都としてのローマ、それは全世界がこの町のなかにすっぽり収まるからだ。たとえば、マドリードを訪れる者が見るのは、マドリードだけ。パリではパリを見るのみ、リスボンへ行く者はリスボンを見るのみだ。しかし、ローマを見る者は、そんな都会すべてを合わせて見ることになり、一度に全世界を訪問してしまうことになる。地上での終着地であり、カトリック教徒にとっては天国への入口にあたる町だ。

　今までは遠くにいて崇めるだけの対象であった都を、いよいよすぐ近くから愛でることになったのだ。ふたりはこの町に足を踏み入れる前に、まず聖なる入場門の地面に唇を当てた。こうしてから、畏敬の念とともに、あの地上における至高の地《ノン・プルス・ウルトラ》、天国にも等しい町へと入ったのである。彼らは目に映る事物に歴史の重みを感じ、心を奪われ、古代の遺跡を眺め、かつ愛でつつ、歩みを進めていった。言うまでもなく、ローマの遺跡は、見る者に常に新たな興味を喚起してくれる。すると、すっかり周囲に目を奪われた彼らの様子に目を止めた人がいた。立派な風体の人物で、上品な身のこなしを見せて、ふたりに近づいてくる。というより、彼らが何か尋ねようと、その人物の方に近づいていったと言う方が正しいのかもしれない。この人物はちらりとふたりを見ただけで、どうやら諸国を遊歴する旅人だと、抜かりなく見抜いたようであった。一方ふたりもこの人物には、なにか常人とは違った雰囲気があるのに気づいたのだ。たとえば、他ならぬアルゴスに監視の仕方を教えたり、《心眼師》に人の心を洞察する方法を教えたり、ヤヌス[11]に警戒の仕方を教えたり、《解読屋》に人の見分け方を教えられるほどの能力をもつ人物だと見抜いたのである。でもとくに驚くことでもあるまい。なぜかといえば、この人物こそローマに長年暮らす老練の宮廷人で、実はイタリアに根を張ったスペイン人であり、これだけでも稀有な人材と言わざるを得ない。とにかく世情を知りつくし、世間では名の知れた才人なのだ。さらにその上に、優れた才覚と好みの良さという二つの長所を併せ持つ宮廷人で、言葉を交わす相手としてはこれ以上望めないような人物であった。

「どうやらお見受けしたところ、あなた方はたいそう回り道をしてしまいましたね」とふたりに言った。「ほとんど前へは進んでいらっしゃらないようですからね。もし初めから迷うことなく、文明世界の仕上げともいうべきこの町へ来てくださっていたら、きっとすべての良きものをすぐにでもご覧になり、楽しんでおられたはずです。抜かりなく近道を選んでおれば、立派な人間としての資質をしっかり身につけてくださっていたはずです。というのも、よく考えていただいたらお分かりになりますが、たとえばミラノでは頑強な甲冑が作られ、ベネチアでは清澄な光を放つガラス製品がつくられて、ナポリでは豪華な織物がつくられ、フィレンツェでは宝石に精巧な細工がほどこされ、ジェノバでは金貨を巧みに貯金箱に取り込んでしまうという具合です[12]。こうして他の町がすばらしい工芸品の製作によって名が知られているとするならば、ローマは偉大な人物を産み出す工房です。ここでは優れた才能がさらに練り上げられ、人々は高徳の士へと成長を果たすことになっています」

「大都会に住む者は幸せですよ」と宮廷人がさらにつけ加えた。「なぜかといえば、すべての良きもののうちの選りすぐりがここにあり、ローマでは二倍生きられて、何度も楽しめるからです[13]。天下の逸材が集まり、限りない魅力にあふれる町、このローマではあなた方が望むものは何でもみつけることができるでしょう。しかし一つだけ、あなた方がこの町で、どうしても見つけられないものがあります」

「それはきっと我々が探しにやってきた相手そのものではないでしょうか」とふたりが応じた。「いつも当てがはずれ、幸運の女神が我々をがっかりさせるのには、すっかり慣れてしまっているのです」

「あなた方は何を探しておられるのです?」と宮廷人はふたりに訊いた。

するとクリティーロは、

「わたしが探しているのは、伴侶とも言うべき女性です」

そしてアンドレニオは、

「ぼくにとっては、母親といってもいいお方です」

「で、どんなお名前ですか?」

「フェリシンダです」

「その名前は幸せを意味する名前ですから、その方を見つけ出すのは難しいと思います。で、その方はどこに住んでおられるのか、心当たりはおありですか?」

「カトリック王フェルナンド四世の大使閣下のお屋敷です」

「それは、それは。この町に数多くいらっしゃる大使のなかでも、王といえるようなお方ですよ[14]。あなた方はちょうどいい時にお着きになりました。そのことだけでも幸運だと言えます。実は、私は今日の午後そちらの方へ赴くことになっています。教養人たちがそこに集まり、ちょっとした勉強会を開き、楽しく時を過ごす予定です。大使閣下は、偉大な家系にふさわしい高潔なお人柄で、実に立派なお方です。名家の当主といえば、なかには名馬を所有することを喜びとされている方もおられますが、でも馬なんて結局のところ家畜にすぎません。また、他には立派な狩猟用のグレイハウンドに熱を上げる方もいます。でもあんなのどうせ犬にすぎません。さらには、タブローやカンバスを収集される方も多くいらっしゃいますが、あれは絵が描いてあるだけのものです。そのほかにも、宝石の収集に夢中になる方もいますが、ある日突然もし世の中できちんとした価値判断が通用することにでもなったら、かなりたくさんの方々は無一文になってしまうかもしれません。ところが、この大使閣下はいつも思慮分別に富む教養人に囲まれて過ごすのがお好きで、高徳の士とおつきあいすることを楽しみにされています。まあこうして、各人それぞれの友人関係を見れば、どんな人間かが判るものです」

　こうしてほどなく、彼らはその俊英たちが集まるという屋敷に着くと、きれいな装飾がほどこされた広いサロンに通された。ここはアポロンの劇場ともいうべき部屋で、あでやかな美の女神たちが控え[15]、優雅なムーサたち[16]が集う場所であった。ここで彼らは、今の世の最高の俊英たちを直接目にし、その謦咳に接することができ、大きな感動を味わうことになった。全員英才中の英才ばかりで、国が誇りとするに足る人物たちであり、一時代を画する力量のある逸材揃いであった。例の宮廷人は、ふたりの旅人にそんなひとりひとりの名前を挙げ、順次紹介していった。

「あそこでフランス語なまりのラテン語を喋っているのは、バークレイ氏[17]です。彼はフランス語で書かなかったおかげで、幸いその作品は広く読まれることになりました。あちらの人は、スペイン批判の書を巧妙にまとめ上げた人物で、とても上手に他国の悪口を書くことの出来る人でした。あれがボッカリーニさん[18]です。あそこにいるマルヴェッツィ氏[19]の名前もお知りおきください。歴史の分野では独自の考えを展開し、一国の政治についても一家言持つ人です。タキトゥスばりに、舌鋒鋭く切り込んでいるのは、エンリコ・カテリーノ氏[20]です。またあそこで、金の表紙の自著『メルクリウス』の中に、記録やら、書簡やら、報告書をいっぱい詰め込んでいるのは、シーリ先生[21]です。その好敵手ともいうべきビラーゴ氏[22]の著作も、それに劣らぬ価値があります。やや冗漫ではありますが、より真実に近い内容といえるでしょう。あのアキリーニさん[23]も見てやってください。イタリアにおけるゴンゴラの身代わりのような人です。あの弁舌さわやかに幅広いテーマを縦横に論じているのは、アゴスティーノ・マスカルディさん[24]です」

さてこのほかにも、重厚な人間性と優雅な雰囲気を兼ね備えた異才たちがそこに集まっていた。彼らは次々に自分の席を占めると、瞬く間に全席がいっぱいになった。そして全出席者の注目と期待が一点に集中する中、マリーニ氏[25]がこの集まりの幹事役の責任を果たすべく、熱弁をふるい、彼の道徳的諷刺詩《エピグラム》のもっともよく知られた部分の朗誦を始めた。出だしの部分は、次のような内容だった。

《おお不幸せなる者よ、この世に生を享け、まず目にするのは、太陽ならぬ苦難のかずかず》

この詩はあまり適切な終わり方をしていないとの批判を受けることになるのだが、それは人間の一生とは苦難にみちたものであることをまず表明しておきながら、次のような終わり方をしているからだった。

《揺り籠から骨壺までは、たった一歩の距離にすぎぬ》

この十四行詩《ソネット》の朗読を終えると、つぎのように言葉をつづけた。

「人間だれしも幸福を求め、そのために努力するものです。しかしそのことこそ、だれひとり幸せでない証拠です。自分の運命に満足して人生を送っているような者は、誰もいません。[26]たとえそれが天に与えられた運命であろうと、自分自身で探し当てた運命であろうと変わりません。兵士はいつも金とは縁がないことから、利にさとい商人を称賛するのです。そして商人はこれとは逆に、兵士の潔い生きざまを称賛します。法律家は田舎人の率直で嘘のない交友にあこがれ、田舎人は都会人の快適な暮らしを羨みます。既婚者は束縛のない独り者を羨ましく思い、独り者はやさしい伴侶をもつ既婚者にあこがれます。それぞれが自分の運命に満足して生きることはせず、後者は前者を幸せ者と呼び、逆に前者も同様に後者のことを幸せ者と呼ぶのです。若い時代には、人は逸楽の中に幸せを見つけ、盲目的にそれにのめり込み、結局は大きな犠牲を払って、遅まきながら諦観の境地にたどり着くことになります。それが壮年期になると、利益と富のなかに幸せがあると考え、さらに老年期になると名誉と地位に幸せを求め、たえず仕事を転々とし、結局何をやっても真の幸せを見つけ出せません。いずれもかの有名な諷刺詩人ホラティウスの妙趣にあふれる考察なのでありますが、ただこうして問題を指摘するものの、実は最終的な結論を出さず、決定的な解決策を見つけるまでには至っていません。さて、今日はここに皆さんの賢明なご考察に委ねたいと思い、この昼下りの集いのための主な話題として指定させていただくことにいたしました。人間にとっての幸福とはなんであるのか、ぜひともご議論を戦わせていただきたいと思います」

こう言い終わると、まず初めに話すべき人物に顔を向けた。その人物はバークレイ氏であったが、とくに本人がそれを願ったわけでなく、偶然の指名であった。するとバークレイ氏は、会の主宰者である大使閣下に発言の許可を求め、さらには左右の人たちに軽く会釈を繰り返した後、次のように語った。

「各人の好みに関しては、言い争いは避けるべきであるとの意見を、私は常に耳にしております。とくに、世間の半分の人間が、ほかの半分の人間をあざ笑うという現実を考慮した場合、そのような意見に従うべきかもしれません。確かに、各人それぞれの好みや、気まぐれがあるものです。しかし私ははっきり申し上げて、古代の賢人たちの意見には同意できません。彼らの主張によれば、人によって幸福の内容は異なるのであって、名誉を得ることによって幸福を手に入れる者もあれば、富を手に入れることによって、あるいは悦楽にふけることによって、あるいは人に命令を下す立場に立つことによって、あるいは知識を得ること、あるいは健康を手に入れることによって、など、幸福を手に入れるにはさまざまな形があると述べているのであります。しかし私はこの主張はまったくおかしいのではないかと考えます。なぜならば、それぞれ各人の好みが、まったく相反する立場に立っているように見えるからです。つまり、虚栄心の強い者が、名誉にあこがれるのを見たりすると、快楽を求める者はそんな連中をけなし、名誉など笑い飛ばしてしまいます。さらに欲深い人が金銀財宝を渇望する一方で、智者はそんなものなど軽蔑してしまいます。すべてそういう次第ですから、私に言わせれば、各人の幸福は、あれとかこれとかいった具体的な事柄にあるのではなく、各人が好むものを手に入れ、それを楽しむことにあるのだと思うのであります」

この発言は大いに一同を納得させ、しばらくの間拍手が止まらなかったが、つづいて今度はビラーゴ氏が口を開いた。

「みなさん、よく考えてみてください。ほとんどの者は、自分の好みを正しい方向に向けようとはいたしません。さらに、ときにはもっとも邪悪で、理性ある人間にはふさわしくないことに向けてしまうことだってあります。たとえば、読書を愛する者がここに一人いたとすると、カードの賭け事に興じる者がその百倍もいます。よきムーサの女神を愛する者がいる一方で、性悪のセイレンの歌声に魅せられる者がいます。したがって、ここで皆さんによく理解していただきたいのは、いくら自分の好みであるからといっても、それがあまり感心できないものである場合には、たとえそれを手にしたところで、ほとんどの場合、なんら幸福を摑んだことにはならないということであります。そのうえ、たとえいくら正しく、立派な好みではあっても、それだけで満足することなどありえず、おとなしくそれを楽しむことだけにとどまってしまうこともないのであります。それどころか、自分の好みを手に入れても、すぐに飽きてしまい、他の楽しみを求めることになります。この移り気な姿勢こそ、真の幸福を手に入れたことにはならない明らかな証拠であります。領主や君主にとっての幸福には、数多くの形があるはずです。ある人のうがった見方によれば、そんな彼らが求める幸福とは、すべて気まぐれな好みによるものにすぎないとのことです。つまり、彼らはきのう褒めたばかりのものを、きょうになれば忌み嫌い、さらにはきょう探し求めたものをあしたになれば非難することになります。日毎に新たな気まぐれにとりつかれ、一瞬ごとに新たな試みに取り掛かったりいたします」

この発言により、さきほどの別の主張が一座の人々に与えた衝撃がすっかり消え去ることになった。それほどこの主張には一座の関心をぐっと引きつけるに十分な力があったのだ。彼はこうつづけた。

「賢者たちの間では、すでに共通の認識となっておりますが、善きものとは、そのすべての原因がそろって初めて成立するものであり、すべての要件が十分に満たされ、どんなに小さな条件であっても欠けることは許されません。したがって、善であるためには、すべての要件が必要であり、悪となるためにはたった一つ要件が足りないだけで十分なのです。どんな幸せであれ、ひとつ手に入れるためにはこれほどの条件が要求されるのであれば、完全に満たされた幸福を得ることがどれほど難しいことか分かるはずであります。この原則を前提としたうえで、次に私なりの結論を導き出していきたいと思います。権力者があらゆる快楽を手にしたところで、もし健康がすぐれず、それを楽しむことができないとしたら、そんな快楽などを手にしているることなど、どうでもよくなってきます。吝嗇家が、富を自分の楽しみのために供する意欲に欠けていたならば、そんな富などいったい何の役に立つというのでありましょうか？　賢者がその知識を伝えるべき有能な友がいないとしたら、そんな知識など彼にとっては何の役に立つというのでしょう？　つまり、ここで申し上げたいことは、私は少しのものでは満足しないということであります。私はすべてを手に入れたいと考えるのです。そして、幸福なる者と呼ばれたい者は、すべてのものを手に入れなければならず、他に欲しいものなど何も残っていない状態になるべきだと考えます。ということはつまり、人間にとっての幸福とは、いわゆる財産、名誉、悦楽、富、権力、支配力、健康、知識、美貌、品の良さ、幸運、そして自分とともにそれを楽しめる朋友たちなど、これらすべての要素の集合体で出来上がることになるのであります」

「おっしゃることは、けだし名言ですよ！」と一同感嘆の声をあげた。「だれをも黙らせるに十分な説得力のあるご見解です」

しかし、ここでシーリ氏が論争に終止符を打つべく発言を求め、自分がこれから述べることに、全員が心して耳を傾けるべきであると注意を促した。

「どうやらあなた方は、先ほどの幸せを摑むにはいいことばかりを集めるべしという妄想と、幸運を積み重ねるべしという空想めいたお話で、すっかり納得されたようですね。しかしよく考えていただきたい。そんな幸せをすべて摑み取るなんて、どれほど難しいことかは、簡単に想像できるじゃありませんか。だって、いったいどこの人間がそんな夢みたいな幸福を手に入れることができるというのでしょうか。クロイソス[27]は大富豪ではありましたが、賢者ではありませんでした。ディオゲネス[28]は賢者ではありましたが、お金持ちではありませんでした。いったい誰がいいものばかりすべて手に入れたというのです？ しかし百歩譲って、そのすべてのものを手に入れたとしましょう。するともはや何も欲しがる必要がないこと自体が、とても不幸な状況を招来することになってしまいます。それに加えて、幸運に恵まれながら、不幸せ者と思ってしまう人たちもいます。この人たちは有り余るほどのものを持ちながら、それだけでは満足せず、まだ足りないものを手に入れたいと思ってしまいます。つまりは、物事がうまく行くゆえに、彼らにとっては何かがうまく行かないことを気にし過ぎて、不幸だと思ってしまうのです。アレクサンドロスはこの世の支配者となったあと、ある哲学者がこの世以外の世界が存在することにつき、さまざま想像をめぐらすのを耳にすると、そんな架空の世界をも手に入れたいと考え、思い悩んだとのことです[29]。私はもっと簡単なやり方で、幸福を手にしたいものだと思っています。ですから、私はこれまでの説とはまったく逆の立場をとり、これまでとは正反対の意見を持っております。幸福はあらゆるものを手に入れることにあるとの考えと、私の考えとの間には大きな隔たりがあります。私はむしろ何物も持たず、何も欲しがらず、すべてのものを軽蔑することにこそ幸福があると思うのであります。まさにこれこそ唯一の幸福であり、思慮分別に富む者や賢者にとっては、簡単に手にすることのできる幸福の形であります。多くのものを手にしている者は、その多くのものに頼ってしまうものです。そしてより多くのものを必要とする者は、人よりもっと不幸になってしまいます。ちょうどこれは、病者が健常者よりもっと多くのものを必要とするのと同じことです。喉の渇きやすい人に対する処方は、水をたくさん飲ませることではなく、喉の渇きを我慢させることなのです。そしてこれと同じことが、野心家や欲深な人についても言えます。自分のもっているものだけで満足できる者は、分別のある人であり、幸せ者です。水を飲むなら自分の手を使えばいいのに、なぜコップなどを必要とするのでしょうか？ セネカの言によれば、自分の食欲を一切れのパンと少量の水で満たすことの出来る人は、幸福であると言う点においては、他ならぬユピテル[30]とさえ張り合えるとのことであります[31]。最後に、真の幸福とは、すべて欲しいものを持つことにあるのではなく、何物をも欲しがらぬことにある、と申し上げて、私の発言を終わりにしたいと思います」

「まさに傾聴に値するご意見です」と一座の者が拍手を送った。

しかし、この好意的な反応は長続きせず、マルヴェツィ氏が次のような意見を述べ始めると、みんな黙ってその話に聞き入った。

「ところで皆さん、さきほどのごときご意見は、緻密な思索から生じたものというより、鬱陶しい屁理屈から出ていると言わざるを得ません。そして気高い人間本来の性質をまったく意味のない存在に貶めてしまおうとするものにほかなりません。つまり、何も欲しいと思わないこと、また何も手に入れようとせず、何も楽しもうとはしないことは、言い替えれば、自分の好みを抹殺し、人生を味気ないものにし、すべてを無の存在に押し込めてしまうことと同じではないでしょうか？　生きて行くということは、数々の恵みを受け入れ、それを適切な方法と形式を踏みながら、節度をもって楽しむことに他なりません。私は人間からすべての良きものを取りあげてしまうことが、人間を完成へと向かわせることになるとは思いません。まさにその逆で、人間をすっかり駄目にしてしまうものだと考えます。人間としての完成を目指すことは、いったい何のためになるのでしょうか？　そして自分の欲求を満たすことは何の役に立つのでしょうか？　そもそも最高の創造主たる神は、いったい何のためにこれほどの完成された美しさをもつ、さまざまなものをお造りになったのでしょう？　淳良かつ有益で我々の心を楽しませてくれるものは、私たちに対してどれほどの役に立ってくれているのでしょうか？　もし何も欲しないことが、猥雑なものを我々から遠ざけ、正しいもののみを与えてくれることになるとするなら、それは確かにとても喜ばしいことにはなるでしょう。しかし、良いものも悪いものも、まったく同じ基準で同時に排除してしまうのは、これは確かにひどい思いつきだと言わざるをえません。したがって、私は次のように考えます。もちろんこれは空理空論的な奇抜な考えと捉えられてしまうかもしれません。しかし大きな困難にあっては、一か八かの解決策を試してみることも、大切なわざであります。そこで私の意見を述べさせていただければ、自分のことを幸運に恵まれ、幸せであると思う人こそが、幸せ者と呼ばれてしかるべきだと思うのです。そしてその反対に、いくら幸運と幸せに恵まれていても、自分のことを不幸だと思っている人こそが、不幸者となるのではないでしょうか。つまり私が言いたいのは、喜びと共に生きることこそ、本当に生きることであり、自分の生活に喜びを感じられる者のみが、真の人生を生きているのだということであります。もしある人が、たくさんの大きな幸せを抱えながら、その幸せに気づかず、むしろそれを不仕合せと考えてしまうことになったとしたら、いったい何のための幸せだというのでしょうか？　そして、それとは逆に、ある人には幸せの数がいくつか足りなくても、もし人生に満足しているのであれば、それだけで彼にとっては十分です。喜びこそが人生であり、喜びにあふれた人生こそが真の幸福であります」

一同はすっかり疑問が解消したかのように、晴れ晴れとした表情を見せ、こう言った。

「それこそまさに正鵠を得たご意見です。これですっかり問題点が解明されました」

　こうして、彼の発言のすべてが一座の仲間にとっては最終的な結論となり、これ以上議論の余地がないように思え、このままいけば彼の考えが全員に受け入れられるはずであったことは想像に難くない。しかしそのとき、あの鷲のごとき鋭才、いやもっと正しく言えば白鳥のごとき異才の詩人である、教養あふれるアキリーニ氏がこれに異論を唱えたのだ。

「みなさん、ちょっとお待ちいただきたい。ここでよく注意していただきたいのは、自分が置かれた状況に満足して生きて行くのは、単なる馬鹿者に他ならないということです。単純な人間にとっての幸せとは、自分自身がすっかり満足していることです。かの有名なブオナロッティ[32]が、下手な絵を描いて満足している男に言ったそうです。《きみは幸せ者だよ。この私は自分が描いた作品で満足のゆくものなんて、ひとつもないのだからね》と。ですから同じように私は、いつもダンテの間髪を入れぬすばらしい反応ぶりを示す、あの逸話には感心させられるのであります。まあ、いずれにしろその軽妙な才覚から、《軽快な《アリヘロ》》を意味する彼の名前もぴったりその特徴を表しています[33]。あるとき、カーニバルの仮装祭りの日、ダンテも仮装をしていたときの、あの機智に富んだ返答は、彼の性格を生きいきと表しています。というのは、偉大なパトロンで文芸の庇護者であったメディチ氏が、ダンテ[34]を探し当てるように一同に命じたのです。そして、大勢の仮装者たちの中からダンテを見つけ出すために、その任に当たった者に出した指示は、仮装した者にかたっぱしから、《誰が善について知っているのか?》と、尋ねていくことでした。すると誰もが頓珍漢な返事をする中、探し手たちはダンテのところへやってきて、こう尋ねたのです。《キ・サ・デル・ベーネ? (誰が善について知っているのか?)》と。すると彼は、すかさずこう答えたのです。《キ・サ・デル・マーレ（悪を知る者こそがそれを知っているのだよ)》と。これを聞くと探し手たちはすぐにこう言ったのです。《あなたこそダンテ殿です》と。なんとすばらしい返答でしょう。あの人物は善を知ると同様、悪をも知っていたのです。つまり、飢えを知る者しか、ご馳走の本当の味は分からないということであります。そして喉の渇きを知る者だけは飲物の本当の味を知ることになります。夜を眠れず過ごした者にとって、睡眠はいっそう心地よいものとなり、これと同じように、疲れ果てた者にとって休養が真に心地よいものとなります。戦争時の物資の不足を体験した者たちこそが、平和時の豊かさを真にかけがえのないものと感じとります。貧しい境遇にあった者こそが、まことの金持ちになる術を知ることになります。牢につながれていた者こそが、自由のよろこびを味わうことができ、また船で遭難した者こそが、港のありがたさを身に染みて感じとります。国を追われたことのある者は祖国の有難味を、そして不仕合せだった者は幸福のありがたさをそれぞれ味わうことができます。皆さんはきっと、財産がありながら満足していない人たちが、たくさんいることに気づくはずです。それはその人たちが、不幸な状況を前もって体験していないからでありま す。そういうわけで、まず初めに不仕合せを体験した者こそが、本当に幸福になれるのだと、私は申し上げたいのであります」

この見解は一同をなるほどと思わせたのであるが、このときマスカルディ氏がこの考えを論駁すべく、自らの意見を開陳し始めた。まず、不幸であることを前提とする幸せなど本当の幸せとはいえないし、苦難を体験したあとに手を入れる幸せも、真の幸せとはなりえないことを主張しようというのだ。

「そんな考え方に従えば、悪いことが先に起り、苦しみが喜びに先立つことになります。でもそれは完全な幸せとはなりえず、不幸の入れ混じった中途半端な幸せでしかありません。もしそういうことなら、いったい誰が幸福になりたいなどと思うでしょうか？　従ってここで私の正直な感想を述べさせていただくなら、他の多くの人たちと同じように、私の基本的な考えは、幸運も不運もなく、また幸福も不仕合せもなく、ただあるのは分別と無分別のみだということです。つまり、人間の幸福のすべては分別をもつということにあり、不幸とはそれを持たぬことにあるのです。賢明な人間は運の良し悪しを気にすることはなく、むしろそれを支配する者となります。こうして、まったく何物にも依存することなく、星の存在よりも上に位置しながら生きていくことになります。その人が自分自身を傷つけないかぎり、その障害となるものは何もありません。そして結論として言えるのは、思慮分別が満ちあふれるところには、不仕合せが入り込む余地はないということであります」

さまざまな人生経験を経た出席者一同、まるで芳醇なワインを味わうかのように頷き、この意見に対して賛同の意を表し、厳しい批判精神の持ち主たちまでも、「さすが」と思わず感想を漏らしたほどであった。

しかしそれと同時に、奇抜な考えが売り物のカプリアータ氏が首を左右に振り、つぎのように異議を申立てた。

「いったい誰が、幸せそうな顔をしている賢者を見たことがあるというのですか？　どこか辛気臭い考えが、いつもあの思慮深い人たちの心の糧になっていたのではありませんか？　たとえば、スペイン人たちは、もっとも落ち着きがあり、分別のある人たちだとの評判がありますが、外国の人たちからは、陰気で糞まじめだと噂されていることはご存じでしょう。そして逆にフランス人たちは、陽気で、いつも飛んだり跳ねたりして踊っている人たちだとされています。物事を深く考える人ほど、悪については普通の人よりずっとよく知っていますし、幸福になるためにはまだまだ多くのものが不足していることを承知しています。賢人たちは逆境をとても切実に感じ取るものです。能力のある人たちには、障害は強い印象を残すものです。それは、ほんのちょっとしたつまずきでも、最大の幸福感に水を差すことになってしまうからです。おまけに、運に恵まれないことに加えて、彼ら自身のその深い理解力のせいで、幸福感を減じてしまうことにも原因があります。したがって賢者の顔の中に、喜びの影を見つけようとしても無駄であります。笑顔は狂人の顔のなかにしか、見つけ出せないのですから」

この言葉を聞き終えると、ひとりの有名な人物が立ち上がった。思慮に富む大使閣下がさまざまな感想や卓見を聞き出すことを楽しみにしている人物である。彼は突然素っ頓狂な声をあげ、大笑いしながらこう言った。

「ほとほと呆れましたね、大使閣下。ここに集う賢人諸氏はまことに底抜けのお馬鹿さんばかりということですよ。天国にある幸せをこの世で探しておられるわけですからね」

と言うが早いか、この辛辣な言葉を残したまま、部屋を出てしまったのである。

「これではっきりしましたね」と全員が本心を吐露した。「狂人がものの本質を突いた言葉を吐くのだということが証明されましたよ」

そしてこれを確認するかのように、マスカルディ氏[36]が次のような長広舌をふるった。

「ところで皆さん、天国ではすべてが幸福に満ち満ちています。そして地獄ではすべてが不仕合せそのものです。そしてこの世は、お互い正反対の場所に位置する両者の中間にあることから、それぞれの特徴を兼ね備えています。つまり、悲しみと喜びが交互に混じり合い、悪と善が交錯し、喜びが目立つところでは、苦難がその揚げ足をとるようなことをいたします。そして良き知らせのあとには、悪い知らせが到着するようになっています。月は、あるときには上弦になり、またあるときには下弦となり、地上の出来事を支配する大きな働きをなし、幸運の後を不運が引き継ぐようにさせています[37]。だからこそ、マケドニアのフィリッポスは、三つの嬉しい知らせ[38]を受け取った後、なにかの不幸が生じるのではないかと怖れたのです。昔の賢者は、笑うときもあれば、涙するときもある、と教えました[39]。曇り空の朝明けもあれば、明るい曙光が差す朝もあります。海はときにはやさしく、またあるときには荒れ狂います。悲惨な戦争のあとには、穏やかな平和の日々が訪れたりします。このように純粋な喜びだけがあるのではなく、苦難に満ちた日もあり、それを誰もが合わせ呑むのです。人間は現世で幸福を求めるなどという、無駄なことをしてはなりません[40]。幸福はこの世の中には存在しないのです。なぜそう考えるかといえば、人生とはいわば地上での兵役であります。このようにすべてが苦難に満ち、我々の生活が悲惨さにすっかり包囲されているにも拘わらず、人間たちは真の女王たる天国の母の優しい腕に思い切って抱かれにいこうともせず、現世という名の乳母の胸に食らいつき、離れようとしないからであります。だからもしこの世のすべてが、喜びと楽しみと快楽と慰みと幸せだけに終わってしまうとしたら、彼らはすっかり戸惑ってしまうに違いありません」

ここに至ると、我らが主人公である旅人、クリティーロとアンドレニオのふたりは、すべてを理解したように感じ、またすべての人間も彼らと同じように理解したように思えた。彼らの案内役の宮廷人が次のように言葉をつけ加えた。

「全く無駄ですよ。世界を巡り歩き、人生の遊歴者であるあなた方にとっては、連れ合いとも母とも呼ぶそんな想像上のフェリシンダを探し出すなんて、まったくの無駄な作業に終わるだけです。フェリシンダなんて、この世ではすでに死んでしまい、天国で生きているだけです。だからもしこの世であなた方が、立派な行いを示しておけば、あの世でなら彼女をきっと見つけ出せるはずです」

ここで識者たちの集いはお開きとなった。全員が世の習いに従うかのように、すっかり諦観の境地に達して、集いは終わることになったのである。宮廷人はここローマでふたりを待ち受けてくれているはずの、楽しみの一部でもぜひ見せてやりたいと言う。

「でも我々がまず果たさねばならない最大も課題は、優れた人士たちに出来るだけ多く会うことです」と、ふたりは言った。「いままで世界中を巡り歩いては来ましたが、高潔な人士にはそう多くは会えなかったからです」

「でも、全世界を巡り歩いたなんて、どうしてそんなことが言えるのです？　ヨーロッパのわずか四つの国に居ただけのことじゃないですか」

「それは確かにおっしゃる通りです」とクリティーロが答えた。「でもどうか私の考えを聞いてください。たとえば、あるお屋敷を想定した場合、家畜が居る小屋は、家の一部とはみなされません。家畜が押し込められている小屋なんて、勘定に入らないからです。それと同じように、この世界のほとんどの地域が、無教養な人間の住む家畜小屋にすぎません。獰猛で殺伐とした国々では、治安も維持されず、教養や技術や専門的知識のかけらもなく、怪物みたいな異端者の群れが住みついています。あんな連中など人間などと呼べるものではなく、ただの野獣にすぎません」

「ちょっと待ってください」と彼は言った。「話題がその点に向けられるということであれば、一つお聞きしたいことがあります。あなた方は世界のなかでも、もっとも文化的とも言える国々を見て回ったわけですが、この文化が高度に発達したイタリアについてどう思われましたか？」

「あなたは《文化が発達した》という言い方をされましたが、まさにその表現こそ、外見がきちんとしていること、優雅な雰囲気をもっていること、文化の高さを誇ること、分別をわきまえた人々の国であることなどと、まったく同義語だと思います。イタリアはそのいずれの点に於いても、完璧な国だと思います。なぜかといえば、たとえば、スペインなら神が創造されたままの姿を、今でも保っている点に私は注目するからです。スペインに住む人たちは、ローマ人たちがかつて耕してくれた少しの土地以外には、その国土をまったく改良しようとはしませんでした。山々は当初の姿をそのまま変えず、いまでも堂々と聳え、人を寄せつけない趣があります。河川は、大自然が造ってくれたままの同じ川筋を通って流れ、船の航行もままなりません。平野には荒れ地が広がり、灌漑用の水路も作られず、まったく未耕作のままになっています。そういうわけで、結局何の産業の発展も見られません。これとは反対に、イタリアはまったく異なった様相を示し、立派に発展を遂げ、もし原初の住民たちが今の世に現れたとしたら、すっかり面喰ってしまうに違いありません。なぜかと言えば、山々は低く均されて公園に姿を変え、河川は航行可能となり、湖は魚の養殖場となり、海辺には有名な町々が連なり、そこには波止場や港が美しい姿をみせています。さらに、それぞれの町には、荘厳な建物、寺院、宮殿、城塞が立ち並び、いずれ劣らぬ美しさを見せています。広場は噴水や泉で飾られ、野原にはあらゆるところに庭園が設けられ、まるでエリュシオンの野を彷彿とさせます。したがって、たったひとつイタリアの都市さえあれば、他の国のすべての都市を合わせたよりも、もっとたくさん見るべきものを提供してくれ、もっと目を楽しませてもらうことができます。イタリアこそ高い教養をもつ母親のごとき存在です。そして優れた技芸を育み、政治学、文学、歴史学、哲学、修辞学、学術研究、雄弁術、音楽、絵画、建築、彫刻などなど、あらゆる分野がその最盛期にあり、高い評価を得ています。またそれぞれの分野には、飛び抜けた才能をもつ人たちがいます。したがって、確かなこととして世間で言われているのは、女神たちが世界の国々を分け合った際には、ユノ[41]はスペインを選び取り、ベローナ[42]はフランスを、プロセルピーナ[43]はイギリスを、ケレス[44]はシチリアを、ウェヌスはキプロス島を、ミネルウァ[45]はイタリアをそれぞれ選んだということです。イタリアでは、あのとても柔らかで、豊潤で、表現力に富む言語に支えられたおかげもあって、文芸が見事な花を咲かせました。それに加えて、かつてローマで演じられ、我々人類の元祖の堕落を扱った[46]あの小粋なお芝居の中では、なんとドイツ語を喋る父なる神や、《ロ・ミオ・シニョーレ（かしこまってございます）》なんて、イタリア語を話すアダムや《ウイ、ムシュー》なんてフランス語を話すエバとか、スペイン語で格好よく啖呵を切る悪魔などを、面白おかしく登場させたりすることさえありました[47]。イタリア人は《偶有的属性》に於いては、スペイン人に勝り、《本質的属性》に於いてはフランス人に勝っていると思います。フランス人ほど卑屈な態度をとらないし、スペイン人ほど傲慢でもないのです。そして、才智に関してはスペイン人と肩を並べ、思慮分別に関してはフランス人を凌駕していて、この二つの国の間の中庸を巧みに取り入れています。しかし、もし西インドの植民地がイタリア人の手に渡っていたとしたら、彼らはその状況をきっと大いに楽しんでいたに違いありません。イタリアはヨーロッパの国々のちょうど真ん中の位置を占め、他国の前に諸国の女王として君臨し、国内ではまさに女王がもつにふさわしい従者たちを揃えています。なぜなら、ジェノバが財務担当官の役割を果たし、シチリアが食糧庫係、ロンバルディアが酒肴係、ナポリが給仕長、フィレンツェが侍女、ラツィオが執事、ベネチアが養育係、モデナ、マントヴァ、ルッカ、パルマが小姓、そしてローマが筆頭女官となって仕えているからです(48)」

「でも、ただ一つだけ、ぼくには、良くないと思える点があります」とアンドレニオが言った。

「一つだけ？」と、宮廷人は応じた。「で、それは何ですか？」

アンドレニオはすぐには言い出しかねる様子で、どうやら返事を相手に推し量ってほしいような素振りをみせた。彼は黙り込み、一時沈黙が流れたが、やはり相手は返事を引き出そうと、あらためて問い直した。

「ひょっとして、悪習に染まっているという点ですかね？　楽しいことばかりに取り囲まれて暮らしていると、そんな欠点は生じてくるということでしょうかね？」

「いや、それじゃありません」

「それなら、イタリアにはまだ異教徒的な匂いが残っているということでしょうかね？　たとえば、人名までもがシピオーネだのポンペオ、チェザレだのアレサンドロ、ジュリオだのルクレツィアといった調子ですからね。それと古代の彫像などを有難がって、まるで偶像を崇拝しているように見えることや、迷信的で縁起を担ぐという点でしょうかね。これはすべて古代の異教的な世界遺産ですからね」

「いえ、そんなことでもありません」

「それではですね、国土があまりに細かく分割されていて、領主さまとか小領主さまの支配のもと、まるで細切れの集まりみたいになっていることでしょうか？　政治的にはまったく不毛な状態ですし、いくら全体としての国益を目指してみても、何の成果もありません」

「それでもありません」

「おやおや、じゃあいったい何でしょうか。そうだ。ひょっとして、たとえばスペイン軍やフランス軍が、お互いの戦場の舞台に使ったみたいに、諸外国の軍隊が好き勝手に出入りしていることですかね？(49)」

「いえいえ、そんなことではありません」

「じゃあきっと、さまざまな奇想や妄想に近い想像力を存分に発揮した人たちだったという点ですかね。その特技は、帝国の誕生とともにギリシャからラツィオへと受け継がれたものですからね」

「いえ、それでもありません」

「じゃあ、いったい何です？　私には分かりませんから、もう降参です」

「それは何かといいますとね、実はイタリアには人の数が多すぎるということです。もしそれがなかったとしたら、きっと世界のなかでも飛び抜けた、最高の国になっていたはずだと思います。たとえば、ローマという町はさまざまな国から人が集まる所になってしまったことで、イタリア的な特質を大幅に薄めてしまっています。だから、ローマはイタリアではなく、またスペインでもフランスでもなく、あらゆる国の混合体の町だと世間では言われたりします。暮らすにはすばらしい都会ですが、終焉の地に選ぶに適した町ではないのです。これも世間で言われていることですが、ローマは死んだ聖者たちと生きた悪魔たちで溢れています。そして、巡礼者をはじめ、あらゆる珍奇なものが集まるところであり、驚異と奇跡と不思議な現象に彩られた町となっています。従って、ローマに一日暮らすだけで、他の都市なら一年暮らすよりも、もっと多くの事を体験でき、最高のよろこびを味わうことができてしまいます」

「先日来、私はイタリアについての謎を解き明かしたいと思っているのです」とクリティーロが言った。

「何でしょう?」と宮廷人が尋ねた。

「じゃあ、ゆっくりお話ししましょう。それはですね、フランス人たちはイタリアにはずっとひどい仕打ちを繰り返してきました。人々を不安に陥れ、苦しめ、国土を踏みにじり、略奪し、毎年のようにここに住む人々の暮らしを混乱させ、国土をすっかり荒廃させてしまいました。ところが、これとは対照的に、スペイン人たちはイタリア人の暮らしを豊かにし、彼らを尊敬し、平和と安寧を保証し、人々に敬意を払い、カトリックのローマ教会を支える力強い柱となってきました。しかしそれにも拘わらず、イタリアの人たちは、フランス人たちに骨抜きにされ、心はフランス人にべったりの状態になっています。この著述家たちはフランス人を称賛し、詩人たちは恥ずかしげもなく熱い調子で彼らを称賛しています。ところがスペイン人たちに対しては、忌み嫌い、呪い、事あるごとにスペイン人の悪口を言っているのです」

「なるほど!」と宮廷人は答えた。「なかなか要点を衝いたご質問ですね。さてどうご説明したものでしょうかね。たとえば、あなたはこんな女性の例を何度も見たことがあるはずです。その女には誠実な夫がいて、大切にされ、愛され、衣食住には何の不自由もなく、おまけにきれいな服まで着せてもらっている。それなのにその女はというと、どこかのごろつきに毎日のように平手打ちを食わされ、小突かれ、ぶん殴られ、金を巻上げられ、服を剝ぎ取られ、虐げられているというのに、そのごろつきにすっかりうつつを抜かしているといった例です」

「ええ、それはよくある話ですね」

「だったら、その例をさっきのお話に当てはめてみることです」

と、ここまで話がくると、日がすでに暮れはじめていた。これから壮麗な建造物のかずかずを訪れるはずだったが、日が暮れてしまっては光が足りなくなる。そこで翌朝までは、好奇心を満たす楽しみをお預けにしなければならなかった。

「明日になれば、ローマだけでなくすべてを見渡せる場所にご案内して、一度に全世界をあなた方に見ていただく機会を作りましょう」と宮廷人は言った。「そこへ行けば、私たちが生きている今の時代だけでなく、未来の世界の様子も見ていただけるものと思います」

「これは驚きました」とアンドレニオが言った。「次の世代の新しい世界にまで、我々を連れていって下さるのですか？」

「その通りです。そこで起こっていることすべて、そして何が起ころうとしているのかを、あなた方にご覧いただけるはずです」

「それなら、あすはきっと素晴らしい一日になりますよね！」

　それを共に楽しみたく思う読者諸賢には、次考において主人公たちとともに、明朝は早起きしていただくことにしよう。

第十考
車輪とともに〈時〉はめぐる

　古代の何人かの哲学者は、人生の始まりから死を迎えるまでの人間の七つの時代を、公転を繰り返す七つの天体がそれぞれ分け合ったのではないか、というあまり根拠のない考えを持っていたようだ。人生の各時代にふさわしい天体を、その並び方と天体が持つ意味に従って当てはめてみたのだ。そんな形で各年代の人間に、そのとき彼らがどの天体の影響下にあるのか、さらには人生の歩みのなかでどの段階にきているのかを、正しく理解させようとしたのである。彼らの説によると、幼年期はルキナの名前でも呼ばれる月に支配され、その影響として、月のような欠陥の多い性格が子供に伝わるのだという[1]。分かりやすく言えば、夜の湿り気が子供の心に潤いを与え、誰かに優しく抱かれている気分にさせ、その影響により身勝手さと移り気な性分が子供に移ってしまうというのだ。つまり、泣くかと思えばすぐに笑い、機嫌を損ねたかと思えばすぐに機嫌を直し、自分でもその理由がさっぱり分からないまま、目まぐるしく表情を変えていくのがその表れであるという。さらには、外部からの刺激を柔軟に受け入れ、多くのことを感知することで、無知の闇から知識の夜明けの時代へと移っていくらしい。つぎに十歳から二十歳になるまでは、水星が人間を支配するのだという。その影響のもとに従順な心が植えつけられ、少年が年齢を重ねるに従って、人間としての完成度を高め、成長してゆく。こうして、さまざまなことを覚え、知識を身につけ、学校の課程を修め、大学の講義を聴講し、世界の事情を知り、学問に親しみ、精神を豊かにしてゆくのだという。しかしながら、二十歳になると、金星が慎みに欠ける行動を開始し、暴君のごとき振る舞いに及び、三十歳に至るまでの人間を支配する。[2]こうして金星は、煮えたぎる血と燃え盛る情熱の火を抱えた青春時代の人間を相手に、生々しい戦いを繰り広げるのだが、その戦いたるや実に派手で鮮烈なものとなる。三十歳になると、太陽が顔を出し澄んだ光を放ち始める。それとともに人間も、自ら光を放てるような価値ある存在にあこがれ、誇りある仕事や華やかな企てに熱心に挑み、自分の家庭と祖国にとってまるで太陽のごとき存在となり、すべてを照らし、豊穣の地を育み、豊かな実を結ばせる。四十歳になると、今度は火星が人間を強く刺激し、勇気と熱意を吹き込む。[3]こうして人は豪胆さを身につけ、勇猛果敢な働きを示し、挑戦し、復讐心を燃やし、争いごとに挑む。さらに五十歳になると木星の影響下に入り、ユピテルのごとき主権者への魅力に取りつかれることになる。[4]ここまで来ると人間は、自分の行動の主となり、話しぶりにも威厳が感じられ、落ち着きをもって行動し、他人に支配されることを快しとしない。むしろ、すべてに命令を下すことを好み、自分自身で物事の判断を下し、その決定を実行するとともに、自らを律することも十分心得ている。堂々たる風格を示すこの年代こそ、人間の一生のなかでも、とくに女王と呼ばれるにふさわしい時期としてもてはやされ、人生の最高の時代とされる。さて人間六十歳にもなると、メランコリックな土星が顔を出すのだが、明るい朝の光には比すべくもなく、勢いにも陰りが見える黄昏の光でしかない。[5]不機嫌でつっけんどんな老人にふさわしく、土星は人間に対しては、その疎ましい性格を植えつけるのである。こうして老人は、自分の人生も終わりにさしかかっていることから、すべての人間をできることなら道連れにしたい気持になるのだ。すっかり虫の居所が悪くなり、他人をいらつかせ、ぶつぶつ文句をこぼし、周囲に当たり散らしながら生きてゆく。そしてまるで老いぼれの犬みたいに、いま目の前にあるものには噛みつき、過去の思い出だけはぺろぺろ舐め回し、新たな行動を起すことなどには気が進まず、たとえ実行に移してもおどおどしているだけ。悠長な長話をするのだが、なかなか実践が伴わず、何かを企ててみても、運に見放される。人づきあいも少なくなり、だらしない風采で服装には無神経。何に対しても無感覚になり、何をするにも能力に欠け、そしてのべつ幕なしに何にでも愚痴をこぼす。人間が生きていられるのは、せいぜい七十歳までだが、もし偉物なら八十歳までだろう。それから先は苦難と苦痛が待つのみで、これなど生きるというより死んでいるに等しい。こうして、土星による十年間の支配が終わると、再び月の時代に戻ることになり、老いさらばえた賞味期限切れの人間が再び幼児に帰り、猿と変わらぬ生活に戻る。人間の一生の循環を表す機智に富む判じ絵で、蛇が自分の尾を嚙んで、円形を描いている絵があるが[6]、ちょうどそれと同じように、時の循環がこうして完成することになる。

さて、ふたりがそんなことを考えているうちに朝となり、案内役の宮廷人は彼らを起そうと、部屋に入った。ふたりはすでに目覚めていたが、このときの《おはようございます》の挨拶こそ、ふたりの人生のなかでもっとも意義深い日を迎える朝の始まりとなった。それはこの世のまやかしごと、時代の移ろいと盛衰、幸せのはかなさ、茶番に満ちた人生などを目の当たりにすることで、ふたりにとってもすっかり目が開かれる日となるからである。

「さあ、起きて、起きて！」とふたりに言った。「まだたくさん話が残っていますよ。この世について、さらに来世について、我々はじっくり話をしなきゃなりません」

彼はさっそくふたりを屋敷から連れ出し、広く世情を見せるために、ローマの七つの丘[7]の一番高い地点に連れていった。そこはひときわ眺めのいい場所に位置していて、世界に冠たるこの都の全景を一望に収めるだけでなく、全世界、さらには全時代をも広く見渡すことさえ可能だった。

「私はよくこの見晴らしのいい場所に、気心の知れた陽気な仲間たちとやって来ては、目まぐるしく変化する世界の情勢を観察して、楽しむことにしています」と彼は言った。「ここからさまざまな都市や王国のほか、君主国や共和国の指導者たちを見渡して、あらゆる人間の言動について考えます。すると面白いことに、今日と昨日に起ったことだけでなく、未来の事まで見えはじめます。こうしていろいろなことが、つぎからつぎへと現れるのを見て、考えにふけるのですよ」

「それはすばらしい！」とアンドレニオが言った。「これから何年かのち、世界がどうなっているのか見ることができるなんて！　各王国がどんな行く末を辿ることになったのかとか、誰かを神がどんな運命に導いてくれたのかだとか、名のある人たちがその後どうなったのかなど、すべて見通せるわけですね。未来の事こそ、まさにぼくが見てみたいことです。だって現在や過去の事なんて、誰でもちゃんと知っているうえに、あることないこと耳にタコができるほど聞かされますからね。たとえば、フランスの三文新聞など、戦争の勝利だとか、めでたい出来事があると、そのネタを何度も繰り返し、大仰に自慢してみせます。スペインについての記事だと、たとえば、セリム二世の艦隊を破ったことなどの話を取りあげては、フランスの読者をがっかりさせ、またいらいらさせます[8]。おまけにその戦勝を祝う行事や、ルミナリエで費やした経費の方が、実際に戦の勝利で守った貨財よりも多かったなどと、いかにも自信ありげに書いたりするのです。さらにごく最近では、ある分別のある人がこうも言っています。《アラスの救助作戦[9]について語るフランス人たちに、私はすっかり腹を立てています。あんまりその話ばかり繰り返すので、真冬でさえタペストリーを壁にかける気にはなれないのですよ[10]》と」

「じゃあ、ここであなたに見せてあげましょう」と、宮廷人は言った。「未来の出来事すべてを、まるですぐ目の前で目撃しているかのような感じで見ることができます」

「そいつはすごい魔法のわざですね！」

「いやそんな大げさなものでもないし、わざなどと言うほどのものでもありません」

「でも、どうしてそんなことが可能なんです？　未来のことなどすっかり我々の目から隠されていて、神の洞察力にだけ委ねられているものじゃありませんか」

「もう一度同じことを言いますが、これほど簡単で確かなものは他にありません。つまり、あなたが知っておかねばならないことは、過去に起こったのと同じことが、全くそのままの形で現在も繰り返され、未来でもつづいて行くという事実です。二百年前に起こったのと同じことを、なんと今現在我々が見ているのですよ。嘘だと思うなら、少し待って下さればすぐに分かります」

と言ってから、体の正面のポケットに手を突込み、眼鏡をひとつ、いかにもすばらしいものを扱うかのように、自慢げに取り出した。

「その眼鏡はほかのとはどう違うのです？」とアンドレニオが訊いた。

「まさにその点が重要なのですよ。実は、ずっと遠くまで見えるのです」

「すると何ですか、ガリレオの望遠鏡よりもずっと遠くまで見えるのですか？」

「まだまだずっと遠くまで見えます。今まさに起ろうとしていることや、ここから百年の間に起るはずのこともです。この眼鏡はあのアルキメデスが物知りの友人のために、工夫して作製したものです。さあ、心の眼、つまり内なる眼にこの眼鏡をかけてごらんなさい」

ふたりは言われた通り、思慮分別を備えた心の眼のうえに、それを掛けてみた。

「じゃあ、スペインの方角を見てください。何が見えますか？」

「見えているのはですね」とアンドレニオが言った。「二百年前と同じような内乱や反乱や不幸が、そっくりそのまま今の時代に起こっている様子です」

「イギリスの方角には何が見えますか？」

「ヘンリーとかいう王が、ローマの教会に背いて行ったこと[11]を、別のもっとたちの悪いヘンリーが、そのまま真似をして繰り返しているのが見えます[12]。また、その昔にメアリー・スチュアート[13]とかいう女王を処刑したように、こんどはその孫のチャールズ・スチュアート[14]を同じような目に会わせています。フランスへ目を移すと、アンリが殺されたかと思うと、またもうひとりのアンリも殺されました。[15]そしてまた異端のヒュドラの首が生えてきています。[16]スウェーデンを見てみれば、グスタフ二世にドイツで起こった出来事と全く同じことが、その甥であるカール十世にも起こっています。[17]カトリック勢力であるポーランドとの戦いで良く似た運命をたどっているからです」

「ところで、ローマでは?」

「古代の黄金の時代とか、教皇ピウスと教皇グレゴリウス[18]時代に人々が幸せに暮らした、過去のあの時代が戻ってきています」

「こうして見ていると、今の世の中で起こることは、過去に起こったことと同じだということが分かりますよね。ただ記憶力がそれに追いつかないというだけのことです。過去に起らなかったようなことは、いま起ることはないし、この太陽のもと、新しいと言えるようなことも起ることはありません」

「あそこにいるご老体はどなたです? どんどんひとりで先に歩いていって、みんなその後について行っています。あの勢いなら　たとえ追いかけてくる相手が王であれ君主であれ、待ってやるようなことはありませんね。あの老人はただ黙って、ひたすら何かに没入しています。ほら、アンドレニオ、君にも見えるだろう?」

「ええ、特徴のある格好をしているから、すぐに判ります。旅人みたいに振り分け荷物を肩にかけていますよね」

「ああ、あの人のことですか」と宮廷人は言った。「あのお年寄りは物知りですよ。いろんなことを見てきたお人で、ずけずけと遠慮なく、真実をすべて明かしてくれる人です」

「あの振り分け荷物のなかには、あんまり物が入らないのじゃありませんか?」

「いやいや、それが驚きなんですよ。実はあの中には、都会だってひとつだけでなく沢山入るうえに、王国さえすっぽり入ってしまいます。そのうちのいくつかは前の荷物に入れ、さらに残りは後ろに入れています。それで疲れてくると、前後の荷物を取り替えて、後ろの荷物を前にもってきたりします。こうして全世界をひっくり返してしまうわけですが、なぜ、そしてどんな形でそれを実行するのかということに関しては、特別な理由はありません。ただ単に、ちょっと気分を変えてみるというだけの理由からです。ある領地が他の支配に移ってしまったり、ある国の領土であったものが、別の国の領土に変わってしまったりすることが、なぜ起きるのだと思いますか? つまり、それは〈時〉という存在が、振り分け荷物を前後入れ替えるからです。だから、帝国が今日ここにあったとすると、明日には遠くあちらに追いやられたりします。また、きのうは後ろの方を歩いていた者が、今日は前に進み出てきたりします。前衛に居た者が後衛にまわってしまうようなものですよ。そんなわけでたとえばアフリカは、かつてはアウグスティヌスやテルトゥリアヌスやアプレイウスなどの偉才を生み出す地であったのですが[19]、驚くなかれ今ではすっかり蛮族の地と変わり果て、野蛮な輩を生み出すだけの所となってしまいました。そして一番胸が痛むのは、ギリシャの例です。かつては最高の偉材が輩出した地であり、学問と技芸の創始者たる国であり、全世界に思慮分別の教えを提示し、雄弁術の祖とも言える国なのですが、今日ではトルコの蛮族たちに支配され、すっかり田舎者に成り下がってしまいました。万事こういう調子で、全世界が逆の立場に置き換えられてしまっています。イタリアはかつて多くの国を支配下に収め、あらゆる地方で勝利を収めましたが、今日では逆に彼らに仕えている始末です。つまり時代が振り分け荷物を反対に置き替えてしまったのです」

　しかしここで、目を見張るようなすばらしい情景が、彼らの前で展開されることになる。なんと《好機》を象徴する巨大な車輪が、全地球をまきこんで、東から西へ向かって下ってくるのが見えたのだ[20]。その車輪には、この世界に存在するすべてのもの、過去に存在したもの、そして存在するであろうものが、残らず乗せられているのが判った。さらには、それぞれがしかるべき場所を占めて、きちんと配置され、その半分は地平線上にはっきりと姿を現わし、後の半分はずっと下の方に姿をひそめている[21]。しかし車輪はたえず回転をつづけ、まるで起重機の輪のようにくるくる回る。そして〈時〉が今日の段から、次の日の段へと、跳んで移りながら輪を回し、それとともにあらゆるものを引連れてゆき、一緒になって回しているのだ。こうして新しい踏み板が現れると、古い踏み板はしばらく隠れはするものの、時がたつとまた再び現れることになっているのだ。ということは、踏板は常に同じ板ばかりの繰り返しで、ちょうどいま踏まれて通過してゆく板もあれば、すでに通り過ぎてしまった板もあり、さらに時間がたてばまた踏まれる番が回ってくるという具合だ。そして川の水までもが、千年後には再び昔と同じ場所を流れることになる。もっとも水とはいっても、目を流れる涙の水のことを言っているのではない。涙の水はもっと早い周期で戻ってくるものだ。泣きたいことがたくさんあるからだ。

「ここには見るべきものがたくさんありますね」とクリティーロが言った。

「それに、気をつけるべきこともありますよ」と宮廷人が言った。「ほら、よく見てじっくり考えてみてください。この世の栄枯盛衰のすべてが、輪の上を通り過ぎていく様子をしっかり見てほしいのです。過ぎ去るものもあれば、新たに登場するものもあります。国だって華々しく登場するかと思えば、すぐにまた混乱が始まったりします。とにかく、同じ状態に安定して止まっているものなんて、何もありません。すべてはこれから力を蓄えていくのか、あるいは衰えていくのかのどちらかです」

　車輪のずっと端のところに、すでに通り過ぎていった偉人たちや王たちの姿が見えた。決して貧相とは言えないまでも、地味な格好をしている。みんな犠牲を惜しまず、国の富を守ることに奔走してくれた人物たちばかりだ。毛織物の服を身につけ、他国を巧みに自国の勢力下に収め、祭日だけは華やかさを演出して袖口に絹の飾りをつけるものの、それ以外の日は、一年中戦闘用の鎖帷子をまとっていた人物たちである。

「あれはどんな人たちなのでしょう?」とクリティーロが尋ねた。「質素な服を着ているほど、さらに立派な人物に見えますが」

「あの方たちは、王国の征服者たちですよ」と宮廷人が答えた。「ほら、よく見てみてください。あちらにはアラゴン王ジャウメ一世[22]の姿が見えますし、カスティーリャ王聖人フェルナンド三世[23]や、ポルトガルのアルフォンソ・エンリケス[24]の姿も見えます。あのように何の飾り気もない服装をしていながら、高い声価を得ている人物であることは、実にすばらしいことです。あの方たちは、人生で自分に与えられた役割をきちんと果たし、数多くの偉業を歴史に残してくれました。そして今はごくふつうの死装束に身を包んではいますが、決してその名が人々に忘れ去られたわけではありません」

するとそれと時を同じくして、車輪の裏側から、今までの人たちとはまったく様子の違う人たちが現れた。いかにも金満家らしい、派手で豪勢ないでたちで、衣擦れの音をきゅっきゅっとたてて、衣裳を引き摺り、先祖の遺産の恩恵を十分に受けているように見える。しかしこの連中は、どんどん先に進んでいくうちに、なにもかも失ってしまい、彼ら自身も最後には没落してしまう。すると次に、さきほどの偉人たちが再び姿を現わし、主役の役回りを彼らから奪ってしまう。こうして人が入れ替わることで、人間世界が歩みつづけていく。だから結局はこの世に起こることなど、一過性のものにすぎないのだ。

「へえ、そんなに目まぐるしく移り変わってゆくものですか!」とアンドレニオが言った。「今までいつもずっとこんな形で、物事は移り変わってきたのですか?」

「そう、いつもそうでした」と宮廷人は言った。「それにどの地方にいっても、どの王国へ行ってもそうだったのです。ちょっと振り返ってみてください。ほら、西ゴート族の初期の王であるアタウルフォ[25]、シセナンド[26]、さらには国王バンバ[27]の姿までも見えるでしょう? 穏やかな様子でスペインに入ってきています。しかし、最後にその王位を継いだのが、色に迷ったロデリック[28]で、最大の繁栄を誇ったこの王国を台無しにしてしまいます。こうして、歴史の輪は回りつづけますが、ゆっくりと時間をとったあと、卓越した力を持つ人物が再び登場してきます。つまりあの有名なペラヨ[29]のことです。この国からあっという間に失われてしまったものを、彼は少しずつとり戻していきました。その後、この国の勢いは再び衰えますが、カトリック王フェルナンドのもと復活を果たすことになります。こんな調子で、繁栄と衰退、幸運と不運の時代が、それぞれ適宜交代しつつ、歴史上繰り返されてきました」

「ほら、あの違いには本当に驚かされますね」とクリティーロが言った。「まずあそこに見える人たちは、粗末な布の衣服を身につけ、一方こちらに見える次の時代の人たちは、きれいな刺繍を施した服を着ています。またあちらの人たちは、鋼鉄で体を守り、こちらの人たちは絹で体を覆っています。あちらの人たちは、体こそ裸同然ですが、心はきれいに飾っています。そちらの人たちは晴れ着で着飾ってはいるものの、何の功績もあげられず、何の学識もなく、享楽的な生活に溺れているだけです」

「あそこには、奥様方、貴婦人たち、さらには王女たちまでもが、目立たないように控え、腰には糸巻をつけ、手には紡錘《つむ》を持っています。しかしそこに現れた別の女性たちは、ダイヤをちりばめた高価な扇を手にして、虚栄心を大いに満足させています。また、あちらの女性たちは粗末な布のマフ[30]を使い、こちらの別の女性たちは、他人には不親切なくせに、自分にはとても甘いのです。またあちらの女性たちはとても華奢な体をしているのに、こちらの女性たちは釣鐘のような体型をして中身は空っぽです。ところが、あちらの女性の方がずっと心地よい鐘の音を響かせてくれます」

「だからやはり、なんでも昔の方がよかったのですよね」と、クリティーロが言った。

アンドレニオはしきりに首を伸ばして、車輪の東側の部分を見つめている[31]。そこで宮廷人は尋ねた。

「何を探しているのです？ 何か足りないものでもあるのですか？」

すると彼は、

「かの良王ドン・ペドロ・デ・アラゴン[32]が、また姿を見せてくださらないものかと見ていたのです。あの方は、《フランス撲滅王》と呼ばれ、フランス人たちにだけは、とくに厳しかった人です。もし今姿を現わしてくれたら、どれほどスペインの助けとなることでしょうか！ 敵にしっかりと打撃を与え、ガリア人なんか完全に屈服させてくれるはずです。しかし、〈時〉の振分け荷物が、ここで入れ替わってしまっています」

車輪は止まることなく回りつづけ、あらゆるものをその回転に巻き込んでいった。するとそこに一つの町が現れた。土壁の家々と堅く門を閉ざした宮殿がそこにある。紳士たちは馬車に乗って街路を通り過ぎてゆく。そこにはなんと、ほかならぬヌーニョ・ラスーラ[33]の姿も見える。ご婦人たちはみんな慎み深く、街中でその姿を見せたりすることはなく、声を聞かせることもない。せいぜいどこかのロメリア（巡礼祭）に出かける程度で、ラメリア（娼婦）まがいの行動に出る女などどこにもいない。そんなお祭りに出かけたとしても、たった一人の男を見ただけで、まるで何千人もの男を一度に見たよりも、顔を赤くして家に戻ってくる。承知しておくべきことは、あの時代には、羞恥心による赤面の赤と、無垢を表す純白の二色があるのみで、他の色など存在しなかったのだ。そんな女性たちは、今の女性とはまったく異質な性格をもっているように思えたものだ。それはとても無口で、外をほっつき歩く癖もなく、恥らいの心があり、働き者ばかりだったからだ。要するにすべてに秀でた女性たちであり、今のように何の役にも立たない女ではない。ところが、車輪が回転していくにしたがって、ある一つの町がすっかり姿を消し、そしてまたしばらく時が経過すると、別の町が姿を現わす。いや、別とは言っても実は同じ町なのだが、あまりに変わり果てているので、誰も前と同じ町だとは気づかないだけのことだ。

「これは何という名の町ですか?」とアンドレニオが尋ねた。

「前と同じ町ですよ」と宮廷人は答えた。

「それはありえないでしょう。だって、前に見たのはただの棒を立ち上げただけの建物が集まった町でしたよ。なのに、いま見ている町は、家は大理石と碧玉でできているし、バルコニーだってあんなに金ぴかに飾ってあります。この商店街だって、あの二百年前も前の店とは、まったく違うじゃありませんか。いいですか、宮廷人さん、むかしの店にはですよ、龍涎香の香りを滲みこませた手袋[34]なんかは売ってはいませんでした。あったのはせいぜい毛織物製だったし、金の刺繡を施した剣帯もなく、あったのはただの革紐だけでした。それにビーバーの毛皮の帽子なんて、夢のまた夢でした。まあせいぜいあったとしても、縁なし帽子、それもむかし家の中でくつろぐときに使ったモンテラ[35]くらいですかね。八レアル銀貨百枚もするマフを身につけるなんて、誰が言ったか知りませんが、まさに異端の輩のなせるわざです。昔はそんなものはなく、マフは粗末な布製で、扇なんて麦わらでできていて、それを伯爵夫人など奥様方がお持ちになっていたものです。あの当時にはまだ公爵の位さえなかった頃ですからね。あの王女コンスタンサ様はいくら着飾ったときでも、せいぜい四マラベディほどの経費だったとか[36]。ところが今の時代ときたら、刺繡とか飾りをつけた布地を使い、フランスからの贅沢品に取り囲まれています。あの時代には、一レアルもあれば、一人の男性なら帽子も靴もストッキングも手袋もみんな買い揃えたうえ、さらにまだ何マラベディかの金が手元に残ったものでした。今の時代の金の刺繡を施した布地の代わりに、あの時代には粗末な荒布を使っていたし、薄絹の布は金持ちの令嬢が花嫁衣裳を身につけたときに、面紗《ベール》として珍重されていました。だからこそ、《ベールで顔を隠す》などの表現が使われることになったのです。昔は単なる荷車だったものが、今の世では二輪馬車とか儀典用の四輪馬車がそれに取って代わりました。また担架だったものが、飾り鋲を打った輿になっています。今の世では、一頭の家畜に引かせた荷車が、町を往来する姿は見られなくなりました。もっともライン・カルボ[37]の時代の昔でも、そう数は多くはなかったはずです。この町の通りには、胸元を広く開けた破廉恥な女たちの熱気が充満していますが、あの当時の町では、女たちの手首が少し覗いただけでも、たちまち女たちの身の破滅になり、自堕落な女とされたものです。ところがいまの世では、女性たちが客を接待する部屋がたくさんあり、クッションもいっぱい置かれていますが、昔のように丁寧に刺繍を施した座布団はどこにも見当たりません[38]。そして、もともと多くもない財産を女たちが少しずつ食いつぶし、おしまいには家を破産させてしまいます」

「しかし、間違いなく言えることは、その二つの町は、もともと一つの同じ町だということです」と宮廷人は言った。「もっともかつての町とは、まったく様子が違い、すっかり変わってしまっているので、昔初めに住んでいた人たちは、きっと見違えてしまうでしょうね。時間の経過というものがなすわざと、その破壊力に改めて驚かされます」

「これは驚きましたね！」とクリティーロが言った。「たとえば、もしカミルス[39]や、デンタトゥス[40]が、今のローマに戻ってきたとしたら、いったい何と言うことでしょうね。また、あの良き戦士サンチョ・ミナヤ[41]が、今のトレドに戻ってきたとしたら、またグラシアン・ラミレス[42]が今のマドリードを見たとしても、ライン・カルボ[43]が今のブルゴスを、アルペルチェ侯爵[44]が今のサラゴサを、そしてガルシ・ペレス[45]が今のセビリアを見たとしたら、いったいなんと言うことでしょう。もしこの人たちが、現在のこの通りを歩き、そこが二輪馬車や大型の四輪馬車で占領されているのを見て、こんなにいろいろな店舗が立ち並ぶ光景や、堕落ぶりを目にしたら……」

こうして時間の車輪はさらに回りつづけ、過去の懐かしき時代はすっかり隠れてしまい、それとともにすべての良きものが姿を消してしまう。たとえばあの善良で飾り気のない人々は、何の策を弄することもなく、また人を騙すようなこともしない。簡素な身なりをして、心もまったく素朴そのもの。上着には皺ひとつなく、心にもなんの皺も曲がったところもない。胸のボタンを外し、心の中を見せ、良心を人前にさらけ出し、まるで手の平にその魂を持ち歩いているようだ。まさにそれゆえに人を魅了し、勝利してしまう。要するにこれが古い時代の人間たちだ。こんな性格をもちつつ、なおかつ豊かでゆとりのある暮らしをしていたのだ。服装には無頓着で、とくにおしゃれに精を出すこともない。だから人間たちがもっと素朴だった時代にこそ、人々はもっと潤沢な暮らしをしていたと言い切る者もいる。さて、この人たちが姿を隠すと、こんどは別の人間たちが姿を現わす。すべての点でまったく反対の人間たちだ。ペテン師で、嘘つきで、不誠実で、だらしなく、善人などと呼ばれたりすると取り乱してしまう連中だ。身体が小さいばかりか、心まで小さく、すべて口先だけで、なんら約束は守らない。お世辞ばかりで、なんの真心も感じられず、わざとらしい振る舞いばかりで、なんの中身もない。要するに教養のかけらもなく、良心に欠ける人たちだ。

「この連中は、私から見れば、ぜったいに人間じゃないですね」とクリティーロが言った。

「じゃあ、何でしょうかね？」

「先に進んで行った人たちの影ですよ。半分だけの人間です。いつにだって、しっかりした人間性に欠けているからですよ。いつになったら、あの先人たちが戻ってきてくれるのでしょう、あの名高い偉材たちが」

「しばらく待ちましょうよ」と宮廷人が言った。「いずれまたその順番が回ってきますから」

「ええ、それはそうなんですが、これからまだまだ時間がかかるのではありませんか？　それより前に、まずこの連中の悪しき伝統を断ち切らねばなりません」

アンドレニオにとって、とても興味が惹かれ、また笑いさえ誘われることがあった。それは各時代の衣服がくるくる入れ替わり、習慣までが目まぐるしく回転してゆくのを見ることであった。とくにスペインの方角に目をやると、衣裳という点にかんしては、まったく安定することがないのだ。車輪がごとりと動くたびに、服装が変化してゆくのだが、それもますます悪くなる一方で、多額の出費を必要とし、ただ気取った好みを見せびらかすだけのものであった。たとえばある日には、つばがあるように見える幅広で高さを抑えた帽子を被って登場してくるかと思えば、次の日にはモリオン(46)みたいに丸く盛り上がった形の帽子に変わっている。さらにそのあとには、まるで人形芝居の人形が被るような、小さくて先の尖った帽子に変わるが、これが何とも滑稽な印象を与える。この帽子の流行が過ぎると、そのあとにつづいて、指二本ほどの幅のつばのある平べったく横に広がった形の帽子に変わるが、まるで小さな洗面器みたいで、さらに悪いことには悪臭が出るような気にさせられる。しかし次の日にはその型は忘れられ、次はまるで尿瓶みたいに上に高く伸びた帽子が現れる。さらにこの型が飽きられると、こんどは山の高さが一バーラ(47)、つばの幅も一バーラほどの山高帽が流行り出す。こうして、大きくなったり、また小さくなったりするのだが、大きな方の帽子一個からなら、少なくとも小さい方が二個くらいはできるだろう。しかし不思議なことには、ますます滑稽な形の新しい帽子を使っている者が、過去の型を嘲り笑い、目立ちたがり屋だなんて悪口を言ったりする。しかしさらにその後に出る型を使う者は、この人たちのことをまるで道化師だなどと言ったりする。さてこんな有様だから、ふたりはほんの少しの間人々を観察しているだけで、帽子に限っても十種類以上の違った型を数えることができた。この調子ならほかの衣類については、いったいどれほどの型が現れてくることだろうか。ケープにしても、ときにはとても長くだぶだぶになったりして、まるでケープに包まれているように見えるかと思えば、次にはとても短くなり、身につけた本人は腰かけているのに、ケープだけはまるでお行儀よく立ったまま横で控えているように見えたりする。また半ズボンについても、腿あたりまでゆったり覆ってくれる型の時代もあれば、腿から足首まで覆い、長くなったりすることもある。靴の形についても、先が丸くなったり尖った型になったりするが、これについての説明は一応この辺で置くことにしよう。

「でもそれはとても面白いことですよね」とアンドレニオが言った。「いったい誰がそんな服の型を考え出して、誰がそんな流行を広めていくのでしょうかね？」

「いや、まさにその理由こそが面白い点ですよ。まったく吹き出したくなるような理由ですからね。というのはですね、たとえばここに一人痛風病みの男がいたとしましょう。この人は足をきつく締めたりできないことから、自分が楽にできる、つま先が丸いゆったりした靴を履くわけです。《いくら世界が広くたって、自分の靴がきつかったらなんの意味もない》なんて言ったりしてね。するとそれを見た他の人たちが、すぐに自分も真似てみようという気分にさせられます。そしたら今度は全員が先の丸い靴を履くことになり、結局はみんな痛風病みで脚がゆがんだみたいに見えてきます。このほか、背丈の低い女性が、分厚いコルクの靴を履いて、足りない分の背丈をそれで補う必要があったりすると、すぐさま他の女たちもみんな揃って同じ靴を履き出したりするのですよ。たとえセビーリャのヒラルダの塔(48)やサラゴサのトーレ・ヌエバ(49)に負けないほどの、背の高い女であってもですよ。ところがこんどは、そんなコルク靴など必要としない、もっと背の高い、威勢のいい女がやってくると、そんな靴は邪魔になるだけで、あっさり蹴とばしてしまって、ふつうの靴で歩く方を選択します。すると他の女たちはみんなその真似をしたがり、たとえ背丈がなくても、その流行に乗っかって、もっと軽快な動きをして自分を年若い女に見せようとするのです。さらに、フランドルの女性が、深い襟ぐりをとった服を着て、アラバスターの石みたいな白い肌をみせびらかせて町を闊歩していると、ギニアの女たちがその真似をして、黒玉みたいに黒光りする肌を、同じように人目に曝して町を歩く。こうして彼女らは、外気の冷たさに身を曝しながらも、こんなとてもだらしのない服装で、おしゃれ心を満足させているのです。しかし、十分肝に銘じておくべきは、こんな最低のもっともはしたない服に限って、長続きするということです。しかし、あそこに〈時〉の車輪の回転に合わせて、つぎつぎに姿を現わしてくる女たちを見てください。好みの良さなんて笑いとばしてやりたくなりますよ。まず第一番目の女は、例のあの《提督《アルミランテ》》(50)とか呼ばれた、頭の大きさに不釣り合いな被り物をつけています。きっとあの髪型は、禿げ頭の女が考案したに違いありません。さらに続いて出てくる女は、こんどは髪を束ねて、上に高く巻上げた型に変えていますが、見た目にはなにか奇抜な感じがします。つぎに来る女は、中に大きく空間を取った髪型です。むしろこれは、髪型というより衣装に近いと言った方がいいかもしれません。さらにその後ろから姿を見せた女は、そんな髪型を三つ編みに変えています。余計な手を加えることなく、本来の自分の髪の美しさだけで勝負しているのです。

五番目の女は、三つ編みはもう水汲み女たちに任せて、自分は豊かな髪を後ろに太く束ねて出てきています。六番目の女は、禿げた部分を隠すために、髪を上に盛り上げる型を考え出しました。七番目の女は、髪を首筋でコブレットの形にまとめ、何と言われようがまったく動じない様子です。八番目の女は、三つ編みにした二本の束を後ろでまとめて、無造作に上に折り返しています。九番目の女は、後ろでまとめた髪を上に折り返し、甕の取っ手の形にしています。体全体がまるで甕みたいですね。このように髪型をつぎつぎに変え、きまぐれに任せているうちに、いつの間にか初めの独りよがりな型に、再び戻ってしまうことになるんですよ」

しかし間違いのない事実は、すべてがその質を落としていっていることであって、これは笑い話どころか、悲しむべきことだと言える。今の時代にひとりの女性が使う金があれば、過去の時代ならひとつの村全体の衣服を賄えたはずであることは確かだ。今の時代に宮廷の一人のご婦人が、きらびやかな服装に費やす銀の装飾の量は、インディアスが発見される以前に、スペイン全土に存在していた量を全部集めたよりも多いのである。昔のご婦人たちは、真珠なるものを知らなかったが、彼女たち自身がその優雅な振る舞いとともに、真珠そのものであったのだ。また男性たちは黄金そのものでできた価値ある存在であったが、その体はといえば粗末な布地だけで覆っていたものだ。それが今では、まことにくだらない人間となってしまい、ダマスク織の絹の衣装をひらひらさせるだけ。そして多くのダイヤモンドをもちながら、それにふさわしい優雅さも意志の堅さ持ち合わせていないのである。

「話ことばでさえ、毎日のように姿を変えていきます。たとえば、今の時代のことばは、二百年も前の人にとっては、まったくのチンプンカンプンだと思います。嘘だと思ったら、アラゴン王国の自治特権法とか、カスティーリャの法典を読んでごらんなさい。今の時代にあんな文章が理解できる人なんていませんよ[51]。ほら、〈時〉の車輪とともにつぎつぎに通り過ぎてゆくあの人たちの声をちょっと聞いてみてください」

彼らがその声を注意して聞いてみると初めの人物が《fillo（フィーリョ）》と言い、二番目の人物が《fijo（フィーホ）》、そして三番目が《hijo（イーホ）》、四番目がアンダルシア訛りで《gixo（ヒーショ）》と言い、五番目の人物は別の言い方を使い、結局ふたりにとっては、何を言っているのかその意味をとらえることができなかった[52]。

「これはどういうことでしょう？」とアンドレニオは言った。

「こんなに変化を繰り返して、いったいどこまで行ったら終わりにするつもりなんでしょうね？　だって、初めの《fillo（フィーリョ）》という言葉は音が柔らかで、その語源であるラテン語に一番近いことを考えれば、いちばんいい形ではなかったのでしょうか？」

「その通り」

「じゃあ、なぜその形をやめてしまったのです？」

「ただ変えてみたいというだけの気持ちからですよ。言葉にも帽子と同じ現象が起こるわけです。今の世の連中は、あの言葉を使っていた人たちを蛮人とみなしているのですよ。ですから、いずれ未来の人たちが昔の人たちの仇をとる形で、今の世の連中を笑い者にするなんてことを、自分たちは思いつきもしないのです」

クリティーロはつま先立ちになって、車輪の東の方向に向かって目を凝らしていた。

「いったい何をそんなに一生懸命見ているのです？」と宮廷人が尋ねた。

「五世と名乗る人たちが、もう一度姿を見せてくれないか見ているのです。みんな大きな功績を挙げて、名を残した人たちですよ。それはフェルナンド五世、カール五世、ピウス五世のことです[53]」

「なるほど、ぜひ姿を現わしてほしいものですね。それとスペインのフェリペ五世もぜひお生まれになって、そこに登場していただきたいものです[54]。先代の王たちの勇気や知識を、そっくりそのままとめて持ってくれるなら、きっと偉大な王様になってくださることでしょうね！　でもその前に、いいことよりも悪いことの方が先に戻ってくるような気がします。良くないことが頻繁に繰り返されることに比べると、慶事がやって来てくれるためには、なかなか時間がかかってしまうものですからね」

「なるほどその通りです」と宮廷人が言った。「《黄金の時代》というのは、立ち止まったまま動かないことが多く、戻ってくるのに時間がかかるものですが、《鉛の時代[55]》とか《鉄の時代》というのは、どんどん先を越してやってくるものです。繁栄などよりも、災厄の方が繰り返される確率がずっと高いからです[56]。三日熱とか四日熱の場合は、患者には具合が悪くなる日とか時間がちゃんと判っていて、寸分の狂いもなく襲ってきます。しかし一方、喜びや楽しみにはめったに決まった時間などなく、繰り返されることもありません。戦争とか反乱などは五年に一度は起こりますし、ペストは一年以上時間を空けることはなく、腺の肥大は必ずその順番を忘れずに襲ってきます。また飢えや大量死やそのほかの不幸な出来事も、確実に早々と戻ってきます」

「そういう事情があるのなら、運命の車輪の浮沈をしっかり見定めることで、そんな変化の兆しを読み取ることはできないものでしょうかね？」とアンドレニオが言った。「そうすれば、来るべき災厄への対策をあらかじめ考えて、うまく避けることができるはずですからね」

「ええ、それはたしかに可能かもしれません」と宮廷人は答えた。「しかし、その時代を生きた人たちはすでに亡くなってしまい、そのあとを継いだ人たちはむかし蒙った被害のことなど何も覚えておらず、不便をかこった経験もありません。だから失敗に学ぼうとしても学ぶ方法がないのですよ。こうして新しく登場してくるのが、戦争の痛ましさなど経験したこともなく、危険を伴う運命の変化を愉快がるような現実離れのした連中です。そんな彼らが初めに出くわすのが、豊かさに満ちあふれた平和な世の中なのですが、その後になると結局は、そんな平和が再び戻ってくることを強く願ったまま死んでゆく運命になります。とはいっても、中には適切で健全な判断力を持つ者もいて、思慮分別のある助言を与えてくれたりはします。彼らは遠くの嵐を嗅ぎつけ、その襲来を予見し、周囲に注意を促し、さらには声高に警告してくれます。ところがその声に誰一人耳を傾けないのですよ。つまり、人間から判断力というすばらしい能力を奪いとってしまうことが、すべての悪事の発端となるのです。分別に富む人なら真摯な思索を通して、不幸な出来事が近くにまで迫ってきていることを、きちんと把握できるものですからね。たとえば、ある国で社会風俗が乱れているのを見れば、各地方の離反を予測したり、また徳義の低下を見て取ると、君主政治体制の崩壊を言い当てたりします。それを大声で叫んで知らせるのですが、聞くべき者が耳に栓をしてしまいます。こうして、時の経過とともに、いったんすべてを丸々失ってしまう時期を迎えることになりますが、そこでまた再び、失ったものを全部取り戻すべき努力の時代が始まることになります。でもこれで落胆してはなりません。良いことと悪いこと、幸運と不運、儲けと損失、捕らわれの身と支配する立場、幸せな時期と不仕合せな時期などなど、何事にもその年回りがありますからね」

「なるほど」とアンドレニオが言った。「でも、いくら後になれば幸せがくるはずだと言われても、ぼくには何の関係もありませんね。だってこのぼくにはありとあらゆる災難だけが、まともにふりかかってくるのですから。要するに、この事実が意味することは、ぼくたちには苦難ばかりが用意されていて、ほかの人たちには安楽ばかりが用意されているということです」

「でもやはり賢明な方策は、分別ある行動をとること、よく目を見開いて、しっかり物事を見つめることだと思います。さあ、元気を出していきましょうよ。美徳が尊ばれ、学識が高く評価され、真実が愛され、すべての良きものが勝利を得る、そんな日が必ず戻ってきますから」

「それはいつの日のことになるのでしょうね」とクリティーロが嘆息を漏らした。「その時には、我々は人生をすべて終え、土の下に埋められていることでしょう。男性があのチューニックをまとい、女性たちがコフィア[57]を被り、糸巻棒を手に持った姿をぜひもう一度この目で見てみたいものです。昔風の習慣がどこかに追いやられてしまって以来、良き風習は何も残されていません。あのカトリック女王イサベルが言伝《ことづて》を与えて、《あの方に伝えておくれ、お昼過ぎにはわたくしのところに来るようにと。それと糸巻棒を忘れないようにね。それから伯爵夫人には、刺繍用のクッションをもってくるように》、なんておっしゃるお姿をいつになったら、再び目にすることができるのでしょうか？　ある王様などは、鶏肉などほとんど口にしたことがないと、議会で決まり悪そうに告白されたことがあったそうですが、あれは偽りのない事実であり、いつかの木曜日に食べたことは確かながら、その鶏肉はさるお方から贈られたものだったそうです[58]。あのような王様の言葉をまた我々は再び耳にすることができるのでしょうか？　さらにまた、上着の袖の部分は確かに絹でしたが、胴の部分は粗末な生地でできていると、あの王様は語ったそうです。そんな言葉もまた聞いてみたいものです。《泥の時代》でもなく、塵や芥の時代でもない、あの《黄金の時代》が再び現れるのを見ることができたなら、どんなにうれしいことでしょう。ガラス細工などではなく、あのダイヤの輝きを思わせる男性や、質実な気風と真珠の美しさをもつ女性たち、たとえばエルモシンダやヒメナがそれに当たりますし、ウラカも同時に忘れてはなりません[59]。また、あの時代のすぐれた男性たちは、もう今の世にはいなくなり、その活躍を目の当たりにすることもありません。あの人たちを詩人に例えれば、まさにタッソの文体そのものを表すような人たちです[60]。彼の簡潔な文章表現のように、飾り気のなさと、誰をも納得させる主張を両立させたうえ、人間としての中身も豊富で、時流に媚びるようなわざとらしさもありませんでした。彼らこそ、確固とした信念の人たちであり、策略を弄したり、見せかけだけに頼るようなこともありませんでした。要するに、わざと真実に見せかけたものほど、真実から遠いものはほかにありません。かつて動物の毛皮を身につけ、剝いだ生皮を足に履き、まるで猛獣のような恰好をして戦った兵士たちがいたそうですが、あれはどこの兵士だったのでしょう？」

「あれはアルムガバルたちですよ[61]。アラゴン王ジャウメ一世とその勇猛な王子[62]の指揮下で戦った兵士たちです。彼らは今どきの腰抜けの指揮官みたいに、様々な色の縦縞模様のついた琥珀織《タフタ》の生地の服などを着たりして、めかし込んだりすることはありません」

「ちょっと待ってください。あの見るからに頑丈で、頼りになりそうな杖は何でしょう？」

「あれはですね、古き良き時代の裁判官の職杖です。怖いもの知らずの棒ではありますが、決して恥知らずたちが使う棒ではありません。どんなに強い圧力にも曲がったりすることはありませんでした。たとえ重い金属を担がされても、また金貨の詰まった袋をぶら下げられても、決して信念を曲げることなどありませんでした。」

「こちらにある細い杖と比べてみると、えらい違いですね」とアンドレニオが言った。「こちらのは、とにかく葦みたいな杖ですからね。ちょっと自分に有利な風でも吹こうものなら、すぐに折り合いをつけてしまうし、何かほんの少しのものでもぶら下げると、あっさり折れ曲がってしまいます。鶏肉二羽分でもいいし、ちょっとした金券一枚でも同じことです。ところであそこでしわがれ声で喋っているのはだれです？」

「でもあの方の名声は、しわがれているどころか、万人の認めるところですよ。あの方はかの有名な市長ロンキーリョ氏[63]です。社会正義を体現した裁判官だったお方です」

「で、あそこにいる人で、なにやら熱心に調べものをしているのは？」

「あれは例のあの格言に出てくる有名なお方ですよ。カトリック王フェルナンドがなにか頭を悩ます問題を抱えるたびに、《バルガスに検討させよ》とおっしゃったとされるあのお方で[64]すよ。あの方はあらゆる複雑な問題を解決し、まったく間違うことがなかったとされています。もっとも今の世でも、優れた調停役としてはキニョネスのような人物[65]がいることも確かではありますがね」


彼らは人を見るのにはそろそろ飽きてきていたが、車輪が回転するさまを見るのはそれとは別であった。激しく揺れ動くたびに、世界の様子が一変してしまうのだ。立派なお屋敷が倒れ、別の地味な家が建ちあがってくる。そんなわけで、王家の末裔たちが牛の尻を追いかけ、笏の代わりに牛の突き棒か、ときには刷毛を手にしている。これとは対照的に、従僕たちはベトレン・ガーボルや太閤様みたいに大出世を果たしている[66]。ある蹄鉄工の孫が、短くした鐙に両足を曲げて馬に乗った姿[67]や、もう一人の孫が大勢の従者を従え、堂々と馬上に身を置いた姿が彼らの目に入った。あの人物たちの祖父は、おそらく麦わらに取り囲まれて暮らしていたに違いないというのに。〈時〉の車輪が少し傾いたりすると、楼閣や城の主塔がぐらぐら揺れはじめ、城塞が崩落し、粗末な農作小屋が高く聳えだす。こうして何年かのちには、貴族たちは平民に身分を落としていくのである。

「あれは誰です？」とアンドレニオが尋ねた。「なんとか伯爵の代々の名家の屋敷に住んでいますが」

「あれはパン屋に生まれた人ですが、あまりその仕事には向いていなかったおかげで、他の道で大成功を収めてお金持ちになった方です[68]。ですから彼の家の麦滓でさえ、他の貴族たちの屋敷にある小麦粉よりもずっと高い値で手に入れているほどです」

「で、あちらにある何とか公爵の屋敷にいるのは？」

「あれは、屋敷を安値で買い入れ、高い値で売りつけたりする男ですよ」

「なんとまあ、呆れましたね」とクリティーロが言った。「この人たちは虚栄心を満足させるために、自分の家を新築するだけでは足りず、歴史のある最高の名家の屋敷にまで、足を踏み入れるようなことをするわけですね」

新しいもの好きの抜け目のない物書きが、時代遅れの考え方や古めかしい主張に巧みな修飾を施し、一見きれいな表現を使い、あたかも自分が生み出した考えのごとく装い、新しく論壇に登場してくる。まさにこれこそ、ごまかしもいいところだ。

するとあっという間に、四、五人の知ったかぶりをする連中がこれにすっかり騙されてしまうのだ。しかし学識に富む教養人たちがこの有様を見て、こんな感想を漏らすことになる。

「この見解は古代の賢人たちがすでに主張した考えではないのか。トスタド司教[69]の著作を少しでも繰ってみれば、この連中が斬新で思い切った考察だと主張している内容など、どこかの頁ですでに十分検討がなされ、結論が出されているのが分かるはず。この連中がやっていることは、ゴシック書体で書かれた内容を、もっと読みやすくするためにイタリック体に変え、角形の文字を丸形に変え、新しい真っ白な紙を使って印刷しているようなもの。そして、さあ新しい考えをこれにてお味わいあれ、と言っているのと同じだ。確かにこれは昔懐かしいあのリラの音を、いま繰り返し聴くようなもの。まさにこの書は剽窃そのものである」と。

論壇におけるこうした例と同じことが、教会の説教においても実に様々な形で起こっている。実際、ふたりの主人公が車輪の回転を見ようと覗きこんだわずかな間に、十種類以上ものさまざまな説教のやり方があるのを見たのである。たとえば、聖書の内容について中身のある考察などそっちのけで、興ざめな寓意とか使い古した隠喩を用い、聖人たちを太陽や鷲にたとえてみたり、美徳をさまざまな香りになぞらえたりしている。こうして会衆を相手にゆうに一時間はかけたうえで、やっと彼らが一羽の鳥か一輪の花について思いをめぐらせるよう、無理やり仕向けているだけのことである。そして、これが終わるとさらに、文章や絵画における聖なるものの表現方法について、得々と話をつづけたりする。こうなると、聖なるものと俗なるものとが混じり合う話になり、なんとまったく場違いな人文学的な素養を、嬉々として披露することになってしまう。こうして気取り屋の説教師などは、すっかりセネカの身代わりになったような気分で、説教をはじめる。まるで聖パウロなど存在しなかったかのような具合なのだ。[70]またあるときには、あらかじめ話の組み立てができていることもあれば、そうでない場合もある。あるときには話にまとまりがあり、あるときには尻切れトンボ。またあるときには、話になんとか脈絡をつけ、またあるときには注釈ばかりを乱発する。またあるときには、空疎な文句を並べ立て、言い方を様々変えてみたりする。とまあこんな調子で、聴衆のなかの少人数の小生意気な知ったかぶり屋たちを意識して、まるでわざわざ耳のかゆみでも掻いてやるかのように、取り入ってみせる。こうして結局は、肝心の本格的な教義の話はどこへやら、そしてあの《金口》[71]の真の説教の仕方や、ミラノの偉大な高僧[72]の美味な神肴か霊酒ネクタルにも似た優れた話術を、すっかり忘れてしまう結果となるのだ。

「ところで宮廷人さん、あなたにお聞きしたいのですが」とアンドレニオが言った。「この世にもう一度アレクサンドロス大王やトラヤヌス帝やテオドシウス大帝[73]のような人物は現れないのでしょうかね？　もし再来してくれたなら、すばらしいことだと思いますが」

「さてどう答えたらいいものか」と彼は言った。「実はそのような人物というのは、何百年に一人しか出てきません。たとえばアウグストゥス帝[74]が登場してきてしまうと、次の大人物が出るまでの間に、ネロ帝レベルの困り者の皇帝を四人、カリグラ帝レベルなら五人、ヘリオガバルス帝レベルなら八人ほど耐え忍ばなければなりません。また同じように、キュロス二世[75]がいったん登場してしまうと、そのあとサルダナパール[76]みたいな王が十人ほど出てきてしまうのです。いちど大将軍《グラン・カピタン》が登場してくると、その後には百人ほどのへっぽこ指揮官がぞろぞろ出てくるわけで、そうなると一年に一度は指揮官を取り替えていかねばならないことになります。早い話が、ナポリ全土の征服のためには、大将軍ゴンサロ・フェルナンデス[77]一人で十分だったし、ポルトガル征服にはアルバ公爵、インディアスにはフェルナンド・コルテス、インドにはアルブルケルケ[78]ただ一人の指揮で十分だったのです。ところが今の世では、わずかな領地をとり戻すために十人以上の指揮官をつぎつぎに送り込んでも足りないほどです[79]。フランス王シャルル八世は、厚かましくもナポリを自分のものとしてしまいました[80]。しかし自国領を奪われたナポリ王フェルディナンド二世は、すかさず四隻の空船を使って、ナポリを再び取り戻しました。またカトリック王フェルナンドはすばやい吶喊攻撃でグラナダを再征服したし、その孫カール五世はゲルマン全域を手に入れていますよ」

「なるほど！」とクリティーロが答えた。「そいつは素晴らしいことですね。王たちが身代わりも立てずに、自分自身が戦いに参加されたのですから。ご主人が戦うのと召使が戦うのとでは、大変な違いがありますからね。いくら強烈な砲台だって、王様じきじきのご出陣の威力にはかないません」

「ブランカ王女[81]のあとは、数えきれないほどの地味な王女がつづきます」と宮廷人が言った。「しかし、あの皇女の伝統は、今の時代の別のスペイン女王[82]のなかに再び花開いています。それにスウェーデンのカトリック教徒クリスティーナ女王[83]は、ローマのヘレナ皇后[84]の再来といえます。さらにあなた方にお教えしたいのは、あのアレクサンドロスと同じ名前の人物[85]が今再び脚光を浴びていることです。私にはもうそのお姿がそこに見えていますが、この教皇には畏敬の念を禁じえません。大王のような異教徒ではなく、信仰篤きキリスト教徒として、また大王のように世俗に生きる人間ではなく、聖職者として、さらには大王のような諸国を支配する暴君ではなく、全世界の父として君臨する方として、この教皇を尊敬しています。その眼鏡をよく拭って見てくださいね。死装束の布でならなお結構。そうすれば地上のくっつきやすい埃をきれいに拭えます。そしてつぎに、そのままの位置から、少しの間天空を見上げてみてください」

　二人は視線を上に向けてみると、それまでまったく気がつかなかったものがいくつか目に入った。すっきり遠くまで見通せるようになった眼鏡のお蔭なのだ。ふたりが見たのは、大量の極細の糸であった。その糸は天上にある糸巻にどんどん巻きつけられていく。そして地上の一人一人の人間から、まるで糸玉から引張り出すように糸が引き出されてくる。

「なんとまあ細い糸を天上に引揚げているのだろう」とアンドレニオが言った。

「あの糸こそ、我々の生命に繋がっている糸ですよ」と宮廷人が答えた。「よく見てください。とても頼りなげな糸ですが、我々はみんなあの糸を頼りに生きているのですからね」

人間たちがまるで糸玉みたいに、一瞬たりとも休むことなくぐるぐる回ったり、飛び跳ねたりするのを見るのは驚きであった。また、それと同時に、天球が人間たちからその中身を引っこ抜き、少しずつ体力を奪い、最後にはすっかり衰弱させ、ぼろぼろの状態に追いやっている。そんなわけで、ひとり一人の人間には、哀れな死装束の皺だらけの切れ端しか残らず、あらゆるものが同じような形になってしまっている。ある者からは上品な絹の糸を引きだし、またある者からは黄金の糸を、そしてそれ以外の者たちからは、麻や粗麻の糸を引っ張り出している。

「あの金と銀の糸は、きっと金満家たちのものでしょうね」アンドレニオが言った。

「とんでもない」

「じゃあ、貴族たちのもの？」

「それでもありません」

「王族たちのもの？」

「まだまだ考え方が甘いですね」

「でもあれは、それぞれの人生から出てくる糸なんですよね？」

「そうですよ」

「それなら、その暮らしぶりにふさわしい糸が出てくるはずではありませんか？」

「いえ、貴族であっても麻糸が出てくる場合があるし、平民であっても銀の糸、さらには金の糸まで出てくることもあります」

あそこで糸巻一つ終わりかけているとすると、あちらでも同じように終わりかけている。また、こちらの糸巻が残り少なくなってきたと思えば、あちらではこれから始まるところだ。つまり、大自然が織りあげた人間の人生を天が少しずつ解きほぐしてゆき、その回転に合わせて我々から一日一日の時間を奪い取ってゆく。そして人間たちが、飛んだり跳ねたりしながら、真面目に仕事にいそしむと、そのときこそますます糸がほどけていくようになっているのである。

「こうして天球は我々の命の糸を手繰り寄せながら、こっそりと音もたてずに我々の死をたくらんでいるのですね」とクリティーロが言った。「きっとあの哲学者が言っていたことは間違いだったに違いありません。だって天空のあの十一の層が動くときに、心地よい響きをした妙なる音楽を奏でてくれるなんて言っていたわけでしょう？(86)　まあできれば、そうであってくれた方が嬉しいのですがね。そうしたら、我々を夢から醒ましてくれるでしょうし、我々を一つ一つの難局から救い出してくれることにもなるでしょう。でも実はあの音楽は、私たちを楽しませるためというより、むしろ諦観の境地に我々を引き入れるための合図になっているのですよね」

ふたりはここで、自分自身の姿を見直してみた。すると糸の量がほんの少ししか残されていないのが判った。これにはクリティーロはすっかり落胆し、アンドレニオは憂鬱な気分にさせられた。

「とりあえずは、もうこのくらいで十分でしょう」と宮廷人は言った。「これから山を下りて食事にでも行こうじゃありませんか。無邪気な読者に《この人たちは、昼食も夕食もとる気配がなく、いつも難しい話ばかりしている。いったいどうやって生きているんだろう》なんて言われないためにもね」

三人は、とある広場を通りかかると、大勢の人でごったがえしているのが目に入った。きっとナヴォーナ広場に違いない。そこには、群衆がいくつかの集団に分かれて、何事か盛んに囁きあっている。なにか低俗な見世物の始まりを待っているような様子だった。宮廷人はこの様子を見ると、何やら教訓めいた感想を述べることになるわけだが、一方ふたりはすっかり幻滅してしまったのである。しかし、凡俗を夢中にさせているこの見世物がどんなものなのであったかについては、次考でお話しすることをここでお約束しておきたい。

第十一考
人生の姑

人はだれでも、やっとこれから人間らしく生きようとするその時に、生を終えてしまうものだ。その時期には人間としてより高い成長を果たし、学問に通じ、思慮分別を備え、多くの知識と経験を蓄え、人間として成熟し、何事においても秀でた才能を示し、自分の家系にとっても祖国にとっても、有能で権威ある人物とみなされているはずだ。そしてまさにその時に、生を終えてしまうのである。こうして人は、生まれたときには家畜同様の状態にありながら、死ぬときには立派に人間としての成長を果たしているのである。しかし死とはそのときに突然やって来るのではなく、長い経過を経たあとの結果なのだ。つまり人生とは、一日一日少しずつ死んでゆくことに他ならないからである。(1) とにかく死とは、数ある掟のなかでもなんと恐ろしい掟であろうか。一切の例外を認めない掟としては唯一のものであり、誰に対しても特別扱いなどしない。少なくとも偉人や逸材、さらには信望を得た君主や英雄には、例外を設けるべきであろうが、残念ながら彼らの死とともに、美徳も分別も勇気も学識も同時に消え去り、ときには都市全体が、あるいは王国全体が消滅してしまうことさえある。

傑物の誉れ高い英雄や高い声価を誇る偉人たちは、頂点に登りつめるために大きな犠牲を払った人たちであり、できることなら永遠に生き続けてもらいたい存在である。ところが現実には、全く逆の現象が起こるもので、大して重要でもない者が長生きし、真の実力を持つ者が早死にしてしまう。たった一日でさえ生きるに値しない者が永遠に存在しつづける一方で、著名な大人物はまるで彗星のごとく、一瞬のきらめきとともに通り過ぎてしまうのである。この点に関してかのネストル王(2)がとった決心こそ、称えられてしかるべきであろう。語られるところによると、この王は自分の寿命について神託に伺いを立てたところ、まだあと優に千年は生きられるはず、との答えを得たそうだ。すると王は、「そういうことなら、屋敷を建てることなど考える必要はあるまい」と言ったとか。ところが王の側近たちは、王の命が千年も続くのなら、屋敷だけでなく宮殿も建てていただけないものかと懇願し、それも一つではなく、末代にわたって心楽しく過ごせるように宮殿をたくさん建ててくれるようにとせがんだそうだ。すると王は、「お前たちはたった千年の寿命のために、私に屋敷を今から建ててほしいと言うのか？　それにそんな短い時間のために、宮殿まで欲しいと言うのだな？　ええい、ならぬ、ならぬ。私がしばらくの間寝泊まりできる天幕か掘立小屋があれば、それで十分だ。のんびり腰を落ち着けて暮らしてゆくなどもってのほか、それこそ狂気の沙汰と言わねばならぬ」と答えたとか。

こんな側近たちに似た例が今の世でも繰り返されている。人間はどんなに長生きしても百歳にしか達せず、また一日たりとも安全に暮らすこともできないのに、千年ももつような建造物を構想し、まるで永遠につづくかのような屋敷をこの世の中で建てているのだ。まさにこの範疇に入るのが、一年しか命が残されていないことが分かっていても、やはり屋敷を建てたいと言い張るような人物である。もし余命が一か月なら必ず結婚するにちがいないし、一週間の命なら寝台と椅子を買い、たった一日の命なら鍋料理でもつくるなどと言い出すだろう。しかし死神は醜いながらも、分別だけはある。死神はこんな連中の話を聞いたら、きっと大笑いするに違いない。彼らが大きな屋敷を建てているのと時を同じくして、死神は彼らのために小さな墓穴を掘っているからである。こうしてまさに《家はできたが、墓穴も口を開けていた》[3]という諺どおりになるのだ。誰かがゆったりした気分になったとたんに、死神がその心の平和を乱しにやってくる。つまり宮殿の工事が終わるのと、命を終えることが、まったく同時に起こってしまうことになるのだ。そしてその壮麗な建物を飾る七本の円柱があった場所[4]に、六尺にも満たぬ土地の区画の墓をつくり、元の円柱を七掌尺[5]ほどの大理石の墓石に変えてしまったりする。しかしこれだって、多くの人の愚かな虚栄心を満足させるための行為でしかない。なぜなら、いくら斑岩や大理石の墓に入れられようが、土くれの中に埋められようが、自分の体が腐っていくことにおいては何の相違もないからだ。

　案内役の宮廷人は、ローマを巡り歩きながら、主人公ふたりを相手にこんな平明な真実につき、独自の悟りの境地を暗示しながら、やさしく説明を加えていった。彼らは大きな広場に出た。大勢の大衆が詰めかけ、広場は有象無象で溢れかえっている。なにか下らぬ見世物が始まるのを、今か今かと心待ちにしているようだ。俗輩とはこんな見世物には迷わず拍手を送るものだ。

「ここでいったい何が始まるのです?」とアンドレニオは周囲の人々に尋ねた。

　すると答えが返ってきて、

「もう少しの辛抱です。いまに判りますから」と言う。

　その言葉どおりだった。しばらくすると、怪物が一人、一本の綱の上に立って、飛んだり跳ねたりして登場してくるのが見えた。まるで小鳥のような軽快な動きだが、その無謀さから言えば、まるで狂人に等しい動きだ。見物人たちはすっかりたまげてしまってはいるが、怪物はますます大胆な動きを見せる。こうして観衆がはらはらしながら見入っていると、怪物は凡俗の注目を集めることで、いかにも嬉しそうに綱の上ではしゃぎまわっている。

「なんとまあ命知らずの!」とアンドレニオは驚きの声をあげた。「きっとああした怪物というのは、まず正気を失っている上に、さらに恐怖心まで失っているに違いない。われわれは地面の上を歩いたって命が安全なわけでもないことを考えたら、この怪物たちは断崖絶壁に命を委ねているようなものだ」

「あなたはあの怪物のことを、心配しているのですか?」と宮廷人が言った。

「そりゃあ、当たり前ですよ。この怪物以外に誰のことを心配しろとおっしゃるのです?」

「あなた自身のことですよ」

「このぼく自身のこと?　それはまたどうしてです?」

「それはですね、この見世物など、あなたに起こっていることに比べたら、まるで子供だましの遊びみたいなものだからですよ。あなたは自分がどのあたりを歩いているのか分かっていますか?」

「少なくとも今ぼくが言えることは、ぜったいにあんな危ないことをしては駄目だということです」とアンドレニオが答えた。「だって、あの怪物はつまらない動機から、あれほどの危険に身をまかせているのですからね」

「あなたのその心掛けはとても立派です」と宮廷人は言った。「でも、もしあなた自身があれと同じ歩き方をして、おまけにあれよりもっと大きな危険を冒してるのを見たとしたら、あなたはどう思い、何て言うのかぜひ聞いてみたいものです」

「え？　このぼくが？」

「そう、あなたがですよ」

「それはまた、どうしてですか？」

「その前にちょっと教えてくださいな。あなたは自分の命の糸の上を一時間ごとに、あるいはしょっちゅう歩くようなことをしていませんか？　その糸は、あの綱みたいに太くもなく、丈夫でもなく、まるで蜘蛛の糸のように細いですよね。いやもっと細いかもしれません。そしてあなたはその糸の上で跳んだり踊ったりしながら、歩いてはいませんか？[6]　そんな状況に置かれながら、あなたは安心しきって、とくに驚きを感じることもなく、食事を摂り、睡眠をとり、そして休息しています。ところが正直なところ、我々人間とは、はかない命の細い糸の上に乗っかって、我が身を危険にさらしている軽業師のようなものです。ただ一つの違いは、ある者は今日糸から足を踏み外し、またある者は明日にそうなるということです。この糸の上に人間たちは大きな屋敷を建て、巨大な幻想を膨らませ、空中の楼閣を築き、あらゆる夢をその糸に託します。それなのに、もう一人の命知らずの怪物が太い安全な綱の上を歩くのを見ても、ただ感心しているだけで、こともあろうに自分自身が、綱でもないたった一本の絹糸に信頼を寄せ、それを支えにしていることには驚かないのです。いや、それよりも細い髪の毛を支えにしているようなものかもしれません。いやそれならまだましです。蜘蛛の糸と言った方がいいかもしれませんね。いやいや、蜘蛛の糸なら何かの助けにはなります。支えにしている命の糸は、それよりまださらに頼りない糸ですよ。この事実を知れば、すべての人間は仰天するはずだし、まさに髪の毛が逆立つほどの驚きを体験するはずです。そしてさらに、不幸に満ちた深淵を眼下に認めたときには、ますますその驚きは膨らむばかりです。それは自ら犯した過ちへの重い呵責の念が、人間たちを突き落とすことになる深い淵です」

「逃げましょう！　急いでここから退散しましょう！　とにかく急いで！」とアンドレニオが叫んだ。

「どうせそんな危険性から、我々人間が逃れられないのなら、そんなことをあれこれ考えないほうが賢明なのかもしれません」とクリティーロが言った。「いっそのこと忘れてしまったほうが得策ですよ。もっともその危険が避けられるわけではありませんがね」

彼らは《人生の旅籠》という名の宿へ戻った。宮廷人はまた明日というすばらしい日に再会することを約束して、ふたりに別れを告げた。ただし、今日の夜を無事に過ごせたらという条件つきだったが、これこそまさに的を得た指摘であった。親切な女主人がふたりを迎えてくれた。そして丁重なもてなしとともに愛想よく接し、ふたりがくつろげるよう細やかな気配りを見せてくれた。彼らに夕食を用意してからこう言った。

「人は食べることを目的に生きているわけではありませんが、生きてゆくためには食べなければなりません」

夜の帳が降りると、ふたりは目を閉じようと努めた。そもそも人生の半分は無意識の状態で、光のない場所で過ごすことになっているのだ。睡眠とは死の予行演習なり、などと言う人もいるが、筆者に言わせれば、それは死を忘れ去る時間に他ならないのである。いずれにしろ、ふたりが心安らかにくつろいだ気持ちで、眠りの深淵に沈んで行こうとしたその時、同じ宿に滞在していた大勢の旅人のうちの一人が姿を見せたのだ。そしてふたりから一気に眠気を奪うことになった。この旅人はこっそりふたりに近づくと、声をひそめてふたりの耳もとでこう囁いたのである。

「あなた方は、ほんとに軽はずみな旅人でいらっしゃる。あなた方の振る舞いを見ていると、自分の不幸な運命をまったく自覚もせずに生きていて、自分たちが危険に身を置いていることにも全く気付いていらっしゃらないのが、はっきり分かります。いいですか、おふたりさん。囚われの身にありながら、どうしてあなた方は安心しきって眠りにつこうなどとしているのです？　今は目を閉じるときではなくて、隙あらばとあなた方をたえず狙っている危険な敵に対して、大きく目を見開いているべき時なんですよ」

「あなたこそ、変な夢を見ているのじゃありませんか？」とアンドレニオが答えた。「ここに危険が待ち構えているですって？　人生の安息所たるこの場所に？　太陽のように明るく、心楽しいこの旅籠に？」

「まさにそれが原因なのです」と旅人は答えた。

「それはないでしょう。まさかあの女主人が愛想の良さを囮にして、裏切りをたくらんでいるとか、あのしおらしさの中に、残忍さが隠されているなんて、とても信じられません」

「しかし良く注意して見てください。表向きちょっと見たところでは、女主人はとても上品な人に見えますが、実は野蛮な国の出で、カリブ海では最も残忍とされる男の娘なのです。例のあの自分の子供を食べてその血を舐めまわしているという、あの男の娘ですよ」

「いい加減にしてくださいよ！」とアンドレニオが反論した。「ここローマで野蛮人だなんて、そんなことありえないじゃないですか！」

「それじゃあ言いますけれど、地球上のすべての国の首都ともいうべきこのローマに、縮れ毛をしたエチオピア人とか、気難し屋のシカンブリオの民、アラブ人、シバ王国の人、サルマート(7)の人が集まってくるのは、そんなに珍しいことでしょうか？　サルマートの騎馬民族は、喉が渇くと馬の血を直接血管から飲んだなどと言いますよ。だから知っておくべきは、美しくて親切な女主人が我々の人間らしさを餌にして、自分の残忍な心を膨らませているということです」

「そんなふざけた話はありえないですよ」とアンドレニオが反論した。「ぼくの得た感触から言えば、彼女は我々を優しくもてなすことと、くつろいだ気分にさせてくれること以外はまったく何も考えていません」

「あなた方はすっかり騙されています！」と同宿の旅人は言った。「ほら、ご覧になったことがあるでしょう？　まず初めに鶏を騙して餌を与え、そのあとゆっくり食べつくしてしまうというあの手ですよ。このためには鶏の目をくり抜いてしまうことさえやるのですからね。つまりこの魔女も同じ手を使います。あの女に対抗できるようなアルチーナ(8)のような魔女はどこにもいません。あの女をよく観察して、本性を突き止めてください。そしたらまず分かるのが、思っていたほど美しくはないということです。それどころか、顔のつくりは小さすぎるほどなのに裏切りの心だけは大きくて、手足は短いくせに策略にはすっかり長けているのがお分かりになるはずです。あなた方がここに滞在しておられるこの二、三日の間に、それまでここに客として入った旅人達のほとんどが、すっかり姿を消してしまったことに気づいておられないなんて、信じられません。やれ美男だとか、みやびやかな方だとか、颯爽としているとか、お金持ちみたいだとか、分別ある人だなどと、あなた方が口を極めて褒めていたあの凛々しい若者は、いったいどうなったのでしょう？　もはやあの姿を見ることはありませんし、声も聞こえません。そしてみんなが好感を抱いたあの美しい女性の旅人はどうなったのでしょう？　もうどこにも姿が見えません。だから私は不思議に思うのです。ここに泊まりに入ってくるあの大勢の旅人達はいったいどうなったのだろうかと。夜の眠りについたものの、朝を迎えられなかった者もいれば、夜の眠りにさえつけなかった者もいます。要するに全員例外なくつぎつぎと後を追うようにして姿を消しています。子羊も山羊も、ご主人も召使も、勇敢な兵士も、思慮深い宮廷人も、みんなあっという間にいなくなるのです。つまり王様だって、その王権は何の役にも立たず、賢者にもその学問は無駄になってしまいます。空威張り屋にはなんの威勢の良さも役に立ちませんし、お金持ちにも財宝は何の役にも立ちません。つまり、だれも通行鑑札を持ってきていないのと同じようなものです」

「その事には、前から気づいていましたよ」とクリティーロが答えた。「みなさんこっそり姿を消してしまうので、実は私もずいぶん気にはなっていました」

するとその旅人は、眉を顰め、肩をすぼめてこう言った。

「実はですね、私もずいぶん気になって、心配していたものですから、この怪しげな宿の隅から隅まで調べてみたのです。そうしたら、なんと安心しきっている我々の命を狙う実に巧妙な罠を見つけてしまいました。いいですか、おふたりさん。我々はすっかり騙されているのですよ。我々はまるでこっそり秘密の爆弾でも仕かけられているような状況に置かれています。安心しきっている我々のすきをついて、ひそかに悪だくみを準備しているのです。私の言うことが嘘だと思うなら、後についてきてください。あなた方の目で直接確かめてもらい、その手で触ってもらわないといけません。でも絶対に音をたててはなりませんよ。そうしないと、たちまち我々の身に危険がふりかかることになりますからね」

というが早いか、その男は寝床の下の敷石を外した。なんとふたりの休息の場の間近に、罠が仕掛けられていたのだ。するとそこには、不気味で恐ろしげな大きな穴が現れた。ふたりは促されるまま、その旅人のあとについて、その穴を下りていった。彼はそれまで隠し持っていたカンテラのかすかな明かりを頼りに、深い洞穴の中にふたりを導いて行く。まさに地獄と呼んでもおかしくないほどの、地中深く掘られた洞穴だ。そこへ下りてしまうと、ふたりは生々しい残酷な光景を見せられることになった。その様子をただ想像しただけでも、体の芯が凍りつき、歯をガチガチいわせるような空恐ろしい光景なのだ。そこで目に入ったのは、それまで居なくなったのを不思議に思っていた泊り客の姿であった。体はすっかり変形してしまい地面に転がされているが、やはり彼らに間違いない。ふたりはかなりの時間そのまま、一言も言葉を発することができなかった。そして気を取り直そうにも、全く力がわかず、足元に横たわっている人たちと同じように、まったく死んだ状態になってしまったのである。

「これはまたひどい殺され方だ！」とアンドレニオが言った。まともな言葉にはならず、ため息を漏らしたに近い。「これほど乱暴で冷酷な仕打ちがあるだろうか。あちらの人は間違いなく、つい先日我々が見たあの皇子さまだ。とても愛らしく優美な姿で、世間の人々を魅了し、あらゆる人々から慕われ、愛されたお方だ(9)。ほら、見てください。あんなところに、ひとり寂しく横たわった状態で打ち捨てられ、忘れ去られています。人々の話題に上らなくなるとともに、あの皇子についての記憶も薄れていきました。だれだって世間で騒がれなくなると、たちまち忘れ去られてしまうものです」

「あそこの人は、勇猛な軍隊を率いて戦った名高い指揮官です」とクリティーロが言った。「ところが今となっては、部下に取り囲んでもらえず、たったひとりであそこに横たわっています。昔はその勇気によって世界を震え上がらせた男が、今となってはあんなむごたらしい格好で、我々を震え上がらせているのですよ。あれほどの数の敵に勝利した男が、今となってはあれほどの数の蛆虫の餌であるにすぎません」

「見てごらんなさい」と旅の男がふたりに言った。「あれほど美しかったあの女性が、あのように恐ろしくて醜い顔に変わってしまっています。花咲乱れる五月を思わせた彼女の魅力がすっかり消え、とげとげしい十二月の雰囲気を思い起こさせるのみです。いったいどれほどの数の男たちが、あの顔を見ようとした罪で、神の顔を見ることもなく、天上の幸せを手に入れる機会をむざむざ失ってしまったことでしょうか」

「ところでお連れどの」とアンドレニオが言った。「お願いですから、いったい誰がこんなひどいことをするのか教えてくれませんか？　ひょっとして、これは強盗たちの仕業であって、この人たちから黄金を盗もうとして、かけがえのない命を奪ってしまったのかもしれません。でも、あんなに体を痛めつけられ、なかには体を半分食べられたり、はらわたまで齧られているところを見ると、これは単なる物盗り以上の動機があることは確かです。ここには残忍なメディアのような者が隠れていて、その身内の者までも体をばらばらに引きちぎったのか、あるいは恐ろしいメガイラのような者の仕業かもしれません[10]。これに比べたら、もう野蛮な原始人なんてものの数ではありません」

「だから、さっきから私が言っているとおりでしょう？」と旅人は諭《さと》した。「あなた方にはやさしい面を見せている、あの女主人の丁重な歓待ぶりには、今さらながらほとほと感心させられますよ」

「しかしぼくは未だに信じられません」とアンドレニオが言った。「そんなむごたらしくて残忍な性格が、あの愛想の良さの中に隠されているなんて。それにあの美しい姿のなかに、そんな残酷さが入り込んでいるなんてことも。とにかく、あれほど人情味のある女主人が、我々に対してそんな裏切りをたくらんでいるなんて、考えられません！」

「でも、おふたりさん、いいですか。まさにこの恐ろしい出来事が他ならぬこの宿のなかで起こっていて、それをまさに今、我々が目にして嘆いているのです。さあ、これから、いったい誰が直接手を下しているのか確かめてください。少なくとも女主人はその行為を黙認しています。これが彼女のもてなしの結果であり、歓待の目的であり、この宿の宿泊の総仕上げとなります。我々がどれほど高い代償を払わされるのか、よく見ておいてください。窓枠の壁につけた絹の日よけ、銀の食器、金で彩られた柔らかな寝台、ご馳走、そして申し分のないもてなしが、最後にどういう結果を招くことになるのか、よく注意して見ておくことです」

　ふたりは半信半疑でなおも周囲の様子を窺っていたが、その時突然すさまじい音が響くのが聞こえた。驚きが倍増するような、まるでたくさんの鐘を一度に打ち鳴らしたような、おそろしいほどの大音響だ。するとその音に合わせるかのように、ため息とも嘆き声ともつかぬ悲しげな声が聞こえた。ふたりは慌ててそこから逃げ、どこか安全な場所を探すのだがなかなか見つからない。それは、丈の長い喪服を身につけ、不気味な雰囲気を漂わせて人たちが、二人一組になってすでにそこに入り始めていたからだ。頭巾をかぶっているので、その表情は読み取れない。手には黄色の松明《たいまつ》を掲げている。死者たちを照らし出すことはもちろん、生きている者たちを悟りの境地に導く光を掲げていると言った方がいいだろう。これこそ生者たちが確かに必要としている光なのかもしれない。度肝を抜かれた三人の旅人たちは、一言も喋る勇気もなく、息をひそめて、洞穴の片隅に身を隠した。この位置からなら目の前で繰り広げられている事態を観察し、どんな会話が交わされているのかをしっかり神経を集中させ聞くことができる。すぐ近くに立った喪服の二人の男たちが小さな声ながら、次のような言葉を交わしているのが耳に入った。

「あの男勝りの女の暴君ぶりときたら、まったく手が付けられないぜ」と一人の男が言う。「でもまあ、女だから仕方がないかもしれん。早い話が、飢餓、戦争、ペストなどの女性名詞から始まって[11]、ハルピュイア[12]、セイレン、フリアエ[13]、パルカ[14]など、巨悪というのはだいたいにおいて、女ばかりだからな」

「その通りだぜ」ともう一人が答えた。「しかし、ここの女ほどひどいのはどこにもいない。他の女たちも人を虐げ、痛めつけ、責め苛んだりしてひどいことはするけれど、これほど度を越えてはいない。たとえば、何かの災いがあって財産を奪われることはあっても、健康は残してくれる。もし健康を奪われても、少なくとも命は残してくれる。もし名誉ある地位を剝奪されても、それを慰めてくれる友人は残してくれる。もし別の災いで自由が奪われることがあっても、希望だけは残してくれる。だからどんな不幸であれ、ふつうは人を完膚なきまで叩きのめすことはしない。どんな不幸でも慰めのために、何かは残してくれるのが普通だ。ところが、この女一人だけで、ありとあらゆる女を集めたよりももっとひどいことをする。あらゆるものをなぎ倒し、あらゆるものを一度に抹殺してしまう。財産であろうと、祖国であろうと、友人、親戚、兄弟、両親であろうと、また人の幸せや健康であろうと、さらには生命であろうと、すべて抹殺してしまう。この女こそ人類の最大の敵であり、すべての人間の殺し屋だよ」

「分かりやすく言えば」と、もう一方の男が言った。「義理の姉妹や継母よりも意地が悪いし、まあ言ってみれば人生にとっての姑《しゅうとめ》みたいなものだ。ということはつまり、死神以外の何者でもないということだぜ」

ところが、こうして自分の名前が出されると、当のその女は下種な根性そのままに、如才なくすぐさまそこに姿を現わすことになる。まず大勢の従者たちが徐々に姿を現わした。女の前に立つ者のほか、そのあとにつづく者たちもいる。旅人たちはすっかり肝をつぶし、まるで死人のように黙り込んでしまった。てっきり亡霊か幻覚の人間の集団か、あるいは蛆虫のような小悪魔の群れ、あるいは忌まわしい怪物たちの部隊が、弔いの儀式のために入ってくるのだろうと思ったのだ。ところがなんと、実際に目にしたものはまったくその逆で、太った体でとても血色のよい、華麗な服を着た大勢の家臣たちの姿であった。とくに悲しげな顔を見せるわけでもなく、むしろ朗らかで楽しげな様子で、冗談を飛ばしふざけ合いながら歌い踊っている。そして次第に、地下の空間を舞台みたいにして大きく広がってゆく。それを見ると三人の旅人はほっと胸をなでおろした。さらには勇気まで出てきて、アンドレニオは葬列のなかでもとくに愛想がよさそうで、好みの上品そうな男に近づいていった。

「恐れ入ります」とその男に言った。「えらく楽しげになさっていますが、みなさんは、どんなお方たちなんでしょうか？」

その男は彼を見やり、何やら怯えているような様子を見て取るとこう言った。

「さあさあ、もっと気楽に振舞おうぜ。死神の宮殿に来てまで、恥ずかしがり屋の若者みたいに振舞うのはあまり感心しないね。それよりも少しくらいは、いやある程度は出しゃばってみたほうが、かえっていいんだよ。もうあんたたちも承知しているとは思うが、これはあらゆる人の女王、つまり我らが死神さまの行列なのさ。ほら、もうあそこまで来ておられるだろう？　我々は彼女の手下で、残酷な死刑執行人だ」

「そんな人たちには、とても見えませんよ」とクリティーロもまた打ち解けた様子で応じた。「だって、歌ったり、笑い声を出したりして、なにやら楽しいお祭りから繰り出してこられたみたいですからね。私がいつも想像していたのは、死神の手下というのは、残酷で冷酷で、とげとげしくて非情で、邪険で、うらぶれた格好をして、死神と同じように醜い形相をしている姿ですよ」

「それは昔の話であって、今じゃそんなのもう流行らないのさ」と、さらに大きく笑ってその男は答えた。「すべてがすっかり変わってしまったんだよ。今は我々が死神さまを守ってやっているようなものだよ」

「で、あなたはいったい何者なんです？」とアンドレニオがその男に尋ねた。

「おれはだね、あんたたちには信じられないとは思うが、〈満腹男〉さ。だからこんなに、ぽっちゃりしてるってわけだよ」

「で、あっちの人は？」

「あれは〈宴会男〉だよ。こっちの俺の横に居る奴は、〈昼飯男〉で、少し離れて向こうに居る奴は〈おやつ男〉で、あっちのは〈食糧庫女〉、さらにあちらにいるのは〈贅沢晩餐女〉で、多くの人を死に追いやった張本人だよ」

「で、あそこのなよなよした感じの優形《やさがた》の男は？」

「〈梅毒男〉だよ」

「あちらの綺麗どころは？」

「あれは〈膿疱女〉たちさ。[15] ほとんどの人間どもは、あの〈膿疱女〉たちに恋い焦がれ、そのせいで命を失う。しかしそんな自分の死を招くものを、人間どもはわざわざ手に入れたがるものなのさ。以前なら人間は苦悩や恨みごとや疲労が原因で亡くなっていたものだ。しかしここまで来て、彼らがやっと分かったことは、もう今では苦しみで死ぬことはないし、悲しみで命を縮めることもないってことだよ。あそこにある白い液体がアーモンドミルクだが、あれを飲んで死ぬ人も少なからずいるなんて言われても、なかなか信じがたいことだよな。[16] もう一つ、あんたに言っておかなきゃならんのは、今どき死神の直接の部下の手にかかって死ぬ者は、ほんの数えるほどしかいなくて、ほとんどが自分のせいで命を絶つ者ばかりだということだ。つまり、自分の落ち度で死んでいくわけだな。あそこには〈無軌道〉たちがいるが、あいつらは若造たちをよく死に至らしめる。あそこでいかにも楽しそうにしているのが、人を襲ってやろうと待ち構えている〈冷や水野郎〉だ。あそこに打ち揃ってきらびやかな装いをしているのが、〈スペインの太陽〉〈イタリアの夜露〉、〈バレンシアの月〉、〈フランス病〉などだが、みんな揃って魅力あふれる奴らばかりさ[17]」

さらに〈持病〉たちもぞくぞくそこへ集まってくる。どこから湧き出てくるのか判らないが、とにかくあらゆる方向から入ってくるのだ。

「〈満腹男〉さん、この人たちはどこから入り込んでくるのです?」

「どこからだって? 〈持病〉なんて、人間が長く生き続ける限り、どこからでも入ってくるものだよ。[18] ほら、よく見てみろよ。今に死の女神さまが入ってくるからな。じきじきのご登場だよ。もっとも黒い影とか骸骨の姿で登場してくれた方が、より似つかわしいのだがね」

「なぜ死の女神がいま出てくるのが分かるのです?」

「もう医者たちがどんどん入り始めているからさ。医者どもは死神とごく親しくしていて、一番信頼のおける家臣で、間違いなく死神の先導をしてくれる仲間なのさ」

「じゃあ、〈満腹男〉さん、お願いですからここから離れないでくださいよ。ぼくは好奇心から死神の顔を見てみたい気がするのですが、ただし顔を直接見るのがとても怖いのです。きっと恐ろしい顔でしょうからね」

「いや、ところがね、ごく普通の顔をしているんだ。その方が好き勝手に動き回るには好都合だからね」

「どんな目をして、ぼくたちのことを見るのでしょうね?」

「どんな目だろうと関係ないよ。そもそも我々に優しく目を掛けてくれるなんてことはないからね」

「きっと我々には不機嫌な顔を見せるのでしょうね」

「不機嫌なんてものじゃないよ。苦虫を嚙み潰したような顔さ」

「声を低くしましょう、誰にも聞かれたくありませんから」

「そんな心配はご無用だ。死の女神は誰の言うことにも耳を貸さないし、どんな抗議やら不平にもまったく聞く耳を持たないのだからな」

とうとう怖れていた死の女王が最後にその場に入ってきた。両面にそれぞれ異なった表情をもつ、あの奇妙な顔を誇らしげに見せている。つまり、片面は花で飾られ、もう一つの面には棘が生えている。片面は柔らかな肌をしているが、もう一方は骨ばかり。片面は赤味がかったさわやかな肌色で、まるでジャスミンの花を散らしたようだ。しかしもう一方は、干からびて、みずみずしさを失った肌をしている。そんなさまざまな側面をもつ死の女神の姿を見ると、すぐにアンドレニオはこう言った。

「なんとまあ醜い顔だ！」

するとクリティーロは、

「なんとまあ美しい！」

「これはひどい化け物だ！」

「なんという華やかさ！」

「身につけているのは黒の衣装」

「いや、緑だ」

「まるで、姑《しゅうとめ》みたいな感じだね」

「いやいや、美しい伴侶のようだ」

「なんとまあ、感じの悪い！」

「なんと感じのよいことか！」

「なんとまあ、みすぼらしいこと！」

「なんとまあ、愛らしいこと！」

「いかにも寂しげだ！」

「なんとまあ、楽しげにしていることか！」

「それはだね、あんたたちふたりはそれぞれ別の角度からあの姿を見ているからだよ」とふたりの間に立っていた別の家来が言った。「だから、それぞれ違った形で目に映り、印象や思い入れも変わってくるのさ。実際それと同じ現象が毎日起こっているのだよ。たとえば金持ちたちにとっては、死の女神は耐え難いものに見え、貧しい者たちにとっては、なんとか辛抱ができるように思える。善人たちの目には、緑の服を着てやってくるように映り、悪人たちには黒服に見える。権力者にとっては死の女王ほど悲しく見えるものはないし、不運な者たちにとっては、死の女王ほど楽しく見えるものはない。ほら、きっとあんたたちも何度も見たことがあるだろう？　一風変わった絵があって、一方から見ると天使に見え、別の角度から見ると悪魔に見える絵のことだよ。死の女王というのは、まさにそのようなものなのさ。それにすこし時間がたてば、あんたたちもあの醜い顔に慣れてしまうよ。いったん見慣れてしまえば、どんな醜い顔だって驚いたりしないものだからな」

「そうなるためには長い年月が必要でしょうけどね」とアンドレニオが応じた。

死の女王はすでに骸《むくろ》で出来た玉座に腰を下ろしていた。肉をそぎ落としたあばら骨の玉座で、ひじ掛けの部分は、痩せ細って干からびた脛の骨でできている。まさに骸骨そのもので出来た玉座で、頭がい骨をクッション代わりに使い、死装束を三、四枚ほど重ねた見栄えのしない天蓋の下に、その玉座が置かれている。天蓋からは、涙がこぼれ落ちる感じで薄衣が垂れ、まるでため息でも漏らすかのように、網の目の紋様の刺繍飾りを吊り下げている。もしこの前に立たされでもしたら、一国の至上権を有する人物であれ、美貌を誇る者であれ、勇猛さに秀でた者であれ、富者であれ、思慮に長けた者であれ、とにかくこの世で価値を認められ高い評価を得た者すべてが、死の女神に屈服してしまうのだ。こうして玉座につくと、ただちに寵臣をはじめとする家臣団を相手に、その仕事ぶりの検証を始めた。するとそれまでは誰もが女王のことを、てっきり残忍で恐ろしく獰猛な獣のごとき性格だと思っていたのが、この査問が終わってみると、まったく想像とは逆に、楽しく、朗らかで、話の楽しい愉快な性格をしていることが判ったのだ。たとえば、どうせ相手を威圧するような鋭い言葉が、電光石火のごとく絶え間なく発せられるものと思っていたのが、なんと次々に冗談を連発するのが耳に入ってくる。そして一人一人の話を聞くと、こんな調子で、上機嫌で相手をからかって楽しんでいるのだ。

「〈悲しみ〉たちよ、こちらへいらっしゃい」と言った。「でもあまり近づきすぎては駄目。そう、もっと向こう、もう少し離れてね。ところで、愚か者たちを死なせるお前たちの仕事の調子はどうなの？　それと〈心配事〉たち、単純な人間を殺すお前たちの仕事はどんな具合なの？　それから〈苦悩〉たち、ずっと前に出てきなさい。無邪気な人間の首を切るお前たちの仕事の調子はどう？」

「調子はさっぱりでございます、死の女神さま」と彼らは答えた。「もうあの連中には、我々が原因で床に臥すのさえよろしくないことに気づかれてしまって、墓場に倒れ込む例はほとんどなくなってしまいました。今日この頃は愚かさが原因で死ぬなんてことは、流行らなくなったのでございます。みんな悪知恵がついてきたからです」

「じゃあ、お馬鹿さん殺し担当のお前たちは下ってよろしい。こんどは頭のおかしい連中担当の者たち、ここまで進み出なさい」

すると、〈戦争〉が、いつもの手慣れたやり方で、周囲の者を押しのけて、前へ躍り出てきた。

「これは、これは、親愛なるお仲間の〈戦争どの〉！」と死の女神は言った。「お前がスペインでは何十万というフランス兵の首を刎ね、またフランスでは同じ数のスペイン兵を殺しているなんて驚きです。フランスのがせねた新聞とか、スペインの町の瓦版に出ている戦死者数を合計すると、間違いなく毎年スペイン人が二十万で、フランス人も同数になるはずです。新聞が出るたびに、二、三万の死者の記事が必ず出ていますからね」

「死の女神さま、それは誤った情報でございます。実際には一年間で戦闘によって死ぬ兵士の数は、双方それぞれ八千人を超えることはございません。瓦版は間違っていますし、フランスのがせねた新聞はもっとひどいものです」

「それはありえないでしょう。だってあたくしの見るところでは、出征兵たちはだれひとり戻ってはきてはいませんからね。

あの兵たちはどうなったのです？」

「どうなったかですって？　飢死するのでございます。そのほか病気やら心の痛みやら、さらに無一文になり身ぐるみはがれて、不幸のどん底に突き落されたりして死ぬ者もございます」

「このあたくしにしてみたら、そんなのみんな同じことです！」と死の女神が言った。「その人たちって、戦っていようがいまいが、そのほかどんな理由であれ、とにかく全員が死んでしまうのではありませんか？　ここであたくしの考えを言わせてもらえば、戦争なんて賭博場みたいなものです。どちらも現場に身を置けば、小競り合いやらペテンやら派手な装備だの食べ物だので、結局有り金いっさい失ってしまいます。城内に籠った二万ものスペイン兵を相手に、包囲作戦を指揮して、まったく剣を使わせることなく敵兵全員飢死させた王族のかたがいらっしゃいます。あの方こそあたくしのまことの友だといえます[19]。もしあの時、剣を取らせるようなことになっていたら、全フランス軍をもってしても、戦を始めるのに十分な兵力を確保できなかったはずです。スペイン軍には、攻撃型の指揮官は少ないことは確かですが、部下ときたら本当に勇猛果敢な兵ばかりですからね。そんな指揮官のなかでも、とくにひどかったのが、敵軍を目の前にしながら、上官としての才能に恵まれず、全兵士を飢死させてしまったあの軍人です。分かりました、じゃあもういいから、下がってちょうだい。そこから姿を消していただきましょう。運にも見放されてちゃんとした戦いさえできないくせに、〈戦争どの〉だなんて図々しい。軍隊というものは戦ってこそ、その名に値するものです」

「死の女神さま、この私めこそ現在のこの世で、全員を間違いなく襲い、殺し、破滅させられる力がございます」

「お前はいったい何者です？」

「え？　私めのことをご存じない？　いまごろそんなことをおっしゃっては困ります。私はてっきりあなた様のごひいきの部下の中に入っているものと信じていたのですが……」

「あたくしには、いったい何のことやら分かりませんね」

「私めは〈ペスト〉でございます。あらゆるものをなぎ倒し、所構わず広がっていきます。全ヨーロッパを歩き回り、あの健やかな体を誇るスペイン人たちさえ容赦いたしません。度重なる戦争や災厄に悩まされていても同じことです。災厄とは、それがいちばん多く集まっているところに向かって行きたがる性質があります。ただしこれだけの災厄が集まっても、スペイン人の傲慢ぶりを懲らしめるためには、まだ足りないほどでございます」

とその時、出しゃばり屋の一団が飛び出してきて、こう言った。

「なんだって？　何をきみはそんなに威張り散らしているんだ？　そんな大量殺戮はみんな我々のお蔭だということが分かっていないのかね？」

「お前たちは、いったい誰なんです？」

「誰かですって？〈伝染病〉でございますよ」

「で、お前たちは〈ペスト〉さんとはどう違うのです？」

「どう違うかですって？そいつは医者たちにお聞きいただきましょう。あるいはよろしければ、ここにいる私の仲間に説明させましょうか。私なんかよりもずっと軽症ですから」

「あたくしに分かっていることは、無知な医者たちが、病気がペストなのか、あるいはほかの伝染病なのか議論しているうちに、町の人口の半分が死んでしまっているということです。そしてとどのつまりは、そんな議論がどんな形で決着がつくのかは、ちゃんとあたくしには分かっています。初めのうちは、医者たちは単なる伝染病と一応は結論づけるのです。すると人々はそれを確かな意見であると納得したり、あるいは安易に信じ込んでしまったりするのですよ。ところが後になって医者たちが、いざ診察料か謝礼金を請求する段になると、やはりペストだったとの診断に改め、自分の財布に悪臭を放つ腐りきった金を貯めこみます。[20]いずれにしろ、お前たちが〈ペスト〉であれ、その仲介者の〈伝染病〉であれ、あたくしにとってはどちらでもよろしい。とにかくここからお下がりなさい。まともなことは何もできない人たちなのですから。なぜって、お前たちが取りつく相手は、不幸なうえに誰かから見捨てられた貧乏人だけで、金持ちと有力者に対しては、まったく手を出す勇気がないのですからね。こんな恵まれた連中はみんな、例のあの三つのLで始まる翼を使って、さっさとお前たちから逃げていくのですよ。それはつまり、luego（すかさず）、lejos（遠くに）、largo tiempo（長期間）がそれです。《すかさず》逃げて、《遠くで》暮らし、《長期間》戻ってこないという意味です。要するにお前たちのやっていることは、単に不幸者いじめに過ぎず、自分に都合のいい者だけを選び取っているだけのことですよ。だからあなたたちは、神の正義を忠実に代行する者ではありません」

「でも死の女神さま、私は違います。私は金満家たちの死刑執行人で、権力者を容赦なくとっちめる者であります」

「お前は何者なの？悪者たちの中のまるで不死鳥みたいな特別な存在みたいだけど」

「私めは〈痛風〉であります」と答えた。「権力者たりとも容赦しないだけでなく、王族や強大な君主たちまでも、虐待いたします」

「これはまた呆れた法螺吹き屋だこと！」と死の女神は言った。「お前たちはそんな人たちの命を奪うだけならいいのだけれど、人の話ではお前に取りつかれると、それから二、三十年は寿命が延びるなんて言うじゃありませんか。[21]それに見たところ、どうやらあの人たちはお前と一緒だととても居心地がいいみたい。それはあの人たちにとっては、お前がちょうど彼らが無気力な生活を送るための都合の良い言い訳になり、無為で安楽な暮らしぶりを隠蔽してくれる役割を果たしてくれるからでしょう。いいですか、注意しておきますがね、あたくしは働きの悪い家臣たちには、大ナタを振るってみんな役立たずの怠け者ということで、追放するつもりでいます。まずそのとっかかりとして、あの役立たずの〈四日熱〉の奴をなんとか処分しなければなりません[22]。どうせ居たところで、めったに人を死なせることなんてできるはずがありません。また人間をものぐさにさせ、彼らが豊潤な白ワインを飲みつくし、鶉の肉を品不足にして値を上げさせることに力を貸す以外には、何の役にもたちません[23]。ほら、見てごらんなさい。うわべはいかにも善人ぶった顔をしているでしょう？　でも彼女はよく食べるわ、お酒はよく飲むわで、あたくしには何の奉仕もしてくれません。おまけに多額の援助を受け取っているのに、さらにご褒美までねだってきたりします。あたくしの勇敢な部下たち、あの本当の意味での殺し屋たちはいったいどこへ行ってしまったの？　〈腹膜炎〉たち、それに〈チフス〉たちや〈尿閉〉たち、みんな直ちにここに駆けつけてきてちょうだい。そして金満家や有力者たちを片づけてしまってくださいな。あの人たちは〈ペスト〉を馬鹿にし、〈痛風〉をあざ笑い、〈四日熱〉と〈持病〉をからかっているのです」

　ところが彼らはその命令に従うことを嫌がり、まったく体を動かそうともしなかった。

「これはどうしたことでしょう？」と死の女神は言った。「どうやらお前たちは嫌がっているみたいだわね。いつからそんな意気地なしになったの？」

「女神さま」と彼らは答えた。「お願いですから、金持ちを一人死なせる仕事よりも、貧乏人を百人殺せとのご命令を頂きたいものです。たとえ相手がプロスペロ・コロンナ将軍[24]であろうと、栄華を誇る《プロスペロ》人物をひとりやっつけるよりも、不幸せ者を二百人殺せとのご命令の方がいいのです。と申しますのも、富も名誉も手に入れた人たちを殺すのは、とても難しい上に、我々が全世界の人々の恨みを買うことになるからでございます」

「はて、それは異なこと」と死の女神は言った。「今頃になってそんなことを言い出すなんて。もしそんなことをいちいち気にかけていたら、あたくしたちの存在価値などあろうはずがありません。その点について、ひとつの例をお前たちにお話ししたいと思います。ですからとりあえず今のところは、人間たちとの戦いは少しの間休みにしておきましょう。でも死への不安というものは、一生の間人間にはついて回るものですから、あたくしがしばらく攻撃することを忘れたのだろうかとか、攻撃を中断しているのだろうかなんて思わないはずです。あたくしがこの世界に降り立ったときのこと、それはずっと昔の話でまだ修業時代のことですが、あたくしは神の全権大使として権力の杖を高くかざして入ってきたものの、正直な話、人を殺すのはまだ少しの恐怖感があって、初めのうちはいろいろ悩み、考えさせられたものでした。たとえば、この人を殺すべきか、いやあちらの人にするべきかとか、金持ちとか有力者ではどうだろうかとか、美人にするべきか、はたまた醜女にするべきか、はつらつとした若者にするべきか、あるいは老人にするべきか、といった具合です。しかし結局は、大きな心の痛みを感じつつ、ある決心をしました。もっとも世間の噂では、あたくしはそんな心の痛みも感じなければ、思いやりの心もなく、冷酷そのものだなんて言ってはいますがね。だって冷たいのは当たり前でしょ、このあたくしは骸骨ばかりでできた体なんですからね。そこであたくしは、青々とした松のような、健康で美しい若者から始めようと決めたのです。つまり、自分は狙われるはずがないだろうと高をくくり、あたくしのことなど馬鹿にしている連中に的を絞ったのです。なぜかといえば、世の中に出ようが、自分の家のなかに居ようが、彼らはまだ完全に成熟した指導者としては認められず、また必要ともされない年頃だろうと思ったからです。そこであたくしはその若者に矢の狙いを定めました。というのも、まだあの時代にはあたくしは鎌を使っていなかったし、その存在さえ知らなかったからです[25]。正直に白状してしまえば、そのときあたくしの手は震えていました。でも不思議なことに、狙った相手に矢は命中したのです。しかしその若者が地面に倒れ込んでしまったとたん、あたくしに対する世間の人々の轟轟たる非難の嵐が巻き起こりました。《なんとまあ、残酷な！　なんとまあ、むごい死神だ！　奴が誰を殺してしまったのかよく見てみるがいい。ひとりの若者をだ。初々しく、まさに今これから人生を歩み始めようとして、もっとも血気盛んな年頃にある若者をだ。あの死神という裏切り者めが、前途洋洋たる若者の命を手折ってしまい、あの美しい体を若くして死に至らせてしまったのだ。もう少し成長するまで待ってやればいいのに。まだこんな右も左も分からぬ年なのに、まだ熟してもいない果実を殺すようなことをするなんて、実に痛ましいことだ。こんな若さで死なせるなんて！》と。両親は涙にくれ、友人たちは嘆き、多くの多情な娘たちもため息を漏らし、町全体を悲しみの底に突き落とすことになりました。あたくしはすっかり困惑してしまい、さらには自分のやったことを悔やみました。その後数日間は人を殺す勇気をなくし、人前に姿を見せる勇気もありませんでした。でも結局のところ、その若者は永遠に帰らぬ人として、みんな諦めてしまったのです。この様子を見てあたくしはやり方を変えることにして、弓矢を百歳の老人に向けることにしました。つまり、あたくしはこう考えたのです。《この男ならいいでしょう。どこにも泣いてくれる人などいないはずだし、かえってみんなに喜ばれるのではないかしら。どうせあれほど小言ばかりを漏らし、うるさく人に助言を与える老人なんだから、みんなうんざりしているに違いない。だからあたくしは、この老人に対して恩を売ってやることになるはず。だって死というものは、若者にとっては船の難破に等しいものとするならば、老人にとっては安全に港に帰着させてやることになるはずだもの》と。そこで彼に風邪を矢で送り込み、たった二日間であっさり死んでもらうことになりました。これであたくしはてっきり、誰もこの行動に対しては非難などするはずはなく、むしろみんなが拍手を送ってくれて、さらには感謝さえしてくれるはずと思い込んでいました。ところが、完全にこの読みが外れてしまうことになります。みんな声を揃えて、あたくしの行動を追及し、さんざ貶し始めたのです。そしてあたくしのことを、それまで残酷な鬼とまで言っていたのが、こんどは祖国にとってかけがえのない人物を、こんな形で殺してしまう愚か者だと扱いを変えられてしまいました。人々はこう言っていたのです。《こうしたお年寄りたちはその白髪によって、我々の社会に威厳を与え、その賢明な助言によって社会の秩序を保ってくれている方々です。現にこの方は徳も高く、思慮分別と経験に富む人間として、まさにこれからも生きていっていただかねばならない人でありました。この腰の曲がった人たちこそ、国全体の幸せを支えてくれる柱となる方たちです》と。あたくしはそれを聞くと、すっかり臆病になり、誰を標的にしたらいいのか、さっぱり分らなくなってしまいました。若者を狙うことが悪い上に、老人を狙うことはもっと悪いことになろうとは。そこで考えあぐねた末、こんどは若く美しい女性に弓矢を向けることに決めたのでした。《こんどこそ間違いない。狙いは誤っていないはず》と考えました。《だから、誰ひとりあたくしを責めることはできないだろう》と。それというのも、この女性は自惚れが強く、たえず両親の心配の種となり、隣人たちは反感を抱き、さらにはただでさえ気の狂った若い男たちをさらに狂わせてしまい、町全体を騒動に巻き込むような女だったからです。この女が原因となって刃傷沙汰だの、夜間のセレナーデの騒ぎが起こり、住民たちの安眠を妨げ、警吏たちを慌てさせたりしていたのです。ですからこの女を死なせることは、本人からも感謝されるべきで、どうせ歳をとらせて醜い顔にでもなってしまえば、復讐にひとしい罰を受けることになったはずですからね。最終的には、あたくしはこの女には、天然痘に強烈なジフテリアを混ぜた矢を撃ちこんだのですが、ものの四日もしないうちに女はこの世におさらばとなりました。ところが、ここで町の連中の悲鳴が一斉に響き渡り、あたくしの矢に対する抗議の声が、広く浸透していきました。大人であれ子供であれ、あたくしに対して限りない呪いの言葉をぶつけ、不平をぶちまける者ばかりとなりました。彼らはこう言ったものです。《この女を死なせるほど悪趣味な行いはない。それにこの町にたった一人の美人をあの世に連れていくなんて、なんて馬鹿げた考えなんだ。だってこの町から犠牲者を選びたいのなら、ほかに百人も醜女が居るじゃないか。その百人を先に消してくれた方が、おれたちにはずっとありがたかったのに》と。女の両親もあたくしへの憎しみをさらに煽りたてるように、昼も夜も娘の死を悼んで泣きつづけ、こう言っていたのです。《これ以上ない娘でした。私たちがいちばん大切に思っていた娘でした。町一番の美人で、もうすでに結婚もしていたのです。できることなら、目や足が不自由な女や背骨の曲がった女をあの世に連れていってくれたらよかったのに。だってそんな女たちの方が、ちょうど欠けたお茶碗みたいに、永遠の名声を手に入れることができたでしょうに[26]》。その女を愛していた男たちは、あたくしの行動は許し難く、できることならあたくしを突き殺したいほどの気持ちをもっていました。《こんな残酷なことってあるかね？　あの女性の目にあった、まるで太陽のような輝きが、あの死の女神の心を動かさなかったとは！　そして、春の花盛りのように華やかな色合いをしたあの両頬や、真珠のような光沢を含んだあの口元、太陽の光の源のごとく輝いていたあの額、さらにその上をまるで光輪のように飾っている縮れ毛などが、死の女神を魅了することがなかったなんて！　きっとあいつが妬み心から、自分の力を思い知らせようとしてやったに違いない》と。これには、あたくしもさすがに困り果ててしまい、弓をばらばらにしてしまいたいほどでした。とはいえ、あたくしの本来の仕事をやめるわけにはいきません。人間たちは生きようとし、このあたくしはその人間たちを死なそうとするのです。そこで作戦を変えて、醜女をひとり殺すことにしました。《さあ、世間はこんどはどんな反応を見せるだろう。これできっと世間の連中は、おとなしくなり、満足するに違いない》と思ったものでした。ところがなんと信じられないことが起こりました。世間の反応をさらに悪くしてしまうことになったからです。彼らはこんなことを言いはじめました。《なんとまあ、むごいことを！　なんとまあ、無茶な！　あの女性は造化の神の恵みを受けられなかっただけでは許してもらえず、こんな不幸にまで追いかけられるとは！　醜女の幸せはなんとやら、というあの諺[27]はこれを限りにやめにしたいものだ》と。さらに女の両親はこう嘆いておりました。《いちばん大切な愛娘《まなむすめ》でした。他家の美しい娘なんて、鏡に姿を映しておしゃれにかまけ、人に見られることにしか関心がないのに、あの子は一家の切り盛りをしっかりしてくれていたのですから》。さらには若い男たちまでが、こう言っていました。《何と賢明で、奥ゆかしい女性だったことか！》と。こうなってしまうと、正直なところあたくしはこれからどうやったらいいのか、さっぱり分からなくなりました。そこで、貧乏な男が不幸な暮らしをしているのを見て、その男を死なせてみました。そうすることで、恵みを施してやれるように思えたからです。ところが、これもうまくいくどころか、かえってみんな口を揃えて、あたくしをこう非難したのです。《この世の楽しみを飽きるほど味わった大富豪を死なせるというなら、それはそれでいいとしよう。しかし一日たりとも幸せを味わったことのない哀れな男を死なせるとは、なんという残酷さだ！》と。あたくしはそれに反論しました。《よく、分かりました。それでは、行いを正しましょう。近いうちに有力者をひとり死なせることにいたします》と。そしてその言葉通り、それを実行に移したのです。ところが結果は、まるで世界中があたくしに反乱を起こしたような、大騒ぎとなりました。その大富豪には大勢の親類縁者たち、それと同じ数ほどの友人たち、さらには多くの従者たちをはじめ、数えきれないほどの配下の者たちがいたのです。この次には、ある賢者を死なせたのですが、あのときはまったく自分を見失ってしまうような気持ちになりました。それは他の賢者たちが、あたくしを非難する演説をぶち、さらには皮肉まで浴びせるほどになったからです。そのあとあたくしは大馬鹿者を死なせましたが、ますます悪い結果を招くことになりました。それは、その男にはたくさんの仲間がいて、あたくしに対して暴言を浴びせ始めたからです。そこでこう言ってやりました。《みなさん、いったいどういう落としどころならご満足いただけるのでしょうか？　あたくしはいったい何をするべきなのでしょう？　誰を死なせるべきなんでしょう？》と。そしてあたくしは、自分が殺そうと思っている人たち本人と、まず初めにこちらの腹案につき協議し、彼らが自分自身に死ぬ方法と時期を選ばせることに決めることにしました。しかしこれではますます事態は悪化するばかりでした。それは自分が死ぬのに今すぐ都合がつく人など誰もおらず、その方法と時期についても決めかねるような有様だったからです。自分の慰みごとや娯楽には、もちろんいつでも時間がとれるのですが、死ぬためとなると絶対にその時間が取れないと言うのです。そしてこんなことも言うのです。《まことに申し訳ありませんが、この帳簿の計算が終わるまで一人にしておいていただけませんか？　今はとても忙しいのです》とか、《いやあ、どうもめぐりあわせが悪いですねえ。息子たちの暮らしのめどもつけてやらねばならないし、自分の仕事の調整もしなければなりませんからね》と。そんなわけで、若いうちからだろうが、歳をとってからだろうが、金を貯めてからだろうと、金のない時であろうと、適当な死期をすぐに決められるような人はいなかったのです。そんなことで、あたくしはあるよぼよぼの老人のところへ行き、もうお迎えに行っていいのかを尋ねました。すると答えて言うには、《今は駄目じゃ、来年まで待ってくれ》とのことでした。さらに別の賢者も同じことを言い、人間とはどんなに歳を取ろうと、もう一年は生きられるだろうと思わない者はいないとのことでした[28]。さて、あたくしはこのやり方もうまく行かないことから、もうひとつ別の手を思いついたのです。それはあたくしに声をかけてくれ、あたくしを必要としている者以外は死なせないというものでした。これならみんなの信頼を勝ち得られるだろうし、彼らも虚栄心を満足させられるはずと考えたからです。ところがそんなことをやってくれるような人間はいませんでした。ただし、ひとりだけ四、五回にわたって、ぜひ来てほしいと使いを送ってきた人がいました。しかしあたくしはその呼び出しにはなかなか応じないで、相手をじらせる作戦に出たのです。それはそうやってじらせることが、死ぬ望みをさらに増幅させられるものかどうかを確認したかったからです。ところがやっとあたくしが彼のところへ行ってやると、なんとこう言い放ったのです。《あんたを呼んだのは、このおれのためではなくて、うちの嫁のためなんだよ》と。しかしこれを耳にした妻は怒り狂って、こう言いました。《あたしゃねえ、このお方を必要とするときがひょっとしてあったとしてもだね、こちらから呼びにやるための舌くらいはちゃんと備わっていますからね。こんなことをあんたたちに頼んだのは、いったいだれなのよ？　おやまあ、ほんとにまあなんとお優しい心の、呆れ果てた旦那だこと！》と。ということで、結局このあたくしを自分自身のために求めているような者はなく、他人のためばかりだったのです。たとえば、息子の嫁は義母のために、妻は夫のために、相続人は資産家のために、職の空きを狙う者は、すでに要職に就いて甘い汁を吸っている者のために、それぞれあたくしを呼ぶという具合でした。こうやってあたくしは適当に遊ばれ、からかわれ、あちらに行ったりこちらへ行ったり、忙しく走り回り、その挙句貸しだけはいっぱい作るものの、まったく何の実入りもないという結果になりました。あたくしは人間たちを相手に、こんなややこしい問題に巻き込まれることで、結局のところ彼らとは理解しあえないということに気づいたのです。老人を殺せば悪い結果を招き、若者を殺せばさらに悪い結果となる。それは醜女だろうと美女だろうと、貧乏人であれ金持ちであれ、無知な者であれ賢者であれ、みんな同じことだったのです。あたくしはこうつぶやきました。《まさに呪われた連中ばかりなのね。あたくしはいったい誰を殺すべきか？　勝手にお前たちの間で話をつけ、どうしたらよいか決めてはどうだろう？　お前たちはいずれは死ぬ身、そしてこのあたくしは死に至らしめる側。とにかくあたくしとしては、自分の仕事をやりとげなければならない》と。ところがそれでもなお、お互い折り合いをつける妙案も方策もないことが分かりました。そこであたくしは弓を投げ捨て、鎌を手に取りました。それをしっかり握りしめ、目を閉じたまま手当り次第、鎌の先にふれたものをすべて刈り取り始めました。青いのも干からびたものも、未熟なものも熟したものも、花を咲かせたものも実をつけたものも、まったく区別などしませんでした。こうしてとにかく、バラであれエニシダであれ、刃に触れるものすべて同じように刈り取っていきました。《さあ、これでいかが？　さぞかしこれで皆さんご満足でしょうね》。このやり方であたくしはすっかり落着きをとり戻しました。少々の悪だと気になるけれど、かえって悪を多く抱えたほうが気が落ちつくもの、なんて意味の諺[29]もありますからね。結局そのやり方を採用することになり、今までずっと続けてきました。ですから、なんと言われようともう気にはしませんし、好きなだけ悪口を言わせておけばいいのです。どうせその代償を払うのは彼ら人間たちですからね。彼らは何でも勝手に言うがよい、あたくしはただ思い通りにやるだけのこと。だからお前たちもそのつもりで与えられた任務に励むべきなのです」

この考えを確認するかのように、彼女は残忍な家臣のうちの一人を呼び出し、世間を驚かせるような内容の命令をきつい調子で言い渡したのである。それは、すぐに出かけていって、誰にも耳を貸さぬある有力者を殺せというものであった。

すると、殺害を命じられた当の家臣は、戸惑った様子をみせ、さらにはその命令を拒むような態度さえ見せた。

「何が怖いのです?」と彼に言った。「その人物を仕留めるのになにか難しい問題でもあるのですか?」

「いいえ、死神さま、そういうことではございません。この手の人たちは一日目は体調を崩し、二日目にはやや持ち直し、三日目には治るのですが、四日目にはちゃんと死んでくれます」

「じゃあ、どんな理由です? あれやこれやたくさん施すことになる病気の治療法が、お前の仕事の邪魔でもするのですか?」

「それはあまり気になりません。むしろそんな治療法だと、初めに彼らが打った手の効き目を、次に打った手で自分から消してしまうことになりますから、治療法がお互いに邪魔し合うことになって、我々にとっては有利に働きます。病人となるその男は、そもそも好き勝手にやりたい放題してきた男ですから、その辛抱の足りなさが、そもそもの病気の原因となっているのです」

「その男はその病気の治癒のために、たくさんの願掛けとか祈禱を捧げるよう手下たちに命じるはずですが、そのことをお前は嫌がっているのですか?」

「それでもありません。こんな人たちの場合は、健康に関してはいくらお願いしたって、天の神様にはほとんど効き目はありません。それにたとえば、いくら死人たちが神の祝別を受けた衣装をつけて葬ってくれるようにと、あらかじめ指示を出しておいたところで、だからといって悪魔が彼らを見逃してくれることにはならないのです」

「じゃあ、お前はいったい何が気になっているのです? 彼らにはたくさんの親類縁者や使用人たちがいますから、その憎しみを買うことが嫌なの?」

「それは大した問題ではございません。それどころかこんな相手に対して我々が狙いを定めることほど、世間の大きな支持を得ていることはありません。それにこれほど首尾よくいく仕事はほかにございません。なぜかといえばこれら有力者たちは、ちょうど一般世間の家庭で飼育している豚みたいな存在だからです。たとえばいよいよ殺される日になりますと、彼らは豚みたいにわめきたてますが、他の人々は笑い、豚は悲鳴をあげ、周囲の者はみんな喜ぶという次第です。それというのも、その日さえ来てくれたらすべての人が食べる物を手に入れ、親類縁者たちには相続金が手に入り、寺男たちは弔いの鐘を嬉々として打ち鳴らし、通常の二倍の礼金を懐にし、商売人たちは喪服用の布地を売ってもうけ、仕立屋はそれを縫い上げて法外な値段を要求し、従者たちはその喪服の裾を引きずって歩いて借金を清算し、貧者たちには施しをすることができるようになるからです。したがって万事その調子で、すべての人に利益をもたらせてくれる結果となります。ですから、表向きはおつきあいで泣いてはいますが、実は嬉しくて心の中では笑っているのでございます」

「それではひょっとしてお前は、そうやって自分の信用がなくなることを気にするわけ?」

「それはまったくありえません。と申しますのは、彼らは私たちのところへやってきて、主人がなくなったことを報告したうえで、みんな口を揃えて、それは主人の不養生のせいだったと言ってくれるからです。主人は暴飲暴食を繰返し、健康時だけでなく、病気になってからでもそうだったことを明かし、一番ひどい高熱の日でさえ、うがいをするとか言って、器を百回も取り替えてリキュールを飲んでいたとか言うのです。また大部屋のなかに十二もの寝台をくっつけて並べて、七転八倒の苦しみでその上をごろごろ転げまわっていたのですが、いちばん熱がひどくなったときなどには、寝台の下の脚輪を何度も壊してしまったそうです。生き急ぐ者はこうして早く命を終えてしまうものです」

「じゃあ、結局あなたが気にしていることは何なの?」

「はい、死の女神さま、それでは正直に申し上げましょう」と、目に涙さえ浮かべ、感情の高ぶりを抑えながらこう言った。「実は私が気になりますのは、我々がいくらこうやって人を殺してみても、人に役立つというより、むしろ社会に混乱をもたらしているのではないかということでございます。要するに、他人が死ぬのを見ても、人間たちは自分の生活を正すこともせず、悪徳を改めることもいたしません。むしろペストの大流行のあと、あるいはその間でさえ、さらに罪の数が前より増えていることが実感として分ります。そのあとでも、娼婦だらけの町を見つけたのですが、娼婦が一人死ぬと、その穴埋めに四、五人もの娼婦が入り込んできます。また我々はいろいろな人間を殺していきますが、生き残った者たちはだれひとり、その死が自分とは関係があるとは思わないのです。たとえば、もし若者が一人死んだとしますと、老人はこんなことを言います。《この若い男は不摂生がたたったのさ。自分の体力に過剰な自信をもっているから、どんなことにでも自分の命を危険にさらしたりする。だから死んだって別に驚くこともない。ところが、我々老人はちゃんとこうして生きていて、自分の体の守り方を心得ている。だから我々が死ぬとしたら、きちんと人間としての成熟を果たしてからのことだよ。そんな理由があるから、死ぬ数からいえば、老人より若者の方がずっと多いのだ。三十を過ぎるまでがいちばん難しいのだが、それから先は永遠の命を手に入れたも同然だね》と。しかし、老人が死んだ場合には、若者たちは逆にこう考えるのです。《この老人にいまさら何が期待できるというのだ。天寿を全うして旅立ったわけで、他の老人たちもみんなこの人と同じだよ。ここまで生きられたことには敬意を表したいけどね》と。一方、金持ちが死んだ場合には、貧者は慰めを得ることになります。《この方たちはがつがつ食べます。昼食は十分にとり、おまけに夕食も胃袋が破裂しそうなほど食べ物を詰めこみます。体を動かさないから食べた物の消化もしないし、悪い体液を消耗することもせず、仕事もせず、我々みたいに汗をかくこともありません》と。ところが、貧乏人が死んだ場合には、金持ちがこう言うのです。《この不幸な連中はほとんど食べ物も摂らず、栄養も不足し、満足に服も着せてもらえず、直接床に寝たりする。これじゃ死ぬのも当然だろうよ。奴らのせいで伝染病が広がって薬も足りなくなってしまったわけだ》と。もし有力者が死んだときには、悩み事のせいだったと言う噂が、たちまちのうちに広がるのです。それが王様だと毒物のせい、法学者だと訴訟をたくさん抱え過ぎたせいだということになります。また学生だと勉強をやり過ぎたせいであって、できれば知識は少しでいいからその分長生きしたいものだなどと噂したりするのです。兵士なら、《たえず命を危険にさらしているからだ》と言い、《俺は死ぬはずはないとあれほど自信ありげに言っていたのに》などと人は噂したりします。もし健康な人なら、《自分の健康を過信していたから》、もし病気がちの人なら、《もうとっくに予想されていたことだから》と噂するのでございます。このようにして、誰もが他の人たちが残していった分の命を自分のものにして、その分だけ長く生きようとします。ですから、人の死ぬのを見ても、誰ひとり自分の行いを正すための教訓とすることもなければ、そもそも他人の死など、自分に関係のあることとは思わないのでございます」

「賢明なやり方は、いちいち相手を区別しないで、みんな平等に死なせることですよ」と死の女神は言った。「若者と老人、お金持ちと貧乏人、健康な人と病人という具合です。こうすれば、たとえば金持ちは、死んでいくのは貧乏人ばかりではないことが理解できるし、若者は老人だけが死ぬのではないことが分かります。そう考えたうえで、みんなが自分の行いを正し、各人が死への畏怖の念を持たねばなりません。そうすれば、不幸な出来事は隣人だけに起って、自分には関係がないなどと思うことはなくなるでしょうし、時間というものを、自分勝手な基準で区切ってしまうようなこともなくなるはずです。たとえば、断食の前の日、夕食に豪華な鶏肉料理を腹いっぱい食べるような不届きな連中がそれに当たります[30]。そう考えてあたくしは、殺す相手を求めて、掘立小屋から王宮へと思い切って場所を変えてみたり、あばら家から城塞の本丸へと飛び移ったりしているのです」

「実は女神さま、私はどうしていいか分からないのでございます」と、不機嫌そうな顔をした家臣が言った。「ある特定の人物に対して、私はどうすれば力が発揮できるのかよく分かりません。もう何年も前からその人物を死に追いやろうと思い、後を追いかけているのですが、ところがどうしてどうして、この男はますます元気になる一方でございます」

「そんな様子なら、死なせるなんてとても無理なんじゃないかしら」

「その人物には、悩み事を与えてみても、不幸に陥れてみても駄目。悪い知らせを聞かせても、大損失を蒙らせてみても、息子たちや親族たちを死なせてみても何の効き目もなく、いつも生き生きと暮らしております」

「その人はイタリア人なの」と死の女神は尋ねた。「もしそうなら、それだけで十分説明がつきます。楽しく生きる術を心得ている人たちですからね」

「いいえ、イタリア人ではありません。もしそうだったら、私だってこんな無駄な努力などいたしません」

「じゃあ、お馬鹿さんなの？　愚か者というのは、自分は死なずに、むしろ人を死に追いやるような方たちですからね」

「いいえ、そうではないと思います。生きる術を知っている者は、十分な知識を蓄えていますから。この人物はただただ暮らしを楽しもうとする態度に終始しています。どんな宴会でも必ず出席して楽しみ、町の散策には必ず姿を見せます。芝居となれば必ず見に出かけます。町はずれへ行けば、その牧歌的な風景を愛で、どんな時でも、必ず一日中楽しく過ごしています。こんな人物が愚か者であろうはずはございません」

「でも、様々な事情はともかくとして」と、死の女神は話に切りをつけた。「とりあえず、その人に対しては医者を一人、いやもっと慎重を期して、二人ほど送り込むのが最善の策でしょう[31]」そしてさらに部下たちに向かって、「さて、おのおの方、無駄な努力はやめることにいたしましょう。頑丈な体をした健常者や元気者などを殺す方法など、研究する必要はありません。どうせ放っておいても、自分の健康への過剰な自信がその人たちをつまずかせることになるでしょうからね。ですから、この際お前たちがあらゆる注意と努力を傾けるべきは、持病持ち、病弱者や末成り瓢箪みたいな人たちを死なせることです。つまりは毎日夕食に鶏卵を食べているような人たち[32]です。ところが、これがとても厄介な相手です。それはこの人たちは、一日の終わりには命を終えてしまうように見えるのですが、次の日には元気を盛り返してくるからです。ですから、この類の人たちのうちの一人を苦労して死なせている間に、頑丈な体をした者たちが百人ほど死んでしまいます。いや、ひょっとしたら、全員死んでしまうような勢いさえ感じられます」

　彼女はここで二人の手下を派遣することにした。一人は例の〈満腹男〉で、彼は貧乏人を殺すため、もう一人は〈絶食〉で、彼は金持ちを殺すためだった。しかし彼ら自身は、それは間違った作戦であるとして、反対の声をあげた。

「あなた方は、まったく状況が分かっていませんね」と死の女神は言った。「ほら、貧乏人が病気になると、それは飢えが原因だったとみんな口を揃えて言うのを聞いたことがあるでしょう？　すると、あちこちから食物を送ってきて、しっかり食べさせ、おまけに腹いっぱいがつがつ食べさせるものだから、結果として無理に満腹にさせられて死ぬことになります。その反対に、金持ちはいつも満腹で、彼の病気はすべて食べ過ぎが原因だなどと人に言われ、そのため食事を摂らせてもらえず、結局は飢死してしまうのですよ」

　この厳格な女王に仕える配下の者たちが、各地方から駆けつけてきている。死の女神は彼らに向かってこんな調子で話しかける。

「どこから来たの？　どのあたりを回ってきたのです？」

　すると、〈天候不順〉はローマからと答え、〈昏睡状態〉はスペインから、〈卒中〉はドイツの地から、〈赤痢〉はフランスから、〈腹膜炎〉はイギリスから、〈カタル〉はスウェーデンから、〈伝染病〉はコンスタンチノープルから、〈疥癬〉はパンプロナから、とそれぞれ答えた。

「ところで《疫病の島》[33]には、誰か行った者はいませんか？」

「あの通りの島ですから、我々は全員避けて通りました。人の噂では、あの島は病気よりも、むしろあの住民のせいであんなひどい渾名をつけられたとのことでございます」

「それでは、お話しはここまでにしましょう。あなた方は、みんな揃ってあの島へ向かいなさい。そしてあたくしの気に入らない者どもは一人残らず退治するように」

「じゃあ、ついでに高位の聖職者たちも如何でしょう？」

「それはいい考えね。あの人たちは、一般の人間たちのお得意の口実[34]が使えませんからね」

　さて、クリティーロたちは、この一部始終を目にし、彼らのやり取りを聞いていたのだ。これは夢ではないし、何かを空想しているわけでもない。ちゃんと目を開けて、現実に起こっていることをその目で確認していたのである。するとその時、死の女神は〈老衰〉のひとりに合図を送り、こう言った。

「さあ、お前たちはそこの旅人たちのところへ行ってやりなさい。お前たちには元気を出して仕事にとりかかってもらいましょう。あたくしは若者たちには気づかれないよう後ろから攻撃をしかけますが、老人たちには正々堂々と正面から挑んでいきます。だからお前たちもそこの旅人たちの命を終わらせ、長い、長い遍歴生活に終止符を打っておあげなさい。そんな旅のお話にはみんな飽き飽きして、うんざりしていますから。そこのふたりは《幸せの女神》を求めてローマにやってきたのですが、じっさいにはどうやら《不幸の女神》に出会ってしまったみたいだわね」

「とうとうここで死ぬしかないのか」とアンドレニオは言いかけたのだが、喉に声が凍りついたようになり、さらに目蓋には涙が冷たく張り付いてしまったようだった。ふたりに連れ添っていた案内役の旅人の体をしっかりと掴んだ。

「さあ、元気を出すんです！」と案内役の旅人は言った。「最大の危機にこそ、大きく気持ちを奮い立たせないと。きっと何か我々の命を救う方法があるはずです」

「どうすれば、それが見つかるんです?」と訊いた。「だってよく言うじゃありませんか、《何からでも逃れる手はあるもの、ただし死は別もの》って」

「そんなことを言った人が間違っています。やはり死に対してでもちゃんと逃れる道はありますよ。わたしはそれを知っています。今その知識が役立つはずです」

「それはどんな方法なんです?」とクリティーロはしつこく聞き返した。「ひょっとして、無価値な人間になることですか? 世のために何の役にも立たない人間になることですか? 愚かな舅《しゅうと》みたいな人間になることですか? あるいは、こちらの財産を目当てに、他の連中が我々の死を望んでいる状況をつくるとか[35]、我々が面倒な問題から解放されるために、その相続権を誰かに渡してしまうか、世人から呪いの集中砲火を浴びることとか[36]、あるいは不幸な男に成り下がるといったことですか[37]?」

「違う、違う、そんなのじゃありません」

「じゃあ、いったい何でしょう?」

「いずれにしろ、死なないための方法です」

「じらさないで教えてくださいよ。早くそれを試してみたいのです」

「まだ十分な時間の余裕があります。老衰死というのは、そう急にやってくるものではありません」

誰しもが手に入れたいと望むその唯一の策については、この物語の最終考で詳しく述べることにしよう。

第十二考
不死の島

かのクセルクセス王[1]が流した涙についての故事は、つとに知られた物語として今日に至るまで語り伝えられている。しかしあの落涙は、なるほど称賛すべき行為であり、王の優れた人間性を証明するものであることは確かだが、やはり筆者にしてみればあの行為のなかには、王の誤解や思い違いがあったのではないかと考えざるをえない。王が小高い丘の上に立って自軍の巨大な軍勢を眼下に望み、水軍が川を埋めつくし、平地に軍兵が満ち満ちているのを目にしたとき、ふつうならば喜びを抑えきれない筈なのに、かの王は涙を禁じ得なかった、というあの故事のことである。(2) 従卒たちは王のこの意外な感情の発露に驚き、何か思いもよらぬ隠れた事情でもあろうかと、その訳を尋ねたのである。すると王はため息をつき、声もとぎれとぎれにこう答えたという。《わたしが泣いているのは、今日こうして目の前にしている兵たちを、明日になれば見ることができなくなるだろうと思うからだ。それは、ちょうどわたしのこのため息が、風にかき消されていくのと同じように、彼らの命の息吹きも風と共に消え去っていくことになるからだ。今日こうして大地を覆いつくしているわが兵たちが、わずか数年後には、彼ら自身がその土に覆いつくされ葬られる運命を、わたしは予見するのだ》と。いわゆる過去の名言の愛好家たちは、クセルクセス王のこの言葉や行為を大いに持ち上げたりする。しかしながら筆者にとっては、彼の落涙ほど馬鹿げた行為はないとしか思えない。なぜなら、その偉大なアジアの王に次のように問いただしてみたいからだ。《ところで陛下、その配下の者たちは、天下の国士あるいは凡骨のいずれなのでありましょうか？（と申しますのは、もし名のある偉材なら、決して死ぬことはないからです。しかし、もしありふれた人材ならば、死んだとしても特に大きな問題ではありません》と。偉人達は後世の人々に永遠に記憶されるのがふつうだ。しかし、凡骨たちは今の時代の人々の軽蔑のなかに埋め込まれ、未来にやって来るはずの人々に対して、注意を喚起することなどほとんどない。だからこそ、英傑たちは永遠の存在であり、高材疾足の士たちは死ぬことはないと断言できるのだ。

さてちょうどその時、クリティーロとアンドレニオを相手に、彼らふたりの案内人である旅人が、まさにこれこそ死を避けるためには唯一有効な策であると、その考えを述べているところであった。この不思議な能力をもつ人物は、決して年老いることはなく、年月の流れが顔に忘却の皺を刻むこともなく、頭に死装束ともいうべき白髪を戴くこともないまま、ただひたすら永遠の命を得る道をたどっていたのである。

「さあ、私の後についてきてください」とふたりに言った。「今からあなた方をこの死の女神の旅籠から《生命の宮殿》へ移して差しあげるつもりです。つまり、名もない連中が苦しむこの恐怖の領域を離れ、名声の誉れの領域へと移るのです。ところであなた方は、あの有名な島について人が噂するのを聞いたことはありませんか？　一旦その中へ入ってしまえば、誰も死ぬことはなく、死ぬこともできないという、大きな恵みに満ち、特異な性格をもつあの島のことです。まさにこの島こそ、よく話題となり、人々の羨望の的となっている場所です」

「その島のことは何度か耳にしたことがあります」とクリティーロが言った。「でもとても遠くの、地球の反対側の位置にでもあるような感じの場所としてですが。要するに、作り話を本当らしく思わせる手というのは、遠くの地に設定するのがふつうだからです。よくお年寄りの女性が言うように、《嘘は長い道のりを辿ってやってくるもの》[3]ですからね。そんなことから、私はそんなお話などは、すべて軽々しく信じてしまう単純な人向けの、愚にもつかない絵空事だといつも思っていました」

「絵空事などとは、何てことをおっしゃるんですか！」と同宿の旅人は反論した。「不死という名の島は確かに存在します。それもごく近くに。不死ほど死に近いものはほかにありませんからね。この二つは表裏一体の関係にあります。だからあなた方にもお分かりのように、どんな優れた人物であろうと、生きているときにはあまり評価されないものです。絵画ではティツィアーノ、彫刻ではブオナロッティ[4]、詩ではゴンゴラ、散文ではケベドがその例です。偉大な人物は死んで姿を消すまで、誰もその全貌を表すことはありません。この世から姿を消すまでは、人々からの称賛を受けないのです。ということはつまり、ふつうの人間に起こる死であっても、名高い人物にとっては、その死は命を得ることを意味します。あなた方には信じがたいことかもしれませんが、実は私は幾度となくその島を訪れ、周辺を歩き回り、心ゆくまで楽しんだことがあります。さらにその上に、私は優れた人材をその島まで案内することを自分の仕事だと思っています」

「ちょっと待ってください」とアンドレニオが言った。「それならぜひぼくもその幸せを味わってみたいものです。間違いなくその島がこの世に存在して、おまけにそんな近くにあるとおっしゃるのですね？　そこへ入ってしまえば、死とはおさらばできるのですね？」

「そうです。間違いありません。ちゃんとそんな島があるのですから」

「ちょっと待ってください。そこへ行けば、もはや死への恐れもなくなるのですよね？　死への恐怖というものは、死そのものよりも手におえないものだとか言いますからね[5]」

「死への恐れなどありません」

「歳を取ることもないのですか？　それこそまさに器量自慢の女たちが嫌がることなのですが」

「大丈夫です。そんな心配はありません」

「ということは、そこに住む人たちは耄碌することも、老いさらばえてしまうこともなく、以前は人一倍分別があった者が、猿のような振る舞いに及ぶなんてこともないのですね？　立派な品性を備えていた人が、あとで歳を取ってから、子供じみたことをするのを見るほど痛ましいことはありませんからね」

「いやいや、そんなことは島のなかではいっさい起こりません。とにかくすべてがすばらしいこと《ベーラ・コーザ》ばかりですよ。いいですか、島に入ってしまえば、白髪は消え、咳も皮膚の胼胝も消え、曲がった腰にもおさらばして、この私は背筋がピンと伸び、生き生きと輝き、血色がよくなり、すっかり若返り、二十歳ほどの若い体に戻ってしまいます。もっとも三十歳あたりがもっといいとは思うのですがね」

「もしそんなことができるのなら、私の知り合いの中には、どんな犠牲を払ってもいい、なんて思う人が絶対いますよ！ この私だってその島へいつ入れるのかと考えるだけで、わくわくしてきます。老人用の室内履きや、マフ[6]や松葉杖からも、すべて解放されるわけですよね。ところで、お尋ねしたいのですが、その島には時計なんてものがあるのでしょうか？」

「いいえ、ありません。そもそも必要じゃないのです。島では人間には時が過ぎ去っていかないからです」

「なんと素晴らしい！ ただそれだけの理由でも、誰だって行きたがるはずです。実は正直な話、我々はこの世では十五分ごとに、いや一分一秒ごとに、自分の体力を消耗し、死に近づいてゆくわけですからね。それがずっと同じ体の調子を維持し、また過ぎてゆく時を刻む時計の音など聞かずに、ただひたすら生きていけるなんてすばらしいことです。まるで賭け事に負けることがあっても、借用証だけ乱発して、負けた金の痛みなど感じないのと同じことではありませんか。時計を胸の中に隠し持ち、針の進行とともに自分の命を少しずつ削り取りながら、死をたえず意識している人間というのは、まことに悪趣味の人たちだと言わざるを得ません。ところで、不死身のあなたにお尋ねしますが、その島では食べたり、飲んだりはしないのですか？ もし飲まないなら、どうやって生きていくのです？ もし食事をとらないなら、どうやって活力を生み出すのです？ そんな生活って、どんな生き方なのか想像がつきません。この世では、賢明なる大自然は、われわれが生きていくための糧となる食物そのものに、命を吹き込んでくれているのが分かります。食べることは生きることであり、また味わうことでもあります。したがって大自然は人間が生きていくためにもっとも必要とされる行為を、すべて人間にとって喜ばしく魅力あるものにしてくれたはずです」

「その食べるということに関しては、言うべきことがたくさんあります」と、不死の男である旅人が言った。

「そのうえ、苦労することも多々ありますよ」とアンドレニオがつけ加えた。

「英雄たちは不死鳥の肝で栄養をとり、パブロ・デ・パラダ[7]とかボロ[8]のような勇者たちは、獅子の髄を食べているとか言われます。しかしながら、この点の事情に詳しい専門家の話では、こんな英雄たちはちょうどアマノ山[9]の人々のように、名声が巻き起こす風に乗って、彼らの耳に届く称賛の声で栄養を摂るとのことです。たとえば、こんな噂を耳にするのです。《ファン・デ・アウストリア様[10]のごときすばらしい戦士はいない。カラセナ侯爵殿[11]のごときすばらしい指揮官はいない。オニャテ様[12]ほどのすばらしい頭脳を持つ人はほかにいない。サンティリャン師[13]ほどのすばらしい弁舌をもつ人はいない》などなどです。これこそ、まさに彼らを元気づける栄養源なのです。さらにこんな称賛の言葉や噂もあります。《モンテレオン公爵[14]は偉大な副王、アラゴンではこれ以上の副王はいなかった》、《駐ローマ大使としては、シルベラ伯爵[15]ほど有能なお方はいなかった》、《アラゴンの摂政を務めたルイス・デ・エヘア様[16]ほどの優れた司法官はいなかった》、《シグエンサ教区には、サントス卿[17]ほどの優れた司教様はいなかった》、《シグエンサの大聖堂主任司祭[18]、バルプエスタの司祭長、サラゴサの司教座聖堂助祭[20]の三兄弟ほどのすばらしい聖職兄弟三人組は他にはいなかった》などです。こんな称賛の言葉があるだけで、彼らから白髪や顔の皺を取り去ってくれ、彼らを不滅の存在に引揚げてくれるに十分です。さらには次のような世間の評判は、とても大きな価値をもちます。《枢密院の議長殿は優れた能吏だ。それに異端審問所長官殿も》、《聖人との誉れ高かったアレクサンドル七世ほど、立派な教皇さまはいない》、さらには《あの方ほどの王様はどこにもいない》などです[21]」

「ちょっと待ってください」とクリティーロが言った。「少し気になるのは、そんな形で人間を不滅の存在にさせられるとなると、例の堅いガラスを作る秘密のわざを見つけた、あの人物と同じ運命をたどらないかということです。語り継がれるところでは、某皇帝は黄金や銀の値打ちが下がらないように、その人物を殺害させたというではありませんか[22]。それに、インディオたちもスペイン人に、こんなことまで言っていたそうじゃありませんか。《あなた方の世界では、すでにガラスをお持ちのくせに、黄金を求めて、わざわざ私たちの世界へやってくるのですか？　ガラスがあるのに、ただの金属に過ぎないものに心を奪われているのですか？》と。もしガラスが壊れ易いものでなく、長い命を保つものだとしたら、彼らは何と言ったでしょう？　繊細なガラスみたいに壊れやすい人間の命に、強固な力を与えることなど、とても難しいことのように思えます。私にとっては人間もガラスも同じ性質をもつものです。ちょっと叩いただけで壊れてしまい、ガラスも人間もおしまいになってしまいます」

「とにかく私の後についてきてください！」と不死の男が言った。「今日はこれからすぐにあなた方は、不死の島の大広場を歩き、円形劇場のあたりを見てみなければなりません」

ふたりは秘密の地下道に案内されたあと、日の当たる場所へと連れ出された。まさに、死の世界から永遠の世界へと直接延びる通路であり、忘却の世界から名声の世界への道であった。そしてさらに《苦難の神殿》の前を通り過ぎると、彼はふたりにこう言った。

「さあ、元気を出して。《名声の神殿》はもうすぐそこです」

こうして彼はふたりを、とある海岸に案内した。奇妙な様子をした海で、ふたりはどこかの港にでもいるのだろうと思った。これがオスティアの港[23]でないとしたら、きっと《神のいけにえ《オスティア》》の港とでも言ったほうがいいのだろう[24]。その感じをますます強くしたのは、ふたりがどす黒い色をしたその水を見た時だった。

ひょっとして、忘却の川であるレテ川[25]が海に流れ込む場所ではないかと思い、彼らの案内役に尋ねてみた。

「いや、それとはまったく違う場所です」と答えた。「忘却の川の水が流れ込む海とは全く異質のものです。むしろ記憶の海というべきです。それも永遠につづく記憶を含んだ海です。ここへヘリコン[26]の山から下った川が流れ込み、さらにはそれに混じって様々なものも一緒に流れ込んできます。たとえば、糸をひくように滴り落ちる汗、とくにアレクサンドロス大王やその他の英傑たちの芳香を放つ汗[27]、さらにはヘリアデスたちの涙[28]、ディアナ[29]をはじめ美しい夜の妖精たちの清らかな夜露の雫などです。それがみんな混じって流れ込んでいます」

「それでは、なぜあんなに水が黒ずんでいるのです？」

「あの水こそ最高の色をしていると言えます。それは、この色は著名な作家たちがペンを浸した貴重なインクの色から出ているからです。ホメロスはアキレウスの物語を執筆するためにこの流れにペンを浸し、ウェルギリウスはアウグストゥス帝について、プリニオはトラヤヌス帝について、タキトゥス[30]はティベリウス帝とネロ帝について、クイントゥス・クルティウス[31]はアレクサンドロス大王について、クセノポン[32]はキュロス二世[33]について、フィリップ・ド・コミン[34]はブルゴーニュのシャルル豪胆公について、ピエール・マチュー[35]はアンリ四世について、アントニオ・フエンマヨール[36]はピウス五世について、ガイウス・ユリウス・カエサルは自らの戦い[37]について、それぞれ書き残してくれました。これらの著者はすべて《名声》に値する仕事をした人たちばかりです。この液体が生み出す効果はとても大きく、たった一滴だけで一人の人物の名を永遠に残すに十分です。たとえばマルティアリス[38]がその詩のなかでわずかに触れただけで、パルテニウスとリチアヌス[39]の名を不滅のものとしました。もっともこのリチアヌスのことを《リニャーノ》なんて呼ぶ人もいますがね。一方、マルティアリスがその人の名前を思い出さなかっただけの理由で、その名声が消滅してしまった同時代の人たちもいます。さて、あの有名な《不死の島》は、この名声の大海原のなかに横たわり、英傑たちの仕合わせに満ちた館となり、偉人たちの心落ち着く住処となっています」

「それなら、教えてください。その島へはどこを通って、どんな方法で渡ればいいのでしょう？」

「ではお教えしましょう。鷲たちは空を飛び、白鳥たちは水の上をかき進み、不死鳥《フェニックス》ならひとっ飛びで渡れますが、我々も含め他の者は船を漕ぎ、汗をかきつつ渡らねばなりません」

彼はすぐに一艘の小船を傭ってきた。頑強なヒマラヤ杉で出来ている。金色や朱色の飾り文字で書かれた気の利いた文句が、船体にはめ込まれている。ジオヴィオ[40]やサアベドラ[41]やアルチャートやソロルサノ[42]などの表象句《エンブレム》や銘句《エンブレサ》からの引用文が散りばめられているのだ。船主が言うには、その船が一目で見分けられるように、そして幸運の星の元にいられるようにとの願いから、多くの書籍の梱包に使われていた板を組み立ててつくりあげたとのこと。金色の櫂は鳥の羽のように見え、帆は古代ではティマンテス[43]、今の世ならベラスケスの画布を思わせるものがあった。三人を乗せた船は穏やかな水面をぬってどんどん進んでゆく。大家たちがペンを浸したというこの水は、彼らの滑らかな筆致や、水晶のごとく清澄な文体、不老不死の霊薬にもたとえられる人間味豊かな思想、芳香油のような香り高い徳性についての教えなどを思い起させる。白鳥たちののどかな歌声が聞こえる。パルナッソス[44]の詩の世界に住む白鳥たちは、本当に歌ったりするのだ。〈歴史〉に仕えるアルキュオネたち[45]は安心して巣作りに励み、イルカたちが親しげに三人の船に寄り添い、その周りを飛び跳ねている。岸辺はだんだん遠くなるが、船は称賛の声にたえず力強く後押しされるように、帆に風をいっぱいに孕み、運よくすべてが順調に進展してゆく。さらに案内役の不死の男は、この旅がふたりにとってあらゆる意味で心地よい旅になるようにとの願いから、その深い教養を披露してふたりを楽しませてくれる。今の時代には、三、四人で語り合うことほど、楽しくそして充実した時間の過ごし方はほかにない。ふつうなら、柔らかな音楽で耳を楽しませ、美しいもので目を、花々で嗅覚を、そして珍味で味覚をそれぞれ愉しませる。しかし人間の知性は、思慮分別をともなった深みのある会話で愉しませるべきである。それもせいぜい三、四人の教養ある仲間たちとの会話で、それ以上の人数は好ましくない。なぜなら、その数を越してしまえば、ただの喧騒と混乱にしかならないからだ。従って、心地よい会話とは、知性にとってのいわば宴会であり、魂のご馳走、心の癒し、知識の源泉、生きた友情のあかし、最も人間らしい活動である。

「さあ、いいですか」とふたりに言った。「あなた方は名声の世界にあこがれ、不滅の生命を得ようとする人たちです。人間はある鳥類に対して、敵愾心というより強い羨望を抱くようになりました。それが何の鳥かは、すぐにはあなた方には分からないとは思いますがね」

「それはひょっとして、鷲ではありませんか？」とふたりは言った。「あの明敏さ、堂々とした風格、大空を飛ぶ姿などには目を見張るべきものがあります」

「いや、残念ながらそうじゃありません。鷲は大空の太陽の近くにいたと思えば、つまらぬ虫けらめがけて急降下するなどして、その魅力をすべて台無しにしてしまいます」

「じゃあ、きっと孔雀でしょう。きりっとした勇ましさが随所に感じられますが、とくにあの眼みたいな羽の模様でしっかり睨みつけられている気がします」

「それでもありません。足元の形が醜いですからね」

「純真で歌が美しいということで、白鳥でしょうか？」

「それはもっと可能性が低いですね。死ぬ間際まで一生かけて黙りつづける[46]なんて、とても愚かな鳥ですから」

「カササギですか？　勇壮に空高く飛んで見せますから」

「それはありえません。大空高く飛びはしますが、気位が高すぎます」

「分かりました。それじゃ、フェニックスですね。あらゆる面において特異な存在ですから」

「それもありえません。本当に存在するのかどうかよく分からない鳥であるうえに、仕合わせを手に入れることができませんでした。なぜかというと、結婚する相手がいなかったからです。もしあの鳥が雌なら相手の雄がいませんし、もし雄なら雌に恵まれないのです[47]」

「鳥探しもいい加減いやになってきました」とふたりは言った。「いったいどんな鳥でしょうかね。もう羨ましいと思えるような鳥は、ほかに残っていませんが」

「いやいや、ちゃんと残っていますよ」

「それはありえないですよ」

「さて、どう言ったらいいでしょうかね、答えはじつは他でもないカラスですよ」

「カラスですって?」とアンドレニオが言った。「なんとまあ悪趣味な!」

「いいえ、それどころかすばらしい、まったくすばらしい趣味の良さです」

「でも、いったいカラスに何の取り柄があるのです? 黒いこと? 醜いこと? それともあの腹立たしい啼き声? あのまずい肉? 何の役にも立たないこと? いったいカラスのどこがいいのでしょう?」

「それはですね、そんなことすべてを帳消しにしてくれる、あるひとつの長所ですよ」

「それは何です? いくら考えても思いつきませんが」

「カラスは三百年か、あるいはそれ以上生きるというのは、馬鹿げた話だと思いませんか?」

「ええ、少しは」

「少しどころではないでしょう? 大いに馬鹿げていますよ。人が勝手に想像しているほど、寿命は長くはありません」

「なるほど、そう言われてみればそうですね」とクリティーロが言った。「そんな印象を受けるのは、カラスは不吉な鳥だと思われているからですね。悪いことというのは、すべて長い間つづくものです。苦しみは決して消え去ることはありませんし、すべての不幸や不運は永遠につづくからです」

「いずれにしろ、鷲も白鳥も足を踏み込めなかった領域に、カラスは入ったのですよ。ある人が言っていました。《カラスみたいにあんないやらしい鳥が、何世紀にもわたって生き続けられるなんてことが、なぜ可能なのか。一方英雄とか、人並み優れた賢者、最高の勇者、最高の美女、最も分別ある女性などは、百年もこの世に名を留めることもできず、世紀の三分の一さえこの世に生きることができません。人間の命はそれほど短いのに、どうしてこれほど多くの不幸を抱え込むのでしょうか》と。そしてこの嘆きを、分別を利かせて心のうちにしまっておくことができず、すぐさま人前でそれを吐き出してしまい、とうとうおしまいには至高の存在である創造主に、その不満をぶつけに行ったとか言います。天上の神はその不満のもっともらしい理由に耳を貸してくださり、くどくどと長ったらしい説明を聞いて下さったあと、こうお答えになったそうです。《この私があなたに対して、カラスや樫の木や棕櫚の木よりも、もっと長い命を与えなかったなどと、いったい誰が言ったのだね？　さあ、あなたの幸せを十分認識し、自分の長所をしっかり自覚するようになさい！　永遠の命を手に入れる可能性は、あなたの手の中にあることをしっかり自覚しないといけません。あなた方がまず目指すべきは、しっかり仕事に励み、名を残せるような人間になることです。武の道であれ、文の道であれ、あるいは政《まつりごと》の道であれ、しっかりと自分の仕事に精を出し、名のある人物になることです。とくに大切なことは、徳に秀でた人となり、勇気をもって事に当たることです。それができればあなたは永遠の命を間違いなく手に入れることができます。獣の名声を求め生きていけば、きっと不滅の存在となれます。獣のような連中が、あなたよりはるかに強く執着する物質的な暮らしなどには、決して心を奪われてはなりません。その代りに名誉と名声の暮らしを大切にするべきです。名を成した人たちは決して死ぬことはないという真実を、しっかりここで理解しなければならないのです》と」

ここまで来るとぐっと視界が広がり、遠くの方に明るく光が輝くのが見え、さらにその光のなかに壮麗な建物が立ち並んでいるのが判った。その様子を遠くに認めたアンドレニオは叫んだ。

「陸地だ、陸地だ！」

すると、不死の男は、

「さあ天国、天国ですよ！」

「あれは何の建物なのかは、私でも見てすぐに判ります」とクリティーロが言った。「コリントのオベリスク、ローマのコロセウム、バビロニアの塔、それにペルシアの城塞です」

「そうじゃありません」と不死の男は言った。「あそこのすばらしい建物の前に立てば、たとえ異民族の都メンフィスのピラミッド(48)であろうとおとなしく黙ってしまいますし、バビロンのあの壮麗な建物の群なども、何も自慢できなくなってしまいます。あそこに見える建物は、そんなものをはるかに越える価値がありますからね」

さらに近くに寄ってみると、はっきりとそれらの建物を確認できた。すると、ごく粗末でありふれた素材を使った建物であることが判った。何の工夫もなければ、建物全体の調和にも欠けているし、軒蛇腹《コーニス》もなければ、縁飾もない。これを見ると、さきほどまで感嘆の声をあげていたアンドレニオはすっかり腹を立て、こう言った。

「なんとまあ、ちっぽけで、みすぼらしい建物でしょう！　こんな神聖な場所にはまったくふさわしくありません！」

「いいですか、よく聞いてください」と不死の男が答えた。「これはみんな世界中で口を極めて称賛されてきた建物ばかりです。素材がたとえありふれたものであっても、そんなことはまったく関係ありません。それに建物の形がとても奇妙だなんてことも、大した問題ではありません。これらの建物はいつの時代にも人々に尊敬され、称賛されてきました。それもそのはず、それにはちゃんとした根拠があるのですからね。古代の円形劇場だの闘技場が崩壊してしまったのに、これらの建物だけはちゃんと今でも崩れずに残っています。ほかの建物はすでにその命を終えたのに、これらの建物だけはまだ立ち続けていて、こうして永遠につづいているのですよ」

「あそこには古い城壁が崩れ落ちていますが、あれは何でしょう？　見ただけで恐ろしい感じがします」

「あれはタリファの城塞ののこぎり壁ですが、どんな立派な宮殿の豪華なファサードよりも、人々からはるかに高く評価され、愛でられています。あそこからアロンソ・ペレス・デ・グスマン将軍が短刀を投げたとされる城壁ですよ[49]」

「さらに念のためつけ加えると」とクリティーロが言った。「その忠君愛国の将軍とは、カスティーリャ王サンチョ四世の時代の人ですよね[50]」

「その城壁と並んでもうひとつ城壁が立っています。あれは女傑として知られたあのご夫人が、スカートをたくし上げて、栄光の勝利の旗を掲げたとされる城壁です[51]。一人の女性が子供を殺されるのを目にしながら見せたあの行為など、まさに特別な称賛に価するものです」

「あそこに遠く見えているあの洞窟はなんでしょう？　とても薄暗い感じでしか見えませんが」

「薄暗いとはいえ、とてもはっきりと明瞭に、その全容が確認できますよ。あれは不滅の王ペラヨ将軍の働きによって知られた、有名なコバドンガの洞穴です[52]。彼の先人たちや子孫たちが建てた立派な城塞なんかよりも、はるかに大きな尊敬を集めている洞穴です」

「あの崩れかけた塹壕は何ですか？　どことなく風情がありますが」

「それについては、アルクール伯爵[53]にお聞きになればいいでしょう。あの戦いについてはよく覚えているでしょうからね。つまり、そこで伯爵は《無敵将軍》の評判を失い、その代りに勇敢なインファンタド公爵[54]が名声を手に入れた場所ですよ。まさに公爵がエル・シッドの子孫であり、その勇気の後継者であることを示した場所です。あそこにある城壁の三つの裂け目から、ヴァランシエンヌの町[55]へ救援隊を送り込んだのが、あの三人の将軍だったのです。光のごとき敏速さで、勇敢な攻撃を仕かけました。その三人とは、数々の軍功を挙げたファン・デ・アウストリア公、スペイン軍にフランスから加わった唯一の将軍として、素晴らしい戦果を挙げたコンデー大公ルイ二世、そしてスペインの軍神カラセナ侯爵のお三方[56]です。

「なぜここでは、あの聳え立つ姿を見せないのです？」とクリティーロがその時気づいたことを口にした。「エジプトのピラミッドのことですよ。物知り顔の学者さんたちがあれほど称え、繰り返し紹介しているではありませんか」

「いや、まさにその理由からですよ。というのはあれを建造した王たちは、その功績によって名が知られるようになったのではなく、虚栄心から名を残そうとしただけのことです。それが証拠に、王たちの名前はまだ知られず、どんな人物であったかも判りません。ただ岩石の記憶が残るのみで、彼らの勲功が残っているわけではありません。ここにはネロ帝の黄金宮も見つかりませんし、ヘリオガバルスの宮殿もありません。あの堂々たる建物を金色で塗り、意地になって飾り立てたりすれば、つまらない地金を出して自慢しているだけのことで終わってしまいますよ」

「ところでお聞きしたいのですが、霊廟などでこれ見よがしに飾り立てたのをよく目にしますが、あのような建物はどうなったのでしょうかね？」とアンドレニオが言った。「つまらぬ銘文などが付けてあったりして、馬鹿正直な連中はあれを見て、きっと前を通りがかる人に話しかけているのだなんてつい思ってしまうのですが、やはりあれで死者が生者に話しかけているつもりになっているのですかね。あんな霊廟はどこにあるのでしょうか？　どこにも見当たりませんが」

「まさにあれこそ、冷たい石を重ねただけの無意味な工事です。ああやって大理石細工をするためには多額の資金を浪費しておきながら、立派な行いをするためにはその金を投入することをしなかったのです。あれなら、もっと碧玉飾りを節約して、自分の功績を積み上げていったほうが、彼らにとってもっと意味があったように思いますね。これで分かるように、埋葬された本人についての記憶は人々には残らず、ただその見当はずれな工事のことだけを思い出すだけのことです。墓を訪れる者は大理石のすばらしさを褒めはするものの、死者の功績を褒め称えるわけではありません。訪問者たちは埋葬されているのは誰なのかと訊いても、ちゃんとした答えが返ってはきません。ですからその人物の資質については大きな疑問が残ることになってしまいます。だって、生きていた時には英雄的な業績など何一つ上げられなかった者が、墓石のお蔭で有名になるなんてまったく馬鹿げたお話だからですよ」

「あそこに立っているたくさんの城はなんですか？　全くがらくた同然の建物ですね。石はぼろぼろで見映えがせず、長い年月の経過ですっかり痛めつけられ、まさに崩壊寸前です。あの高価な斑岩の建物と一緒に並んでいるのが場違いな感じさえします」

「いえいえ、古城の方がずっと価値のある建物で、人々からも敬われています。ほら、あそこに見える古城をよく見てごらんなさい。あの城はまだ人々の称賛を十分に受けたとは決して言えませんが、よくぞ守りきった城と言えます。だからその窓掛けからは、まだ血が滲み出ているのです。メディーナ、ミランダ、バラガネス、グアルなどの、勇敢な十字軍の騎士たちが戦ったお城なのですから[57]」

「ということであれば、あれはマルタ島の聖エルモ砦ですね」

「その通りです。地球上の円形闘技場をすべて集めても、この城塞がもつ価値には及びません。あそこに見えている城もぜんぶ、カール五世がその広大な領土の防衛のために建造させたものです。多くの船団がインディアスからもたらした富を、こうした立派な目的のために使いました。さらにはパルドの森に王の保養のために建てられた離宮[58]は、この城の形を真似ています。それはこの余暇の運動[59]においても、勇敢な行動をとることを忘れないためだったからです」

凱旋門が多く立ち並ぶなかに、家とも掘立小屋ともつかぬ建物がひとつ、他の立派な建物と張り合って立っている。

「なんとまあ不釣り合いな！」とアンドレニオは嘆息した。「あれほど壮麗な建物のなかに、あんな小汚い建物が頑張っているなんて！　あのむさ苦しい姿が周囲の華やかさを、すっかり駄目にしてしまっているではありませんか！」

「あなたはまだよく分かっていらっしゃらないようですね」と不死の男は言った。「いいですか、よく聞いてください。あのみすぼらしい家は、横に聳え立つ壮麗な建物と競いあえるほどの尊敬を、人々から集めているのですよ。おまけに荘厳な城塞などもあのぼろ家と並んで立っていることを、大いに誇りにしています」

「えっ、本当ですか？」

「そうです。外から見ると木でできているように見えます。でも杉の木などよりもっと頑強で、青銅より長続きするほどですよ」

「いったい何の建物です？」

「あれは樽を半分に切って置いただけの家です」

アンドレニオは大笑いしたが、不死の男はそれを制してこう言った。

「そのあなたの笑いはすぐに感嘆の声に変わりますよ。軽蔑が称賛にとって代わるはずです。いいですか、あれはかの有名な哲学者ディオゲネスのよく知られた住まいです。ほかならぬアレクサンドロス大王を羨ましがらせたという樽の家ですよ。大王は何里も離れたところから遠巻きにあの家を見ていたそうですが、あの哲学者は《そこをどきたまえ。日陰になるではないか》とだけ言って、全世界の征服者に対して何の愛想もしなかったということです。しかし大王は、その樽の家のそばに天幕を張るように兵に命じたのです。その天幕がほらあそこに見えるでしょう？」

「なぜ宮殿のような見映えのする建物を、そこに建てなかったのです？」

「それはですね、大王が宮殿で暮らしたとか、造らせたとかいったことは、記録が残されていないため明らかではないからです。天幕が大王にとっては常に城塞であり、あの大きな心には宮殿など物足りなさを感じさせるだけのものだったのかもしれませんね。要するに、全世界が彼の家だったわけですよ。さらに死に際しては、常勝の軍隊が見守る中、バビロンの大広場の真ん中に自分の体を運ぶように命じたのです」

「ここにあってもいいはずの建物がまだほかにもたくさんあります」とクリティーロが言った。「世界中で称賛を浴びたものばかりですがね」

「おっしゃる通りです」と不死の男は答えた。「建てた人物の功績を称えるためというより、その虚栄心を満足させるためだったことが、ここに置かれていない理由です。ですからここには、むやみやたらと碧玉を使った装飾もなければ、馬鹿げた青銅の置物とか、冷たい大理石はどこにも見当たりません。トラヤヌス帝の造った石橋(60)よりも、カエサルが架けさせた木の橋(61)のほうが、ずっと早く見つかりますよ。ここでは、壮麗な庭園など探しても無駄です。花など愛でる者はなく、果実こそが喜ばれるのですから」

「あそこの名声の神殿にぶら下がっている、船の残骸のようなものは何ですか?」

「あのトルトサの町を頑なに守り抜く味方に、救援軍を送り込もうとしたフランス軍の船の残骸です。しかしながら、勇猛さで名を馳せたスペインの名将アルブルケルケ公爵(62)が、カタルーニャの海であの船団を打ち破り、敗走させました。まことの困難を極めた上での殊勲であり、大いに称えられたものです。そんな理由から、戦いの神マルスは、輝かしい軍功の模範として、あの残骸をぶら下げているのです」

そうこうするうちに、小船は無事に島まで接近し、険しく聳える絶壁の前まできた。そこに生えた銀色に輝く草木に、直接手で触れることができるほどだ。天空を担うアトラスが、まるで前に立ちはだかっているようで、どこを見ても島に船をつけることなど、至難のわざに思える。多くの者がこの難関に突き当たり、大きめの船であれ、さらには巨艦であれ、あたら不死の島を目の前にしながら、難破する羽目になったのだ。堅固で無情な岩に衝突し、哀れにも船が粉々にされてしまうのである。そして死に絶え、どこかに姿を消してしまう。多くの者は初めのうちは名声と幸運の後押しを得て、抜かりなく航行をつづけここまでやってはくるのだが、何かの忌まわしい悪徳への妄想に苛まれ、不幸な終わり方をしてしまうのだ。またある者は、永遠の恥辱にまみれた船に乗り込み、座礁してしまうこともある。そんな例があるイングランドの船に起った事件である。また人の噂では、その事件はかの王家の八代目ヘンリーによって巻き起こされたものとか。この王は初めのうちは、国民の称賛に後押しされて船を進め、カトリック教会の擁護者として、栄誉に満ちた名声を獲得することになった。しかしそのあと、自らの愚かさのせいで周囲の者と衝突を繰返し、不幸にも王国全体を巻き込んで異端のなかに沈没してしまったのだ。そしてこの王に従ってきたほかのすべての船も、王と同じ道をたどることになる。しかし、一番不幸だったのは、チャールズ・スチュワートの船[63]であろう。この人物のなかには、凶暴な異端の心をはっきりと読み取ることができる。結局はその無謀さゆえに死ぬことになり、臣民たちもまた闇雲に彼を処刑してしまう。そんな事情から、どちらがより野蛮な行動をとったのかという点が、疑問として残ることになった。つまり、過去にも例のない、自国の王を処刑するという暴挙に出た側か、あるいはカトリック教徒として宣言することを拒んだ側かという問題だ。この王は異端を愛し、多くの不幸な出来事を招き寄せることになり、さらには現世と永遠の両方の命、および王冠を失うことになる。もしカトリック教徒であると宣言したならば、不滅の名声をたやすく得ることができたにも拘わらず、そんな形で死んでゆくのだ。こうして、異教徒たちが彼を処刑し、カトリック教徒たちはこの王を褒め称えることはなかった。ネロ帝もまた、残酷非道な行いゆえに、船を沈めてしまうことになる人物である。皇帝としての初めの六年間は、これ以上ない優れた為政者であったにもかかわらず、最後の六年間は最低の為政者になってしまう。これと同じような形で死を迎えるのが、初めは軍神マルスのごとき勢いを示し、あとになるとまるでヴィーナスのごとき弱さを露呈してしまった英雄である[64]。またこれと同じような例が、多くの有名な著述家たちに当てはまる。初めは永遠の価値を持つような名作を発表しておきながら、さらに著作を大量に増やしていきたい気持ちを抑えきれず、出版を重ね、だんだんと俗化してゆき、当初の名声を台無しにしてしまう。さらには、そんな作者に心酔する者たちが、死後に作品集を編むのだが、その解釈たるや不十分で、間違えて他人の作品を入れてしまったりして、結局は著述家の輝きを色褪せたものにしてしまう結果となる。

　島の事情に詳しい不死の男は、上陸の難しさを認めながらも、自分の経験を生かして巧みに船を導いてゆくと、一見しただけではとても見つかりそうもない場所に、やっと上陸地点があるのを発見した。こうしてとうとう彼ら三人は、自分たちのこの世の終わりの階段を上ってゆくことになったのである。しかし実際に上ってはいったものの、ここで最大の難所にぶつかることになった。最後の階段を上りきったところに、壮麗な造りの凱旋門が立っている。その門には七宝焼きを施したさまざまな銘文や、格言めいた文句が書かれ、堂々たる風格の玄関となっていた。しかしこの入口は青銅の扉でしっかりと守られ、さらにこの扉にはダイヤモンドの錠前がかけられ、資格がないかぎり誰も自由に入ることが許されない。入場に関してはとても厳しい手続きを踏まねばならず、名前を名乗るとしっかりと書き留められ、さらには世間での異称まで尋ねられる。まるで厳重な監視の元に置かれた町の城門のようだ。なかには、偉大な人物の異称を勝手に拝借したり、あるいは耳に快い名前を自分で作ってみたりする者もあり、《大君》とか《北の皇帝》とか、《海と陸の君主》など、出鱈目な名前を名乗っていた。しかしながら、それだけで不死の島への入国が必ずしも保証されたわけではなく、またこのあこがれの島の住民として認められるわけでもなかった。その監視の任務に当たっていたのが、厳正さと潔さを旨とする衛士だったが、相手が《不死の島》にふさわしい人物かどうかの判定を下し、扉を開け閉めしていたのである。そんなわけで、いくら入りたいと思ったところで、この男の承認なしには、ぜったいに中へは入れない。さらに特筆すべきは、ここでは賄賂は何の効果もなく、むしろまったく見られない現象であったことだ。そもそも、たとえ金貨を手に握らせても全くの無駄だったが、それはこの男が二つの異なった顔をもつような人物ではなかったからだ。他の場所へ行けば絶大な効き目を発揮する贈賄は、ここではまったく意味をもたず、恩を売っても何の見返しもなく、たとえ誰かに取り次いでもらってもまったく耳を貸してもらえず、《袖の下》もこの男に対しては実行不可能であった。それもその筈、ごく狭い幅の袖口しかしていないからだ。しかし、むしろそんなことよりもっと重要なことは、この男は一里離れた所からでも、すべての相手の素性を読み取れたことであった。だからこの男に対しては、そもそも嘘をつくこと自体、無駄な作業なのだ。この人物こそ、まさに法務大臣にふさわしい人材だったといえる。まるでアラゴン王国の国璽尚書副長官のごとき存在だ。すべてをきちんと見極め、すべてを吟味し、誰に対しても譲歩せず、良心の咎めを感じるようなことは決してしない。さらにはたとえ相手が領主であれ、大公であれ、王であれ、決してへりくだった態度を見せることはなく、さらに驚くべきことは、寵臣たちに対しても同じ姿勢を崩さなかったことである。これを証明してみせたのが、ちょうどそのとき貫禄のある人物がそこに到着したときに示した対応だった。その人物は、まるでフエンテス伯爵[66]にでもなった勢いで、門を広く開け放つようにと命令を下したのである。そもそも頼み込むなどという奥ゆかしい態度ではない。

するとくだんの衛士は、その人物に厳しい目を向け、一目で扉を開けるに値しない男であることを見抜き、こう答えた。

「空きはないね」

「そんなはずはないだろう？」とその男は食い下がった。「このおれ様は、《偉名とどろく》とか、《武勲赫々たる》とか、《超ど級の》とか呼ばれていた将軍だ」

すると衛士はいったい誰がそんな異名をつけたのかと尋ねた。すると友人たちだと言う。衛士は大笑いしてこう言った。

「あんたの敵がそう言ったのならまだ分かるけどね。さあそこをどきたまえ！　あんたは道を間違えてるんだよ！　ところで、そちらのお方には、誰が《偉大な猊下》とか《博学、慈善家、義人》などと呼んでくれたのかね？」

「誰がって、私の召使たちですよ」

「それがあんたたちの子羊たる信者ならもっといいのだがね。

ところで、そちらのお方、誰があんたのことを《現代のローラン》とか、《無敵の将軍》とか《闘士》などと呼んだのかね？」

「わしの同盟軍の仲間たちや、部下たちだ」

「どうせそんなことだろうと思ったよ。あんたたちは何でも簡単に信じ込んでしまうのだからね。さあそこをどいて、どいて！　そんな渾名なんか全部消し去ってしまうことだ。恥ずかしげもないお追従から出てきた、根拠のない褒め言葉だよ。さあ、みんなあっちへ行きたまえ。きみたちは愚物ばかりだ。不死の世界が、馬鹿者たちのために作られていて、永遠の名声の世界が浅はかな連中のために作られたとでも思っているのかね？」

「あの衛士は何者です？　とても厳格で誰も容赦しませんね」とアンドレニオが尋ねた。「間違いなく最近はやりの人間じゃありませんよね。金貨でも買収されませんからね。きっとルーブル宮殿などで仕えた経験はないでしょう。だってツェッキーノ金貨[67]は受け取らないし、どこかの宮廷から来た者ではないのは確かです。あの衛士はぼくが以前にどこかで会った門衛の教えを受けていないことは、ぜったい間違いありません[68]」

「この人物こそ、ほかでもない正真正銘の〈勲功殿〉その人ですよ」と不死の男は答えた。

「そりゃあすごい人物だ！　でもこうなった以上、ぼくはちっとも驚きません。ぼくたちもここに入れてもらうには、一苦労することになりますけどね」

　そこへ、不死の王国に入れてもらうべく、さらに何人かの者が姿を見せた。すると衛士は、もし入りたいのであれば、〈不断の努力殿〉がじきじきに署名し、〈英雄的勇気殿〉が確認の花押を記し、さらに〈美徳さま〉が封印を押した証明書を提出するよう求めた。こうしてその書類を確認したあと、それを彼らの頭上にかざすと、大きく扉が開けられたのである。この幸運に預かれないのは、〈忌むべき悪徳〉が書類を汚している者で、衛士はそれを見咎めると、鍵をしっかり閉め直すのだった。

「この証書はどうも女性が書いたようだな」と、衛士はある男に言った。

「ええ、その通りです」

「ところがだね、美しい手で書かれた証明書ほど、始末に困るものはないんだよ。さあ、そこをお退きなさい。君って男は、なんとまあ嫌らしい評判しかないのだろう！　そもそもこの証明書には、署名が欠けている。怠け癖が出て、腕が痛くなってしまったのかもしれないな。この書類は竜涎香の香りがするが、いっそ火薬の臭いでもつけたほうがましだったかもしれん。こちらの書類は油の臭いがしないところを見ると、知性の保護者たるフクロウが書いたものではないようだ[69]。要するに諸君は、厳しい現実を見つめ直すことだよ。証明書が貴重な汗の輝きをもっていない限り、誰ひとりここに入れるつもりはないね」

　彼らをとくに驚かせたのは、かのフランス王フランソワ一世の姿を見かけたことであった。話によれば、王は数日前からこの階段に座りつづけ、著名な英傑たちに混じって、この不死の島に入る許可を繰返し求めているのだが、その度毎に拒否されているのだという。それに対して王はすでに《偉大王》の異名を手に入れており、母国フランス国民のみならず、イタリアの著述家たちまでそう呼んでくれていることを、ぜひとも考慮してほしいと主張しているようだ。

「どのような功績に基づいてそう仰せられるのか、お教えいただけますか?」と衛士の〈勲功殿〉が言った。「ひょっとして、フランスで裏切りに会い、イタリアでは戦に負け、スペインでは幽閉の憂き目を見て、つねに不幸に見舞われたことを陛下は申し立てておられるのではありませんか?[70] 私が思うに、陛下とポンペイウスが[71]《偉大なる者》と呼ばれるのは、あの謎々によるのではありませんか? ほら、あの《取られれば取られるほど大きくなるものなあに?》というあの謎々[72]ですよ。でもまあ、中へお入りいただきましょう。つねに卓越した文化人たちに対して、あらゆる面で支援を怠らなかった点では評価できますからね[73]」

カスティーリャ王アルフォンソ[74]に関しては、クリティーロとアンドレニオに人々が語ったところによると、《賢王》という異名に関してかなり疑問が呈されたようだ。というのも、とくに文化活動がまだ活発ではなかったあの当時のスペインの状況を考えれば、とりたてて《賢王》と呼べるほどの水準にはなかったと言うのだ。さらに注意すべきは、一国の王であるためには、何も優れた軍人、法律家、あるいは天文学者である必要はなく、勇者たち、学者たち、顧問官たちなどをまとめ上げ、さらにはすべての国民を統率し正しく導く術をしっかり身につけることが大切であって、まさにそれを実践したのがフェリペ二世だったとのことであった。

「確かにそうした問題は残るものの」と〈勲功殿〉が言った。「王にとって学識を身につけることは、大いに評価されるべきです。たとえラテン語の知識だけでもいいし、天文学ならもっと好ましい。そうした王たちは名声の王国に招じ入れられるべきです」

というが早いか、アルフォンソ王に対しては、すぐさま扉を開けたそうだ。しかしそこに居合わせた人々をさらに驚かせてしまうことが、次に起こるのである。これこそまさにふたりの旅人にとっても、これ以上はない驚きと言ってよい。それはアラゴンに生まれ、カスティーリャ王国のために多大の功績を残し、歴史上最大の王国をつくりあげ、世界の第一の王とされるカトリック王フェルナンドに対し、他ならぬアラゴンの人々が、王にとって不利な証言をしたばかりでなく、不死の王国に入れることに大反対したのである。その理由はアラゴン王であるフェルナンドが、何度も国を留守にし、アラゴンの人々を国に残したまま、広大なカスティーリャ王国に移り住んだからと言うのだ。これに対してフェルナンド王は、悠揚迫らぬ態度でこう応じたのである。そもそも自分がそんな行動を取ることこそが、王の歩むべき道であると教えたのはアラゴンの人々ではなかったのか、と。なぜなら、アラゴン王国の後継者にふさわしい多くの優れた人物がいる中で、その人たちを捨て、わざわざカスティーリャ王国まで赴いて、自分の祖父であるアンテケラの王子を後継者として迎えにいったではないか[75]、そしてアラゴン国の他の候補者たちの狭隘な心よりも、ひとりのカスティーリャ人の広い心をより高く評価したのではないか、と。そして今日では名家はすべてカスティーリャに居を移し、彼の地の評価がいやが上にも増してきていて、《カスティーリャの糞はアラゴンでは琥珀となる》などという諺まで生まれてきているではないか、と。

「いいですか、私の先祖はみんなこの《不死の島》の中にいて、それも立派な地位を占めているんですよ」とある男が自惚れてみせた。「だからこの私だってこの中に入る権利があるはずです」

「いやそれを言うなら、権利じゃなくて、義務、それもたくさんの義務を負っているよ」と〈勲功殿〉が答えた。「だからあんたはその義務を果たし、立派な行いを示して、外にとり残されないようにしなければならんのじゃないかね？　いいかね、よく心得ておくべきことはだね、ここには他人の名前のお蔭で入れてもらえるのではなくて、自分自身の功績、それもとくに際立った功績によって入れてもらえるということだよ。ところが残念ながら、有名な家柄の連中の間に疫病みたいに広がっているのが、偉大な父親のあとを凡庸な息子が継ぐという現象だ。だから小人が巨人の中にまぎれこんでいるような場面に、しょっちゅう出くわしたりする」

「しかしですね」と、別の男が言った。「広い領土を支配したお方がまったく忘れ去られるとか、たくさんの国を有し、多くの肩書をもつ偉大な君主が、この《名声の王国》のなかに、たとえ片隅であれ居るべき場所がないなんて、とても我慢できませんね」

「この不死の王国のなかには《片隅》なんて場所はないのですよ」と周囲の人々から答えが返ってきた。「片隅に追いやられている人など、どなたもいらっしゃいません。いいですか、もういい加減にきちんと理解されたらいかがです？　ここでは、称号だの、地位だのにはまったく注意が払われなくて、ただ優れた個性のみが注目されるのですよ。肩書ではなく個人の資質の問題です。その人個人の価値であって、相続する財産や称号ではないのです」

「君はどこからやって来たんだね？」と高潔な心の持ち主たる衛士が叫んでいる。「勇気の世界とか、知の世界からなのか？　よしわかった。じゃあここから入りたまえ。なに？　怠惰と悪徳の世界からだと？　悦楽と暇つぶしの世界からだと？　お前たちはどうやら道を間違えたようだ。さあ、戻れ、無の洞窟へ戻るんだ。あそここそお前たちが落ち着くべき場所だよ。

この世で死人みたいな生き方をした連中は、この世を離れる際には、不死の生命を手に入れることなんかできないのだから」

もうここまで来ると、何人かの名のある人物たちは、無念さに唇を噛むのだ。なんと自分は名声の王国から締め出され、何人かの幸運な一兵卒たちが中に入ることを認められている。フリアン・ロメロ[76]、ビリャマヨール[77]、敵軍からも激賞された隊長カルデロン[78]などの兵士だ。

「しかしですね」と中に入れてもらえないある男が言った。「公爵や王族までもがこの外に残され、名前さえ知られず、名声も称賛もないまま朽ちてしまわねばならないとは困ったものです！」

何人かの現代の作家たちが、嘆願書の代わりに数冊ものぶ厚い書物を提出したが、ただ分量が多いだけのことで、まったく中身のないものだった。そこで、入島を認められなかっただけでなく、〈勲功殿〉はこう一喝したのである。

「はてさて、呆れ果てた奴らだ！　人足を五、六人ここへ呼んでくることだな。腕っ節の強い男でも連れてこなきゃまったく処置に困ってしまう！　つまらぬことをくどくど書き連ねただけの、我慢のならないこんな書物など、さっさとどこかへ片づけることだよ。それにくっきりした色のインクではなく、まるで味気ないスープでも使って書いたようで、そこで述べていることはすべてうんざりするような内容ばかり。ペルシウス[79]の作品は、わずか八ページほどの分しか残されていないが、今日に至るまで読みつづけられている。いっぽう、マルスス[80]の『アマソニダ』なる作品は、ホラティウスの不滅の作品『詩論』のなかでの批判の対象としてしか、今日までその名をとどめていないのだよ。ほら、見てみろ、こちらの書物こそ永遠の書となること間違いなしだ」

と言って、小さな本を取り出して見せた。

「さあ、よく見ていただこう。この本はぜひ読んでいただきたいね。これはポルトガル人ロボが書いた『田舎の宮廷』[81]という題の本だ。さらにこちらの著作はサ・デ・ミランダの諸作品[82]、それにファン・デ・ベガ[83]がその息子に与えた六枚の教訓書だが、ポルトアレグレ伯爵[84]がそれに注釈を加え、さらにその価値を高めたもの。またさらにこちらは、アグスティン・マヌエル[85]によって書かれた『ポルトガル王ファン二世の生涯』だが、これはもっと高く評価されてしかるべき名著だね。これらポルトガルの著述家たちは、豊かな才智のなかに鋭い風刺をも併せ持っているのだ」

この声は大きなこだまとなって、何度も反響を繰返し、わが永遠の町ビルビリス[86]に隣接したあの有名な丘のこだまをも凌ぐほどであった。ラテン語起源ではないこの町の名は、この町がローマ人の侵攻以前からの町であること、そして今日も生き、さらに永遠に生き続ける町であることを示している。さて、衛士の声のこだまは、ビルビリスのように五回ほど反響を繰り返す程度のなまやさしいものではなく、なんと十万回も響きわたり、世紀から世紀へ、国から国へと、寒さに凍てつくストックホルムから、灼熱のホルムズ島に至るまで響き渡っていたのだ。さらにほかのこだまによくある冷たい感じの響きではなく、英雄的な偉業とか、知的な名言とか、思慮に富む格言を響き渡らせるこだまでもあった。そして名声にふさわしくない書物については、彼はあえて何も口にすることはなかった。

と、その時、一同の注意は、馬鹿でかい声を張り上げ、不死の島の扉をがんがん叩く、奇妙な男の方に向けられた。まさにこれは滑稽な見世物といえるだろう。

「君は何者だね？　扉を叩くというより、壊しにかかっているみたいだ」と衛士が厳しい調子で尋ねた。「君はスペイン人？　あるいはポルトガル人？　いやそれとも、悪霊ではないかね？」

「そんな者以上の存在だよ。つまりおれ様は一兵卒から身を起し、昇進を果たした軍人だよ」

「で、どんな書面をもってきているのだね？」

「このおれ様の剣の刃がその書面代わりだ」と言って、剣を前に差し出した。〈勲功殿〉はそれを手に取って調べてみたが、血に染まっていないのを見ると、それを突き返してこう言った。

「君を入れてやれる場所はないね」

「いや、あるはずだ！」と憤慨して言った。「あんたはこのおれ様の評判を聞いたことがないのかね？」

「たとえ聞いていたにしても、やっぱり駄目だね。もし君が立派な人物だと分っていたら、こんなあしらわれ方をすることもないだろうけどね」

「おれ様は着任したての偉い軍人だぜ」

「着任したての？」

「そうさ、毎年あちこち転任させられているからな(87)」

「なるほどね」と〈勲功殿〉は答えた。「そんな新顔だから、まだ血など流していないということか」

「ちょっと待ってくれ。そんな戦のやり方はいまどき流行らないんだよ。アレクサンドロスの時代とか、初期のアラゴン王の時代なら別だけどね。アラゴン王国の紋章のあの赤い棒線の紋は、記念すべき戦いに勝利した王が、その手をぬぐおうとして、盾の全面に血にまみれた五本の指をこすりつけた跡だとかいう話だ(88)。しかしそんな血なまぐさいお話は、あの命知らずの王ドン・セバスティアンとか(89)、捨て鉢になって戦ったグスタフ二世(90)に任せておくべきだよ。だからおれ様に言わせりゃ、この王たちがもしも将軍だったとしたら、戦死するなんてことはぜったいにありえなかったね。まあ死んだといっても、せいぜい馬に死なれるくらいだろう。つまり、主人として戦うか、従僕として戦うかで大きな差が出てくるのさ。このおれ様の場合は、わずかの間しか続かなかった小競り合いみたいな戦いで、なんと二十人以上もの将軍が入れ替わったりした。その戦争を巻き起こしたご本人が、小競り合い(91)だなんて呼んでおられるのだがね。で、とにかく、その将軍のうち、一滴でも血を流した者など誰一人いないという話を耳にしたことがある。でも言い争いはこの辺で終わりにしようぜ。やるべきことをやっていただきたいからね。軍人の間では、学士さまみたいに無駄な議論などしないことになっているんだ。さあ、扉を開けるんだ！」

「そうは問屋が卸さない」と〈勲功殿〉が答えた。「君は何か特別な異名があるわけじゃないし、ただ怒鳴り散らしているだけのことだからね」

　これを聞くとこの軍団長どのは、剣を抜いて大騒ぎを始めた。さらには英雄たちの王国である門の内部までこの騒ぎが伝わることになり、何事が起こったのかと人々が次々に顔を見せた。まずやって来たのが、マケドニアの勇者[92]だったが、こう言った。

「その男のことは、この私に任せていただこう。ちゃんと理性に訴えて従わせてみせるから。ところで軍団長どの、戦場では大した騒ぎも起こしていなかった君が、こんなところで自己主張ばかりやっているのには、とても驚かされるね。さあ、もう一度戦場の方へお戻りなさい。名声を得るために、五、六個の手柄を積み重ねてくることだね。ただし、たったひとつだけでは駄目だぞ。そんなのまぐれに過ぎないかもしれないからね。大きな町を二つ、三つ包囲してみて、どんな戦果が挙げられるか見てみようじゃないか。ただ、間違いなく言えることはだね、私がこの中へ入れてもらえるためには、大変な努力をしなければならなかったということだ。五十以上もの戦いに勝利し、二百以上の国を征服しても、それでもなお足りなかったほどで、いくら重要な勲功であれ、数えきれないほどの数を重ねないといけないのだよ」

「あなた様は、きっとあの伝説上のエル・シッド殿に違いありませんよね」と、軍団長は答えた。「かのアレクサンドロス大王でさえ、あれほどの賛辞は得られなかったようなお方です」

「いや、あのお方はまさに大王ご自身じゃないか」と周囲の者が声を揃えて言った。

　それを聞けばきっと気おくれするに違いないと、みんなが思っていると、反応はまったく逆であった。あっけらかんとした態度で、なんと相手を愚弄するかのような言葉を投げつけはじめたのだ。

「さあさあ、おのおの方ご覧あれ。フランドルの戦いの勇敢な兵士たちを差し置いて、いったいどなた様がそこでお話になっているのか。なんとペルシアの象牙の槍やインドの短いちっぽけな槍、それにスキタイ人[93]の石の攻撃と戦って勝利を収めたとかいうあの御仁だ。是非とも今の世の戦いにも参加していただいて、ビスカヤ製のマスケット銃の一斉射撃や、イタリア製の槍の突撃や、フランドル製の大砲の攻撃を受けにやってきてほしいものだね。いやまったく呆れたものだよ。今の世なら一生かけても、あんたなんかオーステンデ[94]さえ攻略できないことだろうよ」

これを聞くと、マケドニアの王は相手に背を向けて、そこを去った。この人物がそれまで見せたことのない敗走だ。[95] さらにハンニバル将軍も黙り込んでしまった。カプアの一件を持ちだされるのではないかという恐れからだ。またポンペイウス自身[96]も数々の勝利を生かせなかったことを、衝かれるのではないかと心配になった。そんなわけで、老兵部隊に属する戦士たちは、全員そこから退散してしまった。すると〈勲功殿〉は、今をときめく勇敢な戦士が誰か一人名乗り出てくれないかと、みんなに声をかけたのである。すると広く名の知られたある人物が顔を覗かせて、男にこう言った。

「軍人さんとやら、もしきみがもっと勇敢に剣を振い、言葉をもうすこしお上品にしたら、何の問題もなくここに入れるのだがね。いまから出かけていって、勇気と名声の二つの神殿にお参りしてきたまえ。はっきり言ってこの私はここに入れてもらうために、包囲作戦で二十回ほども町の攻撃に参加する犠牲を払わされたからね。いや、もっともっと回数が多かったかもしれん」

くだんの軍人は、その人物が誰なのかを尋ね、それが判るとこう言った。

「こいつは呆れたね！　これでこの男の身元が割れたよ。戦ったなんて言っちゃいけないね。本当は金を渡して手に入れたんだろ？　町を征服したのじゃなくて、買い取ったわけだ。このおれ様は町を敵に売り渡すのが得意な男だから、そんなことを言われなくても、ちゃんと分っているんだ」

これを聞くと、将軍とか名乗るその男は、耳を横に向けている。どうやら聞こえないふりをしている様子だ。

「この場は私にお任せいただきましょう」と横の別の人物が割込んできた。「そこの威勢のいいお方、あんたはヴィーナスとバッカスの証明書を持ってきているようだが、こんどは軍神マルスの書面もいっしょに持ってくるようにしていただきましょうかね。小生の業績に関して、自信をもって言えることは、他の人たちが二万人の兵がいてもやらなかった企てを、小生たった四千の兵で計画し、実際にはそれより少し多い程度の人数で実行したことですかね。ほんとに絶望的な戦いだったが、それでもなお、ここに入れてもらうためにさんざ苦労しなければならなかったよ」

「あんたは例のあのお人かね？」とくだんの軍団長が言った。「それなら、英雄殿、おれさまは別に驚いたりしないね。あんたに敵対してくる者もなく、敵方にもあの時は誰も人がいなかったのだろう？　だからおれはあんたのやったことを聞いても、とくに驚きもしない。むしろ、あんたがやり損ねたことがあったことに、呆れ果てているのだよ。それはつまり、あんたは戦争を完全に終結させることができなかったことで、次の時代の者に戦争をつづけさせるような状況をつくってしまったんだよ」

これを聞くと、先ほどの人たちと同じように、その人物もすごすごそこから引き下がった。するとそこへ、顔をみせるべきでない男がやって来た。武勲によるより、むしろ縁故関係で出世した軍人だ。この軍人は軍団長を相手にこう言った。

「これこれ、入ろうと思っているそこのお方！　ここへ何の功績もないくせに入ろうなんて、まったく前例のないことだってことが分からんのかね？　さあ、戦場に戻りたまえ。拙者はほんの子供のときから、戦場に立ち、そこで歯が生えてきたような男だ。そして最重要の戦いに参加しているうちに、歳を取りその歯が抜け落ちてしまったのさ。そんなこんなで、負け戦もあれば、勝利を得て名声を手にした戦もある」

「なるほど、それはだね、あんたを支えてくれたよき仲間のおかげだよ。良き仲間に恵まれないまま死んでいく人もいるが、あんたの場合は友達運に恵まれて生きてきたんだよ。その人たちが生きていてくれた間は、あんたは勝利を手にしていたけれど、いったん死なれてしまうと、あんたはその人たちの残した穴の大きさに気づくってことだ」

　これを見ると、とても威勢のいい人物がひとり、我慢できずに後ろから飛び出してきた[97]。かつて襲撃を得意とした気力みなぎる軍人だった男で、多くの勇気溢れる軍功により、敵からは全軍の兵士を集めた以上に恐れられた人物だ。この男が剣を手に持たせろと要求し、相手の軍団長にむかって、どうせたくさんの作戦を諦め、実行できなかった男なのだから、中に入ることなどあっさり諦めたらどうかと迫ったのである。いつも意気地のない戦いばかりで、退却ばかり繰り返していた軍人なのだから、いまこそきっちりと潔く退却すべきであり、あれだけ多くの部下の命を犠牲にさせた男であれば、不死の名声など手に入れようなどと思うべきでないと、食って掛かったのだ。

「ここはひとつ、ゆっくり話し合おうじゃないか」と軍団長はそれに答えた。「でもそんなことを言ってるあんたの軍事行動なんて、すべて無謀な策ばかりだったのじゃないかね。まったく何の工夫もなければ、事前の検討さえなく、ただただ勢いに任せただけの無鉄砲な作戦だった。神様はすべてお見通しだし、世間の人たちがそのことを知らないなんて思っていたら大間違いだぜ。敵があんたを怖れたのは、思慮深い指揮官としてではなくて、無謀な男として怖れただけのことだ。要するに、あんたは運だけで戦ってきた御仁なのさ」

　さてこの押し問答はまだまだ果てしなくつづくはずだったが、幸いここで〈勲功殿〉が周りの多く人たちに助けられて、この志願者を締め出すことに成功した。にらみ合う二人の間に割って入り、それぞれ二人に次のように言ったのである。

「さて軍団長どの、君にはここからおとなしく撤退していただこう。そして《逃げろ、逃げろ》ばかりの男などと批判されないことだ。そしてそちらの勇敢な軍人様には《いけ！　いけ！　やっつけろ！》だけしか知らない男などと、貶されないように気をつけていただくことにしよう。どうせあとになれば兵から批判を受け、いろいろな場面で見捨てられたなどと、批判されることになるはずだからね。さあそれでは軍団長どの、君にはおとなしくそこから姿を消していただくことにする。そんな昔とった行動とは全く違うことを、今になって言われたって困るのだよ。おまけに他人の業績を自分のものにしてしまったりして、毎日いい加減なことばかり言いふらしているのだからね。さあ、もうどっかへ消えていただこうじゃないか。包囲された町にスペイン兵たちをじっと閉じ込めたまま、せっかくの兵力を戦闘に向けさせることもできず、飢えで死に追いやったとの批判がどうせ巻き起こることになるだろうよ。(98)とにかくみんな、帰れ、帰れ、帰れ！」

この元軍団長の男は、ここまで多くの著名人たちの弱みをあばき出して名声に難癖をつけ、英雄と呼ばれる資格なしなどと主張していたのだが、こうして〈勲功殿〉はこの男をどうにか黙らせたうえ、再び俗世に戻る約束を取りつけることに成功したのである。ただし、著名な作家を二人ほど彼に随行させたうえ、《今様エル・シッド》とか、《新しき軍神マルス》という異名をつけて、この男の名を広めた作者たちにつき、もう一度改めて検証させるという条件つきの措置であった。そのうえで、もしその作者たちがその評価を変えずに、同じ見解をそのまま持ち続けていることが判明すれば、直ちにこの島への入場を認めることにした。過去においても、候補となった人物の資質に疑問が生じた際には、この方法を用いたことがあったからだ。当の本人もこの条件に同意し、おまけに自信満々の様子であった。そんな次第で彼ら一行は、ある著述家を訪れることになった。しかしこの人物は、名の売れた作家というより、むしろ名を売るのが得意な男であった。そこでふたりの随行者がその著述家に尋ねたことは、その著作のなかの或るページで口を極めて褒め称えていたのが、果たしてその軍人のことであったかどうか、であった。するとこんな答えが返ってきた。

「それに間違いありません。もちろんあの方への賛辞でした。だって、ちゃんとお金を払ってくれて、その賛辞を買ってくれましたからね」

かのジオヴィオ(99)も、キリスト教徒と回教徒の争いについての著作を発表した後、実は自分は気前よく金を渡してくれた側を褒めているのだなどと、これと同じようなことを言っているのだ。さらに、ある詩人も同じ答えだった。

「ほら、やっぱりそうだったのだ」と随行した二人は言った。「こんな賛辞や頌詩なんてあんまり信用できないことが、これでよく分かる。誠実さとは人間にとってなんと大切な資質なのだろう！　しかしそれを備えた人はなんとまあ、少ないことか！」

そこで一流とみなされる別の作者に、他の多くの人物への賛辞と並んで、この男を褒め称えたことにつき問い詰めてみると、今の時代にはこの軍人以外には褒めるべき人物がいなかったからだ、などと言い逃れをしたのである。また別の作者はこう言って、自己弁護をする始末だった。

「つまりですね、我々のように、もっぱら褒め言葉を並べる文筆家がいるとすると、もう一方には上流階級の悪口ばかり並べる作家もいるわけですよ。で、その違いはといえばですね、我々はお偉方へのお追従を並べることで報酬を受取り、一方別の作家たちは、大衆の俗受けというご褒美を手に入れることになります。つまりは、作家たちはみんな、相手こそ違えお追従を並べることにおいては、変わりがないのですよ」

　さらに呆れたことには、ある銅板絵師が明かした話によると、多くの著名な人物たちの肖像画に混じって、くだんの軍団長の顔の絵をどさくさに紛れて挟み込んだとのことで、稼ぎを得るためとはいえそんなことをしてしまったことを、誠に申し訳なく思っているとのことだった。それを聞くと、かの成り上がり者の軍人はすっかりうろたえてしまったものの、かといってまったく幻滅してしまう様子も見せなかった。

　さて、クリティーロとアンドレニオが見て驚いたことは、職服を身につけた司法官がたった一名だけ、音もたてずにひっそり島へ入っていくとすると、軍人たちの数は実に百人以上にも昇ることであった[100]。

「軍人たちの華やかな活躍ぶりというのは、一般の人々にはとても好印象を与えるものです」と、不死の男が言った。「あの人たちはラッパや太鼓の賑やかな音に合わせて行進していきますが、官服を身につけた人たちは、ひっそりと音も立てずに通り過ぎてゆきます。それと同じ感じで、大臣とか顧問官の地位にある人たちも、国家にとって重要な仕事を担ってくれているはずですが、その名前が取り上げられることもなく、また人に知られることもなく、人々の話題に上ることもありません。ところが軍人となると、華々しく敵に爆弾を撃ちこむような感じで、人々にその働きを派手に訴えることができます」

　そのとき、不死の国への扉が開かれ、かつて宰相を務めたある英傑が招き入れられた。かつて全盛時にありながら、称賛されることもなかったばかりか、激しく忌み嫌われさえした人物だ。ところが、この人物の後継者のあまりにも無謀で見当はずれな行動のお蔭で、この人物の穏やかな政治手法が再評価され、さらには望まれる人物像としての人々の評判をも得ることになったのである[101]。この人物が扉の向こうに姿を消すと、これぞ天上の香りと思わせるような、えも言われぬ芳香があたりに漂った。こうして周囲の人々の心に安らぎを与え、不死の国への憧れを目覚めさせ、島に入るための努力を惜しまぬ人々の気持ちを奮い立たせたのである。この柔らかな香りがかなり長い間あたりを覆っていたが、ここで案内役の不死の男はふたりにこう言った。

「いったいどこからこの心地よい香りが出ているのだと思います？　ひょっとしてかの有名なキプロスの庭からでしょうか？　あるいはバビロニアの庭園からか、宮廷人たちの竜涎香の手袋からか[102]、化粧部屋の香炉からか、あるいはジャスミンの灯油の手燭からでしょうか？　いやいや、とんでもありません！　これは英傑たちの汗、マスカット銃兵の腋臭、日夜仕事に励む作家たちの脂汗から出る香りです。だから私が確信をもって言えるのは、アレクサンドロス大王の汗が芳香を放っていたという話は、単なる褒め言葉でもお追従でもなく、まったくの真実だったということですよ」

島への入場を望む者のなかには、こんなことを主張する者もいた。たとえよくない噂であれ、とにかくこの世の中に自分の名を残すだけでも十分といえるのではないか、そして良きにつけ悪しきにつけ、とにかく自分のことが世間の話題となることだけでも、喜ぶべきではないかというのだ。しかしこの考えは、不滅の名声と永遠の汚辱の間には、大きな違いがあるからということで、あっさり否定されることになった。すると〈勲功殿〉はこう大声で叫んだ。

「みんな目を覚ますのだ！　ここに入場できるのはただ偉材のみ！　あらゆる行いが美徳の精神に支えられていなければならない。それは、そもそも悪徳なるものは、永遠の称賛に値する偉業とは相容れないものだからだ。すべての巨人よ、ここに来たれ！　矮小な心の持ち主よ、ここを去れ！　ここでは凡庸な人間などに用はない。すべてに傑出した才能のみが物を言う所なんだ」

こうして観察していると、この不死の国へはあらゆる国からやって来た人々が入って行く。ただし国によっては、ごく少人数しか来ていない場合もある。ところが、ある特定の国に関しては、今の時代の傑物はだれ一人入っていないことに、クリティーロが気づいたのである。

「それはとくに不思議なことではありません」と不死の男である旅人が言った。「なぜかと言えば、あの国の人々はおぞましい異端のせいで、盲目的で見当違いな行為に走り、呆れ果てた人間に成り下がってしまったからです。あの国で起こっていることは、ただおぞましい裏切り、忌まわしい暴力行為、前代未聞の極悪非道な行いでしかなく、ついには神も法律も、さらには王さえいない状況に今はなってしまっています[103]」

さて、この偉人達が集まる領域には、片隅などとみなされる場所はないということであったが、そんな話にもかかわらず、二つの門のうちの一つが開け放たれたとき、彼らふたりの目に入ったのは、数名の人品卑しからざる人たちが、もう一方の門の陰になにか恥じ入った様子で身を隠している姿であった。

「あの方たちはどなたですか？」とアンドレニオは尋ねた。「両手で顔を覆って、なにやら恥じ入っておられるようですが」

「あの方たちはですね」とまわりから答えが返ってきた。「他ならぬスペインのエル・シッド様、フランスのローラン様[104]、そしてポルトガルのペレイラ様[105]ですよ」

「なぜ、あんな様子なのです？　本来ならばちゃんと顔を見せてくれるべきでしょう？」

「実はですね、それぞれの国の人たちが、あの方たちを褒め称えて、あまりにも馬鹿騒ぎをするものですから、気恥ずかしくなって身を隠しているのです」

ここでついに案内役の不死の男は、入口の扉に近づき、自分自身とふたりの連れの者を中に入れてくれるよう頼んだのである。すると〈勲功殿〉は、彼らに証明書類の提出を求めた。こうして、その書類の署名が正規のものであることが〈勇気殿〉により認証されていることと、さらに本物であることが〈名声殿〉によって認められていることが確認された。〈勲功殿〉は念入りにその書類に目を通したあと、眉を吊り上げ、驚きの表情を見せた。この書類には彼らふたりの経歴が詳細に述べられ、高い評価が与えられていたからだ。その評価の対象となった項目は、次のようなものであった。すなわち「《宇宙大劇場》における思索」、「《獣の棲み処》における理性とその輝き」、「《この世の入口》における用心深さ」、「《人間精神の解剖》を通しての自己認識」、「《盗賊団による災難》で示した心の清廉さ」、「《まやかしの泉》での慎重な行動」、「《宮廷の魔物》に対する警戒心」、「ファルシレナの屋敷における精神の覚醒」、「《世界なんでも市》における利発な行動」、「《万人の更生施設》で示した思慮分別」、「サラスターノ邸で示された雅量」、「《智者たちの図書室》で得た学識」、「《凡俗の広場》で見せた精神の独自性」、「《幸せへの階段》で手にした幸運」、「イポクリンダの隠れ家で示した確固たる精神性」、「武具博物館における勇気」、「《魔術の宮殿》で見せた美徳」、「《ガラスの屋根》の町で得た名声」、「支配構造のなかで示された指導力」、「《万人の大獄》における良識」、「老年期の栄誉と恐怖の中で示した威光」、「《悪徳の万屋》における克己の精神」、「〈真実の女王〉の出産騒動への対応」、「《世事の謎解き》で示された悟りの境地」、「《扉のない宮殿》における用心深さ」、「知を支配する力」、「《無》から生まれた娘の屋敷で示した謙譲の心」、「《無の洞窟》で示した人間としての力量」、「幸せの在処の発見」、「《時の車輪》で示された粘り強い精神力」、「死を前にして示された生命の力」、「《不死の島》で得た声価」などがその内容だ。すると〈勲功殿〉は、一同のために勝利の門の扉を大きく開け、永遠の住まいへと導き入れてくれたのである。

その後ふたりは、この島のなかでさまざまなことを目にし、至福の時を過ごすことになった。そのことにつき知りたいと願い、自らも体験したいと思う者には、ぜひとも高い美徳と勇武を尊ぶ精神を探し求めて、これからの人生を歩んでいただきたいものだ。そうすれば必ずや名声の殿堂、崇敬の玉座、そして不死の生命をもつ者が集まる場所へ、そろってたどり着くことができるはずである。

FINIS（終り）

訳注

第一部

献呈の辞・本書をお読み下さる皆様へ

（1）キリスト騎士団は、古く中世に創設されたテンプル騎士団が十四世紀初頭に廃止されたあと、ポルトガル王ディニス一世はこれを継承すべきと考え、ポルトガルにおいて再構成した騎士団のこと。十八世紀以降は世俗化され、現在に至るまでその組織は受け継がれて、傑出した軍功を示した軍人に対して与えられる勲章として存続している。

（2）パラダ将軍はポルトガル出身の軍人。カタルーニャをめぐるフランス軍の侵入に際し、スペイン軍とともに戦い、目覚ましい戦果を挙げた。とくにレリダの町を包囲したフランス軍に攻撃を加え、これを撤退させた功績が知られる。筆者グラシアンはこの戦いに従軍司祭として参加し、パラダ将軍とは親交を結ぶことになった。なおこの献呈の辞に感謝したパラダ将軍は、八〇エスクードの額の祝い金をグラシアンに贈ったとされている。

（3）モット将軍 Motte-Houdancourt（一六〇五－一六五七）は、フランス軍の元帥。一六四二年にフランス軍占領下のカタルーニャの副王にフランス王顧問官リシュリューにより任命され、多くの勲功を挙げるが、最終的にはカタルーニャを失い、一六五三年にはフランスに帰還している。

（4）アンリ・ド・ロレーヌ元帥 Henri de Lorraine, comte d'Harcourt（一六〇一－一六六六）は宰相マザランによりモット将軍の後任としてカタルーニャ副王に任命された。

（5）一六五一年の初版の献呈の辞には、ガルシア・デ・マルロネス García de Marlones の名前が使われている。じつはこの名は、本名である正式の名字 Gracián y Morales の字の並びを変えただけの、いわゆるアナグラムであり、まことに人を食ったグラシアンらしい悪戯といえる。

（6）当時のスペイン語ではまだ使われていなかった「クリティコン」criticón という単語を見れば、一般の人は「難しい理屈を並べた考察や論評集」と理解してしまいがちになるだろうことを想定したうえでの要望である。

（7）グラシアンが、「歴史家のごとき考察や思考と、文学者のごとき褒め言葉や言葉の遊戯と混ぜ合わせるようなことはするべきでない」No se deben barajar la crisis y ponderaciones de un historiador con los encarecimientos y paronomasias de un poeta. と『知的技巧論』*Arte de ingenio. Tratado de la Agudeza, Discurso LX* のなかで述べていること。本書の作者を「マルロネス」の別名で出しているため、自分自身であるグラシアンをあたかも第三者の如く扱わざるを得なくなり、このような回りくどい表現となった。

（8）三世紀ころのギリシャの作家。恋愛小説『エチオピア物語』全十巻などで知られる。

（9）ボッカリーニ Traiano Boccalini（一五五六―一六一三）はイタリア出身の作家。スペイン支配について批判、諷刺した『政治の試金石』*Pietra del paragone politico* などの作品で知られる。

（10）バークレイ John Barclay（一五八二―一六二一）は、スコットランド出身の父とフランス人の母の間に生まれ、おもにラテン語で執筆した風刺作家。代表作として『サテュリコン』が知られる。

（11）当初この第一部の執筆に際しては、グラシアンは第二部で作品を終結させる計画であったことがわかる。その後第二部を書き進めていくうちに、第三部まで執筆する必要性を感じとり、当初の計画を変更したのである。

（12）当初第二部で扱う計画であった「壮年期」と「老年期」のこと。

第一考

（1）スペイン王フェリペ四世（一六〇五―一六六五）のこと。作者グラシアンとは同時代の王。

（2）聖ヘレナ（二四六―三三〇）のこと。コンスタンチヌス大帝の母、キリスト教公認で知られる。

（3）古代ギリシャ哲学で万物を構成すると考えられていた、土、水、空気、火のこと。

（4）古代ローマの思想家、軍人、政治家。（前二三四―前一四九）。

（5）「自分は全生涯に三度後悔を味わった、一度は家内に内密の話を打ち明けたとき、一度は歩いて行けるところを船で行ったとき、一度は事を処理せずに一日を過ごしたとき、と言った」（『プルタルコス英雄伝』、「カトー九」、村川堅太郎訳）

（6）ヘラクレスに課せられたいわゆる「十二の難業」のなかに登場する、百の頭をもつ水蛇ヒュドラのこと。

（7）カエサルが嵐のなかを漁船に乗って、アドリア海をディラキオ Diraquio からブリンディス Brindis へ無事横断したという英雄譚にもとづく。カール五世については、敵の砲弾や銃撃にも平静を保ち、陣地を死守した伝説が多く残されている。

（8）タンタロスは、ギリシャ神話のゼウスの反抗的な息子。罰として食物も水も与えられず、リンゴも水も手の届くところにありながら、手を伸ばすと逃げてしまう苦しみを与えられた。英語の tantalize「じらす、からかう」の語源。

（9）No hallar agua en el mar. 直訳すると「海の中に水を見ず」だが、スペインの古いことわざで、「簡単に手に入れられるはずのものを逃がしてしまう」の意味。

（10）古代ギリシャの哲学者ソクラテスが、ある若者の能力の評価をその父親から依頼されたとき、面会にやってきた当の若者に語りかけた言葉とされる。十六世紀前半に活躍したオランダ出身の人文学者エラスムスの著作『古代警句集』*Apophthegmatum opus* の中で紹介されているエピソードである。

（11）ヘロドトス『歴史』（巻二―二）にこれと似た話が紹介されている。「生まれ立ての赤子を全く手当り次第に二人選び出し、これを一人の羊飼にわたして羊の群れと一緒に育てるように言いつけ、その際子供の前では一言も言葉を発してはならぬ……」（松平千秋訳）。

（12）クリティーロはギリシャ語起源のことばで、「物事の真実を見極め、正しい判断ができる人」。アンドレニオは「凡俗、一般人」の意味をそれぞれもつ。

第二考

（1）ギリシャ哲学の四元素。すなわち、土、水、空気、火のこと。

（2）古代では、幸せな日と、不幸せな日を、それぞれ白や黒の石を並べて表す習慣があったこと。

（3）言語学上の語源についての考察ではなく、単にスペイン語の sol「太陽」と solo「唯一の」の二つの言葉の間の言葉あそびにすぎない。

（4）コペルニクスの地動説に準拠した考え方をここでは提示している。しかしこのあと、第二部第十考や第三部第八考などでは、グラシアンは地動説と天動説のあいだを逡巡し、中途半端な姿勢をみせている。

（5）古代ギリシャの哲学者アナクサゴラスのこと。グラシアン研究家ロメラ教授によれば、グラシアンはこの言葉を、フライ・ルイス・デ・グラナダ Fray Luis de Granada（一五〇四－一五八八）の著作『キリスト教信仰序説』*Introducción del Símbolo de la Fe* から引用したとしている。

（6）小熊座の首星である北極星のこと。北の方位を知る目印となる。

第三考

（1）イスラエル第三代の王、ソロモンのこと。『旧約聖書』の「列王記上」には、ソロモンの知恵はすべての人に勝り、その名声は周辺の国々にとどろいた（五の一一）とある。また「コヘレト」では、このソロモンの言葉として、「わたしは日の下で行われたすべての業を見た。しかし、見よ、すべては空であり、風を追い求めるに等しい」（一の一四）とある。

（2）この点に関しては、作者は後述の第三部第六考の、女性の美しさについての記述のなかで、まったく反対の意見を展開している。

（3）土、水、空気、火のこと。

（4）科学的な根拠は不明。おそらく水が水蒸気となって、大気中に含まれていくことを指しているのだろう。

（5）筆者の意図は明らかでない。水と風のことか？　あるいは、後述のように、水と火のことかもしれない。

（6）セネカの言葉に「元素はいかに互いに対立したものであるか、君は知らないだろうか。……宇宙全体のこの調和は不調和なものから成り立っているのだ」（セネカ『自然研究』第七巻二七、土屋睦廣訳）があり、また互いに対立する複数の要素から調和が成り立つというこの考えは、ヘラクレイトスにまで遡ることができるとされている。

（7）『旧約聖書』、「ヨブ記」（七の一）「地上の人間は、苦役についているようなものではなかろうか」、セネカ『書簡集』（九六）「生きることは戦うことだ」

（8）この考えの発端となっているのは、古くはキケロや聖アウグスチヌスも含まれるであろうが、おそらく作者が直接意識しているのは、フライ・ルイス・デ・グラナダの『キリスト教信仰序説』*Introducción del Símbolo de la Fe* であろう。

（9）カスティーリャの賢王アルフォンソ十世のこと。

（10）スペイン人の傲慢さは、国民の性格的欠陥として、グラシアンはこの後もさらに繰り返し言及している。

（11）『旧約聖書』、「知恵の書」（七の二六）「知恵は永遠の光の反映であり、神の働きを映す曇りない鏡であり、神の善のかたどりである」

（12）無学な賢人とは、『旧約聖書』に登場するヨブのこと。人間の賢慮とは、ただひたすら主なる神を畏敬することにあり、知性とは悪を避けることにある、と主張したことによる。「ヨブ記」には、「主を畏れること、これこそ知恵であり、悪を離れることは悟りである」(二八の二八)とある。

(13) アレクサンドリア生まれの宗教者。紀元四五年あたりに死去したとされる。

(14) 初期キリスト教会の教父、二二二年ごろ没。

(15) この人物については実在したかどうか詳細不明。

第四考

(1) ローマ神話の愛の神。クピドとも呼ばれ、ギリシャ神話ではエロス。ウェヌス(英語読みではヴィーナス。ギリシャ神話ではアフロディテ)とその愛人マルスの子供。のちにウェヌスの夫で鍛冶の神ウルカヌスの養子となる。

(2) ローマ神話によれば、エロス(ギリシャ名はアモル)はウェヌスとその愛人マルスの間に生まれ、その後鍛冶の神ウルカヌスに引き取られたことを言っている。

(3) ウェヌスは、たくさんの子供を産んだが、父親の数も同じように多かったこと。

(4) クピドはアモルの別名。

(5) ウェヌスは海の泡から生まれたとされているから、「じいさん」とは、海の泡を意味する。

(6) 死神とクピドが同じ宿に泊まったとき、夜の暗闇でお互いの武器である弓を取り違え、死神が「愛」を、クピドが「死」をばらまいて行った、との小話に基づくセリフ。

(7) 原文では amor a mort「愛から死へ」となっており、amor「愛」と a mort「死へ」の類似音を並べたごろ合わせを、こう訳してみた。

(8) クピドを絵に表すときには、目隠しされた姿でよく描かれることへの言及。

(9) ギリシャの画家。紀元前四世紀に活躍したが、作品は残されていない。

(10) 『新約聖書』、「マタイによる福音書」の、「兄弟の目にあるおが屑は見えるのに、なぜ自分の目の中の丸太に気づかないのか」(七の三)による。

(11) 「同害刑、同害報復」とも。同一の加害によって報復をする刑罰のかたち。たとえば、目には目を、歯には歯を。

(12) 新世界からの財宝を積んでスペインへ向かう船団のことをいっている。

(13) 『旧約聖書』の「ダニエル書」にある物語。メド人の王ダリオスは、有能な寵臣であるダニエルが、他の宮廷人から妬まれ命を狙われているのを知ると、飢えたライオンの群れのなかに入れ、人間たちから隔離し彼を救ったという(五の一〜二五)。クリティーロのセリフが意味するところは、人間たちの間より獣の中にいるほうが、もっと身の安全を図ることができる、ということ。

(14) 当時はスペイン北部のナバラ、ビスカヤ、サンタンデール地方の人々は、愚鈍で教養に欠ける者が多いとの評価がなされていたことによる。

(15) バシリスクはトカゲ、蛇、鶏の形が混じった、ヨーロッパの伝説上の怪物。吐く息やひと睨みで人を殺したとされる。

(16) インド西岸の都市。一五一〇年ポルトガルが植民地として領有し、中継貿易港として栄えた。イエズス会のアジア伝道基地。一五八〇年から一六四〇年まではポルトガルがスペイン

(17) に併合されたため、スペインが領有した。
フェリシンダの前半の部分、つまりfelisは「幸せな」の意の形容詞felizに通じることからの発想。なお名前の後半には「美貌の」を表すlindaをつないでいる。

(18) 現代でも闘牛師がケープを使って猛牛を操るように、猛牛の突進から身を守るために、外套を脱ぎ捨て、牛の注意をそらせて逃げることが、古くからおこなわれていた。

(19) 海の水の塩辛さと死のつらさをamargoという単語を使って掛詞とした作者らしい表現となっている。

(20) 伝統的なプトレマイオス説とは反対に、地球は丸く、その中心では火が燃えさかっているとの説に基づいた誇張的な表現となっている。

第五考

(1) 『旧約聖書』の「ヨブ記」には、「なぜ、あなたはわたしを、母の胎から引き出されたのですか。わたしは誰の目にも触れずに息絶えていたらよかったものを。あたかもこの世にいなかった者のように、母の胎から墓場へと運ばれていればよかったものを」(一〇の一八〜一九)とある。

(2) 正規の軍隊を構成するinfanteríaを、「infante(子供)の群れ」に掛けたことば遊び。

(3) グラシアンと同時代の有力者。王の寵臣オリバーレス伯公爵の義弟でナポリの副王を務めた。

(4) ヘラクレスがまだ八歳のころ、ヘラによって寝床に送り込まれた青蛇を絞め殺したというギリシャ神話の物語による。

(5) ギリシャ神話のなかで最大の英雄とされるヘラクレスが、美徳と悪徳の道を前にした岐路に立つ伝説は良く知られている。なお作者は少し前段で「道が三つに分かれている」と述べているが、人々が様々な道を選ぶさまが次に語られているので、「三つ以上に」とするのが正しい表現かと思われる。

(6) ピタゴラスが分岐点の象徴として用いた《Y》の字のこと。それまでたどってきた一本道が、美徳の道と悪徳の道の二手に分かれることを表している。

(7) 一〜二世紀に生きたストア派のギリシャの哲学者。奴隷としてローマに連れてこられた後、ネロ帝により解放され、マルクス・アウレリウス帝とハドリアヌス帝の庇護を受けた。

(8) メルクリウスはローマ神話に登場する神。商業の神とされるほか、伝令の神、旅人や牧人の守り神とされた。古代には道に置かれたこの像の前に旅人たちが小石を積み、旅の安全を願ったと言われている。

(9) 『旧約聖書』の「ハバクク書」には、「石でさえ石垣から叫び、梁は家の木組からそれに答えている」(二の一一〜一二)とある。

(10) ホラティウス『諷刺詩』(一の一)、「そもそもすべて物事には、程度やある種の限界が定まっていて、一方に偏ることはよくないのだ」(鈴木一郎訳)の一節に準拠している。また同様の一節が、オウィディウスの『変身物語』(二の五、一三七)にも見られる。

(11) ポルトガル王セバスティアンのこと。アフリカでも無謀な戦争を開始し、そこで一五七八年に戦死。

(12) ギリシャ神話。ダイダロスの息子イカロスは、蝋付けの翼でクレタ島から脱出したが、太陽に近づきすぎて蝋が溶け、海に落ちて死ぬ。

(13) pennas(ラテン語)「羽毛」とpena「苦難」のことばの洒落。

(14) ギリシャの七賢人のひとり（前五二〇―前五五〇）。

(15) この格言を残したのは、スパルタのキロン、ミレトスのタレス、アテナイのソロンなどの名が挙げられてきているが、グラシアンはミュティレネのピッタコスを念頭に置いているらしい。第一部第十三考でも同じことに言及している。

(16) ホラティウス『歌集』（二の十、第五節）にある文句。「黄金の中庸を好む者は……」

(17) ヘラクレイトスは紀元前五世紀ころの古代ギリシャの哲学者。万物流転の思想を唱え、その気難しい言動と孤高の人生から、《暗い人》とも呼ばれる。デモクリトスは紀元前四世紀ころのギリシャの哲学者。快活な気性で《笑う人》と称される。

(18) 誘っているのは怠惰な自分の心である。

(19) 真ん中に立たぬ人間とは、つねに自分を世間の枠外に置き、他人を妬むだけの姿勢を示す人たちを意味するのであろう。

(20) スキュラはイタリアのメッシーナ海峡にある岩礁で、その近くにはカリュブディス（現在はカロフォーロ）と呼ばれる激しい渦が発生する。「この二つの間に位置する」とは二重の危険のはざまに置かれていることを表す。オウィディウスの『変身物語』（第十三巻、七二九〜七三四）に「彼らの右手には、スキュラが、左手には、カリュブディスが幅をきかしている。カリュブディスは、つかまえた船を呑みこんでは、ふたたびそれを吐き出す」（中村善也訳）とある。

(21) ここで言う「スペインの大バビロニア」とは、後世の諸研究家は一応マドリードのこととしているが、作者グラシアンは場所を明記していない。訳者の感覚では、中南米からの富が集積し、殷賑を極めたセビリアの町をあるいは暗示しているのではないかと思う。大航海時代にスペイン船が帰港を果たすのは、通常大西洋からグアダルキビール川をさかのぼったセビリアの港だったからである。ちなみに作者グラシアンがはっきりとマドリードの町に入ると記述するのは、このあと第一部第十一考まで物語が進展してからのことである。

第六考

(1) スペイン語の mundo という単語は、もともとラテン語の mundus から派生している。ラテン語の単語には「世界」の意味と並んで、「清浄な、清らかな」の意味もあった。現に十五世紀の中世スペイン語でも、mundo は同じ意味をもつ単語であった。

(2) ケイロンは、ギリシャ神話の半人半馬の幻獣。賢者として知られ、多くの英雄の師範となった。アキレスには薬草学を、ヘラクレスには天文学を、アスクレピオスには医学を教えたとされる。

(3) 寛仁大度王アルフォンソ五世（一三九六―一四五八）はアラゴン王。サルジニア、ナポリなどを併合。芸術と学問のパトロンとしても有名。大将軍とはスペインの将軍ゴンサロ・フェルナンデス・デ・コルドバ（一四五三―一五一五）のこと。カスティーリャ女王イサベルとアラゴン王フェルナンドに仕えた。グラナダ戦役やナポリ攻略などの働きで知られる。アンリ四世（一五五三―一六一〇）はブルボン王朝の創始者。

(4) 白百合はフランス王室の紋章である。トメラスの鋏の物語とは、アラゴン王ラミロ二世（在位一一三一―一一三七）が臣下たちの反抗的な態度に悩み、トメラス修道院のフロタルド院長に相談したところ、院長は修道院の庭に出て、目立った木の枝を剪定鋏で切り落としてみせた。

この暗示を得た王は、目立った臣下の首をはね、それを教会堂の鐘のようにドームに吊るしたという、いわゆる《ウエスカの首の鐘》の伝説に依る。こうした残忍で思い切った行為を、《トメラスの鋏》という言い方で表した。

（5）ローマ神話の恋の女神ウェヌスを「悪徳」に、戦いの女神ベローナと知恵の女神ミネルウァを「美徳」に、それぞれ例えての話。下賤な鍛冶屋とはウェヌスとの愛にふけった鍛冶の神ウルカヌスのこと。

（6）ヤヌスはローマ神話の出入り口と扉の神。玉座にすわり、前後ふたつの顔をもつ姿で表され、王が備えるべき用心深さ、賢明さを象徴している。

（7）相手の後ろで、両手でコウノトリの嘴の形をつくり、開けたり閉じたりしながら、侮辱やからかいを表す習慣があった。

（8）ここで述べられているのは、かつてアリストテレスをはじめ、デモクリトス、ピタゴラスなどによって論じられた、《空虚》が存在するかしないかの問題についてである。アリストテレス『自然学』（第四巻、第六～九章）でこの問題が詳しく論じられているので、グラシアンはそれを参考にしたものと思われる。つまりこのすぐ後でグラシアンが実例として示しているように、空虚は切り離されて存在するものではなく、各物体の中に組み入れられて存在するという立場から、その空虚は何者によっても埋められない性質をもち、たとえば貧乏人の金のない「空間」は、なにをもってしても埋めることができない、との実例を、諧謔的な姿勢をまじえて示している。

（9）presente の二重の意味「贈り物、出席者」を利用した、グラシアン独特の言葉の洒落をこう訳してみた。

（10）ボッシュ（ボスとも）はネーデルランドの画家（一四五〇？―一五一六）。人間のあさましさを風刺した奇怪な人間や化け物が多数描かれた絵で、その名がよく知られている。

（11）ペニャランダ伯爵は、フェリペ四世の寵臣オリバーレスの庇護を受け、スペイン政界で要職を歴任。ウェストファリア条約交渉では、スペイン全権大使を務めた。

（12）ギリシャ神話のクロノスのこと。時の流れを司る神としてここでは登場する。

（13）ロサノ皇女は、当時のイタリアの貴族、大富豪。スペイン王から封土を与えられていた。社交界の花形だったらしい。バルドゥエサ夫人は、当時のスペイン王室の王女つきの侍女。グラシアンはその作品『聖体拝領の書』*El comulgatorio* をこの夫人に献呈している。

（14）カークスはローマ神話の三頭の火を吹く巨人。ヘラクレスがゲーリュオーンの牛の群れを率いてギリシャに帰る途中、カークスはその牛の一部を盗み、牛をあとずさりさせて歩かせ、足跡から居場所がわからないようにした。ヘラクレスはのちにそれに気づき、カークスを捕え、退治する。ここでは、カークスが牛を後ろ向きに歩かせたことからの連想で、時流に逆らい後ろ向きに歩く人々を象徴する者としてカークスの名を出してきている。

（15）《真実はにがし》Las verdades amargan. というスペインの古い諺を念頭に置いてのセリフ。

（16）ここに登場する奴隷たちとは、過去の歴史で暴君として名を馳せ、暴虐の限りを尽くし、自らの名を貶めるような行為を繰りかえした君主たちをイメージしている。またそんな暴君に嬉々として付き従った有力者たちへの批判も加えられている。

(17) ティベリウスは第二代ローマ皇帝（在位・前一四-後三七）。ネロは第五代ローマ皇帝（在位・五四-六八）。暴虐な性格と暴政によって知られる。カリグラは第三代ローマ皇帝（在位・三七-四一）。精神を侵された暴君として知られる。ヘリオガバルスはローマ第二三代皇帝（在位・二〇三-二二二）。放縦、奢侈で知られる。サルダナパロスはアッシリア帝国サルゴン朝最後の王（在位・前六六八-前六二七）。

(18) 英国王ヘンリー八世が、スペインのアラゴン出の王妃キャサリンを離縁し、アン・ブーリンと結婚したこと。教皇クレメンス七世はこれを認めず、イギリス宗教改革の発端となったこと。

(19) 《子供と狂人は真実を話すもの》Los niños y los locos dicen las verdades. というスペインの諺による。

(20) このあたりから、グラシアン特有の寓意的な人物がさまざまな形で登場し始める。〈大嘘〉はMentira、〈真実〉はVerdadであり、両方ともに女性名詞であることから、女性の登場人物として扱われている。

(21) スペイン語で、「司法官、裁判官」を表すjuezと「ユダ」Judasの発音が似ていることによる言葉の洒落。

(22) Toca primero para oír después.《まず賄賂をおくっておけば、あとは思いのまま》、または、《まず拷問にかければ、あとは自白を待つだけ》、の意もある。スペイン語の古来の諺。

(23) パラダはグラシアンと同時代の軍人。カタルーニャ戦争に参加し、フランス軍に包囲されたレリダを解放するなどの功績をあげた。従軍司祭として参加したグラシアンとは親交があり、この第一部はこの将軍に献呈されている。

(24) 当時は罪人への罰として、耳をそぎ落とす決まりがあった。

(25) パビアの戦役でフランス軍に対して大勝を収め、フランソワ一世を捕虜にした軍人。

(26) モルタラ侯爵は、一六五〇年にカタルーニャ副王兼総司令官に任命され、カタルーニャを巡る紛争に終止符を打たせた。一六六八年没。

(27) 医者のことを指す。当時の医者は馬やロバに乗って移動するのが習慣で、ここではやぶ医者が多かったことへの皮肉となっている。

(28) サンドバル枢機卿はセルバンテスの擁護者として知られる聖職者。レモス伯爵はフェリペ三世の寵臣レモス伯の子息。アラゴンの副王を務めた。レオポルド大公は神聖ローマ帝国の皇帝フェルディナンド二世の次男。ハプスブルグ王朝のオランダ駐在軍総司令官（一六四六-一六五六）を務めた。

(29) 寵臣オリバーレス伯公爵の甥。フェリペ四世のもと宰相を務めた。

(30) 『旧約聖書』の「イザヤ書」には、「ああ、お前は天から落ちた、明けの明星、暁の子よ。お前は地に投げ落とされた、諸国を打倒した者よ」（一四の一二）とある。

(31) アレクサンドロス大王のこと。地上の征服者として名をあげたあと、想像上の世界でも同じような征服者になることを夢見たが、果たせなかったこと。

(32) グラシアンが得意とする母国スペインへの風刺。世界の状況がすべて今とは逆になったとしたら、スペインは間違いなく第一の大国になるだろう、というグラシアン独特の皮肉。

(33) カストリーリョ伯爵は、本名ガルシア・デ・アロ。フェリペ四世の寵臣オリバーレスの庇護を受け、ナポリ副王などを歴任した政治家。カレット侯爵はイタリア人。神聖ローマ帝国の駐マドリード大使。オリバーレスの追放に力を発揮した。

(34) 紀元前五〇〇年ころの古代ギリシャの哲学者。晦冥な言動と孤高の人として知られ、《暗い人》とか《闇の人》とか称される。

第七考

(1) 反逆天使ルシファー(またはルキフェル、サタンとも)のこと。堕落天使とも呼ばれる。悪魔の代表的な存在で、もともと天使であったが、高慢さのために天から追放されたとされる。

(2) ギリシャ神話の女面鷲身の怪物で、復讐の使者として働く。

(3) ギリシャ神話で、ヘラがレトに送り込んだ大蛇。相手をどこまでも追いかける。

(4) ヘラクレスが退治した七つの頭の蛇の怪物。

(5) プロテウスはギリシャ神話の海の支配者ポセイドンの従者。身体をあらゆるものに変える力をもつ。

(6) 第一部第六考に既注あり(七二三頁)。

(7) オニャテ伯爵は、ウィーンやローマ駐在大使、ナポリ副王などを歴任。一六五八年没。フェリペ四世の寵臣オリバーレス伯公爵の失脚にも加担している。

(8) 派手な飾りをつけた山車の外観のすばらしさとは裏腹に、その軽薄さ、中身の乏しさを見抜いてのクリティーロの問いかけ。イタリア人の虚偽性をも皮肉っている。この時代の山車はふつうベネチアからの輸入品であった。

(9) プロテウスについては既注あり(七二五頁注5)。海の神ポセイドンの従者。自在に姿を変える。

(10) 当時のヨーロッパでは、フランスの宮廷人や宗教人の優雅な振る舞いには、定評があったことによる。

(11) フアネロは十六世紀中葉にカルロス一世につかえた技師。トレドの町へタホ川の水をくみ上げる器械を設置したことで知られる。

(12) ライオンの胴体に鷲の頭と翼をもつ幻獣。

(13) ポーランド人に対する当時の一般人の評価。

(14) もともと黄色は、死とか病気を象徴する色とされたことによる。

(15) 当時イタリアのカラブリア地方に頻繁に出没した盗賊のイメージ。

(16) カスティーリャ人特有の傲慢さについては、既注あり(七一九頁)。

(17) マシアスは十五世紀ガリシア地方の吟遊詩人。高貴な身分の夫人エルビラに恋心を抱き、その夫に殺された。

(18) フェロンは古代エジプト王。ナイルの神は彼から冒瀆を受けたとして、彼を盲目にするが、のちに視力を回復し、太陽の神殿に二本のオベリスクを建立した。

(19) オスーナ侯爵(一五九七―一六五六)はフェリペ四世時代のシチリア副王。海賊の討伐に貢献したことで知られる。コンデ―大公(一六二一―一六八六)は三十年戦争で活躍したフランスの軍人。のちにスペインのフェリペ四世に仕え、フランドルでの戦いでスペイン軍の司令官を務めた。

(20) グラシアンの誤解らしい。この状態になっても実を結ぶ木はある。

(21) ミノタウルスはギリシャ神話に登場する、上半身は牡牛で下半身は人間の幻獣。クレタ島の迷宮に閉じ込められ、人肉を食べていた。

(22) ピタゴラスがこのような話を語ったことはない。グラシアンの冗談と思われる。

(23) 『旧約聖書』の「列王記上」には、「ソロモン王はファラオの娘のほかにも、多くの外国の女たちを愛した。(中略) 彼には王妃である七百人の妻と側妻三百人がいたが、その妻たちが彼の心を迷わせた」(一一の一〜三) とある。

(24) オンパレはリュディアの女王、ヘラクレスを奴隷として仕えさせた。オムパレー、オンファンとも。ヘラクレスに女の服を着せ、女の仕事をさせた。ヘラクレスは薄物の衣装を身に着け、巨大な手で糸を紡いだ。

(25) サルダナパール (前六六一―前六三一) は古代アッシリアの暴君。軍の敗北にあたり、愛妾たちや財産などすべて焼き払った。快楽主義者で華麗な生活を送り、顔に化粧をほどこし女装することもあったとされる。ドラクロアの絵やバイロンの戯曲などでも知られる。

(26) マルクス・アントニウス (前八三―前三〇) は、古代ローマの政治家、軍人。第二回三頭政治の指導者のひとり。オクタビアヌスに敗北。エジプトの女王とはクレオパトラのこと。

(27) セウタ伯爵ドン・フリアンは愛娘を王ロデリックに凌辱され、その報復としてモーロ人をスペインに導き入れたとされる。長年にわたるイスラム教徒によるイベリア半島侵略と国土回復戦争の発端となった。

(28) テミストクレス (前五二八―前四六二) は、古代アテナイの政治家、将軍。抜け目のない策士として知られる。プルタルコスは彼のことを《ギリシャの抜け目のない蛇》と呼んでいる。

(29) 当時の紳士は、竜涎香《りゅうぜんこう》入りの香水を手袋にしみ込ませる習慣があった。

(30) 「手袋をつけた猫はネズミ狩りをできぬ」Gato con guantes no caza ratones. を念頭に置いている。

(31) メソポタミア南部に栄えた古代帝国バビロニアの都。有名な王はネブカドネザル二世 (在位前六〇五―前五六二)。

(32) マキアヴェリ (一四六九―一五二七) はフィレンツェで活躍した政治思想家。冷徹な現実主義を旨とし、国益のためならいかなる反宗教的・反道徳的手段も許されると説いた。主著『君主論』で知られる思想であるが、グラシアンは明らかにこれに反対の立場をとっている。

(33) ソドムは『旧約聖書』に出てくる町。道徳的腐敗と風俗の退廃により、神の手で火と硫黄で全滅させられる。男色や獣姦が横行したというこの町からは、「何ら子孫 (つまり果実) が生まれることはない」の意を含むグラシアン独特の文章である。「創世記」十九参照。

(34) この両哲学者の違いについては、セネカの『心の平静について』(一五〜二) で述べられている。「ヘーラクレイトスより、むしろデーモクリトスに倣うようにすべきなのである。というのも、公衆の中に入っていくたびに、前者は泣き、後者は笑ったからだ」(大西英文訳)。

第八考

(1) アルテミア Artemia は、もちろんグラシアンが作り上げた架空の名前だが、ラテン語の ars (才能、学芸、学問) をもとにしている。したがってこの名前には、「才能ある者、学問がある者」などの意味をもたせることができる。

(2) インファンタド侯爵は英雄エル・シッドの子孫とされる貴族。スペインの駐ローマ大使、シチリア副王などを歴任した。レリダ包囲戦(一六四六)で従軍聖職者だったグラシアンは直接この人物と知り合ったと思われる。
(3) キルケはギリシャ神話の登場人物。薬草を操る魔女。アイアイエーの島に住み、オデュッセウスの部下たちを豚に変えた。
(4) 大カトー(前二三四-前一四九)は、古代ローマの著述家、政治家、軍人。第二次ポエニ戦争で活躍。
(5) テュポンはギリシャ神話の巨人。ティフォンとも。ティタン神族の最強の巨人。タイフーン(台風)は彼の名から生まれたことば。
(6) アルゴスはギリシャ神話の百眼の巨人。
(7) アルブルケルケ公爵は当時の有名な軍人。ペルー、メキシコ、シチリアの副王を歴任した
(8) どうやら、当時(一六四八)ナポリ副王に任命されたオニャテ伯爵のことらしい。
(9) バシリスクは想像上の動物。見るだけで相手を殺すとされた。
(10) セイレンはギリシャ神話に登場する半人半魚の美声の海の魔女。船、人を誘惑する。
(11) ウェスタはギリシャ神話のヘスティアのローマ名。かまどの女神で結婚の守り神。
(12) ファネロの装置のこと。既注あり(七二五頁)。
(13) 当時ツグミは、人間の声を真似てみたり、美しいメロディーを奏でる小鳥との評判があった。
(14) ラスタノサ氏はグラシアンの実生活では重要な友でありパトロンであった。親しみをこめて、その彼をここで登場させている。
(15) 原文では、rostro「顔」と faz「おもて」および動詞「あなたが行為をなす」faces、さらにはラテン語の facies「顔」の対比による言葉遊びとなっている。
(16) 三美神はギリシャ神話におけるアグライア(光輝)、エウピロシュネ(歓喜・祝祭)、タレイア(喜び)で、ゼウスとエウリュノメの娘たちのこと。オリュンポスでの集いを美しく飾った女神たちである。
(17) 法王シクトゥス五世(在位・一五八五-一五九〇)のこと。ローマの都市整備や法王庁の財政再建などに辣腕をふるった。天正遣欧少年使節の謁見などでも有名。父は庭師だったが、幼いころ一家はクロアチアから難民としてイタリアに移住し、豚の世話をして生計を立てたという。
(18) ベトレン・ガーボル(一五八〇-一六二九)は、ハンガリー生まれの軍人、トランシルバニア公。反ハプスブルク朝の立場から、三十年戦争ではプロテスタント側に参加し、大きな軍功を挙げた。
(19) 豊臣秀吉のこと。第三部第十考では「太閤さま」Taicosama の名で再登場する。グラシアンの当時の日本に関する情報は、「訳者あとがき」でも述べたように、おもに『イエズス会宣教史』*Historia de las misiones de la Compañía de Jesús*(ルイス・デ・グスマン著、一六〇一年アルカラで発行)、『日本史』*Historia del Reyno de Japón*(ブヘダ・デ・レイバ著、一五九二年サラゴサで発行)あるいはイタリア人著述家ボテロ Giovanni Botero が一六一二年にベネチアで出版した『世界事情』*Relationi universali* などの著作から得たものと思われる。
(20) ロメリアとはもともと信心深い村人たちが集まり、郊外にあ

る聖堂にお参りにでかけ、楽しく一日をすごす習慣。しかし時代の流れとともに、一部では信心を隠れ蓑にして、遊興を目的にして参加する傾向があった。

(21) ローマ風のあごひげとは、当時のユダヤ商人たちが使った髭の形と思われる。

(22) ペロタは別名ハイアライ。壁で囲ったコートで、二チームに分かれてボールを壁に打ちつけて得点を争う球技。スペイン北部バスク地方が起源。ただしグラシアンが描写するこの試合は、空想部分が多く、たとえば人間の頭ほどあるボールを使うことは、実際には考えられない。

(23) キマイラまたはキメーラとも。ギリシャ神話の、頭はライオン、胴体はヤギ、尾は毒蛇または竜の、火を吐く女の幻獣。

(24) つまり、「真実、真心」など大切なものに欠けていて、「まやかし、欺瞞、虚偽」を代表するのがこの王であるとの意。

(25) オークは、アリオストの叙事詩『狂えるオルランド』に登場する人食いシャチの怪物。美しい女性の肉を食べる。

(26) この老婆とは、スペインの作家フェルナンド・デ・ロハス作『カリストとメリベアの悲喜劇』（一四九九）の主人公である遣り手婆セレスティーナのこと。カリストの召使センプニオと結託し、愛し合うメリベアとカリストの間を取り持ち、悲劇的な死に至らしめる。

(27) メガイラはギリシャ神話の女神。復讐の三女神のひとり。

(28) 光の門とはマドリードの中心となる広場《太陽の門》を意識しているのかもしれない。ただしマドリードへはふたりの主人公は、第十考で初めてマドリードへ行くことが提案され、第十一考でマドリードへ入ることが明記されている。この物語に登場する都の描写に関しては、作者グラシアンはすべてマドリードとのなんらかの関連性を持たせているのであろう。

(29) キケロはその著作『義務について』のなかで、「武器はトガに譲るべく、月桂冠は市民の栄冠に譲るべし」（同書一の二二、角南一郎訳）と書き、武勲は必ずしも文勲に勝るものでないことを主張している。

第九考

(1) ビアンテはギリシャの七賢人のひとり。紀元前六世紀ころに活躍。

(2) スフィンクスはギリシャ神話の怪物。乙女の顔をして、下半身は翼のあるライオンで、オイディプスの物語に登場。テーバイの岩の上に座り、下を通る旅人に謎をかけ、解けないと餌食にした。

(3) 聖アウグスティヌス（三五四-四三〇）のこと。北アフリカのタガステ生まれのキリスト教神学者、教父、聖人。主著『告白』で知られる。

(4) おそらく古代ギリシャ最大の哲学者とされるプラトンのことと推測される。しかしトマス・アクィナスの『神学大全』（『およそ、「ものがそれのためにしかじかであるところのもの」は、それ自身また、より以上にそうしたものである』高田三郎・大鹿一正訳、第一部第八十七問題第二項）にも、これと同じ考えが提示されていること、さらに時系列からみても、聖アウグスティヌスの次に名前を出していることから、トマス・アクィナスなど中世の神学者の著作を意識してのアルテミアの発言かもしれない。

(5) 魂の三つの力とは、記憶力、判断力、意志力のこと。

(6) ヤヌスについては第六考に既注あり（七二三頁）。ローマ神話の出入り口の神。前後二つの顔をもち、過去と未来を見据えることができる。思慮分別を象徴している。

（7）ガレノスは二世紀後半に活躍した、小アジアのペルガモン生まれの医学者。近世に至るまで、旧キリスト教世界では絶対の権威とされた。

（8）目の中の丸太については、『新約聖書』からの引用。既注あり（七二〇頁）。

（9）『旧約聖書』の「コヘレト」には、「知恵が多ければ悩みも多く、知恵が増せば憂いも増す」（一の一八）とある。

（10）キルケについては既注あり（七二七頁）。

（11）グラシアンの誤解である。正しくは、スペイン語の mano「手」は、ラテン語の manus に由来する。maneo に関しては、たしかにアンドレニオが言うように、「じっとしている、止まった状態にある」を意味する。

（12）肘をつき片手で顎を支えて、物を考えるポーズを意識している。

（13）工芸家、画家、楽器の演奏家などのことであろう。

（14）掌尺は親指と小指を張った長さのことで約二一センチメートル。腕尺は肘から中指の先までの長さで約四二センチメートル。

（15）cura はたしかにラテン語では「配慮、心遣い」の意味だが、これもグラシアンの誤解。スペイン語の corazón は、ラテン語の cor から出ている。

（16）不死鳥フェニックスはエジプトの霊鳥。五、六百年ごとに、自分で積んだ薪に火を放って焼死し、灰の中から生き返るとされる。

（17）心耳は心臓の心房の一部が前方に突出した部分のこと。

（18）彼女とは、〈妬み心〉のこと。登場するすべての寓意的人物は、元の名詞が男性名詞か女性名詞かによって、男女の区別をしており、この場合は Envidia が女性名詞であることから、寓意的人物としては、女性として扱っているからである。

（19）半神の魔女とは、キルケのこと。

第十考

（1）ポルトガル語では、リスボンはリスボア（Lisboa）。Boa は「良い」の意味をもつので、本来良い町であるリスボンを、「二度良き町」と洒落で呼んだのである。

（2）リスボンの古い名称が Ulyssipona であったことから、ユリシーズの名前と似た発音となることによる洒落にすぎない。

（3）法学を修め、法廷弁護士として活躍する卒業生が当時目立ったことによる。

（4）フェリペ三世のバリャドリードへの遷都により、一六〇一年から五年間スペインの首都となるが、わずか五年のちにふたたびマドリードへ戻ったこと。

（5）スペインの戦争費用を調達していたジェノバの高利貸のこと。

（6）聖バルバラ通りには、跣足《せんそく》派修道会の修道院が立ち、トレド通りには、商店、旅籠、職人の工房などが立ち並び、生活物資が豊かな地域。

（7）当時存在していた、性病を治療する病院。

（8）ラバピエスはまだ現存する地名。足（pies）を洗う（lava）という意味から、「清廉で清らかな人々」にかけた洒落。ウンタマノスはグラシアンの造語で架空の地名。「油を塗る・賄賂を渡す」（unta）と「手」（manos）の二語をあわせ、「賄賂を受け取る人、汚職する者」の意味を出している。

（9）フリギアは現在のトルコ中西部の地域に、前八世紀にできた王国。その後ギリシャやペルシャに征服された。古代ギリシャでは、彼らを愚鈍さと卑屈さの象徴として、蔑視することが多かった。

（10）ムラートは黒人と白人の混血。

（11）上品ぶったり目立ちたくて、サ行の音を歯間音で発音する癖（ceceo）のある人のこと。

（12）バッカスとウェヌスの崇拝者とは、酒と悦楽に励む人々のこと。鼻声は、性病などで鼻が醜く変形してしまった遊び人のことを、象徴的に表している。この章の後段で、若い時の過ちのせいで、鼻を失った人の話が出てくる。

（13）庶民から高い金を巻き上げる職人たちとして、仕立て屋、靴屋、公証人、はかりをごまかす悪徳商人などがやり玉に挙げられている。

（14）グラシアンらしい駄じゃれ。原文では subirse el humo a las narices「腹を立てる、激怒する」の慣用句中の、narices「鼻」をキーワードにした洒落となっているが、日本語では白をキーワードにして、その駄じゃれをこう訳してみた。

（15）ネクタルはギリシャ神話の不老不死の霊酒。

（16）ベルナルド・デ・カルピオは九世紀の軍人。英雄的な偉勲を残し、叙事詩などに登場する。シャルルマーニュ軍に対し、ロンセスバリェスの戦い（八〇八）などで活躍したとされる。

（17）羽飾りは当時の兵士たちの制服につけられるのが習慣であった。伝説の英雄ベルナルドはそんな兵士たちの姿を見て、誇らしく思ったのである。

（18）帆立貝は貴族のエリート集団であるサンティアゴ修道騎士団のしるし。黄金の鍵は王宮勤務の貴紳であることを示す徽章。金の勲章は金羊毛騎士団のしるし。いずれも自分が当時の社会のエリートであることを示すしるしである。

（19）ヘラクレスがリュディアの女王オンパレに捕えられていたとき、糸を紡ぐ仕事をさせられたり、女性のような化粧を強いられたりした。一方サムソンは『旧約聖書』の「士師記」（一三章〜一六章）に登場する怪力無双の英雄。愛人デリラの裏切りで怪力の素である髪の毛を失い、フィリステ人に捕えられる。

（20）エスパルトはイネ科の草。当時から製紙の原料として高価で取引されていたことからと思われる。

（21）心臓を引っ張るのは、悪徳に染まった連中を正してやるためには、意志の力を統括する心臓を罰し、矯正していかねばならないからだろう。

（22）ネロの黄金の館については、「館内の大部分の部屋は、すべて金箔をはりめぐらし、宝石と真珠層を鏤めていた」（スエトニウス『ローマ皇帝伝』の第六巻「ネロの黄金の館」、国原吉之助訳）とある。

（23）ローマ第二三代皇帝（在位・二一八―二二二）、サルダナパールはアッシリアの王（前六六一？―前六三一）既注あり。（七二六頁）。

（24）『旧約聖書』の「箴言」に「知恵は自分の家を造り、七つの柱を立て……」（九の一）とあることから。この宿にあるのは、それに張り合うべく立てられた七つの大罪を表す柱である。

（25）この部屋は、富を求める人たちが入る部屋で、第一の大罪である《物欲》を象徴する。贅沢三昧の暮らしから、結石にかかる人が多かったものと思われる。このあと、七つの大罪に関して、高慢、貪食、憤怒、妬み、怠慢、色欲について語られてゆく。

(26) 社会的な地位や名誉を求める人々が犯す、高慢の罪を表す部屋である。

(27) 貪食の罪の部屋である。

(28) 憤怒の罪の部屋である。

(29) 妬みの部屋のこと。

(30) グリフィンはギリシャ神話のライオンの胴体に鷲の翼をもつ怪獣。

(31) つぎは、怠惰の大罪の部屋である。

(32) 色欲の大罪の部屋である。

(33) おそらく、フェリペ四世の寵臣として、権力をふるい私利私欲をむさぼったオリバーレス伯公爵の追放（一六四三）を意味しているものと推測される。

(34) アルバロ・デ・ルナ Alvaro de Luna のこと。中世カスティーリャ王国の廷臣。当初王の寵愛を得るが、一四五三年カスティーリャ王フアン二世の命により斬首の刑に処された。彼の名前の Luna は「月」を意味することからの、グラシアンの洒落。血で王への詫び状を書いたのは史実である。

(35) セネカの著作『倫理書簡集』（第一巻、第九、第一八）で語られている、メガラ派のギリシャ哲学者スティルポーン（前三八〇‐三〇〇？）に関する逸話。敵軍の攻撃で家も家族もすべて失った後、一面の灰燼からひとり姿を現わしたとき、何か失ったものがあるかと尋ねられ、「自分のものはすべて、自分の中にもっている」Omnia mea mecum porto. と返事したとされる。グラシアンの著作『処世の智恵』*Oráculo manual y arte de prudencia* の第一三七項にも同じ引用がなされている。

(36) ゼノンは、前五世紀の古代ギリシャの哲学者。ただ静止する存在のみがあるとし、運動を否定する。「アキレスは亀を追い越すことができない」「飛ぶ矢は静止している」などの例をあげて、運動否定論を展開した。

第十一考

(1) アクロケラウニアは「雷の崖」の意で、イオニア海にあり、現在はグロッサと呼ばれる岬のこと。難破する船が多く、魔物が棲むとされた。ホラティウスの「ギリシャに赴くウェルギリウスに捧げる」（『歌集』一～三）にも「涙も見せずに、海上の魔物に目を向け、荒れ狂う海や、その名も恐ろしいアクロケラウニアの断崖を見つめる者は、迫り来る死など恐れることだろうか。」（鈴木一郎訳）と書かれている。

(2) エスシーラはメシーナ海峡の暗礁。カリュブディスはエスシーラの手前にある渦潮。いずれも第五考に既注あり（七二二頁）。

(3) ボルプタスのギリシャ名はヘドネ Hedone でエロスとプシュケの子。快楽、淫蕩の女神とされる。

(4) アラゴン王国では十三世紀の中ごろから、犯罪捜査における拷問や鉄の焼き印などによる自白強要を禁じ、比較的穏やかな犯罪捜査を行っていたこと。

(5) グラシアンは、当時のジェノバの銀行家による高利貸を再三にわたり非難しており、ここでは悪魔の家として捉えている。ジェノバとジュネーブは、音の類似により並列したものと考えられる。

(6) 幸運の女神は、通常目隠しをした姿で表される。

（7）賢者が語るこの物語では、〈悪童くん〉はもともと運命の女神の次男であるはずだが、女神はそれとは気付かないで彼を雇い入れることになるから、この筋の運びにはやや無理が感じられる。おそらく女神は目隠しをされ、相手が誰かを見ることができないので、自分の息子とは気付かなかった、という設定に作者グラシアンはしたのであろうか。

（8）スニガ卿はフェリペ四世の宰相。グラシアンと同時代人。

（9）インファンタド公爵は、英雄エル・シッドの子孫。ローマ大使、シチリア副王などを歴任。一六四六年にはフランス軍によるレリダ包囲を解かせる働きをした軍人でもあった。アイトナ侯爵はアラゴン副王、フランドル派遣軍司令官などを歴任。熱病のため死亡。第一部第八考に既注あり（七二七頁）。

（10）ゴンゴラ Luis de Góngora（一五六一－一六二七）はスペイン文学のバロック期誇飾主義を代表する詩人。バルボサ Barbosa（一五九〇－一六四九）はポルトガル出身のカトリックの高僧。フェリペ四世時代にスペインに協力的な姿勢をとった。

（11）レオ十世（一四七五－一五二一）はローマ教皇。メディチ家出身でミケランジェロやラファエロを庇護した。フランソワ一世（一四九四－一五四七）は、フランスルネサンスの父とされ、文芸の保護育成と文学者、芸術家などを庇護した。

（12）トレクソ侯爵（一五九〇－一六五三）は、スペインの軍人。対仏戦争で活躍。バルセロナの攻防戦で戦死。

（13）アラゴン卿はアラゴン出身の軍人。一六三九年からのイタリア戦役で勲功があったが、ピアモンテの戦いで敵弾により死亡。

（14）アスピルクエタ・ナバロ（一四九一－一五八六）は神学者、カトリック司祭。枢機卿に任命される直前に死去した。

（15）ヨーロッパのキリスト教圏の文化の優越性を認めたうえで、それに対抗するためにオスマン帝国に肩入れするならまだしも、武力の面でのオスマンの武力の優越性を認めたうえ、さらに彼らに肩入れすることに後ろめたさを感じてきた、という意味であろう。

（16）ここに至ると幸運の女神は、手引き小僧として雇ったはずの〈悪童くん〉を、以前のように自分の次男として世話をしていることになる。ここでもやはり作者グラシアンが賢者に語らせている物語は、矛盾の多いストーリーの展開となっていることは明らかである。

（17）イタリアのモラリスト・法学者アンドレア・アルチャート Andrea Alciato（一四九二－一五五〇）の教訓と寓意の挿絵つき著作『エンブレム集』（一五三一）の第一二八項にある物語のこと。大食漢のトビが、食べた物をすべて吐きだしたうえ、内臓までが飛び出したので、それを母鳥にこぼしたところ、「吐き出したものはすべてお前が盗んできたものではないか。その内臓さえお前のものではない」とたしなめられた話。「くすねたものは、のちのち災厄をまねく」の教訓が含まれた話となっている。

（18）『新約聖書』の「マタイによる福音書」の中のことば、「柔和な人は幸いである。その人たちは地を受け継ぐ」（五の五）による。

（19）古代ローマの四頭政治時代における、テベレ川にかかる橋での戦い。皇帝コンスタンチヌス一世が、マクセンティウス帝を破った。後者は川で溺死する。

（20）金の糸玉は、ギリシャ神話でテセウスがアリアドネからもらった糸玉。テセウスがミノタウロスを退治したあと、魔法の糸をほどきながらクレタ島の迷宮からの脱出に成功した。

(21) モモスはギリシャ神話の狂気とあざけりの神。人の心を探るために、人間の胸に小窓を作ることを望んだ。

(22) スペイン語の cera「耳垢」には、「蠟燭」の意味もあり、ろうそくを消費する一番手は教会である。グラシアンはそれを裏の意味としているのだろう。またスペイン語の成句に、No quedar cera en el oído.（直訳すれば、「耳には耳垢さえ残っていない」）があり、「財産をまきあげられ、極貧にあえぐ」の意味をもつ。これを利用したグラシアン特有の洒落として、「耳垢」を「財産」の意味で使っている。

(23) ファン・アルフォンソ・エンリケス・デ・カブレラ Juan Alfonso Enríquez de Cabrera（一五九七－一六四七）は一六四四年から四六年にかけて、ナポリ総督であった。

(24) スペイン語の「爪を長く伸ばす」には「盗癖がある」の意味がある。

(25) entrar de gorra「キャップをかぶって入る」とは、「入場料を払わず入る」の意のスペイン語表現。これを使ったグラシアン特有の言葉の洒落である。

(26) 大きな町の道路に敷き並べられた、煉瓦や絵などが描く線を気にすることなく歩いてもよい、とする宮廷人の心得を述べたものと思われる。

(27) アラゴン王ペドロ三世 Pedro III（一二四〇－一二八五）の逸話として残ることば。もし彼の心の秘密を自分が身に着けた下着が知ったと判れば、すぐにその下着を脱ぎ、焼き捨てるだろうと語ったとされる。

(28) この時代の美人の基準として、ふっくらした体型が好まれたことを言っているのだろう。あるいは、食べ物で口をいっぱいにしている姿から連想されるように、しこたま溜め込んだ金を浪費して、贅沢三昧をした上流社会の女性にたいする皮肉が含まれているかもしれない。

(29) スピノラ将軍 Ambrosio Spínola（一五六九－一六三〇）はイタリア出身のスペイン軍人。ブレダの戦いの勝利で知られる。アンリ四世（一五五三－一六一〇）は、フランス・ブルボン朝の最初の王。第六考に既注あり（七二二頁）。

(30) 当時、食べ過ぎたりして嘔吐すると、それが健康である証拠であるとする俗説があった。

(31) 現代でも、くしゃみをする人がいると、「キリスト様！」¡Jesús! と声をかけるのが、この名残である。

(32) ファン・デ・ベガは、カルロス一世とフェリペ二世時代のスペインの政治家・軍人。ローマ大使、シチリア副王などを歴任。

(33) ポルトアレグレ伯爵 Conde Portoalegre（一五二八－一六〇一）は政治家、軍人。グラシアンはポルトガル人だと思い込んでいるが、じつはトレドに生まれ、没したスペイン人である。

(34) 当時の貴族には、怪しげな出自をごまかすために、王のいとこであるとか、法王の甥を名乗る者が多くいたことへの皮肉となっている。

第十二考

(1) 『旧約聖書』の「シラ書」に、「男の悪行は女の善行に勝る」（四二の一四）とある。

(2) ゲリュオンはギリシャ神話の三つの巨大な体をもつ怪物。へラクレスは十二の難業の一つとして、彼から牛を奪う。

（3）ゼピュロスはギリシャ神話の西風の神。春にやってきて、雪を溶かし温かい雨をもたらす。ファウォーニウスはそのローマ神話の名前。

（4）セミラミスは古代オリエント、バビロンの伝説的女王。都市造営は有名で空中庭園もそのひとつ。

（5）ローマ神話のウェヌス（またはヴィーナス、ギリシャ神話ではアフロディテ）はキプロス島で育てられた。またキプロス島のワインは古代から有名。

（6）ダナエはギリシャ神話の登場人物。王ポリュデクスに騙され結婚を強いられるが、息子ペルセウスに救われる。

（7）ヘレネはギリシャ神話のスパルタの王妃。美女の誉れ高く、パリスに連れられトロイアに行くが、ギリシャとトロイアの戦争を引き起こす。ルクレティアは紀元前六世紀ローマ王政末期の女性。コッラティヌスの妻。貞節をまもり、短剣で命を絶った。エウロペはギリシャ神話に登場するフェニキアの王女。牡牛の形をしたゼウスによってクレタへ誘拐され、略奪婚を強いられる。

（8）ネストルは、ホメロスの作とされる叙事詩『イリアス』の主人公のひとり。ピュロスの王。トロイア戦争に参加したギリシャの諸王のなかでの最年長者で、二百年生きたとされる。「（ネストルは）むかし聖地ピュロスで彼とともに生れ育った者たちの二代が既にこの世になく、今は第三の世代を治めていた」（『イリアス』一の二五〇、松平千秋訳）、「このわたしはすでに二百年も生きていて、普通なら、もう三人目の生涯に入っているわけだ」（オウィディウス『変身物語』、中村善也訳）。

（9）王女とはフェリペ三世の娘マリア・アナ・デ・アウストゥリアのこと。一六三一年に神聖ローマ帝国皇帝のフェルディナンド三世と結婚した。

（10）フェリペ二世によって建てられた、エル・エスコリアル宮殿のこと。

（11）シーラはシチリア島の海の妖精。キルケによって、六頭の怪物に変えられる。

（12）スペインの諺に、《必要に迫られれば、老婆も走り、痛風病みも飛び跳ねる》La necesidad hace a la vieja trotar y al gotoso saltar. というのがある。つまり、「人は何かの必要に追い立てられれば、思わぬ力を発揮するもの」の意。こうした状態に人間を追い込む力は苦難、逆境、苦境、窮地などに陥った人に生まれるものであり、それこそが、第六番目の感覚であるとする考えである。《必要は発明の母》と言う時の「必要」がこれに当たるだろう。

（13）「エヘニオ」Egenio の語源となるのは、ラテン語の egenus（何かを必要としている者、困窮者）。つまり「必要性こそが知恵の源」がグラシアンの基本的な考え方である。

（14）軍帽の飾りに喜ぶ当時の兵隊たちへの皮肉。

（15）緑色は「希望の色」とされるが、ここでは人々の期待をあおるものの、それを実行しない者を表す。三流政治家やおべっか使いのように、バラ色の未来を約束するものの、結局は実現できず、あとの褒賞だけを待ち望む人々に対する皮肉。

（16）現在でもマドリードの中心にある公園。昔は動物園や芝居小屋などもあった。

（17）アプレイウスは二世紀のローマの作家。社会や風俗への批判を含む伝奇小説『黄金のロバ』を書いた。ロバに変身させられた若者が、バラの花を食べて人間に戻る。作者自身がロバに変身した経験があるのでは、とさえ噂されたことによる。
(18) ホメロス『オデュッセイア』第十歌で、魔女キルケにより姿を変えられた部下たちを、オデュッセウスの努力で、もとの人間の姿に戻す。
(19) ミネルウァの木は、オリーブのこと。知恵の女神ミネルウァは、右手にオリーブの枝をもった姿で描かれる。
(20) オルレアンス公爵はグラシアンと同時代の辣腕の政治家、文芸愛好家。庇護者ラスタノサ宅での集いで、知り合った可能性が考えられる。
(21) 桑の木は、夏の温かい季節になって初めて果実を稔らせることから、「慎重さ、用心深さ」の象徴とされる。
(22) 第六のわざわいとは、色欲によるわざわいのこと。神の十戒の第六番目に当たるから。
(23) 恋の神クピドは、軍神マルスと美の女神アフロディテとの間の子であることから、兵士たちはその兄弟となり、愛欲に狂わされてしまうのも当然だろう、との意味。
(24) ウェヌス（またはヴィーナス、ギリシャ神話ではアフロディテ）は愛の女神。したがって、その息子たちとは、アンドレニオとともに愛欲の罪で罰せられ、いっしょに床に転がっている仲間たちのこと。
(25) 多民族による支配や虜囚の身から解放されたときとか、何かの心の迷いから目覚めたときなど、鎖などを教会に奉納し壁に吊るしてもらうことで、神への感謝の気持ちを表す習慣が当時頻繁に行われていた。

第十三考

(1) ヘシオドス『仕事と日』（パンドラが災厄の詰まった甕のふたを開けて、中身をまきちらす話）や『イソップ物語』の「ゼウスと善と甕」（シャンブリ版第一二三話）などの著作に言及しているものと思われる。
(2) イスラス・フォルトゥナダス Islas Fortunadas とは、現在のカナリア諸島の古称。
(3) 当時のスペインへは、多くの外国人労働者が流れ込み、その中でもとくにフランス人移民が多かったことは、当時の著作などで述べられている。牛や豚の番人、煙突掃除、刃物研ぎ、農耕労働者などの職に就き、スペイン人の雇用を奪っていた事実がある。
(4) フランスの上流階級社会のきらびやかな生活と洗練された物腰、教養については、グラシアンは『思慮分別論』*El Discreto*（一八章）などで詳しく述べている。
(5) マルグリット・ド・ヴァロワ（一五五三―一六一五）は、フランス王アンリ四世の妃。『回顧録』の著者として知られる。
(6) セネカ『倫理書簡集』（八三）で、ホラティウスの友ルーキウス・ピーソーについて、「彼は一生の間たった一度しか酔ったことがなく、それは一生の間ずっと酔った状態であったから」と述べている。
(7) 心地よい野原とはイベリア半島中央部のカスティーリャ地方、険しい山々とはアラゴン地方を暗に意味しているものと推測できる。
(8) シモーニーデスは、前五世紀のギリシャの抒情詩人。
(9) リュディアは、前七世紀から六世紀にかけて、トルコのアナトリア半島で栄えた小アジアの国。

(10) 油でべとべとしているとは、つまり賄賂や不当な利益を受けとって、理不尽な裁定を下す裁判官であること。

(11) 一六五〇年にブルゴーニュに派遣された、スペイン騎兵隊長。

(12) 当時ベネチアは用心や慎重さを旨とする、優れた政治的手法の地と考えられていた。

(13) ギリシャ神話の沈黙の神。口に指をあてて、沈黙を促す姿で生まれてきた。オウィディウス『変身物語』(九〜六九二)。

(14) 古いスペインの諺に、《あなたが黙っておいてくれるなら、こちらも黙っておきましょう》Cállate y callemos, que sendos nos tenemos. がある。お互いに弱みをもつ者同士が、相手からのこちらへの攻撃に対して、「それならこちらだってあなたの弱みをばらしますよ、だからお互い黙っておきませんか」という脅し文句となる。

(15) バシリスクについては既注あり(七二〇頁)。伝説上の怪物。睨んだり息を吹きかけることで人を殺す。

(16) スペインの諺に《故郷で預言者になれる者はいない》Nadie es profeta en su tierra. がある。故郷を離れたあと、いくら偉人になり有名になっても、自分の以前の平凡で日常的な姿を知る村人たちがいる故郷へは、帰らぬ方がまし、あなたの名声にケチをつけられるだけのこと、の意味。イエズス・キリストが故郷ナザレで教えていると、村人たちから《あれは大工の子ではないか》と噂され、相手にされなかったとの、聖書の一節がこの諺の起源になっていると思われる。「マタイによる福音書」(一三の五七)や「ヨハネによる福音書」(四の四四)などでこの場面が語られている。

(17) ビリャエルモサ公 Duque de Villahermosa(一六一三-一六六五)は、学識と武勇がそろった名士として知られた人物。

(18) 店は人でいっぱいだが、知恵の足りない愚者たちの小さい頭なら、まだ入る余裕がある、とのグラシアン特有の皮肉。

(19) ホラティウス『書簡詩』(一の一〇、三九-四一)「貧困を恐れるあまり、金銀にまさる「自由」を失っている人々は、「小ささ」の利点を知らず、哀れにも主人を背に乗せ、永久に奴隷奉公するのです」(鈴木一郎訳)。

(20) 重荷に耐えられる背中の意味。

(21) ファン・デ・アウストリア Juan de Austria(一六二九-一六七九)は、フェリペ四世の庶子、数々の軍功をあげた将軍。あるいはグラシアンはカルロス一世の庶子で、有名なレパントの海戦の勝利者ドン・ファン・デ・アウストリア Don Juan de Austria(一五四七?-一五七八)のことを言っているのかもしれない。

(22) フランソワ一世は既注あり(七三二頁)。文芸の擁護者として知られる。マーチャーシュ一世(一四四三-一四九〇)は、ハンガリー王。芸術・科学の擁護者として、多くの外国人学者を招聘した。

(23) アキレウスは『イリアス』でトロイア戦争の英雄として描かれている。ウェルギリウスは『アエネイス』(一の七九三)でオクタビアヌスについて述べている。カエサルは自ら『ガリア戦記』を書いた。マエケーナスはホラティウスの『諷刺詩』(一の六)でオクタビアヌスの腹心の部下として描かれている。パオロ・ジオヴィオ Paolo Giovio(一四八三-一五五二)はイタリアの歴史家。ゴンサロ・フェルナンデス・デ・コルドバ Gonzalo Fernández de Córdoba(一四五三-一五一五)は、カスティーリャ女王イサベルとアラゴン王フェルナンドに仕えた軍人。グラナダ戦役、ナポリ攻略などの英雄的な活躍で知られる。ピエール・マチューPierre Matthieu（一五六三―一六二一）はフランスの歴史家、詩人。

（24）ミレトスのターレス（前六二四？―前五四七？）は、古代ギリシャの七賢人に入る哲学者。水がすべての物質の素と考えたとされる。「言葉ではなく、行動（実績）を売る」とは、ターレスが一冊の著作も残さなかったものの、名声を確立した学者であることを前提にして、彼がこの市に店を出して、言葉よりも実績・行動を商品として売っているという、ややシュールリアリズム的ともいえる場面を筆者が想定しているからであろう。

（25）ピッタコス（前六五二―前五七〇）はギリシャの七賢人の一人。軍人、政治家、哲学者、詩人として多方面で活躍した。グラシアンはここでは、Ne quid nimis.（「ネ・クイド・ニミス」すべてに行きすぎを避けよ。）をピッタコスの言葉としているが、ミレトスのターレスやそのほかのギリシャの七賢人の言葉とする人もいる。

（26）グラシアンはバレンシア人を、「喧嘩好き、口論好き」と評価していることから。

（27）フェリペ二世時代の寵臣レルマ公爵が支配する宮廷で、賄賂で地位や富を得る風潮があったこと。

（28）イタリア語の原文は、In tempo de guerra, bugía come terra.

（29）ハルピュイアはギリシャ神話に登場する美しい姿態と醜い顔で翼をもつ魔女たちのこと。鷲のような爪をもち、神々のために復讐の使者たちとして働く。

（30）鶏冠石は砒素と硫黄の混合物。

（31）ボロ侯爵は、イタリア出身の軍人。フェリペ四世に仕えスペイン軍を指揮、ベルベル人との戦いで全身に傷を受け、壮絶な戦死を遂げた。

（32）「耳で選ぶ」とは、女性の美貌ではなく、世間の評判で判断し、結婚相手として選ぶこと。

（33）アラゴン王ジャウメ一世（一二〇八―一二七六）のこと。国土再征服戦争の時代に、バレアレス諸島、バレンシア、ムルシアなどを征服し、強力なアラゴン王国をつくり上げ、その功績により《征服王》の異称をもつ。

第二部

献呈の辞

（1）ファン・ホセ・デ・アウストリア公（一六二九―一六七九）は、フェリペ四世の庶子。当時有名な舞台女優であったマリア・カルデロンが母である。十三歳のときスペイン皇子（Infante de España）として認知されたあと、優れた軍人、政治家としての才能を発揮した。ナポリ、カタルーニャ、ポルトガル、フランドルなどの戦役で活躍した。本書の第二部出版時には、まだ二十四歳の若さだが、すでにその前年には、それまでフランス軍に占領されていたバルセロナを陥落させ、入城を果たし、アラゴン王国副王に任命されている。

（2）アリストテレスの宇宙論によれば、世界の中心に地球が位置し、その外側に月、金星、水星、太陽などの「惑星」が各層を形成している。つまり「第四の惑星」とは太陽を意味し、さらにここでは世界を照らす太陽に等しい存在として、スペイン帝国フェリペ四世のことを意味している。

（3）ローマ神話の戦争の女神。軍神マルスの妻あるいは娘とされる。ギリシャ神話ではエニュオーに当たる。

（4）ミネルウァはローマ神話の知恵の女神。ギリシャ神話ではアテナに相当する。

（5）武人を象徴する「鉄の剣」と、鋭い切れ味をもつ書物の頁を象徴する「紙の刃」は、スペイン語の原文中ではともに《hoja》で表された洒落た表現になっている。

（6）パラスはギリシャ神話の戦争、正義、思慮の女神であり、かつ芸術の擁護者でもある。

第一考

（1）作者は本書の第一部から第三部にわたって、主人公たちの歩みを四季の変化にならって四期に分け、それぞれ幼年期の春、青年期の夏、壮年期の秋、老年期の冬としている。

（2）第一部後半の舞台となったカスティーリャ王国のこと。

（3）妻の不貞を見逃す夫、教会関係者の不道徳な行為を放任する司教、従僕たちの不正に気づかぬ王など、すべてしっかりした観察眼をもたぬ者への皮肉。

（4）アルゴスはギリシャ神話の百の眼をもつ巨人。

（5）ギリシャ神話のアルゴスは、ヘラに頼まれ、牝牛の姿に変えられた彼女の神官である美しいイオを見張る役割を負う。

（6）ファドリケ・デ・トレド Fadrique de Toledo（一五八〇—一六三四）は、フェリペ三世、同四世に仕えた軍人、政治家。数々の功績をあげ王に取り立てられるが、オリバレス伯公爵など周囲の者の妬みを買い、没落の運命をたどる。

（7）男像柱は、西洋建築で柱の役割をする男性像のこと。肩や頭の上に天井など上部の重みを支える。ときには詩などで比喩的に、軍人、大臣など、重い職責を担い活躍する人物を指すことがある。

（8）前述のファドリケ・デ・トレドを政界から追いやり、寵臣として権力をほしいままにしたオリバーレス伯公爵のことを、暗に意味しているのであろう。

（9）『旧約聖書』の「シラ書」には、「子にも妻にも、兄弟にも友人にも、お前が生きている間に、お前の財産を与えるな。また他人にお前の上に立つ権威を彼らに与えるな。さもないと、お前は後悔して、それを取り戻すことを願うようになるだろう」（三三の二〇～二二）とある。

（10）友人に金を借りれば、死んだときに途方もない金を要求されることがあるから、という理由によるものと思われる。

（11）バルバストロの司教とは、ミゲル・デ・エスカルティン Miguel de Escartín（一五八九—一六七三）のこと。バルバストロはアラゴンの町。本作品が書かれた十七世紀中ごろには、彼はこの教区の司教として徳高い人物との評判があった。

（12）ドミンゴ・デ・エギア Domingo de Eguía は十七世紀中期に活躍した軍人。ファン・デ・ルゴ Juan de Lugo（一五八三—一六六〇）は、大司教で博識の人として知られる。

（13）アントニオ・ペレス Antonio Pérez（一五四〇—一六一一）は、フェリペ二世の秘書官。アルバ公爵とファン・デ・アウストリア公に対抗して、宮廷権力の掌握を狙った人物。一五七九年に囚われの身になるが、その後アラゴンへ逃亡した。

（14）アントニオ・ペレスの命令により、ファン・デ・アウストリア公の秘書官エスコベドを殺害した事件を指す。

（15）一五六七年以来続いていたオランダ独立戦争で、宗主国スペインに抵抗し独立をかちえたオランダ人たちを、ギリシャ神話でゼウス（ローマ名はユピテル）を悩ませた巨神族であるティタン神族になぞらえている。

(16) 本書の第二部を献呈した相手。フェリペ四世の庶子。第一部の献呈の相手のパラダ将軍 Pablo de Parada は八〇エスクードの金をくれるなどしたので、今度はこんな遠回しな感じで、グラシアンは第二部の献呈者にも抜け目なく金をせびっているのである。

(17) hierro「鉄」と yerro「あやまち」の音の類似性にひっかけた、グラシアンらしいことば遊び。

(18) 大カトー（前二三四–前一四九）は、ローマの将軍、政治家。既注あり（七二七頁）。

(19) ローマ帝国第四代皇帝。身体能力が低く、愚者として評価されることが多かった。

(20) オデュッセウスのローマ名。

(21) バレンシア人は軽率、アラゴン人は落ち着きがある、とのグラシアン特有の意地の悪い見方。

(22) チュマセロ Juan Chumacero（一五八〇–一六六〇）は、作者と同時代の法律家、外交官。

(23) アレオパゴス会議は、古代アテナイで、殺人、放火犯の裁判と、役人の監督を職務とした会議のこと。

(24) 『旧約聖書』の「創世記」の中の、「土から取られたお前は土に帰るまで、額に汗して糧を得よ。お前は塵であり、塵に帰るのだから」（三の九）の一節を念頭に置いている。

(25) 『ドン・キホーテ』後編七十一章、床屋のニコラス親方が騎士道小説に詳しい人物として登場する。サンチョ曰く「今からいくらもたたねえうちに、わしらの功名手柄を描いた絵を掲げていないような居酒屋にしろ、旅籠にしろ、床屋にしろ、ねえだろうと思いまさ」（会田由訳）

(26) ホラティウス『詩論』（一のVの三四三）、「面白く、かつ為になる詩をつくるなら、読む者を楽しませつつ教えるというわけですから、万人の票が得られることでしょう」（鈴木一郎訳）

(27) 当時の床屋には、ギターと歌が巧みな者が多かったことから。

(28) 両手を後ろ手に縛り上げた状態で、ロープで吊るし、急に落下させて、足が地上に触れないところで止める刑罰。当時は軍規違反者に用いられた刑罰のひとつ。

(29) ホラティウスの『諷刺詩』（一の三）に言及。歌うたいの欠点は、しつこく頼みこまないと歌ってくれないこと、しかしいったん歌いだすとなかなかやめさせられない、の意の記述がある。「すべての歌手には一様にこの欠点があるのだが、親しい者の集まりで「歌を一つ」と頼まれても「気が向かない」と断るのに、人に「歌え」と言われぬと、際限なしに歌いだす」（鈴木一郎訳）。

(30) 薬草の束なら、ふつう医者を想像し、花束なら女性に言い寄る惚れっぽく軽薄なバレンシア人であろうか、との推測である。

(31) 当時の居酒屋では、植物の束を戸口に掲げる習慣があったことから。

(32) ナルキッソス（ナルシス）は、ギリシャ神話で、水に映った自分の姿に惚れこみ、水仙に姿を変えてしまううぬぼれの強い若者。

(33) 緑色はしばしば、男女間の性的な乱れや、不品行を象徴する色と考えられていたことによる。

(34) 当時トレドにあった教皇大使病院 Hospital de Nuncio は、精神病患者を扱う施設として、スペインではもっとも有名な病院であった。

(35) 外衣 sotana は当時の貧乏学生の服装で、現代のカトリック司祭の外衣のように、首から足首まですっぽりかぶる。内ズボン（カルソン）は、現代の半ズボンほどの長さが普通で、腰から膝あたりまでを覆う下着として使われたが、様々な色の槍の模様を縫い込むのが、当時の若者の間で流行していた。

(36) スペインの諺に、《馬に乗れば良識を失い、激怒すれば常識をなくす》No hay hombre cuerdo a caballo, ni colérico con juicio. がある。今風にいえば、さしずめ「ハンドルを握れば人が変わる」となろう。

(37) スペイン語の表現に、「胸に毛が生えた男」hombre de pelo en pecho というのがあり、「豪胆な男、勇気に秀でた男」の意味になることからの、グラシアンらしいふざけの入った話となっている。

(38) グラシアン特有の洒落。スペイン語の boquirrubio（直訳すれば「金髪の口」）が、「若いしゃれ者、愚か者」を意味することから。

(39) 「口に錠前」は、言葉づかいに慎重であるため。「両手に目」は、実際に手に触れるものだけを信じるため。「二つの顔」は、前後を油断なく見渡せるため。「鶴の脚」は、高い位置から用心深く見張るため。「去勢牛の足」は、しっかり大地を踏みしめるため。「猫の耳」は、周囲の音を鋭く聴き分けるため。「大山猫の目」は、鋭い目で周囲を見渡すため。「ラクダの背」は、重荷に耐えるため。「犀の鼻」は、抜け目のなさの象徴。「蛇の皮」は、脱皮を繰り返し成長してゆくため。

(40) カルドンはアザミの一種。トゲの多い植物だが、その実や葉を食用にしたらしい。

(41) 辛味（胡椒）と酸味（オレンジ）の取り合わせは、たとえばエスプリの効いた優れた文章を書くという、知的生産の技術のなかでも、とても重要視されていることを意味している。

(42) ここでグラシアンが言う塩とは、すなわちウィット、機智のことである。つまり、塩を利かせると、書物はその内容を腐らせることもなく、永遠に受け継がれていくのである。文章を書くにあたっては、機智やしゃれっ気が大切であることを暗に強調している。

(43) 小プリニウス（六一？―一一三？）はローマ帝政期の著述家、政治家。トラヤヌス帝への称賛演説『頌詩』で知られる。『博物誌』の著者大プリニウスの甥にあたる。

(44) ペトラルカ Francesco Petrarca（一三〇四―一三七四）。イタリアの詩人。詩集『カンツォニエーレ』などの抒情詩で知られる。フアン・ボスカン Juan Boscán（一四九二―一五四二）はスペインの詩人。イタリア・ルネッサンス期の詩形を導入した抒情詩を多く残した。

(45) ティトゥス・リウィウス（前五九―一七）は、ローマの歴史家。『ローマ建国史』で知られる。ヘロニモ・スリータ Jerónimo Zurita（一五一二―一五八〇）は、スペインの歴史家。『アラゴン王国史』がある。

(46) ごろつきが主人公の読み物とは、当時流行していたピカレスク小説のこと。

(47) エウクレイデス（ユークリッド）（前三三〇？―前二六〇？）はアレクサンドリアの数学者。それまでの数学を集大成した『幾何学原本』によって知られる。

(48) ローランはフランク王国のカール大帝（シャルルマーニュ）の忠臣。十二世紀初頭までに成立したとされる、フランスの武勲詩『ローランの歌』の主人公。勇猛な戦いぶりと、七七八年のスペインとの国境近くのロンスボー（スペイン語ではロンセスバリェス峠）での、悲壮な最期で知られる。

(49) 当時の常識として、三十あたりをすぎ一人前の大人として、肉体的にも精神的にも成長を果たした者は、肉体的に未成熟だった時代のように医者の世話になることもなく、人間的にも独り歩きできるのがふつうであると考えられていた。

第二考

(1) グラシアンと親交を保ち、強力な擁護者であったラスタノサ Lastanosa 氏の名前をもじっている。

(2) グラシアンと同時代の人物としては、ルイス・デ・サパタ *Luis de Zapata*（一五二六–一五九五）が考えられる。著述家、およびフェリペ二世時代の宮廷人として活躍した。『宮廷雑記』*Misceláneas* では宮廷生活における愉快な出来事などを楽しく語っている。

(3) ホメロス『オデュッセイア』（第五歌の一〜二）「曙の女神は、神と人とに光をもたらすべく、高貴のティトノスとの添臥の床から身を起こした」（松平千秋訳）の一節による。つまり彼女は曙の女神であり、海の向こうから太陽が昇り朝を迎えたことを象徴的に表現している。

(4) ルキアノス（一二〇?–一八〇?）は古代ギリシャの風刺作家。『死者の対話』『神々の対話』などで知られる。グラシアンの愛読書の中には、この作家の作品が多い。

(5) つまり、損得ずくの偽の友情への批判。セネカ『倫理書簡集』（九の九）、「友情には「風見鶏の友情」と世間で呼ばれるものがある」（高橋宏幸訳）。

(6) ラテン語の amor「愛」から、amicitia「友情」が派生したこと。

(7) ファン・デ・マリアナ Juan de Mariana（一五三六–一六二四）は、イエズス会の神父、神学者、歴史家。当時の政治・社会など、舌鋒鋭く批判したことで知られる。

(8) 世界の七不思議とは、ヘレニズム世界における七つの巨大建造物のこと。ピラミッド、バビロンの空中公園、エフェソスのアルテミスの神殿などがある。

(9) 七不思議のひとつ、ハリカルナッソスのマウソロスの霊廟のこと。前三五〇年ころ小アジアのカリア国の王マウソロスの死後王妃アルテミシアが建てたとされる。

(10) キジバトは一般的には、純愛の象徴とされ、また宗教書などでは貞節の象徴として登場する。

(11) それぞれ、ローマ、アレクサンドリア、コンスタンティノープルを建設した人物として知られている。

(12) ヨーロッパ大陸の両脚とは、フランスからスペイン、ポルトガルに至るイベリア半島とスロベニア、クロチアからギリシャに至るバルカン半島をそう見たてた。

(13) ベネチアのこと。

(14) オスーナ公爵については、第一部第七考に既注あり（七二五頁）。

(15) 一五六〇年にはフェリペ二世により、マドリードが首都となり、トレドの重要性が失われてしまったこと。

(16) ファネロの装置は、第一部第七考に既注あり（七二五頁）。

(17) トゥリブルシオ Tribulcio はイタリア出身の軍人、のち枢機卿。ローマ大使、アラゴン副王などを歴任。

(18) パリのルーブル宮殿のこと。「ルーブル」Louvre の発音の難しさから、当時のスペイン人は、簡単な「ロベロ」Lobero（オオカミ狩りの男を表す言葉）で代用した呼び名が一般に行われていた。そのまま聞けば「オオカミ狩り宮殿」とでもなろう。

(19) ユグノー戦争は、フランスのカルヴァン派（ユグノー派）とカトリック派の間に起きた抗争。サン・バルテルミーの虐殺などを経て、一五九八年のナントの勅令発布で一応の決着がついた。この間アンリ三世の暗殺があり、ヴァロア家が断絶、ブルボン朝が成立した。

(20) フェルディナンド三世（一六〇八―一六五七）は、神聖ローマ帝国皇帝（在位・一六三七―一六五七）。ウエストファリア条約会議（一六四五―一六四八）を主宰した。

(21) ポーランド王ヤン二世（カジミェシュ・ヴァーサ）（一六〇九―一六七二）は、一六一三年イエズス会入会、一六四九年兄の死により国王となる。その後一六六七年に譲位し、フランスの修道院へ入り、一六七二年死去。

(22) ビルテリアは作者の創作による人物。Virtelia は virtud（徳）を象徴する人物の名前として使われている。

(23) プリニウス（二三―七九）はローマ帝政期の学者、政治家、軍人。『博物誌』三十七巻で知られる。

(24) コンラッド・ケスナー（一五一六―一五六五）はスイスの博物学者。『動物誌』五巻の著者。アルドロバンディ（一五二二―一六〇五）はイタリアの博物学者。『鳥類学』『昆虫学』などの著作がある。

(25) 第三代アルバ公爵（一五〇七―一五八二）は、カルロス一世とフェリペ二世に仕えた将軍、外交官。

(26) 怪力のヘラクレスではあるが、武力だけではなく、言葉による説得力で敵を懐柔してゆく能力もあったことを示す像と思われる。グラシアンと同時代のアラゴン出身の政治家アントニオ・ペレスにも同じ才能があったと作者は認識している。

(27) アラゴン国のウエスカ Huesca の町の紋章には、ラテン語で Urbi Victrix Osca（勝利の町ウエスカ）の銘があることから。

(28) アルチャートの『エンブレム集』の中で、「白いポプラの木」（二一一番、Populus alba）と題して、ヘラクレスがポプラの木を地獄から持ち帰ったとの説明がなされていること。

(29) ピンダスの山はギリシャ北部の山系。古代ギリシャでは神アポロンや詩の女神ムーサに捧げられた山とされた。

(30) アマランサスは葉鶏頭とも。花の命は長く、香りも失わないことから、不老、不滅の象徴とされた。

(31) ヘラクレイトス（前五四〇?―前四八〇?）は古代ギリシャの哲学者。その厭世観により《泣く哲学者》と呼ばれた。

(32) デモクリトス（前四六〇?―前三七〇?）は、原子論哲学を展開した、古代ギリシャの哲学者。《笑う人》と呼ばれた。

(33) 第一部第八考に既注あり（七二七頁）。敵を睨むことで人を殺したとされる伝説上の怪物。

(34) 両者とも架空の人物。マルティアリスの『エピグラム』（六巻五三）に登場し、アンドラゴスが夢の中で、医者エルモクラテスの姿を見ただけで、死んでしまう話が出てくる。

(35) モリスコとは、国土回復戦争後もイベリア半島に残ったモーロ人のこと。一六〇九年と一六一四年にフェリペ三世により国外追放となった。

(36) 熟練農業従事者として、スペイン経済に大きな働きをしていたモーロ人農民を追い出したが、多くは北アフリカに逃れ、その労働力を生かせるような国を見つけられなかったこと。

(37) カトリック両王によるユダヤ人追放により、ユダヤ商人たちからの莫大な税収を失ったこと。

(38) サヴォイア公カルロ・エマヌエーレ一世によるジュネーブ侵入のこと。一六四八年ウエストファリア条約により独立をはたす。

(39) 神聖ローマ帝国皇帝フェルディナンド二世（一六〇八–一六五七）が激しいルター派との戦いで、一六二七年にボヘミアのモラヴィアから撤退を余儀なくされたこと。

(40) カルロス一世に仕えた軍人。部下たちが神の冒瀆にあたる言葉を使うことを禁じた。

(41) アルブルケルケ公爵は一六四五年カタルーニャ派遣の軍司令官。オロペサ伯爵は、一六四八年からバレンシアの副王を歴任。

(42) レモス伯は一六四三年よりアラゴン副王。第一部第六考に既注あり（七二四頁）。

(43) イサベル王妃とは、フェリペ四世の王妃イサベル・デ・ボルボンのこと。

(44) 神聖ローマ帝国皇帝カール五世、すなわちスペイン王カルロス一世のこと。

(45) ルキウス・ユニウス・ブルトゥス（前？–前五〇九）は第五代ローマ王タルクィニウス（前六五六–前五七八）の暗殺に加わったとされる。マルクス・ブルトゥス（前八五～前四二）は、哲学者小カトーの甥。カエサルの庇護を受けていたが、のちに暗殺者のひとりになった。

(46) タルクィニウスは、前六世紀のローマ王の息子。貞女ルクレティアへの凌辱で知られる人物。

(47) チャールズ一世（一六〇〇–一六四九）のこと。スチュアート朝イングランド国王、ピューリタン革命のあおりで、一六四九年処刑された。

(48) トリトンは、ギリシャ神話で、半人半魚の海の王子。ポセイドンの子。ふつうほら貝を吹く姿で表される。黄金の時代とは、平和な暮らしを享受した古代のこと。

(49) テオドシウス帝（三四五–三九五）はローマ帝国の再統一をはたし、カトリック教徒として異教を厳禁した。トラヤヌス帝（五三？–一一七）は、五賢帝のひとり。ローマ帝国の版図を最大とした。

(50) 第三代アルバ公爵については、既注あり（七四二頁）。メモランシは十六世紀後期のフランス軍人。パヴィアやサン・カンタンの戦いでスペイン軍を相手に活躍。アルバロ・デ・バサン（一五二六–一五八八）は、スペイン軍人。数々の海戦で活躍。

(51) バリェ侯爵は中南米の征服者エルナン・コルテスのこと。セッサ侯爵はグラン・カピタン、ゴンサロ・デ・コルドバのこと。バスコ・ダ・ガマ（一四六九–一五二四）は、喜望峰を経由してのインドへの海路を発見した航海家。アルブルケルケ（一四五三–一五一五）は、ポルトガル人の航海士、軍人。東洋で活躍した。

(52) トゥッリウス（前一〇六–前四三）は、ローマ時代の稀代の弁論家、マルクス・トゥッリウス・キケロのこと。

(53) ブルゴーニュ公爵《豪胆公》（一四三三–一四七七）は、フランスに対し戦いを挑んだ軍人、政治家。スカンデルベグ《アルバニア公》（一四〇四–一四六七）は中世アルバニアの君主。オスマン帝国に抵抗した民族的英雄。コジモ・デ・メディチ（一三八九–一四六四）はフィレンツェの銀行家、文化人を擁護した。ドン・アルフォンソ寛仁大度王（一三九六―一四五八）はアラゴン王で、一四四三年ナポリを攻略した。第一部第六考などに既注あり（七二二頁）。

(54) イサベル・デ・ボルボンは、グラシアンと同時代の王フェリペ四世の王妃。七四三頁の注43に既注あり。

(55)「さっきの例には当てはまらない有名人物」とは、少しまえに「同名の有名人は二人といない」と述べていることへの言及である。

(56) マルガリータ・デ・アウストリア（一五八四―一六一一）は、フェリペ三世の王妃。信仰心が篤く、貧者への思いやりに富む王妃としての評判があった。八人の子をもうけた。

(57) スピノラ将軍については、第一部第十一考に既注あり（七三三頁）。ガラソ将軍は三十年戦争で神聖ローマ帝国の将軍。ピコロミーニ将軍（一五九九―一六五六）は、イタリア出身で、三十年戦争において神聖ローマ帝国の将軍であった。フェリペ四世の時代には、フランスとの戦いに協力した。フェリペ・デ・シルバは、ポルトガル出身の軍人。一六四三年から四四年にかけてカタルーニャ戦争で活躍した。モルタラ侯爵については、第一部第六考に既注あり（七二四頁）。

(58) バロニオ（一五八三―一六〇七）は、枢機卿で、イタリアの歴史家、神学者。ベラルミーノ（一五四二―一六二一）は、イタリアの枢機卿、反プロテスタントの書で知られる神学者。バルボサについては、第一部第十一考に既注あり（七三二頁）。ルゴ（一五八三―一六六〇）は、セビリア出身のイエズス会士、枢機卿。ディアナ（一五八五―一六六三）は、シチリア出身の修道僧、神学者。マルヴェッチ侯爵（一五九五―一六五三）はイタリアの歴史家、スペインへ渡り、フェリペ四世に仕えた。

(59) 小判鮫のこと。古代からこの海の生き物は、頭についた吸盤で船に食らいつき、航行を妨害し、止めてしまう力があるとされてきた。

(60) ペリカンは古来よりの伝承として、白と黒の羽で覆われた体の中で、胸の部分だけ毛がなく、傷痕のような朱色の胼胝《たこ》があることから、子を育てるために胸を傷つけ、血を飲ませるとされてきた。

(61) 古くから語られているいくつかの物語によれば、ペリカンの雛たちの愛を独占する父鳥に嫉妬して、母鳥が雛を絞め殺してしまうのだが、父鳥が自分の体を傷つけ、血で雛たちを蘇生させるとされる。

(62) ギリシャ神話で、ヘラクレスが課された十二の難業のうち、アマゾネスの女王ヒッポリュテの帯を手に入れるという、九番目の冒険のこと。

(63) フェリペ三世の娘。一六一五年にフランス王ルイ十四世と結婚。

(64) ポーランド王ヤン二世（カジミェシュ五世とも）に関しては、既にこの章の初めに注あり。

(65) カルドナ公爵夫人は一六四〇年にカタルーニャ副王になったカルドナ公爵の妻。一六四一年には、併合反対派に捕えられ、二人の息子も投獄された。

(66) この部分からは、今の世にありえない人物として、様々なタイプの人間を列挙していく。逆に言えば、ここに挙げた例とは全く反対の人間たちでこの世はいっぱいだ、という皮肉である。

(67) 賄賂など受け取らぬ公正無私の裁判官のこと。手のひらがある、とは人々から大きな拍手を受けるほどの人望があるとの意味。アルチャートの『エンブレム集』第一四四番、In Senatum Boni Principis（善き君主の会議）にこの例が挙げられている。

(68) サバック男爵はオーストリア出身の貴族、軍人。フェリペ四世に仕えて、カタルーニャ戦争などで活躍した。

(69) 亡夫の財産を相続し、美食と贅沢三昧に明け暮れる、サラゴサの未亡人たちへの皮肉。

(70) 地獄のなかでも、もっとも地上に近いとされる場所がリンボ。キリストにより、天国に救い上げられる可能性をまだ残した人の霊が住む場所とされる。

(71) 十四世紀にペドロ一世により設定されたReal de a ochoと呼ばれた銀貨のこと。フェリペ四世時代には、東西貿易で重要な働きをする。貧乏なカスティーリャ地方ではそんな金さえ出回っていないということだろう。

第三考

(1) 運命の回転盤とは、運命の女神が人間の運命の浮き沈みを生じさせるとされるルーレットのことで、運命の変転を意味する。

(2) アヴィニョンに一三〇五年から一三七八年まで、ローマ法王庁が置かれたこと。

(3) 六世紀前半にクローヴィス一世が、四人の息子たちの間に広大な帝国を分割統治させ、フランス君主制の基礎を固めた。

(4) 東西両インド地方とは、インド以東のアジア地域および中南米のいわゆる西インド地域をはじめとするインディアス地方を指す。

(5) 当初ポルトガルが領有していたブラジルを、フェリペ二世によるポルトガル併合によって、スペインが何の苦労もなく、すべてのブラジルの富を独占してしまったこと。

(6) ビヤボン（口琴・口琵琶）は、小さな蹄鉄の形をした小楽器。口にくわえて鉄の先を指で弾いて吹き鳴らす。

(7) スペインで働くフランス下級労働者の実情については、第一部第十三考冒頭に既注あり（七三五頁）。

(8) ティモンは前五世紀の古代ギリシャの哲学者。《人間不信家》と呼ばれる。ルキアヌスの『人間嫌いティモン』やシェイクスピアの『アテネのタイモン』などの作品に登場する。

(9) ギリシャ神話のオレステスとピュラデスの友情は、どんな不幸にあっても変わらなかったとされる。

(10) 南米大陸南端、マゼラン海峡の南にある島。この地に住む人には巨人が多いという伝説があった。

(11) ギリシャ神話に出てくるエジプトの小民族。鶴に姿を変えた女神ヘラの攻撃に対抗するために戦う。

(12) ギリシャ神話の半人半獣の森の神。酒と女を好む。

(13) ローマ神話の牧神。上半身は人間で、下半身はヤギ。

(14) カスティーリャ地方サラマンカの秘境とされた地域。奇妙な風習をもつとされた。

(15) メキシコ北西部の特異な風習をもつインディオの部族。

(16) 古代ギリシャ時代から語り継がれてきた伝説的な島。モロッコに近い大西洋の外洋にあり、一種の地上の楽園であったが、島は地殻の大変動により一昼夜で海に没したとされる。

(17) アラゴン人特有の頑迷固陋さを皮肉ったことば。

(18) 《スペイン人が三人いると、四つの違った意見が出る》という有名な諺をもじったもの。

（19）ポルトガルやガリシア地方のお高くとまった貴族連中を皮肉っている。

（20）ナバラ人の性格については、すでに第一部第十考の冒頭で詳しく語られている。

（21）バレンシア地方のこと。

（22）召使や奴隷たちは家庭内の不都合な事実を知り、内情に通じる立場にあるから、その数は少ないほうがいいものだ、という考え方。古くはセネカなどにその言及が見られる。「敵の数は奴隷の数と同じ」（『倫理書簡集』四七の五、高橋宏幸訳）。

（23）第一部第十二考冒頭に既注あり（七三三頁）。ギリシャ神話の三頭三体の怪物。アルチャートの『エンブレム集』（第四〇番「至上の協調」（Concordia insuperabilis）では、三つの頭、六本の腕、六本の脚をもつ怪人として描かれ、三人が一つの考えを共有して、協調しあう理想が図像化されている。グラシアンはこれを参考にしたものと思われる。

（24）ノチェーラ公爵は、ナポリ出身の軍人、政治家で、アラゴンの副王、軍司令官などを務めた。グラシアンは一時彼の聴罪師に任命されたこともあり、親しい付き合いのあった人物。彼の第二作『為政者カトリック王フェルナンド』を献呈している相手でもある。

（25）ダレイオス一世（前五五〇-前四八五）は、古代ペルシャの王。一番の信頼を寄せていたのがメガバゾス将軍であったが、王が柘榴の実を食べていた時、その沢山の数の種子を見て、自分もメガバゾスのような部下をたくさんほしいものだと言ったとの伝説による（ヘロドトス『歴史』第四巻、一四三節参照）。一方王ダレイオスがバビロン攻略のため自己犠牲をいとわぬ英雄ゾピュロスの勲功を褒め称える様子が、同著第三巻一六〇節で語られている。グラシアンは、ここではどうやら、メガバゾスの名をゾピュロスと取り違えているらしい。

（26）ピレネーの語源は、ギリシャ語で《火》を表す言葉であったとされる。

（27）八レアル銀貨については既注あり（七四五頁）。一四九七年以降鋳造されたスペイン銀貨。大航海時代には広く世界的に流通した。十九世紀中期まで貿易決済貨として効力を保持した。

（28）中南米からの富を積んだスペイン船が、ヨーロッパに帰着したかどうか、ということ。

（29）当時のフランス語では、bailler は本来「与える」を意味する動詞だが、グラシアンはこれを「歩く」を意味する言葉と取り、よく似た綴り字をもつスペイン語の bailar「踊る」にひっかけた洒落を狙っている。

（30）スペインが中南米から得た財のほとんどを、ヨーロッパ諸国との紛争のために、ジェノバの銀行家に渡さなければならなかったこと。

（31）オウィディウス『変身物語』（第十一巻）などで語られているところによれば、小アジアのプリュギアの王ミダスは、バッコスにより触れるものすべてが黄金になる願いがかなえられたが、食物まで金に変えられてしまい、飢えに苦しみ自分の強欲を反省する。

（32）バルトーロ Bartolo de Sassoferato（一三一三-一三五七）はイタリアの法律学者。当時はその著作が弁護士など法律家の必携の参考書として用いられた。

（33）ウバルディ Baldo degli Ubaldi（一三二七-一四〇六）の著作

も同じく、法律家にとっては、重要手引き書のひとつ。
(34) 商品の計量をするとき、自分の親指をこっそり秤に乗せ、不法な料金で利益を客からかすめ取る悪徳商人のこと。
(35) 人の手をわずらわすとは、人から賄賂をもらうこと。
(36) 過度に物惜しみして、金銭だけに強欲な吝嗇家を暗に意味している。
(37) 『新約聖書』の放蕩息子のたとえ話は、「ルカによる聖福音書」第十五章にある。父から譲り受けた財産を、家出して放蕩し使い果たすが、改心して父の所に戻る弟のたとえ話。
(38) ヘラの義理の息子はヘラクレスのこと。
(39) エル・シッドのティソナの剣は、彼がバレンシアの戦いで、モロッコの王から奪い取ったとされる名剣。ローランの魔剣とは、フランク王国のシャルルマーニュ軍のローランが佩びた、聖剣ジュランダルのこと。ローランについては第二部第一考の終わり近くに既注あり（七四〇頁）。
(40) ダナエは、ギリシャ神話のアルゴス王の娘。王は神託により孫の手により殺される運命にあることを知り、ダナエを青銅の塔に閉じ込める。しかしゼウスがこれを知り、日の光に姿を変えて忍び込む。
(41) オルフェウスは、ギリシャ神話の伝説上の詩人、音楽家。竪琴を奏で、美しい歌声で人を魅了したとされる。
(42) 第一部第七考で、グラシアンはがらんどうの幹をした古木には、心臓が欠けているようなものであり、果実が実らないことを述べている。
(43) 『旧約聖書』にある契約の櫃（モーゼの十戒を刻んだ石版を入れた箱）および金銭感覚に鋭い民族であるとの、当時の評判から連想して、ユダヤの民ではないかと考えたのだろう。
(44) 当時の世間の常識として、田舎の地方小貴族（郷士）たちは、貧乏と考えられていた。
(45) グラシアンお得意の洒落。hierro「鉄」とyerro「間違い、失策」の掛詞。
(46) 櫃の内側は膨大な財の行方をしるした遺書がおさめられているので、黄金製となっているが、その富を誰に残すのか、何のために役立てるのかなど分からないために、鉄製となっている。そして、そのことが不明であること自体が間違いであるとの意味をもたせている。
(47) つまり泥棒の泥棒とは、吝嗇家自身のこと。他人から巻上げた金を蓄えることだけに喜びを見出し、過度に物惜しみし、自分は一銭も使わないでケチをとおす吝嗇家に対する皮肉となっている。
(48) 百を逆に加算した数とは、100＋99＋98＋……＋1となり、合計すれば5,050回の鞭打ちとなる。
(49) タンタロスはギリシャ神話のゼウスの子。犯した数々の罪により、その罰として神々によって冥府に送り込まれ、川の水もリンゴの木も手を伸ばすと逃げてゆき、永遠の飢餓の罰を受けているとされる。ホラティウスの『諷刺詩』一の一、（六四行目-七〇行目）では、「これだけあれば充分だ、ということなど決してない」と述べ、強欲、吝嗇に対する批判となっている。
(50) ラダマンテュスは、ギリシャ神話のゼウスとエウロペの息子。公明正大な振る舞いにより、死後には神々によって地獄で死者を裁く裁判官に任命される。グラシアンはこう述べているものの、彼が意味する両者の類似点は、ここではっきりしない。

(51) プルトンは、ギリシャ神話の冥界の使者たちの王ハデスの別称。《富める者》の意味がある。

(52) リンボとはキリスト教において、原罪のみをもち、その他の罪を犯さなかった人たちが宿るとされる場所。たとえば正しく生きた人間でありながら洗礼を受けなかった者や、未洗礼のまま亡くなった幼児がそれにあたる。七四五頁に既注あり。

第四考

(1) グラシアンと親交も結び、彼の良き理解者となるラスタノサ氏の屋敷があるウエスカの町のこと。過去において、とくに十二、三世紀ころには、アラゴン王国の首都として賑わいをみせた。

(2) 金羊毛は、ギリシャの伝説によれば、テッサリアのネペレ王妃が二人の子供(娘ヘレと息子プリクソス)を逃がすために、空を飛ぶ金の毛皮をもつ雄羊に乗せたとされる。のちのアルゴナウタ伝説(金羊毛を手に入れるために英雄イアソンが企てた遠征隊)に発展した。

(3) 個々の人間の生命そのものの循環を意味していることば。つまり、一個の人間の命は無から生じたあと、現在に於いて少しだけ存在するものの、未来になると結局は死によって無に帰してしまう、との意味。

(4) 霊魂だけが必要であり、あらゆる煩悩のもとである肉体は不要だ、との意味。

(5) アルチャート『エンブレム集』(第一二〇番、Paupertatem summis ingeniis obesse ne provehantur.「貧困が才人たちの飛翔を妨げる」)では、翼が生えた左手を天に向かって高く差出し、右手には重い石をぶら下げられ、地にへばりついたままの人物の姿が描かれている。才能ある者が高く飛翔しようとするが、貧困が重しになってそれが果たせない状況を描いたエンブレムだが、グラシアンはこれを参考にしていると思われる。

(6) ヘラクレスの柱とは、ジブラルタル海峡の入口の岬にあったとされた柱のこと。ヘラクレスがその怪力を使い、岩山を砕き、地中海と大西洋をつなぎ、あとにはその岩山が二本の柱として残ったとされる。

(7) オルフェウスはギリシャ神話に登場する最高の音楽家・詩人。オウィディウス『変身物語』第一一巻の冒頭で、その活躍と死が語られている。

(8) ここでは楽器になぞらえながら、同時代の誇飾主義詩人ゴンゴラ(コルドバ出身)の作品の内容と文体につき、グラシアンは批判を展開している。彼の詩のスタイルはとてもきらびやかで、まるで黄金の弦でできているような感じはするものの、内容(つまり楽器の胴の部分)はそれに合致せず、ありふれたレベルのものでしかない、との意味の批判である。

(9) ラベル Rabel は、弓を使って弾く、弦楽の古楽器のこと。

(10) ラウードは、スペイン式のリュートのこと。ギターやマンドリンの原型となった。

(11) 大カトーは古代ローマの将軍、文人。既注あり(七二七頁)。

(12) ここでは、二丁の楽器にかこつけて、アラゴンの同郷の詩人、アルヘンソーラ兄弟の作品についての、グラシアンの見解が述べられている。Bartolomé Leonardo de Argensola(一五六二―一六三一)及び Lupercio Leonardo de Argensola(一五五九―一六一三)のこと。

(13) あとにつづく部分を読めば、上のチターは、前八世紀のギリシャの詩人ホメロス、下のチターはイタリアの詩人アリオスト(一四七四―一五三三)をそれぞれ意味すると解釈できよう。

(14) ギリシャ神話で、半獣神パンに追いかけられた妖精シュリンクスが、葦に姿を変えたという伝説から。この葦を切って作ったのが、楽器パンパイプとされる。この部分は、多作の劇作家ロペ・デ・ベガについてのグラシアンの批判である。民間伝説や市井の人々の生活に根ざしたさまざまな題材を扱ったことを、自然の沃野から採取した葦に比較しながら、大衆に受け入れられ人気を得たものの、駄作も多かったとの批判である。

(15) ビウエラはギターに似た、六対複数弦の古楽器。

(16) ボスカンについては、第二部第一考に既注あり(七四〇頁)。

(17) 瓦の小片は、打楽器として使われた。

(18) この楽器は、同時代のスペインの詩人・小説家ケベドのこと。ロマンセの詩作品のなかで、マリカという名の女が梅毒の痛みをこの瓦の音で鎮める場面が出てくる。

(19) リラとはイタリア起源の七音節と十一音節からなる五行詩の意味とともに、古代の弦楽器である竪琴をも意味する。カモンイスの『ウズ・ルジアダス』などの叙事詩では、リラではなく十音節八行詩が用いられているので、ここではリラが「竪琴」の意味である可能性が高いと考え、ここでは詩形の意味としてではなく、楽器のリラと解釈しての訳である。

(20) カモンイス(一五二五?―一五八〇)は、ポルトガルの国民的詩人。叙事詩『ウズ・ルジアダス』では、建国から十六世紀に至る歴史を語っている。

(21) この宮廷詩人とは誰のことなのか、明らかにされていないが、ロメラ・ナバロ氏の推測によれば、グラシアンと同時代の宮廷詩人であったフランシスコ・デ・ボルハ Francisco de Borja y Aragón(一五八一―一六五八)ではないかと述べている。

(22) ティオルボは大型の低音リュートの古楽器のこと。

(23) マリーニ Giovanni Battista Marini(一五六九―一六二五)は、イタリアの詩人。代表作『アドニス』など。

(24) ウルタド・デ・メンドサ Antonio Hurtado de Mendoza(一五八六―一六四四)は、フェリペ四世の秘書官。詩人、作家、劇作家。優れた詩作品を書き、フェリペ四世時代の宮廷内ではよく知られた存在であった。「輝く太陽の前触れ……」は彼の実作品の一部。

(25) スペインの詩人フェルナンド・デ・エレラ Fernando de Herrera(一五三四―一五九七)のこと。月桂冠をかぶった姿の肖像でよく知られていることから。

(26) 貧相な姿の詩人とは、ヘロニモ・デ・カンセル Jerónimo de Cáncer y Velasco(一六五三没)のこと。その苗字 Cáncer「蟹座、腫瘍」から連想して、貧相なというイメージとなった。

(27) ビリャメディアナ伯爵 Conde de Villamediana(一五八一―一六二二)のこと。日常生活の華やかな側面、スキャンダルなどを鋭い風刺のきいた詩作品を残した。ラテン語からの類義語を多用した誇飾主義の傾向が強い。

(28) 詩人としてのセルバンテスのこと。同時代のロペ・デ・ベガやティルソ・デ・モリナなどは、彼の散文は詩的な感興にあふれているとして、高く評価したが、詩作品に対する評価はあまり芳しくなかった。

(29) 十七世紀中期以降、ゴンゴラなど優れた詩人を真似た新しい作品が出たものの、凡庸な作品が多く人気を得ることができなかったこと。

(30) ギリシャ神話のアポロンと芸術を司る女神ムーサたちが住む聖なる山。詩人たち、詩壇を意味する。

(31) タッソ Torquato Tasso（一五四四—一五九五）は、イタリア、ルネサンス時代の詩人。長編叙事詩『解放されたエルサレム』で知られる。

(32) グラシアンはこのセリフが誰のものかを、特定していない。流れからいえば、おそらく翼の男のセリフと思われる。

(33) フランシスコ・デ・サヤス Francisco Diego de Sayas Ortubia（一五九八—一六七八）のこと。アラゴン出身の詩人、歴史家。ロペ・デ・ベガやラスタノサ氏の友人。

(34) 歴史家がそのペンを使って、過去の記録を全世界に永遠に伝えていく力があることを表している。

(35) タキトゥスは『年代記』（一一七年完成）の中で、皇帝ティベリウスの即位（一四）から、ネロの自殺（六八）まで、過去五〇年以上も昔の皇帝たちにつき、その私生活上の悩み事にいたるまで詳しく語っている。

(36) たとえば征服者エルナン・コルテスの活躍は、ベルナール・ディアス Bernal Díaz del Castillo の『ヌエバ・エスパーニャの征服』の稚拙ともいえる文体により、広く知られるようになったことを、グラシアンは頭に置いているものと思われる。

(37) 第一部第十三考に既注あり（七三六頁）。ジオヴィオ Paolo Giovio（一四八三—一五五二）はイタリアの歴史家。彼のほとんどの著作は十六世紀にスペイン語に訳されたが、歴史的事実の把握が正確になされていないうえ、金で動く作家であるなどと批判を受けた。

(38) 当時のスペインの優れた歴史家であったマリアナ師がフェリペ三世の閣僚の手により収監されたこと。

(39) マリアナ Juan de Mariana（一五三六—一六二四）は、イエズス会士。代表作は『スペイン史』（一六〇一）、当時の歴史家としては、大胆な発言で知られ、「暴君は除去してよい」などの言葉を残している。

(40) エンリコ・カテリーノ Henrico Caterino（一五七六—一六三一）は、イタリア人歴史家。フランスに滞在し『フランス史』を執筆、その訳本がスペインでも読まれた。フランチェスコ・グイチャルディーニ Francesco Guicciardini（一四八三—一五四〇）は著名なイタリア人歴史家。『イタリア史』は一六三一年にスペイン語に訳されたが、フェリペ四世が訳したとされる。

(41) コネスタジオ Girolamo Conestagio（一五三〇—一六一六）は、ジェノバ出身の商人、歴史家。一五八五年発行の『ポルトガル王国のカスティーリャへの併合』は、一五八〇年の併合について述べた歴史書。スペイン寄りの見解とされてはいるが、フェリペ二世はこの書には好感情を抱いていなかったとされ、その後の調べで、ポルトアレグレ伯の作品ではないかとの説が出ている。ポルトアレグレ伯 Conde de Portalegre はフェリペ二世に仕え、ポルトガル大使などを務めた。

(42) ホセ・デ・ペリィセール José de Pellicer de Salas de Tovar（一六〇二—一六九七）のこと。詩人、文芸評論家。一六三〇年発行の『不死鳥とその歴史』*El Fénix y su historia* がある。

(43) フランス王アンリ二世と王妃カトリーヌ・ド・メディシスの

娘（一五五三―一六一五）。《マルゴ王妃》とも呼ばれた。政略結婚、離婚などを語った『回想録』で知られる。

(44) フェリペ四世の庶子、ドン・ファン・デ・アウストリアのこと。

(45) フランス王ルイ十一世（一四六一―一四八三）のこと。

(46) コミン Philippe de Commines（一四四五―一五〇九）は、ルイ十四世の諮問官。王の業績を綴った歴史書を残している。

(47) ピエール・マチューPierre Matthieu（一五六三―一六二一）はフランスの歴史家、詩人、第一部第十三考に既注あり（七三七頁）。パウロ・エミリオ・サントリオ Paulo Santorio は十六世紀のイタリアの歴史家。ルイス・デ・バビア Luis de Bavia（一五五五―一六二八）は、グラナダ出身の歴史家。ロカ伯爵 Conde de la Roca は、フェリペ四世時代のベネチア、ローマなどの大使。アントニオ・フエンマヨール Anntonio Fuenmayor は十六世紀のキリスト教会史家。

(48) クイントゥス・クルティウス・ルフスは、紀元一世紀、古代ローマ時代の歴史家。マルクス・ユニアヌス・ユスティヌスは二～三世紀、古代ローマ時代の歴史家。プラティーナは本名バルトロメオ・デイ・サッキ Bartolomeo dei Sacchi（一四二一―一四八一）、イタリアの歴史家。

(49) イリェスカス Gonzalo de Illescas は、十七世紀前期のスペインの神父、著述家。主著は『法王とカトリック史』*Historia pontificial y católica*。サンドバル Prudencio Sandoval（一五六〇―一六二一）は、歴史家、高位聖職者、フェリペ三世の年代記作家。グラシアン研究家ロメラ・ナバロ氏の見解によれば、彼をイリェスカスの模倣者とするグラシアンの批判は当たらないとしている。

(50) エラスムス（一四六七―一五三六）はルネサンス最大の人文学者。エル・エボレンセ Andreas Rodrigues, El Eborense は、十七世紀のポルトガルの著述家。

(51) ルドビコ・グイチャルディーニ Ludovico Guiciardini（一五二三―一五八九）は、フィレンツェ出身の人文主義者。ジョヴァンニ・ボテロ Giovanni Botero（一五三三―一六一七）は、イタリア人著述家、歴史家。ルーフォ Juan Rufo Gutiérrez（一五四七？―一六二〇？）は、スペインの著述家、一五九六年出版の『六百の警句集』で知られる。パルミレーノ Juan Lorenzo Palmireno（一五一四―一五八〇）は、スペインの人文学者、ラテン語・ギリシャ語の権威として知られた。ドーニ Antonio Francesco Doni（一五一三―一五七四）は、イタリアの著述家、神父。イタリア旅行記で知られる。

(52) アントニオ・アグスティン卿（一五一七―一五八六）は、タラゴナの枢機卿、トリエント公会議にも出席した。著述家であり、考古学にも造詣が深かった。ゴルジウスはオランダの版画家、考古学者。ヒュベルトゥス・ゴルジウス（一五二六―一五八三）およびヘンリクス・ゴルジウス（一五五八―一六一七）のこと。ラスタノサ Vincencio Juan de Lastanosa（一六〇七―一六八四）は、グラシアンの庇護者、友人。著述家、考古学者としても知られていた。

(53) 当時の《自然科学》という呼び方は、現代で言ういわゆる《自然哲学》を意味する。

(54) ギリシャ哲学における四大元素の、火、水、空気、地のことで、それぞれの世界に存在するものについての本が並べられていたこと。

(55) ここからは、スペイン語の hoja には、木の「葉」と本の「ページ」の意味があることから、それぞれの葉っぱへ感想を述べることで、主に古典や当時の文学書の内容批判に替えた一節となっている。つまり、この部分での「葉」とは、「本のページ、あるいはその内容」を表している。

(56) エピクテトス（五五？－一三五？）は、ストア派の哲学者。禁欲と忍耐が二つの重要な徳であり、心の平静に大いに効果があることを説く。

(57) アルチャートに関しては既注あり（七三二頁）。楽しい挿絵を交えた『エンブレム集』（一五三一）は一般の読者にも広く受け入れられ、大成功を収めたこと。

(58) プルタルコス（四六？－一二〇？）は、古代ローマ時代の著述家。『英雄伝』が知られる。

(59) ルキナはローマ神話の出産の女神。妊婦の健康と安産を助けるとされる。

(60) ペトラルカの道徳に関する著作のうちで、当時スペイン語に訳された『幸運と逆運への対応について』（一五一〇）につき言及しているらしい。ユストゥス・リプシウス（一五四七－一六〇六）はベルギーの人文学者。

(61) 『ラ・セレスティーナ』、またの題は『カリストとメリベアの悲喜劇』（一四九九）の作者はフェルナンド・デ・ロハス。主人公カリストとメリベアの真正で直裁的な愛情表現で知られる名作。

(62) バークレイ John Barclay（一五八二－一六二一）は、スコットランド出身の風刺作家。著作はすべてラテン語で書いた。主著は『サテュリコン』Satyricon（一六〇三）。

(63) ジオヴィオについては既注あり（七三六頁）。

(64) ドン・フアン・マヌエル Don Juan Manuel（一二八二－一三四八？）はスペインの著述家、政治家。説話集『ルカノール伯爵』で知られる。

(65) ボッカリーニ Traiano Boccalini（一五五六－一六一三）はイタリアの諷刺作家。

(66) これ以下は、国家や政治のありかたを論じた諸著作を王冠になぞらえ、その批判を展開している。

(67) マキアヴェリ（一四六九－一五二七）はフィレンツェの政治思想家。国家の利益をすべてに優先し、反道徳的行為を容認する姿勢を主張し、当時の思想界に大きな反響を及ぼした。既注あり（七二六頁）。ボダン Jean Bodin（一五三〇－一五九六）は、フランスの法学者。『国家論』（一五七六）で知られる。

(68) ボテロ（一五三三－一六一七）は既注あり（七五一頁）。イタリアの歴史家、経済学者。

(69) フランシスコ会の司祭フアン・デ・サンタマリアの『国家とキリスト教的政治』República y política cristiana（一六一五）への言及とみられる。

(70) フェリペ三世の寵臣レルマ公爵にまつわる話である。彼が権力の座にあった時代には、数々の著作が押収され、発禁処分を受けたことが記録に残されている。

(71) ボバディーリャ Jerónimo Castillo de Bobadilla（一五四七－一六〇五）は、スペインの法律家。一五九七年に出版した『司法官および家臣のための政治学』*Política para corregidores y señores* は、二千六百ページの大著。政府の家臣団にとっては利用価値の高い実用書であったとされる。

(72) グラシアンの自著『為政者カトリック王フェルナンド』*El Político Don Fernando el Católico* のこと。自著であるため著者名をここでは挙げていない。イエズス会などと出版に際しては問題が多かったことを、自虐的な笑いの対象としているのだろう。

（73）『ガラテオ』は、十六世紀の文学者デッラ・カーザ Della Casa が司教ガレアッツォ Galeazzo di Nola に献じた礼儀作法書のこと。

（74）アトラスはギリシャ神話の力持ちの巨神。天空を肩に担う罰を受けたことで、彫刻などでは地球全体を肩に担ぐ姿で表現されることが多い。

第五考

（1）ケクロプスはギリシャ神話の上半身が人間、下半身が蛇あるいは竜の怪物。アッティカの王。

（2）ディオゲネス（前四〇〇?–前三二五?）のこと。古代ギリシャの犬儒学派の哲学者。多くの奇抜なエピソードが残されているが、有徳の人士を求めて、真昼にたいまつを掲げて探したという。

（3）アクタイオンはギリシャ神話の登場人物。狩りの途中のどが渇き、泉に近づくと水浴をしている女神アルテミスを見てしまう。怒った彼女は、彼の視力を奪い鹿の姿に変えると、彼は猛犬に襲われ引き裂かれて殺されてしまう。政治を怠たり、狩りにばかり精を出す為政者は、犬に食われてしまう、との教訓でもある。

（4）オオカミの頭とは、当時オオカミを退治した狩人が、村人たちに獲物の頭を見せて、謝礼として村人に志を募って歩いた習慣を意味する。ときには、偽の頭で金を稼ごうとして、嘲笑の対象となった者もいたことによる。

（5）「鵞鳥の口を借りて喋る」hablar por boca de ganso とは、「他人の指示のままに言葉を繰り返す、人の話を受売りする」の意味があるスペイン語の熟語。その熟語に引っ掛けた文章である。この人物の喋る言葉を教え込んでいるのは、すぐ後に表されたように鼻を泥のなかに突っ込んで、いろいろ呟いて話を吹き込む豚である。

（6）オウィディウスの『変身物語』第十一巻の記述によれば、アポロンの竪琴とパンの葦笛の腕比べに際して、ミダス王はパンに味方をした結果、アポロンによってその耳が鈍感であるとして処罰を受け、ロバの耳を身につけることになったこと。「アポロンは、この鈍感な耳が人間なみの形をしていることに我慢がならないで、これを引きのばして、一面に白っぽい毛を生やさせた。……耳だけが処罰を蒙《こうむ》り、歩みののろい驢馬のそれを身につけることになったのだ」（中村善也訳）

（7）フクロウの眼は暗闇でも見え、モグラの眼は退化していてほとんど何も見えない。

（8）グラシアンが本書を執筆中に、カタルーニャ地方がフェリペ四世に対して反乱を起こした。数度にわたる激しい攻防戦の末、一六五二年にバルセロナはフェリペ四世が派遣したファン・ホセ・デ・アウストリアが指揮するスペイン軍の前に陥落する。

（9）フランスにおける戦いとは、おそらくフロンドの乱（一六四八–一六五三）のことであろう。宰相マザラン枢機卿に対し不満を抱いた伝統的貴族たちが起こした内乱。

（10）ピコロミーニ Octavio Piccolomini（一五九九–一六五六）は、イタリア出身の軍人。スペイン軍で戦い、数々の戦功を挙げた。第二部第二考に既注あり（七四四頁）。

(11) フエンサルダーニャ伯は、十七世紀中ごろのフランドル戦役で活躍した軍人。トゥタビーラ Francisco Tutavila（一六〇四–一六七九）は、タラゴナの軍司令官として、カタルーニャでの戦いに参加。

(12) 居酒屋などでは、入り口に木の枝の束を吊るして、酒を提供する場所の目印とする習慣があった。

(13) 一五二〇年にセゴビアの剪毛職人アントニオ・カサド Antonio Casado が中心となり、コムニダーデスの反乱を起こし、カルロス一世の政治を揺るがす騒乱に発展したこと。

(14) バレンシアの職人とは羊毛の起毛職人フアン・ロレンソ Juan Lorenzo のこと。一五一八年ヘルマニアスの乱の首謀者。バレンシアの同業組合を指揮して、農民一揆を指導し知事らを追放し、一時自治体制をつくった。バルセロナの「刈入れ人夫の反乱」（「収穫人戦争」とも）とは、一六四〇年七月バルセロナへ乱入した刈入れ人夫たちの集団が、副王やカスティーリャ人たちを殺戮した事件。「ナポリのあの肉屋」とは、一六四七年十月、スペイン人のナポリ副王の支配に反対し、《マザニエッロ一揆》を起こした人物であるMasaniello（本名 Tommaso Aniello）のこと。本当は肉屋ではなく、魚屋であったとされる。

(15) さまざまな反乱の指導者は、もともと場末の酒場で酒をあおっていたような無教養な者ばかりで、ろくでない死に方しかできなかった、との意味のセリフ。

(16) 原文では柑橘水は agua de azar となっているが、両義語で「ちょっとした不運の水」の意味にもなる。人間の器が小さいと、ちょっとした不運（ここでは、酸っぱさ）に過剰に反応し、悩む癖がある人を皮肉っている。

(17) 黄金時代とは平和な暮らしを享受した古代のこと。既注あり（七四三頁）。

(18) セネカ『倫理書簡集』（九七の一）に同様の指摘あり。「君は間違っている、わがルーキーリウスよ、もしも君が、贅沢や良俗の軽視やその他の、人それぞれが各々自分の時代に対して非難している悪徳は私たちの世代に特有のものだと考えているなら。それらは人間の欠陥であって、時代の欠陥ではない。非難の余地のない時代などない」（大芝芳宏訳）

(19) インファンタド公爵イニゴ・ロペス・デ・メンドサ卿の邸宅のこと。一五二五年のパヴィアの戦いで、当時のスペイン王カルロス一世の捕虜となっていたフランス王フランソワ一世が留め置かれていた宮殿。

(20) ビリェナ侯爵フアン・パチェコ卿 Juan Pacheco, Marqués de Villena（一四一九–一四七四）は、十五世紀中葉のカスティーリャ王国の政治で、エンリケ四世を支え、重要な役割を果たす。王位継承戦争で反イサベル側に与し敗北。

(21) ファドリケ・エンリケス Fadrique Enríquez（一四八五–一五三七）は、カトリック両王により大貴族に取り立てられる。

(22) ほかの屋敷にはこれほどだらしない人間がいないということで、間接的に他家の評判を上げる働きをしているという意味。

(23) ソト司令官、モンロイ、ペドロ・エステレスなどは、カタルーニャ戦争に際し、グラシアンがレリダ包囲作戦で直接知り合った勇敢な軍人たち。

(24) オニャテ伯爵（一六五八没）には第一部第七考に既注あり（七一五頁）。ナポリ副王、ミラン総督などを歴任。カラセナ侯爵（一六六八没）は十七世紀に活躍した軍人、外交官。

(25) 古来から大貴族の紋章には、大きな釜をふたつ並べた図が用いられていた。伝統ある旧家が没落し、その評判を落とさぬよう必死になる様子を、皮肉をこめてこんな形で表現している。

(26) 当時の医療では、床屋が外科や歯科の治療に当たるのがふつうだった状況を反映している。

(27) テティスはギリシャ神話の海の女神。ホメロス『イリアス』(第十八歌)に息子アキレウスを助けるために登場する。「豊かな水」を表すことから、酒の神ディオニュソス(バッコス)がワインを水で薄められ台無しにされることを嫌がっているとの意味。

(28) メルクリウスはヘルメスのローマ名。ケレスは農業、収穫の女神デメテルのローマ名。マルスは軍神アレスのローマ名。アスクレピオスはアポロンの息子で医術の父。

(29) 一三六五年にポルトガルのアルジュバロータの町で、スペインとの間で起こった戦いで、地元のパン焼き職人の女性がパン焼き釜用の長いスコップを武器に奮闘し、十五名のスペイン兵を殺したとされる言い伝えのこと。

(30) 『教訓撰集』Silva de varia lección は、カルロス一世の年代記作家ペドロ・メヒア Pedro Mejía の一五四〇年の作品。『万人のために』*Para Todos* は、劇作家ペレス・デ・モンタルバン Juan Pérez de Montalbán(一六〇二-一六三八)の作品。いずれも啓蒙的で簡易な内容の教養書。

(31) オステンデの戦いとは、一六〇四年フェリペ三世時代のオランダの町オステンデの包囲作戦のこと。アルバ公爵(一五〇七-一五八二)については、第二部第二考に既注あり(七四二頁)。フランドルのスペイン植民地支配における戦いで功績があったが、フェリペ二世とともに、被支配地フランドル地方の人々には《南国の悪魔》と称された。

(32) カスティーリャ王ペドロ一世のこと。後世の人たちによって《狂暴王》の渾名をつけられることになったから。

(33) グラシアン自身が、自著の『逸材論』*El Héroe* では primores「輝きの章」、『思慮分別論』*El Discreto* では realces「注目の章」という章名を使った。

(34) 粗野な田舎者とは、ギリシャ神話の笛吹きの名手マルシュアスのこと。山羊の足と角をもつ山野の神である彼は、竪琴を奏でるアポロンとの争いに敗れ、その罰として木にさかさまに縛られ、皮を骨からはぎ取られた。オウィディウス『変身物語』(第六巻、三八三~四〇〇)でくわしく語られている。

(35) ギリシャ神話のアテナイの王女ピロメラは、彼女を手込めにした義兄でトラキアの王であるテレウスへの報復をはかり、テレウスの妻である姉プロクネとともに残忍な復讐に出る。しかし最後には、この争いを目にした女神ヘスティアによって三人とも鳥に変えられ、ピロメラはナイチンゲールに姿を変えた。オウィディウス『変身物語』(第六巻、四四六~六四七)で語られている物語。

(36) ヨルダン川で水を浴びると若返るという言い伝えによる。シリアの総司令官ナアマンがエリゼオによって、らい病から清められるくだりが、『旧約聖書』などに見られる。「列王記下」には、「そこでナアマンに下って行き、神の人が命じたようにヨルダン川に七度身を浸した。彼の体は元に戻り、幼子の体のようになり、彼は清くなった」(五の一四)とある。

(37) 当時一般に流布した俗説に、ファン・デ・パラシエンプレ Juan de Para Siempre(「永遠に神に守られた男ファン」の意味)という名の男がいて、お人好しで何百年という寿命を保ち、金が要るときはいつでも財布に硬貨が湧き出るとされた。

(38) 商人たちが死に目に会うと、それまで必死で溜めこんできた財産など何の役にも立たず、すべて無に帰してしまうことから、小妖精たちの物笑いの対象となった、の意。

(39) サラマンカとトレドにある洞穴には、黄金が埋蔵されているとの伝説があった。セルバンテスの幕間狂言『サラマンカの洞穴』や、ドン・フアン・マヌエルの物語集『ルカノール伯爵』などの文学作品によっても知られる。

(40) 一六三一年マドリードの大広場 Plaza Mayor で闘牛を開催中に、出火騒ぎで五万人の観衆が大混乱に陥り、多くの死者を出した事件のこと。

第六考

(1) 《Ventura de la fea la bonita la desea.》はスペインのことわざ。「醜女のほうが美人よりえてして幸せにめぐまれるもの」の意味。

(2) ギリシャ神話の乙女アストラエアは、ユピテルとテミスの娘で正義の女神。地上から天に帰り、おとめ座となる。オウィディウス『変身物語』(第一巻、一五〇)では、墜落した地上に、神々のなかで最後まで残っていたアストラエアも地上を見捨てるさまが描かれている。

(3) ビリャエルモサ公爵は第一部第十三考に既注あり(七三六頁)。

(4) オルレアンス公爵 Duque de Orleáns(一六〇八-一六六〇)政治家、文化人。グラシアンとはラスタノサ氏の家で知り合ったらしい。第一部第十二考に既注あり(七三五頁)。スルタンとはムラト四世(一六一一-一六四〇)のこと。ペルシャ軍からバグダットを奪取、オスマン帝国を復興させた。

(5) 一六四三年から一六五二年まで軍事諮問会議の議長などを歴任した軍人。当時の軍部の有力者。

(6) サルジニアはスペイン本土からは遠く、アラゴンのハカ司教区はあまり重要なポストではないことによる。

(7) 鶏は臆病者の象徴。つまり勇気もない軍人たちが軍隊で高い地位を占め、世間の尊敬を集めているのを見るのは面白くなかった、という意味。また学生にとっては、大した教養もない獣みたいな人たちが社会の上部を占めていることが不本意であったとの意味。

(8) 語り手である筆者が、クリティーロとアンドレニオが実は親子であることを、ここではっきり表明している。これが二回目の表明であり、一回目は第一部第十二考でなされている。

(9) グラシアンと同時代の政治状況であることから、作者はすこし批判のトーンを落として、穏やかな調子をとっている。

(10) グラシアンと同時代のサラゴサ出身の聖職者だったディエゴ・アントニオ・フランセス Diego Antonio Francés(一六〇三-一六八二)師のこと。ダロカの首席司祭、サラゴサ大学総長、バルバストロの司教などを歴任。高額の寄付金、施し物を惜しげもなく提供することで当時知られた。

(11) 将軍ゴンサロ・デ・コルドバ Gonzalo de Córdoba は一五〇四年ナポリの副王職を解かれたあと、一五一五年の死まで不遇の日々を送ったこと。

(12) 一五二五年のパヴィアの役でスペイン軍の捕虜となり、一五二六年フランスに戻された。

(13) ブルボン朝初代のフランス王。一六一〇年狂信的なカトリック教徒ラバイセックにより暗殺された。

（14）メキシコの征服者エルナン・コルテスのこと。引退のあと過去の政敵を相手にしての裁判沙汰が多かった。

（15）ポルトガル王セバスティアンは、第一部第五考に既注あり（七二二頁）。

（16）東ローマ帝国の将軍（四九四‐五六五）。晩年は両目をえぐり取られ、物乞いをしたとする伝説がある。

（17）スペインの将軍（一五〇七‐一五八二）。フェリペ四世の意に反して、長男の結婚式を執り行ったことから一時スペインのウセダの村で蟄居を命じられた。

（18）スペイン艦隊の司令官、一六三九年死亡。砲撃を受け炎上する船上で焼死したとされる。

（19）フェリペ三世の子（一六〇九‐一六四一）、文人、政治家として活躍。のちにトレド大司教となる。

（20）バルタサール・カルロス皇太子はフェリペ四世の子。王位継承者として期待されながら、十七歳で死去。

（21）サラ博士 Diego Jerónimo Sala は、サラゴサ司教座聖堂つきの司教総代理。この第二部の出版に際して許可証に署名した高位聖職者。宮廷の侍従たちは黄金の鍵を持ち、王の部屋など少数の者しか近づけない場所に入ることができた。

（22）ドン・フアン・デ・アウストリアのこと。フェリペ二世の義弟、カルロス一世の庶子。有能な軍人、政治家であったが王位に就くことはできなかった。

（23）いわゆる「中庸の徳」のこと。ホラティウス『頌歌』（二の十）にある主題。

（24）「名誉侍従の鍵」llave capona とは、宮廷の下級名誉職を象徴するカギのこと。もともと capona は食べて太るだけの去勢若鶏の意味があるので、「そんなおいしいものでも、歯がないから食べられない」と洒落をとばしたのである。

（25）一級レベルの競走馬に求められるのは、早い走りとともに、すかさず停止できる能力とされた。

第七考

（1）太陽が顔を貸し与えてくれるとは、おそらく太陽を描く場合、しばしば人間の顔で表わされることが多いからであろう。ただし、なぜ星が目を貸し与えてくれるのか、グラシアンの発想は明らかでない。あるいはひょっとして、きらきらと輝き相手を見つめる人間の目が、星のイメージと重なるからかもしれない。

（2）アルチャートの『エンブレム集』（第一二一番）の「好機」In Occasionem では、その姿が、両足を車輪の上に乗せ、かかとには翼をもち、前頭部にのみ髪が生え、後頭部はまったくの禿げ頭として描かれている。

（3）ナバラ王はナバラ王フアン三世（フアン・デ・アルブレッド）のこと。一五一二年アラゴン王フェルナンド二世の侵攻を受けて敗退。ロデリックはゴート族最後の王。七一一年のグアダレテ河畔の戦いでイスラム軍に敗北。

（4）《ラ・ペレサ》la pereza は「ものぐさ」を表す名詞。この単語が女性名詞であることによる洒落。

（5）《エル・ソシエゴ》el sosiego は「落着き、平静」を表す単語。この単語が男性名詞であることによる洒落で応じている。

（6）『新約聖書』の「マタイによる福音書」の記述、「偽予言者に警戒しなさい。彼らは羊の衣をまとってあなた方の所に来るが、その正体は強欲な狼である」（七の一五）にならっての描写である。

(7) この場合、「親友」とは平気で友人の家に出入りする男のことで、こうして信用させておいて、その家の妻とよからぬ関係を結ぶ「間男、情夫」の意味がある。

(8) 『新約聖書』の「マタイによる福音書」の中の、「兵士たちはイエスを十字架につけると、くじを引いてその衣を分け、そこに座って見張りをしていた」(二七の三五)の一節による。

(9) 本文では「紐」ではなく「紐」cuerda だが、後の会話の流れを重視して、意訳をしてみた。

(10) 「毎日修道会に入り直す」とは、グラシアン特有の皮肉で、修道会に入会しても、ものにならず、入っては退会させられ、また入っては退会させられることを繰り返している、落ちこぼれの修道士のこと。

(11) ここでは、自分の所有物をもたず他人の家に入り込み、すべて神に捧げるためという口実で、物品を持ち出してゆく似非信心家について語ると同時に、そのような人物を泥棒になぞらえている。「一晩中眠らず休養もしない」とか、少し前の「音をたてないように裸足で歩く」とはそのことを暗に表している。

(12) 他人が着ている物にせよ、外套にせよ、持ってやるふりをして、隙あらば盗んでしまうことを意味している。

(13) 残された者たちが「泣く」のは、ひとつには人々が彼は慈悲深い人だと思い、彼が立ち去るのを残念がって泣く、ひとつには家庭内の物品をその男に盗まれて泣くという二重の意味をもたせた、グラシアン特有の皮肉っぽい表現である。

(14) ビルテリアは《美徳の女王》であり、イポクリンダは《偽善の女王》であるところから、それぞれの部下同士の争いでは当然イポクリンダの側のこの似非修道僧が勝つだろうとの、隠者の予測である。

(15) アラゴンの地が偽善者たちの死に場所によいという考えは、おそらく治安が行き届き、死刑が行使されず、人々は老年になるまでのんびり過ごせる、との評判によるものであろう。

(16) 実を言えば、常に飽食し酒を飲んでいるので、こんな状態になるということ。

(17) 聖マカリオス(三〇一-三九一)はエジプト出身のキリスト教隠遁者。砂漠の厳しい修行で知られる。

(18) リオハ地方のこの町 Santo Domingo de la Calzada には、聖ヤコブ巡礼道の道沿いに教会があり、その内部に鶏のつがいが飼われている。つまりこの軍人は聖ヤコブの名を叫んで勇敢に突撃するタイプの兵ではなく、臆病な鶏のような弱兵であることを暗示している。

(19) 九世紀の伝説的な英雄。ロンスボー(ロンセスバリェス)の谷でシャルルマーニュ軍を破る。第一部第十考に既注あり(七三〇頁)。

(20) 公平な正義を象徴する女神像は、ふつう天秤を手にしているのだが、ここではグラシアンによって天秤に代わって、鼻が動く像に変えられている。

(21) ロンキーリョ Rodrigo de Ronquillo(一五四五没)は、カスティーリャのコムニダーデスの乱で活躍した人物。公平無私の裁きで知られる。キニョネス Juan de Quiñones de Benavente(一六五〇?没)は、グラシアンと同時代の文筆家、マドリードの市長も務める。フェリペ四世の顧問官。

(22) ここまでは、人前では大仰に女性には全く関心がないふりをしながら、実は陰で情欲に溺れ、不倫の関係をもっているような偽善的な男たちへの皮肉となっている。

(23) リノ lino はスペイン語で「リネン、麻」、イラール hilar は「糸を紡ぐ」を意味する。そこで聖リノと聖イラリオに引っ掛けて、家に閉じ込められそんな手仕事ばかりやらされるよりは、アレクシス Alexis、つまり「遠くに a lejos」に出かけ、歌や踊りを楽しむ自由奔放な生活にあこがれる女性たちの本音を述べた、洒落の効いたせりふになっている。巡礼祭 romería は、町はずれの教会堂の聖人像崇拝をかねて、大勢で繰り出し、歌や踊りを楽しむ祭のこと。

(24) この当時の文学作品には、不身持の妻を利用して、わざと他の男と交渉をもたせ、大金を稼ぐ夫が描かれているが、これもその一例である。

(25) おそらく人に知られると不都合な男性関係を察知された女主人が、下女たちを咎めている様子であろう。

(26) 回りくどい表現だが、その女性は不身持な母親の不倫関係から生まれた娘であることを暗示している。

(27) こんどは不身持な娘の例。男女の肉体的な交わりにおける《天国》に卑猥な意味をこめた表現である。

(28) 片思いの娘たちは、食欲をなくしてしまい顔に生気がなくなり、土を食べるとの俗説が当時の社会にはあったことによる。

(29) スペイン語の「泥を食べる」comer barro という、埋葬された死者を意味する表現があることによる洒落。

(30) 黄色とは当然黄金のこと。財を蓄えるほど表情が明るく元気になることを意味している。

(31) 梅毒に効くとされた木。同様の注が第二部第三考（七七四頁）にある。ユソウボクはグアヤクとも言われる木で、西インド諸島や南アメリカ北部に自生。

第八考

(1) グラシアンのお得意のテーマであるジェノバの金融業者たちの抜け目なさについては、すでに第一部第八考や第十三考などで言及されている。

(2) イソップ寓話集（四三）で、役者の家に入り込んだ狐による、美しい仮面を見てのせりふである。またアルチャートの『エンブレム集』（一八八）の、「美貌より知性が勝る」Mentem, non formam, plus pollere の項の、狐の挿絵などに影響を受けている一節である。

(3) 両方の頬を使うとは、二股をかけることを意味しているのであろう。つまり、イスラム世界とキリスト教世界の間にあって、両者と巧みにつき合いながら国の繁栄をめざす、ベネチア人特有の抜け目のない生き方に言及しているものと思われる。また陸とも海ともいえないベネチア特有の立地条件をも意味しているのであろう。

(4) 両シチリア王国は、十二世紀以来シチリア島とナポリ地方によって構成されていた。

(5) 『新約聖書』の「フィリピの人々への手紙」にある、「彼らの行き着く所は滅びであり、彼らの神は自分たちの腹、その栄光は彼らの恥ずべきものです」（三の一九）への言及。

(6) この場合のアフリカは、アフリカ北岸のイスラム系住民や、一四九二年のスペインからの追放以来定住したユダヤ教徒のことを指す。

(7) 「骨を嚙ませる」とは、相手を犬になぞらえ、軽蔑の対象とみなしている。

(8) 八世紀初頭にはじまったイスラム軍に対する国土回復戦争

（レコンキスタ）に多忙を極めていたこと。イスラム軍のことを招かれざる客人としてユーモラスに表現している。

(9) フランスから他国へ流れる労働力については、たとえば清掃、動物小屋の管理、煙突掃除などの仕事に従事するため、フランス南西部のガスコーニュやベアルヌ地方の労働力が、スペインに盛んに流入していた。

(10) フランス王アンリ三世（一五八九）とアンリ四世（一六一〇）はそれぞれ暗殺された。

(11) フェリペ四世時代にスペインが支配する地方で起こった反乱（カタルーニャ地方、ネーデルランド地方など）に、手を貸したフランス軍に対する非難。

(12) アンタイオスはギリシャ神話に登場する巨人。地面に触れると力を得て、無敵の威力を発揮した。ここでは筆者は、この人物を現世に執着する物質主義の人間の象徴として用いている。

(13) ハルピュイアは女面鷲身の怪物。ヒュドラはヘラクレスが退治した七つの頭の蛇の怪物。

(14) ヘラクレスの柱とは、地中海から大西洋への出口にあたる、アフリカ側のセウタとイベリア半島南端のジブラルタルに、それぞれ建てられたとされる想像上の柱で、怪力のヘラクレスがそれを両手に摑んでアフリカとヨーロッパを隔てたとされる。またその柱は「世界の果て」としての意味も持っていたことから、この登場人物の嘆きは、それを越えてはるか世界の果てまで進むような勇者がいなくなった、との意味をもっている。

(15) ヘラクレス伝説によれば、彼の三番目の妻ディアネイラは夫に毒薬を塗り込めた衣服を送り、それを身につけたヘラクレスはその毒により死ぬ。

(16) ノルドリンゲンの戦い（一六三四）は、三十年戦争中、フェリペ四世の弟ドン・フェルナンドが率いる神聖ローマ皇帝軍がスウェーデン軍を破った戦い。

(17) ミラノの猛毒とは、一六三〇年にミラノを襲ったペストが、悪人たちがまき散らした猛毒の粉末によるものだと噂され、そう信じられたこと。

(18) さび菌は穀物類に被害をもたらす黄色い粉末状のカビのこと。

(19) 「アジア全体に……」は、アレクサンドロス大王が神託により東征を決意し、ペルシアに侵攻したあと、インドのパンジャブ地方まで遠征したことを意味している。「瓶から出る蒸気」とは、神託が告げられる際には、毒気を含んだ蒸気が部屋に充満したとの言い伝えによる。

(20) ステュクス川はギリシャ神話で冥府に流れているとされる川。現世から地獄への境界をなす。

(21) フリアエはローマ神話の復讐の女神、ギリシャ神話ではエリニュエス。アレークトー（止まない者）、ティーシポネー（殺戮の復讐者）、メガイラ（嫉妬する者）の三女神。パルカはローマ神話の運命の三女神。ギリシャ神話のモイラと同一視される。デキス（運命の糸を配る）、ノーナ（運命の糸を紡ぐ）、モルタ（運命を絶つ）の三女神。

(22) 慎重王はフェリペ二世のこと。父カルロス一世（カール五世）は半生を通じて、ヨーロッパ中を駆け巡り、戦争に明け暮れたこと。

(23) ネストルについては、第一部第十二考に既注あり（七三四頁）。『変身物語』では二百年生きたとしている人物。ドン・セバスティアン（一五五四－一五七八）はポルトガル王。モロッコのスルタン軍に対するアルカサルキビールの戦いで若くして戦死。死体が見つからなかった。

(24) 小キュロスは、紀元前四〇〇年ころのペルシアの王子。大王の兄に対して反乱を起こすが戦死。

(25) アラゴン王サンチョ・ラミレス(一〇四五―一〇九四)はウエスカ包囲作戦でイスラム軍により殺される。カスティーリャ王サンチョ二世(一〇三七―一〇七二)は、サモラの戦いで、ベリィド・ドルフォスにより暗殺される。

(26) スカンデルベグ(一四〇五―一四六八)は中世アルバニアの君主。第二部第二考に既注あり(七四三頁)。

(27) ペスカラ侯爵(一四八九―一五二五)スペイン出身のナポリ王国の軍人。

(28) ジャウメ王に関しては、第一部第十三考に既注あり(七三七頁)。

(29) フエンテス伯爵(一五二五―一六一〇)はスペインの将軍、フランドル地方の総督。しかしこの言葉は彼のものではなく、イスラム軍の名将アルマンソール(九三八―一〇〇二)の言葉とされている。

(30) ピピン三世(七一四―七六八)はカロリング朝の初代の王。カール大帝(シャルルマーニュ)の父。ルイ九世(一二一五―一二七〇)は、チュネス攻略作戦中にチフスで死去。

(31) ビロン男爵(一五二四―一五九二)は、フランスの軍人、元帥。ユグノー派の鎮圧に活躍。その子のビロン公爵(一五六二―一六〇二)も軍人、アンリ四世の右腕と言われた。

(32) 将軍ゴンサロ・フェルナンデス・デ・コルドバ(一四五三―一五一五)はカスティーリャ女王イサベル一世とアラゴン王フェルナンド二世に仕えた軍人。グラナダ戦役、ナポリ攻略などでの英雄的な働きで知られる。「最大の勇気は剣を抜かぬ勇気」の名言がある。

(33) スペインの将軍、フランドル戦線などで戦功を挙げ、カタルーニャ部隊の隊長としてフランス軍と戦った。不敗の将軍とはフランスの将軍アルクール伯爵のこと。一六四六年レリダの戦いでレガネス将軍率いるスペイン軍に敗北を喫した。

(34) 偉大王と呼ばれたのはペドロ三世(一二三九―一二八五)のこと。シチリア島をフランス軍から奪い、シチリア王ともなった。

(35) 剣術の練習用の剣のこと。鋳鉄製の鈍い色をしていて、先端は保護されていて相手を傷つけないようになっている。

(36) ヘロニモ・カランサ Jerónimo Carranza は、十六世紀後半の剣術の師範、理論家。ナルバエス Luis Pacheco de Narváez は、フェリペ四世の武術の師範。

(37) スペインのカルロス一世とフランス王フランソワ一世の間で繰り広げられた争いのことと思われる。

(38) ペドロ・ナバロ Pedro Navarro(一四六〇―一五二八)は羊飼いから出発して、カトリック両王時代に軍人として活躍した。ガルシア・デ・パレデス Diego García de Paredes(一四六六―一五三〇)は、レコンキスタの最終期から活躍、その後イタリア戦線でも勲功を挙げた。

(39) グラシアンのふざけ。《胡桃司令官》なる人物は実在せず、「胡桃を割るよりもっと騒がしい音をたてる」という慣用句を利用した洒落。

(40) マルクス・アントニウスの剣はクレオパトラが破壊したとされている。アウグストゥスとの争いを放棄して、自分の後を追うアントニウスに腹をたてたため。

(41) エルナン・コルテスは新世界の征服者。第二部第六考に既注あり（七五七頁）。

(42) 「三つの王冠を貫き通す」とは、フェリペ四世の庶子ファン・ホセ・デ・アウストリア Juan José de Austria（一六二九—一六七九）が、スペイン軍を率いてナポリとカタルーニャでは反乱軍を鎮圧、ポルトガルでは敗退したものの相手に甚大な被害を与えたことから、こう表現したのであろう。

(43) フェリペ四世の庶子ドン・ファン・デ・アウストリアのこと。

(44) 三叉の矛はギリシャ神話の海神ポセイドン（ローマ神話ではネプトゥーヌス）の持物とされる。

(45) アルブルケルケ公爵は、第一部第八考に既注あり（七二七頁）。軍人としてペルー、メキシコ、シチリアの各副王を歴任。父親は第七代の同公爵で、一六一六年から一六一八年の間、カタルーニャの副王および総司令官として善政を行った。

(46) ギリシャ神話の愛の神エロス（ローマ神話ではアモル、クピド）のこと。恋の名射手で、翼をもつ体で弓矢をもった少年として描かれることが多い。その弓が壊されているということは、つまり愛欲の誘惑をはねのけたことの象徴となっている。

(47) 貞潔王アルフォンソ二世 Alfonso el Casto（七五九—八四二）はレコンキスタ初期の英雄。アストゥリアスとレオンの王。王になる前は長年サモスの修道院にこもっていた経歴をもち、質素で穢れのない王との評判を得た。フェリペ三世（一五七八—一六二一）は、オランダの独立承認、五十万人のモリスコの追放、国庫の窮乏などにより、スペインの没落を早めたとされるが、個人的には信心深い王としての評判もあった。ルイ九世（聖ルイ）（一二一五—一二七〇）はカペー朝フランス国王。信仰篤い聖人として知られている。

(48) ガラスの器を見たアンドレニオは、酒を入れるグラスだと見抜いてのセリフである。

(49) ギリシャ神話で、魔女キルケがオデュッセウスの部下たちに毒入りの酒をふるまい、全員豚に変えてしまったこと。

(50) 「某老人」とは、要するに、酒の神バッカスのこと。

(51) エスクード escudo は、「盾」と「エスクード金貨、銀貨」の両義があり、言葉の洒落となっている。

(52) フェルディナンド二世（一五七八—一六三七）は、神聖ローマ帝国皇帝、第二部第二考に、既注あり（七四三頁）。グスタフ二世（一五九四—一六三二）はスウェーデン王。三十年戦争に参戦、新教勢力の中心となった。

(53) モルタラ侯爵はカタルーニャ副王、総司令官（一六五〇）などを歴任。その活躍によってカタルーニャ戦争を終わらせた。第一部第六考に既注あり（七二四頁）。

(54) リバゴルサ公爵（一四七〇—一五二〇）は、アロンソ・デ・アラゴン公のことで、アラゴン王ファン二世の庶子、軍人。義理の弟はカトリック王フェルナンド。カタルーニャおよびバレンシアの名統治者とされる。

(55) フランシスコ・ディアス・ピミエンタ Francisco Díaz Pimienta（一四九〇—一五二五）は、ペスカラ侯爵のこと。スペインの軍人として活躍し、パヴィアの戦い（一五二五）でフランス王フランソワ一世を捕虜にしたことで知られる。名前のピミエンタは「胡椒」の意味。

(56) 第七代インファンタド公爵の Rodrigo Díaz de Vivar のこと。第一部第八考に既注あり（七二七頁）。エル・シッドの子孫。ロレリダ包囲戦（一六四六）で、グラシアンと交友を結ぶ。

ーマ大使やシチリア副王を歴任。

(57) カラセナ侯爵 Luis Benavides de Carrillo は軍人として各地を転戦、フランドル騎馬隊司令官、ミラノおよびオランダの総督などを務める。第二部第五考に既注あり（七五四頁）。

(58) ペドロ三世（一二三九－一二八五）については、第一部第十一考と第二部第八考に既注あり（七三三頁、七六一頁）。「秘密はだれにも打ち明けぬ。たとえ自分自身に対してでも」と言ったとのエピソードがある。

(59) ローマ内戦（前四九－前四五）におけるカエサルとポンペイウスの間で繰り広げられた戦いについての言及。

(60) 伝説のモーロ王マンブリーノがもともと持っていたとされる黄金の兜。これを身につければ傷を負わぬとされ、十二世紀以降のヨーロッパ武勲詩では、架空の騎士ルノー・ド・モントーバンが手にすることになる。『ドン・キホーテ』前篇第二一章でも取りあげられ、ロバに乗って隣村へ仕事にゆく床屋が雨除けにかぶったひげそり用の受け皿を、ドン・キホーテがてっきりその兜であると思い込み、奪いとる場面がよく知られている。

(61) フェリペ・デ・シルバは老齢で痛風に悩まされながらも、カタルーニャ戦争で活躍した軍人。第二部第二考に既注あり（七四四頁）。

(62) ド・ラ・モット元帥（一六〇五－一六五七）は、フランスの軍人。フェリペ四世に反乱を起こしたカタルーニャを支援したフランス軍の指揮にあたった。

(63) スピノラ将軍（一五六九－一六三〇）はベラスケスの名画『ブレダ攻略』に描かれて有名。第一部第十一考に既注あり（七三三頁）。

(64) このエピソードについては、すでに第一部第十一考本文に記述されている（一七三頁）。

(65) スペインやイタリアのトランプのカードは、伝統的に「剣」「カップ」「貨幣」「棍棒」の四種類の札に分かれている。

(66) おそらくグラシアンの個人的な友人の名前。詳細は不明。

(67) 「最高の稼ぎを手にする」とは、トランプに描かれた四種類の札が表す強力な敵に打ち勝つという意味に、トランプによる賭けで大金を稼ぐという意味をひっかけて洒落た表現とする狙いが、おそらくグラシアンにはあったのであろう。

(68) マルガリータ・デ・ラ・クルス尼 Sor Margarita de la Cruz（一五六七－一六三三）は神聖ローマ帝国皇帝マキシミリアン二世の娘。フェリペ二世の求愛を断り、フランシスコ会の修道女の道をえらんだ。ドロテア尼 Sor Dorotea Ana de Austria は神聖ローマ帝国皇帝ルドルフ二世の娘。世俗の生活を捨て、フランシスコ会の修道女として生きた。

(69) トマス・モア（一四七八－一五三五）はイギリスルネサンス期の思想家、『ユートピア』で知られる。イングランド王ヘンリー八世に仕えたが、カトリックの棄教を拒み、死刑に処せられた。メアリー・スチュアート（一五四二－一五八七）はスコットランド女王。イングランド女王エリザベス一世によって処刑された。

第九考

(1) 一バーラは約八十四センチの長さ。

(2) サテュロスは、ギリシャ神話で山羊の足と角をもつ山野の神。酒と女を好む。ローマ神話では、牧神ファウヌス。

(3) ギリシャ神話で、アリアドネが愛するテセウスに、その糸を手繰ってクレタの迷宮から抜けだすよう手渡す糸玉のこと。第一部第十一考に既注あり（七三二頁）。

（4）弁護士の耳とは悪事を聞き馴れた耳、検事の舌とは口から出まかせの嘘の告発や非難をする口、公証人の手とは他人の金を巻上げる長い手のこと、執達吏の足とは悪人がいるところならどこでもすぐに駆けつける足のこと。

（5）『新約聖書』の「マタイによる福音書」の中の、「また、あなたを訴えて下着を取り上げようとする者には、上着をも取らせなさい」（五の四〇）の一節を意識したせりふ。

（6）バシリスクは、ひと睨みで相手を殺すとされる怪獣。通常へビやトカゲの形で表される。既注あり（七二〇頁）。

（7）《緑の調査簿》libro verdeとは、十五世紀末からアラゴン地方に出回っていた身辺調査記録本のこと。主にユダヤ教からの改宗者など、当時反社会的分子とみなされた人々の個人情報を記録したもの。グラシアンの著作『処世の智恵』*Oráculo manual y arte de prudencia* 二二五項にも同様の言及あり。

（8）このあたりは相手を挑発するための、さまざまな行為を例示していて、とくに帽子を相手に投げつける所作は、当時は相手を決闘に誘い込む意思表示であった。

（9）当時は一般大衆には、カメレオンは何も食べず、ただ空気だけを吸って生きているという話が信じられていた。

（10）死ぬ前の医者代や葬儀の教会への礼金を払わずに済むこと。

（11）当時の寵臣による政治体制を批判しているのであろう。

（12）つまらぬことに多大の金を払っている、当時の政治に対する批判であろう。

（13）金持ちなら、地位など金で買えばいいのに、わざわざ真正面から実力試験に挑むことなど馬鹿げている、との皮肉。

（14）幸運をさらにかさ上げしてくれるように、細工すること。

（15）幸運の女神や好機はすぐに逃げるものだから、前髪をしっかりつかんで手を離すな、とは、古くからの言い回しだが、ここでは「うなじ」だから、摑みどころがなく、まったく無駄な努力になってしまう。

（16）いい商品をもちながら、それを売ろうともしない愚か者のこと。

（17）おそらく、身代りにさせて刑を逃れた男が本当の罪人であり、だれからも嫌われたということであろう。

（18）訴訟に負けてしまい、本来自分の持ち物であるのに、金を払って手に入れている愚か者のこと。

（19）つまりサタンのこと。

（20）獲物を狙う鳥が急降下してきて、獲物を摑んだ後急速に上昇していく様をイメージしている。

（21）ここからは、人間を支配する三大悪として、まず《肉欲》についての描写を始める。

（22）セイレンはギリシャ神話に登場する、上半身が女で下半身が鳥の怪物。美しい歌声で船乗りたちを誘い、舟を難破させる。

（23）サタンは悪魔の王、統率者、地獄の長。かつては神に仕える御使いでありながら、堕落して悪魔となり、地獄の長となった。

（24）当時の俗説として、「エルサレムは天国の都、バビロニアは地獄の都」とする考えがあったことによる。

第十考

（1）エピキュロスは快楽主義者として知られる古代ギリシャ哲学者。ヘリオガバルスはローマ二十三代皇帝（二〇三―二二二）、放縦と奢侈と飽食の生活で知られる。

(2) 恋の女神ウェヌス（ギリシャ神話ではアフロディテ）が心を改めて、かまどの女神であり結婚の庇護者であるウェスタ（ギリシャ神話ではヘスティア）の所へ行くことになろう、という意味。

(3) 神がモーゼを通して与えたとする十戒の第六は「なんじ姦淫するなかれ」

(4) 第二部第七考で述べられている、通行人をすべて爪で引裂いてしまうというライオンのこと。実は《誘惑》を象徴する動物となっている。

(5) この部分は『旧約聖書』の「士師記」にある、サムソンが素手で退治したライオンの屍を調べてみると、その骨のなかに蜜蜂の巣と蜂蜜がみつかった、という話（一四の八）に準拠している。つまり見かけは恐ろしいが、実際にはまったくそれとは逆という例として挙げている。

(6) ファン・デ・アビラ Juan de Avila（一五〇〇–一五六八）のこと。スペインの神父、著述家。アンダルシアに住み、その説教と著作を通して、すぐれた宗教家としての名声を得た。

(7) 「悪徳はすべてを焼き尽す」El vicio abrasa という決まり文句に関連付けてのセリフであろう。

(8) 古代ペルシャから言い伝えられてきたベゾアールと呼ばれる石のことであろう。動物の内臓に作られ、毒を消す働きがあるとされた。

(9) それぞれの星が一つの音を出し、それが調和のとれた音楽を作り出すとする、ピュタゴラス派の言ういわゆる《天界の協和音》のこと。

(10) 「正義は大変結構、しかし我が家にだけはお断り」Justicia, mas no por mi casa. 正義が他人に行われるのは大歓迎だが、自分のこととなれば、ご遠慮ねがいたいもの、という凡人の身勝手な願いを皮肉った古くからある文句を前提にしたセリフ。

(11) やはり古い諺で《子供と狂人は本当のことを喋るもの》Los niños y los locos dicen las verdades による。

(12) 古い諺の《学識と善意は、半分か、あるいはそのまた半分》De sabiduría y bondad, la mitad de la mitad. による。相手が何かを誇張して言う時に、それに釘をさすための文句。

(13) 真の礼節とは、美徳を持つ人に対してなされるべきもの、との考えによる。

(14) これも古い諺の《名望はそれを与えてくれる人の中にあり》La honra está en quien la da. に準拠している。

(15) フランソワ一世の言葉とされる「もし忠誠の心が失われるなら、王の胸の中にそれを求めよ」による。

(16) 友人が遠くに離れてしまえば、疎遠になり、友情も希薄となるから。

(17) 《醜女の幸福は美女のあこがれ》Ventura de la fea la bonita la desea. による。既注あり（七五六頁）。

(18) 《自分に都合の悪い話を他人にばらされたくないなら、まず自分から黙り、他人の悪い噂などしてはならぬ》Callar y callemos, que todos por qué callar tenemos の意の諺による。第一部第十三考に既注あり（七三六頁）。

(19) 「自分の頭はご免蒙る」の意味。

(20) 物乞いが家々をまわることから。

(21) 古い諺の《名声を得たら、おとなしく引っ込んで寝るが一番》Cobra buena fama y échate a dormir. に準拠。

(22)《大胆に行動する者に、幸運は味方する》Al hombre osado la fortuna le da la mano. による。

(23) キケロの言葉とされる「命あるかぎり希望あり」。

(24) 修業のためにわざわざ断食などしなくても、食うや食わずの暮しをしている者は毎日それを実践できる、という皮肉たっぷりの返答である。

(25) 聖職者なら、たとえば《慈悲》や《神への愛》などの徳、副王ならたとえば《決断力》や《勇気》など、それぞれにふさわしい徳を何よりもまず身につけることが大切だということ。

(26)《貞節》の徳は、道徳の弛緩したこの時代にはどちらかといえば、あまり多くの例をみない徳とみなしているので、その徳を守っているだけで、高慢な人間になってしまうと考えるからである。当時の世相を皮肉ったグラシアンらしい一節。

(27) 教会が教えるいわゆる「主禱文」の一部。

(28) スペインの諺に、《控えめな話し方を、聖なる沈黙と呼ぶ》Al buen callar llaman santo（または Sancho）があり、思慮深い話し方を奨励する決まり文句となっている。

(29) 当時のスペイン演劇では、題材として聖人の生涯がよく取り上げられ、極悪非道の人間が、一転して聖人になるというドラマチックなストーリーに仕上げた作品が人気を呼んだことによる。つまりビルテリアの意味するところは、おだやかに段階を踏んで改心してゆくべきだ、ということ。

(30) 淫らな享楽にふけった者が、いったん真面目な暮らしに戻ったあとでも、すぐに再び元の生活に戻ってしまうことを、麝香猫が下腹部にある会《え》陰腺《いんせん》から特殊な香りの分泌液を出すことにたとえている。

第十一考

(1) 黄色は宗教裁判の被告が着せられる外套の色。赤色は枢機卿を象徴する色。あるいは、臆病者（黄色）から強烈な個性（赤色）への転換を意味する。

(2) ユダヤ教の安息日は土曜日、キリスト教の主日は日曜日であることから、ユダヤ教徒からキリスト教徒へ改宗することを意味するのであろう。

(3) 我々の地方の大司教とは、ファン・セブリアン修道士のこと。一六四四年サラゴサの大司教に任ぜられ、高徳の人物として有名だった。

(4) 昔からのキリスト教徒が、ユダヤ教などからの改宗者を蔑視した当時の風潮に対する批判。

(5) 毛玉ほどの障害物につまずいた大人物とは、おそらくモタ伯爵の名で呼ばれた、フランスの陸軍軍師フィリップ・ド・ラ・モット Philippe de La Mothe-Houdancourt（一六〇五―一六五七）のことであろう。Mothe の名はスペイン語ではモタ Mota と呼ばれたが、この単語 mota は「毛玉」を意味することからの、グラシアン特有の洒落となっている。モタ伯爵は、当時のフランス宰相マザランによってカタルーニャ戦争に起用されたが、失敗を重ねたことを皮肉っているものと推測される。

(6) スペイン語で王様は rey あるいは rei。これに r を加えると、reír、つまり「笑う、嘲笑する」の意味に変化することを利用した、グラシアンの洒落。

(7) ルイ Rui に n の字を足せば、ruin「卑劣・下劣な者」の意味になるから。

(8) 祖父母の四つの血筋とは、父方の両親と母方の両親のこと。

（9）この男の場合はおそらく、祖父母の家系のなかに、一つだけ貴族の血筋でないか、あるいは改宗者の血筋が混じっているため、貴族社会から排除されてしまった例であろう。

（10）針は仕立屋、錐は靴屋の仕事道具。当時の社会ではいずれの職業も下層の人々が従事する仕事とされ、貴族の先祖にその職業の者がいたことが明らかになったことを意味する。

（11）めんどりは、臆病者の象徴。つまり軍人でありながら、実は臆病者であったことがばれてしまったとの意味。

（12）宮廷医のことをスペイン語では、médico de cámara（直訳すれば、「宮中の医者」）と言うが、「宮廷、宮中」を意味するcámaraには、このほか排泄物、汚物の意味もあることから、この二つの意味に引っ掛けたグラシアン特有の洒落である。

（13）当時カタルーニャ人は商売や金儲けに長けていたことから、他の地方ではやっかみ半分に、彼らは頬も痩せこけるほど食べ物を節約して、金を貯めこんでいるとの偏見があった。それを踏まえたふざけた表現となっている。

（14）当時の奴隷には体に「S」の焼き印を押されていたことから。

（15）モモスはギリシャ神話で登場する非難と嘲りなどの小悪魔的な擬人神。

（16）高位聖職者など重要人物は、長衣を着て、裾を引きずって歩くことから。

（17）ペドロ・パブロ・サパタ Pedro Pablo Zapata は、本書の出版時のアラゴンの総督。その厳格な行政手腕には定評があった。

（18）ホメロス『オデュセイア』では、ペネロペは貞淑な妻の鑑として描かれ、夫のオデュッセウスの帰還を二十年以上待つ。ヘレネはゼウスとレダの娘。絶世の美女として登場し、多くの男たちを惑わす。

（19）リュクルゴスは紀元前十世紀前後に生きたとされるスパルタの立法学者。

（20）白昼に松明を手に「人間はおらぬか」と呼ばわったという、ギリシャの哲学者ディオゲネスのこと。第二部第五考冒頭部分に既注あり（七五三頁）。

第十二考

（1）スペイン語では人文学を Buenas Letras として、複数形で表していること。十八世紀以降は Bellas Letras に変わってゆく。

（2）サッソフェラート（一三一三―一三五七）については、第二部第三考に既注あり（七四六頁）。イタリアの法律学者。ウバルディ（一三二七―一四〇七）も既注あり（七四六頁）。

（3）ペドロ・ガルシアはアルカラ大学の医学教授、フェリペ三世の侍医。

（4）『旧約聖書』の「シラ書」の中の、「医者を、その職業柄、敬え。彼も主が造られたのである。医術はいと高き方から授かり、贈り物は王から授かる」（三八の一～二）への言及。

（5）数学 Matemáticas とは、コバルビアスの『カスティーリャ語宝典』（一六一一）の説明によると、当時の常識では、現代の「幾何学」「音楽学」「算数」「天文学」を広く包含する学術分野を指していた。

（6）東ローマ帝国皇帝ユスティニアヌス一世（四八三―五六五）が法学者たちに命じ編纂させた法典。以後のヨーロッパ法律学へ大きな影響を及ぼした。

（7）医聖ヒッポクラテスが書き残したとされる病気治療についての格言集のこと。

（8）ビベス Juan Luis Vives（一四九二―一五四〇）は、スペインルネサンス期の人文学者。『叡智への導き』『キリスト教女子教育論』などの著作がある。

（9）フェルディナンド三世（一六〇八―一六五七）は、グラシアンと同時代の神聖ローマ帝国皇帝。第二部第二考に既注あり（七四二頁）。

（10）「ノン・プルス・ウルトラ」Non Plus Ultra は、「これより先は何もない。これ以上進むべからず」を意味するラテン語の表現。ヘラクレスがジブラルタル海峡の岬とアフリカ側にそれぞれ立てたとされる二本の柱を目印に「世界の果て」を示すことばとなっていた。ただしこの記述では、神聖ローマ帝国とスペイン帝国を全世界を支える二本の柱として称えるセリフとなっている。ヘラクレスの柱については、七四八頁と七六〇頁の注を参照されたい。

（11）すでに第一部第十二考で明らかにされたように、彼らが探し求めるフェリシンダが住んでいるはずの都である。

（12）「他人の手に油を塗る」untar las manos には、本来の意味のほか、「金を握らせて便宜を得る、買収する」の意味があることからの言葉の洒落。

（13）イソップ寓話集の「狐とぶどう」は、腹を空かせた狐が、棚からぶら下がるブドウを見て取ろうとするが手が届かず、「まだ熟していないから」と負け惜しみを言って立ち去る物語である。

（14）カエサルがルビコン川を渡るに際して部下たちに発した言葉とされる。後世イタリアルネサンス期の軍人・政治家チェザレ・ボルジア（一四七五―一五〇七）がモットーとした。

（15）『ドン・キホーテ』後編・第四章の得業士サンソン・カラスコのせりふ。「職業は習慣を変えるもんだよ。だからお前さんも太守になったら、生んでくれたおっかさんにさえ知らん顔をすることだってありそうだぜ」（会田由訳）。

（16）ユステはスペイン南西部のヒエロニムス会の修道院、スペイン王カルロス一世（神聖ローマ帝国皇帝カール五世）の隠遁の場として知られる。聖ディオニシウスはパリ北部にある修道院、五、六世紀には巡礼の場となる。

（17）寛仁大度王とは、アラゴン王アルフォンソ五世（在位・一四一六―一四五八）のこと。第一部第六考冒頭に既注あり（七二二頁）。

（18）ポーランドでは、十五世紀中ごろから王は選挙によって決められていたことから。

（19）リオン湾は地中海北西部にあり、フランス南部の西はペルピニャンから東はマルセイユあたりまでに位置する湾。古来地中海を航行する船が嵐に襲われ、難破する事故が多発したことで知られる。

（20）後の注にあるように、フランス王ルイ十三世とその母マリー・ド・メディシスとのつながりを、いわゆるマザー・コンプレックスの例として揶揄しているものと思われる。

（21）キュベレはギリシャ神話の大地の女神。プリュギアの地で原始的な母系社会で崇められていた。

（22）フランス王ルイ十三世（一六〇一―一六四三）に対する批判がつづく。グラシアンとは同時代人であり、フランドルやカタルーニャでスペイン軍に対抗する勢力を指揮した。母のマリー・ド・メディシスや宰相リシュリューの言いなりになったとのイメージがある。

(23) 当時神聖ローマ帝国駐在スペイン大使であった、カステル・ロドリゴ侯爵のことであろう。この邸宅にフェリシンダが住んでいるはずと想像したのである。

第十三考

(1) プラサ隊長は、カタルーニャ戦争で活躍した軍人。ペポは当時のなにかの童話の巨人の登場人物であろう。

(2) アフリカの主人とは、北アフリカの地中海沿岸のイスラム圏の権力者たちのこと。

(3) ベルベル人は、北アフリカのモロッコ、アルジェリア、チュニジアなどの先住民。

(4) グラシアン特有の逆説的な表現。実はこの怪物は、優れた人物のみを標的にして襲ってくる〈羨望〉あるいは〈やっかみ〉のことで、この怪物に襲われることは不幸だが、優れた人物になれたことは幸せであるとの意味。

(5) 人類の歴史上初めて〈羨望〉によって殺されたのは、カインの手にかかって殺されたアベルである。『旧約聖書』の「創世記」で語られる、カインとアベルの物語。

(6) トレクソ Torrecuso（一五九〇―一六五三）はカタルーニャ戦争に参加した将軍、第一部第十一考に既注あり（七三二頁）。カンテルミ Andrés Cantelmi（一五九八―一六四五）は、ナポリ生まれの軍人。スペイン軍の将軍となり、フェリペ四世の命を受け、カタルーニャ副王と総司令官を務めた。フェリア公爵 Duque de Feria（一五八七―一六三四）は、フェリペ三世時代の軍人、外交官。第三部第五考にも注あり（七七八頁）。

(7) イギリス人の体型の優美さについては、第一部第八考の最終部分参照。

(8) 原文では、狂人は amente、恋人は amante であることによる言葉の洒落。

(9) 酒好きとの評判があるドイツ人だから、大量の赤のワインが血に混じっているはずとのセリフ。

(10) カトリックの教義によれば、リンボ（古聖所）は、未受洗の子供の魂が死んだときに送られる場所とされる。地獄であっても、地上にもっとも近い場所とされるところから、「地獄の入口、地獄の一丁目」などの意訳が可能だろう。七四八頁に既注あり。

(11) 楽園の禁断のリンゴを食べたアダムのこと。

(12) ゴンゴラの詩『アンへリーカとメドロ』の恋物語の男性の主人公。

(13) クロイソスは紀元前六世紀頃の、現在のトルコのアナトリア半島で栄えたリュディア王国の最後の王。《大富豪》と同義。

(14) これまで「万人の大獄」で登場した国々のうち、スペインを除く仏・英・独・伊の四か国のこと。

(15) 子供がまだ身につけていないものとは、《分別・常識》のこと。わざと読者に考えさせるグラシアン特有の表現方法である。

(16) 当時トレドにあった有名な精神科の病院のこと。

(17) アリオストの『狂えるオルランド』（一五一六）の登場人物アストルフォがもつ角笛は、それを吹き鳴らせば相手を倒すことができる魔力をもつ。

第三部

献呈の辞

（1）マルティン・フランセス・デ・ウリティゴイティ Martín Francés de Urritigoyti はロレンソ・フランセス主任司祭の父。長男のパブロが家督を継ぎ、モンテビラ男爵の称号を得た。

（2）「あの傑出した女性」とは、マルティン・フランセス氏の妻、ペトロニーラ・デ・レルマ・イ・デ・サラ Petronila de Lerma y de Sala のこと。

（3）このローマの女性は、コルネリア・アフリカ Cornelia Africa（前一八九？–前一一〇？）のこと。スキピオの娘であり、グラックス兄弟（共和政ローマの政治家ティベリウスやガイウスなど）の母。きれいな装身具を見せびらかすある婦人に対して、息子たちを指し示しながら「ここに私の装身具あり」と言ったとされる。『プルタルコス英雄伝』のティベリウス・グラックスとガイウスの章に「コルネリアは子供の教育と家産の管理を一手に引き受けて、貞淑でしかも子供を可愛がり、毅然とした生活をした……」（村川堅太郎訳）とある。

（4）ディエゴ・フランセス・デ・ウリティゴイティ Diego Francés de Urritigoyti（一六〇三–一六八二）は、バルバストロ、テルエル、タラソナの各司教を歴任した聖職者。

（5）バルプエスタの司祭長とは、ファン・バウティスタ・フランセス・デ・ウリティゴイティ Juan Bautista Francés de Urritigoyti のこと。

（6）サラゴサの司教座聖堂助祭とは、ミゲル・アントニオ・フランセス・デ・ウリティゴイティ Miguel Antonio Francés de Urritigoyti（？–一六七〇）のこと。

本書をお読み下さる皆様へ

（7）第一部と第二部では、内容を要約する形で本文両脇の余白に何らかの見出しを表示しているが、第三部ではそれを行わず、まったくの余白としていることに言及している。しかし、作者が第三部でそれを省略した実際の理由は、おそらく読者の注意を散漫にさせる働きしかないことに気づいたからであろう。なお本書では第一部、第二部の翻訳にあたっては、読者の煩雑さを考慮して、その見出しの表示を省略した。

（8）ホラティウス『詩論　ピソー父子宛』第二三行目（鈴木一郎訳）。

（9）アンドレ・ティラケオ André Tiraqueau（一四八八–一五五八）はフランスの法律学者、政治家。多作家として知られ、三十冊以上の大部の著作を出版したとされる。フランソワ・ラブレーの擁護者としても知られる。

第一考

（1）スペインの格言の《指南役のいない過ちはなく、権威の箔がついていない愚行もない》No hay error sin autor, ni necedad sin autoridad. を意識した文と思われる。

（2）人類最初の人間とは、『旧約聖書』の「創世記」に登場するアダムのこと。

（3）スペイン語の verde「緑」が、ときには「旺盛な色欲」を表す。したがって「賑やかに生い茂っていた緑の葉が散り、毒性を帯びて人を死に至らせる」とは、おそらく若い時代の旺盛な色欲をそのまま維持した老人が、その欲望の追求に励んだ結果、無理がたたって命を落としてしまうことを意味するのであろう。当時の世相の一端を表す、グラシアンによる意地の悪い指摘である。

(4) オレンジの葉は、常緑を保ち活力に富むことから、健康体を象徴する。この老婆は本章の終わりに近い部分に登場し、自分は孫みたいに若い、と意地を張る女と同じ人物と思われる。

(5) カスティーリャの一里は約五・五キロ、カタルーニャ地方のそれは約六・五キロで、一割ほど長かった。

(6) アンリ三世が、カトリックとプロテスタントの激しい対立に巻き込まれ、数次にわたるユグノー戦争で不手際な処置を行ったことへの言及と思われる。

(7) グラシアンの時代の「誰もが知る大人物」とは、フェリペ四世の寵臣オリバーレス伯公爵のことと思われる。

(8) ヤヌスについは、第一部第六考に既注あり(七二三頁)。ローマ神話の出入口と扉の神、前後二つの顔をもつ。

(9) 善人ファン《お人好し》についてては、第二部第五考のファン・デ・パラシエンプレについての説明を参照(七五五頁)。

(10) 「幸運の女神の前髪を摑まえる」についてては、既注あり(七六四頁)。

(11) 周辺には誰もいないはずの場面で、この見目麗しい女の突然の登場とその叫び声は、ストーリーの進行上かなり不自然に思われる。おそらく老年期を経ず、若さと美貌を保ったまま死んでしまいたいとの、美人たちの共通の願いを表現した部分であろうが、ここに挿入してしまったのは出版元の何らかの手違いによるものと思われる。

(12) 『イソップ寓話集』のなかの「人間とサテュロス」(シャンブリ版第六〇番)の寓話。凍えた手に息を吹きかけて暖を取り、温かい料理に息を吹きかけて冷ます人間を見たサテュロスが、同じ口から熱いものと冷たいものを吐き出す者などと、真摯な友情は結べないと嘆いたという話である。

(13) この死刑執行官とは、人間を死に至らしめる〈年齢〉のことである。

(14) 内臓の結石に悩む老人や歯の抜けた老人たちのこと。

(15) サパタ Antonio Zapata de Mendoza(一五五〇―一六三五)は、ブルゴスの大司教、トレドの枢機卿。多くの歴史書を残している。第二部第二考冒頭に既注あり(七四一頁)。

(16) アルバ公爵 Duque de Alba(一五〇七―一五八二)については、第二部第二考に既注あり(七四二頁)。

(17) カルロス一世には持病の痛風があったが、その持病用の繃帯をして我慢した、とのグラシアンのふざけ。

(18) レイバ Antonio de Leiva(一四八〇―一五三六)は、カルロス一世時代の将軍。痛風を病み、籠に乗って戦場で指揮を執ったと言われる。

(19) この諺の原文は、Si quieres vivir sano, hazte viejo temprano. 真意は「楽を避け、体の無理をせず、すべてに中庸を心掛けよ」の意味である。

(20) 老人には、大食と転倒が一番の死因となることを暗示している。「年寄りは、転ぶか食べ過ぎで命を落とすもの」Los viejos se mueren de tozolón o de hartazón. という諺もある。

(21) エクレオは車輪をつけた拷問具、ポトロは鞍馬型の拷問具、カタスタは手足を縛りつけるためのx字型の拷問具。

(22) スペインでは伝統的に火曜日が、不吉で不運な日であるとする迷信があったことから。

(23) フランス人には美食家が多く、スペイン人には頑固な慎重居士、イタリア人には舞踏のフットワークが敏捷な者が、それぞれ多いとされていたことによる。

(24) ナルシスはギリシャ神話で、水面に映る自分の姿をほれぼれと眺めた自惚れの強い若者。アドニスは同じくギリシャ神話で、眉目秀麗の青年として登場。

(25) フローラはローマ神話に登場する、花、春、豊穣を司る女神。

(26) マルティアリス（四十?―一〇四?）は、ローマの詩人。当時の社会や人物を風刺的に描いた『エピグラム集』で知られる。

(27) 昼間はカラスのような黒いかつらをかぶり若者ぶっていた男が、夜になってそれを脱ぐと白鳥のような白髪が現れることを風刺している。

(28) おそらくイエズス会の教団内で辛酸を嘗めた作者の愚痴であろう。

(29) 髪も歯も失ない、それぞれかつらと入歯になっているので、それなりの金がかかっている、という皮肉。

(30) 薄布の拷問は大酒呑みたちが対象、シーツのそれは大食漢が対象。

(31) シスネロス枢機卿のこと。一五〇六年のフェリペ美男王の死後、および一五一六年カトリック王フェルナンドの死後に、老齢にもかかわらず摂政の位に就き、高い人格と優れた手腕でスペイン君主制の危機を救った人物として知られる。

(32) フェリペ・デ・シルバについては、第二部第二考に既注あり（七四四頁）。カタルーニャの戦いで活躍したポルトガル出身の軍人。老齢で痛風に悩まされながら、一六四四年死去するまで軍の指揮を執った。

(33) ラ・モット将軍（一六〇五―一六五七）は、フランスの将軍、カタルーニャの戦いではスペイン軍と対峙した。第二部第十一考に既注あり（七六六頁）。

(34) 老王はスペイン王カルロス一世（神聖ローマ帝国皇帝カール五世）のこと。一五五六年の退位後も大きな影響を持ちつづけた。痛風に悩み両手の指も曲がったままだったと言われる。

(35) 盲目のアラゴン王とは、フアン二世のこと。老いて視力を失ってもなお、カタルーニャの反乱を制圧し、さらにはルションとサルディニアの領有をめぐって、フランスのルイ十一世と戦わねばならなかった。

(36) フランス王ルイ十四世のこと。一六五七年に十九歳で王位についた。

第二考

(1) プラトン『パイドン』（三「霊魂不滅の証明」九二・B）「魂を合成すべき構成要素が存在するよりも以前に、合成された調和としての魂が存在していた……」（岩田靖夫訳）の一節に準拠している。

(2) イングランド王ジェームス一世（一五六六―一六二五）は、英国国教主義を取り、ピューリタンと旧教徒の双方を弾圧し、ピューリタン革命の遠因をつくった。スコットランド女王メアリー・スチュアート（一五四二―一五八七）は、エリザベス一世に十九年間幽閉され、処刑された。

(3) 老齢になれば、年齢を少々若く言うことは許されるし、若い時分に人の尊敬を得るために、年齢を少し多い目に言ったことも大目に見てもらえる、の意味。

(4) 「墓地を散策する」とは、死んで墓場に入ることを意味するのであろう。若さと活力を備えた女性のお相手をすることによって、二人そろって命を縮める羽目になる老人のことを、

(5) 皮肉を交えて批判している。
(6) 《笑う人》デモクリトス（前四六〇?―前三七〇?）および《暗い人》ヘラクレイトス（前五〇〇年ころ）については、第二部第二考に既注あり（七四二頁）。
(7) あとで明らかになるように、これは居酒屋のことである。
(8) piacere はイタリア語で「楽しみ、喜び」の意。
(9) ここでは、スペイン式トランプの、聖杯が「酒」を、剣が「戦争」の二重の意味をもっていることは明らかである。
(10) フェリペ四世時代の宮廷音楽家、バイオリニスト、指揮者。
(11) エリュシオンの野はギリシャ神話で、神に祝福された者が住むところ。
(12) ヘリコン山はギリシャ神話では、ここに住むムーサ（霊感の精霊）が、詩の霊感を与えたとされる。また詩人たちは、ヒッポクレーネの泉の水を飲み、詩的霊感を得たとされる。
(13) 「流動金」とは、錬金術師が発明したとされる妙薬。金でありながら人体に注入すると血管により運ばれて、さまざまな病気の治癒に役立つとされた。
(14) 「もっとも陰気な男」とは、おそらく慎重王フェリペ二世のことであろう。
(15) イタリア語の rallegra cuore は、文字通り「心を楽しくさせる」の意味。
(16) 酒が原因で家庭を破滅させてしまうことが多いこと。
(17) 公爵はフェリペ四世の寵臣オリバーレス伯公爵の娘婿。十七世紀前半のスペイン政界で権勢を誇った。
(18) オオカミと女狐とは、それぞれ酔っ払いと娼婦のこと。
(19) メスエは九世紀のアラブ世界の名医。著述家としても知られる。当時の医学では、いずれも心臓病に効果があるとされた。
(20) ロメラ・ナバロ教授によれば、フライ・ルイス・デ・グラナダ Fray Luis de Granada の著作『信仰要諦』*Introducción del símbolo de la fe* の中で、人間には「植物的生命」vida vegetativa、「感覚的生命」vida sensitiva、「理性的生命」vida racional の三つがあると述べていることへの言及ではないかとしている。アンドレニオには、そのうちの「理性的生命」が失われてしまったと言っているのである。
(21) 「世界の主ではあったが、酒がその人の主であった」とは、アレクサンドロス大王のこと。
(22) 殺されたのはアレクサンドロス大王の側近、友人であったクレイトス。酒宴の席でアレクサンドロス大王に槍で殺される。
(23) 姉のランケは大王の乳母であった。
(24) この人物は、英国王ヘンリー八世のこと。
(25) 美しく整った庭園に似た美人顔よりも、酒を呑み愉快に過ごす表情を連想させる顔だった、の意。
(26) 秋の装いでルビーの冠をつけているのは、ワインである。その原材料ブドウの収穫が秋であることから。
(27) 古くから棕櫚は聖なる木とされ、力の勝利のシンボルである。キリストがエルサレムに入ったとき、その枝を持って人々が迎えた。またローマ神話の酒神バッカスのもつ笏はブドウの葉で飾られた形で描かれるのが習わしとなっている。
(28) カタルーニャ地方の戦いでスペイン軍に包囲され、敗走していくフランス兵たちに言及しているものと思われる。
(29) ハルピュイアはギリシャ神話の女面鳥身の怪物、顔から胸までは人間の女性、翼と下半身が鳥。
(30) ミノタウルスは半身人間、半身牡牛の怪物。スピンクス（スフィンクス）は、乙女の顔と蛇の尾をもち、翼のある獅子に似た怪物。テーバイを荒らし、道端で通りかかる旅人に謎をかけ、答えられない者を餌食にした。

(29) フリアイは地獄の三人の魔女。エリニュエス、フリアエとも。

(30) スキュラとカリュブディスについては、第一部第七考に既注あり（七三一頁）。

(31) サテュロスは山羊の足と角をもつ山野の神、自然の精霊たちのこと。ファウヌスはローマ神話の森の精霊たちで、上半身は人間、下半身は山羊。牧神とも呼ばれる。

(32) キュクロプスはギリシャ神話の人物。『オデュッセイア』では、旅人を食べる粗暴な怪物として登場する。

第三考

(1) 医聖と呼ばれる古代ギリシャの医学者ヒポクラテスの言葉とされる。

(2) 前考の最終場面でクリティーロに近づいてきた謎の怪物の話の続きである。

(3) キマイラはギリシャ神話に登場する怪物。キメラとも。頭と胴がライオンで、胴体のうえに山羊の頭をもち、尾は毒蛇または竜で火を吐く。

(4) クロイソスは前六世紀のリュディア王国の最後の王で、大金持ちとして知られる。イロスは『オデュッセウス』第十八歌に登場する人物で、イタケの町で強欲で知られる乞食。オデュッセウスに喧嘩を吹きかけたため懲らしめを受ける。

(5) 寵臣オリバーレス伯公爵の政治に対する批判。

(6) スペインの諺「壁に耳あり」Las paredes oyen. のひねり。人の話に抜かりなく聞き耳を立てる陰険な政治家や宮廷人たちへの、作者グラシアンの批判を代言したセリフである。

(7) 当時の弁護士や公証人が、書類一枚書くのに多額の謝礼金を要求していたことへの皮肉。

(8) 権力者の庇護を受けて守られた背中の方が、自分の実力を蓄えた胸よりはるかに強力である、の意味。

(9) 《落ち度がある者とは、もともと意志薄弱の徒である》Quien tiene yerro, no tiene aceros. の格言に見られる、yerro「過失」とaceros「やる気」の間の音の類似性を利用した言葉の洒落を、こう訳してみた。

(10) 官位の低い者は業績をあげても、実力もない高位の者が表彰されてしまうことの嘆き。

(11) フランス病（Mal francés）とは梅毒のこと。

(12) ウナギの切り身をワインに浸すと、酒嫌いになるという俗説があったことによる。

(13) 身体的欠陥と性格的欠陥を結びつける考えは、すでに第一部第九考の本文で述べられているが（一一五頁）、ここでも繰り返されている。

(14) 当初マドリードで市立の監獄として建てられたが、一六三八年にはその一部が慈善病院として改装されたこと。

(15) 権力者に媚を売り、良き友人らしくふるまう連中とそれに騙される人物への批判である。

(16) メトシェラは『旧約聖書』の「創世記」（五の二一～二七）に登場する人物。九六九歳で亡くなったとされる。

(17) 梅毒の特効薬。第二部第七考に既注あり（七五九頁）。

(18) Germania（ゲルマニア）とスペイン語のgerminar「生み出す、つくり出す」を無理やりくっつけた作者の苦しい洒落であり、何ら言語学的な裏付けをもたない。

(19) ホラティウス『書簡詩』（一の二）、「王の頭が変になると、アカイヤ中の人々が償いをするはめになる」(鈴木一郎訳)による。

(20) 十六世紀のスペイン王カルロス一世が、国会からの反対を受けて、さまざまな政策が実施できなかったことを言っている。

(21) 「異端の生まれた土地になった」とは、ルターによる宗教改革のことを意味している。

(22) 十八世紀までは、世界をユーラシア、アフリカ、南北アメリカの四大陸にわけるのがふつうであった。

(23) ペドロ・デ・トレドは、ペルー副王を歴任したマンセラ侯爵。グラシアンとは同時代人で、親交があった。

(24) つまり相手の女が身持ちの悪い女であるとの真実を、柔らかく「たちが悪い」と言ったのだが、女には通じず返答に困り、ごまかしたという逸話である。

(25) 錐は靴屋の仕事道具。繁栄を謳歌する人物が、実はもともと靴屋の出であることを思い出させることを意味する。

(26) 四日熱は子供時代に特有の発熱、それを今は病気知らずの大人になった男に思い出させるという意味。

(27) 針を売ったということは、巨人の祖父はしがない雑貨の行商人であったということ。今をときめく巨人にしてみれば、家族のその前歴は恥となり、かつて針を売った子供にその点を突かれ、自尊心を傷つけられ、死に至ったということ。

(28) おそらく祖父は孫の巨人に、出自を隠すな、恥じることはないと教えたのに、自尊心からその忠告を無視して、つまらぬメンツにこだわり、真実の発覚を恐れたということ。

(29) スペインの諺《真実が知れ渡るのには時間があればよく、正義が行われるためには神がいてくれればよい》Para verdades, el tiempo; y para justicias, Dios. に準拠したセリフ。時間の経過の助けさえあれば、いずれ真実は明るみに出るという意味。

(30) 原文はNoche mala y parir hija「苦しい夜を過ごしたあと、生んだのは女の子」、つまり男の子が生まれるのを期待していたのだが、生みの苦しみのあと出てきたのは女の子だった、の意味。準備万端整えたのに、期待した結果が得られなかった、の意味で使われる表現。

(31) セルバはナナカマドの仲間。小ぶりの西洋梨ほどの大きさの赤い実をつける。木からとってすぐは食べられず、保存して皺ができてやや黄色くなってから食べるのを常とした。

(32) 当時の人々がビスカヤ人を、とても素直で正直者で、感情を素直に表に出す人たちと考えていたことによる。

(33) 古代イスラエルの王サロモン(ソロモン)のこと。『旧約聖書』の「箴言」や「雅歌」などの作者に擬せられる。

(34) グアディアナ川Rio Guadianaは、カスティーリャ・ラ・マンチャ地方のルイデラ湖に源を発し、ポルトガルを経て大西洋に注ぐ川。とくに水源近くの流れは、地下にもぐったり、ふたたび地上に顔をみせたりすることでも知られる。

(35) 分別のある王とは、フェリペ二世のこと。

(36) だれもが知るコルドバ出身のセネカのことを、わざわざ《スペインの》などと呼ぶ必要がない、との意味。

(37) 狂人も子供も邪心がないため、王に真実を聞かせてくれるから。

(38) 当時のフランス軍がカタルーニャ地方での戦いで用いた、何らかの作戦に言及しているのであろう。

(39) 平屋建ての住宅は無課税であり、二階建て以上の家は、税金を払うか、兵士や官僚のための宿を提供する義務を負ったが、

(40) これから逃れるために一階建ての家を建てる者が多かった。
(41) クラクフは、ポーランドの古都。
(42) ルキアノスの友人とは、ここではスペイン黄金世紀の作家マテオ・アレマン Mateo Alemán のこと。その作品である『グスマン・デ・アルファラチェ』Guzmán de Alfarache(第一部・第三の書・第七章)に、《真実》と《嘘》の寓意が出てくることによる。
(43) 出来上がり日の約束を守らぬ仕立屋たちの悪習については、すでに第一部第七考本文で述べられている(一〇〇頁)。
(43) 抜け目のない商売人の悪癖については、第一部第十考に既注あり(七三〇頁)。

第四考

(1) グラシアンはこの言葉を《賢者のなかの賢者》、つまりソロモン王としているが、実は『旧約聖書』の中のダビデ王の作とされる「詩編」の中では、ダビデ王の作として提示されている考えである。「天は、神の栄光を語り、大空は、そのみ手のわざを告げる」(一九の二)とある。
(2) スペイン語の表現に、《ce por be》(直訳すれば、「cをbと取り違える」)があり、「詳細に、くどくどと」を表すことからの言葉の洒落。またDとCはローマ数字では、それぞれ五十と百を表すことにかけている。
(3) 喪服や僧衣に身を包みながら、心の中では淫らな欲望を抱く未亡人や尼僧への皮肉。
(4) ヒッポグリフは、前半身が鷲、後半身が馬の伝説上の生き物。
(5) 帝政期ローマの歴史家コルネリウス・タキトゥス(五五?―一二〇?)は『年代記』のなかで、ティベリウスとその妻ユリア、およびネロとその妻オクタウィアについて書き残し、それぞれの妻の不貞についても述べている。タキトゥスについては、第二部第四考に既注あり(七五〇頁)。帝政期ローマの作家ルキウス・アプレイウス(一二三?―一八〇?)の代表作「黄金のろば」への言及である。
(6) 「例のあれ」は、皮肉や批判などをあからさまに言うことを避け、聞き手にうまく想像させるためのことば。
(7) 当時、破戒司祭の隠し子のことを、世間では意地悪く《司祭の甥っ子》、つまり《司祭の兄にできた子供》と呼んで茶化していたことによる。
(8) この格言は、獣のような人間たちが社会の上層部を占めている状況への不満を表す。第二部第六考に既注あり(七五六頁)。
(9) カタルーニャ語では poca cosa pera força。
(10) バルトロ・デ・サクソフェラート(一三一三―一三五七)は、イタリアの法律学者。
(11) 山羊の姿をした人間は、顎にりっぱな髭をたくわえている。髭は当時の法律家たちエリートの権威を象徴するものであった。しかし当時の法律家たちには、訴訟などの手続き上さまざまな誤りを犯す者が少なくなく、庶民から金を巻上げるだけとの悪評を持つ者が多かった。「そんな誤り」yerro を犯しながら金儲けをする者に、同じ町内に住まれては、「鉄」hierro を生業とする鍛冶屋は、商売が成り立たなくなるという理屈。つまり yerro と hierro の同音異義語を使ったグラシアンらしい洒落である。
(12) 聖職者の卵たちには、ローマに留学し高い教養と人格を身につけたあと帰国し、母国の宗教界で活躍することが期待されていた。しかし実際には、ろくに勉強もせずに帰国したうえ、高い地位まで得ていた宗教家もいたことへの批判となっている。

(13) エリート集団とされたサンティアゴ騎士修道会のしるし。

(14) 黄色の囚人服は、宗教裁判にかけられた者が着る。緑のしるしは、やはりエリート集団とされるアルカンタラ騎士修道会のしるし。会士たちは白いマントに緑色の十字架のしるしをつけていた。

(15) ポルトガル王ジョアン二世(一四五五—一四九五)が、従兄ヴィゼウ公ディエゴを謀反の疑いで殺害したこと。

(16) 歴史家マノエル・デ・ファリ・イ・ソウサ Manoel de Faria y Sousa のこと。王の行動を擁護した著作『ポルトガル王国史』(一六二六)がある。

(17) カスティーリャ王ペドロ一世残酷王のこと。

(18) フェリペ二世が、その子カルロスを死に追いやったことに言及しているのであろう。

(19) フランスにおけるサン・バルテルミーの虐殺の責任の一部が、アンリ三世(一五五一—一五八九)とシャルル九世(一五五〇—一五七四)に帰せられていること。

(20) クレタ島産の精製した白砂糖のこと。

(21) ミトリダテス六世(前一三二—前六三)は、小アジアのポントス王国の王。毒殺を恐れるあまり、毒薬を常用して抵抗力をつけたと言われている。

(22) 当時の医学では、キュウリは消化の悪い食べ物とされていたことによる。

(23) ロープを編み上げる際には、職人たちは後ずさりしながら編みあげていくことから。

(24) ゾイロは前四世紀の詭弁家・批評家で、ホメロスやプラトンへの批判で有名。アリスタルコスは前二世紀の文献学者で、ホメロスの原典の編纂と批評で知られる。

(25) 太陽神アポロンの数多くの特徴のうち、神託の主、預言の守り神としての働きに言及している。

(26) 大きな鼻が狡猾さの象徴として登場する場面は、すでに第一部第九考にある。

(27) エンケラドスはギリシャ神話の巨人族の一人で、タルタロスとガイアの子とされる。テュポンはギリシャ神話の巨大な体をもつ怪物で、おなじくガイアの子とされる。第一部第八考に既注あり(七二七頁)。

(28) マチュー(一五六三—一六二一)はフランスの詩人、作家。第一部第十三考に既注あり(七三七頁)。

(29) 巨人の役を演じる小人は、この世で実力もないのに高位の職に就いた人たちを象徴し、その役を演じ終えると、人生の芝居の楽屋に戻り、死装束をつけてこの世に別れを告げるのである。

(30) シノンは、ウェルギリウスの叙事詩『アエネイス』第二巻に巧みな弁舌を弄する策士として登場する人物。トロイア軍はギリシャ軍が送ったシノンの言葉を信じて、木馬を城内に引き入れる。

(31) ファロス島の反射鏡とは、ナイル川の河口地帯の島の大灯台。前三世紀ごろに建設され、十四世紀まで存在したとされる。アレクサンドリアの大灯台とも呼ばれる。

(32) エスピーナは古代遺物の収集家として知られた聖職者、一六四三年マドリードで没。

(33) ゼノン(前五世紀頃)が運動を否定し、ただ静止する存在のみがあることを証明するために、空間の距離の不可分性を主張したことに関連づけている。

第五考

(1)『旧約聖書』の「創世記」には、「ノエは五百歳になって、セム、ハム、ヤフェトをもうけた」(五の三二)とあり、ヤフェトは他の兄弟とともに人類の祖先の一人とされる。

(2)当時は、《vos》がこれに当たる。

(3)アラクネはローマ神話の登場人物。機織り上手を誇りとし、女神ミネルウァに挑み勝利した。しかし女神の怒りに触れ、蜘蛛に姿を変えられる(オウィディウス『変身物語』巻六)。マルシュアスはギリシャ神話に登場する人物。サテュロスの一人。葦笛の腕比べで音楽神アポロンに挑み、負けて生皮を剝がれる罰を受けた。

(4)ボッカリーニ Trajano Boccalini(一五五六—一六一三)は、イタリアの著述家。イタリアにおけるスペイン支配を痛烈に批判した。

(5)セネカ『倫理書簡集』(六十四の七〜八)に準拠した主張。「その遺産を大きくして、私から後世の人々へ移管しよう。いまだたくさんの仕事が残っているし、これからもたくさん残り続けるだろう。誰であれ、千世紀ののちに生まれた人にも、機会は閉ざされず、なおまだ付け加えるものがあるだろう。しかしたとえすべてのものが昔の人々によってすでに発見されているとしても、つねに新たなことはなしうる……」(高橋宏幸訳)。

(6)ネストルは、オウィディウス『変身物語』(第十二巻・一八八)で、こう言う。「このわたしは、すでに二百年も生きていて、普通なら、もう三人目の生涯にはいっているわけだ」(中村善也訳)。

(7)フェリア公爵(一五八七—一六三四)は、外交官、政治家。フェリペ三世に仕え、公人としては活躍したが、家庭内では子息の死などで、幸せに恵まれなかった。第二部第十三考に既注あり(七六九頁)。

(8)彼はアラゴン王フェルナンドに仕え、数々の輝かしい戦歴をもつものの、度重なる出費により蓄えが底をつき、それを補うために王に対して法外な予算を要求したとされる。

(9)カークスはギリシャ神話で、ヘパイストスとメドゥサの息子。牛を盗んだため、ヘラクレスに殺された三頭の巨人。《盗賊》を意味する。

(10)ヘンリー八世の寵臣であったトーマス・ウルジー枢機卿 Cardinal Thomas Wolsey のこと。肉屋の子息として生まれたあと、政治的に重要な発言権をもつ地位にまで上りつめ、強権的な姿勢でイギリスをカトリック教会からの分離に導くきっかけを作ったとされる。スペインの劇作家カルデロン・デ・ラ・バルカは、その作品『イギリスの宗教分離』*La cisma de Inglaterra* の中で、この人物を極悪非道の人間として描いている。

(11)アンリ三世とアンリ四世の暗殺に加担したとされる、エプルノン公爵(一五五四—一六四二)のことと思われる。

(12)同時代の劇作家ティルソ・デ・モリナ Tirso de Molina の有名な作品『宮殿の奥ゆかしき男』*El Vergonzoso en Palacio* にちなんだ洒落。

(13)アラゴン王ペドロ一世(一〇九四—一一〇四)が、数年にわたる辛抱強い戦いの末、イスラム勢力に占拠されたウエスカ

（14）の町を奪い返した史実に因んだ洒落。

（15）公爵の自慢が過ぎて、広間の横幅を異常な長さにしてしまい人々の失笑を買うのだが、これをまずいと思った公爵は、縦の長さをやや控え目に言う。しかしそれによってできる広間の形が、横の方向に異常に長いものになってしまった、という笑い話である。

（16）アマルティアはゼウスの乳母。ふつうは彼に母乳を与える雌山羊の姿で描かれる。あとになってゼウスは感謝のしるしとして、アマルティアの角を黄金の果実で満たし、食べつくしてもまた元通りに満ちるようにした。それが《豊穣の角》（コルヌコピア）である。

（17）ペネロペはギリシャ神話に登場する貞淑な妻の鑑とも言うべき人物。夫であるオデュッセウスの帰還を二十年間待ち続けた。タイスの名前の女性は、四世紀のギリシャの娼婦や六世紀のアレクサンドリアの高級娼婦など、さまざま存在する。フローラはローマ時代の娼婦。

（18）身持ちの悪い人妻が夫の知らぬ間に、大金を手にするとの意味。

（19）妻に不義を働かれた夫には、頭に角が生えるという俗説による。

（20）アンドレニオはこの場面には居合わせていないから、明らかに作者グラシアンの勘違いと思われる。しかし好意的にみれば、少し先には、「二人はアンドレニオが何かぶつぶつ喋る声を耳にした」Sentía gorgojear a Andrenio, mas sin verle. と述べていることから、クリティーロがアンドレニオの言葉として自分の耳で聴いていると考えられないこともない。

（21）プラトンやオウィディウスなどの古典のほか、スペイン国内の著名作家が没してから、新しく発見された作品という触れ込みで、偽作が出回ることが多かった。

賢人とはピタゴラスのこと。ただし木の玉ではなく、黒い色をしたソラマメが消化に悪いことを教えている。なぜここで黒い木玉が出てくるかといえば、当時の教会関係の重要な会議などでは、賛否の投票が白と黒の木製の小さな球を使って行われる習慣があったことによる。白が賛成票、黒が反対票なのだが、この場合は、黒の反対票を取り付けるため、醜い買収工作が行われることがあったことを意味している。

（22）セント・エルモの光は、悪天候時などに、避雷針や尖塔や船のマストなど、先端の尖ったものが発光する放電現象。危急の場から人を救ってくれる前兆と考えられた。

（23）カスペの協約は、一四一〇年アラゴン王国の国王を選ぶためカスペの町での集会。フェルナンド・デ・アンテケラが王に選ばれた。

第六考

（1）『新約聖書』の「マタイによる福音書」の中の、「ヘビのように賢く、鳩のように素直でありなさい」（一〇の一六）に依拠したセリフ。

（2）鼻の大きな人間と抜け目のない人についての世間の通説に関しては、既に第一部第九考本文で詳しい記述あり（一三三頁）。

（3）キケロ『友情について』の中で、塩と友情の関係について次のように述べていることから。「友情の務めを果たすためには、何斗もの塩を一緒に食わねばならない、という諺は本当だ」（中務哲郎訳）。

（4）この人とは、マヌエル・デ・サリナス Manuel de Salinas y Linaza のこと。ウエスカの司教座の役僧。一時グラシアンと親交を結んだものの、この人物の詩作品につきグラシアンが酷評したため、両者の関係が冷え込んだ。苗字が Salinas つまり「塩田」の意味をもつことからの洒落である。

（5）この考えは、すでに第一部第八考本文で述べられている。「〈まやかし殿〉が一年の前半を支配するご主人であり、あとの半年も同じ役割を果たす」（一一九頁）。

（6）「間抜け者は悪巧みがお得意」とは、当時の諺《間抜け者は悪巧みが得意、しかしすべてがいかさまで終わる》Entre bobos anda el juego, y eran todos fulleros. の引用。同時代の人気劇作家ロハス・ソリーリャ Rojas Zorrilla の喜劇『間抜けたちの悪巧み』Entre bobos anda el juego でも知られる文句。

（7）『新約聖書』の「ルカによる福音書」の中の、「もし彼が一日に七度、あなたに対して罪を犯し、七度あなたのもとに戻ってきて、そのつど『悔い改めます』と言うなら、彼を赦しなさい」（一七の四）による。

（8）キツネはつねに自分の利にさとく、ずる賢い動物とされていることから。

（9）「馬鹿」についてのこの表現は、第二部第十二考本文で記述あり（四一六頁）。

（10）ベネチア商人の抜け目のなさ、スペインのコルドバの鋭い商売感覚、作者の故郷カラタユーの人々の利発さの中に、共通の雰囲気を感じとったからであろう。

（11）「お人好しのおばかさん、馬鹿正直者」の意味。第三部第一考の注参照（七七一頁）。

（12）フアンという名前は、伝統的に従順でお人好しのイメージで現れることが多いのに対し、ペドロは人騒がせで、自由奔放なイメージの人物として登場することが多かったから。

（13）当時のヨーロッパでは、フランス人は約束を守らぬ国民だとの俗説があったことによる。

（14）早くやってきても、後から来る者にすべて奪いとられてしまうお人好しへの皮肉である。

（15）人に騙されたのに、かえっていいことをしてもらったと信じてしまう、馬鹿正直者への皮肉。

（16）あまりにお人好し過ぎて、自分の友にも他人の友にもなってほしくない馬鹿正直な人への皮肉。

（17）策士だらけの宮廷生活や、腹黒く抜け目がないと評判のコルドバ人への皮肉である。

（18）イタリア北部ベルガモの洋ナシについては、甘くて美味であるとの評判が当時のヨーロッパでは定着していたが、その魅力をベルガモの人間に当てはめている。

（19）カスティーリャ人を寛大で誠実な人として、オーヴェルニュ人を高貴な心をもつ人として、ポーランド人を素直で邪心のない人として、それぞれ評価している。

（20）これは作者グラシアンの誤解。グラシアンが生きた十七世紀の時代には、Vos は「きみ」の意味をもつ目下の者への呼び方であったが、それより昔の英雄エル・シッドが活躍した十一世紀後期では、相手に対する丁重な呼び方であった。

（21）巨大な富の源泉としての新大陸発見後、その富を求めて、人間たちの邪心が渦巻く世になってしまった、との嘆きである。

（22）質実剛健を旨とする地が、軟弱な精神の地に変わってしまうのではという危惧である。

(23) メルチョール・デ・サンタクルス Melchor de Santa Cruz（一五〇五–一五八五）の『スペイン小話集』*Floresta española*（一五七四）に、危険な階段を降りるときに、ある人物が言った言葉として紹介されている。

(24) 初代皇帝アウグストゥス・オクタヴィアヌス（前六八–一七）及びその後のローマ帝国では、ウェルギリウス（前七〇–前一九）、ホラティウス（前六五–前八）、オウィディウス（前四三–一七）、マルティアリス（四〇–一〇二）などが活躍した。

(25) アラゴン王アルフォンソ五世（在位・一四一六–一四五八）は《寛仁大度王》El Magnánimo と呼ばれる。一四四三年ナポリを征服するなどの功績があった。

(26) ポルトガル王ジョアン二世（一四五五–一四九五）は、東インド地域への進出を精力的に主導し、名君として国民の尊敬を集めた。第三部第四考に既注あり（七七七頁）。

(27) ポルトガル語のジョアンは、スペイン語ではフワンで、「お人好し、お馬鹿さん」のイメージがあるため。第三部第一考に既注あり（七七一頁）。

(28) フランソワ一世（一四九四–一五四七）は、ルネサンス期の芸術家や学者などを手厚く擁護した。ダ・ヴィンチもそのうちのひとりである。

(29) レオ十世（一四七五–一五二一）は、ラファエロやミケランジェロなどの芸術家を庇護した。第一部第十一考に既注あり（七三二頁）。

(30) グラナ・イ・カレット侯爵は軍人で、一六四一年から一六四六年にかけて神聖ローマ帝国スペイン駐在大使。オリバーレス伯公爵の失脚に重要な役割を担ったとされる。第一部第六考に既注あり（七二五頁）。

(31) グラン・カピタンについては、既に多くの注あり。

(32) アラゴン王であったカトリック王フェルナンドとフランス王ルイ十二世が同じテーブルで食事中、フランス王がフェルナンドのそばに控えるグラン・カピタンを見て、二人の王たちと同じテーブルに座るよう促したとされる。

(33) アルバ公爵（一五〇七–一五八二）については、第二部第二考に既注あり（七四二頁）。

(34) ファン・デ・ベガは、カルロス一世とフェリペ二世に仕えた官僚、外交官。第一部第十一考に既注あり（七三三頁）。

(35) サラマンカ大学の当時の学寮は、聖バルトロメー寮、クエンカ寮、オビエド寮、大司教寮の四つ。アルカラ大学には、聖イルデフォンソ寮があった。

(36) 素晴らしい著作を書いた文人たちが、そこに住んでいたこと。グラシアンの時代には、その方面の才人が少なくなり、文化的活動が衰えていったことを意味している。

(37) ウルビーノ公爵（フェデリーコ・ダ・モンテフェルトロ）（一四四四–一四八二）は、イタリアのウルビーノ公爵領の支配者。当時のイタリア芸術と文学に多大の援助を惜しまなかった。フェラーラ公爵のアルフォンソ・デステ（一四七六–一五三四）は、イタリアのフェラーラをその支配下におさめ、詩人アリオストなど、当時の著名な芸術家や文学者を宮殿に招き、ルネサンス文化の推進者となった。

(38) マエケナスは、アウグストゥス帝時代の富豪の政治家。

(39) ネルウァ帝（三五–九八）は、第十二代ローマ皇帝。

(40) 小プリニウス（六一–一一二）は、帝政ローマの文人、政治家。トラヤヌス帝への『頌詩』で知られる。

(41) つまり、王たちは物質的なことだけにしか関心を示さない、という控え目な批判。

(42) アペレスは古代ギリシャの画家。大プリニウスの『博物誌』に紹介されている人物。美女たちをモデルにして『海から上がるヴィーナス』などの絵を描いたとされるものの、現存する作品は皆無である。

(43) グラシアンが『逸材論』*El Héroe* の一六三七年の初版では、フェリペ四世に献呈の辞を捧げていたが、一六三九年の第二版ではその名を省いている。どうやらこうした経緯に言及していると思われる。

(44) 古き良き時代のことは知っておくべきである、の意味の格言。

(45) 成り上がり者にとっては、先祖についての情報は都合が悪いという意味である。

(46) この格言を、やっつけ仕事をすると上手に仕上がるもの、と解釈してしまう怠け者がいることへの批判。

(47) 控えめな話し方を勧める格言。カスティーリャ王国のサンチョ二世が、父王フェルナンドがサンチョの意志に反して、サモラの町を娘ウラカに譲ったときに、沈黙をとおしてそれを受け入れた事実に基づいている。

(48) 抜け目のない者が愚か者たちに勝利する、の意味。

(49) 結局この世は愚か者たちに支配されている、というグラシアン特有の皮肉に満ちた見解を表している。

(50) いくら親友であれ全幅の信頼を寄せることは禁物、の意味の処世訓であるが、さすが悲観主義的な見方が多いグラシアンにとっても、認め難い諺だったのであろう。

(51) 本来は見た目の美しさより、実利を選ぶ姿勢を勧めた格言。

(52) 自分を美しく見せたい女が、襟ぐりを広く開けて町を歩く。当然のことながら寒いのだが、男の視線を自分のものにさえできれば、何と言われようと平気だ、との意味。

(53) 昔の繁栄を懐かしがり、落ち目になった現在の状況を嘆く、の意味の表現。

(54) 『旧約聖書』の「シラ書」の中に、「善行を行う時には、誰に行うかを弁えよ。そうすれば、お前の善行は感謝されるであろう。敬虔な人に善を行え。お前はその報いを受けるであろう。本人からではなくても、いと高き方から」(一二の一〜二)とある。

(55) 高位の聖職者や有力政治家たちが着ていた長衣のこと。第二部第十一考に既注あり(七六七頁)。

(56) スペイン語には《農園の犬》perro del hortelano という表現があり、《妬み心から、自分が禁じられていることを、他人にも絶対させない者》の意味がある。しかしここでは、農園主の主人の言いつけに忠実に従い、作物を守る番犬を褒めている。

(57) 上に立つ者とは馴れ馴れしくするべきではなく、決して秘密を共有するようなことをしてはならない、との教え。『処世の智恵』第二三七項にもあり。

(58) なんの不自由もない生活が送れて初めて、礼節が身につくものだ、の意。《衣食足りて礼節を知る》のたぐい。

(59) 原文では、virtud「美徳」、verdad「真実」、vergüenza「羞恥心」、と並べたあとで、「これとよく似た始まり方をすることば」と言っている。したがって、vir あるいは ver で始まる言葉が連想され、たとえば、virginidad「処女性」、virilidad「男らしさ」、などの単語が想像される。

(60) 《浮気された夫は最後にその事実を知る人となり、最初に知るのは不貞を働いた男なり》El postrero que lo sabe es el cornudo y el primero el que se los puso. という皮肉たっぷりの別の格言を元にしている。

(61) 良い息子のためには金を稼いでやる必要はなく、道楽者の息子に金を残してやることはない、の意味で、その理由は孝行息子なら自分で稼げるはずだし、どら息子は金を残してやっても、つまらぬことに浪費してしまうだけだからである。

(62) 《人間万事塞翁が馬》と同義のスペインの格言。

(63) 「それぞれの地の慣習に合わせて行動せよ」の意。

(64) 「教会禄に与かる聖職者がいる家は、金に恵まれ繁栄する」の皮肉を込めた表現。

(65) もともと「事を急ぎ過ぎても、かえって不都合なことが起きやすいもの」という意味。しかしグラシアンは、これを皮肉な意味に解釈して、持論を展開する。

(66) 本来の意味は、「人はいつも他人への感謝の気持ちを忘れてはならず、受けた恩に対しては、いつもそれに応えなければならない」

(67) 「自分の意志に従い、楽しみを追い求めることこそ、生きてゆくための励みとなる」が本来の意味。グラシアンは、人間が好き放題生きれば、死が待つのみと反論する。

(68) 六月二十四日の聖ヨハネの祝日あたりになると、当時の農民と地主の間で、就業条件につき取り決めが行われるのが習慣であり、その交渉のいざこざが収まれば、両者に平和な一年が到来する、の意。

(69) 何かの仕事につくには歳を食い過ぎている人について噂するときに、使われる決まり文句。

(70) 「学問と弁舌に優れる者は、立派な聖職者となる夢をもってローマでの勉学を目指す例が多い」の意。

(71) 緑あふれる春の牧場で馬がのんびり遊ぶ光景から、「楽しむ、愉快に過ごす」の意の表現。

(72) 本来の意味は《馬鹿は死ななきゃ治らない》

(73) 「不従順な女も、いったん結婚すればおとなしくなるもの」の意。

(74) 「世間体を気にしない子供と狂人は、本当のことをずけずけ言うもの」の意。

(75) その昔、トレドの女性は不行跡との悪名高く、結婚相手としては芳しくないとされていた。

(76) 「真実を伝えなければ、正しい治療法や問題の解決策がみつからない」との助言。

(77) 金をとることだけしか頭にない医者や弁護士たちへの不信感である。

(78) 「川の中に入らなければ鱒はとれない」。それと同じように、「狙った大物を手にするためには、犠牲をいとわず努力しなければならぬ」の意。

(79) 「他人の不幸を知ったら、自分に同じことが起きぬよう用心せよ」の意。

(80) 「他人が何かの被害を蒙るのを見たら、同じ被害を避けるための方策を考えるべし」の意。

(81) 「たとえ相手がけちん坊や強欲な者であっても、何かは取り立てられる物があるものだが、相手が無一文の者なら何も奪える物がない」という意味。

(82) 「財産を作りたいなら、無駄をせずきちんと保管しておくこと」の意。

(83) 本来の意味は、「召使こそ用心すべき内なる敵である」。つまり主人の私生活をすべて知り、その弱みまで摑んでいることから。

(84)「足と耳が大きな者には、まったく知性が欠けている」との古来からの民間の俗説から。

(85)「贈物やその他の利益など、たとえ期待していた時機を外しても、またたとえ遅れたにしろ、いつも喜ばしく嬉しいもの」の意。

(86)復活祭が近づくと、教会に告解に訪れる信者が多くなり、喜びに満ちた春の雰囲気に満たされる。それに影響されて、司祭がかなり大目に信者の罪を赦してやる傾向があることを、揶揄している。

(87)グラシアンはすでに、『処世の智恵』第二八〇項で、「人に尽くせば尽くすほど報われることが少ないことが、すでに世の中の趨勢になってしまった」と述べているが、彼自身がアラゴン王国のために尽くしてみても、十分な褒賞を得られなかったことへの不満を表していると思われる。

(88)重要なポストを任せられる人材が足りず、頼りない人物にお鉢が回ってくることへの皮肉。

(89)「他の人に先がけて、相手に何かを差し出すことは、受け取った相手からは普通の二倍にも感謝される」の意。

第七考

(1)「胸の小窓」については、第一部第十一考に既注あり(七三三頁)。

(2)「両手の目」については、第二部第一考本文に記述あり。「手につける目は人に差し出すものをよく見て……」。(二一二頁)。

(3)アリオストの『狂えるオルランド』に登場するダミエッタの地の不死身の盗賊。ただし魔法の頭髪を切ってしまえば、死に至らせることができる(第十五歌・七九〜八七)。

(4)aire「空気」は、viento「風」やhumo「煙、湯気」とならんで、「空威張り、自惚れ」を意味するところから、自惚れ〈空気〉ばかりの人間で、切りつけると血ではなく空気が出てくるという意味。

(5)ここで案内に立つ〈夢想男〉は、先ほどの戦士のひとりであり、また直前の〈名声願望男〉と同人物である。さらにあとには〈自惚れ男〉などと呼び名が変わっていく。また〈なまくら男〉は先ほどのもう一方の戦士であり、この人物についても、同じように〈無為徒食男〉などと呼び名が変化していく。

(6)シチリア島北部にある主要七島からなるエコリア諸島は、古来火山島として知られ、激しい噴火を起こしてきたことに因んでの表現かと思われる。

(7)これ以下、humoの「煙」と「自惚れ」の両義を利用した会話が展開される。

(8)《煙と雨漏り、それにお喋り女は男を家から追い出してしまうもの》*Humo y gotera, y la mujer parlera, echan al hombre de su casa fuera.* という格言のこと。

(9)ティベル川は、中東にあったとされる架空の川で、そこで採取される金は高い純度をもつとされた。ジュネーブの黄金に関する話題は当時のスペイン人たちは、スペインにあった黄金を、すべてジュネーブにもっていかれたとして非難していたことによる。

(10)芝草の冠は、敵の包囲作戦から救われた兵士が、救出してくれた軍の指揮官に贈ったもので、敵軍が排除された陣地の野草でつくった。市民冠は、樫の枝の冠で、戦いで味方の同僚を救った兵士に与えられた。壁冠は金冠で、敵の城壁を第一番目に乗りこえた兵士に与えられた。

(11) すぐ前に紹介した格言《煙と雨漏り、それにお喋り女は男を家から追い出してしまうもの》Humo y gotera, y la mujer parlera, echan al hombre de su casa fuera. のこと。「お喋り女」を「騒音、雑音」に置き換えている。

(12) 古代バビロンの都は、「混乱、無秩序、騒音」を表す。

(13) クラロス侯爵は、中世の物語詩であるいくつかのロマンセに、恋する騎士として登場する伝説上の人物。

(14) アルチャート Andrea Alciato(一四九二―一五五〇)及び『エンブレム集』については、第一部第十一考などに既注あり(七三二頁)。プロテウスはギリシャ神話の海神、変身する能力をもつ。魚の尾をもつ体から獅子や鹿や蝮などが顔を覗かせている。アルチャートの作品のなかで、プロテウスが描かれた第一八二番「お話なんてみんな古いもの」Antiquissima quaeque commentitia では、なぜそんなにさまざまな姿で描かれるのか、と訊かれて、「わたしは 古代の人間ゆえに、みんなそれぞれ好きなように私の姿を想像してくれるから」と答えている。

(15) ドン・ペラヨ(七三七年没)はイベリア半島の再征服運動の端緒となる、コバドンガの戦いでイスラム軍に勝利した英雄。七一八年にアストゥリアス王国を建国した。

(16) ライン・カルボ Laín Calvo もヌーニョ・ラスーラ Nuño Rasura も、十世紀初頭の有名な判事。カルボ calvo は「禿げ頭」、ラスーラ rasura は「髭を剃ること」を意味する単語であることによる洒落。

(17) トーダ王女とは、十世紀のナバラ王サンチョ・ガルセス一世の妻の名前。もしこの女性が十世紀にこの王女に仕えたとすると、自分がその王女の子孫だと名乗ることは、まったく矛盾した出鱈目話となる。

(18) トーダとナーダの似通った音による、言葉の洒落。

(19) ヘラクレス・ピナリオは、古代ローマの神官一族の創始者とされる伝説上の人物。ベルナルド・デ・カルピオは、八〇八年のピレネー山系のロンスボー峠の戦いで、フランスのカール大帝の軍を破ったとされる伝説上の英雄。

(20) カクスはギリシャ神話のなかで、ヘラクレスから牛を盗む盗賊の首領で、三頭の巨人。《何とか様》は、カクスの妻ではなく、妹のことと思われる。彼女はヘラクレスに兄の盗みを知らせ、褒美を受ける。カクスの名前はスペイン語ではカコ Caco。もしその妻であればその名前は女性形でカカ Caca となるはず。するとその名前 Caca は、スペイン語では「うんち」の意味になるので、尾籠な話を避けるために、《何とか様》としているのである。

(21) ゴート族は、西ゴート王国を形成し、六世紀ころイベリア半島に侵入し、七一一年イスラム勢力に滅ぼされるまで続いた。当時のスペインでは伝統と格式を誇る家系とされた。

(22) スペイン語の moscatel「マスカット酒」には、「しつこい人、小うるさい奴」の意味があるのを利用した洒落。

(23) エンリケス家は、カスティーリャ王国では、もっとも格式の高い貴族の家系とされた。ただし「エンリケス」Enríquez には、「金持ちになる」enriquecer を表す単語と、音声上の共通点があることを利用した洒落にもなっている。

(24) マンリケ家は、カスティーリャ王国の文武両分野で著名人を輩出した名家。ただし、「マンリケ」Manriqueを、発音上の共通点から、「いちばんの金持ち」más ricoに引っ掛けた洒落になっている。

(25) ビスカヤ人の上流家系志向は、当時よく知られており、名跡に富が伴わない場合が多かったことと、鉄の生産地としてもビスカヤ地方が知られていたことによる。

(26) ガリシア颪とはカスティーリャ地方に吹く強い北風。当時は北のガリシア地方から吹き下ろしてくるとされていたことから。

(27) 「この場所」とは、今場面が展開している《空気の部屋》つまり《虚栄心の部屋》のこと。そんなわざとらしい名前を仰々しく後につけるくらいなら、《虚栄の〇〇殿》とした方がいいとの皮肉となっている。

(28) 高貴な家に入り込み、多額の金を盗み取ったうえ、家系を詐称したに違いない、との皮肉。

(29) 貴族・王族の生まれの者を、《青い血》sangre azulを持つ者、と呼ぶことから、この愚かな貴紳は自分がその血筋であることを、こんな回りくどい言い方で自慢しているのである。

(30) 女々しく男らしさが欠如した貴族たちへの皮肉。

(31) スペイン帝国の海外進出とともに、スペイン銀貨が貿易決済のための共通の貨幣としての価値を有していたことからであろう。第二部第三考や第二部第二考などの、既出の注を参照のこと(七四六頁、七四五頁)。

(32) 目上の人に対して恭順の姿勢を示すためには、その人が帽子を被らない限り、周囲の者も被らないでおくという慣例に無理やり従わせることで、自分の優越感を満足させる愚かな人物の例である。

(33) どうせ椅子に座れたところで、過去にその席を占めていた老人特有の加齢臭だとか、ご婦人たちの厚化粧の臭いが残っているだけ、というグラシアン特有の皮肉であろう。

(34) 当時の社会では相手に対する大袈裟な尊称が濫用され、とくに身分の高い人たちのための尊称を相手に使わせ、自尊心を満たす成り上がり者が多かった。その悪弊を正すための、役所からのお触れが多く出され、なるべく尊称を省略して肩の凝らないつきあいを奨励していたのだが、それをかえって悪用されて、身分の高い人物に馴れ馴れしく接する輩が増えたことへの言及であろう。

(35) ホラティウスの『書簡詩』(第二巻、一の一九四)にある「デモクリトゥスが生きていたら、見物人が見ているのはラクダと豹の混血か、白い象かと笑うでしょう」(鈴木一郎訳)を意識したクリティーロの言葉と思われる。笑う人と呼ばれた哲学者にとっては、きっとこの気取り屋の女性はぴったりの笑いの対象となるはずとクリティーロが考えたからであろう。

(36) 『旧約聖書』の「シラの書」にある文句(二五の一九)。これを著わしたのは紀元二世紀ごろの賢人ベン・シラとされている。

(37) カメレオンは、虫をすばやく舌を伸ばして取ることから、古い時代から空気を餌にして生きていると伝えられてきた。スペイン語の「空気」aireは、別の意味で「気取り、自惚れ」の意味があることから、カメレオンは「気取り屋、無定見な人」の代名詞にもなった。ピラウスタとは、伝説上の蛾で、焚火の炎の中に棲み、火から離れると死ぬとされた。煙

humoもやはり「気取り、自惚れ」の意味がある。

(38) コルク製のヒールをつけた靴については、第一部第七考本文に「これを履き背を高く見せると、自分が実際より偉く見えた」との記述あり（一〇二頁）。

(39) 知識が人の心を驕らせることについては、「知識は人を思い上がらせ、愛は人を造り上げます」（『新約聖書』「コリントの人々への第一の手紙」八の一）などの考えを反映している。

(40) Mの字を使うとは、たとえMajestad「陛下」、Merced「貴殿」、Maestro「巨匠」などの言葉を使うということであろう。

(41) 『アエネイス』はウェルギリウスの叙事詩。英雄アエネイスがローマの基礎をつくりあげるまでの物語。

(42) ボッカリーニは、イタリアの諷刺作家（一五五六—一六一三）。第二部第四考に既注あり（七五二頁）。その著作である『詩壇論考』*Ragguagli di Parnaso*のプロローグのこと。

(43) トスタド師 Alfonso Tostado（一四〇〇—一四五五）はアビラ司教を務めた聖職者で、広範なテーマを扱った歴史研究の著作で知られる。

(44) 当時の占星術師のいい加減な予言については、『ドン・キホーテ』後編第二十五章で、傀儡師のペドロ親方が連れてきた猿の予言についての一節が有名。そこでは、ドン・キホーテがサンチョを相手に、当時の占星術が、科学の教示する真実を歪めていることを嘆いている。

(45) 出した洟を眺める人については、第一部第十一考本文に記述あり（一六九頁）。

(46) アンダルシア人がお喋りで、怠け者であるとの世評については、第一部第十考本文に記述あり（一四四頁）。

(47) サラマンカ大学は当時のスペインでは、学問の中心として多くの優れた学生を集めたが、その一方で頭でっかちで世間の常識からはずれた行動をとる学生も同時に現れ、その衒学的で自惚れの強い態度は世人の顰蹙を買った。その事情を踏まえての皮肉である。

(48) モモスは他を批判し、皮肉を言う神。第二部第十一考などに、既注あり（七六七頁）。

(49) アプレイウスについては既出の注多数あり（七三四頁他）。ローマの作家。代表作は『黄金のろば』、つまりおべっかを使えば馬鹿者たち（つまりロバ）を手なずけるのは簡単だということ。

(50) フェリペ二世の時代には、それまで流行していた帽子に飾り毛を立ててつける風習が廃れはじめ、次のフェリペ三世の時代に入ると、帽子の飾り毛をすこしずつ後ろに垂らすのが一般的になっていった事情を説明している。

(51) 当時スペインからイタリアへ渡った者の多くは、「ドン」の称号を自分でつけ、身分を偽って貴族であるかのように振舞ったこと。

(52) スペイン人がみんな貴族であるということなら、いったい誰が羊番のような仕事をするのでしょう？　という意味。十七世紀スペインのピカレスク小説『グスマン・デ・アルファラチェ』の第二部の偽作（一六〇二）は、ルハン・デ・サアベドラなる名前の作家によって書かれたが、その第三章に出てくるイタリア語のセリフ（Se tutti siete cavalieri,chi guarda la pecora?）を引用している。

(53) 息を吹きかけるように喋るとは、当時一部の政治家や将軍など重要人物に流行していた話し方で、相手に大きく息を吹きかけるようにして話すことが、貫禄を示す効果があったとされた。

(54) くすぶった薪と、煙(つまり虚栄の心)を心にいっぱい詰め込んだ男の両方から出る煙のこと。

(55) アルテミス神殿は、前六世紀ころペルシア統治下のトルコのエフェソスに建てられた。世界七不思議のひとつとされる。ヘロストラトスの放火により焼失(前三五六年)、その後再建、破壊が繰り返された。

(56) イギリス人に対する評価については、すでに第一部第六考の終わり部分で述べられている。

(57) 「ノン・プルス・ウルトラ」Non plus ultra の二本の柱は、ジブラルタル海峡付近にヘラクレスによって立てられたとされる柱で、「これより先には何もない」という警告を発し、船乗りたちがそれ以上進まないようにとの知らせとした。「これ以上のものはない」、つまり「最高のもの」の意味でも使われる表現。

(58) イタリア、ナポリに近い活火山。西暦七十九年の大噴火によるポンペイの遺跡が広く知られている。

第八考

(1) この古い時代の理論家は、まずは太陽が動き、人間が住む土地は不動であるとする天動説を出発点としている。「太陽を下に移動させて大宇宙の中心を占めるようにする」とは、太陽を今の地球とおなじ位置に移動させ、不動の存在とさせるということ。また上に移った《地球》もそのまま動かないし、おまけにその《地球》は平面だから、太陽を四六時中浴びることになる。我々が住むこの地球を、球体ではなく、平面的な広がりと考える時代であったから、このような説が成立したのであろう。

(2) チチメカ族は、メキシコ北西部に住むインディオ。

(3) 「ヴェノーサの人」とは、ホラティウスのこと。

(4) ホラティウス『書簡詩』(一~一の九十九~百行目)にある「四角なのを丸に変えたりしていたら、一体貴方はどうします」(鈴木一郎訳)の一節のこと。

(5) ここではグラシアンは、やはり静止した地球の周りを太陽が回転すると考えるべきだとして、伝統的な天動説に与しているようにみえる。

(6) ポルトガルのこと。ヨーロッパ大陸西端にあり、スペインが頭であるとすると、ポルトガルはその上に置かれた冠に見えることから。

(7) 傲慢なポルトガル人については、第一部第十考と第二部第三考を参照のこと。

(8) この諺は、スペイン語では Donde fuego se hace, humo sale.

(9) 「べたべた男」とは、女性に惚れやすく、心がとろけてしまう傾向があることを皮肉った呼び名。

(10) アルジュバロータの戦い(一三八五年)でポルトガル王ジョアン一世がカスティーリャ王フアン一世に勝利したこと。この事件については、第二部第五考に既注あり(七五五頁)。

(11) リスボンの町の創設者がウリッセス(ギリシャ神話ではオデュッセウス)とされるのは、リスボンの旧称 Ulyssipona が Ulysses(ウリッセス)に似ているところから。この点については、第一部第十考に既注あり(七二九頁)。

(12) 大袈裟な法螺話をしがちなポルトガル人の話しぶりを皮肉っぽく真似ている。

(13) 至福の地エリュシオンについては、第三部第二考に既注あり

（七七三頁）。

(14) 美しい野原の風景の描写から一転して、「安楽な生活からは何の意味のある成果も生まれない」というグラシアンらしい皮肉が込められている。

(15) タパダ庭園は、ブラガンサ公爵所有の山に作られた広大な庭園。

(16) パウシリポは、ナポリ湾を見下ろす岬にある小山で、景観で知られる。

(17) ベルベデーレ宮は、バチカン内の建物、美しい中庭とローマの景観が望めることで知られる。

(18) 「ゆっくり、ゆっくりね」Pian, pianino の意。

(19) スペイン語混じりの怪しげなイタリア語である。正しくは、Voglio vedere quanto tempo potrà campare un bel poltrone.

(20) エピクロスは、快楽主義を説いたギリシャの哲学者（前三四一?—前二七〇）。

(21) カタルーニャ貨幣一枚がカスティーリャでは銀三十レアルの価値があった。

(22) カタルーニャ戦争（一六四〇—一六五二）で、フランス軍の侵入によって、略奪行為が行われたことを、その貨幣が残っていない理由としてあげている。

(23) 第八代アルブルケルケ公爵（一六一九—一六七六）はカタルーニャの副王。その時代に出された貨幣は純度が高く、前出のカタルーニャ貨幣より価値があるとされた。同公爵については、第一部第八考、第二部第二考などに既注あり（七二七頁、七四三頁）。

(24) 旧約聖書の登場人物などを頭に置いての発言である。

(25) 法律家についての批判は第一部第二考を、警吏についての批判は第一部第十考をそれぞれ参照のこと。

(26) 当時の医者についてのグラシアンの批判は、詳しくは第二部第一考を参照のこと。

(27) 『旧約聖書』の「創世記」の中の、「その弟の名はユバルといい、竪琴と笛とを奏でるすべての人々の始祖となった。ツィラにはトゥバル・カインが生まれた。トゥバル・カインは青銅と鉄とで種々の道具をつくる鍛冶屋であった」（四の二一～二二）に準拠。

(28) 主に鶏肉や野菜を材料にした鍋料理は、当時は健康によいとされ、とくに農村の富裕層に人気があったといわれる。

(29) アーキトレーブは、複数の柱頭の上部に載せられた梁のこと。

(30) 《怠惰に暮らすことは、生きたまま墓場に埋められたも同じ》El vivir ocioso es enterrar en vida. の諺を意識したせりふ。

(31) アドニスは、アフロディテに愛された美青年。マルスは軍神アレスのローマ名。ここでは「勇敢な兵士たち」の意。

(32) 当時の長子相続制度のもと、将来に向け何の希望もない次男坊たちである。

(33) 大将軍グラン・カピタンは次男であったが、努力によって長兄のアロンソを凌ぐ名声と富を得たこと。

(34) 学問を修めることが、各階級の人々にとって、どんな意味をもつのかを説明したローマ教皇ユリウス二世のことば《学問は平民にとっては銀、貴族にとっては金、君主たちにとっては宝石となる》に準拠したセリフ。

(35) キプロスの女神とは、ウェヌス（ギリシャ神話ではアフロディテ）のこと。キプロス島の西部の町パフォスには、ウェヌスに捧げられた神殿があった。美と愛の女神ウェヌスは、海の泡から生まれ、キプロス島に降り立ったとされる。この場合は《愛の女神》ではなく《愛欲の女神》として捉えられている。

（36）セイレンはギリシャ神話の半人半鳥の妖精、美声で船人を魅惑して難破させた。

（37）皇帝ネロの黄金の宮殿については、スエトニウスの『皇帝伝』のなかの「ネロ」（三一）にあり。

（38）グラシアンの間違い。浴場をつくったことで有名なのは、ティテウス帝、カラカラ帝、ディオクレティアヌス帝などである。

（39）ヘリオガバルス帝は、ローマ帝国第二十三代皇帝（二〇三―二二二）。

（40）征服王ジャウメ一世については、第一部第十三考に既注あり（七三七頁）。

（41）ムラト四世は、オスマントルコのスルタン（一六一二―四〇）。

（42）プリウス・テレンティウス（前一九五？―前一五九）は、共和政ローマ時代の劇作家。

（43）モレト Agustín Moreto はグラシアンと同時代のスペインの劇作家。この著作は一六五四年に出版された。

（44）トマソ・ガルツォーニ Tomaso Garzoni の作品、*La piazza universal de tutte le professioni del mondo* のこと。

（45）グイチャルディーニ Francesco Guiciardini（一四八三―一五四〇）については、第二部第四考に既注あり（七五〇頁）。主著『イタリア史』。

（46）ベンティヴォーリオ Guido Bentivoglio（一五七九―一六四四）は、枢機卿、歴史家。

（47）カテリーノ・ダビラ Caterino Davila については、第二部第四考に既注あり（七五〇頁）。

（48）シーリ Vitorio Siri（一六〇八―一六八五）は、イタリアの歴史家。

（49）ビラーゴ Giovanni Battista Birago Avvogadro は『欧州真実年代記』*Mercurio veridico*（一六四八）の作者。

（50）タキトゥスは、ローマ帝政期の歴史家（五五？―一二〇？）。

（51）聖トマス・アクィナスは十三世紀のイタリアの神学者。スコラ哲学の大成者。全三部からなる『神学大全』の第一部のこと。

（52）レオ十世は第二一七代ローマ教皇（在位・一五一三―一五二一）メディチ家出身、聖ピエトロ大聖堂の新築や、ミケランジェロやラファエロなどの芸術家を庇護したことで知られる。グレゴリウス十三世は第二二六代教皇（在位・一五七二―一五八五）。学問を奨励、グレゴリオ暦とよばれる新暦を採用した。

第九考

（1）トゥーレは、ヨーロッパの古典やルネサンス期に登場する地球の最北にある伝説上の地。グラシアンより一世代前の作家セルバンテスの『ペルシーレスとシヒスムンダの憂苦』*Trabajos de Persiles y Sigismunda*（第四の書・第十二章）などに、詳しく語られている。

（2）「遠くの盛名」fama と「近くの飢え」fame を対照させた言葉の遊びである。原文は Mira lejos de aqui la fama y muy cerca la fame.

（3）人間として成熟しないまま、皺だらけの老人となった者が多い、という意味。

（4）隆盛を極めたスペイン帝国の没落の予感を、グラシアンはこんな形で表現しているものと思われる。

（5）〈好機さま〉と髪の毛の話については、既出の注を参照のこと（七六四頁）。

（6）ルカヌスはローマ帝国時代の詩人（三九–六五）で、コルドバ出身。

（7）クインティリアヌスはローマ帝国時代の修辞学者（三五?–一〇〇?）で、カラオラ出身。

（8）父親の大セネカは修辞学者、息子の小セネカ（ルキウス・アンナエウス・セネカ）は哲学者、詩人。

（9）ワァレリウス・リチアヌスは法学者。

（10）マルティアリスは詩人（四〇–一〇二?）。カラタユー出身。

（11）ヤヌスについては、第一部第六考に既注あり（七二三頁）。

（12）グラシアン特有の軽口。ここでは工芸品とは無関係の、ジェノバ商人の抜け目なさをやり玉にあげた冗談となっている。

（13）帝政ローマ期の著述家プルタルコスによると、これは古代ギリシャの政治家、弁論家であったデモステネス（前三八三?–前三二二）の言葉とされる。

（14）この時代のスペインのローマ駐在大使は、第七代インファンタド公爵（在任・一六四九–一六五二）。エル・シッドの家系で本名ロドリゴ・ディアス・デ・ビバール。レリダ救出作戦で活躍し、シチリア副王も歴任。

（15）美の三女神は、古代ローマ神話に登場する三人の女神のこと。アグライア（輝き）、エウプロシュネ（祝祭）、タレイア（喜び）の三人。

（16）ギリシャ神話の、さまざまな芸術を司る九人の女神。叙事詩（カリオペ）、歴史（クレイオ）、悲劇（メルポメネ）、抒情詩（エウテルペ）、恋愛詩（エラト）、舞踏（テルプシコラ）、天文占星（ウラニア）、喜劇（タレイア）、音楽と幾何学（ポリュヒュムニア）の分野に分かれる。

（17）バークレイ John Barclay（一五八二–一六二一）は、スコットランド出身の作家。フランスに住んだため、グラシアンはフランス人だと誤解した。著作には『サテュリコン』（一六〇三年）などの寓意政治小説がある。ラテン語で執筆した。

（18）ボッカリーニ Traiano Boccalini（一五五六–一六一三）はイタリアの法律学者、著述家。イタリアでのスペイン支配を痛烈に批判した。

（19）マルヴェッツィ Malvezzi は十七世紀のイタリアの歴史家。一五九五年から一六五三年にかけて、オリバーレス伯公爵に招聘され、フェリペ四世の編年史家となった。

（20）エンリコ・カテリーノ Henrico Caterino Davila（一五七六–一六三一）は、イタリアの著述家。第二部第四考に既注あり（七五〇頁）。

（21）シーリ Vittorio Siri（一六〇八–一六八五）はベネチアの歴史家。のちフランスの政治家マザランに仕えた。その著作『メルクリウス』は、一六三五年から一六四九年までのヨーロッパの重大事件を解説したもの。第三部第八考に既出の注あり（七九〇頁）。

（22）ビラーゴ Giovanni Battista Birago は、イタリアの歴史家、法律学者、『欧州真実年代記』*Mercurio veridico*（*1648*）で知られる。第三部第八考に既注あり（七九〇頁）。

（23）アキリーニ Claudio Achillini（一五七四–一六四〇）は、イタリアの詩人。スペインの詩人ゴンゴラの作風の影響を受け、隠喩をふんだんに使い、装飾性に富む作品を多く残している。

(24) マスカルディ Agostino Mascardi（一五九一―一六四〇）は、イタリアの歴史家、文芸評論家。

(25) マリーニ Giovanni Battista Marini（一五六九―一六二五）については、第二部第四考に既注あり（七四九頁）。

(26) これ以下の主張の要旨は、ホラティウス『諷刺詩』（第一巻の一）の欲についての考察をほぼなぞっている。

(27) クロイソスは、リュディア王国の最後の王（前五九五？―前五四七？）。莫大な富を有し、古代史上例のない富者とされた。

(28) ディオゲネスは、古代ギリシャの哲学者（前四〇〇？―前三二五？）。セネカ『倫理書簡集』（第十一～十三巻・九〇の十四）によれば、ディオゲネスはある少年が水を手ですくって飲むのを見ると、すぐに頭陀袋から椀を取り出して破壊し、「愚か者のこの俺は、なんと長いこと余計な荷物を抱えていたことか！」（大芝芳弘訳）と嘆き、自分を責めたとある。グラシアンはおそらくこれを読み、登場人物の論者に以下の幸福論を展開させているものと思われる。

(29) この哲学者はアナクサゴラス（前五〇〇？―前四二八？）と思われる。世界は無数の元素の混合体であり、その原動力となるのがヌース（精神）であるとした。

(30) ユピテルは、ゼウスのローマ名。

(31) セネカ『倫理書簡集』（第一巻、二五の四）、「私たちが必要とするものはただであるか、さもなくば安い。自然が求めるのはパンと水なのだから。このかぎりでは貧乏人はいない。この範囲内に自分の欲求を閉じ込めた者は誰でもユッピテルとすら幸せをめぐって優劣を競えるだろう」（高橋宏幸訳）。

(32) イタリアの彫刻家・画家ミケランジェロ・ブオナロッティのこと。

(33) スペイン語の aligero「敏速な、翼のある」と、ダンテの苗字アリギエリ（Alighieri）をひっかけた洒落。

(34) メディチ（一三八九―一四六四）は、フィレンツェの豪商、政治家。一四二九年に当主となる。ダンテは十三世紀から十四世紀にかけて生きた（一二六五―一三二一）。

(35) ピエール・ジョヴァンニ・カプリアータはイタリアの歴史家、法律学者（一五六〇没）。『イタリア史一六一三―一六四六』などの著作あり。

(36) アゴスティーノ・マスカルディ Agostino Mascardi（一五九一―一六四〇）は、イタリアの歴史家、文明評論家。

(37) 第一部第二考の終わりには、人間生活を大きく支配する存在として、月の働きにつき詳しく語られている。

(38) マケドニアのフィリッポス、つまりのちのアレクサンドロス大王の父が、①パルメニオ将軍がイリュリア軍を破ったこと、②持ち馬がオリュンピア競技で優勝したこと、③夫人がめでたく男児アレクサンドロスを出産したことの知らせを聞いた時の話らしい。プルタルコスの英雄伝の中の『アレクサンドロスの生涯』による。

(39) 『旧約聖書』の「コヘレト」の中には、「天の下のすべてのものには、その時期があり、すべての営みにはその時がある」（三の一）とあり、また同第三章の四には、「泣くのに時があり、笑うのに時がある。嘆くのに時があり、踊るのに時がある」ともある。この本の作者が長いあいだサロモンと信じられてきたことから。

(40) 『旧約聖書』の「ヨブ記」の中の、「地上の人間は、苦役についているようなものではなかろうか。その生涯は日雇い労務者の日々に等しいのではなかろうか」（七の一）や、セネカの『倫理書簡集』（九六の五）の「ルーキウスよ、生きることは戦うことだ」（大芝芳宏訳）を意識した文章。

（41）ユノは、ヘラのローマ名、神々の女王。

（42）ベローナは、ローマ神話の戦争の女神。

（43）プロセルピーナは、ローマ神話の冥府の女王、ギリシャ神話ではペルセフォネ。

（44）ケレスは、ローマ神話の豊穣の女神、地母神。

（45）ミネルウァは、ローマ神話の知恵の女神。

（46）『旧約聖書』の「創世記」で語られたアダムとエバの楽園追放のこと。

（47）ローマにある大使館や文芸愛好家の集まりなどで、さまざまな国籍の人々が参加する滑稽な芝居が、頻繁に演じられた様子を述べているのであろう。

（48）ジェノバは金融活動の中心地、シチリアは豊富な果実類の生産地、ロンバルディア州はワインの生産地。ラツィオ州はイタリア中央部の州、州都はローマ。

（49）この作品の第三部が書かれた時代に、フランスとスペインがイタリアを舞台にして武力衝突を繰り返していること。

第十考

（1）ルキナはローマ神話における出産の女神。出産に際し妊婦を助ける役割を果たすとされる。

（2）金星を表すVenusは、「愛の女神ヴィーナス」の意味をもつことから。

（3）火星を表すMarteは、「戦いの神マルス」を意味することから。

（4）木星はスペイン語ではJúpiter。さらにこの単語はローマ神話の全能の神ユピテル（ギリシャ神話ではゼウス）を意味することから、神々の王としてすべてを支配するゼウスに木星をなぞらえている。

（5）土星を表すSaturnoは、ローマ神話では農耕の神サトゥルヌスのことで、ふつう長い白髭をたくわえた老人が、手に鎌を持った姿で描かれる。太陽から遠く、運行が遅いことから、年老いた神のイメージが生まれたらしい。

（6）「蛇が自分の尾を噛んで、円形を描いている絵」とは、良く知られた《ウロボロス》の絵柄のこと。

（7）ローマの中心部テヴェレ川の左岸にある七つの丘で、古代ローマ時代には《ローマンの七丘》とされた。一番高い地点だから、エスクィリーノ丘（六四メートル）ヴィミナーレ丘（六〇メートル）クイリナーレ丘（六一メートル）のうちのどれかを想定しているのであろう。

（8）セリム二世率いるオスマントルコ軍に、ドン・フアン・デ・アウストリア率いるヨーロッパのカトリック教国の連合軍が勝利したレパントの海戦のこと。

（9）アラスはフランス北部のベルギーに近い町。一六五四年スペイン軍はこの町を包囲するが、フランス軍の抵抗により包囲が解かれ、一六五九年に正式にフランスに併合された。伝統的にタペストリーの生産地として知られる。

（10）フランスの生産品であることから、冬の寒さを防ぐための絨毯を壁にかけることまで嫌になってしまう、の意。

（11）ヘンリー八世（一四九一―一五四七）が、ローマ教会から離脱し、英国国教会を作ったこと。

（12）フランス王アンリ四世（一五五三―一六一〇）がプロテスタ

ントとして育てられ、ユグノー派の首領として活躍したこと。

(13) メアリー・スチュアートは、スコットランド女王(一五四二-一五八四)。

(14) その孫とは、イングランド王チャールズ一世のこと。一六四九年に処刑された。

(15) フランス王アンリ三世が一五八九年に、同四世が一六一〇年にそれぞれ暗殺されたこと。

(16) ヒュドラはギリシャ神話の多くの頭を持つヘビの怪物。一つの首を切り落とされると、その代わりに二つの頭が生えてくる。異端のヒュドラの首が生えるとは、アンリ四世の暗殺後ユグノー派の勢力が増していったこと。

(17) スウェーデン王グスタフ・アドルフ二世(一五九四-一六三二)がリュツェンの戦いで戦死したこと。その甥カール十世スウェーデン王(一六二二-一六六〇)は、長期にわたるポーランドとの戦いで、熱病により死去。

(18) ピウス五世は、第二二五代ローマ教皇(在位・一五六六-一五七二)。一五七一年のレパントの海戦では、カトリック勢力を結集し神聖同盟を結成させ、オスマントルコの勢力拡大を防ぎ、また英国女王エリザベス一世を破門した。グレゴリウス十三世は第二二六代ローマ教皇(在位・一五七二-一五八五)。学問を奨励した人として知られ、新暦グレゴリオ暦を採用した。一五八五年には日本からの天正少年使節を謁見している。

(19) 聖アウグスティヌス(三五四-四三〇)は、古代キリスト教の神学者、北アフリカのタガステ(アルジェリア)生まれ。テルトゥリアヌス(一六〇?-二二〇?)はキリスト教神学者、カルタゴ(現チュニジア)生まれ。アプレイウス(一二三頃-?)は北アフリカのマダウロマ生れで、帝政ローマの作家、『黄金のろば』などを書いた。

(20) ふつう〈好機〉は車輪の上に乗り、足には羽が生え、額にわずかに毛が残り、後頭部は禿げた姿で描かれることが多い。たとえばアルチャートの『エンブレム集』第一二一番の「好機について」In Occasionem にある。

(21) 十八世紀初めの『アカデミア辞典』*Diccionario de Autoridades* によると、起重機の構造について、「起重機の大きな輪の中に、一、二人の人夫が入り込み、足で内側につけた段を踏んでゆくことで、輪が回転し、重い荷が吊り上げられる」と説明している。したがって、人夫の代わりに〈時〉という存在が輪の中に入り、踏みしめてゆくと、時間が経過し、輪が回り、一回転することになるのであろう。

(22) ジャウメ一世については、第一部第十三考に既注あり(七三七頁)。

(23) フェルナンド三世(一二〇一-一二五二)は、イベリア半島を占拠するイスラム勢力圏を攻略するなどレコンキスタで大きな働きがあり、《聖王》の称号を与えられた。

(24) アルフォンソ・エンリケスは、初代ポルトガル王(一一〇九?-一一八五)。イスラム勢力を主にイベリア半島南部から排除し、レコンキスタで大きな功績を挙げた。

(25) アタウルフォは西ゴート族の王(在位・三七二?-四一五)、イベリア半島における西ゴート族の初期の王、もともとゲルマンの一派。スカンジナビアから南下して、五世紀初めにイベリア半島に定着したあと、七一一年アラブ軍に滅ぼされた。

(26) シセナンドは、実は二十六代目の王(在位・六三一-六三五)であり、初期の王ではない。

(27) 国王バンバ（在位・六七二―六八八）は、退位後七年間修道院で暮らす。
(28) ロデリックはゴート族最後の王。セウタ総督ユリアヌスの美しい娘フロリンダを凌辱したが、ユリアヌスはその復讐のため、回教徒軍のイベリア半島侵入を手助けしたとされる。
(29) ペラヨについては、既注あり（七八五頁）。
(30) 「マフ」とは、ふつう毛皮を筒型に縫い、両側から手を入れて温める防寒具。
(31) 東の部分とは、物事が朝日のように新しく登場してくるか、ひとめぐりして再び現れる方角を意味する。
(32) ペドロ三世は、アラゴン語では「ペーロ三世」、カタルーニャ語では「ペーラ三世」。第二部第八考に既注あり（七六三頁）。
(33) ヌーニョ・ラスーラは、九世紀中ごろのカスティーリャ王国の裁判官。民事を担当し、その公平な裁きにより民衆の支持を得た。第三部第七考に既注あり（七八五頁）。
(34) この手袋は当時の紳士たちのたしなみ。第一部第七考の注（七二六頁）を参照のこと。
(35) モンテラは布製のキャップ。中世ではこの帽子スタイルが宮廷人の間では一般的であった。帽子の流行については、このあと本文六五三頁で詳しく述べられる。
(36) 王女コンスタンサはカスティーリャ王フェルナンド四世の妻。アルフォンソ十一世の母。マラベディは最低価値の通貨名、maravedí → real → real a ocho → escudo の順に価値が上がる。2 reales a ocho = 1 escudo に当たる。
(37) ライン・カルボは、中世カスティーリャの名裁判官として知られる伝説上の人物。
(38) 女性の接客部屋とは、部屋の隅に自分が座る一段高い席を設け、その上にクッションを置き、来客と面談した。
(39) マルクス・フリウス・カミルスは共和政ローマの政治家、軍人（前四四六―前三六五）。ロムルスにつぐ第二のローマ創建者とされる。
(40) マニオ・フリウス・デンタトゥスは紀元前三世紀のローマの執政官。
(41) サンチョ・ミナヤとは、エル・シッドの副官で、彼のいとことも甥ともされるアルバール・ファニェスのこと。レオン王アルフォンソ六世の臣下として、長年トレドの総督を務めた。
(42) グラシアン・ラミレスは八世紀の将軍、マドリードから回教徒軍を排除し、守備隊長を務めた。
(43) ライン・カルボは、十世紀初頭レオン国王オルドニョ二世の暴政に異議を唱えた市民らが、独自に選出した裁判官。少し前段に注あり。
(44) アルペルチェ侯爵は、十二世紀回教徒軍に対するサラゴサ包囲作戦に参加、奪還を果たした軍人。
(45) ガルシ・ペレスは、十三世紀フェルナンド三世の指揮のもと、回教徒軍からのセビリア奪還に活躍した怪力の戦士。
(46) モリオンは、十六世紀から十八世紀にかけて流行した軍用かぶと。頭部がアーモンド形に丸く盛り上がっていて、鍔（つば）の前後がとがっている。
(47) 一バーラは約八十センチ。
(48) ヒラルダの塔は現存。高さ九十八・五メートル、先端までは一五〇メートル。
(49) トーレ・ヌエバはかつてサラゴサ市内の聖フェリペ広場にあった塔。倒壊の恐れがあったことで、一八九四年に取り壊された。
(50) アルミランテは、古代ローマ時代の女性の髪形を真似て、当時流行したスタイルのひとつ。
(51) アラゴンの自治特権法は十五世紀、カスティーリャの法典は十三世紀にそれぞれ書かれている。
(52) 「息子」を意味するスペイン語の単語 hijo について、その語源と変遷をたどっている。
(53) フェルナンド五世はアラゴン王フェルナンド二世のこと。カスティーリャのイサベル女王とともにスペインの統一を果たす。カスティーリャ王としてはフェルナンド五世になる。カール五世とピウス五世に関してはすでに注あり。
(54) 当時のスペイン王はフェリペ四世。時代を担うべき新しい王が誕生してほしいとの願望を表わしたセリフである。
(55) 平和な暮らしを享受した古代を《黄金の時代》と呼び、慌ただしく混沌とした世相を示す作者の時代を《鉄の時代》と呼び、このふたつの時代を対比することは当時よく使われた文章技法である。
(56) アルチャート『エンブレム集』第一三〇項には、「悪事はなんと早く現れ、救いはなんと遅いことか」Remedia, in arduo, mala in prono esse. があり、また『イソップ寓話集』(第四部二七四項)の「善と悪」にも同じ考えが述べられている。「悪は人間の近くにいて絶えず襲って来るが、善は天からゆっくりと降りてくるのだ」(中務哲郎訳)。
(57) 「コフィア」は、頭を耳まですっぽりと覆い、縁にはシンプルな飾りのついた婦人帽のこと。
(58) カトリック信者にとっては翌日の金曜日は、鳥獣の肉を食べない小斎の日に当たるため、そのささやかなご馳走を木曜日に食べたという意味。
(59) エルモシンダは、スペインの宮廷、とくにアラゴン王国の宮廷では、この名で活躍したすぐれた資質をもつ女性が多かったことから、作者はここに例示したのであろう。ヒメナは十一世紀後半に活躍した英雄エル・シッドの妻。武人の妻として模範的な生活を送ったとされる。ウラカは十二世紀初頭のレオンおよびカスティーリャの女王。
(60) タッソは十六世紀後半のイタリアの詩人。長編叙事詩『解放されたエルサレム』で知られる。グラシアンは簡潔ながら説得力に富むタッソの表現力を、文章表現の模範としてこの詩人の名を挙げている。
(61) アルムガバルとは、アラゴン王国に仕えた傭兵団の兵士。その勇猛さで名を馳せた。
(62) 勇猛な王子とは、のちのアラゴン王ペーロ一世のこと。
(63) ロンキーリョ(一四七一―一五五二)はサモラ市長をつとめたあと、軍人、裁判官として活躍する。一五二一年のビリャラールの乱の反乱分子を厳しく処刑した。第二部第七考に既注あり(七五八頁)。
(64) フランシスコ・デ・バルガス Francisco de Vargas はカトリック王フェルナンドの有能な側近で、秘書官を務めた。王が複雑な問題の対処を迫られると、《バルガスに検討させよ》Averigüelo Vargas と、常に彼に判断を任せたとされる。それ以降、解決が厄介な問題を意味する表現として用いられることになった。最初の本格的なスペイン語辞典であるコバルビアスの『スペイン語宝典』*Tesoro de la Lengua Castellana o Española*(一六一一)にもすでに解説がほどこされている。
(65) キニョネス Juan de Quiñones de Benavente は、グラシアン

と同時代の著述家。マドリード市長などを務めたほか、フェリペ四世時代の宮廷内のさまざまな争いごとの調停役としても活躍した。

(66) ベトレン・ガーボルについては、第一部第八考に既注あり（七二七頁）。トランシルバニア王子。ハンガリーにおける反ハプスブルク家反乱の指導者。三十年戦争に参加し、プロテスタント陣営を支援した。太閤秀吉については、第一部第八考に既注あり（七二七頁）。

(67) この乗馬姿勢は、北アフリカの軍人たちによく見られた、凛々しさにあふれた戦闘態勢。

(68) この成功者は、イタリア人の通称ガッタメラータ Gattamelata、本名 Erasmo de Narni（一三七〇–一四四三）のこと。ナルニの町のパン屋の息子として生まれたが、のち傭兵隊長としてベネチア共和国に尽くした。

(69) トスタド司教 Alonso de Tostado（一四〇〇–一四五五）は、アビラ司教。聖書歴史学で優れた業績を残した。別名 Alonso de Madrigal とも。第三部第七考に既注あり（七八六頁）。

(70) 聖パウロは初代キリスト教徒のうち、熱心な伝道者としてエーゲ海沿岸一帯に福音を伝えたことから、キリスト教説教師として模範にすべき聖人として敬われている。それを念頭に置いての表現。

(71) 《金口》とは、聖ヨハネス・クリュソストモスのこと。四世紀キリスト教神学者、説教師。名説教で知られ、《黄金の口》の別名をもつ。

(72) 聖アンブロジウス（三四〇–三九七）のこと。四世紀のミラノ司教、話し上手として知られた。

(73) テオドシウス大帝（三四七–三九五）は、東西ローマ帝国分裂以前の最後のローマ皇帝。現在のスペイン・セゴビア県コカの生まれ。

(74) アウグストゥス帝は、ローマ帝国初代皇帝、在位は前二十七年より前十四年まで。

(75) キュロス二世は、メアケメネス朝ペルシア帝国の創始者。エジプト以外の古代オリエント諸国を平定し、大帝国をつくりあげた。在位は前五五〇年から前五二九年まで。

(76) サルダナパールは、伝説上のアッシリア王。

(77) ゴンサロ・フェルナンデス Gonzalo Fernández は、グラン・カピタンの本名。

(78) アルブルケルケは、ポルトガルの航海士、軍人。インド総督などの植民地支配者。第二部第二考に既注あり（七四三頁）。

(79) 当時カタルーニャ地方をフランス軍から取り戻すための戦争で、やつぎ早に指揮官の交代があったこと。

(80) シャルル八世によるナポリ侵攻は、一四九四年のこと。

(81) ブランカ王女とは、カスティーリャの残酷王ペドロ一世の妻ドーニャ・ブランカ王女のことと推測されるが、とくにすぐれた業績を残していないことから、人物の特定は難しい。おそらく blanca「白い」と、あとの negra（「黒い」、ただしこの場合は「地味な、凡庸な」）との言葉遊びを狙ったのが本当の理由かもしれない。

(82) この「別のスペイン女王」とは、フェリペ四世の妻、マリアナ・デ・アウストリアのことであろう。

(83) クリスティーナは、スウェーデン女王、グスタフ・アドルフォ二世の娘。一六五四年に王位を捨て、カトリックに改宗した。

(84) ヘレナ皇后は、ローマ皇帝コンスタンチヌス一世の母。キリスト教の聖人。三六二年エルサレムに巡礼し、キリストの磔刑時の十字架を発見したとされる。

(85) アレクサンドロスと同名の人物とは、ローマ教皇アレクサンデル七世のこと。在位は一六五五年から一六六七年まで。

(86) この哲学者とはピタゴラスあるいはプラトンのことであろう。十一の層とは、地球の周りを取り巻いていると考えられた八つの層(月、金星、水星、太陽、火星、木星、土星、不動の星座の層)のほか、火、空気、水の三つの層を加えて、十一の層としたようだ。

第十一考

(1) 人生とは少しずつ死んでゆくこと、との考えは、おそらくセネカ『ポリュビウスに寄せる慰めの書』(一一の二)の中の「人の生涯は死への旅路以外の何ものでもないのです」(大西英文訳)などのことばの影響をうけたものと考えられる。

(2) ネストル王は、ギリシャ神話の登場人物。『イリアス』にも登場する。ピュロス王のトロイア戦争に参加したギリシャ王のうちの最長老。第一部第十二考に既注あり(七三四頁)。

(3) スペイン語では、A casa hecha, sepultura abierta.

(4) 『旧約聖書』の「箴言」の中の、「知恵は自分の家を造り、七つの柱を建て、獣を屠り、ぶどう酒を混ぜ合わせ、その食卓を整えた。知恵はその小娘たちを使いに出して、町の最も高い所で告げさせた。《弁えのない者は誰でも、こちらに来なさい》と」(九の一〜三)の一節に準拠したものであろう。

(5) 手のひらの長さを七倍したほどの長さ。

(6) ニーチェ『ツァラトゥストラはかく語りき』(一の六)で、二つの塔の間に張られ、観衆の頭上にかかった綱を渡る綱渡り師の話が語られる。あるいはグラシアンのこの部分からの影響を受けたニーチェの記述かもしれない。

(7) シカンブリオは、前五五年にカエサルのガリアの戦いに現れるゲルマン族。ゲルマニアの北部に居住。シバ王国は、『旧約聖書』やコーランで言及されている歴史上の王国。エチオピアまたはイエメンとされているが、推測の域を出ない。マルマートは前六世紀頃より南ウクライナの草原地帯を中心に活動していたイラン系遊牧騎馬民族。ただし、マルコ・ポーロの『東方見聞録』(第二章七十五)に、フビライ・カーンの時代に中央アジアで騎馬民族として強大な勢力を保ったタタール人に関して、「必要とあらば彼らは十日間でも食事せず火を焚かずに過ごすことができる。この場合、彼らは各々自分のウマのどれか一頭の血管を切り裂いてその血を吸い、もって命の糧とするのである」(愛宕松男訳)の一節があり、グラシアンはこの記述を参考にしたと考えられるが、おそらく同じ騎馬民族ということで、時代の異なるサルマート人とタタール人を混同してしまったらしい。

(8) アリオスト『怒れるオルランド』に登場する邪悪な魔女の名前。

(9) 「愛されたお方」とは、フェリペ四世の子バルタサール・カルロス皇太子のこと。十七歳で死去。第二部第六考に既注あり(七五七頁)。

(10) メディアはギリシャ神話の魔女。愛する夫イアソンに捨てられ、復讐のためにわが子二人を殺す。メガイラはギリシャ神話の復讐の三女神のうちのひとり。悪事を働く者を罰するために現れた。

(11) スペイン語では、hambre「飢餓」、guerra「戦争」、peste

「ペスト」、はいずれも女性名詞。
(12) ハルピュイアは、ギリシャ神話の美しい姿で醜い顔をした翼のある女。
(13) フリアエは、ローマ神話の復讐の三人の女神。前髪は恐ろしい蛇の形相をしている。ギリシャ神話では、エリニュスにあたる。
(14) パルカは、ローマ神話の運命の三女神（クロートー、ラケシス、アトローポス）のこと。
(15) 「膿疱」は性感染症などによって起こる腫瘍のこと。
(16) 「アーモンドミルク」は、古来ヨーロッパではよく飲まれた食品ではあるが、ビター種（苦扁桃）を使うと、猛毒のシアン化水素を発生し危険であることが、あまり知られていなかったことへの言及とみられる。
(17) ここでは死を早める原因ばかりを擬人化して提示している。つまり、スペインの灼熱の太陽に当たりすぎると体が衰弱すること、イタリアの快い夜の空気に当たりすぎると湿気のとりすぎになり体を痛めること、きれいなバレンシアの月を眺めすぎると人に狂気をもたらすこと、さらにはフランス病、つまり《梅毒》にかかること、をそれぞれ意味している。
(18) 《老人には持病はつきもの》Muerte no venga, que achaque no falta. の意味の諺にかけた返事。
(19) この戦いに関してロメラ・ナバロ教授は、一六四六年から翌年までのレリダの包囲作戦のことであろうと推測している。また王族と述べていることに関しては、コンデー大公ルイ二世（この人物については、第一部第七考の注19、および第三部第十二考の注56にも説明あり）のことかもしれないと述べているが、確かではない。
(20) 悪徳医者に対する批判で、単なる伝染病としてしまうと、多額の治療費を請求できなくなるので、途中で見立てを変え、ペストであったとの偽りの診断を下し、多額の金を懐にしたこと。
(21) 痛風は肉など高エネルギー食の過剰摂取や、アルコールの過飲などがその原因とされる贅沢病であった。痛風を直すためには、食餌療法、適度の運動、規則正しい生活などが古来より勧められ、その結果長生きする人が増える傾向があったとされる。
(22) スペインの諺に、《四日熱ほどの取るに足らない病気では、弔いの鐘は鳴らぬ》Por cuartanas no doblan campanas.（つまらぬ業績だけでは、名声など手に入らぬ、の意）があり、ここでは字義通りの意味で用いられている。
(23) 好きに飲み食いする安楽でぐうたらな生活をすると、贅沢品の品不足を招くと言う意味。
(24) コロンナ将軍 Próspero Colonna（一四五二—一五二三）はイタリア生まれの軍人。フランス王シャルル八世やスペインのカルロス一世などに仕え、数々の輝かしい武勲をたてた。ここでは próspero「栄える人、順風満帆の人」を使った洒落。人名としての Próspero と形容詞・名詞としての próspero の意味を掛けている。
(25) 死神は骨の矢を武器として、愛の神は黄金の矢を武器として、それぞれが弓を使って人を襲う図で描かれたが、その後死神は鎌を振り上げて人を襲う絵柄に変わっていった。アルチャート『エンブレム集』第一五四番の「死神と愛の神」De Morte et Amore には両者が弓を射る絵が描かれている。
(26) 「欠けた茶碗が名声を手に入れる」とは、考古学などで陶器のかけらが立派な古代文明の証拠として珍重されることを言っている。

(27) スペインの諺《醜女の幸せは美女のあこがれ》Ventura de la fea la bonita la desea. のこと。第二部第六考に既注あり(七五六頁)。

(28) 別の賢者とは、キケロのことであろう。その著作『老年について』(七の二四)の中で、「もう一年生きることができると思わぬほどの年寄りは誰もいないのだから……」(中務哲郎訳)と述べている。

(29) 《小悪は気をとがめ、大悪は心を穏やかにする》El poco mal espanta y mucho amansa. のこと。

(30) 断食は翌日から始まるのだからと、その前後にご馳走をたらふく食べて楽しむ人たちの、身勝手さと信仰の浅さとを批判している。

(31) ここはグラシアン特有の、藪医者たちへの皮肉である。

(32) 食欲がなく最低限必要な滋養食をとっているような人たちのこと。

(33) サルデーニャ島のこと。古代ローマ時代の昔から、不健康な気候と不親切な住民の多い島として、批判の対象とされていた。

(34) 一般の人間たちがお得意の口実とは、《いま仕事が忙しいから》という言い逃れのこと。高位聖職者たちは暇を持て余している、とのグラシアンお得意の皮肉が含まれている。

(35) 周囲から遺産相続を期待されている者にかぎって、しぶとく生き続けるものだ、という当時の俗説から、相続を期待されている者になれば、きっと危険を回避できて生き延びられるだろう、と言う意味。

(36) 世間から嫌われ者として噂話の対象となること。つまり、《憎まれっ子世にはばかる》ことで、命を長らえられるとの意味。

(37) 不幸なものはすべて永遠なり、という次の最終章で繰り返される考えに基づいている。たとえば、カラスについての話題から、「すべての不幸や不運は永遠につづくからです」などの一節がある。

第十二考

(1) クセルクセス一世(在位・前四八六-前四六五)は、古代ペルシアの王。

(2) ヘロドトス『歴史』(巻七・第七章四四〜四七)で語られている経緯である。ただし原典には「クセルクセスはヘレスポントスの海面が艦船によって蔽い尽され、海岸という海岸、アビュドスの平地のことごとくが軍兵に満ちている様を眺め、わが身の仕合わせを自ら祝福したのであったが、やがて落涙した」(巻七の四五、松平千秋訳)とある。

(3) 本来の諺を直訳すれば、《長い道を経由して、大きな嘘がやってくる》De luengas vías, luengas mentiras.

(4) ブオナロッティはミケランジェロの苗字。

(5) ラテン語の諺《死への恐れは死よりも御しがたし》Timor mortis morte pejor. による。

(6) マフは毛皮を丸い筒型に縫い、両側から手を入れて温めるためのもの。第三部第十考に既注あり(七九五頁)。

(7) パラダ氏は第一部の献呈の辞を捧げた相手。

(8) ボロ侯爵 Alejandro de Borro(一六〇〇-一六五六)はイタリア出身の将軍、フェリペ四世に仕え、カタルーニャ戦争に参加。

(9) アマノ山はシリアにある山。ロメラ・ナバロ教授の解説では、ギリシャ神話のオレステス伝説に関連しているとしているものの、ここにグラシアンがこの地名を出してきた詳細な理由は明らかでないとしている。

(10) ファン・デ・アウストリアはフェリペ四世の庶子。本作品の第二部を献呈している相手。

(11) カラセナ侯爵は十七世紀中ごろの武人、ネーデルランド総督を歴任。第二部第五考に既注あり(七五四頁)。

(12) オニャテ伯爵については、第一部五考に既注あり(七五四頁)。

(13) アロンソ・デ・サンティリャン師はドミニコ会士。十七世紀フェリペ三世時代の説教師として知られる。

(14) モンテレオン公爵は、一六五二年から七年間アラゴン副王を務めたエクトル・ピニャテリのこと。

(15) シルベラ伯爵は本名クリストバル・デ・ベラスコ。一六四四年からその翌年までのローマ大使。

(16) ルイス・デ・エヘアは、一六五二年から八年間にアラゴン王国の摂政。

(17) サントス卿は、グラシアンが本書執筆時のシグエンサ司教。

(18) この主任司祭とは、ロレンソ・フランセス・ウリティゴイティLorenzo Francés de Urritigoyti のこと。この第三部を献呈した相手。

(19) この司祭長とは、ファン・バウティスタ・フランセス・デウリティゴイティJuan Bautista Francés de Urritigoyti のこと。

(20) この助祭は、ミゲル・アントニオ・デ・フランセスMiguel Antonio de Francés de Urritigoyti のこと。

(21) 「あの方」の部分は、原文では、「……」で表されているが、いかにも微妙な意味を含んだ言い方である。当然フェリペ四世のことと読めるが、これまでこのグラシアンと同時代のスペイン王を称賛した個所は、わずかに第三部第七考においてのみ、それも宗教面での信仰の篤さを述べるだけで、政治的手腕にかんするものではない。ロメラ・ナバロ教授によれば、あえて実名を出さずに、「……」としたのは、その王としての資質に疑問を抱いていたグラシアンの小さな抵抗であったのかもしれないとのこと。

(22) コバルビアス著『スペイン語宝典』*Tesoro de la Lengua Castellana o Española*(*1611*)の《vidrio》の項によれば、ローマ皇帝ティベリウスの時代に、金槌で叩いても壊れない強固なガラスを発明した男を、そのガラスが黄金や銀以上の価値をもたないようにとの目的で、皇帝は秘密裏にその男を殺させたという話が紹介されている。おそらくグラシアンはそこからこの話を仕入れてきたものと思われる。

(23) オスティアは、テベレ川がローマを経てティレニア海にそそぐ地点にある町。古代ローマの港として繁栄した。

(24) 《オスティア》には、「オスティア港」と「神に捧げる犠牲、いけにえ」の二重の意味があることから、それを利用したグラシアン独特の言葉の遊びである。

(25) ギリシャ神話では黄泉の国にあるとされる川。死者は永遠の流刑地に導かれる際、その水を飲まねばならず、過去の出来事の記憶はすべて消え去ってしまうとされる。

(26) ヘリコンは、ギリシャ神話でムーサたちに捧げられた山。人々はここへ詩の霊感を求めに行くとされる。第三部第二考に既注あり(七七三頁)。

(27) アレクサンドロス大王の汗は、芳香を放ちその下着にまで香りが移っていたとされる。(プルタルコス『アレクサンドロスの生涯』による)。
(28) ヘリアデスは、ギリシャ神話の太陽神ヘリオスの七人の娘たちのこと。その涙は琥珀になったとされる。
(29) ディアナは、ローマ神話の狩りの女神、あるいは月の女神。月と夜露からの連想であろう。
(30) タキトゥスは、帝政期ローマの歴史家(五五?—一二〇?)。
(31) クルティウスは、紀元一世紀ころのローマ時代の歴史家。『マケドニアのアレクサンドロス』の著作で知られる。
(32) クセノポンは、古代ギリシャの著述家、軍人(前四二七?—前三五五)。キュロスの伝記『キュロスの教育』がある。
(33) キュロス二世は、前六世紀ころのアケメネス朝ペルシアの国王。
(34) コミンは、フランス王ルイ十一世の諮問官、歴史家。第二部第四考に既注あり(七五一頁)。
(35) ピエール・マチューは、フランスの歴史家、第一部第十三考に既注あり(七三七頁)。
(36) フエンマヨールは、十六世紀スペインの教会史家。
(37) カエサルの自著『ガリア戦記』のこと。
(38) パルテニウスは、ローマ帝国一世紀後半のドミティアヌス帝時代の宮廷人。マルティアリスの『エピグラム』のなかに登場する。
(39) このリチアヌスは、諷刺作家ルキアノスのことではなく、マルティアリスと同郷の法律学者。第三部第九考に既注あり(七九一頁)。
(40) ジオヴィオは、イタリアの歴史家(一四八三—一五八二)
(41) サアベドラ Diego Saavedra Fajardo は、スペインの著述家(一五八四—一六四六)。
(42) ソロルサノ Juan Solórzano は、スペインの法律家、著述家(一五七五—一六五三)。
(43) ティマンテスは、紀元前四世紀の古代ギリシャの画家。プリニウス『博物誌』三十五巻の三六に記述がある。
(44) パルナッソスは、アポロンと学芸の女神ムーサたちが住んでいたとされる山。
(45) アルキュオネはギリシャ神話の鳥。海に面した断崖に巣をつくり、子育ての間だけは風の神アイオロスは海の平静を保つとされる。「〈歴史〉に仕えるアルキュオネ」とは、静かに歴史学の大著の執筆に励む著述家たちのことと思われる。
(46) 白鳥が死に瀕したとき初めて歌をうたう、とする伝説に引っ掛けての洒落である。
(47) スペイン語で fénix「不死鳥」は、男性名詞になったり、女性名詞になったりして一定しない。この伝説上の鳥には、生物学的な性がないことを利用しての、グラシアンらしいふざけた文章となっている。
(48) メンフィスは、エジプトの古代都市。
(49) タリファは、ジブラルタル海峡近くにあるイベリア半島最南端の町。国土回復戦争中は重要な要塞が築かれていた場所。ペレス・デ・グスマン将軍 Alonso Pérez de Guzmán(一二四六—一三〇九)は、この要塞の守備隊を率い、イスラム軍の攻撃に対抗していたとき、捕虜となった息子の命と引き換えに降伏を迫られるものの、城塞から短刀を投げ、息子を殺しタリファ城を守ったとされる。
(50) ロメラ・ナバロ教授の解説によれば、この取ってつけたよう

(51) な感じのセリフは、グラシアンが嫌っていた同時代人ガスパール・グスマン（Gaspar Guzmán つまり寵臣オリバーレス伯公爵のこと）と混同されたくないからだとしている。
(52) この女傑は、イタリア、ミラノ地方の女性領主カテリーナ・スフォルツァ（一四六三－一五〇九）のこと。居城フォルリ城を反乱軍に包囲され、息子たちを人質に取られたが、城壁に立ちスカートをめくりあげ、女性器を示し敵の度肝を抜き、《息子ならまだここからいくらでも出てくる》と叫び、脅迫には応ぜず、城を守り抜いたとされる伝説が残されている。
(53) コバドンガは、ペラヨ将軍の指揮のもと、国土再征服戦争が始まったとされるアストゥリアス山間部の洞窟のこと。
(54) アルクール伯は、《無敵将軍》の異名があったフランスの軍人（一六〇一－一六六六）で、カタルーニャ副王（一六四四）。
(55) インファンタド公爵は、一六四六年のフランス軍に包囲されたレリダ救出作戦で活躍した軍人。第一部第八考に既注あり（七二七頁）。
(56) ヴァランシエンヌはスヘルデ川流域のフランス北部ニール県にある町。一六五六年この町を占領していたスペイン軍は、フランス軍のテュレンヌ元帥によって包囲されるが、後出のスペインの三将軍の活躍によりフランスの包囲を解除させた。
ドン・フアン・デ・アウストリア Don Juan de Austria（一六二九－一六七九）はフェリペ四世の庶子、ナポリ、カタルーニャ、フランドルなどの戦いで活躍。コンデー大公ルイ二世（一六二一－一六八六）は、フェリペ四世により一六五三年、フランドル派遣軍の総司令官に任命され、一六五九年までスペイン軍に客将として所属した。カラセナ侯爵については、第二部第五考に既注あり（七五四頁）。一六五九年、フアン・デ・アウストリア公の後継者としてフランドルの統治にあたる。
(57) この騎士たちは、全員マルタ騎士修道会の団員で、一五六五年のトルコ軍の包囲に対して、マルタ島を守りきった英雄たちの名前。
(58) パルド宮はマドリード近郊の森に、はじめは一四〇五年にエンリケ三世が狩猟のための離宮として建てたが、カール五世（カルロス一世）は十六世紀中ごろに改修し、城郭の形を真似た離宮に改造した。その後も改修を重ねながら現代に至っている。
(59) 「余暇の運動」とは狩猟のこと。
(60) この橋とは、トラヤヌス帝がダニューブ川に架けたとされる壮麗な石橋のこと。次帝のハドリアヌス帝によって取り壊されたとされる。
(61) この木の橋は、カエサルがローマに進軍するためルビコン川に架けたとされる粗末な橋のこと。
(62) バルセロナの南方に位置するタラゴナ県トルトサの町は、カタルーニャをめぐるフランス軍との戦い（一六四〇－一六五二）の要衝であり、西・仏両軍が奪い合った。ここに述べられているのは、一六五〇年スペイン軍に包囲され孤立したフランス軍を救うために船団が送り込まれた際の出来事である。
(63) チャールズ・スチュワートは、イングランド王チャールズ一世（在位・一六二五－一六四九）のこと。一六四九年に処刑された。
(64) この英雄とは、おそらく共和政ローマの軍人・政治家マルクス・アントニウス（前八三－前三〇）のことと思われる。初めは三頭政治の一角を担い華々しく活躍するものの、クレオパトラの魅力に屈し、最後にはオクタウィアヌスに敗北したことを意味しているのであろう。

(65) 寵臣とはおそらくフェリペ四世の治世の宰相、オリバーレス伯公爵のことであろう

(66) フエンテス伯爵（一五二五―一六一〇）は、フランドル総督を歴任。第二部第八考に既注あり（七六一頁）。

(67) ツェッキーノ金貨は、十六世紀にベネチアで鋳造され、広くヨーロッパ全土で使用された金貨。

(68) グラシアンはある手紙（一六四〇年四月二十八日付）のなかで、宮廷の大貴族の召使たちの無礼さについて嘆いている。

(69) フクロウは古来知恵の象徴とされる。油の臭いとは夜読書に励むための照明につかう油のことであろう。

(70) フランソワ一世が、ブルボン公シャルル三世の裏切りにあったことや、イタリアをめぐってのカール五世との戦いで、パヴィアの戦い（一六二五年）でスペインの捕虜になったこと。

(71) ポンペイウスは共和政ローマ期の軍人、政治家（前一〇六―前四八）。《マグヌス（偉大なる者）》と称された。カエサルなどと第一回三頭政治を行うも、ローマ内戦でカエサルに敗北。

(72) 土を取られれば取られるほど大きくなることから、この謎々の答えは「穴」。つまり失点ばかり重ねているのに、《偉大なる王》と呼ばれることへの皮肉。

(73) 知識人や文学者に対する援助に多大の金を出し、文化的支援を行ったから、ということ。

(74) この王は、アルフォンソ十世（一二二一―一二八四）のこと。《賢王》の異称で知られる。アラビア語文献の翻訳、七部法典の編纂の指揮をはじめ、言語、文芸、歴史、法律など様々な分野の研究事業を推進し、学芸の振興に努めた。

(75) アラゴン王マルティン一世が、一四一〇年に嗣子のないまま死去したことにより、後継者問題が起こった際、多数のアラゴン出身の候補を退けて、カスティーリャ王国の皇子であったフェルナンド（原文でいうアンテケラの皇子）をアラゴンの人々が王として迎えたこと。そのフェルナンド一世の孫にあたるのが、このフェルナンド二世（在位・一四七九―一五一六）である。

(76) フリアン・ロメロは、フランドルの戦いで、アルバ公爵の指揮のもと、活躍した兵士。

(77) ビリャマヨールは、一六四六年レリダのフランス軍との戦いで、小隊を率いて活躍したが戦死した。

(78) このカルデロン José María Calderón de la Barca は、著名な劇作家カルデロン・デ・ラ・バルカの弟。フランドル、イタリア、カタルーニャなどの戦線で活躍、カタルーニャ戦争中、レリダで一六四五年戦死。

(79) ペルシウスは、古代ローマの諷刺詩人（三四―六二）。作品は六つの諷刺詩（合計六百行）しか残されていない。ネロ帝時代の社会、文芸、教育などについての批判。

(80) マルススは、アウグストゥス帝時代の諷刺詩人。ロメラ・ナバロ氏の注釈によれば、ホラティウスはその著作のなかでは、一度もこの詩人については語っておらず、おそらくグラシアンの記憶の誤りで、実際にはマルティアリスの作品のなかに、その詩人の作品への言及が見られるとしている。

(81) ロドリゲス・ロボ Francisco Rodrigues Lobo（一五八〇―一六二二）はポルトガルの詩人。この作品は一六一九年に出された。

(82) サ・デ・ミランダ Sá de Miranda（一四九五―一五五八）は、コインブラ詩派を代表するポルトガルの詩人。牧歌、ソネット、悲歌などに優れた作品を残している。

(83) ファン・デ・ベガはカール五世時代のローマ駐在大使、シチリア副王、カタルーニャ副王などを歴任。すでに第一部第十一考などで解説済（七三三頁）。

(84) ポルトアレグレ伯爵ファン・デ・シルバ（一五二八―一六〇一）は政治家、著述家。実はスペイン人だが、グラシアンは誤解してポルトガル人としている。

(85) アグスティン・マヌエルは、グラシアンと同時代のポルトガルの歴史家。この著作は一六三九年にマドリードで発行された。

(86) ビルビリスはローマ時代の旧都。グラシアンが一時暮らしたアラゴンのローマ時代の町カラタユーの旧名である。この町に隣接するのがバンボラの丘である。

(87) カタルーニャ戦争では、とくに将軍の配置転換が頻繁に行われ、自分の血は流さず保身だけを優先する将軍が多かったことを、グラシアンは嘆いている。

(88) 伝説によれば、この王はカロリング朝西フランクの初代王シャルル二世とされているが、確かではない。なお紋章の赤い線は五本ではなく実際には四本である。

(89) ポルトガル王セバスティアン一世（一五五四―一五七八）のこと。モロッコへの侵攻を企て戦うが、アルカサルキビールの戦いで惨敗し、戦死した。第一部第五考などに既注あり（七二二頁）。

(90) スウェーデン王グスタフ・アドルフ二世（一五九四―一六三二）は、三十年戦争で戦ったが、戦死を遂げた。

(91) 小競り合いとは、おそらくカタルーニャをめぐるフランスとの戦いのことを言っているのだろう。したがってそれをひき起こした人物とは、フランスのルイ十三世か、王の主席顧問官のリシュリュー枢機卿のことと考えられる。

(92) アレクサンドロス大王のこと。

(93) スキタイ人は、黒海の北ウクライナを中心に活動していた遊牧民族のこと。

(94) オーステンデは北海に面するベルギーの町。オランダのスペインからの独立を支持したことで、スピノラ将軍率いるスペイン軍に包囲（一六〇一―一六〇四）され、陥落した。

(95) カルタゴの将軍ハンニバルは、イタリア・カンパニア州の町カプアで悦楽にふけり、ローマ軍に敗れることになったこと。

(96) ポンペイウス（前一〇六―前四八）は古代ローマの軍人。ポントス王ミトリダテス六世を征討するなど、軍人として数々の勝利を収めながら、皇帝の位に就くことを好まず、結局カエサルに敗北を喫し、ついには暗殺されてしまったこと。

(97) 作者ははっきりとは述べていないが、この男は門の中から出てきた人物ではなく、自分もこれから入ろうとして順番を待っていたうちの一人であると考えられる。

(98) この将軍たちは、おそらく一六四一年のバルセロナ包囲での、ベレス侯爵とトレクソ侯爵のことらしい。

(99) ジオヴィオは、イタリアの歴史家（一四八三―一五五二）。既注あり（七三六頁）。

(100) 軍人の功績は派手に見えて、大衆の人気を集めやすいが、官職にある人の働きは地味で、世間には目立ちにくく、不利だということ。

(101) ここで作者グラシアンは、フェリペ三世の寵臣レルマ公爵

（一五五三―一六二三）の再評価と、フェリペ四世の寵臣オリバーレス伯公爵（一五八七―一六四五）の無謀な政治手法を対比している。

(102) この手袋については、第一部第七考に既注あり（七二六頁）。

(103) この状況は、ヘンリー八世時代のイングランドについての言及と思われる。

(104) ローランは、八世紀後半に活躍したとされる伝説上の騎士。フランスのシャルルマーニュ（カール大帝）の忠臣とされる。異教徒イスラム勢力を相手に勇猛果敢な戦いで名を馳せた。十一世紀に成立したフランス最古の武勲詩『ローランの歌』にその活躍ぶりが語られている。

(105) ペレイラ Nuño Alvares Pereira（一三六〇―一四三一）は、ポルトガルの軍人。数々の戦いでの勝利により、ポルトガルの歴史上最高の英雄とされている人物。

(106) 主人公ふたりのこれまでの遍歴体験を追う形で、第一部からはじまり、この最終第三部に至るまでの歩みを、ほぼその流れに準拠しながら以下に列挙している。その一つ一つの体験についての項目別の評価をなしているのである。

訳者あとがき

本書は、十七世紀スペインの小説家・モラリスト・思想家、バルタサール・グラシアン Baltasar Gracián（一六〇一―一六五八）の長編寓意小説 *El Criticón*（邦題『人生の旅人たち エル・クリティコン』）の全訳である。この作品の第一部が一六五一年にサラゴサで出版されたあと、続編の第二部が一六五三年にウエスカで、さらに第三部が一六五七年にマドリードで、それぞれ刊行されている。

翻訳にあたっては、すでに古典的な名注釈本として高い評価を受けている、グラシアン研究の泰斗ミゲル・ロメラ・ナバロ氏による *El Criticón*, edición crítica y comentada por Miguel Romera-Navarro, University of Pennsylvania Press, Philadelphia, 1938-1939-1940（3 vols.）を底本とした。また、近年のグラシアン研究の成果を取り入れるべく *El Criticón*, edición de Santos Alonso, Cátedra, Sexta edición, Madrid, 1996 および *El Criticón*, edición, bibliografía y notas de Elena Cantarino, introducción de Emilio Hidalgo-Serna, Espasa-Calpe（Austral, 435）, Madrid, Décima edición, 1998 を合わせて参考にした。これらの注釈本はすべて、既述の一六五一年、一六五三年、一六五七年のそれぞれの初版本、および第一部の再版である一六五八年のマドリード版に依拠している。また、これら元本のファクシミリ版 *El Criticón*（edición facsímil）. Estudio preliminar de Aurora Egido, Institución《Fernando el Católico》, Zaragoza, 2009（3 vols.）も手元に置き、適宜参照した。

なお第一部、第二部、第三部の初版本はそれぞれすべて、現在マドリードの国立図書館に保管されているが、おそらく当時の読者の読みやすさへの配慮であろうか、縦十六センチ、横九・七センチの大きさで、両手に取って読書を楽しめるほどの手ごろなサイズの書籍となっている。出版から三百五十年以上経過した今、実際に手に取ってみると、さすがに製本上の綴じなどに破損が目立ち、散逸を防ぐために全体を紐で結わえた形でなんとか原形を保った状態にある。また第三部の「本書をお読み下さる皆様へ」の中の注ですでに述べたように、第一部と第二部の本文に関しては、左右の頁の一・七センチほどの縦の余白を利用して、各部分の内容を要約した説明句がつけられているが、第三部に至るとこれがすっかり省略されているのが確認できる。

作者グラシアンについて

バルタサール・グラシアンは、十七世紀に隆盛を極めたスペイン・バロック文学のなかでも、同時代のケベドとともに、特に奇知主義（conceptismo）的傾向を代表する作家としてその名を残している。当時のスペインは、いわゆる黄金世紀と呼ばれる文化の爛熟期に当たっており、たとえばバロック演劇の大家カルデロン・デ・ラ・バルカやティルソ・デ・モリーナ、異才の小説家・詩人フランシスコ・デ・ケベド、誇飾主義の詩人ゴンゴラ、また絵画の分野ではベラスケス、ムリーリョ、スルバランなど、世界の文化史に名を残す巨匠が数多く輩出した時代である。ちなみにグラシアンは、カルデロンとはわずか一歳違い、ベラスケスとは二歳違いに過ぎず、彼らとはまったくの同時代を生きた人である。

　そんな文化状況のなか、奇知主義をその特徴とするグラシアンの散文作品群は、同時代の作家の中でも特に異彩を放つ存在となっている。たとえば同音異義語を巧みに操った言葉の洒落、両義語、対句、文章の対照法、倒置法などの奇知主義的文章テクニックを駆使しながら、同時代の政治・社会状況や人間生活の内部に鋭く切り込み、痛烈な批判を加え、ときにはその愚かさを笑い飛ばしてみせる。複雑に入り組んだ文章があると思えば、極限にまで省略した文章表現を用いるなど、つねにわれわれ読者を驚かせ、幅広い教養と、鋭利なユーモア感覚と機智を、書き手のみならず読み手にまで要求してくる作家である。彼のこの姿勢を表した分かりやすい例をひとつ挙げてみよう。たとえばグラシアンは、スペイン人一般によく知られた格言 A buen entendedor, pocas palabras.（「頭のいい聞き手なら、少しの言葉で十分理解してくれるもの」の意）を逆手にとり、単に元の格言の buen entendedor「理解力の優れた人」と pocas palabras「僅かの言葉」を入れ替えるだけの細工を施すだけで、A pocas palabras, buen entendedor.（「簡潔な言葉で分かってもらうには、頭のいい聞き手が必要なり」の意）とすることで、気の効いた全く新しい自分独自の格言を造り上げてしまう。その上この新格言は、自分の文章を読むに際して読者の高い理解力を要求する姿勢を表明した簡潔な表現ともなっているのである。この姿勢で貫かれた彼の文章を前にすると、スペイン語を母語とするスペインや中南米の読者にとってさえ解明が難しい部分が数多く現れるのは、むしろ当然の結果かもしれないし、この作家が残した作品全体にわたっての大きな特徴の一つといえるだろう。

　まずここで、作者の生涯につき簡単に紹介しておこう。バルタサール・グラシアンは一六〇一年にスペイン・アラゴン地方南部のベルモンテ村で生まれた。一家はもともとこの地方の中心地カラタユーの町に住む家族であったが、彼がこの小村で生まれることになったのは、父親である医者フランシスコが、その妻アンヘラ・モラレスとともに、六年の任期で当時たまたま担当医としてこの村に配属されていたからである。両親にはすでに三人の子供があったが、のちに跣足《せんそく》カルメル修道会尼となる姉マグダレーナ以外の二人は幼くしてこの世を去っている。その後一家はやはりアラゴン南部の町アテカに移るが、そこでさらに七人の子供が生まれたとされている。そのなかには、バルタサールが後年その著作の筆者として名前を利用することになるロレンソや、聖職者の道を選んだフェリペ、ペドロ、ライムンドなどの弟がいる。

なお彼らのうち、弟ロレンソが実在した人物であるかどうかについては、従来さまざまな論議が交わされ、その存在について疑問を呈した研究者も多い。しかし近年になって、サラゴサ大のボロキ教授Profesora Belén Bologuiによるグラシアンの家系についての歴史資料を精査した論文（一九八五）、およびグラシアンの幼少期について詳細に検討を加えた論文（一九九三）などにより、弟ロレンソは実在したとする見方が一般的となっている。また、三人の聖職者の弟については、『犀利さと知的技巧論』*Agudeza y arte de ingenio*の中に、グラシアン自身による記述がみられる。ちなみに、彼の家族が本拠としたカラタユーは、古代ローマ帝政期にはビルビリスと呼ばれ高い文化レベルを誇った町であり、有名な警句集『エピグラマ』で知られる詩人マルティアリスの出身地でもある。本書の第三部第六考で、グラシアンは誇らしげに「カラタユー一番の愚者のほうが、他の町の一番の賢人よりもずっと物知りである」の意のセリフを、登場人物に喋らせている。

少年時代のバルタサールは、聖職者の叔父アントニオ・グラシアンの庇護のもと、古都トレドのイエズス会の学校で初等教育を受けた後、故郷カラタユーのイエズス会の学校で勉学をつづけ、さらに一六一九年には修練士としてイエズス会に入会を果たす。その後はカタルーニャ地方のタラゴナ、アラゴン地方の中心地サラゴサやカラタユーなどで勉学を継続し、一六二七年にはカトリック司祭として叙階を受けている。さらに、ほぼ二、三年の周期で、カラタユー、地中海沿岸のバレンシア、そしてカタルーニャ地方内陸部の町レリダ、また再び地中海沿岸のガンディアなど、イエズス会の学校を配置換えによって転々と移動し、哲学、神学などを教えた。そして一六三六年から三年間にわたって、説教師および告解師としての任務を帯びて、ウエスカの町に住むことになる。ウエスカはアラゴン地方の中心サラゴサから北東七十キロあたりに位置し、北にはピレネー山脈を望む落ち着いた雰囲気の静かな地方都市だが、その後の彼の文筆活動に大きな意味をもつ町となる。それはこの町でグラシアンは、後年彼の強力な支援者となるビンセンシオ・ファン・デ・ラスタノサ卿と親交を結ぶことになるからである。

ラスタノサ卿は一流の文化人として、当時ウエスカはもとよりアラゴン全体に広く名の知れた貴族であり、彼の邸宅には広大な庭園をはじめ、約七千点にものぼる古今東西の名著を蔵する図書室があり、そのほか古銭学、考古学に関する収蔵品、ミケランジェロ、ラファエロ、ティントレット、カラヴァッジオ、デューラーなどの著名な画家の作品を収めた資料室があった。またこの邸宅では地元の知識人たちを集めての文芸サロンが形成され、文学や芸術など多方面にわたり知的刺激に満ちた会話の場所ともなっていた。グラシアンが住んでいたイエズス会の修道院が、たまたまこの邸宅と同じ通りに位置し至近の距離にあったことも幸いし、頻繁に出入りすることになったのである。こうして、ラスタノサ邸の蔵書をとおしてギリシャ・ローマ時代の古典の名著に親しみ、サロンの仲間たちとの心地よい会話を体験することで、宗教者としてのグラシアンのなかに、哲学や文学への旺盛な関心と制作意欲が芽生えることになった。なお、本書の第二部第二考における「サラスターノ」邸の秘蔵品についての描写は、作者グラシアンがラスタノサ卿の邸宅の内部の様子をそのまま写しとったものであることは明らかである。

その後ラスタノサ卿の物心両面にわたる支援を得て、ウエスカの町で処女作『逸材論』*El Héroe*（一六三七）を出版したあと、さらには『為政者カトリック王フェルナンド』*El Político don Fernando el Católico*（一六四〇）、『知的技巧論』*Arte de ingenio*（一六四二）、『思慮分別論』*El Discreto*（一六四六）、『処世の智恵』*Oráculo manual y arte de prudencia*（一六四七）、『犀利さと知的技巧論』*Agudeza y arte de ingenio*（一六四八）などの著作を次々に発表していく。しかし聖職者としての彼のイエズス会内部での生活と、当時の政治・社会・人間に鋭く切り込む著述家としての姿勢の間に、いくつかの矛盾が次第に生じ始めることになる。たとえば、彼はこれらのすべての著作を本名バルタサールではなく、弟ロレンソの名を使って出版していることがその原因のひとつであった。

イエズス会の会憲によれば、会士の著作の出版に際しては上司による認可が義務づけられており、その手続きを省略し、弟ロレンソの名を使うことは明らかにこの規定に違反する行為であった。また上長に相談することもなく、その意向に反する形でこのように勝手に振舞うこと自体、イエズス会士として入会に際して誓約を果たしたはずの《従順》の誓いに背く行為であったともいえる。おそらく上司による煩雑な認定手続きを嫌い、誰にも束縛されない自由な創作活動と自由闊達な表現方法を求めた結果、このようなごく手軽で、単純ともいえる策を弄したものと思われる。またこの事実のほか、ロレンソの妻イサベルが聖者の誉れ高きペドロ・アルブエス（十五世紀アラゴンの聖職者。一六六四年には福者、一八六七年には聖者として認められている）の家系の出であり、ロレンソ自身も小貴族 infanzón を名乗る人物であることから、その威光を借りて周囲の干渉を抑えようとする意思が働いていたとする研究者もいる。

さらにもう一点、イエズス会首脳部との間で生じた軋轢の原因として、金銭的な問題が存在したことも確かな事実であったと考えられる。たとえばかなりの額に上る前述の著作の売上げがあったはずであり、さらに後年出版することになる『人生の旅人たち　エル・クリティコン』の第一部をパブロ・デ・パラダ将軍に献呈することで、その見返りとして金品の寄贈を受けたことはほぼ間違いのない事実であるにもかかわらず、それらの収入をグラシアンがイエズス会に納入した形跡はどこにもみられない。ということは、すべて彼の懐に入った可能性が高いのである。こうしてグラシアンはイエズス会に所属する聖職者として、《清貧》の誓いに再三にわたり背いてきた事実が、会の上層部にとっては許しがたい行為として受け取られた可能性も考えられる。

さて、こうしていくら名前を偽って著作の刊行をしてみても、バルタサール・グラシアンこそがその作者であることは誰の目にも明らかであった。ローマのイエズス会本部からの総裁名による警告が、数度にわたってアラゴン管区長にもたらされ、本人も上長から注意を受ける。しかしグラシアンは頑として譲らず、相変わらずその偽名を使い続けるのである。もちろんグラシアンには、イエズス会を離れる気持ちなどまったくなく、むしろ聖職者としての仕事に誠心誠意励んでいることを自負していた感がある。おそらく彼の中では、宗教人としての自分と、文学者・思想家としての自分を、それぞれ独立した別個の個性をもつ人間として意識していたのだろう。しかし晩年近くになり、『人生の旅人たち　エル・クリティコン』を出版する頃になると、いよいよこの矛盾が不本意ながらも彼に煩わしくも、つらい体験を舐めさせることになる。

原題『エル・クリティコン』の意味および創作経緯

一六五一年に『人生の旅人たち　エル・クリティコン』の第一部が出版される。著者名はガルシア・デ・マルロネス García de Marlones という、まったく聞き馴れぬ名前となっていたが、なんのことはない父方と母方のそれぞれの苗字である本名 Gracián y Morales の綴りの順番を入れ替えただけの、いわゆるアナグラムを使っての人を食ったような偽名であった。原題の《エル・クリティコン》には、日常スペイン語 criticón の「あら捜し屋、口うるさい人、批評好き」の意味はまったくない。

このタイトルに作者が込めた意味を知るためには、まず彼は各章を通常の capítulo「章」という言葉で呼ばず、その代わりに crisi という表現を使っていることに注目しなければなるまい。これはギリシャ語を起源としたスペイン語の単語 crisis をグラシアン風に変化させたもので、一七二六年発行の『王立アカデミア辞典』*Diccionario de Autoridades* の解説によれば、もともと crisis とは「ある事項につき、詳細に観察し分析することで導き出される評定・評価のこと」Juicio que se hace sobre alguna cosa, en fuerza de lo que se ha observado y reconocido acerca de ella. とある。つまり crisi とは、簡潔に言えば「考察、所感、所見」といった意味をもたせて、グラシアンが独自でひねり出した目新しい単語なのだ。拙訳においては、《章》の呼び名をやめて、《第一考》《第二考》、という形でこれを表すことにしたのは、そうした理由による。

さて、原題の《エル・クリティコン》の意味だが、これは上の crisi が集められたもの、つまり「さまざまな考察・所感がまとめられた書」を意図して作者グラシアンが付けたタイトルであると理解するのが妥当と思われる。おそらくグラシアンがこのタイトルを選ぶときに、まず頭に浮かびヒントを得たのは、ローマ帝政期の諷刺作家ペトロニウスの小説『サテュリコン』だったと想像できる。ネロ帝時代の堕落した古代ローマを描いた小説だが、作者はこの題名に「さまざまな諷刺・批判をまとめた書物」の意を持たせているからだ。あるいはまた、十六世紀末から十七世紀初頭に活躍したスコットランド出の風刺作家ジョン・バークレイ John Barclay の作品《*Satyricon*》（つまり「諷刺・批判を集めた書物」の意）にならったのかもしれない。この作家についてグラシアンは本書のなかで、数回にわたって大いなる称賛の言葉を送っていることからも、その題名にならった可能性も捨てきれないのである。

なお、訳者自身四十年ほど前に、ガルシア・ロペス著『スペイン文学史』の翻訳を上梓したさい、この作品名に『妄評家』などと見当はずれな訳をほどこしたことを恥じ入っている。まさにこれなど若い時代の研究者としての未熟さを表した過ちにほかならず、ここで自省の念を込めて、以上述べた意味に訂正させていただけたらと思う。

この第一部のあと、第二部が一六五三年にウエスカで出版されている。そしてグラシアンは著者名として、第一部で使ったアナグラムによる偽名を捨て、再びロレンソ・グラシアンの名前に戻している。こうしてあくまで会憲を無視して作品を発表し続けるグラシアンに対して、ローマの総長や管区内の上司たちはますます態度を硬化させるとともに、作家としての成功を手にしたグラシアンに対してやっかみを抱く同僚司祭たちの存在が、彼にとって不利に働いたことは想像に難くない。おそらくこの空気を察知したのであろうか、このあと一六五五年にはキリスト教信仰の教本ともいうべき『聖体拝領の書』*El Comulgatorio*を、イエズス会の正式の認可手続きを経たうえ、バルタサール・グラシアンの本名で出版している。おそらくグラシアンとしては、これまで会憲を無視して偽名で作品を出版してきたことへの、イエズス会内部での批判をかわす目的があったことは十分に推測できる。

しかし、そのわずか二年後、グラシアンは第二部と同じくまたまた《ロレンソ》の名前を使い、『人生の旅人たち　エル・クリティコン』の第三部を一六五七年にマドリードで出版している。ここに至ると、教団内部の一部の同僚への当て擦り、あるいは批判と思われるグラシアンの記述がますます目につくようになる。たとえば第二部で、「イポクリンダの隠れ家」(第二部第七考)にあるように、外には聖なる衣装をまといながら、おぞましい中身を隠す似非修道者たちを登場させ、彼と敵対していたバレンシア地方の会士たちへの大いなる当て擦りを行っていることは、多くの研究者が指摘しているところである。それがさらに第三部に入ると、若いのに白髪だらけの男を見て、「きっとあまり居心地のよくない教団からきたのだろう、同僚に寄ってたかっていじめられたに違いない」と言わせている場面(第三部第一考)が出てきたり、冗漫で中味のない説教しかできない司祭たちへの批判(第三部第十考)を行うなど、偽善者まがいの宗教者への批判がはっきりと打ち出されている。

そんな事情を考えれば、この第三部はおそらく並々ならぬ決意を秘めての出版であったと想像される。第三部の冒頭の「本書をお読み下さる皆様へ」の中で、「物語の筋をここまで展開させてしまったからには、この作品を終わりきらない方が、もっと大きな過ちを犯してしまうことになるなどと批判され、皮肉を浴びせられるのは明らかでしょう」と述べているのはそのあたりの覚悟を示す言葉であろう。たまりかねた管区長ピケル師は、グラシアンの食事をパンと水のみに制限する懲らしめを課したうえ、ペン、インク、紙などの文具を取りあげ、ピレネーに近い僻地グラウスへの左遷を命じ、さらにつづけてタラソナの町へと移動を命じる。グラシアンは最後の抵抗として、ローマのニケル総裁宛に書簡を送り、イエズス会からの退会と、別の修道会への移籍を願い出るものの、まったく無視されたまま この申請は梨のつぶてに終わってしまう。

こうしてグラシアンは、体力、気力の衰えとともに、第三部出版の翌年一六五八年に、サラゴサの西一〇〇キロほどの村タラソナのイエズス会修道院で、ひっそりその生涯を終えている。

『人生の旅人たち　エル・クリティコン』の愉しさ

この浩瀚な物語は、対照的な性格をもつ二人の主人公クリティーロとアンドレニオが、ともに歩む人生の記録といえるだろう。無人島で獣たちに育てられた純粋無垢なアンドレニオと、それまで数奇な運命をたどりすでに世事にもまれてきた教養人クリティーロ。この二人が第一部では、幼年期の春および青年期の夏をともに体験し、第二部では壮年期の秋、そして第三部では老齢期の冬を共に旅してゆく。《まやかしの泉》、《無の洞窟》など寓意的な意味をもつ場所を舞台にして、数々の体験が語られるとともに、作者は当時の政治・社会・風俗への鋭い批判と諷刺を行うことも忘れない。そして最後には《不死の島》への入場を果たすことになる二人の主人公を通して、《知》と《善》に支えられた人間への信頼を訴えてゆく。

ところで主人公たちにとってこの人生の旅は、もともとフェリシンダに巡り会いたいという、ごく直接的で情緒的な動機によって支えられていたはずである。フェリシンダ Felisinda とは、クリティーロにとってはいわば「愛する女性」であり、アンドレニオにとっては「母親」を直接意味したからだ。しかし作者グラシアンは、実は彼女に巡り合うことは、言い替えればフェリシンダ Felisinda つまり「幸せ」に巡り合うことであるとの意味に変換させながら、その後のストーリーを展開させていく。そして最終的には、天にあるものを地上で探し求める者は愚か者である、との真実をふたりの主人公に思い至らせる結末に導いていくのである。そんなストーリーの運びに一致させ、まるで通奏低音のようにこの物語全編を貫いているのが、まさにスペイン・バロック文学の本質たる《デセンガーニョ（Desengaño）》の思想である。あるいは《諦観の境地》の思想と言ってもいい。ただし、「人生を諦める」などといった直接的な意味の諦観ではなく、俗世の欲望を虚しいものと悟り、超然とした態度をとる境地のことであり、人生をはじめ物事の本質をしっかりと見極める態度を、自己の中に確立しようとする姿勢にほかならない。その意味で、むしろ《悟りの境地》と呼ぶ方が日本人の読者にとっては分かりやすい表現になるだろうし、本来の意味により近い表現になるのかもしれない。

この作品には、いわゆる寓意小説にふさわしく、〈慧眼どの〉、〈時間どの〉、〈真実さま〉などなど、数えきれぬほどの寓意的な人物が登場するだけでなく、ケイロン、アルゴス、キマイラ、ケクロプスなど様々な怪物にも事欠かない。グラシアンが得意とする寓意的な人物を登場させるこの手法は、彼と同時代のスペインでは、大いに人気を得たテクニックであったといえる。同時代の劇作家カルデロン・デ・ラ・バルカなどが得意とした、いわゆる「聖餐神秘劇」autos sacramentales と呼ばれる演劇ジャンルであり、通常野外で大がかりな山車の上で演じられたこの宗教劇は、民衆の絶大な人気を博していたからだ。

それに加えて、二人の主人公は、《まやかしの泉》、《世界何でも市》、《歓楽の宮殿》、《無の洞窟》といった、まったくの空想が支配する場所を、全編を通じて目まぐるしく巡り歩き、様々な人物に出会う。たとえば、マドリードの近くまで来た主人公たちが盗賊団に捕えられると、彼らとおなじように縛り上げられている仲間のなかに、ギリシャ神話のヘラクレスや旧約聖書中の人物サムソンなどがいたりする（第一部第十考）。また、ある町の市場では古代ギリシャの賢人ターレスが店を出して、「言葉」ではなく「行動」を売っていたり、ローマの詩人ホラティウスが「学識」を商っているのを目撃したり（第一部第十三考）、さらには古代ギリシャの哲学者ディオゲネスが登場して、主人公たちと会話を交わすこともある（第二部第五考）。

さて一方、こうした寓意的な世界に読者を導きながらも、当時のスペインの現実を鋭く見つめ、それに対する批判も忘れない。彼にとってはスペインの現実とは、無能者が支配し、有能な者がさげすまれる時代であると断じ、昔のような偉人がいなくなってしまったことを嘆く。また、金満家ばかりに富が集中し、貧乏人はますます困窮する当時の社会状況に警鐘を鳴らし、それを嘆いてみせたりする。権力者に取り入るおべっか使いばかりが目立つなか、政治状況は混迷をきたし、正義を司るべき裁判官が私腹を肥やし、軍人は戦争をわざと長引かせることで多額の収入を手に入れ、医者は金の亡者となり肝心の患者のことなどにはまったく関心を払わない。第一部第六考で書かれているように、町を歩けば、オオカミ（富豪）とキツネ（偽善者）と毒ヘビ（娼婦）があたりをすべて占拠している嘆かわしい時代状況だったのである。

こうしてグラシアンは、寓意的な手法を巧みに利用し現実を超越することで、かえって現実の個々の人間や社会の負の側面をあざやかに映し出し、我々読者にその醜悪な世界を提示し、人間社会の本質を浮かび上がらせてくれる。こう考えれば、グラシアンの寓意的世界は、数百年後に潜在意識と夢幻の心象をとらえ、極めて主観的な世界をつくり出すことになる、シュールリアリズム的な手法にまで及んでいるようでもある。実際この十七世紀スペインの物語を読んでいると、まるでカタルーニャ地方出身の二十世紀の奇才サルバドール・ダリの、あの柔らかな時計が描かれた絵画作品『記憶の固執』*La persistència de la memòria* でも見ているような不思議な感覚が、読者の中に生まれてくるような気がしてならない。

本作品のもう一つの魅力は、各章の初めに語られる数々の挿話である。そのほとんどがストーリーの流れとは直接関係のない、ユーモア感覚にあふれた気の利いた小話ばかりで、この部分だけ読み進めてもそれなりの楽しさをこの作品から感じとることができる。作品全体の中でその部分が担う役割は、分かりやすいたとえを使うなら、落語の本筋の噺が始まる前のマクラのごときものと言ってもいいかもしれない。創造主が各動物に地球上のスペースを配分する話（第一部第二考）、目隠しをされた愛の神アモルの嘆き（第一部第四考）、いったんは洞窟に閉じ込められたはずの諸悪徳が、そこを抜け出し全世界に住みつく話（第一部第十三考）、人生の四期の配置順の変更を神に訴える話（第三部第一考）、七つの天体を七つの人生の段階に振り分ける話（第三部第十考）などがそれである。またストーリーの展開を一時停止させ、物語の途中に挿入された逸話の面白さも見逃せない。たとえば、『宮廷作法書』の教えについての話（第一部第十一考）、《世界何でも市》に集まったユニークな店々の紹介（第一部第十三考）、良き老人になるための心得（第三部第二考）、ローマの大使邸での人間の幸福とは何かについての議論（第三部第九考）、死の女神の修業時代の抱腹絶倒の思い出話（第三部第十一考）などがそれに当たる。すべての話に見られる作者の卓越したユーモア感覚は、今の時代でも当時と変わらぬ新鮮さと魅力を保ち、時代の遠さや違いを少しも感じさせないし、人間の本質はいつまでたっても変わらないものであることを改めて教えてくれる。

ラスタノサ邸の図書室で育まれた古典的素養と文学的嗜好

本書を読み進めていくとまず目を引くのが、ギリシャ・ローマ時代の古典作家の名前が数多く引用されていることである。たとえば叙事詩人ホメロス、動物寓話作家イソップ、哲学者アリストテレス、ギリシャ最大の哲学者プラトン、歴史家ヘロドトスなど古代ギリシャの巨星をはじめ、哲学者・弁論家キケロ、哲学者・劇作家セネカ、諷刺詩人ホラティウス、恋愛詩人オウィディウス、エピグラム集で知られる同郷人マルティアリス、伝記作家スエトニウス、伝奇小説家アプレイウス、英雄伝で知られる著述家プルタルコスなどなど、枚挙にいとまがない。そんな中でもとくに目立つのが、ホラティウスとセネカへの再三にわたる言及だろう。引用された両者の著作に共通する姿勢は、いわゆる《中庸》の精神といえるが、作者グラシアンはその実践を人間が生きて行く上での重要な徳として捉え、それを自己の心の中に備えておくべきことを、さまざまな場面を通して力説してみせる。たとえば、第一部第五考では、道の真ん中にあるメルクリウスの像と、そこに置かれた彫像と銘文に注目し、クリティーロがアンドレニオを相手に、ホラティウスの諷刺詩を引用しながら《黄金の中庸》の大切さについて教訓を垂れる。また、第三部の第六考では、「狡猾さ」と「素朴さ」がそれぞれ支配する道を別々にたどっていたふたりが、最終的には《中庸》の精神にめざめ、それにむかって視点を定めたうえ、双方の道が再び交じり合い、一本の道となる地点にまで到達することで、ついに念願の再会を果たすことになる。また第三部の第十一考の冒頭では、「人生とは、死への旅路以外の何ものでもない」とのセネカの言葉が重要なカギとなり、案内役の宮廷人が、自ら到達した悟りの境地をふたりの旅人に平明な形で教える役割を果たしている。

一方、同時代のスペインの作家たちについては、特に奇想の文学者ケベド、誇飾主義詩人ゴンゴラ、ピカレスク小説『マルコス・デ・オブレゴン』で知られるマテオ・アレマンなどに関する言及も多い。またフライ・ルイス・デ・グラナダの著作『キリスト教信仰序説』の教義上の教えが、そっくりそのまま第一部第三考「大自然の美しさ」のなかで、アンドレニオに教えを説くクリティーロの口を借りて紹介されていたりする。

以上の顔ぶれを眺めると、当然気がつくのはまさに硬軟とりまぜての作風をもつそれぞれの作家が、グラシアンの奥深い教養を支える読書体験を作り上げているという事実である。これは単にイエズス会内部の蔵書のみによって得られる教養ではないことは明らかだ。グラシアンの強力な擁護者であったラスタノサ卿宅の蔵書に親しむことで着実に培われた古典的素養であり、また同時代の作家たちについての知識であることには疑う余地がない。

さらには、十六世紀の前半に活躍したイタリアの著名な法学者・モラリストであるアルチャート（一四九二―一五五〇）のラテン語による著作『エンブレム集』も、本書では大きな存在感を示しており、各項目に関しての言及も多い。エンブレムとは、通常木版画による寓意的な意味をもつ挿絵、その挿絵の意味を説明した教訓的な意味をもつテキスト、さらにはその内容を要約したタイトルが混然一体となり、一つのまとまった小話として構成されたものをいう。当初一〇四項のエンブレムを収め、ラテン語で書かれたアルチャートのこの著作が一五三一年にアウクスブルクで発行されると、その評判はヨーロッパ中に広がり、その後も改訂と増補を繰返し、アルチャートが亡くなる一五五〇年に刊行されたリヨン版では、二一一もの項目をもつ書物に膨らんでいっている。また、それとともに同じスタイルを真似る作家が多く現れ、十六世紀中葉から十七世紀にかけて、数多くの「エンブレム集」がさまざまな作家によって刊行され、さらにはフランス語、イタリア語、スペイン語などへの翻訳も多く出されるようになった。グラシアンが本書のなかで引用しているアルチャートのエンブレムの数が、少なくとも十項目以上はある。それぞれの引用個所には訳者による注を施したが、項目番号の配列に関しては、一五五〇年のリヨン版の配列番号に従った。

具体的な内容の例としては、たとえば本書のなかで再三にわたり言及され、また一般にもよく知られている第一二一番「好機について」In Occasionem がある。海に浮かぶ車輪の上に乗り足首に羽をつけた人物〈実はこれが他ならぬ〈好機〉その人〉が描かれ、その頭部の前部には髪の毛がわずかに残されるのみで、後部は禿げ上がっている。したがって、その〈好機さま〉が我々の前を通り過ぎる際には、しっかり前から摑まぬ限り取り逃がしてしまう、との教訓を表したあのよく知られた項目である。この項目に関する引用は、たとえば第二部第七考に見受けられるほか、全作品を通じて頻繁に繰り返されている。

このほかにも、第一二〇番「貧困は世の俊英たちをむしばみ、その才能の飛翔を阻む」Paupertatem summis ingeniis obesse ne provehantur. のように、天に向かって差出した左手には羽をつけて、世に大きく羽ばたく才能をもちながら、右手には貧困を意味する重い石を括りつけられることによって、石の重さで地上から離れられない人物が描かれている。この項目は第二部第四考のなかで引用されているが、ひょっとして筆者が自分のことを暗に意味したのかもしれない。また第一五四番「死神と愛の神」De Morte et Amore では、死神と愛の神クピドが雲の上から弓を引き、獲物を狙い、下界では放たれた弓に当たってそれぞれ倒れ込む老人と若者が描かれている。これは第三部第十一考で、死の女神が語る滑稽な思い出話のなかで効果的に用いられている。また、アルチャートの名前への直接的な言及としては、本書の第二部第四考で、「アルチャートの著作は、何人かの作家によって模倣され、歪曲され、せっかくの気の利いた道徳の教えが、効果的に生かせられなかったことも事実ではあった」の一節が見られる。
おそらく当時本書を読んだ人たちも、人気のアルチャートの『エンブレム集』のなかの滑稽で気の利いた挿絵を思い浮かべ、グラシアンの物語で語られる状況を具体的なイメージとして捉えながら読書を楽しんでいたものと思われる。また、ラスタノサ卿の邸宅の図書室には、一五四九年にリヨンで刊行されたスペイン語版が、少なくとも二冊存在したとの記録が残されているので、グラシアンがこの書物に親しんでいたことは想像に難くない。いずれにしろ擁護者ラスタノサ卿によって提供された強力な支援と理想的な読書環境が、筆者グラシアンに大きな影響を及ぼしているといえる。

本作品のヨーロッパ文学・思想界への影響

本書のヨーロッパ諸言語への翻訳は、一六八一年にロンドンで出版された英語版が最初のものとされる。ポール・ライコート Sir Paul Rycaut による訳として現在でもよく知られてはいるものの、実はこの翻訳は第一部のみで、第二部、第三部についての取組みはなされていない。その後は一六九六年にパリで出されたフランス語訳、一六九八年にベネチアで出版されたイタリア語訳とつづき、一七二一年にはライプチッヒでドイツ語訳が出されている。グラシアンの名前はこの時点ではすでに『逸材論』、『処世の智恵』などの英・仏・独・伊語訳などでヨーロッパの知識人には広く知られており、とくにフランスではラ・ロシュフコーやラ・ブリュイエールなどのモラリストの間では高い評価を受けていたようだ。

十八世紀に入ると、フランスの思想家ヴォルテールの風刺小説『カンディード』(一七五九年)への本書の影響が指摘されている。当時の政治・社会・思想を批判したヴォルテールの小説では、天真爛漫な性格をもつ主人公のカンディードが、ヨーロッパ各地や南米を巡り歩き、難局にも屈せず新しい人生の道を切り開き、世界の不条理に挑戦し人間の愚行を批判していく。この構成は『人生の旅人たち エル・クリティコン』のアンドレニオとクリティーロが《不死の島》に到達するまで世界を巡り歩くストーリーの流れと比べてみると、多くの類似点が見られるのは確かである。また哲学的な命題としても両作品の間には、百年ほどの間隔を置きながらも、同じようなテーマが取り上げられているといえよう。

さらに十九世紀になると、グラシアンの強力な支援者がドイツの地に現れる。哲学者ショーペンハウアーである。かれはグラシアンの『処世の智恵』*Oráculo manual y arte de prudencia* を自らドイツ語に翻訳し、一八六一年にライプチッヒで出版するまでに至っている。またそのあと、『人生の旅人たち エル・クリティコン』については優れた寓意物語として最大の賛辞を送り、一八一九年に刊行された主著『意志と表象としての世界』のなかで、グラシアンの作品は「きわめて含蓄に富むもろもろの寓意がおたがいに結ばれあって豪奢で大きな織物となっており、それらの寓意は、ここでは道徳的なもろもろの真実を明朗に言葉で表出するのに役立っている」(第三巻・第五十節、斉藤忍随ほか訳)と述べ、さらに一八三二年のある友人への書簡では「私の贔屓の作家は思想家グラシアンです。私は彼の全作品を読み通しました。彼の『エル・クリティコン』は、私にとっては世界の最高作品の一つに入ります。もしどこかの出版社がそのつもりになってくれるなら、私は喜んで翻訳するつもりです」とも述べている。さらには十九世紀後半のドイツの哲学者ニーチェの、グラシアンへの傾倒を指摘するスペインの研究者も多い。とくにグラシアンの著作『処世の智恵』は、この実存哲学の先駆者をして、「ヨーロッパは今に至るまで、これほど見事に、かつ精細に人間道徳の機微を論じた作品を生みだしたことはなかった」とまで言わせている。また本作品の第三部第十一考の冒頭の部分で、クリティーロたちが町の広場で軽業師の曲芸を見る場面は、ニーチェの『ツァラトゥストラはかく語りき』の第一部の六で現れる曲芸師が広場の二つの塔のあいだに張られた綱を渡り、危険な芸を見せる場面にそのまま生かされたのだとする研究者もいる。

二十世紀に入ってもグラシアンの作品のヨーロッパ言語の翻訳は盛んにつづけられるものの、主に『逸材論』、『為政者カトリック王フェルナンド』、『処世の智恵』など、分量的に比較的短い作品に限られている。『人生の旅人たち　エル・クリティコン』に関しては、スペイン本国では相変わらず、文学史上重要作品のひとつであるとの評価を保ち、様々な形で盛んに出版され続ける一方で、スペイン国外における他のヨーロッパ言語への翻訳となると、大長編であることや、おそらく文章の難解さにもよるものであろうか、主だった翻訳は少なく、残念ながら英語訳に関しては、前述のライコート訳以降新たな翻訳の試みはまったくなされていないようだ。しかし英語以外の外国語訳としては、近年フランス語版、ドイツ語版などもいくつか刊行されており、特に注目すべき訳業として二〇〇八年のイタリア語版を挙げておきたい。この近年のイタリア語訳は、E・S・セルペンティーニ氏 Elso Simone Serpentini による労作であり、堅実かつ誠実なテキストの読みと詳細かつ的確な注釈によって、この作品の魅力を現代の読者の前に見事に甦らせてくれている。

グラシアンにおける日本および日本人についての概念

この物語には十七世紀のスペイン文学作品には珍しく、当時の人々にとっては遥かに遠いアジアの国日本および日本人についての言及があり、作者グラシアンが自国スペインと比較しながら、日本への評価を下していると思える部分がいくつか確認できる。当時グラシアンが日本に関する情報を得ていたのは、イタリアの著述家ジョヴァンニ・ボテロ Giovanni Botero の『世界事情』*Relacioni Universali*（一五七五）、イエズス会士ルイス・デ・グスマン Luis de Guzmán の『イエズス会伝道史』*Historia de la Compañía de Jesús en la India Oriental y en los reinos de China y Japón*（一六〇一）あるいは劇作家ロペ・デ・ベガ Lope de Vega の作品とされる戯曲『日本の初期殉教者たち』*Los primeros mártires del Japón* などの書物のほか、おそらくイエズス会内部に直接もたらされる、日本でのキリスト教伝道の様子を伝える情報も、もちろんグラシアンの耳に入っていたはずだ。それに少年期にトレドで勉学に励んでいた一六一五年には、当時十四歳の少年であったグラシアンは、おそらくセビリアからマドリードへ向かう途中の、仙台藩から派遣された支倉六右衛門率いる慶長遣欧使節の一行を、興味深く眺めていたことだろうし、はるばる日本から到着した侍たちが彼に強烈な印象を残し、日本人に対する強い興味を植えつけたであろうことは、想像に難くない。

第一部第十三考の冒頭には、洞窟に閉じ込められていたはずの諸悪が逃亡し、それぞれの好みの国を選んで定着するという奇想天外な話が語られている。そこでは、最初に飛び出した〈高慢さま〉が迷うことなくスペインの地を選び、〈大胆不敵さま〉は遠路はるばる、東洋の国日本に落ち着くさまが語られる。しかし、そもそもなぜ日本人の特質を作者は〈大胆不敵〉という名の寓意的人物を通して表したのであろうか。訳者はこれには、上に述べた情報源ほか、もうひとつ重要な出来事が影響したのではないかと考える。それは一六二〇年、グラシアンがちょうどイエズス会に修練士として入会を認められ、タラゴナで修練生活の二年目に入る年のことである。イエズス会の修道士である《大胆不敵》な日本人キリシタンが、司祭の叙階を受けたい一心で、インドのゴアを出発したあと、なんとたった一人で三年間の徒歩による旅ののち、念願のローマのイエズス会本部にたどり着き、同会の関係者を驚かせたのである。つまりこの人物こそ、のちに叙階の望みを果たしたうえ、キリスト教禁令下の日本に再上陸し、最後には殉教をとげるペトロ・岐部その人であった。宗教者としての一途の思いから、アラブ世界を徒歩で通り抜けたこの日本人キリシタンの行動は、たしかに強い信仰心を示す英雄的な行動ではあるにしても、考えようによってはあまりにも無謀で《大胆不敵》な企てではなかったのか、とグラシアンは考えたに違いない。そして、少年時代にトレドの町でその行列を見た、あの日本人の一行も同じではないのか、と無意識のうちに連想していたとしても不思議ではない。

さらに第二部第八考の冒頭では、〈勇気殿〉の形見分けの愉快なお話しが語られるのだが、なんとここでは、彼の身体のなかでいちばん大切な部分であるはずの心臓を、日本人に相続させる約束がなされるのである。そして国土回復戦争に忙殺され遅れてやって来たスペイン人に対して〈勇気殿〉は、もし心臓が二つあれば、君にも与えるのだが、などと言う。そしてつづけて、日本人とはアジアのなかではスペイン人のごとき存在である、との意味のセリフを吐いてみせるのだ。要するにここでグラシアンは、母国スペインに対する評価と同じレベルの評価を日本に対しても与えているのが読み取れるのである。しかしこれを単なる日本人賛美の手放しの褒め言葉として馬鹿正直に解釈してしまうことは、あまりにも単純すぎるといえるだろう。要するにグラシアンは、大胆さ、勇敢さを前提にしてこそ、「大胆不敵さ」があり、また高い能力、才能を前提にしてこそ、「高慢」が存在するのだという基本に立って物を考えているのだ。つまり日本人とスペイン人の両国民にとって、それぞれの性格の源となる優れた資質が過激な形で表現されてしまうことこそが、それぞれの国民にとっての欠点となっていると言いたいのである。まさに彼の持論であるセネカ的な《中庸》の重要さを強調する材料として、この例が提示されていると言えるだろう。

このほか、豊臣秀吉の名前までもが、この物語のなかで引用されている。第一部第八考では、下層の出ながら「天下人」となった英雄として紹介され、さらに第三部第十考では、「太閤さま」Taicosama の名で登場を果たす。おそらく当時の人々にとってごく近い過去の出来事である日本の歴史事項も、先に挙げた書籍を読むことで仕入れた知識であろうと考えられる。いずれにしても、グラシアンが東洋の遠い国日本および日本人についての概念を、かなり深く、そして的確に捉えていたものと考えていいだろう。

『エル・クリティコン』の筋の運び

読者の便宜のために、最後に各章ごとの物語全体のおおよそのストーリーの流れを次に示しておこう。

［第一部　幼年期の春および青年期の夏］

一　クリティーロは航海の途中、海に投げ出され漂流するが、セントヘレナ島の海岸で野生の青年アンドレニオに救助される。野獣に洞窟で育てられたアンドレニオは、クリティーロから人間世界の言葉を教えられ、その生い立ちを語り始める。

二　アンドレニオの話がつづく。地震によって野獣たちの棲み処を壊され、彼は初めて地上の世界を目の当たりにする。太陽、月、星などの大自然の神秘と魅力に感動した様子が語られる。

三　アンドレニオの大自然の美しさへの賛美がつづく。

四　水の補給のために島にたまたま寄港した船に二人は救助され、スペインに向かう。クリティーロは船のなかでアンドレニオに、それまでの波乱に満ちた生活について語る。インドのゴアでの生活、フェリシンダとの愛について のほか、なぜ海を漂流しアンドレニオに救助されるに至ったかの経過が語られる。

五　船は目的地（おそらくセビリア）に到着し、二人は下船する。行進してゆく子供の一群に会う。夜になると子供たちは山間で邪悪な獣たちに襲われるが、山から美しい女性が降りてきて助けられる。二人は有名な人生の分かれ道に出た後、上り坂を進み、大きな町に入って行く。

六　町を進んでゆくと、半人半馬の幻獣ケイロンに会う。堕落した獣のみがはびこる世情を説明されると、アンドレニオは絶望するが、ケイロンは物事の裏側を見るようにと言い残し、去る。

七　ファリムンドの宮殿に向かう妖怪プロテウスの山車に出会い、その誘いで二人はそれに乗り込む。途中《まやかしの泉》を経由して、様々な商品を並べた店がつづく新しい町に入る。アンドレニオは軽率にもこの町に心惹かれ、離れたがらない。

八　クリティーロはアンドレニオをファリムンドが支配する国に残し、隣国の女王アルテミアに助けを求める。老臣がアンドレニオの救出に向かう。彼は魔法の鏡を使ってファリムンドの正体を暴き、アンドレニオを納得させ、その国から連れ出すことに成功する。主人公ふたりは無

九　事再会を果たす。

アルテミアと二人の主人公の間で、視覚、聴覚、嗅覚をはじめ、舌、歯、指など人体の各部分についての興味深い問答が展開される。アンドレニオを取り逃がしたファリムンドは、アルテミアの国民を扇動し、反乱を起こさせる。

十　二人は宮殿を脱出し、アルテミアとともにトレドへ向かう。二人はさらにマドリードに向かって進むが、盗賊団に捕えられる。各自が快楽の虜となった奇妙な屋敷に、他の多くの者とともに閉じ込められるが、クリティーロは巧みにそこから逃れ、アンドレニオは中に取り残される。

十一　クリティーロはアルテミアの宮廷で知り合った賢人の助けを得て、アンドレニオをそこから助け出したあと、主人公二人はマドリードに入る。書店で会った元宮廷人に都会で生きる方法を教えられる。アンドレニオは《いとこ》と名乗る女性の誘いに応じ、その召使に案内されてその屋敷へ向かう。

十二　《いとこ》はファルシレナと名乗る女性で、主人公の二人が探すフェリシンダはその叔母にあたると言い、アンドレニオは実はクリティーロとフェリシンダの子供であるとの話を明かし、彼を驚かす。クリティーロは彼女に勧められ、エル・エスコリアルとトレドへ一人で小旅行に出かけるが、戻ってみると屋敷はもぬけの殻、アンドレニオは行方不明となる。困ったクリティーロは第六感の持ち主エヘニオの助けを借りて、汚物だらけとなった屋敷でアンドレニオを発見し、助け出す。

十三　二人はエヘニオの案内で、市が立つ町を訪れる。そこには金塊で人間の純度を計る男がいたり、《沈黙》を売る店、《忍耐》を商う店など、奇妙な店が立ち並ぶ。そこを後にした二人はアラゴン国へと向かう。

［第二部　壮年期の秋における賢明なる処世哲学］

一　二人はアラゴンの峠道に入ると、百の目をもつアルゴスに会い、多くの目を備えておくことの大切さを教えられる。二人は審問委員会によって、青年期を脱し壮年期に入るための糾問を受ける。そこを無事通過すると、アルゴスに体全体にわたって多くの目を開けてもらったうえ、さらに先に進み、峠のてっぺんに到着する。

二　壮年の国アラゴンの一番の高所へ出て、世界の七不思議などを眺める。そこへ貴族サラスターノ氏からの使いがやってきて、二人はその邸宅に案内され、数々の珍しい所蔵品を見せられる。別の使命を帯びて家を留守にしていたもう一人の召使が、目的を果たし邸宅に戻る。

三　その召使は《真の友》を探せとの使命を与えられていたが、それは自分のなかにいるとの結果を報告する。二人はピレネーを越えてフランスに入る。金の亡者の宮殿に迷い込み、逃げようとするが罠にはまり身動きができなくなる。

四　《翼の男》が二人を罠から救い出してくれる。アンドレニオは半人半蛇の怪物ケクロプスの甘い言葉に騙され、その怪物についてゆくことになり、二人は離れ離れになる。一方クリティーロは《翼の男》とともにソフィスベーリャの宮殿に入り、楽器や香り高い植物の葉を置いた部屋などにつぎつぎ案内される。〈歴史さま〉〈道徳哲学さま〉などのニンフが彼らに付添い、詩、歴史学、政治学など様々なジャンルの作家や作品についての評価が下される。

五

一方アンドレニオは、ケクロプスの後について愚者の群れとともに、世俗の大広場へ到着する。そこは半人間の愚者ばかりがたむろし、アンドレニオは哲学者ディオゲネスの説明を聞かされる。最後に俗物という名の怪物が登場すると、太陽が消えて広場が暗闇に包まれる。大混乱のうちに全員慌てて避難する。

六

クリティーロはアンドレニオを探し歩くうちに、《小男》に会い、その案内で《幸運の女神》の屋敷を探す。その建物の階段を登ろうとしたところでアンドレニオに再会する。女神にそれぞれが幸運を配られたとたん、全員が階段を滑り落ちてゆく。

七

幸運の女王の娘〈僥倖〉に助けられたあと、その指示に従ってビルテリアを探しに行く。道の途中、怪しげな《隠者》によってイポクリンダの隠れ家の修道院へ連れ込まれる。そこでは堕落した修道院の様子が描かれる。

八

イポクリンダの修道院から逃げたあと、ピカルディ地方からフランスを後にすると、《百の心臓男》に出会う。苦難の山を登り、フェリシンダを探すことを勧められる。大きな屋敷に着き、武具の展示室をめぐり、火薬の発明の残酷さ、展示された武具のむごたらしさ、勇気の大切さなどを思い知らされる。すると戦闘開始のラッパが突然鳴って、戦闘が開始される。

九

三百人もの怪物を追いかけていくうちに、見かけは美麗な宮殿に出る。じつは肉欲・世俗・悪徳を象徴する妖怪たちが巣食う場所で、炯眼の士サテュロスに案内されて、さまざまな妖怪の実態を目の当たりにする。最後には悪魔の王サタンが登場し、二人の主人公がどんな悪徳に仕えるべきかの裁定に乗り出す。

十

二人は妖怪たちから逃れ、ビルテリアの宮殿をめざして山を登ってゆく。途中《光の男》ルシンドと知り合う。山頂の質素で地味な宮殿でビルテリアに対面し、幸福を約束された者として認められる。祝福された二人は、天空高く引き上げられ、さらなる道を進んでゆくことになる。

十一

二人は人生の幸福を確かなものにすべく、女王オノリアの都をめざす。途中の難関である橋を無事通過したあと、サテュロスに似た小悪魔モモスのせいでガラスが壊された建物が並ぶ町へ入る。モモスは、噂話を町中に広めることで、町を混乱させた顚末をふたりに語って聞かせる。そこへ《お馬鹿さま》が現れ、小悪魔モモスと論争を始めるが、不思議な人物（次章の《影の男》）が二人をそこから助け出す。

十二　人間の影の存在にすぎない《影の男》が二人を案内して、フェリシンダが住むという神聖ローマ帝国の都へと向かう。途中はるか頭上から声がして、人間の体の部分が落ちてくる。《影の男》はそれを拾い集めて、立派な大男に変身を果たす。都では君主がその座に戻ることを拒否し、混乱がつづく。二人は人品卑しからぬ男と知り合い、フェリシンダが居るはずのスペイン大使の邸宅への案内を乞う。

十三　この《大小自在男》の案内で大使邸に向かおうとするが、大使はローマに転勤してすでに不在であることが判明する。そこで二人はフェリシンダを尋ねて、アルプスを経由してイタリアに向かうことにする。途中さまざまな囚人が入れられた檻に立ち寄る。そこで愚者たちによる襲撃を受けたが、危機を脱し、老齢期の冬に相当する地としてのイタリアに向かう。

［第三部　老年期の冬］

一　アルプスに入ると、主人公二人は《両面男》ヤヌスに出会い、暴君である〈老境さま〉についての注意を受ける。その宮殿に到着すると、クリティーロは「栄誉の門」、アンドレニオは「恐怖の門」へと回される。謁見会が催され、ヤヌスと同じ両面をもつ〈老境さま〉に二人は面会を果たすが、それぞれに対して異なった裁可が読み上げられることになる。

二　それは善悪それぞれの老人を対象とした掟であった。二人は退出し旅をつづけると、《軽口男》に出会う。その男の案内で「歓楽の宮殿」に入るが、アンドレニオは酒を飲み過ぎて眠り込んでしまう。クリティーロは《軽口男》とともにいろいろな部屋を巡り歩き、最後に酒の女王に出くわす。

三　クリティーロは怪物キマイラに取りつかれるが、これを追い払い、《卜者》が新しい道連れとなり、協力し合って酔いつぶれたアンドレニオを救い出す。旅をつづけると、〈真実さま〉の出産騒動で大勢の人が逃げてくるのに出会う。あからさまな真実ばかりが明かされることになり、二人もそこから逃げ出す。

四　人間社会の暗号を読み取る《解読屋》が新しい道連れとなり、「二重母音」「例のあれ」「はりぼて」「反転人間」などの秘密を二人に解き明かす。町の広場に着くと、さまざまな店や見世物が出くわすが、ペテン師の実像を明かそうとすると、口から煙を出して逃げられる。

五　つぎには、物の本質を見抜くという《心眼師》が道連れとなる。扉のない宮殿に出くわすと、ケンタウルスが出てきてアンドレニオだけを連れて中に姿を消す。クリティーロと《心眼師》も工夫を凝らし、厚顔無恥な連中用の扉からあっさり中に入るが、そこは暗闇で、全員巧妙に姿を隠して、贅沢三昧の生活を送っている。

六　クリティーロがアンドレニオを探していると、突然あたりが明るくなり、贅沢三昧の連中の実情が明るみに出る。再会を果たした二人は改めて《知の都》ローマへ向かうことにする。途中それぞれが《鳩の道》と《蛇の道》を辿った後、新しく登場した《分別男》と共に旅をつづける。途中二人は美しい広場に案内され、有為の人材を育成する宮廷、高徳の士や最高の知性を育てる学校としての宮殿など、さまざまな建物を見て回る。すると突然、お触れ役人が登場し、数々の格言についての役所からのお触れが読み上げられる。

七

二人はローマへの道すがら、お互いに激しい戦いを繰り広げる《名声願望男》と《なまくら男》に出会う。二人が仲裁に入り騒ぎを治めると、《名声願望男》が急峻な坂道を登り、みんなを名声の地へと案内する。煙突が立ち並ぶ虚栄心の強い人間ばかりが住む仮想空間へと二人は連れ込まれる。

八

一行は山を下ったあと、今度は《なまくら男》の案内で、酒宴、遊興、踊りにふける人々が住む至福の地へ案内される。クリティーロはアンドレニオを引っ張ってそこを逃れると、《無の洞窟》の前に出る。〈悪徳〉と〈無為〉が人々をその洞窟に放り込んでいる。

九

《名声願望男》と《なまくら男》が再び現れ、それぞれクリティーロとアンドレニオを自分の領域に引きずり込もうとする。二人は中庸の精神でこの危機を乗り切り、無事ローマへ到着する。そこで知り合った《宮廷人》の案内でスペイン大使の屋敷に向かい、諸学者の討論集会に参加する。二人が探し求めたフェリシンダは結局大使邸にはおらず、天上の存在であることを知る。

十

《宮廷人》の案内でローマの町を巡り歩く。七つの丘の上に立ち、世界の過去や未来を見渡し、〈時〉の車輪とともに過去の偉人たちが再登場するさまを目撃する。さらに、人間の生活を織りなすさまざまな綾糸が天に向かって伸び、人間が持つ糸車の糸がだんだんと少なくなっていくのに気がつく。丘を下りてナヴォーナ広場へ行くと、大勢の群衆が集まっている。

十一

広場で怪物の軽業師の綱渡りの見世物が始まる。二人は宿に戻るが、夜になると同宿の旅人からこの宿の恐ろしさを知らされる。地下へ下りると多くの死体が転がっていて、そこで〈死の女神〉が率いる行列に遭遇する。死の女神は配下の者に、二人を殺すことを命じる。

十二

二人は同宿の旅人《不死の男》の案内でそこを逃れ、この世での死を回避するための《不死の島》へと導かれる。《不死の島》の門前には大勢の人間がたむろして、中へ入る許可を得ようと必死で争っている。衛士の〈勲功殿〉によって、クリティーロとアンドレニオの功績が確認されたうえ、めでたく不滅の名声をもつ人々が住む島への入場が認められる。

結び

さて、本著作にみられるグラシアンのスペイン語文体の最大の特徴は、先にも述べたようにスペイン・バロック文学の奇知主義の本流を行く、凝りに凝った独特のスペイン語表現である。

スペイン語を母語とする読者でさえ解釈に手を焼くような文体と言ってもいいだろう。訳者はいくつかの問題点に関して、スペイン語を母語とする語学・文学の専門家の仲間とも意見の交換を重ね、最良の着地点を見つけられるよう努めた。とくにマドリード自治大学の畏友ホセ・パソー氏Prof.José Pazó、およびカナダ・モントリオール大学の勉強仲間ハビエル・ルビエラ氏Prof. Javier Rubieraとの膝つき合わせての意見交換は、訳者にとっても特に実りの多い、また心愉しい知的作業であった。さらにサラゴサ大学のダビッド・アルマサン氏Prof.David Almazánには、同大学図書館に保存されている同郷のグラシアンに関する興味深い資料を、コピーの形でいくつか融通してもらった。三氏には改めてここに感謝の意を表したい。

なお本文中に頻繁に現れる旧約・新約両聖書の引用に関しては、伝統的なカトリックの立場にたつ、フランシスコ会聖書研究所による、サンパウロ社版の日本語訳（二〇一五年・初版二刷）を拠りどころとした。十七世紀にイエズス会士として生きた作者グラシアンの思想を、より的確に反映するものと考えたからである。またギリシャ・ローマ時代の古典のうち、グラシアンが特に傾倒したセネカの引用については、『セネカ哲学全集』（岩波書店）を大いに参考にさせていただいたほか、『ホラティウス全集』（鈴木一郎訳、玉川大学出版部）、『キケロー選集』（岩波書店）などにもお世話になった。

本書の出版に際しては、東京駐在のスペイン大使館をとおして、スペイン教育文化スポーツ省・書籍文化政策総局（Dirección General de Política e Industrias Culturales y del Libro, Ministerio de Educación, Cultura y Deporte）から翻訳助成として貴重な援助をいただいた。ここに記してお礼を申し上げる。

白水社の及川直志社長には、特別のお礼を申し上げなければならない。企画の段階から本作品の出版の意義を理解され、あらゆる場面で訳者を励まし、強く後押ししてくださった。また編集の段階では、誠実かつ細やかなご配慮とベテラン編集者としての持前の堅実なお仕事ぶりには、教えられるところが多かった。ここに改めてお礼を申し上げる。なお、邦題の『人生の旅人たち　エル・クリティコン』は、及川氏と訳者の協議によるものであることを申し添えておく。

訳者は現代の日本の読者のために、十七世紀スペイン語の奇知主義的な味わいを残しながらも、できる限り平明な日本語に移すことを心掛けた。それはグラシアンが本書で再三にわたって述べているように、現代の読者が古典をとおして遠い過去の作家と向き合い、滋味と妙趣に富んだ心地よい「会話」を十二分に楽しんでほしいとの願いからである。日本の読者諸賢には本書を通して、グラシアンのこの壮大な寓意世界を、時間にせかされることなく、じっくり楽しんでいただけたらと思う。

二〇一六年　四月

東谷穎人

訳者略歴

一九三九年三重県生まれ。神戸市外国語大学名誉教授。一九六二年大阪外国語大学イスパニア語学科卒、一九六七年スペイン・ナバラ大学文学部博士課程修了。文学博士。専攻はスペイン近現代文学。

主要著書に *El teatro de L.F.de Moratín* (Madrid, Playor)、『スペイン語の散歩道』、『スペイン語大辞典』(共著)(いずれも白水社)、『はじめてのスペイン語』(講談社現代新書)など、また主要訳書に『スペイン文学史』(共訳)、『ラ・レヘンタ』、『スペイン幻想小説傑作選』(編・共訳)、『たそがれ世代の危険な愉しみ』、『笑いの騎士団　スペイン・ユーモア文学傑作集』、本作の著者グラシアンによる『処世の智恵』(いずれも白水社)などがある。

一九七八年から十二年間、NHK教育テレビ「スペイン語講座」講師を担当。一九九七年、スペイン語からの優れた翻訳業績を対象とした「会田由翻訳賞」(日本スペイン協会)を受賞。

人生の旅人たち　エル・クリティコン

二〇一六年 四 月二五日 印刷
二〇一六年 五 月二〇日 発行

著　者　バルタサール・グラシアン
訳　者 ©　東《ひがし》 谷《たに》 穎《ひで》 人《ひと》
装丁者　細 野 綾 子
発行者　及 川 直 志
印刷・製本　図書印刷株式会社
発行所　株式会社 白 水 社
東京都千代田区神田小川町三の二四
電話　営業部 〇三(三二九一)七八一一
　　　編集部 〇三(三二九一)七八二一
振替　〇〇一九〇―五―三三二二八
　　　郵便番号 一〇一―〇〇五二
http://www.hakusuisha.co.jp
乱丁・落丁本は、送料小社負担にてお取り替えいたします。

ISBN978-4-560-09239-2

Printed in Japan